dtv

Als Eduard Has, Erbe einer Immobilienfirma, das im Krieg völlig zerstörte Haus seiner Kindheit im Frankfurter Westend wiedersieht, ist er entschlossen, an dieser Stelle ein modernes Gehäuse für seine Expressionismus-Sammlung zu errichten. Bald hat er nicht nur geschäftlichen Erfolg, er genießt auch das Leben zwischen seiner kühlen Ehefrau Dorothée, der Geliebten Etelka und seiner zarten Tochter Lilly. Dann zeigen sich Risse nicht nur in den Fassaden des einst friedlichen Stadtteils. Auch das nach außen hin glänzende Leben der Familie Has steuert auf eine Krise zu. – Martin Mosebach hat den erzählerischen Atem, im Schicksal seiner Charaktere eine ganze Epoche deutscher Nachkriegsgeschichte eindringlich und voll Humor lebendig werden zu lassen.

Martin Mosebach, geboren 1951 in Frankfurt am Main, lebt dort seit Abschluß des Studiums der Rechtswissenschaften als Schriftsteller. Er schreibt Romane, Erzählungen, Gedichte, Essays und Libretti. Für sein Werk erhielt er u.a. 1999 den Heimito-von-Doderer-Preis, 2002 den Heinrich-von-Kleist-Preis und den Georg-Büchner-Preis 2007.

Martin Mosebach

Westend

Roman

Deutscher Taschenbuch Verlag

Von Martin Mosebach
sind im Deutschen Taschenbuch Verlag erschienen:
Das Grab der Pulcinellen (12863)
Das Bett (13069)
Der Nebelfürst (13119)
Ruppertshain (13159)
Rotkäppchen und der Wolf (13493)
Das Beben (13568)

Ungekürzte Ausgabe
September 2004
4. Auflage Februar 2008

www.dtv.de
Erstveröffentlichung: Hamburg 1992
Vermittelt durch die Literarische Agentur
Thomas Schlück GmbH, 30827 Garbsen
Umschlagkonzept: Balk & Brumshagen
Umschlaggestaltung: Stephanie Weischer unter Verwendung des Gemäldes
›Terrasse de café‹ von Pierre Boncompain (VG Bild-Kunst, Bonn 2008)
Gesetzt aus der Stempel Garamond
Gesamtherstellung: Druckerei C. H. Beck, Nördlingen
Gedruckt auf säurefreiem, chlorfrei gebleichtem Papier
Printed in Germany · ISBN 978-3-423-13240-4

Inhalt

ERSTER TEIL

DER MAIN

Das Wetter wechselte an diesem Vormittag. Der schöne zartblaue Morgenhimmel streifte sich mit feisten weißen Wölkchen, die unversehens etwas blendend Hartes bekamen und die, als ob sich der Effekt der dunklen Wolken, die ihr Anblick im Inneren des Auges erzeugte, am Himmel spiegeln wollte, plötzlich steingrau anzulaufen begannen und enger zusammenrückten. Im Nu war der eben noch freie Himmel von einer geschlossenen Wolkenschicht bedeckt, durch deren dünnere Stellen die Sonne unangenehm weiß hervorstach. Aber Alfred, dessen Aufbruchsvorbereitungen seine ganze Familie in ängstliche Wetterpropheten verwandelt hatte, war nach kurzem Schwanken endgültig entschlossen, diesen Tag in seinem Sinne zu nutzen. »Heute oder nie«, sagte er, als Tante Tildchen leise klagte: »Wo ist denn nur das schöne Wetter hin?« Er packte aber eine Regenhaut ein und noch andere warme Sachen, bis sein Rucksack voll war und Tante Mi, die als einzige der Frauen im Hause Labonté jemals ein Kanu gesehen hatte und die Grenzen seines Fassungsvermögens eng einschätzte, ihn fragte: »Wo bringst du das nur unter?«

»Vorn oder hinten«, antwortete der Neffe bei aller Lakonie mit einer gewissen Wärme, als danke er ihr für die Teilnahme an den Eigenheiten seines Bootes.

Als er die Haustür öffnete, fegte ein feuchtwarmer Windstoß einige abgefallene Kastanienblüten auf das Terrazzomosaik des Entrées, auf dem SALVE geschrieben stand und auf dem jetzt die hochgeschnürten Schuhe seiner Tanten und die Gesundheitssandalen von Fräulein Emig Aufstellung nahmen. Seine Frau war nicht bis zur Tür gefolgt. Sie stand am Fenster des Eßzimmers unter der steinernen Maske als aus dem Dunkel aufgetauchtes weißes Gespenst und hob die Kinderhand zu einem lautlosen Winken aus weiter Ferne. Wie er nicht sah, aber wußte, lag ihre andere Hand auf ihrem vorgewölbten Bauch, über dem der Morgenrock sich öffnete, so daß ein Eckchen des weißen Nachthemds hervorsah, ein Bild, das ihn fast ängstlich werden ließ – er schüttelte unwillkürlich den Kopf wie ein Schwimmer, der auftaucht und sich das Wasser aus dem Haar schleudert, und als seien seine inneren Bilder tatsächlich aus flüssigem Stoff, flogen sie durch diese Bewegung von ihm weg wie Tropfen.

Wenn die Wirklichkeit ihn allzu schwer bedrückte, lag immer schon die Geschichte bereit, die einem Menschen, den er hätte beeindrucken wollen, das Rätsel seiner Verheiratung erklärt hätte. Die Szenerie: das Haus in der Schubertstraße, das er soeben verlassen hatte, und sein Eingangstor mit den schweren farbüberkrusteten Blattranken und den spitzen Dornen und Lanzen, die dem Zaun das Ansehen puppenhafter Wehrhaftigkeit verliehen.

Es war Nacht und es war kalt, als er nach Hause kam. Er hatte sich mit dem Mädchen gestritten, so wie er sich in Aufwallungen von Eifersucht und Haß nach kürzester Zeit mit jedem Mädchen überwarf, und hatte dann mit fremden Leuten, die Lokalrunden bestellten, viel getrunken. Als er das Tor öffnete, sah er, wie sich im Dunkeln an der Haustür etwas bewegte. Da hockte sie ohne Mantel seit Stunden schon. Sie war ihm nachgelaufen wie ein ausgesetztes Haustier. Am nächsten Morgen stellte er sie seinen Tanten, um die Beleidigung, die sie darin erblickten, daß er jemanden mit in ihr Haus genommen hatte, noch zu überbieten, als seine zukünftige Frau vor, ohne das Mädchen zu fragen, wie er sich genau erinnerte. Er hatte ihr keinen Heiratsantrag gemacht, weil er keine Minute daran gedacht hatte, sie zu heiraten. Sie nahm diese Vorstellung aber einfach wörtlich, blieb im Haus und störte auch niemanden, außer ihn selbst, denn sie verließ sein Zimmer nur selten.

Es hatte in Wahrheit aber einen Augenblick gegeben, in dem er sie eben doch heiraten wollte, weil er damit eine verrückte, jetzt überhaupt nicht mehr verständliche Hoffnung verband. Es hatte Stunden gegeben, wenn nicht Tage, in denen er sich durch ihr Vorhandensein kräftiger und vollständiger vorkam. Gerade ihre Kümmerlichkeit, ihre kleinen rötlichen Hände mit den armseligen Fingerkuppen, die Weichheit ihrer Knochen, die Blässe ihrer vollen Lippen, die Farblosigkeit ihrer Augen und das feine, kaninchenfellartige Haar enthielten für ihn eine Zeitlang geradezu eine Verheißung, und er war, wenn er sie auszog, immer aufs neue über die Größe ihrer Brüste verblüfft, die ihr peinlich war, so wie andere Frauen sich über zu große Hände oder Füße ärgern. Er glaubte damals, regelrecht von diesem Mädchen leben zu können, und zwar nicht wirtschaftlich, wo es sich genau umgekehrt verhielt und worüber er sich auch gar keine Gedanken machte, sondern als ob ihr Wesen ihn fortwährend seelisch zu ernähren vermöge. Sie kam ihm nicht eigentlich menschlich vor, sondern als verharre sie auf einer Stufe dicht unter dem Menschen, aber das hatte ihn in jener sehr kurzen Zuwendung zu ihr, die in seiner Heirat gipfelte, eher noch enger an sie herangeführt, zweifelte er doch oft genug daran, ob er selbst überhaupt alle Eigenschaften besitze, die man für ein Leben unter anderen Menschen brauchte. Es kam ihm vor, als könne er sich zu wechselseitigem Nutzen mit der kleinen blassen Pflanze zusammenschließen, als seien sie beide Kinder eines vergessenen, wehrlosen Volkes, die sich in der Fremde gefunden haben und nun die hoffnungslose Überlegenheit der Gesellschaft, in die sie geraten sind, leichter ertragen.

In manchem schien sie ihm voraus zu sein. Sie hatte jede Fessel eines hergebrachten Familienlebens abgestreift, aber ohne dabei die bürgerlichen Sitten aus Überzeugung zu bekämpfen. Erziehung und Kindheit in ihrem Elternhaus in Aussig hatte sie einfach vergessen. Sie wußte nicht mehr, daß man zu bestimmten Tageszeiten aß und daß man sich dabei verschiedener Bestecke bediente. Sie schlief gerne in einem warmen weichen Bett, aber sie war auch imstande, sich in einem Kohlenkeller zusammenzurollen und mit der eigenen Körperwärme am Leben zu erhalten. Er erschrak zunächst, als er sie nachts ohne Mantel vor seiner Haustür hatte sitzen sehen, und seine Zärtlichkeit wuchs aus seinem Schrecken und seiner Rührung unmittelbar hervor, aber er verstand später, daß sie gar nichts dabei gefunden hatte, weil schon zahlreiche solcher Nächte hinter ihr lagen. Sie war eine Frau, der er niemals die ungeschickte und ruhmlose Rolle, die er in der Schwarzmarktzeit gespielt und die einmal sogar zu einer Hausdurchsuchung bei seinen Tanten geführt hatte, würde erklären müssen, nicht nur weil ihr die Gesetze, die er verletzt hatte, nichts bedeuteten, sondern weil die Vergangenheit überhaupt für sie keinerlei Wirklichkeit besaß. Auch die Uhr erfüllte in ihrem Leben keine Aufgabe, und Alfred ließ sich von dieser Zeitlosigkeit verführen und einspinnen, und er lachte in einer innerlich erregten, triumphierenden Weise, wenn Fräulein Emig gegen acht Uhr abends an seine Tür klopfte, um sie zum Essen zu holen, und sie immer noch im Bett lagen. Seine Frau verstand nicht, warum er lachte, das spürte er deutlich. Selbst in seinem schmalen Bett lag sie mit ihrem nackten weißen Körper neben ihm ganz für sich allein wie in einer Luftblase, auf deren feiner Haut sich – nur ihren Augen sichtbar – alle Farben des Regenbogens, ineinander verschwimmend, entlangzogen. In solchen Augenblicken empfand er ihre Überlegenheit. Aber schon bald hielt er an ihr nur noch fest, um sich im Hause zu behaupten und die Tanten in ihrer Mißbilligung, die sie immer wieder in vielen kleinen Zeichen erkennen ließen, vor den Kopf zu stoßen. Das Fehlen eines jeden Echos hatte binnen kurzem seine Kräfte erschöpft, deren Natur ihn ohnehin nicht zu geduldigem Durchhalten befähigte.

Was die Tanten anging, so unterschätzte er bei all ihrem Widerwillen gegen das mährische Mädchen doch ihre Nüchternheit, die sie das Sichere bei ihrem Neffen dem Unsicheren vorziehen ließ und ihnen möglich machte, sich mit der neuen Lage abzufinden, nachdem das gerupfte und schweigsame Wesen erst einmal lang genug im Haus war. Was sie fürchteten, waren nicht Alfreds schlechte Manieren und seine Unfähigkeit zu anhaltender Arbeit, sondern seine Unruhe und sein brütendes Plänemachen. Wenn diese Eigenschaften auch nach seiner Heirat nicht verschwunden waren, so verteilte sich doch die Last spürbar, und die Tanten mußten sich eingestehen, daß sie Alfred lieber den ganzen Tag im Haus herumlungern sahen, als ihn in unüberschaubaren Geschäften unterwegs zu wissen. Als er begriff, daß die Tanten unter Überwindung sämtlicher Grundsätze seine Frau mit ganzem Herzen in die Familie aufgenommen hatten, gelang es ihm nicht mehr, auch nur freundlich an sie zu denken, denn es kam ihm geradezu vor, als sei sie zur feindlichen Partei übergelaufen.

Zugleich wurde ihr Bauch dicker. Es war jetzt unbequem geworden, im gleichen schmalen Bett zu schlafen, aber als Alfred seine Kleider zusammenraffte und in die benachbarte Mansarde trug, in der früher einmal das zweite Hausmädchen gewohnt hatte, tat er das mit einem wilden Gesichtsausdruck, als sei er mit Gewalt vertrieben worden. Sie fragte ihn nicht einmal, wo er jetzt schlief, und war verwundert, daß sein Bett gleich nebenan stand, als habe sich dieser Umzug eigentlich gar nicht gelohnt.

Die Tanten bemerkten, daß die beruhigende Wirkung der Ehe schon wieder aufgezehrt war. Seitdem Alfred, in der Sprache der Scheidungsanwälte gesprochen, »die eheliche Wohnung verlassen« hatte, war kein Zimmer im Haus mehr vor ihm sicher. Einmal betrat Tante Tildchen im Abenddämmern den Raum, der auch nach dem Tod ihres Vaters das »Herrenzimmer« hieß, und tastete in ihrer Zerstreutheit lange an der Wand herum, um den Lichtschalter zu finden. Als der Kronleuchter aufflammte, sah sie sich zu ihrem Entsetzen Alfred gegenüber, der in einem Sessel saß und ihr hilfloses Tasten die ganze Zeit beobachtet hatte. An einem anderen Tag, als die Tanten gemeinsam mit Fräulein Emig im Wintergarten, wo aus den Blättern einer brasilianischen Urwaldpflanze die zierlichen Gliedmaße des Gianbolognaschen Merkurs hervorsahen, den Nachmittagskaffee tranken und dabei in dem ihnen eigenen unaufgeregten, ein wenig nachlässigen Tonfall ein belangloses Gespräch mit behaglichen Schweigepausen führten, während Alfred im Salon mit Schuhen auf dem Sofa liegend die Zeitung las, war er plötzlich, als Tante Mi etwas aus seiner Entfernung kaum mehr Verständliches sagte, mit einem Satz aufgesprungen und hatte türenknallend das Zimmer verlassen. Solche Vorfälle häuften sich und erschütterten die Begabung der Tanten, sich in den Gegebenheiten einzurichten. Vor allem die Grundbedingung dieser Begabung begann in Frage zu stehen, nämlich die selbstverständliche Herrschaft über das Haus und die unangezweifelte Geltung des väterlichen Gesetzes. Es kam den Tanten vor, als habe ihnen der Vaterdienst der Familientradition, dem sie sonst mit Freuden nachkamen, mit der Beherbergung dieses Mannes, immerhin des einzigen Enkels Friedrich Labontés, zu viel aufgebürdet. Im stillen verglich Mi die Lage mit der Not, die über die Nester der Rohrpfeifer hereinbricht, wenn der Kuckuck sein Ei hineingelegt hat. Laut sagte sie etwas anderes, als sie die Verstörtheit auf den Zügen ihrer Schwester bemerkte, jenes wortlose Flehen, die Ältere möge endlich handeln: »Ich glaube, der Alfred ist nicht ganz richtig im Kopf«, eine Feststellung, die Tante Tildchen, nachdem sie verstanden hatte, was gemeint war, nur noch größere Furcht empfinden ließ. Bisher hatten die bewährten und mit guten Beziehungen versehenen Rechtsanwälte, die bereits »Wwe. Labonté« beraten hatten, viel Schlimmes noch im Keim abwenden können. Sollte die Einsicht, zu der Mi sich unter Aufbietung ihrer Selbstbeherrschung durchgerungen hatte, standhalten, dann würde kein der Vaterehre dienstbarer Einfluß mehr helfen können, und am Ende war es nicht mehr die Polizei, die, wie schon einmal, in der Schubertstraße vorfuhr, sondern das vergitterte Auto aus Niederrad, wo die von Heinrich Hoffmann begründete Irrenanstalt lag, der Affenstein, wie man in Frankfurt sagte.

Seitdem diese bedrückt, aber tapfer ausgesprochenen Worte gefallen waren, und zwar während Mi hinter der Gardine beobachtete, daß Alfred das Haus auch wirklich verließ, änderten die Tanten ihr Verhalten. Alfred bekam nie mehr Widerspruch zu hören. Jegliche Ermahnung verstummte. Die Tanten vermieden es, ihm in die Augen zu sehen, und suchten sich sofort mit ihren Blicken, wenn er nur die kleinste Bemerkung machte. Alfred entging diese Veränderung nicht. Oben lag ächzend und aufgeschwemmt seine Frau, während sich unten die Tanten mit Blicken verständigten. Ein im Kern weniger gutartiger Mann als Alfred wäre unter solchen Umständen möglicherweise gewalttätig geworden. Alfred hingegen wartete auf gutes Wetter, um Kanu zu fahren.

Die kleinen Häuser der Schubertstraße, denen in ihrer Verschiedenheit doch anzusehen war, daß sie aus demselben Baukasten stammten, hatten seit dem Kriegsende einen dunklen Akzent erhalten, weil die protestantische Christuskirche ausgebombt und ausgebrannt in ihrer Mitte stand und nur den gotischen Fensterbogen, der vorher durch eine Glasmalerei geschlossen worden war, wie ein geöffnetes Tor in den Himmel reckte. In diesem Bogen erschien der Himmelsausschnitt mit seinen vom Wetter beständig veränderten Farben wie ein gerahmtes Bild, vor allem, wenn abends die Sonne darin unterging. Als Alfred aus dem Gartentor herauskam, sah er unwillkürlich zu dem Bogen hinüber, während ein Wassertropfen gegen seine Wange flog und einzelne schwarze Punkte auf dem blauen Basaltpflaster erschienen. In dem Bogen ruhte die graue Wolkenmauer auf einem schmalen Fundament von leuchtendem Blau. Das machte ihm Mut, obwohl sein Weg in die entgegengesetzte Richtung führte.

Kaum aber fühlte er nach einigen Schritten, wie die Sogkräfte seines Hauses, die ihn festhalten wollten, schwächer wurden, als sich ein neues Hindernis auf seinen Weg legte. Auf der Mitte des Bürgersteiges kam ihm ein Mensch entgegen, der ihm derart zuwider war, daß schon der flüchtige Anblick seinen Schritt hemmte. Es kostete ihn Überwindung, nicht auf dem Absatz umzukehren, und er hätte es vielleicht dennoch getan, denn es kam ihm nicht mehr darauf an, den Schein zu wahren, wenn er nicht bei Rückkehr und erneuter Öffnung des Gartentores um den Erfolg eines Vorhabens gefürchtet hätte, das nur im ersten Anlauf gelingen konnte. Und schon stand der andere Mann vor ihm, mit jenem leicht anzüglichen Lächeln, das Alfred noch mehr reizte und doch zugleich auch wehrlos machte. Der Mann war etwa in Alfreds Jahren, sah aber erheblich älter aus.

Es gab nichts im Leben von Eduard Has und Alfred Labonté, was einen von ihnen in der Erinnerung besonders hätte bedrängen müssen. Beklemmend wirkte allein die lange Zeit, die sie sich kannten und in der sie sich beobachtet hatten, ohne sich jemals näherzukommen. Es war für Alfred unmöglich, Eduard Has zu sehen und nicht zugleich an sein ganzes Leben zu denken, und immer stieg dann aus der schwarzen Vergangenheit eine besonders peinliche Episode auf und färbte alles sonst Geschehene nur noch mit ihrem Licht.

Von Eduards Eltern wurde im Hause Labonté mit jener höchsten Achtung gesprochen, die nur Kunden zukam. Die Mutter entstammte einer Brauerei und war außerordentlich vermögend, hatte aber das Entstehen ihrer Wohlhabenheit noch in derart frischer Erinnerung, daß es ihr unmöglich war, die Hände schon wieder in den Schuß zu legen und die Früchte der elterlichen Anstrengung zu genießen. Sie verwaltete ihr Vermögen selbst und war auf Gebieten tätig, die mit dem Brauereiwesen längst nichts mehr zu tun hatten. Eduards Vater, ein Notar, der aus Mainz stammte und sich in der Frankfurter Umgebung seiner Frau wie ein Auswanderer in einer abgeschlossenen neuen Welt wiederfand, vergreiste früh, wurde vergeßlich und menschenscheu, und deshalb begann sich seine Frau bei ihren Unternehmungen mehr und mehr auf einen Vetter ihres Sohnes zu stützen, der aber auf Grund einer Generationsverschiebung ihrem Alter näherstand. Mit diesem Friedrich Olenschläger, der Fred genannt wurde und in seinem Geist auf seltene Weise eine idealistische Intellektualität mit praktischem Geschäftssinn verband, wuchsen ihren Geschäften bald schon beachtliche Erfolge zu, und wenn auch der Krieg in den listig zusammengetragenen Ameisenhaufen mit grobem Stiefel hineinstampfte, so ließ er den Boden doch unversehrt, den weitverstreuten Immobilienbesitz, den Eduards Mutter gemeinsam mit dem Vetter Fred in eine neugegründete »Olenschlägersche Haus- und Grundstücksverwaltung« einbrachte, ein Unternehmen, das mit ehrgeizigem Blick auf die Zukunft des Wiederaufbaus der zerstörten Städte gegründet wurde.

Von dieser Geschäftspolitik wußte Alfred nichts und wollte auch nichts davon wissen. Familienfirmen rührten vertraute Abneigungen in ihm auf. An »Wwe. Labonté« erinnerte er sich nur noch schwach. Der Prokurist, der zu Tildchens Kummer im Polenfeldzug fiel, schenkte ihm immer aus einem besonderen hohen Glas englische Butterbonbons, deren leicht salzigen Geschmack er gern hatte. Aber solch ein kleines Erlebnis verblaßte gegenüber den zahlreichen Erinnerungsblüten, mit denen die Tanten ihre Unterhaltung beständig durchwoben und damit den geheimen Grundton aller ihrer Gedanken durch das Gespinst der Alltäglichkeit hindurchschimmern ließen. Die »Olenschlägersche Haus- und Grundstücksverwaltung« wurde im Hause Has binnen kurzem mit jener bedeutungsgeladenen Beiläufigkeit bloß »die Verwaltung« genannt, die im Hause Labonté das Sprechen über die »Wwe. Labonté« auszeichnete. Und wenn Alfred nur einmal gehört hätte, wie die hochgeehrte Kundenfamilie an derselben Lächerlichkeit Anteil hatte, der er bei den Tanten ständig begegnete, hätte das seine Bitterkeit vielleicht ein wenig gemildert.

Wann seine Abneigung gegen Eduard Has entstanden war, wußte er nicht mehr, wohl aber erinnerte er sich der ersten handgreiflichen Feindseligkeit zwischen ihnen, zu der es schon in Volksschuljahren gekommen war. In diesem Alter zählt der Unterschied von wenigen Jahren noch viel, und Eduard Has hätte mit seinem Vorsprung von zwei Jahren Alfred eigentlich gar nicht mehr in die Quere kommen können. Er war aber schon damals dicklich und unsportlich und fand keine rechte Verbindung zu seinen Altersgenossen. Wenn Alfred mit seinen Freunden, von denen er damals noch viele besaß, in den Gebüschen um die Christuskirche herum auf die Taxusbäume kletterte und mit Pfeil und Bogen schoß, Waffen, die sich die Buben unter seiner Anleitung selbst gemacht hatten, stand Eduard, immer viel zu warm angezogen, häufig in der Nähe und sah den Spielen in der Hoffnung zu, endlich zum Mitmachen aufgefordert zu werden. Aber Alfred tat, als bemerke er ihn überhaupt nicht, bis sich einmal die Stimmung der anderen gegen ihn kehrte und Alfred fühlte, daß nun etwas Überraschendes, Außerordentliches geschehen mußte. Er schlenderte also unversehens auf Eduard Has zu, der ihm erwartungsvoll entgegensah, und riß ihm, nachdem er dies Lächeln erwidert hatte, die Mütze vom Kopf. Das Entzücken war groß, und obwohl Has schon ziemlich lange Beine hatte, entkam ihm Alfred schließlich auf einen dünnen Taxusbaum, der sich selbst unter seinem Katzengewicht beängstigend neigte, und pflanzte die Mütze auf den Wipfel. Und von dort oben sprang er dann hinunter, schlug sich die Knie auf und sah zerkratzt, blutig und mit verschwitztem Kopf wirklich wie ein Held und Räuber aus. Eduard Has verhielt sich nicht ungeschickt, als er sich vergewissert hatte, daß er seine Mütze von dort oben nicht wieder herunterbekommen werde. Er setzte sein anzügliches Lächeln auf und tat, als habe er an einem Wettspiel teilgenommen, das in aller Fairneß ausgetragen worden sei und das er mit Anstand verloren habe. Von diesem Tag an durfte Eduard Has mitspielen, bis es ihn selber langweilte, weil er erreicht hatte, was er wünschte.

Die Spannung zwischen ihm und Alfred aber verlor sich nicht wieder. In späteren Jahren sperrte die Schule sie für eine Weile in dieselbe Klasse, weil Eduard Has wegen langer Kränklichkeit ein Jahr verlor, nachdem er schon ein Jahr zu spät mit der Schule begonnen hatte. Da hatte sich seine Stellung unter den Altersgenossen allerdings bereits verändert.

Eduard Has war im Gymnasium ausgesprochen beliebt. Er mußte nicht mehr lauernd in der Ecke stehen. Dort hätte jetzt Alfred gestanden, wenn es ihm weiterhin um die Anerkennung der Mehrheit zu tun gewesen wäre. Darum ging es ihm aber nicht mehr. Statt dessen hielt er sich nur an die zwei oder drei Mitschüler, die von den Lehrern als »rettungslos verkommene Subjekte« bezeichnet wurden. Nur selten kam es noch zu Feindseligkeiten, so zum Beispiel beim Verkauf von »Wwe. Labonté«, als Eduard Has, der unablässig Witzzeichnungen herstellte, auf der Wandtafel im Stil der Wilhelm-Busch-Illustrationen eine triefnasige Alte mit Nachthaube skizzierte, die auf Säcken mit Kaffeebohnen und gebündelten Zigarren einem Wolkenhimmel entgegenfuhr. Verletzend fand Alfred daran nur die Vorstellung, er hänge irgendwie an dem Laden seiner Voreltern, und rächte sich schmerzhaft und böse.

Aber das war eine Episode, die in seinem Verhältnis zu Eduard wenig besagte. Wichtiger war, daß sie sich fortgesetzt im Auge behielten und daß sie die Wirkung ihrer Verhaltensweisen und Erfahrungen auf den anderen geradezu zwanghaft mitbedachten. Erlebnisse, von denen nach menschlichem Ermessen niemand erfahren würde, erhielten ihren Wert dennoch nach dem Eindruck, den sie vermutlich im anderen hinterlassen hätten. Alfred wandte sich mit den »verkommenen Subjekten«, die das Urteil der Lehrer als Ehrentitel betrachteten, den verbotenen Vergnügungen zu. Er rauchte, verließ nachts heimlich das Haus und besuchte mit einem Pelzhändlerssohn zusammen Hurencafés, spielte Billard und trank Schnaps, den gleichfalls der Pelzhändlerssohn in Mengen beschaffte. Alfred wurde immer blasser und schlief im Unterricht zuweilen ein. Wenn er dabei ertappt wurde, mischte sich in das Gelächter auch Neid. Alfred fühlte, daß Eduards Augen auf ihn gerichtet waren. »Einmal schlafen, eine einzige Nacht ausschlafen!« sagte Alfred dann nach der Stunde für alle hörbar und streckte seinen schmalen Körper wie ein erwachender Jagdhund.

Eduard Has mußte sich eingestehen, daß auch er begierig nach Genüssen war, wie Alfred Labonté sie sich offenbar dreist verschaffte, aber daß es ihm an Mut fehlte, ein Leben zu führen, in dem Ausschweifungen an der Tagesordnung waren. Keinesfalls besaß er die Bereitschaft, sich zu den bewußten »verkommenen Subjekten« zählen zu lassen. Er wünschte, daß ihm die Lehrer mit Respekt entgegenkamen. Er fürchtete aber auch die Härte seiner Mutter, die er zu Recht für fähig hielt, Lizenzen, wie Alfred sie sich gestattete, empfindlich zu bestrafen. Ebenso fest, wie sie ihren Geschäften vorstand, regierte die geborene Olenschläger ihren Haushalt. Ihr war gelungen, die Illusionen, denen sich die meisten Mütter über ihre Söhne hingeben, abzustreifen. Unzählige kleine Beobachtungen hatten sie zu der Überzeugung gelangen lassen, daß es sich bei Eduard um einen geltungssüchtigen, faulen, verschwenderischen, sinnlichen und feigen Knaben handelte, wobei sie, was die letzte

Eigenschaft anging, die eigene Fähigkeit unterschätzte, einen noch unfertigen Menschen einzuschüchtern. Eduard war weniger feige als klug. Er war sich der Bemühungen seiner Mutter und seines Vetters bewußt, ihm einst ein bedeutendes Vermögen zu übergeben, und er dachte nicht daran, in seinem Vorhaben, sich als würdiger Erbe zu empfehlen, nachzulassen. Dann aber würde er der Welt ein Schauspiel bieten, wie man mit Geld zu verfahren habe, das hatte er sich fest vorgenommen. Frankfurt sollte den Olenschläger-Sproß nicht wiedererkennen. Gewisse kleine Jungen, die heimlich Zigarren rauchten und nachts in Kneipen herumstreunten, um verkommene Weiber zu betrachten, würden sich noch wundern.

Zugleich faßte ihn eine kaum zu beherrschende Eifersucht auf Alfred Labonté. Eduard Has hatte eine beweglichere Phantasie als Alfred, weil er viel las und sich überhaupt gern in fremdartige Lebenslagen hineindachte. Er fühlte, daß er, so toll er sich, wenn er erst Erbe war, auch betragen würde, gegenüber Alfred dennoch stets im Nachteil befinden werde, weil er gerade die Früchte, die es nur im zartesten Alter zu pflücken galt, hatte am Lebensast verfaulen lassen. Die Art von Lust, die Alfred bei seinen nächtlichen Ausflügen fand, würde aufgebraucht sein, wenn Eduard aus seinem Turm entlassen war. Wenn Eduard an die pflichtbewußten Mitschüler dachte, dann kamen sie ihm alle wie kastriert vor, von einer Harmlosigkeit, die um so peinigender war, als sie den Spiegel seiner eigenen Erscheinung bildete. Er empfand Alfreds Wildheit als abstoßend und zugleich verführerisch und anziehend. Er fühlte in seiner Begabung für den Genuß, daß an ihm selbst nichts verlokkend und bezaubernd war. Die vorsichtige Vernunft, der er sein Leben unterordnete, kostete einen hohen Preis, und es war noch nicht einmal sicher, ob sich das Geschäft lohnen werde.

Eduard vermutete manchmal, daß es den »verkommenen Subjekten« um ihr Vergnügen im engeren Sinn gar nicht ging. Vergnügen war etwas für Muttersöhnchen, die unfähig waren, es sich zu verschaffen. Alfreds Vergnügungen aber bildeten bei seinen Raubzügen gewiß nicht das Ziel, sie waren vielmehr zufällige Früchte, die angebissen und wieder weggeworfen wurden. Eduard Has würde als Bandenmitglied niemals in Frage gekommen, auch wenn er verwegener gewesen wäre, denn ihm fehlte die notwendige Härte, die im Grunde asketische Gleichgültigkeit gegenüber der Beute, die dem Leben nur aus grausamem Spieltrieb heraus entrissen werden durfte. Wie viele intelligente und friedliche Menschen hegte Eduard Has eine geheime Bewunderung für die Gewalt. So konnte er Alfred auch dann nicht vergessen, als der junge Labonté nach dem Urteil seiner Erzieher schließlich selbst zum »verkommenen Subjekt« erklärt worden war und erst sitzenblieb, dann aber die Schule überhaupt verlassen mußte. Selbst der ruhmlose Abgang beschäftigte Eduards Phantasie. Frei zu sein in diesem Alter! Und wenn dazu noch etwas Geld käme! Das war eben immer die Bedingung seiner Träume: Die Freiheit sollte ausgepolstert sein.

Solche Eindrücke werden unversehens zum Motor eines ganzen Lebens. Dort, wo Eduard Has seinen jüngeren Mitschüler und Nachbarn am heftigsten beneidete, hielt ihn das Gefühl eines Mangels lange Zeit von eigenen Erfahrungen ab. Has behandelte die Frauen, denen er begegnete, skeptisch und manchmal sogar unerklärlich schroff, weil er fürchtete, daß ihm in ihren Augen etwas fehle, das durch Liebenswürdigkeit nicht aufzuwiegen war. Als er sich schließlich ein Herz faßte, bewies er aber sogleich die sich später glanzvoll entfaltende Neigung zu großen Lösungen. Das Abitur lag schon hinter ihm, die Mutter hatte sein Taschengeld erheblich aufgestockt, und von Alfred Labonté war nichts mehr zu hören und zu sehen, als im Frankfurter Opernhaus eine aus Wien stammende Altistin mit Bizets »Carmen« gastierte. Das Publikum, vor allem aber der solide Kreis der Abonnenten war sich einig: Niemals habe man die männerverderbende Carmen derart glaubwürdig verkörpert gesehen. Und auch Eduard Has mußte sich eingestehen, daß ihm noch keine Frau so gut gefallen hatte wie die Wiener Altistin mit dem ungarischen Vornamen Etelka. Sie besaß eine selten tiefe Stimmlage, ein gelegentlich kehlig dunkles Gurren und eine Rauheit, die den Gesang an manchen Stellen inmitten philharmonischer Klangfülle in ein geradezu schockierendes Parlando verwandelte. Sie schien alle anderen auf der Bühne um einen Kopf zu überragen, bewegte sich in ihrem rot-schwarzen Flamencokostüm mit großen Schritten und füllte den ganzen Bühnenraum aus. Der Don José, den das Frankfurter Publikum als seinen Liebling betrachtete, bewegte sich im Vergleich zu ihr steif und hatte etwas Zwergenhaftes, wenn er neben ihr stand. Außerdem hatte man versäumt, sein natürliches holländisches Schweineblond mit einer schwarzen Perücke zu bedecken, während Etelka ein wahres Kunstwerk auf dem Kopf trug, mit Kamm und Blume ein Stück Perückenarchitektur, das sie noch raumverdrängender erscheinen ließ. Zu der Habanera führte sie einen eigentümlich langsamen, stelzbeinartigen Tanz vor und gurgelte dazu, als wolle sie ihren Todeskampf kunstvoll bereits in dieser ausgelassenen Szene anklingen lassen. Ja, das war kein verhuschtes kleines Mädchen, überhaupt nichts Halbes und Unfertiges, sondern die volle, möglicherweise schon späte, aber um so intensiver duftende und prunkende Blüte. Eduard Has sagte sich, während die ungarische Carmen die Arme wie schwere Schlangen in die Luft warf und sie nach einer Weile müde zurückklatschen ließ, daß es kein Wunder sei, wenn er bisher so gar kein Gefallen an den jungen Frauen gefunden habe, die in seinem Umkreis lebten. Im geheimen war er zugleich davon überzeugt, daß auch Alfred bei seinen Raubzügen auf keine Frau gestoßen war, die sich so wie die Sängerin vor aller Augen und zum Entzücken Frankfurts unter dem vergoldeten Bühnentor hätte drehen und wenden können und die dazu noch mit wahrhaft gefährlichen Untertönen sang. Eduard Has entschied, in diesem Augenblick zu beweisen, daß sein Zögern bisher nicht Schwäche, sondern souveränes Abwarten gewesen sei.

Die verstohlenen und offenen Kämpfe mit seiner Mutter, die ihm nichts Gutes zutraute und deshalb in ihrer liebenden Vorsorge stets über den Anlaß hinaus alarmiert war, hatten ihn ein äußerst schmerzhaftes Instrument kennenlernen lassen, an dem er sich, wenn er sich allzu widerspenstig zeigte, schließlich führen lassen mußte, wohin die Mutter ihn haben wollte. Eduard Has befand sich durch den grundsätzlichen Vorbehalt, den er allen Anordnungen seiner Mutter entgegenbrachte und der sich in einem listenreichen Widerstand äußerte, in einem Zustand andauernden Schuldbewußtseins, bei dem häufig nicht einmal mehr sicher war, worauf genau er sich bezog. Es konnte ihm geschehen, daß er zusammenzuckte, wenn er nur den Schritt seiner Mutter auf der Treppe hörte. Dieses Schuldbewußtsein hatte die Mutter entdeckt, sie hatte es hervorgezogen und sich nutzbar gemacht. Wie eine keltische Hexe, die das Seufzen der Ungeborenen in ihren Brei mischt, hatte sie aus einem Gefühl, das keine Stofflichkeit besaß, einen festen Draht gedreht und ihn ihrem Sohn durch die Nase gezogen. Und daran hielt sie ihn fest, wenn sie sich angesichts seiner gequälten Fügsamkeit auch manchmal Vorwürfe machte und darüber nachgrübelte, ob sie ihr Geheiminstrument nicht allzu unbedacht gebrauche.

Eduard gehörte zu den heiteren Temperamenten, die nicht unablässig über ihre Schwächen und Ängste nachdenken. Die Verbindung mit Etelka hatte dazu noch einem bisher peinlich empfundenen Mangel abgeholfen. Aber in jener Tiefe, die nur selten von einem Strahl des Bewußtseins erhellt wird, war ihm der Draht, an dem ihn seine Mutter bergauf und bergab zu führen verstand, eine schmerzliche Gewißheit, die einen Ingrimm erzeugte, wie ihn nur die Sklaven entwickeln. Zugleich wohnte dort unten auch die Furcht, eine andere Frau könne sich, wenn sie ihm nur ein wenig nähergekommen sei, gleichfalls dieses Ringes bedienen. Nun, Etelka war ihm nahegekommen. Sie besaß – das war wichtig! – keinen guten Charakter und hatte dennoch den mütterlichen Hexendraht nicht erspürt, denn sonst hätte sie auch daran gedreht, das stand bei ihrer Wesensart wohl fest. Diese Blindheit ihres Instinkts war wohl das schönste Geschenk, das ihm die Sängerin beschert hatte, der eigentliche Grund, warum er ihr ein freundliches Andenken bewahrte. Dann sank Etelka in Vergessenheit und wurde fast eine historische Figur für ihn, denn sie waren sich vor dem Krieg und also in einem anderen Zeitalter begegnet.

Eduard Has brauchte in keinen Spiegel zu sehen, denn schon Alfreds Befangenheit zeigte ihm, daß er gegen seinen Willen schief, vielleicht sogar hämisch lächelte, und er ärgerte sich darüber, denn er fühlte sich der Schulzeit schon seit langem so entrückt und allem kindischen Neid entwachsen, daß er gern einen anderen Eindruck bei dem ehemaligen Mitschüler hinterlassen hätte. Er hätte gern strahlend und auf natürliche Weise überlegen gewirkt und fürchtete nun, sein neues Leben nicht überzeugend genug zum Ausdruck gebracht zu haben. Im Grunde entsprach es seiner Stimmung, Alfred in freundschaftlicher Form eine Stelle in der »Verwaltung« anzubieten, wozu er ja jetzt auch imstande war. Seine Mutter, die Olenschläger, war gestorben und hatte zwar – gemeinsam mit ihrem Adler, dem Vetter Fred – eine sehr weitgehende Vorsorge getroffen, daß »ihr Sohn sich nicht ins Unglück stürzte«, wie sie sich ausdrückte, das hieß also, sie hatte seine geschäftliche Bewegungsfreiheit mit einem erzieherischen Mißtrauen eingeschränkt, das an biedermeierliche Kinderstuben mit Ställchen, Gängelband und Kopfpolster denken ließ, aber seit sie nun in der Familiengruft lag und der Deckel über ihr geschlossen war, hatte sich im Alltag ihre mütterliche Gewalt eben doch vermindert. Eduard Has kam nun in den vollen Genuß der Summe, die ihm bei Ausschüttung des Gewinns der »Verwaltung« zustand, und damit ließ sich etwas unternehmen. Er fragte sich, ob Alfred von seinen Glücksumständen erfahren habe, aber er wagte nicht, zwanglos davon zu erzählen.

Als er den Blick abwandte, sah er aus der Entfernung die weiße Gestalt von Alfreds Frau, die immer noch am Fenster stand, und das brachte ihn auf einen neuen Gedanken. »Bei uns ist es auch bald soweit«, sagte er und fühlte, wie ihn die Erwähnung der Schwangerschaft seiner Frau natürlich machte, »man sagt, im August – und bei euch?« – »Ach, das sind Sachen, die interessieren mich nicht«, sagte Alfred, indem er seine Hemmung überwand und seinen Trotz sehen ließ. Eduard Has lachte dankbar, denn wenn er auch der Geburt seines ersten Kindes mit hoher Erwartung entgegensah, so kam ihm doch der Abscheu vor Ammen- und Milchstubengraus unbedingt herrenhaft vor. Aber Alfred traute dieser Zustimmung nicht. Er spürte deutlich, daß Has sich sein zustimmendes Gelächter als bloßen Luxus gestattete, daß es sich bei ihm also um eine Prahlerei handelte, während aus den eigenen Worten verzweifelte Abwehr, vielleicht der Kampf des Ertrinkenden sprach.

Nein, es war unmöglich, daß Alfred und Eduard unbefangen miteinander umgingen. In den Jahren, in denen sie sich nicht gesehen hatten, war der trennende Riß sogar noch gewachsen. Eduard Has schämte sich im geheimen vor Alfred für die Art, wie er den Krieg herumgebracht hatte. Die alte Olenschläger hatte auch hier Vorsorge getroffen, denn sie teilte seit langem die Erwartung vieler Menschen in Europa, daß ein neuer Krieg kommen werde. Unter anderem erwarb sie also Anteile einer Uhrenfabrik in der Schweiz, die, wie sich später herausstellte, der wichtigsten Schweizer Waffenfabrikation Zeitmesser lieferte. Eduard Has hatte mit gerade vierundzwanzig Jahren seinen Doktor der Volkswirtschaft erworben, als er seine Volontärsstelle in Genf antrat, und zwei Monate später befand sich das Deutsche Reich im Krieg mit Polen, Frankreich und England.

Alfred Labonté wurde damals Soldat, und er blieb es bis zur Niederlage und noch darüber hinaus, als es die Lagerhaft der Sieger auszuhalten galt. Er kehrte übrigens als Stabsgefreiter aus der Kriegsgefangenschaft zurück. Darüber wurde allgemein der Kopf geschüttelt, denn der Krieg hatte die Erinnerung an den Napoleonischen Ausspruch vom Marschallstab im Tornister des einfachen Soldaten geweckt und vielfach bestätigt. »Wer nicht saudumm war oder ständig disziplinarische Schwierigkeiten hatte, der konnte der Beförderung überhaupt nicht entgehen«, sagte Eduard Has, der von Genf aus »kriegswichtig«, wie es hieß, gewaltet hatte. An der Intelligenz Alfred Labontés hegte niemand Zweifel, wenngleich man sah, wie wenig es ihm gelang, sie zu seinem Vorteil zu nutzen. Es waren vielmehr disziplinarische Verstöße ohne Zahl, die nicht nur jede Beförderung ausgeschlossen, sondern Alfred mehrfach in die Nähe eines Kriegsgerichtsverfahrens brachten. Seine Schmächtigkeit und die Uneigennützigkeit seiner Vergehen, außerdem eine nahezu geistesabwesende Verwegenheit, eine wahrhaft erschrekkende Todesverachtung schufen ihm immer wieder Beschützer in seinen Vorgesetzten, die bedauerten, ihm nichts Gutes tun zu können, aber das Schlimmste manchmal in letzter Minute verhinderten. Alfred hatte den Krieg im Zustand äußerster innerer Anspannung, in einer fortgesetzten berauschten Erregung zugebracht, die ihren Grund und ihr Ziel nicht kannte. Als er aus dem amerikanischen Lager bei Bad Kreuznach halb verhungert entlassen wurde, täuschte ihn seine körperliche Gebrochenheit anfangs über das Erlöschen dieses Erregungszustandes hinweg, bis er nach langsamer Genesung der Einsicht nicht mehr ausweichen konnte, daß er sich selbst fremd geworden war.

Eduard Has, der damals beobachtet hatte, wie Alfred langsam durch die Schubertstraße ging und manchmal wie ein alter Mann stehenblieb, dachte dann an die Jahre in Genf, die glücklich und nützlich verlaufen waren. Er hatte kein Jahr versäumt, sondern war auf seiner Lebenspyramide – denn daß es immer bergauf ging, stand für ihn außer Zweifel – ein wichtiges Stück höher geklettert. Schon bei seiner Rückkehr merkte Fred Olenschläger, daß sein Vetter sich inzwischen beachtliche Kenntnisse, was die Geschäfte betraf, erworben hatte. Trotz der Katastrophe der Niederlage liefen immer noch einige Fäden aus dem zerstörten Europa in die heil gebliebenen Teile der Welt, und Eduard Has wußte, wo sie liefen und wie man daran zog. In Genf war das Leben weitergegangen, in Deutschland war es stehengeblieben, so befand Eduard, als er sich umsah, obwohl doch dort, wo das alte Frankfurt gestanden hatte, nun ein unabsehbares Ruinenfeld lag. Auch sein Elternhaus lag in Trümmern. Von dem prächtigen Gebäude mit seinen roten Rusticaquadern und girlandengeschmückten Pilastern stand nur noch die Haustür, die halb geöffnet zwischen Schuttbrocken festgeklemmt war und einen Teil des im Westend nahezu obligatorischen »Salve«-Mosaiks sehen ließ, und auch dieser Anblick erfüllte den wohlgenährten Heimgekehrten geradezu mit Mutwillen. Er war zufrieden mit dem Werk der feindlichen Flugzeuge und erklärte, das Haus ohnehin demnächst abgerissen zu haben. In der Schweiz hatte man alles anders gemacht als zu Hause. Man aß in Genf andere Speisen als in Frankfurt, tanzte zu anderer Musik, sammelte andere Kunst. Has war Skiläufer geworden und hatte ein halbes Jahr lang eine chilenische Geliebte. Anfangs verschwieg er, was er dachte, denn er fürchtete, taktlos zu sein, aber nach kurzem schon offenbarte er seinen ungläubigen Frankfurter Zuhörern, daß man die Niederlage vor allem als große Chance begreifen müsse. Dachte er auch an Alfred, der nicht wie er selbst auf einem Sack angenehmer und lehrreicher Erinnerungen thronte, sondern der besiegt und geschlagen war und die Neugier auf große Chancen verloren hatte? »Das wäre nicht nötig gewesen«, sagten die braven Bürger, wenn Gastgeschenke überreicht wurden, und genauso empfand Eduard Has, daß es zwar gerecht sei, aber »nicht nötig« gewesen wäre, den armen Alfred so tief sinken zu lassen.

Alfred war indessen weit davon entfernt, sich als Opfer zu fühlen, und hätte bei der Vorstellung laut gelacht, daß er Eduard Has das Leben in Genf, während er selbst in den Schlammgräben lag, zum Vorwurf mache. Sich dreimal am Tag an einen mit zahlreichem Hotelsilber gedeckten Tisch zu setzten, um dort Coq au vin zu verzehren, erschien Alfred als eine Steigerung der Schrecken, die er zu Hause schon geflohen war. Er scherte sich nicht darum, ob man es gerecht nannte, daß er sechs Kriegsjahre lang, zum Teil auch durch seine eigene Schuld, fortwährend in Lebensgefahr geschwebt hatte, während Eduard Has in Genf das Wetter daraufhin prüfte, ob er am Wochenende Ski laufen könne. Gerechtigkeit war nicht das

Prinzip, an dem er sich und Eduard Has gemessen hatte oder immer noch maß. Das wäre überhaupt das Allerpeinlichste gewesen, wenn er jetzt gekommen wäre, um sich über Eduard Has zu beschweren und ihn wegen Pflichtvergessenheit zu verklagen. Gerade eine Pflicht, welcher Art auch immer, wollte Alfred ja nicht anerkennen, wenn man von seiner eigenen, nur für ihn selbst geltenden Maßregel absah, sich gegen jedermann und um jeden Preis feindselig zu verhalten und jede aufkommende Gemütlichkeit augenblicklich zu zerstören. Viel schlimmer und peinigender als die Einsicht vieler verlorener Jahre quälte ihn der Verdacht, daß Has ihn bemitleide. Wie er sich bemühte, ein freundliches Gesicht zu machen und Alfred mit diesem Entgegenkommen anzustecken! Das war nicht das werbende Lächeln, mit dem Has als Knabe zu der Bande Alfreds hinübergesehen hatte, um seine Beflissenheit zu zeigen. Dies Verhältnis hatte sich verkehrt. Dies Lächeln enthielt einen doppelten Sieg, denn zu eben diesem Lächeln des Mächtigen herab zu dem Hilflosen war in der versunkenen und zugleich immer gegenwärtigen Zeit der Spiele auf dem Christusplatz Alfred ja keinesfalls bereit gewesen. Jetzt mußte er ertragen, daß man ihm ins Gesicht hinein den Liebenswürdigen spielte. Was hatte Eduard Has so stark gemacht?

Keiner von beiden hatte sich jemals wirklich eingestanden, welchen Anteil die erotische Eifersucht an ihrer Feindschaft besessen hatte. Diese Eifersucht auf Alfred aber, die mit Eduards Bild von sich selbst, seinen Lustvorstellungen, seinen Ängsten und seinem Abscheu eng verbunden war, ja, die eigentlich ein Abbild dieser verschiedenen Empfindungen darstellte, war in nichts zerfallen, als sich herumsprach, daß Alfred Labonté geheiratet habe. Zu den Hilfskräften der Familie Has gehörte eine bucklige Zwergin, die aus Schlesien nach Frankfurt gekommen und dort vom Wohnungsamt noch während des Krieges in das Haus Olenschläger eingewiesen worden war. Nach dem Untergang des Wohnhauses fuhr sie fort, der Familie Dienste zu leisten, arbeitete aber auch für einige Nachbarn, bei denen sie meist die Einfahrt und den Hof fegte und die äußere Treppe putzte. Man ließ sie ungern ins Haus, weil sie als Friedensstörerin galt und ohne erkennbaren Anlaß grob werden konnte. Aber obwohl ihre Kenntnisse über jedes Haus, für das sie arbeitete, nur auf den Hinterhof und den Kohlenkeller beschränkt waren, wurde sie doch zu einem Bindeglied zwischen den einzelnen Häusern und unterlief so die undurchdringlichen Schutzmauern der Privatheit. Diese Frau, die auf den kriegerischen Namen Scharnhorst hörte und die, was Zähigkeit und Kampfbereitschaft anging, ihrem Namen auch alle Ehre machte, trug die Nachricht von Alfreds Heirat, so unaufwendig sie auch stattgefunden hatte, in die übrigen Häuser der Schubertstraße und auch zu Eduard Has, den sie damals bereits in voller Übereinstimmung mit den Akten der Frankfurter Universität mit »Herr Doktor« anredete. Die Fräulein Labonté seien dagegen gewesen, berichtete die Scharnhorst. Kein Wunder, es handele sich um eine Mädchen aus dem Erziehungsheim. Sie kenne das Mädchen, und diese Bekanntschaft war für die Scharnhorst offenbar der beste Beweis für eine zweifelhafte Herkunft. »Die ist ja seinerzeit aufgegriffen worden«, sagte die Scharnhorst und machte eine Pause, um diesem »Aufgegriffen« einen hinreichend fatalen Beigeschmack mitzugeben. Has gab sich ungläubig, um den Quell stärker sprudeln zu lassen. Er schätzte von jeher Gespräche mit Leuten wie Frau Scharnhorst, unterhielt sich auch häufig mit Herrn Herr, dem Heizer, der bei Alfred nur schweigsame Frühstücke gewohnt war, und erzählte genüßlich von den Äußerungen des Alteisenhändlers, eines riesenhaften Höhlenbewohners, dem er den brauchbaren Schrott, vor allem Heizungen und Bleirohre, die aus den Trümmern seines Elternhauses ausgegraben wurden, verkauft hatte.

»Wie sieht sie denn aus?« frage Has und konnte gerade noch vermeiden, daß allzuviel innere Beteiligung aus seiner Frage klang. »Eine Motte«, sagte Frau Scharnhorst, die ihren Schrubberstiel, der sie überragte, wie eine Lanze festhielt, wenn sie gesprächsweise Rast machte. Diese Äußerung schenkte Eduard Has jedoch keinen Frieden. Er glaubte, darin ein Zeugnis jener Befangenheit sehen zu müssen, die die Frauen befällt, wenn sie einander beschreiben sollen, und wandte sich enttäuscht von der Scharnhorst ab.

Sie hatte indessen nicht schlecht beschrieben, wie er später feststellte. Der kraftlose Flug der Motten und ihr kleiner Körper, der wie ein Stückchen Stroh ganz ohne Saft zwischen den Fingern zerfiel, wenn man sie zerdrückte, konnten einem schon einfallen, wenn man an das bleiche kleine Gespenst dachte, das Alfred Labonté geheiratet hatte. Eduard Has konnte sich überhaupt nicht beruhigen, als Herr Herr, der die Messingschilder des Klingelbrettes mit einem schwarzen Lappen abrieb, über die Straße zeigte und sagte: »Da drüben läuft die neue Frau Labonté«, übrigens ohne jeden bösartigen Unterton. Für ihn war die Familie Labonté eine Institution wie ein Apfelbaum, der dicke und kümmerliche Äpfel trägt und dabei doch immer er selber bleibt. Die neue Frau Labonté war für Herrn Herr die unvorteilhafte Verkörperung von etwas Hochachtbarem, und außerdem fand er sie gar nicht so kläglich, sondern führte ihr trauriges Aussehen mit einem gewissen Recht auf ihre Schwangerschaft zurück. Auch Has sah, daß sie schon schwerfällig zu werden begann. Er stellte sich vor, wie sie später Alfred folgen würde, der den Kinderwagen schob, so wie man das jetzt häufig bei den jungen amerikanischen Soldatenehepaaren sah, die schlampige Soldatenfrau und den zur Kinderpflege abgerichteten, kurzgeschorenen Halberwachsenen.

Eduard Has war nach der Zerstörung des Olenschlägerschen Hauses ein paarmal im Westend umgezogen. Nach dem Tod seiner Mutter, als er sich schon mit Heiratsplänen trug, hatte er eine Wohnung gefunden, die ziemlich nahe bei dem Trümmergrundstück lag, wo in nächster Zeit ein Neubau errichtet werden sollte, und so kam es, daß er den Leuten aus der Gegend, soweit sie noch am Leben waren, wieder täglich begegnete. Alfred Labonté hinwiederum hatte Eduards Frau in dem Milchgeschäft beobachtet, das in den Ruinen eines Eckhauses eingerichtet worden war – auch auf den Olenschlägerschen Trümmern stand eine Zeitlang ein solches Büdchen.

Und wieder war es die Scharnhorst, die in die Verhältnisse einführte. Seitdem sie unter das Dach der Olenschläger geraten war, in die ersten sicheren Umstände ihres Lebens, war sie eine Art von feudaler Vasallin des Hauses Has geworden. Eduard Has ahnte von dieser Gefolgschaft nichts, denn er bezahlte sie nicht einmal für ihre Dienste. Das tat die »Verwaltung«, deren rein juristische Körperlichkeit sich die Scharnhorst hinwiederum nicht vorstellen konnte. Im übrigen erfaßten ihre Augen und ihr Gefühl die Wirklichkeit oft überraschend richtig, und so erstreckte sie den Respekt, den die Fräulein Labonté bei ihr schon deshalb genossen, weil sie ihr so gut wie unsichtbar blieben, keineswegs auf Alfred, den sie häufig in seinem dunkelroten Bademantel vor der Kaffeetasse sitzen sah, wenn sie ihren Eimer in der Nähe der Kellertreppe mit Seifenwasser füllte. Der Instinkt sagte ihr, daß Leute, die ihrem Blick zugänglich waren, zum »Gesocks« gehörten, wie die Olenschläger sich ausgedrückt hätte. Es war deshalb, als wolle sie Alfred zurechtweisen, als sie ihm plötzlich zuzischte, die Dame an der Theke sei Frau Doktor Has. Die Scharnhorst übte ein selbstübernommenes Heroldsamt aus, zu dessen Pflichten es gehörte, Dorothée Has Respekt zu verschaffen. Das Zischen drang in jeden Winkel des reinlich nach Milch riechenden Ladens. Dorothée Has, die bezahlt hatte, hob verwundert ihren Kopf und betrachtete das Gesicht der Zwergin, das vor Eifer glühte. Daneben sah sie einen nachlässig gekleideten, knabenhaft mageren Mann, der errötet war und sie unwillig anschaute. Als sich ihre Blicke trafen, wandte er sich sofort ab. Er hatte aber genug gesehen, um sich nun in innerem Aufruhr zu befinden.

Es war nicht ihre Eleganz, die ihn beeindruckte, vielleicht, weil er niemals mit eleganten Frauen zu tun gehabt hatte. Er meinte sogar blitzartig festgestellt zu haben, daß auch Dorothée Has dem schwarzweißen Wollstoff ihres Kostüms nicht die mindeste Bedeutung beimaß. Sie war jung und hatte eine leicht bräunliche Haut. Ihre Hände sah er nicht, weil sie Handschuhe trug. Ihre Bewegungen hatten etwas Knappes und Sicheres, aber er war dennoch überzeugt, daß sie das Personal und die Kundschaft des Milchgeschäfts kaum wahrnahm. Entschiedenheit und Verträumtheit schienen sich bei ihr nicht widersprechen zu müssen. Alfred schämte sich bei dem Gedanken, daß sie ihn mit der Scharnhorst tuscheln sehen hatte. Die raschen Schritte, mit denen sie den Laden verließ, deutete er als Mißbilligung. Wenn diese Frau tadelte, so dachte er, dann machte sie sich einfach unsichtbar. Daß Eduard Has in den Besitz eines solchen Wesens gelangt war!

Alfred bemühte sich, keine Begehrlichkeit für die Frau seines Feindes zu empfinden. Er versuchte, sie wie eine Schwester zu betrachten, die gerade dadurch, daß sie ihm in ihrer Geistesart glich, besonders verwundbar und gefährdet war. Durch diesen Blick gelang es ihm tatsächlich, sich der wildfremden Frau eng verbunden zu fühlen. Und seine Empfindung wuchs noch, als Tante Mi eine Bemerkung machte, die eigentlich auf ihn zielte: Die jungen Leute aus den guten Familien gingen heutzutage wohl alle unpassende

Verbindungen ein. Der Erbe des Olenschlägerschen Vermögens habe unbedingt eine geschiedene Schweizerin heiraten müssen. Ausländerin war Eduards Frau also, Pech gehabt hatte sie wohl auch, und gewiß war sie einsam gewesen. So kombinierte Alfred, um sich im selben Augenblick, wie immer, wenn seine Gedanken sich in allzu wohlige Bezirke verirrten, für seine süßen Träume zu verachten.

Eine peinliche Begegnung dauert für die Beteiligten eine Ewigkeit. Für die Frauen, die Alfreds und Eduards Gespräch hinter den Gardinen verborgen beobachteten, ein in der Schubertstraße nicht ungewöhnlicher Zeitvertreib, blieb sie ein flüchtiger Augenblick, kaum länger, als wenn sich eine Amsel auf dem eisernen Weinblatt eines Vorgartengitters niederläßt, um gleich wieder weiterzufliegen. Auch Alfred schob schon in der Straßenbahn alles, was er gehört, gesagt und gedacht hatte, in den großen Sack, in dem, so hatte er sich geschworen, einmal sein ganzes Schubertstraßen-Westend-Leben landen sollte. Noch bevor er den Main sah, entdeckte er den ersten Möwenflügel am dunklen Himmel. Er fühlte Sympathie mit diesen Vögeln, die über dem Meer einsame Räuber und tollkühne Flugkünstler gewesen waren und nun an diesem gezähmten Fluß das Brot auffingen, das ihnen alte Frauen zuwarfen. Sie machten nicht den Eindruck, als ob sie sich schämten. Sollte man von ihnen lernen oder sollte man seine Schmach pflegen, frisch erhalten und niemals an ihr zu leiden aufhören? Was war edler? Alfred ärgerte sich, daß ihm das Wort »edel« in die Quere gekommen war, das der Vergessenheit anheimzufallen hatte.

Im Treppenhaus der Tanten hing ein großen Gemälde, »Der Aufbruch des Ritters von Cronberg ins Heilige Land«, nicht gut beleuchtet, erst recht nicht bei schönem Wetter, wenn rote und blaue Lichter von den bunten Glasscheiben des Treppenhausfensters darauf lagen. Alfred wußte, daß dieses Bild einmal große Macht über seine Phantasie besessen hatte. Der Abschied des Kreuzfahrers war in dem Moment geschildert, der dem unmittelbaren Aufbruch voranging und in dem einen Lidschlag lang vollständiger Frieden herrschte. Dieser Frieden schuf eine Insel in dem Ablauf der Geschichte. Man konnte sich vorstellen, daß der junge Ritter plötzlich erwachte, vom Pferd stieg und das Mädchen, das, von der Verzweiflung der Trennung erschöpft, an der Mauer lehnte, an die Hand nahm und mit ihr ins Haus zurückging. Ebenso möglich war, daß das Geplante und nun in diesem Augenblick schon nicht mehr Gewollte dennoch seinen Lauf nahm. Dieses Schweigen und Atemholen war vieldeutig, und im Betrachten wuchs die Hoffnung, daß es ewig dauere. Für den Maler hatte es diese Ewigkeit gegeben, und im dunklen Treppenhaus der Schubertstraße, mit seinen dicken Läufern, dem ungewissen Licht, den falschen blauweißen Delfter Vasen und den vielen geschlossenen Türen wohnte sie gleichfalls. Wie stark sie war, solange man in ihrem Bann stand, und wie nichtig, wenn man sie verlassen hatte! Unten auf der Flußinsel sah er den alten Mann, der die Tür des Schuppens lakkierte.

Das Kanu stand wie immer in der dunkelsten Ecke, und nun waren über den Winter auch noch ein paar lange Ruderboote davorgeschoben worden. »Ja, wenn Sie doch nur Bescheid gesagt hätten!« sagte der alte Mann, dem immer die Augen etwas tränten. »Sie wissen, wir sind hier nicht Herr im eigenen Haus. Es wird Zeit, daß die ›Germania‹ wieder ihren eigenen Schuppen hat. Ich will der ›Eintracht‹ nichts Böses nachsagen, denn jeder muß halt sehen, wo er bleibt ...« Alfred hörte dieses Jammern, ging an dem Hausmeister vorbei und begann die Hindernisse wegzuräumen. »Ja, der Vereinsgeist von damals, als ein Wilhelm Labonté das alte Clubhaus gebaut hat!« sagte der alte Mann, der Alfreds Vater nie anders als »einen Wilhelm Labonté« nannte. Der unbestimmte Artikel bezeichnete für ihn den großen Mann noch zutreffender als das schmückendste Beiwort. »Heut will jeder nur rudern, alle wollen sie rudern – aber niemand will für die Germania gradstehen. Bei der Eintracht ist es noch schlimmer, ein Trauerspiel«, sagte der alte Mann, während Alfreds Gegenwart sich nur durch das hohle Poltern mächtiger hölzerner Körper aus dem Dunkel nach draußen hin mitteilte. Alfreds Erscheinen löste eine greisenhafte Betulichkeit in dem Hausmeister aus, und so fuhr er denn auch in warnendem Ton fort: »An Ihrer Stelle würde ich heute aber nicht aufs Wasser gehen! Es hat schon ein paar Tropfen gegeben!« – »Sie streichen doch auch!« rief Alfred aus dem Schuppen heraus. Drinnen fiel ein langes Boot, das Alfred mit aller Kraft angehoben hatte, mit schwerem Schlag um. Eine lange Stange knallte auf den Boden.

»Was machen Sie nur? Das sind die Eintracht-Boote!« rief der

Hausmeister ängstlich, weil er Ärger befürchtete. Mit schlurfenden Geräuschen zog Alfred sein Kanu aus dem Haus. Er war in Schweiß geraten, auf seiner Stirn klebte ein staubiges Stück Spinnengewebe. »Und wer bringt jetzt alles wieder in Ordnung? Ich bin allein hier!« sagte der Hausmeister in seinem klagenden Ton. Die jungen Leute waren Wahnsinnige. Er war der letzte Bürge der Vernunft und der Rücksicht. Zugleich überwältigte ihn aber seine Schwärmerei für alles Jugendliche, und so stand er denn, den Pinsel in der Hand, dabei, als der Junge sein Kanu packte, ohne sich um die Fragen und Aufforderungen des alten Mannes auch nur mit einem Blick zu kümmern. Zum Schluß zog Alfred seine Trainingshose aus und wickelte sie zu einem festen kleinen Bündel zusammen. Vor der grauen Kühle des Himmels stachen seine Beine mit ihrer winterlich weißen Haut erschreckend nackt ab. Er schien überhaupt nicht zu frieren und verfuhr beim Verstauen und Packen planvoll und nach den Regeln der Kunst. »Wohin soll's denn gehen?« fragte der Hausmeister, der selbst niemals Boot gefahren war, obwohl er sein Leben im Clubhaus verbracht hatte.

»Wo das Wasser sauber wird«, sagte Alfred, ohne aufzusehen. Die Badeanstalten des Flusses waren gerade geschlossen worden. Zu viel Unrat schwamm neuerdings herum, aber hinter Hanau und den Fabriken bekam das Wasser plötzlich einen gesünderen Geruch und wurde an den Ufern nahezu durchsichtig, wenn es eine Weile nicht geregnet hatte.

»Zum Schwimmen ist aber heut erst recht kein Tag!« sagte der Hausmeister. »Ich hab' ja noch meine Weste an«, und er knöpfte den Kittel auf, um die dunkelgrau gestrickte Wolle vorzuzeigen.

»Schlaf schön!« sagte man am Abend in der Schubertstraße. Am Morgen erkundigte man sich dann, ob man tatsächlich wunschgemäß »schön« geschlafen habe. »Guten Appetit!« hieß es vor dem Essen. Nach dem Essen fragte man, ob es »geschmeckt« habe und sprach sodann von einer »gesegneten Mahlzeit«, ohne sich darum zu kümmern, von woher eigentlich der Segen kommen sollte und was unter Segen überhaupt zu verstehen war. Wurde man krank, dann gab es dafür ganz bestimmte Gründe: Man hatte die Mütze nicht aufgesetzt, die Handschuhe nicht angezogen, Kirschen gegessen und Wasser getrunken, und wenn man nun vernünftig war, dann folgte unfehlbar die schon vorher beschworene »Gute Besserung«. Alfred wurde klar, daß man die Welt, die er haßte, vollkommen durch die menschenfreundlichen Wünsche, die in ihr ausgetauscht wurden, beschreiben konnte. Da stand der Hausmeister mit seiner Angst vor dem Schnupfen wie ein letzter Sendbote der Schubertstraße mit ihrer erstickenden Fürsorglichkeit, und doch sprach aus dem alten Mann nur die Sentimentalität, nicht aber die viel bedrohlichere Kraft und Festigkeit der Tanten. Zugleich fühlte Alfred, wie weit seine Familienwelt schon hinter ihm lag.

In der Nähe der Brückenmühlinsel schwamm ein Schwanenpaar, das in einem Hüttchen auf der Insel nistete. Alfred kannte die Stärke dieser Vögel, seitdem in seiner Kinderzeit ein wütender Schwan flügelschlagend und fauchend auf ihn losgegangen war. Von daher packte ihn immer noch ein Schreck, wenn er die Schwäne vom Kanu aus auf sich zugleiten sah. Jedesmal aber überwand er dieses Angstgefühl und hielt sogar noch auf die Schwäne zu, bespritzte sie mit seinem Paddel und versuchte, sie mit dem Boot zu berühren, und jedesmal schwammen sie mit einem entrüstet klingenden Husten aus den langen Hälsen geschmeidig davon, als hätten sie ihre Überlegenheit vergessen.

Heute jedoch warf er nur einen zerstreuten Blick auf die Schwäne, als er das Kanu ins Wasser ließ, mit nackten Füßen nachplatschte und den Balanceakt des Einsteigens in seinen Fischschwanz vollzog. Er nahm sich nicht einmal die Zeit, sie zu ärgern. Mit zwei Paddelschlägen war er über sie hinausgeschossen, und dabei erfüllte ihn ein solches Glücksgefühl, daß er sogar dem alten Hausmeister noch einen Gruß zuwinkte.

Alfred ging seine Fahrt ruhig an, als liege alle Zeit der Welt vor ihm. Trotz der drückenden Wolkendecke wehte ein sauberer, trokkener Wind von Westen und schob ihn ein wenig vor sich her. Das Mainufer, wo der Dom stand, bot einen sonderbaren Anblick, wenn man noch die alte Mainfront mit ihren klassizistischen Palais gekannt hatte. Die Trümmer waren weitgehend beseitigt, und der Domturm sah mit seinem schön gegliederten Sandsteinkörper wie früher aus den niedrigen Häusern hervor, aber die Häuser selbst, anspruchslose, neue Baukastenkonstruktionen, leicht und billig, gaben der Front ein unwirkliches Aussehen. Man fand viele Details, die den Eindruck einer gewachsenen alten Stadt beschworen, doch dann glitten die Augen über diese unstabile Kulissenwelt, ohne an etwas wirklich Festem ihren Halt zu finden. Das erste reale Bauwerk war die Ruine der Rothschildschen Bibliothek, ein Säulenportikus, der nun ins Leere führte und aufgrund einer Lücke im Wiederaufbauplan der Stadtverwaltung noch nicht abgeräumt worden war. Dann begannen die ausgedehnten Hallen des Großmarktes und die Docks des Osthafens, schwärzliche Backsteinbauten und Blechhütten, ein Gelände, das viel altertümlicher wirkte als das verwüstete mittelalterliche Herz der Stadt und in dem Alfred sich aus den Schwarzmarktzeiten gut auskannte. Hier fühlte er sich klein in seinem Kanu, und hier galt es auch aufzupassen, daß man nicht einem größeren Schiff vor die Bugwelle lief. Silos und Kohlenberge auf dieser Seite des Flusses, aber auf der anderen begannen schon Wiesen und Kleingärten und große Gärtnereien für Gemüse, Kräuter und Salat. Hier lag auch, von hohen Kastanien umgeben, die Gerbermühle, das einstige Landhaus der Familie Willemer, heute eine Gartenwirtschaft für Apfelwein und Pflaumenkuchen, ein Ziel jener kleinen Dampfer, die vom Eisernen Steg Ausflugsgäste heranbrachten.

Alfred erinnerte sich genau an das schlichte alte Haus und an schwüle Sommernachmittage mit Wespen und aufziehenden Gewittern. Sein Vater sprach an einem der Gartentische mit Zufallsbekanntschaften, während er selbst im Kies spielte oder am Fluß den Anglern zusah. Die Erinnerung war für sich gesehen nicht unangenehm. Sie war ein Bildchen, das aus dem Strom vorbeigerauschter Zeit schwach und harmlos herausragte, und enthielt eigentlich den freundlicheren Teil seines Lebens, in dem das Zeitvergeuden noch nicht mit den Gefühlen der Reue verbunden war. Und zugleich lag darin auch wieder ein Irrtum, denn es gelang eigentlich niemals, einzelne Szenen aus der Vergangenheit herauszulösen. Immer hing ein Leporello peinigender Erinnerungen daran und erregte den ganzen Schauder, der Alfred ergriff, wann immer er über sein Leben nachdachte.

Die Biegung, die der Main bei Fechenheim macht, läßt ihn wie einen breiten Strom erscheinen, in dem es neben der Hauptströmung auch Gegenströmungen und ganz stille Wasserflächen gibt. Bald danach aber, wenn rechts und links flaches Wiesenland mit Apfelbäumen den Fluß einzufassen beginnt, verliert er wieder diese Mächtigkeit und fügt sich friedlich in die bäuerliche Gartenlandschaft ein. Bei Rumpenheim gibt es eine Fähre, die an einem Seil durch die Strömung über den Fluß getrieben wird. Sie hält keinen Fahrplan ein, sondern wird nur in Bewegung gesetzt, wenn man dem Fährmann zuwinkt. Bis zu einer Entenjagd – einer unsinnigen riskanten Unternehmung mit einem amerikanischen Armeerevolver – hatte Alfred in dem Häuschen dieses Fährmanns, der außerdem eine Fischzucht betrieb, manchmal gebratene Weißfische oder ein Stück Schleie gegessen. Danach traute er sich nicht mehr dorthin, obwohl er den Mann im Verdacht hatte, sich auch nicht sklavisch an jedes Gebot zu halten. Aber solche Leute waren eigenartig. Der Fährmann glaubte womöglich, seine Wildereien seien so lange Rechtens, wie er darüber wachte, daß sich kein Nachahmer fand. Alfred war sich in diesem Augenblick bewußt, wie unerhört fremd ihm die meisten, nein, eigentlich alle Menschen waren.

Während des Krieges waren ihm immer wieder Soldaten und Offiziere begegnet, die ihm Sympathie entgegenbrachten, aber es war keine einzige Freundschaft daraus entstanden. Manchmal glaubte er, nicht die gleiche Sprache wie die ihn umgebende Menschheit zu sprechen. Es sprach für seinen Gerechtigkeitssinn, daß er zu ergründen suchte, welche Eigenschaft seiner beiden Tanten Mi und Tildchen, die ihn und nun auch seine schwangere Frau bei sich in ihren ganz auf ihre eigene Lebensform eingerichteten Haushalt aufgenommen hatten, ihm eigentlich am unerträglichsten vorkam, und er mußte sich eingestehen, daß ihm nichts Nennenswertes einfiel. Seine Tanten waren ältliche, bürgerliche Damen, die ihr Leben in einer bestimmten Ordnung verbrachten. Aber war diese Ordnung ein Ausdruck ihrer Persönlichkeit oder nur etwas Vorgefundenes, das ihnen zu unbedeutend vorkam, um sich die Mühe zu machen, es abzuschaffen? Tante Tildchen lebte mit ihren Blumen und düngte, topfte um und goß. Sie schnitt den Rosenstock im Hof und deckte ihn im Winter mit Stroh gut zu. Er hatte sie aber auch beobachtet, wie sie sich diesem Rosenstock, der in dem schattigen Hof zu wenig Sonne bekam, um viele Blüten hervorzubringen, mit ihrer Gartenschere behutsam näherte und die einzige Rose, die seine Kräfte herausgetrieben hatte, abschnitt. Alfred entdeckte sie später vor der Fotografie seines Großvaters im schwarzgetäfelten Herrenzimmer, wo sie innerhalb eines Tages schon Blätter hatte fallen lassen. Tante Mi, der Alfred die Intelligenz nicht absprechen konnte, las außer der Zeitung, und zwar von den bürgerlichen Frankfurter Blättern das eher Anspruchslose, überhaupt nichts, rührte jedenfalls keines der Bücher aus dem hohen, mit grünen Seidengardinen versehenen Bücherschrank ihres Vaters an und kaufte in der Zeit, in der Alfred bei ihr lebte, kein einziges Buch dazu. Über dem Leben in der Schubertstraße lag eine schwere Stille wie das Moltontuch, das auf dem Eßtisch die Teller leicht in der Tischdecke einsinken ließ. Jedes Tellerklappern, jeder Satzfetzen, den ein Luftzug aus einem Nachbarhaus hereinwehte, wirkte fast wie eine Indiskretion, als habe alles Leben sich verborgen zu halten. Lange Stunden des Tages lagen die von der Familie »Gesellschaftsräume« benannten Zimmer leer da, als wolle man das Mobiliar bei seiner wispernden Zwiesprache nicht stören. Wenn man aus dem Fenster sah, filterte ein alter Fliederbaum den geraden Blick auf die Straße. Auch die Hortensien des Vorgartens waren im feuchten Schatten schon zu ballonhaften Büschen angewachsen, deren Blätter die Fenstersimse des Parterres berührten. Dann kamen die Lanzengitter mit ihren wehrhaften eisernen Spitzen. Aber was war es, was hier geschützt werden sollte? Wie sah das Leben aus, das nach solcher Verborgenheit verlangte? Mi und Tildchen verbrachten einen großen Teil des Tages in ihren Zimmern. Schon bald nach dem frühen Abendessen »zogen sie sich zurück«, wie das hieß, obwohl es gar kein brausendes Leben im Haus gab, von dem man sich hätte absondern müssen. In Nachthemden und mit von Nadeln und Kämmen befreitem Haar – Tante Mi mit einem mädchenhaften stahlgrauen Zopf –, reichten sie sich die Hände, um sich für die Stunden der Dunkelheit voneinander zu verabschieden. Dann wandten sie sich auf flachen Sohlen halb wie Enten und halb wie Tänzerinnen ihren Zimmern zu und schlossen die Türen.

Nur ganz selten einmal gaben sie etwas preis von dem, was sie dachten, und auch das nur wie einen Blick durchs Schlüsselloch und also, ohne die geistige Landschaft sehen zu lassen, der ihre Gedanken entsprossen waren.

»Was genau bitte ist ein Himmelfahrtskommando?« hatte Tildchen im letzten Herbst beim Mittagessen gefragt. Sie hatte Post bekommen, einen Brief von der Mutter des Prokuristen, der schon zu Beginn des Polenfeldzuges gefallen war, und befand sich seitdem in zerstreutem und zugleich gespanntem Zustand. Wie sie es immer tat, hatte sie auch dieses Jahr der Mutter zum Todestag ihres Sohnes Blumen geschickt. Nicht immer hatte sie Antwort erhalten, diesmal aber schien sich die alte Frau zu einem längeren Brief aufgerafft zu haben.

»Ein Himmelfahrtskommando ist etwas Militärisches«, antwortete Mi in strengem Ton. Vermutlich reizte sie das leise Flattern in der Stimme ihrer Schwester. Mi vertrat gelegentlich den Standpunkt, daß Tildchen sich oft nur deswegen aufrege, weil sie nicht sachlich sei. Auch jetzt vermutete sie Tildchen im Bann von etwas Unsachlichem und bewies ihre Entschlußkraft und Phantasie durch das Erfinden einer Erklärung, was erfahrungsgemäß den Wissensdurst ihrer Schwester löschte. »Ein Himmelfahrtskommando heißt soviel wie: Helm ab zum Gebet. Soldaten beten vor der Schlacht, das weißt du doch.« – »Soso, er hat also vorher gebetet», sagte Tildchen mehr zu sich selbst und in dem Bemühen, die soeben empfangene Belehrung in den nur ihr bekannten Zusammenhang zu stellen. Alfred ließ sich dazu verleiten, sie durch ein böses Lachen wieder aufzuschrecken. »Aber warum sagt man denn Himmelfahrt?« fragte Tildchen in wachsender Unruhe. »Man kann auch Höllenfahrt sagen«, antwortete Alfred genüßlich, »man kann auch sagen: Fahrt auf den Abfallhaufen oder ins Loch, je nach Glaubensbekenntnis. Woran glaubst du denn, Tante Tildchen?« Und dabei sah er Tante Mi frech ins Gesicht.

Tildchen schwieg. Sie hatte auf einmal verstanden, was er meinte, und war durch dieses neue Wissen in höchsten Alarm versetzt. Mit allem Eifer, den der gesunde Menschenverstand, der doch immer irgendwie mit den tatsächlichen Verhältnissen in Übereinstimmung stehen soll, ihr nur eingeben konnte, erklärte sie: »Man kann mir nicht weismachen, daß es so etwas allen Ernstes gibt. Als Fehler ja! Als menschliches Versagen! Aber doch nicht als Absicht! Man will im Krieg doch gewinnen! Was hilft einem da, wenn die besten Leute schon vorher tot sind? Man greift doch den Feind nicht an, wenn man genau weiß, daß er stärker sein wird? Ich bin gewiß sehr ungebildet, aber ich weiß von meinem lieben Vater her, daß es so etwas wie die Regeln der Kriegskunst gibt.« Von den »Regeln der Kriegskunst« hatte Friedrich Labonté immer gesprochen, wenn er erwähnte, daß während der Verhandlungen zum Frieden von Frankfurt sowohl an Bismarck als auch an Moltke ausgesuchte

Bordeaux-Weine von »Wwe. Labonté« geliefert worden waren. Von Moltke gab es sogar ein Handschreiben des »Dankes und der Anerkennung«, auf Grund testamentarischer Verfügung Friedrich Labontés heute im Archiv der Stadt Frankfurt. »Und es ist doch gegen jede Regel der Kriegskunst« – sie beschwor diesen Ausdruck wie eine letzte Zuflucht – »wenn ich die eigenen Soldaten bewußt totschießen lasse! Und dann noch der Ausdruck! Das Zynische daran zeigt mir, daß du dir das alles ausgedacht hast.«

Aber obwohl Alfred sich nun unmittelbar angegriffen sah, fühlte er doch, daß Tildchen, so heftig sie sich Mut zugesprochen hatte, ihren eigenen Worten schon selbst nicht mehr glaubte. Alle Befürchtungen, die sich auf den Tod des Prokuristen bezogen und die in Ereignissen wurzelten, die diesem Tod vorausgegangen waren, hatte sie mit ihrer Trauer zugedeckt. Nach dem Brief und Alfreds Erläuterungen waren die alten Ahnungen plötzlich wieder da.

Der Prokurist von »Wwe. Labonté« hatte sich der Einberufung zur Armee entziehen wollen, und er besaß auf Grund einiger Beziehungen auch die Hoffnung, daß ihm das gelingen werde. Im Vertrauen auf diese Aussichten war er so ungeschickt gewesen, den schriftlichen Einberufungsbescheid, der ihm als bloßer Irrtum erschien, unbeachtet zu lassen. Was diesen sachlichen, im Geschäftsleben stehenden Mann derart verblenden konnte, blieb ein Rätsel. Jedenfalls sah er sich plötzlich furchtbaren Anschuldigungen ausgesetzt. Es fiel sogar der in Kriegszeiten Todesschrecken verbreitende Ausdruck Desertion. Indessen war für lange Aufregungen gar keine Zeit. Die Schwestern Labonté fanden kaum Gelegenheit, sich wieder zu fassen, da war er auch schon eingerückt. Der Krieg war da, und acht Tage später stand der Mann als »gefallen« in der Zeitung. Tildchen verstand nur, daß sie ihn nun nie mehr wiedersehen würde, aber alle anderen Leute benutzten das Wort »Held« im Zusammenhang mit dem Tod des Prokuristen völlig selbstverständlich. Wenigstens wich damit die Beunruhigung über mögliche Ehrenrührigkeiten. Vor allem tröstete sie, je länger der Krieg dauerte und je mehr Leute starben, das Naturgewalthafte eines solchen Soldatentodes.

Gerade diese Vorstellung einer von niemandem persönlich veranlaßten Katastrophe aber ging nun während des Mittagessens unerwartet wieder verloren. Was Alfred dabei vor allem in Erinnerung blieb, das war der sich an diese Eröffnung anschließende Dialog seiner Tanten, die plötzlich zu sprechen begannen, als sei er nicht mehr zugegen. Und obwohl er nicht verstand, wovon sie sprachen, hatte er wie gefesselt auf seinem Stuhl gesessen und schweigend gelauscht. »Jetzt sieht ja alles ganz anders aus, als du immer gesagt hast«, sagte Tildchen in einem bösen Ton, der aus ihrem harmlosen Gesicht heraus überraschend wirkte. Alfred glaubte, sie werde Mi nun die falsche Erklärung des Himmelfahrtskommandos vorhalten, aber davon war nicht die Rede. »Du hast gesagt, daß er immer nur das Gute wollte und das Vernünftige, und nun kommt heraus, wozu er tatsächlich fähig war.« – »Ich habe niemals gesagt, daß er nur das Gute wollte und das Vernünftige. So einfach war er nicht«, sagte Mi mit großer Kälte. »Er tat viel Böses ...« – »Allerdings, wie wir jetzt wissen«, unterbrach sie Tildchen. »Er tat viel Böses«, sagte Mi unbeirrt, »aber ich weiß nicht, wie böse er selbst eigentlich war. Ich glaube, daß er in Wahrheit sehr schüchtern war, schüchtern und höflich ...«

»Das haben wir ja gesehen«, unterbrach Tildchen zum zweitenmal, und allein dieses wiederholte Unterbrechen ließ Alfred erstaunen, denn nichts war im Hause Labonté so verpönt. Aber Mi war in eine Abwesenheit verfallen, gleichfalls äußerst ungewöhnlich. »Er war einsam«, sagte sie dann leise, »einsam und nicht besonderes gut aussehend und sehr kompliziert«, und dazu schüttelte sie den Kopf bekümmert wie eine Mutter, die weiß, daß es keine Entschuldigung gibt und die trotzdem ein Recht auf ihre Trauer besitzt.

Sprachen die Tanten etwa als Liebende? dachte Alfred, und ein kindliches Entsetzen, wie es der Anblick elterlicher Liebesverwirrungen auslöst, breitete sich in ihm aus. Und wen mochten sie da ins Herz geschlossen haben? Das Wort Liebe wagte er kein zweites Mal zu denken. Wer war er, über den so zornig und so nachdenklich gesprochen wurde? Doch obwohl ihn diese Frage nicht losließ, versuchte er nie, diesem Gespräch auf den Grund zu gehen, denn er wollte sich nicht noch fester an die Welt, aus der er stammte, binden. Während er mit dem Paddel wie mit zwei flachen Löffeln das ruhige Wasser bewegte, das, je weiter er sich von Frankfurt entfernte, an den Rändern immer langsamer dahinströmte, kamen ihm die Tanten mit ihrem Geheimnis wieder in den Sinn. Sie verloren die familiäre Seite ihres Wesens, die ihn immer so verbittert hatte, und gewannen beinahe eine gewisse Unheimlichkeit. Das machte es leicht, vor ihnen zurückzuweichen, aber unmöglich, sie zu verachten, und enthielt zum Schluß sogar einen Ansporn des Trotzes und eine neue Anziehung.

Bei Steinheim, dessen Umrisse von dem tief liegenden Wasserspiegel aus kaum über die Weidenböschung ragten, wandte sich der Fluß nach Süden, und zugleich riß die Wolkendecke auf, und blendend scharfe Strahlen, vor dem Grau körperlich sichtbar, erzeugten auf dem Wasser blitzende Reflexe. Alfred kam es vor, als nähere er sich einer Fläche flüssigen Quecksilbers, aus der noch nicht geschmolzene Stoffe schwarz hervorsahen: zwei Flaschen, die ihm langsam entgegenkamen, und eine Art Klumpen, der sich aus dem weißen Licht herauslöste und im Näherkommen tiefer zu sinken und kleiner zu werden schien. Alfred hatte im einzelnen keinen festen Plan und liebte das Paddeln zu sehr, um es vorzeitig aufzugeben. Er wollte auf jeden Fall noch Groß-Auheim, Hainstadt und Klein-Krotzenburg passieren und Seligenstadt erreichen. Obwohl er nie eine Kirche betrat, liebte er es, die Seligenstädter Basilika buchstäblich aus dem Wasser auftauchen zu sehen. Wenn nicht schon immer von den Kirchenlanghäusern als Schiffen gesprochen worden wäre, dann hätte Alfred diesen Wortgebrauch bei der Annäherung an die Seligenstädter Basilika erfinden können.

Was später geschah, wollte er nach der Uhrzeit entscheiden. Um so kostbarer war das Gefühl, auf dem Wasser zu sein. Alfred bedauerte nur, daß er nicht jeden einzelnen Augenblick festzuhalten vermochte, denn so langsam er dahinglitt, befand er sich doch in beständiger Bewegung. Die Eindrücke flossen an ihm vorbei wie die leise plätschernden Wellen. Wenn ihm etwas entgegenschwamm, ergriff ihn die Lust zu spielen. Die Flaschen tauchte er mit dem Paddel unter, und er freute sich kindlich, wenn sie wieder nach oben schossen. Beide waren verkorkt, aber ohne Flüssigkeit. Die Neugier, ob ein Brief darin sei, erwachte gegen alle Vernunft und erheiterte ihn durch den bloßen Gedanken. Zugleich begann er zu frieren. Die Sonne hatte zu kurz geschienen, um schon zu wärmen.

Als er sich dem Ufer näherte, kreuzte der dunkle Klumpen schließlich seinen Weg. Alfred wollte ihn gerade wie die Flaschen untertauchen, als er genauer hinsah und erschreckt das Paddel zurückzog. Da schwamm ein Paket, das mit dickem Bindfaden umwunden war, aus vollkommen durchweichten, überall zerfallendem Zeitungspapier, obgleich Alfred verschiedene Zeilen noch deutlich lesen konnte: »... entschieden zurückgewiesen«, hieß eine Überschrift, eine andere: »... Kreistagsbeschluß aufge...« Und dieses Paket gab nun seinen Inhalt preis: eine kleine Hand, zur Faust geballt, einen kleinen Fuß, und gerade als Alfred mit dem Kanu ganz nahe herangekommen war, wischte eine Bewegung des Wassers einen großen, weichen Fetzen Papier behutsam, so schien es, beiseite, und der Kopf eines neugeborenen Kindes wurde sichtbar, bläulich rot mit gerunzelter Stirn, gekraustem Näschen und kaum geöffneten Augen. Das Wasser, das jeden Blutstropfen von seinem Treibgut abgewaschen hatte, hielt das Paket in sanftem Schaukeln. Die Fetzen des Zeitungspapiers schienen wie durch eine Lebensregung bewegt zu sein: ein kleiner Moses, dessen Körbchen gesunken war. Das Bündel trieb, wie alles, was in den Fluß geworfen wird, dem Ufer zu. Wahrscheinlich reiste es noch nicht lange im Fluß.

Alfred dachte an seine Frau, die demnächst auch solch ein Wesen gebären würde. Er fragte sich, ob sie zu einer solchen Tat fähig sei, aber er blieb grübelnd bei der Überlegung hängen, daß sie wahrscheinlich zu träge dazu wäre. Es gab Erzählungen von ausgesetzten Kindern, Helden und Märchenfiguren, die gerade aus dieser Grausamkeit ihre Kraft gezogen hatten, von Wölfinnen, Ziegen und Hirten ernährt und schließlich von allen bestaunt. Vielleicht war es das Klügste, was Eltern ihren Kindern antun konnten, wenn sie sie frühzeitig auf die Reise schickten, wie es auch mit diesem kleinen Wesen geschehen war. Man müßte allerdings verhindern, daß sie sterben, überlegte er, sie müßten fürs erste von Wärme und Nahrung umgeben sein, bis die ihnen vom Schicksal bestimmte Ziege sie findet. Wahrscheinlich war es überhaupt besser, den Säugling in seinem sicheren Bettchen liegen zu lassen und statt dessen selbst abzureisen. Alfred empfand es nicht als Zufall, daß er auf seiner sanften Fahrt nach Seligenstadt schließlich dem kleinen Körper begegnet war. Er hätte gern seine Frau gerufen und ihr den toten Säugling gezeigt. Sie hätte vielleicht verstanden, was ihr damit gesagt werden sollte, denn in mancher Hinsicht, das wußte er, waren sie sich ähnlich. Fast kam es ihm vor, als habe er auf seiner Fahrt auf dem endlosen Fluß seinen soeben geborenen Sohn getroffen, der gleichfalls losgezogen war und sein Nest hinter sich gelassen hatte.

Als solchen Reisenden, so fühlte Alfred Labonté, würde er seinen Sohn lieben können und ein Leben lang im Herzen tragen.

Ein Schwarm kleiner Fische begleitete das Kind. Wann immer ein Sonnenstrahl ins Wasser drang, blitzte ein silberner Pfeil durch das Dunkel. Manchmal sprangen die Fische sogar, aber Alfred sah niemals einen von ihnen in der Luft, sondern hörte nur immer das Plumpsen, als sei ein kleiner Stein ins Wasser gefallen. Und in seinem Zuschauen ließ er sich mit dem Kind zusammen ein Stückchen zurücktreiben. Kaum merklich zogen die Binsen und Grasbüschel nun wieder in anderer Reihenfolge an ihm vorbei.

Die Sonne stach, nachdem sie sich freigekämpft hatte. Auf seinem Nacken fühlte er geradezu einen kleinen Schmerz. Auf das Boot setzten sich Fliegen, und über dem Ufergewässer stand in einem Sonnenstrahl eine Wolke winziger Mücken. Unwillkürlich unternahm Alfred einen Versuch, die Richtung zu ändern. Er tauchte das Paddel ein, drückte Wasser beiseite, und diese Bewegung unter der Oberfläche pflanzte sich fort, bewirkte eine flache Erschütterung der glänzenden Haut, erreichte das Kind und drehte es mühelos wie eine Kugel um. Nun sah der kleine Hinterkopf mit seinen schwarzen Haaren aus dem Wasser, und zugleich wurde eine tiefe Wunde auf dem Rücken sichtbar, von dem die Zeitungswindeln abgefallen waren. Alfred, der im Krieg so viele schreckliche Wunden gesehen hatte, mußte den Kopf abwenden. Ob eine menschliche Hand dieses Kind so grausam verletzt hatte oder ob das bereits die Wasserratten gewesen waren, deren nasse Fellrücken hier und da dem Ufer zustrebten, wenn das Kanu näher kam, wagte er nicht mehr zu erforschen. Er empfand plötzlich, wie nah er in seinem Boot, in dem seine Beine schon unter der Wasseroberfläche lagen, der kleinen Leiche war. Mit abgewandtem Kopf begann er verzweifelt zu paddeln, Wasser spritzte, das Kanu schwankte, und bei der Vorstellung, zu kentern und neben dem toten Kind aufzutauchen, befiel ihn einen Augenblick hilfloses Entsetzen. Dann half ihm der Fluß. Eine stärkere Strömung ergriff das Kanu und trieb es in die Flußmitte. Dort faßte er sich und lenkte sein Boot weiter der Sonne entgegen, aber die Freude kehrte nicht zurück. Seine Beine froren, und sein Kopf war heiß. Er beschloß, bald ein Ende zu machen.

Daß Alfred an diesem Abend nicht nach Hause kam, merkte niemand, denn man wartete nicht auf ihn. Nach solchen Ausflügen kam er oft nicht sofort nach Hause, sondern strolchte noch herum, wie Mi das ausdrückte. Beim Mittagessen, zu dem sich seine Frau, unter Rückenschmerzen leise klagend, schließlich erhob, stellte sich dann heraus, daß er nicht im Hause war. Sein Bett lag im selben festgestopften Zustand da, wie Fräulein Emig es am Tag zuvor hinterlassen hatte; da war es nämlich frisch bezogen worden. Auch jetzt brach noch keine Besorgnis aus. Bevor die Niedergeschlagenheit ihn ganz ergriffen hatte, war Alfred manchmal tagelang weggeblieben, aber im Laufe des Tages kam doch Ärger auf, in jener wortlosen Art, die für das Haus Labonté bezeichnend war. Alfreds Frau hatte viele Beschwerden. Sie mochte fast nichts mehr essen, weil ihr von allem übel werde. Ihr Gesicht glänzte plötzlich vor Schweiß. Das lenkte etwas ab. Ihre Unfähigkeit, richtig dafür zu danken, daß überhaupt einer ein bißchen bei ihr saß, hatte zunächst natürlich das Urteil der Tanten über sie bestätigt, aber schließlich freuten sie sich doch, daß das Mädchen versuchte, sich menschlich zu betragen, und lächelten sie an, während sie ihr abwechselnd die Hand hielten.

Am späten Nachmittag klingelte das Telefon und zerstörte den nervösen Frieden heimlichen Wartens. »Wohnt bei Ihnen ein Alfred Labonté?« fragte eine Männerstimme. Schon die Frage empfand Mi als Schreckensbotschaft. Kurze Zeit später erschien ein Kriminalbeamter, der sich im farbigen Dunkel des Treppenhauses neugierig umsah. Wann man Alfred Labonté zum letztenmal gesehen habe? Tante Tildchen antwortete leise, daß sich ihr Neffe gestern vormittag um halb zehn von ihnen verabschiedet habe, um zum Main zu gehen. »Zum Main!« sagte der Kriminalbeamte und hob die Augenbrauen. Tante Mi ahnte Schlimmes und fühlte die Notwendigkeit, den Rechtsanwalt ihres Vaters, einen Freund der Familie, um seinen Beistand zu bitten. Der Beamte sah, wie mühsam die beiden Damen ihre Haltung bewahrten, und wurde verlegen. »Das alles kann sich auch als ein Mißverständnis herausstellen«, sagte er mit falscher Harmlosigkeit. Bei der Fechenheimer Schleuse sei ein gekentertes Kanu gefunden worden. Der Hausmeister des Germania-Ruderclubs habe es sofort erkannt. Im hinteren Teil des Bootes sei eine Tasche mit Pullover und Socken verstaut gewesen. »Haben Sie den Pullover?« fragte Mi. »Draußen im Auto«, sagte der Beamte und schlug die Augen nieder.

Ein zweiter Polizist, der auf der Treppe gewartet hatte, brachte den Pullover in einer Tüte. Fräulein Emig wurde gebeten, die Tür zu schließen. Der übelriechende, mit schmutzigem Flußwasser vollgesogene Pullover wurde entfaltet. Kein Zweifel war möglich; da lag Tildchens Weihnachtsgeschenk, an dem sie monatelang täglich ein Stückchen gestrickt hatte. Die Schwestern berührten die filzige Wolle, als sei sie nicht wasser-, sondern blutgetränkt. Der wortführende Beamte beeilte sich, das beunruhigende Indiz wieder in die Tüte zu stecken, und wies darauf hin, daß der Pullover »letztendlich«, wie er auf der Suche nach einem tröstenden Ausdruck sagte, nichts beweise. Fräulein Emig wurde also beauftragt, in die Mansarde zu gehen und der Nichte auszurichten, Alfred habe angerufen, lasse sie grüßen und sei verreist, um eine Arbeit zu suchen. Das Mädchen sah die Haushälterin, die zugleich mit dieser Nachricht warme Milch brachte, mit abweisenden Augen an. Sie glaubte ihr schon deshalb nicht, weil von einem Gruß die Rede war. Das waren nie und nimmer Alfreds Worte.

Im Salon unten konnten sich Mi und Tildchen lange nicht entschließen, ins Bett zu gehen. Sie sprachen und sprachen, um Beruhigung aus ihren vernünftigen Gedanken zu schöpfen. »Der Main ist gefährlich«, sagte Tildchen. Mi sagte: »Ein hochgefährlicher Fluß. Jedes Jahr verlangt der Main seine Opfer.« Diese Behauptung hatten sie noch niemals vorher äußern hören, aber sie kam ihnen in diesem Augenblick wie eine alte Gewißheit vor. »Alfred ist ein guter Schwimmer«, sagte Tildchen dann, und Mi antwortete: »Es geht um die Strudel. Gegen Strudel ist kein Schwimmer gewappnet.« – »Wenn er gesund wäre«, sagte Tildchen und vermied zu sagen: Wenn er lebte, »dann hätte er wohl den Pullover bei sich. Er gefiel ihm, als er ihn bekam.« In Mis Augen stand aber zu lesen, daß sie ihren Neffen für fähig hielt, selbst den schönsten Pullover einer Laune zu opfern. »Er war im Grunde ein guter Junge«, sagte Tildchen dann. Sie wollte nun, daß die Aufregungen ein Ende hätten, und hoffte, daß es bald möglich sei, die Akte Alfred Labonté – an juristischen Sprachgebrauch war man in Verbindung mit seiner Person leider gewöhnt – zu schließen. »Und der Beamte war so rücksichtsvoll«, fügte sie hinzu, und Mi begriff schon, daß Tildchen damit vor allem loben wollte, daß der Beamte nicht gleich auf die alte Bekanntschaft Alfred Labontés mit der Frankfurter Polizei zu sprechen gekommen war. »Er wußte, wer wir sind«, sagte Mi, und diese Bemerkung spendete den Schwestern einen die Unruhe durchdringenden Trost. Sie spürten, daß sie Alfred geliebt hatten oder jedenfalls lieben wollten, daß er diese seelische Anstrengung aber immer aufs neue durchkreuzt hatte, so daß sie schließlich mit ihrer Empfindung für ihn nicht mehr recht vom Fleck gekommen waren. Was die verwandtschaftliche Liebe anging, so stand wohl fest, daß es leichter sein würde, ihn als Toten zu lieben, und im verehrungsvollen Gedenken verstorbener Familienmitglieder ließen sie sich von niemandem übertreffen. Alfred, der sich so unwohl unter ihrem Dach gefühlt hatte, würde nicht mehr klagen, wenn er erst im Labontéschen Familiengrab auf dem Hauptfriedhof ruhte bei seinen Verwandten, mit denen er im Leben nichts zu tun haben wollte und zu denen er doch gehörte.

»Sie da oben bleibt uns allerdings«, sagte Tildchen. »Und nicht allein«, fügte Mi hinzu. Tildchens Züge hellten sich auf. Die Vorstellung, daß ein Kind ins Haus kommen würde, ohne daß ein schwieriger Vater den Zugang zu ihm behinderte, schien sie zu erfreuen. »Du sollst deinen Spaß haben«, sagte Mi. Bei den Schwestern hatte die Gewohnheit des langen Zusammenlebens zum Erraten der gegenseitigen Gedanken geführt – nur der für die Konversation bestimmten, natürlich. Nie wären sie ineinander gedrungen. Das lange Sitzen im Salon, bis in die tiefe Nacht hinein, begann sie zu stärken. Als sie sich schließlich trennten, waren sie gefaßt und beruhigt. Sie rechneten mit dem Schlimmsten, aber glaubten es nicht mehr zu fürchten.

Am nächsten Morgen brachte die Zeitung im lokalen Teil eine große Meldung mit der Schlagzeile: »Im Main ertrunken«. Fräulein Emig wurde ausgesandt, um die übrigen Frankfurter Blätter zu kaufen. Der knappen Notiz war überhaupt nichts zu entnehmen; sie stellte die Gewißheit der Überschrift wieder in Frage. In den anderen Zeitungen hieß es:»Rätselhafter Unglücksfall?«, »Rache oder Selbstmord?« und »Ungeklärter Fund«. Überall waren Personenbeschreibungen beigefügt, nach denen, so war Mi überzeugt, kein Mensch Alfred wiedererkennen konnte, und es war – zum Glück, wie die Schwestern empfanden – von ihrem Neffen immer nur als dem »zweiunddreißigjährigen A. L.« die Rede. Tildchen empfand schon Todesfälle im Bett und aus Altersschwäche für das

Ansehen eines Hauses nicht günstig. Das Sterben kam ihr selbst bei moralisch unumstrittenen Personen wie ihrem Vater als ein schwer bestimmbarer Makel vor, jedenfalls als eine Peinlichkeit, die durch Aufmerksamkeit nicht gelindert wurde. Mit besonderem Nachdruck hatte sie darauf bestanden, das Trauerzirkular mit dem Hinweis »Beileidsbekundungen aller Art verbeten« zu schließen. »Dürfen die Zeitungen denn über Sachen, die nur uns angehen, einfach schreiben, was sie wollen?« fragte sie Mi voller Empörung.

Die nächsten Tage vergingen in bedrückender Zurückgezogenheit und ohne neue Nachrichten. Fräulein Emig stellte freilich die Verbindung zur Außenwelt her, indem sie in das nahe gelegene Milchgeschäft einkaufen ging und mit der Auskunft zurückkam, »alle« wüßten bereits genau Bescheid. Man vermute einen Mord. Alfred Labonté habe ja seinerzeit in Schieberkreisen ein Rolle gespielt, das war wegen der Hausdurchsuchung allgemein bekannt. Von daher habe ihn nun die Vergangenheit eingeholt.

Fräulein Emig war von Friedrich Labonté zur Köchin und Haushälterin erzogen worden, dessen Andenken sie ebenso heilig hielt wie die Schwestern, und sie stand den Damen durch diesen gemeinsamen Erziehungsweg beinahe gleich. Beinahe, aber eben nicht ganz, und dieser winzige Spalt schuf genügend Distanz, um sie eine ungute Nachrede rund um das Haus Labonté nicht ausschließlich mit Zorn, sondern auch mit einer winzigen Neugier anhören zu lassen. Und so geringfügig auch diese vergnügte Neugier aus ihren Worten herausblitzte, nicht größer als ein Stecknadelkopf war das Gefunkel, Mi erblickte es doch durch den Schleier ihrer Benommenheit hindurch. Sie hatte die Nacht über im Zimmer ihrer Nichte auf einem Stuhl gesessen und fragte scharf: »Wer sind alle?« Nun, alle waren eben alle, die Menschen, mit denen Fräulein Emig eben sprach – die Scharnhorst zum Beispiel. »Sie sollen doch nicht mit der Frau Scharnhorst sprechen«, fuhr Mi dazwischen. »Wenn ich nicht mit ihr spreche, dann wird sie hier auch nicht mehr die Einfahrt fegen, und wer fegt dann die Einfahrt?« antwortete Fräulein Emig. Es lag Verwunderung in ihrer Stimme, daß Mi angesichts so schlimmer Vorwürfe nicht sanfter sprach. »Und weiter, wer noch?« frage Mi. »Herr Herr«, sagte Fräulein Emig, schon kleinlauter. »Herr Herr ist ein dummer Schwätzer«, sagte Mi, und obwohl Fräulein Emig das überhaupt nicht fand, gab sie jetzt keine Widerworte mehr. »Und weiter?« sagte Mi. »Im Milchgeschäft, eine Frau, die ich nicht kenne.« – »Na, die wird ja ganz genau Bescheid gewußt haben. Und weiter«, sagte Mi, die entschlossen war, den Funken der Insubordination auszutreten. »Der Bundesbahnrat...« sagte Fräulein Emig, schon verlegen werdend.

Der Bundesbahnrat genoß einen schlechten Ruf in der Schubertstraße. Er war ein liebenswürdiger Mann, schwenkte seinen Hut und grüßte laut über die Straße hinweg, aber er trug keine Bedenken, sich mit Damen sehen zu lassen, wenn seine Frau, was oft vorkam, im Sanatorium lag, und jeder Nachbar hatte ihn schon einmal allzu entgegenkommend erlebt, was bedeutete, daß er angetrunken war. »Was hat der Bundesbahnrat gesagt?« fragte Mi unerbittlich. Es stellte sich heraus, daß der Bundesbahnrat gar nichts gesagt hatte, er hatte Fräulein Emig nur aufgefordert, die Damen Labonté »verbindlichst«, so drückte er sich aus, zu grüßen. »Aber er hat dabei komisch geguckt!« fügte Fräulein Emig hinzu. »Das wird ja immer toller«, sagte Mi, der die Dürftigkeit dieser Kampagne neuen Mut und Zuversicht einflößte. Hier galt es, Maßnahmen zu ergreifen.

Mi ertrug es nicht, gebeugt zu gehen. Sie schätzte zwar die allgemeine Hochachtung ihrer Mitbürger und glaubte fest, daß die Bewunderung für alles, was mit dem Ruhm von »Ww. Labonté« zusammenhing, in den Herzen ihrer Umgebung genauso tief verwurzelt sei wie in ihrem eigenen, aber sie war nicht willens, der Öffentlichkeit einen Schritt entgegenzugehen. Tildchen war da anders. Mi kannte die größere Gefügigkeit der schwesterlichen Seele. Tildchen wollte weniger gefürchtet sein als gefallen, und Mi wußte, daß es für die Würde des Hauses also allein auf ihre feste Führung ankam.

Die Scharnhorst kehrte draußen noch den Hof. Das Kratzen des Reisigbesens auf dem festen Erdreich hatte etwas Selbstgerechtes im Ohr von Mi. Sie ging in den Hof und sagte zu der verblüfft den Besen haltenden Scharnhorst in der ganzen sanften Festigkeit, die eine lebenslange Übung erzeugt hatte, daß sie »ein schlechtes Stück Fleisch« sei, man werde sie dem Feldschütz übergeben. Die Scharnhorst, die in ihrem gestauchten Körper eine gewaltige und weithin gefürchtete Schimpfkraft behauste, muckste mit keinem Wörtchen. Natürlich wußte sie, daß der grünuniformierte alte Mann, der jeden

Tag auf dem Fahrrad durch die Anlage um die Christuskirche fuhr, nicht dazu da war, daß ihm von den Bürgern der Schubertstraße böse Weiber übergeben wurden. Mi hatte aber genau den Ton gefunden, der der Denkungsweise der Scharnhorst entsprach, womöglich deshalb, weil sie diese Denkungsart, bei aller Unterschiedlichkeit der Lebensform, im Grunde teilte. In der Person der Scharnhorst war nun dem Ordnungsbedürfnis der Mi einstweilen Genüge getan.

Nun mußte auch die Ordnung in den eigenen Reihen wiederhergestellt werden. Es ging nicht an, daß sie weiterhin auf Zehenspitzen gingen und die Köpfe hängen ließen. Das Geschehene besaß zerstörerische, aber auch reinigende Kräfte. Mi nahm sich vor, Tildchen die Gewißheit zu vermitteln, daß man endlich wieder unumstrittener Herr im eigenen Haus sei. Nicht etwa, daß die Schwestern oder Fräulein Emig sich in dem Rhythmus ihrer Tage durch Alfred hätten beirren lassen. Sie hätten frommen Muselmanen Respekt abnötigen können, wie gleichmäßig sie die vorgegebenen Stunden einhielten und ehrten. Dem Wesen ihrer Lebensregel entsprach eben ihre Unabänderlichkeit und die Befolgung durch alle Menschen, die in das farbig gepunktete Dunkel des Labontéschen Treppenhauses eintraten. Deshalb galt es nun also, das arme Mädchen an die Pflichten eines regelmäßigen Tagesablaufes zu gewöhnen. Mi erschien unvermutet in der Mansarde und erklärte ihr, daß in Zukunft keine Besuche mehr zu erwarten seien, weil das Mädchen von nun an hinunterkomme, und zwar genau dann, wenn der kleine Gong im Treppenhaus angeschlagen werde.

Am Abend saß sie bereits vor Mi und Tildchen im Eßzimmer. Sie hatte sich angezogen und trug ein sehr helles, beinahe weißes Umstandskleid, in dem sie noch ausgebluteter aussah, war aber gekämmt. Beim Essen faßte sie das Besteck wie Stöckchen an und schob damit hilflos ihre Birne auf dem Teller herum. Jeder Bewegung der Tanten folgte sie mit den Augen wie ein Hund, der den Willen seines Herrn zu erraten sucht. Sie lächelte sogar, und sie begann zu erzählen. »In Aussig haben wir auch Birnen gegessen. Wir hatten einen Birnbaum hinterm Haus, aber der trug nichts mehr, dort war meine Schaukel aufgehängt. Wir haben die Birnen nur gekocht gegessen. Dazu Birnensaft, der schmeckt gut.« Die Schwestern staunten, als fange eine Dohle, der man monatelang vergebens Wörter vorgesagt hat, plötzlich doch noch an zu sprechen.

»Es ist schön, hier zu essen«, fuhr das Mädchen fort und ließ ihre Blicke über die schwarzen Möbel, die dicken Goldrahmen der dunklen Bilder, das blendendweiße Tischtuch und die Obstbestecke mit vergoldeten Klingen und Rehgeweihgriffen schweifen. »In Brandenstein« – das war das Heim, in dem sie eine Ansteckung ausgeheilt hatte – »haben wir in der Küche zusammen Johannisbeeren abgemacht. Draußen hat es geregnet, und drinnen haben wir gesungen. Danach durften wir davon essen. Aber nicht alles!« Sie sah sich streng um, man merkte, daß die Aufseherin der Anstalt jetzt aus ihr sprach. Den Tanten kam es vor, als ob sie niemals gegen das Mädchen eingenommen gewesen seien. Man konnte nachgerade vom Schmelzen des Eises sprechen, denn Tildchen jedenfalls wurde von einer ganz eigenartigen Stimmung ergriffen, einem der Rührung verwandten Gefühl. »Bleiben wir jetzt länger zusammen, oder muß ich, wenn Alfred zurückkommt, wieder nach oben?« fragte das Mädchen, und es ereignete sich das Wunder, daß trotz der Ängstlichkeit dieser Frage auf einmal Anmut in ihr Gesicht trat. Die Schwestern sahen sich an, Tildchen seufzte. Mi ergriff mit ihrer harten Hand, die gleichwohl nie mit richtiger Hausarbeit in Berührung gekommen war, das schwächliche Händchen des schwangeren Mädchens und versicherte ihr, daß Alfred nie mehr zurückkommen werde. Seine Leiche sei zwar noch nicht gefunden worden, aber eines Tages werde man schon erfahren, wie er zu Tode gekommen sei. Tildchen zuckte zusammen, als Mi das Wort Leiche aussprach, aber das Mädchen erschrak gar nicht. Für sie war offensichtlich von größerer Bedeutung, daß jemand ihre Hand hielt, als was dabei gesprochen wurde.

Nach diesem Essen breitete sich ein angesichts des nicht aufgeklärten Unglücksfalls überraschender Friede im Hause Labonté aus. Mi griff zu dem Mittel, mit dem schon an den barocken Höfen und in den Residenzen gelangweilter Kolonialbeamter die gesellschaftliche Ordnung aufrechterhalten wurde: zum Kartenspiel, Tildchens und der Nichte wegen zum Rommé. Fräulein Emig besaß zwar überhaupt keinen Kartenblick und behinderte das Spiel eher, mußte aber dennoch mitspielen, denn Mi hatte beschlossen, nach der langjährigen Zerrüttung der Gemeinsamkeit durch Alfred zunächst keine Abspaltungen und Sonderwege im Hause mehr zuzulassen. Es ging dem Mädchen nach wie vor nicht gut, aber das Bedrohliche ihres Zustandes schien zu weichen. Und es war beruhigend für die Schwestern, sie nicht nur als weißes Gespenst, auf einen neuen Herzanfall wartend, in der Dachkammer zu wissen, sondern sie wenigstens manchmal im Salon und im Eßzimmer zu sehen. Tildchen vertraute ihr sogar hin und wieder die kleine Gießkanne aus in holländischer Manier getriebenem Messing an, mit der sie selbst die Topfpflanzen zu gießen pflegte. Sie fand, daß »Steffi sensibel goß«, um sie wörtlich zu zitieren, und meinte damit wohl, daß nachher nicht alles schwamm, sondern Würzelchen und Erdreich ihre Portion brav weggetrunken hatten. Mi suchte lange in ihrem Zimmer in den Schubladen und brachte dem Mädchen eine »Strickliesel«, ein Holzpüppchen mit einer Krone aus Nägeln, einer schwedischen Santa Lucia vergleichbar.

Der Arzt erschien und hörte Steffi ab. Danach bat er die Tanten um eine Unterredung und sagte: »Sie ist und bleibt ein Sorgenkind«. Die Schwestern hörten es mit halbem Kummer und halbem Unglauben, denn sie empfanden überhaupt keine Sorge mehr, wenn sie sahen, wie lieb ihnen das Mädchen geworden war. Jetzt erst spürten sie, wie sehr die vergangenen Jahre ihr Leben überschattet hatten. »Unsere Disziplin hat uns geholfen«, sagte Tante Mi, und Tildchen bekannte, daß Alfred ihr unendlich leid tue, aber daß sie jetzt einsehe, daß ihre Kräfte kurz vor der völligen Erschöpfung gestanden hätten und deshalb nun »nicht mehr genügend Tränen da seien, um ihn zu beweinen«, wie sie zur Überraschung Mis hinzufügte, die sich fragte, was ihre Schwester heimlich lese.

Die zurückgezogene Lebensweise machte das Labontésche Haus, den indiskreten Zeitungen zum Trotz, unangreifbar. Mi griff in Gedanken sogar zu einem biblischen Vergleich und nannte es »ihre Arche Noah«. Seit Alfred sie mit dem Kanu verlassen hatte, war das Archengefühl unbestreitbar angewachsen. Die Sicherheit war innen und die Unsicherheit außen, ohne sich wie vorher gegenseitig zu durchdringen, um das Leben in Schrecken zu verwandeln.

Sechs Wochen nachdem Alfred Labonté in den Main gefallen war, wurde er in der Nähe von Hannover in einem gestohlenen Auto gestellt. Er war einem Polizisten aufgefallen, weil er Schlangenlinien fuhr. Sein Mainfall mochte kein sonderlich geschickt geplantes Manöver gewesen sein – die Frankfurter Beamten bekannten jetzt, von Anfang an nicht an einen Unfall geglaubt zu haben –, er hätte ihm aber, wenn denn die Flucht sein Ziel war, einen beträchtlichen Vorsprung sichern können. Statt dessen schien er es geradezu darauf angelegt zu haben, schließlich aufgegriffen zu werden.

Nachdem er sein Kanu bei Fechenheim verlassen hatte, war er zu Fuß nach Frankfurt zurückgegangen und vom Hauptbahnhof aus nach Köln gefahren. Weshalb er ausgerechnet nach Köln gefahren sei? »Ich wußte ja nicht, wohin, ich kenne ja niemanden«, antwortete Alfred entrüstet, als frage der vernehmende Beamte lauter Dinge, die ihm vertraut zu sein hatten. Offenbar reichte sein Fluchtplan nur bis zu dem Augenblick, in dem er dem Kanu einen Fußtritt versetzt hatte. Nach der Verwirklichung dieses Planes war es jedenfalls zu einem Zusammenbruch der Denkfähigkeit und überhaupt aller zielgerichteter Willenskraft gekommen. Nur in einem Punkte kannte er keine Unentschlossenheit. Er wies jede Möglichkeit, mit seiner Familie in Verbindung zu treten, entschieden von sich und atmete auf, als er hörte, daß wegen des Autodiebstahls in Hannover über ihn verhandelt werde.

Der späte Mai brachte eine feuchte Wärme hervor. Zugleich wurde es tagelang nicht richtig hell. In den Parterrezimmern des Labontéschen Hauses, in die ohnehin kaum ein Sonnenstrahl drang, brannte den ganzen Tag Licht, und dabei waren die Fenster weit geöffnet, um die stehende Luft zu einiger Bewegung zu überlisten. Niemand fühlte sich wohl bei diesem Wetter, das eine tückische Art von Erkältungen förderte. Jedermann hatte Kopfschmerzen und fühlte sich wie ungewaschen. Schon die disziplinierten Schwestern saßen in kittelartigen Baumwollkleidern ohne Ärmel in den Bambusstühlen des Wintergartens und schnappten nach Luft, aber für die schwangere Nichte mochte das Klima wirklich gefährlich werden. Steffi – allmählich sprachen sie den Namen mit wachsender Selbstverständlichkeit aus – erstaunte sie durch die Geduld, mit der sie litt, und ihre rührende Dankbarkeit. Solange Alfred im Haus war, hatten sie die Tanten für faul und hysterisch gehalten, woran Mi nun noch einmal skrupulös erinnerte – unnötigerweise, wie Tildchen fand, die erklärte, niemals vollständig gegen die Nichte eingestellt gewesen zu sein.

»Du bist eben immer so mild«, sagte Mi, und Tildchen sagte: »Und du bist eben immer so streng.« Beides waren gleichgewichtige Vorwürfe, beide Charaktere waren gleich weit von dem väterlichen Ideal leidenschaftsloser Ausgeglichenheit entfernt.

Nachdem sie diese bittere Einsicht hinuntergeschluckt hatten, sagte Tildchen: »Ich bin doch überrascht. Ich glaubte die ganze Zeit, es sei Liebe im Spiel. Ich fürchtete, Steffi sei so unvernünftig, an ihm noch weiter zu hängen.« Sie vermied, »Alfred« zu sagen, als rufe sie ihn damit herbei. »Und nun?« fragte Mi, und Spott trat in ihre Augen, wie immer, wenn Tildchen von der Liebe sprach.

»Ich finde, sie ist geradezu aufgeblüht, und das erstaunt mich«, sagte Tildchen schon etwas ärgerlich, denn sie hatte das Blitzen selbstverständlich bemerkt und fühlte sich verpflichtet, die Berechtigung ihrer Gedanken zu verteidigen. »Eigentlich blüht die Frau doch auf durch den Mann, nicht wahr?« fuhr sie also tapfer fort.

»Hier scheint es umgekehrt zu sein«, sagte Mi, nun schon mit unverhohlenem Sarkasmus. »Sage mir bitte, Tildchen, wo du so gut Bescheid weißt über die Frauen, die Männer und über das Aufblühen – da kommen dir auch deine botanischen Kenntnisse zugute –, wie ist es denn bei uns, bei dir und mir? Wie steht es denn mit unserem Blühen? Hast du das Gefühl, daß uns da mangels männlicher Sonnenbestrahlung etwas abgeht?«

Diese Unterhaltung hätte ein unerfreuliches Ende nehmen können, denn Tildchen fühlte sich an einer empfindlichen Stelle getroffen und besaß eine für Beleidigungen empfängliche, nachtragende Natur.

Statt dessen verschluckte eine Art Explosion den kleinen Zank, so wie im Hause Olenschläger die Sprengbombe eingeschlagen war, als in der Küche gerade die Milch überkochte. Jetzt im Wintergarten der Labonté-Schwestern kündigte sich der Schrecken durch das Klingeln des Telefons an. Tildchen unterbrach sich und nahm den Hörer auf, denn Fräulein Emig hatte Ausgang und saß im Palmengarten am Ententeich.

Schicksalsstunden haben es an sich, daß in ihnen jedes Ereignis und jeder Zufall zur Vertiefung des Unglücks gerät. Fatal war, daß ausgerechnet Tildchen ans Telefon ging und augenblicklich einen Entsetzensschrei ausstieß. Und im gleichen Augenblick mußte Steffi, die sich unhörbar nur auf Pantoffeln bewegte, vom Weg durch das Treppenhaus sichtlich ermattet, in der Tür des Salons stehen. Sie verstand sofort, daß Alfred wieder in die Welt zurückgekehrt sei, und sank gegen den Türpfosten, und als Mi und Tildchen bei ihr waren, fanden sie sie bereits in Schweiß gebadet. Plötzlich überfiel ein Krampf das Mädchen. Die beiden Frauen, die sie stützten, spürten, wie sie bebte. Ihre Mundwinkel zuckten, als versuche sie mit großer Anstrengung, Klagelaute zu unterdrücken. Dann entfuhr ihr ein saugendes, fast komisches Geräusch, und zwei Tränen liefen aus ihren Augen. »Ein Herzanfall«, sagte Mi und deutete mit dem Kinn auf das Telefon, während Tildchen unter dem Arm ihrer Nichte durchschlüpfte und auf ihren kleinen Beinen zum Wintergarten eilte. »Das ist kein Herzanfall, das sind die Wehen!« rief sie im Laufen und selbst in der Verzweiflung war ihrem Ausruf eine Beimischung freudigen Triumphes zu entnehmen.

Beide hatten mit ihren Diagnosen das Richtige getroffen: Stephanie Labonté erlitt einen schweren Herzanfall, und gleichzeitig begannen zwei Monate vor der Zeit die Wehen. Welches Ereignis das jeweils andere auslöste, ob überhaupt ein Zusammenhang zwischen dem Ausbruch dieser körperlichen Krisen bestand oder ob bei der geschwächten Konstitution der Schwangeren ein solcher Zusammenbruch nicht ohnehin jederzeit zu erwarten gewesen war, oder ob vielleicht eine seelische Erregung sich wellenartig im Körper fortgesetzt haben könnte, wollte niemand mit Sicherheit entscheiden. Fest stand nur, daß ein solches Zusammentreffen das Schlimmste war, was dem Mädchen zustoßen konnte. Im Krankenwagen überfielen sie noch zweimal Wehen. Die dritte Wehe, schon im Kreißsaal, überlebte sie nicht. Ihr Herz stand einfach still. Als Mi und Tildchen im Krankenhaus eintrafen, war ihre Nichte schon tot. Zugleich wurde ihnen gemeldet, daß das Kind, ein Knabe, gerettet sei und sich für eine Frühgeburt guter Gesundheit erfreue. Die Schwestern blickten sich ratlos an: Wer war zu trösten, wem war zu gratulieren? Sie wußten es nicht und waren so vor den Kopf geschlagen, daß sie vergaßen, ein Taxi zu nehmen, und den langen Weg von Sachsenhausen durch die heiße abendliche Stadt zu Fuß nach Hause gingen, ohne es wirklich wahrzunehmen.

Rechtsanwalt Dr. Paul Stahr, der schon Friedrich Labonté bei Immobilienkäufen, Geldanlagen und schließlich beim Verkauf von »Wwe. Labonté« beraten hatte und den die Schwestern deshalb als

Erbstück betrachteten, bestand darauf, in die Schubertstraße zu kommen, obwohl Mi die Absicht hatte, ihn in seiner Kanzlei aufzusuchen.

Dr. Stahr erschien sonntags zum Mittagessen, denn er kannte die Küche von Fräulein Emig, das gekochte Rindfleisch, die Butterkekse und das Apfelkompott mit Orangenschale, und er sog die Luft des Treppenhauses, die von den Gongschlägen der großen Uhr und dem Duft von Kaffeebohnen erfüllt war, mit genießerischem Wiedererkennen ein. Mi kannte sein sentimentales Frankfurtertum, das immerfort in Erinnerungen schwelgte und in dem die Wehmut sich gleichmäßig mit vanillegezuckerter Schlagsahne mischte, aber gerade jetzt fehlte ihr alle Geduld, um dem gastgeberischen Zeremoniell, das Dr. Stahr ihnen abverlangte, zu genügen. Kurz zuvor war die Leiche der armen Steffi in das Labontésche Familiengrab gebettet worden. Dr. Paul Stahr erwähnte denn auch etwas verlegen den »Trauerfall«. Damit war dann »dieser Teil«, wieder mit Paul Stahr zu sprechen, »erledigt«. Wie stets erklärte er vor dem »Ritter von Cronberg auf dem Weg ins Hl. Land«, das Bild sei für eine Villa in Kronberg gemalt worden, die aber längst nicht mehr stehe, und die Schwestern schwiegen dazu, obwohl sie natürlich genauer Bescheid wußten. Aber das Essen war doch das Hauptgeschäft des Dr. Stahr, und wenn er sich die Serviette um den Hals band wie ein Landpfarrer, der seine Soutane schonen will, dann war es, als lege er das weiße Gewand der Unschuld an, um eine Opferhandlung würdig zu begehen. So beredt er war, beim Essen sprach er kein Wort, und die einzige Person, mit der er in Verbindung stand, war Fräulein Emig, die mit Vergnügen zusah, wie er alles aufaß, was sie herbeitrug, und die dafür sorgte, daß er auch vom Fleischsaft, von der Petersilie und den Plätzchen genügend auf den Teller bekam. Friedrich Labonté hatte ein Verzeichnis darüber geführt, welchen Wein seine Gäste getrunken hatten, und wenn nun auch schon lange keine Gäste mehr gekommen waren, den Weinkeller und das Verzeichnis gab es noch. Mi brauchte nur nachzuschlagen, welche Weine bei der Eintragung »Diner mit Herrn Dr. Stahr etc.« mit einem Ausrufungszeichen versehen waren, und in den Keller zu gehen, um die entsprechenden Flaschen herauszusuchen, die inzwischen allerdings zu den kostbarsten Raritäten geworden waren. Dr. Paul Stahr hatte einmal einen Burgunder aus dem Clos Enfant Jesus vom Jahrgang 1924 gelobt, so hatte Friedrich Labonté notiert, und Mi stellte also das Jesuskind auf den Tisch, und von einem unter fragwürdigen Umständen der Welt geschenkten Kind sollte bei diesem Essen ja auch die Rede sein.

»Ach, dieser Wein«, sagte Stahr wehmütig, so wie wenn er von Frankfurt sprach. »Ach, das ist überhaupt kein Wein! das ist ein Saft, das ist gepreßtes Fleisch, das ist Blut, ich spüre ganz deutlich einen Blutgeschmack, das Eisenhaltige und schwach Salzige des Blutes, und zugleich ist darin auch etwas Ledriges, feines altes Leder. Sie beide sind doch wahrhaftig die glücklichsten Menschen der Welt! Ein Haushalt wie in Friedenszeiten! Ein Weinkeller, ›Der Ritter von Cronberg‹, Sicherheit, Achtung – aber Sie haben es auch verdient!« – Denn Sie lassen mich die ganze Flasche allein austrinken, so hätte er hinzufügen können, um seiner Dankbarkeit vollständig Ausdruck zu geben.

Gerade die Aufzählung ihrer Glücksumstände ließ die Schwestern das Bedrohliche ihrer Lage empfinden. Stahrs Ansprache kam ihnen wie ein Hohn vor. Vielleicht waren die beklommenen Blicke seiner Gastgeber in die Weinseligkeit hineingedrungen. Es mochte aber auch einer Neigung zu plötzlichen Übergängen entsprechen, daß Stahr nach dieser besinnlichen Würdigung sein Glas mit einem großen Schluck, den er lang im Mund behielt, austrank und sagte: »So, das war dieser Teil, und nun – unser lieber Alfred«. Sofort saßen die Schwestern wie die Hasen vor ihm und erwarteten ihr Orakel.

Nun war es gewiß nicht die Art des Dr. Paul Stahr, sich kurz und bündig auszudrücken, zumal er eine Flasche Burgunder und vorher ja schon eine Flasche Rauenthaler zu den Spargeln getrunken hatte, aber er lallte auch nicht, sondern entwickelte seine Gedanken wie die Ringe des Zigarrenrauchs, die sich unter dem Kronleuchter in bläuliche Nebelschwaden auflösten. Er habe immer die Familie Labonté geschätzt, er habe Friedrich Labonté geschätzt, er habe Wilhelm Labonté geschätzt, und er habe die Damen selbstverständlich immer geschätzt, er nehme an allem, was sie bewege, den innigsten Anteil, und deshalb nun – Alfred. Zweifellos ein Verrückter. Schlimmer noch: verrückt, aber nicht verrückt genug! Verrückt genug, um seine Familie ins Unglück zu stürzen, aber nicht verrückt genug für den Affenstein. Alfred sei ein Grenzfall!

»Ein Grenzfall!« sagte Tildchen, und eine sie ganz in Besitz nehmende Angst sah aus ihrem Gesicht. Ja, ein Grenzfall, wiederholte Dr. Stahr zufrieden. Und was gelte nun im Falle eines Grenzfalls? Er gab selbst die Antwort: »Finger weg!« Helfen könne man nicht, aber dafür habe man sich auf einen niemals abreißenden »Zores« einzustellen. Was Zores war, wußten die Schwestern noch aus dem Mund ihres Vaters. Das Wort aus der alten Judengasse schien ihn über den ruhmlosen und lästigen Ärger, den es bezeichnete, zu trösten.

»Diesmal hat Alfred Labonté Ihnen seinen Selbstmord nur vorgespielt – ein schlechter Scherz, aber in den Augen eines ehrgeizigen jungen Staatsanwalts womöglich auch noch mehr!« sagte Dr. Stahr in versunkenem Ton, als versetze er gerade seinen burgunderbeseelten Geist in den Körper eines solchen Vertreters der Gesetze. »Meine Damen«, rief er dann, aus dem Meer der Meditation auftauchend, »tun wir ihm doch die Ehre! Behandeln wir Alfreds Tat, als ob sie gelungen sei. Alfred wollte sich unseren Blicken entziehen – es sei geglückt! Wir leihen ihm die Kräfte unserer Einbildungskraft und vollenden, was ihm zu vollenden versagt war. Er hat sich in Luft aufgelöst wie ein Alptraum – wir sind erwacht, und er ist fort«. Die Schwestern verfolgten diesen Ausbruch rhetorischer Heiterkeit bänglich und verdutzt, so wie sie dem Taschenspieler zugesehen hatten, der Tildchens goldene Uhr vor ihren Augen mit dem Hammer zertrümmerte, um sie ihr alsbald unzerstört wieder auszuhändigen.

Das Betrachtende, Wägende fiel von ihm ab, und er entwickelte mit beiläufiger Nüchternheit seinen Plan, indem er nun auf einmal sehr schnell und in wegwerfendem Ton zu sprechen begann. Die eigentliche Frechheit Alfreds liege im Zeitpunkt seiner Flucht – vor zwei Jahren, vor der Währungsreform habe der Knabe auf seinen Streich kommen müssen.

Die Tanten verstanden diese Bemerkung zunächst nicht, aber nachdem Stahr sie noch einmal an das Ende der Reichsmark und an das neue gute Geld erinnert hatte, sahen sie beide gleich schnell, auch Tildchen keineswegs begriffsstutzig, daß es um ihr Vermögen ging. Hier beriet sie zwar Dr. Stahr, aber das hieß nicht, daß sie die Verwaltung deshalb ganz aus den Händen gegeben hätten. Sie lasen beide alles ganz genau, was er ihnen vorlegte, erteilten immer nur die nötigsten Vollmachten, um das gerade Anstehende zu tun, und legten Wert darauf, wichtige Schriftstücke selbst zu unterzeichnen, Tildchen mit Spinnenfäden, die wie feiner Regen von rechts nach links über das Papier fielen, und Mi mit kraftvoll amusischen Generalszügen.

Das Labontésche Vermögen war nach dem Tod Friedrich Labontés nicht geteilt worden, da Alfred noch minderjährig war. Alfred hatte niemals auf Abrechnungen bestanden, wie man sich denken kann, und seine Tanten entnahmen den erwirtschafteten Gewinnen stets nur soviel, wie sie zur Führung des Haushaltes brauchten. Sie waren zu der Einsicht gelangt, nichts mehr kaufen zu müssen, denn wenn irgend etwas benötigt wurde, dann fand es sich in den hohen Wäscheschränken, in den Kommoden der Anrichte, in den Wandschränken des Speichers oder im Keller, wenn man nur ein wenig suchte, und die Schwestern meinten außerdem, daß es einen Maßstab für die Überflüssigkeit einer Sache bildete, wenn ihr Vater ohne sie ausgekommen war. Wahrscheinlich hielt Alfred das Taschengeld, das ihm seine Tanten jeden Monat in eine hohe Schokoladentasse mit der Miniatur des Goetheturms steckten, für ein Geschenk, und je länger sie diese Scheine einrollten und in die Tasse taten, desto mehr glaubten sie schließlich selbst, ihm damit eine Freundlichkeit zu erweisen. Man darf nicht glauben, daß die Schwestern Alfred hätten betrügen wollen. Sie waren jederzeit bereit, ihm ihre Bücher zu öffnen. Aber als etwas, das zu teilen sei, konnte man nach ihrer Empfindung das Labontésche Vermögen nicht betrachten, damit werde man seinem Wesen nicht gerecht. So wie die Stephanskrone als höchste Verkörperung des ungarischen Staates und Volkes allen Boden Ungarns besitzt, jede Abspaltung verbietet und die Ungarn zur Einheit zwingt, so schwebte auch das Labontésche Vermögen in den Augen der Tanten über der Familie und verkörperte sie in höchster, unantastbarer Form. Nicht die Familienmitglieder besaßen das Vermögen nach Anteilen, wie es sich in den Augen eines Paul Stahr wohl ausnehmen mochte, sondern das Vermögen besaß umgekehrt die Familie und zwang sie alle unter seinen Hut. Die Schwestern fühlten, daß die Absicht ihrer Vorväter nicht gewesen sei, eine größere Menge Geldes, Häuser, Grundstücke und Papiere zusammenzuhäufen, sondern etwas Lebendes zu schaffen, eine Ballung von Finanzkraft, die sich schließlich in der durch die Anhäufung sich entwickelnden Wärme selbst beseelt hatte. Mi brauchte keine Bilder, aber Tildchen konnte ohne bildhafte Umsetzungen überhaupt nichts Abstraktes verstehen. Börsenberichte, in denen der Markt als »entspannt«, »lebhaft« oder gar »erholt« bezeichnet wurde, las sie mit klopfendem Herzen und dem Mitgefühl einer Mutter am Krankenbett ihres Kindes. Das Labontésche Vermögen besaß nach Tildchens geheimer Phantasie den massigen, fetten Körper und die feinen kleinen Füße eines kränklichen, ältlichen Buddhas. Sein Leben in den dunklen Banktresoren hatte seine Haut mürbe gemacht und blütenweiß erhalten. Es bewegte sich nur schwer und lächelte mit einer unbeschreiblichen, ans Herz gehenden Melancholie, wenn man ihm etwas Liebes tat, zum Beispiel eine Rendite nicht abschöpfte und den Schmer unversehrt ließ, und zugleich konnte es furchtsam ächzen und leise in seiner ewigen Nacht weinen, wenn Steuern, Geldentwertungen oder Investitionen ihm Nahrung entzogen oder gar Schmerz zufügten. Man mußte es lieben und verehren, wenn man es so vor sich sah. Etwas Sanftes und Schutzloses ging von ihm aus, und soviel Unterwerfung es als Familienhaupt auch verlangen durfte, so mütterlich mußte man sich auch um es kümmern. Als Dr. Paul Stahr auf einmal im Zusammenhang mit Alfred das grelle Licht der Rechtslage in das mystische Dunkel scheinen ließ, in dem das Labontésche Vermögen zu Hause war, sah Tildchen zum Greifen vor sich, wie man mit Messern dem siechenden Buddha dicke Scheiben seines kindlichen Bauches herunterschnitt. Sie meinte fast, eine Hand greife nach ihrem Herzen.

»Was hilft es, hier muß geschieden sein«, sagte Dr. Paul Stahr mit humorigem Gedichtzitat. Vor allem müsse schnell gehandelt werden, solange nämlich die offizielle Bewertung von Immobilienbesitz noch nicht der Realität einer in Schwung kommenden Bauwirtschaft angepaßt sei. Er habe alles durchgerechnet und dabei in Abzug gebracht, was Alfred an den Familienverlusten an Barvermögen und sonstigen Werten mitzutragen habe. »Ich sehe nicht ein, daß er ungeschoren davonkommen soll«, sagte Stahr mit undurchdringlichem Blick, dem Mi jedenfalls entnahm, daß er bei diesen Berechnungen schonungslos, aber hoffentlich auch unangreifbar das Interesse des Gesamtbestandes im Auge gehabt haben wollte. Der Hausbesitz sei schließlich zum Teil durch Kriegsfolgen beschädigt und entwertet, zum Teil noch zwangsweise vermietet und nicht ertragreich. Stahr entwarf in kurzen Zügen ein derart trostloses Bild des Labontéschen Vermögens, daß Tildchen, die nur ihren lieben weißen Buddha vor Augen hatte, hätte schwören können, sie habe Tränen aus seinen faltenumgebenen Schlitzaugen rinnen sehen, während Mi unbewegten Gesichts zuhörte und schließlich ein anerkennendes Lächeln sehen ließ. Sie war bereit, zum Guten der großen Sache rücksichtslos zu handeln, hielt es aber für falsch, das einzugestehen. Selbst Tildchen wurde zunächst in ihren Zweifeln gelassen. Diese Einsamkeit war der Preis der Verantwortung.

»Und dann soll er seinen Knaben unter den Arm nehmen, und auf Nimmerwiedersehen!« sagte Stahr, jetzt mit auftrumpfender Grobheit. »Das Kind bleibt hier«, antwortete Mi, schnell und mit einem beruhigenden Blick auf ihre Schwester.

Stahr schien um seine Sprache zu ringen: »Was denn ... wirklich? Seien Sie froh, daß Sie keine Kinder ... Aber bitte ... als Anwalt kann ich dazu nichts sagen ... das ist die menschliche Seite ...« Dann jedoch fuhr er auf und sagte mit bösartig wirkendem Nachdruck, als sitze Alfred bereits vor ihm: »Dann aber auch alles richtig! Sie adoptieren ihren Großneffen! Der liebe Alfred gibt alle Rechte ab. Ich verstehe Sie – wir machen das schon. Wir werden dem Herrn die Daumenschrauben anlegen«. Mi und auch Tildchen wären froh gewesen, wenn der alte Familienfreund sich weniger gewaltsam und drohend ausgedrückt hätte. Mi wußte im geheimen, daß es der Daumenschrauben nicht bedürfen werde, um Alfred irgendwelche Zustimmungen und Unterschriften abzuringen. Das Unglück des Neffen bestand ja gerade darin, daß er gegen alle Art Zumutungen nicht im mindesten gewappnet war. Alfred war bösartig, aber er hatte keinen langen Atem. Ein wenig Widerstand ließ ihn bereits die Gegenwart seines Todfeindes, der Langeweile, spüren. Mi erinnerte sich an Fälle, in denen Familien ihre schwarzen Schafe mit einem Zehrgeld und einer Schiffsfahrkarte nach Amerika verstoßen hatten. Es hätte jeder Vernunft widersprochen, wenn man Alfred noch nennenswerte Summen nachgeworfen hätte. Man tat ihm vielmehr etwas Gutes, wenn man so viel wie möglich von dem, was ihm gehörte, zurückbehielt, denn es war abzusehen, daß er für die Vergeudung großer Summen eher weniger Zeit brauchen würde als für die einer mäßigen.

Beide Schwestern erschraken trotz solcher Überlegungen, als Dr. Paul Stahr fortfuhr: »Ich werde ihm siebzigtausend Mark anbieten!« Der kenntnisreiche Genießer hatte sich in einen kleinen Napoleon verwandelt. Tildchen trug das Wimmern des feinen alten Buddha im Herzen, der seine langen Ohren betrübt zusammenfaltete, und es entfuhr ihr der Ausruf: »So viel!« Auch Mi lag ein Ausruf auf den Lippen, ebenso kurz und doch ein ganz anderes Wort. »Ja, ja«, sagte Stahr und machte aus der vielen Haut seines Gesichtes tiefe besorgte Falten. »Siebzigtausend Mark, das ist ein schönes Geld. Damit kann man heute die Welt aus den Angeln heben. Und was wird er damit machen? Aber das darf uns gar nichts mehr angehen. Wir sind ein Stück Wegs zusammen gegangen, und nun kommt die Trennung. Der eine nimmt sein Bündel und geht nach rechts, und wir sagen: Gott zum Gruß! und gehen nach links!«

»Wie heißt der Bub, nebenbei?« fragte er, als er seine Geschäfte für abgeschlossen ansah und wieder zum privaten Teil gewechselt werden konnte. »Alfred«, sagte Mi. Tildchen machte Anstalten, diese Entscheidung zu erklären, denn ihre Empfindsamkeit hielt den Ausdruck der Verblüffung auf Dr. Stahrs gerötetem Gesicht nicht aus. Sie begann von männlichen Vornamen zu reden, die im Hause Labonté erblich seien, und von der Absicht, Traditionen zu achten, als Mi sie unterbrach und sagte: »Alfred ist gar kein typischer Labonté-Name. Die wollen wir in diesem Fall auch gar nicht heranziehen. Steffi war ein braves Mensch, aber sonst kann sie ihm nichts mitgegeben haben. Und der Vater ist bekannt. Wir lassen uns auf ein Experiment ein, Herr Dr. Stahr«, schloß sie geradezu hochmütig, »und das wollen wir auch zum Ausdruck bringen.« So erhielt Alfred Labontés Sohn schon bald nach seiner Geburt einen Namen und neue Eltern: Tante Tildchen als Mutter und Tante Mi als Vater. Seine leiblichen Eltern hielten sich an entgegengesetzten Polen auf. Die Mutter war im Himmel und der Vater war in den Main gefallen. Ordnung und Liebe bestimmten seine Tage. Niemand konnte behaupten, daß die Regelung, die Dr. Stahr ausgehandelt hatte, für das Kind von Nachteil war.

Die Nachbarn hatten Stephanie Labonté kaum kennengelernt und waren deshalb auch von ihrem Tod nicht weiter beeindruckt. Schon bald glaubten viele, die kinderlosen einsamen Fräulein Labonté hätten das Kind, das sie in einem schönen hochrädrigen

Wagen in den Palmengarten schoben – an den geraden Tagen des Monats Mi, an den ungeraden Tildchen – aus dem Waisenhaus geholt. Nur die Phantasie der Scharnhorst blieb auf lange Zeit angeregt. Das Auftauchen eines Kindes in ihrem Wirkungskreis ließ sie Vermutungen über dessen Herkunft anstellen, die stets darauf abzielten, daß man der Öffentlichkeit ein düsteres Geheimnis vorzuenthalten trachtete. Es war, als ob die Scharnhorst in einer anderen Welt lebte. Sie schien nicht zu wissen, daß für Taten, die das Gesetz Mord oder Betrug nannte, Verfolgung und Strafen ausgesetzt waren, desgleichen übrigens auch für die »Verleumdung« genannte Verbreitung falscher Tatsachen. In ihrem keineswegs unintelligenten Kopf, dessen scharfer Einschnitt an der Nasenwurzel und dessen stechender Blick an die Porträts Martin Luthers erinnerten, malte sich ihre Umgebung als ein Urwald der Rechtlosigkeit, und es war ihr allein gegeben, das Böse in dem allgemeinen Treiben herauszukennen und zu benennen. Die anderen kümmerten sich nicht darum. Im übrigen war sie sich selbst oft nicht klar, wie ein Verbrechen abgelaufen war. So schwankte sie im Fall des kleinen Alfred Labonté eine Weile, ob sein Vater seine Mutter umgebracht habe oder ob vielmehr die Mutter dem Feldschütz übergeben worden sei. Manchmal hielt sie sogar die Tanten für die Täterinnen, aber darüber sprach sie, eingedenk ihrer Begegnung mit Tante Mi im Hinterhof, nicht im Westend, sondern nur dort, wo sie nach der Zerstörung des Olenschlägerschen Hauses untergekommen war.

Das war eine Art Lager, das sich auf früherem Schrebergartengelände ausgebreitet hatte. Die Gartenhüttchen wuchsen und bekamen Anbauten aus Blech und Brettern, und aus dem Notquartier formte sich nach und nach eine regelrechte Gemeinde, die vergaß, daß ihre Bewohner bei den Behörden als Obdachlose geführt wurden. Diese Leute sahen, wenn sie sich auf dem Gelände umblickten, nur die erfreulichen Spuren eigener Leistung und fühlten sich zu weiterer Gestaltung ihrer Umgebung herausgefordert. Die Könige dieser Siedlung waren Männer, die das Aufsammeln von Schrott und Müll als Fundament eines gewinnbringenden bürgerlichen Gewerbes erkannt hatten. Nun hatten die Zeitumstände ohnehin den Lumpensammler von seinem Makel befreit. In einer vom Feuer weitgehend verwüsteten Stadt und in einem Land, das nichts herstellt und in dem nichts zu kaufen ist, wird jeder notgedrungen zum Lumpensammler. Und die Ausbeute war ungeheuer. Der Platz konnte die Schätze kaum fassen, die aus den Trümmern hierhergeschleppt wurden. Ein hünenhafter Mann, der das Kleingartengelände einst nur betreten hatte, um Kartoffeln zu erbetteln, hatte in kurzer Zeit am Rande des Lagers ein hohes Bollwerk aus rostigen, zerbrochenen Heizkörpern errichtet, das täglich wuchs, weil er – oft sogar auf dem Rücken! – immer neue Heizungen herbeischaffte. Regenrinnen türmten sich auf dem schlammigen Grund, indem sie sich ineinanderfügten und fest verklemmten, und schmiedeeiserne Gartenzäune steckten ineinander wie verfilzte Brombeerhecken. Der unablässig sammelnde und stapelnde Hüne nahm manchmal alle Männer des Lagers in seinen Dienst, bis auf die Eigenbrötler, die selbst das Zeug zum Kaufmann in sich fühlten. Die Konkurrenz war hart. Die Polizei kam häufig auf das Schreber- und Schrottgelände, und zwar nicht in Gestalt des Feldschütz, sondern als Kriminalpolizei. Die Scharnhorst empfand sich in dem Ginnheimer Lager in ihrer Hütte dennoch am richtigen Ort. Bei ihrer Körpergröße kam ihr die Hütte geräumig vor.

Seitdem sie vor dem Krieg in das Haus Olenschläger eingewiesen worden war, kreisten ihre Gedanken nur noch um diesen geographischen Punkt, denn mehr war, wie man weiß, von dem Gebäude nicht übriggeblieben. Es war wohl der amtliche Ton des Schreibens, das sie zum Bezug eines Kellerraumes dort in der Mendelssohnstraße berechtigte, der ihr das Gefühl eingepflanzt hatte, nun ein für allemal am richtigen Ort angekommen zu sein. Auch die Mitbewohner des Hauses würden wohl eines Tages verstehen, daß die Scharnhorst nun für immer zu ihnen gehörte, und so blieb sie denn völlig unempfindlich gegenüber Eduard Hasens Mutter und deren Vorschriften, die deutlich von Abneigung sprachen. Die Scharnhorst hatte sich an eine besondere Ernährung gewöhnt, die den Bedürfnissen einer hart arbeitenden einsamen Frau entgegenkam. Auf dem Ofen in ihrem Kellerzimmer in der Mendelssohnstraße wie auch später in der Gartenhütte stand – man kann sagen – Tag und Nacht ein Topf, in dem es simmerte, wie man in Frankfurt das vorsichtige Ziehenlassen der Speisen nennt. Die Bestandteile dieses vor sich hin schmurgelnden Gerichts waren einfach: Kartoffeln und Kohl an erster Stelle, außerdem Zwiebeln, Rüben und die Endstücke eines Schinkens, schwarze, salzige Schuhsohlen, die in der Metzgerei manchmal umsonst abgegeben wurden, aber es mußte noch ein Kraut oder Fett dabeisein, das zu den Küchengeheimnissen der Scharnhorst gehörte und das einen Geruch verbreitete, für den eine geschlossene Tür nicht das geringste Hindernis bedeutete. Die Olenschläger verbot der Scharnhorst das Kochen und wollte sie in der Not sogar aus dem eigenen Haushalt versorgen, aber die Scharnhorst kannte keine Furcht, verschmähte die angebotenen Speisen, die sie vor Zeugen als Versuch, sie zu vergiften, bezeichnete, und setzte getrost einen neuen Eintopf auf den summenden Ofen. Man kann sagen, daß sie der Mutter Eduards die letzten Tage und die Erinnerung an das angestammte Haus gründlich verdarb oder, günstiger betrachtet, ihr den Abschied erleichterte.

Und bevor das Haus dann schließlich in Asche sank, kämpfte die Scharnhorst mit wirklicher Todesverachtung, um das als ihr Eigen erkannte Heim zu retten, das mußte die Olenschläger bei allem Abscheu anerkennen, und sie war eine Frau, die Tapferkeit zu schätzen wußte. In einer Bombennacht war eine Brandbombe auf das Dach gefallen. Die Scharnhorst und der Hausmeister hatten den Keller verlassen, obwohl der Angriff noch in vollem Gange war. Sie hatten sich durch den bereits völlig verqualmten Speicher zu einer Dachluke vorgekämpft, und der Hausmeister hatte die Zwergin auf ihren eigenen Befehl auf das Dach geschoben, wo sie zu der Brandbombe gekrochen war, sie ergriffen und sie in den Vorgarten zwischen die Hortensien geschleudert hatte. Die Olenschläger hatte die Scharnhorst im Luftschutzkeller auf einem Feldbett herumkriechen und es so beziehen sehen und konnte sie sich auf den abschüssigen Dachziegeln deshalb genau vorstellen. »Wir wußten nicht, ob das Dach noch hält. Die Frau Scharnhorst ist halt leichter als ich«, bemerkte Herr Herr zu der Entscheidung, der Buckligen die gefährliche Arbeit zu überlassen. Die Olenschläger konnte nicht umhin, der Scharnhorst ihre Hochachtung zu bezeugen, nicht ohne ein verächtliches Wort zu dem langen und dünnen Herrn Herr zu sagen, der gewiß nicht viel schwerer war als die zwar zwergenhafte, aber ins Kompakte zusammengestauchte Scharnhorst. Die Olenschläger begriff plötzlich, daß sie eine Frau vor sich hatte, die ein Opfer der Unzuverlässigkeit und Schwäche der Männer war, so wie sie auch ihr eigenes Leben verstand. Sie hatte es vorgezogen, im brennenden Frankfurt zu sitzen und das Haus zu bewachen, während sie ihren Sohn Eduard in die schweizerische Sicherheit geschoben hatte. In einer Aufwallung von Solidarität versprach sie der Scharnhorst für ihr Rettungswerk ein ewiges Wohnrecht im Souterrain, wo sie auch jetzt schon hauste, und man konnte richtig sehen, wie sich die beiden Frauen, die weltgewandte und die abergläubische, gleichermaßen an dem Wort »ewig« berauschten, während die Stadt Frankfurt, weit von der Ewigkeit entfernt, nach nur tausendjährigem Bestehen unterging.

Möglicherweise hatte die Olenschläger in der Erleichterung des Augenblickes im Ausdruck etwas zu hoch gegriffen. Das jedenfalls befürchtete sie, als die Scharnhorst sich ihr schon am nächsten Tag näherte und mit einem erwartungsvollen Leuchten in den schwarzen Augen verlangte, die gestern gemachte Zusage schriftlich zu bestätigen. Ärgerlicherweise mußte Herr Herr schon wieder zugegen sein, als sei sein eigentlicher Lebensberuf der des Zeugen, und selbstverständlich besaß die Olenschläger zuviel Selbstachtung und allzu empfindliche Ehrauffassungen, um sich vor dem »Gesocks«, so ihr Ausdruck, Blößen zu geben.

Die Scharnhorst durfte ihrer nur halb freiwilligen Gönnerin vertrauen, die jedesmal zusammenzuckte, wenn der Blick der Zwergin sie traf und ihr bedeutete, daß das Dokument immer noch nicht vorlag, und mahnte deshalb kein zweites Mal. Und dann kam der Tag, an dem der schöne dicke Brief eintraf: die notariell beglaubigte Erklärung über das lebenslange Nutzungsrecht des Zimmers neben dem Kohlenkeller im Hause Olenschläger. Der Notar hatte, wie man sieht, bezüglich der Ewigkeit eingegriffen.

In derselben Nacht unterbrachen Sirenen den Schlaf des Hauses. Die Bewohner versammelten sich in den Sandsteingewölben des Kellers und schlossen die neu eingebaute Eisentür. Die wenigen Personen saßen schweigend auf ihren Feldbetten. Dann tat es einen Schlag, und daraufhin war es, als hebe ein Riese das ganze Haus einen Augenblick in die Luft und setze es dann wieder ab. In dieser Nacht brannte das Haus nieder. Die Kellertreppe war unter Trümmerbrocken begraben. Die Bewohner saßen eine Weile im beständig wärmer werdenden Keller gefangen und wurden schließlich von der Gartenseite her gerettet, bevor die Mauern in sich zusammenstürzten. Eduards Mutter nahm aus ihrem Elternhaus nur mit, was sie auf dem Leibe hatte. Die Scharnhorst trug darüber hinaus noch die gesiegelte Zusicherung ihres Wohnrechts auf dem Herzen. Auf der Straße sagten sich die Frauen Lebwohl. Die Scharnhorst suchte die Notquartiere auf, und Frau Has ging zum Hauptbahnhof. Früh morgens fuhr ein Zug nach Königstein, wo Fred Olenschläger vom hölzernen Balkon des Olenschlägerschen Landhauses aus den roten Schein über Frankfurt beobachtet hatte.

So kam es, daß der Krieg auch einer völlig Besitzlosen wie der Scharnhorst, die doch eigentlich gegen alle Beraubung gefeit war, noch etwas nehmen konnte. Von den übrigen Bewohnern der umliegenden Gartenhütten unterschied sich die Scharnhorst durch den Besitz ihres Rechtstitels, den sie, nachdem sie das Haus, auf das er sich bezog, mit eigenen Augen hatte verbrennen sehen und im Ohr noch das wasserfallartige Rauschen der roten Flammenfahnen, die aus den Fenstern wehten, zu hören glaubte, keineswegs geringer schätzte.

Manche Leute werden von solch geheimen Bezugspunkten später dann daran gehindert, im täglichen Leben ihren Mann zu stehen. Sie sind nicht mehr imstande, das kleine Glück des Tages zu ergreifen, wie es sich zu ihren Füßen findet, weil ihr Kopf in den Wolken steckt. Bei der Scharnhorst traf das nicht zu. Sie hatte sich nach den Verhältnissen des Alteisenlagers vorzüglich eingerichtet. Eine Zeitlang geriet sie dort sogar in den inneren Kreis der Macht, als sie nämlich für den gewaltig arbeitenden Groß-Alteisensammler waschen und kochen durfte. In der ersten Zeit hatte er sogar bei ihr gewohnt und ihre Hütte sogleich zum Mittelpunkt seiner Pläne gemacht. Bald hatte die Umgebung ihr Angesicht verändert.

Die winzigen Kohlfelder und Kartoffeläcker, die Dahlien und Erdbeerbeete wichen den Bauwerken, die mit Material aus der vernichteten Innenstadt entstanden, Wallanlagen und Hügellandschaften aus Schrott. Kaum war der Mann bei ihr eingezogen, hing schon ein Schild am Gartenhüttchen der Scharnhorst: »Kaufe alles«, und wenn man sich erinnert, daß die meisten Leute eine beliebige, zufällig gerettete Sammlung überflüssiger Gegenstände in ihren Koffern besaßen, nichts aber von dem, was sie täglich zum Leben brauchten, dann ahnt man, wie es bald rund um das Hüttchen der Scharnhorst aussah. Die gebündelten Altpapierpakete erreichten den Dachfirst. Blechbüchsen, Wehrmachtsmäntel, Kinderwagen, Kochtöpfe und Regenschirme lagen zu Bergen unter großen Planen, die den Schatz nur notdürftig vor der Nässe des Herbstregens schützten. Zugleich befanden sich diese Massen in beständiger Umwälzung. Lastwagen kamen nachts mit brummendem Motor, viele Hände beluden die Tragfläche im Mondschein, und die Breschen in den Barrikaden wurden wieder gestopft.

Die Scharnhorst führte eine Weile sogar die Kasse, das heißt, sie saß darauf, denn den Schlüssel behielt der Gewaltige selbst, aber sie stand nur auf, wenn ein Blick aus seinem bestaubten Gesicht, aus dem die Augen wie Glas leuchteten, es ihr befahl, und er ließ die Leute, die Geld haben wollten, lange warten und oft wiederkommen. »Alle wollen immer nur haben und haben und haben«, empfing sie dann die Scharnhorst. »Aber woher es kommt, das fragt man nicht, und wenn eines Tages Schluß ist, dann staunen sie und reißen das Maul auf.« Daß eines Tages Schluß sein könne, das glaubte im Angesicht des unablässig wachsenden und blühenden Betriebes allerdings die Scharnhorst selber nicht, aber sie fürchtete, daß ihr Herr, um es feudal zu sagen, weil »der Chef« und »der Arbeitgeber« zu diesem Verhältnis einfach nicht paßten, zu gutmütig sei und ausgenutzt werde, so ihr schlimmster Verdacht.

Dieser große Meister beinahe aller Hände, die sich in dem Lager regten, war der erste Mensch seit ihren Kindertagen, der sie beim Vornamen nannte und ihren Buckel und die schiefen kurzen Beine zwar keineswegs zu übersehen vorgab, wie das die Westendkundschaft tat, aber so sachlich zur Kenntnis nahm, als ob ihm ein Stuhl mit drei Beinen angeboten werde, der auch noch für etwas gut war, für ein Feuerchen zum Beispiel, dessen Wert in dieser Zeit niemand verachtete. Für diesen Mann wäre die Scharnhorst keinen Deut von der Kasse heruntergerutscht, und hätte man ihr auch das Messer gezeigt. Das war übrigens keine hohltönende Beschwörung von Bewährungsproben, die niemand verlangt, sondern eine recht nüchterne Einschätzung der Gefahr, die sie auf sich zog. Überfälle kamen vor. Der große Mann hatte Neider, Feinde und beschäftigte die Phantasie jedes Halunken, der in seinen Wirkungskreis trat.

Die Scharnhorst hätte sich vorstellen können, ihr ganzes Leben auf diesem wimmelnden Schrottplatz zuzubringen. Sie sehnte sich nicht nach Vorgärten mit rosa blühenden Mandelbäumchen und feierlicher, nur von Glocken gegliederter Sonntagsruhe. Die

Scharnhorst glich ihrem Herzen, das gleichfalls beständig das Blut kreisen ließ, ohne jemals innezuhalten. Es war, als fürchte die Scharnhorst zu vergessen, wie man atmet, wenn sie sich einen Augenblick der Ruhe gestattet hätte. Im übrigen verstand sie kaum, was um sie herum vorging, denn der Meister pflegte seine vielfältigen Geschäfte mit dem Schleier des Geheimnisses zu bedecken und fing außerdem so viel zu gleicher Zeit an, daß er sich selbst oft im Wege stand. Ein Teil seiner Kraft verzehrte sich in furchtlosen Kreisläufen. Man konnte das Ausmaß seiner Reserven allein daran ermessen, daß Unternehmungen trotz aller Unordnung niemals lange steckenblieben. Kalkofen – so hieß dieser kühne Umgestalter ihres Lebens und Herr der Schrottberge – sank nach den Mahlzeiten aus dem unablässig schmorenden Topf wie ein gefällter Held auf das hohe Matratzenlager und fiel in einen erlebnisreichen Tiefschlaf. Er knirschte mit den Zähnen, ballte die Fäuste und ließ die Atemluft rasselnd durch die Kanäle in Kopf und Brust ziehen. Ihr schwarzer Blick legte sich auf die Erhebungen seines großen Gesichtes, auf die borstigen Haarbüschel der Augenbrauen, Gehörgänge und Nasenlöcher, auf die im Schlaf eingefallenen Wangen und nahm dies physiognomische Trümmerfeld schweigend in Besitz. Wenn Kalkofen schlief, war der Scharnhorst am freiesten zumute. Sie fühlte sich dann vor seiner gefährlichen Geistesabwesenheit, aus der die verwirrende Vielfalt seiner täglichen Einfälle und Kurswechsel geboren wurde, in Sicherheit, obgleich sie in ebendieser Fruchtbarkeit geradezu eine Offenbarung übernatürlicher Kräfte erkannte.

Es war wie eine Bosheit der gegenüber der Scharnhorst sonst so geizigen Natur, daß sie ausgesucht schönes Haar besaß, dichter als ein Hasenfell, aber derart fein, daß es auf dem Kopf anlag wie darauf gemalt. Eine geheime Scham hielt sie jedoch davon ab, den einzigen körperlichen Vorzug, den sie besaß, besonders zur Schau zu stellen. So preßte sie denn ihren seidenen Schopf unter ein Haarnetz und sorgte nur dafür, daß eine violinschlüsselartige Locke fest auf ihrer rechten weißen Schläfe lag. Wenn Kalkofen eingeschlafen war, löste sie das Netz und zog auch die Nadeln aus dem schneckenhaft gezwirbelten Nackenknötchen, so daß sich die Schlange des kreisförmig gelegten Zopfes auseinanderringelte und auf den Rücken herabfiel. Die feinen Wellen flossen in einem Umbraton von seltener Tiefe, dessen erdgrüner Schimmer reizvoll verwandelt in ihren

Augen wiederkehrte. Niemand sah die Scharnhorst je in diesem Zustand, und wenn es spät noch klopfte, was die Natur der Kalkofenschen Geschäfte mit sich brachte, dann band sie sich schnell ein Kopftuch um. Bisher war die Scharnhorst nahezu augenlos in der Welt herumgelaufen. Wie der Stein oder die Fliesen, die sie scheuerte, aussahen, hatte sie keinen Deut geschert. Die behaglichen kleinen Villen in der Schubertstraße galten der Scharnhorst genausoviel wie das Barackenlager am Stadtrand, um das Kalkofen als neuer Vauban seine Bastionen aus Schrott geschichtet hatte. »Konservenbüchse« und »Porzellantasse« stellten für sie gleichermaßen nur Höhlungen dar, um etwas Heißes hineinzufüllen, und am Aussehen ihrer Mitmenschen nahm sie erst recht keinen Anteil, da wollte sie überhaupt nur immer wissen, ob man gesund sei, und das Mißtrauen, mit dem sie diese Frage stellte, gab einen Vorgeschmack auf das Grauen, mit der sie die Krankheit betrachtete. Aber seit dem Aufenthalt im Schatten Kalkofens – von einem Leben an seiner Seite wagt man nicht zu sprechen – begann sie an den Gegenständen ihrer Umgebung Eigenschaften festzustellen, die ihr vorher verborgen geblieben waren. Wenn sie eines der schmiedeeisernen Gartentore in der Schubertstraße in den Angeln schwang, prüfte sie von nun an dabei zugleich sein Gewicht, und ihr Blick verweilte stumm auf den verschlungenen Ornamenten, als versuche sie, den Alteisenpreis der geschmückten Schutzwehr abzuschätzen. Erst jetzt entdeckte sie das bronzene Kruzifix, das immer noch auf dem Turm der ausgebrannten Christuskirche in den Himmel ragte, und ihre Augen sprangen wie Gemsen die Mauervorsprünge entlang den Turm hinauf, als begutachte sie die Chancen einer nächtlichen Kletterpartie, vor der Kalkofen, wie sie wußte, nicht zurückschreckte, wenn der Preis den Einsatz des Lebens lohnte, und dazu gehörte bei seiner Denkungsart nicht viel. Plötzlich sah sie sich von Waren in Überfülle umgeben: Gartenzäune, Regenrinnen, Fenstergriffe, Kanalgitter und Blitzableiter, die sie in Kalkofens Lager gebündelt, gehäuft und bezahlt gesehen hatte, säumten ihren Weg. Der Scharnhorst ging nun erst auf, von welchem Reichtum sie umgeben war, während sie früher die Straßen wie Felsschluchten durcheilt, die Fahrbahnen wie Flüsse überquert und die Gärten der Hinterhöfe wie Almen oder enge Waldtäler betreten hatte. Auf dem Giebel des Senckenbergmuseums reckte die mit hellem Grünspan bedeckte

Statue des Saturn die Sense dem Kreuz der Christuskirche altmännerhaft drohend entgegen. Mit dieser Sense hatte der böse Vatergott die Jahre gemäht, die seit den Tagen der Dinosaurier, deren Skelette im Museum standen, verstrichen waren, aber die Scharnhorst sah das Kunstwerk deshalb nicht ehrfürchtiger an, sondern überschlug nur den Raum, den die mächtige Gruppe in Kalkofens Lager einnehmen würde, und die Zeit, in der man sie allenfalls zersägen könne. Bei solchen Überlegungen spielte der Gedanke an den eigenen Vorteil keine Rolle, so wie ihr die Teilnahme an ungezählten staub-, rost- und kalkaufwirbelnden Unternehmungen keinerlei bemerkenswerten Lohn eingetragen hatte.

Eines Tages war Kalkofen verschwunden, wie sie es vom ersten Tag ihrer Begegnung an vorausgesehen hatte. Ohne den sonnenhaft wärmenden, aber auch versengenden Tyrannen fand sie sich zugleich ärmer und reicher als vorher. Sie entbehrte seinen Schutz und vermißte das Leben, das um ihn herum herrschte, aber sie sah sich auch im Besitz neuen Wissens. Die Welt zeigte sich bunter und schwieriger als früher. Die Scharnhorst ahnte nun etwas von den Gefahren im Riesenkörper der Zivilisation, die ausrotten muß, wenn sie sich nur nähren will, und die niederwalzt, wenn sie sich zur Ruhe legt. Sie unternahm nicht den bescheidensten Versuch, den Aufenthalt Kalkofens zu erforschen, sondern tat es ihm nach. Sie verließ die Gartenhütte und kehrte nie wieder dorthin zurück.

Statt dessen war sie nun wieder in der Schubertstraße zu sehen, wo sie allerdings außer Herrn Herr niemand vermißt hatte. Auf dem Trümmerhügel des Olenschlägerschen Hauses, der fast bis in das einstige Hochparterre reichte, hatte man ein Holzbüdchen aufgeschlagen, in dem ein griesgrämiges Berliner Ehepaar, das an Fastnacht mit bunten Stanniolhütchen auf dem Kopf im Laden stand, Kartoffeln und Rhabarber verkaufte. Aber auch sonst brachte die Zwangseinquartierung neue Gesichter. Bei den Schwestern Labonté bewohnte ein verwitweter Amtsgerichtsrat Blank, der in Sachsenhausen ausgebombt worden war, das Herrenzimmer. Ein Fräulein Irene Klocke, Teilhaberin eines Blusengeschäfts in der Innenstadt, bereitete sich in Mis Schlafzimmer ihren Tee und weichte mit den Wasserdämpfen die Stuckdecke auf. Die Damen standen dabei unter dem Schutz des Dr. Paul Stahr, der mit seinen Beziehungen zur Wohnungsbehörde die Beschlagnahmung von noch mehr Wohnraum verhinderte und immer dafür Sorge trug, daß »gute Leute«, wie Mi und Tildchen sich ausdrückten, ins Haus kamen, stille, ältliche Junggesellen aus dem Bürgertum, die viel auf Reisen gingen.

Im Haus nebenan herrschten noch wildere Verhältnisse. Da teilten sich ganze Familien die wenigen Zimmer. Der Hauseigentümer Dr. Frey, ein Bauingenieur, war schon vor dem Krieg verschwunden. Oben in der Mansarde, deren Hauptfenster von einer aufgespießten Kugel aus grauem Blech überragt wurde – früher das Dienstmädchenquartier –, drängten sich jetzt so viele Menschen wie im Frieden im ganzen Haus nicht, und im ersten Stock hatte ein Ehepaar Klusemann, »gute Leute« im Sinne des Herrn Herr, aber nicht für die Tanten Labonté, eine Fabrik aufgemacht, in der mehrere junge Arbeiterinnen Kupferdrähte um winzige Spulen wickelten. Die Scharnhorst hatte wenigstens mitgelöscht und war nicht einfach in die von anderen Leuten geretteten Häuser eingezogen. Am höchsten war ihr in den Augen des Herrn Herr anzurechnen, daß sie überhaupt in keines der benachbarten Häuser eingezogen war, sondern mit der Straßenbahn von weither anreiste. Hätte Herr die Ausdrucksfähigkeit der Olenschläger besessen, dann hätte er vermutlich »das feine Empfinden« der Scharnhorst für den »ihr gebührenden Platz« gerühmt. Den wahren Grund für die Zurückhaltung der Scharnhorst erriet er nicht, obwohl er doch Zeuge der ewigen Wohnungsverheißung in der winterlichen Brandnacht gewesen war.

Herr Herr versorgte inzwischen fast alle Heizungen der Schubertstraße, er hatte, wie er sich ausdrückte, »zwölf Heizungen unter sich« und ging, nachdem inzwischen auch wieder Kohlen geliefert wurden, überall fast täglich ein und aus. In seiner hierarchischen Lebensauffassung war ihm die Hilfe der Scharnhorst willkommen, auf die er schon körperlich herabsehen konnte, weil sie ihm nur bis zur Brust reichte, und bald schon hatte es sich ergeben, daß in Häusern, in denen Herr Herr im Keller mit seiner Schippe scharrend den Ofen heizte, die Scharnhorst derweil draußen mit ähnlichen Kratzgeräuschen den Torweg kehrte. Der Umgang zwischen ihnen zeichnete sich durch vollendete Sachlichkeit aus. Herr Herr gebrauchte für Anweisungen ein taktvolles »Wir«, das man als Pluralis socialis bezeichnen könnte – »Wir wollen morgen mal die

Blätter wegmachen« – was von der Scharnhorst auch stets richtig aufgefaßt wurde. Zum Kaffeetrinken in der jeweiligen Küche ging er ohnehin allein.

Herr Herr war auch der einzige, der darüber staunte, daß die Scharnhorst nicht allein in die Schubertstraße zurückkehrte. An ihrem ersten Arbeitstag schob sie einen Kinderwagen aus weißlakkierter Korbflechterei vor sich her. Er stammte von Kalkofens Schrottplatz, war für einen bürgerlichen Säugling geschaffen worden und hatte auf einer Flucht über die Sektorengrenze Wäsche und Silber einer Eisenacher Arztfamilie befördert. Die Scharnhorst bewahrte unter einem mächtigen hellblauen Steckkissen ihre Thermoskanne mit Malzkaffee darin auf, darüber hinaus aber tatsächlich auch ein Kind, einen blassen schweren Knaben, der noch nicht laufen konnte, dessen Kopf aber bereits jetzt dicker als der seiner Mutter war. Dies sei ihr Sohn, sagte die Scharnhorst ohne weitere Erklärungen und gab Herrn Herr nur darin recht, daß sie das Kind »damals«, als sie sich kennenlernten, noch nicht gehabt habe. »Richtig«, wiederholte der Hausmeister, »damals haben Sie den noch nicht gehabt«, und obwohl ihn diese Einsicht zufriedenstellte, fühlte er doch zugleich, daß damit sein Wissensdurst noch nicht vollständig gestillt war. Einstweilen gab er sich eher mit der selbstgefundenen Erkenntnis zufrieden, weil er geistige Unruhe nicht über lange Zeit hindurch ertrug. »Den Sohn hatte die Frau Scharnhorst damals ja noch nicht«, pflegte er zu Fräulein Emig zu sagen, die das ganze Ausmaß dieser Nachricht aber nicht verstand, weil sie »damals« – im Herbst 1944 bis Januar 1945 – mit den Fräulein Labonté in Falkenstein gewesen war. Das Feuer über Frankfurt hatte sie gesehen, aber nicht, wie die Scharnhorst damit umging. Die Olenschläger war tot und ihr Sohn machte ein ratloses Gesicht, wenn ihm Herr Herr etwas über die Scharnhorst erzählte. Er konnte nicht ahnen, wie eng sich die Zwergin mit ihm verbunden fühlte.

Es gab gewiß niemanden, der wie Eduard Has auf den Trümmerhaufen mit dem Rest roter Sandsteinfassade in der Mendelssohnstraße blickte, außer der krummen, kleinen Putzfrau, deren Namen Has sich überhaupt erst Jahre später merken konnte. Die Scharnhorst drückte inzwischen den Korbwagen den holprigen, schon an vielen Stellen von Erde bedeckten Hügel auf dem Has'schen

Grundstück hinauf, um, wenn es regnete, ihren Sohn im Hinterzimmer des hölzernen Büdchens unterzustellen. Sonst behielt sie ihn bei jedem Wetter bei sich, im Winter bis zur Nasenspitze zugedeckt und im Sommer in gehäkelten Spielhöschen, die schon an dem Einjährigen sonderbar kindisch aussahen, als sei er einer solchen Tracht längst entwachsen. Kurt Scharnhorsts Kopf war nur kurze Zeit seinem übrigen Körper im Wachstum voraus. Das Kind war weiß wie eine Magnolienknospe. Gleich einer solchen Knospe glaubte man ihm beim Wachsen zusehen zu können. Trotzdem dauerte es lange, bis er seine ersten Schritte tat, und auch dann blieb sein herausragendes Talent eine nicht einmal durch das Krabbeln einer Fliege über die Nase zu beirrende Bewegungslosigkeit. Wer die knochige, wie unter großer Spannung verbogene Mutter mit diesem lautlos anschwellenden Kind sah, den konnte das Grausen bei der Vorstellung befallen, wie erbarmungslos dieses Kind, in dem es seinem Ernährungstrieb folgte, den Leib der Mutter bis zum letzten nährenden Tropfen aussaugte. Die Scharnhorst machte aber keine Leidensmiene, sondern war so grob wie eh und je und sprach mit ihrem Sohn stets nur in wenigen kurzen Bemerkungen, die dennoch nicht lieblos klangen, sondern wie die abgekürzte, leicht verschlüsselte Sprache unter engen Vertrauten. Sie schien, wenn man nur der Tonmelodie lauschte, zu ihm wie zu einem Erwachsenen zu sprechen.

In der Gegend gab es hin und wieder Leute, die um ihre Ruhe besorgt waren, wenn sie nur einen Kinderwagen sahen. Die Klusemann aus der Nr. 23, die mit ihren Drahtwicklerinnen selbst eine beachtliche Unruhe im Haus verbreitete, verwahrte sich, kaum daß sie Kurt in der Toreinfahrt erblickt hatte, gegen zukünftiges Geschrei in drohendem Ton – eine überflüssige Vorsicht, wie sich zeigte, denn das Kind gab niemals einen Laut von sich und lag im Wagen, als sei das Wachsen eine Beschäftigung, die keine Ablenkung dulde. Für den kleinen Alfred war Kurt in seinem Kinderwagen noch eine der feststehenden Erscheinungen der Schubertstraße. Man bedenke, daß Kurt Scharnhorst mindestens drei Jahre älter als Alfred war. Damals hingen denn auch die Beine des Knaben schon schwer über den Korbrand heraus. Die Füße berührten den Boden. Der Kinderwagen diente nun vornehmlich dazu, Zeitungsbündel, geschenkte Kleidung und Proviant zu befördern, aber zur Mittagszeit versuchte Kurt immer noch seinen schweren Körper in den überall schon auseinanderbrechenden Korb zu zwängen, den Kalbskopf unter dem Verdeck zu verbergen und zu den Geräuschen des mütterlichen Kehrbesens wie zu einem Wiegenlied einzuschlummern. Wenn Alfred auf seinem Roller in rascher Fahrt an dem Hauseingang vorbeifuhr, in dem sich Kurt Scharnhorsts Kopf soeben mit Mühe unter dem Verdeck hervorarbeitete, trafen sich äußerste Beweglichkeit und unbedingtes Beharrungsvermögen für einen Lidschlag in verständnisloser Gleichzeitigkeit. Alfred schien zu fliegen, wenn er sich mit dem rechten Fuß abstieß und das dünne Bein dann hinter sich in der Luft hängenließ. Er glich der Statuette des Merkurs von Gianbologna, die bei seinen Tanten im Wintergarten zwischen den großen Blättern der Urwaldpflanzen hervorsah. Kurt hingegen sah aus, als sei er nicht nur aus dem Kinderwagen, sondern überhaupt aus dem Erdinneren hervorgekrochen und als ob er über keine Organe verfüge, um das Tageslicht wahrzunehmen.

Als Alfred in die Schule kam, fand er Kurt Scharnhorst dort immer noch in der ersten Klasse vor, obwohl der Junge damals schon so groß wie die Lehrerin war. Erstaunlich blieb nur, daß die Scharnhorst es über sich brachte, ihn tatsächlich für mehrere Stunden allein zu lassen. Während der großen Pause erschien sie denn auch am Gitter des Schulhofes und reichte ihrem Sohn weitere Brotpakete hindurch. Ein Mitschüler wurde Kurt Scharnhorst trotz des kurzen Verweilens im selben Klassenraum nie. Er gehörte zu den Statisten der Schubertstraße wie der Laternenanzünder, der Scherenschleifer, der Eismann mit der Lederschürze, der das Stangeneis brachte, der Kartoffelausrufer mit Schelle und Drückkarren und der Leierkastenmann, die weltläufigste unter diesen Erscheinungen, weil er mit seiner Orgel im Wochentagsrhythmus ganz Deutschland durchquerte. Alfred glaubte lange, daß der Ausdruck »sich trollen« für die Bewegungsart entwickelt worden sei, mit der die Scharnhorst und ihr Sohn im Abendlicht die Schubertstraße hinter sich ließen: Die bucklige, zu Boden gebeugte Frau, die den Schrubberstiel nun gesenkt trug, und der weiche, in die Höhe getriebene Kurt, der den Kinderwagen schob wie eine Schnecke, die ihr eigenes Haus spazieren fährt.

Das Trümmergrundstück, auf dem sich bis zum 10. Januar 1945

das Haus Olenschläger erhoben hatte, erschien dem kleinen Alfred wie ein Stück Wildnis, das in den ordentlichen Zusammenhang der übrigen Westendhäuser eingepflanzt war, den künstlichen Alpen vergleichbar, die sich am Rande des botanischen Gartens zu mäßiger Höhe auftürmten. Die wenigen Rusticaquadern, die zur Straße hin noch sauber gefugt aufeinandersaßen, die als Hermen geformten Pilaster, die das Portal flankierten und zwischen denen noch eine sehr ausdrucksvoll gemetzte Fruchtgirlande aus aufgeplatzten Granatäpfeln, Birnen, Lorbeerlaub und geordnet flatternden Bändern völlig erhalten die Sopraporte ausfüllte, bildeten keinen Widerspruch zu den mageren Bäumchen, die ringsum im Staub wurzelten und die Mauerreste überragten. Zu der Zeit, in der Alfred Labonté dort Roller fuhr und das Grundstück erkundete, war das hinter dem Portal gelegene »Salve«-Mosaik schon fast vollständig von nachrutschendem Schutt bedeckt. Man hätte es wie einen römischen Fußboden in Mainz oder Trier ausgraben können. Schutt, Stein und Putz, die den Hügel ausmachten, waren in kurzer Zeit zusammengebacken wie eine Erdformation ehrwürdigen Alters. Der Weg, den man zu dem Holzbüdchen des Berliner Gemüseehepaars hinaufgetrampelt hatte, glich einem Feldweg, der von Löwenzahn und Huflattich umgeben war. Manchmal ließen sich Enten zwischen dem saftigen Unkraut nieder, die von den Teichen des Palmengartens aus Vorstöße in die steinerne Umgebung unternahmen, um jene grünen Inseln aufzusuchen, die überall dort, wo ein Haus in Trümmern lag, entstanden waren. Auf dem Olenschlägerschen Grundstück pflückte der kleine Alfred zu den Geburtstagen seiner Tanten sonderbare Sträuße aus Unkraut. Zwischen den runden und gezackten Blättern sahen winzige Blüten hervor, die an den Totenkranz der Ophelia erinnerten. Im Hause Labonté wurden diese kleinen Buketts mit der Rührung entgegengenommen, die allen häßlichen Basteleien der Kinder zukommt, aber sie hätten mehr Aufmerksamkeit verdient, als ihnen in ihren Einmachgläsern auf dem Küchenfensterbrett bei Fräulein Emig zuteil wurde, denn sie verrieten einen überaus selbständigen Geschmack. Wenn Alfred später nicht seiner genauen Erinnerung, sondern seiner Empfindung traute, kam es ihm vor, als habe er seine Kindheit überwiegend auf dem Lande verbracht. Es waren die Nachmittage auf dem Olenschlägerschen Grundstück, die diese Stimmungen auslösten.

Für Herrn Herr wäre diese Sicht des Grundstücks überhaupt nicht nachvollziehbar gewesen. Daß der größte Teil des Hauses in Flammen zusammengestürzt war, hinderte ihn nicht daran, sich aus den erwähnten Hermespilastern das ganze Gebäude wieder vor Augen zu rufen. Die beiden Klingeln an der Haustür mit den geschwärzten Namensschildern – in gotischer Fraktur der Name »Olenschläger« und in schnörkellosen Lettern der Name »Dr. Has« – vertraten für ihn mit überzeugender Gewalt die hinter ihnen längst untergegangenen Lebenszusammenhänge. Er hätte sich nicht gewundert, wenn er, nachdem er den Klingelknopf gedrückt hatte, das elektrische Surren vernommen, wenn sich die Tür geöffnet und ihn alsbald der dem Haus Olenschläger eigentümliche Duft umgeben hätte. Natürlich drückte er niemals auf den Klingelknopf, denn er hatte ja seinen Schlüssel, und außerdem wäre es für ihn nicht passend gewesen, den Vordereingang zu benutzen. Das Lebensmittelbüdchen der grämlichen Berliner hätte bei ihm keinen größeren Ärger erzeugen können, wenn es sich in dem unversehrten Badezimmer der geborenen Olenschläger eingerichtet hätte, und tatsächlich lehnte sich das Büdchen an einen Mauerrest, der noch zu einem großen Teil mit den Badezimmerkacheln der Jahrhundertwende – bleichrosa Seerosen mit fragezeichenförmigen Stielen – versehen war. Die Barackenbaumeister hatten diese gekachelte Wand geschickt einbezogen, so daß der Innenraum des Gemüselädchens erheblich solider und stattlicher wirkte als dessen Außenfront.

Herr Herr trat dem Gemüsepaar mit dem herrischen Ernst eines bevollmächtigten Vogtes entgegen und rasselte, wenn er etwas befahl, nachdrücklich mit dem Schlüsselbund des untergegangenen Hauses. Ohne von Has damit beauftragt zu sein, hielt er sich für verpflichtet, an seiner einstigen Wirkungsstätte für Ordnung zu sorgen, damit rund um die Kachelwand, die er einstmals vom Keller aus mit Schaufeln voll Steinkohle erwärmt hatte, »nicht Sodom und Gomorrha« herrsche, wie er sich ausdrückte, wobei ihn der Name der Stadt Gomorrha wahrscheinlich an das Gemurre erinnerte, mit dem die übellaunigen Berliner Gutem wie Schlechtem begegneten. Daß die Scharnhorst ihren Sohn dort abstellen durfte, wenn es regnete, entsprach einfach einer Anordnung des Herrn Herr, die ihm bei der Scharnhorst viel nützte, denn sie erkannte den Stil echter Autorität darin. Gegen Kurt kehrten die Berliner, sobald seine Mutter sich davongemacht hatte, übrigens eine überraschend menschenfreundliche Seite hervor. Sie schenkten ihm oft eine angefaulte Apfelsine oder ein narbiges, hartes Äpfelchen, und diese Wohltaten blieben nicht unbemerkt, denn die Scharnhorst fand bei ihrer Rückkehr die Früchte in den Händen ihres Sohnes so unberührt, als seien sie Reichsäpfel im Handschuh eines versteinerten Kaisers. Wenn sie sich über dem Trümmerberg dem Holzbüdchen näherte, war ihr, als klängen ihre Schritte hohl. Tief unter den Schuttmassen schlief unversehrt, wie sie sicher fühlte, die durch Einsatz des Lebens eroberte Wohnung. In ihren Gedanken öffnete sich unter ihren Füßen ein Schacht, wenn sie im Hinterzimmer des Lädchens Kurt aus dem Wagen hob, um zu prüfen, ob er sich naßgemacht habe. Von ihrem guten Recht wie von einem Fallschirm gehalten, sank sie sanft hinunter und befand sich alsbald im Herzen ihres Eigentums. Durch dies innere Bild wurden ihr die Aufenthalte in dem Gemüsebüdchen zwischen den Steigen mit weißen Rüben und den Kartoffelsäcken unendlich kostbar. Anders als Herr Herr grollte sie den Berlinern nicht im mindesten, denn es war ihr schon zu den Zeiten, als das Haus Olenschläger noch stand, gleichgültig gewesen, was im Badezimmer des ersten Stocks geschah, und an dieser Einstellung hatte sich nichts geändert. Dennoch besaß dieses Badezimmer mit ihrer verheißenen Wohnung viel mehr Gemeinsames als alle anderen Badezimmer des Westends. Es erhob sich nämlich über derselben Parzelle, nur daß die Scharnhorstsche Wohnung in gleicher Weise in das Erdreich gedrückt war wie der Kopf der Scharnhorst in ihre Schultern, während das Badezimmer lichtdurchfluchtet in den Lüften hing, vor allem seit es kein Dach mehr schirmte. Sie mußte sich eingestehen, daß sie in den Jahren auf dem Schrottplatz fast vergessen hatte, wie belebend der Gedanke an diese Wohnung war, aber sie fühlte sich augenblicklich wie eine Heimgekehrte, als sie den Kinderwagen das erste Mal in das Hinterzimmer des Holzlädchens schob. Es gehörte wenig Phantasie dazu, weniger, als sie tatsächlich besaß, um sich vorzustellen, daß sie den Wagen nicht im ersten Stock, sondern im Souterrain abstellte. Gegenüber der Nähe, in die sie zu ihrem Eigentum gerückt war, bedeutete es nichts, daß die Räume, auf die sie es abgesehen hatte, unter Tonnen von Schutt begraben waren. Die Scharnhorst zeigte neuerdings das verschlossene, aber selbstsichere Gesicht eines Menschen, der im Besitz eines Planes zur Auffindung bedeutender Schätze ist. Sie hatte, als sie das Schrottlager Kalkofen verließ, nicht geglaubt, so schnell abgelenkt zu werden.

Aber auch Eduard Has sah die Reste seines Elternhauses nicht mit sachlicher Kälte an, wobei er sich in seiner Sehweise allerdings von der Scharnhorst und Herrn Herr unterschied. Sein Blick drang nicht durch die Ruinen, wie es der sondenhafte Traum der Scharnhorst tat, und er verweilte auch nicht bei den geistigen Rekonstruktionen, denen Herr Herr bei Betrachtung des funktionslos gewordenen Portals erlag. Has hielt die Augen seines Geistes auf die Zukunft gerichtet. Die Trümmer in der Mendelssohnstraße mit ihrem lieblichen, aus den benachbarten Gärten angeflogenen Bewuchs bedeuteten für ihn nichts anderes als einen Bauplatz, und dieser Bauplatz schien ihm für sein Vorhaben zu klein. Eduard Has bezeichnete sich häufig als einen Anhänger der Tradition. Deshalb, so führte er aus, gedenke er sich nicht am Starnberger See oder wenigstens im von Bomben weitgehend verschonten Wiesbaden niederzulassen, sondern genau dort, wo er geboren sei. Mit der Tradition verhalte es sich so, erklärte er. Man habe immer aufs neue zu wägen, was abgestorben und abgetan sei und was verdiene, den nächsten Generationen weitergegeben zu werden. Er fühle die alte bürgerlich-patrizische Gesinnung in sich, der Stadt Frankfurt ein Geschenk zu machen, so wie in seiner Zeit und mit seinen Mitteln sein Großvater beim Bau des Westends mit seinem kostbaren Wohnhaus Maßstäbe für das Ganze gesetzt habe. Nichts Geringeres plante Has, wenn er die Weidenstämmchen ansah, die das Holzbüdchen umstanden, ohne sie doch wirklich wahrzunehmen. Er dachte an die Maßstäbe und geriet dabei in eine Erregung, die ihn daran hinderte, weiterhin klare Gedanken zu formen, und die doch unerhört süß war. Es ergab sich häufig das sonderbare Bild, daß ein eleganter, obschon etwas fetter junger Mann in offenem Wagen vor dem Trümmergrundstück hielt und unverwandt das ameisenhafte Leben, das auf dem Ruinenhügel herrschte, betrachtete: Herrn Herr, der mit seinem Schäferhund und mit rasselndem Schlüsselbund den Weg zu dem Gemüselädchen hinaufging und mißgünstig mit dem Fuß gegen einige schwankend aufgetürmte Obstkisten stieß, die Scharnhorst, die sich von der anderen Seite mit einem

Eimer näherte, Kundinnen, die ihre Netze mit Äpfeln und Lauch gefüllt hatten und sich ärgerten, wenn sie auf dem holprigen Pfad stolperten, und kleine Jungen, die mit ihren Rollern die abschüssige Bahn hinunterfuhren, herausragende Steine ansteuerten und wie Sprungschanzen nutzten. Darin taten sich naturgemäß die Eigentümer neuer weißer Ballonreifen gegenüber den altmodischen Holzrollerfahrern hervor.

Has, der traumverloren auf sein eigenes Grundstück starrte, durfte sich selbst zur Klasse der Ballonreifenbesitzer zählen, wie er da in seinem amerikanischen Wagen in der doch noch sehr darniederliegenden Mendelssohnstraße saß. Die Karosserie leuchtete rot wie ein Lippenstift, und die weißen Polster rochen derart aufdringlich nach neuem Leder, daß es angenehmer war, mit zurückgeschlagenem Verdeck zu fahren. Aber kein Sinnenreiz betäubte den Herrn dieses Wagens so stark wie die inneren Bilder, denen er sich, von der Realität nur durch den Umstand gestützt, daß dies Fleckchen armseliger Erde ihm gehörte, immer von neuem hingab. Has war entschlossen, die günstige Lage, die durch Zerstörung seines Elternhauses entstanden war, zu einem Befreiungsschlag zu nutzen. Inzwischen fühlte er sich zwar kräftig genug, um die Hilfestellung der alliierten Bomberpiloten als überflüssig zu erachten. Er glaubte, daß er auch ohne diese Unterstützung von oben das Bauwerk seines Großvaters abgerissen hätte, das ihm bis zur Peinlichkeit veraltet vorkam, wenn er sich daran erinnerte, und er malte sich aus, wie die Abrißbirne die Wand des großen Salons durchbrach und die hundert Prismen des Kronleuchters in quasi elektrisches Beben versetzte. Seltsamerweise verfuhr er beim Abreißen genauso wie die Bomber, indem er nämlich den Kronleuchter hängen ließ und dem gleichen Verderben wie dem des Hauses weihte. Es war geradezu betrüblich, daß er den Weg derart geebnet vorgefunden hatte, und doch schien es ihm auch wieder bezeichnend für die Natur seines Schicksals. Er war eben Erbe, Dynast im engsten Wortsinne. Er war nicht aus den Wäldern unversehens in der Stadt aufgetaucht, um sein Glück zu machen, sondern er stand in einer bedeutenden Kette, die sein Leben bestimmte und Verpflichtungen auferlegte. Wenn ihm die Mächte der Familiengeschichte – und welche welthistorische Entwicklung wäre ihnen nicht zu Diensten gewesen – seinen Eintritt in das Leben erleichtert hatten, dann verstand er eine solche

Vorbereitung wohl zu deuten. In ihr lag die Aufforderung zu einer Steigerung des bisher Dagewesenen. Has befand sich in Aufbruchstimmung. Wenn er sich umsah, so fühlte er, wie alles ihm zu Diensten war.

Solange er in Genf lebte, verdüsterte nur eine Aussicht seinen Zukunftshorizont: der Gedanke der Rückkehr nach Frankfurt unter den unmittelbaren Befehl seiner Mutter. Heute kam es ihm vor, als habe seine Mutter geahnt, daß für sie beide zusammen kein Platz in Frankfurt sei, solange sie die Geschäfte der »Verwaltung« leitete, und sie würde, das stand fest, die »Verwaltung« solange regieren, wie sich noch ein Atemzug in ihr rührte. Has sah auch in der Entfernung das Bild seiner fest am Tisch sitzenden Mutter vor sich, die zwei Brillen übereinander auf der Nase hatte und damit wie ein prismenäugiges Insekt wirkte. Ihre Augen waren auf ein Aktenstück geheftet, und ihre linke Hand spielte in einer Bewegung, die dem Rosenkranzbeten glich, mit ihrer Perlenkette. Alle paar Jahre riß diese Kette entzwei. Der Erfahrung zum Trotz hatte sie jedesmal davon abgesehen, die Perlen einzeln verknoten zu lassen, und jedes Mal artete dieser Unfall in eine häusliche Katastrophe aus. Die Perlen flossen wie die Tränen – hier einmal ihrem lyrischen Vergleichswort gerecht werdend – zu Boden, und niemals wurden alle wiedergefunden, obwohl die Suche durch die Drohworte der Olenschläger ins Fieberhafte getrieben wurde.

Eduard Has begriff lange Zeit die Wiederkehr solcher Ereignisse als Ausdruck bloßer Schreckensherrschaft, so als sei seine Mutter, die Revolutionsfeindin aus dem Bilderbuch – immerhin läßt Heinrich Hoffmann in einem seiner Werke »Sangskülotter« auftreten –, in Wahrheit eine Schülerin des Todesengels St. Just und glaube, daß die Tugend in ihrem Haushalt nur durch die Angst vor dem Unvorhersehbaren aufrechtzuerhalten sei. Am Tag nach ihrem Tod erst, als er morgens nach einem kurzen Gang in die Stadt wieder die Wohnung betrat, stutzte Has, weil er den Geruch im Hause verändert fand. Eine kühle Gepflegtheit kam ihm entgegen, der die eigentliche Würze fehlte, und es dauerte eine Weile, bis er begriff, daß es um seine Mutter herum eigentlich immer nach frischem Kaffee gerochen hatte. Jetzt erst wurde er sich darüber klar, daß sie den ganzen Tag lang eine Tasse Kaffee nach der anderen zu sich genommen hatte, mit Unterbrechung nur zu den Mahlzeiten, wobei sie aber bloß der Konvention gehorchte. Has erinnerte sich nicht, darin jemals etwas Ungewöhnliches gesehen zu haben. Er vermied es, so lange sie lebte, die Gewohnheiten und Eigenheiten seiner Mutter allzu genau zu betrachten, als verberge sich eine Medusenfratze hinter ihnen, die den Beschauer versteinern läßt. Plötzlich schien es ihm, als habe diese Frau mit heroischer Selbstbeherrschung gegen eine rasende innere Unruhe angekämpft, die sie mit den Fluten schwarzen Kaffees doch selbst hervorgerufen hatte. Er sah seine Mutter nun auf einmal nicht mehr als die unbewegte Granitbüste, die zentaurisch mit dem Schreibtisch verschmolzen war, sondern im Zustand einer Nervosität, die sie geradezu zum Platzen brachte. Ihre lange Krankheit mit den zahllosen Rücksichtnahmen, die sie begleiteten, war Has nur als ein Ritual erschienen, das jeden Aufstand schon auf der Ebene der guten Manieren erstickte. Die silberne Schüssel, die von weinrebenerntenden Putten gestützt wurde und bis zum Rand mit Medikamenten gefüllt war, die sie während und nach dem Essen einnehmen mußte, hatte in seinen Augen den Charakter eines Hoheitssymbols wie das Nef auf der Tafel der französischen Könige. Er fühlte sich geradezu zum Narren gehalten, als sie, kurz nach seiner Rückkehr aus Genf, schließlich dann doch starb, als habe sie bei derartig verminderten Körperkräften schon lange keinen Anspruch auf den unbeschränkten Gehorsam mehr besessen, den sie forderte.

Die Olenschläger hingegen war vom Tod nicht überrascht worden. Von ihr aus hätte er auch früher kommen können, denn ihre Vorbereitungen waren abgeschlossen. Sie durfte sich bei Kriegsende sagen, daß es ihr gelungen war, einen wesentlichen Teil ihres Vermögens zu retten, und, was noch wichtiger war, daß sie ein Rechtsgebäude geschaffen hatte, in dem ihr Sohn stets sicher würde hausen können, ohne die Substanz, auf der sein Glück ruhte, wie es unfehlbar seine Art gewesen wäre, zu verzehren.

Eduard Has stellte bald fest, daß ihm das mütterliche Antlitz, das er sicher auf dem Hauptfriedhof unter Erdmassen geborgen wähnte, nunmehr aus den Zügen seines Vetters Fred Olenschläger entgegensah, denn er entdeckte erst jetzt die starke Familienähnlichkeit zwischen Tante und Neffe. Das eingefallene und in den letzten Monaten vor dem Tod stark abgemagerte Gesicht seiner Mutter glich auf einmal den asketischen Zügen ihres Sachwalters, der allerdings immer schon wie ein Totenkopf ausgesehen hatte. So wie die Seele eines Dalai-Lama bei seinem Tod sogleich in den Körper eines Neugeborenen schlüpft, fand sich Has während der ersten geschäftlichen Besprechungen mit seinem Vetter zu seinem nicht geringen Entsetzen der eben erst im Sarg Eingeschlossenen wie eh und je ausgesetzt, nur mit dem Unterschied, daß seine Mutter leider nicht in tibetanischer Manier gehandelt und sich statt dessen einem völlig fertigen Menschen einverleibt hatte. Und Olenschläger brachte, das spürte Has deutlich, doch auch viel Eigenes in die unheimliche Verbindung ein. Er war sich sicher, daß seine Mutter ihn geliebt hatte, wenngleich ihn eine abergläubische Scheu daran hinderte, sich zu fragen, was unter dieser Liebe wohl genau zu verstehen war. Aber auch ohne solche erhellenden oder auch verdunkelnden Zergliederungen stand für ihn eines ohne Frage fest, daß nämlich Fred Olenschläger ihn nicht liebte. Hier trat ihm die Olenschlägersche Fähigkeit zur Verachtung ungemischt entgegen. Diese Einsicht verursachte in ihm einen heftigen Schmerz, der aus der Verletzung seines Stolzes und der Enttäuschung seiner Hoffnung rührte. Später erkannte er allerdings auch die Vorteile der neuen Konstruktion: Er mußte Fred Olenschläger gegenüber kein freundliches Gesicht machen.

Es bereitete ihm dann sogar Freude, die offene Mißbilligung seines Vetters hervorzurufen, wie es zum erstenmal geschah, als er sich für den großen roten Wagen entschied und Fred auch noch nahelegte, das Gefährt als Firmenwagen in den Büchern der »Verwaltung« zu führen. Es war das einzige Mal, daß es ihm gelang, den Vetter Fred hereinzulegen, ein auf Jahre hinaus befriedigendes Erlebnis, das wie ein Pfahl im mürben Fleisch des grämlichen Vormundes saß, denn diesen, für Has unendlich beschämenden Titel muß man Olenschläger nach den Bestimmungen, die seine Tante getroffen hatte, zuerkennen.

Has hatte seinem Vetter mit der Miene vollendeter Unschuld den Prospekt der Firma Chevrolet vorgelegt, auf dem ein junges Mädchen in einem Abendkleid, das wie eine Schlangenhaut saß, sich über den enormen Kühler des Wagens wie über einen warmvibrierenden Körper beugte. Ihre Augen blitzten vor Lust. Olenschläger tat erst so, als ob Has das Mädchen erwerben wolle, ein trockener kleiner Scherz, den Has mit dem Erstaunen darüber parierte, daß

Fred sich neuerdings für Frauen interessiere. Nein, nein, es gehe um den schönen Wagen, etwas anderes als die spießigen deutschen Karossen, er wolle gern ein Zeichen für die Zukunft setzen. Olenschläger beging den Fehler, beleidigt zu sein. In diesem frühen Stadium ihrer Verbindung hatten beide ihre Rollen noch nicht gefunden. Er erklärte lang und breit die steuerliche Situation und die Ertragslage der Firma, holte entlegene Unterlagen herbei und verwickelte Eduard Has in umfangreiche betriebswirtschaftliche Ausführungen, ein Vortragsstil, den Has später fürchten lernte, der ihn jetzt aber noch amüsierte. Diese Aktenschnüffelei schenkte ihm ein erfrischendes Gefühl der Überlegenheit, wie es die Kenntnis der Akten selbst nie hätte verschaffen können. Mit kaum verhohlener Heiterkeit hörte Has seinem Kompagnon zu, der am Schluß erschöpfend bewiesen zu haben glaubte, daß die Anschaffung dieses Wagens wirtschaftlich unvernünftig sei: »Wahnsinn« – ein Wort, das sich aus seinem leidenschaftslosen Mund fremdartig anhörte und das auf die Gewohnheit gewisser Kaufmannskreise in Frankfurt zielte, die eigene Wohlhabenheit nach außen hin nicht durchscheinen zu lassen. Hätte diese Gewohnheit nicht bereits bestanden, dann wäre Fred Olenschläger wohl ihr Erfinder geworden. Olenschläger benutzte den Stil der Untertreibung sogar, wenn er etwas befahl. Während er Has soeben den neuen schiffsartigen, roten Wagen rundherum abschlug, hätte niemand, der seinem Tonfall lauschte, ein striktes Verbot in diesem beiläufigen Murmeln vermutet, obwohl es sich gerade darum handelte.

»Es tut mir leid, daß du so dagegen bist«, sagte Has, der die geräuscharme Suada bis zu ihrem Versiegen verfolgt hatte, »aber ich werde es dir nicht übelnehmen. Ich werde dich trotzdem manchmal damit nach Hause bringen.« Er schob den gelblichen Nylonvorhang in Olenschlägers Arbeitszimmer beiseite und wies auf den unten geparkten Wagen. Olenschlägers Herz drohte angesichts solcher Dreistigkeit stillzustehen. Has war aber zu berauscht von seinem Straßenkreuzer, um den Feind zu beobachten. Andernfalls wäre er sich jetzt schon im klaren darüber gewesen, einen schweren Fehler begangen zu haben. In einer Kraftanstrengung, die ihn weit über die Grenzen seines Schattens hinausführte, wandte Olenschläger sich ab und sagte mit einer Stimme, die durch die Gewalt der Dämpfung geradezu matt klang: »Du mußt wissen, was du tust.«

Dieser Satz war Eduard Has wohlvertraut. Aus dem Mund seiner Mutter enthielt er die äußerste Drohung, die immer zur Folge hatte, daß er es aufgab, selbst zu wissen, was er zu tun vorhatte. Jetzt aber zog es ihn unwiderstehlich zu seinem roten Auto, dessen Verdeck zurückgeschlagen war und das von oben einem großen Schuh glich, in den man mühelos hineinschlüpfen konnte.

Has fuhr kurz nach diesem Gespräch über Wiesbaden, Biebrich, Schierstein und Niederwalluf in den Rheingau. In den mittelalterlichen Gassen kam das Auto kaum um die Kurven, er mußte das Steuerrad drehen, bis er schwitzte. Aber als er schließlich im Lorcher »Hilchenhaus« angelangt war, um dort einen sauren Schoppen zu trinken, hielt es ihn kaum für ein Glas in der Schankstube. Er mußte mitten im Trinken aufstehen, in den Hof hinausgehen und seinen Wagen betrachten.

Möglicherweise hatte Fred Olenschläger recht mit der Befürchtung, das Auto werde einen schlechten Eindruck machen, wobei natürlich noch nicht gesagt war, bei wem, denn die Immobilienleute gehörten noch niemals zu dem feinsten Milieu, und die Fräulein Labonté, die tatsächlich von dem Anblick des neuen Wagens wie persönlich beleidigt wirkten, konnte Olenschläger wohl kaum gemeint haben. Der Kreis, den ein Chevrolet-Cabriolet wirklich schockierte, war vermutlich noch kleiner, als es für eine überzeugend calvinistische Atmosphäre im Frankfurter Handel und Wandel wünschenswert gewesen wäre. Bei Eduard Has vor allem konnte eine solche Befürchtung schon überhaupt keine Bedenken auslösen, denn das war es ja gerade, was er wollte: das öffentliche Ärgernis.

In jeder Hinsicht gab es für ihn in den Tagen nach dem Tod seiner Mutter nur ein einziges Thema, das ihn beschäftigte. Er sprach schon seit seiner Genfer Zeit beständig davon, wie notwendig es sei, alte Verkrustungen zu sprengen und nicht in überkommenen Vorstellungen zu versteinern, und daß es die Aufgabe des patrizischen Bürgertums sei, der breiten Masse auf diesem Weg voranzugehen. Es bleibt unerfindlich, warum seine Gedanken unaufhörlich um die Aufgaben eines Patriziates kreisten, mit dem er doch nicht das mindeste zu tun hatte. Von seinen Eltern kam das nicht. Echtes Frankfurter Patriziat im streng historisch-genealogisch-politischen Sinn des Wortes gab es ja ohnehin schon lange so gut wie gar nicht mehr. Seit der Entmachtung der alten Familien im 17. Jahrhundert war eine Familie nach der anderen ausgestorben oder auf ein letztes altes Fräulein zusammengeschrumpft. Dieser Schwund patrizischer Realität trug später gewiß dazu bei, alle Leute, die mehr als ein Dienstmädchen beschäftigen, Patrizier zu nennen. Die außergewöhnliche Nüchternheit im Hause Has hätte Eduard eigentlich vor dem sorglosen Umgang mit dem prächtigen Epitheton feien müssen, wenn nicht die fast restlose Zerstörung der alten Stadt alle Verhältnisse, die einmal ihr Leben bestimmt hatten, in das Reich spekulierender Phantasie gerückt hätte. Patrizier war nun, wer mit der untergegangenen Stadt noch in gleichsam unterirdisch-spiritistischer Verbindung stand. Und das traf zu bei Eduard Has, allein wenn man bedenkt, daß er sein Auto vor allem kaufte, um Leute damit zu ärgern, die überwiegend schon gestorben waren. Seine Neuerungshymnen bedurften als Hintergrund einer geschlossenen, altehrwürdigen Welt, in die seine Wurzeln tief hineinreichten. Seine Predigt von der Selbstbefreiung galt Ohren, die längst zerfallen waren und sich um Befreiung aller Arten nicht mehr zu kümmern brauchten.

Aber auch nach seiner eigenen Überzeugung war der neue Wagen eine rotflammende Beleidigung jeden gesunden Proportionsgefühls. In der alten Welt gab es nichts, kein Portal, keinen Garten, keinen Platz, keinen Menschen, keinen Hund und keinen Hortensienbusch, der die Konfrontation mit diesem Cabriolet unbeschadet überlebt hätte. Alles sanft Gealterte, nach Menschenmaß Gewachsene wirkte kümmerlich und schäbig gegenüber der Bombe aus rotem Blech, die in ein passendes Umfeld eigentlich erst geriet, wenn Has sie zum Abschmieren in einer großen Garage abgab. Er wußte genau, daß die wenigen Menschen, deren Urteil ihm wichtig war, es angemessener gefunden hätten, wenn er sich in einem stattlichen schwarzlackierten Automobil deutscher oder englischer Herkunft hätte chauffieren lassen. Olenschläger wäre natürlich ein solider Kleinwagen am liebsten gewesen. Aber das alles war nur ein Grund mehr für ihn, sich das rote Cabriolet erst recht zu kaufen. »Gerade ich, ein geschichtsbewußter Bürger einer alten Stadt mit altem Vermögen und europäischem Geschmack, bin wahrscheinlich eine der wenigen Persönlichkeiten, die ein Chevrolet-Cabriolet fahren dürfen, ohne darin vulgär auszusehen« – ein solcher Gedanke mochte tatsächlich auf dem Komposthaufen des Geistes gewachsen sein, auf dem Has seine angebissenen Lesefrüchte niederlegte, darunter viel Zufallsobst. Die neuere Kunstphilosophie ist ohnehin reich an paradoxalen Winkelzügen. Man könnte zusammenfassend fast sagen, daß Has seinen neuen Wagen fahren durfte, weil er sich etwas dabei dachte. Insoweit bewegte er sich sogar wieder besonders folgsam nach den Gesetzen der reichsstädtisch protestantischen Tradition. Und ein Feld muß der Mensch haben, auf dem er ausführt, was er sich so denkt. Der Spielraum der Freiheit ist ohnehin klein bemessen.

Was den Neubau auf dem Olenschlägerschen Grundstück anging, eröffnete ihm der Vetter Fred schon bald, daß die »Verwaltung« darauf ein sechsstöckiges Mietshaus zu errichten gedenke. Es stehe Has frei, die oberste Etage für sich zu reservieren. Der Tag dieser Eröffnung war ein böser Tag. Wieviel liebevolle, phantasiereiche Pläne hatte er an diesen Neubau bereits verwendet! Eine Herausforderung sollte das neue Haus werden. Er wollte es in das kuriose Stilsammelsurium des Westends hineinkomponieren. Er war langsam mit sich zu Rat gegangen und wollte erst mit einem Architekten sprechen, wenn das innere Bild des künftigen Hauses bereits Gültigkeit angenommen hatte. Das war besonders tückisch an Olenschlägers Bevormundung: daß das Haus, das er verhinderte, noch gar nicht richtig in seinem Geist zur Welt gekommen war. Olenschläger war der Abtreibung eines sich erst schüchtern ausformenden Gedankenbauwerks schuldig. Es handelt sich schließlich um mein Elternhaus! dachte Eduard Has in aufwallender Empörung. Noch niemals hatte er mit soviel Zartheit auf die rote Rusticamauer geblickt. Olenschläger war zu weit gegangen. Has wußte, daß dem Vetter nun Tür und Tor offenstehen würde, wenn es ihm gelang, sich durchzusetzen. Der Scheinkampf um das Automobil wurde vor dieser Perspektive zum bloßen Schulbubenstreich. Has hatte damit nichts anderes erreicht als das Recht, sein eigenes Geld nach Belieben auszugeben, und auch dieser Erfolg stand auf tönernen Füßen, wenn Olenschläger im Großen jetzt ein solcher Wurf gelang. Has besaß Beweise, daß Olenschläger nichts ohne gründliche Prüfung der Rechtslage unternahm, und er fürchtete deshalb, daß auch dieser Schritt juristisch abgesichert war. Aber er würde sich mit allen Schlichen zur Wehr setzen. Schließlich waren sie aneinander gefesselt. Has war kein Angestellter. Olenschläger mußte ein für allemal klargemacht werden, daß er die »Verwaltung« nicht ausschließlich über den Kopf des jüngeren Kompagnons hinweg führen konnte.

Mit diesem Vorsatz folgte er Olenschläger den langen Korridor zu dem in der »Verwaltung« Konferenzzimmer genannten, fensterlosen, schlauchförmigen Raum. Er konnte dabei den gebeugten Rücken und die braungebrannte Glatze seines Vetters studieren, die sich in ihrer spitz zulaufenden Rundung zerbrechlich und schutzlos wie ein Osterei über dem kratzigen Tweedanzug erhob. Die Gedankenverbindung, mit einem kräftigen Eisen dies Ei entzweizuschlagen, lag nahe. Has verabscheute die Düsterkeit des Bunkers, wie er das Konferenzzimmer nannte. Jahrelang hatte er in Genf über einen Empire-Schreibtisch hinweg auf ein dreieckiges Stückchen des Sees geblickt, um sich nun wie ein Schuljunge in verbauten, muffigen Amtsstuben vorführen zu lassen. Die »Verwaltung«, die, wie er mit einem gewissen Recht doch sagen durfte, einzig für seine Person geschaffen worden war, gönnte ihm keinen Platz zum Atmen. Vielleicht ist das gut so, dachte er, es ist vielleicht wichtig, daß ich ihm mein Recht beweise, vage Erinnerungen an jugendliche Aussprüche Alexanders des Großen – ». . . erwirb es, um es zu besitzen« schien in eine ähnliche Richtung zu zielen – bestärkten ihn in diesem Vorsatz. Im Neonlicht des Konferenzzimmers, das den Wechsel der Tageszeiten nicht kannte und dadurch jede Besprechung in die Stimmung einer alptraumhaften Zeitlosigkeit hob, würde es zu einem schonungslosen Machtkampf kommen.

Auf dem langen Tisch lagen die Pläne ausgerollt, feine Reinzeichnungen des Architekten, die sogar unter sparsamer Verwendung von etwas Aquarellfarbe »dem Laienauge etwas zu sehen« gaben, wie Olenschläger sich immer ausdrückte, wenn er Anweisung gab, gewisse Entwürfe für die Begutachtung durch Politiker oder nun eben durch Eduard Has gefällig aufzubereiten. Has hatte lange genug vom Wagen aus die Ruinen zwischen den erhalten gebliebenen Wohnhäusern studiert, um augenblicklich die beiden hohen Kastanien wiederzuerkennen, die wie zwei breitschultrige Titanen der Barockzeit das zusammengestürzte Gebäude einst eingerahmt und den Feuersturm ohne nennenswerten Schaden überlebt hatten. Auch die Nachbarhäuser erkannte Has sofort. Die Giebel und

Pilaster der Kaiserzeit bekamen in der Architekturskizze etwas Spielzeughaftes und Federleichtes, denn sie waren nicht koloriert worden, um ihren Charakter als bloßes Beiwerk zu bezeichnen. Dazwischen aber erhob sich das Neue. Has vergaß seinen geplanten Wutanfall und starrte auf den Plan mit wie bei einem sterbenden Karpfen sanft geöffneten Mund.

Er besaß einige gute Eigenschaften, darunter die Fähigkeit zu Enthusiasmus und Hingabe an die Stimmung des Augenblicks, eine jugendliche Neigung zum Idealismus und einen sich unverdrossen immer wieder regenden Gerechtigkeitssinn. Vieles, was er im Leben falsch machte, ließ sich auf die mangelhafte Beherrschung dieser Neigungen zurückführen, die doch bei der moralischen Bewertung seiner Handlungen und Gedanken den erfreulichsten Platz einnahmen. In einer Lage, in der die Zeichen, wie er richtig erkannte, einen Kampf auf Leben und Tod verkündeten – der Gebrauch solch großer Worte rechtfertigt sich vielleicht, wenn man sich an das skeletthafte Äußere Olenschlägers und den Säuglingsspeck von Has erinnert –, ließ er sich von seinen Gefühlen zu einer vorzeitigen Aufgabe überreden. Vergessen war die Einsicht, daß es im vorliegenden Fall nicht um gelungene oder häßliche Entwürfe ging, sondern um den Grundsatz, ob Olenschläger weitreichende Entscheidungen ohne Rücksprache mit ihm vornehmen dürfe. Statt dessen begann nun das Bild seine Vorstellung zu beherrschen. Olenschläger besaß den richtigen Instinkt, wenn er seinen Architekten zum zarten Kolorieren anhielt. Die wenige Farbe ließ den bloßen Plan zu bedrängender Wirklichkeit aufblühen, natürlich nur in den Augen Eduards. Fred Olenschläger ließ sich durch das Pinseln nicht beirren. Aber er nimmt ja auch Zucker in den Kaffee, dachte der erfahrene Vetter, als er die Benommenheit seines unwilligen Mündels bemerkte.

Nun muß man aber auch sagen, was Eduard Has, in dessen Innerem alles für einen selbstmörderischen Aufstand vorbereitet war, derart in Bann schlug. Es war strenggenommen überhaupt kein Haus, das sich da zwischen den zierlichen Soffitten der Nachbarhäuser und den muskulösen Blättermassen der Kastanien erhob. Es war einfach ein großes Viereck, das wie ein Blatt aus einem Rechenheft mit Quadraten bedeckt war. Wenn man scharf hinsah, erkannte man an winzigen Fensterriegeln, daß je ein Band, das den Bau in der

Horizontalen streifte, als Fensterfront, und das jeweils darunterliegende wohl undurchsichtig zu denken war. Die puppenhaushaft gedrechselten Ornamente der Nachbarhäuser warfen feine Schatten, aber an der Fassade des neuen Baus fand das Licht keinen Widerstand. Es fiel an ihm herab und durch ihn hindurch, das war schon der Zeichnung anzumerken, die keinen Baukörper andeutete, sondern bloße Fäden, die sich zu der drollig-historischen Substanzhaftigkeit der alten Nachbarhäuser spannten. Der Bau erschien wie eine Fata Morgana reiner Flächigkeit zwischen den Türmchen und Erkerchen des bürgerlichen Lebens. Wenn man die Linien von oben nach unten zählte – es waren zwölf –, dann konnte man sich ausrechnen, daß das Gebäude sechs Stockwerke haben würde, und wenn man die vertikalen Linien zählte – es waren wiederum zwölf –, dann wußte man, wie viele Fenster auf einem Stockwerk lagen. Früher hätte man wohl noch von Fensterachsen gesprochen, aber das verbot sich im Grunde bei einer Konstruktion, die als einzigen Zwischenraum zwischen zwei Fenstern einen schmalen Aluminiumrahmen zuließ. Auf dem Plan des Architekten wirkte das Haus unwirklich und wahnhaft, aber das lag nur an seiner Einbettung in eine Welt der Kastanien, der Schieferdächer, der Dienstmädchenmansarden, der Balkonbalustraden und Rusticasockel. Für sich genommen hätte der Entwurf weit weniger erschreckend ausgesehen, und tatsächlich waren es keine Wahnsinnigen, die solche und ähnliche Bauten zu Hunderttausenden ausführten und damit das Antlitz der Erde veränderten.

Has stellte bei Betrachtung des Planes selbstverständlich keine kulturhistorischen Überlegungen an. Er hatte mit einem einzigartigen Erlebnis zu kämpfen, das seine Kräfte vollständig in Anspruch nahm. Wir wissen, daß er seit seiner Rückkehr nach Frankfurt im Anblick der Ruinen des Hauses, in dem er geboren und aufgewachsen war, von dem Plan eines Neubaus besessen war. Die Freude, die ihm dieses Projekt bereitete, kam aus der Empfindung, sich selbst als schöpferisch zu erleben. Man kann sagen, daß er eine wirkliche innere Entwicklung durchmachte, seitdem er sich mit den Plänen für einen Wiederaufbau seines Elternhauses befaßte.

Auf der anderen Seite kam es ihm in wachsendem Maße unmöglich vor, seinen Gedankensturm zu bändigen, die schöpferische Riesenstaubwolke sinken zu lassen und die häufig zum Greifen nah erscheinende Lösung endlich einmal mit ruhigem Blick vor sich zu sehen. Deshalb überstieg der Anblick des von Olenschläger in dem luft- und sonnenlosen Konferenzzimmer nunmehr ausgebreiteten Architektenentwurfs beinahe seine Fassungskraft. Er mußte sich eingestehen, daß er vor sich genau das Haus sah, das er selbst in Wahrheit die ganze Zeit hatte bauen wollen. Vielleicht war Fred Olenschläger nicht der Tod, sondern der Teufel? Has fand sich gleichsam überführt. Er fühlte sich bei der Erinnerung an die Flüche, mit denen er noch vor Augenblicken im Korridor den voran-tappenden Olenschläger bedacht hatte, auf einmal schuldig. Olenschläger spürte, daß er diesen Erfolg wohl doch nicht nur den grünkolorierten Kastanien zu verdanken hatte, aber er hütete sich, nach dem Grund zu forschen, denn er wußte, daß das Bemühen, die Motive eines Dummkopfs zu begreifen, selbst dumm macht.

Mit der schrecklichen Knochenhand zog er nach einer Weile des Schweigens den Grundriß hervor und begann mit seinem üblichen Murmeln, als lasse er die Worte gleichgültig über die schmalen Lippen nach draußen fallen, die Zeichnung zu erklären. Auf jeder Etage waren vier kleine Wohnungen untergebracht, die im wesentlichen aus einem langen, schmalen Raum bestanden, der sich von der Vorderfassade bis zur Rückwand des Hauses erstreckte. Dahinein ragte, etwa in der Mitte des Hauses, ein geschlossener Kasten mit zwei fensterlosen Gelassen – einer kleinen Küche und dem Badezimmer. »Die Ökonomie der Platzausnutzung ist bewundernswert«, sagte Olenschläger und glaubte es sich leisten zu können, einen bescheidenen Witz zu machen. »Der Architekt war vermutlich im Krieg U-Boot-Kommandant.«

»Tatsächlich?« fragte Has mit einem unschuldigen Gesichtsausdruck, der Olenschläger bewies, daß von dieser Seite kein Widerstand mehr zu erwarten war, daß es aber auch galt, den Vetter in seiner verworrenen Feierlichkeit zu erhalten und keine faulen Witze zu machen, die womöglich Mißtrauen auslösten. Schnell zog er ein weiteres Blatt hervor und überdeckte die geizig geplanten Zellen. Über das ganze Grundstück zog sich hier eine Folge kleinerer und größerer Räume. »Deine Wohnung«, sagte Olenschläger, »zweihundertfünfzig Quadratmeter groß. Damit kommst du doch aus?«

Has sah unruhig auf die feinen Linien und die kalligraphischen Beschriftungen. Er geriet in einen Zustand zwischen Erregung und

Verzweiflung. Der Widerspruch, den er jetzt erhob, hatte nichts zu tun mit seiner längst verdrängten Kampfbereitschaft. Er entstammte einer schöpferischen Begeisterung und zugleich der Einsicht, mit Schwierigkeiten, die sich auftaten, nicht zurechtzukommen. Da versagte die Intuition eben plötzlich wieder. Angesichts der ungeahnten Möglichkeiten, die sich hier auftaten, fühlte er sich überfordert. Er sah einen ernsthaften Zusammenstoß seiner verschiedenen Pläne voraus, wollte aber der Verwirklichung des Olenschlägerschen Projekts auch wieder nichts in den Weg legen. Olenschläger glaubte, seinen Vetter durch ein großzügiges Angebot überrascht zu haben, und sah mit einer gewissen Verwunderung, daß er sich in Verlegenheit wand, aber auch vermied, sein Mißfallen wie üblich jammernd und zäh zu beklagen. »Ich weiß nicht recht, ob es reicht... Nicht, daß es mir nicht gefällt... aber für meine Zwecke... ich übersehe noch nicht recht, was ich für meine Zwecke benötige...« sagte er. So lange hatte er versucht, im geheimen ein Gehäuse für seine Bedürfnisse zu entwerfen, und nun, da es ihm angeboten wurde, wußte er immer noch nicht, was er eigentlich genau brauchte.

Aber Olenschläger schonte ihn erneut aus jener Scheu vor einem allzu tiefen Eindringen in die Gedankenwelt seines Vetters. »Aufpassen kann ich, aber erziehen kann ich nicht«, hatte Fred Olenschläger noch kurz vor ihrem Tod zu seiner Tante gesagt, aber es war nur ein verächtlicher Blick von ihr gekommen, als wollte sie sagen: Wenn ich ihn nicht erziehen konnte, dann kannst du es erst recht nicht. Beinahe empfand Olenschläger, der jetzt an diese Worte dachte, eine Rührung, wie er seinen Vetter so vor sich sah. »Der Plan zu deiner Wohnung ist nicht das letzte Wort«, sagte er milde. »Und wenn nicht genug Platz da ist, dann nehmen wir vom fünften Stock noch was dazu, oder du setzt ein Belvederchen obendrauf.« Aus lauter Freundlichkeit hatte er das Zauberwort gefunden.

In Has' Seele breitete sich sichtlich Frieden aus. Der Ausdruck »Belvederchen« stammte aus dem Frankfurt des Biedermeier und bezeichnete kleine, von schwarzem Schmiedeeisen begrenzte Dachgärten, die vereinzelt sogar einen Pavillon besaßen, aber im Anblick des neuen Plans verstand Has augenblicklich, daß Olenschläger mit dem altmodischen Wort keine Blumentopfidylle meinte, sondern ein Haus auf dem Haus, umgeben von einer ringsumlaufenden

Terrasse. Wenn er als Knabe auf dem Dachboden nach gewissem Spielzeug suchte, das nur an Weihnachten hinuntergebracht wurde und sonst nicht benutzt werden durfte – eine große Dampfmaschine vor allem, sorgfältig geschmiedet wie ein Präzisionsinstrument –, stieg er gelegentlich auf einen Stuhl und sah durch die Dachluke hinaus. Über der in gleicher Höhe sich erstreckenden Landschaft aus Schieferdächern erhob sich im Westen die Figur des Saturn mit der nagelscherenfeinen Sense, die Giebelbekrönung des Senckenberg-Museums mit der kleinen Grünspankuppel der Sternwarte zu ihrer Seite. Dahinter öffnete sich das Panorama des Taunus, hellblaue, weich ineinander verschobene Bergkörper, wo in Königstein und Falkenstein die hölzernen Sommerhäuser der Frankfurter im Schweizer oder im russischen Stil lagen. Er dachte an die kleinen Schwimmbäder mit eiskaltem Wasser und die winterlichen Rodelpartien bei Vollmond.

Und nun fand er auch zu der gewohnten Umgangsform mit Olenschläger zurück, jener undramatischen Knappheit, die persönliche Ansichten nur erlaubte, wenn es gelang, sie in lakonischer Form als kleine Unverschämtheit zu formulieren und sich dann augenblicklich zu verabschieden. Gerade darin war Eduard Has kein Meister. Fast immer verzichtete er auf solch ein giftiges Schlußwort und tat statt dessen, als habe er Fred Olenschläger schon länger nicht mehr zugehört, eine Schauspielerei, aus der mit den Jahren leider Wirklichkeit werden sollte. Heute aber bestand an vieldeutigen Schlußzeremonien kein Bedarf. Es herrschte ja Einigkeit, und Dankbarkeit erwartete Olenschläger nicht. »Wenn wir noch ein Belvederchen draufsetzen, dann geht's so«, sagte Eduard Has also. Dann wandten sich die Vettern voneinander ab, begannen mit gesenkten Köpfen ihre Brusttaschen abzuklopfen, als sei ihnen soeben das Fehlen eines Briefes eingefallen, und entfernten sich wie Hunde, die ihre jeweiligen Reviere gezeichnet haben und darüber hinaus nichts miteinander zu tun haben wollen.

Wovon hatte Eduard Has eigentlich gesprochen, als er seine »Zwecke« erwähnte, denen die neue Wohnung nicht genügen würde? Er wollte doch offenkundig vor Olenschläger etwas verbergen, etwas aus seinem privaten Bereich, das aber dennoch mit geschäftlichen Transaktionen in Verbindung stand. Aber das lag lange zurück und fiel noch in die Zeit, in der die Olenschläger das

Zepter unumschränkt schwang. Der Krieg, der nur sechs Jahre dauerte, besaß die Eigenschaft, zwei Epochen voneinander zu trennen und eine Zeit, die erst vor kurzem vergangen war, weit entrückt erscheinen zu lassen. Selbst für den nüchternen Olenschläger lagen Entscheidungen, die seine Tante noch in den ersten Kriegsjahren getroffen hatte, im Reich des Historischen, wobei allerdings in Rechnung zu ziehen ist, daß die »Verwaltung«, an der Fred Olenschläger dann sofort auch federführend beteiligt war, erst angesichts des endlosen Trümmerfeldes und in Erwartung des Wiederaufbaus gegründet worden war. Vorher hatte die Olenschläger ihren Neffen Fred in vielen Angelegenheiten zu Rate gezogen, in manchen aber auch nicht. In den Jahren, als sich die Gefahr eines Krieges deutlicher abzuzeichnen begann, verfuhr Eduards Mutter wie ein Huhn, das der beständigen Wegnahme der eben gelegten Eier überdrüssig ist und beginnt, seine Eier überall in Scheune und Stall zu verstekken. Eine der gelungensten Maßnahmen dieses Eierversteckens hatte Eduard Has während der Kriegsjahre in das Unternehmen für Präzisionsinstrumente an den Genfer See geführt. Hahn und Ei saßen dort in gleich guter Hut. Und von dort aus war Eduard dann – immer auf Anweisung aus Frankfurt – noch in mehreren anderen Unternehmungen glücklich tätig geworden, die sich zum Teil erst nach Jahren auszahlen sollten, als die Beschlagnahmung deutschen Vermögens aufgehoben wurde und manches schon abgeschriebene Goldei wieder zum Vorschein kam.

Mit den Anteilen an der Genfer Uhrenfabrik kam auch zutage, was Eduard Has im Juli 1940 für seine Mutter in Basel erworben hatte, einem unerwarteten Einfall der an neuerer Kunst sonst völlig uninteressierten Frau folgend. Und damit frischte sich auch eine Bekanntschaft aus diesem Umkreis wieder auf, die in mancher Hinsicht folgenreichste Begegnung seines Lebens. Has, der alles, was mit seiner Mutter zusammenhing, weit von sich in die schwärzesten Winkel seines Bewußtseins schob, vergaß schließlich so aufrichtig, wie das möglich ist, daß es seine Mutter war, der er das Zusammentreffen mit dem Basler Kunsthändler Guggisheim verdankte. Wenn er später erzählte, wie er auf Guggisheim gestoßen sei, erklärte er: »Wir hatten denselben Schneider, den Tailleur Müggler in Basel«, und das stimmte auch, nur daß Has erst durch Guggisheim zu dessen Schneider gefunden hatte. Als er den Kunsthändler zum erstenmal sah, hatte in Has eine Art Erweckungserlebnis stattgefunden. Er fühlte sich in seinem Frankfurter Anzug wie in einer steifen Filzrüstung und war augenblicklich entschlossen, auch solche geschmeidig um den Körper herumfallende Sachen wie Guggisheim zu besitzen. Mit der Unschuld provinzlerischer Jugend erkundigte er sich nach Abschluß des Geschäfts, wo Guggisheim denn arbeiten lasse. »Gehen Sie nur hin«, sagte Guggisheim leicht befremdet, »aber ich übernehme keine Verantwortung. Man muß genau wissen, was man will.« Später verlor Has wieder das Interesse an den lose geschnitten Anzügen. Guggisheim hatte ihm seine eigentliche Bestimmung gewiesen.

Aber bevor der Anlaß, der ihn in die Welt von Guggisheim einführte, in ewige Vergessenheit fällt, sei festgehalten, was seine Mutter dazu brachte, sich mitten im Krieg mit dem Ankauf von Kunstwerken zu befassen. Es war nicht so, daß die Olenschläger überhaupt niemals in ihrem Leben Bilder gekauft hätte. Sie erbte von ihrem Vater eine recht umfangreiche Sammlung von Gemälden der Kronberger Malerschule und ergänzte sie bis zu ihrem Tod. In dieser Zeit lebten ja übrigens noch einige Mitglieder dieser Schule als Ehrengreise. In vielem waren die Bilder im Hause Olenschläger-Has mit den Gemälden im Haus Labonté vergleichbar. Im Kaufmannsmilieu Frankfurts bestanden in den Jahren vor dem Ersten Weltkrieg recht feste Vorstellungen darüber, was ein gutgemaltes Bild sei, und es war eben auch ein Kreis tüchtiger Maler zur Stelle, der dem Geschmack dieser Kundschaft entsprach.

Ein gutgemaltes Bild war, kurz gesagt, ein französisches Bild. Das war bei den Triumphen der französischen Malerei im 19. Jahrhundert kein Wunder. Die Kronberger Maler kannten Corot und die Ecole de Barbizon und widmeten sich der Landschaftsmalerei, wobei sie ihre Motive in den Taunusdörfern und Wiesentälern suchten, die Kronberg unmittelbar umgaben, sich aber auch auf die Reise machten und Ansichten von Sorrent und Amalfi mitbrachten. In den französischen Strom, der das Kronberger Bötchen hinsichtlich des Umgangs mit einer tonigen Palette trug, floß allerdings auch noch ein lokaler Bach, der den Stil dieser Produktion maßgeblich prägte. Im 18. Jahrhundert hatte es in Frankfurt bereits eine Schule gegeben, zu deren Protagonisten Seekatz, Jung und Morgenstern gehörten, die der Vorliebe des Frankfurter protestantischen Publikums für die Niederländer des 17. Jahrhunderts zu entsprechen suchte und die den üblichen Schäferszenen deshalb stets eine Färbung ins Bäuerliche und Volkstümliche gab, auch verschneite Dörfer schätzte und Rokokoputten in bräunlichen, geflickten Kostümen auf die gefrorenen Wiesen zum Eislaufen schickte. Die Kronberger Maler hatten diese Meister gut im Auge behalten. Daher kam es, daß sie sich niemals entschließen konnten, die Bauernhäuser und Scheunen, die Apfelbäume und Ausblicke, die sie sich vornahmen, mit unverstelltem Blick zu betrachten. Sie brachten es nicht über sich, dem vertrauten Modell etwas Befremdendes, womöglich Sprödes zu geben. Sie scheuten sich vor tiefen Farbtönen und bevorzugten das Pastellige. Courbet hatte während seines Aufenthalts in Frankfurt den Kronberger Malern zu zeigen versucht, wie man Schnee malt, aber die düstere, naßkalte Frostigkeit von schwerem, unsauberem Schnee, wie Courbet ihn wiedergab, zog die Kronberger nicht an. Aus ihren verschneiten Hütten leuchtete immer noch ein goldgelbes Licht, und über den erstarrten Apfelbäumen lag eine weihnachtliche Appetitlichkeit. Ein sorgfältiges Naturstudium verbanden sie mit der Neigung zu schönem Kulissenzauber, und ihre soliden Kenntnisse der Tonmalerei minderten sie durch den Gebrauch von zuviel Weiß. Burnitz, Burger und Hoeffler zählten unter den Kronberger Malern zu den erfolgreichsten und elegantesten.

Eduards Mutter bemerkte ohne Anklang von Schwärmerei, daß diese Bilder den Zimmern ein freundlicheres Licht vermittelten, und das traf zu. Auch bei trübem Wetter sah in ihrem Salon ein hellblauer Himmel aus zahlreichen goldgerahmten Fensterchen heraus. Man kann nicht sagen, daß diese Bilder, die dort die Wände bedeckten und übrigens zu keinem Zeitpunkt besonders billig gewesen waren, inzwischen aber einen beträchtlichen Wert darstellten, im Hause Has mit besonderer Liebe betrachtet worden wären. Ebensowenig wie sich die Olenschläger zum Ruhm eines ihrer Polstersessel aufgeschwungen hätte, verlor sie über ihre Sammlung viele Worte. Auch die Bilder waren für sie Möbelstücke, und selbstverständlich besaß sie wie beim Mobiliar auch an den Wänden nur das Beste, was erreichbar war. Die Kronberger Bilder gehörten in die Landschaft. Wenn man sie kaufte, führte man sich nicht in unangemessener Weise als Ästhet und Liebhaber des Gesuchten auf. Sie wiesen sich durch handwerkliche Qualität aus. Sie erfüllten den wesentlichen Zweck der Kunst, nämlich unauffällig und bescheiden zur Verschönerung des Lebens beizutragen.

Den Bürgerkrieg, der dann schon in den Jahren vor dem Ersten Weltkrieg im Reich der Kunst ausbrach, nahm die Olenschläger nur mit Verachtung zur Kenntnis. Sie brauchte nur die verschiedenen Bröckchen aus Ocker, Grau und Umbra anzuschauen, mit denen ihr Favorit Burger ein Stück Ackerboden aufbaute, um zu wissen, daß es sich bei den großflächigen, zweidimensional-bunten Kompositionen der neuartigen Malerei nicht um Kunst handelte. Solche Unterscheidungen unternahm sie aber ohne allen Eifer. Das gesamte Gebiet berührte ihre Interessen, man kann wohl sagen, nicht einmal am Rande. Ganz fern von jeder Absicht, recht zu haben, behauptete sie, jede Jugend habe ihren neuen Geschmack, und die Sehweise ihrer Jugendjahre sei eben durch die Kronberger Malerei geprägt, nun sei es zu spät, sich umzugewöhnen. Möglicherweise irrte sie sich in bezug auf die Kraft der Prägung, die ihre Auffassung vom Schönen durch die Bilder ihres Vaters erfahren hatte, denn sie war für ästhetische Reize womöglich noch unempfindlicher, als sie es selber glaubte. Niemals aber hätte sie der pauschalen Behauptung ihres Vaters: »Frauen haben immer Sinn für das Künstlerische« widersprochen. Eben weil sie Sinn für das Künstlerische habe, schätze sie es gering – so etwas wäre allenfalls von ihr zu hören gewesen.

Die Phantasielosigkeit der Olenschläger schützte sie vor dem Laster der Heuchelei. Ihr Sohn hingegen besaß viel Phantasie und war deshalb beständig der Versuchung ausgesetzt, Empfindungen, die ihm im Grunde fremd waren, versuchsweise zu übernehmen und für kurze Zeit sogar zu glauben, sie sich vollständig zu eigen gemacht zu haben. Er sah sich sein ganzes Leben lang einem Bombardement sinnlicher Eindrücke ausgesetzt, die in ihm die widersprüchlichsten Gefühle auslösten und ihm niemals den Genuß eines ruhigen Urteils gestatteten. Er fühlte, daß es ihm unmöglich war, zu einer einigermaßen gesicherten Bewertung dessen zu gelangen, was er sah, und er faßte diese Unfähigkeit als einen peinlichen Mangel auf, den es unbedingt zu verbergen galt. Die Gemälde der Kronberger Malerschule, die seine Jugend umgeben hatten, verbanden sich in seinen Träumen mit allem, was in diesen Jahren süß und angenehm gewesen war: Er sah seine Kindheit in zarte Töne von Sahne, Butter, milden Erden und angenehmen Seifendüften getaucht. Cremetöne, die ins Rosa umschlagen konnten, in allen Abstufungen zwischen Pfirsich und Lachs, färbten die Luft seines Kinderzimmers. Matte, durch grausilberne Lasuren kunstvoll erstickte Grüntöne bildeten die Schatten. Feine Schleier lagen über allem und nahmen den Gegenständen die verletzende Deutlichkeit. In dieser Welt fehlten vollständig das Schwarz, das Schwefelgelb und das Violett, Signalrot und Orange, Grasgrün und Ultramarin. Diese stimmungshaften Erinnerungen verbanden sich allem, was im Leben warm, wohlschmeckend, sanft und liebenswürdig war. Die bemoosten, verrotteten Zaunstümpfe – halb von Boucher und halb von Spitzweg – bezeichneten wie Grenzpfähle das Land des Lammes, wie man poetisch ausnahmsweise vielleicht einmal sagen darf, das Land kindlich-verantwortungslosen Genusses, wo die Frauen blond sind und nie älter werden und der Wein wie Schnee schmeckt und nie Kopfschmerzen macht.

Solche Heimatländer der Seele verlieren niemals völlig ihre Anziehungskraft, auch wenn sie früh vergessen und verachtet werden. Eduard Has schloß sich schon bald der modernen Auffassung an, daß die Kronberger Malerschule einen besseren Kitsch hervorgebracht habe, Salonbilder für ein ästhetisch widerlegtes Bürgertum, und sprach daraufhin nur noch mit Hohn von der Sammlung seiner Eltern, der sich erst milderte und einer kunsthistorisch abwägenden Objektivität Platz machte, als er die gesamte Sammlung verkaufte und zu seinem Erstaunen dafür einen verblüffend hohen Betrag erzielte. Aber ohne daß er sich das jemals richtig ins Bewußtsein rief, blieben doch seine Vorstellungen vom Glück mit diesen Bildern in engstem Einvernehmen, und zwar, wenn man will, in ganz abstrakter Weise. Nicht die Sujets hatten in dem toten Winkel seines Fühlens und Denkens überlebt, kein Gedanke galt den blühenden Wiesentälern und Blicken auf Frankfurt von der Falkensteiner Burg, sondern es waren die Farbtöne, die sich in ihm verselbständigt hatten, eine Art sichtbare Tonleiter formten und die gelegentlich eine angenehm-melancholische, innere Melodie bildeten.

Inzwischen hatte ihn nämlich eine andere Farbskala in Bann geschlagen. Er hielt sich gerade noch in Frankfurt auf, aber seine Abreise nach Genf war schon vorbereitet, als die Olenschläger etwas in Erfahrung brachte, das ihre geschäftliche Kombinationsfähigkeit reizte. Sie zerbrach sich damals gerade den Kopf über eine kleine Schwierigkeit, wie sie ihre erfolgreichen Operationen häufig mit sich brachten. Eine geringe Summe, die, wie sie das nannte, soeben »frei geworden« war, hatte sofort wieder zu verschwinden, und zwar tunlichst in abseitigen Kanälen, in die fiskalische Laternen nicht so leicht hineinleuchteten. Kurz vorher hatte die herrschende Partei in ihrer Propaganda, die sich die Veränderung aller Lebensbereiche im Staat zum Ziel gesetzt hatte, die im letzten Jahrzehnt entstandene Kunst ins Visier gefaßt und nach einem nicht immer konsequent gehandhabten Schlüssel alle Bilder aus den öffentlichen Museen verbannt, die der Doktrin nicht entsprachen oder deren Maler nicht in den Dienst der Propaganda treten wollten. Zuerst wurden die beschlagnahmten Bilder in einer großen Ausstellung in München als »entartete Kunst« der Öffentlichkeit vorgestellt, danach verschwanden sie, aber nicht in Magazinen und Depots. Die Ausstellung erregte auch im Ausland viel Aufmerksamkeit. Vor allem in Schweizer Händler- und Sammlerkreisen bestand die Bereitschaft, Deutschland von der unerwünschten Last dieser Kunstwerke zu befreien.

Es entsprach einer Frankfurter Besonderheit, daß die Olenschläger überhaupt von dem Vorgang erfuhr oder besser, gezwungen war, ihn zur Kenntnis zu nehmen, da ihr doch eigentlich alles, was sich künstlerisch nach dem Ende des Ersten Weltkriegs geregt hatte, überflüssig vorkam. Die Bilder, die aus dem Städelschen Kunstinstitut entfernt wurden, voran die »Synagoge« von Max Beckmann, mißfielen ihr aufs höchste. Das Gebäude am Börneplatz kam ihr schon in Wirklichkeit etwas sonderbar vor. Sie erklärte, auf der Pariser Weltausstellung in Gestalt des türkischen Pavillons seinen Vorläufer entdeckt zu haben. Beckmann hatte die orientalische Phantasiearchitektur wie durch ein von El Greco erfundenes Zerrspiegelperspektiv betrachtet. Sie sah nun bedrohlich aus, als ahne das unheimlich belebte Bethaus, daß ihm noch Schlimmeres bevorstehe als in Violett gemalt zu werden. Die Olenschläger behauptete, beim Betrachten schiefer Straßenfluchten, blauer Pferde und über ganze Triptychen verteilter Jazzkapellen seekrank zu werden, aber bemerkenswert war nicht dieses Urteil, sondern daß ihr die entsprechende Malerei überhaupt vor die Augen gekommen war.

Das lag nun eben an dem für Frankfurt typischen Stiftungswesen. Nach der Eroberung Frankfurts durch die Preußen waren zahlreiche bürgerliche Stiftungen gegründet worden, die die einst freie Reichsstadt vor dem Absinken in die Bedeutungslosigkeit bewahren sollten, und die Gemäldegalerie und die Senckenbergische Stiftung, die der Saturn mit seiner Sense überragte, stammten sogar schon aus dem ausgehenden 18. Jahrhundert. Ein wohlhabender Frankfurter Geschäftsmann mußte einfach in mehreren dieser Stiftungen vertreten sein. Das Haus Has-Olenschläger unterstützte die Städel-Stiftung, das Clementine-Kinderkrankenhaus, eine Rothschildsche Gründung, das Freie Deutsche Hochstift und verschiedene wohltätige Fonds, deren Vermögen in der Inflation allerdings zu bloß noch symbolischen Beträgen geschrumpft waren. Einem Mitglied der Städel-Gesellschaft konnte der Wechsel im Bestand der Sammlung nicht verborgen bleiben. Die Olenschläger nahm die Nachricht mit Achselzucken auf, obwohl sie es unverschämt fand, daß da von Staats wegen in die Belange einer privaten Stiftung eingegriffen wurde. Politisch unterrichtete Freunde erklärten ihr, daß man dergleichen gegenwärtig hinnehmen müsse. Obwohl ihr das Hinnehmen im allgemeinen schwerfiel, fand sie es angemessen, in diesem Fall ihre Kräfte zu sparen.

Sie genoß es, in das Gewebe ihrer Vaterstadt fest und mit langen Fäden verflochten zu sein. Sie hätte sich nicht vorstellen können, in einer anderen Stadt als Frankfurt geschäftlich zu wirken. Ihre kaufmännische Phantasie erwachte nur dann, wenn sie das gesamte, vielfältig verschlungene Muster übersah, das sich aus den bekannten Teilchen des Frankfurter Wirtschaftslebens zusammensetzte, sich häufig verschob und neue Strukturen bildete, im Ganzen aber aus einem Stoff gemischt war, der ihr körperlich verwandt erschien. Dabei ging sie nach dem Tod ihres Mannes nicht mehr unter die Leute, wie sie sich ausdrückte. Sie nahm, sollte das heißen, keine Einladungen mehr an und gab auch keine mehr, und sie fühlte sich von der Last befreit, die Konzerte der Museumsgesellschaft weiterhin zu besuchen, obwohl sie es für klug hielt, weiterhin die Mitgliedsbeiträge zu bezahlen. Aber sie verlor doch niemals das Gefühl, in einem städtischen Körper zu leben, dessen Verhalten vorherzusagen sie sich genauso zutraute, wie es ein Arzt von den Reaktionen eines seit langem beobachteten Patienten glaubt.

Was sie an Nachrichten brauchte, um über neueste Entwicklungen aufgeklärt zu sein, brachte ihr Fred Olenschläger, der sich, so empfand sie, als ein draußen in weiter Entfernung von ihr herumspazierender Bestandteil ihres eigenen Gehirns erwies. Olenschläger führte alle erforderlichen Verhandlungen, traf Bankiers und Geschäftsleute, verhandelte und entschied manche Geschäfte in einer Form kontrollierter Selbständigkeit, ging zur Börse und telefonierte von dort mit seiner Tante, die neben den Patience-Karten immer einen Papierblock und Bleistift liegen hatte, blitzschnell die Zahlen mitschrieb und Berechnungen anstellte. Sie wußte stets genau, worauf es ankam und unterbrach oft den Bericht ihres Neffen, um ihm die schon getroffene Entscheidung mitzuteilen. Sie konnte aber auch zuhören, wenn es nämlich darum ging, die neuesten Gerüchte, die Beschreibung eines fremden Geschäfts, eines Konkurses, eines Verlustes oder eines verblüffenden Gewinns in sich aufzunehmen und zu bewerten.

Die Olenschläger und ihr Neffe widmeten diesen Gesprächen stets einige Stunden nach dem Abendessen, wenn er gegen halb zehn noch auf eine Tasse schwarzen Kaffee vorbeikam. Beide litten unter Schlaflosigkeit und dehnten die nächtliche Sitzung stets so lange aus, wie es der Stoff erforderte. Es stand keine Klatschsucht hinter solchen Gesprächen. Olenschläger war ein Menschenfeind von der kalten, kaustischen Sorte und traute ohnehin niemandem Anstand und Ehrenhaftigkeit zu. Ein neuer Betrug oder Bankrott konnte ihn in seinen Überzeugungen weder bestätigen noch irremachen. Seine Tante hingegen war Egoistin in reinstem Wasser, in einem Ausmaß, das schon wieder an Unschuld grenzte. Ihre Einstellung zu den geheimen Vorkommnissen der Stadt drückte sich am klarsten in ihren eigenen Worten aus: »Das ist mir alles vollkommen gleichgültig, ich muß es nur wissen.« Sorgfältige Kenntnis des geschäftlichen und moralischen Milieus bildete die Grundlage ihrer schnellen Entscheidungen. Der Rest bestand in einer Begabung zum Kopfrechnen.

Nicht immer ließ sie Fred Olenschläger erkennen, welche Schlüsse sie aus seinen Berichten zog. Er erzählte in seinem ein wenig schleppenden, deutlich frankfurterischen Tonfall, ohne Anzeichen dafür zu erhalten, daß seine Tante überhaupt zuhörte. Während er sprach, war sie mit ihren Karten beschäftigt. Sie legte den »Teppich«, der nach ihrer Erfahrung nur wenige Male im Jahr aufging, und wagte ihren Blick keinen Lidschlag lang von dem Kartentisch abzuwenden. Aber wenn Olenschläger nur einmal innehielt, um einen Schluck Kaffee zu nehmen, dann sagte sie sofort: »Weiter«, als bedürfe sie des Geräusches seiner Stimme für ihre seelische Sammlung.

Olenschlägers Erzählung von der Dame aus hohen Parteikreisen, die außerhalb der Has'schen und Olenschlägerschen gesellschaftlichen Sphäre lebte, deren Maßnahmen und Verhaltensweisen jedoch stets sorgfältig beobachtet wurden, bezweckte weniger, eine unmittelbare Nachahmung anzuregen, die tatsächlich auch außerhalb aller Denkmöglichkeiten Olenschlägers gelegen hätte, als vielmehr einen Begriff davon zu geben, wie innerhalb der Funktionärskaste, die noch Verbindung zum Ausland besaß, ganz offensichtlich Zweifel über die Dauer der deutschen Erfolge eingedrungen waren. Die bewußte Dame, die längst häufiger in Berlin als in Frankfurt lebte, stand, so hatte Olenschläger sicher erfahren, mit Kunsthändlern in der Schweiz in Fühlung, die sich den Zugriff auf die aus den deutschen Museen verbannten expressionistischen Bilder verschafft hatten. Über diese Händler – Olenschläger nannte, um die Vollständigkeit seines Wissens zu beweisen, einen Namen in Basel – habe diese Dame schon eine ganze Reihe solcher Kunstwerke erworben, und nun legte er als den für ihn wirklich interessanten Teil der Nachricht auf das genaueste den komplizierten Weg dar, auf dem die Dame, der wie allen Deutschen Zahlungen in Devisen streng verboten waren, ihre Käufe beglichen hatte, sogar von einem Zwischenkonto der »IG-Farben«, des Chemietrusts, war als einer Station der Überweisung die Rede.

Über Verbindungen zur IG-Farben verfügte das Haus Olenschläger nicht. Statt dessen dachte Eduards Mutter an einen kleinen Gewinn in Schweizer Franken, der schnellstens aus der Welt geschafft werden mußte. Olenschläger wußte nichts von diesem Betrag und brauchte deshalb auch von den Maßnahmen zu seiner Sicherung nichts zu erfahren. Eduard Has machte auf seiner Reise nach Genf in Basel Station. Es gelang ihm zwar nicht, eines der Frankfurter Bilder zu erwerben – seine Mutter hatte ihn besonders auf die Beckmannsche »Synagoge« hingewiesen – dafür aber drei Straßenansichten von E. L. Kirchner aus Dresden und einen Klee aus Köln. Als er seiner Mutter von seinem Erfolg berichtete, reute die Olenschläger schon beinah ihr Einfall. 25 000 Schweizer Franken kamen ihr für ein reines Glücksspiel doch als ein zu schönes Stück Geld vor. Auf der anderen Seite wußte sie, daß sie sofort hatte entscheiden müssen; etwas Besseres war ihr eben nicht eingefallen. Ein gütiges Geschick ersparte ihr, die erworbenen Bilder jemals zu betrachten. Bei ihrem Tod war das Olenschlägersche Vermögen in der Schweiz noch sequestriert. Sie hätte sonst an ihrem Verstand gezweifelt.

Eduard Has verbrachte lange Zeit, nachdem er den Kunsthändler Guggisheim verlassen hatte, mit dem Nachdenken über die Frage, an wen ihn der junge Mann erinnere. Die Begegnung stand am Beginn seines langjährigen Schweizer Aufenthalts und wirkte daher frischer, farbiger und bedeutungsvoller als das, was später kam. Alles, was an Guggisheim spezifisch schweizerisch war, fiel Has unter diesen Umständen besonders auf. Zugleich neigte er dazu, jeden hervortretenden Charakterzug des Händlers für schweizerisch zu halten. Die Verabredung kam nur mit Hindernissen zustande. Die Stimme Guggisheims klang hoch am Telefon und wirkte ablehnend. Has mußte auf ein Treffen drei Tage warten. Inzwischen kam es zu immer neuen Telefonaten, Absagen, Verschiebungen und recht nachdrücklich gestellten Fragen. »Für welches Werk interessieren Sie sich? Wer hat Ihnen bitte meinen Namen genannt?« fragte die hohe Stimme in einer herausfordernden Langsamkeit und der für Has ungewohnten Schweizer Satzmelodie, die etwas Selbstzufriedenes in seinen Ohren hatte. Ein Provinzlertum schien sich darin auszudrücken, das es hochmütig ablehnt, sich über die Verhältnisse, die jenseits der eigenen engen Grenzen herrschten, unterrichten zu lassen. Darüber hinaus konnte Has, wie man ahnt, die Fragen auch überhaupt nicht zufriedenstellend beantworten. Herr Guggisheim kannte nicht einmal den Namen von Frau Has, geborene Olenschläger aus Frankfurt am Main, und was die Namen der fraglichen Maler anging, so hätte man Eduard Has ebensogut den Stammbaum Jesu aufsagen lassen können, so wenig konnte er sich unter ihnen vorstellen. Schließlich erklärte Guggisheim, er halte sich derzeit in Bern auf und stehe Eduard Has dort gern zur Verfügung.

Aber auch in Bern warteten noch Verzögerungen. Man hatte sich im Speisesaal des Hotels Bären verabredet, um sich bei einem Mittagessen kennenzulernen, aber kaum, daß Has und Guggisheim sich gesetzt hatten, nahte von fern ein unerhört dicker Mann mit scharfrasiertem Nacken und entenartig wackelnden Hüften, und Guggisheim vermochte gerade noch mit dem Anschein äußerster Ruhe Has zu befehlen: »Kein Wort von Ihrem Wunsch vor diesem Herrn!«, da hatte der dicke Mann schon ihren Tisch erreicht und wurde von Guggisheim mit kühler Geste aufgefordert, Platz zu nehmen. Die Unterhaltung wurde nur anfänglich in Französisch geführt, danach wechselte sie ins Schweizerdeutsch. Has verstand kein einziges Wort. Dafür hatte er nun Zeit, Herrn Guggisheim zu betrachten, und weil er noch jung war und noch keine festen Ansprüche entwickelt hatte, wie man ihm angemessen entgegenzukommen habe, richtete er seine Augen auf den Händler ohne Groll und mit wachsend ungenierter Neugier.

Guggisheim war etwa gleich groß wie Has, also eher kurz gewachsen und mindestens so gut genährt. Was die Rundlichkeit der beiden jungen Herren anging, hätte man sie, von weitem betrachtet und vor allem in der Gesellschaft des weißhaarigen Dicken, für eine Familie halten können. Von nahem offenbarte sich dann sehr schnell die ganz andere Beschaffenheit dieses Fettes. Has hatte keinen eleganten Körper. Sein Becken war weiblich breit, und der Oberkörper wirkte darüber kurz. Schmale Schultern und ein kurzer Hals ließen seine Silhouette später einmal als ein großes wandelndes Ei erscheinen. Guggisheims Gestalt hingegen besaß das Ebenmaß eines verfetteten hellenistischen Bacchus. Seine Kleider umgaben diesen Körper so lose und leicht, daß nirgendwo der Anblick des Aufgeplatzten oder zum Zerreißen Gespannten entstand und den Eindruck vollendeter Sorglosigkeit in allen Bewegungen hätte einschränken können. Da der Händler über lange Passagen des ausgedehnten Mittagsmahls Has überhaupt nicht beachtete, konnte sich der junge Reisende ausführlich der Erforschung von Guggisheims Gesicht widmen, von dem für ihn ein schwer zu erklärender Reiz ausging. Guggisheim hatte große, hellblaue, weit aus den Höhlen hervorgewölbte Augen, über die sich wie die Klappe eines Zylinderbureaus gleichfalls übergroße Augenlider legten, am Rand mit langen, weißblonden Wimpern versehen. Die Gesichtshaut war dazu passend aus weißrosa Bisquitporzellan, die Ohren weich wie Marzipanschnecken. Die Lippenhaut schien dünn wie ein Falterflügel, darunter pulsierte als scharfer Farbfleck in der hellen Landschaft ein dunkelblaurotes Blut. Guggisheim kam Has vor wie eine Kreuzung zwischen einem zarten hellgrünen Frosch und einem für die Landwirtschaftsausstellung mit Bürsten geschrubbten, feinen jungen Schwein. Zu dieser delikaten Weichheit stand die fast ans Unverschämte grenzende Kühle, mit der Guggisheim die Kellner, den Dicken und Eduard Has behandelte, in verblüffendem Gegensatz. Has meinte, eine Härte oder besser eine Schärfe aus manchen der älplerischen, grotesken Satzbrocken herauszuhören. Die Rachenlaute des bäuerischen Dialekts gaben seiner Stimme in den höchsten Lagen hin und wieder auch etwas Krähendes, dann kam zu den bereits erwähnten Tieren noch ein hoheitsvolles Junghähnchen hinzu. Die Speisen auf dem Teller behandelte Guggisheim, als lebten sie noch. Sein Schneiden, Zerdrücken und Aufspießen besaß manchmal bestrafende, dann wieder jägerische Züge.

Has sah sich um. Die Wände des Speisesaals waren mit gelbgefirnisten Wandbildern bedeckt, die auf den Wiesen des Berner Oberlandes Bärenfamilien in Schweizer Tracht, mit Lederhosen, Miedern und Schürzen beim sommerlichen Picknick vorführten. Die Bären hatten Körbchen dabei, aus denen die schlanken Flötenformflaschen mit Rheinwein und die kurzhalsigen Bordeauxflaschen ragten. Auch auf dem Tisch zwischen den drei Herren war für eine gedrängte Speisenfolge gesorgt. Unablässig in gurgelnden Lauten redend, verspeisten die Schweizer, was ihnen vorgesetzt wurde. Eduard Has, der nichts sagte, sondern nur beobachtete, kam kaum mit.

Man begann mit einer großen Terrine gesottener Froschschenkel – »es ist die Jahreszeit«, sagte Guggisheim, plötzlich ins Hochdeutsche verfallend, so als habe er Has auf eine traurige Pflicht hinzuweisen –, dann ein weißer Fisch, dessen Name Has gleichfalls wie in Parenthese mitgeteilt wurde, dann gebratene Rinderlende, aus der das Blut derart troff, daß die safrangelbe Mayonnaise mit bräunlichen Adern marmoriert wurde – Has dachte an die fromm vespernden Bären –, dann einen zartbitteren hellgelben Gruyère-Käse, dann eine Schokoladencreme, die eigentlich vor allem aus schwarzer Butter zu bestehen schien, dann Kaffee und Cognac, und jetzt erst meinte Has, während er weiterhin Guggisheim fest im Auge behielt, einen Anflug von Milde auf dem Gesicht des Händlers zu erkennen, dessen Wangen sich leuchtendrot gefärbt hatten, als sei er geohrfeigt worden. Wenn die Augen, wie viele Leute meinen, in engerer Verbindung mit der Seele stehen sollten oder sogar die Seele selbst verkörpern, dann sah man jetzt Guggisheims Seele als wasserblaue Gallerte auf dem Rand seines Augenlids wie auf einer Fensterbank sitzen und betäubt nach draußen schauen. Die Erschöpfung des Essens und Sprechens hinderte Guggisheim daran, seine Langeweile, die ihn längst überwältigt hatte, zu verbergen.

Der Dicke wandte sich an Has und sagte auf hochdeutsch: »Im Reich hat es ja schon Lebensmittelkarten«, und Has spürte, daß sein Gegenüber das Scheitern einer Politik nicht verachtungsvoller ausdrücken konnte. Er war jetzt betrunken. Er sah die fürsorglichen Bärenfamilien auf den Wänden mit Heiterkeit, und er billigte alle Eigenheiten dieses wundervollen Landes. In seiner Ausgelassenheit entdeckte er auch unter den Tafelnden Tierköpfe. Sein dicker Convive sah auf einmal aus wie ein alter Kater. Die Sorge des braven Mannes um die Ernährung der Deutschen empfand Has als Ausdruck eines goldenen Herzens. Er fühlte eine unendliche Dankbarkeit gegenüber den beiden Herren, die ihn in wenigen Stunden tief in das Wesen dieses fremden Landes eingeführt hatten, das nun für Jahre seine Heimat sein sollte.

Der Oberkellner nahte sich respektvoll. Er malte mit dem Finger einen kleinen Kreis in die Luft. Mit dieser Geste wollte er die Frage andeuten, ob er eine gemeinsame Rechnung aufzustellen habe. Alle Köpfe wandten sich ihm zu und fuhren sofort vor dem Anblick des zierlich kreisenden Fingers wieder zurück, als offenbare der Oberkellner soeben eine peinliche körperliche Eigenschaft. Die drei Herren blickten sich an, die beiden Schweizer faßten Eduard Has ins Auge. Der dicke, scharfrasierte Kater drückte in steinerner Ablehnung die Ansicht aus, daß Has, wenn er durchaus darauf bestehe, ihn seinethalben einladen dürfe. Guggisheims Miene war weniger beredt, sondern eher entrückt. Es schien unmöglich, ihn aus seiner Trauer zu erwecken, um die lächerliche Rechnungsfrage zu besprechen. In diesem Schweigen ergriff Has in seinem weltumarmenden Schwung die Möglichkeit, entschieden zu handeln. Er hob, mit Blick auf den Kellner, die kleine dickliche Hand wie zum

Schwur mit Daumen, Zeigefinger und Mittelfinger nach oben und sah sich dann triumphierend in der Runde um, und tatsächlich hatte er überlegenes Geschick bewiesen, denn die beiden Schweizer wurden ihrer Verstimmung schnell Herr, und nachdem jeder seine Rechnung bezahlt hatte, kam es sogar zu einer regelrechten Verabredung mit Guggisheim, am nächsten Tag leider erst, aber diesmal in seinem Büro.

Dankte Eduard Has seiner Mutter, daß sie diese Begegnung herbeigeführt hatte? Man weiß schon, daß das Gegenteil der Fall war. Eduard Has fühlte sich von Guggisheim außerordentlich angeregt, aber in einer Weise, die ihn dem Einfluß seiner Mutter eher entzog. Als er Bern verließ, wußte er, daß Guggisheim ihn an Szépregyi erinnerte, einen jungen ehrgeizigen Architekten und Jäger aus der Steiermark, den er durch die ungarische Carmen kennengelernt hatte. Diese Gedankenverbindung hätte außer ihm wohl niemand hergestellt, denn der Unterschied in der Erscheinung des Österreichers und des Schweizers klaffte bis zur völligen Gegensätzlichkeit. Daß der eine dick, der andere dünn, der eine stupsnasig und der andere adlernasig war, hatte Eduard Has aber durchaus selbst bemerkt, nur kam es ihm darauf nicht an. Die Vergleichbarkeit der beiden beruhte auf der Wirkung, die sie auf ihn ausgeübt hatten. Was ihn in Bann schlug, war der Anblick der Unabhängigkeit dieser gleichaltrigen jungen Männer. Szépregyi und Guggisheim traten ihm gleichermaßen als Herren ihrer Umgebung entgegen. Daß sie ihm zunächst derart wenig höflich begegnet waren, beirrte ihn nicht, denn gerade in diesem herrischen und achtlosen Betragen bekundete sich die Freiheit, auf niemanden Rücksicht nehmen zu müssen und sich nur mit Personen abzugeben, die man gerade mochte. Um so bezauberter erinnerte er sich an die plötzliche wirkliche Liebenswürdigkeit, wie er sie nicht nur beim Abschied von Szépregyi, sondern nun auch bei Guggisheim erlebt hatte.

Guggisheim empfing ihn am folgenden Tag wie einen alten Freund und machte sich über den Dicken im Hotel Bären lustig, so als habe der ungebetene Dritte ein herzliches Einvernehmen behindert, und Has ahnte, daß ein solcher Stimmungswechsel ganz einfach das Abzeichen souveräner Menschen war, und ging mit sichtbarer Dankbarkeit darauf ein. Natürlich fiel ins Gewicht, daß ihm das Deutsche bei beiden Herren in einer für ihn neuartigen Färbung oder Brechung entgegentrat. Eduard Has fühlte sich sehr eng an seine Vater- oder besser Mutterstadt gebunden – sein Vater stammte ja aus Mainz –, er liebte es, den Dialekt zu sprechen, und zwar sowohl den würdevollen, nur angedeuteten, den »gebildeten«, als auch den breiten, volkstümlichen. Es gab für ihn schon in jungen Jahren keine Stadt in Deutschland, die er Frankfurt vorgezogen hätte. Im Gewand jeder anderen Region schien ihm Deutschland unvorteilhaft angezogen. Szépregyi und Guggisheim waren nun gleichfalls Menschen, die in ihren Regionen aufs tiefste verwurzelt waren, die Dialekte sprachen, die in den Ohren von Has geradezu roh und primitiv klangen, so wenn Szépregyi mit seinem Jäger steirisch oder Guggisheim mit dem Dicken bernerdütsch plauderte, und denen zugleich, nicht nur trotz ihrer regionalen Allüren, sondern vielmehr gerade deswegen, etwas Weltläufiges anhaftete, das Has bei einem Deutschen noch nie bemerkt hatte. Dem Geheimnis dieser mondänen Ausstrahlung auf den Grund zu kommen, fühlte er sich seitdem verpflichtet. Sein Selbstgefühl stieg schon dadurch beträchtlich, daß er diese schwer zu fassende Eigenschaft überhaupt erkannt hatte. Vielleicht war sein Schluß nicht einmal vermessen, daß jemand, der so etwas wahrzunehmen imstande war, möglicherweise selbst das Zeug zu einer rundum europäischen Lebensart in sich trage.

Die Jahre in der Schweiz wurden daher in einem Ausmaß, das sich die alte Olenschläger gewiß nicht vorgestellt hatte, zu echten Lehrjahren. Eduard Has eignete sich die Überzeugung an, daß künstlerische Schönheit und geschmackvoller Überfluß zur selbstverständlichen Umgebung des Mannes gehörten, der er zu werden hoffte und der er sogar schon etwas zu sein meinte. Ebenso wie die Tannenwipfel in der Steiermark oder der altmodische Bärenspeisesaal würde auch das biedere Westend zur Folie geistiger Freiheit und kosmopolitischer Eleganz werden können. Guggisheim sah er übrigens während seiner Genfer Jahre nicht wieder, obwohl ihm der Händler noch einmal ein Geschäft vorschlug. Die Olenschläger winkte aber ab. Sie wollte schon aus Prinzip den kleinen Ausflug auf fremdes Territorium nicht wiederholen. Guggisheim ließ auch durchblicken, daß Basel für Transaktionen von deutschen Expressionisten nicht besonders günstig liege. Vielleicht wollte er durch die Andeutung von Gefahr seine Ware noch reizvoller machen, denn er begriff schnell, daß Has von solchen Bildern keinen blassen Schimmer hatte und offensichtlich nur eine Spekulation versuchte. Ohnehin hatte die politische Ächtung der Nachfrage nach dieser Kunst wieder etwas aufgeholfen, nachdem das Interesse in den Jahren zuvor stark zurückgegangen war. Der Dicke sei ein Herr Gründler, der viel in Deutschland zu tun habe, sagte Guggisheim, da sei Vorsicht am Platze gewesen. Eduard Has zur Vorsicht zu raten versprach stets Erfolg. Has war stolz auf seine Vernunft und hielt es für unerwachsen, Risiken einzugehen. Als Knabe schon hatte er sich, wie man weiß, seine Mütze nicht vom Baum heruntergeholt.

Aber was waren das eigentlich für Bilder, die er da gekauft hatte? Guggisheim hatte den Block aus Leinwänden, der an der Wand des Lagerraums lehnte, aufgeblättert, indem er vorher die Rahmen mit seinem Taschentuch abwischte, und Has erinnerte sich an dicke Pasten, die schon etwas brüchig schienen, grelle, eingestaubte Ölfarbe, aber was in dieser Weise gemalt worden war, daran erinnerte er sich beim besten Willen nicht, wenn er in Genf an sein erstes Erlebnis auf Schweizer Boden dachte. Trotz dieses schattenhaften Eindrucks wird man den Umstand, daß es sich bei der Zusammenkunft mit Guggisheim in Bern um einen Kunstkauf handelte, nicht für gering erachten. Gerade daß er bei Guggisheim Gemälde erworben hatte, gab dem Vorgang überhaupt Bedeutung und innere Verbindlichkeit. Der Glanz des Ereignisses strömte eben weniger von den drei Dresdner Straßenansichten Kirchners und auch nicht von dem rot und blau gestreiften Kleeschen Buchstabenrätsel, sondern von der Kunst als Himmelsgabe von oben auf Has, Bern und Guggisheim herab, und so eindringlich wirkte der ganze Besuch auf sein Lebensgefühl, daß er die Episode als solche schließlich fast vollkommen vergaß und nur noch als allgemeine Steigerung seiner Lebenslust und der Größe seiner Pläne und Entschlüsse erlebte.

Als Has den Kunsthändler Guggisheim das zweite Mal besuchte, hatte Deutschland den Krieg verloren, und die Welt war anders geworden. Ebenso traten sich nun auch nicht mehr jene noch sehr jungen Männer gegenüber, die bei der ersten Begegnung den Charme einer offenen, hoffnungsfrohen Zukunft besessen hatten. Eduard Has war weniger unschuldig und Guggisheim weniger zart, inzwischen aber von unruhiger Unternehmungslust erfüllt. Vom Standpunkt des Kunsthandels aus betrachtet waren die Nachkriegsjahre eine unerhört lebhafte und reiche, zugleich aber für den Händler keineswegs unkomplizierte Zeit. Das Chaos und die Zerstörung Europas ließen den Bestand gehorteter Kunstschätze in Bewegung geraten. Beschlagnahmungen, Plünderungen, regelrechte Raubzüge im besiegten Land und die allgemeine Verarmung sorgten dafür, daß sich ein Strom von Ware, um mit Guggisheim zu reden, auf einen Markt ergoß, der als solcher eigentlich noch gar nicht wieder etabliert war. Guggisheim erkannte, daß es fast nichts gab, was er nun nicht hätte kaufen können, aber nur wenig, was mit wirklichem Gewinn wieder verkäuflich gewesen wäre. Wer jetzt Kapital besaß und lange warten konnte, der war unfehlbar imstande, das eingesetzte Vermögen um ein Vielfaches zu steigern. Guggisheim aber machte ein gutes Geschäft nach dem anderen, während ihm das Herz dabei blutete. Soeben war es ihm geglückt, die Hand auf die Sammlung eines hingerichteten französischen Präfekten zu legen, der zu nahe am Dunstkreis des Marschalls Pétain gelebt hatte. Große Gemälde von Derain, Bonnard, Balthus und Picasso wechselten den Besitzer, die Erben des Verfemten waren in ihrer Notlage froh, schnell an einige Schweizer Franken zu kommen. Aber anstatt nun diese Beute zu horten und sorgfältig über Jahre hinweg Stück für Stück zu plazieren, anstatt in aller Ruhe einen entsprechenden Sammlerkreis auf die Übernahme der einzigartigen Stücke – man hört wieder Guggisheims Sprache – vorzubereiten, hatte er schon alles wieder weitergeben müssen, und obwohl er nicht versäumt hatte, bei dem Verkauf, so gut es die Zeitläufte zuließen, zu verdienen, klagte er doch und kam sich, wenn er den Fall richtig ansah, regelrecht betrogen vor. »Immerfort spricht man davon, daß Künstler Mäzene brauchen«, sagte Guggisheim mit galligem Spott, »aber niemand erklärt mir, wie der Handel ohne Mäzene auf einen grünen Zweig kommen soll.« Tatsächlich grübelte er darüber nach, sich mit einem finanzkräftigen Kompagnon zusammenzutun, eine Überlegung, die aber immer, wenn eine Person schärfer ins Auge gefaßt war, gegen die unüberwindliche Wand der Einsicht stieß, daß ein solcher Gesellschafter offensichtlich am Gewinn im Verhältnis zur Höhe seines Einsatzes beteiligt werden wollte.

Als Has bald nach dem Tod seiner Mutter von Guggisheim die Aufforderung erhielt, jetzt zu entscheiden, was mit den in Basel auf Lager stehenden Kunstwerken geschehen solle – aus der Anfrage war zugleich herauszuhören, daß die Galerie gegebenenfalls zu dem persönlichen Gefallen bereit sei, die Bilder wieder zu »übernehmen« –, und als er den Entschluß faßte, die Werke vor einer Entscheidung über ihr Schicksal noch einmal, oder besser zum erstenmal, richtig zu betrachten, klang Guggisheims Stimme am Telefon zerquält, als kämpfe er gegen zermürbende Kopfschmerzen an. Diesmal gab es allerdings kein rätselhaftes Termin- und Ortsverschieben. Guggisheim erklärte sich mit dem ersten Tag, den Has ihm nannte, einverstanden. Zugleich machte er ihn mit einer Adressenänderung vertraut, er betrieb seine Unternehmungen seit neuestem von einer kleinen Villa aus, in der er zugleich auch wohnte. »Wir freuen uns, Sie wiederzusehen«, schloß er das Gespräch, in dem er plötzlich die Kopfschmerzen überwand und seiner Stimme einen schmelzenden Ton mitgab.

Eduard Has hatte den Plural dieser letzten Bemerkung als Pluralis negotialis verstanden, eine Unterform des majestätischen Plurals, wie ihn Geschäftsleute häufig auch dann benutzen, wenn sie ihr Unternehmen allein betreiben, vielleicht aus dem Empfinden heraus, ihrer Firma damit den Rang einer überpersönlichen Institution zu verleihen. Indes handelte es sich um einen Pluralis matrimonialis, wie Has alsbald erfuhr. Das schwarzhaarige bräunliche Mädchen, das ihm nach einiger Wartezeit die Tür öffnete und ihn mit kindlicher Unverbindlichkeit ansah, war Frau Guggisheim. In die kleine Geste des Türöffnens vermochte sie hineinzulegen, daß es nicht ihre Aufgabe sei, die Tür zu öffnen, daß sie sie ausschließlich aus einer Laune heraus dennoch geöffnet habe, daß sie gewohnt sei, fortwährend fremde Leute über die Schwelle schreiten zu sehen, daß aber noch kein einziger von ihnen ihre Neugier erregt habe. Guggisheim war schnell zur Stelle, deutlich dicker geworden. Das zart Rosige hatte sich ins Graue gekehrt. Er wirkte älter. Als er Has mit seiner Frau Dorothée bekannt machte, sah sie ihren Mann verwundert an, als sei es für sie immer noch nicht selbstverständlich, mit ihm verheiratet zu sein.

Das Zimmer, in das Has geführt wurde, besaß Größe und Zuschnitt eines kleinen Saales mit bis zum Boden reichenden französischen Fenstern. Es herrschte ein atelierhaftes Durcheinander. An den Wänden lehnten viele Bilder, zwei hohe Staffeleien standen frei im Raum, auf dem Kaminsims lagen afrikanische Holzmasken, dazwischen provenzalisch bunt bekleckste Töpfereien, ein großes, mit Zebrafell bezogenes Sofa bildete mit einem alten Küchenstuhl ein überraschend harmonisches Ensemble. Auf einer mit Haifischhaut bezogenen Kommode erkannte Has die vertrauten Etiketten eines Curaçao- und eines Anisette-Likörs und zwei Gläser in der Unordnung des Zimmers wie eine gastliche Insel. Er beglückwünschte Guggisheim, der ihm Wermut eingoß, zu seiner Frau und erzeugte mit diesen Worten eine größere Wärme auf dem Gesicht seines Gastgebers. »Sie ist in Brasilien aufgewachsen, aber der Vater wenigstens ist Schweizer«, hier hielt er mit bedeutungsvollem Blick inne, als wolle er darauf hinweisen, daß er einen kleinen Scherz gemacht habe. »Diese Frauen aus den Tropen ...«, fuhr er fort, die Augen auf Flasche und Gläser gerichtet, während Has sich fragte, wo Guggisheim wohl »diesen Frauen« in solcher Fülle begegnet war, daß er derart vielsagend darüber schweigen konnte.

Eduard Has hatte ja den Zugang zu Frauen später gefunden als der von ihm mit klopfendem Herzen beobachtete Alfred Labonté. Inzwischen aber durfte er sich für einen Kenner halten, und an die Zeit der Unerfahrenheit erinnerte nur noch eine gelegentlich auftretende Neigung, die bei sich selbst vermutete männliche Ausstrahlung mit dem erotischen Gewicht anderer Männer zu vergleichen. Dem Händler Guggisheim traute er in dieser Beziehung von Anfang an nicht viel zu. Er schloß nicht aus, daß Guggisheim Laster besaß, aber er hielt es für ausgeschlossen, daß er darin durch eine besondere Anziehungskraft bestärkt wurde. Um so verwirrender kam es ihm nun vor, daß der Mann plötzlich verheiratet war.

Has vergaß, daß er Guggisheim vor fast zehn Jahren zum letztenmal gesehen hatte und mithin keinerlei Recht besaß, an dieser Ehe etwas Plötzliches zu entdecken. Und natürlich hatte der Händler eine Frau zu erwerben verstanden, die in seine Umgebung kunstvoller Absichtslosigkeit und zufälliger Kostbarkeit hineinpaßte, als habe sie selbst sie geschaffen. Eduard Has fühlte sich wohl in diesem lichtdurchfluteten und zugleich phantasieanregend unübersichtlichen Zimmer. Er freute sich, daß er die Gelegenheit benutzt hatte, mit dem roten Auto in die Schweiz zurückzukehren, in der er so glückliche Jahre verbracht hatte. Er war übrigens etwas dünner geworden zu dieser Zeit. Die Hungerjahre in Deutschland hatten ihn gestrafft. Er sah jetzt jünger aus als Guggisheim. Niemand mehr hätte die beiden noch für Brüder gehalten. Als ob Guggisheim spürte, daß seinem Gast das Wiedersehen, so wie es sich anließ, wohltat, verweilte er noch ein wenig bei dem Herrengespräch über die Frauen aus den Tropen, mit dem er Has wie ein Tänzer anzog und abstieß. Es blieb bemerkenswert, wie schnell es ihm gelang, die Stimmung alter vertrauter Freundschaft zu erzeugen.

»Bei Nachahmung kann ich aber nur zur Vorsicht raten!« sagte er also mit einem geradezu anzüglichen Blick. »Diese Frauen sind schwer zu verpflanzen. Sie sind an einen ganz anderen Lebensstil gewöhnt. Die Zeit spielt für sie eine ganz andere Rolle als für uns. Diese Frauen müssen täglich ein Bad in der Zeit nehmen.« Und als Has ihn fragend ansah, erklärte er: »Sie kennen die riesigen Flüsse, den Amazonas und den Rio de la Plata, die endlosen bräunlichen Wassermassen. Die Zeit verläuft dort ebenfalls in solch verschwenderischen Strömen. Wenn ich zu Dorothée sage, daß irgend etwas eine halbe Stunde dauern wird, sieht sie mich an, als drohe ich ihr mit der Peitsche.« Guggisheim ließ durch seine Miene erkennen, daß er grotesk übertrieben hatte. Keine Illoyalität gegenüber Dorothée Guggisheim! schien er sagen zu wollen. »Und natürlich sind diese Frauen zahlloses Personal gewöhnt«, fügte er hinzu, mit einer Wendung des Kopfes, die Has selbstgefällig erschien. Der Junghahn sah plötzlich wieder aus dem Schweinespeck hervor. »Aber ohne sich um die Leute weiter zu kümmern! Ihre Sklaven sind wie ein Affenvolk, das das Haus umlagert. Tut's der eine nicht, dann tut's vielleicht der andere. Und wenn der's auch nicht tut, dann schaut man aus dem Fenster und betrachtet die Zeit, die da draußen schon wieder über die Ufer getreten ist.«

Diese etwas angestrengte Sprechweise war Has seinerzeit im Speisesaal des Hotel Bären und auch anderntags im Büro nicht aufgefallen. Sie setzte ihn in Verlegenheit, denn er war an solche Schnörkel nicht gewöhnt und wußte nicht genau, wie man darauf zu antworten hatte. Ihm war auch nicht klar, ob Guggisheim sich über seine Frau beschweren oder ob er sie anpreisen wollte. Has hatte den Verdacht, daß er Dorothée einfach ungezogen fand, als sie ihn mit dieser Achtlosigkeit an der Tür empfangen hatte.

Guggisheim entfernte sich nun, um die Bilder zu holen, und Eduard Has sah sich um. Der Raum duftete nach Lack und nach Guggisheims Rasierwasser. Durch die Fenster fiel ein kühles, graues Licht über jeden Gegenstand im Zimmer und ließ ihn einzigartig und wertvoll erscheinen. Auf der Staffelei stand ein mächtiges Leinwandquadrat, ein Gemälde, auf dem das gleiche Licht herrschte wie in dem kleinen unaufgeräumten Saal. Ein nacktes, junges Mädchen, eigentlich noch ein Kind, stand feierlich vor dem Kaminspiegel und raffte ihr üppig fließendes Haar mit beiden Händen auf dem Hinterkopf zusammen. An Brüsten war noch fast gar nichts zu sehen, aber der kleine Bauch trat fest und weiß hervor und beschattete den nicht minder festen, ausdrucksvoll hervorgehobenen Venushügel. Über der Figur lag eine entrückte Starre, so als sei Piero della Francesca in ein französisches Hotelzimmer mit seinen geblümten Tapeten eingetreten und habe alles darin in feinstaubenden Kalk verwandelt.

Has mußte sich gestehen, daß er sich zum erstenmal in die Betrachtung eines kindlichen Mädchenkörpers versenkte, der seinerseits ganz mit der Betrachtung seiner selbst beschäftigt war. Man braucht nicht die Liste seiner Eroberungen durchzublättern, um seinen bisher favorisierten Frauentypus zu kennen. Es genügte im Grunde die ungarische Carmen, um zu sehen, was ihn gefesselt hatte: eine fast überreife Haut, die schon die Spuren einer gewissen Verbrauchtheit zeigte, ein Alter weniger an Jahren als an Fülle der Erfahrung. Eduard Has war dem Hautgout bisher keinesfalls ausgewichen, um sich in der Sprache eines Wildzerwirkers auszudrükken. Mit der Roheit des behüteten Muttersöhnchens faßte er gewisse Zeichen der Unfrische als Gewähr für die Hemmungslosigkeit des bevorstehenden Genusses ins Auge. Um so betroffener empfand er nun an diesem steinhaften, gar nicht belebten Körper den Reiz seines inmitten kindlicher Unfertigkeit liegenden, unschuldsvollen, aber völlig ausgebildeten Hügels. Das junge Mädchen schien von der Pracht seines Haares wie verzaubert, und auch Has glaubte plötzlich, daß es ein Glück sein müsse, in solch schweres und reiches Haar zu greifen, das in seiner Überfülle die Reife des unentwickelten Körpers vorwegnahm. Eine Art Frömmigkeit wandelte den zutiefst ehrfurchtslosen Eduard Has an. Er fühlte, daß er diesem sich selbst im Spiegel betrachtenden Kind wohl ohne jene zynische Überlegenheit gegenübergetreten wäre, die er sich angesichts zunehmend leichterer Erfolge leider angewöhnt hatte, ja, er wäre wohl sogar in eine längst vergessen geglaubte Ratlosigkeit verfallen, eine Schüchternheit aus dem Bewußtsein der eigenen Grobheit und Verdorbenheit heraus. Wer malte solche Bilder? Has mußte sich eingestehen, daß dies vielleicht das erste Bild war, das er richtig betrachtete, und deshalb tat er das auch in aller Arglosigkeit, ohne die Art der Malerei zu berücksichtigen, sondern indem er die Erscheinung auf der Leinwand für etwas Wirkliches nahm, das unvermutet in sein Leben getreten war.

»Ach, Sie schauen sich unseren Kinderverderber an«, sagte Guggisheim plötzlich hinter seinem Rücken, und Has fuhr zusammen, als sei er bei etwas Unerlaubtem überrascht worden. »In Frankreich geht so etwas immer noch, der erotisme français, Sie wissen schon. Aber Sie werden lachen, der Mann ist ein Pole.«

Guggisheim gab diese Information mit einem amüsierten Lächeln weiter, als handele es sich bei dem Werk um das rührende Zeugnis einer nationalen Ideosynkrasie, die ein erfahrener Händler eben distanziert bediene. Neben ihm stand seine Frau, man hätte sagen können, mit den Händen in den Hosentaschen, obwohl sie keine Hosen trug, sondern einen engen schwarzen Rock und einen schwarzen Pullover, in den Ohren auffällig große Türkise, die als einziges verrieten, daß es sich bei Dorothée Guggisheim nicht um eine knabenhafte Philosophiestudentin handelte. Sie war während der Worte ihres Mannes ernst geblieben. Has hatte das Gefühl, daß sie eine geheime Trauer in sich trage, die mit Guggisheim und diesem exquisiten Atelier nichts zu tun hatte.

»Herr Has ist Kirchner-Sammler«, sagte Guggisheim zu Dorothée, als teile er ihr eine ungewöhnliche Neuigkeit mit, und augenblicklich wandten sich ihre Blicke dem deutschen Gast zu, vergaßen ihre Trauer und forschten mißtrauisch in seinem Gesicht. Zu seiner Überraschung fand er diese Wandlung ihrer Gefühle unerhört komisch. Zugleich stürzte sie ihn in Verlegenheit. Er kam sich ihr gegenüber wie ein Hochstapler vor. Mit einer Miene, in der sich die Empfindung dieser Peinlichkeit und die Belustigung mischten, versuchte er, das Wort »Sammler« abzuwehren. »Sagen Sie mir ein anderes Wort für einen Mann, der auf einen Schlag drei Kirchners gekauft hat«, unterbrach ihn Guggisheim gleichmütig.

Dorothée war unterdessen an die Staffelei herangetreten und machte sich daran, das Bild des jungen nackten Mädchens vor dem Kaminspiegel herunterzunehmen. Sie hatte etwas Mühe, das breite Format in den Griff zu bekommen, obwohl sie beide Arme ganz ausgestreckt hatte. Die Leinwand wankte einen Augenblick, und Has wollte zu Hilfe eilen. »Lassen Sie nur«, sagte Guggisheim und hielt ihn am Unterarm fest, »sie macht das professionell. Deshalb ist sie überhaupt zu mir gekommen. Sie wollte den Kunsthandel kennenlernen, jetzt studiert sie statt dessen den Händler.«

Warum empfand Eduard Has diese Worte als ungut? Sie waren in heiterem Ton gesprochen und gehorchten der Konvention, von der eigenen Ehe in scherzhaften Wendungen zu reden, aber es hätte gleichfalls den Gesetzen solch wohlgelaunten Ehetheaters entsprochen, daß Dorothée schlagfertig darauf einging, was sie aber nicht tat. Sie räumte das große Bild in ungebrochenem Schweigen fort und stellte dann ein schmales, ebenso hohes auf die Staffelei. Dabei betrug sie sich wie eine Angestellte, die einen Auftrag in betontem Abstand zu ihrem Dienstherrn, der mit dem Kunden spricht, ausführt. Aber auch Guggisheim strafte seine lächelnde Gelassenheit Lügen. Seine hervortretenden Augen hatten ihren Glanz verloren und sahen blaß aus, und seinem Eifer haftete etwas Diszipliniertes an. Has sah diese Disziplin mit dem Neidgefühl eines Menschen, der weiß, daß es mit der eigenen Selbstbeherrschung weniger zuverlässig bestellt ist. Und tatsächlich bewies Guggisheim auch weiterhin große Geistesgegenwart. Gleichgültig, was da gewitternd in der Luft hängen mochte, für ihn schien nur der Besuch und dessen Interesse an der Malerei des E. L. Kirchner zu gelten.

»Ich habe mir gedacht, daß Sie als Kirchner-Kenner unbedingt dieses Bild hier sehen sollten. Ich fürchte, es wird nicht lange bei mir bleiben. Komischerweise ist die Datierung umstritten – ich sage aber trotzdem ganz sicher 1924 – meinen Sie, daß ich da völlig falsch liege?« fragte Guggisheim und sah Eduard Has von der Seite an, der froh war, daß die Pflicht, das Bild anzusehen, ihn der Pflicht enthob, Guggisheim ins Gesicht zu blicken und seine Frage sofort zu beantworten. Er hatte ja noch nicht einmal die im Auftrag seiner Mutter erworbenen Gemälde richtig zur Kenntnis nehmen dürfen und sollte nun schon begreifen, was an der Ungewißheit der Datierung »komisch« war, und sich auch noch aufs Jahr festlegen. Über das Jahr 1924 wußte er präzis nur zu sagen, daß er damals fünf Jahre alt gewesen war. Über seinem Bett hing, das wußte er gleichfalls, ein Stahlstich, auf dem ein Kind von raphaelischer Unbestimmtheit des Geschlechts mit einem Bernhardiner abgebildet war, und darunter stand: »Sein bester Freund«. Er hatte diese Unterschrift erst verstanden, als das Bild längst verbrannt war. Als Knabe hatte er die Schatten rings um Kind und Hund stets aufs neue untersucht, ob in ihnen, nach Art der Vexierbilder, der beste Freund verborgen sei – kurzum, dies war das Bild, dessen er sich im Zusammenhang mit dem Jahr 1924 erinnerte. Es hatte mit Kirchner nichts zu tun, wie er, auch ohne der Kenner zu sein, als der er fast höhnisch, wie ihm schien, fortwährend bezeichnet wurde, mit Blick auf das Bild auf der Staffelei wohl sagen konnte.

Aber nicht nur zu dem Bernhardinerbild, auch zu dem weggeräumten jungen Mädchen, das sich im Spiegel betrachtete, war ein größerer Gegenwert kaum denkbar. Während Has die zarten, erdfarbenen Töne des Mädchenkörpers kaum mit einem bestimmten Farbnamen hätte benennen können, waren hier die Farben gleichsam aus der Tube gesprungen. Eine nackte Frau mit einem mageren, wie mit fettiger Clownschminke weiß eingeriebenen Leib, mit scharf vorstehenden Beckenknochen und erschlafften Brüsten wie spitzen Tüten stand vor einer zitronengelben Farbfläche, oder besser, ging in ihr auf, da der Maler in der Art japanischer Holzschnitte jede Andeutung von Räumlichkeit verschmäht hatte. Auf dem Kopf der kranken Frau, wie Has in seiner arglosen Sehweise sie sofort nannte, saß ein wagenradgroßer schwarzer Federhut, der ihrer sonst nur erbarmungswürdigen Nacktheit eine hilflose Obszönität verlieh. Wie ein Stigma wölbten sich die rasierten Schamlippen dem Betrachter entgegen. Die Frau schien mit dieser Wunde geschlagen, und ihr verhärmtes Maskengesicht verriet wenig Hoffnung, daß die gerupften Rabenfedern ihres Hutes das Publikum von der Wahrnehmung ihres Makels ablenken würden. Has fühlte, daß Guggisheim diesem Werk ernsthaften Respekt entgegenbrachte, und er spürte in sich zugleich den dringenden Wunsch, nicht mehr nur schweigend herumzustehen, sondern seinerseits Proben seiner Souveränität zu geben. Die Zeiten, in denen er schüchtern oder auch nur höflich fremden Belehrungen lauschte, waren nämlich lange vorbei. Es kam häufig vor, daß er seine Stimme geradezu schallend erhob und seine Freude an ihrem Klang fand, und es war ihm dann bei all seiner Empfindlichkeit oft sogar gleichgültig, ob seine Zuhörer an seinen Ausführungen ebenfalls Freude fanden. Trotzdem hätte er jetzt vielleicht geschwiegen, denn er empfand eine Mischung aus Verwirrung und höchster Inspiration. Er hätte dieser Stimmung gern in aller Aufrichtigkeit nachgegeben und darin verweilt. Er hätte gern seine Unwissenheit zugegeben und Fragen gestellt, wenn er mit Guggisheim allein gewesen wäre. So aber fühlte er die dunklen, kindlichen Augen Dorothées auf sich ruhen. Er spürte deutlich an ihr eine jugendliche Neigung zu pauschaler Verachtung, und es packte ihn unversehens der Ehrgeiz, dieser launischen und gänzlich willkürlichen Verurteilung zu entkommen. Entschlossen warf er den Kopf ruckartig in den Nacken und begann, zu laut, wie er an der Verwunderung Dorothées und einer winzigen ausweichenden Bewegung Guggisheims sah, dem Paar seine Philosophie der Bildbetrachtung darzulegen, die ihm selbst bis zu dieser Stunde vollkommen unbekannt gewesen war.

»Jahreszahlen«, rief Has also, »was tun Jahreszahlen zur Sache! Ich bin außerstande, auch nur an Jahreszahlen zu denken, wenn ich ein solches Werk betrachte!« Was ihn angehe, so habe er die kunsthistorische Bewertungsweise längst über den Haufen geworfen. Er habe festgestellt, daß Namen und Jahreszahlen ihm im Grunde nichts sagten, sich vielmehr hinderlich vor die Werke stellten. In Wahrheit verhielt es sich bisher umgekehrt. Gerade Namen und Zahlen waren es gewesen, die ihm ein Zurechtfinden in den ästhetischen Dschungeln ermöglicht hatten. Da Has sich das aber niemals klargemacht hatte, log er auch nicht, als er fortfuhr: »Wen kümmert es, ob dies Bild von Raphael oder von Kirchner ist?« Mit diesem Gedanken erntete er ernsthafte Verblüffung. Guggisheim öffnete den Mund und schickte sich offenbar an, zu erklären, wieweit dieser Unterschied für sein Geschäft tatsächlich von Bedeutung sei, da wischte Has den ungesagten Einwand auch schon weg: »Ich will keine Tradition, ich will keine Wissenschaft, ich will keine Vergleiche, ich will keine Namen und keine Zahlen! Ich frage mich nicht, ob das chinesische Bronzezeit oder der Kölner Dom oder eine Nutte von Kirchner ist!« Er errötete vor Eifer und auch deshalb, weil er vor Dorothée Guggisheim das Wort »Nutte« gebraucht und dabei wie ein Kraftmensch die Faust vor der Brust geballt hatte. Ihm kam es vor, als ob das Sprechen über Kunst ihm Flügel verlieh und ihn in Gegenden trug, in die sein Fuß noch nie gelangt war. »Ich will«, rief er aus und stockte, weil er es eigentlich nicht wußte, aber der Geist der Rhetorik vollendete auch ohne ihn seinen Höhenflug, und so hörte er sich erstaunt und hingerissen rufen: »Ich will Meisterschaft! Absolute, einsame, zeitlose Meisterschaft!«

Guggisheim und Dorothée schwiegen. Has hatte den Eindruck, als habe diese Stille etwas Betretenes. Obwohl Dorothée ihm voll ins Gesicht sah, vermochte er an ihren Zügen nicht abzulesen, ob sie seiner Rede mit Wohlgefallen gefolgt war. Plötzlich sagte Guggisheim, der nahe an der Staffelei stand und zerstreut den Rahmen des Bildes mit dem Taschentuch aus seiner Brusttasche abwischte, mit erheblich leiserer, geradezu beflissener Stimme: »Sie halten dies Bild hier also für ein Meisterwerk?« Has senkte den Kopf, als wolle er sein schweres Haupt auf dem Kissen eines Doppelkinns abstützen, das gegenwärtig ja kaum ausgeprägt war, und antwortete fast ungehalten: »Das habe ich, glaube ich, eben ausgeführt.« Dann trat wieder Stille ein. Die drei Personen standen vor dem Akt wie vor einem offenen Grab. Eduard Has verließ aber nicht das Gefühl, daß man nach seinem überraschenden Auftritt soeben noch weiteres von ihm erwarte. Sein Erfolg trübte seinen Geschmack. Seine innere Erregung vermittelte ihm das Bewußtsein, etwas Hochbedeutendes gesagt zu haben, und verlieh ihm den Mut zu noch größerer Tollheit. Er wußte selbst nicht, was geschah, als er auf einmal auf die Leinwand zusprang, den Daumen der linken Hand weit hinausstreckte und mit diesem Daumen in einer kraftvoll zähen Bewegung, als versuche er, in das Gemälde ein Stück Butter einzumassieren, die Hüftlinie der nackten Frau entlangfuhr. »Wie das da hineingesetzt ist!« sagte er mit einem wilden Ausdruck in seinen Augen, als habe ihn die Ungeheuerlichkeit dieses Details gerade erst überwältigt.

Guggisheim hatte vorgesehen, Has in das Restaurant zu führen, in dem er und Dorothée täglich aßen, wenn sie sich in Basel aufhielten, und das man zu Fuß hätte erreichen können, aber Eduard Has bestand darauf, bei Donati zu essen, obwohl oder vielleicht auch weil es dorthin weiter war. Dorothée legte sich auf den Rücksitz des roten Autos wie auf ein Sofa. Tatsächlich hatten die Füße auf dem Boden hinten kaum Platz, während die Herren vorn in den Sitzen lagen wie der Däumling in der Hand des Riesen. »Ich hoffe, Sie haben es bequem«, sagte Has und suchte im Rückspiegel Dorothées Augen. »Sie ist eine Katze, für sie ist jeder Platz wie ein Bett«, sagte Guggisheim. Von Dorothée kam keine Antwort. Im Spiegel sah Has, daß sie aus dem Fenster blickte. Ihre Lippen bewegten sich langsam und lautlos. Ihm war, als buchstabiere sie die vorbeigleitenden Ladenschilder.

Gegen Ende der Mahlzeit begann Guggisheim wieder zu reden. Eduard Has hatte viel getrunken und hörte ihm angespannt zu. Die Sitzordnung am Tisch brachte es mit sich, daß er dabei ständig Dorothée ansehen mußte. »Der Händler trägt angesichts eines Werkes wie dieses Kirchner eine enorme Verantwortung«, sagte Guggisheim. »Meinen Sie, ich besäße das Recht, dieses Meisterwerk einfach so zu verkaufen? Das wäre für mich das Allereinfachste. Höchstgebote liegen mir vor, soviel ich will.« Vom Seelenzustand Guggisheims her gesehen, war das nicht einmal unrichtig. Er hatte tatsächlich zwei Interessenten, einen Schweizer Sammler und ein deutsches Museum. Das Museum bot erheblich weniger als den Marktpreis, weil sein Etat beschränkt war. Das Werk hätte die betreffende Sammlung aber vorzüglich abgerundet. Den Schweizer Sammler mochte Guggisheim nicht, weil er von ihm schon einmal finanziell unter Druck gesetzt worden war. Er bot etwas mehr als das Museum, würde aber mit Sicherheit wieder günstige Zahlungskonditionen verlangen. Trotzdem sah Guggisheim voraus, daß er mit diesem verhaßten Mann würde ins Geschäft kommen müssen, denn seine Ressourcen waren erschöpft.

»Ich schwöre Ihnen«, sagte er, und sein fahles Gesicht belebte sich, während er Has beschrieb, welchen Heldenmut er im Herzen trug. »Wenn mir heute ein Privatmann, der für sein Haus eine schöne Dekoration sucht und vielleicht schon ein paar anständige Bilder hat, eine hohe Summe bieten würde, ich würde ihm das Bild rundheraus abschlagen!« – »Ja, aber warum denn?« fragte Has mit halb empörter Betroffenheit, als müsse er jenen erdachten Privatmann vor Willkür in Schutz nehmen. »Gerade ein solcher Mann wird doch das Werk vielleicht am meisten lieben.« – »Ja, meinen Sie denn, es ist mir um Geld zu tun?« rief Guggisheim, der sich diese Frage schon eine Weile aufgespart hatte und sie nun stellte, obwohl sie nicht paßte, weil er fürchtete, daß die Richtung, die Has da einzuschlagen drohte, die Frage nach dem Geld überhaupt nicht mehr zulassen würde. »Geld ist für mich doch nur das Mittel, um den geistigen Wert eines Werkes richtig oder wenigstens andeutungsweise auszudrücken. Mit dem Preis, den mir der Käufer zahlt, beweist er nur, daß er verstanden hat, worum es sich handelt. Wenn es mir ums Geld ginge, hätte ich weiß Gott andere Geschäfte machen können. Im Krieg hätte gerade ich ganz andere Abschlüsse erzielen können! Eine Dame, die ich beraten habe, von der ich mich aber trennen mußte, ist zu den geächteten Malern ins Atelier gegangen und hat sich dort für Pfennige eingedeckt – dreihundert Reichsmark für einen großen Beckmann! So etwas habe ich immer abgelehnt!« schloß er mit dem Ausdruck außerordentlichen Grolls, der ihn auch jetzt noch inmitten seiner kunstvollen Darlegungen überwältigte, denn er hatte tatsächlich abgelehnt, der Anregung jener Dame zu folgen und sie zu begleiten – es handelte sich nebenbei um dieselbe Person, auf die Fred Olenschläger aufmerksam geworden war, eine von jenen Leuten, denen es bestimmt ist, Verbindungen zu schaffen.

Zu seiner Entscheidung damals hatten übrigens zwei Überlegungen beigetragen. Zum ersten empfand Guggisheim als Schweizer einen nur schwer zu besiegenden Abscheu gegen alle Kräfte, die sich zum Staat in einen wie immer gearteten Gegensatz begeben haben, ein Gefühl, das ihm sagte, daß niemand ohne Grund in Schwierigkeiten stecke und daß es für Ausländer niemals geraten sei, sich in den politischen Ärger eines Deutschen hineinzudrängen. Zum zweiten stellte er sich aber die ernsthafte Frage, ob die Werke, nach denen die Dame da stöberte, überhaupt noch ein Risiko wert waren. Wenn Guggisheim sich umhörte, und er tat das mit einem Fleiß, der einem aufstrebenden jungen Kaufmann wohl anstand, dann sah die Zukunft des deutschen Expressionismus schlechter aus denn je. Niemand vermutete, daß sich dieser Markt jemals wieder richtig erholen würde. Deutschland war abgeschrieben. Wenn Hitler, wie es zu erwarten stand, den Krieg verlor, so würde das den Expressionisten dennoch nichts nützen. Die Impulse, die einst von München ausgegangen waren, der Stadt, die zugleich Hitler und die moderne Kunst hervorgebracht hatte, waren verbraucht. Den Rest des Jahrhunderts würde wieder Paris regieren. Französischer Klassizismus und französische Peinture würden das verlorengegangene Feld glanzvoll zurückerobern. Die deutschen Farbexzesse gehörten dann in das Panoptikum des Jahrhunderts. Und avantgardistische Bedürfnisse würden vollständig von Picasso abgedeckt, der sowohl das gemäßigte als das fortschrittliche Publikum bediente. Das hieß nicht, daß Guggisheim Geschäfte mit Deutschen von sich wies, wenn sie sich anboten. Er lief aber auch keinem nach und verschmerzte es leicht, daß er mit der Zeit die Verbindung zu der ominösen Dame wieder verlor.

Inzwischen hatte sich alles ganz anders angelassen, als es die Auguren sicher gewußt haben wollten. Hitler war zwar tot und geschlagen, aber der Rest der Prophezeiung stand auf unsicheren Füßen. Zum Tod Pierre Bonnards erschien in der maßgeblichen Pariser Kunstzeitschrift ein Aufsatz, der fragte: »War Bonnard ein bedeutender Maler?« und der die verneinende Antwort nicht schuldig blieb. Nun wandten sich die wispernden Häupter in die Richtung des Siegers der großen Schlachtjahre, und in Amerika sah es aus, als ob ein neuer Expressionismus höchsten Ehren entgegengehe. Wenn das aber am grünen Holze geschah, so sagte sich nicht nur Guggisheim, was dann am vertrockneten, das heißt an jenen Werken und Malern, die zu Beginn des Jahrhunderts die Richtung überhaupt begründet hatten, geschehen werde.

Guggisheim ging es nun wie vielen, die ihre Versäumnisse während des Krieges nur mit der Entschuldigung zu tragen vermochten, daß ein anderes, ein zupackendes Verhalten damals unmoralisch gewesen wäre. »Unter Ausnutzung der persönlichen Notlage!« rief Guggisheim deshalb gedämpft aus, und die formelhafte, juristische Phrase nahm sich in der schweizerischen Tönung doppelt sperrig und eigentlich schon wie ein unbestrittener Urteilsspruch aus. Ein solch moralisch hochstehendes Verhalten zwinge ihn auf der anderen Seite heute zu doppelter Behutsamkeit. »Ich habe nichts zu verschenken«, sagte er mit freundschaftlicher Offenherzigkeit und erläuterte sofort, wie diese Bemerkung zu verstehen sei. »Ich meine nicht verschenken, ich meine verschleudern! Ich meine verantwortungsloses Unter-die-Leute-bringen! Stellen Sie sich vor, irgendein Zahnarzt hängt sich das Bild übers Sofa, und das Werk ist womöglich für Generationen verschwunden! Ich bin nicht dazu da, um reichen Leuten die Wohnung zu schmücken! Eher wäre ich bereit, das Werk zum bloßen Ersatz meiner Kosten einem Museum mehr oder weniger zu stiften!« Um dies Mehr oder Weniger ging es nun gerade. Das deutsche Museum, mit dem Guggisheim in Verbindung stand, bot einen Betrag, der eher dem Weniger, in Guggisheims Augen sogar dem Wenigsten, dem Zuwenigsten nämlich, zuzurechnen war. Aber während er mit Has sprach, glaubte er tatsächlich, daß in all den Verhandlungen, in die er wegen des Bildes bereits verstrickt war, das Geld die bescheidenste Rolle spiele, über die »man sich schon einigen werde«, wie man sich ausdrückte, wenn nur erst das Wesentliche geklärt sei.

Has hatte das Gefühl, als eröffne sich ihm hier an diesem sonnenbeschienen Mittagstisch, der mit erheblich leichteren Speisen bestellt worden war als der seinerzeit im Hotel Bären, ein Einblick in das Herz des Kunsthandels. Dort drinnen war es finster. Er fand sich nicht wirklich zurecht, obwohl an der Wahrhaftigkeit der Eindrücke nicht zu zweifeln war. Die wichtigste Neuigkeit, die sich im Dunkel abzeichnete, bestand in der Gewißheit, daß es im Kunsthandel nicht um das Verkaufen, Kaufen, Bezahlen, Zu-Geld-Machen von Kunstwerken ging, sondern um etwas ganz anderes. Worum denn aber, das hätte er nach dieser ersten Unterweisung noch nicht zu sagen gewußt. Er war in einen Zustand von Begeisterung und Anspannung geraten und gab dem Wein die Schuld, wenn nicht alles so klar vor seinen Augen lag, wie Guggisheim es ohne Zweifel aussprach. Auch jetzt beim Zuhören noch verließ ihn das Gefühl nicht, er sei begabter als sonst, ein Eindruck, der sich allgemein leicht einstellt, wenn sich eine neue Welt unversehens vor unserem Blick auftut. Has sah Guggisheim zornig an, als der Händler das Panorama eines Kirchner über einem Zahnarztsofa entrollte. Er knirschte vor Leidenschaft fast mit den Zähnen angesichts einer solchen Kulturschande und war bereit, Guggisheim in seinen Forderungen noch zu übertrumpfen, denn darauf schien es anzukommen, wenn er seine Wertschätzung angemessen zum Ausdruck bringen wollte.

Hin und wieder versenkte er sich in Dorothées Gesicht, die beide Ellbogen aufgestützt hatte und mit den Händen ihr Weinglas fast ständig an den Lippen hielt, ohne jemals richtig daraus zu trinken. Sie wirkte wie von einer inneren Freude erfüllt, die in ihren ruhigen Augen lag. Guggisheim hatte in mehr als einer Hinsicht seine Frau durch den Vergleich mit einer Katze richtig getroffen, stellte Has jetzt fest. Ihre Augen zeigten im Licht des Restaurants auf einmal einen hellbraunen Ton, den er bisher bei Menschen überhaupt noch niemals gesehen zu haben glaubte.

Sie erschien verjüngt, das heißt, sie sah auf einmal wie ein sehr junges Mädchen aus. Has erinnerte sich an seine Cousine, eine heute dicke und auf langweilige Art unglücklich gewordene Frau, die er als kleiner Junge heftig geliebt hatte. Während einer Nikolausfeier für die Kinder – Eduard Has ging gerade in die Schule – hatte ihn diese kleine Cousine mit demselben glücklichen Leuchten angesehen, wie es jetzt Dorothée Guggisheim über den Rand des Glases hinweg tat, und hatte ihm schließlich kurz vor Verlesen der Weihnachtsgeschichte ins Ohr geflüstert, daß sie keine Unterhose anhabe. Wie damals fühlte er noch, daß dies Geheimnis sie beide vereinigt und getrennt hatte, weil es ihn einbezog, aber auch ratlos machte. Und auch Dorothée verwirrte ihn jetzt, denn der Blick wich dem seinen nicht aus, sondern verschmolz ihn fest mit dem ihren. Er wagte nicht einmal, zur Seite zu sehen, und fürchtete zugleich, daß Guggisheim diesen immer unmanierlicher werdenden Blickaustausch in jedem Augenblick bemerken könnte. Eduard Has geriet ins Schwitzen. Er trank einen großen Schluck aus seinem Glas, aber er wandte auch bei dieser Bewegung seine Augen keinen Deut zur Seite. Ein Schweigen verbreitete sich plötzlich. Guggisheim sah auf seinen Teller. Dann sagte Dorothée übermütig: »Ich bin leider vollständig betrunken.«

Nach diesem Besuch in Basel war Eduard Has von hoffnungsvoll schweifendem Leben erfüllt. Schon der Tod seiner Mutter hatte ihn von einer ständig drohenden Last befreit. Die Furcht vor dem wohlbekannten unsichtbaren Instrument, das jeden Widerstand besiegte, war gewichen, und er erwachte morgens in der Stimmung, daß alles nun erlaubt sei. Er kostete diese Stimmung manchmal bis um zehn oder elf Uhr aus, indem er einfach im Bett liegen blieb und der allmählichen Entwicklung der Kastanienblüten zusah, die am Ende mächtiger wankender Zweige fast in sein Schlafzimmerfenster hineinragten. Der weitere Verlauf des Tages gelang dann meist schon weniger gut. Alles war erlaubt, aber was hatte man sich unter diesem »Alles« vorzustellen? Je länger er darüber nachdachte und je mehr Zeit verstrich und ihn im Vorbeieilen belehrte, desto begrenzter erschienen ihm die Möglichkeiten seines zukünftigen Wirkens.

Er fühlte nicht nur die Schranken, in die seine Mutter ihn gemeinsam mit Fred Olenschläger in der »Verwaltung« gedrängt hatte, er sah nicht nur die halbzerstörte Stadt mit den Menschen, die dort seit eh und je gelebt hatten, und mit dem neuen Publikum, das ihn ebenso befremdete, wie ihn das alte gelangweilt hatte – in gewissen ängstlichen Stunden eröffneten sich ihm auch beunruhigende Einsichten in die eigene Person.

Er erinnerte sich an manchen berauschenden Augenblick in seinem Leben und an Stunden, in denen er über sich hinausgewachsen war, aber er erkannte auch, während er in diesen Erinnerungen trauernd auf und ab ging, daß sie stets an Umgebungen gebunden waren, die vor dem blassen Hintergrund Frankfurts buntfarbig hervorstachen. Wien und Budapest oder Genf besaßen die Eigenschaft, ihn auf ein Tablett zu heben, von wo aus nicht nur anderen, sondern auch ihm selbst offenbar wurde, was in ihm steckte. Auf der anderen Seite bestand das Glück, das er kennengelernt hatte, eben gerade im Hinblick auf seine biedere Lebensform in Frankfurt. Er dachte, wenn er im offenen Wagen mit seiner chilenischen Freundin von Genf am Ufer des Sees nach Lausanne zum Tanzen fuhr, was man wohl in Frankfurt denken würde, wenn man ihn so dahinbrausen sähe. Und so war eben alles, was er an Köstlichem erlebt hatte, immer nur auf Frankfurt bezogen, mit dem Ergebnis, daß er in den schmerzlichen Augenblicken, in denen er sich durchschaute, deutlich empfand, daß es nicht in seiner Macht lag, diese Stadt wirklich hinter sich zu lassen. Frankfurt, so verstand er es jetzt in den ersten Tagen seiner Freiheit, bildete die Voraussetzung für jeden tiefen Genuß und jeden außergewöhnlichen Gedanken. Und zugleich verurteilte ihn das Leben in den Mauern dieser Stadt zu ewiger Mittelmäßigkeit.

Als er den großen roten Wagen kaufte, war er überzeugt, auf dem für ihn richtigen Weg zu sein, und dies Gefühl verließ ihn niemals. Aber schon bald war es nicht mehr Übermut, den er empfand, wenn er sein Auto betrachtete, sondern eine grämliche Pedanterie. Er pflegte nun mit ärgerlich zusammengekniffenen Augen um das monströse Chassis herumzugehen und Fehler im Lack zu suchen. Außerdem war der Wagen häufig defekt. Manchmal fuhr er wöchentlich in seiner Garage vor, um ein rätselhaftes Rasseln, Knattern, Husten, Spucken oder Fauchen im Getriebe untersuchen zu lassen. Die Mechaniker kamen ihm bald vor wie sein Hausarzt, der den Patienten nach den Regeln der Kunst sorgfältig abzuklopfen pflegte, um nach langem Betasten mit kalten Fingern und Hörrohren immer das gleiche zu verordnen. Es erwies sich, daß dieser rote Wagen zwar ein notwendiger Schritt gewesen war, aber nur ein erster, dem weitere folgen mußten, und betreffend dieser weiteren Schritte befiel ihn nach einiger Zeit tiefe Ratlosigkeit.

Der Besuch in Basel öffnete zwar noch keine Gasse, aber er wirkte doch wie ein Stein, der mit lautem Platschen in ein gestautes Bachbett fällt, das Wasser aufrührt und den Damm aus angeschwemmtem Reisig überspülen läßt, so daß sich auf der Wasseroberfläche schon wieder Linien einer leisen Strömung abzuzeichnen beginnen. Has gestand sich ein, zum erstenmal in seinem Leben ein Kunstwerk richtig betrachtet zu haben, und er fühlte sich durch diese Leistung gehoben und beschenkt. Die Unsicherheit, die ihn zunächst vor der Kirchnerschen Dame mit Hut befallen hatte, war vergessen. Davor schob sich in der Erinnerung sein gewandtes oratorisches Impromptu. Er wußte nicht mehr genau, was er eigentlich alles gesagt hatte, aber er wußte noch, daß ihm in entschiedenen Tönen, als wolle er Herrn und Frau Guggisheim ausschimpfen, Ausführungen gelungen waren, die einem solchen Kunstwerk zukamen und jedenfalls ohne Widerspruch in dem hellen Saal angehört wurden.

Im Tiegel dieser gefühls- und verstandesmäßigen Erregung verbanden sich nun aber die grelleuchtenden Kirchnerschen Farbflächen mit dem gesamten Bild dieser Lebensstunde. Er errötete, als er sich vorstellte, wie er mit dem kurbelartig herausgedrehten Daumen die Linien am weißen Körper der Dame entlanggefahren war, und es war kaum mehr Scham dabei, die er ursprünglich gegenüber der eigenen Exaltation empfunden hatte, sondern fast nur noch die Freude über den Erfolg, wie gewisse Wagnisse bei der Liebeswerbung, die für sich gesehen eine heillose Blamage in sich tragen, im Fall der Eroberung aber ein Ruhmesblatt darstellen. Er erlebte zum erstenmal ein Kunstwerk, das nicht wie ein bequemes Kissen zum allgemeinen Behagen beitragen wollte, wie er es von den Bildern in seinem Elternhaus zu sehen gewohnt war, sondern das selbst der wichtigste Gast im Salon zu sein beanspruchte und eine Art Prüfung mit den Anwesenden veranstaltete, eine eifersüchtige Gottheit, die

Wortopfer forderte und der ein beflissener Dienst dargebracht wurde, der mit dem Abwischen des Rahmens begann und dem die Aufstellung der Personen in der leicht nach vorn geneigten Haltung japanischer Minister folgte. Und dann mußte man die Stimme erheben und sich von dem Bild abwenden, das den Wortkaskaden nur als stummer Richter folgte. Die Neuheit dieses Rituals und die Mühelosigkeit, mit der er sich unvorbereitet darin zurechtfand, erschlossen ihm ein Vergnügen, von dessen Vorhandensein er bisher nichts geahnt hatte.

Ich liege intellektuell hier brach, dachte Eduard Has, als er sich in die »Verwaltung« begab und dort die Unterschriftenmappe durchblätterte, die Olenschläger ihm wie ein Hauslehrer, der Schönschreibübungen fordert, vorlegte. Er beschloß, einen Nachmittag im Museum zu verbringen.

Mit zusammengezogenen Augenbrauen ging er an den Reihen der Gemälde vorbei. Manchmal murmelte er etwas vor sich hin, wenn er wirkungsvolle Sätze ausprobierte, die er, wären Guggisheim und Dorothée zugegen gewesen, laut ausgesprochen hätte. Manchmal reckte er auch, wenn er sich allein in einem Saal wußte, wieder den Daumen vor, um in der Luft Linien und Flächen nachzumodellieren. Der Rausch, der ihn in Guggisheims Atelier ergriffen hatte, stellte sich allerdings nicht wieder ein. Vermutlich mußte man doch in passender Gesellschaft sein, um richtig in Fahrt zu kommen. Ich bin hier eben mutterseelenallein, dachte er, setzte sich auf eine Bank und begann über Guggisheim und seine Frau Dorothée nachzudenken.

Has neigte nicht dazu, seine Umwelt allzu kritisch zu betrachten. Der Reiz, der darin liegt, ein fremdes Paar in der genauen Art seiner Beziehung zueinander zu ergründen, war ihm unbekannt. Das lag zum einen an seinem Mangel an Neugier, den man getrost auch stumpf nennen mag, zum anderen aber an seinem konservativen Respekt vor den Institutionen. Guggisheim hatte es für richtig gehalten zu heiraten, die ausgewählte Dame hatte nichts dagegen gehabt, also waren sie Herr und Frau Guggisheim, und damit Schluß. Die Rechtsform der Ehe stülpte in seinen Augen eine Art römisch-rechtlichen Blumentopf über zwei Personen unterschiedlichen Geschlechts, unter dem die Stimme des Individuums nur noch undeutlich hervortrat. Nach Art der Junggesellen besaß er natürlich darüber hinaus einen Sinn für das Komische, ja Peinliche des Verheiratetseins, das dem Ehemann etwas von der halb tragischen Ausstrahlung des Angeschmierten selbst dann verlieh, wenn seine Frau vorher noch den allgemeinen Neid erregt hatte. Guggisheim war allerdings, als er ihm das erstemal begegnete, noch Junggeselle gewesen, einer von der vorbildlichen Art, wie Eduard Has damals empfand. Er konnte sich Guggisheim im Grunde noch gar nicht verheiratet vorstellen. Er hatte vielmehr den Eindruck, als habe das fremdartige junge Mädchen sich Guggisheims Haus zur Wohnung gewählt, wie die Tiere sich an einem windstillen Ort niederlassen, ohne zu fragen, wem er gehört. Has fühlte, je länger er über das Ehepaar Guggisheim nachdachte, immer deutlicher, daß eine Glasscheibe zwischen den Eheleuten stand, durch die hindurch Guggisheim seine Frau, Dorothée aber höchst selten ihren Mann betrachtete. Er ist auch als Ehemann Kunsthändler geblieben, dachte Has, er hat sich die Frau wie ein Objet de vitrine ausgesucht.

Auf der anderen Seite wollte er aber bemerkt haben, daß die beiden vorzüglich zueinander paßten. Die Kühle des Umgangs empfand er als elegant und deutlich unterschieden von dem Ehestil seiner Eltern, der doch gleichfalls nüchtern gewesen war, dem aber im Vergleich zu den Guggisheims etwas Muffiges angehangen hatte. Bei den Guggisheims hatte Has keinerlei Anzeichen von ehelicher Routine gespürt, sondern eher eine komplizierte, nach außen hin als Spiel getarnte Kampfstimmung, ohne daß deutlich geworden wäre, worauf der Dissens beruhte und welches Ziel die Kämpfenden im Auge hatten. Has zweifelte daran, daß Dorothée überhaupt irgendein Ziel verfolgte. Er erinnerte sich daran, daß ihre Neigung, ihn stumm ins Auge zu fassen, ihn außerordentlich verwirrt hatte, aber er erkannte auch, daß es diese Blicke waren, die seine Inspiration so mächtig hatte blühen lassen.

Zugleich fühlte er sich aber berechtigt, ein solches Benehmen, einen fremden Mann beständig forschend anzusehen, zu verurteilen, als sitze er über ein Kind zu Gericht. Guggisheim findet das wahrscheinlich charmant, dachte er, aber er sollte aufpassen. Solche Naivitäten können leicht ganz anders aufgefaßt werden. Ein anderer Mann als ich könnte sich wer weiß was denken. Und was hinderte ihn daran, sich die gleichen Gedanken zu machen wie der erwähnte »andere Mann«? Zunächst natürlich die Menschenkenntnis. Has entschied, daß das Verhalten Dorothées unerwachsen und unschuldig sei. Beklagenswert fand er nur, daß Guggisheim offenbar gar keine Erziehungsmaßregeln ergriff. Sie ist eigentlich eine Wilde, dachte Has, der durch die Vorstellung des brasilianischen Urwaldes – von dem bei Guggisheim allerdings nicht die Rede gewesen war – zu Bildern von braunen Sklaven, Paradiesvögeln, Schaukelstühlen und Giftschlangen gelangte und sich dort eigentümlich wohl fühlte. Daß Guggisheim nicht einsah, daß er eine solche Frau nicht als Atelierdienerin beschäftigen konnte! Das Edle eines solchen Wesens lag eben darin, daß sie sich nicht wehrte, wenn ihr Wesen vergewaltigt wurde. Das Vertrauen, das sie dem Mann, mit dem sie lebte, entgegenbrachte, war wohl grenzenlos, aber wehe ihm, wenn es einmal enttäuscht würde! Dann schneidet sie ihm Katzenhaare in den Spinat, dachte Has voll Behagen, indem er sein Wissen über indianische Rachemethoden am lebenden Modell erprobte. Plötzlich wandelte ihn eine Eingebung an, die ihn nachhaltig verblüffte. Sie hat etwas von Alfred Labonté, schoß es ihm durch den Kopf, und diese Erkenntnis blieb ihm vor Augen, obwohl er ihr heftigen Widerstand leistete.

Alfred war nicht so stumm und Dorothée nicht so mager, und sie hatte darüber hinaus nicht den mindesten Zug ins Gewöhnliche. Aber auch Alfred Labonté war eigentlich nicht vulgär, mußte Has in der Erinerung zugeben. Er war verwahrlost und roh, aber nicht gemein, dazu war er viel zu einsam. Dorothée trug ihren Kopf hoch erhoben. Ihre Bewegungen sprachen von einer bewußt betriebenen damenhaften Erziehung, der junge Labonté hatte hingegen nach dem Krieg etwas Geducktes, Schlaffes angenommen, er ließ seine Schultern hängen und hielt die Hände in den Hosentaschen. Nur wenn ein kleiner Stein auf seinem Weg lag, straffte sich die ganze Gestalt, um ihn mit einem wohlberechneten Fußtritt flach über die Straße wegschießen zu lassen. Die Erinnerung an Alfred Labonté kam Has höchst unwillkommen, weil sie ihn an die Zeit seiner inneren Unfreiheit, seiner linkischen, dicklichen Unmännlichkeit gemahnte, seiner Unbeholfenheit im Umgang mit Frauen und an den stechenden Neid auf die Anziehungskraft des jüngeren Mitschülers. Sogleich fiel ihm aber auch ein, daß er sich seit langem schon als Sieger über Alfred Labonté betrachten durfte, obwohl es nie zu einem wirklichen Kampf gekommen war und Eduard Has nicht einmal seine Mütze vom Wipfel des Taxusbaumes heruntergeholt hatte. Und doch gab es keinen Zweifel daran, daß die Gewichte auf der Waage inzwischen verschoben waren.

Has übertrug nun dieses Gefühl auf seine Haltung gegenüber Dorothée Guggisheim und ihren Mann. Dabei ging es ihm nicht etwa darum, ob er selbst Dorothée Guggisheim überlegen war – einen solchen Gedanken hätte Has weit von sich geschoben, weil Dorothée ihm vollkommen gleichgültig sei –, sondern ob Guggisheim gut beraten war, sich mit einer solchen Frau zu verbinden. Has unternahm es in jener beständigen Umwertung, die die Seele vornimmt, Guggisheim, den er eben noch als bewundertes Vorbild freieren und höheren Lebens angesehen hatte, in seiner Beziehung zu Dorothée in die gleiche Rolle zu versetzen, die er einst in den Schuljahren im Hinblick auf Labonté eingenommen hatte. Der formlose, schwächliche, intelligente und neidische Erbe, dem das eigentliche Lebensfeuer fehlte, das war jetzt Guggisheim. Und der Händler hatte diese Verschlechterung seiner Position selbst verschuldet, weil er sich als Gefährten keinen Mops oder Pekinesen, keine gefügige Chinesin mit weichen, weißen Händen oder einen vornehm-exzentrischen Blaustrumpf gewählt hatte, sondern dieses knabenhafte, kühle Wesen, neben dem er ältlich und unentschlossen aussah. Guggisheim hat einen Fehler gemacht, dachte Has, aber dieser Schluß besiegelte nicht etwa seine Einstellung zu dem frisch in seinen Bekanntenkreis getretenen Paar, sondern reizte ihn nur noch mehr, sich immer wieder mit den beiden zu beschäftigen. Als er sich von der Bank im Städelschen Kunstinstitut erhob, hatten ihn die Menschen fast vollständig von den Bildern und den Sensationen, die sie erregten, abgelenkt.

Von den Menschen führte nach kurzem jedoch auch wieder ein Weg zu den Bildern. Die im Auftrag seiner Mutter erworbenen Gemälde hatte Eduard Has ohnehin in Basel zurücklassen müssen, da sie, so klein sie ihm auch erschienen waren und so maßlos geräumig er sich den Kofferraum seines roten Wagens vorstellte, doch nicht hineinpaßten, und Guggisheim, indem er eine überraschende Schärfe entwickelte, das Einklemmen der Leinwände auf dem Rücksitz verbot. Has lernte bei dieser Gelegenheit, daß expressionistische Bilder meist größer waren, als sie aussahen, während die Bilder der Kronberger Schule, die er einmal in eine altmodische

Frankfurter Kunsthandlung brachte, kleiner waren, als sie wirkten, und im Kofferraum unterkamen. Eduard Has litt immer, wenn er, was die Fähigkeiten seines Wagens anging, an Grenzen stieß, und neigte dazu, eifernd die Unbegrenztheit seiner Möglichkeiten zu verteidigen, hatte aber diesmal schnell eingelenkt und erklärt, er wisse die Werke in den besten Händen und werde gern ein weiteres Mal kommen, um sie abzuholen. Die Frage Guggisheims, ob er sich vorstellen könne, ihm die Gemälde wieder zu überlassen – er schlug für diesen Fall eine Verdoppelung des einstigen Kaufpreises vor, als handele es sich bei diesem Angebot um eine Usance des Marktes, für die er persönlich die Verantwortung ablehne –, hatte Has mit einer Entrüstung zurückgewiesen, die er sich nach dem Ablauf des Treffens schuldig zu sein glaubte. Er brachte einen drolligen kleinen Koller hervor, senkte das Kinn und schüttelte den Kopf, als vertraue er darauf, daß wie bei einem Italienergockel zwei mächtige Hautlappen die Wirkung des Kopfschüttelns schlackernd unterstützten. »Ich mich von den Kirchners trennen!« sagte er, als nehme er es Guggisheim persönlich übel, wie er ihn immer noch einzuschätzen wage, und Guggisheim ließ die Sache daraufhin sofort fallen. Wer weiß, ob er hier nicht schon ahnte, daß mit diesen bloß zurückgelassenen Bildern ein Faden zwischen ihm und Has gespannt war, nach Art der Spinnen, die für ihr großes Netz zunächst nur zwei entfernte Punkte miteinander verbinden.

Als Has das zweite Mal zu den Guggisheims fuhr, hatte er sich mit der etwas scherzhaften Begründung angemeldet, »daß er seine Kirchners besuchen« wolle. Er war auf dem Weg nach Genf zu einer Hochzeit. Er betrat das Haus mit Erwartung und einer gewissen Verlegenheit. Er freute sich auf das Licht des saalartigen Zimmers mit seiner trotz des Sommers geradezu weihnachtlich-verheißungsvollen Unordnung und fühlte sich zugleich für diesen Besuch schlecht ausgerüstet. Das erste Mal war er immerhin auf Einladung Guggisheims erschienen, um sich geschäftliche Vorschläge anzuhören. Diesmal hatte er sich einfach selbst angesagt, ohne indessen seinen Besuch durch etwas Faßbares rechtfertigen zu können. In solchen Bedenken drückte sich ein Stück Frankfurter Empfindungsart aus, die er nicht nur während seiner allseitigen Befreiung abzulegen versäumte, sondern später sogar noch verstärkt beibehielt: das Bedürfnis, überall, wo er hinkam, erwartet zu sein, zu allen Gelegenheiten Eintrittskarten zu bekommen und unangefochtene Plätze in den wechselnden Tribünen, Logen und Parketts des bürgerlichen, künstlerischen und geschäftlichen Lebens einzunehmen. Guggisheim jedoch schien am Telephon diese leise Verlegenheit überhaupt nicht zu bemerken, einem weltläufigen Priester nicht unähnlich, der lächelnd darauf vertraut, daß man ihm über kurz oder lang ohnehin enthüllen wird, wo der Schuh drückt, weil er weiß, daß seinesgleichen nie grundlos aufgesucht wird. Sogar Has, der keine Erfahrung mit den Jesuiten besaß, empfand die heitere Salbung, die in Guggisheims Stimme lag, als klerikal und fühlte eine Art Widerwillen gegen die spürbare Herablassung. Bei seiner Ankunft stand er daher mit einem üppigen Blumenbukett wie mit einer Stoß- und Deckungswaffe auf der kleinen Freitreppe und klingelte mit dem für ihn bezeichnenden Nachdruck.

Aus dem Haus drang ein Rumpeln, und eine Männerstimme rief: »Obacht!« Es war wieder Dorothée, die ihm die Tür öffnete. Sie trug diesmal eine enge schwarze Taille und einen weit um sie herumschwingenden, knisternden Rock aus weißem Organza mit großen schwarzen Punkten, und sie hatte auf einmal überhaupt nichts Knabenhaftes mehr, sondern war von makelloser Erwachsenheit. Der Blick, den sie auf die Blumen warf, glänzte zärtlich, als halte Has ein Entenküken oder ein neugeborenes Lamm im Arm. Sie nahm ihm den Strauß ohne Umstände ab und drückte ihn an sich, ohne dabei die fragilen Blüten zu gefährden. Das war ihre Art zu danken. Sie verwickelte sich nicht in alberne Formeln des Lobes und der Überraschung, wie es sonst leicht die Gewohnheit bürgerlicher Frauen ist, sondern sie adoptierte die Blumen gleichsam, als habe sie augenblicklich eine innere Verwandtschaft zwischen dem Bukett und ihr selbst erkannt. Während dieses Schauspiels, das Has mit befangenem Schweigen betrachtete, weil Dorothée es für unnötig hielt, ihm ein Stichwort zu geben, waren im Hintergrund drei Männer in blauen Overalls dabei, ein großes Bett die Treppe hinunterzutragen. Sie hatten ihre Last hochkant gestellt und bewegten sich langsam und in höchster Anspannung, als drohe ihnen das Möbel in jedem Augenblick zu entgleiten und mit der Zerstörungsgewalt eines Felsblocks zu Tal zu rasen.

Der Gegensatz zwischen der tumultuösen Szene im Hintergrund und dem blumensanften Frieden im Vordergrund hätte nicht schärfer inszeniert werden können, aber die beiden Handlungsebenen verschmolzen überraschend schnell, kaum daß Has die Schwelle überschritten hatte, denn zum selben Zeitpunkt hatten die drei Männer das Parkett erreicht und trugen nun das Bett, das sie in die Waagerechte zurückdrehten, wie eine geräumige leere Sänfte in ruhigem Schritt durch die Doppeltür in den kleinen Saal, während ihnen Eduard Has und Dorothée Guggisheim, als entspreche diese Abfolge der Ordnung einer Prozession, gleichfalls gemessen hinterhergingen. Gelbes diffuses Licht umfloß sie dort, weil vor den hohen Fenstern die Rouleaux aus Japanpapier heruntergelassen waren. Möbel und Gegenstände erschienen nur in schwarzen Umrissen, die beiden leeren Staffeleien glichen Guillotinen. Neben dem Kamin hatte man eine weitere Doppeltür geöffnet, dorthin wurde jetzt das Bett getragen.

»Wir ziehen wieder einmal um im Haus«, sagte Dorothée, die sich um die Arbeiter nicht weiter kümmerte, »das Nebenzimmer war zunächst Eßzimmer, aber wir essen nichts und kochen nichts. Dann wurde es Büro, aber Guggisheim sagt, daß er in diesem Haus nicht arbeiten kann. Jetzt wird es mein Schlafzimmer, denn Guggisheim findet, daß ich ihn in der Nacht störe.« Die drei Arbeiter kamen im Gänsemarsch aus dem Zimmer wieder heraus und durchquerten schweigend den Raum. Ihm kam es so vor, als vermieden sie, Dorothée anzusehen. Has war auf eine höchst jugendliche, unverzeihlich naive Weise von ihren Worten ergriffen, als enthülle eine schutzlose Dame einem reisenden Ritter das Ausmaß der Demütigungen, in denen sie lebe. Dabei sprach Dorothée Guggisheim in beiläufigem Ton. Sie erklärte im Grunde nur, warum der Gast das Haus nicht in feiertäglicher Stille vorfand. Aber Has fühlte sich in die Schranken gefordert. Die Erfahrungen, die er in Wien und Genf gesammelt hatte, wiesen eben Lücken auf, wie es Erfahrungen stets tun, weil sie sich nicht in systematischer Reihenfolge einstellen.

Was eheliche Schlafzimmer anging, so kannte Has nur den Brauch seiner Eltern. Die Olenschläger hatte auch nach dem Tod ihres Mannes dessen Bett nicht aus dem gemeinsamen Schlafzimmer entfernt. Sie sorgte im Gegenteil dafür, daß es im selben Rhythmus wie ihr eigenes frisch bezogen wurde, und die Abwesenheit des weiland Herrn Dr. Has teilte sich dem Auge nur in der Beobachtung mit, daß auf dem einen Bett die mit einem Spitzentuch überzogene Steppdecke einladend wie ein geöffneter Briefumschlag an einer Ecke zurückgeschlagen war, auf dem anderen Bett hingegen abweisend bis zu den Kissen reichte. Die Vorstellung, daß Dorothée Guggisheim einen Mann am Schlaf hindern könne, schien Has bereits als Beleidigung. Wie er sie heute vor sich sah, mußte man schon daran zweifeln, ob sie sich überhaupt jemals entkleide oder ob sie nicht vielmehr abends, von rosa Watte bedeckt, behutsam in eine Schachtel gelegt werde. Er verstieg sich zu dem Gedanken, daß die Güter der Welt doch wahrhaft ungerecht verteilt seien. Er schüttelte also in empörter Verwunderung den Kopf, seine Augen nahmen den Ausdruck jovialen Grimms an, und er wollte gerade den Mund öffnen, um Guggisheim streng zu verurteilen, als ihn ein Blick Dorothées traf, ein herausfordernder und zugleich zurückweisender Strahl, der ihm die schon zum ersten Wort geformten Lippen wieder versiegelte.

Dann trat Guggisheim ein. Das abgeblendete Licht war ihm günstig. Er wirkte zart und frisch, und Has kam es vor, als gleite er auf Pantoffeln, obwohl seine kleinen Füße in festen, metallisch blitzenden Schuhen eingeschlossen waren. Dorothée wich wie ein Schatten zurück, schloß die Doppeltür und sagte leise durch den Spalt: »Ich probiere jetzt mein neues Bett aus!« Guggisheims Hand war weich und kühl und von reptilienhafter Trockenheit. »Wir mußten hier im Haus manches ändern«, sagte er und verstand es erneut, dem älplerischen Tonfall etwas Einschmeichelndes mitzugeben. »Dorothée fühlt sich hier nicht wohl. Sie hat kein Auge zugetan. Aber jetzt hat sie ihr eigenes Schlafzimmer, damit sie nicht mehr gestört wird.« Und Has schien es, als ob ein kaum spürbares Bedauern, eine unter vollendeter Diskretion verborgene Anwandlung von Melancholie seinem Gesicht eine gewisse Wärme verleihe.

Das Gespräch wandte sich nun zunächst der politischen Lage zu, die sowohl Has als auch Guggisheim mit maßvollem Optimismus bewerteten. Guggisheim brachte Has dann dazu, ihm von den Plänen und Geschäften der »Verwaltung« zu erzählen, was Has mit großer Beredsamkeit und unter Verwendung des erwähnten Pluralis negotialis tat, allerdings ohne den Händler in Person und Befugnisse des Vetters Fred Olenschläger einzuführen. Während dieser Berichte nahm seine Stimme etwas Werbendes und zugleich Mitleidvolles an. Plötzlich war ihm klar, wie es sich um diese Ehe verhielt, und er war nun von zwei Bedürfnissen erfüllt: Dorothée Guggisheim zu bewundern und ihr Vertrauen zu gewinnen und zugleich ihrem Mann Zeichen der männlichen Solidarität und Sympathie zu geben. Der arme Mann, dachte er, während er berichtete, in welchem Ausmaß sich die »Verwaltung« am Aufbau der Frankfurter Innenstadt beteiligt habe und in Zukunft noch verdient zu machen gedenke. Er hatte den Eindruck, als verstehe Guggisheim aus dem Ton, in dem er erzählte, die freundschaftliche Anteilnahme, die Has ihm nun entgegenbrachte, herauszuhören. Er meinte zu spüren, daß eine Art Spannung zwischen ihnen entstand, die sich aus so vielem Ungesagten und doch Gegenwärtigen speiste.

Guggisheim stellte keine Fragen mehr. Beide saßen schweigend auf dem Sofa. Has streichelte das Zebrafell und fühlte es glatter und glatter werden. Guggisheim hatte diesmal nichts zu trinken angeboten. Es war heiß, und der mit Kisten und Bildern vollgestellte Raum wirkte auf einmal unbehaglich. Has fühlte, daß das Schweigen qualvoll wurde, und suchte vergeblich nach einem Gesprächsstoff.

»Ja«, sagte schließlich Guggisheim in schläfrigem Ton, der nichts offenlassen wollte, sondern gelassen feststellte, daß die Audienz nun beendet war. Eduards verborgene Unruhe wuchs zu einem winzigen Augenblick echter Panik an. Er wußte nur, daß er das Haus auf keinen Fall verlassen wollte, bevor sich die Doppeltür neben dem Kamin noch einmal geöffnet hatte. In einer unbeherrschbaren Aufwallung trat ihm der Schweiß auf die Stirn, und zugleich zerbrach mit einem für ihn geradezu hörbaren Klingen das Band, das seine Brust umschlossen hatte. »Ich habe noch eine kleine Frage«, sagte er und fühlte sich auf einmal wieder heiter und als Herr der Lage. »Wir haben das letzte Mal zusammen ein Bild betrachtet, ›Dame mit schwarzem Hut‹ ...« Guggisheim hob die Augenbrauen, aber seine Augen zeigten, daß ihm an einer Fortsetzung des kunsthistorischen Diskurses nicht gelegen war. »Ich kann das Bild nicht vergessen«, sagte Has treuherzig. »Was kostet es?«

Als er diese Frage ausgesprochen hatte, fühlte er, daß er soeben unwiderruflich neuen Lebensraum betrat. Keine Laune und keine Verlegenheit hatte ihn zu seiner Frage getrieben, das stand augenblicklich fest, sondern eine innere Notwendigkeit. Wenn er das Haus verlassen hätte, als Guggisheim sein abschließendes »Ja« aussprach, dann hätte Has ihm ein völlig falsches Bild von sich hinterlassen. Er kam sich nun lächerlich vor, wie er da auf dem Sofa gesessen und von den Geschäften der »Verwaltung« gesprochen hatte, die doch sämtlich Olenschlägers Projekte waren und ihn in Wahrheit nur so weit beschäftigten, als ein Teil des Gewinnes künftig in seine Tasche floß. Has war, das sah er nun deutlich vor sich, in Wirklichkeit ein ganz anderer Mensch, als der er sich bisher aufgeführt hatte, und Guggisheim verdiente schon deshalb nicht den Tadel, ihn verkannt zu haben, weil Has sich wie durch eine Verzauberung bisher eben selbst fremd gewesen war.

»Wieso wollen Sie das wissen?« fragte Guggisheim mit dem Ausdruck unwillkürlicher Ablehnung. Aber er hätte sich noch viel abstoßender und geringschätziger betragen können, es wäre ihm dennoch nicht gelungen, Has abzuschrecken. Mit einem Lächeln, das Guggisheim für scherzhaft hielt, dem Has aber etwas Begütigendes mitgeben wollte, erklärte er dem Händler, daß er entschlossen sei, die »Dame mit dem schwarzen Hut« von »Kircher«, wie er in der Aufregung sagte, zu kaufen, und als Guggisheim ihn kühl verbesserte, tat Has nicht etwa wie üblich, als ob er sich nur versprochen habe, sondern er antwortete selbstsicher: »Sie wissen doch, ich kaufe das Bild, nicht den Namen.«

Guggisheim erkannte, daß der Fall Has, dessen Charakter er seit längerem schon ratlos hin und her gewendet hatte, in eine Phase getreten war, die entschlossenes Handeln verlangte. Er glich einem Angler, der stundenlang am Wasser sitzt und das Einholen der Schnur, das Überprüfen des Köders, das Bestücken des Hakens und das erneute Auswerfen mit einer gleichförmigen Gründlichkeit betreibt, als seien es gerade diese Tätigkeiten, auf die es ihm ankomme, und nicht etwa das Fischefangen. Wenn es dann schließlich ruckte und der Schwimmer tief unter die Wasseroberfläche gezogen wurde, dann schaute der Angler Guggisheim geradezu zornig auf die Kreise, die den eben noch glatten Spiegel störten, dann drehte er zwar zügig die Kurbel und warf den Fisch mit kraftvollem Schwung ins Gras, aber er verriet dabei niemals ein Zeichen des Triumphes, sondern wandte sich alsbald wieder dem stillen Warten zu, das der gefräßige Fisch so unwillkommen unterbrochen hatte.

Mitten in seiner anglerischen Somnolenz war Guggisheim nun also aufgeschreckt worden. Es blieb ihm nichts übrig, er mußte nun die Angel einholen, den Fisch vom Haken lösen und ihn untersuchen, bevor er entschied, ob die Beute in den Eimer kam oder zurück ins Wasser flog. Nach dem Auftritt mit dem Daumen war er überzeugt gewesen, in Has einen verantwortungslosen Schwätzer vor sich zu haben. Er hatte dem Gefühlsausbruch wie ein Arzt gelauscht, der an der Erscheinung eines Hilfesuchenden alle Symptome des Unheilbaren erblickt. Später, bei den Gegenproben, die er während des Essens vorgenommen hatte, schwankte sein Urteil wieder, aber als er in jener verabschiedenden Weise »ja« sagte, die bei Has die Eröffnung eines neuen Lebens bewirkte, war er entschlossen gewesen, ihn für immer aus dem Haus zu werfen. Und obwohl er sich in seinem Verhalten doch wirklich keinen Vorwurf zu machen hatte, klagte er sich dieses vorschnellen Entschlusses wegen nun heftig an und faßte den Vorsatz: »Ich will in Zukunft viel vorsichtiger werden!« Guggisheim besaß nämlich durchaus ein gewisses Temperament, er wußte sich nur zu beherrschen.

Jetzt aber, das sah er voller Klarheit, wäre es ein Fehler gewesen, sich im Zaum zu halten. Er öffnete also seinen Mund und begann mit aller Galle zu sprechen, die sein gepflegter feiner Schweinekörper auszuschütten imstande war. »Ich verstehe Sie wahrscheinlich nicht genug«, sagte er, »wenn ich mich richtig erinnere, habe ich Ihnen die Grundsätze meiner Verkaufspolitik ausführlich dargestellt. Sie schienen mir zuzustimmen. Darf ich fragen, inwieweit Sie vermuten, zu meinem Käuferkreis zu gehören? Entschuldigen Sie mein rein theoretisches Interesse, denn das Werk, was Sie ins Auge gefaßt haben, ist selbstverständlich ...« – »Ist es verkauft?« rief Has und sah Guggisheim verstört an. »Verkauft ja und verkauft nein«, antwortete Guggisheim, nachdem er das theatralische Schreckensgesicht seines Gegenübers ein Weilchen betrachtet hatte. »So gut wie verkauft, möglicherweise jetzt, während wir sprechen, mit ziemlicher Sicherheit verkauft. Man ist wie verrückt hinter dem Bild her. Wenn ich zögere, mich zu entscheiden, dann liegt das nur an meinem Gewissen. Ich quäle mich mit dieser Sache herum. So wie ich mir jeden Verkauf schwermache. Sie erinnern sich, daß ich Sie überhaupt nicht empfangen wollte!« Und Has dachte an die Schwierigkeiten, Guggisheim seinerzeit allein zu sehen, und vergaß darüber die blitzartige Geschwindigkeit der eigentlichen Transaktion.

»Ich glaube, es ist Ihnen nicht bewußt, was ein Sammler eigentlich ist«, fuhr Guggisheim fort, ließ seinen Blick durch den schattigen Raum schweifen, entdeckte plötzlich in der Ecke die »Frau mit schwarzem Hut« zwischen zahlreichen anderen Leinwänden, schoß auf das Bild zu und drehte es mit der bemalten Fläche zur Wand. Has sah gerade noch genug davon, um zu wissen, was ihm da entzogen wurde. Guggisheim wollte ihm offenbar klarmachen, daß er nun, da er seine Begierde offenbart hatte, kein Recht mehr besaß, das Werk zu betrachten, so wie man es früher mit den jungen Mädchen hielt, die unbefangen jedem Besucher des Hauses entgegentreten durften, aber auf ihre Zimmer eingeschlossen wurden, sobald einer der Gäste ein besonderes Interesse an ihnen erkennen ließ. Jede Putzfrau, die Männer in den blauen Overalls oder eben eine gesellschaftliche Zufallsbekanntschaft, die bei den Guggisheims hereinsah, verfügte über das Recht, die »Dame mit schwarzem Hut« teilnahmslos oder wohlwollend zu mustern, nur er, Eduard Has, nicht mehr, so fühlte er deutlich und war auch einverstanden mit dieser Gesetzlichkeit, die ihm zugleich aber bestätigte, daß er den belanglosen Zustand seiner Jugendjahre, in denen er Guggisheim als bloßer Sendbote zugelaufen war, verlassen hatte.

»Ein Sammler«, sagte Guggisheim, indem er wieder seinen alten Platz einnahm, »ein Sammler ist ein Mann, dem Bilder gefallen und der kauft, wenn er findet, was ihm zusagt, und wenn er es gerade bezahlen kann.« Nach dieser lässig gegebenen Definition sah er Has mit immer stärker aus dem Kopf tretenden Augen an. Er hatte nun jeden friedlichen Schweinsaspekt verloren und glich nur noch einem bösartig gesättigten Frosch, dessen breites Maul unversehens auf und zu schnappt. So sehen Sie aus! sagten diese blassen Augen, und Has, dem Guggisheims Beschreibung zwar enttäuschend harmlos, aber in der Sache zutreffend erschien, schwieg betroffen, denn er spürte, daß das Feld, auf das er geführt wurde, spiegelglatt gefroren war.

Es überrascht vielleicht, an einem Menschen wie Eduard Has die Bereitschaft zur Hingabe zu entdecken. Aber es besteht kein Zweifel, daß er sich jetzt hingab und ohne Anstrengung seinen Stolz verleugnete. Guggisheim hätte die kränkendsten Bemerkungen machen können, und es wäre ihm doch nicht gelungen, Has zu beleidigen. Vielleicht erkannte der Händler das. Er verzichtete jedenfalls auf weitere Ausbrüche. Statt dessen sagte er leise wie im Selbstgespräch: »Mein Gott, welch eine Arbeit ist hier noch zu leisten!« und wandte sich dann seinem Gast erneut zu.

»Ein Sammler – vielleicht steckt wirklich ein Sammler in Ihnen, aber den müssen wir erst herausziehen«, sagte Guggisheim sanft. Er scheute nicht das Kunstmittel des Paradoxons: Nein, ein Sammler sei nicht nur ein Mann, dem Bilder gefielen, nein, ein Sammler kaufe nicht, wenn er gerade einmal finde, was ihm zusage, nein, ein Sammler entscheide niemals danach, ob er gerade liquide sei. Sammler seien Entscheidungsmenschen, die sich aber eben nicht von Fall zu Fall entschieden, sondern eine einzige Entscheidung an den Beginn ihres Sammelns gestellt hätten – die Sammlung nämlich, die, zunächst noch gestaltlos, doch bereits mit geheimer magnetischer Kraft ausgestattet sei. Dann stelle sich etwas Unerhörtes ein. Die Auslöschung der Laune und des Tagesgeschmacks entfalte in dem Sammler eine Wirkung auch über die entferntesten äußeren Umstände, die seinem Einfluß eigentlich entzogen seien. Der echte Sammelwille banne den Zufall, mehr noch, er zwinge ihn, nur noch günstig für die Vollendung der Sammlung zu wirken.

»Sie, lieber Herr Has, haben sich in die ›Dame mit schwarzem Hut‹ verliebt«, sagte Guggisheim wie ein Beichtvater der alten Schule, der sich davor hütet, die von der Schuld beschwerte Seele vollends zu zerbrechen. Has stritt nicht ab, was ihm da auf den Kopf zugesagt wurde. »Verstehen Sie mich recht«, fuhr der Händler fort, und aus dem weichen Stimmfluß blitzte plötzlich wieder eine stählerne Feder, »Ihre privaten Verliebtheiten sind allein Ihre Sache, sie gehen mich nichts an. Verlieben Sie sich, in wen Sie wollen: in Gemälde, in Friseusen, in Rassehunde« – Guggisheim hielt Verliebtheiten offenbar für etwas besonders Verächtliches – »das alles berührt meine Sphäre nicht im mindesten. Ich habe mit ganz anderen Phänomenen zu tun als mit den Aufwallungen wohlhabender Leute. Ich arbeite für Sammler, nicht für Innendekorateure!« – »Sie selbst haben mich doch einen Sammler genannt!« antwortete Has, als wolle er Guggisheim an die Harmonie erinnern, die sie beide schon einmal erreicht hatten. »Ja, das habe ich getan«, sagte Guggisheim gramvoll, und Has verstand sofort, daß es jetzt taktlos war, auf vermeintliche Rechtspositionen zu pochen.

»Ja, ich habe Sie gegen besseres Wissen Sammler genannt«, sagte Guggisheim. Das sei allerdings in Unkenntnis des soeben erst geäußerten Wunsches geschehen. Er habe Has bis dahin ganz einfach für irgendeinen unbekannten Frankfurter Expressionismus-Sammler gehalten. Obwohl hier schon Grund zum Mißtrauen liege, denn er kenne eben alle Frankfurter, deutschen, europäischen Expressionismus-Sammler. Und dann habe Has sich verraten, als er seine Bilder nicht habe verkaufen wollen, denn echte Sammler seien flexibel, begründeten ihre Schritte in aller Sorgfalt und nicht mit gefühlvollen Liebesausbrüchen.

»Wenn ein Sammler sich für die ›Dame mit dem schwarzen Hut‹ entscheidet, dann wurzelt diese Entscheidung entweder in einem schon lange entwickelten Konzept, oder aber die ›Dame mit dem schwarzen Hut‹ steht am Anfang einer Sammlung. Der Erwerb eines solchen Bildes – ich rede vom glaubwürdigen Erwerb! – zieht üblicherweise einen Rattenschwanz von Entscheidungen nach sich. Von da an ist der Sammler gebunden. Er folgt nur noch dem Gesetz, das er durch seine Wahl geschaffen hat. Die Übernahme eines bedeutenden Werkes« – in der Erregung entschlüpften Guggisheim gelegentlich an den Geldverkehr erinnernde Ausdrücke – »setzt im Grunde das Vorhandensein anderer Werke voraus, die dem Gemälde vorgearbeitet haben, erfordert aber in jedem Fall entsprechende Nacharbeit. Die ›Dame mit dem schwarzen Hut‹ ist in der Hand eines Sammlers wie ein Faden, den er in mineralgesättigte Flüssigkeit hängt und um den herum sich das bis dahin freigelöste Kunstgut zu kristallisieren hat: zur Sammlung!« Die Unfreiwilligkeit, oder besser die vollständige freiwillige Gebundenheit, in der sich beim Aufbau einer Sammlung durch das Auftreten eines solchen Kernstückes alles zu vollziehen habe, finde beim genuinen Sammler jedoch ihren gelungensten Ausdruck in seiner Ergebenheit gegenüber dem Händler seines Vertrauens. Bisher sei immer nur vom Sammler gesprochen worden, doch im Gleichschritt mit ihm ziehe der Händler, ohne den der Sammler ein Wesen ohne Organe sei, denn der Händler ersetze dem angesichts der Unüberschaubarkeit des Sammelfeldes gleichsam blinden und gelähmten Sammler Augen, Hirn und Hände. Der Laie staune vor dem zusammengetragenen Bilderschatz, aber der Kenner frage stets zuerst nach dem Händler, der hinter dem Sammler stehe. Nach außen hin sehe es deshalb manchmal so aus, als gebe sich der Sammler ganz und gar dem Händler in die Hand.

»Wäre es doch nur so!« rief Guggisheim. In Wahrheit sei es der Händler, der die Ketten trage, indem er sein Schicksal bis zur Torheit mit einer bedeutenden Sammlung verknüpfe. Nur wechselseitige Loyalität rette den Händler bei solch einer Knechtschaft. Dennoch sei der Händler im Ergebnis stets der Dumme. Wenn die Sammlung geschaffen sei, bleibe er vereinsamt und mit leeren Händen zurück. Zum Glück sei eine Sammlung aber nicht aus dem Boden zu stampfen. Der Entschluß, Sammler zu werden, ziehe eine jahrzehnte-, häufig lebenslange, womöglich auf Kind und Kindeskinder übergehende Verpflichtung nach sich. Da gelte es immer wieder, über die eigenen Vorlieben Herr zu werden, schrankenloses Vertrauen zu beweisen und das höhere Ziel nicht aus den Augen zu verlieren. Ein steiniger Weg liege vor einem Sammler, auf dem ihm allerdings die planende Einsicht des Händlers wie ein Sonnenschirm begleite und verhindere, daß Erschöpfung oder Verzweiflung eintrete. »Es tut mir leid, daß ich Ihnen solche Vorträge halten muß«, sagte Guggisheim nach einer schweren Pause in überraschend versöhnlichem Plaudertonfall. »Sie haben da einen neuralgischen Punkt bei mir berührt – ohne Absicht natürlich! –, und der führt mich stets dazu, mein Herz auszuschütten. Für Leute außerhalb des Metiers, Schöngeister und Kunstreisende, ist das ja alles ohne Belang, entschuldigen Sie bitte!«

»Es gibt nichts zu entschuldigen!« antwortete Has, dessen Wangen glühten, wie er glaubte, obwohl sie so blaß wie zuvor aussahen. Die Wörter waren wie unter Überdruck aus seinem Mund herausgeschossen und klangen dadurch schärfer.

Er verstummte denn auch sofort und sah Guggisheim ernsthaft und zugleich ratlos an. Guggisheim grauste, wenn ein Mensch die Fassung verlor. »Nun gut«, sagte er. »Sie interessieren sich für die ›Dame mit schwarzem Hut‹?« – »Ja«, antwortete Has, und seine Stimme klang nun so ausgetrocknet, daß man das große Wort fast für ein Räuspern hätte halten können.

Und nun begann Guggisheim mit seinem Gast ein Examen, das der rituellen Befragung vor der Taufe nicht unähnlich war, in der es heißt: Widersagst du dem Satan? – Ich widersage. Und all seinen Werken? – Ich widersage. Und all seinem Gepränge? – Ich widersage. In der gleichen Weise mußte Has nun an den Pforten der bildersammelnden Eingeweihten schwören, daß er gegenüber seinem Händler die drei Haupttugenden stets bewahren werde, als da waren Beständigkeit, Treue und Großzügigkeit. Ich will keinen anderen Händler neben Guggisheim haben, so hätte man sinngemäß einen Teil der Zusagen, die Has nun abgab, zusammenfassen können. Ich werde einen langen Atem beweisen. Ich will jedes Jahr soundso viel Prozent meines Einkommens für Kunstkäufe verwenden. Ich will alles kaufen, was mein Händler mir anbietet. Ich widersage ein für allemal der Versuchung, mit meinem Händler um den Preis zu feilschen. Ich vertraue darauf, daß er mir nur Belastungen auferlegt, die ich tragen kann und die ich in jedem Fall tragen muß, weil sonst das sammlerische Gesamtkonzept ins Wanken gerät. Und ich verspreche, daß ich auch stets bereit sein werde, außergewöhnliche Lasten zu tragen.

Die beiden gerieten in eine Stimmung, in der es nur noch darauf anzukommen schien, den anderen zu übertreffen: Guggisheim stellte immer knebelndere Forderungen, und Has bewies mit Eifer, daß das Reservoir seiner Unterwürfigkeit keinen Boden kannte. Die Versprechungen, die er Guggisheim nun machte, erschienen ihm als Zeichen seiner Stärke. Es bedurfte ja tatsächlich einer unerhörten Kraft, solche Lasten auf sich zu nehmen. Er wartete mit Spannung auf den Augenblick, in dem Guggisheim erkannte, daß es unmöglich war, ihn abzuweisen. Er fühlte, daß er Guggisheim weit voraus war in dem Wunsch, eine aufsehenerregende Kunstsammlung unter Einsatz seines bedeutenden Vermögens zu schaffen. Im Grunde hatte er niemals etwas anderes gewünscht. Das rote Auto besaß nur eine Berechtigung, wenn es vor seiner Kunstsammlung parkte. Der Wiederaufbau des zerstörten Olenschlägerschen Hauses konnte kein anderes Ziel haben, als eine Festung für die künftige Sammlung zu sein. Das Leben in Frankfurt, das er, an Fred Olenschläger geschmiedet, führte, würde erst in eine würdige Proportion geraten, wenn der »Verwaltung« die »Sammlung« als Denkmal der Eigenständigkeit und Befreiung gegenüberstehen werde. Es war nicht so, daß es Guggisheim während seines sonderbaren Diskurses an keinem Punkte gelungen wäre, Has zu erschrecken. Aber er hatte nicht die Waffen gestreckt, und so sah er sich, als Guggisheim ihn erschöpft und verwundert aus dem Schwitzkasten entließ, gestärkt, anstatt geschwächt und bereit, noch ganz andere Zumutungen zu bestehen.

Dieses Seelenereignis hatte die verblüffende Wirkung, daß sich Has, nachdem er versprochen hatte, in Kunsterwerbungen niemals eine Bewegung ohne den Händler zu tun, Guggisheim plötzlich überlegen fühlte. Es kam ihm vor, als ob die überraschende, beim Betreten des Guggisheimschen Ateliers nur dunkel gewünschte zweite Entmündigung seines Lebens in ihrer Freiwilligkeit die schimpfliche erste entkräftete. Olenschläger würde blaß werden unter der sportlichen Lederschwarte, dachte Has, wenn er erfuhr, daß sein Kompagnon ein neues Lebensbündnis von noch viel verpflichtender Loyalität eingegangen war. Im Mittelalter schuf der Anspruch des Papstes und zugleich des Kaisers auf die ungeteilte Treue der Völker jene Lähmung des Gehorsams, der die europäische Freiheit entwachsen ist. Wollte Has gleichfalls ein solch nützliches Chaos stiften? Er sah es jedenfalls mit Lust voraus.

Der Blick auf Olenschläger inmitten des Gedankensturms fiel wie durch ein Wolkenloch vom höchsten Gipfel auf das feuchtwarme Grün der Mainebene hinab und bestärkte Has vor allem in der Empfindung des Abstandes, den die unvorhergesehene Entwicklung des Vormittags zu allem legte, was ihn bis jetzt bedrängt und beschäftigt hatte. Aber so wie die größten Visionäre immer zugleich auch die zupackendsten Tatenmenschen waren, so ließen die aus Guggisheims Verhör gewachsenen Lebenspläne auch die alte Frankfurter Umgebung wieder zum eigentlichen Material seines Glücks und seiner Zukunft werden. Die Vorstellung, nicht einfach Kunst zu sammeln, sondern in Frankfurt vor den Augen der Frankfurter Kunst zu sammeln und mustergültig zu präsentieren, in nächster Nähe zu jener Mauer des Hauptfriedhofs, an der die Has-Olenschlägersche Familiengruft lag, und mitten im Dunstkreis Fred Olenschlägers – ein eigentlich verfehlter Ausdruck, denn der trokkene Olenschläger verbreitete keine Dünste –, besaß die unbegreifliche Köstlichkeit eines Reizes, wie ihn nur der Heimatboden seine Kinder spüren läßt. Aber auch Guggisheim würde nicht mehr ausweichen können. Seine exotische Existenz diente von heute ab dem Schmuck des Has'schen Daseins. Das kühle Froschblut des Händlers hatte von nun ab einen anderen Kreislauf zu erfrischen, indem es sich mit dem etwas zähflüssigen Bürgerblut mischte. Has sah sich schon mit kühn erhobenem Kopf in dem kleinen schattigen Saal stehen und alles betrachten, als ob es ihm bereits gehöre.

»Gut, wir wagen den Versuch«, sagte Guggisheim und erhob sich ein wenig mühevoll, wie Has es vorkam, was ihn überraschte, denn Guggisheim wirkte trotz seiner Wohlgenährtheit zart und beweglich. Es handelte sich denn auch eigentlich kaum um ein körperliches Beschwernis. Diese verlangsamte Bewegungsart hatte er schon vor Jahren angenommen, wenn er seinen Handlungen ein größeres Gewicht mitgeben wollte. Er hoffte, daß alles, was er in dieser halb benommenen Weise tat, erscheinen werde, als gehorche er einem uralten Gesetz und verfolge nicht vom Augenblick eingegebenen Berechnungen. Nun, um wie ein träumender Riese zu wirken, fehlte Guggisheim die Körperlichkeit. Wenn er in der angedeuteten Art unbeholfen durch sein Atelier wankte, sah es einfach aus, als seien ihm auf dem bretttharten Zebrafellsofa die Beine eingeschlafen.

Auch Has spürte es schon kribbeln, aber er achtete nicht darauf, denn Guggisheim näherte sich der hohen Leinwand, auf deren zur Wand gedrehten Vorderseite die Auslöserin der schicksalhaften Entwicklung dieses Vormittags wartete. Has war sicher, daß Guggisheim nun das verweigerte Bild ans Tageslicht fördern werde, als Zeichen seiner Niederlage und als Belohnung der moralischen Überlegenheit des künftigen Eigentümers. Statt dessen neigte sich der Händler zum Boden und ergriff zwei kleinere Gemälde. Das eine davon stellte er auf die Staffelei und betrachtete dann seine Fingerspitzen, ob die Berührung des Rahmens sie mit Staub beschmutzt habe. Während Has das Bild ansah, war Guggisheim ausschließlich mit seiner Reinigung beschäftigt. Das Taschentuch, mit dem er seine Hand abrieb, verbreitete den Duft frischen Heus und trockenen Lavendels. Im Nebenzimmer hörte man Schritte. Has spürte plötzlich, daß er den Eintritt Dorothées mit solcher Spannung erwartete, daß er von dem Bild fast nichts wahrnahm. Zwei Fischerboote mit großen orangen Segeln steckten in einem violetten Hafensumpf, die einzelnen Farbflächen waren mit plakathaften schwarzen Strichen eingerahmt, die Farbe war vielfach gesprungen und ledrig stumpf. Die Schritte kamen bis an die Tür heran. Has glaubte geradezu, die Parkettbohlen, die mit dem Boden des Nachbarzimmers verbunden waren, sich unter der Last des leichten Körpers bewegen zu sehen, da beendete ein unsichtbares Hindernis das Öffnen der Tür. Dorothée entfernte sich wieder. »Was soll das? Was soll ich damit?« fragte Has verwirrt.

»Gefällt es Ihnen?« fragte Guggisheim und nannte den Titel: »Zwei Boote in südlichem Hafen«. »Ich finde das scheußlich«, sagte Has. Seine Phantasie war ausschießlich mit den Schritten hinter der Tür beschäftigt. Er sprach wie im Traum. Er hatte das Gefühl, als habe sich das ganze Gespräch mit Guggisheim einzig auf diese Schritte hin zubewegt. Er fühlte sich in eine undurchschaubare Prüfung verwickelt, die den Konzertexamina unter Alfred Cortot glich, bei denen die Kandidaten vor einer durch einen Vorhang verborgenen Jury spielten. Eben noch war er gewiß gewesen, aus dem Duell mit Guggisheim glänzend hervorgegangen zu sein, und nun schien es ihm, als sei der prüfende Richter eine ganz andere Person mit womöglich ganz anderen Maßstäben. Er sah die Bettenprozession wieder vor sich, die feierlich hinter der Flügeltür verschwand und der Dorothée mit diesem unvergeßlichen undeutbaren Blick folgte, um sich am hellichten Vormittag auf ihrer neu aufgestellten Lagerstatt auszustrecken, während nur durch ein wenig Holz von ihr getrennt Has mit ihrem Mann um die ›Dame mit schwarzem Hut‹, dieses Quid pro quo eines Kampfpreises, rang.

»Ich will mit dem Bild nichts zu tun haben«, sagte er tonlos, »es ist plump, häßlich, geradezu kitschig. Die Farben beißen sich« – das war noch ein Ausdruck der alten Olenschläger, aber kein unzutreffender, wenn man darunter den etwas ranzigen Ton verstehen wollte, den das Nebeneinander der gelblichen Signalfarbe mit der schwarz-schmutzigen Wassermasse ergab. Has fand zu dem Wort aus der Muttersprache wie im Schlaf zurück. »Schmidt-Rottluff«, sagte Guggisheim ungerührt. »Ich denke, damit fangen wir an. Wir probieren jetzt erst einmal aus, ob wir überhaupt miteinander arbeiten können. Die ›Dame mit schwarzem Hut‹ ist treu, sie wird auf Sie warten, wenn Sie beweisen, daß auch Sie treu sein können. Wenn Sie sich jetzt für die beiden ›Boote‹ entscheiden, kommen wir unserem ersten Jahresplan schon erheblich näher. Und dann geht es weiter.« Als Has nach Basel aufgebrochen war, hatte er in dieser Stadt einen bloßen Rastplatz erblickt, die mühelose Gelegenheit, bei den Guggisheims »unverbindlich«, wie er sich selbst gegenüber bemerkte, hereinzusehen, obwohl es ihm in Wahrheit, wie er jetzt sah, um höchst Verbindliches zu tun gewesen war. Genf und die Leute, die dort heirateten, ohne daß Guggisheim sie kannte, rückten plötzlich an den Rand des Reisezwecks. Er fragte sich, was er sich von solch losen Verbindungen zu jungen Geschäftsleuten überhaupt erhofft hatte. Gewiß, man war höflicher in Genf als Guggisheim, aber auch erheblich weniger beunruhigend, und es stand wohl fest, daß bei der Gesellschaft nicht eine einzige Frau anwesend sein werde, die Dorothée, hätte sie jemals Schnürschuhe getragen, die Schnürsenkel zu lösen würdig gewesen wäre.

Has stellte diese Überlegungen im Hotelzimmer an, denn er hatte kurzerhand den Entschluß gefaßt, an diesem Tag Basel noch nicht zu verlassen. Dabei war er nun zum Alleinsein verurteilt, denn die Guggisheims hatten keine Zeit mehr für ihn, aber sein Herz war so voll von dem Erlebten, und die Gedanken jagten sich in solcher Fülle und Geschwindigkeit, daß er keinen Mangel bemerkte, ja, ihm kam vor, als sei er in der ganzen letzten Zeit nicht so glänzend unterhalten gewesen wie in den Stunden, die er allein durch die Straßen ging, vom Münsterplatz auf den Rhein mit dem kleinen Fährboot hinunterschaute, ausgiebig zu Abend aß, und zwar dort, wo er das letzte Mal mit den Guggisheims gesessen hatte, und sich schließlich in sein kühles Hotelbett legte. Es fiel ihm auf, wie einsam er die letzten Jahre zugebracht hatte, nicht nur ohne andere Menschen, die zu ihm gehörten, sondern genaugenommen auch ohne sich selbst. Er entdeckte nun, wie sich die stockenden Gedanken unter der Einwirkung dieses eigentümlichen Paares verflüssigten. Schon jetzt stand fest, daß sein Leben nie wieder in den alten Bahnen verlaufen würde.

Zwei mächtige Komplexe galt es zu bewältigen, so fühlte Has, wenn er sich über seinen Besuch im Hause Guggisheim Klarheit verschaffen wollte, und die Schwierigkeit bestand schon darin, diese beiden Körper überhaupt auseinanderzuhalten, denn je länger er nachdachte, desto unablässiger schoben sie sich über- und ineinander, verschmolzen und lösten sich wieder wie Öl vom Wasser. Und von der Erforschung dieser Vorgänge war hinwiederum die eigene Begeisterung zu trennen, jener erfrischende Umbruchs- und Erwartungszustand mit seinen fruchtbaren Ängsten und geheimen Hoffnungen. Was stand am Anfang dieses rätselhaften Rauschens, wie Has seinen inneren Zustand wohl hätte beschreiben müssen? War es die unvermutet erwachte Leidenschaft für die Kunst, den unentdeckten Kontinent, dessen mutige, opferbereite Erforschung einem ganzen Leben Sinn geben konnte? Hatte diese neue Leidenschaft seine Sinne geschärft, so daß die Schritte der Dorothée Guggisheim nun wie Schüsse in seinem Innern hallten und ihr Blick ihn zwang, die Augen abzuwenden, aber nur um sofort wieder zu ihr hinzusehen? Oder war es Dorothées Gegenwart gewesen, die ihm die Kunstschätze im Atelier ihres Mannes erst bemerkenswert hatte werden lassen? Has glaubte sicher zu sein, daß seine Begierde, Guggisheims Bilder zu besitzen, auf das tiefste und ernsthafteste in seine Brust gesenkt war, auch wenn es Dorothée gewesen sein sollte, die ihm die Augen geöffnet hatte, weil sie einer Stimmung für das Außerordentliche den Weg bereitete. Das war so wunderbar, dachte Has, diese Frau blendete nicht, sondern ließ alles klarer und schärfer erscheinen, ohne ein Wort zu sagen, ja, sogar ohne auch nur im engeren Sinn anwesend sein zu müssen, einfach durch die Kassetten einer geschlossenen Tür hindurch!

In der kleinen Villa hatten ihn zwei Eindrücke überwältigt, ohne daß er hätte sagen können, welcher der stärkere war: Dorothée und die Kunst. Und es war auch gar nicht auszuschließen, daß die Kunst nicht doch am Anfang stand und den mächtigen Zauber verströmte, der zugleich Dorothée sichtbar gemacht hatte. Und dann kam es ihm wieder vor, als seien Dorothée und die Kunst im Grunde dasselbe. Der Gedanke, den er nach seinem ersten Besuch bei dem Paar gefaßt hatte, kehrte in doppelter Gewalt zurück: Guggisheim habe sich auch beim Erwerb Dorothées wie ein Kunsthändler verhalten, denn sie war ein Kunstwerk, ein durchblutetes, sich jeden Tag entwickelndes und erneuerndes Kunstwerk, das schönste aus der Kollektion ihres Mannes. Has erlebte die außerordentliche Überraschung, die ungarische Carmen und Dorothée in eine Beziehung gesetzt zu sehen. Er glaubte nun ganz sicher zu sein, daß es gerade die Verwandlung einer Frau in eine tönende Statue war, die ihn bei der Sängerin hingerissen hatte. Auch die ungarische Etelka war ein lebendiges Kunstwerk gewesen, allerdings nur in den Augenblicken ihrer Auftritte und nach den mühevollsten Vorbereitungen, die diesem szenischen Glanz vorangegangen waren. Die Kunst hatte Etelka, das vulgäre, gefräßige Frauenzimmer, wie Has sie in seiner Erinnerung genüßlich zu nennen pflegte, aus den Niederungen ihrer Noten zu einer Vollendung des Ausdrucks gehoben, die, während sie sang, sogar zu seelischer Wirklichkeit wurde, wenn auch die Alltags-Etelka sofort wieder erwachte, sobald sich der singende Mund geschlossen hatte und die Hochspannung abzusinken begann. Ja, das war ihr eigentlicher Reiz gewesen, fand Has jetzt, und diesen Reiz besaß Dorothée in noch viel höherem Maß, und zwar ohne irgendwelche Kunstanstrengung an den Tag zu legen. Die gefährliche Nähe zwischen Kunst und Künstlichkeit konnte ihre Ausstrahlung niemals bedrohen, weil bei ihr die vollendete Wirkung nicht Ergebnis von Arbeit, sondern einer begnadeten Natur war. Eine animalische Anmut füllte sich mit edler Trauer und schuf einen Begriff von dem, was die Ästhetiker die zweite Natur nannten. Has liebte solche Überlegungen noch aus Gymnasiastentagen, in denen er sich zum ersten und letzten Mal mit der Frage der Anmut schriftlich hatte befassen müssen, und er bewahrte den Erwägungen, die er damals angestellt hatte, eine Treue, die mit der Rührung über seine einstige geistige Anstrengung eng verbunden war. Kein Zweifel, Dorothée Guggisheim war das kostbarste, das gewagteste, das seltenste Stück, das Guggisheim besaß.

Aber besaß er es denn überhaupt? Has erinnerte sich, daß sich die beiden Eheleute gegenseitig die Schuld an der Trennung der Schlafzimmer zugeschrieben hatten, und er glaubte, daß hinter diesem auffälligen Widerspruch etwas verborgen sein müsse. Er wunderte sich keine Minute darüber, wie teilnahmsvoll er Dorothée auf einmal betrachtete. Er hätte schwören können, daß sie vom ersten Augenblick an seine Aufmerksamkeit erregt hatte. Den verschlungenen Weg, auf dem sein Interesse unmerklich gewachsen war, hatte er bereits vergessen. Die Erinnerung an die tollen Genfer Jahre – »meine wilde Zeit«, wie er zu sagen pflegte – stellte ihm auf einmal außerordentlich biedere Bilder vor Augen. Gewiß, da gab es diese Sehnsucht nach dem großen roten Wagen und die Freude, als er ihn schließlich hatte, verbunden mit dem Sieg über Fred Olenschläger, aber auch diese Gefühlssensation erschien auf einmal nur noch vorläuferartigen Charakter zu besitzen. Jetzt jedenfalls lebte er richtig, und alles, was geschah, auch wenn es nicht in jeder Hinsicht die unbestimmte Hoffnung stärkte, wog unendlich schwerer als die Jahrzehnte vor diesem Morgen.

Eduard Has tat gut daran, sich für die ungewisse Zukunft zu rüsten, da er deren Entwicklung mit wahrhaften Husarenstücken beschleunigte. Was er tat, ging kaum auf die Rechnung seines Mutes oder die Verfolgung eines bestimmten Planes. Es kam aus Stimmungen und einer gewissen Frechheit, denn er nahm an, daß Guggisheim jedenfalls nach ihrem Pakt verpflichtet sei, mancherlei von ihm hinzunehmen. Der sonst eher vorsichtige Eduard Has sah, als Dorothée ihm die Hand zum Abschied reichte, kein Risiko darin, ihr dabei mit dem Zeigefinger den Handteller zu kraulen, was er übrigens noch niemals vorher bei irgendeiner Frau gemacht hatte. Guggisheim hatte ihm kurz zuvor erklärt, daß sie ihn leider nicht bitten könnten, länger zu bleiben, weil er am selben Abend noch verreisen werde und zuvor auch mit Dorothée zu arbeiten habe.

Und dann stand Dorothée plötzlich vor ihm, das junge Gesicht vom Schlaf ganz leicht geschwollen. Er dachte an die Schritte hinter der Tür, und Dorothée schien seine Gedanken zu erraten und sagte mit einem Bedauern, wie er fand, daß sie erst in den letzten zehn Minuten ein wenig Schlaf gefunden habe und nur erwacht sei, weil sie gemerkt habe, daß er aufbreche. »Sie haben im Schlaf gemerkt, daß ich aufbreche?« sagte Has und sah amüsiert und forschend in ihre verschleierten Augen. Dorothée war offenbar über seine zweifelnde Frage verstimmt und gab keine Antwort, aber Guggisheim sprang ein und erklärte in einem eifrigen Ton, als habe er auf verborgene Vorzüge aufmerksam zu machen: »Dorothée merkt alles. Dorothée wacht eine Minute zuvor auf, bevor ich sie aus Mailand anrufe. Wenn sie schläft, hört sie besser, als wenn sie wacht. Dann hört sie nämlich nichts, denn sie hört niemals zu.«

Has freute sich, als er sah, wie sich Dorothées Stirn umwölkte und der verschlafene Blick eine bösartige Härte annahm. Ihm kam der Gedanke, daß Guggisheim mit Dorothée inzwischen einen Zustand erreicht haben könnte, indem es überhaupt nicht mehr gelingt, etwas Angenehmes zu sagen. Obwohl er mit der Chemie des Ehestandes wenig Erfahrung hatte, war er sich plötzlich ganz sicher. Auch darin glich sie Alfred, schoß es ihm durch den Kopf. Dorothée besaß offenbar genau wie der alte Feind die Gabe der Unversöhnlichkeit und die Verachtung für alle halben Späße. War es diese Einsicht, die ihn so kühn machte? Erinnerte er sich auch an Alfreds Schwäche, oder besser seine Hilflosigkeit, wenn es galt, sich mit erlaubten Mitteln im Sinn der bürgerlichen Konvention zu verteidigen? Die Lebensregeln des Spießbürgertums vermögen zu lähmen, aber auch die Entschlossenheit, auf keinen Fall spießbürgerlich zu handeln, kann fesseln. Has hatte vermutlich damit gerechnet, daß Dorothée stillhalten würde, als er ihre Hand heimlich streichelte, und wenn auch nur, weil sie nicht wußte, wie sie sich wehren sollte, ohne ihrem Mann dadurch Genugtuung zu verschaffen. Tatsächlich sagte sie auch kein Wort, während Has ihr fest in die Augen sah, und doch geschah etwas Überraschendes. Ihr ernstes, fast starres Gesicht wurde flammend rot, und in die schwarzen Augen trat eine glitzernde Flüssigkeit. Er ließ ihre Hand sofort los. Guggisheim, der, wie Has sich beunruhigt fragte, doch wohl nicht in das Innere zweier geschüttelter Hände hineinschauen konnte, nahm eine feierliche Miene an. Er glich nun einem Verwalter geheimen Leides, dem es angesichts des Unabänderlichen nur noch ansteht, die Form zu wahren. Noch während Dorothée sich schnell entfernte, faßte Eduard Has den Entschluß, es bei diesem Ausgang nicht bewenden zu lassen. Er schwor sich, alles daranzusetzen, um Dorothée ein günstigeres Bild von sich zu vermitteln. Er mußte sie allein wiedersehen, ohne den pomphaften Leichenbitter, der ihr Zusammentreffen überwachte. Am Ende tat man Guggisheim einen Gefallen, wenn man die Voraussetzung dafür schuf, daß er seine Kräfte vermehrt und ausschließlich auf die unbelebte Kunst richtete.

Zwischen Eduard Has und Dorothée Guggisheim waren, wie man sich erinnert, bis dahin kaum Worte gewechselt worden.

Nur Blicke gab es, und zwar keineswegs leicht zu deutende, sondern dunkle, von Dorothées Seite gelegentlich geradezu vorwurfsvolle, wobei aber auch wieder nicht klar war, was sie ihm eigentlich vorzuwerfen hatte, und das regte die Phantasie natürlich mächtig an. Die beiläufige Bemerkung Guggisheims, er verreise heute am späten Nachmittag, erschien Eduard Has deshalb wie eine Aufforderung des Schicksals. In Genf in der Kirche würde ihn niemand vermissen, dachte er, als er ein Telegramm abschickte, ohne eine Erklärung für seine Absage anzufügen. Ebensowenig wußte er, was er morgen Dorothée eigentlich genau mitzuteilen gedachte.

Die Nacht verbrachte er zunächst ohne Schlaf in der Gewißheit, daß er auf dem rechten Wege sei. Aber am nächsten Morgen befiel ihn eine bange Ratlosigkeit. Das Ungewöhnliche und Erklärungsbedürftige seines Vorhabens stand ihm nun deutlich vor seinen Frankfurter Bürgeraugen. Er war im Begriff, sich peinlich und aufdringlich zu verhalten. Dorothée war schließlich keine Opernsängerin, der man sich ungerufen mit Blumensträußen nahen durfte. Das ursprüngliche Vorhaben, einen weiteren Blumenstrauß durch die Tür des Hauses Guggisheim zu tragen, wies er also weit von sich. Sein Besuch mußte völlig zufällig wirken, so als forsche er nach etwas Vergessenem – einem Feuerzeug, aber er rauchte nicht, einem Mantel, aber er hatte keinen dabeigehabt, einer Aktentasche, aber er hatte nur die übertrieben großen Blumen in Händen gehalten. Schließlich beauftragte er den Hotelportier, bei den Guggisheims anzurufen und ihn mit Herrn Guggisheim zu verbinden. Herr Guggisheim sei verreist, erklärte der Portier nach kurzem Telefonat mit einem derart beflissenen Lächeln, daß Has sich besorgt fragte, ob der Mann etwas von seinem Plan ahne, da doch bekanntlich alle Hotelportiers unablässig in Kuppeldiensten tätig waren.

Ach, er hatte ja gar keinen Plan, den ein noch so lebenserfahrener Mittler hätte erraten können. Nur seine Vorstellung führte ihn bis vor das Haus, ließ ihn die Hand zum Klingelknopf heben und dann warten, bis leichte Schritte auf den Steinplatten des Entrées hörbar wurden – weiter führte der Traum nicht, hier riß er einfach ab, aber er war auf unerklärliche Weise doch so schön und verheißungsvoll, daß er ihn in der Nacht, so kam ihm jedenfalls vor, viele Male geträumt hatte. Daß er sich schließlich doch ein Herz faßte und zu der kleinen Villa, dem neuen Zentrum seines Gefühlskosmos, aufbrach, verdankte er Guggisheim, der unversehens noch einmal in seine Gedanken geriet.

Guggisheim war also tatsächlich verreist und hatte seine kostbare Frau allein zu Hause gelassen, dachte er auf einmal nach Art der Landsknechte, die in Ehemännern nur schlaue oder törichte Haremswächter erblicken, eine für Eduard Has vollkommen fremde und ungewohnte Denkungsart, eine gänzlich unfrankfurterische Sicht der Ehe, denn in Frankfurt wurde ein Ehepaar, jedenfalls in der Sphäre seiner Eltern, wie eine Firma betrachtet, in der den beiden Geschäftsführern unterschiedliche Aufgaben zukommen, dem einen das Reisen, dem anderen die Verwaltung des Kontors. Es war Guggisheims Verhalten, vielleicht sogar die ganze Ausstrahlung seiner Person, die in Has die Instinkte gesunden männlichen Wettbewerbs erwachen ließen. Eduard Has besaß genug Kaufmannsblut, um das leidenschaftliche Interesse des Händlers an den Geschäften mit ihm zu erkennen. Wer seinen Eifer derart hemmungslos offenbart hatte, der mußte auch bereit sein, in anderen Punkten Kränkungen einzustecken. Has fürchtete sich vor der Zurückweisung Dorothées, aber vor diese Furcht schob sich nun die Gewißheit, daß er auf Guggisheim keine Rücksicht zu nehmen brauchte, ja, er spürte sogar eine gewisse Lust bei dem Gedanken, den Händler zu verletzen und Zeuge zu sein, wie dies Muster an Selbstbeherrschung um der langfristigen geschäftlichen Verbindung willen eine Kränkung hinnahm.

Als Has schließlich an der Haustür der kleinen Villa klingelte, überwog also seine Angriffslust die Sorge vor der Blamage, hinter der sich nur ahnungsweise die Angst vor den unerforschten eigenen Wünschen und einer dunklen Zukunft erhob. Dorothée Guggisheim öffnete. Sie trug ein hochgeschlossenes graues Kostüm, über der linken Hand einen engen schwarzen Handschuh, aber keine Schuhe, so daß Has ihr in gleicher Höhe genau in die Augen sah und glaubte, sie sei kleiner geworden. Er bekam kein Wort über die Lippen, während sie ihn deutlich beunruhigt ansah. Er runzelte bekümmert die Stirn, als ob er mit den Tränen kämpfte, unternahm den erfolglosen Versuch, etwas zu sagen, brachte nur ein Stammeln hervor und streckte schließlich seine Hände Dorothée entgegen.

Als er sie berührte, zuckte sie zusammen, ohne jedoch auszuweichen. Sie wurde wieder rot, wie am Abend zuvor. Er wäre am liebsten geflohen und fühlte zugleich, daß seine Füße am Boden festgewachsen waren und auch seine Hände sich von seinem Willen selbständig gemacht hatten. Sie hielten ihre kleinen Fäustchen, das nackte kühle und das lederne warme, fest umschlossen, und das gab ihm das peinvolle Gefühl, an Dorothée gefesselt zu sein. »Wie können Sie das tun? Warum tun Sie das?« fragte Dorothée heftig, aber ohne die kleinste Geste des Wehrens und eigentümlich gedämpft, als wolle sie eigentlich flüstern. Das gab ihrer Stimme ein wundervoll dunkles und rauhes Timbre. Zum ersten Mal, vor allem beim Aussprechen des vielsagenden Wortes »Warum?«, meinte Has einen exotischen Anklang zu hören, ein portugiesisch gerolltes R, das Dorothée erneut vor den dramatischen Hintergrund Brasiliens rückte.

Das löste den Bann, der seinen Mund verschlossen hatte, wenngleich der ungestörte Gebrauch des Verstandes noch nicht zurückkehrte. Ebenso leise begann er auf sie einzureden, wie betrunken, so sagte er sich nachher, aber voll Eifer und Überzeugungswillen. Er habe sie noch einmal sprechen müssen – weshalb noch einmal? Er habe so nicht von ihr Abschied nehmen können – was hieß dieses So? Er ertrage nicht, wie sie über ihn denke – wie dachte sie denn über ihn? Er werde alles ändern – was war wohl mit diesem »alles« gemeint? Dorothée wohlgemerkt stellte diese naheliegenden Fragen nicht. Sie bedurfte wohl keiner weiteren Aufklärung, sondern lauschte mit gespannter Ruhe. Es sah aus, als senke sich jedes Wort, das Has aussprach, in ihre Seele und werde dort auf eine ganz andere, viel tiefere Weise verstanden, als er es ahnte.

Ein seltsames Bild bot dieses Paar, das sich nun fast aneinanderschmiegte, während der Mann hastig auf die Frau einflüsterte und die Frau ihn dabei mit unwilligem Staunen betrachtete. Dann öffnete sich in dem hinteren Teil der Halle die Doppeltür um einen Spalt, und Has sah einen Augenblick lang genau in Guggisheims weißes, stummes Gesicht, eine mondhafte Leidensmiene, die auf die Szene in der Halle niederschien und sich dann – durch geräuschloses Schließen der Tür – den Blicken des erschreckt auseinandergefahrenen Paares wieder entzog. Dorothée lief ohne ein Wort der Erklärung oder des Abschieds die Treppe hinauf. Has hörte oben Türen klappen, und ihn befiel eine große Furcht, als er so allein in der stillen Halle stand. Er ergriff die Flucht, und seine Hände zitterten noch, als er bereits im Wagen saß und den Anlasser betätigte, bei dem Gedanken, Guggisheim könne plötzlich in der Haustür erscheinen.

Der Händler folgte ihm indessen nicht und ließ ihn in einsamer Ratlosigkeit zurück. Als er am nächsten Morgen in Frankfurt erwachte, spielte er immer aufs neue durch, welche Folgen dieses Treffen zwischen Tür und Angel haben könne. War am Ende jede Verbindung zu den Guggisheims damit zerstört? Würde Guggisheim sich an Dorothée rächen? Sie hatte gewiß Angst vor ihrem schwachen und zugleich mächtigen Mann. Würde sie jemals wieder mit ihm sprechen wollen? Konnte sie ihm diesen Überfall, der ihren Frieden gefährdete, überhaupt verzeihen?

Eben noch hatte Eduard Has sich an der Schwelle zu einem neuen Leben gefühlt, sein Selbstbewußtsein hatte schon begonnen, sich aus dem Glanz der Zukunft zu speisen, und nun fand er sich in seine Anfänge zurückgestoßen und bedauerte beinahe, daß seine Mutter ihn nicht mehr in Frankfurt erwartete. Er war allein und fürchtete jeden Augenblick die Offenbarung seiner Schmach. Denn wer konnte wissen, welche Verbindungen Guggisheim in Frankfurt besaß?

In der »Verwaltung« ließ er sich am Telefon verleugnen, und richtig, nach zwei schrecklichen Tagen rief Guggisheim aus Basel an und verlangte nach ihm. Die Sekretärin der »Verwaltung«, die bereits der Olenschläger viele Jahre gedient hatte und deshalb von deren Sohn keine Anweisungen entgegennahm, tat so, als habe sie den Auftrag, Has zu schützen, nicht verstanden, und erklärte dem Anrufer erst, »Herr Dr. Has sei zu Tisch«, nachdem Has sich in zorniger Pantomime geweigert hatte, den Hörer entgegenzunehmen. Es war völlig klar, daß Guggisheim das Hin und Her mitgekommen hatte. Im nachhinein begrüßte Has diesen peinlichen Auftritt. Er hoffte, daß Guggisheim nun verstanden habe, daß er seinerseits die Beziehungen als abgebrochen betrachte, und begann sich sicherer zu fühlen.

Er atmete auf, eine Last fiel von ihm ab. Aber schon in der Nacht offenbarte sich, welcher Schmerz unter dieser Last verborgen war. Dorothée war verloren auf ewig. Das wußte er nun, und zugleich war ihm klar, daß sie die einzige Frau war, mit der er leben wollte und der er sich für immer verbunden fühlen würde.

Eduard Has glaubte, einen Endpunkt erreicht zu haben. Er sah ein Leben der Leere und Sinnlosigkeit vor sich und hatte doch die Hartnäckigkeit Guggisheims falsch eingeschätzt. Guggisheim war nicht der Mann, der sich am Telefon von Sekretärinnen abfertigen ließ. Zu seinen Lebenserfahrungen gehörte es, daß er stets mit den Leuten gesprochen hatte, mit denen er sprechen wollte. Mit sanfter Gewalt schob er jedes Bürohindernis beiseite. Drei Tage nachdem Eduard Has ihn abgewehrt hatte, bemerkte er, als er sich der Milchglastür seines Arbeitszimmers in der »Verwaltung« näherte, einen dunklen, sich kaum bewegenden Schatten. Das war Guggisheim, der gemessen die Seiten einer Kunstzeitschrift umblätterte. Die Trumfeller, die Sekretärin aus den Tagen der Olenschläger, die auf die Frage von Has, ob jemand auf ihn warte, »nein« geantwortet hatte, erklärte später, er habe wissen wollen, ob jemand Geschäftliches auf ihn warte, der Schweizer Herr habe sich jedoch als Privatbesuch vorgestellt. Sie war eben im Bunde mit Leuten, von denen sie hoffte, Has könne sie unangenehm finden.

Guggisheim zerstreute jedoch elegant und entschlossen die Vermutungen der ererbten Dienerin. Auf seinem Gesicht lag ein offenes, sonnenhaftes Lächeln, aus dem auch nicht die bescheidenste Ahnung von Melancholie sprach, und Has ging mit dem Eifer darauf ein, als sei es das Selbstverständlichste von der Welt, wenn zwei vertraute Freunde sich unangekündigte Gelegenheitsbesuche abstatteten. Guggisheim war auf dem Weg nach Amsterdam und hatte in Frankfurt nur Station gemacht, weil er, wie er sagte, Has das einfach schuldig sei. Die Segelboote von Schmidt-Rottluff hatte er der Einfachheit halber auch schon mitgebracht, das Probebild, an dem Has seine sammlerische Geduld unter Beweis zu stellen geschworen hatte.

Has machte das erstemal die Erfahrung, ein eben erworbenes Bild nun in der eigenen Umgebung zu betrachten. Sein Büro war damals noch mit dem Notarschreibtisch und den samtbezogenen Clubsesseln seines Vaters eingerichtet und strömte die Atmosphäre kalter Zigarrenasche und lederner Grünpflanzen aus. Der Schmidt-Rottluff wirkte hier, als sei er in einem fast krankhaften Trotz entstanden, ein verzweifelter Ausbruch der Barbarei angesichts einer erstickenden Zivilisation. Has erkannte das Bild kaum wieder. Es kam ihm auch größer als in Basel vor, und er atmete hörbar aus und ein, während er die »Boote«, die gegen einen Sessel lehnten, ansah, indem er sich eingestand, daß noch viel mehr Zerstörungskraft in dieser Leinwand stecke, als er sie von seinem großen roten Wagen her kannte. »Ich gewöhne mich schon an das Bild«, sagte er mit listigem Lächeln zu Guggisheim, als durchschaue er nun den Vorschlag des Händlers, gerade dieses Werk zu erwerben, als den Beginn eines überlegenen Bildungs- und Sammlungsplans. Guggisheim hatte offenbar keinen Augenblick daran gezweifelt, daß es bei ihren geschäftlichen Plänen bleiben werde.

Ob er am Ende von dem Auftritt in seinem Haus gar nichts mitbekommen hatte? dachte Has. Vielleicht legte er aber auch nur Wert darauf, den Anschein zu erwecken, nichts gesehen zu haben, ein Bedürfnis, für das Has beim ersten Verdacht sofort das größte Verständnis empfand. Bei Naturen von der stark repräsentativen

Neigung, wie Has sie besaß, kam dem schönen Schein ohnehin ein hoher moralischer Rang zu. Has unterstützte geradezu leidenschaftlich die Überzeugung, daß die Wirklichkeit eine Willenssache sei und daß der Übereinkunft zwischen kultivierten Menschen, wie ein Sachverhalt zu bewerten sei, eine wichtigere Zeugniskraft zukomme als dem Augenschein. Daß Guggisheim, sollte er tatsächlich etwas bemerkt haben, nun so tat, als gebe es keinen Grund, mißtrauisch zu sein, machte ihn für Has zu einer Persönlichkeit von bedeutender Statur. Has fühlte nun die Pflicht, seinem unverhofften Gast zu beweisen, daß solche Delikatesse an ihm nicht verschwendet sei und stürzte sich in die Betrachtung des eben übergebenen Gemäldes. Als ob Guggisheim blind sei, beschrieb Has das Bild bis in das letzte bröckelnde Farbhäufchen hinein, wobei er eine besondere Liebe zu jenen Stellen bewies, bei denen die Farbe nur nachlässig oder allzu trocken aufgetragen war und die weiße Leinwandgrundierung hindurchschimmerte. Bei der ersten Betrachtung in Basel hatten ihm gerade diese Stellen am meisten mißfallen. Nun erlebte er, wie flüchtig seine Empfindungen waren. Während er Guggisheim erklärte, daß durch das Unbemaltbleiben zahlreicher Leinwandstellen der Pinselstrich als »Pinselstrich« seine Autonomie gegenüber der Fiktion des Bildes behaupte, ein Gedanke, der ihm zur eigenen Verblüffung fast unwillkürlich von den Lippen floß, fand er die freigebliebenen Leinwandstellen zugleich immer reizvoller. In solchen Augenblicken wurzelte seine Erfahrung, daß es sich bei allem, was er zunächst unangenehm und abstoßend fand, in Wahrheit um hochbedeutende und qualitätvolle Sachen handelte, und tatsächlich hielt die Beschäftigung mit dem »schwierigen« Werk, so Has, ungeahnte Belohnung in Fülle bereit. Wenn er erst einmal die Formel gefunden hatte, die der fragmentarischen Häßlichkeit ihren Sinn verlieh, erlebte er geradezu körperliche Zufriedenheitszustände, wie sie kaum die Liebe zu schenken vermochte. Das erste Mal hatte Dorothée ihm die Zunge gelöst, indem sie ihn aus ihren Urwaldaugen ansah, das zweite Mal befeuerte ihn nun sein Schuldbewußtsein und Guggisheims unerhört weltmännische Absolution.

Zugleich mit diesem Erlebnis erfuhr Dorothée eine neue Bewertung. In seiner Dankbarkeit, aus der Kelter der Schuld entlassen zu sein, war Has nunmehr bereit, Dorothée aus seinem Gedächtnis zu streichen, diese leichtfertige Person, die mit ihren bedenkenlosen Blicken aufkeimende wertvolle Beziehungen zwischen bedeutenden Männern gefährdet hatte. Im Grunde war es überhaupt Dorothée gewesen, die ihn ermutigt hatte, in die kleine Villa zurückzufahren, ja, er erinnerte sich nunmehr ganz sicher, von ihr eine winzige wortlose Aufforderung erhalten zu haben. Daß er als Mann – Has sprach gern von sich »als Mann« – einem solchen Wink nicht widerstehen konnte, war verzeihlich, und außerdem, so wußte er jetzt gleichfalls ganz sicher, hatte er auch gar nichts Verwerfliches vorgehabt, als er klingelte. Während er nun dankbar Guggisheims erlösende Großmut fühlte, fand er sich zu gleicher seelischer Verschwendung aufgerufen. Guggisheims Selbstverleugnung forderte von ihm das vorbehaltlose Opfer Dorothées. Wäre von ihr jetzt nur im entferntesten die Rede gewesen, so hätte er sie mit großer Geste verraten.

Inzwischen regierte die Malerei in ihrer expressionistischen Spielart, wie Schmidt-Rottluff sie verstanden hatte. Guggisheim ließ keine wortlose Sekunde aufkommen und faßte seinen Besuch in eine Knappheit, die seine Beiläufigkeit noch hervorhob. Er werde im Museum erwartet und müsse augenblicklich aufbrechen. Has trotzte ihm dennoch ein gemeinsames Mittagessen ab, wobei Guggisheim deutlich durchblicken ließ, daß ihm die Einladung nicht wirklich gelegen komme.

Es gehört eine jugendliche Bereitwilligkeit dazu, beim Wechsel von Lebenslagen auch die dazu passenden Gefühlslagen anzunehmen. Im Älterwerden stumpft die Seele ab und neigt immer weniger zu Wechselbädern. Has aber war noch ein junger Mann und glaubte an sein Schicksal. Überall sah er, wie sich die Wege gabelten. Er hungerte danach, etwas Bedeutungsvolles zu erleben, und er hatte sich geschworen, sich seinem Geschick, wenn es ihm nahte, in die Arme zu stürzen. Leider kamen in seinem Leben üblicherweise, so schien es ihm, gar keine festumrissenen Ereignisse vor, die in die Zukunft wiesen. In trostlosen Stunden hatte er das Gefühl, überhaupt noch nichts erlebt zu haben, was eines außerordentlichen Lebens wert gewesen wäre. Vor diesem Hintergrund boten die vergangenen Tage bereits Höhepunkte. Dorothée Guggisheim hatte eine starke und nachhaltige Beunruhigung geschaffen, ohne daß er sich genau erklären konnte, wie sie das eigentlich gemacht hatte. Er wußte nicht mehr, ab welchem Zeitpunkt er Dorothée mit anderen Augen angesehen hatte. Er glaubte aber, die Verzauberung müsse schon ganz am Anfang, im ersten Augenblick des Kennenlernens, eingesetzt haben. Danach entfaltete sich zudem der Lebensplan, eine weithin berühmte Kunstsammlung zusammenzutragen, der Eintritt in den Orden der Sammler unerbittlichster Observanz, wie Guggisheim es ihm vorgestellt hatte, der Beginn eines neuen Daseins voller Entsagungen, aber auch in bisher ungeahntem Glanz. Dann wieder Dorothée, ihre dunklen Augen, seine zusammengehaspelten Erklärungen, ihr Zittern, die kleine Faust im Handschuh, Guggisheims Leidensmiene durch den Türspalt – kurz, der Zusammenbruch aller Hoffnungen und Rückkehr zum Ausgangspunkt, und nun die Vergebung, der Neuanfang in Reinheit, bezahlt durch Verzicht und dadurch unendlich viel edler als das ursprüngliche, finstere Triebgemenge. Man sieht das Has'sche Innenleben ordentlich gestampft, gewalkt und gestoßen vor sich. Die wenigen Tage erschienen ihm inhaltsreicher als viele vorher in Sattheit verlebte Jahre. Und der Schicksalsdurchwalkung war noch kein Ende gesetzt. Has hatte Gelegenheit gefunden, sich vor dem Essen kurz zurückzuziehen. Er hatte sein Gesicht in viel kaltem Wasser gebadet, neues Rasierwasser genommen und das rötlichreinliche Gesicht im Spiegel streng gemustert. Das Tauchbad hatte die Trübungen der Vergangenheit abgewaschen. Er ging dem Essen als ein neuer Mensch entgegen.

Im Restaurant bestellte Guggisheim in beruhigender Heiterkeit ein ausgedehntes Mittagessen, wobei er bei jedem Gang, der ihm erwägenswert vorkam, den Kellner fragte: »Können Sie denn das?« und dann etwas anderes wählte, wozu er bemerkte: »Das werden Sie vielleicht können.« Has liebte die verwöhnten Menschen, obwohl er in Frankfurt von solchen Guggisheim-Possen absah. Aber kaum war der Kellner gegangen, wandte Guggisheim den feinen Schweinekopf, diesmal mit blitzartig gewandeltem Ausdruck, nämlich einer gläsernen Traurigkeit, Has zu und sagte: »Sie müssen wissen, ich liebe Dorothée.« Eduard Has flehte in einem Stoßgebet um die Gnade, tot vom Stuhl zu fallen.

Die Zeit des Staunens war angebrochen. Nichts lief so ab, wie Has es befürchtete. Allmählich taute er wieder auf; Guggisheims sanfte, lyrisch gewürzte Rede flößte ihm ungläubige Neugier ein.

»Wir sind wie Geschwister«, sagte Guggisheim, »wir sind aus dem gleichen Holz. Wir sind uns so ähnlich, daß wir uns quälen. Dennoch werden wir uns nie verlassen.« Er verstehe Dorothée bis in den letzten Winkel ihrer Seele, und alles, was er dort finde, mache sie noch liebenswerter, ihre Schroffheit, ihre Verletzbarkeit, ihre Wildheit. Es hafte ihr etwas Überirdisches an. »Dorothées Reinheit«, flüsterte Guggisheim, als verrate er ein entsetzliches Geheimnis. Sie sei von einer Unschuld, die jeden Mann beschäme. Er schütze diese Unschuld, bete sie an, und sie danke ihm dafür wie ein verschüchtertes Waisenkind, das zum ersten Mal seine kleine Hand vertrauensvoll nicht wegziehe. »Wir haben eine seltsame Beziehung«, fuhr er träumerisch fort, »ein Dichter müßte das schildern. Fremde Nähe – nahe Fremdheit.« Kein Mensch könne das nachvollziehen, darin bestehe die Exklusivität der Verbindung. Nein, kein Dichter könne das schildern, denn man werde ihm nicht glauben! Die Fiktion unterliege nämlich dem Gesetz der Wahrscheinlichkeit, während ihre Liebe eben das Unwahrscheinliche verwirkliche.

Während dieser Worte trat bei Has, wie erwähnt, Tauwetter ein. Eine Weile hörte er ergriffen zu, dann wich die Ergriffenheit gefühlvoller Sympathie, und schließlich konnte er seine Verwunderung kaum noch verbergen. Die Olenschläger war seine Mutter, auch wenn sie fand, daß davon zu wenig zu spüren war, und das Olenschläger-Blut erzeugte auch in der Verdünnung einen Geschmack, der mit Liebesbeschreibungen, wie Has sie da soeben vernahm, wenig anfangen konnte. Je länger Guggisheim sprach, desto sonderbarer wurde Has zumute. Als Guggisheim sagte: »Dorothée wünscht sich Kinder«, und danach bedeutungsvoll schwieg und die Augen auf den Tisch gerichtet hielt, war Has fast schon so weit, eine böse Frage zu stellen. Seinen Gesichtsausdruck hatte er jedenfalls nicht mehr vollständig in der Gewalt.

Als Guggisheim aufsah, bemerkte er die Wandlung, die in Has vorgegangen war. Er wechselte sofort den Ton. Nüchtern schlug er Eduard Has vor, mit ihm und Dorothée an die toskanische Riviera zu reisen. Er kenne in Forte dei Marmi ein nettes Hotel, »das für jeden von uns dreien ein Zimmer hat«, wie er wörtlich sagte. Jetzt fiel es Has noch schwerer, sich zu beherrschen. Die edlen Seelenregungen waren weggewischt. Er fühlte das Bedürfnis, von einem bis zum anderen Ohr zu grinsen. Seine dicken Backen, die den verhältnismäßig kleinen Mund geradezu in der Zange hatten, ließen eine zu auffällige Verwandlung seiner Züge zum Glück nicht zu. Dafür zeigten die Augen um so deutlicher nahezu ungeschminkte Schadenfreude. Er war zu lange geduckt worden, als daß die Erleichterung nicht geradezu explosiv wirken mußte. Ohne ein Wort zu sagen, dankte er Guggisheim nur mit einem Kopfnicken für den Ferienvorschlag.

In Forte dei Marmi bewohnten sie drei weit voneinander gelegene Zimmer. Nach einer Woche reiste Guggisheim ab. Das Ehepaar verabschiedete sich zärtlich und unerhört vertraut, Has stand wie ein Fremder daneben. Nach einer weiteren Woche begleitete er Dorothée nach Basel, wo er im Hotel abstieg. Am nächsten Tag folgte sie ihm nach Frankfurt. Für eine Weile reiste sie noch hin und her, aber nach einem Vierteljahr ließ sie den Inhalt ihrer Kleiderschränke nach Frankfurt überführen. Dorothée kam nicht allein dort an. Ihr Arzt hatte sie darauf hingewiesen, daß sie ein Kind erwarte.

»Wir haben das Problem wie erwachsene Leute gelöst«, pflegte Has zu sagen, wenn er seinen Bekannten und auch Fred Olenschläger seine neuen Verhältnisse darlegte. »Es war ein Blitzschlag, ein coup de foudre. So etwas kommt vor. Dann muß man vernünftig bleiben und alles in Freundschaft regeln. Guggisheim ist heute mein bester Freund. Alles ist stilvoll über die Bühne gegangen, kein Schmutz, keine Tränen. So macht man das eben unter erwachsenen Menschen.«

Im allgemeinen werden Kinder bedauert, die nicht auf dem Land aufwachsen. Der kleine Alfred Labonté, der seine Tanten liebte, als ob sie ihn geboren hätten, wußte hingegen nicht, was er hätte vermissen sollen. Man achtete darauf, daß er eine bestimmte Zahl von Stunden täglich im Park verbrachte, denn Tante Mi fand, daß er krank aussah, sobald seine Wangen nicht wirkten, als ob man hineingekniffen hätte. Fräulein Emig legte stets eine Tüte mit trokkenem Brot in den Kinderwagen. Wenn Alfred sich aufrichtete und mit unbeholfenen Bewegungen den Enten am Bootsweiher Krümel zuwarf, ragte er aus der schnatternden Schar heraus und erschien weniger als ein kleiner heiliger Franz bei der Vogelpredigt denn als Präsident eines Entenparlamentes, dessen Abgeordnete die Tribüne erregt umdrängen. Das Orchester des Parks spielte die Ouvertüre von »Dichter und Bauer«, aber diese Klänge waren für Alfred nur Bestandteil eines allgemeinen Brausens, das ihn im Park umgab und das aus vielen Stimmen, dem Schlurfen der Schritte im Kies, dem Rauschen der Fontänen und fernem Kinderweinen zu einem mächtigen, sanften Akkord zusammengeschmolzen war. Er gewöhnte sich daran, daß jede Veränderung seiner Lage plötzlich geschah. Eben noch hielt er ein großes, rosenfarbenes Eis in der Hand und leckte daran, und dann lag es auf einmal vor ihm im Sand und hatte sich mit den schmutzigen Körnchen vermischt. Eben noch stand er sicher auf seinen Füßen, und dann fiel er um und fühlte, wie sich spitze Steinchen in seine weichen Handinnenflächen gruben. Eben gerade war man im Park angekommen und hatte sich an den Geruch aus Staub und Gras gewöhnt, eben noch stand man in der Wolke aus feinen Wassertröpfchen, die der Wind von den Springbrunnen wegtrieb, da wurde auch schon wieder aufgebrochen. Alfred bewahrte dies Erlebnis der Plötzlichkeit noch in seinem Gedächtnis, als ihm die jahrelange Gleichmäßigkeit seines behüteten Tagesablaufs schon längst in einzelne, zusammenhanglose Bilder zerfallen war. Und tatsächlich entzog sich das Unveränderliche, oder besser die unmerkliche Veränderung des Lebens, während die Zeit verströmte, einer zupackenden, das einzelne festhaltenden Erinnerung.

Vor Alfreds Geburt waren die Bomben gefallen und hatten die alte Stadt ausgelöscht, aber auch im Westend hier und da Spuren hinterlassen. Nicht nur das Haus Olenschläger war abgebrannt. Es gab vielmehr nur wenige Straßen, in denen nicht Ruinen zwischen den erhaltenen Fassaden bestätigten, daß inzwischen Krieg gewesen war. Zuerst klafften die ausgebrannten und eingestürzten Häuser wie offene Wunden. Ein widerwärtiger Gestank ging von ihnen aus, Reste des Alltagslebens, das eben noch in aller Arglosigkeit abgelaufen war, als solle es ewig währen, hingen zwischen den schwarzen Mauern als grausiges Memento für die Nachbarn, die noch rings von ihren Tapeten umgeben waren und deren Haustüren noch in dunkle Flure führten. Aber die sechs zum Teil harten und schneereichen Winter und die im Westend immer üppige Blüten- und Blättermassen hervortreibenden Frühlinge und Sommer, die der Geburt Alfreds nach dem Krieg vorangingen, hatten alles Verletzende und Wüste von den Trümmergrundstücken genommen. Der

Schutt war, von Wasser getränkt, in sich zusammengesunken, durch Frost und Pflanzenkraft gesprengt und abgerundet, durch unerschrockene Hände von allem, was an Zivilisation erinnerte, befreit, von der Sonne durchglüht und getrocknet und vom Wind reingeblasen wie ein Felsen im Taunus. Als Alfred seine nähere Umgebung zu erkunden begann, empfand nicht einmal Fräulein Emig mehr die Ruinen unharmonisch, sondern sah über sie hinweg, wie sie auch sonst über Lücken zwischen den Häusern wegsah, wenn nicht gerade eine Toreinfahrt diese Lücke ausfüllte, denn wie für Herrn Herr oder für Frau Scharnhorst bildeten diese Torwege als Angeln des Lebens auch für sie einen Gegenstand der höchsten Anteilnahme. Es sah in den ersten Lebensjahren Alfreds so aus, als wolle man die zerstörten Häuser nun ein für allemal der Sorge der Natur überlassen. Der bewahrende Sinn, der über den Straßen lag, schien nicht zulassen zu wollen, in einen durch die Geschichte beeinträchtigten Organismus, ein zerstörtes Haus, einfach einzugreifen. Vielmehr neigte er dazu, die Zerstörung ihrerseits nun als ein zu bewahrendes Werk zu schonen und in Ehren zu halten.

Das Westend, und besonders die Gegend um die Schubertstraße herum, war mehr oder weniger in einer einzigen Anstrengung in den achtziger Jahren des 19. Jahrhunderts erbaut worden. Nun schien es nur noch darauf anzukommen, in Ruhe abzuwarten, welche Häuser den kürzesten Atem bewiesen und welchen es gelang, womöglich noch das nächste Jahrhundert zu erreichen. Inzwischen verwandelten sich die Ruinen in Steingärten mit weniger üppiger Blüte als die angrenzenden gepflegten Vorgärten, aber einem dafür keineswegs reizlosen Zusammenspiel aus behauenen und sogar skulptierten Bruchstücken und einem unschuldig hellgrün sprießenden Wildwuchs. Schon vom Kinderwagen aus richtete Alfred sehnsuchtsvolle Blicke auf die zertrümmerten und überwachsenen Halden und streckte seine kleinen Arme nach ihnen aus, als könne er sie wie ein riesenhaftes Spielzeug in Besitz nehmen, und schon damals warnten die Tanten und Fräulein Emig vor den Gefahren, die zwischen den Mauerresten drohten, der Einsturzgefahr vor allem und den verborgenen Bomben, die nicht explodiert waren und nun auf spielende Kinder warteten. Aber obwohl diese Warnungen keineswegs aus der Luft gegriffen waren, hätten sie andere Leute aussprechen müssen als die drei alternden Frauen, um Alfred zu beeindrucken. So fügten sie sich in das weite Netz aus unablässigen Ermahnungen, das Alfred liebevoll umgab: die Mütze aufzusetzen, die Handschuhe anzuziehen, durch die Nase zu atmen und »Schön aufzuessen«, wie es hieß.

Er hatte sich schon in den frühesten Jahren ein Bild davon gemacht, welchen dieser Vorschriften er folgen wolle und welche getrost zu vernachlässigen seien, und verhielt sich danach, ohne deshalb aufreibende Machtkämpfe vom Zaun zu brechen, einfach, indem er niemals widersprach und nur so tat, als habe er nicht recht gehört. Alfred sei kein aufgewecktes Kind, hieß es deshalb in den Gesprächen zwischen Tante Mi und Tante Tildchen. Er verstehe schlecht, sei am Ende gar schwerhörig und jedenfalls schwer zu beeinflussen. Das waren sorgenvolle Töne. Eine Liebe brachte sie hervor, die sich des besonderen Schutzbedürfnisses des geliebten Wesens bewußt war. Alfred fühlte indessen keine Belastung. Sein Lebensgenuß wurde durch seinen Wunsch, den Tanten gefällig zu sein, soweit es sich mit seinen eigenen Plänen vertrug, nicht eingeschränkt. Alfred Labonté galt als Träumer, als Luftgucker und Herumtrödler, und auch als er schon längst, mit seiner linken Hand über den Kopf hinwegreichend, sein rechtes Ohr bedecken konnte, also nach neuesten medizinischen Erkenntnissen »schulreif« war, wie es hieß, fand ihn die Lehrerin, die energische Ehefrau eines blinden Kunsttöpfers, »verspielt«. Die Fräulein Labonté sahen sich voll Schuldbewußtsein an, wobei es keine eigene Schuld war, die ihnen da in Erinnerung kam. Wenn sie das bedenkliche Wort aufgriffen und Alfred »ein verspieltes Kind« nannten, dann klang es, als ob sein Vater ihn beim Glücksspiel verloren habe. Tildchen pflegte sich aber, wenn eine allzu bedrückende Stimmung aufkam, daran festzuhalten, daß sie es schließlich war, die dieses Spiel gewonnen hatte, und sie vertraute zu Recht darauf, daß Alfred sich seiner Eigenschaft als Spielpreis nicht bewußt war.

Alfred erlebte die Jahre seiner frühen Jugend wie auf einer einsamen Insel. Um ihn herum die wenigen, wohlmeinenden Menschen, deren Übermacht ihm nie erdrückend vorkam und deren Stimmen ihn in ruhigem, unaufgeregtem Gleichklang seit seiner Geburt begleiteten. Die Eigenart des Frankfurter Dialekts, der keine Hysterie zuläßt, erzeugte die Wirkung der Gelassenheit weit über die Absicht der Sprecher hinaus, und jenseits des Raumes, den diese Stimmen füllten, dehnte sich eine schweigende, nur wenig belebte Welt. Selbst die im Bedenken von Gefahren stets phantasievollen Tanten wurden nicht von bösen Ahnungen befallen, wenn Alfred die Schubertstraße auf und ab mit dem Roller fuhr, denn sie wußten, wie selten ein Auto in die Straße einbog und hatten Alfred darüber hinaus eingeschärft, niemals den blaubasaltenen Bürgersteig zu verlassen.

Es war meist gegen Abend, wenn Alfred den hölzernen Roller mit den buntlackierten, scheibenartigen Rädern aus der Einfahrt schob. Die Straße lag dann in verzauberter Geräuschlosigkeit. Kein Motor war zu hören, aber die Fenster waren geöffnet, und man konnte in manchen Zimmern schattenhaft Menschen erkennen, die behutsam auftraten, als ob sie die allgemeine Stille nicht gefährden wollten. Alfred war sehr mager, in seinen Bewegungen aber nicht ohne Anmut, und glich für Augenblicke, wenn er sich mit dem rechten Fuß abstieß und ihn dann in der Luft schweben ließ, während sich sein Oberkörper weit über die Lenkstange beugte, dem Merkur von Gianbologna, dessen Abguß bei den Tanten im Wintergarten unter den großen Fächern der Philodendronblätter hervorschaute. Das sah elegant und mühelos aus, obwohl die Holzräder jede Unebenheit des Kopfsteinpflasters an den Körper des Rollerfahrers weitergaben. Wenn Alfred lang genug schnell gefahren war, kam ihm sein Kopfinhalt durchgerüttelt wie ein Sack Kartoffeln vor. Er brauchte dann Zeit, bis er alles um sich herum wieder wahrnahm, und stand heftig atmend neben seinem Roller, als sei er von einem wilden Pferd gestiegen. Wenn man ihn in dieser Verfassung mit offenem Mund heftig atmen sah und seinen zerstreuten Blick bemerkte, hätte man der Befürchtung der Tanten vielleicht zugestimmt: Nein, besonders gescheit wirkte Alfred dann nicht gerade.

Die Stille der Straßen, die Alfred merkurisch und zugleich rüttelnd durchbrauste, war damals nicht einfach die Abwesenheit von Lärm, sondern ein Werk ihrer Bewohner. Es lebten noch viele Menschen dort, es gab noch kaum Geschäftshäuser, aber jeder die Eingangstreppe hinunterscheppernde Eimer hallte weithin wie ein Peitschenknall. Wirkliche Peitschen waren natürlich längst nicht mehr zu hören. Die einzigen Pferde, die durch die Schubertstraße kamen, waren die beiden mächtigen Haflinger, die den hölzernen

Lastwagen zogen und dem Gemüselädchen, das auf dem Olenschlägerschen Grundstück stand, Stangeneis anlieferten, fromme Sklaven, die zu ihrer Pflichterfüllung keines Anspornes bedurften. Alfred lernte bei dieser Gelegenheit von seinen Tanten den Unterschied zwischen Eisschrank und Kühlschrank kennen: Der Kühlschrank erzeugte die Kälte elektrisch und unter Brummen im Souterrain bei Fräulein Emig, im Eisschrank tauten hingegen dicke Brocken echten Eises. Man sieht, daß alles geschah, um Alfred eine sorgfältige Erziehung angedeihen zu lassen.

Die Pferde gewährten einen erregenden Eindruck ihrer Kraft, aber Alfreds Vorstellungsvermögen beschäftigte sich noch lieber mit den Männern, die regelmäßig an bestimmten Tagen durch die Straßen kamen und ihre Dienste oder Waren anboten. In seiner Welt galt es immer, sich bei jeder Tätigkeit so leise wie möglich zu verhalten. Tante Mi mochte es nicht einmal, daß Fräulein Emig im Treppenhaus »Alfred« rief. Um so fremdartiger mußten Männer erscheinen, die ungestraft und hemmungslos Krach machten und dabei offenbar nicht einmal bedachten, wie sehr sie sich damit aus der gesitteten Gemeinschaft der Schubertstraße ausschlossen.

Wenn der Lumpensammler, ein Riese in Alfreds Augen und wie der Nikolaus vor Weihnachten von einem Knecht Rupprecht oder Krampus begleitet, seine tief aus dem Bauch heraufsteigende, heulende Stimme erschallen ließ und den Ruf »Lumpen, Alteisen, Papier«, zunächst noch unverständlich, in den Wiederholungen aber immer deutlicher um wiederkehrende Vokale herumgruppiert, anstimmte, zeigte Tante Mi nicht die kleinste Verärgerung, die eine durch die Zugluft zufallende Tür unfehlbar erregt hätte. Obwohl der Mann allein rief – sein Gehilfe zog den Karren und hob auf, was rechts und links davon herunterfiel –, meinte Alfred stets aufs neue, das tumulthafte Geschrei einer ganzen Horde zu hören. Es war, als ob die Unordnung vor den Gartenzäunen mit den Lanzenspitzen ihr Haupt erhebe. Aber Tante Mi sah sich bei den ersten noch ganz wüsten und ungeformten Tönen nur suchend nach dem Paket alter Zeitungen um, das Fräulein Emig mit Spagat verschnürt hatte und das dienstags neben der Haustür liegen sollte. Alfred erhielt dann den Auftrag, dies Paket dem wilden Mann draußen zu verkaufen, denn die Schwestern rechneten noch von »Wwe. Labonté« her das Abschließen kleiner selbständiger Geschäfte zur Bildung ihres Neffen und Sohnes, und Alfred staunte immer wieder darüber, wie selbstverständlich der Lumpensammler dies Angebot auffaßte und wie reinlich und metallisch das Zehnpfennigstück, das er für den Packen erhielt, in der schwarzen Hand glänzte. Der Mann mit den Kartoffeln, der seinen zweirädrigen Drückkarren vor sich herschob, unterstützte seinen Ruf: »Neue Kartoffeln« mit einer großen Schelle, die weithin zu hören war und die er über seinem Kopf schwang. In seinem Umkreis roch es nach trockener Erde, die als feiner, ockerfarbener Staub über dem Karren aufstieg, wenn er die Kartoffeln mit dem großen Blechscheffel seiner Waage zusammenschob.

Donnerstags kam der Mann mit dem Leierkasten und seiner glimmenden, weichen Musik, in deren Tönen jede Melodie gleich klang und schier endlos verhauchte. Alfred stellte sich vor, daß die Akkorde noch andauerten, wenn sie für das menschliche Ohr schon längst unhörbar geworden waren. Der Drehorgelmann hatte nichts Wildes, sondern nickte sanft, während er weiterdrehte, wenn Alfred ihm die eingewickelte Spende brachte. Er war weit herumgekommen mit seinem Wagen, »bis nach Hildesheim herauf«, wie er Alfred sagte, indem er sein Instrument wieder in Bewegung versetzte. Der Scherenschleifer durfte sogar fast ins Haus herein. Er stellte seinen Schleifstein in der Toreinfahrt auf und ließ die Messerklingen aus dunklem Stahl Funken sprühen. Die Tanten schätzten den Mann, der aus Dresden stammte und der ausgerufen hatte, als ihm bei einem neugierigen Blick in das dämmrige Treppenhaus der »Ritter von Cronberg« aufgefallen war: »Da haben Sie aber ein Museumsstück!« – »Die Dresdner hatten immer Kultur!«, sagte Tante Mi zu Alfred, wann immer der Scherenschleifer klingelte. Auch Friedrich Labonté, der allgegenwärtige Vater, hätte, das wußten die Damen, solch geschäftsmännische Geschmeidigkeit in Ehren gehalten. Ob diese Männer Menschen wie er selber waren, hätte Alfred ebensowenig zu beantworten gewußt wie die Tochter des Zauberers Prospero in Shakespeares »Sturm«, als sie die Schiffbrüchigen entdeckt. Jedenfalls stand für ihn fest, daß diese Wesen, deren einzige Bestimmung es war, dem Haushalt der Tanten zu Diensten zu sein, unter einem anderen Gesetz standen. Er hatte sie auch niemals essen und trinken sehen.

Als Alfred ein kleiner Junge war, gab es große Zeiträume, in denen er außer den Straßenhändlern und Herrn Herr keinen einzigen Mann sah. Der eigene Haushalt bestand ohnehin aus Frauen, in der Volksschule trat ihm eine Lehrerin entgegen. Aber auch in den Nachbarhäusern wohnten überwiegend einsame Frauen, Witwen, verlassene und alte Fräulein wie die Schwestern Labonté. Die meisten sah man nur, wenn sie die Gittertore öffneten und mit ihren Hunden herauskamen. Ihre gesamte Aufmerksamkeit richtete sich dann auf die Pflicht, ihren Dackeln, Terriern oder Spaniels Bewegung zu verschaffen, und ihre Stimmen, mit denen sie den Hunden Befehle gaben, klangen unfreiwillig scharf, weil sie nach langem Alleinsein die Fähigkeit eingebüßt hatten, die Lautstärke richtig einzuschätzen.

Aus dem Nachbarhaus der Labontés kam jeden Nachmittag eine noch jüngere Frau heraus, allerdings ohne Hund, und ging auf hohen Absätzen unsicher über das Kopfsteinpflaster. Sie hielt den Kopf gesenkt, als ob sie etwas auf dem Trottoir suche, und zeigte dabei ihr weißblondes, zu einem enormen Nackenknoten gewundenes Haar. Alfreds Tanten behaupteten, daß sie den ganzen Tag an dieser Frisur arbeite, bis sie den Ausgang wage, und Mißbilligung lag in diesen Worten. Aber Alfred fand das Ergebnis der Mühe wert und folgte dem goldenen Knoten mit den Augen, während die Bienen um die schon bräunlich werdenden Kerzen der Kastanien summten und die Sonne rot in dem neugotischen Fensterbogen der ausgebrannten Christuskirche unterging. Was tat diese Frau? Was tat sie wirklich, wenn sie sich nicht frisierte? Alfred hatte, was diese Fragen anging, schon sehr früh einen Verdacht, den er allerdings nicht richtig in Worte fassen konnte. Nicht was der einsame Mensch tat, war wichtig, das Geheimnis lag vielmehr in der Einsamkeit selbst. Und von diesem Geheimnis waren in den Kinderjahren Alfreds die Häuser seines Stadtviertels geradezu vollgesogen.

Allmählich nur trat der »Ritter von Cronberg« in sein Leben. Die Bemerkung des Scherenschleifers trug dazu bei. In den ersten Lebensjahren war das Bild einfach zu groß, um von Alfred wahrgenommen zu werden, und später, als er es betrachtete, während ihm feste Frauenhände Stiefelchen und Jacken anzogen, sah er es nicht anders an als eine Szene, die sich überall in seiner Welt hätte ereignen können. Alfred war früh für Stimmungen empfänglich, aber spät für von Künstlern beabsichtigte Stimmungen. Dennoch betrachtete er den »Ritter von Cronberg bei seinem Auszug ins Heilige Land« mit Wohlgefallen. Verglichen mit den Haflingern der Stangeneisfabrik war das ritterliche Pferd fast eine Antilope, der große Hund sah gehorsam aus und biß gewiß nur, wenn es befohlen war. Und das Gras war so grün und naß, wie er es aus dem Park kannte, erstaunlich, daß es dem großen Jungen, der das Pferd am Zügel hielt, erlaubt war, barfuß darin herumzulaufen. Die Hauptfiguren, der versonnene Ritter und die trauernde Dame, waren Erwachsene, es war ein aussichtsloses Unterfangen, sie verstehen zu wollen, und deshalb tat man besser daran, sie gar nicht erst zu bemerken, bis sie selbst sich rührten.

So verhielt er sich auch den Tanten gegenüber, ohne daß er deshalb jemals auf Zuwendung hätte warten müssen. Das Pflichtbewußtsein der Frauen ruhte niemals. Sie unterzogen sich der beträchtlichen Anstrengung, seine Mahlzeiten und seine Verdauung auf das Gewissenhafteste zu überwachen. Tante Mi hatte Fachliteratur angeschafft, und Tante Tildchen führte auf hübschen, mit Blumenmotiven geschmückten Blöckchen genauestens über die Tagesereignisse Buch. Alfred wurde regelmäßig gewogen. Sein Speisezettel war mit einem Kinderarzt abgesprochen. Was diese Sorgfalt für die beiden Frauen bedeutete, ermißt man, wenn man sich an den Ablauf ihrer Tage vor der Geburt des kleinen Alfreds erinnert. Und damals hatten die Schwestern ihre Zeit wahrlich nicht müßig vertan! Wenn auch viele Stunden des Tages ohne fremde Zeugenschaft hinter verschlossenen Türen abgelaufen waren, so war doch mit Sicherheit jeder Augenblick davon sinn- und planvoll verbracht worden. Angemessene Ruhephasen und konzentrierte Tätigkeit, zu der auch das systematische und das schweifende Nachdenken zu rechnen ist, hatten sich, so darf man getrost vermuten, nahtlos aneinandergeschlossen. Beide Frauen hätten wohl nicht gewußt, woher sie die Zeit nehmen sollten, um eine zusätzliche Aufgabe zu übernehmen. Die Aufzucht eines kleinen Kindes mußte das köstliche Gebäude vernünftigen Lebensgenusses, wenn nicht völlig zertrümmern, so doch schwer beeinträchtigen. Zum Glück waren sie zu zweit, das sagten sich die Schwestern häufig. Wenn auch das Andenken an ihren Vater unvermindert hochgehalten und das Glück, einen Friedrich Labonté zum Vater gehabt zu haben, stets besonders dankbar bedacht wurde, so kamen die Schwestern bei

Betrachtung ihrer neuen Lebenslage doch auch zu dem Schluß, daß ein Vater bei der Pflege eines Säuglings und kleinen Kindes im Grunde das entbehrlichste sei, was die Natur sich habe ausdenken können. Wenn Alfred dramatisch hoch fieberte, wie es die kleinen Kinder an sich haben, und die Tanten sich an seinem Bett abwechselten, priesen sie sich glücklich, eines Geschlechts zu sein. Wenn man »natürlich« nannte, was den körperlichen Bedürfnissen am meisten entsprach, dann war es gewiß im höchsten Maße natürlich, wenn Alfred ohne Vater aufwuchs. Und außerdem war ja noch Fräulein Emig für ihn da, pflegte Tildchen dann zu erinnern, worauf Mi sie jedoch stets mit der Bemerkung zurechtwies, Fräulein Emig sei »sowieso« dagewesen. »Sowieso«, damit war wohl der Fall angedeutet, daß Alfreds »liebe Eltern«, wie man im Hause sagte, besonders aber »sein lieber Vater«, noch zugegen gewesen wären. Was das bedeutet hätte, das verboten sich die Schwestern schaudernd zu Ende zu denken.

Trotz dieser Gewissenhaftigkeit, auf die sie das vorbildliche Leben ihres Vaters hinter der Theke von »Wwe. Labonté« wie auch ihr eigenes, bisher in Mäßigkeit und würdiger Haltung verbrachtes Leben vorbereitet hatte, gelang es Mi und Tildchen jedoch, einen Rest des Privaten in die neuen Umstände hinüberzuretten. Alfred fühlte sehr bald schon, daß seine liebevollen Schutzherrinnen, sobald sie den besorgten Blick von ihm abwandten, da alles im Augenblick Erforderliche geleistet war, in eine andere Welt eintraten, oder besser in andere Welten, denn es waren, wie man weiß, unterschiedliche Räume, die sich Mi und Tildchen eröffneten. Die Geistesabwesenheit, in die die Tanten sofort versanken, nachdem sie ihrer Pflicht genügt hatten, teilte sich selbst einem kleinen Kind als derart trennend mit, daß Alfred nicht daran gedacht hätte, seine Tanten aus diesem Zustand vor der Zeit wieder zurückzurufen. Er wußte genau, wann er ihre Zuwendung beanspruchen durfte und wann das nicht geboten war.

Wenn Tante Tildchen sich selbstvergessen mit ihrer kleinen Gießkanne im Wintergarten beschäftigte, war auch gar kein Genuß damit verbunden, sie aus dieser Tätigkeit herauszureißen. Sie betrug sich dann, so sanft sie sonst sein konnte, kalt und verdrossen. Tante Mi war schon überhaupt nicht zu erweichen. Sie hatte sich damals die gesamte geschäftliche Korrespondenz ihres Vaters übergeben lassen – die private war nicht der Rede wert, da Friedrich Labonté seine Lieben von Reisen nur auf Postkarten grüßte und ohnehin selten von ihnen getrennt war. Nun las sich seine kluge Tochter in längst vergangene juristische Streitigkeiten ein, aber auch in die Alltagsgeschäfte, und korrespondierte mit Herrn Dr. Stahr, wenn ihr etwas unklar blieb oder sich gar der Verdacht erhärtete, daß ein Brief fehlte. Von dieser Beschäftigung teilte sich ihrer Umwelt nur mit, daß sie, in den seltenen Fällen, in denen Alfred dennoch schrie, mit einer Papierschere in der Hand aus ihrem Zimmer trat, und keine Allegorie hätte den Begriff der »Unzeitigen Störung« derart sprechend wiedergeben können wie die Gestalt der Mi mit ihrer Schere.

Der Geist der Diskretion, der das Haus Labonté beherrschte, prägte sich Alfred denn auch aufs tiefste ein. Er lernte, daß eine Fülle von Fragen der öffentlichen Erörterung entzogen war. Man erklärte und entschied vieles allein für sich, ohne darüber mit den Hausgenossen zu Rate zu gehen. Besonders Vorfälle und Beobachtungen, die in das Privatleben eines anderen gehörten, hatten unbesprochen zu bleiben. Alfred wäre es nie eingefallen, Tante Tildchen zu fragen, was sie da eigentlich tue, wenn er mitbekam, wie sie im Wintergarten mit den Pflanzen sprach, manche davon regelrecht ausschimpfte, auch einmal in ein ledriges Blatt mit getrocknetem, gelbem Rand hineinkniff, hellgrüne Setzlinge dagegen recht handfest liebkoste, so daß die jungen Triebe fast abbrachen, und in hoher Vogelstimme ihr Lob sang. Sogar bei Sonderbarkeiten, die wirklich öffentlich geschahen, am Mittagstisch des kleinen Haushalts etwa, hatte man zu tun, als bemerke man nichts. Tante Mi konnte von unbeherrschbarer Ungeduld befallen werden, wenn die Stunde des Mittagessens nahte. Ihr Hausarzt hatte erklärt, ihr Blutzuckerspiegel sinke dann plötzlich in die Tiefe, da helfe nur, schnell etwas zu sich zu nehmen. Was immer es mit dem Blutzucker auf sich haben mochte, Tante Mi hätte einem Außenstehenden, wenn sie in diese Verfassung geriet, durchaus einen Schreck einjagen können. Es kam vor, daß sie Fräulein Emig, die die Suppe rausgab, regelrecht anfuhr, sich doch gefälligst zu beeilen, daß sie ein Brötchen ergriff und gierig hineinbiß oder daß sie sogar einen Wutanfall bekam, wenn die Terrine noch nicht auf dem Tisch stand und so lange schalt, bis die Düfte von ihrem Teller sie ablenkten und ihren Zorn vergessen ließen, wie man sich das bei einer steinzeitlichen Gottheit zu denken hat, deren Wüten durch das Fett von Widdern besänftigt wird. Das Schweigen, mit dem solche Ausbrüche begleitet wurden, erwies sich als lehrreich für Alfred. Allenfalls sagte Tante Tildchen zu Fräulein Emig, daß es ihrer Schwester offensichtlich »nicht gut« gehe, und sogar Fräulein Emig, die sehr leicht zu verletzen und nur schwer zu versöhnen war, zeigte sich gegenüber der Schärfe, zu der sich Tante Mi soeben hatte hinreißen lassen, völlig gleichgültig. Als Alfred älter wurde, verlor Tante Mis Blutzuckerspiegel die Neigung zum unberechenbaren Absinken. Die Diskretion des Hauses mußte sich nicht mehr an ihm bewähren, sondern durfte sich gleichsam zurücklehnen und ausruhen.

Ein anderes Wunderwerk an Taktgefühl blieb dafür bei jedem Mittagessen erhalten und zu besichtigen und ging keineswegs an den kindlichen Augen Alfreds vorüber. Seitdem er ins Haus gekommen war, aß Fräulein Emig zusammen mit den Tanten. Die einsame Mahlzeit in dem Raum, in dem Herr Herr seinen Kaffee trank, hatte zu traurig ausgesehen. Fräulein Emig vertrat die Auffassung, daß mit dem Kind gebetet werden müsse, und sie besaß genug Gewicht im Haus, um eine solche Meinung auch auszusprechen. Abends, wenn die Tanten »Gute Nacht« gesagt hatten, setzte sich Fräulein Emig an das Kinderbett und sagte dort »Müde bin ich, geh' zur Ruh« auf, niemals ohne eine Bitte für die »lieben Eltern« anzuschließen. Alfred wußte lange nicht, wer die »lieben Eltern« überhaupt sein sollten. Er glaubte, es handele sich dabei um ältliche, weißbärtige Engel, die mit guten Kräften das Hervordringen kleiner, böser Geister aus der Bettritze und hinter dem Kleiderschrank, seine Hauptbesorgnis, wenn das Licht gelöscht wurde, abwehrten. Fräulein Emig sprach aber auch ein Tischgebet – »Komm, Herr Jesus, sei unser Gast...« –, und es war sehenswert, was die Tanten für ein Gesicht dazu machten. Sie waren weiß Gott keine kämpferischen Kirchenfeinde, und sie erinnerten sich, wie hoch an der geistigen Börse ihres Vaters Friedrich Labonté die Toleranz gehandelt worden war, aber es kam ihnen doch nicht recht geheuer vor, daß an seinem Tisch nun doch noch gebetet werden sollte. Was dieses Gebet dennoch möglich machte, war, daß Fräulein Emig es sprach. Fräulein Emig, so erfuhr Alfred, als es soweit war, gehörte zum Personal und durfte deshalb unter keinen Umständen beim

Essen gestört werden. Überhaupt war »Taktgefühl«, so Tante Mi, gegenüber dem Personal eine der vordringlichsten Lebensaufgaben. Man hätte meinen können, wenn man Mi so hörte, daß es sich bei Fräulein Emig um eine Schwerkranke handele. Fräulein Emig »Komm, Herr Jesus, sei unser Gast...« beten zu lassen, ohne sie darin zu beirren, gehörte ganz einfach zum Takt, der einer Hausangestellten die untergeordnete Stellung versüßen sollte. Die Tanten nahmen deshalb, wenn Fräulein Emig die Hände zu falten begann, eine Miene vollendeter Ausdruckslosigkeit an, ihre »Nullgesichter«, wie Alfred das später nannte, und bekundeten damit, daß ihnen zu dem jetzt Vorfallenden jede Meinung fehle, daß sie aber auch bereit seien, alles, was sich im erträglichen Rahmen bewege und das Essen nicht abkühlen lasse, zu ertragen, weil sie die Menschenrechte von Fräulein Emig in vollem Umfang anerkennten.

Was Alfred bei seinen Tanten auch erlebte, es war doch alles eingebettet in die abendliche Stille, die seine Jugend, wenn er sich später an sie erinnerte, mit solcher Süße erfüllt hatte. Es war, so glaubte er, in der Schubertstraße immer nur Abend gewesen. Wenn der Himmel sich färbte und das Versinken der Sonne nahe war, starben die Straßen vollends aus. Es dauerte dann noch eine Weile, in der sich der Himmel von Rosa in ein müdes Violett verwandelte und die Gegenstände auf der Erde schon in den Raum der Nacht gerieten, bis am Horizont der Straße, der durch eine Sonnenuntergangs-Fata-Morgana weit weggerückt schien, die Silhouette des Laternenanzünders auf seinem Fahrrad sichtbar wurde. Der Mann hielt die Stange, mit der er an dem Gasring der Lampen zog, als wolle er an einem ritterlichen Turnier teilnehmen. Alfred merkte sich nie das Gesicht dieses Mannes, denn das Zwielicht löschte alle Eigentümlichkeiten aus. Aber die Spur, die er hinterließ, kleine, weißleuchtende Pünktchen, die sich gegen die Helligkeit des Abendhimmels noch kaum behaupten konnten, verband seine Tätigkeit mit den Sternen, die wie der Mond auch erst blaß und körperlos zu erkennen waren.

In diesen Jahren unterschied Alfred noch nicht eigentlich zwischen Außen- und Innenraum. Die Welt der Tanten in dem ererbten Schubertstraßen-Haus setzte sich für sein Gefühl nach draußen fort. Sie erstreckte sich auf die Wiesen und Taxusgehölze, die rund um die Ruinen der Christus-Kirche wuchsen, sie reichte in die anderen Höfe, in die Trümmergrundstücke und benachbarten Straßen hinein, und sie wurde durch übergroße oder ferne Wächter begrenzt: Der Saturn auf dem Senckenberg-Museum, der torartig leere Bogen der Kirche, die Wipfel des Palmengartens und verkehrsreiche, breite Ausfallstraßen am Rand des Viertels bildeten einen Rahmen, der nicht beengend wirkte, weil Alfred niemals gegen ihn stieß. Manchmal erzeugte die ferne Sirene eines Polizei- oder Krankenwagens das Gefühl, im Westend unter einer riesenhaft unsichtbaren Kuppel zu wohnen, in der sich Geräusche fingen wie unversehens eingedrungene Vögel.

Alfred hätte damals schwören können, daß er mit den Tanten und Fräulein Emig in der Schubertstraße fast allein wohne. Alle anderen Gestalten, die er wahrnahm, kamen ihm dem eigenen Haushalt irgendwie zugeordnet vor. Er meinte damit nichts anderes, als daß Herr Herr dem Haus und dessen Wohlfahrt auch diente, wenn er auf der anderen Straßenseite mit seinem Schäferhund in das Haus des Bundesbahnrats trat, und daß die Leute, die regelmäßig unter den Fenstern vorbeigingen, mit diesem Vorbeilaufen einer geheimen Pflicht gegenüber dem Hause Labonté genügten. Er erlebte seine Umgebung so vollständig wie ein Sonnensystem, harmonisch und »mit sich selbst in Übereinstimmung«, wie Kopernikus lehrt, und in jeder Bewegung den Ausgleich aller Kräfte augenblicklich wiederherstellend. So wie es in einer Welt alles gibt, was die Gesetze ihrer Entstehung gestatten, so empfand auch Alfred seine Welt als etwas Vollständiges. Sie ließ für Sehnsüchte keinen Raum, weil sie keinen Mangel besaß. Die Tanten gaben ihm, was er brauchte oder vernünftigerweise brauchen sollte, aber auch wenn sie ihm etwas wegnahmen, spürte er die Ordnung, die hinter solchen Entscheidungen stand, so stark heraus, daß es ihm nicht einmal heimlich gelang, sich zu wünschen, man möge ihm die Schokolade wiedergeben, so als trügen selbst harmlose Änderungen Gefahren für das Ganze in sich, das er zwar nicht verstand, das ihn aber von allen Seiten fühlbar umgab.

Alfred erlebte eine Zeit der Selbstgerechtigkeit ohne moralischen Makel. Er hielt sein Leben für schön und richtig, weil er sich außerhalb der eigenen Umgebung überhaupt kein Leben vorstellen konnte. Kein Bewohner eines Nebentales der Alpen konnte sein Dasein so einsam den Sternen gegenübergestellt finden wie der kleine Alfred, der gerade erst seinen Namen schreiben konnte, mitten in der Großstadt. Und selbst die Sterne waren zum Greifen nahe in seinen Kreis gerückt, denn empfingen sie nicht von der langen Stange des Laternenanzünders ihr Licht? Die erste Begegnung mit einem Lebewesen, das nicht in die eigene Welt gehörte, mußte deshalb zu einem schmerzhaften und verwirrenden Erlebnis geraten, das einen neuen Blick auf die vertraute Umgebung hervorbrachte. Seit jenem Abend, an dem Alfred Toddi Osten kennenlernte, wurden die Straßen der Nachbarschaft zur keineswegs immer freundlichen Außenwelt. Alfred verließ das Haus in der Stunde vor Sonnenuntergang, um in Sicherheit und wunschlosem Alleinsein Roller zu fahren, und er kehrte zurück als geschlagener Abenteurer aus fremdem Land.

Auf dem Schuttberg des Has'schen und Olenschlägerschen Hauses stand neben einer schwächlichen Birke ein dickes Kind mit seinem Roller und sah von unten wie ein dunkles Standbild aus. Der Roller des fremden Kindes war ein prachtvoller moderner Luxusroller, aus Eisen und Chrom und vor allem mit dicken, weißen Ballonreifen. Alfreds Holzroller wirkte dagegen klapprig, ärmlich und altmodisch, ein primitives Kinderspielzeug, während der Ballonreifenroller geradezu etwas für Erwachsene war. Das Kind war wohl ein Bub, obwohl sich seine Haare lockten, als ob er die Schleifen daraus verloren habe, und das Gesicht in seiner Dicklichkeit weibliche Züge besaß. Feindselig sah er nicht aus, als Alfred zu ihm aufstieg. Er guckte eher neugierig auf den Jungen, der sich ihm da, mehrfach ausrutschend, näherte. Alfred meinte später sogar, daß der fremde Junge »geglotzt« habe, und hatte recht, wenn er damit ein ungeniertes, wortloses Mustern seiner Person meinte. Keine Begrüßung, keine Vorstellung eröffnete diese erste Begegnung mit Toddi Osten, nur diese ungehemmten Blicke, die schon auch ein wenig herausfordernd genannt werden durften, weil er es nicht für nötig hielt, sie zu verbergen oder in ein Gespräch übergehen zu lassen. Da verschlug es auch Alfred die Sprache, der gegenüber den Selbstbewußten zu Schüchternheit neigte. Dabei wußte er eigentlich, was er gern gefragt hätte: Ob sie nämlich nicht einmal ganz kurz die Roller tauschen könnten. Die Fräulein Labonté waren der technischen Entwicklung gegenüber blind und lebten in der Vorstellung, daß alles, was die eigene Kindheit verschönt hatte, notwendig auch dem kleinen Alfred gefallen müsse. Und tatsächlich hatte sich der Neffe am Weihnachtsabend über den Holzroller auf seine sanfte und herzliche Weise gefreut. Jetzt aber, beim Anblick der weißen Ballonreifen, fiel es ihm wie Schuppen von den Augen.

Plötzlich sagte das dicke Kind: »Soll ich dir mal zeigen, was ich kann?« Dann stellte es sich auf den Roller, stieß sich ab und stürzte im Abenddämmer über Stock und Stein in die Tiefe, so sah das jedenfalls aus, denn die Halde war steil, und unten im Schatten der Ruinen konnte man schon nichts mehr richtig unterscheiden. Ein entsetzlicher Augenblick – aber unten kein Aufschlag und kein Wehgeschrei. War das dicke Kind am Ende tot?

Alfred suchte in der falschen Richtung. Er hatte nicht bemerkt, daß man am Ende der Halde ganz glatt eine Schleife fahren konnte, die den Schwung erheblich bremste. Nun zuckte er zusammen, als er, fast hinter sich, den Todesmutigen rufen hörte: »Und jetzt kommst du, wenn du dich traust!«

Alfred machte gleich bei diesem ersten Treffen mit Toddi Osten Bekanntschaft mit einem Gefühl, das ihn später – auch in den Zeiten besten Einvernehmens – immer begleiten würde, nämlich einer flauen Empfindung gegenüber allen Vorschlägen seines Freundes. Seine innere Stimme rief stets: »Nein!«, wenn Toddi ihn eindringlich belehrte. Dafür sollte es ihm aber nur selten gelingen, dieser inneren Stimme auch zu folgen. Er tat meist trotzdem, was Toddi ihm zumutete. So auch beim ersten Mal. Obwohl er nicht übertrieben furchtsam war, riet alles in ihm gegen diese Höllenfahrt. Toddis Ballonreifen nahmen die zahlreichen Hindernisse mühelos. Sie schmiegten sich um jeden spitzen Stein, der aus der Oberfläche ragte, und federten einen kleineren Aufprall komfortabel ab. Wie wenig der Holzroller der Tanten dem gewachsen war, zeigte sich blitzschnell, als Alfred unter inneren Warnungsrufen abstieß und zu Tal sauste. Schon der erste mörtelumkrustete Backstein, der im Wege lag, riß ihm den Lenker aus der Hand. Alfred flog in die Luft, der Roller ihm hinterher und beschrieb fast die gleiche Saltolinie. Alfred hatte aufgeschlagene Knie und war naß von Blut, das überall aus der aufgewetzten Haut der Beine hervortrat und ihm das Aussehen eines Schwerverletzten gab. Außerdem saß er in den Brennesseln. Es war dunkel, er war allein, er hatte Schmerzen, und er sah das eigene Blut fließen. Alfred verjüngte sich. Er zog die Knie unters

Kinn und wurde zu einem winzigen tränen- und blutfeuchten Wesen.

Dann merkte er, daß er nicht mehr allein war. Der Blick des fremden Kindes war auf ihn gerichtet, wissenschaftliches Interesse sprach aus seinen Augen. »Stirbst du jetzt?« fragte das Kind, indem es sich auf seinen Lenker stützte, als sei es geraten, zwischen sich und einem Moribunden eine Chromstange zu setzten. Alfred sah das Kind fassungslos an. »Na, das hier ist doch alles Bombengrundstück«, sagte das Kind mit aufklärerischer Miene. »Hier ist doch alles voll Leichengift. Und außerdem Rattengift. Und Mäusegift. Und Bazillen. Auf Grundstücken wie dem hier wimmelt's von Bazillen.«

Alfred fiel selbst in seiner verzweifelten Lage auf, daß das Kind die Is wie Ü aussprach. Er kannte diesen Akzent aus den Sendungen des Kinderfunks, die mit Vorliebe Berliner Kinder auftreten ließen, und ohne daß Alfred wußte, was ein Berliner war, teilte sich ihm in Verbindung mit den kessen Rundfunksendungen eine Vorstellung von Gewitztheit und Wichtigkeit der kleinen Meisterdetektive allein beim Klang dieser zum Ü deformierten Is mit. Und von dieser Autorität zehrte jetzt auch der kleine Dickliche mit seinen Vorhersagen. Im Zeichen des Üs kam die Gewißheit des Todes über den armen Alfred. Das dicke Kind war längst davongerollert, geräuschlos und doch gemächlich auf seinen bequemen Ballonreifen. Alfred blieb allein in der hereinbrechenden Nacht zurück. Herr Herr, der um diese Zeit mit dem Schäferhund spazierenging und sich am Has'schen Grundstück auf ein Mäuerchen zu setzen pflegte, fand ihn schließlich und führte ihn nach Hause. Alfred staunte unter Tränen, daß er noch laufen konnte.

Es kennzeichnet Alfreds Empfindungsart, seinen Mangel an Gerechtigkeitssinn und der Fähigkeit, sich zu entrüsten, daß er dem fremden Kind nicht nachtrug, wie wenig hilfsbereit es sich betragen hatte. Alfred trat damals in eine Dschungelwelt ein. Er fing an, seine Umgebung immer weniger zu verstehen. Andere Leute standen unter anderen Gesetzen und handelten nach ihnen. Wonach er selbst sich zu richten hatte, war ihm manchmal nicht mehr recht deutlich. Und so freute er sich sogar, als er Toddi Osten in der Schule wiederfand.

Er war stolz, daß sie sich bereits kannten, denn Toddi nahm vom ersten Tag eine Sonderrolle in der Klasse ein. Jeden Tag legte er Beweise einer Überlegenheit ab, die Alfreds Staunen erregte. Im Zeichen der weißen Ballonreifen hatten sie sich kennengelernt, und dieser Inbegriff des Teuren, Technischen, Modernen schwebte für Alfred sichtbar über eigentlich allen Äußerungen seines neuen Freundes. Mit der Lehrerin, der Frau eines blinden Kunsttöpfers, die sich als behutsam leitende, einfühlsame und fortschrittliche Pädagogin verstand und die dennoch für Alfred eine unangefochtene Autorität verkörperte, stand Toddi auf gleichem Fuß und erteilte ihr Ratschläge. Überhaupt war er schwer zu beeindrucken, denn er kannte alles, was anderen Kindern als Neuheit erschien, war schon häufig im Flugzeug geflogen und wirkte tatsächlich auch im Kinderfunk mit, das hatte Alfred ganz richtig herausgehört. Toddis wichtigste Eigenschaft, die alles, was er tat, sagte und besaß, zusammenfaßte, war jedoch, daß seine Eltern aus Berlin stammten. Wenn man Toddi hörte, war diese Herkunft etwas unerhört Bemerkenswertes, ein Umstand, den man einfach kennen und berücksichtigen mußte, wenn man die Persönlichkeit der Ostenschen Familie angemessen beurteilen wollte. Toddi fiel auf, daß keiner der kleinen Provinzler, die ihn umgaben, seine Urteile richtig einzuschätzen wußte, weil in Frankfurt die meisten Namen und Begriffe aus Berlin völlig unbekannt waren und auch keine besondere Neugier in dieser Beziehung bestand.

Was Toddi Osten anging, so half er solcher Ignoranz mit geradezu missionarischen Aufklärungsreden ab, und es gelang ihm um so besser, für Berlin zu werben, als er dabei im Grunde nur über sich selber sprach, denn die Ostens sahen sich stets in bezug zum Großen und Ganzen gesetzt. Alles, was an Berlin sagenumwoben und die Provinzseele beeindruckend war, bildete den Urgrund und das geistige Eigentum ihrer Familie. Auch die Familien Labonté und Has trugen Züge, die verrieten, daß sie aus Frankfurt stammten, aber bei den Ostens war zu beobachten, daß die Kinder einer Stadt dermaßen von dem gesamten Schicksal dieses Platzes überwältigt worden waren, daß sie mit vollem Recht ihr individuelles Schicksal vernachlässigen durften, um sich dem Kollektivschicksal ihres Herkunftsortes einzuschmelzen und darin aufzugehen. Alles, was es in Berlin gab, hatte irgendwie den Ostens gehört. Die Geschichte Berlins war letztlich ihre eigene, die Außerordentlichkeit Berlins hatte sich auf die Ostens übertragen. Wer sie reden hörte, mußte glauben, sie seien überall dabeigewesen: beim Ringverein und im Preußischen Herrenclub, beim Sechs-Tage-Rennen und bei Furtwängler, im Romanischen Café und im Hotel Adlon, beim Kronprinzen und bei Zille, ja, es klang so, als seien die Ostens unermüdlich auf den Beinen gewesen, und das waren sie natürlich nicht und hatten trotzdem nicht gelogen. Das Dabeigewesensein war die ihnen eigentümliche Erlebnisweise. Sie hatten ihre Seelen ausgesandt an die Orte der großen Ereignisse und saßen friedlich bei laufendem Radio und aßen ein schlichtes Abendbrot mit Rettich und Teewurst, und in ihrem Herzen pulsierte die Metropole. Eines der ersten Worte aus Toddis Mund, an das Alfred sich erinnern konnte, war: »Wir als Berliner sind aber nicht gewöhnt, daß die Mülltonnen nur zweimal die Woche geleert werden«, wobei der Sprecher dieser strengen Worte ja in Frankfurt geboren war und dennoch Berlin so tief erahnt hatte, um fortan alles, was er sah, an diesem Maßstab zu messen. Es schien geradezu, als ob er als Berliner dazu verurteilt sei, den Blick von der Stadt seiner Eltern niemals abwenden zu können. Daß es das Berlin, das er heraufbeschwor, eigentlich gar nicht mehr gab und vielleicht nie gegeben hatte, erhöhte seine beispielgebende spirituelle Gegenwart bis auf die Ebene des Himmlischen Jerusalem. Ein umgekehrter Provinzialismus war entstanden: Das »Was der Bauer nicht kennt, das frißt er nicht« paßte gut auch dorthin, wo es keine Bauern gab, sondern nur noch Berliner.

Wenn Toddi in die Welt sah, brauchte er sich aber nicht nur auf die große Stadt zu verlassen, die weit weg lag und ohne Vermittlung stumm geblieben wäre. Herr Osten half seinem Sohn, sich zurechtzufinden, indem er sich zum Sprachrohr Berlins machte und die Verwirklichung des metropolitanen Stils im täglichen Leben überwachte. Er war gewohnt, die Prinzipien des Kategorischen Imperativs anzuwenden, denn er sah nicht ein, warum ein vernünftiger Mensch nicht der ganzen Welt zum Vorbild dienen solle, und er hatte sich angewöhnt, über alles, was er sah, in einem Schnellverfahren das Urteil zu sprechen. Der Spruch hieß entweder: »Völlig unmöglich« oder »Das einzig Normale«. »Genau, genau«, antwortete darauf Frau Osten, und Toddi war noch nicht in der Schule, als er schon »Völlig klar« sagen konnte. Das Um-den-Block-Gehen war die »einzig normale« Art, frische Luft zu schnappen, in den

Wald zu fahren war »Völlig unmöglich«. Ein leichter Berliner Tonfall war das »einzig Normale«, ein ebenso leichter Frankfurter Akzent war »völlig unmöglich«. Schlimm für die Tanten Labonté, auch schlimm für Dr. Has, und wenn die Ostens erst die Olenschläger gehört hätten! Das Tischgebet von Fräulein Emig – völlig unmöglich! Das »Guten Appetit« der Tanten, bevor sie den Löffel in die Suppe tauchten – völlig unmöglich! Da gab es ja außerdem noch Sonntagsbraten – einen köstlichen, wie Toddi gelegentlich feststellen durfte –, anstatt das »einzig Normale« zu tun, nämlich zu »brunchen«. Herr Osten gebrauchte diesen eben erst aufgeschnappten Ausdruck mit einer Geläufigkeit, als habe im Grunewald schon in den zwanziger Jahren niemand mehr einfach spät gefrühstückt.

Natürlich kannte er die Lebensgewohnheiten der Labontés nicht aus eigener Anschauung. Allein die Vorstellung, ihn dort auf dem Sofa Kaffee und Kuchen einnehmen zu sehen, ist »völlig unmöglich«. Er war für sein Urteil, oder besser seine Verurteilung, auf die Erzählungen seines Sohnes angewiesen, der später häufig bei den Tanten Labonté saß, das Essen dort lauthals und völlig zu Recht, aber ohne daß er das hätte beurteilen können, lobte und nachher seinen Eltern vergnügliche Stunden bereitete, wenn er das »Komm, Herr Jesu, sei unser Gast« mit anschließendem »Guten Appetit« zum Besten gab. »Genau, genau!« rief dann das tränenlachende Elternpaar, und Herr Osten ging in die Küche, öffnete den Frigidaire, wie das bei Ostens hieß, so daß Alfreds erlernter Unterschied zwischen Eisschrank und Kühlschrank ganz überflüssig wurde, und holte sich eine Flasche Apfelsaft, das »einzig normale« Getränk, vor allem im beständig berauschten, durch Inzucht und Aberglauben versumpften Süddeutschland.

Der Neubau des Has'schen Hauses wurde mit Aufmerksamkeit verfolgt, ohne einer Familie, die Grunewald-Villen hatte entstehen und vergehen sehen, tiefer imponieren zu können. »Das ist natürlich sie!« rief Herr Osten, dem Dorothée Has von anderen Hundebesitzern gezeigt worden war. »Sie ist die Begabte! Ich kenne diesen Schlag genau! In Berlin gab es sie zu Tausenden. Sie hat das Gewisse. Er merkt natürlich gar nicht, was sie mit ihm macht. Erst die kleinen Perlen im Ohr und dann avantgardistisch. Die Frau ist im Grunde zu schade für Frankfurt.« Diese Erklärung gab Osten vor dem Rohbau ab, den er mit seiner Familie bei einem Gang um den Block besichtigt hatte. Alle drei trugen Kamelhaarmäntel und schwarze Tirolerhüte. Später wurde auch noch das Haus Labonté vorgenommen. »Wir haben euer Haus gesehen«, sagte Toddi zu Alfred auf dem Schulhof in einem Tonfall, als wolle er sagen: »Wir haben euer Haus genehmigt.«

Wenn Toddi Osten etwas sagte, blieb das nicht ohne Wirkung. Er war ein hübscher Junge, ganz nach seiner Mutter geraten und hatte von ihr auch einen Schuß frühreifer Weiblichkeit mitbekommen, die seine Sicherheit eigentümlich tönte. Wenn Alfred an Toddi Osten dachte, fing er sogar an, den eigenen Namen zu hassen. Alfred kam ihm häßlich und armselig vor, wohingegen Thomas volltönend und rund und zugleich ein wenig erlesen klang, obwohl jetzt ziemlich viele Kinder Thomas hießen und überhaupt keins Alfred. Niemand aber schien den Namen Thomas mit solchem Recht zu tragen wie Toddi Osten, der von seinen Ansprüchen, seinen Erfahrungen und seiner Herkunft her einen solch edlen Namen am vollständigsten ausfüllte. Alfred kam es vor, als sei Thomas die vollkommene klangliche Entsprechung zu dem Kamelhaarmantel, mit dem Toddi im Winter bekleidet war, und er ging sogar so weit, Kamelhaarmäntel überhaupt »Thomas« zu nennen, wie bestimmte Kleidungsstücke Stresemann oder Spenzer genannt werden. Kurzum, Thomas Osten hatte auf dem Schulhof das Ansehen eines Auserwählten, und dazu trug seine Unbeeindruckbarkeit von den Aufregungen des Schullebens ebenso bei wie sein Vater, den viele Kinder gesehen hatten, wenn er seinen Sohn abholte, den aber alle Kinder schon gehört hatten, wenn sie einmal länger aufbleiben durften, denn der Vater Osten war die Seele einer wichtigen Jazz-Sendung im Radio oder auch im »Funk«, wie das bei den Ostens hieß. Er war eine Berühmtheit von der Art, wie sie nur das Radio hervorbringt. Jeder kannte ihn, aber keiner wußte genau, was er eigentlich tat, wenn er nicht so kennerhaft und verständnisvoll im Radio plauderte. Dabei sprach er übrigens das Wort »Jazz« so aus, daß es sich auf »Hatz« reimte, was Begriffsstutzige schließen ließ, daß er mit den Ausspracheregeln des Englischen nicht vertraut war, und das stimmte sogar. Wer aber die feine Ironie, die in seiner Stimme schwang, wenn er »Jatz« sagte, richtig auffaßte, der verstand, daß Osten nicht nur diejenigen zurechtwies, die »Jatz« sagten, weil sie es nicht besser wußten, sondern auch die anderen, die sich etwas darauf zugute hielten, einwandfrei »Jazz« sagen zu können. Das Ganze zeugte einfach von überwältigender Souveränität, und das spürten schließlich auch die Begriffsstutzigsten, die den zarten Verästelungen solcher Späße nicht sofort zu folgen vermochten.

Man sieht also, daß hinter Toddi Osten etwas stand, keine grauen Mäuse und alten Tanten, sondern etwas Schneidiges und Vorbildliches, wie es einige Jahre zuvor allenfalls ein Jagdflieger gewesen wäre. Die Zeit veränderte später die Skala der Wertschätzungen. Allmählich wuchs den Grundstücken der Tanten Strahlkraft zu, schließlich erhielt sogar ihr Blumenstilleben von Hans Thoma Gewicht. Toddi Osten fühlte solche Veränderungen am schnellsten. Er ließ seine Eltern allmählich in einen Hintergrund treten, der durch das Panorama der Stadt Berlin in Umrissen ausgefüllt wurde. Die Jazz-Sendungen waren mittlerweile etwas geradezu Ehrwürdiges geworden. Es hieß in ihnen nicht mehr: »Hört zu, wie neu wir sind«, sondern: »Weißt du noch, wie neu wir damals waren«, und das sicherte diesen Programmen die Unangreifbarkeit einer wirklichen kulturellen Institution. Toddi Osten konnte auf ihre Stütze dennoch verzichten. Seine Überlegenheit speiste sich nicht mehr aus irgendwelchen äußeren Quellen, sondern war zu einer geradezu physischen Eigenschaft geworden, und insoweit bestand durchaus Anlaß zum Dank an die stolzen Eltern, die zufrieden sahen, wie blühte, was sie ihrem Sohn mitgegeben hatten.

Seitdem Alfred Toddi Osten kannte, hatte er das Gefühl verloren, in einer geschlossenen, sich selbst genügenden Welt zu wohnen. Die Mutter der Unzufriedenheit, das Vergleichen, gewann Macht in seinem Leben. Was vorher selbstverständlich war, kam Alfred nun manchmal geradezu monströs vor. Bis dahin hatte er bei seinen Tanten gelebt, als bestehe die einzig denkbare familiäre Zelle aus zwei alten Frauen und einem kleinen Jungen. Plötzlich traten nun Eltern hervor und wurden als unschlagbare Referenzen angeführt: »Mein Vater« und »meine Mutter« standen als mächtige Wesen hinter ihrem wortgewandten Botschafter Toddi und lobten und tadelten nach erhabenen Maßstäben, die Alfred unerreichbar vorkamen. Alfred versuchte, den Tanten treu zu bleiben, wenn ihm auch häufig nichts zur Verteidigung ihres Lebensstils einfiel, der am

Ende, so dachte er nun gelegentlich, wohl nicht nur zur Berliner Lebensart in unversöhnlichem Gegensatz stand. Alfred sah eine feste und sichere Welt zu einem Fragment werden, ohne daß sich im Äußeren irgend etwas geändert hätte. Nicht daß es etwas Besseres als die eigene Umgebung gab, sondern daß überhaupt etwas anderes, das nicht auf das Haus der Tanten Labonté bezogen war, leben durfte, raubte eine Weile den vertrauten Lebensformen ihren Duft und ließ sie geradezu als abgestorbene Rituale erscheinen. Daß das Leben im Schubertstraßen-Haus nun nicht mehr beanspruchen durfte, »alles« zu enthalten, raubte Alfred seine Anmut, die sich aus Unschuld und Sicherheit genährt hatte, und ließ ihn in Gesellschaft von Toddi Osten tatsächlich gehemmter und unreifer wirken, als er es eigentlich war. Dann stellte sich die Gewohnheit ein, schmolz Toddi Ostens Berlin und Alfreds Schubertstraße zusammen und schuf eine neue Plattform unbewußter Normalität.

Toddi Osten hatte Alfred die Augen für die Mängel seines Daseins in einer schmerzhaften und beunruhigenden Weise geöffnet. Daß etwas, was man selbst nicht besitzt, nicht nur die Mißempfindungen des Entbehrens auslösen kann, sondern auch erwärmende, begeisternde Gefühle und eine schöne herzbezwingende Unruhe, erfuhr Alfred hingegen in Gesellschaft, fast möchte man sagen, an der Hand seiner Tanten, die doch eigentlich für neue Einsichten nun nicht mehr gut sein konnten. Die Tanten reisten im Sommer gern an den Lago Maggiore, denn sie hatten dort eine Pension gefunden, die von zwei Schwestern geführt wurde. Dort fühlten sie sich wohl. Hätten sie selber in Falkenstein, in der Tudorvilla ihres Vetters, eine Pension eröffnet, so wären, von den Spaghetti abgesehen, fast die gleichen Mahlzeiten auf den Tisch gekommen, vor allem aber hätten sich die Hausordnungen auf das Haar geglichen, mit der höflichen Bitte um absolute Ruhe und dem ebenso höflichen Angebot, gelegentlich gern etwas aufzubügeln.

Die Pension hieß Villa Hildegard und lag in einem kleinen Garten voller Hortensien, die viel üppiger blühten als im Vorgarten der Tanten im Westend, vor allem aber gab es eine Palme mit struppigem Stamm, die wie die Spaghetti bewies, daß man im Ausland war. Alfred empfand die Villa Hildegard zunächst als beunruhigend. So heiß er seine Tanten liebte und so weit entfernt er auch davon war, ihre altjüngferlichen Eigenschaften lächerlich zu finden, verwirrte ihn doch die Vervielfältigung ihrer Erscheinung, die er im Westend für einzigartig halten durfte und die ihm hier in zahlreichen Spielarten entgegentrat. Nicht nur die beiden Pensionswirtinnen spiegelten die Fräulein Labonté wider, nein, der ganze kleine Speisesaal war angefüllt mit ältlichen Damenpaaren, die alle sommerliches Beige trugen und eine Sammlung bunter Tabletten neben den numerierten Serviettenringen liegen hatten. Das Ruhegebot im Haus bereitete ihm hingegen keine Schwierigkeit. Er machte ohnehin niemals Krach, sondern saß in kurzen Hosen am Brunnenrand, der von der Palme beschattet wurde, und beobachtete die Eidechsen, die sich wie Statuen ihrer selbst auf den heißen Steinen sonnten und dann in plötzlichem Entschluß nach vorn schossen, um unter den glänzenden Hortensienblättern zu verschwinden.

Die Tanten besaßen in der Villa Hildegard ein Privileg. Es war ihnen nämlich gestattet, auch nach Schließung der Haustür um neun Uhr abends noch auszugehen, mit Hausschlüssel sogar, so daß kein Klingeln die Nachtruhe störte. Tante Mi und Tante Tildchen strebten nach dem Essen gern in ein hellerleuchtetes Terrassencafé, um die durch bunte Birnchen geschaffene »Italienische Nacht« zu bewundern und einen Magenbitter zu trinken. Nur dies nächtliche Ausgehen unterschied ihr Leben in der Villa Hildegard von ihrem Leben im Westend. Es enthielt für sie den Inbegriff der südländischen Sommerfrische, und ihr Einzug auf der vollbesetzten Caféterrasse strahlte stets die selbstbewußte Würde von Menschen aus, die dabei sind, eine ehrwürdige Sitte durch ihr opferbereites Handeln am Leben zu erhalten.

Alfred blieb selbstverständlich zu Hause in seinem Bett, wenn die Tanten zum Magenbitter aufbrachen, und versuchte sich vorzustellen, worin wohl das Wesen einer Italienischen Nacht bestehe. War am Ende der Ausbruch des Vesuvs damit gemeint? Er sah eine mit Lichtern besternte Meeresbucht vor sich, die sich blitzartig erhellt, weil aus dem Berg eine Art steinerner Champagnerkorken herausgeflogen ist, dem Fluten flüssigen Feuers folgten und ringsum bis zum schwarzen Meerwasser alles in Brand setzten. Aber Locarno lag jeden Morgen, wenn er die Augen aufschlug, völlig unversehrt da. Alles war zu einer Wiederholung des Schauspiels gerüstet, an der Alfred abermals nicht teilnahm, weil er ins Bett gesteckt wurde. Ein andermal sprachen die Tanten von einem Esel, der vor die

Caféterrasse geführt worden war. Das Tier sei mit Blumen und Federn geschmückt gewesen und habe einen Strohhut mit Löchern für die Eselsohren getragen, auf seinem Rücken habe ein kleiner Affe in einem roten Frack, aber ohne Hosen gesessen. »Der Affe war frech«, sagte Tante Tildchen warmherzig, als sei Frechheit in manchen Fällen etwas sehr, sehr Braves, und sie hätte auch gewiß mehr Trinkgeld gegeben, wenn die Münzen nicht von dem Affen eingesammelt worden wären, denn sie fürchtete sich vor seinen Flöhen.

Für Alfred stellte es sich nun so dar, als sei die Bedienung in diesem Café überhaupt tierisch: Affen, Eselchen und Katzen mit weißen Schürzen hielten sich schwankend und angestrengt auf zwei Beinen und apportierten die winzigen Gläschen braunen Magenbitters. In dem Maß, wie sich diese Vorstellung vertiefte, bekamen auch die Gäste Tierköpfe. Im flackernden Licht rauchiger Fackeln nippten Kamelhäupter würdevoll an den dicken Kaffeetassen, und saugten hochaufgerichtete Krokodile Limonade aus Strohhalmen, die zwischen ihren zahlreich und wildgewachsenen Zähnen steckten. Alfred kam es vor, als ob die Tanten bereits erwartet wurden. Ein fetter Kater trat auf sie zu und überreichte ihnen höflich zwei große Eulenhäupter. Die Tanten stülpten sie in der gewohnten Umständlichkeit, mit der sie auch ihre Haarnetze befestigten, über ihre Köpfe. Ein strenger Geruch hing über den sich schweigend erfrischenden Gästen. Alfred ließ die Augen schweifen und betrachtete eine Gruppe finster aussehender, zigarettenrauchender Katzen, die sich gegenseitig dermaßen vielsagende Blicke zuwarfen, daß Alfred fühlte, sie stünden unmittelbar davor, etwas zu sagen. Aber sie blieben stumm, und als Alfred seine Tanten wieder suchte, waren sie verschwunden. Er weinte neuerdings in der Nacht, wenn die Tanten zurückkamen und sich an dem heißen, schlafenden Kindergesicht erfreuen wollten. Obwohl er wußte, daß das Nasenbein in den kleinen, leicht gebogenen Nasen seiner Tanten so kurz war, daß diese Näschen nur aus weichem Gewebe bestanden, glaubte er jetzt, daß sich harte Schnäbel seiner Ohrmuschel näherten, um ein kleines Dreieck herauszuknipsen. Er fürchtete die Zärtlichkeit dieser Raubvögel.

Zum Schauder der Tanten liefen recht viele Kinder zwischen den Tischen der Caféterrasse herum, die zum Teil sogar jünger als

Alfred aussahen. »Diese Kinder werden früh verblühen«, sagte Tante Mi zu Tante Tildchen, wobei sie doch eigentlich vom Herzensfrieden eines schon vor Jahrzehnten verblühten Lebens nur Erfreuliches hätte berichten können. Fräulein Hildegard schätzte indessen die Gefahr, daß Alfred von einem Abend im Café in seiner Jugendkraft beeinträchtigt werde, gering ein. Sie fürchtete vielmehr sein nächtliches Weinen und warnte vor den Alpträumen, die dauernde Ängste in seine Seele senken könnten. Die Gefahren einer jeden Erziehung erhoben sich vor den inneren Augen der Fräulein Labonté. Tante Tildchen wurde von Furcht vor der Verantwortung ergriffen, und Tante Mi grübelte wortlos vor sich hin. Aber auch Alfred versank in Gedanken, als er erfuhr, daß er am Abend die Tanten begleiten solle.

Die Stühle des Cafés bildeten Reihen wie im Theater. Die Straße war die Bühne. Alfred begriff sofort, daß dort vor ihm das Eigentliche erscheinen werde, in der dunklen Zone, die außerhalb der Lichtfluten lag. Die Tanten betrachteten das Ende der Beleuchtung wie eine Wand und schenkten dem Leben im Dunkeln keine Bedeutung. Alfred hingegen geriet in einen Zustand ahnungsvoller Erregung, den er lange wieder in sich hervorrufen konnte, wenn eine Kleinigkeit seiner Erinnerung aufhalf. Ein Stückchen roter Stoff zum Beispiel ließ die einzigartige Szene, wie eben geschehen, auf seinem geistigen Theater erscheinen.

Die Frau, die Alfreds Blicke augenblicklich anzog, trug ein rotes hautenges Kleid, das ihren Körper in seiner ganzen Üppigkeit den abschätzenden Blicken vorführte. In diesem engen Kleid wurde sie beinahe zur Skulptur, wenn sie sich nicht ständig bewegt hätte, um mit schlenderndem Schritt und einem Wiegen der Schultern, der Taille und des Hinterteils alle Partien ihres schönen Leibes sichtbar werden zu lassen. Sie ging wie eine Katze, die kein bestimmtes Ziel hat, sondern das Gehen nur für die Erhöhung des Lebensgefühls und aus Lust an sich selbst betreibt. Wie die Tanten nahm sie das Ende der Cafébeleuchtung als unüberschreitbare Grenze. Im Licht lief sie die ganze vordere Stuhlreihe auf und ab, lächelte dabei und warf manchen Gästen Blicke zu, ohne den frechen Zurufen einiger junger Männer, die in weißen Hosen ganz vorn saßen, mehr als Verachtung zu schenken, und kaum daß sie diesen munteren Tisch passiert hatte, war auch ihr Lächeln wieder da, das Alfred unverwandt betrachtete. Die Frau hatte ein griechisches Profil, wie man so sagt, wenn der Nasenansatz ohne Einschnitt in eine glattgewölbte Stirn übergeht, ihr Mund war wie eine dunkelrote Kirsche und saß nach sehr kurzer, geradezu gelockerter Oberlippe gleich unter der Nase. Das Haar war schwarz und fiel, nachdem es am Hinterkopf von einem Kamm aus blauem Glas hochgehalten wurde, in einzelnen langen Locken über den Nacken, der manchmal hell aufblitzte, wenn sie im Gehen ihren Kopf schüttelte, um das Haar wie Wasser in einer Schüssel in spielerische Wellenbewegung zu versetzen. Alfred staunte, wie gelassen das Publikum die Freigebigkeit, mit der dies vollkommene Wesen sich zeigte, zur Kenntnis nahm. Die meisten schauten gar nicht hin.

Alfred glaubte zunächst, daß sie vielleicht singen werde. Das Publikum sei unaufmerksam, weil das Programm noch nicht begonnen habe. Aber dann kam aus dem Inneren des Cafés ein kleiner, dicker Mann mit weißer Schürze herausgelaufen und sprach gedämpft, aber eindringlich mit der schönen Frau, indem er mit dem Arm in das Dunkel wies: Dorthin sollte sie sich, wenn es nach ihm ging, offenbar verfügen. Sie blieb nicht einmal stehen, während er mit unterdrückter Stimme schimpfte, sondern sah ihn nur spöttisch über die Schulter an. Alfred fand, daß mit jeder Lebensäußerung dieser einsamen, mutigen rotgekleideten Frau ihr Zauber ins Unwiderstehliche wuchs.

Der dicke Cafétier wollte Aufsehen vermeiden. Er fürchtete zugleich wohl um seine Würde und winkte für das Tätlichwerden einen hochgewachsenen, vornübergebeugten Kellner mit ironischem Gesicht herbei. »Giorgio«, rief die Frau, während der Kellner dem Cafétier noch zuhörte. Sie näherte sich wieder und hatte nun eine kleine Zigarette zwischen den Fingern. Jeder sah, daß sie Feuer haben wollte. Der Kellner sah längst nicht mehr so überlegen wie eben noch aus. »Giorgio«, wiederholte nun die Rot-Schwarze, die sich schon in bedrohlicher Nähe befand. Ihre Stimme klang zwar gut hörbar durch die Stuhlreihen, war dabei aber verschleiert und dunkel und voller Anspielungen, die der lange Kellner wohl allzu gut verstand, denn er machte eine verlegene Bewegung mit den Schultern, als wolle er sich aus seiner weißen Jacke herauswinden. Ein leises Gelächter flog durch das Publikum. Der Tisch der Kerle in den weißen Hosen war längst schon ein Herd des Übermutes.

Die Tanten nahmen aber immer noch nichts wahr. Sie sprachen kein Wort Italienisch, und sie verspürten auch keine Neugier, obwohl sie in Frankfurt durchaus wissen wollten, was in ihrer Umgebung geschah, und es hin und wieder nicht verschmähten, unbeweglich hinter den von außen undurchdringlichen Vorhängen des Eßzimmers zu stehen und das Kommen und Gehen im Hause des gegenüber wohnenden Bundesbahnrats zu verfolgen. Ihr Wissensdurst erwachte eben erst in einem Umfeld gesicherter Vorkenntnisse, die sie im Fall des Bundesbahnrats besaßen. Er grüßte sie seit vielen Jahren, und seine kränkliche Frau erzählte gelegentlich von ihren zahlreichen und langwierigen Kuraufenthalten, während derer das bundesbahnrätliche Anwesen aber keineswegs in strohwitwerlicher Unbelebtheit versank, soviel war vom Platz hinter den Eßzimmergardinen aus sicher zu sagen. Die lebhaft italienisch schwatzende Menschenmenge jedoch, in deren Mitte sich die Schwestern allabendlich begaben, um Magenbitter zu trinken, blieb für sie fast unsichtbar. Sorge bereitete ihnen nur Alfred, der nach kurzem schon nicht mehr an der netten Unterhaltung teilnahm, und vor sich hinstarrte. »Es ist eben doch zu spät für das Kind«, sagte Tante Mi, »er wird morgen einen Mittagsschlaf halten müssen«, und ihre staunende Besorgnis wuchs, als Alfred, der durch das Wort »Mittagsschlaf« sonst in heftigen Widerstand zu treiben war, auch auf dies letzte Mittel hin regungslos blieb. Offensichtlich hörte und sah er längst nichts mehr.

Die Tanten hatte Alfred tatsächlich vergessen. Er sah nur noch den blühenden Körper in seinem roten Gefängnis, denn nun machte die Frau plötzlich Front zum Lokal, stellte sich mit zurückgeworfenem Kopf auf, zeigte ihre Zigarette vor und rief dem Kellner Giorgio zwei Wörter in scharfem Befehlston zu. Alfred staunte, daß nicht hundert brennende Streichhölzer vor dies Gesicht gehalten wurden. Aber Giorgio war nicht der Mann, der solchen Zerreißproben standhielt. Er zeigte auf seinen zornigen kleinen Chef und ging dann mit schlenkernden langen Gliedern in das Innere des Cafés, ließ den Kopf hängen und probierte doch schon wieder ein halbes Grinsen aus. Lachen begleitete ihn. Vom Tisch der weißen Hosen wurde offenbar Unrühmliches gerufen. Die Rote gewährte ihm aber keinen lautlosen Abgang. Sie öffnete ihren Mund, warf die Zigarette fort, stemmte die Hände in die Hüften und begann mit erhobener Stimme zu sprechen. Rauhe, harte Wörter kamen wie Rufe aus ihrem Mund. Alfred verstand nichts und wußte doch, daß die Flüche, die von der Grenze der Nacht in das Café hineinflogen, den länglichen Kellner Giorgio vernichten mußten.

Nun wachten auch die xenophoben Tanten auf. »Tildchen, ist das nicht eine...«, flüsterte Mi, und Tildchen nickte und sagte: »Ich glaube auch, daß das eine...« Beiden war klar, daß das Kind augenblicklich von diesem Ort entfernt werden müsse, und sie erkannten zugleich, daß Alfred keineswegs nur vor sich hin geträumt hatte. Aber nun war es zu spät zur Flucht, denn der Zorn der Rot-Schwarzen hatte die Luft mit soviel Leidenschaft gesättigt, daß eine Explosion bevorstand.

Die Explosion hatte einen Vorläufer, der die Frau hätte warnen müssen, wenn sie noch fähig gewesen wäre, Signale der Außenwelt zu empfangen. Hinter ihr, aus der schwarzen Nacht, schob sich plötzlich ein Motorrad ins Licht und ließ den Auspuff knallen. Wie der Mann, der abstieg, eigentlich aussah, nahm Alfred kaum wahr. Er erinnerte sich später nur noch an das Blitzen eines Goldzahns. Der Mann bewegte sich schnell, aber nicht eilig, er schien nach Plan zu handeln. Für einen Augenblick verschwand er gänzlich hinter dem Körper der Schönen. Plötzlich stieß sie einen seltsamen kleinen Laut aus und warf den Kopf tief in den Nacken zurück. Und jetzt sahen alle, daß der Fremde sie an den Haaren gepackt hatte und ihren Kopf hart nach rechts und links riß. In ihrem Schrecken blieb sie stumm. Sie wehrte sich nicht und kniff vor Schmerzen nur die Augen zusammen, während der Mann nicht aufhörte, sie mit seiner ganzen Kraft hin und her zu zerren. Tante Mi griff in die Luft, als sie versuchte, Alfred die Augen zuzuhalten, denn sie konnte selber den Blick nicht abwenden. Keiner versuchte, der Frau zu helfen, der Zirkel der weißen Hosen schon gar nicht, obwohl auch hier betroffene Stille herrschte. In der Tür des Cafés standen der Cafétier und der lahme Giorgio, beide fassungslos, und rührten sich nicht. Kein Zweifel, daß eine unheimliche Verzauberung von dem häßlichen Bild ausging.

Der ganze Auftritt dauerte keine drei Minuten, und doch schien die Züchtigung kein Ende zu nehmen. Die Bewegungen der Schönen, von deren Schönheit nichts übriggeblieben war als ein zerzauster Schopf und ein geschwollenes Gesicht, rührten Alfred unendlich. Bei jedem Riß an ihrem Haar schwankte sie auf ihren hohen Absätzen. Ihre Arme ruderten unbeholfen. Ihr Kopf wurde von ihrem Peiniger schief zur Seite gezogen. Mit einem Ruck zog er sie zu seinem Motorrad. Sie kletterte ohne ein Widerwort, aber behindert durch ihr enges Kleid, hinter ihn. Der Auspuff knallte dem Publikum in die offenen Münder, und im Nu war das Paar in der Dunkelheit wieder verschwunden.

Wenn Alfred später an den Abend auf der Caféterrasse dachte, nannte er die Rot-Schwarze stets »Die schönste Frau der Welt«. Über welche Erfahrung verfügte er eigentlich, um einen solchen Titel zu vergeben? Um es klar zu sagen, die Schönheit war eine Eigenschaft, der Alfred bisher nicht die geringste Aufmerksamkeit geschenkt hatte. Das Wort »schön« gebrauchte er vorwiegend, wenn er gefragt wurde, wie es in der Schule gewesen sei – »schön« eben –, das machte selbst die Tanten ungeduldig. »In der Schule kann es überhaupt nicht schön gewesen sein«, sagte Tante Mi, »es kann interessant, lehrreich oder langweilig gewesen sein« – das räumte sie immerhin ein – »aber bestimmt nicht schön.« – »Schön sind die Krokusse«, sagte Tildchen, die ihren Tadel positiv ausdrükken wollte, »und die ersten Kätzchen und Hyazinthen.« Alfred widersprach nicht, sondern versuchte Tildchen zu verstehen. Waren weiße Ballonreifen vielleicht auch »schön«? Schon über dieser Frage verlor er den Faden. Deshalb war es doppelt erstaunlich, daß für ihn an der Schönheit der Rot-Schwarzen vom ersten Augenblick an nicht der mindeste Zweifel bestand. Er sah sie und wußte sofort, daß er nie vorher ein herrlicheres Lebewesen gesehen hatte. In seinen Gedanken flog das Wort »schön« aus dem Wirbel der Ungenauigkeit heraus wie eine Rakete, die sich mit Donnerknall in der Himmelsschwärze öffnet – schön war die Frau in dem engen Kleid, schön und sonst nichts auf der Welt. Aus dieser blitzartigen Einsicht wurde der Superlativ von selbst geboren: schön, schöner, am schönsten – wer in so hohem und unbedingtem Maße vor allem schön war, wie die rot-schwarze Frau, der besaß auch Anrecht darauf, das preisende Wort in seiner triumphalen Steigerung vor sich her zu tragen. Die schönste Frau der Welt war nicht aus einem Konkurs mit anderen Frauen hervorgegangen, sondern war allein in jubelnder Erleuchtung zu ihrem Ruhmesnamen gelangt.

Niemand hatte Alfred die Anzeichen der Verliebtheit beschrieben, die Begeisterung, die sich reich fühlt, weil sie eine fremde Schönheit entdeckt hat. Und er wünschte nicht einmal, der Rot-Schwarzen nahezukommen. Seine Bewunderung war ganz selbstlos. Der begriffsstutzige, verträumte Alfred lernte in den kurzen Augenblicken auf der Caféterrasse eine Fülle neuer Empfindungen kennen, und er vergaß nicht, was er lernte. Er erlebte, daß ihm beschieden war, die Schönheit der Rot-Schwarzen mit unbedingter Gewißheit zu erfahren, an der die anderen Zeugen keinen Anteil hatten. Tante Mi sprach auf dem Heimweg gedämpft von der »unbeschreiblich gewöhnlichen Person«. Tildchen vermutete, daß die Frau außerdem krank gewesen sei. Auch hatte sich keine Hand der vielen starken Männer gerührt, als die Schönheit beleidigt worden war. Solche außergewöhnlichen Erscheinungen schwebten beständig in Gefahr, das begriff Alfred. Von einer abgestumpften Umgebung mißhandelt und verkannt zu werden, das gehörte zur Schönheit offenbar wesentlich dazu. Vielleicht hätte ihn die Schönheit der Frau überhaupt nicht so heftig ergriffen, wenn er nicht gesehen hätte, wie wehrlos sie der Gewalt gegenüberstand. Es war schrecklich, der Zerstörung der »schönsten Frau der Welt« und ihrer Verschleppung ins Finstere beizuwohnen, aber das bedeutendere Schauspiel war doch die Schönheit selbst. Die Grausamkeit des Schlägers trat ihr gegenüber in seiner Erinnerung zurück.

Toddi Osten erzählte gewöhnlich von den Stewardessen, die er auf den Berlin-Flügen beobachtet hatte: »Die hübschesten Mädchen, alle blond mit kilometerlangen Beinen«, die unerbittliche Wettbewerbe bestehen mußten. Gewiß, er war nur das Sprachrohr seines Vaters, wenn er so etwas sagte, und ließ das sogar durchblikken, aber Alfred hörte ihm dennoch beschämt zu, weil er nicht verstand, was Toddi doch offenbar wußte, wenn er »kilometerlange Beine« rühmte. Schon vor diesem Hintergrund war das Erlebnis auf der Caféterrasse ein Triumph. Wenn er auch nicht alles, was ihm da offenbart worden war, in Worte zu fassen vermochte, so besaß er doch die Gewißheit, mit der lautersten Wirklichkeit in Berührung gekommen zu sein, und er staunte, wie wenig die Kraft der Bilder nachließ, wenn er sie sich später vor Augen rief. Sofort meinte er, sein Blut strömen zu spüren, als sitze er wieder unter den bunten Birnchen der »Italienischen Nacht«.

Eduard Has hatte es abgelehnt, seine Tochter Lilly auf die gewöhnliche Volksschule zu schicken. Am Tag, als Alfred mit seiner Schultüte in die Westend-Schule zog, brachte Has die kleine Lilly in die »Ecole Française«. Lilly verstand kein Wort Französisch und unternahm auch keine Versuche, ein bißchen zu lernen. Sie schwieg ein halbes Jahr und malte nur ausdrucksvoll angefaulte, plattgedrückte Äpfel auf die roten Linien ihrer Schiefertafel, die bei den Franzosen damals noch verwendet wurde. Niemand wußte, ob es Os oder As waren, und auch die Lehrerin bekam nicht heraus, was Lilly geschrieben hatte. Lilly wußte es selbst nicht, sah aber nicht ratlos, sondern dunkel und vorwurfsvoll aus, wenn man sie fragte. Auf Rat des Direktors beendete Has schließlich das Experiment. Als Alfred, aus den Sommerferien zurückgekehrt, wieder neben Toddi Osten in der Klasse saß, öffnete sich die Tür, und der Rektor der Volksschule führte ein kleines Mädchen herein. Alfred sah das puppenhaft-zarte Profil, die saphirblauen Augen und das vollendet geschwungene Mündchen. Vor allem aber sah er das Haar, die hellblonde Löwenmähne, den Strahlenglanz, die schlangenhaften Locken. Man fragte sich, wie solche Kraft aus einem derart zarten Körper fließen konnte. Alfred war nicht unvorbereitet auf diesen Augenblick. Er war in Stille und Einsamkeit von seinen Eindrücken durchgeknetet und gewalkt worden, und er hatte wie ein Teig auf dem Fensterbrett von Fräulein Emigs Souterrainküche geduldig dem Ziel entgegengewartet. Wenn die Rot-Schwarze in schwerer Ölfarbe gemalt war, dann war Lilly Has ein duftiges Pastell. Trotzdem fand Alfred, daß sie der Frau aus Locarno an Schönheit nicht nachstand.

Jede Mutter freut sich über ein schönes Kind, und vor allem Dorothée Has wäre die letzte gewesen, die die Verheißung eines guten Herzens oder anderer Gnadengaben über körperliche Mängel ihrer Tochter hinweggeholfen hätte. Zugleich besaß sie genügend Nüchternheit, um die Puppenschönheit von Lillys Kindergesicht nicht gleich als Versprechen auf die Zukunft zu nehmen. Sie wußte, daß jenes besondere Entzücken, das der Anblick von kleinen Köpfen in Erwachsenen auslöst, vor allem den Proportionen zuzuschreiben war, der übermäßig vorgewölbten Stirn und der im Vergleich dazu winzigen Nase. Das alles würde sich schon bald auswachsen. Erstaunlich schnell würde die hohe Engelsstirn schrumpfen und vielleicht sogar ausgesprochen niedrig werden. Dafür pflegten dann die

Nasen ein unerfreuliches Wachstum zu entwickeln, das niemand vorhergesehen hatte. Der schöne Hinterkopf wurde auf einmal platt, und auf der Haut erlosch der Schimmer aus Säuglingsduft und frischer Samtigkeit, der beim Küssen soviel Befriedigung gewährte. In die Augen, die eben noch weniger dem Sehen gedient hatten als der Aufgabe, dem Träumen Ausdruck zu verleihen, trat allmählich der Ausdruck des Interesses und damit fast immer etwas Unedles, denn die kleinen Monstren, das wußte Dorothée, gaben ihre Gier vollkommen unverhüllt preis, bis man ihnen beigebracht hatte, sie zu verbergen und sie auf geheime Weise zu befriedigen.

Eine merkwürdige Aufgabe kam den Erziehern da zu. Dorothée fand, daß ein Kind von Instinkt und Geschmack eigentlich selbst erraten müsse, wie es seiner Umwelt am angenehmsten erscheinen werde. Sie hätte schwören können, daß niemand sie erzogen habe. Sie war sich völlig sicher, die eigene Person niemandem anders als sich selbst zu verdanken. Zugleich empfand sie sich als schlecht ausgerüstet für das Leben, in das sie in Frankfurt geraten war. Sie hatte eine Tochter zur Welt gebracht und bebte noch immer vor Entrüstung bei dem Gedanken, daß ihr niemand gesagt hatte, wie weh das tat.

Bis dahin hatte sie den stärksten Schmerz ihres Lebens anläßlich einer Blinddarmentzündung empfunden, aber sie wußte davon schließlich nur noch, daß man ihr nach der Operation gezeigt hatte, wie sie sich auf möglichst schmerzfreie Weise im Bett aufrichten könne. Gegen die Schmerzen der Wehen aber wußte niemand Rat. Die erfahrene Diakonisse maß ihnen keine weitere Bedeutung bei und fand offenbar, daß Dorothée sich anstelle, die bereits aufgelöst war und sich im Zustand äußerster Verzweiflung befand. In ihrer Todesnot trat ihr wie eine ferne Erinnerung vor Augen, daß sie sich dieses Kind gewünscht habe, und sie war viel zu ehrlich, um diesen Wunsch nun abzuleugnen, sondern erkannte nur mit dem Schrekken, den man vor der Erbarmungslosigkeit des Absurden empfindet, daß sie selbst es war, die ihre unerträgliche Lage verschuldet hatte. Jeder Gedanke löste eben Ketten von Unheil aus, jedes Heben der Hand konnte Häuser einstürzen lassen. Dorothée begriff, daß sie in ihrem Leben bisher allzu tätig gewesen war. Sie hatte geatmet und also die Ursache für zahllose Gefährdungen ihrer Ruhe geschaffen.

Man kann sagen, daß die Geburt ihrer Tochter das erste unangenehme Erlebnis war, das Dorothée in Frankfurt wiederfuhr. Has genierte sich ein wenig für die Wohnung, in die er seine Braut brachte, um einen Ausdruck zu gebrauchen, der nicht dasselbe Gewicht wie das Wort »schämen« besitzt, obwohl das Gefühl genauso zu brennen vermag. Nach dem Tode der Olenschläger hatte Eduard die mütterliche Wohnung übernommen, was viel praktischen Sinn bewies, denn es war der Mutter gelungen, sich auf einer Etage fast wieder so einzurichten, wie sie es vor dem Krieg in ihrem Elternhaus gewohnt gewesen war, nur kleiner natürlich, wie sie es aber für eine »Wittib«, so ihr Wort, auch angemessen fand. Und so viel Hausrat auch in der Mendelssohnstraße verbrannt war, so viel war in kurzem auch wieder herbeigeschafft worden, aus dem Olenschlägerschen Landhaus in Falkenstein vor allem, aber auch aus Lagerstätten, die unversehrt geblieben waren und rechtzeitig gewisse Schätze aus dem Mendelssohnstraßen-Haus aufgenommen hatten.

Dorothée sah sich also dem altgewohnten Ensemble gegenüber – mit Gobelinstoff bezogene Sessel, unter Glasplatten wie getrocknete Blumen gepreßte Spitzen und barocke Zinngefäße, als sie zum erstenmal die Wohnung betrat. Sie hörte aber gar nicht recht zu, als Has ihr eifrig erklärte, er stehe ohnehin kurz davor, sich von diesem Plunder zu trennen, habe ihn geistig seit langem überwunden, was er ja auch als Sammler bereits bewiesen habe, und freue sich, die bevorstehenden Entscheidungen nun mit ihr gemeinsam treffen zu können. Dorothée schenkte diesen Worten keine Beachtung, denn sie hatte gegen den Lebensstil der verstorbenen Olenschläger nichts einzuwenden. Sie war gewohnt, sich bis zum Erlebnis rettungsloser Einsamkeit als eigenständiges Lebewesen zu empfinden, das keine Eigenschaft mit einem anderen teilt, und erwartete nicht im mindesten, daß ihr die Wohnung gefiel, ja sie hielt es sogar für ausgeschlossen, daß sie ihr gefallen konnte. Sie hätte sich ihren eigenen Geschmack bei anderen verbeten. Abgesehen von den Dingen, die sie auf dem Leibe trug, waren ihr allerdings ihre ästhetischen Vorlieben höchst unklar geblieben. Bei Guggisheim jedenfalls hatte es ihr keinesfalls gefallen, aber nicht etwa der Farben oder der Möbel wegen, sondern weil alles zu häufig umgeräumt wurde. Sie liebte feste Plätzchen zum Schlafen und fürchtete Zugluft über alles. Die

Witwenwohnung der ausgebombten Olenschläger hingegen hatte Doppelfenster, war dunkel und überheizt und schien auf den ersten Blick unübersichtlich. Das hatten die Räume mit vielen Wohnungen in Frankfurt gemeinsam, die durch Teilung des Hauses oder andere Umbauten entstanden waren.

Dorothée sah sich um und fand nichts, woran sie Anstoß nahm. Als kleines Mädchen war sie häufig umgezogen und hatte sogar dreimal während nur eines Jahres die Schule gewechselt. Der Lebensstil ihrer Eltern hatte niemals zu festen Formen gefunden, die wirtschaftliche Basis der Familie war stets unsicher gewesen. So, wie es bei der toten Olenschläger aussah, war es gewiß nicht besonders schön. Es fehlten klare Farben, alles schwamm in beige-grauen Tönen. Nur die Goldrahmen setzten finstere Lichter. Zugleich aber war klar, daß das Ideal der einstigen Bewohnerin nicht die bedingungslose Mobilität gewesen war, wie Dorothée sie zu ihrem Mißvergnügen bisher gekannt hatte. Obwohl Eduards Mutter diese Räume, der Not gehorchend, erst vor wenigen Jahren bezogen hatte, sah dort schon alles wie für die Ewigkeit eingewohnt aus. Der Kaffeeduft, der hier fast Tag und Nacht aufgestiegen war, hatte die Stoffe imprägniert und dem gesamten Interieur eine gleichsam Rembrandtsche Lasur verliehen.

Sie verstand nicht, was Has hier derart scheußlich fand. Sie kapitulierte vor dem geschlossenen Ganzen, das ihr warm entgegenkam, und vermochte nicht in kritischem Sinne Teile herauszubrechen, um sie zu verwerfen oder zu loben. Sie stand zusammen mit Eduard Has vor den Ruinen des Hauses Olenschläger und hörte ihm zu, wie er in jenem bestimmten Stil, den er inzwischen für die Beschreibung seines untergegangenen Elternhauses entwickelt hatte, über die Vergangenheit und die Zukunft sprach. Bei aller Schmähung der düsteren Pracht des zerstörten Hauses und bei allem Spott über dessen Ausschmückung vergaß er niemals, beiläufig zu erwähnen, daß man die Handwerker seinerzeit aus Paris habe kommen lassen und die Ofensetzer aus Holland. Er übertrieb auch ein wenig die Ausmaße und erklärte höchstrichterlich, daß man dergleichen heutzutage natürlich nicht mehr machen könne. Statt dessen werde ein sachlicher, glatter Bau entstehen, wie er ihn in der »Verwaltung« durchgesetzt habe. Und in die neue Welt, die hoch oben für die Familie geschaffen werde, ziehe nichts von dem Hausrat mit, der sie in der Wohnung der toten Schwiegermutter habe verstummen lassen. Es gehörte zu Dorothées Eigenheiten, daß sie solche Mißverständnisse nicht aufklärte, sondern schweigend zusah, wie sie sich entwickelten: ob sie einfach im Raume liegenblieben und schließlich vergessen wurden, oder ob sie anwuchsen, in Bewegung gerieten und ernste Zerstörungen anrichteten.

In seiner Verliebtheit glaubte Has, in ihrer Miene lesen zu können. Er rühmte überall das schweigende Einverständnis, das zwischen ihm und seiner Frau bestehe, eine Art der wortlosen Verständigung, die nur zwischen Personen möglich sei, die sich gegenseitig körperlich vollkommen glücklich machten. Man sieht, daß Has vor lauter Ehestolz gelegentlich die Grenzen des Dezenten überschritt.

Kaum daß er Dorothée richtig besaß, sah er sich auch schon Vater werden. Außerdem baute er ein Haus, das die Maßstäbe des Westends umstürzen würde und das nicht nur seine Familie, sondern auch die bereits keimhaft angelegte Sammlung aufzunehmen bestimmt war. Has erlebte seine Gründerjahre. Er lag nachts oft wach, weil ihn das Brausen, das die Zukunftspläne in ihm erzeugten, nicht einschlafen ließ. Morgens erhob er sich dann nur mit Mühe, so als hätten die nächtlichen Gedanken tatsächlich einen berauschenden Saft enthalten. Es beeinträchtigte seinen Sinn für Repräsentation nur leicht, daß er seine Hochzeit nicht in großer Öffentlichkeit begehen konnte, denn die Scheidung von Guggisheim, der sich während der ganzen Zeit nur hilfreich erwies, häufig mit Dorothée telefonierte und Has gegenüber mit der vollendeten Sachlichkeit eines seit langem verbundenen Geschäftspartners auftrat, war erst kurz vor der Entbindung zustande gekommen. Statt dessen beschenkte ihn der deutlich gerundete Leib, mit dem Dorothée sich an seiner Seite auf das Standesamt begab, mit der herausfordernden Ausstrahlung des Schwerenöters. Er genoß die Blicke, die auf ihnen hafteten, mit Selbstgefälligkeit, während Dorothée für solche Anfechtungen unempfänglich blieb. Sie dachte nur an die Süße des Rosenduftes, der von ihrem Strauß zu ihrer Nase aufstieg und von dem sie fürchtete, daß er ihr Kopfschmerzen bereiten werde.

Bei dem anschließenden Mittagessen, zu dem sie mit einer Karte eingeladen hatten, auf der es hieß »Herr und Frau Dr. Eduard Has geben sich die Ehre usw.« und die teilweise große Überraschung auslöste, weil die Vermählung nicht allgemein bekanntgegeben worden war, lernte sie Fred Olenschläger kennen, der dem Paar einen dünngerahmten Stahlstich vom Frankfurter Domturm überreichte – das Blatt war ihm zuvor von der Stadtsparkasse zu Weihnachten geschenkt worden, aber er gab es ungern aus der Hand, denn er war klug genug, um zu wissen, daß die Gabe nicht hochgeachtet werden würde, und bedauerte deshalb die Verschwendung. Eine milde Melancholie lag auf seinen Zügen, während er Dorothée betrachtete. Sie entdeckte nichts Galliges an ihm und tadelte Has im geheimen, daß er den Vetter derart falsch beschrieben hatte. Has warf denn auch einen scheelen Blick auf die beiden, die friedlich, wenn auch wortkarg, nebeneinandersaßen und sich sichtlich wohl fühlten. Er witterte immer Gefahr, wenn der Vetter Fred sich auffällig freundlich betrug, und empfand einen Stich, als er Dorothée gelegentlich gelassen lächeln sah. Ihm kam es so vor, als versuche Fred schon beim Hochzeitsessen, das Ehepaar zu entzweien. An dem Essen nahm wegen des fortgeschrittenen Zustandes der Braut nur die engere Familie teil, Cousinen der verstorbenen Olenschläger und zwei Onkel von der Has'schen Seite, alles ältere Leute von provinzieller Heiterkeit. Eine Rede war von Fred Olenschläger nicht zu befürchten.

Nach allmählicher Erwärmung durch den Rotwein legte der Vetter aber plötzlich die magere Hand auf den Unterarm der neuen Cousine, drückte ihn fest und sah ihr lange in die neugierig kindlichen Augen. Er machte den Eindruck, als wolle er ihr etwas mitteilen. Sein Gesicht drückte Zweifel aus, wie er beginnen solle. »Mein liebes Kind«, sagte er schließlich und schloß den Mund dann wieder. Er war wohl zu der Überzeugung gelangt, daß jede Mitteilung hier sinnlos wäre, und wackelte nur leicht mit dem Kopf, als wolle er sagen: Was soll man da machen, ihr lieben Herren?, eine Frage, die in Frankfurt keine Antwort erwartete und deren Vieldeutigkeit verborgenen Spott nicht ausschloß. Gerade solche Unwägbarkeiten zogen Dorothée aber an. Sie begründete an diesem Tag eine Vorliebe für Fred Olenschläger, die übrigens keine weiteren Folgen hatte. Es wäre ihr nicht im Traum eingefallen, irgend etwas zu tun, was eine regelrechte Freundschaft zwischen ihnen hätte schaffen können. Die Vorstellung, mit ihm allein auszugehen, lag ihr genauso fern wie ihm. Nur Has spürte bald, daß sie nicht mochte, wenn er versuchte, über Fred Olenschläger herzuziehen. Er bemühte sich dann, ihr genau zu erklären, was ihm an seinem Vetter mißfiel. Er redete sich in Hitze und fühlte nur, wie sie sich immer mehr von ihm abwandte. Solche Flecken auf der Blütenfrische ihrer Einigkeit ließ Has nicht zu. Er wählte einen in der Schule seiner Mutter erstmals betretenen Ausweg und vermied fortan, den Namen Freds in Dorothées Anwesenheit in den Mund zu nehmen.

Dorothée fand in Frankfurt einen vollständig eingerichteten Haushalt vor, der noch in gleicher Weise geführt wurde wie in den Tagen der Olenschläger, wenn man davon absah, daß nun nicht mehr unablässig Kaffee gekocht wurde. Es gab noch die Köchin, die schon seit über zehn Jahren im Haus und bei den Freunden der Familie für ihre Weihnachtsplätzchen berühmt war, von denen die Olenschläger nach allen Seiten Tüten voll zu verschenken pflegte. Dieser Frau war die Küche im Ganzen überlassen, und wenn auch das Durchsehen des Haushaltsbuchs zu den wichtigen Ritualen des Hauses gehörte, so hatte die verstorbene Olenschläger in Wahrheit doch bald solches Vertrauen zu ihrer Köchin gefaßt, daß sie sie walten ließ und nur gelegentlich etwas anmerkte, was dann auch gar nicht gut ausging, denn die Köchin ließ sich, nachdem sie sich an die Lässigkeit der Olenschläger gewöhnt hatte, überhaupt nicht mehr in ihr Geschäft hineinreden. Das hieß aber nicht, daß die Olenschläger ihre Köchin fürchtete. Sie war eine überlegene Menschenkennerin und wußte, daß die Frau ohne fühlbare Aufsicht am besten arbeitete, ebenso wie sie ihrem Sohn in den bescheidensten Angelegenheiten Mißtrauen entgegenbrachte und sich darin gleichfalls nicht täuschte.

Als Dorothée einzog, zunächst im Gästezimmer wohnte, dann aber bald ein gemeinsames Schlafzimmer geschaffen wurde, wobei man das Schlafzimmer der Toten respektvoll unberührt ließ, war der Köchin noch gar nichts anzumerken. Sie legte wieder zwei Gedecke auf, als sei die alte Hausherrin von kurzem Aufenthalt auf dem Hauptfriedhof zurückgekehrt, und verfolgte den gleichen Speiseplan wie zu ihren Lebzeiten: Montag Nudeltag, Dienstag Strudeltag, Mittwoch Knödeltag, Donnerstag Fleischtag, Freitag Fischtag, Samstag Suppentag, Sonntag Bratentag, woraus man richtig schließt, daß die tüchtige Frau aus Böhmen stammte. Dorothée fand die Mahlzeiten köstlich, wie sie sagte, aß aber nichts davon, oder höchstens eine Gabel voll, und führte danach kleine Pantomimen auf, die zum Inhalt hatten, daß sie gleich platze. »Ich bin schon satt, wenn ich bloß Essen rieche«, sagte sie heiter und hätte dabei schwören können, der Köchin ein Kompliment gemacht zu haben. Has war der Diener seines eigenen Bauches und nicht gewillt, sich lange Sorgen zu machen, wovon seine Frau eigentlich lebe. Sie besaß einen Mund, um sich zu beschweren, und da sie doch offensichtlich nichts dergleichen tat, war wohl alles in der schönsten Ordnung. Tatsächlich ließ Dorothée auch nicht das kleinste kritische Wort fallen, und in der Küche bemerkte man nur an ihren fast unbenutzten Tellern, daß sie nicht gegessen hatte, denn Has pflegte zu essen, solange sich etwas in den Schüsseln befand, und verzehrte ohne weiteres, was Dorothée liegenließ.

Und so überraschte Eduard und Dorothée die Kündigung der Köchin wie ein Ereignis, das durch nichts vorbereitet war. Has war es nicht gewohnt, nach den Motiven »solcher Leute«, wie er sich ausdrückte, zu forschen. »Köchinnen sind immer beleidigt«, dieser Satz gehörte zu seinen festen Lebensmaximen, und vielleicht war überhaupt keine Überzeugung bei ihm derart sicher begründet wie diese, die er vermutlich aus einem vergessenen humoristischen Roman aufgeschnappt hatte. Dorothée bestärkte ihn nicht darin, die Kündigung der Köchin als großes Unglück anzusehen. Er sagte sich, daß sie die Frau schließlich gar nicht gekannt habe. Warum sollte sie also für deren Weggang besondere Anteilnahme aufbringen? Außerdem fand er es in Ordnung, wenn eine neue Hausfrau mit neuen Leuten anfing, und er entdeckte nun plötzlich lauter kleine Fehler bei der mütterlichen Köchin, die ihm schon immer mißfallen haben wollten. In diesem Alter hätte sie ohnehin nicht mehr umlernen können, sagte sich Has, und ein Stein fiel ihm vom Herzen, wenn er an die häuslichen Kämpfe, die verdorbene Laune, die unweigerlich sämtliche Mahlzeiten begleitet hätte, und an die Tränen dachte, die ihm durch die Kündigung der Köchin erspart wurden.

Zwei Tage nachdem die Frau das Haus verlassen hatte, gingen der Kaffee und der Tee aus. Auch Brot war keins mehr in dem blechernen Brotkasten. Has entschloß sich, in einem Café zu frühstücken, aber an den folgenden Tagen war dem Mangel keineswegs abgeholfen. Dorothée trank Milch zum Frühstück und aß eine Scheibe Knäckebrot dazu. Für beide Nahrungsmittel, die Has haßte, war gesorgt. Und immer noch lüftete sich vor ihm nicht der Schleier, der das Gesetz seiner Zukunft verbarg. Eduard glaubte selbst beim Anblick der Milchflaschen und des Knäckebrots, daß es sich dabei um zufällige logistische Engpässe handele, wie sie in jedem Haushalt einmal auftraten. Überall fehlt manchmal Zucker oder Salz, ist Brot verschimmelt oder Wurst schlecht geworden. In solchen Fällen bewies sich die Kunst der Improvisation. Has hatte von Hausfrauen gehört, die »zaubern« konnten, wie man sich ausdrückte. Solche Zauberei war ihm als genuin weibliche Kunst gerühmt worden. Auf der anderen Seite sah er ein, daß auch Zauberkunststücke gewisser Vorbereitungen bedürfen, und er hätte selber nicht zu sagen gewußt, wann Dorothée, nachdem sie sich gemeinsam nach kurzer Nacht erhoben, eigentlich für das Frühstück hätte sorgen können. Es stand für ihn fest, daß die Frau, die er da zwischen den Basler Bilderstößen herausgezogen hatte, übernatürliche Fähigkeiten besaß, die vielleicht noch kostbarer dadurch wurden, daß sie sich nicht auf die Küche erstreckten. Er betrieb daher die Suche nach einer neuen Köchin mit Energie und vom Büro aus, wo er auch die Anwärterinnen empfing, um Dorothée nicht zu belasten.

Unendlich langsam lüftete sich der Schleier. Die Frauen, die sich vorstellten, kamen alle nicht in Frage. Sie hatten entweder keine Zeugnisse oder rochen nicht gut oder schwiegen mißtrauisch oder redeten ohne Ende. Has mußte zugeben, daß er der Aufgabe, eine neue Köchin auszuwählen, nicht gewachsen war. Er stellte schließlich doch eine ein, nur weil sie das heimatliche Frankfurterisch sprach. Er glaubte, inzwischen alle Dialekte vernommen zu haben, und war sich sicher, daß er weder mit einer Schlesierin noch einer Schwäbin, noch einer Kölnerin, noch einer Sächsin würde leben können. Die erste nachmütterliche Köchin hielt es keinen Monat aus. Gewiß, sie sprach frankfurterisch, aber sie benutzte dies Idiom nicht einmal, um Has Lebewohl zu sagen. Als er eines Abends nach Hause kam, erwartete Dorothée ihn mit der Mitteilung, daß die neue Kraft schon wieder gegangen sei.

Das war der Anfang einer nie wieder abreißenden Kette neuer Gesichter. Keine Frau blieb länger als ein halbes Jahr bei Dorothée, wie Has sich inzwischen eingestehen mußte, denn mit ihm hatten die Haushaltswesen fast überhaupt nichts mehr zu tun. Dahin waren die Suppen-, Knödel-, Nudel- und Strudeltage, vom Sonntagsbraten ganz zu schweigen. Dorothée hatte eine Art Standardmenü entwickelt, das ihr bekam und das den Vorteil besaß, auch ohne Hilfskräfte in der Küche zubereitet werden zu können. Zu Beginn gab es eine ausgestochene »Grapefruit«, wie man im Nachkriegsdeutschland zu sagen gelernt hatte, dann folgte ohne Salz und Fett gedünstetes Gemüse, Karotten und Spinat vorzugsweise, und den Abschluß machte ein Joghurt. Dazu trank Dorothée Mineralwasser ohne Kohlensäure, über dessen lauwarme Temperierung sie strenger wachte, als ein Sommelier es bei seinen Rotweinen tut. Has magerte ab, zumal auch im Kühlschrank nicht mehr wie früher Vorräte für kräftige Zwischenmahlzeiten gehalten wurden. Ein schönes Schinkenbrot um zwölf Uhr mittags, wenn das Essen noch unerträgliche anderthalb Stunden auf sich warten ließ, oder eine kräftige Teemahlzeit mit Butterkuchen und Leberwurst hatten bisher zu den Gewohnheiten seines Lebens gehört, die dadurch so köstlich wurden, daß man sie beinahe überhaupt nicht mehr wahrnahm. Notgedrungen ging Has allmählich dazu über, seinen Lebensmittelpunkt, soweit er sich auf die Ernährung bezog, von zu Hause weg in die Stadt zu verlagern, wohlgemerkt ohne Dorothée gegenüber, nicht einmal in Gedanken, ein Wort des Tadels zu äußern. »Ich gehöre eben nicht zu dem Typ Mann, der seine Köchin heiratet!« sagte Has in dem nie versiegenden Bedürfnis, seinen Lebensverhältnissen den Glanz des Besonderen abzuringen.

Viele Zusammenstöße bekam Has gar nicht mit. Meistens ging es wie mit der ersten Köchin, die von einem auf den anderen Tag das Haus verlassen hatte. Dorothée konnte niemals sagen, was eigentlich vorgefallen war. »Es gefiel ihr bei uns wohl nicht« oder »Ich glaube, sie war etwas komisch im Kopf«, waren die einzigen Deutungsversuche des neuerlichen Fiasko. Einmal kam Has hinzu, als er aus dem Flur Schluchzen und laute Ausrufe hörte. Dort stand die dickliche Schlesierin, der die Kämme immer aus dem spärlichen Haar fielen – Has hatte schließlich doch noch eine Schlesierin eingestellt –, schon im Mantel und rief in das große Wohnzimmer, in dem mit abgewandtem Kopf Dorothée saß, stets aufs neue: »Sie sind kein Mensch! Sie sind überhaupt kein Mensch! Schämen Sie sich!« Als sie Has bemerkte, verstummte sie, ergriff ihre gepackte Reisetasche und schlug die Wohnungstür hinter sich zu. Has glaubte damals, Dorothée habe das komplizierte Selbstbewußtsein dieser Frau berührt, sie habe es womöglich an demokratischen Tugenden fehlen lassen.

Auf diesem Gebiete glaubte er Erfahrungen gesammelt zu haben. Er hörte es nicht ungern, wenn ihn das Hauspersonal, aber auch der weitere Umkreis, Herr Herr und Frau Scharnhorst etwa, »Herr Doktor« nannten und hatte noch niemanden dazu auffordern müssen, denn er fand eine allgemeine Bereitwilligkeit zum häufigen Gebrauch dieses Titels vor. Weniger angenehm war ihm die Sitte der entsprechenden Personen, seinen von ihm höchstpersönlich erworbenen Universitätsgrad auch auf seine Frau zu übertragen, wie es vor dem Krieg allgemein und selbstverständlich geschah, nach dem Krieg jedoch mit einemmal ein wenig kleinstädtisch und lächerlich klang. Vor allem beim Auskunftgeben am Telefon, wenn Freunde anriefen, sollte die »Frau Doktor« nicht benutzt werden. Statt dessen, so legte er einer Person, deren Gesicht er inzwischen schon wieder vergessen hatte, in gemütlichem Ton nahe, biete sich ja die »gnädige Frau« an, eine Anrede, die er gleichfalls benutze, wie er in dem geradezu rührenden Versuch, Brücken zum schönen Leben zu bauen, hinzufügte. Kurzum, dieser Vorschlag war in verletztem Ton und ohne Hoffnung auf Kompromisse – wie hätten die auch aussehen sollen? – zurückgewiesen worden, und Has, der ein Ohr für die Zeitstimmung besaß, hielt es denn auch für falsch, in dieser Hinsicht zu insistieren, und lenkte mit Geschmeidigkeit von der Bedeutung seines Wunsches ab. Immerhin fiel ihm aus diesem Anlaß die Bemerkung ein: »Solche Damen haben neuerdings die Deklaration der Menschenrechte auf dem Nachttisch liegen«, von der er zur Kennzeichnung des heikel gewordenen Umgangs zwischen den Klassen noch jahrelang Gebrauch machte.

Er sah aber schnell ein, daß Dorothées Schwierigkeiten mit den Angestellten nicht in dieser Richtung begründet waren. Dorothée war eine Frau ohne jeden Anspruch. Sie war vollkommen, so fand Eduard Has jedenfalls, aber auf eine höchst unauffällige, fast versteckte Weise. Wer das erkannte, der ordnete sich ihr unter, und zwar mit Freuden, und wer blind dafür blieb, den nahm Dorothée überhaupt nicht wahr. Jedenfalls verstrickte sie sich nicht in kleinliche Machtkämpfe. Und Schikanen und Kontrollen, wie sie sich Hausfrauen leisteten, die gern ein fühlbares Regiment ausübten, waren bei ihr unvorstellbar. Es war ausgeschlossen, daß sie etwa nachprüfte, ob Staub gewischt worden war oder wieviel die Koteletts gekostet hatten. Sie verabscheute den Anblick von rohem Fleisch und hielt sich überhaupt nur in dem engen Rahmen der eigenen Bedürfnisse für zuständig.

Has fragte sich schließlich, ob sich die Frauen am Ende gar einsam bei ihnen fühlten? Seine Phantasie gab ihm ein, daß eine Frau, die Köchin wird, zuallererst einen Weg aus ihrem Alleinsein suche. Eine solche Frau erwarte Ansprache, wenn sie sich einer intakten Familie anschließe. Von seiner Seite fehlte es daran grundsätzlich nie. Zu allen Zeiten seines Lebens hatte er den jovialen Austausch mit den Angestellten gepflegt. Er hielt lange Gespräche mit dem Friseur, mit Herrn Herr und natürlich auch mit der Köchin seiner Mutter, aber zu den Frauen, die er seit seinem Zusammenleben mit Dorothée einstellte, fand er keine Verbindung, hauptsächlich, weil Dorothée ihn ablenkte. Natürlich hatte er in den ersten Monaten für nichts anderes einen Blick als für seine schöne Beute, und später war er immer seltener zu Hause, denn es hatte sich eingespielt, daß er häufig auswärts aß, dabei durchaus auch von Dorothée begleitet, die im Restaurant manchmal sogar Wein trank und dann in gänzlich rätselhafte, aber keineswegs reizlose Stimmungen verfiel. Es kam ihm vor, als entschließe sie sich nach zwei Gläsern Wein leichter, sich von ihm bedrängen und umarmen zu lassen, was sie in nüchternem Zustand oft regelrecht zu erschrecken schien. Er sah sich dann als Ungeheuer, das ein unschuldiges Wesen beunruhigt und mit einer Triebhaftigkeit quält, die jenem fremd ist.

Aber in diesem frühen Stadium ihrer Verbindung vermochten solche Schwierigkeiten nur sein Entzücken zu steigern. Seine Phantasie beschäftigte sich unablässig mit Dorothée. Mit der Frage, was sie jetzt wohl gerade denken mochte, konnte er jede beliebige Zeit ausfüllen. Manchmal glaubte er dabei sogar zu Erlebnissen zu gelangen. Es geschah nämlich gelegentlich, daß Dorothée mitten aus tiefster Geistesabwesenheit plötzlich aufstand, durchs Zimmer ging und ihn im Vorbeigehen auf die Stirn küßte, ein vollkommen beiläufiges Küßchen wie die Berührung mit einem Schmetterlingsflügel. Sie hatte dann etwas Selbstgefälliges im Gesicht, so spürte Has mit Sicherheit, aber er hätte nicht sagen können, wieso ihn dieser Ausdruck mit solcher Seligkeit erfüllte.

Nicht der beständige Wechsel des Personals und die damit verbundene Auflösung eines einstmals so stattlichen Haushaltes beeinträchtigten diese erste Zeit des Glücks, sondern eine andere Beobachtung, die er, einem Geistesblitz folgend, ganz plötzlich mit den ewig kündigenden Köchinnen in Verbindung brachte. Schon als er Dorothée nach Frankfurt führte, war dieser Siegeszug von einem kleinen Ritardando begleitet gewesen. Bei Karlsruhe entdeckte sie nämlich, daß ein Ring an ihrem Finger fehlte, ein kleiner Rubin von ihrer Großmutter, wertvoll wie ein Blutstropfen aus dem Herzen der in São Paulo seit langem Verschiedenen. Sie schwor, daß sie sich auf der Autobahnraststätte bei Baden-Baden die Hände gewaschen habe, nur dort könne der Ring liegengeblieben sein. Has kehrte um, zitierte den Geschäftsführer der Raststätte, ließ das gesamte Personal verhören, setzte eine Fundanzeige auf, die eine Belohnung weit über dem Wert des Ringes verhieß und die im Restaurant angeschlagen wurde, und telefonierte noch tagelang, ob sich der Ring inzwischen gefunden habe. Nach einer Woche entdeckte er einen hübschen, kleinen Ring mit Rubincabochon auf Dorothées kleinem Finger – ja gewiß, der Ring der Großmutter, der ganz brav in seiner Schatulle gelegen hatte. Dorothée zeigte plötzlich, wie erleichtert sie war, und er tat es ihr nach, nachdem er einen gewissen Widerstand, der sich in ihm regte, heruntergeschluckt hatte.

Dieser Ring war nicht das letzte Schmuckstück, das abhanden kam. Dorothées Leben in Frankfurt hätte in nahezu schläfriger Ausgeglichenheit verlaufen können, wenn sie keinen Schmuck besessen hätte. Es schien, als ob die kleine Sammlung funkelnder Gegenstände niemals vollständig beisammen lag. Das von Christian Morgenstern beschriebene Gespenst, das Taschentücher frißt, fraß im Hause Has Saphire und Smaragde, spuckte sie aber nach einer Weile wieder aus, nicht ohne durch den Scherz beträchtlichen Schaden angerichtet zu haben. Wenn Dorothée ein Schmuckstück vermißte, versuchte sie, genau wie ein Polizeikommissar, zu rekonstruieren, wann sie es zum letztenmal getragen hatte, ein Spiel, das von unumstößlichen Gewißheiten bis zu unauslotbaren Zweifeln reichte. Beide Bewußtseinsformen wechselten sich beständig ab. Der erwähnte Polizeikommissar wäre um seine Nervenkraft gebracht worden, hätte er Dorothée als Zeugin zu vernehmen gehabt. Niemals wurde die Frage erörtert, ob der Ring gestohlen sein könne, das fiel selbst Has auf, vor allem, weil er, wenn alle Möglichkeiten des Verbleibs ausgeschlossen waren und als letztes nur noch übrigblieb, daß der Ring sich in Luft aufgelöst habe, feststellte, daß Dorothée ihn ganz nahe an den Diebstahlsverdacht heranführte, ohne das schreckliche Wort selbst fallenzulassen. Ihr unruhevoller Blick freilich sprach davon, daß sie zwar ihren Lippen, nicht aber ihren Gedanken Einhalt zu gebieten vermochte. Ein Haus, das nicht sicher war, in dem sie um ihre Erinnerungsstücke bestohlen wurde – hatte Eduard Has sie in ein solches Haus geführt? Diesen Gedanken ließ er sich auch durch noch so drängende Blicke nicht nahelegen. Eines Tages rutschte es ihr dann doch heraus, bezeichnenderweise in dem Augenblick, als die Gefahr wieder einmal vorübergegangen war und der Saphir – derselbe, den sie trug, als Eduard sie kennenlernte – sich in der Hausapotheke hinter einer Pflasterrolle wiedergefunden hatte. »Ich bin so froh, daß er wieder da ist!« sagte Dorothée, als sei der Stein auf den Krällchen seiner Einfassung davongekrochen, nach einiger Überlegung aber zurückgekehrt, und als sei nicht sie es gewesen, die ihn in ihrer Zerstreutheit an diesem dunklen, entlegenen Winkel zurückgelassen hatte. »Ich fürchtete schon, die Köchin habe ihn gestohlen.«

Unnötig, noch zu erwähnen, wo sich zu diesem Zeitpunkt die Köchin befand. Sie hatte das Haus verlassen, und zwar so plötzlich, daß der Kuchenteig, den sie zum Gehen in die Speisekammer gestellt hatte, nicht mehr gebacken worden war, sondern still und einsam auf dem Regal vertrocknete. Vor Has tat sich plötzlich die Wahrscheinlichkeit eines schreckenerregenden Szenarios auf. »Du hast ihr das aber doch nicht gesagt?« frage er so vorsichtig, als fürchte er, seine Stimme könne das Zimmer in seinen Festen erschüttern. »Aber natürlich habe ich davon gesprochen«, sagte Dorothée gleichfalls gedämpft, aber zugleich verwundert über seine Frage.

Eduard Has wandte sein Gesicht zur Seite. Er wollte nicht, daß sie den Ausdruck darauf erkannte. Was ihn entsetzte, war nicht nur ihre Gelassenheit, die verriet, daß sie bei einer solchen Verdächtigung nicht das mindeste empfand, sondern vor allem die Gewißheit, daß ein solcher Auftritt nicht das erste Mal stattgefunden hatte. Er war verzweifelt, denn er fühlte, wie wichtig es für sie beide war, daß er erfuhr, ob sie am laufenden Band den Leuten solche Vorwürfe machte, und er spürte zugleich, daß er außerstande war, sie zu diesem Punkt auszuforschen. Er fürchtete sich ganz einfach davor, die Wahrheit zu erfahren, die ihn in eine ausweglose Lage versetzen würde. Was sollte er tun, wenn sich seine Ahnung bestätigte? Er wußte nicht, wie er Dorothée erklären sollte, daß er ihr Verhalten unerträglich fand, denn er spürte deutlich, daß sie ihn nicht verstehen würde. Alles, was bei einem solchen Gespräch zutage träte, wäre die Erkenntnis, in wichtigen Fragen einander völlig fremd zu sein. Ihre Stimme und ihr Blick waren wasserhell. Sie hegte nicht den kleinsten Zweifel an ihrer Handlungsweise, sondern befand sich in ungebrochener Übereinstimmung mit sich selbst. Wie durch einen winzigen Spalt erblickte Has einen Lidschlag lang die Monstrosität einer Unmoral, die mit seelischem Frieden und innerer Harmonie einhergeht. Von diesem Anblick wandte er die Augen indes sofort wieder ab. Die unbewußte Kenntnis der Ökonomie seiner seelischen Kräfte sagte ihm, daß er den Konflikten, die sich aus der Ergründung dieses Geheimnisses unzweifelhaft ergeben würden, nicht gewachsen sei. Statt dessen schöpfte er aus einer anderen Erbanlage, mit der er reich gesegnet war, der Fähigkeit nämlich, alles zu vergessen, was das Lebensgefühl nachhaltig trübte.

Er vergaß also das ganze Gespräch mit Dorothée derart schnell, daß es ihm schon am Abend desselben Tages nur noch schattenhaft in Erinnerung war. Er besaß aber genügend Weitsicht, auch den Anlaß dieses Gespräches, oder vielmehr alles, was in Zukunft Anlaß zu einem ähnlichen Gespräch werden konnte, gleichermaßen weit von sich wegzudrängen. Wenn Dorothée nun also klagte, ein Schmuckstück nicht wiederfinden zu können, wie emsig sie auch suche, dann nahm er das nur noch zur Kenntnis, indem er beruhigend sagte, man könne es im Notfall gewiß ersetzen. Er beteiligte sich weder am Suchen, noch nahm er zur Polizei Verbindung auf, gleichgültig, wie wertvoll das vermißte Juwel war. Auch die Botschaft seiner Wiederauffindung nötigte ihm hinfort keine Teilnahme mehr ab. Aber er begrub auch jede Hoffnung, zu Hause Mahlzeiten zu erhalten, wie er sie von Jugend auf gewöhnt war. Der Wechsel und vor allem die Abwesenheit einer Köchin erregten keine Fragen und keine Sorgen mehr in ihm. In seinem Entschluß, sich das Eheglück durch nichts trüben zu lassen, rühmte er nach außen hin sogar die Kargheit der Dorothéeschen Küche und erklärte, sie sorge dafür, daß er nicht übermäßig zunehme. Wenn er nur zweimal in der Woche zu Hause esse, sei sein Gewicht unter Kontrolle. Vor Dorothée sparte er sich solche Lobsprüche, seitdem sie ihm etwas ungehalten auseinandergesetzt hatte, sie erwarte nicht von ihm, daß er sich ihrer Diät anschließe. Sie selbst fühle sich am besten so, aber das heiße nicht, daß es ihm ebenso gehe. Sie habe nicht das geringste dagegen, wenn er sich zubereiten lasse, was ihm zusage. Er könne täglich Bankette abhalten, wenn er das wünsche – und wenn eine Köchin im Hause sei. Das Wort Köchin brachte Has sofort zum Verstummen. Er hätte es am liebsten vergraben und einen schweren Stein darauf gewälzt.

Es ist vielleicht unweise, nach den kleinen Fehlstellen einer Ehe derart pedantisch Ausschau zu halten, die Eduard Has jedenfalls noch als eine der klügsten Handlungen seines Lebens empfand. Vollkommenes dürfte auf diesem Gebiet nicht zu finden sein, wenn man den Puderzuckerschimmer, der die ersten glücklichen Tage bestäubt, für gar nichts gelten lassen will. Und Eduard Has kam es wirklich manchmal vor, als blühten der Frühling und der Sommer, die in dem ersten Jahr seiner Ehe besonders bunt und prunkvoll die Ruinen, die neuen Häuser und die stehengebliebenen Sandsteinvillen seiner Heimatstadt überzogen, vorwiegend zu Ehren Dorothées, um ihr die fremde Umgebung möglichst anziehend darzustellen. Als Dorothée in Frankfurt einzog, stellte Eduard Has überall in der Wohnung große Fliedersträuße auf, die er auf einem Gartengrundstück, das der »Verwaltung« gehörte und auf dem in den nächsten Jahren Bürohäuser errichtet werden sollten, hatte schneiden lassen. Der Duft der weichen, violetten und weißen Dolden gab der altertümlichen Wohnung eine zarte Frische. Durch die weitgeöffneten Fensterflügel kamen Bienen geflogen, die um die Blüten herumsummten, als wüchsen sie noch auf einem Strauch.

Has setzte Dorothée in seinen roten Wagen, schlug das Verdeck zurück und fuhr mit ihr an den Rhein, der ihre neue Stadt mit Basel verband. Sie ging nicht gern lange zu Fuß, was Has verblüffte, denn sie wirkte sportlich auf ihn, aber er war im Grunde auch zufrieden, die Landschaft vom Auto aus zu betrachten. Das Auto gefiel ihm überhaupt erst richtig, seit Dorothée darin saß. Ihre schmale Figur verschwand fast in dem voluminösen Ledersitz. Die Kraft der hochgezüchteten Maschine und Dorothées Zartheit bildeten einen Gegensatz, der Has unerhört reizte. Es fehlte nicht viel, und er hätte begonnen, Gedichte darüber zu schreiben. Er ließ sich auch in seinem Überschwang dazu verleiten, Dorothée jeden Tag ein Geschenk zu machen, keine großen Sachen, sondern Bonbons, Blumen, kleine Bücher oder Parfüm, aber das wurde zu seinem Glück Dorothée nach etwa drei Wochen, die er immerhin durchgehalten hatte, zuviel. Sie fühlte sich angesichts dieser hübsch eingepackten Gegenstände, die keineswegs immer liebevoll ausgesucht, sondern immer häufiger Früchte der Verlegenheit und des Zufalls waren, überfordert, weil sie spürte, daß jede dieser Gaben ihren Dankeszoll an Entzücken forderte.

Dorothée verschmähte es üblicherweise, ihren Mann »richtig zu nehmen«, wie erfahrene Ehefrauen das ausdrücken. Sie lehnte es ab, auf irgend jemanden »einzugehen«, wie es im gleichen Zusammenhang heißt, aber sie verhielt sich im Fall der täglichen Geschenke durchaus geschickt. Dies sei jetzt bis Weihnachten das letzte Geschenk, sagte sie eines Tages, als Has sich ihr mit einer Schachtel, auf der ein gelbwolliges Osterküken befestigt war, näherte, und es gelang ihr tatsächlich, dieser Bemerkung einen lustigen Ton mitzugeben, der das Verletzende überdeckte. Has ging übrigens ohne langes Parlamentieren darauf ein. Im geheimen bewunderte er an ihr, daß sie seine Notlage erkannt hatte und beschloß, sich ihrer Führung in allen heiklen Lebensfragen zu unterwerfen. Da sie ihm niemals etwas befahl oder ihm ihren Willen aufzwingen wollte – von der wohltätigen Abschaffung des täglichen Geschenks abgesehen –, verließ ihn allmählich jenes Mißtrauen, das er den Frauen grundsätzlich entgegenbrachte. Er fühlte, daß sein männliches Selbstbewußtsein nicht darunter leiden werde, wenn er mit Dorothée in Frieden lebte. Als er erfuhr, daß sie schwanger war, verschwand auch der letzte Rest unruhiger Spannung. Dorothées Trennung von Guggisheim war ihm in ihrer Geräuschlosigkeit manchmal doch recht unheimlich vorgekommen. Jetzt traten die Gespenster in den Schatten.

Dorothée hatte eine Weile gezögert, Has mitzuteilen, daß sie ein Kind erwarte. Sie wußte es schon vier Wochen lang, bevor sie schließlich mit ihm sprach. Es kam ihr vor, als überschreite sie jetzt erst die unsichtbare Grenze, die sie von Guggisheim trennen würde. Sie hing sehr an ihrem Mann, hatte ihm das aber niemals gesagt. Lange Zeit glaubte sie, den Wunsch nach einem Kind und den

Willen, mit Guggisheim zusammenzuleben, voneinander trennen zu können. Sie dachte, daß der Mann und das Kind eigentlich doch gar nichts miteinander zu tun haben zu brauchten. Später änderte sie ihre Einstellung für eine Weile. Sie war es gewohnt, ihren Gedanken und Wünschen, sofern es ihr überhaupt gelang, sie auszudrücken, freien Lauf zu lassen, und sprach ungehemmt und untröstlich von ihrer unstillbaren Sehnsucht. Jedes ihrer Worte saß wie ein Pfeil mit Widerhaken in Guggisheims weichem Fleisch, und sie schoß unverdrossen und mit einer für sie bezeichnenden Unempfindlichkeit täglich weitere solcher Spitzen auf ihn ab.

Bei den meisten Männern wird der Vorwurf der Sterilität zunächst ein Gefühl des Mangels und sogar der Schuld auslösen, aber Dorothée gelang es, die Niedergeschlagenheit Guggisheims durch die kindliche Hartnäckigkeit ihrer Klagen schließlich in Bosheit zu verwandeln. Lange bevor Eduard Has in ihr Leben trat, hatte sie begonnen, sich vor Guggisheim zu fürchten, und sie hatte auch Anlaß dazu. Wie viele verhinderte Genießer neigte er zur Rachsucht. Sie hielt es für klug, ihn nicht länger zu reizen, und folgte gehorsam seinen Plänen, ihrer beider Leben neu zu ordnen. Aber nachdem ihr der Arzt gesagt hatte, daß an einer Schwangerschaft nicht zu zweifeln sei, hielt sie noch einmal inne auf diesem Weg voran. Sie hatte ein Kind gewollt, und dieses Kind, das sie nun im Leibe trug, war unzweifelhaft das Ergebnis ihres Willens. Aber hatte dieser Wunsch immer über der Möglichkeit gestanden, mit Guggisheim zusammenzuleben? Hatte sie sich nicht getäuscht, als sie ein Kind – gleichgültig von wem – über eine Ehe mit Guggisheim gesetzt hatte? Über diese Fragen hätte sie gern Klarheit gewonnen, aber sie wußte nicht, wie sie das anstellen sollte. Die Gedanken entglitten ihr, wenn sie sie in Worte zu kleiden versuchte, und ihre Gefühle änderten sich von Tag zu Tag.

Als Guggisheim ihr Zögern bemerkte, sagte er mit der ganzen Grobheit, deren er geschäftlich durchaus fähig war und von der er selber ahnte, wie häßlich sie ihn machte, daß er nicht daran denke, das Kind von Has aufzuziehen. Wenn sie bei ihm bleiben wolle, solle sie zusehen, wie sie sich des Kindes entledige. Dorothée sah ihn daraufhin lange nachdenklich an. Sie war überhaupt nicht abgestoßen und bewunderte seine Gleichgültigkeit, sich derart unvorteilhaft vor ihr zu präsentieren. Sie wäre in diesem Augenblick zu allem bereit gewesen, was er von ihr verlangte, wenn sie sich sicher gewesen wäre, damit die ganze Episode vergessen zu machen. Ihr Instinkt riet ihr jedoch, auf eine solche Möglichkeit nicht zu vertrauen. Sie sah sich wie einen Mühlespieler, dem nach listenreichen Operationen plötzlich nur noch ein einziger Zug zu tun übrigbleibt. Es kam bei ihrer Entscheidung allerdings auch ein wenig Trotz hinzu. Dorothée hatte sich nicht völlig in der Hand. Sie gehorchte nicht nur dem Instinkt, sondern auch ihren Launen. Und so gab sie denn Eduard Has das heißersehnte Zeichen. Der Rücksitz des roten Wagens lag voller Rosen, als er sie in Basel abholte.

Als sich der Zeitpunkt der Geburt näherte und Dorothée zu unbeholfen geworden war, um weiterhin Ausflüge zu machen, saß Has abends, wenn es kühler geworden war, mit ihr auf dem zum Hof gelegenen großen Balkon, der ganz von der Krone einer mächtigen Kastanie umhüllt wurde, und ging seiner neuen Lieblingsbeschäftigung nach. Er trug Dorothée die Namen vor, die für ihn in Frage kamen, denn er wollte die Geburtsannonce beizeiten setzen lassen. Er rechnete mit einem Knaben – »zu Beginn«, wie er sich ausdrückte, »später können dann auch noch ein paar Mädchen kommen«. Bei der Auswahl boten sich die verschiedensten Gesichtspunkte an, die ihm alle gleichermaßen plausibel vorkamen: die Geschichte der Familie, in der auf der Has'schen Seite die Namen Otto, Emil und Eduard wiederholt aufgetreten waren, auf der Olenschlägerschen, die ihm immer als die gewichtigere Seite erschien, hingegen Johann, Georg und Friedrich; dann Namen nach großen Vorbildern und historischen Gestalten, da dachte er etwa an Alexander, Cäsar, Hektor oder Ludwig, wobei die Vorliebe für Personen deutlich wurde, die ihr Licht nicht unter den Scheffel stellten. Und als es schon ganz dunkel geworden war und das Licht aus den Fenstern der gegenüberliegenden Häuser in gelben Punkten und Dreiecken durch das Laub der Kastanie schien, Dorothées Kopf aber kaum mehr zu erkennen war, sagte Has einmal sogar träumerisch: »Es klingt vielleicht komisch, aber probier's einmal aus, es geht! Napoléon Has – das ist nicht schlecht!« Und dabei kicherte er leise in sich hinein, als sei er wirklich ganz allein und wärme sich nur noch am Feuer des eigenen Gedankens. Dorothée schwieg auch noch, als er schließlich die Literatur erreicht hatte. Ernest leuchtete ihm ein, aber nur in der englischen Form, das letzte e mache den ganzen Namen! Jean-Christophe sei auch nicht schlecht. Und Franz! Oder besser Franz Kafka! Die Katholiken nannten ihre Kinder schließlich auch Franciscus de Assisi oder Philipp Neri. Wieso sollte er seinen Sohn nicht Franz Kafka nennen dürfen!

In den abendlichen Balkonstunden schien es, als sei Has bereit, diesen Kampf mit dem Standesamt bis zu einer höchstrichterlichen Entscheidung durchzufechten. Hinter dem Kastanienvorhang klapperten Teller. Dort wurden gleichfalls die Balkons benutzt. Er schaute verstimmt hinüber, als fürchte er, ungebetene Mithörer seiner Ausschweifungen zu haben. Bald würde er auf seiner Dachterrasse sitzen, den Kleinen mit seinem prächtigen Namen, der bewies, wie stolz seine Eltern auf ihn waren und welch seltenes Schicksal sie für ihn und sich erhofften, vor sich auf den Knien, das Westend-Gesocks tief unter sich. Dorothée schreckte ihn aus seinen Gedanken auf, als sie im friedlichsten Ton der Welt plötzlich sagte: »Ich habe meiner Tante Elisabeth, Tante Lilly für uns Kinder, nach Brasilien geschrieben und sie zur Patin für unsere Tochter gebeten. Es wird ein Mädchen, mußt du wissen. Tante Lilly besitzt eine wunderschöne Brosche, vier große Granaten, die ein Kleeblatt bilden, die wollte ich als Kind immer haben, aber sie hat sie nicht verschenkt. Und jetzt muß sie sie meiner Tochter geben, umsonst wird das Kind nicht Lilly heißen.«

Man weiß, daß Dorothée recht behielt mit ihrer Voraussage. Eduard Has war außer sich vor Freude. Ein Mensch, dessen Hoffnungen sich alle erfüllt hatten, konnte nicht glücklicher sein als er. Niemals hätte er ahnen können, als er gegen Dorothées Namensplan noch lebhaften Protest eingelegt hatte, daß sich in den beiden Silben des Wortes Lilly ein solcher Zauber versammeln konnte. Er erinnerte sich überhaupt nicht mehr, jemals einen Sohn vorhergesehen und erwünscht zu haben.

Lilly war schon als Säugling besonders wohlgeraten. Ihr fehlte das Runzlige, Zerquetschte vieler Neugeborener, denen die katastrophalen Anstrengungen, ans Tageslicht zu gelangen, oft noch so lange anhaften. In Japan gebraucht man als Schnalle oder Fibel für die Schnüre, an denen die lackierten Inro-Büchschen hängen, kleine Elfenbeinplastiken, die Netsuke genannt werden und meist ein zierliches Figürchen darstellen, das seine Körperteile so kunstvoll um sich herumgeschmiegt hat, daß nichts aus dem Gebilde herausragt und dem Püppchen zugleich nichts zu seiner Vollständigkeit fehlt. Solch ein kompakt harmonischer Netsuke-Säugling war Lilly, mit einem schön geformten kahlen Köpfchen und feinen Gliedmaßen, die eben genau wie Elfenbeinschnitzereien eng an den Körper herangezogen waren. Lillys Haut war niemals ungesund oder flekkig gerötet, sondern weiß wie ein Weinbergpfirsich, und ihre Augen, die sie, so kam es Eduard Has vor, nur selten aufschlug, da sie meistens auf eine schon in den ersten Tagen geradezu ansteckende Weise genußvoll schlief, waren groß und blau, und obwohl man ihm versicherte, daß alle Neugeborenen solche blaue Augen hätten, die sich mit Gewißheit wieder verlören, glaubte er den Erfahrenen nicht, und behielt sogar recht. Je mehr Lilly heranwuchs, desto blauer wurden ihre Augen, sogar ihr weißer Augapfel nahm einen zart hellblauen Ton an, wie es bei weißen Emailleschüsseln sein kann, und das gab ihrem Gesicht etwas eigentümlich Dunkles und Vielsagendes, das in ihrem zarten Alter verwirrend wirkte. Lilly war ein gesundes Kind, und ihr Heranwachsen hatte etwas mit dem Aufblühen einer saftigen festen Knospe gemeinsam, die ihre Blätter entfaltet und den Blick auf das leuchtende Gelb der Staubgefäße freigibt. Dies leuchtende Gelb, oder besser dies weißgoldene metallische Blond, erschien denn auch sehr bald. Der asiatische Glatzkopf bedeckte sich mit feinem Haar, und wiederum behielt Has recht, der sich auch diesmal nicht beirren ließ, als man ihm sagte, das Blond würde sich bald wieder verlieren. Lilly war so beschaffen, daß sie nichts Schönes, was sie einmal besaß, wieder verlor, sondern es vielmehr entwickelte und zu noch größerer Schönheit wachsen ließ. Has war derart benommen von dem Schauspiel, das ihm die unterschiedlichen Zustände seiner Tochter boten, ihre ihm seltsam fromm vorkommende Art der Nahrungsaufnahme, die so gar nichts Gieriges an sich hatte, sondern von einem selbständigen kleinen Pflichtgefühl zeugte, ihr seliger Schlaf, die Laute, die sie von sich gab, und der Ernst, mit dem sie ihn – ungewöhnlich früh, wie man ihm versicherte – ins Auge faßte, daß ihm kaum auffiel, daß Dorothée seinen Enthusiasmus nicht teilte.

Sie war angegriffen von der schweren Geburt, von deren Einzelheiten man Eduard Has nicht allzuviel mitgeteilt hatte. Er vermied zunächst, Dorothée genauer anzusehen, wie abergläubische Menschen den Anblick von Personen meiden, die das Schicksal geschlagen hat, als springe das Unglück auf denjenigen über, der es erblickt. Dorothée kam es indessen vor, als verkehre sich die allgemein menschliche Erfahrung, daß die verstreichende Zeit selbst starke Eindrücke allmählich verflachen läßt, in ihrem Fall in das genaue Gegenteil. Die Geburt stand ihr mit ihren Schmerzen täglich schlimmer vor Augen, je weiter sie zurücklag. Sie empfand eine geradezu moralische Empörung darüber, daß man ihr das ganze Ausmaß der bevorstehenden Schrecken verschwiegen hatte. »Man« – das waren die Ärzte des Privatkrankenhauses nebst der trockenen Hebamme, die zwar selbst als Diakonisse nie ein Kind geboren hatte, aber doch die Leiden unzähliger Gebärender kennen mußte. Wenn Dorothée in ihrem einsamen Bett, wie auf einem Katafalk von Blumen umgeben, das Entsetzliche, das ihr da unvermutet zugestoßen war, bedachte, erkannte sie, daß die ganze Welt schwieg, um die Frauen über ein schlimmes Geheimnis im unklaren zu lassen. Niemals, so schwor sie sich, würde sie sich auf das Kinderkriegen eingelassen haben, wenn sie gewußt hätte, was ihr bevorstand. Die Frauen, die nach dieser Erfahrung immer weiteren Kindern das Leben schenkten, erschienen ihr als in den Schmerz verliebte Geisteskranke. Daß Eduard Has nicht ahnte, was er ihr angetan hatte, als er ihre Tochter zeugte, bestätigte sie in dem Gefühl, daß er von überhaupt gar nichts wisse.

Da sah sie ihn, mit Blumen selbstverständlich und dem hilflosen Mondgesicht am Fußende ihres Bettes stehen, unsicher mitfühlende Sätze stammelnd und mit unverhohlener Angst auf der Stirn, als sei er als nächster an der Reihe, ein Kind zu bekommen. Sie war überempfindlich geworden und fühlte sich beschädigt an Leib und Seele. Sie glaubte sich genau zu erkennen und zu sehen, daß sie für solche Schmerzen nicht geschaffen war. »Es war, als würde mir bei vollem Bewußtsein der Bauch mit einer großen Schere von unten nach oben aufgeschnitten«, sagte sie zu Guggisheim, der häufig anrief. »Aber dabei blieb es nicht! Wenn man einer Frau so etwas antun würde, dann wäre der Bauch danach aufgeschnitten, und sie könnte sterben. Aber es fing eben wieder von vorn an und hörte überhaupt nicht mehr auf!« Nach diesen Sätzen brach sie meist in Tränen aus, und schluchzte wie im ersten frischen Schrecken, ein Zustand, aus dem sie sich mit eigenen Kräften nicht befreien konnte. Sie bekam Beruhigungsspritzen und blieb viel länger im Krankenhaus, als es für eine junge Wöchnerin sonst üblich war.

Eduard Has wurde von den Ärzten zwar belehrt, daß seine Frau in schlechter Verfassung sei und keinesfalls das Kind werde stillen können, aber er selbst erlebte niemals, daß sie die Nerven verlor. Sie schien alles, was sie an Kräften besaß, auf den einen Punkt zu richten, Eduard Has nicht zum Zeugen ihres wahren Zustands zu machen. Trotzdem ging es zwischen dem Paar natürlich nicht entspannt und heiter zu. Has saß auf dem Bettrand in denkbar unbequemer und verdrehter Haltung und behinderte Dorothée dennoch, die kaum, daß er sich niedergelassen hatte, die Stellung ihrer Beine verändern wollte. Gesprächsstoff gab es wenig zwischen ihnen, denn Dorothée zeigte sich an allem uninteressiert. Sie weigerte sich, an seinem Arm im Garten des Krankenhauses spazierenzugehen, weil sie den Anblick der Frauen in ihren unsauberen Morgenröcken und mit den verdrückten Haaren nicht ertrage. In Wahrheit fürchtete sie, daß Has sie im Sonnenlicht genauer betrachten könne, denn sie glaubte, durch die Geburt häßlich geworden zu sein, und sah, selbst wenn die Friseuse dagewesen war, nicht in den Spiegel. Für die Wohnungspläne, die er ihr in Form großer raschelnder Pergamentpapierrollen mitbrachte, hatte sie schon überhaupt nichts übrig. Als er sie fragte, wo sinnvollerweise das Kinderzimmer liegen solle, bat sie ihn, für heute zu gehen, da ihr schwach werde. Von Kinderzimmern wollte sie zunächst einmal gar nichts hören.

Dabei gab es in der Has'schen Wohnung nun schon eines. Lilly hatte lange vor ihrer Mutter das Krankenhaus verlassen und lag in ihrem kleinen Bettchen, vorzüglich versorgt und gepflegt von einer Kinderschwester mit großem Busen unter der gestärkten weißen Schürze. Es war das ganze Glück von Has, wenn Lilly, noch fast blind, mit auf und zu schnappendem Mund diese Schürzenbrust dort abtastete, wo ihr angeborenes Wissen die milchspendende Brustwarze vermutete. Statt dessen kam ein Gummischnuller, und Eduard Has überzeugte sich immer aufs neue, daß Lilly diesen Ersatz nicht als Enttäuschung empfand, sondern lustvoll saugte und schließlich erschöpft einschlief. Er sammelte alle ihre Lebensregungen und hatte sogar zu fotografieren begonnen, weil ihn die Fotos eines gewerbsmäßigen Fotografen, den er in den ersten Tagen mehrmals zitiert hatte, enttäuschten. Sie fingen zu wenig Leben auf, sagte er zu Dorothée und zeigte eigene Versuche, auf denen Lillys Köpfchen von schwarzen Schlagschatten und weißen Sonnenflekken modelliert erschien. Aber gerade dieses Leben war für Dorothée schon in seiner amateurhaft vermittelten Form eine Qual.

Einmal ließ sie sich in seiner Gegenwart beinahe gehen, als er ihr gerade wieder Bilder zeigen wollte. »Ich werde meiner Mutter nie verzeihen, daß sie mich nicht aufgeklärt hat«, sagte sie plötzlich mit rauher Stimme. Has stutzte. Tatsächlich hat das Wort Aufklärung in den letzten Jahrhunderten eine Bedeutungsvielfalt gewonnen, die das Mißverständnis förderte. Verstand man unter Aufklärung zunächst die Lehre, daß Wolken aus Wassertröpfchen gebildet sind und folglich Engeln nicht als Sitzgelegenheit dienen können, so sah man später darin die Unterrichtung über die physischen Voraussetzungen der Entstehung des Lebens, die den Menschen, die an Engel glaubten, noch ohne weiteres vertraut gewesen waren. Daß Dorothée weder das eine, noch das andere meinte, ahnte er, aber eine innere Stimme riet ihm, hier nicht weiterzuforschen. Und auch Dorothée hütete sich zu enthüllen, daß sie ihrer Mutter vorwarf, die Umstände, unter denen sie eben Mutter geworden war, die Schmerzen nämlich, nicht warnend und unvergeßlich genug ihrem Kind eingeprägt zu haben.

Aber diese Zeit ging vorbei. Als Dorothée das Krankenhaus verließ, trug sie einen handbreiten Gürtel aus schwarzem Lackleder um die Taille und sah damit so schlank und zerbrechlich aus, daß niemand für möglich gehalten hätte, daß sie soeben Mutter geworden war. Die Freunde von Has waren von ihrer Erscheinung beeindruckt und überrascht. Er hatte ihnen Dorothées ausgedehntes Wochenbett, das nach einer im übrigen normal verlaufenen Entbindung auffällig war, mit allerhand körperlichen Komplikationen erklärt, ohne im eigentlichen Sinne zu lügen, denn ihr Zustand hatte ihn zu furchtsam gemacht, um sich mit einer Diagnose zu befassen, und außerdem war er von Lillys Lebensäußerungen mehr als abgelenkt. Daß seine Tochter, ohne wie eine Puppe aufgezogen werden zu müssen, immerfort lebte und weiterlebte, Milch zu sich nahm und ihre Windeln naß machte, war ein Gedanke, der ihm, wenn er ihn unversehens in der »Verwaltung« überfiel, jede Tätigkeit unmöglich machte.

An Dorothée aber war ihr wochenlanges Leiden doch nicht so spurlos vorübergegangen, wie das der korsetthaft hohe Lackledergürtel den Uneingeweihten – und dazu gehörte ja ihre ganze Umgebung – glauben lassen konnte. Aber die Erregungszustände und das ständige Weinen hatten sich gegeben und rückten in die Erinnerung. Sie hätte nun auch nicht mehr verstanden, daß sie die Geburtsschmerzen derart aus der Fassung hatten bringen können. Sie sprach jetzt viel über Lillys Geburt, jedenfalls für ihre Verhältnisse, und ließ dabei keineswegs die unangenehmen Partien aus, aber sie erzählte davon in der humoristischen Weise, die in der Gesellschaft vorgeschrieben ist, wenn es um Leben und Sterben geht, denn wenn auch sonst alle Formen zerfallen sind, so hat sich das Publikum doch das Recht zurückbehalten, nur dort zu bemitleiden, wo es auch herabblicken kann. »Ich habe geschrien wie am Spieß«, sagte Dorothée also mit vor Übermut und Lebenslust leuchtenden Augen, wenn Leute kamen, um Lilly zu betrachten. Aber wenn sie allein war und sich im Spiegel beobachtete – denn das tat sie nun wieder, womöglich sogar häufiger, vielleicht auch gründlicher als vorher –, dann kam ihr das Gesicht auf eine schwer faßliche Weise verändert vor. Sie stellte sich vor, daß ihre Züge ganz zerstört gewesen seien und nun wie eine zersplitterte chinesische Vase vom Porzellanrestaurator wieder zusammengesetzt worden wären, ohne daß man die Bruchstellen erkenne – oder sah man doch etwas? Sie fuhr mit dem, auch vor Lillys Geburt schon mageren Finger über ihre Stirn und über die weiche Linie zwischen Nasenflügel und Mundwinkel, dort, wo später einmal die Falten auftreten würden und wo sie jetzt bereits die ersten Zeichen einer gewissen Schärfe erkennen wollte.

Daß sie wochenlang derart die Herrschaft über sich verloren hatte, war ihr so unerträglich, daß sie nach Gründen für ihr Verhalten suchte, die ihr Stolz annehmen konnte. Sie wollte sich nichts vormachen, aber sie war auch davon überzeugt, daß sie nicht jede Haltung aufgegeben hätte, wenn sie nicht von irgend etwas Feindlichem dazu getrieben worden wäre. Sie fühlte sich jetzt wieder im Besitz all ihrer seelischen Kräfte, ja, sie vermutete sogar, inzwischen noch an Kraft gewonnen zu haben. In Augenblicken verhaltener Hochstimmung, die sie, wenn sie lange genug allein gelassen wurde, gelegentlich erlebte, meinte sie, jetzt erst eigentlich ganz sie selbst geworden zu sein. Ich habe etwas verloren – die Arglosigkeit, sagte sie sich dann. Ich war zu harmlos. Ich weiß jetzt, was gespielt wird. An dieser Redewendung vermochte sie sich regelrecht zu berauschen. Wahrscheinlich hätte nicht einmal das Wissen, daß genau dieser Ausdruck zu den bevorzugten, ihre Weltanschauung verkörpernden Redensarten der Frau Scharnhorst gehörte, ihr den Spaß daran rauben können. Dazu hatte sich in ihr die Überzeugung, daß ihr »mitgespielt« worden war, und zwar übel, zu tief gebildet, und zugleich empfand sie den Triumph, davongekommen zu sein und, wie es weiterhin redensartlich heißt, »zuletzt zu lachen«.

Je länger sie darüber nachdachte, desto einfacher stellte sich das Erlebte dar. Sie hatte eben, wie das nun einmal vorkam, eine außerordentlich schwierige, jedenfalls ihre Kräfte fast übersteigende Geburt hinter sich gebracht und einige Tage der Erschöpfung erlebt. Diese Tage hätten aber keineswegs in eine Krise ausarten müssen. Mit ein wenig einfühlsamer Hilfe, ja nur mit simpler Rücksicht hätten ihr nahestehende Personen mit Leichtigkeit über diese Tage hinweghelfen können. Als nahestehend war hier wohl in erster Linie Eduard Has zu betrachten, der Verursacher des Malheurs. Und wie hatte er sich betragen? In Brasilien gab es ein Sprichwort: »Die Henne hat das Ei gelegt, und dem Hahn brennt der Hintern.« Dorothée mußte lachen, wenn sie an dieses Sprichwort dachte, aber sie lachte grimmig. Es gab keine bessere Beschreibung für sein Verhalten nach Lillys Geburt. Has, der Hahn, der unablässig krähte, während Dorothée zerschmettert auf der Seite lag. Sie empfand das Unangemessene an seiner Zuwendung zu dem Säugling. Anstatt in Rechnung zu ziehen, daß dies Wesen gerade dabeigewesen war, seine Mutter umzubringen, schien er ausschließlich Augen für Lilly zu haben. Dorothée wollte es im nachhinein sogar häufig so vorgekommen sein, als störe sie mit ihrer Anwesenheit das junge Glück.

Sie hatte keinen schlechten Charakter und versuchte häufig, sich selbst gegenüber ehrlich zu sein. Sie gab dann zu, daß ihre Sehnsucht nach einem Kind, so wie sie sie beständig ausgesprochen hatte, Guggisheim damals das Leben zur Hölle gemacht haben mußte. Die Entscheidung, ihn zu verlassen, war einzig auf diesen Kinderwunsch zurückzuführen, so wollte es ihr jetzt scheinen. Eduard Has zu umarmen war ihr nicht unangenehm, aber es wäre ihr als bloßes Vergnügen nie in den Sinn gekommen. In welche Lage hatte sie sich gebracht! Wie hatte es geschehen können, daß sie einer solchen Chimäre nachgejagt war? Wie kam es, daß sie sich so wenig gekannt hatte? Dorothée fühlte sich zweifach betrogen. Zunächst hatte sie sich selbst betrogen, denn ihr Stolz gestattete ihr nicht, eine andere Person als Hauptursache ihres Unglücks anzusehen. Sie hatte ihr Schicksal überlisten wollen und dabei alles aufs Spiel gesetzt, was sie bis dahin sicher besaß. Aber der nächste Betrüger war gleich Eduard Has. Dieser Mann, so sah es Dorothée jetzt mit Gewißheit, hatte ihren kindischen Wunsch erkannt und für die eigenen Zwecke ausgenutzt. Er hatte sie ein Kind austragen lassen, von dem er von vornherein plante, es ihr wegzunehmen, sowie die biologische Möglichkeit dazu bestand.

Die Bedeutung der ersten Lebenstage für ein Kind war inzwischen allgemein bekannt. Selbstverständlich waren die entsprechenden wissenschaftlichen Ergebnisse auch zu Has vorgedrungen, der ja beständig etwas lesen mußte. Wenn schon Dorothée wußte, daß nahezu alles und jedes in der Kinderseele in der ersten Zeit nach der Geburt entschieden wurde, dann hatte ein Mann wie Eduard Has das natürlich längst in seine Berechnungen einbezogen. Ihr wurde klar, daß es ihr in seinen Augen überhaupt nicht schlecht genug nach der Geburt gehen konnte. Am willkommensten wäre ihm wahrscheinlich ihr Tod gewesen, denn dann wäre er mit seiner Beute unangefochten allein zurückgeblieben. Sie staunte über das Ausmaß der Verblendung in einer zum Verbrechen neigenden Seele. Wenn Has geahnt hätte, oder wenn er wenigstens später hätte hinsehen und lernen können, dann hätte er erkannt, daß Dorothée nicht vorhatte, ihm dieses Kind streitig zu machen. Sie plante nicht, sich in eine derart innige Gemeinschaft hineinzudrängen. Sie war autonom. Sie fand die Befriedigung ihrer Wünsche in sich selbst. In einer schmerzhaften Schule waren die Irrtümer ihrer Jugend von ihr gewichen, in ihrer Liebe zu den Produkten der Goldschmiede sagte sie »herausgeschmolzen worden«. Sie bekam etwas Herbes und neigte nun häufiger dazu, kaustische Bemerkungen zu machen, achtete aber in ihrem auf die Spitze getriebenen Reinlichkeitsbedürfnis stets darauf, gerecht zu sein. Sie liebte ihre Lautlosigkeit. Sie genoß es, wenn Has nicht bemerkte, daß sie das Zimmer betrat oder, viel häufiger, es verließ, als sei der Lärm bis hinunter zum bloßen Geräusch der Absätze auf dem Parkett eine andere Art von Schmutz.

Man darf übrigens nicht glauben, daß sie sich Lilly gegenüber besonders kalt oder abweisend betrug. Eine gesündere Seite ihres Wesens, die neben der verzerrten und getrübten Gedankenwelt, in der sie sich nach der Geburt vorwiegend aufhielt, ungestört fortbestand, fand ihren Ausdruck in einem durchaus angemessenen und klugen Umgang mit ihrem Kind. Beobachtern kam sie kühl vor, wenn sie sich mit Lilly beschäftigte, und das war sie, verglichen mit Eduard Has, der nicht aufhören konnte, Lilly zu küssen, tatsächlich. Sie küßte Lilly selten und dann auch nicht mit dem bewußten kleinen Schmatzen, sondern indem sie das Kind mit geschlossenen und trockenen Lippen wie ein Kälbchen anstupste. Überhaupt hatte sie in ihrer Fürsorge für Lilly etwas Tiermütterliches, ohne viel Zärtlichkeit, aber mit sicherem festem Griff, der doch das wichtigste, nämlich das Gefühl, bei einem stärkeren Lebewesen geborgen zu sein, vollständig vermittelte. Sie sprach niemals in der Kindersprache mit Lilly, sie sagte nicht, wie Eduard Has es tat: »Dada, ada, lallo, kacka«, sondern sie sprach in ganzen Sätzen und fragte sich keinen Augenblick, ob Lilly sie verstand. Natürlich verfolgte sie damit keine erzieherischen Absichten. Sie war einfach unfähig, sich in ein anderes Sprach- und Bewußtseinsniveau zu versetzen, und nahm insoweit die gleiche Haltung wie Lilly selbst ein. Man kann sagen, daß sich Mutter und Tochter auf eine urtümlich-naturgewollte Weise mißverstanden und sich gerade dadurch nahekamen. Dorothée fand Lilly überhaupt nicht süß. Es gelang ihr nicht, zu vergessen, daß ihre Tochter im selben Augenblick, während sie ihr so einzigartig ernst und tief in die Augen sah, dabei war, die Windeln vollzumachen. Sie ging nicht soweit, eine regelrechte Absicht in solchem Zusammentreffen zu vermuten, aber sie hielt sich berechtigt, ihr Mißfallen dennoch deutlich zu zeigen.

Lilly kam mit dieser Behandlung gut zurecht. Sie sah ihre Mutter schließlich doch häufiger als ihren Vater und stellte frühzeitig ihr Verhalten darauf ein. Has bemerkte zu seinem Erstaunen, daß Lilly seiner Frau gehorchte, und zwar in einem Alter, in dem von solchen Leistungen eigentlich noch nicht gesprochen werden kann. Dorothée gelang es gelegentlich, Lillys Schreien mit einem Wort zum Verstummen zu bringen, und man mußte dabei nicht das Gefühl haben, daß sie ein Schreckensregiment ausübte. Has stellte fest, daß zwischen Lilly und Dorothée eine gewisse trockene Harmonie bestand, die ihn verwunderte. Von ihm hatte sich Lilly – in den seltenen Fällen, in denen sie außer sich geriet – noch nicht ein einziges Mal beruhigen lassen, auch wenn er mit ihr durch das Zimmer tanzte und ihr die einzigen Lieder vorsang, die ihm geläufig waren, nämlich »O Tannenbaum« und »Hamse nicht den kleinen Cohn gesehen«. Dorothée, die ihn nie singen gehört hatte, stand plötzlich in der Tür und sah ihn fassungslos an. Dann begann sie zu lachen und konnte sich kaum mehr beruhigen. Trotzdem kann man sagen, daß an diesem Tag eine Art von Entspannung eintrat. Dorothée fand Has plötzlich nicht mehr ausschließlich böse, sondern auch komisch, und Has hinwiederum begann, den Schmerz der Eifersucht zu fühlen, wenn er die innere Verbundenheit zwischen Lilly und Dorothée vor sich sah. Bei beiden mischten sich neue Empfindungen in den stockenden Brei ihrer Beziehung.

In einer für ihr Zusammenleben bedeutsamen Hinsicht erwies sich das Zwischenspiel der Geburt mit seiner unverhofft gewittrigen Untermalung jedoch als einschneidend. Dorothée mochte auf einmal keinen Wein mehr trinken. Zu Hause trank sie ohnehin niemals einen Tropfen »Alkohol«, wie sie sagte, und womit sie Has bereits ein wenig verstimmte, dem es nicht gefiel, die verschiedenen geistigen Getränke auf eine einzige chemische Gemeinsamkeit zurückzuführen. Aber als er sie nun einlud, jetzt, da es ihr besserging, bei einem kleinen Essen zu zweit Lillys Geburt zu feiern und ein Glas Champagner darauf zu trinken, legte sie entschlossen, als gelte es einen Überfall auf ihre Ehre abzuwenden, die Hand auf das Glas, als der Kellner ihr eingießen wollte, und erklärte, schon der Gedanke errege ihr Übelkeit. Seiner Natur nach wären Eduard Has die Trinkgewohnheiten seiner Frau so gleichgültig gewesen wie ihr Appetit. Er konnte die Flasche auch allein leer trinken. Inzwischen war ihm jedoch eine Verknüpfung zweier Ereignisse aufgefallen, die sich auf den ersten Blick miteinander nur wenig berührten. War es nicht so, daß Dorothée sich viel aufgeschlossener und bereitwilliger zeigte, sich im Bett umarmen zu lassen, wenn sie vorher zwei Gläser Wein getrunken hatte? Der weitere Verlauf des Abends bestätigte diesen Verdacht, auch wenn damit natürlich noch keine Gesetzmäßigkeit bewiesen war.

Man bedenke aber, daß Eduard Has, ungeachtet seiner gewichtigen Erscheinung, seiner Hamsterbacken und des vorgewölbten Bauches, zu diesem Zeitpunkt noch ein ziemlich junger Mann war. Er hatte zu tun in der »Verwaltung«, um den Ausdruck Arbeit nicht ohne Not zu strapazieren, und er wußte sich darüber hinaus auch noch ein recht bewegtes Leben zu schaffen. Er fuhr zu Ausstellungen, jetzt, da Guggisheim in ihm die Kunstpassion geweckt hatte. Er sah viele Freunde und trug diesen Teil des geselligen Lebens meist allein, weil es Dorothée üblicherweise zu anstrengend war, ihn zu begleiten. Er nahm auch Ehrenämter in den städtischen Stiftungen an, in denen die Olenschlägers mit zum Teil nicht unerheblichen Summen vertreten waren. Das brachte allerlei Schriftverkehr mit sich, und man weiß, daß die Pflichten, je weniger sich davon auf einen einzelnen Menschen versammeln, die Neigung haben, sich aufzublasen und den Tag anzufüllen, als seien große Werke zu vollbringen gewesen. Und dennoch war es nicht so, daß Eduard Has abends erschöpft in sein Bett sank und sich nichts weiter ersehnte, als dort einige Stunden in traumloser Ohnmacht auszuharren. Er litt im Gegenteil sogar an Schlaflosigkeit und lag hellwach im Dunkeln, weil er nicht wagte, Dorothées leichten Schlaf zu stören, indem er Licht anmachte und las, wobei sie bezeichnenderweise weniger das Licht als das Geräusch des Seitenumblätterns am Schlaf hinderte. Die Ärzte hatten ihm versichert, daß Dorothée nun wieder vollkommen hergestellt sei, jede erdenkliche Schonungsfrist mußte inzwischen abgelaufen sein. Eduard Has hatte beträchtliche Hoffnung auf jenen ersten Abend im Restaurant gesetzt. Nun war er ratlos. Er war verliebt und stolz auf Dorothée, weil sie sich in Lilly so wunderbar verdoppelt hatte. Er hätte, so fühlte er, auf dem Höhepunkt seines Glücks schweben müssen. Statt dessen fühlte er sich von Nebeln umgeben.

Das Ausmaß seiner Not wird deutlich, wenn man sich vor Augen hält, daß er tatsächlich den Versuch unternahm, sich mit ihr auszusprechen. Ihr unzugängliches, verschwiegenes Wesen schützte sie sonst vor Aussprachen sicher wie eine hohe Mauer. Er wußte lange nicht, wie er es überhaupt anstellen sollte, mit einer Frau wie Dorothée von seinen Bedürfnissen zu sprechen. Nicht nur er war jung, sie war es auch, und wenn sie seine Wünsche nicht teilte, dann ließ es sich offenbar auch ohne die körperlichen Freuden aushalten.

Er wagte es aber schließlich doch, im Dunkeln allerdings, als er den Ausdruck ihrer Verwunderung nicht auszuhalten brauchte. Sie antwortete schlicht und offen. Es schien ihr nicht die mindeste Schwierigkeit zu machen, diesen Gegenstand zu berühren. Ja, ihr sei auch aufgefallen, daß sie nach Alkohol leichter zugänglich sei, sagte sie in die Nacht hinein, als stehe sie einem Arzt während der Anamnese Rede und Antwort. Ihr mißfalle das aber, sie empfinde es als falsch, sich vor einer Umarmung erst drogieren zu müssen. Sie habe festgestellt, daß sich in dieser Hinsicht schon ein regelrechtes Ritual eingespielt habe. Das müsse ein Ende haben. Sie wolle einmal feststellen, ob er sie auch ohne »Alkohol« verführen könne. Has richtete sich auf. Seine Haare standen ihm vom Kopf ab. Der Schein des Vollmondes, der durch den Vorhangspalt fiel und die somnambule Stimmung solch gefährlicher Offenheit gewiß begünstigte, zeigte in bleicher Beleuchtung sein entrüstetes, aber auch hilfloses Gesicht. Was geschehe aber, wenn es ihm nicht gelänge? »Das wirst du sehen, wenn es soweit ist«, sagte Dorothée, der es gelungen war, bei einer derart heiklen Unterhaltung schläfrig zu werden.

Es ist fast unmöglich, die Geschichte einer Ehe zu schreiben. Zu zahlreiche und allzu verborgene Motive drängen sich um allzu wenige und allzu schwierig zu fassende Ereignisse. Das Gewichtigste, das über eine Ehe zu sagen wäre, ist, daß sie besteht. Auch die Ehe von Has und Dorothée bestand, und sie hörte nicht auf zu bestehen. Außenstehende beschrieben die beiden als glücklich verheiratet. Man war allgemein der Überzeugung, Eduard und Dorothée paßten zueinander, und man muß sagen, daß sie in der Öffentlichkeit ein eindrucksvolles Bild abgaben. Seine Leibesfülle wurde durch ihre Gegenwart geradezu elegant, weil man voraussetzte, daß die exotische Frau Gefallen daran gefunden hatte. Lilly wuchs heran und erfüllte die Versprechungen, die sie in den ersten Tagen ihres Lebens gegeben hatte. Bereitwillig ließ sie sich von ihrem Vater lieben und von ihrer Mutter erziehen. Und auch ein freundlicher Augenblick bleibt nachzutragen, um das Bild um eine Andeutung vollständiger zu machen. Kurz nach dem geschilderten nächtlichen Gespräch berichtete Dorothée von einer Niederlage: Tante Lilly, diesmal sagte sie »Elisabeth«, aus Brasilien habe schließlich geschrieben, sie nehme die Patenschaft an. Die Brosche, die als Taufgeschenk vorgeschlagen worden sei, habe sie freilich inzwischen ihrer treuen Pflegerin überlassen. Dorothées Stimme klang verletzt, Selbstverachtung, sich mit dem törichten Weib eingelassen zu haben, war herauszuhören. Und wieder ein Weilchen später übergab Has ihr vor dem Einschlafen ein Kästchen, und als sie es öffnete, lag darin Tante Lillys Kleeblattbrosche aus vier großen Granaten, die aber erheblich größer als Tante Lillys Steine waren. Er hatte das Stück nach der leidenschaftlich genauen Beschreibung Dorothées kopieren lassen. Als sie das ganze Ausmaß seiner erfinderischen Fürsorglichkeit verstanden hatte, bat sie ihn, das Licht auszumachen, und dankte ihm mit einem hingebungsvollen Kuß.

Daß Lilly Has wirkliche Verwandte hatte, daß sie Eltern besaß, die sich stritten und wieder aussöhnten, wäre für Alfred die unwirklichste aller Vorstellungen gewesen. Er bezog in seine Gedanken nur ein, was er sah, ohne dabei übrigens entschieden für unmöglich zu halten, was er nicht sah. Wäre er gefragt worden, ob Lilly eine Mutter habe, so hätte er selbstverständlich »ja« geantwortet, aber da er die Mutter noch nie gesehen hatte, hielt er ihre Existenz zugleich für ausgeschlossen. Nach der Schule, wenn die Kinder noch plaudernd herumstanden und darauf warteten, abgeholt zu werden, fuhr meist der rote Wagen von Eduard Has vor und verschlang Lilly wie ein großes Maul. Die Sitze waren so tief, daß von ihrem Kopf nur noch die Locken zu sehen waren. Wäre ihr Haar braun oder schwarz und nicht auf diese unnachahmliche Weise blond gewesen, hätte man glauben können, Eduard Has habe einen Pudel neben sich sitzen.

Alfred erkannte lange nicht, wer den Wagen steuerte, und versuchte auch nicht, diesem Geheimnis näherzukommen, da Erwachsene seiner Sehweise noch völlig entrückt waren, wenn er nicht gerade dazu angehalten wurde, sie zu begrüßen, was er auf eine sehr hübsche Weise tat. Er sah den Fremden in die Augen und machte sich dann mit einer tiefen Verneigung noch kleiner, als er ohnehin war. Tante Mi hatte das mit ihm eingeübt, ohne dabei auf Widerstand zu stoßen, denn Alfred war dankbar, eine Verhaltensweise an die Hand zu bekommen, mit der offenbar jeder Erwachsene zufriedenzustellen war, als habe man ihm ein Wort verraten, das die wilden Tiere im Käfig besänftigte.

Von Anfang an rechnete er Lilly einer anderen Welt zu. Er fühlte, daß sie mit den Kindern auf dem Schulhof nichts gemein hatte, selbst wenn sie sich mit ihnen beschäftigte und sogar mitspielte. Sie gehörte zu den wenigen, die selbst entscheiden konnten, an welchem Spiel sie sich beteiligten und welchem sie fernzubleiben wünschten. Wie im Weihnachtsmärchen im Städtischen Theater kleine Tänzerinnen aus Paketen stiegen, die vom Bühnenhimmel herabgeschwebt waren, so stieg Lilly morgens aus dem roten Wagen und setzte sich, nachdem sie ein höfliches, wenngleich nicht recht aufmerksames Schulmädchen gewesen war, mittags wieder in das jedes normale Maß sprengende Gefährt hinein. Die schwere, dicke Tür fiel zu, und Lilly schwebte davon, ohne noch einmal den Versuch zu unternehmen, ihre Nasenspitze in Höhe des Fensters zu heben. Und dies Kommen und Gehen hielt Alfred auch für angemessen.

Er selbst wurde von Tante Mi oder Tante Tildchen abgeholt, die natürlich zu Fuß kamen und in ihrer Erscheinung für den außenstehenden Betrachter nicht das geringste Geheimnis boten. Beide Frauen hingen der Überzeugung ihrer Jugendzeit an, daß ein weibliches Wesen sein Haar auf der Straße zu bedecken habe, und trugen deshalb Hüte, die mit ihrem Kopf fest verschmolzen schienen, eigentümlich blasenhafte Gebilde aus schwarzem Filz, die über dem Hinterkopf, dort wo bei Mi der Knoten saß, flach ansetzten, um sich über der Stirn mächtig vorzuwölben. Die Profile der Schwestern wirkten unter der großen, schwarzen Beule verblüffend klein. Es war, als sammle sich dort über ihnen ihr ganzer Lebenssaft, der den übrigen Körperteilen abgepumpt worden war. Eine Frau wie Dorothée hätte selbstverständlich nur in Gegenwart einer Monarchin einen Hut aufgesetzt und war schon deshalb für Alfred nicht als Mutter oder Autoritätsperson zu erkennen, obwohl sie gelegentlich gleichfalls an der Schultür erschien, so jung und beweglich, daß er sie allenfalls für Lillys Kindermädchen halten konnte und sie deshalb auch nicht zur Kenntnis nahm, weil alles, was an Lilly alltäglich sein mochte, in seinen Augen von ihrem eigentlichen Wesen ablenkte.

Es wunderte ihn nicht, daß Lilly vieles im Unterricht nicht so schnell verstand wie er. Er fand, daß die Lehrerin dazu verpflichtet war, ihr alles ganz genau und eigens zu erklären, so als spreche Lilly im Grunde eine andere Sprache und verständige sich nur mit Mühe im Deutschen. Er vermutete zu Recht, daß sie nicht dumm war, aber er ahnte eben auch, daß sie in einer Welt lebte, die von der regelmäßigen Pflichterfüllung, für die seine Tanten sorgten, weit entfernt war.

Eduard Has wollte, wenn er nach Hause kam, seine Tochter küssen, mit ihr einen Kinderfilm im Kino ansehen oder ein Eis mit ihr essen, aber um keinen Preis neben ihr die Wacht halten, bis die Hausaufgaben gemacht waren. Dorothée wiederum erkannte in Lillys Abneigung, sich mit dem Schulstoff zu beschäftigen, ihr eigenes Verhalten in der Kinderzeit wieder, und sie ließ nicht ab, in gleichgültigem Ton darauf hinzuweisen, daß Lilly es einmal sehr bereuen werde, wenn sie sich nicht anstrenge. Solche Faulheit räche sich fürchterlich. »Wie?« fragte Lilly, die an sachliche Unterhaltungen mit ihrer Mutter gewöhnt war. »Nun, auch ich war faul als kleines Mädchen«, sagte Dorothée mit träumerischem Spott in den Augen. »Es wird dir genauso gehen wie mir«. – »Und wie ging es dir?« fragte Lilly. »Das siehst du doch«, antwortete Dorothée, »ich sitze doch vor dir.«

Wenn man sie so ansah, mußte man glauben, ein großer Mann könne ihre Taille mit seinen beiden Händen umspannen. Nicht Has' runde Patschhände mit den weichen Haremspolstern natürlich, die selbst Lillys schmales Körperchen schon nicht mehr ganz umfaßten. Statt dessen spendete er ihr beständig Beifall für ihr gutes Aussehen und pflegte litaneiartig, während er Lillys Rücken kraulte, zu wiederholen: »Gelt, wir haben eine schöne Mama? Haben wir nicht eine schöne Mama?« Und wenn Dorothée auf diese Reden nach einer Weile recht schnippisch antwortete, dann schien Has seine Bewunderung noch verdoppeln zu wollen. Nein, wirklich schlecht ging es ihrer Mutter nicht nach den faulen Schuljahren, fand Lilly, wenn sie die Ergebnisse ihrer Beobachtung bei Licht besah.

Für Alfred war lange unvergeßlich, wie Lilly sich einer Geographieprüfung entledigte. Die Lehrerin hatte große Zettel ausgegeben, auf denen die Grenzlinien Hessens gedruckt waren, aber sonst nichts. Die Kinder mußten aus dem Kopf die hessischen Städte und Dörfer, die Gebirgszüge und Flüsse einzeichnen, und zwar mit recht fetten Buntstiften, die die Blätter nach kurzem braun-, grün-, blaugeädert und rotgepunktet schillern ließen. Lilly blickte zunächst ratlos auf ihr Blatt und wandte dann blitzschnell den Kopf zu ihrer Nachbarin, die gerade dabei war, den Vogelsberg einzuzeichnen. Der Vogelsberg ist ein erloschener Vulkan, ein rundes Bergmassiv, eine ganze Landschaft. Lilly nahm den braunen Stift und begann, indem sie fest aufdrückte und die Mine auf dem Papier geradezu zerrieb, in kreisenden Bewegungen den Vogelsberg zu malen, weniger, um ihn für die Landkarte zu markieren, als in dem Versuch, ihn ähnlich, wie er einst entstanden war, nämlich indem die Lava sich Schicht auf Schicht legte, aufzubauen. Und als ob der gewaltige Berg, der in seinen feuerspuckenden Zeiten größer als der Vesuv gewesen sein muß, aufs neue sein steinschmelzendes Werk begonnen habe, wuchs er auf Lillys Zeichnung an. Er kochte über wie zu seinen besten Tagen und deckte die hessischen Landschaften mit den heißen Strömen, die aus ihm quollen, zu. Lilly arbeitete, als ob es in Hessen nur noch den Vogelsberg geben solle. Längst lag die Schwalm, das Kinzigtal, die Wetterau, die Stadt Frankfurt sogar, ja, auch der nördliche Taunus schon unter der Jahrtausende aufgestauten Materialmasse begraben, die Lilly sich nach allen Seiten ergießen ließ. Als sie in ihrem Kreisen, nach häufigem Spitzen des Stiftes, die Grenzen Hessens erreicht hatte, die nun, als seien sie Dämme, die Flut aufhielten, hob sie erhitzt den Kopf und sah verstört, wie nach einem Werk, das ihre Kräfte überfordert hatte, um sich.

Alfred gab gerade sein locker und schnell gezeichnetes Blatt ab. Sein Gedächtnis erlaubte ihm, ohne großes Auswendiglernen die häufig im Unterricht gesehene Landkarte weitgehend zutreffend wiederzugeben. Als Lilly einen Blick auf sein Blatt und dann auf das ihre warf, erwachte sie aus ihrem vulkanischen Rausch und brach in Tränen aus, natürlich nicht in lautes Plärren, sondern in ein geräuschloses Weinen, das in einer tragischen Verdunkelung ihrer wassergefüllten Augen bestand. Nur einzelne Tropfen fanden ihren Weg durch die Wimpern hindurch, zeichneten aber nicht, wie bei Kindern dieses Alters sonst üblich, schmutzige Straßen auf die Wangen, sondern ließen sie in ihrer erregten Rosigkeit noch heller leuchten. Die Lehrerin entschied, mit der Fassung ringend, daß Lilly ihr Blatt nicht abgeben müsse, sondern ein frisches erhalte, das sie am nächsten Tag ausfüllen solle. Am nächsten Tag war Lilly jedoch erkrankt und lag mit Bauchschmerzen im Bett. Es kam dann nicht mehr dazu, daß Lilly sich mit dem weißen Land, der Terra incognita in Hessens Grenzen, befassen mußte. Nach einem längeren Gespräch mit Herrn Dr. Has glaubte sich die Lehrerin imstande, auch ohne dieses Blatt Lillys Heimatkundeleistungen bewerten zu können.

Wie gern wäre Alfred eingesprungen, als er Lilly so ratlos sah! Aber das kam überhaupt nicht in Frage. Er wagte sie kaum in den harmlosesten Zusammenhängen anzusprechen. Sie war immer umringt von anderen Mädchen, mit denen sie in einer nachsichtig leutseligen Weise sprach, und obwohl Alfred in seiner Klasse nicht unbeliebt war, scheute er sich, dazuzutreten, weil er fürchtete, in solch einer öffentlichen, von anderen Schülern beeinflußten und belauschten Unterhaltung das Bild von ihr zu verlieren, an dem er täglich weitermalte.

Er lebte damals ganz im Bann des »Ritters von Cronberg bei seinem Auszug ins Heilige Land«. Als kleines Kind hatte er sich, seinem Alter entsprechend, noch vor allem von bunten Farben angezogen gefühlt. Die zarten Grün-Brauns der Müllerschen Malerei, in der selbst ein rotes Band am Kleid der jungen Frau sienabraun gemalt war, erschienen ihm zunächst blaß, nach gar nichts schmekkend wie die klare Gemüsebouillon, die Fräulein Emig im Sommer häufig kochte. Bezeichnenderweise erwachte sein Geschmack an dieser sehr fein zusammengestellten Suppe und dem »Ritter von Cronberg« zur gleichen Zeit, und das war wiederum in dem Jahr, in dem Lilly nach dem mißglückten Privatschulaufenthalt seine Mitschülerin in der öffentlichen Volksschule wurde. In Alfreds Alter löst ein Entwicklungsschub meist mehrere Veränderungen auf einmal aus.

Seitdem hielt er sich gern im dunklen Treppenhaus auf und betrachtete die großen, schlanken Gestalten, die zwar nicht lebensgroß ausgeführt waren, ihn aber allesamt überragten. Gerade die Mattigkeit, die über der Szene lag, das schwere Lehnen der Frau an der Mauer und die in Zweifeln heruntergesunkenen Hände des Mannes auf seinem dunklen Pferd, machte, wenn man das Bild nur lang genug ansah, die Möglichkeit einer allmählichen Bewegung der gemalten Menschen immer wahrscheinlicher. So wie unter Wasser ein unvermuteter sanfter Stoß der Strömung eine Pflanze in schwerfälliges Schlingern ihrer ausgebreiteten Blätter versetzt, die eine Weile danach noch ein unendlich verlangsamtes Winken auszuüben scheinen, würde, so kam es Alfred vor, die junge Frau den Kopf sinken lassen oder würde der Knappe, der die Standarte des Ritters an einer langen Lanze hielt, das Gewicht seines Körpers vom einen auf das andere Bein verlagern. Auch wenn das Bild gut beleuchtet war, und das war eigentlich nur während der Mittagsstunden der Fall, und auch nur dann, wenn Fräulein Emig gerade die bunten Glasfenster geöffnet hatte, um sie zu putzen, lag ein Schleier über den Farben. Zahlreiche Lasuren rückten die Komposition nach dem Willen des Malers, der Courbet-Schüler war, in eine balladeske, grünliche Ferne. Hätten die kleinen grauen Vögel, die in den Ästen der mager frühlingshaften Bäume saßen, singen können, so wäre ihr Gezwitscher wie unter einem Kissen zu hören gewesen. Und gerade diese Ferne zog Alfred zu dem Bild im Treppenhaus. Der Ritter brach auf, das wußte er von den Tanten, zugleich aber war er schon unendlich weit weg, unerreichbar für Fräulein Emig, die mehrfach am Tag mit einem Eimer und einer Salmiakflasche an ihm vorbeiging, ohne je den Blick zu ihm zu erheben, und überhaupt von einer Welt, in der die Unterhaltungen schwierig und dürftig waren und die Gesellschaft der anderen die Einsamkeit nicht zuließ, aber sie zugleich auch nicht zu verhindern vermochte.

Der Maler hatte in der Behandlung der Hände und Gesichter eine Eigenheit Courbets übernommen, die sich aus einer oft geübten Praxis dieses Meisters, seine Leinwände schwarz zu grundieren, ergab. Die Gesichter, die, da sie geneigt waren, im Schatten lagen, waren durch einen kräftigen braunroten Ton gekennzeichnet, der den Eindruck starker Durchblutung erzeugte. Man meinte, eine Haut vor sich zu haben, die durch winterliche Kälte zum Glühen gebracht worden war. Der schwarze Untergrund, der zwar durch pastose Farbe völlig bedeckt war, gab den Fleischtönen gleichwohl eine Art dunkles Leuchten mit. Das im Hause Labonté nicht sonderlich hochgeachtete Bild, das schon der Größe wegen nur ins Treppenhaus gehängt werden konnte, war ein Meisterwerk.

Der Vater der Tanten hatte das Werk aus einer Konkursmasse übernommen. Der zahlungsunfähige Schuldner hatte über Jahre hindurch, allein auf seinen vermeintlich guten Namen hin, die Leistungen von »Wwe. Labonté« in Anspruch genommen, die ihm auch noch gestundet wurden, als niemand dem in Kronberg herrschaftlich residierenden Kaufmann mehr einen roten Heller anvertraute. Für die Labontés haftete deshalb der Beigeschmack des

Betruges an dem schönen Gemälde, und obschon der Vater durchaus gelegentlich Kunst kaufte, kam er sich durch das Werk, das die Dimensionen seiner Behausung sprengte, wie mit einer Assignate bezahlt vor, nachdem er selbst soviel bares Geld verloren hatte. »Das war für unseren Vater eine große Enttäuschung«, pflegte Tante Mi zu sagen, wenn sie von dem »Ritter von Cronberg auf dem Auszug ins Heilige Land« sprach, denn in ihrer Gedächtnisliste bewahrte sie die Siege und Niederlagen des väterlichen Herrn so vollzählig auf, wie sie ihr mitgeteilt worden waren, als gelte es, aus ihrem Namen ein schmückendes Band zu wirken, der Folge der Schlachtennamen vergleichbar, die das Innere des Napoleonischen Triumphbogens dekorieren. Und so war es zunächst der bedeutungsvolle Klang des Wortes »Enttäuschung«, der Alfred auf den besonderen Rang des Gemäldes hinwies, ja ihm recht eigentlich erst die Augen für diese Welt des Traumes und des Wachtraumes öffnete, die durch die Kunst zugleich ein Bestandteil der Wirklichkeit geworden war.

Alfreds ahnungsvolles Betrachten schuf zunächst den Wunsch in ihm, den Personen des Bildes auch anderswo zu begegnen, den Ritter etwa in der Abendstunde, von der Christuskirche her im Schritt nachdenklich die Schubertstraße entlangreitend, zu erleben oder die junge Frau zwischen den Hortensien und den Mülltonnen des benachbarten Vorgartens lehnen zu sehen. Der Knappe mochte schon zwölf Jahre alt sein, also in einem Alter, in dem die Buben auf dem Schulhof sich mit einem Schüler wie Alfred nicht mehr abgaben, aber dieser Knappe unterschied sich von den Schulhofbuben und würde ganz ausdrücklich gerade mit Alfred gern zusammensein wollen. Alfred sah ihn Roller fahren und dabei die Lanze steil in die Luft halten. Die kleine Standarte knatterte im Wind, und die Häuser rechts und links sanken, perspektivisch abfallend, in den Boden, während die Fahrt rasend nach vorn ging.

Dann verkehrte sich Alfreds Betrachtungswinkel ins Gegenteil. Nun wünschte er nicht mehr, daß die ritterlichen Gestalten seine alltägliche Umgebung bereicherten, sondern er stellte sich vielmehr vor, selbst in die verhaltene, verschleierte Welt des Bildes einzutreten. An dieser neuen Art, sich mit dem Ritter von Cronberg zu beschäftigen, hatte Lilly ihren Anteil. Man sollte glauben, daß seine Begeisterung für sie ihn ermutigt hätte, seine Umwelt als die Bühne zu erleben, auf der sich die außerordentliche Schönheit des Lebens tatsächlich ereignete. Statt dessen verlor er den Blick für das schläfrige Geheimnis der Schubertstraße, das vorher aus jedem der schwarzen Fenster zu ihm gesprochen hatte, und sehnte sich danach, seine Welt zu verlassen und in die regensanfte Morgentrauer der Cronberger Aufbruchsszenerie einzutreten.

Er fürchtete sich davor, Lilly im Alltäglichen zu begegnen, denn er fühlte, daß sie dann nicht ganz sie selber war. In einer für sein Alter erstaunlichen Großzügigkeit erkannte er, daß sie von allen Seiten der Versuchung ausgesetzt war, sich mit dem Gewöhnlichen zu mischen, und daß man ihr noch nicht einmal böse sein durfte, wenn sie das dann auch tat. Man konnte nicht erwarten, daß sich ein derart zartes Geschöpf aus eigener Kraft unversehrt erhielt. Alfred hatte sich in den Kopf gesetzt, mit Lilly niemals ein Gespräch zu führen, wie er es mit Toddi Osten tat, oder wie Toddi Osten es, ohne sich dabei etwas zu denken, schon jetzt mit Lilly führte. Der Jargon, der sich schnell in jeder Klasse bildet und den Alfred gleichfalls benutzte, weil er wie alle Kinder dem Druck des Kollektivs nicht widerstand und darüber hinaus auch glaubte, man müsse diese Sprache sprechen, wenn man diese Schule besuche, so wie man Hausaufgaben mache, kam ihm im Umgang mit Lilly, an den zum Glück gar nicht zu denken war, unbrauchbar, oder besser, verboten vor, und diese Überzeugung erstaunt doppelt bei einem Kind, das nur durch seine Bescheidenheit auffiel und niemals einen Hang zum Besonderen oder gar Exzentrischen gezeigt hatte. Die Tanten hatten ihm solche Bedenken nicht beigebracht. Die Tanten dachten natürlich auch nicht daran, seine Verbindung zu Lilly zu begünstigen. Sie schätzten die Familie Has, vor allem aber die dahinterstehende Familie Olenschläger und hielten deren Andenken in Ehren. Gegen einen häufigeren Umgang ihres Großneffen Alfred mit Lilly Has hätte in ihren Augen nur die Familientradition gesprochen. Friedrich Labonté hatte es sich zum Grundsatz gemacht, Abstand zu seinen Kunden zu halten, und die Tanten, seine Töchter, die, wie sie zu sagen pflegten, »wußten, wer sie waren«, gedachten es genauso zu halten.

Wenn sie geahnt hätten, wie weit diese Freundschaft schon gediehen war! Nicht auf dem Hof der Westend-Schule allerdings oder auf dem Heimweg oder auf einem der hundert Kindergeburtstage, die Lilly im Laufe eines Jahres zu besuchen pflegte, sondern im Treppenhaus des Schubertstraßen-Hauses, in versunkener Betrachtung des »Auszugs des Ritters von Cronberg in das Heilige Land«. Alfred hatte nun Einzug in den »Auszug« gehalten, er war zum Bestandteil der erdfarben getönten Gruppe geworden und verwandelte sich im Laufe eines Nachmittags in den zwölfjährigen Knappen, in den alten Diener am Hoftor, in die Silhouette eines vom Bilderrahmen angeschnittenen weiteren Reisigen und in den Ritter selbst. Er ließ wie dieser die Arme hängen und den Kopf sinken und fühlte nach einer Weile, daß die Treppenstufen, auf denen er saß, zu einem Pferd geworden waren, daß er hoch über dem Erdboden saß und daß sein Blick nicht auf den roten Läufer, sondern in eine lehmige, von Huflattich und Kleeblättern bewachsene Tiefe fiel. Gegen die Mauer gelehnt aber stand Lilly, nicht sofort erkennbar, weil ihr Haar von einem feinen weißen Tuch verdeckt war, das bis weit über die Schultern herabfiel. Man sah daran, wie wichtig die Löwenhaarpracht Lillys für ihre Erscheinung war, denn das kleine Profil bekam ohne den blonden Sonnenkranz etwas Hilfsbedürftiges, das ihr doch sonst, weiß Gott, fehlte. Alfred stieg vom Pferd und ging auf sie zu. Sie reichten sich lächelnd die Hände und gingen durch das steinerne Tor.

Im Taunus hatte Alfred nur Burgen gesehen, die in Trümmern lagen. Königstein, Falkenstein und Eppstein waren mit der Zeit zu einer Art gemauerter Felsen geworden. Das Steinerne im Namen dieser Festungen war ihr Dauerhaftestes geblieben. Im Inneren von Alfreds Burg stand demgemäß nur noch der Bergfried, von herabgestürzten und halbüberwachsenen Mauerbrocken umgeben. Der Saal, in dem der Tisch mit Ostereiern und Salzbrezeln gedeckt war, glich einer gotischen Kirche voll goldener Figuren, die unter kleinen gemetzten Baldachinen in ihren Rüstungen und Kronen blinkende Waffen präsentierten. »Ritterlich befreit ich dann / die Prinzessin Fisch / führte sie zu Tisch / und ich war galant«, schrieb ein anderer Frankfurter, der sich als Kind in einer ähnlichen Lage wie Alfred befunden hatte. Auch Alfred, der das Wort »galant« nicht kannte, war der Überzeugung, daß nun das wichtigste Kapitel seiner Erfindung beginne. Dennoch brach der gewillkürte Traum höchst unwillkürlich regelmäßig an dieser Stelle ab. Es war, als versage Alfreds Phantasie, und das wäre verständlich gewesen. Kann ein Gebilde der Einbildungskraft anders zusammengesetzt sein als aus lauter Stücken wirklicher Erfahrung? Alfred hatte einen hohen Berg in der Entfesselung seiner Wunschwelten erklommen, aber nun stockte er. Hätte es jemanden gegeben, der imstande gewesen wäre, jeden seiner Wünsche Wirklichkeit werden zu lassen, dann hätte Alfred diese Wünsche nicht einmal ausdrücken können.

So kehrte er denn immer wieder zu der Ausgangslage zurück, die der Maler beschrieben hatte. Er traf sich in wortlosem Gegenüber mit Lilly am Tor der Burg, um sie für eine weite Reise zu verlassen und sie zugleich durch das Umstoßen dieses Vorhabens glücklich zu machen. In der immer wieder aufgegriffenen Übung im Treppenhaus während der Mittagsruhe der Tanten, wenn die Stille sich derart verdichtete, daß man meinte, sie werde von einem Augenblick zum anderen tatsächlich sichtbar, konzentrierte sich auch Alfreds Traumbild wie ein vielfach gebrannter Wein, dessen Duft schon berauscht.

Er machte kurz vor dem Abschluß der Volksschule die Erfahrung, daß der kühnste Wunsch, dessen Erfüllung von vornherein ausgeschlossen war, so daß sich keinerlei Hoffnung mit ihm verband, durch eine unerwartete Veränderung der Umstände in die Nähe einer höchst natürlichen Verwirklichung geraten kann. Schon lange war davon die Rede gewesen, daß an der Schule ein Theaterstück aufgeführt werden soll. Im allgemeinen ging ein solcher Plan die Schüler in Alfreds und Lillys Klasse nichts an. Die Theaterstücke, die der Rektor selbst abfaßte – nicht immer »kindgemäß«, wie die Lehrerin als moderne Pädagogin meinte –, verrieten einen beträchtlichen Ehrgeiz, der nur mit ernsthafter Arbeit befriedigt werden konnte. Der Rektor hatte die Erfahrung gemacht, daß die 4. Klasse für seine Zwecke noch zu kindisch war. Und doch hielt sich diesmal das Gerücht, daß für gewisse Rollen auch kleinere Kinder herangezogen würden. Die Hauptrolle, das stellte sich, nachdem der Rektor sein Schauspieler-Material gesichtet hatte, zur allgemeinen Überraschung heraus, sollte Lilly spielen. »Mein Rautendelein«, wie Rektor Wildt sagte, als er sie vor sich sah, in einer Begegnung, die selbst der Szene eines Mysterienspiels glich: Das verheißene Kind wird von einem hoffenden Greis aufgefunden. Es ging aber um ein Ritterstück in Versen und in gemalten Bühnenbildern, in Kostümen aus silberbronzierter Sackleinwand, die als Kettenhemden erscheinen sollten, und hohen Tüten auf den Köpfen der Mädchen.

Alfred sah sich in seinem ureigensten Gebiet angesprochen. »Der Auszug des Ritters von Cronberg in das Heilige Land« erwachte aus seinem Schlaf im Treppenhaus der Tanten und trat in das Licht einer tausendäugigen Öffentlichkeit. Was konnte das angekündigte Stück anders sein als ein belebtes Bild? Alles, was er sich in Einsamkeit zurechtgelegt hatte, würde nun in das Leben von Menschen eintreten, die von diesem Glück nichts ahnten. Und die Aufführung dieses Stückes würde mehr sein als der Traum im Treppenhaus, das wußte Alfred sofort, denn es würde nicht in Ratlosigkeit enden, sondern in gesetzter Rede den inneren, unfaßbaren und doch immer wieder bereits halberspürten Plan ausschreiten. Dies Stück würde nichts im unklaren lassen. Der große Apparat, den der Rektor in Bewegung setzte, verhieß ein vollständiges, nicht nur skizzenhaftes Werk. Es würden Textbücher ausgegeben werden, in denen Rede und Gegenrede verzeichnet waren. Es würde kein Verstummen geben, wenn die Prinzessin an die Tafel geleitet worden war. Lilly würde den Mund auftun, aber nicht um enttäuschende Bemerkungen zu Toddi Osten zu machen, sondern um mit Worten, die der hohen Situation gerecht wurden, dem Ritter ihr Leben zu erzählen. Lilly war Rautendelein, die Prinzessin im Stück des Rektors, und Alfred verbrachte seine Tage, die der Entdeckung Lillys folgten, in schwärmerischen Gedanken an den Augenblick, in dem er ihr in der Gestalt, die ihrer Rolle entsprach, als Ritter von Cronberg nämlich, entgegentreten würde. Denn daß er der Ritter war, wenn Lilly die Prinzessin spielte, das duldete für ihn keinen Zweifel. Der ganze Theaterstückplan war, so glaubte er, ganz und gar aus seiner nachmittäglichen Phantasie hervorgegangen. Er war sein geistiges Eigentum. Sein Glück zeigte sich in einem beständigen, geheimnisvollen Lächeln. Er vergaß sogar seine Anhänglichkeit an die heimlich verehrte Malerei und ging achtlos am »Ritter von Cronberg« vorüber, der er selbst bald leibhaftig sein würde.

Wie man Alfred kennengelernt hat, mußte man vor dem Einbruch der Wahrheit in diese eigene und doch so zwangsläufig erscheinende Ordnung große Furcht empfinden. An sein Mitwirken, und dazu noch an hervorgehobener Stelle, dachte niemand. Er war der kleinste Junge der Klasse und erschien jedermann als viel zu unreif und wirklichkeitsfremd für ernsthafte Aufgaben. Gewiß, es gab Rollen für kleine Kinder. Neben dem Königspaar, Zauberinnen, Leuten des Hofes und einem fremden Königssohn – der natürlich nicht der Ritter von Cronberg war – sollten in Nebenpartien auch Hirten und Hasen auftreten, aber in dieser Hinsicht waren sich der Rektor und Alfreds Lehrerin bereits einig: die »spätentwickelten« Kinder seien auch der Hirten- oder Hasenrolle keinesfalls gewachsen. Der Rektor verabscheute Schauspieler, die plötzlich auf der Bühne in Tränen ausbrachen und ihren Text nicht weitersprachen, und die Lehrerin, die in ihrem Herzen auf die Schriftstellerei des Rektors herabsah und die von ihren Anschauungen als Erzieherin dem Dilettantismus sonst aufgeschlossen gegenüberstand, glaubte von Alfred, daß er noch nicht zwischen den Ebenen der Realität, zwischen Bühne und Leben zu unterscheiden verstehe und sich womöglich zu stark mit seiner Rolle identifiziere. Um nichts Geringeres ging es Alfred tatsächlich, nur daß der Begriff »Identifikation« die Leidenschaft nicht ausdrückt, mit der er sich in das Wesen des Ritters von Cronberg hineinstürzen wollte und auch schon hineingestürzt hatte, aber eben nicht aus Gründen der Eitelkeit oder des Wahnes, sondern mit dem höchst handgreiflichen, auf sein Leben bezogenen Ziel, Lilly und sich aus der Misere der Mitschüler herauszuheben und dem Mädchen dadurch überhaupt erst nahekommen zu können.

Der Schlag der Offenbarung traf ihn denn auch derart hart und überraschend, daß er alle Farbe aus dem Gesicht verlor. Die Lehrerin schickte am Schluß des Unterrichts die Kinder, die bei »Rautendelein« mitwirkten, zur ersten Probe in die Turnhalle und hielt Alfred, der auf diesen Ruf schon lange gewartet hatte und sich selbstverständlich den vier Buben, die für die Nebenrollen vorgesehen waren, anschließen wollte, auf seinem Platz zurück, weil er doch überhaupt nicht mitspiele. Zum Glück war wenigstens Lilly nicht Zeugin dieser Demütigung, die in dieser Woche noch mit ihrer Mutter Ferien machte. Es kam selten vor, daß sie zu Schulanfang schon wieder von ihren Reisen zurückgekehrt war. Toddi Osten beglückwünschte Alfred, der nur durch steinernes Schweigen seine Fassung bewahrte, aber gegen sein Zittern nichts unternehmen konnte. Der Vater Osten hielt solchen Komödienstadl, wie er sich ausdrückte, eines Großstadtkindes für unwürdig. Ritterstücke habe es an den Volksschulen in Berlin schon in den zwanziger Jahren nicht mehr gegeben. Für Alfred war das kein verständliches Argument und erst recht kein Trost. Bei dem Theaterstück des Rektors ging es nicht um ein literarisches Genre, das dieser oder jener Kategorie angehörte, sondern um sein ureigenstes Wesen, das Werk seiner einsamsten Gedanken und Sehnsüchte. Und deshalb hielt Alfred auch für ausgeschlossen, daß er darum betrogen werde. Er war überzeugt, daß die letzte Entscheidung über sein Mitspielen noch nicht gefallen war.

Alfred bewegte sich nicht in den Stunden, die er allein in seiner Mansarde verbrachte. Hier hatte sein Vater gelebt, und hier schlief und arbeitete nun der Sohn, seitdem er zur Schule ging. Was er die Tanten nicht fragen wollte, weil er eine Antwort fürchtete, die ihn nicht befriedigen würde, zugleich aber die Lust an dem ungelösten Rest zerstörte, das fügte er in nachdenklicher Einsamkeit als Geheimnis seinem höchst persönlichen Weltgebäude hinzu. So bauen die Spatzen ihre Nester. Alles, was die kleinen Körper tragen und die Schnäbel greifen können, wird da zu einem flüchtigen Gebilde zusammengetragen: Zweiglein, Zeitungspapier, Fäden aus einem verrotteten Stück Stoff und ein Kunststoffetzen von leuchtender Farbe. Alfreds Weltpalast war gleichfalls nur lose gefügt. Was neu an ihn herangetragen wurde, machte stets einen Umbau des Ganzen erforderlich. Was er in der Schule erfuhr, von den Gesprächen der Leute mitbekam, was er von seinem Vater wußte, was Toddi Osten ihm in stets beunruhigender Dringlichkeit an Neuem überbrachte, was Alfred selbst in den für die Jugend zurechtgemachten Geschichtsbüchern und naturwissenschaftlichen Kalendern fand, schließlich was er träumte und was er sich ausdachte, das alles wollte immer neu auf einen Ton gestimmt und in einen tieferen Zusammenhang gebracht werden.

Was seine Religion anging, war Alfred ohnehin auf den eigenen Kopf angewiesen. Die Tanten hielten sich in dieser Hinsicht für unzuständig. Das blasse Mädchen aus Aussig, Alfreds Mutter, war Katholikin gewesen, und die Tanten, die ihre Nichte schließlich sogar schätzenlernten, hatten davon aus den Papieren der Toten erfahren. Stefanie Labonté wäre es vermutlich gleichgültig gewesen, welcher Konfession ihr Kind angehörte. Sie hätte am Ende selber nicht genau anzugeben gewußt, was sie war. Tante Tildchen äußerte sich auch in diesem Sinne, empfing dann aber von Tante Mi eine strenge Belehrung. In dieser Hinsicht stehe nichts zur Disposition, erklärte sie. Katholikinnen seien dazu verpflichtet, ihre Kinder katholisch zu erziehen, was bei Eheschließungen viel zuwenig bedacht werde. »Steffi ist ein liebes Mädchen gewesen, aber Alfred hat natürlich trotzdem einen Fehler gemacht!« sagte Tante Mi, als habe sie vergessen, wie viele Fehler es bei ihrem Neffen Alfred zu beklagen gab. Tildchen bewunderte die kompromißlose Korrektheit ihrer Schwester, die bereit war, schreckliche Dinge hinzunehmen, wenn es die gute Ordnung so verlangte. Mit abweisendem Gesicht wies Mi den Standesbeamten an, Alfred als »römisch-katholisch« einzutragen. Danach sah sie ihre Schwester mit der Miene eines grimmigen Triumphes an und sagte zu ihr: »So, nun haben wir unsere Pflicht getan. Den Rest werden wir guten Gewissens den Katholiken überlassen können, wenn sie schon so wild auf jedes Schaf sind.« Damit verschwieg Mi, daß sie bezüglich des »Restes«, die religiöse Erziehung nämlich, in jedem Fall ratlos gewesen wäre, allerdings vielleicht weniger leichten Herzens.

Die Religion der Schwestern, der reformierte Protestantismus, dem die Labontés seit eh und je angehörten, war nahezu restlos in ihr Leben hineinverdampft. Sie kannten keinerlei religiöse Doktrin mehr und hatten nach ihrer aus bürgerlichen Gründen vom Vater für notwendig erachteten Konfirmation nie wieder eine Kirche betreten. Vernunft und Anstand hießen die beiden Begriffe, die ihre metaphysischen Bedürfnisse abdeckten. Die Katholiken hatten sie im Verdacht, die Bedeutung dieser beiden Begriffe über ihrem mittelalterlichen Aberglauben zu vernachlässigen. Im übrigen waren die Schwestern aber keine Heuchlerinnen. Sie hätten, ins Kreuzverhör genommen, zwar nicht beantworten können, warum eigentlich der Mensch anständig sein solle und was genau eigentlich seine Vernunft vermöge, aber sie waren eben einfach in ihrem Leben anständig und vernünftig. Sie erzogen ihren Großneffen Alfred wie ihr eigenes Kind. Sie verhielten sich höflich und gewissenhaft zu Fräulein Emig und zu Herrn Herr, und sie spendeten bei jedem Katastrophenfall, in dem dazu aufgerufen wurde, »denn wenn uns etwas zustößt, haben wir ja auch gern, wenn man an uns denkt«, wie Tildchen gern sagte. Kurzum, die beiden waren trockene, zuverlässige Bürgerinnen, die ihr Recht auf Privatheit und Abgeschlossenheit kannten und ihr persönlichstes Dasein, das vielleicht doch nicht ausschließlich von Vernunft und Anstand bestimmt war, in diesen hinter Zäunen, Toren und Doppeltüren verwahrten Grenzen zu führen wußten.

Niemand konnte verlangen, daß die Schwestern, die ungern ihr Haus verließen, Alfred in die katholische Kirche begleiteten oder mit ihm Gebete sprachen. Das übernahm, wie man weiß, das lutherische Fräulein Emig. Sie sprach ein Nachtgebet mit ihm, worin auch des »lieben Vaters und der lieben Mutter im Himmel« gedacht wurde, von denen der kleine Alfred nur wußte, daß der eine im Main, die andere auf dem Hauptfriedhof lag. Später ging er mit Toddi Osten zum Vorbereitungsunterricht für die Erstkommunion, denn auch Toddis Mutter war Katholikin, sie stammte aus Danzig. In diesem halben Jahr wurde Alfred mit Eindrücken überschüttet, aber er besaß keine Gefäße, um den Überreichtum aufzufangen. Er wurde mit Weihwasser besprengt, bevor die Messe begann, er sah die Pyramide der Kerzen auf dem Altar, die vielen weißen, spitzenbesetzten Tücher, den Einzug der Priester in Brokatornaten und dem schwarzen Birett mit dem großen Pompon auf dem Kopf. Er sah die tiefen Verneigungen, die geflüsterten Gebete, während die Gemeinde laut sang und die am Altar gesprochenen Worte übertönte. Alfred hörte die fremde, vokalreiche und musikalische Sprache, in der er sich später recht sicher bewegen lernte. Er hörte den Gesang der Priester, der ohne einzwängenden Rhythmus wie ein sich durch die Landschaft schlängelnder Bach verlief, wie Wasser, das Hindernisse umgeht, das sich manchmal staut, dann überfließt, dann in konzisem Strahl eine Stufe tiefer fällt und schließlich breit und sanft strömt. Alfred hörte die kleinen Glöckchen, auf deren Zeichen hin alles auf die Knie sank, er sah die Kännchen mit Wasser und Wein, die zum Altar gebracht wurden, er sah den winzigen Löffel, mit dem der Priester einen Tropfen Wasser für den Kelch entnahm, er roch den Weihrauch, die frische Würze der ersten verschmorenden Körner und die schweren Wolken, die etwas vom Geruch verbrannten Zuckers hatten und gegen Ende des Hochamtes, im vorderen Teil der Kirche lagerten. Er sah das pendelnde Weihrauchfaß, die angedeutete Handwaschung aus dem zierlichen Wasserkännchen und das feine weiße Handtuch, kaum größer als ein Taschentuch. Dann kam das Schweigen, das Flüstern am Altar, dann begannen die Glocken zu läuten und die Glöckchen gleichfalls, und dann schwebte über dem Kopf des Priesters eine kleine weiße Scheibe. Alfred konnte sich nie daran gewöhnen, daß dies das Brot sei, denn mit dem Brot, das er zum Frühstück aß, hatte die weiße Scheibe nichts zu tun.

Alfreds außerordentliche Ergriffenheit hinderte ihn daran, daß er irgend etwas von dem, was er in größtem Erstaunen wahrnahm, verstand. Toddi Osten bemerkte nach dem Te Deum der Fronleichnamsprozession, das habe schon großes Format gehabt. »Mein Vater sagt, diese Inszenierung macht der Kirche keiner nach. Orgel und Glocken zusammen, der Effekt ist schon toll, auch wenn man den Brüdern sonst nicht über den Weg trauen darf.« Alfred nickte zustimmend, weil er meinte, Toddi habe irgendwie loben wollen, was er gesehen hatte. Zugleich fühlte er, daß Toddis Ton einen innerlichen Abstand verriet. Aus diesem Abstand gewann er offensichtlich Einsichten, die Alfred verschlossen blieben. Er wäre niemals auf den Gedanken gekommen, das Glockenläuten während des großen Hymnus als »tollen Effekt« zu bezeichnen. Er hielt es für ausgeschlossen, daß hier Berechnung waltete. Es geschah alles so, wie es gemacht werden mußte, und was da geschah, entzog sich zwar seiner Erkenntnis, aber es war zu offensichtlich jeder Willkür entrückt, als daß man von einer Inszenierung hätte sprechen dürfen.

Er hätte von seiner Anlage her ohne Mühe in die Liturgie seiner Kirche hineinwachsen können. Aber dazu hätte es der Stetigkeit der Anleitung, der Erziehung kurzum bedurft, so wie die Kirche selbst ja einstmals ihren Kult als lebenslange Erziehung auffaßte. Und es gab niemanden, der sich Alfreds Erziehung über das hinaus, was die Tanten taten, angenommen hätte. So sank er bald nach seiner ersten Kommunion wieder in den Zustand zurück, in dem er sich vor dem bewegenden Zwischenspiel der kurzen kirchlichen Unterweisung befunden hatte. Auch Toddi Osten ging nicht mehr in die Kirche, und wenn Alfred auch häufig zweifelte, ob Toddi in allem das Angemessene tat, so fehlten ihm doch die Gründe, ihn eines Irrtums zu überführen. Er war in dem Alter, in dem man noch unschuldig ist, wenn man Strömungen folgt, und Toddi Osten war ihm nur darin überlegen, daß er die Strömungen schon recht früh beim Namen zu nennen wußte und sich ihnen mit dem Hochgefühl anvertraute, eine selbständige Entscheidung getroffen zu haben.

Ganz folgenlos konnte die Begegnung mit einem Kult, der für sich beanspruchte, in die Wirklichkeit einzugreifen und sie zu verändern, für Alfred aber dennoch nicht bleiben. Er horchte auf, wenn die Glocken läuteten, und eine Erinnerung seiner tiefen Bewegtheit streifte ihn, obwohl die Glocken der Christuskirche nur zu protestantischen Gottesdiensten riefen, die in einem behelfsmäßigen niedrigen Gebäude, das in der Ruine errichtet worden war, abgehalten wurden. Daß ein Wort etwas bewirken und zu formen vermochte, wenn es nur das richtige Wort war, wenn es nur in der richtigen Weise ausgesprochen, wenn es von den richtigen Handlungen begleitet wurde und wenn der Sprecher des Wortes dazu befugt war, verstand Alfred auf seine kindliche Weise. Sooft er an Grenzen stieß, war er davon überzeugt, daß diese Hindernisse nur für ihn und aus seinem Blickwinkel bestünden und daß es geheime Mittel gebe, sie aus dem Weg zu räumen. Er dachte an das große Buch der Priester, das sie küßten, bevor sie darin lasen, er sah vor sich, wie sie ihre Lippen bewegten, während sie mit einem goldenen Löffel die bernsteinfarbenen Harzkörner auf die glühende Kohle legten, und wie sie an Ostern die große Kerze in ein Wasserbecken tauchten. Vor seinem Unwissen verwischten sich die Grenzen zwischen sakramentaler Zeichensprache und Magie.

Als Alfred einmal einen Wunsch von solcher Größe und Bedeutung in sich fühlte, daß er glaubte, er würde ohne die Erfüllung dieses Wunsches nicht die Kraft zum Weiterleben finden, meinte er, sein Glück erzwingen zu müssen. Es handelte sich um einen Roller mit weißen Ballonreifen, wie ihn Toddi Osten besaß. Alfred erinnerte sich an die Gesten der Priester und war schließlich davon überzeugt, einen Weg gefunden zu haben, der die Erfüllung seines Wunsches mit höherer Gewalt und unwiderstehlicher Geisteskraft versprach. Er nahm sich vor, seinen Wunsch, »einen Roller mit weißen Ballonreifen«, auf einen schönen Zettel zu schreiben, und zwar mit der sorgfältigsten Schrift, diesen Zettel daraufhin zu verbrennen und die Asche aus dem Mansardenfenster in die Luft zu streuen.

Je länger er über dies Vorhaben jedoch nachdachte, desto mehr schauderte ihn. Er war davon überzeugt, auf diesem Wege unbedingt zum Erfolg zu gelangen, aber gerade diese Sicherheit ließ ihn bedenklich werden. Er sah den Roller mit den weißen Ballonreifen vor sich und spürte, daß er ihn immer noch heiß begehrte, aber er wußte nun nicht mehr, ob sein Wunsch so dringlich war, daß er einen Eingriff von außen und von oben, vielleicht aber auch von unten, wirklich rechtfertigte. Er fürchtete sich plötzlich. Mitten im Schreiben hörte er auf. Er zerriß den Zettel und blies die vorsorglich für den Akt der feierlichen Verbrennung angezündete Kerze wieder aus. Der Roller mit den weißen Reifen geriet in den Hintergrund seiner Gedanken. Um so gefesselter war seine Einbildungskraft von der neuentdeckten Zeremonie, deren Gewalt für ihn, nun, da er angstvoll auf sie verzichtet hatte, erst recht zur Gewißheit geworden war. Er nahm sich vor, sein geheimes Wissen erst anzuwenden, wenn es um ein Anliegen ging, das den Einsatz alles dessen, was er besaß, rechtfertigte.

Was besaß Alfred eigentlich? Sein Eigentum im bürgerlich-rechtlichen Sinn war ihm unbekannt. Von Ansprüchen und Anteilen wurde im Haus der Schwestern Labonté, wie man weiß, schwerlich gesprochen. Er besaß, wenn er sich selbst geprüft hätte, eine Fotografie seines Vaters, ein Paar Schlittschuhe, einen Holzroller, einen Schulranzen, ein paar Bilderbücher, darüber hinaus seinen Seelenfrieden und die Liebe seiner Tanten, die ihm alles, was er zum Leben brauchte, schenkten. Er hatte also gegenüber den unsichtbaren Mächten, mit denen in Verbindung zu treten er sich vorbehielt, durchaus Gewichtiges in die Waagschale zu werfen.

Und so sieht man ihn denn, den kleinen Alfred, um Mitternacht. Er schreibt auf ein Blatt Büttenpapier aus Tante Tildchens Briefmappe, Lillys Name erscheint in roten Lettern, desgleichen das Wort »Theaterstück« – der Name des Märchens entfiel ihm immer wieder, zunächst sagte er häufig »Frau Tendelein«, dann nur noch »das Stück«. Nun zündet er die Kerze an, mit Streichhölzern, die er aus Fräulein Emigs Schürzentasche entwendet hat, und schaltet das elektrische Licht aus. Er verneigt sich, er murmelt etwas – das Murmeln ist nur eine akustische Andeutung ohne Inhalt – und hält das Blatt in die Flamme. Das Feuer steigt hoch, das Blatt krümmt sich wie ein gotisches Ornament, die Hitze berührt schon seine Fingerspitzen. Mit einem Schritt ist er am offenen Fenster unter der Wetterfahne, er läßt los, im Schweben verzehrt die Flamme den letzten Zipfel weißes Papier. Als schwarze Schneeflocken schneien die Aschenreste hinunter in den Vorgarten. An manchen glimmt noch ein Pünktchen rote Glut. Und nun hielt die Welt den Atem an, so schien es Alfred, während er die stille Straße heruntersah zu der dunklen Ruine der Christuskirche. Der Eingriff in den laufenden Gang der Ereignisse war geschehen. Aber er bereute nicht, was er getan hatte, sondern hielt zuversichtlich nach den Ergebnissen seiner Tat Ausschau.

Am nächsten Morgen erschien die Lehrerin mit kummervoller Miene in der Klasse. Keiner der dafür bestimmten Buben, alle einen Kopf größer als Alfred, paßten in das ausgeliehene Hasenkostüm. Das hatte sich auf der gestrigen Probe ergeben. Alfred bewahrte äußerste Ruhe, während sie sich, das Trikot aus braunem Plüsch und mit weißem Hasenschwänzchen in Händen, suchend umsah, denn er kannte bereits das Ergebnis. Es war nicht ganz genau das, was er sich ersehnt hatte, aber er hätte inzwischen selbst die Rolle eines stummen Tannenbaums übernommen, wenn er nur zusammen mit Lilly auf der Bühne stehen durfte. Nachdem Toddi Osten, mit gehörigem Widerstreben, seine Beine in das Hasenkostüm gesteckt und die Nähte gehörig hatte krachen lassen, wandte sich die Lehrerin schließlich Alfred zu, und der Erwählte, den die toten Gegenstände erkannten und dem sie dienten, während die Augen der Menschen noch mit Blindheit geschlagen waren, stieg in das Kostüm, und es paßte ihm, als sei es für ihn gemacht worden. Als er die Kappe mit den Ohren aufsetzte, gab sich die Lehrerin schließlich geschlagen. Wenn er brav sei und alles richtig mache, so sagte sie später auf dem Korridor, während sie zu den Proben gingen, dann dürfe er sich auch den kleinen Hirten anschließen, die eine hölzerne Gänseschar bewachten, während die Prinzessin aus dem Sumpf stieg.

»Wer hat, dem wird gegeben«, so hätte Alfred denken können. Er sah mit einem Gefühl des Sieges und des Jubels in die Welt und dachte ehrfürchtig an die Macht, die seinem Willen gegeben war.

Lilly nahm an den Proben erst teil, als die anderen schon eine Woche eifrig dabei waren. Sie war noch bei ihrer Mutter in der Schweiz geblieben und traf also einen weitgehend instruierten Hofstaat an, als sie in die Schule zurückkehrte. Nicht nur Alfred empfand ihre Mitwirkung in »Rautendelein« als einen Gnadenerweis, eine unverdiente Ehre für die Gesellschaft vorlauter, grober Lümmel. Rektor Wildt erschien mehrfach bei den Proben und versicherte, es sei ihm die größte Freude vor der Pensionierung, Lilly Has als Rautendelein erleben zu dürfen. Im Grunde habe er die Rolle für Lilly geschrieben, und die Lehrerin, die pädagogischer als ihr schwärmerischer Vorgesetzter dachte und das Hervorheben von Schönheit oder Begabung eines Schülers für ungesund hielt, mußte ihm, gegen ihre wohlbegründete Überzeugung, recht geben, wenn sie ihn auch am Ärmel zog und leise bat, doch ja keine Eifersucht zu schüren. Keine Gefahr lag dabei ferner als Eifersucht. Lilly herrschte unumstritten und hielt zu allen Kindern einen gleichen Abstand. Sie trat auf, als sei sie nur zu Gast bei der Truppe, und sprach mit Herrn Rektor Wildt, als gebe sie ein Interview.

Rektor Wildt war ein Volksschullehrer vom alten Schlag. Am wichtigsten fand er das Singen und die Regeldetri, ein Ausdruck, den in Alfreds Zeit schon keiner mehr verstand. Früher hätte man einen solchen Mann als »herzensgut im Grunde seines Wesens« bezeichnet. Darunter war wohl eine harmlose, einfachen Genüssen aufgeschlossene Philisterseele zu verstehen, die sich nur manchmal zu schrecklichem Rektorenzorn aufblies und schnell wieder beruhigt war. Wie das zu seiner Zunft noch gehörte, gab er sich auf biedere Weise aufgeklärt und lehrte die kleinen Buben, daß »die Katholischen die Maria anbeten und sündigen dürfen, soviel sie wollen«. Es waren im Kern solche Redensarten, die ihm das Gefühl gaben, auf der Seite des Fortschritts zu stehen. Er war ein braver Mann voll kindlicher Bereitschaft zur Begeisterung. Wie hoch war ihm da die Lehrerin überlegen, die sich gern als Seelenärztin ihrer Schüler betätigte.

»Rautendelein« verriet, daß sein Autor die dramatische Literatur des XIX. Jahrhunderts liebte und in jungen Jahren viel davon in kleinen Theatern gesehen hatte, ein treuer Zeuge längst verhallten Theaterdonners, überzeugt durch sein eigenes Herzklopfen, daß er in den großen Monologen Schillers der Kunst in ihrer reinsten und erhabensten Form begegnet war. In ehrerbietigem Abstand zu diesen Werken und indem er davon absah, sich einem der »großen Stoffe«, wie er sagte, zu nähern, begnügte er sich damit, »Rautendelein« eine menschliche Stimme zu verleihen. Aber ein Echo des Hohen Tones sollte dennoch zu vernehmen sein. »Eher erwürgte ich mein eigen Fleisch und Blut, das lächelnd in der Wiege liegt!« hatte der König etwa auszurufen, und keine Bedenken wegen der

Grausamkeit, die Alfreds Lehrerin äußerte, brachten den Rektor von dieser Stelle ab. »Der Krone Last hat einen Reif um meine Stirn geschmiedet!« stammte aus dem Monolog des Rautendelein und konnte schon deshalb niemanden zum Lächeln reizen, weil Lilly diesen Vers sprach, die mit ihrer zarten Stirn aus Bisquitporzellan, so betete der Betrachter unwillkürlich, von jeder Beschwernis, vor allem auch von Schmiedewerk immer bewahrt werden mochte.

»Weh Mutter mir, die solche Schönheit hat geboren!« sagte die Königin, die in eine schwarze Gardine gehüllt war, ein gelbliches Mädchen, das im nächsten Jahr eine Näherinnenlehre beginnen würde und keinen Funken schauspielerischer Begabung besaß. Ihr tonloser Vortrag hätte eine Durststrecke für die Aufführung bedeutet, wenn das tiefe Mitgefühl für die Mutter Rautendeleins nicht eine allgemeine Nachsicht verbreitet hätte. »Rautendelein schläft hold und rein / auf einer Wiese im Abendschein / ihre Locken sind wie pures Gold / das zwischen den Gräsern zu Tale rollt«, so begann der Gesang dreier Hasen, die das aus dem schwarzen Sumpf zurückgekehrte Rautendelein auf einer Waldlichtung entdeckten und es umhüpften, indem sie dabei Gepolter auf dem hohlen Bühnenpodest der Turnhalle erzeugten. Diese Verse, die Alfred auswendig kannte, drängten sich mit solcher Macht in sein Vorstellungsvermögen, daß es bald keine Wiese mehr gab, in deren grünem Polster er nicht den Kopf Lillys hätte ruhen sehen. Die mageren Anlagen um die Christuskirche wurden von ihren Locken schlangenartig durchringelt, die smaragdgrünen, üppig gedüngten Rasenflächen des Palmengartens bildeten für ihren schlafenden Kopf ein Kissen, und der ganze Taunus verwandelte sich zur Stunde des Sonnenuntergangs, »im Abendschein« hieß es in den Versen, in einen heiligen Hain für Lilly, die dort einsam lag und schlief und dabei vielleicht doch ein wenig wartete. Locarno aber, wo er keine solchen Wiesen gesehen hatte, war von nun an ein gottverlassener Ort.

Als Lilly zart gebräunt unter den winterbleichen Mitschülern erschien, verließ Rektor Wildt sein Amtszimmer und begab sich in seinem dunkelblauen Anzug, der nur mit Mühe geschlossen werden konnte, und in Begleitung des Hausmeisters, der gleichfalls Amtstracht trug, nämlich seinen grauen Kittel, in die Turnhalle, um den Proben zuzusehen. Die Lehrerin lehnte solche Besuche ab, obwohl

Rektor Wildt mit viel Würde stets darauf hinwies, er wolle ihr nicht auf die Finger sehen. Sie nannte es »pädagogisch unprofessionell«, wenn die Schüler »ihre Bezugsperson«, das war sie selbst, plötzlich in noch andere Bezüge verstrickt sahen. Sie spielte, zu deutsch, ungern die Rolle der Untergebenen, und der Auftritt mit dem Hausmeister als Paladin, den der bühnenerfahrene Wildt nicht absichtslos zu seinen Visitationen dazubat, erlaubte an der hierarchischen Struktur dieser ABC-Schule keinen Zweifel. Rektor Wildt hatte als alter Sozialdemokrat, »Großherzoglich Hessen-Nassauischer Sozialdemokrat«, wie man in Frankfurt dazu sagte, Sinn für Rangstufen; er war eben kein Liberaler. Auch im Umgang mit den Schülern fühlte er sich berechtigt, dort zu bevorzugen, wo er Vorzüge entdeckte. Er hatte seine »Prinzen«, wie Alfreds Lehrerin es mit einem spitzen Unterton nannte. Lilly war trotz wenig beeindruckender Leistungen auch ohne Rautendelein eine Prinzessin in seinen Augen, weil sie einfach aus anderem Stoff als die übrigen Zöglinge gemacht war und deshalb Anspruch auf entgegenkommendere Behandlung besaß. Man weiß, daß die Verlängerung der Ferien, um die Herr Dr. Has regelmäßig einkam, nie in Frage stand.

Und es gab noch einen solchen Prinzen in der Schauspieltruppe. Zu den glücklichen Neigungen des Rektors Wildt gehörte eine Fähigkeit zur Verklärung seiner armen Jugendjahre. Wann immer Wildt als Student im Hauptbahnhof ankam, weil er von der Lehrerbildungsanstalt zurückkehrte, war er mit seinem Köfferchen an den Auslagen von »Wwe. Labonté« vorbeigegangen, hatte das Geschäft manchmal auch behutsam betreten und in dem duftenden Laden den tiefsten Eindruck eines Lebens jenseits von Dürftigkeit und Mängel gewonnen. Auf der Bühne hörte er, wie die Großen der Erde redeten, aber bei »Wwe. Labonté« roch er, was sie rauchten und tranken, und diese Erfahrung hinterließ tiefe Spuren in seiner Erinnerung, was bestätigt, daß er wohl doch eine Art Künstler war. »Labonté«, rief er, als er Alfreds Namen hörte, »Labonté hat die feinsten Zigarren!« und dieser Ausruf erfüllte ihn, wie man sah, mit so viel Vergnügen, daß selbst die Lehrerin, die das Wermutfläschchen mit den bitteren Tropfen doch stets bereithielt, nicht wagte, dies Erinnerungsglück zu stören. Wildt wandte sich an den hinter ihm stehenden Hausmeister, denn er sagte sich, daß es keinen Sinn habe, mit einer Frau über Zigarren zu sprechen, und bemerkte bedeutungsvoll über die Schulter hinweg: »Das waren schon zu Vorkriegszeiten Zwei-Mark-Zigarren! Havanna, Brasil, was Sie wollten!« Der Hausmeister, der im Gegensatz zu seinem Dienstherrn Frankfurter war, fand an dieser Mitteilung nichts Einschüchterndes. Er fühlte sich allem, was groß war in Frankfurt, a pari, aber den Rang einer Institution räumte er »Wwe. Labonté« doch ein, und so lag auch in seiner Nüchternheit höchste Anerkennung, als er sagte: »Labonté ist einmal ein sehr reelles Geschäft gewesen!«

Kinder fürchten im allgemeinen Unterhaltungen über ihre Herkunft. Am liebsten wäre es ihnen, wenn niemand die familiäre Seite ihres Lebens mitbekäme, und Alfreds Schüchternheit verstärkte noch diese Scheu. Heute blieb ihm jedoch gar keine Zeit, rot zu werden, denn er bemerkte, wie Lilly nach den ersten Worten des Rektors Wildt ihren ruhigen, forschenden Blick auf ihn richtete, als werde ihr soeben klar, wen sie da bisher übersehen hatte. Es gab ein paar größere Jungen in der Truppe, den schon erwähnten König und seinen Sohn; auch die Höflinge waren alle über zehn und fielen erheblich mehr ins Auge als der kleine Alfred. Ein Zwillingspaar, das Hänschen und Kläuschen genannt wurde, war schon an Lilly herangetreten und hatte dazu eingeladen, sie nacheinander auf der Lenkstange ihrer Fahrräder um die Schule zu fahren. Diese Brüder hatten breite Schultern, kleine Köpfe und große, rote Hände, ihre Körperkraft war allgemein gefürchtet. Nun hatte Lilly aber auf einmal Alfred entdeckt, und zwar weil Rektor Wildt, in Jugendträumen schwelgend, einen Laden pries, den es schon längst nicht mehr gab und von dem Lilly nur fühlte, es habe sich da um etwas sehr Ehrenwertes gehandelt. Sie wußte nichts von dem in Frankfurt berühmten Angebot des Geschäftes, seinen Mahagoni-Theken und täglich blank geputzten Messingarmaturen, seinen Fensterscheiben, in die große Fruchtstilleben eingeschliffen waren, dem schwarzweiß-gewürfelten Kachelboden, dem milden, goldenen Licht aus den großen Kugellampen und vor allem von dem Duft, der dem Rektor Wildt völlig zu Recht im Gedächtnis geblieben war.

Lilly hob den Kopf und dachte nach. Sie pflegte eine feierliche Hochachtung für die eigene Familie und alles, was sich in deren geschlossenem Kreis abspielte. Wenn sie von »Papi und Mami« sprach, so glaubte man, daß sich hinter diesen Anreden aus der bürgerlichen Kinderstube höchste Autoritäten verborgen hielten.

Ohne Hemmung studierte sie den mageren, sanften Knaben, der sie freundlich ansah. Selbstverständlich nahm sie sich vor, den Fall genau zu prüfen, das hieß, ihn ihren Eltern vorzulegen, aber sie vermutete bereits jetzt, daß sie es schätzen werde, wenn sich die respektable Herkunft Alfreds bestätige. Dennoch wollte sie sofort schon ein wenig freigebig sein. Nach den Proben ging sie auf ihn zu und erlaubte ihm, ihr Gesellschaft zu leisten, bis sie abgeholt wurde. Es war leider nicht zu vermeiden, daß Toddi Osten dazukam. Aber Alfred war zu beschwingt, um ihn wegzuschicken. Er lachte über alles, was Lilly und Toddi sagten, sprach aber selber kein Wort, zufrieden, sich am Ziel seiner Wünsche zu wissen. Schließlich sah man den wohlbekannten roten Wagen, der wie ein Papierflugzeug vor die Schule heranglitt und dabei leise schnurrte. Lilly stieg ein, sprach mit ihrem Vater, wies auf Alfred, und Eduard Has beugte sich heraus und rief: »Das ist ja ein kleiner Labonté!« Toddi folgte Alfreds Auskünften über sein Herkommen und Leben mit gespannter Miene. Er war gewöhnt, auf Alfred und seine grauen Tanten herabzublicken, und entdeckte nun, daß sein kleiner Mitschüler offenbar über Verbindungen verfügte. In diesen Kleinstädten war eben alles irgendwie miteinander verfilzt. Da mußte man rechtzeitig den Fuß hineinsetzen, sonst war man draußen.

Lilly zu besuchen war von nun an Alfreds größter Wunsch, und das war ein grundsätzlich erfüllbarer Wunsch geworden. Aber es gab zu viele Hindernisse. Alfred konnte sich seine Zeit einrichten, aber Lillys Tage waren ausgefüllt. Sie besuchte Kindergeburtstage im Taunus bei Leuten, die Alfred nicht kannte, und wurde auch von ihren Eltern, »Mami und Papi«, beständig in Anspruch genommen. Die ganze Szene, in der Lilly als Rautendelein aus dem Sumpf stieg und die Gänsehirten sich um sie versammelten, wurde ohne sie probiert, weil sie ihre Ballettstunden nicht umlegen konnte, aber da an ihrer einzigartigen Begabung kein Zweifel herrschte, ließ sie sich von einem dicken Mädchen vertreten, die glücklich war, wenigstens in den Proben Rautendeleins Wort an die Gänsehirten sprechen zu dürfen, während die Lehrerin es unternahm, Lilly privat in die Szene einzuführen.

Es stand fest, daß Alfred nur ein einziges Mal zusammen mit Lilly auf der Bühne stehen werde, und zwar, um die Frage an sie zu richten: »Ist dein Haar aus echtem Gold?« Er war über seinen schmalen Dialog dennoch glücklich. Er hielt es für ein Geschenk, daß ausgerechnet er diese Frage an Lilly richten durfte, und dachte, daß es auch eine gute Seite habe, wenn sie nicht an den Proben der Sumpfszenen teilnahm, weil es dann bei der Aufführung das erste Mal sein werde, daß er diese ihm auf den Leib geschriebene Frage an sie richtete und daß es also für Lilly und ihn aussehen werden, als stelle er seine Frage nicht als Gänsehirt, sondern aus eigenem Antrieb. Sie würde über dem eigentümlichen Ton, mit dem er seine Frage stellte, ihren Text vergessen und ihn unverwandt ansehen, wie in dem Augenblick, als Rektor Wildt der Schauspielerschar von den Labonté-Zigarren erzählte. Ob sie ihren Faden wiederfinden würde, ließ Alfred offen, denn er legte sich bei seinen Wunschvorstellungen nicht das geringste Verantwortungsgefühl auf.

Er hatte sich darauf gefreut, gemeinsam mit Lilly Bestandteil eines prächtigen Bildes zu werden. Die Proben hielten in dieser Hinsicht eine empfindliche Enttäuschung bereit. Alfred sah den mit groben Pinselstrichen gemalten Eichenwald, er sah das Schilf, das den Sumpf den Blicken der Zuschauer entzog, und er erkannte schnell, daß er auf der Bühne von jeder Illusion ausgeschlossen war. Für ihn blieb das Treppchen, auf dem Rautendelein dem Sumpf entsteigen sollte, nicht hinter hohem Schilf verborgen. Ihm würde auch nicht entgehen, daß die Eichen dünn wie Pappe waren und hinten nur eine schmutzige graue Fläche zeigten. Natürlich verschaffte es eine gewisse Überlegenheit, Effekte, die den Zuschauer verblüfften, als simple Apparatur entlarvt zu sehen. Aus dem hinter Schilfbüschen verborgenen Sumpf kam nicht nur Rautendelein hervor, sondern auch das Schloß, dessen Besitz die Prinzessin wiederbekommen sollte, nachdem der Zauber von ihm genommen war. Dieses Schloß erschien vor den Augen des Zuschauers in Gestalt eines Turms, der das Ganze verkörperte, und dieser Turm, der auf eine Rolle starken Papiers gemalt war, wickelte sich knisternd und raschelnd, von Fäden nach oben gezogen, hinter dem Schilf auf, wuchs in die Höhe und offenbarte nach und nach seine Zinnen, seine Schießscharten, seine Butzenscheiben aus rotem Transparentpapier und sein eisenbeschlagenes Tor. Das war der krönende Höhepunkt des ganzen Stücks, wäre da nicht der von Alfreds Standpunkt aus unvermeidliche Blick auf den Hausmeister gewesen, der in seinem grauen Kittel an den Schnüren zog und die Zaubererscheinung nüchtern überwachte. So war den Proben schon bald ein Geschmack von Abschied beigegeben. Der »Ritter von Cronberg« gelangte leichter in das Heilige Land als in das tägliche Leben.

Und dennoch klopfe Alfred jedesmal das Herz, wenn er sich der Bühne näherte. Die Erzieher des 18. Jahrhunderts beobachteten mißtrauisch jede heftige Gefühlsaufwallung ihrer Zöglinge. Man hoffte damals, den werdenden Menschen schon frühzeitig für die Anhäufung von Enttäuschungen und Gemeinheiten, aus denen das Leben besteht, rüsten zu können, indem man bereits im Knabenalter jede Begeisterung dämpfte und die Freuden des täglichen Lebens klein hielt. Ein erfahrener Hofmeister dieser Epoche hätte alarmiert die Verzauberung wahrgenommen, in der sich Alfred seit dem Probenbeginn zu Rautendelein befand, und hätte augenblicklich entschieden, dieses Kind von den Proben auszuschließen. Solche Erzieher gab es nicht mehr, obwohl das Leben eine Anhäufung aus Gemeinheiten und Enttäuschungen geblieben war. Alfred selbst übernahm die Aufgabe, sich in asketische Zucht zu nehmen, als die Hoffnung sich mit seinem Traum so innig verbunden hatte, daß dies Paar der Welt ein Ärgernis zu geben begann.

In dem Klassenzimmer, das als Garderobe der kleinen Schauspieler diente, warteten die Gänsehirten auf ihren Auftritt. Alfred hatte noch nichts von Lilly gesehen. Die Nähe des lange von Ferne betrachteten Augenblicks nahm ihm beinahe den Atem. Die Mädchen wurden im Amtszimmer des Rektors Wildt umgezogen, wo es einen Spiegel gab. Alfred fühlte sich wie ein orientalischer Bräutigam, der im hochzeitlichen Schmuck darauf wartet, seiner verschleierten Braut entgegengeführt zu werden, um ihr mit eigener Hand den Schleier vom Gesicht zu nehmen und mit ihr gemeinsam die rituellen Worte der Eheschließung zu sprechen. Der Dialog, den er mit Lilly führen sollte, hatte in seiner Vorstellung längst magischen Charakter angenommen. »Ist dein Haar aus echtem Gold?« – »Nein, ich bin blond, wie meine Mutter war« –, dieses Responsorium würde ein unzerstörbares Band zwischen ihnen schaffen.

Das Ende dieses Traums kam sanft und blieb von Alfred in seiner Versunkenheit zunächst unbemerkt. Die Lehrerin, die weit über sich hinausgewachsen war und nicht nur die Rolle des Regisseurs, sondern auch die des Inspizienten ausfüllte, trat in das Klassenzimmer, um die Gänsehirten abzuholen, und erstarrte auf der Schwelle, als sie Alfred sah. Der Junge war totenbleich. Sein ganzes Hemd war durchweicht von frischem glitzerndem Blut, das aus den Nasenlöchern rann. Alfred sah aus, als habe er soeben versucht, sich auf japanisch-ritterliche Weise das Leben zu nehmen. Der Schreckenslaut der Lehrerin weckte ihn auf. Er berührte seine feuchte Brust und betrachtete verstört seine roten Hände. Die Vorstellung war in vollem Gange. Gleich kam der Augenblick, in dem Rautendelein über die Sumpftreppe die Bühne betrat und dort auf den Gänsehirten treffen mußte. Die Lehrerin fällte eine militärische Entscheidung. Alfred mußte den Nacken zurücklegen und bekam einen kalten Lappen auf die Stirn, während die übrigen Gänsehirten, statt sieben nun eben nur sechs, den Raum verließen. Einem davon gab die Lehrerin im schnellen Lauf durch die Flure die Anweisung, Alfreds Worte zu übernehmen, was auf der Bühne dann so vorzüglich gelang, daß niemand sein Fehlen bemerkte, bis auf die Tanten Labonté allerdings, die sich sagten, daß Alfred wahrscheinlich doch nur die Hasenmaske getragen habe.

Alfred jedenfalls war plötzlich allein mit seinem kalten Lappen und starrte auf die Decke des Klassenzimmers. Aus seiner Abwesenheit war er zurückgeholt worden, aber es dauerte eine Weile, bis er verstand, daß er nun niemals seine wochenlang vorbereitete Frage an Lilly würde richten können. Die anderen Gänsehirten kamen überraschend schnell zurück und sprachen lebhaft über ihren Auftritt. Das blendende Scheinwerferlicht hatte ihnen das Publikum fast vollständig verborgen, Lillys Petticoat war auf der Sumpftreppe hängengeblieben und hatte auch das Schilfbüschel zum Schwanken gebracht, bei dem knisternden Aufsteigen des versunkenen Schlosses gab es Szenenapplaus, und auch das Lied der Gänsehirten hatte gut gefallen. Das waren unwirkliche Vorstellungen für Alfred, der sich die Szene der Gänsehirten immer noch nur mit sich selbst als Protagonisten denken konnte. Er vergoß aber keine Tränen. Weder Tapferkeit noch Scham hinderte ihn zu weinen, sondern eine Erschütterung, die sich selbst jede Erleichterung versagte.

Er hatte zum erstenmal mit vollem Bewußtsein erlebt, daß Dinge geschehen können, die über die Hoffnung und die Gewißheit des einzelnen hinweggehen wie über Grashalme. Seine unfehlbare Wunschzeremonie offenbarte plötzlich eine grausam pedantische Tücke. Hatte er etwa geschrieben, er wolle genau an diesem Tag mit

Lilly auf der Bühne stehen? Sein Wunsch, in Lillys Theatergruppe aufgenommen zu werden, war schließlich erfüllt worden. Die Nebel zerteilten sich vor seinen Augen. Das Leben zeigte ihm plötzlich sein Gesicht, steinern wie die Fratze eines mexikanischen Gottes. Auch Alfreds Gesicht erstarrte. Eine Zeitlang lief er herum, ohne zu sehen und zu hören. Dann erlebte er die Kraft einer anderen Urgewalt: das Vergessen. Die Nebel nahmen wieder zu, das steinerne Gesicht bedeckte sich. Und bald schon dachte er nicht mehr an »Rautendelein«, und es dauerte noch ein bißchen länger, und er dachte voller Zufriedenheit an das schöne Stück, weil er vergessen hatte, daß er gar nicht auf der Bühne gewesen war. Statt dessen erinnerte er sich wieder an die Bilder seiner Vorstellung, die, von keiner Trauer getrübt, ein längeres Leben besaßen als die Tatsachen.

In diesen Jahren stieg der neue, zukunftsträchtige gläserne Bau des Has'schen Hauses aus den Trümmern der Sandsteinvilla empor wie der raschelnde Belfried aus Rautendeleins Sumpf. Alfred aber versuchte nicht mehr, Lilly zu begegnen. Er ging ihr aus dem Weg, auch wenn sie auf ihn zukam. Es war, als habe er sich geschworen, mit ihr nicht wie mit anderen Mitschülern umzugehen. Nachdem sie einmal in das Märchenbild geraten war, wuchsen ihr die Eigenschaften aller Frauen der Vergangenheit, von deren Größe im Glück, vor allem aber im Unglück Alfred zu lesen begann, wie von selbst zu. Es gab viele Sümpfe, in die Lilly in seinen Träumen nun geriet, aber sie verließ sie stets in unversehrbarer Schönheit.

ZWEITER TEIL

Das Beben

Alfred las »Die letzten Tage von Pompeji«, als in Frankfurt die Erde bebte. Seine Phantasie war erfüllt von glühendem Aschenregen, von Erdstößen, die Häuserreihen niederlegten, von einem schwarzen Himmel, einer kochenden See, vom Schreien der Flüchtenden, einer beizenden Qualmwolke, von glühenden Lavazungen unter grauer, immer wieder aufreißender Haut. Männer versuchten Goldsäcke mit ihren Körpern zu decken, Frauen warfen sich über ihre Kinder. Schrecklicher als das Krachen einstürzender Mauern war das Knirschen der Balken, unter denen die Verzweifelten Schutz suchten. Das Atmen wurde unmöglich. Die Boote mit den Flüchtlingen verschwanden in salzigen Wellenmäulern. Wer aus dem Umkreis der schwankenden Häuser entkam, dem gerieten die Haare in Brand. Das schreckliche, vielfältige Bild, die Schönheit der Feuerwerksausbrüche und der Ruinen, die Bewegungen der Menschen, die sich wie Kinder der Niobe gegen das Unheil wehrten, füllten Alfreds Seele mit einem belebten, schauenden Frieden. Sein Inneres, so kam es ihm vor, verwandelte sich in eine phlegräische Landschaft, die in Düsterheit und feuriger Bewegtheit dem stillen Samstagnachmittag eine feierliche Bedeutung verlieh. Vor seinen Augen begann ein runder Bleistift zum Tischrand zu rollen, er erreichte den Rand und fiel klingend auf den Boden. Alfred meinte geradezu, es sei die eigene geistige Überfülle gewesen, die den Bleistift bewegt hatte.

In Wirklichkeit war es das Beben. Am nächsten Tag stand es in der Zeitung. Die Erde hatte sich bewegt, als steht die Stadt auf dem Rücken eines großen, schlafendenden Tieres, das im Traum ein Schauder überläuft. Im Westend herrschte derweil Mittagsruhe. Niemand erwartete Erdstöße, und niemand nahm etwas wahr.

In seiner Katastrophenliebe hatte Alfred eine Schwester. Sie durfte sich in viel stärkerem Maße betrogen fühlen, denn ihre Beobachtungsgabe war nicht durch literarische Ekstasen geschwächt. Sie hatte während des Bebens sogar an überhaupt nichts gedacht. Die schöne, blonde Frau mit dem großen Nackenknoten, die Alfred beobachtete, seitdem sie im Nachbarhaus eingezogen war, wusch sich nämlich die Haare, während die Erde bebte. Sie benutzte dazu eine rosafarbene Kunststoffschüssel, denn sie verfügte in ihrer Mansarde über kein Bad, sondern nur über einen Wasserhahn mit Ausguß, der auch noch im Wohnzimmer angebracht war. Ihr Rücken war rundgewölbt, ihr Kopf zu Boden geneigt, ihr Gesicht war nicht zu sehen, der große Schwall nasser, sich leicht ringelnder Haare hing darüber. Ihre vollen, wohlgebildeten Arme ergriffen ein türkisfarbenes Handtuch und begannen das tropfende Haar zu frottieren. In dieser Haltung wurde der Frau, die ohnehin nichts sehen konnte, immer leicht schwindlig. Weil sie sich in dem engen Zimmer blind bewegte, war sie daran gewöhnt, daß sie irgend etwas umstieß, und so blieb ihr die sanfte Naturgewalt verborgen, obwohl die Flasche mit der hellgelben Seife vom Radioapparat heruntergefallen war und auf dem Teppich zähflüssig auslief. Als sie sich aufrichtete, das nur noch leicht feuchte Haar zurückwarf, den Kopf in den Nacken legte und leicht schüttelte, damit die Strähnen sich voneinander lösten, war das Beben, das zehn Sekunden gedauert hatte, vorbei. Die Frau trug ein feines, weißes Unterkleid aus Kunstseide, das an manchen Stellen gestopft war, aber ihren großen blühenden Körper so wirkungsvoll zur Geltung brachte, daß es fast zu bedauern war, wie wenige Personen diesen Anblick genießen durften. Seitdem sie in der Schubertstraße lebte, hatten nur Ärzte sie in diesem Zustand gesehen. Mit ihrem Umzug war kein Glück verbunden. Alles, so dachte sie am nächsten Tag, als sie die Zeitung las, gehe so spurlos an ihr vorbei wie das verpaßte Erdbeben.

Dabei hatte sie wenig Grund zur Klage. Während sie sich die Haare wusch und trocknete und mit ihren Gedanken ganz und gar bei ihren Haaren war, als handele es sich dabei um ihr besseres Selbst, hatte das Beben gerade in ihrem Umkreis einen der von der Presse geschilderten, in der Schubertstraße aber sonst nirgendwo eingetretenen »kleineren Gebäudeschäden« hinterlassen. Die Erde hatte das Haus Schubertstraße 23 wie alle anderen auch kurz gehoben und dann wieder niedergesetzt und dabei das System der Wasserrohre einer kurzen Belastung unterzogen, die überall folgenlos bestanden wurde, nicht aber in der Nähe des Ausgusses in dem kleinen Wohnzimmer unter der großen Blechkugel. Dort, wo das Rohr schon wieder unter dem Putz, tief in der Wand verschwunden war, gab es der Spannung nach und riß, aber so fein, daß ein argloser Blick noch gar nichts festgestellt hätte, und es dauerte auch noch einige Zeit, bis der erste Wassertropfen den Weg durch die enge Ritze gefunden und seinen Nachfolgern einen mühevollen Weg gebahnt hatte.

Alfred war verwundert, als er von Herrn Herr den Namen der blonden Frau mit dem großen Nackenknoten erfuhr, den er jeden Morgen im Radio hörte, bevor er zur Schule ging, wenn er im Souterrain bei Fräulein Emig Kakao trank und die Rote-Kreuz-Suchmeldungen, der Hausfrauenfunk, der Wetterbericht und die Wasserstandsmeldungen gesendet wurden. Wie zu den Zeiten, in denen die Tanten ängstlich lauschten, ob die Verhältnisse so freundlich seien, daß ihr Neffe Kanu fahren könne, wurde die Litanei der Meßorte bei den Wasserstandsmeldungen für die Binnenschiffahrt aufgesagt: »Karlsruhe-Maxau ... die Lahn bei Kalkofen«, daß Alfred sie auswendig hätte hersagen können. Daß ein Mensch, dazu noch ein besonders schöner Mensch, Frau Kalkofen heißen könnte, kam Alfred vor, als habe eine übernatürliche Belebung der toten Landschaft stattgefunden, als sei etwa der bräunlichen Lahn bei Kalkofen eine Wasserfrau entstiegen, die nun heimatlos durch die Gegend streife. Für Herrn Herr war an dem Namen nichts Staunenerregendes, sondern eher Vertrautes und sogar Respekteinflößendes. »Kalkofen's Haushaltsauflösungen«, das große Schrottlager am Osthafen und die weitgestreute Tätigkeit des Mannes nötigte ihm Bewunderung ab. Er hätte nicht den Schwung besessen, nachts in Ruinen nach Kupferdraht zu graben – »Bares Geld lag damals herum!« sagte Herr Herr, und nicht er, sondern Herr Kalkofen hatte es aufgesammelt, und schmutzige Fingernägel konnte man auch beim Heizen bekommen. Es war aber nur der Schatten des großen Mannes auf die Schubertstraße gefallen, wußte Herr Herr zu berichten. Nur die Frau war in Nr. 23 eingezogen, das Ehepaar lebte getrennt, und diese Vermutung verdichtete sich bald zur Gewißheit, denn außer am Tag des Einzugs, wo Kalkofen mit einigen schwarzen Burschen die Kisten in den 2. Stock getragen hatte, war er nie wieder in der Schubertstraße gesehen worden.

Frau Scharnhorst, die gerade den Aufgang zum Bundesbahndirektor Rosendall mit Wasser übergoß, fiel jedoch beinahe die Treppe hinunter, als Herr Herr, der aus dem Heizungskeller heraufgekommen war und mit der zu den Stufen gebückten Frau plauderte, den Namen Kalkofen beiläufig erwähnte. Er wußte stets, was in den einzelnen Häusern vorging. Die Hausbesitzer waren es gewöhnt, ihn als Vertrauensperson anzusehen und ihn zu bitten, auch über seine Pflichten hinaus ein Auge auf die Verhältnisse zu werfen. In seinen Mitteilungen lag deshalb auch immer ein deutlicher Stolz über sein Wissen. Er sonnte sich in dem Privileg, als einziger einen Tag im voraus zu wissen, daß die neue Partei im Dachgeschoß der Nummer 23 Kalkofen hieß, und bekam deshalb gar nicht mit, welch verstörende Wirkung seine Worte auf die Scharnhorst ausgeübt hatten. Sie vermied, ihm ins Gesicht zu sehen, ergriff nur schnell den Eimer und eilte in den Hof, wo neben dem Verschlag für die Putz- und Gartengeräte Kurt in der nassen Erde spielte. Sie zog den Kinderwagen aus dem Verschlag, holte eine Mütze heraus, die sie Kurt über die Ohren zog, und verließ das Grundstück mit Kind und Wagen, ohne Herrn Herr Erklärungen abzugeben und mitten in der Arbeitszeit.

Herr Herr war wortlose Aufbrüche der Scharnhorst gewohnt, sie stand unter ihrem eigenen Gesetz, das hatte er schon verstanden, war aber sonst ein »gutes Tier«, wie er sich ausdrückte, und das sollte heißen, daß sie immer ganz genau tat, was ihr aufgetragen wurde, in grimmiger Verläßlichkeit. In Wahrheit war der Aufbruch der Scharnhorst eine Flucht. Sie zog ihren jetzt bereits über ihren Kopf gewachsenen Sohn hinter sich her, als müsse sie ihn in Sicherheit bringen, und sie atmete erst auf, als sie ihn in ihrer Behausung eingeschlossen hatte. Kurt fragte nicht warum, er war es gewöhnt, daß alle seine Lebensfunktionen und Bedürfnisse vom Hirn seiner Mutter aus gesteuert wurden. Aber auch ihm fiel auf, daß sie am hellichten Werktag zu Hause sitzen wollte, wo es nicht hellicht, sondern dunkel war, und daß sie ihm dennoch verbot, Licht anzumachen. Kurt Scharnhorst besaß einen kleinen Lastwagen mit drei Rädern, mit dem setzte er sich nun unter den Küchentisch, wo er ihn immer dieselbe Strecke entlangschob und dazu brummte, um das Motorengeräusch nachzuahmen. Währenddessen saß seine zwergenhafte Mutter am Tisch und hatte den großen Kopf in ihre Hände gelegt.

Die Scharnhorst fühlte sich wie ein Verbrecher, dem es gelungen ist, seine Spuren vollständig zu verwischen, der sich neue Papiere besorgt hat und unter neuem Namen ein unauffälliges Leben führt und dem plötzlich und unausweichlich eine Gestalt aus seinem früheren Leben gegenübertritt. Der Scharnhorst kam es inzwischen tatsächlich so vor, als sei sie es gewesen, die vor Kalkofen geflohen war. Sie hatte die Ratlosigkeit vergessen, die sie kaum hatte überwinden können, als Kalkofen ihr Leben jäh verlassen hatte. Statt dessen hielt sie ihren Blick nur noch auf ihren Sohn Kurt gerichtet, als hätte es Kalkofen nie gegeben. Kurt war ihr Schatz, den sie versteckt hielt. Mit ihm fühlte sie sich im Besitz eines geheimen Reichtums, und sie wußte ihn zu verteidigen und hatte das auch schon in gefährlicher Lage bewiesen.

Als Alfred in die Schule kam, fand er in seiner ersten Klasse Kurt Scharnhorst vor, der sitzengeblieben war, und der abermals sitzenblieb, als Alfred in die 2. Klasse versetzt wurde. Die Behörden begannen sich des Falles zu bemächtigen. Eine Fürsorgerin besuchte Mutter und Sohn und lächelte mild während ihres ganzen Besuches, trank sogar den angebotenen Kaffee, nachdem sie den Tassenrand beäugt hatte, fast ohne ihn mit den Lippen zu berühren, und verfaßte danach einen alarmierenden Bericht, aus dem hervorging, daß nur die Einweisung in ein staatliches Asyl die Wohlfahrt des Knaben bewahren werde. Niemand half der Scharnhorst in dieser Not als ihr eiserner Wille. Dreimal entführte sie ihren Sohn aus den verschiedenen Anstalten, bis man die Akte beiseite legte und Kurt Scharnhorst seiner Mutter überließ. Sie war einfach immer unter die Kinderschar getreten, hatte ihn an die Hand genommen und ihn hinter sich herziehend das Gebäude verlassen, indem sie mürrisch und kampfbereit den Kopf gesenkt hielt. Sie sah eben aus wie eine Frau, die viel Schweres zu leisten hat und sich im übrigen in vollem Recht befindet. Das öffnete ihr die Tore.

Aber Kalkofen fürchtete sie unendlich mehr als den Staat, dessen Existenzform sie gar nicht verstand und dessen Vertreter ihr stets willensschwach und hilflos gegenübertraten. Vor dem Schimpfen der Scharnhorst waren selbst Verkehrspolizisten schon ausgewichen, die damals mächtige, steife Gummimäntel trugen und wie in Rüstungen gekleidet schienen. Es war nicht ohne Komik, einen solchermaßen bewehrten Riesen der Zwergin aus dem Weg gehen zu sehen. Gegen Kalkofen hingegen fühlte sie sich schutzlos.

Da saß ihr dicker, weißer Sohn unter dem Tisch und ließ die Motoren brummen. Einen langen Weg hatte sie ihn vor sich hergeschoben und hinter sich hergezogen, und nun sollte die Mühe vergebens gewesen sein. Denn eines stand fest für sie: Kalkofen hatte sie gesucht und gefunden und hielt ein einziges Ziel im Auge, ihr diesen Sohn Kurt abzunehmen. Sie sah klar vor sich, daß Kalkofen ihr niemals Kurt lassen würde. Ohne Zweifel dachte er schon seit langem an nichts anderes. Er hatte seine Späher ausgesandt und den Verbleib des Kindes ausfindig gemacht.

Nun gab es zwei Möglichkeiten: Entweder sie nahm Kurt mit in die Schubertstraße und lieferte ihn an Kalkofen aus und sah dann zu, daß sie woanders Arbeit fand, denn sie war überzeugt, daß Kalkofen sie nicht mehr in seiner Nähe dulden werde, oder sie packte den Kinderwagen und schob ihn in eine andere Stadt. War sie nicht schließlich genauso auch einmal in Frankfurt angekommen? Warum also nicht wieder aufbrechen und das Geschaffene, dieses Netz von Beziehungen in die Hinterhöfe des Westends, die unbestrittene Pfründe, in der Schubertstraße alle Einfahrten zu kehren, hinter sich lassen? Für Kurt wäre die Scharnhorst dafür schon bereit gewesen. Aber da gab es noch etwas, das an ihrem Herzen zog und das sie in dem Viertel, in das eine zufällige Einweisung des Wohnungsamtes sie im Krieg verpflanzt hatte, festhielt.

Zwei Dinge besaß die Scharnhorst in jenem höchsten Maß, daß man sagen konnte, sie habe sie sich vollständig zu eigen gemacht. Das eine Ding war ihr Sohn Kurt, dem mit diesem Wort langsamen Geistes wegen die Menschennatur nicht abgesprochen werden soll. Es sei aber daran erinnert, daß die Römer einen Sklaven Mancipium nannten, um seiner grenzenlosen Verfügbarkeit Ausdruck zu verleihen. Das zweite war ein Recht, das sie schon vor Kurts Geburt erworben hatte und das durch Kurt nicht unwichtiger geworden war, sondern an Bedeutung noch zunahm. Mit dem verbrieften und gesiegelten Recht auf eine Wohnung im Souterrain des Hauses Olenschläger in der Hand trat sie nämlich vor die Welt und auch ihren Sohn, um sich als tüchtige und besitzende Mutter zu rechtfertigen.

In ihrem Leben, in dem sie als Fegerin der Einfahrten und äußeren Treppenstufen ausschließlich mit Hausbesitzern, Verwaltern, Hausmeistern und vermögenden Mietern zusammengekommen war, hatte sie die Überzeugung gewonnen, daß Hausbesitz der einzige Anker sei, der in den Stürmen der Zeit auf Dauer hielt, und als Rechtsinhaberin und Anwartschaftsbesitzerin einer Wohnung im Hause Olenschläger sah sie sich in den Kreis dieser Glücklichen halb, rechtlich eigentlich sogar schon ganz, eingeschlossen.

Das Bewußtsein ihrer rechtlichen Begünstigung hatte niemals geschlafen. Man weiß, mit welchen Augen sie die Ruinen des Hauses Olenschläger und die darauf errichteten Hüttchen mit dem Gemüseladen angesehen hatte. Zugleich aber hatte sie die Fähigkeiten einer großen Wartenden bewiesen. Kein Zeichen der Ungeduld kam auf, wenn sie den Kinderwagen über den Steinhaufen schob. Etwas Bäuerliches erwachte in ihr. Sie schien zu wissen, daß es sinnlos war, die Feldfrüchte zum Reifen zu drängen. Aber sie war auch nicht im mindesten verwundert, als man begann, das erhaltene Nachbarhaus der Olenschlägers, gleichfalls ein stattliches Gebäude aus rotem Sandstein, abzureißen, als dann die steinernen Reste des Olenschläger-Hauses selbst abgetragen wurden, die Haustür verschwand und an der Stelle, an der das »Salve«-Mosaik so lange noch teilweise hervorgesehen hatte, ein tiefes Loch gähnte. Was dort geschah, war für sie nichts anderes als der Wiederaufbau des Olenschlägerschen Hauses. Und mit dieser Rückkehr des Hauses in die Welt des Sichtbaren füllte sich auch der Schatten ihres gesiegelten Rechts mit frischem Blut. Jeden Tag, an dem die Gerüste wuchsen, die Betonmischmaschinen sich drehten und die Bauarbeiter in ihren dunklen Wagen frühstückten, erstarkte das Recht der Scharnhorst mehr, und eben gerade hatte sie sich hingesetzt und an Herrn Dr. Eduard Has einen Brief geschrieben, bei dem ihr der Neffe des Herrn Herr, ein Gymnasiast, allerdings Formulierungshilfen geleistet hatte. In diesem Brief stellte sie sich dem Sohn der Frau, der sie ihr Recht verdankte, noch einmal vor: »Ich bin die Frau Scharnhorst« begann der Brief. Das Haus war inzwischen bereits bis zum 3. Stockwerk gediehen, also war es Zeit, so fand die Scharnhorst, über das Souterrain zu sprechen. Auf diesen Brief gab es keine

Antwort, und konnte es auch noch keine geben, denn Dr. Has war verreist, aber die Scharnhorst verfolgte ihr Vorhaben keineswegs mit Unruhe, sondern mit der gleichen Geduld, die sie im vergangenen Jahrzehnt bewiesen hatte. Außerdem war das Haus auch noch nicht fertig. Es wuchs immer höher. Ein Bauarbeiter erzählte ihr, das Gebäude werde sieben Stockwerke bekommen. Was über ihr war, ließ die Scharnhorst kalt. Sie sah aber, daß sie noch warten mußte.

Und in diese Lage, in der sie sich darauf eingestellt hatte, demnächst schon in Verhandlungen mit Dr. Has zu treten, deren Ausgang sie aber für gewiß hielt, traf nun die Nachricht von Kalkofens Wiederkehr. Wenn sie aufbrach und die Stadt verließ, wozu ihr die Instinkte, die an ihrem Sohn hingen, heftig rieten, dann verlor sie ein erworbenes und wohlverdientes Heim, ihren Anteil am Olenschlägerschen Hausbesitz. Und wenn sie blieb und das Entstehen ihres Eigentums abwartete, um es schließlich zu beziehen, dann unterwarf sie sich der Gefahr, ihren Sohn an Kalkofen abgeben zu müssen, der in der unmittelbaren Nachbarschaft einziehen würde. An diesen Scheideweg gestellt, konnte die Scharnhorst nicht anders als niedersinken und sich nicht mehr rühren.

Jeder Schritt in die eine oder andere Richtung, den sie im Geist probeweise tat, zerriß ihr das Herz. Die Scharnhorst besaß auch niemanden, den sie um Rat angehen konnte. Der Neffe des Herrn Herr, der Gymnasiast, der den Brief an Has eher verschlechtert als verbessert hatte, weil er sich gegenüber der Scharnhorst aufspielen wollte und Redewendungen einfließen ließ, die er selber nicht verstand, war der erste Mensch, den die Scharnhorst um einen Gefallen in einer wichtigen Sache gebeten hatte. Es gehörte zu ihrem Ehrenstandpunkt, daß sie ihm, als der Brief geschrieben war, dafür fünf Mark bezahlte. Und dieser Bub war für den bevorstehenden Entscheidungskampf doch nicht der rechte Retter, so fühlte die Scharnhorst. Sie saß lange am Küchentisch, die Ausweglosigkeit lähmte sie. Als es dunkel wurde, zögerte sie lange, Licht anzumachen. Es war still in dem Kellerraum. Kurt schlief zu ihren Füßen und brummte im Schlaf nur, wenn sie ihn anstieß. Mit Schrecken merkte sie, daß er eiskalt geworden war. Das gab ihr neuen Antrieb. Sie weckte ihn, zog ihn aus und legte ihn ins Bett.

Den nächsten Tag verbrachte sie in ihrem Keller, beinahe ohne sich zu rühren. Auch Kurt wurde angehalten, keinen Lärm zu machen. Wer an die Tür klopfte, der sollte glauben, daß niemand zu Hause sei. Aber gegen Abend hielt die Qual der Entschlußlosigkeit und die Neugier sie nicht mehr im Haus. Sie wußte, wenn Herr Herr mit dem Schäferhund seine gemächlichen Runden drehte, als sei er ein Nachfolger der alten Nachtwächter, und wollte ihm in den Weg treten, um ihn auszuhorchen. Die Schubertstraße lag im tiefsten Frieden, die Sonne war schon gesunken, eben noch traten die Gegenstände scharf und klarer als im weißen Licht hervor, aber die Christuskirche war schon nur noch ein Schattenriß, und auch Herr Herr, der von den Anlagen kam, in denen er seinen Hund frei laufen ließ, kam ihr als schwarze Gestalt entgegen und dennoch in seiner langen, dünnen Kontur unverkennbar. Die Scharnhorst trat in die Einfahrt des Rosendallschen Hauses, deren Mülltonnen sie vollständig verbargen. Sie sah zur Nummer 23 hinüber. Im Giebelfenster unter der grauen Blechkugel brannte schon Licht, ein goldenes Rechteck in dem noch warmblauen Himmel. Als Herr Herr sah, daß sich hinter den Mülltonnen etwas regte, verlangsamte er seinen Schritt.

Der Einzug habe längst stattgefunden, erfuhr die Scharnhorst. Ein kleiner Umzug sei das gewesen. Kartons, mit lumpigem Kram angefüllt, Herr Herr gebrauchte den Dialektausdruck »Kerschel«. Er wußte, wie es aussah, wenn bessere Leute umzogen und aus den hohen Möbelwagen lange Spiegel, in graue Decken gepackt, herausgehoben wurden. »Sie sind also da?« fragte die Scharnhorst. Sie stieß die Frage hervor, als habe es noch Reste von Ungewißheit über diesen Einzug gegeben. Im übrigen brauchte sie sich Herrn Herr gegenüber nicht die mindeste Vorsicht aufzuerlegen. Herr Herr schöpfte nie Verdacht, stellte nie ausforschende Fragen, stutzte nie. Sein Weltbild war gefestigt. Niemand würde es schnell erschüttern. Kein Verhalten verwunderte ihn. Er lebte in dem Zutrauen, daß ihm alles, was ihn anging, schon rechtzeitig erklärt werden würde. Aber die grammatikalische Genauigkeit ließ er sich auch durch die Scharnhorst nicht abkaufen.

»Sie ist da«, sagte er also in belehrendem Ton. »Wieso ist?« fragte die Scharnhorst. Eine Ahnung berührte sie wie ein warmer Wind und ließ sie fühlen, wie erstarrt sie gewesen war.

Herr Herr breitete nun in aller Ruhe seine Beobachtungen aus. Er war ein abendliches Temperament, das sich im Sinken des Lichts und der Deutlichkeit erst richtig entfaltete. Seine Vorfahren hatten gewiß um diese Stunden auf Bänken oder Stühlen vor ihren Häusern gesessen und in die wachsende Dunkelheit hineingesprochen, und er bewahrte noch etwas von dieser Altertümlichkeit. Kalkofen, das erfuhr die Scharnhorst jetzt, war tatsächlich der Name der neuen Mietpartei, aber es war nicht der Name eines Mannes, sondern der einer Frau. »Seiner Frau?« fragte die Scharnhorst. »Seiner Frau«, antwortete Herr Herr. Die sitze dort oben nun allein. Er sei mit seinen Männern wieder weggefahren. »Er kommt wieder« sagte die Scharnhorst, aber nicht in ihrem üblichen Ton, der keinen Widerspruch duldete. Man hätte den Satz beinahe als Frage verstehen können. »Er kommt nicht wieder«, antwortete Herr Herr.

Er sah die blonde Frau vor sich, fast eine Dame, wie er dachte, schön wie eine Friseuse, das war aus seinem Mund ein besonders hohes Lob. Ihre Augen standen voller Tränen, und ihre Hände hielten ein nasses kleines Taschentuch. Sie stand steif und hilflos zwischen den Packern, die die Pappkartons abluden, als warte sie darauf, wie ein großes Möbelstück ergriffen und gleichfalls die Treppe hinaufgetragen zu werden. Aber es waren nicht diese Tränen, aus denen Herr Herr seine Gewißheit schöpfte. Tränen konnten vieles bedeuten, man wußte nie, warum es einer Frau einfiel, gerade am Umzugstag mitten im Räumen zu schluchzen und kein großes Taschentuch dabeizuhaben. Herr Herr fühlte, daß man verloren war, wenn man versuchte, solche Motive zu ergründen, und maß ihnen deshalb von vornherein keinen Wert bei.

Gewicht besaß hingegen, daß Kalkofen ihn beiseite genommen hatte, Kalkofen höchstpersönlich, wie Herr Herr angesichts seines bedeutenden Eindrucks von diesem Mann zu sagen geneigt war, um ein vertrauliches Wort mit ihm zu sprechen. Er werde und könne sich um die Einrichtung des Haushaltes seiner Frau nicht kümmern, sagte Kalkofen, und seine weißen Augenbälle leuchteten aus seinem gelbschwarzen Gesicht heraus. »Eine traurige Geschichte!« rief er gedämpft. »Lassen Sie uns lieber nicht davon anfangen!« Die Kartons würden oben abgestellt, und dann gehe die Fuhre wieder ab. »Keine Zeit, keine Zeit!« seufzte Kalkofen und holte dann ein dickes Geldbündel hervor. Herr Herr staunte in der vollständig neidlosen Art, die ihm eigen war. Aus den Scheinen zog Kalkofen

50 Mark heraus und steckte sie in Herrn Herrs Kitteltasche. Er vertraue darauf, daß er Frau Kalkofen beim Auspacken helfe, Anbringen irgendwelcher Haken, Aufstellen des Kleiderschrankes, was halt anfalle, denn er, Kalkofen, sei nun eben außerstande, sich darum zu kümmern.

Zum Schluß drückten sich die Männer noch die Hand, aus Herrn Herrs Gesicht leuchtete der Ausdruck unbedingter Zuverlässigkeit. Er war daraufhin der neuen Mieterin zur Hand gegangen, obwohl schwer mit ihr zu arbeiten war, denn die Tränen liefen den ganzen Nachmittag, und in ihrer Verfassung konnte die schöne Frau keinen Entschluß fassen, wo der Schuhschrank aufgestellt werden sollte und wo sie sich des kleine Sofa wünschte. Er nahm schließlich weitere 20 Mark von ihr in Empfang, hielt es aber für taktvoll, das von Kalkofen erhaltene Geld nicht zu erwähnen. Er sagte sich, daß man der Dame in dieser Verfassung lieber nicht noch einmal mit dem Namen ihres Mannes kommen solle.

Die großen Ohren der Scharnhorst nahmen die Botschaft auf, aber ihr Gesicht verriet nicht, ob sie auch im Gehirn angekommen war. Die Scharnhorst hatte sich jetzt wieder in der Gewalt. Die Neuigkeiten waren von aufwühlender Art, aber sie stärkten die Hoffnung und spannten die Feder in ihrem Inneren aufs neue. Natürlich war sie nicht bereit, ihr Schicksal von Berichten des Herrn Herr abhängig zu machen. Nur was sie selbst gesehen hatte, wollte sie glauben. Kurt blieb noch eine Woche versteckt im Loch. Herrn Herr sagte die Scharnhorst, daß sie krank sei – eine ungewöhnliche Behauptung, denn derlei war nicht in den härtesten Hungerwintern vorgekommen. Aber immer wenn sie ihn beschäftigt wußte, und im Tagesablauf des Herrn Herr gab es keine Improvisationen, dann machte sie sich auf. Sie lauerte hinter den Rosendallschen Mülltonnen, sie schlich in den Hinterhof, um von dort das Licht in den rückwärtigen Fenstern zu beobachten, sie hielt Wache zu den ungewöhnlichsten Stunden, verdeckt von den Labontéschen Rhododendren – wäre Kalkofen auch nur kurz und besuchsweise einmal in der Nummer 23 erschienen, er wäre der Scharnhorst nicht entgangen. Dafür sah sie um so häufiger die Verlassene, die den gefürchteten Namen trug. Und in dem Maße, in dem die Scharnhorst wieder Zutrauen faßte und sich, anfänglich noch den großen Schrecken im Herzen, dann aber immer sorgloser, wieder in der

Schubertstraße mit ihrem Schrubber sehen ließ, wuchs auch ihre Neugier auf die blonde Frau, mit deren Schicksal sie sich im geheimen verbunden wußte.

Als erstes ließ sie sich von Herrn Herr den Vornamen der verlassenen Frau Kalkofen sagen. Sie hieß Etelka, wie die ungarische Carmensängerin, die Dr. Has als junger Mann verehrt hatte. Vor- und Nachnamen zusammengenommen schufen, ohne schön zu sein, ein überraschend angenehmes Lautgebilde. Im Ungarischen wird Etelka auf der ersten Silbe betont, und dort sitzt auch der Akzent bei Kalkofen; es folgte der Gleichklang der lk-Verbindung in beiden Wörtern, überhaupt die Silbengleichheit, die den gesamten Namen wie zwei Verszeilen abrollen läßt und die mit Klang und Rhythmus den Vorgang nachahmen, in dem Etelka Kalkofens Haar auf die Schultern fiel, wenn sie drei lange Nadeln aus ihrem enormen Nackenknoten zog und den Kopf langsam schüttelte. Wenn sie dann nachhalf und den noch eng zusammengedrehten Zopf ein wenig lockerte, waren ihr Rücken und ihre Schultern im Nu unter Fluten weißblonder, feingewellter Locken verborgen. Etelkas Haar war eine Märchenpracht, und Alfred, dessen Leben mit den Märchen noch unlösbar vermischt war, bewunderte sie und liebte sie aus der Ferne für dieses Haar vom ersten Tage an. Wenn ein bestimmtes Licht die metallischen Strähnen aufblitzen ließ, sah es aus, als seien Brillanten in die Frisur hineingewoben. Der große Knoten, der ihren Kopf zu Boden zu drücken schien, als trage sie im Nacken ein Joch, ließ ihn an das Lied der Gänsemagd denken: »Wehe, wehe, Windchen, nimm Kürtchen sein Hütchen, und laß es ihn fein jagen, bis ich mich geflochten und geschnatzt und mich wieder aufgesatzt.« So fügte sich selbst der Fahrtwind, den er mit seinem Roller doch selber erzeugte, wenn er an Etelka vorbeisauste, in das verklärende Bild.

Das Flechten und das Schnatzen lag hinter Etelka Kalkofen, wenn sie, mit den Augen das Basaltpflaster abtastend, behutsam, wie von schwerer Krankheit genesen, die Straße betrat. Sie hatte sich schon wieder aufgesatzt, aber das feine Netz, das ihr Haar zusammenhielt, vermochte seine Last kaum zu halten. Gänsemägde, die eigentlich Prinzessinnen waren, hatten an ihrer lockigen Mitgift schwer zu tragen. Allein die Sorge um die unbeobachtete Stunde, in der das Haar geöffnet werden durfte, verzehrte den

Schlaf dieser Frauen, denn sie standen unter dem ehernen Gesetz, ihr Haar beständig zu kämmen und zu striegeln und dabei von niemandem gesehen zu werden. Das reizte die Spione natürlich erst recht, und der heimliche Blick, der auf das Meer aus blonden Haaren fiel, war stets die Quelle neuer Leiden oder neuer Liebe. Das galt für die Gänsemägde und Prinzessinnen ebenso wie für die heiligen Sünderinnen, die in hohlen Bäumen ihr Haar zu ordnen pflegten, und wenn Etelka Kalkofen auch mit Bitterkeit fühlte, daß es niemanden gab, dem sie den Blick auf ihr einzigartiges Haar zu verwehren brauchte, so wußte sie doch, was es hieß, einen Nackenknoten wie den ihrigen in täglich vollkommener Aufsatzung durch die Straßen des Westends zu führen.

Zunächst bedeutete das »ganz einfach Arbeit«, wie sich Herr Herr ausdrückte, wenn ihn die Fräulein Labonté baten, in ihrem Vorgarten Primeln zu setzen, oder wenn Dorothée Has über das Haustelefon vorschlug, die Briefkastenschilder zu putzen. »Das können wir machen!« sagte Herr Herr dann nach kurzem Wägen. »Möglich ist alles! Aber das ist Arbeit!« Und an einem Knoten, wie der der Etelka Kalkofen, hätten in früheren Zeiten gewiß zwei Zofen ein würdiges Auskommen gefunden.

Man sieht Etelka auf einem jener venezianischen Holzbalkons sitzen, auf denen die Damen des Cinquecento ihr Haar in der Sonne zu genau dem Ton bleichten, den sie schon von Natur besaß, und in der Gesellschaft von Äffchen, Hündchen und Papageien, die sie während der Geduldsprobe, die die Aufsatzung des Knotens bedeutete, ablenken sollten. Es ging bei ihrem Knoten eben nicht einfach um Friseurhandwerk, sondern um eine regelrechte Haararchitektur, wie in dem alten Konditorenhandbuch, dem »Patissier pittoresque«, eine Zucker- und Bisquitteigarchitektur gelehrt wird. Eine Zofe für Etelka hätte zunächst die Wissenschaft von den Fundamenten und vom Substruktionswesen erwerben müssen, bevor es ans Flechten und Schnatzen im engeren Sinne ging. Hätte Etelka jemals Hilfe finden können, die sie zufriedenstellte? Sie wußte wohl, daß sie sich nur auf sich selbst verlassen durfte, und verdankte diesem Bewußtsein die atemraubende Geschicklichkeit, mit der sie sich allein frisierte, und zwar ohne daß sich auch nur die kleinste Strähne ihrem formenden Zugriff hätte entziehen können. Selbst die Fräulein Labonté wären angesichts der Geschwindigkeit, mit der Etelka arbeitete, verstummt: Schönheit, die so wenig kostete, konnte moralisch nicht verwerflich sein.

Etelka brauchte zwar viel Zeit, um sich zu bürsten, aber sie hatte es sich zur Gewohnheit gemacht, nicht völlig darin aufzugehen, sondern mit der linken freien Hand inzwischen andere Dinge zu tun. Sie konnte während des Bürstens telefonieren, mit dem Tauchsieder Wasser erhitzen, ein Joghurt öffnen und mit Zucker bestreuen, aus einer zierlichen Kupferkanne den Alpenveilchen Wasser spenden, den Mop in wuschelige Bewegungen versetzen und sogar bügeln, oder besser »aufbügeln«, denn so sagte sie, wenn sie nur rasch eine Bluse, die sie schon einmal getragen hatte, für einen weiteren Tag wie frisch aus dem Schrank geholt erscheinen lassen wollte. Genaugenommen erledigte sie während des Bürstens die gesamte Hausarbeit ihres kleinen Haushalts, wenn man nicht umgekehrt behaupten will, daß sie sich während der gesamten Hausarbeit zugleich das Haar bürstete. Wie man es aber auch dreht und wendet, jeder Vergleich mit den Damen auf der venezianischen Holzterrasse ist unzulässig, von Zeittotschlagen war bei Etelka Kalkofen nicht die Spur zu entdecken, denn sie war ein Kind ihres Jahrhunderts und hatte Kalkofen immer zugestimmt, wenn er im Bett vom Geldwert seiner Zeit sprach und sie dabei ruhelos anblickte.

Die Aufsatzung selbst war nach der ausdauernden Glättung und Bürstung des Haarschleiers nur noch bewundernswertes und augentäuschendes Fingerspiel. Etelka riß ihr Haar zusammen, drehte es am Hinterkopf, immer in der für sie charakteristischen Haltung des geneigten Hauptes, die jetzt plötzlich verständlich war, und entnahm ihren Lippen von Zeit zu Zeit eine der Nadeln, die sie dort bereithielt, indem sie ihren Mund als dritte Hand benutzte und auf diese Weise eine Hilfsperson ersetzte. In dieser Haltung sah Etelka aus, als sei sie dabei, sich an ihrem eigenen Zopf emporzuziehen, und tatsächlich eröffnete die Aufsatzung des Riesenknotens ein neues Kapitel des Tages und schloß das krause Durcheinander der Träume, das wirre Erwachen, die morgendliche Unordnung und die Vielzahl der Pflichten ab. Denn nun folgte noch das Frühstück, und dann dehnte sich der blanke, leere Tag wie eine weite Landschaft ohne Hügel und Bäume.

Herr Herr hatte Etelka bewundernd als »Friseuse« beschrieben, und tatsächlich hatte sie als junges Mädchen in einem Friseursalon gearbeitet. Seitdem mißbilligte sie die landläufige Kritik an den Leistungen der Frisierkunst. Es gab Frauen, die sich vom Friseur allzu künstlich hergerichtet fühlten, aber Etelka wies streng darauf hin, daß der allgemein gepriesene Begriff von der Natürlichkeit in Wahrheit die schlichte Nachlässigkeit beschönige. In der Hierarchie der Kundinnen ihres Salons nahmen damals die Geschäftsinhaberinnen den ersten Platz ein, weil sie fast täglich kamen, um ihren Kopf für die Stunden hinter der Ladenkasse gleichsam panzern zu lassen. »Es ist doch gar nicht schwer, ordentlich auszusehen,« pflegte Etelka mit jener verschleierten Stimme zu sagen, die sie immer annahm, wenn sie eine ihrer Lebensregeln verkündete, und die klang, als ob sie in geheimnisvoller Trauer einen Abgesang auf die Schönheit anstimmen wolle. Wenn man sie sah, mußte man ihr recht geben. Die Herstellung jenes kunstvollen, reichen Gebildes, ihres Knotens, erforderte wirklich wenig Zeit, und dennoch war sie die einzige, die sich dieser bescheidenen Mühe unterzog, jedenfalls in den Straßen des Westends, wo sie schlechterdings keine Konkurrenz zu befürchten hatte.

Tante Mi konnte zwar ebenfalls einen Nackenknoten vorweisen, aber doch höchstens in Kartoffelgröße und auch sonst keine Augenweide, stahlgrau und wie aus kleinen Tauen gezurrt und gezwirbelt. Dorothée Has trug eine knabenhafte, kurzgelockte Ponyfrisur, die von der Gleichgültigkeit ihrer Trägerin gegenüber altmodischen Friseurkünsten zeugen sollte. Die Osten hingegen probierte allerlei und färbte auch gelegentlich, wie sie behauptete, um den Naturton ihres Haares zu vertiefen, ohne sich indessen über diesen Naturton feste Überzeugungen gebildet zu haben, eine Zeitlang vermutete sie ihn sogar in der Richtung tizianrot. Was Etelka Kalkofen gegenüber solcher Flatterhaftigkeit voraushatte, war ihr Wille und ihre Disziplin. Es kam für sie nicht darauf an, die Welt durch Einfallsreichtum zu überraschen, sondern sie wollte ein selbstgewähltes, sehr hohes Niveau ohne die leiseste Schwankung durch ein ganzes Leben aus grauem Alltag und seltenen Feiertagen, aus Altern, Langeweile und Einsamkeit durchhalten, und das eigentlich um Gotteslohn, jedenfalls nicht um kurzfristiger Bewunderung und Eifersucht willen, obwohl es ihr schon guttat, wenn sie mit niedergeschlagenen Augen leise sagen durfte: »Nein, es ist keine Perücke, das ist alles Natur, ich hatte schon als Kind die längsten Haare in der Klasse!«

Der Traum vom Paradies, der allen Menschen als natürliche Eigenschaft eingegeben ist, nimmt viele Gesichter an. Kalkofen etwa hielt den Blick auf die Zukunft gerichtet, er erhoffte den Augenblick, in dem sein Schrott-Imperium so sicher gegründet war, daß er, wie er sagte, »angeln gehen« könne. Etelka hingegen kannte das Paradies bereits. Sie war wie Eva, die am Spinnrad sitzt und an die Tage vor dem Gespräch mit der Schlange denkt, obwohl sie sich an eine derart deutliche Versuchung nicht erinnern konnte und dennoch plötzlich vertrieben und einsam mitten in einer feindseligen Erdenwelt aufwachen mußte.

Der Ort der Seligkeit, der Reinheit und der nie endenden Wonne war ihre Jugend in Zoppot. Man ahnte nur, was sie verloren hatte, wenn sie sagte: »In Zoppot war der Strand so fein und sauber, daß wir uns mit weißen Kleidern auf ihn setzen durften!« In einem der Sommer, in denen die kleine Etelka den Zoppoter Seestrand im weißen Kleid geprüft hatte und schon vorher wußte, daß der Sand bestehen würde, war sie auch gemalt worden, in diesem geliebten weißen Kleid selbstverständlich, vor dem Klavier in der Pension ihrer Tante sitzend, das hinter ihr sein regelmäßiges, wie von einem Dentisten geschaffenes Tastengebiß bleckte. Der Maler, halb Dilettant, halb Routinier, wollte mit der Blondhaaraureole Etelkas Kundschaft werben und hatte alle Fähigkeiten aufgeboten, um einen schmierseifenartigen Glanz in seiner Malerei zu erzeugen, eine aufgepeitschte Virtuosität, die er dem Haar vor allem angedeihen ließ. Die Locken des kleinen Mädchens glichen daraufhin einem Schlangennest, das in die Schlagsahne gefallen ist. Der Blick des Modells aber war von schläfriger Koketterie, und daran trug Etelka keine Schuld, die schon damals die gefühlvolle Trauer ausstrahlte, die auch im Westend unter der Knotenlast ihr Abzeichen bleiben sollte. Der Maler erhoffte sich eben Erfolge nicht rein künstlerischer Art, er hatte die Arglosigkeit seines Publikums jedoch unterschätzt, denn man fand das Bild ähnlich, bedauerte aber, daß Etelka nicht lächelte.

Die eigentliche Leistung dieses Mannes bestand vielmehr in einem Detail, das ihm nur versehentlich unterlaufen war. Als ob nämlich Etelkas Porträtist deren zukünftige Geschicklichkeit beim Flechten und Schnatzen des eigenen Haares vorausgesehen hätte, hatte er ihr, man stutzte beim ersten Blick, tatsächlich drei Arme gemalt und zwar in einer Selbstverständlichkeit, die keinen Zweifel an der anatomischen Möglichkeit eines solchen Phänomens zuließ. Der dritte Arm war aber nur ein »pentimento«, wie die Maler sagen, ein Fehler, der durch falsche Zeichnung entstanden war, den der Meister durch Übermalung zu verstecken gesucht hatte, und der unter den durchsichtig gewordenen Farbschleiern nun deutlich wieder hervorsah. Wenn man an das Klavier dachte, lag es nahe, dem kleinen Mädchen einen solchen dritten Arm für die Bewältigung des »Hummelfluges« oder der »Études diaboliques« zu wünschen. Etelkas Fertigkeiten aber würden auf anderem Felde glänzen. Zur Musik hatte sie das schwärmerische Verhältnis von Menschen, die nie ein Instrument angerührt haben und die den Virtuosen auf Violine und Klavier deshalb eine Fülle weiterer schöner Gaben, vor allem auf erotischem Gebiet, zutrauen.

Etelka störte sich im übrigen an dem dritten Arm nicht weiter. Das Bild hatte seine Geschichte durch diesen Fehler, man erkannte noch, daß erst die und dann jene Haltung angeordnet worden war, und es wirkte auf diese Weise, und dies war ihr das Wichtigste, angenehm unfertig, so, als seien die Tage, in denen das Werk begonnen wurde, doch noch nicht vollständig vergangen. Das Bild war inzwischen nur noch eine Ruine, eine Schmutzschicht lag darüber, stellenweise war die fette Farbe abgeplatzt, zwei große Dreieckslöcher waren nur notdürftig zugeklebt. Sein Zustand zeugte beredt von dem Schiffbruch Etelkas. Der Zufall hatte es gerettet, als es, während das Schiff schon hinabgezogen wurde, nicht in den Sog hineingeraten, sondern mit einer Welle zum Strand geschwommen war.

Etelka Kalkofen war keine verwöhnte Frau, obwohl sie so aussah oder besser, obwohl sie eine Vorstellung von Luxus verkörperte, der jene großen Puppen entsprachen, die in den Schießbuden zu gewinnen sind und die später in ihren Ballkleidern breitbeinig die Sofakissen und Glasschränke der Schützenkönige schmücken. Von solchen Puppen gab es in der Scharnhorstschen Wohnküche gleich zwei. Frau Scharnhorst, die keinen Kavalier hatte, der ihr seine Preise verehrte, hatte sie gekauft, als man anfing, auf dem Olenschlägerschen Trümmergrundstück den Keller des Neubaus auszuheben.

Das große Werk des Wiederaufbaus wurde mit ihrer Wohnung begonnen. Ihr Souterrain würde das erste sein, was fertig war. Da galt es, für den Umzug Vorbereitungen zu treffen. Die beiden Puppen mit ihren pfauenradgleichen Rüschenröcken zeigten den großen Umschwung im Leben der Scharnhorst an: das Verlassen einer Welt der Unordnung und des Kampfes und der Eintritt in eine Welt des Besitzes und des Rechtes. Und in dieser neuen Welt sollte auch die Schönheit ihren Platz haben. Die Schönheit aber wurde durch die beiden Puppen dargestellt, die jetzt schon den einzigen Sessel der Scharnhorst für sich beanspruchten. Daß Etelka Kalkofen, schön wie Galathea, dennoch nicht auf dem Wogenkamm durch das Dasein ritt, sondern kaum besser als die Scharnhorst versorgt war, übersah die Zwergin im übrigen schnell, denn sie besaß einen scharfen Blick und war durch hohe Absätze und Nakkenknoten allenfalls mißtrauisch zu machen, aber keineswegs zu täuschen.

Außerdem war Etelka nicht hochmütig und jederzeit bereit, das Gespinst aus Trauer und Zurückhaltung, das ihr Gesicht wie ein kleiner Hutschleier rätselhaft machte, abzulegen und sich in lange Unterhaltungen zwischen Hortensien und Briefkästen verwickeln zu lassen. Kam dann noch der Briefträger oder Herr Herr vorbei, sah es nicht anders aus, als ob Etelka cercle hielte, denn sie besaß unleugbar gesellschaftliches Talent und formte solche kleinen improvisierten Gesprächskreise sehr geschickt. »Suchen Sie etwas?« hatte die Zwergin eines Tages gefragt, als Etelka geneigten Hauptes ihr Gartentor öffnete, und augenblicklich war eine erste Unterhaltung zustande gekommen.

Die Scharnhorst war nicht verschwätzt, sie wog ihre Worte und beschränkte sich üblicherweise auf das Notwendige. Hier aber war ihre innere Anteilnahme zu mächtig, sie besiegte ihre Kargheit in der Unterhaltung und ordnete ihre Ungeduld dem abschweifungsreichen, zeitlosen Gesprächsstil Etelkas unter. Die Neugier weckte in der Scharnhorst eine neue Begabung, die sie noch nie an sich entdeckt hatte. Sie wurde auf einmal zu einer Meisterin der Verstellung, und sie ließ ein Mitgefühl erkennen, das Etelka wohltat und nur aus der Menschlichkeit einer sonst vollständig Unbeteiligten zu fließen schien. Ganz von allein begann Etelka von ihrer Einsamkeit zu sprechen – »Es geht mir gut – aber wozu?« antwortete sie auf die Frage nach ihrem Befinden. »Wem nützt es, wenn es mir gutgeht?« Sie sei doch verheiratet, sagte die Scharnhorst. Gewiß, antwortete

Etelka und hob den Kopf, um ihn zu schütteln, sie sei verheiratet, aber das sei eine lange Geschichte. Die Scharnhorst war nicht abzuschrecken. Sie teilte sich die Zeit selber ein. Ob sie ihre Einfahrten am Vormittag oder am Nachmittag fegte, blieb ihr überlassen. Zwar ging ein böser, kalter Wind durch die Straße, aber auch dafür hatte sie gesorgt. Sie war das Leben an der frischen Luft gewöhnt und trug bei jedem Wetter eine hochgeknöpfte schwarze Wollweste und feste Wollsocken. Tatsächlich war sie von so kerniger Substanz, daß sie wie die Sandsteinpfosten und eisernen Tore für ein langes Leben unter freiem Himmel geschaffen schien. Etelka allerdings schauderte in der Zugluft, sie bat die Zwergin deshalb, mit hinter die Milchglaswand der Haustür zu treten, und auch hier bekam sie eine rote Nase und wäßrige Augen. Oder war es doch das Thema, das so bewegte?

»Es gab keinen, nicht den kleinsten Grund, mich zu verlassen!« sagte Etelka bebend, und doch schien es, als habe sie die Kälte vergessen. »Wir lebten in größtem Frieden zusammen, er war ein guter Mann!« Die Scharnhorst durchfuhr es seltsam, als sie das hörte, aber sie ließ sich nichts anmerken. Jetzt schon hätte sie nicht mehr sagen können, was sie sich von dem Gespräch erwartet hatte: daß die blonde Fremde Kalkofen beschimpfen oder daß sie ihn loben werde? »Er machte manchmal böse Sachen«, sagte die Kalkofen nach einem Augenblick der Besinnung, »er konnte seine Hände nicht von fremden Weibern lassen – ich sage Weiber«, entschuldigte sie sich vor Frau Scharnhorst, indem sie sich schuldbewußt auf den Mund schlug, »aber ich sage Ihnen, anständige Frauen waren das nicht. Und dann hatten wir Streit, aber auch nur dann, und wir haben uns immer wieder vertragen.«

Vielleicht merkte Etelka plötzlich, daß sie dabei war, sich selbst zu betrügen, denn sie hielt inne und sah nachdenklich über den Kopf der Scharnhorst auf die efeubewachsene Mauer. War es wirklich nach den stundenlangen Tränen und Drohungen zu Versöhnungen gekommen? Oder hatten sie nicht vielmehr einfach vor Erschöpfung aufgehört, sich weiter zuzusetzen? Etelka erinnerte sich des Gefühls, daß Kalkofen ihr langsam entglitt. Damals war ihr klargeworden, daß ihr einfach nichts mehr einfiel, um ihn zu halten, sie war sich dumm und schwach vorgekommen, und in dieser Empfindung ließ sie sich treiben, mit genügend Kraft zu entnervenden Auftritten, aber ohne die Macht, die Richtung des Stromes noch zu beeinflussen.

»Er hätte seine Weiber von mir aus ja gern alle behalten können«, sagte sie jetzt zur Scharnhorst, als es zu spät war und niemand mehr dies Verhandlungsangebot überbringen konnte. »Was ist denn das überhaupt für ein Mann?« fragte die Scharnhorst. Etelka begann ihr mit bewegten Worten von Kalkofens Gaben zu berichten, ein Unternehmer großen Formats, voller Pläne, immer neues Gebären, eine beunruhigende Vielfalt von Geschäften zur gleichen Zeit betreibend.

Die Scharnhorst traf jedes dieser Worte. So kannte auch sie ihn, genauso war das Leben in seinem Bannkreis schon von der ersten Stunde an gewesen. Sie dachte an die Aufregungen, die jeder Tag gebracht hatte, an die Augenblicke der Verwirrung und der Bangigkeit und an die einzigartigen Stunden, in denen er schließlich schlief, in denen sie seinen Schlaf bewacht hatte. An seiner Seite glich das Leben einem großen, niemals endenden Feldzug. Sie besaß nun ihren Sohn Kurt und die sicheren Stellungen in den Einfahrten und Hinterhöfen der Schubertstraße, und ihre Tage waren derart von eng in ihrem Kopf zusammengepreßten Gedanken erfüllt, daß sie auch jetzt von einem reichen Dasein sprechen durfte, und doch wäre sie in diesem Augenblick, in dem sie die herzergreifenden Berichte aus der Welt Kalkofens hörte, auf ein einziges Signal hin wieder unter seine Fahnen geeilt.

»Haben Sie Kinder mit ihm?« fragte die Scharnhorst. Etelka senkte den Kopf und antwortete traurig: »Leider nein«, sie dachte daran, daß Kalkofen immer davon gesprochen hatte, er hoffe, bald die Zeit zu haben, mit seinem Sohn angeln zu gehen, aber der Sohn war nicht gekommen, die Zeit allerdings auch nicht, Kalkofen hatte mehr denn je zu tun. »Lag es an ihm oder an Ihnen?« fragte die Scharnhorst mit einem eigentümlich harten Ton, der eine ungebührlich drängelnde, vielleicht sogar bösartige Neugier verriet. Aber Etelka gab sich mit dem Studium solcher Untertöne nicht ab, sie war zu tief in ihre Gedanken versunken, die ihr die Scherben ihrer Ehe zeigten, die aber bei dem Versuch versagten, diese Scherben wieder zusammenzusetzen, soviel sie auch erwog und probierte, es wurde kein Ganzes mehr daraus.

Der Scharnhorst aber wurde aus diesem Jammer eine seltsame

Genugtuung zuteil. Sie fühlte sich wie auf einen Turm gehoben und blickte nun auf sich selbst herunter, die da mit anderen Frauen, alle schöner als sie, eine Reihe bildete. Sie alle hatten ein Stück Zeit mit Kalkofen verbracht, manche nur eine Nacht, andere hatte er sogar geheiratet, eine andere zur Mutter seines Sohnes gemacht, aber keine war geblieben, der schönsten war es genau wie der häßlichsten ergangen. Hier stand Etelka Kalkofen vor ihr, jetzt zwar verfroren und verschwollen von Tränen, die die Scharnhorst niemals geweint hatte, aber trotzdem ein herrliches Lebewesen, gerade gewachsen, vorn zwei Brüste anstatt einer Hühnerbrust, lange Beine – erst jetzt begriff die Scharnhorst, während sie die Waden Etelkas in den mit Nagellack reparierten Nylonstrümpfen sah, wie schön ein wohlgeformtes, vollständig entwickeltes Bein sein kann –, und es hatte ihr doch nichts geholfen, ja, sie war armseliger und einsamer als andere aus der schicksalhaften Begegnung mit dem Donnergott Kalkofen hervorgegangen. Die Scharnhorst war von Stolz auf Kalkofen erfüllt. Er war ein wirklicher Mann und ließ sich von einem hübschen Gesicht nichts vormachen. Er kannte die Frauen, dachte die Scharnhorst mit grimmigem Vergnügen. Er wußte, daß eine genau wie die andere war. Niemals hatte sie sich Kalkofen so verwandt gefühlt, seitdem sie das Schrottlager verlassen hatte. Solche Empfindungen täuschten sie jedoch nicht über die Gefahr hinweg, die von dem bewunderten Mann ausging. Die Scharnhorst hatte ihren Schrecken gerade erst überstanden, ihre Hochgestimmtheit erklärte sich auch aus dem Sieg über die vorangegangene Verzweiflung. Nichts konnte sie in ihrer Überzeugung irremachen, daß Kalkofen eine Gottheit war, die aus der Ferne verehrt werden wollte, weil sie verbrannte, was ihr nahe kam.

So entstand eine Art Sympathie zwischen der Scharnhorst und Etelka Kalkofen, obwohl es vielleicht seltsam klingt, dies Musenwort im Zusammenhang mit der Scharnhorst zu gebrauchen. Etelka konnte der Scharnhorst kein größeres Vergnügen bereiten, als ihr Leid zu klagen. Wenn sie über Kalkofen und seine bösen, seine unverständlichen oder gewaltigen Taten sprach, hatte sie in der Scharnhorst stets ein aufmerksames Publikum, ja man kann sagen, daß eine regelrechte Abhängigkeit entstand, denn Etelka versetzte die unverhoffte Möglichkeit, unentwegt zu erzählen und zu sprechen, in eine Art Rausch, den sie ungern vermißte. Nach einem

Sonntag waren die inneren Krüge wieder so vollgelaufen, daß sie von ihrem Giebelfenster geradezu nach dem Schrubberstiel der Scharnhorst Ausschau hielt. Es kam aber auch die Zeit, in der sie sich bei der Scharnhorst für deren geduldiges Zuhören revanchieren durfte. Unverhofft brach eine neue Prüfung über die Zwergin herein, die sich nun schon allzu tief in die Netze der menschlichen Gesellschaft begeben hatte, um Etelka nicht ungesäumt an ihrem Unglück teilnehmen zu lassen.

Eduard Has war aus der Schweiz zurückgekehrt, hatte den Brief der Scharnhorst auf seinem Schreibtisch gefunden, ihn gelesen, einige Augenblicke an seine Mutter gedacht, an ihr matriarchalisches Regiment mit Bestrafungen und Wohltaten, und sich dann gesagt, daß die Abwicklung solcher Mutterverpflichtungen in den Pflichtenkreis der Trumfeller falle, die die mütterlichen Angelegenheiten am ehesten übersehe.

Die Trumfeller hatte der Scharnhorst daraufhin geantwortet: Das in Rede stehende Gebäude, das Wohnhaus Olenschläger, sei von Bomben zerstört und ausgebrannt. Sollte die Scharnhorst tatsächlich ein Wohnrecht in dessen Souterrainräumen erworben haben, was die Trumfeller keinesfalls als gegeben ansah, dann sei dieses jedenfalls untergegangen. Inzwischen sei das Grundstück veräußert worden. Neuer Eigentümer sei die »Olenschlägersche Haus- und Grundstücksverwaltung«, die unter Einbeziehung des Nachbargrundstücks ein vollkommen neues Gebäude darauf errichte. Das neue Gebäude werde kein Wohnhaus, sondern fast ausschließlich Bürohaus werden. Wie man es drehe und wende, eine Übertragung des zweifelhaften Rechtes an dem alten auf das neue Gebäude weise die »Verwaltung« entschieden zurück. Die Trumfeller unterschrieb stets »im Auftrag«, so daß der Scharnhorst unter dem Brief wie zum Hohn der Name des Dr. Eduard Has entgegensah, der das Haus doch angeblich verkauft hatte.

Man weiß genau genug, woran das Herz der Scharnhorst hing, um die Gemütsbewegungen zu ahnen, die ein solcher Brief bei ihr auslösen mußte. Der Brief der Trumfeller mit seiner kalten Ablehnung, die nicht einmal den Versuch unternahm, sich des Ereignisses und der Leistung der Scharnhorst zu erinnern, die ihren Anspruch begründet hatten, konnte nicht annähernd mit einem möglichen Anschlag Kalkofens auf ihren Sohn Kurt verglichen werden. Denn die Scharnhorst gestand in ihrem tiefsten Herzen Kalkofen ein solches Recht zu, wenn es ihr auch schwere Wunden geschlagen hätte. Die Trumfeller hatte den hilflosen Brief, den die Scharnhorst mit dem Gymnasiasten zusammengestoppelt hatte, schon richtig eingeschätzt. Hier drohte kein Rechtsstreit, denn diese Frau war viel zu ungewandt und weltunerfahren, um überhaupt auf den Gedanken zu kommen, nach Rechtsmitteln für ihr Begehren Ausschau zu halten.

Tatsächlich dachte die Scharnhorst auch keinen Augenblick an einen Prozeß. Sie war von ohnmächtigem Haß auf Eduard Has erfüllt und konnte jede erdenkliche Zeit damit zubringen, diesen Haß zu durchdenken, zu durchleben und immer neu zu schärfen. Im übrigen gedachte sie nicht aufzugeben. Sie schwor sich, den Sohn der Olenschläger und die »Verwaltung«, hinter der er sich feige versteckte, bis an ihr Lebensende an die verratene Pflicht zu mahnen. Sie würde die Schande dieses Mannes bis in den letzten Winkel des Westends tragen, schwor sich die Scharnhorst. Er würde sehen, daß es gefährlich war, sie, die alles hörte und alles sah, zur Feindin zu haben. Sie hatte den Mut gehabt, sein Elternhaus zu retten, sie würde auch die Kraft haben, ihm gefährlich zu schaden. Vor ihr auf dem Küchentisch lag die gesiegelte und gestempelte Urkunde, die in steifen, aber unmißverständlichen Wendungen ihr Recht beschrieb. Die Scharnhorst las immer wieder ihren Namen in Schreibmaschinenschrift geschrieben und darunter die kraftvolle Unterschrift der Olenschläger. Weil die Alte tot war, glaubte man, ihre Schulden nicht mehr bezahlen zu müssen, dachte die Scharnhorst. Aber diese Rechnung würde den Sohn ins Unglück stürzen, und wenn die Tote selbst aus dem Grab geholt werden müßte, um ihn das Fürchten zu lehren.

Etelka fand ihre Freundin denn auch verändert. Sie trafen sich wie immer unten am Hoftor und wie immer scheinbar zufällig, denn die Scharnhorst ging festen Verabredungen aus dem Weg und lehnte auch ab, in Etelkas kleiner Wohnung einen Eierlikör zu trinken. In solchen Einladungen sah sie, die jeder ängstlich von sich fernhielt, schon einen Anschlag auf ihre Unabhängigkeit. Die Scharnhorst und Etelka hatten sich noch nie berührt. Die eine Hand der Scharnhorst hielt stets den Schrubber, die andere den Eimer, das ersparte das Händeschütteln.

Heute aber stellte die Scharnhorst ihren Eimer voll welker Blätter einmal ab und griff mit ihrer knochigen, großen Hand fest in den weichen Arm Etelkas, daß sie die Fingernägel der Zwergin durch den dicken Mantelstoff zu spüren meinte. Die Scharnhorst hatte sich einen Plan zurechtgelegt, um die Kalkofen in ihr Lager herüberzuziehen. Sie glaubte nicht, daß ihr eigenes Unglück genügen würde, um ein fremdes Herz wirklich zu rühren und einzunehmen. Deshalb setzte sie sich zum Ziel, Etelka davon zu überzeugen, daß Dr. Has, der schließlich als Gesellschafter der »Verwaltung« Etelkas Vermieter war, gegen sie genauso gewissenlos und grausam verfahren werde, wie er das gegen die Scharnhorst mit dem Brief der Trumfeller bereits bewiesen hatte. Für das phantasievolle und zugleich leicht aufzuscheuchende Gemüt Etelkas brauchte sich die Scharnhorst da auch keine große Mühe zu geben. Diesmal war also nicht von Kalkofens Schandtaten die Rede, sondern von denen des Dr. Has.

Die Scharnhorst schilderte, was sie für die Familie getan habe, in den eindringlichsten Bildern. Sie brachte das gesiegelte Dokument mit, Etelka durfte es mit ihren rosigen Fingerkuppen betasten und mußte es der Scharnhorst vollständig vorlesen, während die Zwergin bei jedem Wort grimmig nickte. »Und als Nächste sind Sie dran«, sagte sie dann zum Schluß, und das klang mehr nach einer Drohung als nach einer Warnung.

Etelkas mitleidiges Herz schlug vollständig auf seiten der Scharnhorst. Sie sagte ein ums andere Mal, daß sie einen Mann wie Dr. Has »nicht verstehe« – das waren aus Etelkas Mund sehr scharfe Worte –, aber sie sah auch nicht recht, was der Übeltäter am Scharnhorstschen Recht eigentlich ihr anhaben und antun könnte, und sie drückte diesen Zweifel auch aus. Die Scharnhorst spürte aus solchen Reden schon das Bröckeln der eigenen Front. Sie verstieg sich in ihrer Wut zu immer härteren Beschimpfungen des Dr. Has und wachte darüber, daß Etelka ihr zustimmte. Sie kündigte an, Eduard Has so lange zu verfolgen, bis er ihr Recht anerkenne, und sie erklärte auch, Augen im Kopf zu haben und genau darüber zu wachen, wer sich an diesen Lumpen heranmache, um mit ihm gemeinsam das geraubte Gut der Armen zu genießen. Etelka wurde schließlich von Unruhe befallen. Sie erklärte mit fast erhobener Stimme, Herrn Dr. Has, der sich gewiß nicht richtig verhalte, noch niemals gesehen zu haben, nicht zu wissen, wie er aussehe, wo er wohne, wer er im Grunde überhaupt sei, und sie stellte der Scharnhorst geradezu flehend vor Augen, daß sie in ihrer Lage gewiß niemals das kleinste Geschäft mit diesem Mann zu erledigen haben werde. »Sie werden ihn schon kennenlernen«, antwortete die Scharnhorst mit düsterer Stimme.

Die Abergläubischen fürchten sich, wenn sie von solchen Zusammenkünften erfahren. Sie sehen förmlich, als ob sie einen chemischen Prozeß beobachteten, wie Haß-Energie frei wird während solcher Gespräche, über der sprechenden Gruppe aufsteigt und sich dann als geballte kleine Wolke auf die Reise macht. Auch im aufgeklärten Westen sind viele davon überzeugt, daß plötzliche Todesfälle, Unfälle, Aborte und rätselhafte Krankheiten auf eine Verfluchung zurückgehen, und solche ausführlichen, den Haß immer weiter verdichtenden Gespräche werden gewiß wenig hinter der Gewalt einer regelrechten Verfluchung zurückstehen. Wenn aber der Fluch auf den Verfluchten niedersaust wie ein Blitz, so bewirkten die Kräfte, die den Gesprächen am Haustor entströmten, gewiß eher die allmähliche Verpestung der Atmosphäre.

Atmete Herr Dr. Eduard Has wirklich noch immer so leicht und hochgemut? Waren ihm die Erde unter seinen Schritten und die Luft, die ihn umwehte, immer noch für sein Wohlbefinden zu Diensten? Und spürte Kalkofen nicht gelegentlich unerklärliche Stiche in der Nierengegend? Der Gerechtigkeit halber muß aber festgehalten werden, daß die eigentliche Haßleistung, wie man wohl schon vermutet, vor allem auf die Scharnhorst fiel, denn Etelka war zum Haß im Grunde unbegabt und verfiel unter den Lieblosigkeiten Kalkofens eher in ein stilles, wimmernd dahinfließendes Weinen, als daß sie die Fäuste geballt hätte, wobei sie allerdings stets darauf achtete, die Haut um ihre Augen herum zu schonen, und den Verzweiflungszustand nach einer Weile selbst beendete, indem sie sich die Haare wusch und sie sich so hingebungsvoll trockenfrottierte, als sei das die einzige und wichtigste Tat, auf die es in ihrem Leben noch ankomme. Aber die Scharnhorst schaffte es doch stets von neuem, Etelka zu Ausschweifungen des Wortes und des Gefühls zu verführen, die der sanften Blonden zwar meist schon im Augenblick des Aussprechens Mißbehagen bereiteten, die sie aber auch nicht zu widerrufen wagte, und wenn sie sich auch nicht zur

Teilnahme an regelrechten Beschimpfungen verleiten ließ, so brachte der Druck der Scharnhorst doch zustande, daß sie Herrn Dr. Has einmal »einen Mann ohne Ehre und Gewissen« nannte. Dieses Wort wurde von der Scharnhorst natürlich mit grimmigem Vergnügen aufgegriffen. Sie zitierte es stets aufs neue, so sehr Etelka auch litt. Die Unfähigkeit, sich dem Haß der Scharnhorst zu entziehen, entsprang vor allem der Sehnsucht Etelkas nach Harmonie, der Grundlage ihres bereits erwähnten gesellschaftlichen Talents, das ihr einfach verbot, einer unterhaltungswilligen Person mit Reserve zu begegnen und ihr dadurch womöglich den Mund zu verschließen.

Es waren aber nicht nur Duldsamkeit und Sanftmut, die es Etelka schwermachten, wie die Scharnhorst in Vernichtungsphantasien zu schwelgen. Gerade die Erinnerung an eine freundlichere Vergangenheit, die der Scharnhorst niemals beschieden war, ordnete Etelka doch irgendwie einer anderen Klasse zu und verhinderte, daß sie sich so radikal wie die Zwergin davon geschieden wissen wollte. Es gelang ihr nicht, Herrn Dr. Has bereits als Mitglied der im ganzen verdächtigen besitzenden Klasse, zu der im weiteren Sinne wohl auch Kalkofen zählte, zu verwerfen, sondern sie wollte das Treiben dieser Herren verurteilen dürfen, ohne sich von der Schicht, die sie vertraten, ganz lossagen zu müssen. Der Traum von weißen Kleidern, die im Seesand völlig unbefleckt blieben, die aber, und dies schloß der Traum ein, ruhig auch hätten ein wenig schmutzig werden können, weil man zu Hause noch weitere besaß, erwies sich als der große Trennungsgraben zwischen den Frauen, denn Frau Scharnhorst hatte keinen Platz in diesem Traum und hatte selbst nie dergleichen geträumt.

Die Scharnhorst besaß gegenüber verwöhnten und gefühlvollen Wunschvorstellungen eine wirkliche Unabhängigkeit, die sie vor Etelkas Versuchen, auch in gedrückter Lage elegant zu wirken, geradezu prahlerisch ausstellte. Ihr Ehrgeiz schien nicht nur Dr. Has und seine juristischen Winkelzüge durchschauen zu wollen; es war vielmehr, als beabsichtige sie, einer ganzen geschäftig gewinnsüchtigen Zivilisation zum Gegenbild zu werden. So zeigte sie einmal mit dem Schrubberstil in Richtung auf die blasse neue Luna, deren zierliche Sichel noch wie eine Art Zeichnung auf dem weißen Abendhimmel stand, und sagte zu Etelka Kalkofen und Herrn

Herr, der seinen Schäferhund frei laufen ließ: »Ich bin immer froh, wenn der Mond wieder da ist. Wenn er nicht bei uns ist, haben ihn ja die Russen, und wer weiß, was die alles mit ihm anstellen.«

Vollständiger als einstmals Diogenes stand die Scharnhorst außerhalb von allem, womit selbst die Armen versuchen, ihre Zugehörigkeit zur menschlichen Gemeinschaft zu beweisen. Sie verzichtete eben auch auf all das angelesene Schlaumeiertum, das die Bürger Bildung nennen und mit dem sie sich gegenseitig zu übertrumpfen versuchen, sondern berief sich ausschließlich auf die Erfahrungen, die Augen und Ohren ihr ermöglichten. Bleibt als Fleck auf ihrem Kynikertum nur zu bemerken, wie zäh sie auf der einstmals zugesagten Kellerwohnung bestand. War es einer Scharnhorst nicht unwürdig, nach verbrieften Rechten zu streben und gar noch Vertrauen in Verträge zu setzen? Entlastet wurde sie allerdings durch den hohen Grad von Irrealität, den ihr Anspruch auch in ihren eigenen Augen besitzen mußte. Sie war schließlich Zeugin, als das Has'sche Haus in einen Haufen heiße Asche verwandelt wurde, und hätte wohl daran zweifeln können, ob das Versprechen der Olenschläger ohne weiteres auf einen Neubau zu übertragen war. Es gab denn auch Augenblicke, in denen die Scharnhorst klar erkannte, daß sie keine Aussichten auf die Wohnung mehr besaß. Von ihrem Kampf konnten sie solche Einsichten allerdings nicht abbringen. Der monatliche Brief an die »Verwaltung« schenkte ihr die Kraft eines mächtigen Rituals. Sie fühlte ihren Willen, wenn sie einen solchen Brief absandte, und sie genoß ihre Unbeugsamkeit.

Die vielen Gespräche über Herrn Dr. Eduard Has und seine Familie hatten nun aber vor allem Etelkas Neugier geweckt. Über die Lebensumstände, den Wohlstand, die schöne Tochter dieser Leute hörte Etelka jeden Tag etwas, und manchmal sah sie auch Angestellte der Familie einen Laden betreten, aber niemals das Gekaufte bezahlen, denn Dr. Has bekam alles auf Rechnung geliefert. Herr Herr grüßte auffällig, wenn der große, rote Wagen vorbeifuhr, und wandte sich dann würdevoll wieder Etelka zu, das seien Herr Dr. Has und seine Frau gewesen. Dorothées Erscheinung prägte sich Etelka schon beim ersten flüchtigen Anblick ein, aber Dr. Eduard Has entglitt ihr immer wieder. Wenn sie versuchte, sich ihn vorzustellen, gelang es ihr nur, an seinen runden Hinterkopf mit dem angeklebten Haar zu denken, und wenn sie ihn dann ein weiteres Mal an sich vorbeieilen sah, verwunderte sie sich stets aufs neue, wie anders sie sein Aussehen im Gefühl erwartet hatte. Wenn Has längere Zeit nicht in Frankfurt war, meinte Etelka schwören zu können, daß er Churchill ähnlich sehe, aber von diesem Eindruck blieb nichts übrig, wenn er ihr dann wieder einmal auf der anderen Straßenseite entgegenkam.

Etelka kannte das große rote Auto, und sie dachte viel darüber nach, wenn sie an Dorothée ein neues Kleidungsstück bemerkte. Dorothée kam ihr mager vor. Sie staunte auch immer wieder über eine gelegentliche sportlich-jünglingshafte Nachlässigkeit in ihrem Aufzug und fragte sich, wie seltsam es sei, daß Dr. Has solche Schlampereien duldete. Stellt man sich Etelka Kalkofen noch als frei von allen schicksalhaften Bindungen in der Luft schwebende Seele vor, die nur ein Plätzchen sucht, wo sie sich materialisieren kann, so gab es in ihrer Vorstellung jedenfalls für sie keinen einladenderen Ort als den, welchen Dorothée Has, geborene Schlumberger y Silva, geschiedene Guggisheim, einnahm. Es gab Leute, die in Verhältnissen lebten, die ihrer Erscheinung und ihrem Wesen nicht angemessen waren, dachte Etelka und wunderte sich immer neu bei dem Gedanken, daß dieses Am-falschen-Ort-Leben offensichtlich sowohl zum Schicksal der Dorothée Has gehörte wie zu ihrem eigenen. Und bestimmt kam es auch nicht häufig vor, daß der Platz, an den man eigentlich gehörte, räumlich derart knapp verfehlt war wie im Fall der Etelka Kalkofen in der Schubertstraße, die in allem, was sie vom Lebensrahmen der Dorothée Has in der Mendelssohnstraße erahnte, genau wiedererkannte, was sie für sich selbst herbeisehnte. Man sieht, daß Etelka in ihren Träumen bescheiden blieb und sich eine Selbstbeschränkung der Phantasie auferlegte, die Anspruch auf eine Belohnung durch die Wirklichkeit besaß.

Dorothée Has hinwiederum wünschte mit niemandem zu tauschen, und das nicht etwa, weil sie glücklich gewesen wäre, sondern weil sie sich, um es philosophisch auszudrücken, menschliche Entitäten außerhalb der eigenen nicht vorstellen konnte. Mit Has hatte sie einen Griff getan, der sie nicht zufriedenstellte, der aber auch kein Fehler war. Bei Guggisheim war es einfach zu unruhig gewesen, zu viele Freunde, zu viele plötzliche Reisen, so empfand sie das jetzt. So etwas liebt, wie jeder weiß, eine Katze nicht, und Dorothée Has war eine in eine Frau verwandelte Katze. Das spürte Etelka wohl, und das zog sie an, wenn sie sich auf das Sofa der Dorothée sehnte, um dort heiße Milch zu trinken. Sie wäre eben auch gern eine Katze gewesen, eine Hauskatze, versteht sich, die, ohne zu fragen, eine große Wohnung, deren Miete sie nicht zahlen muß, in Besitz nimmt, um sich alsbald auf einem seidenen Kissen zusammenzurollen. Sie sah sich jeden Tag Weiß tragen und immerfort etwas zum Aufbügeln geben und den Spender all dieser Gaben, Herrn Dr. Has nämlich, umstreichen und umschmeicheln, wenn er abends nach Hause kam. Daran zeigte sich, wie wenig sie die Katzenrolle verstanden hatte. Sie wäre ratlos gewesen, wenn sie gesehen hätte, wie Dorothée ihren Mann empfing, katzenmäßig nämlich, und zwar indem sie augenblicklich das Zimmer verließ. Etelka stellte sich eine vermenschlichte, also unechte Katze vor, eine Sphinx womöglich, aber eine mit Schürzchen, die dem Hausherrn die Pantoffeln bringt. Vor der Macht solcher Schwarmbilder schützte sie nur ihre Disziplin, die tägliche Rückkehr auf den Boden der selbstlosen und hoffnungsfreien Arbeit an ihrem makellosen Nackenknoten.

Den Verwünschungen der Scharnhorst lauschte Etelka aber inzwischen fast nur noch mit Furcht. Sie sah den Tag herannahen, an dem die Zwergin erfahren würde, daß ihre Zuhörerin nur mit halbem Herzen zugestimmt und sie vielleicht überhaupt durch beigängerisches Betragen hinters Licht geführt hatte. Die Weltsicht der Scharnhorst würde dadurch zwar zu einem neuen Triumph geführt werden, aber die Kalkofen hatte einfach Angst, als Feindin in das Visier ihrer Haustorbekanntschaft zu geraten, und wußte manchmal nicht, was ihr wichtiger war: mit der Scharnhorst in Behutsamkeit und Wohlwollen zu leben oder endlich einmal das Erlebnis zu kosten, Herrn Dr. Has zu begegnen und ein Wort mit ihm zu sprechen.

Das ereignete sich schließlich ohne ihr Zutun, und zwar aus rein geschäftlichen, im Bereich ihres Mietvertrages liegenden Gründen.

Die Interessen und Wirkungskreise der »Olenschlägerschen Haus- und Grundstücksverwaltung« waren weit gespannt und vergrößerten sich ständig und scheinbar wie von selbst. Die Scharnhorst, die nicht an Gott glaubte, sah hier gleichwohl Dämonen am Werk. Der Teufel, der als Fürst dieser Welt auch in Grundstücksfragen ein wichtiges Wort zu sagen hat, vermehrte den großen

Haufen immer noch um weiteren Unrat, und der Teufelsunrat, so lehrt die Alchimie, ist das Gold. Und mit diesem Gold, das ja nicht einfach, wie Backsteine übereinandergeschichtet, als ein ständig wachsendes Mäuerchen in den Tiefen eines Banktresors ruhen sollte, sondern das, wie sich die Olenschläger mit einer gewissen Strenge ausdrückte, »arbeiten« mußte, wurden fast automatisch, jedenfalls ohne daß Dr. Has es immer bemerkte, eben rein gewohnheitsmäßig, weitere Häuser und Grundstücke, in der »Verwaltung« Objekte genannt, dazuerworben, so daß der Has'sche Besitz im Westend bald einer der Landkarten aus der späten Zeit des Heiligen Römischen Reiches glich, auf denen jedes größere souveräne Gebiet mit einer Fülle kleiner, unter anderem Gesetz stehender Enklaven durchsetzt war. Dies Gesetz war im Westend die von der »Olenschlägerschen Haus- und Grundstücksverwaltung« erlassene Hausordnung, die mit Reißzwecken in jedem Eingangsflur eines der unter ihrem Befehl stehenden Objekte befestigt wurde.

Es war nicht nur gravitätische Schauspielerei, wenn Dr. Has einem Mieter erklärte, er möge sich mit seinem Anliegen an die »Verwaltung« wenden, obwohl Has es liebte, sich selbst noch einmal im Spiegel der juristischen Person zu erblicken. Es gab ja unter dem Mantel der Firma tatsächlich noch einen zweiten Willensträger, dessen Bekundungen, wie Has noch besser als die Mieter wußte, durchaus höchstes Gewicht zukam. Die Geschäftsführung der »Verwaltung« entschied einstimmig. War Einstimmigkeit jedoch nicht zu erzielen, dann entschied Fred Olenschläger, um in Kürze die Geschäftsordnung des Instituts zu kennzeichnen.

Zwei höchst gegensätzliche Temperamente hatte die verstorbene Olenschläger in der Rechtsform der beschränkt haftenden Gesellschaft zusammengeführt: Fred Olenschläger ging es um Bindung der Mittel, um Erweiterung des Machtbereichs, um Investition und Festlegung, Dr. Has hingegen wünschte Mittel zu lösen, er hatte den Zug des Sich-Verströmen-Wollens, wobei man hier in erster Linie an die Festspiele von Bayreuth und Salzburg und die Expressionisten zu denken hat, er war die barocke Natur, und wollte die Möglichkeit gesichert sehen, Dorothées Verstimmungen durch Überreichung eines größeren Schmuckstücks zu beenden, und es war nicht immer leicht, sich hierin dem Vetter Fred verständlich zu machen.

Fred Olenschläger erlegte sich Eduard Has gegenüber keine Rücksichten mehr auf. Er führte das Regiment, wie er es für richtig hielt, und schreckte nicht davor zurück, seinen Willen in einer Form durchzusetzen, die Has kränken mußte. Eduard Has empfand es denn auch stets als Erlösung, wenn Fred sich im Sommer acht Wochen nach Bad Reichenhall begab, der einzige Luxus, den Olenschläger sich gestattete. Reichenhall bildete denn auch stets den Kern der Auskünfte, die Dr. Has über seinen Vetter gab, wenn er nach ihm gefragt wurde: »Er ist ja wieder in seinem geliebten Reichenhall«, hieß es dann, aber auch: »Er freut sich schon auf Reichenhall!« – »Er ist schon eine Weile aus Reichenhall zurück.« – »Leider ist es noch zu kalt für Reichenhall.«

Im Umgang mit Has gehörte es zu Freds wenigen humanen Zügen, sich diese Gewohnheit zugelegt zu haben, die dem Vetter Erleichterung gewährte und ihm ermöglichte, an Fred Olenschläger wie an einen normalen Menschen zu denken. Sonst empfand es Has als wenig human vom Vetter Fred, daß immer dann, wenn er gerade einen Griff in die Kasse tun wollte, weil Guggisheim aus Basel angerufen hatte oder Dorothée seit einer Woche unter Migräne seufzte, schon wieder ein neues Objekt gekauft werden sollte. Vetter Fred hatte es heraus, die Verhandlungen heimlich so weit gedeihen zu lassen, daß schließlich die Ehre der »Verwaltung« auf dem Spiel stand, wenn sie nicht zum Kaufe schritt. Für den Ehrenpunkt hinwiederum hatte Dr. Has ein starkes Gespür, er war nicht umsonst der Sohn seiner Mutter und besaß darüber hinaus die Empfindlichkeit derjenigen, deren Ehre nicht allzu solide gegründet ist. Er stimmte also stets zu, aber er ärgerte sich zunächst, und manchmal verstand er auch gar nicht, was der Vetter eigentlich wollte.

Da besaß die »Verwaltung« etwa ein gewichtiges geräumiges Eckhaus aus roten Sandsteinrusticaquadern an der Ecke der Schubertstraße zur Mendelssohnstraße. Das Haus war vorzüglich vermietet, zwölf Parteien, teils gewerblich – das Lager einer Schokoladenfirma –, teils privat, alle solvent, und nun hätte es doch gut sein können mit der Schubertstraße, und es war gar nicht einzusehen, wieso man zwei Häuser weiter rechts eine vernachlässigte kleine Villa, verbaut und verwohnt, mit finsterem Hof, blätternder Fassade und alten Hortensien im Vorgarten, teuer erwerben sollte, die der »Verwaltung« geringe Rendite, aber viel Zores mit den Mietern versprach. Natürlich ließ sich Has durch dies unnötige Ärgernis nicht daran hindern, die Kirchner-Ölskizze, die Guggisheim ihm in sorgenvollem Ton, geradezu ärztlich um das Wohl der Sammlung bemüht, verschrieben hatte, doch noch zu erwerben, aber er tat es nicht so gutgelaunt und leichten Herzens, wie er es als unabhängiger Mann eigentlich hätte tun wollen. Beim Notar ließ er sich vertreten, denn Abwesenheit war das einzige Demonstrationsmittel, das er sich Fred gegenüber herausnahm.

Has ahnte nicht, wie weit Fred Olenschlägers Blick in die Zukunft reichte. Die allsommerliche Aussicht auf die Reichenhaller Alpenlandschaft hatte den kahlköpfigen Vetter an die großen Perspektiven gewöhnt. In ihm wohnte der Planer, der wahrhafte Umgestalter ganzer Landstriche, gegenüber dem die Genuß- und Sammelsucht des Dr. Has zur läppischen Allüre eines verzogenen Bürgersöhnchens schrumpfte. Prinz Eugen hatte schließlich auch nicht zu den Verehrern der Frauen gehört, er liebte keinen Wein und verachtete die sogenannten Vergnügungen samt und sonders. Aber welche Pläne reiften in seinem entfleischten, zerbrechlichen Köpfchen! Das hatte der Feldherr mit anderen Zölibatären seines Jahrhunderts gemeinsam, den Kardinälen, Fürstbischöfen und Fürstäbten, die in großer Zahl vom »Bauwurm« befallen waren – kein besseres Wort liegt zur Hand, um die geheime Unruhe zu benennen, die den alten Junggesellen Fred Olenschläger im Reichenhaller Reizklima oft stundenlang nachts wach im Bett liegen ließ. Vor allem die Schubertstraße erschien dann vor seinen Augen: nicht Straße mehr hinfort, sondern langgestreckter Hof zwischen gläsernen, betongestützten Schiffen, die mit zahlreichen Brücken über die einstige Straße hinweg einander verbunden waren, eine Stadt in der Stadt, mit eigenem Anschluß an das öffentliche Verkehrssystem, mit gegeneinander sich bewegenden Rolltreppen, Rohrpostanlagen, Tausenden von Menschen, die dort die Schreibmaschinen zu gleichmäßigem Rattern brachten, ein Termitenbau, in dem es niemals Nacht werden mußte.

Davon ahnte Dr. Has natürlich nichts, denn die Lippen seines Vetters ließen die nächtlichen Visionen von Reichenhall nicht heraus, und Has besaß nicht genügend Phantasie, um sich vorzustellen, welch fanatischer Konsequenz sein Vetter fähig war. Die sogenannte Menschenkenntnis beruht übrigens fast immer auf solch klug eingeschränkter Phantasie: Wenn wir ernst nehmen, daß jeder Mensch zu fast allem fähig ist, kommen wir kaum mehr dazu, ein geschlossenes Charakterbild zu umreißen, das für den Alltag doch recht gute Dienste leistet. Für Dr. Has war der Erwerb der kleinen, häßlichen Villa nichts als ein Beweis des Altersstarrsinns, gegen den bei den Olenschlägers kein Kraut gewachsen war, oder auch das Abzeichen eines eichhörnchenhaften Sammeltriebes, der statt Nüßchen eben »Objekte« in großer Menge zusammentrug. Er hatte es aber für unklug gehalten, seinem Vetter in den Arm zu fallen, und schließlich profitierte er auch ein wenig von dem Zauber, der vom Erwerb eines weiteren Grundstücks ausging. Man konnte all diese »Objekte« Dorothée zwar nicht um den schlanken Hals hängen, aber es war doch hübsch, in der Abendstunde mit ihr auf die Dachterrasse herauszutreten und in dem schiefernen Meer die kleine Blechkugel zu suchen, die das Hauptmansardenfenster des neugekauften Hauses krönte.

»Das hat der Fred jetzt auch für die Verwaltung gekauft«, sagte er nachlässig, als sie die Kugel gefunden hatte, und beobachtete Dorothée dabei von der Seite, ob diese Mitteilung irgendeine Regung auf ihrem Gesicht erscheinen ließe. Die Kastanien blühten gerade, und die hellgraue Kugel erschien eingerahmt von weißem Blütenschaum. »Sie sieht wie ein kleiner harter Apfel aus, ein verfrühter Apfel«, sagte Dorothée und strebte ins Haus zurück, weil es im Mai auf dem Dach immer noch zu kühl war.

Unter diesem verfrühten Apfel, diesem eisgrauen Speierling, lebte Etelka Kalkofen. Diese Kastanien, die das Haus von der Terrasse aus Dorothées Blick entzogen, standen in Wahrheit weit davon entfernt. Der Blick von der Dachterrasse ließ Etelkas Mansarde lauschig überwuchert erscheinen, sie stand aber völlig kahl da und gewährte wie von einem Türmchen Blicke nach rechts und links über die ganze Schubertstraße. Etelka hatte Dr. Has deshalb im Auge, schon als das rote Coupé sich breit und langsam durch die stille Straße schob und ein Stückchen von ihrem Haus entfernt parkte. Dann stieg Dr. Has aus, mit etwas Mühe, weil die weißen Ledersitze so tief lagen, und reckte seinen Hals, um die Hausnummern zu suchen. Kein Zweifel, das war er, der sonderbare Mann, sofort vertraut und zugleich unerhört fremd aussehend, wenngleich von hoch oben die Churchillverwandtschaft noch entfernt anklang. Er bewegte sich, da er sich unbeobachtet glaubte, ganz zwanglos, und das sah bei ihm weder besonders anmutig noch würdevoll aus, sondern eifrig und zugleich kindlich tapsend. Sein Gang bekam etwas Plattfüßiges, als patsche er ohne Pantoffeln ins Badezimmer. Das setzte ihn bei Etelka aber keineswegs herab, die im tiefsten ohnehin nicht an die Würde der Männer glaubte. Vor allem das Eifrige gefiel ihr sogar ungemein, sie empfand geradezu Rührung, während sie ihren neuen Hauswirt, der in doch eigentlich unangenehmer Mission nahte, von oben herab studierte, bis er ihren Klingelknopf gefunden hatte.

Dr. Has kam in die Schubertstraße, um einen Vorgang zu untersuchen, der, wenn man den Darstellungen der Hausbewohner folgte, übernatürlichen Charakter besaß. Es ging um Wasserflekken, die, kaum daß man sie überstrichen hatte, wieder erschienen, dem Tintenfleck vergleichbar, den Martin Luther durch seinen Wurf nach dem Satan verursacht hatte, indem er damit zugleich auch das einzige Wunder des Protestantismus tat. Bei Etelka war übrigens von Wasserflecken nicht die Spur wahrzunehmen, worüber sie sich in all ihrer Bescheidenheit nie aufhörte zu verwundern. Die Flecken erschienen vielmehr bei Herrn und Frau Hoffmann, die genau unter Etelkas Mansarde wohnten und zugleich eine kleine Manufaktur für elektrische Apparätchen betrieben, mit drei ungelernten Arbeiterinnen, deren Pfennigabsätze das schwarz gewordene Parkett an manchen Stellen durchlöchert hatten.

Das Westend befand sich damals in einem Übergangsstadium. Nachdem die jüdischen Familien, die vor dem Krieg dort vielfach gewohnt hatten, aus der Stadt vertrieben worden waren, wurden die von ihnen zurückgelassenen Häuser nur noch vereinzelt in wohlhabend bürgerlichem Lebensstil geführt, und das nicht nur, weil die Bevölkerung nach dem Krieg allgemein verarmt war, sondern auch, weil nun viele Parteien in Häusern lebten, die einstmals für eine einzige Familie gebaut worden waren, darunter auch Einquartierte, die ein Dach über dem Kopf bekommen sollten und die früher nie in Häuser des Westends hätten ziehen können. Herr Herr verfolgte diese Wandlung als Chronist und unterschied unbestechlich zwischen alten Westendbewohnern wie den Olenschlägers und den Labontés und den nachgerückten, wie den Ostens oder auch der

Kalkofen. Die Veränderung hatte nicht nur Nachteile in seinen Augen, denn zu ihr gehörte auch, daß das Korps der Hausmeister geschrumpft war und es ganze Straßenzüge gab, deren alleiniger Heizer nun Herr Herr war. Sein Schlüsselbund trug drei Unterschlüsselbunde und klirrte gedämpft unter dem Kittel hervor, wenn er an der Seite seines Schäferhundes mit langsamem Schritt an den Gartentoren vorbeizog.

Eine kleine, acht oder neunzimmrige Villa mit einer Kastanie im Hof, die den Hinterzimmern das Licht wegnahm, teilten sich also nun das Rentnerehepaar Klusemann im Parterre, die Unternehmersleute Hoffmann mitsamt ihrer Manufaktur, wo die Ungelernten Drähte wickelten, und unterm Dach Etelka Kalkofen, die bei weitem ansehnlichste Erscheinung des Hauses, denn die Klusemann war nie anders als in einer Kittelschürze gesehen worden, und Frau Hoffmann ließ sich zwar als Geschäftsfrau allwöchentlich vom Friseur ihre professionellen Wellen erneuern, erzielte dabei aber keinen rechten Erfolg, weil sie nur weniges und dünnes Haar besaß. Wenn Schein und Sein in der Schubertstraße zusammengefallen wären, hätte Etelka die Eigentümerin der kleinen Villa sein müssen. Der verkommene Zustand des Hauses erhielt geradezu etwas Geheimnisvolles, wenn Etelka im Glanz des weißgoldenen Nackenknotens das rostige Tor öffnete, nicht anders, als verlasse eine große Dame ein für diskrete Zwecke geschaffenes pied-à-terre, um sich zurück in ihr Palais zu begeben.

Aber das Leben Etelkas sah anders aus. Weit davon entfernt, Hausbesitzerin zu sein, fürchtete sie, eines Tages auf der Straße zu stehen, und nun waren auch noch die Wasserflecken entstanden, an denen sie allein, wenn man Frau Hoffmann und Frau Klusemann glauben sollte, die Schuld trug. »Sie wäscht heimlich!« behauptete Frau Klusemann, ein schwerwiegender Vorwurf, denn in der Hausordnung war die Benutzung der Waschküche im Keller geboten, zu der hinwiederum Frau Klusemann den Schlüssel verwahrte und nie freiwillig herausgab.

Solch ein Detail beleuchtet die Atmosphäre, die im Hause herrschte. Es verging kein Tag, an dem Etelka Kalkofen nicht von der Hoffmann oder der Klusemann auf der Treppe gestellt wurde, um, wie Etelka es zart klagend ausdrückte, mit Schmutz beworfen zu werden. Obwohl die Klusemann wußte, daß ihr Verdacht,

Etelka wasche oben bei sich verbotswidrig ihre Wäsche, die Wahrscheinlichkeit für sich hatte, denn sie selbst war es ja, die der Bewohnerin der Mansarde beständig den Waschküchenschlüssel vorenthielt, so hätte Etelka sich doch darum nicht weiter kümmern müssen, denn der Zusammenhang zwischen dem Wäschewaschen und den Wasserflecken in der Hoffmannschen Manufaktur, wo die Wicklerinnen Löcher in das Parkett stanzten, war keinesfalls zwingend hergestellt. Und dennoch fühlte sich Etelka bedrängt. Sie hatte dem Vorwurf, daß sie oben heimlich wasche, nichts entgegenzusetzen, denn sie bejahte die Hausordnung und litt darunter, gegen sie beständig verstoßen zu müssen. Und dieses Leiden schuf schließlich in ihr den Zustand eines vom Anlaß des heimlichen Waschens ganz losgelösten allgemeinen Schuldbewußtseins. Dieser Seelenzustand ließ es ihr immer schwerer werden, der Klusemann oder der schütter behaarten Hoffmann erhobenen Hauptes, wie es heißt, entgegenzutreten. Da sie ohnehin dazu neigte, unter dem Knotenjoch den Kopf gesenkt zu halten, hob sie ihn nun erst recht nicht mehr, während die Hoffmann sie im Tonfall falscher Sachlichkeit zurechtwies oder die Klusemann ins Schimpfen verfiel. So wie die Hoffmann im Kostüm und die Klusemann in der Kittelschürze nun aber beschaffen waren, weckte Demut erst recht ihren Jagdinstinkt. Hierin glichen sich die Mieterinnen von Parterre und Belétage, welch sozialer Abstand ansonsten auch zwischen ihnen gähnte. Etelka Kalkofen nahm keinen sicheren Platz auf der Stufenleiter der Gesellschaft ein. Sie war eine Müßiggängerin, ohne reich zu sein, und schien nicht einmal mit ihrer Schönheit Handel zu treiben. Auf Frauen, die von der Natur benachteiligt waren, aber dafür genau wußten, welchen Rechten sie ihr Auskommen verdankten, konnte Etelkas Beispiel schon empörend wirken, und in diesem Sinne waren die Unternehmerin Hoffmann und die von geringer Rente zehrende Klusemann eines Fleisches.

Was die Wasserflecken anging, so lagen sie der »Verwaltung« schon vom ersten Tag an in den Ohren, oder besser, sie schickten einen über den anderen Brief in diesem Sinn, nachdem Herr Dr. Has sie telefonisch beschieden hatte, sie sollten sich mit ihren Anliegen grundsätzlich an die »Verwaltung« wenden. Die »Verwaltung« nahm diese Briefe mit Mißvergnügen auf, weil sie nach »Zores« rochen, und zwar »Zores« mit »Gesocks«, und zu allem auch noch vermeidbarem Zores, wenn man nicht im wahnhaften Investitionstrieb die kleine Villa hätte kaufen müssen. Nun, wo der Kauf getätigt war, begann sich die »Verwaltung« wieder aus der Gefühlswelt des Dr. Has zu speisen. Der Teil ihres Wesens, der aus den Gedanken des Fred Olenschläger lebte, wurde blaß und tat so, als gebe es ihn gar nicht – tatsächlich war Vetter Fred mittlerweile nach Reichenhall abgereist.

Der Mantel der »Verwaltung« umhüllte für die schöne Jahreszeit nur noch zwei Personen: Herrn Dr. Has und Frau Roswitha Trumfeller. Steuerlich wurde Frau Trumfeller als Sekretärin der »Verwaltung« geführt. In dieser Benennung kam ein Stück des altmodischen Geistes der verstorbenen Olenschläger zum Ausdruck. Frau Trumfeller schrieb schon lange keine Briefe mehr ab, sie diktierte die wichtigsten vielmehr selbst. Auch Minister wurden früher einmal Sekretäre genannt, und die Trumfeller war tatsächlich so etwas wie der Außen-, Kriegs- und Polizeiminister der »Verwaltung«. Wer immer als Mieter mit der »Verwaltung« zu tun hatte, für den nahm sie das Gesicht der Frau Roswitha Trumfeller an, ein einschüchterndes Gesicht von übellaunigem Ausdruck, dabei von bullenbeißerischer Kraft, gelegentlich cholerisch, im ganzen also ihres Nachnamens würdig, der einmal den Hersteller von Trommeln und Kriegspauken bezeichnete und die Erinnerung an Dürersche Landsknechte mit verdrehten Gliedmaßen, gepufften Ärmeln und vorgewölbten Unterlippen beschwor. Dürer überhaupt hätte die Erscheinung der Trumfeller in Holz geschnitten haben können, nur daß die bittere Galle, die auf dem Untergrund ewigen Schwarzsehens gewachsene Zanksucht, die mit Tiefsinn gemischte Grobheit sich hier einmal satt und voll zeigten, und nicht in der welkenden Ausgemergeltheit der älteren Dürer-Damen.

Die ganze Frankfurter Altstadt mit ihren Erkern, ihren finsteren Höfen, den geschnitzten Grotesken auf den mächtigen Balken, die nach dem Bombardement eine Woche lang gebrannt hatten, war vom Erdboden verschwunden, als hätte es sie nie gegeben. Auf ihren sandigen Hügeln war inzwischen auch die »Verwaltung« tätig geworden und hatte dort billige Einheitsbauten mit vielen winzigen Wohnungen aufgestellt, aber in der Gestalt der Trumfeller lebte noch etwas vom gotischen Grausen dieser Stadt, von einer Bosheit, wie sie nur dort gedeiht, wo kleinste Dämonen seit Jahrhunderten überall Nester haben bauen können. Nicht vorgesehen hatte der bei seinen Apokalyptischen Reitern noch erfindungsreiche Dürer jedoch die Tracht, in der die Trumfeller durch die Straßen des Westends schritt: immer in Lodenkostümen mit Eichblattstickereien und kostbarem Grandel-Schmuck, den sie in Form von Manschettenknöpfen, Broschen, Anhängern und Hutagraffe besaß, als ob sie sich mit Trophäen von totgeschlagenen Mietern herausgeputzt hätte – kein Mensch dachte bei den zahlreichen gelben Zähnen noch an Rehe.

Roswitha Trumfeller wohnte »Im Trutz Frankfurt«, einer gleichfalls neu aufgebauten Straße, deren Namen aber wiederum an Landsknechtswesen und Belagerung erinnerte, und zwar in einer Wohnung, die nichts mit der »Verwaltung« zu tun hatte und auch niemals mit ihr zu tun bekommen konnte, weil sie der Stadt gehörte. Dr. Has hatte es denn auch aufgegeben, mit einer »Verwaltungs«-eigenen Wohnung zu locken, weil die Trumfeller stets mit geradezu unhöflicher Ironie darauf antwortete. Sie kannte sich als Vermieterin und wäre sich verrückt vorgekommen, wenn sie sich einem solchen Vertragspartner ausgesetzt hätte. Wer sagte, die Trumfeller habe Haare auf den Zähnen, traf dennoch nicht die volle Wahrheit. Die Haare der Trumfeller wuchsen auf der Oberlippe und standen ihr nicht schlecht, ein Gesicht wie das ihre vertrug markante Akzente, und ängstliche kosmetische Kuren schenkte sich die Trumfeller.

Üblicherweise wären nun hartnäckige Wasserflecken allein in ihr Ressort gefallen, die sie, wie angedeutet, die gesamte eigentliche Verwaltungsarbeit leistete – verhandelte, vermietete, prozessierte, alles »Im Auftrag« – und die, wäre Olenschläger in Reichenhall zur Salzsäule erstarrt oder Dr. Has während der »Götterdämmerung« der Hitze erlegen, den Betrieb der »Verwaltung« ungeschmälert hätte aufrechterhalten können. Wäre die Trumfeller in der Schubertstraße erschienen, so hätte man um Etelkas Schicksal ernsthaft fürchten müssen, aber auch die Hoffmann, immerhin Geschäftsfrau, und die Rentnerin Klusemann, mit schmalem, aber sicherem Einkommen, hätten nichts zu lachen gehabt. Die lärmenden und klagenden Mieterinnen der Schubertstraße wußten nicht, was es hieß, daß das den Mietern zugewandte Gesicht der »Verwaltung« die Züge der Trumfeller trug, und hatten sich keinerlei Zurückhaltung auferlegt. Die Methode der Trumfeller bei Gezänk unter den Mietern hatte sich den alten Schullehrerbrauch zum Vorbild genommen, die Köpfe der streitenden Knaben knallend aufeinanderzuschlagen und so einen furchtsamen Frieden zu schaffen. Das war kein schlechtes Mittel, um zwischen der Hoffmann und der Klusemann schlichtend zu wirken, aber der Kopf Etelkas wäre dabei unfehlbar zerbrochen. Das Faß ihrer Leiden war zum Überlaufen gefüllt. Und als ob die Hoffnung sich erfülle, daß niemand mehr erdulden müsse, als er ertragen könne, bekam die Trumfeller eine Magengrippe, und Dr. Has erschien, um die rätselhaften Wasserflecken zu untersuchen.

Sein Fehler war, daß er diese Untersuchung am falschen Ort begann. Um die Wasserflecken in der Schubertstraße zu erforschen, hätte er sich zunächst einmal mit ihnen selbst befassen müssen, so wie die Engländer, die nach den Quellen des Nils suchten, sich bei seiner Mündung auf den Weg machten, um vom Gewissen zum Ungewissen zu schreiten. Er hätte sich also bei der Firma Hoffmann ansagen müssen, die seiner Visite darüber hinaus bereits entgegenfieberte, ein Halbkreis hätte sich gebildet, und Has, Herr und Frau Hoffmann, die Ungelernten und die herbeigeeilte Klusemann hätten mit zurückgelegtem Kopf eine halbe Stunde das Unglück an der Zimmerdecke betrachtet. Aber Has hatte schon am Telefon Widerwillen gegen die Stimme der Hoffmann empfunden. Er fand bereits komisch, daß sie ihn brieflich mit »Werter Herr Dr. Has«! angeredet hatte. Außerdem zog ihn der Name Etelka an. Die Grundsätze, denen dieser Mann in Erfüllung seiner Pflichten folgte, hatten eben häufig wenig mit seinen Geschäften zu tun, und seine Mutter, die Olenschläger, hätte im Grabe keine ruhige Minute gefunden, wenn sie ihren Sohn nicht selbst zwischen die beiden Höllenhunde, Fred Olenschläger und Roswitha Trumfeller, gekettet hätte. So mochte er denn zu Etelka ziehen, die »Verwaltung« stand deshalb auf nicht weniger sicheren Füßen.

Für einen verwöhnten, empfindlichen Mann, wie Has es war, hätte die Luft in dem Treppenhaus der gerade erworbenen Villa einen ernsthaften Grund, wieder umzukehren, darstellen können. Has forderte in seiner Umgebung eine luxuriöse Reinlichkeit, frischgestärkte Batisthandtücher, lavendelduftende Taschentücher und vor allem eben zarte und maßvolle Gerüche, auch aus der

Küche, von wo durchaus einmal ein leichter Duft nach Kaffee, frisch gehackten Kräutern oder milder Bouillon dringen durfte, aber keinesfalls mehr. Ein Atemzug Bratenduft verschlug ihm schon den Appetit. Und hier nun traf er auf den Kohlgeruch aus der Klusemannschen Wohnung, der im ganzen Treppenhaus verbreitet war und sich sehr unvorteilhaft mit Bohnerwachs und Schmierseife der Treppenbohlen mischte. Durch solche Gasschleusen drang die Trumfeller wie ein Panzer, zähnestarrend an jedem freien Fleck ihres Kostüms, gerüstet für den Kampf mit dem Mieter, über dessen Natur sie die gleichen Überzeugungen hegte wie eine pessimistische Theologie über die Menschen im allgemeinen: sie seien ein zutiefst verdorbenes, beständig zum Aufstand neigendes, zerstörerisches und rechtloses Geschlecht. Im Gegensatz zur Trumfeller besaß Dr. Has die Geistesverfassung eines wohlwollenden und müde gewordenen Diktators, der mit Resignation beobachtet, was alles in seinem Namen geschieht.

Mit solch müder Beobachtung war es in diesem Fall jedoch vorbei. Die Kohlwolke schloß sich um ihn und senkte die Widerstandskräfte des Empfindsamen. Unterm Dach traf ihn der zweite Schlag. Dort stand eine blühend schöne, weißgekleidete Frau und hieß ihn mit flehenden Blicken willkommen.

Auch die Mansarde war eine Überraschung. Nichts in ihr erinnerte an Kohlsuppen und deren Düfte, aber mit der eleganten Erscheinung der Bewohnerin war die Ausstattung dieser Zimmer gleichfalls nicht in Einklang zu bringen. »Ich liebe Capri«, sagte Etelka mit leiser Stimme und machte mit ihren ovalen, weich gepolsterten Händen eine schwache, halbkreisförmige Geste, die die Vielfalt der sie umgebenden Gegenstände zusammenfassen sollte.

Solange Kalkofen mit Etelka lebte, gestattete er ihr gelegentlich, sich aus dem Lager einiges Erbeutete für ihre Wohnung auszusuchen, und stand wie ein Bär mit verschränkten Armen in seinem verfleckten Anzug neben ihr mit dem grimmigen Lächeln des Stolzes, daß er ihr eine Welt zu Füßen legten konnte. Etelka liebte ihre Besuche im Lager und machte sich für die schmutzigen Unholde, die dort mit rostigen Sprungfedern hantierten, stets besonders sorgfältig zurecht, als schulde sie noch dem letzten Handlanger ihres Mannes den Tribut ihrer weiblichen Schönheit.

Gerade weil es dort eine schier unendliche Fülle von seltsamem, die Neugier erregendem und nur geringfügig beschädigtem Strandgut gab, erlegte sie ihren Wünschen eine strenge Beschränkung auf und ließ sich nur herausgeben, was in irgendeiner Form an Capri erinnerte, wobei sie großzügig verfuhr und auch eine kleine Gondel mitnahm, die über und über mit bunten Birnchen bestückt war, denn es ging ihr nicht um sterile Stilvollkommenheit, sondern um kleine Drogen für das Auge, mit deren Hilfe sie einen Sehnsuchtsreiz fast bis zur Unerträglichkeit in sich herauskitzeln konnte. Bei den Auftritten im Lager stimmten alle Zeugen überein, daß Kalkofen und Etelka ein prachtvolles Paar bildeten. »Die Schöne und das Tier«, das sagte natürlich keiner der Lagerarbeiter, aber man empfand doch dunkel, daß beide Hochformen ihrer Geschlechter in beispielhafter Gegensätzlichkeit verkörperten: Kalkofen rabiat, tollkühn, sinnlich, prahlerisch und Etelka engelhaft, sanft und verführerisch, beide darüber hinaus ziemlich lange sehr verliebt – es war nicht einzusehen, wieso sie nicht ein wenig länger zusammenbleiben konnten. Natürlich gab es Gründe. Kalkofen empfand Überdruß, aber was wiegt eine Laune bei solch einer sinnlichen Übereinstimmung und solch körperlicher Ergänzung. Kalkofen schob die Schuld auf Etelkas Eifersucht, aber Etelka hatte die Szenen, die sie ihm gemacht hatte, längst wieder vergessen und sprach mit ihrer verschleierten, von Traurigkeit erfüllten Stimme nun von dem »Unbegreiflichen«, das ihr zugestoßen sei.

Eine triviale Äußerung wie »Das Leben ist hart!« bekam Farbe, wenn sie mit ihrem rotgemalten Mund so etwas sagte, und sie machte glaubhaft, daß ihre Leidenschaft für Capri in einem Gefühl wurzelte, an dem es nichts mehr zu belächeln gab. Das war Herrn Dr. Has natürlich nicht sofort klar, als er sich umsah. Auch der Bezug auf Capri leuchtete ihm nicht gleich ein, weil er zunächst in der Fülle der Sammlung nur die Gondel erblickte, die schon deswegen die Aufmerksamkeit an sich zog, weil ihre Lämpchen beständig an- und ausgingen, die anderen Gegenstände hingegen im Halbdunkel miteinander zu einem vielgestaltigen Sammelsurium verschmolzen. Über dem Sofa hing ein ausgebleichter Wandteppich mit langen Fransen, auf dem eine weinumrankte Pergola hoch über dem ockerfarbenen Golf von Neapel zu sehen war, an ihre Säulen lehnte sich ein nur flüchtig bekleidetes Paar und fütterte eine Taube. Auf einem mit Stecknadeln an der Wand befestigten Fächer tanzten die

Lazzaroni die Tarantella. Dr. Has entdeckte später noch weitere Fächer, unter anderem mit Fischerknaben und dem feuerspeienden Vesuv. Die Lampen, deren Schirme sämtlich mit bunten, nachlässig über sie geworfenen Seidentüchern kunstvoll verdunkelt wurden, hatten eine korbumwundene leere Chiantiflasche als Fuß. Ein gelblicher Jünglingskopf, in Locken, Nasenlöchern und Ohrmuscheln reichlich mit rußiger Patina geschwärzt, stand auf Etelkas Schuhschrank. Auf dem Tisch lag Axel Munthes »Buch von San Michele«, ein zerlesenes Exemplar, aber nicht von Etelka, der die Ausdauer für längere Texte fehlte und die das Buch nur aus Verehrungssinn bei sich aufbewahrte.

Als Dr. Has »Das Buch von San Michele« sah, dachte er: »Immerhin!«, denn in seinen Kreisen nannte man solch ein Werk »ein gutes Buch«. Er fühlte sich verlegen, als er auf die Wasserflecken zu sprechen kam, und tat gegen seinen Willen, als habe er nicht recht verstanden, was er überhaupt überprüfen sollte. Etelka schien betrübt und ratlos, aber zu jeder Hilfe bereit. Sie drehte sogar den Hahn über ihrem Ausguß auf, der sich hinter einem Wandschirm in ihrem Wohnzimmer befand, und beide verfolgten, wie das Wasser völlig normal und nur schwach gurgelnd im Abflußrohr verschwand. Dr. Has lauschte dem Wassergeräusch und dachte nach. Seine Befangenheit legte sich. Er fühlte, wie die Wasserflecken auf einmal jede Bedeutung für ihn verloren hatten.

Nach einer Stunde war er immer noch nicht gegangen. Wenigstens stand man nicht mehr hilflos um den Ausguß herum, sondern hatte sich gesetzt. Etelka entfaltete eine gewisse Gastlichkeit, indem sie von ihrem Eierlikör anbot. Dr. Has bekam ein purpurrotes Glas, sie wählte für sich ein königsblaues, in dem der Eierlikör einen Grünstich bekam. Die Unterhaltung hatte sich inzwischen gelöst und floß frei, vielmehr Etelka sprach, und Dr. Has hörte zu. Es ging, wie häufig, wenn behaglich beim Sonnenuntergang geplaudert wird, um hohe und höchste Themen.

»Es gibt Beweise für die Wiedergeburt«, sagte Etelka. »Herr Kalkofen, der mich dann später, wie ich vorhin schon erzählt habe, völlig grundlos verlassen hat, hatte eine Schwester, die jetzt in Amerika lebt. Er hat tatsächlich nicht gewagt, ihr zu gestehen, daß er mich verlassen hat, ich bekomme immer noch Briefe aus Milwaukee, an ihn und mich gerichtet, Mr. und Mrs. Kalkofen, und weiß nicht einmal, wo ich ihn erreichen kann, er ist ja untergetaucht, und so spiele ich denn immer weiter Komödie und antworte, daß es uns gutgeht und daß wir uns bedanken. Sie schickt nämlich immer ein Geschenk für mich, ausgesprochen weibliche Gegenstände, mit denen er gar nichts anfangen könnte, die ich also guten Gewissens annehmen darf, nicht wahr? Ich will ihm nichts wegnehmen, obwohl er mir viel weggenommen hat. Von mir kommt keine Retourkutsche.«

»Natürlich nicht«, sagte Dr. Has. »Nie!« antwortete Etelka und wandte den Kopf, um aus dem Dachfensterchen zu blicken. Dr. Has sah vor dem hellblauen, leicht rauchigen Licht das Profil ihres ganzen Kopfes, sie atmete verhalten. »Sie wollten doch etwas über die Wiedergeburt sagen«, fuhr er dann mit beruhigender Stimme fort.

»Meine Schwester war Sängerin«, sagte Etelka, indem sie mit sichtlicher Mühe zu ihrem Ausgangspunkt zurückkehrte. »Das heißt, sie war noch nicht wirklich Sängerin, aber begabt. Ich sehe sie noch im Kurhaus von Zoppot stehen, am Flügel, sie trug ein weißes Kleid. Man gab ihr die Chance, sie bekam alle Chancen. Zuerst bekam sie jede erdenkliche Chance, und dann von einem Tag auf den anderen bekam sie überhaupt keine Chance mehr. Das war der traurige Schluß. In Amerika bekommt sie übrigens erst recht keine Chancen mehr, aber das macht ihr nichts, denn das wußte sie vorher. Sie ist überhaupt erst nach Amerika gegangen, als sie wußte, daß es nun nie wieder eine Chance geben würde. Amerika war für sie nichts anderes als das Eingeständnis, daß es nun Schluß war. An dem Abend in Zoppot sang sie wie eine Göttin, doch das war dennoch keine echte Chance, denn alle wichtigen Leute, die sie hätten hören können, waren im Krieg. Ich war bei ihr im Künstlerzimmer und sagte: Der Saal ist voll, du hast Erfolg! Aber sie schüttelte nur den Kopf und sagte: Es ist niemand gekommen, niemand, damit meinte sie niemand Wichtiges. Für sie war der Saal leer, obwohl er ausverkauft war. So war meine Schwester, sie hatte etwas Radikales, und daran ist sie dann gescheitert. Ich war nie radikal, aber ich bin dann auch gescheitert.«

Wenn Etelkas Schwester Begabungen als Sängerin besessen hatte, so war Etelka selbst jedenfalls eine hochbegabte Sprecherin. Damit ist gewiß nicht der Inhalt ihrer Reden gemeint, im Gegenteil. Ihre

Sprunghaftigkeit, ihr Hadern, ihre Andeutungen, die man nicht verstand, ihre ungenauen, zum Süßen oder Bitteren hin verzerrten Erinnerungen und Kalenderweisheiten konnten dem Zuhörer den Verstand rauben. Es war vielmehr ihre Stimme, die in Bann zog, vergleichbar eigentlich nur dem Organ einer ganz großen Sängerin, die ihre Schwester bei allem Talent dann doch nicht geworden war. Ganz überraschend klang die Kopfstimme: mädchenhaft körperlos, vögelchenhaft zwitschernd, von traumverlorener Unschuld, wie sie bei Erwachsenen eigentlich nur bestimmte Geisteskranke besitzen, ein Ton, der den hingegebenen Hörer in ängstliche Traurigkeit versetzte. Die mittlere Lage war voll, nuancenreich, von schöner Farbe, sehr weiblich mit gurrenden Lauten, die vor allem bei den Ausrufen der Verwunderung und den seltenen Zeichen heimlichen Vergnügens zutage tragen. Dies Gurren hatte Dr. Has schon aus wenigen Worten herausgehört, als sie beide dem dünnen Wasserstrahl, der im Ausguß verschwand, mit den Augen folgten. Die tiefe Lage war unheimlich, erstaunlich tragend, dunkel, von fast häßlicher Rauheit, eine Nachtstimme, die für das Aussprechen letzter großer Enttäuschungen und für Verfluchungen geeignet sein mochte, eine Hexenstimme kurzum, die auch den harmlosen Mitteilungen Etelkas plötzlich einen doppelten Boden, eine unheilschwangere Nebenbedeutung gab und die einen Schauder erzeugte, noch bevor man sich darüber im klaren war, was sie eigentlich ganz genau hatte sagen wollen. Der Hörer suchte stets an der falschen Stelle, denn das Unheil war niemals in dem verborgen, was Etelka sagte, es war vielmehr in ihrer Person selbst vorhanden, womöglich sogar in ihr verkörpert und offenbarte sich wie zufällig in einem Wechsel der Stimmlage, der inhaltlich gar nicht begründet war. So jedenfalls vermutete Eduard Has später einmal, und wer dürfte es wagen, letzte Erkenntnisse über eine Frau wie Etelka Kalkofen zu äußern.

Dr. Has war gepackt, aber zugleich auch äußerst beschäftigt. Es war klar, daß Etelka der Stoff nicht ausgehen würde, daß es sich da vielmehr um einen Strom wie den Nil handelte, dessen Reichtum, wenn er über die Ufer tritt, vom Menschen aber auch entgegengenommen und nutzbar gemacht werden will. Has erfüllte die Aufgabe des Wächters und Begleiters eines solchen seinen Weg suchenden Wassers. Er lief neben dem Lauf aufmerksam hin und her und öffnete dort eine Schleuse, um die Kanäle zu füllen, dämmte an anderer Stelle aber auch einmal ein, wenn eine bequeme Abzweigung letztlich in unfruchtbares Gelände führte, und tat kurzum alles, was der gleichmäßigen Bewässerung zugute kam. Wenn Etelka also plötzlich in ihre dunkle Stimmlage geriet und bald darauf den Faden verlor, in innerem Kampf verstummte und einen Blick bekam, der vor lauter Trauer und Dunkelheit immer leerer wurde, dann war Has zur Stelle, erinnerte im Tonfall einer vorgespiegelten Gemütsruhe an die Geschichte, die da zu versickern drohte, und Etelka schöpfte Atem und fand sich wieder zurecht. Natürlich ließe sich die Geschichte, die Etelka erzählen wollte, aus dem Wust ihrer Abschweifungen und stummen Bedenken herausschälen, man darf dabei nur nicht vergessen, daß in der stockenden und manchmal quälenden Prozedur ihrer Erzählung für Dr. Has der eigentliche Reiz lag.

Has glaubte der Erzählung zunächst entnehmen zu sollen, daß Etelka mit ihrer Schwester unzufrieden war. Die Schwester war undankbar, so sagte Etelka derart dunkel, daß eine tiefe Verletzung hinter ihren Worten verborgen schien. Sie zeichnete ein psychologisches Bild von den charakterlichen Verformungen einer werdenden Sängerin: ihre Furcht vor dem Verlust der Stimme, vor Zugluft, vor Konkurrentinnen und vor schlechter Presse. Dann begann sich schließlich wieder Anekdotisches in ihre Worte zu mischen. Etelka kam auf den Liederabend im Kurhaus von Zoppot zurück. Da gab es offenbar einen Punkt, der sie heute noch beschäftigte, aber Has hatte Schwierigkeiten, vor lauter Wohlklang dem Verlauf der Geschichte zu folgen. Mit Mühe verstand er nur so viel, daß ihre Schwester nach jedem Konzert bei der Nachfeier mit den engeren Freunden, dem Liedbegleiter, dem Agenten, leider aber »niemand wichtigem«, völlig überraschend am Klavier Platz nahm und Chopins berühmte Militärpolonaise in schmetternder Dilettantenallüre, aber völlig fehlerlos herunterspielte. Niemand der Anwesenden hatte sie bis dahin Klavier spielen hören, niemand hatte überhaupt gewußt, daß sie Klavier spielen konnte. Sie könne auch gar nicht Klavier spielen, antwortete sie den verblüfften Fragern ziemlich frech, sie habe halt ihrem Korrepetitor immer auf die Finger gesehen. Der Korrepetitor pflegte an seinen Nägeln zu nagen und wurde rot, als Etelkas Schwester vom »Auf die Finger sehen« sprach, aber sonst nahm niemand ihre Antwort ernst. Nur Etelka beruhigte sich nicht, denn sie wußte selbst, daß ihre Schwester niemals Klavier gespielt hatte und zu Hause nur den Kammerton für ihre Gesangsübungen anschlug. Der Lebenskreis der beiden schönen Schwestern war in Zoppot überschaubar. Etelka grübelte, während sie ihre Schwester betrachtete. Selten hat die unkünstlerische Wiedergabe von Chopins Militärpolonaise solch tiefes Grauen im Herzen eines Hörers geweckt, wie dieses Mal im Kurhaus von Zoppot.

Has begann eine ganz leichte, ganz zarte Langeweile zu empfinden, weil er Geschichten, die sich zunächst als etwas schier Unglaubliches aufblasen, um dann mit einer banalen Erklärung zu enden, verabscheute. Es kam ihm vor, als könnten sich im Grunde nur Personen daran erbauen, die einen die Naturgesetze aufhebenden Schluß eigentlich für die wahrscheinlichere Lösung hielten. Etelka aber schien an keiner Lösung gelegen zu sein, sie verlor wieder einmal den Faden. Ihre Geschichte blieb ein Torso wie so viele Rätsel der Vergangenheit, deren Entschlüsselung immer gleichgültiger wird, je weiter sie im Dunkel der Zeit verschwinden. Die Menschheit lebt auf einem riesigen Berg solch ungelöster Rätsel und vergißt sie, während sie sich um die Geheimnisse des Tages mit einem Eifer bemüht, der jede Erkenntnis behindert. Dann stirbt der Tag, das eben noch besessen befingerte Rätsel fällt durch eine Art mentalen Rost, und nur noch Obskurantisten werden daran rühren. Eduard Has atmete auf. Er fand in sein zeitloses Genießen zurück. Als Etelka innehielt und den Blick abwandte, sah sie, je dunkler es wurde, mehr und mehr wie eine jener trauernden Marmormusen aus, die auf dem Hauptfriedhof am Grabe eines Kommerzienrates eine ganze Epoche zu beweinen scheinen, Leichtfertigkeit, Schlechtigkeit und Schönheit von unbekannten Toten.

Aber als sie, durch Dr. Has unmerklich in Gang gesetzt, dann doch wieder zu sprechen begann, war es, als habe sie alles vorher Gesagte endgültig vergessen. Sie erwachte aus ihrer Versunkenheit, und eine plötzliche Wärme in ihrem Blick wirkte, als bemerke sie mit Freude, daß Eduard Has bei ihr geblieben war. Dr. Has lehnte sich angenehm berührt zurück. Er hatte im Lauf der Unterhaltung nach und nach jedes Kissen, das er erreichen konnte, zu sich herangeholt, geschickt geschüttelt und sich ins Kreuz gestopft, mit der Unbefangenheit verwöhnter Kranker, die wissen, daß ihrem Gesundheitszustand von allen Seiten der tiefste Respekt entgegengebracht wird, denn er litt schließlich an Mißempfindungen in der Wirbelsäule, wenn er nicht in ganz bestimmt geformten Sesseln saß.

»Ich habe dann später erfahren, daß meine Schwester die Geliebte Chopins war«, sagte Etelka ganz schlicht, in der hohen mädchenhaften Stimmlage diesmal, die in ihrer Unschuld keinen Widerspruch ertrug. Dr. Has fuhr aus seinem Kissenberg auf und faßte Etelka scharf ins Auge. Die Frau, die er vor sich sah, war vierzig Jahre alt, es war wohl ausgeschlossen, daß sie eine hundertzwanzigjährige Schwester hatte. Trotzdem schwieg er, vermutlich aufgrund der Kinderstimme, aber Etelka spürte wohl, daß ihrem Zuhörer eine Frage auf der Zunge lag, und fügte begütigend hinzu: »In ihrem früheren Leben natürlich.«

Seine Gesichtsausdrücke waren oft schwer zu deuten. Das Fett seiner Wangen ließ die Haut darüber so stramm sitzen, daß Unmutsfalten, Runzeln des Erstaunens und andere beredte Verformungen des Gesichtes kaum zustande kommen konnten. Mehrere, einander womöglich widersprechende Stimmungen mußte Has durch ein und dasselbe Gesicht ausdrücken. Deshalb war seinem Vollmondkopf kaum anzumerken, was er empfand, als er zurück in seine Kissen sank, während Etelka mit heiterer Miene fortfuhr, von Reinkarnationen zu sprechen. Der Fall ihrer Schwester war im übrigen hiermit abgehandelt.

»Eine Kollegin meiner Schwester, auch Sängerin, aber völlig unbegabt, mit einer Gießkannen-Stimme, hatte einen fetten Kater, rabenschwarz wie ein Italiener, den sie Puccini nannte. Und nun stellen Sie sich unsere Überraschung vor, als sich herausstellte, daß der Kater tatsächlich Puccini war – der große Puccini, der Schöpfer von Madame Butterfly! So mußte er für seine Sünden büßen, man hört ja allerlei, was so hinter den Kulissen vorgeht. Und die schreckliche alte Sängerin sang nichts anders als Puccini, bis ihre Stimme wie Sandpapier klang, dann gurgelte sie mit Karlsbader Salz, und der Kater hatte endlich Ruhe. Er mußte dann eingeschläfert werden, so sehr hatte er gelitten, ich möchte gern wissen, wo und als was er jetzt lebt.«

Dr. Eduard Has lauschte schweigend und mit unbewegter Stimme. Aber er war nicht mehr derselbe. Etwas war geschehen, das seine Stimmung grundlegend beeinflußt hatte. Nach außen hin hatte sich sein Gesicht zwar nur bei genauem Hinsehen verändert. Seine Lippen waren schmal geworden, weil er den Mund breit auseinandergezogen hatte, seine Nasenflügel blähten sich und erlaubten, tief in die Löcher einzusehen, weil sein Kopf nun im Nacken lag, seine Augen traten ein wenig vor und sahen aus wie kühles Glas, was nicht angenehm wirkte, den Eindruck der Zufriedenheit jedoch nicht störte. Was an dieser Zufriedenheit beunruhigte, war vielleicht nur, daß sie nicht wie die Gemütsverfassung eines Menschen wirkte, sondern etwas satt Tierisches an sich hatte, man hätte an einen Karpfen denken mögen, wenn sich damit nicht der Eindruck der Schläfrigkeit verbände. Auch eine Kröte, die einen Wurm verschlungen hat, strömt eine solche Zufriedenheit aus, erstarrt zugleich aber dumpf in ihrem Verdauungsprozeß. Anders Eduard Has. Er wirkte zufrieden und zugleich hellwach, bewegungslos und zugleich zu blitzschnellem Handeln gerüstet. Es war das Krokodil, dem er von allen Wasserbewohnern am ehesten glich, trotz weißer Haut und dicker Backen, die ihn verwundbar erscheinen ließen. Die Amseln draußen flöteten im Abendlicht, aber in der stillen Mansarde herrschte auf einmal die Spannung des Urwalds.

Fred Olenschläger pflegte seinen Vetter voller Verachtung einen »Weiberknecht« zu nennen. Nun wird den Knechten schon seit jeher eine gelegentlich nicht ungefährliche Kenntnis vom Wesen ihrer Herrschaft nachgesagt. Vor allem die Schwächen des Herrn spähen die Knechte aus; was die Schwächen angeht, kann ihnen bald niemand mehr etwas vormachen. Und welcher Herr hätte keine Schwächen! Da ist es schwer, nicht zu triumphieren und zu glauben, die wesentliche Eigenschaft eines jeden Herrn, ja einer jeden Herrschaft sei gerade ihre Schwäche.

Dr. Has war vielleicht allzu stolz auf seine Einsichten in die weibliche Natur. Er spürte schmerzhaft den Nasenring und ließ sich bei seinen Beobachtungen und Analysen von Rachsucht leiten. Es ging ihm nicht nur darum, den Druck der Ketten zu erleichtern, er wollte den Frauen, seinen Kerkermeisterinnen, vielmehr außerdem noch eins auswischen. Von diesem verhohlenen Grimm, den er dem ganzen Geschlecht entgegenbrachte, war nur Lilly ausgenommen, von der er je nach Laune entweder behauptete, sie sei überhaupt keine Frau, sondern ein Engel, oder aber sie sei »die einzige wirkliche Frau«, die einzige, die »den Namen Frau wirklich verdiene«. Es war ihm ein Rätsel, daß zwei derart irdische und unvollkommene Wesen wie er und Dorothée ein derart makelloses Geschöpf hatten bilden können. Und ihr kleiner Eigensinn, ihr kleiner Wille, der sich schon so entzückend zeigte und deutlich machte, daß hier eine richtige Persönlichkeit heranwuchs! Wenn er ihr mit seinen dicken hübschen Händen in die weißblonden Locken griff und solange darin herumwühlte und kraulte, wie Lilly stillhielt, stellte er sich vor, daß sie sein Vergnügen teilte, und dieses Bild enthielt ein seltenes Glück.

Und außerdem hatte Lilly, klein und dumm, wie sie war, eben noch niemals von der Wiedergeburt und dem ganzen Reinkarnationswesen gesprochen, das merkwürdigerweise alle Frauen, die Has näher kennengelernt hatte, zu beschäftigen schien. Die Krokodilssattheit seiner vieldeutigen Miene war zunächst nichts anderes als das Zeichen des Wiedererkennens eines schon bis zum Überdruß bekannten Phänomens. Keine der Frauen, die ihm ihre Überzeugungen, die Wiedergeburt betreffend, kundgetan hatten, war Buddhistin oder Platonikerin, hatte sich also mit religiösen oder philosophischen Lehren befaßt, die das Phänomen der Wiedergeburt in eine gewisse theoretische Notwendigkeit zu fassen versuchen. Daß es eine Wiedergeburt gebe, wurde vielmehr mit völliger Selbstverständlichkeit, ja Beiläufigkeit wie eine allgemein bekannte Tatsache behauptet. Die Frauen, mit denen Dr. Has zu tun hatte, pflegten mit Leichtigkeit in anderen Reinkarnationen zu erkennen, vor allem aber in sich selbst, wie sie deutlich spürten, und das Gespür war schwer zu widerlegen.

Has hörte von den Wiedergeburten zuerst von seiner Mutter, der stocknüchternen, strohtrockenen Olenschläger, die vor ihrer Blinddarmoperation plötzlich erklärte, daß sie, für den Fall, daß etwas schiefgehen solle, hoffe, in anderer Gestalt ihrem Sohn behilflich sein zu können. Es ging um die »Verwaltung«, deren Zügel sie damals noch allein in Händen hielt. Has verstand erst gar nicht, was sie meinte und erfuhr dann Stück um Stück, daß seine Mutter mit ihrem Tod ihre Erdenlaufbahn noch keineswegs für abgeschlossen hielt, sondern felsenfest damit rechnete, sehr nah von ihrem einstigen Wirkungskreis entfernt in einem neuen Körper das durch den Tod unterbrochene Werk fortsetzen zu können. Meinte sie am Ende, Fred Olenschlägers Seele werde der ihren in seinem dürren

Körper ein wenig Platz machen? Die Konstruktion des Gesellschaftsvertrages für die »Verwaltung«, wie sie sie hinterlassen hatte, erhielt einen neuen Sinn durch die Vorstellung, daß die Olenschläger nun durch Freds Augenhöhlen hindurch die Bilanzen der Firma im Blick behielt. Has sah in den Äußerungen seiner Mutter, die sich nur ahnungsweise zu einem geschlossenen Bild fügten, aber zunächst ganz einfach den strikten Unwillen, sich in ihr Los zu schicken. Das Unabänderliche sollte eben nicht ganz so unabänderlich sein. Er staunte darüber, daß sie für sich nach dem Tode nichts weiter erhoffte, als was sie ihr Leben lang getan und ertragen hatte. Am Ende hieß das nichts anderes, als daß sie vollkommen glücklich gewesen war, ein verblüffender Schluß, denn Has hatte das Glück bis dahin immer als etwas angesehen, das er seiner Mutter zum Trotz erringen müsse, und niemals als etwas, das sie selbst besaß. Bei der ungarischen Carmen mit dem unvergessenen Namen Etelka hatte der Glaube an die Wiedergeburt einen, wie ihm vorkam, berechnenderen Hintergrund. Seine Diva hatte eben nicht genug daran, abends im Rampenlicht als Turandot auf Palasttreppen zu stehen und die höchsten Töne auszustoßen, oder als Violetta in raumverdrängender Krinoline die Beamten des Opernchores in Kostümen der Pariser Halbwelt um sich zu versammeln, sie benötigte außerdem noch eine pompöse Vergangenheit, Verwandtschaft, Schicksal, um sie wie eine staubaufwirbelnde Schleppe hinter sich herzuziehen. Und was war wohl eindrucksvoller: wenn man auf eine hohe Abkunft verweisen konnte, an deren Ende Gestalten aus den Geschichtsbüchern standen, oder wenn man diese Personen aus dem Dunkel der Vergangenheit herausführte und im Tageslicht mit ihnen verschmolz? Die Carmen-Etelka stammte nicht ab, nein, sie war selbst eine byzantinische Prinzessin aus den Tagen des Kaisers Porphyrogenitos, und wurde mit ihrem nubischen Geliebten schließlich vergiftet. Das hatte sie Has sogar schriftlich gegeben, und zwar nicht als plumpe Aufschneiderei, sondern indem sie diese ihre Vorgeschichte sanft einfließen ließ, um ihre große gegenwärtige Neigung zu ihm, Dr. Eduard Has, verständlicher zu machen. Solange er verliebt war, spielte Has den Nubier gern und mit einer gewissen Selbstgefälligkeit. Im Ohrfeigengewitter platzte der byzantinische Lack aber schließlich doch ab.

Und nun eröffnete sich der Reigen der Damenbekanntschaften

von Has. Die Chilenin in Genf, zwei Mädchen aus Hessen, die eine aus Darmstadt, die andere aus Gießen, eine junge Witwe in Frankfurt und eine aus dem Osten geflohene Buchhändlerin, die sich monatelang nicht zwischen Has und ihrem Verlobten entscheiden konnte. So verschieden diese Frauen aber auch waren, so unterschiedlich ihre Bildung und ihre Herkunft aussah – die Möglichkeit einer Ehe hatte er nur bei der Chilenin und der Buchhändlerin erwogen –, irgendwann kam immer die Rede auf die Wiedergeburt, möglicherweise zog Has die Anhängerinnen dieser Lehre an. »Kommt es dir nicht auch manchmal so vor, als ob du einen Moment, den du gerade erlebst, schon einmal erlebt hast, in einem früheren Leben?« – Das war die Frage, mit der solche Bekenntnisse begannen und die Has in seiner genießerischen Abscheu immer wieder durchdacht hatte, um sie schließlich für den Kern eines Wahns zu halten, für den die Frauen offenbar biologisch besonders anfällig waren. Selbst wenn es so etwas wie Seelenwanderung wirklich gäbe, dachte Has, wird man in einer langen, einer Jahrhunderte währenden Epoche doch nicht zwei Sekunden finden, die sich gleichen. Schon in einem einzigen Leben entsteht hin und wieder der Eindruck, als wiederhole sich da ein bestimmtes Erlebnis. Dieser Eindruck ist aber immer ein Irrtum, der aufgrund von Sentimentalität, getrübter Erinnerung, überhaupt schwachen Sinnen entsteht. Jeder neue Augenblick kassiert den Verstrichenen total. Und nun sollen auch noch über ganze Zeitalter hinweg die Augenblicke sich gleichen können – das ist nichts anderes als die vollständige Unfähigkeit, die Gesetze historischer Entwicklung anzuerkennen. Die wichtigste Eigenschaft der Vergangenheit, so rief Has im Selbstgespräch schließlich begeistert aus, ist, daß sie tatsächlich vergangen ist und daß keine Brücke, nicht einmal ein Strohhalm von der Gegenwart zu ihr hinüberführt.

Seine zweite Überlegung war psychologischer Art. Wenn alle Frauen nicht zu begreifen verstünden, daß kein Augenblick sich wiederhole, das viel beschriebene Déjà-vu-Erlebnis also nur in einer Sinnestäuschung bestehe, so müsse bei den Frauen eine seelische Disposition vorliegen, die ihnen diese simple Einsicht versperre. Und das Wesen dieser Disposition glaubte Has entdeckt zu haben: Es war der mangelnde Stolz der Frauen auf die Einzigartigkeit, die Individualität der Person. Sie fühlten sich imstande, viele Rollen in gleicher Weise befriedigend auszufüllen, weil sie der Überzeugung waren, daß es so viele Rollen im Grunde gar nicht gab und daß auch zwischen den wenigen Rollen, die scharfer Betrachtung standhielten, keine wesentlichen Unterschiede bestanden. Und auf diese Ebene wollen sie dann auch den Mann – dabei dachte er ausschließlich an sich – herunterkriegen, er soll ebenfalls glauben, daß er seine Individualität vernachlässigen kann und daß er nur die Eigenschaften der Art und des Geschlechtes zu entwickeln hat. Ich soll ein Tier werden, so wie sie selbst eigentlich Tiere sein wollen, schloß er mit besonderer Verbitterung, indem ihm nun Dorothée einfiel, die nicht so naiv war, von Chopins Mätresse oder byzantinischen Diademen zu fabeln, sondern die gern davon sprach, daß sie sich ihr zukünftiges Leben gut im Körper eines geschmeidigen, sanften Tiers vorstellen könne.

»Tiere sind ohne Sünde, sie sind schön, sie haben kein Gedächtnis, sie sind an die Natur angepaßt, ohne Sonnenbrillen, Sonnenöl, Prothesen und Tabletten zu brauchen, sie sind gleich, jedenfalls solange sie jung sind, sie haben keine Schwierigkeiten, sich zu ertragen, wer herrscht, ist immer der Stärkere und Schönere, also niemand, der seinen Mangel an Stärke und Schönheit durch Herrschaft kompensieren muß, sie können nicht abstrakt denken und weder im Ernst noch zum Spaß mit Worten spielen, woraus bei uns viel Unheil entsteht«, sagte Dorothée, wenn sie vor anderen ihren großen Traum ausbreitete, wobei sie wußte, daß ihr Mann darüber in immer üblere Laune geriet. »Eine Antilope möchte ich sein, nur keine Angst möchte ich immerfort haben, oder ein Panther. Aber ich will nicht nur von Fleisch leben, auch von zarten grünen Blättchen.« – »Dann werde doch ein Schwein«, sagte Dr. Has, »die fressen alles, sogar sich selbst.« – »Ich würde dich nicht anrühren«, antwortete Dorothée und lächelte mit jenem warmherzigen Strahlen, mit dem sie einst auf Guggisheims Bitte die wichtigeren Kunden bedacht hatte, wenn man nach einem Geschäftsabschluß noch zusammen zu Mittag aß.

Und nun sprach also auch Etelka Kalkofen von der Seelenwanderung, und anstatt mit dieser Bestätigung eines Gesetzes, das Has selbst entdeckt hatte, Wiedererkennungsfreude bei ihm auszulösen, weckte sie Gefühle in seiner Brust, die von der Freude weit entfernt waren. Er war zwar nicht so beleidigt, wie wenn Dorothée sich überlegte, in welches Tier sie schlüpfen wolle. Aber die Freude ist doch etwas Reines und Unschuldiges, und der satten Ruhe, in der sich Dr. Has nach bester Krokodilart nun befand, haftete weder Reinheit noch Unschuld an, sie hatte vielmehr einen spitzen, scharfen Beigeschmack, eine Art Verdorbenheit, um von Häßlicherem ganz zu schweigen. Bisher hatte Dr. Has ohne eigene Willensregung in seinem Kissenbezug gesessen und sich dem Zauber dieses späten Nachmittags so gefügig wie ein Stück weiche Butter ergeben, dem mit dem Model ein Reliefbildchen aufgeprägt wird. Es war, als ob der hohle Ton, mit dem der dünne Wasserstrahl in die schwarzen Ausgußlöchlein verschwunden war, ihn hypnotisiert habe, und tatsächlich gab es kaum eine vernünftige Erklärung für das eigentümlich ausufernde Gespräch, dem er derart widerstandslos hingegeben war.

Gewiß, da kam noch Etelkas Stimme mit ihren drei Lagen hinzu, es kam hinzu, daß sich die weiße gepunktete Musselingardine im Wind bewegte und vor dem unbestimmt abendlichen Himmel wie ein Sujet von Menzel aussah, dies jedenfalls sein Gedanke, und für solche kleinen Entdeckungen war er keinesfalls unempfindlich, vor allem wenn er dann weiterdachte: Da sitzt die Hübsche mit ihrem prachtvollen Haar vor einem lebendigen Menzel und ahnt gar nichts davon! Er war dankbar für das Stück Abstand und Objektivität, das diese Privatabschweifung ihm schenkte, denn er fühlte, daß der Eindruck, den Etelkas Welt in ihm hinterließ, ihm beinahe den Atem nahm. Diese Frau hat Größe, hatte er sich nämlich kurz vorher gesagt, und auch diese Bemerkung bezog sich nicht allein auf das Schicksal, das sie ihm offenbarte, und die würdige Haltung, mit der sie es trug, weit über jedes Treppengezänk erhaben und doch durch Gemeinheit zu betrüben, nein, es regte sich auch da die Erinnerung an Kunstwerke, die große Frauen darstellten: Frauen mit schönen, strengen Profilen und einer Fülle geflochtenen Haares, mit weißen vollen Armen, mit schwer fallenden Schleiern und einer unbesiegbaren Trauer im verhangenen Blick – Circe auf dem Felsen, die schon weiß, wie die Einsamkeit schmecken wird, während die munteren Griechen nur mit ihrem Segelboot beschäftigt sind, beschränkte, in technisches Spielzeug versunkene Ingenieure, wie wohl auch Kalkofen einer war, ungeachtet seiner Profession als Großtrödler und Halbantiquar. Die Kunst gab solchen Frauen, deren Seelengröße sie schildern wollte, auch körperlich bedeutende Ausmaße, ohne sie deshalb zu Riesinnen werden zu lassen. Die vollkommene Formung ihrer großen Körper drückte einzig aus, daß hier Würde und Gefühl in ganzer Fülle entfaltet und erblüht war, daß es sich nicht um ein werdendes, noch ungefähres, sondern um ein in Gänze ausgereiftes und ausgesprochenes Wesen handelte. So erschien Etelka Kalkofen dem unverwandten, aber deshalb nur um so genauer beobachtenden Blick des Dr. Has, und seine Bewunderung war in einem solchen Maß gewachsen, daß er Etelka von der Dekoration ihres Wohnzimmers, die ihn zu pflichtmäßigem Schmunzeln hätte reizen müssen, völlig ablöste und es ihm nicht anders vorkam, als sitze er mit ihr in einem Hotelzimmer, dessen Ausstattung man dem flüchtigen Bewohner nicht anlastet.

Wohlwollen und Aufgeschlossenheit für Etelka wurden an diesem Tag von vornherein begünstigt. Dr. Has besaß die Eigenschaft gewisser Tyrannen, die nicht zu strafen vermögen, ohne zugleich eine andere Figur ihrer Umgebung mit unerwarteter Gunst zu überschütten, als bleibe die Menge an Freundlichkeit, die ihr Herz hervorbringe, immer die gleiche und als müsse deshalb für jeden Menschen, der als Empfänger dieser Freundlichkeit hinfort nicht mehr in Betracht kam, augenblicklicher Ersatz gefunden werden, damit das fruchtbare Herz an seiner eigenen überreichen Liebesfähigkeit nicht erkranke. Seine Stellung in seinem Haushalt erlaubte ihm zwar nicht, strafende Verdikte auszusprechen, aber er wurde doch häufig genug zum Zorn gereizt und brachte dann Stunden damit zu, ganz allein für sich Verwünschungen und Rachepläne auszuhecken, bis er sich wieder beruhigt hatte.

Heute nachmittag, bevor er von zu Hause in die »Verwaltung« und von dort zu Etelka Kalkofen in die Schubertstraße aufgebrochen war, hatte sich aber etwas besonders Ärgerniserregendes in dem lichtdurchfluteten Speisezimmer neben der Dachterrasse abgespielt, dessen er, so kompliziert lag der Fall, noch nicht einmal mit klaren Verfluchungen Herr zu werden vermochte. Lilly weigerte sich neuerdings, ihre Schulaufgaben in ihrem Zimmer zu machen, das ganz nach ihren Wünschen mit rosa und hellblau lackierten modernen Kindermöbelchen eingerichtet war und sogar ein richtiges Himmelbett enthielt, nachdem Lilly mehrfach darüber geklagt hatte, daß es vom Fenster aus die ganze Nacht hindurch empfindlich ziehe. Nun hatte sich auch herausgestellt, daß sie an dem von ihr selbst ausgesuchten Schreibtisch nicht sitzen, lesen und arbeiten konnte. Das mußte also am Eßtisch der Familie geschehen.

»Wie bei kleinen Leuten«, sagte Dorothée dazu heiter, und ihre ironischen Blicke richteten sich auf Eduard, der nicht imstande war, seiner Familie angemessene räumliche Verhältnisse zu sichern. Tatsächlich litt der Stil einer Mahlzeit, auf den Has eigentlich großen Wert legte, wenn Lilly ihre Aufgaben begann, während die Eltern noch Nachspeise aßen. Aber er fügte sich leichter in diese Improvisation, als Dorothée das tat, Mutter und Tochter wechselten denn auch gegen Ende eines jeden Essens einige scharfe Worte, die Has eine Zeitlang vermuten ließen, zwischen ihnen herrsche keine Harmonie, ein Irrtum, der eigentlich eine uneingestandene Hoffnung in sich barg.

Dorothée stand immer sofort vom Tisch auf, wenn sie mit dem Essen fertig war, und ging in das große, durch Mauervorsprünge in verschiedene Regionen geteilte Wohnzimmer, um dort Kamillentee zu trinken, wohin Has ihr folgte. Seitdem Lilly aber am Eßtisch ihre Aufgaben machte und ernsthaft mit dem Lineal bunte Striche zog, blieb er bei seiner Tochter sitzen und trank seinen Kaffee im Eßzimmer, während er hingerissen beobachtete, wie sich die blonden Locken seiner Tochter aus den Seitenkämmchen lösten und auf das Heft herunterfielen und wie Lilly sie ungeduldig wieder hinaufstreifte, wo sie erwartungsgemäß keinen Halt fanden – und dies Spiel entzückte und fesselte ihn in seiner Gleichförmigkeit, wie die Beobachtung der Meereswellen, von denen keine der andern gleicht und die doch ein Gesamtbild des Unveränderlichen bieten, zu fesseln und zu beruhigen vermag. Seine Fähigkeit zum Genuß war diesem Anblick kaum gewachsen. Um die übervolle Brust zu entlasten, verfiel er in die Stimmung eines großen Herrn, der kein Vergnügen empfinden kann, ohne ihm sofort ein Denkmal zu setzen. Einem Kunstliebhaber und Sammler hätte es angestanden, seinen Lieblingsmaler einzuladen und ihn zu beauftragen, den Anblick dieses Lockenspiels in Öl festzuhalten, aber Has wußte gut, daß die Kunst, die er mit Guggisheims Hilfe zusammentrug, sich von der Bewältigung solcher Aufgaben weit entfernt hatte, und so rief er denn, im Geiste versteht sich, nur aus: Das wäre ein Vorwurf für einen Courbet gewesen, aber so kann man das eben heute alles nicht mehr malen! Auch in dieser Einsicht lag Genugtuung, denn sie bewies, daß er auf der Höhe seiner Zeit lebte.

Has war also im Himmel, während Lilly mit dunklem Murmeln das Lineal handhabte und in ihrer bauchigen Schrift die konstruierten Sätze aus dem Grammatikbuch abschrieb. Has wußte, daß er mucksmäuschenstill zu sein hatte, während sie arbeitete. Sagte er etwas, dann durfte er sich noch glücklich schätzen, wenn sie ihn nicht bat, sofort das Zimmer zu verlassen. »Ich arbeite«, das war ein Satz, den Lilly schon früh mit solcher Eindringlichkeit auszusprechen lernte, daß jeder Zweifel über die Ernsthaftigkeit dieser Arbeit verstummte. Es ist schwer festzustellen, wer Lilly eigentlich beigebracht hatte, das Wort »arbeiten« genauso zu betonen, wie man in pietistischen Kreisen vom »beten« sprach. Es war, als ob sie begriffen hätte, daß man die beiden Wörter nur austauschen mußte, um auch weiterhin heilige Ehrfurcht zu erzeugen, und daß das eben auch bei ihren Eltern gelang, die weiß Gott nicht von der Arbeitswut gepackt waren, sich aber als Kinder ihres Jahrhunderts wie alle anderen vor dem Nimbus der Arbeit verbeugten.

Has störte also nicht bei der Arbeit, sondern trank still seinen Kaffee, bis der Augenblick gekommen war, in dem ihm Lilly erlaubte, ihr durchs Haar zu fahren. Sie setzte sich dann auf seinen Schoß, rückte seine Krawatte zurecht, umarmte ihn und tat erschreckt, als habe er sich nicht ordentlich rasiert und mit seinem harten Bart ihre Wangen verletzt, lauter Dinge, die ihn aufs äußerste erfreuten. Im Grunde empfand er die neue Regelung, nach dem Mittagessen allein mit Lilly im Eßzimmer zurückzubleiben, als ein Geschenk des Glücks. Um so verdutzter guckte er heute, als Lilly sich nach den Schulaufgaben weigerte, zu ihm auf den Schoß zu kommen, nachdem sie schon während der Aufgaben dem brav schweigenden Vater mehrmals strenge Verweise erteilt hatte. »Ich kann keine geraden Striche ziehen, wenn du zuguckst«, sagte sie, ohne aufzublicken, »wenn ich arbeite, darf keiner zugucken.«

»Ich guck' ja gar nicht zu«, antwortete er mit eifrigem Tonfall, er hatte wirklich jede Scham verloren. Aber das half ihm nichts, denn Lilly blieb abweisend und schickte sich an, nach den Aufgaben das Zimmer sofort zu verlassen. »Komm auf den Schoß«, sagte er und betäubte seine Erwartung durch eine geschauspielerte freudige Entschiedenheit. Lilly war nicht danach, sie wand sich unentschlossen und überließ sich den Händen ihres Vaters schließlich steif wie eine Puppe. Nachdem es nun nicht mehr möglich war, sich über ihre Unwilligkeit hinwegzutäuschen, und sie auch vermied, ihren Vater anzusehen, indem sie frech den Kopf wegdrehte, wenn er versuchte, mit ihr zu sprechen, begann er sie auszuforschen. Der Verlauf dieser Inquisition war unerquicklich. Auf die Frage: »Was hast du denn?« antwortete Lilly: »Nichts.« In dieser Weise ging es lange hin und her, quälend und langweilig zugleich. Schließlich gab sie dem Verhör eine Wendung, indem sie mit erschreckendem, dunklem Blick, als ob sie von der »Arbeit« sprechen wolle, ihren Vater ansah und sagte: »Du hast Mami ein Schwein genannt.« – »Ich habe Mami ein Schwein genannt?« war die Gegenfrage, deren Verblüfftheit ihre Entrüstung zu einer halben Sache machte. »Ja, du hast Mami ein Schwein genannt«, und jetzt verdunkelte sich ihr Blick noch mehr, unmöglich, noch von ihrem Augenweiß zu sprechen, denn eine gefährliche Feuchtigkeit war aufgestiegen und legte einen tiefen Opalglanz über das ganze Auge.

Dr. Has brauchte eine Weile, bis er überhaupt begriff, worum es Lilly ging, die nichts unternahm, um Klarheit zu schaffen, sondern in schroffer Anklage verharrte. Er war verzweifelt und begann, wie ein Wasserfall zu reden, hob seine Stimme und verhaspelte sich in seinem Eifer: »Nie habe ich Mami ein Schwein genannt! Mami sprach davon, welches Tier sie gerne wäre, und erst wollte sie kein Tier sein, das nur Salat frißt, und dann wollte sie kein Tier sein, das nur Fleisch frißt, und da habe ich in der Tat vorgeschlagen, daß sie dann eben ein Omnivore werden muß, das sind Allesfresser, also Salat- und Fleischfresser auf einmal, das ist Latein! Und zur Familie der Omnivoren – so heißt das wissenschaftlich – gehört eben auch das Schwein. Das und nichts anderes habe ich gesagt, daß Mami eben ein Omnivore werden muß, wenn sie als Tier von Fleisch und Salat leben will.«

»Wer sich verteidigt, klagt sich an«, sagte Lilly jetzt. »Ja, was ist denn das für ein Unsinn«, sagte Dr. Has fassungslos, »wer sich verteidigt, klagt sich doch gerade nicht an! Der sagt ja gerade, daß er unschuldig ist! Das ist doch das Gegenteil!« Inzwischen war Dorothée ins Zimmer gekommen und stellte abwesend die Frage: »Könnt ihr euch bitte leiser unterhalten? Was gibt es denn mit dem Kind zu schreien?«

»Ach, es geht nur um deinen Wiedergeburtsquatsch«, antwortete Has mit klagendem Ton. Er war dabei, ins Jammern zu verfallen, wie stets, wenn er spürte, daß er in der Enge saß. »Was du Wiedergeburtsquatsch nennst, ist das Wissen alter Kulturen!« sagte Dorothée, die ihrerseits, wenn Has jammerte, ihre eigentliche Schärfe erreichte. »China, Japan, Indien – das sind jahrtausendalte Kulturen! Die haben das Porzellan erfunden, das Schießpulver, das Yoga, überhaupt fast alles, während Europa noch von Affen bewohnt war! Diese Kulturen haben ein uraltes Wissen. Damit muß man sich erst einmal befassen, bevor Herr Dr. Eduard Has von der Olenschlägerschen Haus- und Grundstücksverwaltung diese gesamten uralten Kulturen mit ihren uralten Weisheiten Quatsch nennen darf!« An Lilly gewandt fuhr sie in sachlichem Ton fort: »Nein, der Papi hat Mami nicht Schwein genannt, aber er ist trotzdem nicht sehr höflich gewesen.« Dann drehte sie sich um, und ging mit hallenden Schritten über den von zahlreichen Lichtreflexen funkelnden Fußboden wieder aus dem Zimmer.

Der Groll, der sich nach diesem Auftritt in seinem Bauch ansammelte, kannte zunächst kein Maß. Keine Streckbank, keine Daumenschrauben, auch nicht die Eiserne Jungfrau, weder Schandmaske noch Schwedentrunk, und was bei den Verhören zum Fakkelschein noch alles angewendet wurde, um den Teufel zu zwingen, aus dem schönen Körper der Hexe zu fahren, hätten ihm nun genügt, wenn er hätte förmlich über Dorothées Bosheit zu Gericht sitzen dürfen. In diesem Zustand der äußersten Erregtheit sprach er kein Wort, aber nicht aus Selbstbeherrschung, sondern weil ihn Gedanken, Pläne, Schwüre und Entschlüsse von allen Richtungen in einer Fülle überfielen, daß es ihm einfach die Sprache verschlug. »Das arme Kind, das arme Kind«, murmelte er schon wieder hitzig, dafür aber mit zurückgewährter Sprachkraft und keinesfalls versöhnlicher gestimmt. »Es ist zum Weinen.« Diesem Satz folgte eine kleine Pause, während der er in sich hineinlauschte, ob dort in seinem Herzen wie in einer feuchten Grotte wohl Tränentropfen angesammelt waren, die sich womöglich lösen würden. Die Herzensgrotte war indes ausgetrocknet, von dort her kam keine Entspannung. Und das war im Sinne baldiger Versöhnung nicht günstig, denn nun lief alles darauf hinaus, daß Dr. Has seinen Groll in ein verstocktes Ressentiment verwandelte, das auf kleiner Flamme noch lange vor sich hin köcheln konnte. Wenn er sich dann Wochen später in aller Ruhe sagte, das Traurige an Dorothée sei im Grunde nur, daß sie sich zwischen ihn und Lilly stelle, aus Eifersucht vermutlich, dann hatte er den großen Grimm, welcher der Vater dieses Gedankens war, schon längst vergessen und glaubte allen Ernstes, der kühle Erforscher der eigenen Ehe zu sein.

Gegenwärtig aber wünschte Has seiner Frau noch alles erdenklich Schlechte an den Hals, und in dieser Stimmung verließ er das Haus, war brummig mit Herrn Herr, der das Aluminiumschild nicht richtig abgewischt hatte, und stieg dann hinab in den tiefen Ledersitz des roten Autos. Mit dem Auto fuhr er zunächst in die »Verwaltung«, wo er in unbestimmter Erwartung an den Schreibtischschubladen seines Vetters Fred und der Trumfeller rüttelte, die aber wohlweislich beide abgeschlossen waren. Gegen wen herrscht hier eigentlich dieses Mißtrauen? fragte sich Dr. Has, dem die peinliche Entdeckung in seine gereizte Stimmung gut paßte.

Und dann in die Schubertstraße, aber da war der Nachmittag schon fortgeschritten, und die beschwörende Friedlichkeit, die von einer stillen Westendstraße ausgehen kann, blieb nicht ohne Wirkung auf die immer antwortbereite Seele des Ästheten Has. Ein kleiner Junge sammelte Beeren von einem Strauch, legte sie gewissenhaft auf den blauen Basalt und zertrat sie schnell und leise. Ein zartes Knacken kam unter der Schuhsohle hervor, ein flüchtiges kleines Geräusch, von dem der kleine Junge nicht genug bekommen konnte. Ein Taubenpaar saß in der Dachrinne, zu einem Fest der feinsten Grautöne vereint. Der Fliederbaum im Vorgarten senkte seine vom Duften gleichsam erschöpften Blütendolden vor den Blicken des neuen Hausbesitzers. Kein Zweifel, Has wurde erwartet.

Etelka Kalkofen war eine Frau, geboren, um Erwartungen zu wecken, und zugleich mit allem ausgestattet, um diese Erwartungen auch zu erfüllen. Dr. Has brauchte etwas Zeit, um das zu bemerken, obwohl er in dieser Hinsicht eigentlich nicht begriffsstutzig war. Sie war Mieterin, und das stand zunächst ablenkend neben den übrigen Eigenschaften ihrer Person. Gewiß, Has liebte die Kunst und war als Geschäftsmann nicht der Eifrigste, aber deswegen hatte er noch lange nicht vergessen, daß er sich als Vermieter in die Schubertstraße begeben hatte, dazu bedurfte es weder der Erinnerung an seine Mutter noch des Respektes vor der Trumfeller und dem Vetter Fred. Daß er Etelka Kalkofen dennoch sehr bald schon als Frau zu betrachten begann, war als selbstbefreiende Leistung ersten Ranges zu bewerten, dergleichen war in seinem Gefühlshaushalt seitens seiner Erzieher überhaupt nicht vorgesehen. Etelka half allerdings mit, ihn ein wenig hervorzulocken. Immerhin hatte ihr Anblick und die Anmut, mit der sie sich in ihrem Kämmerchen bewegte, schon von Anfang an die Neigung in ihm erzeugt, die Absicht, die ihn zu ihr geführt hatte, ein Weilchen hintanzustellen, ohne daß er sich schon klargemacht hätte, was sich da in ihm zu regen begann. Und so saß er denn da, atmete den angenehmen Geruch der Mansarde ein und wurde, ohne daß wirklich etwas geschah, wie ein Schinken in der Räucherkammer allein durch Etelkas Duft für die Erkenntnis ihrer Reize vorbereitet.

Als der Reifungsprozeß schon beinah ganz gediehen war, machte Etelka eine Bemerkung, die den unbewußten Zustand seiner Bewunderung mit einem Schlag beendete. Sie sprach über Kalkofen. »Herr Kalkofen ist ein sehr leidenschaftlicher Mann!« sagte sie plötzlich und schien danach Scham zu empfinden, denn sie wandte ihre Augen ab, fand aber keine Ruhe und blickte verwirrt umher. Dies Bild kam Has unendlich rührend vor. Er war sich klar, welche Tragödie ihm Etelka mit solcher Arglosigkeit und zugleich damenhafter Diskretion offenbart hatte. Sie mußte diesen Kalkofen, diesen »Krempel-Schorsch«, wie ihn die Olenschläger zweifellos genannt hätte, bis zur Verzweiflung geliebt haben – und warum? Nun, sie hatte es ja zugegeben, wegen seiner »Leidenschaftlichkeit«. Und was hieß das? Das hieß nichts anderes, als daß Kalkofen sie, wie Has sich vornehm ausdrückte, »glücklich« gemacht hatte, daß er sie, noch vornehmer und schonungsvoller gesagt, am Ende sogar »geweckt« hatte – dieses Scheusal! Und dann war sie ihm ohne Zweifel »hörig« geworden, dieser Ausdruck erfreute sich sonst eher bei den Fräulein Labonté schaudernder Beliebtheit, tauchte aber in den Gedanken des weniger unschuldigen Has nun gleichfalls auf. Er nahm eben etwas Jungfräuliches an, wie er sich da von Etelkas Schicksal ergreifen ließ.

Sein Mitgefühl aber entfaltete sich nun zu voller Zartheit. Da saß sie, die schöne, schuldlose Frau, »geweckt« und »hörig« gemacht und ganz zermürbt von ihren Erfahrungen und nun auch noch verlassen und ohne jede Möglichkeit, die zur Gewohnheit gewordenen Erfahrungen weiterhin fortzusetzen. In diesem Stadium empfand Has mit der Sinnlichkeit, die er in Etelka vermutete, nichts als ritterliche Sympathie. Man muß ihr helfen, dachte er, und jeder, der weiß, daß das Wort »helfen« im Kreis der Familie Has noch inniger leuchtete als das Wort »arbeiten«, versteht, daß er sich bei aller liebevollen Betrachtung hier zugleich religiös erregt fühlte, und daß eine sehr reine und edle Welle in ihm aufstieg, die allen Schmutz, den Dorothée verschuldet hatte, indem sie ihm sein Kind verdarb, wegspülte. Man ahnt richtig, daß Has nun schon stark von Etelka Kalkofen angezogen war und daß er ihren Körper und ihre Augen mit ganz anderer Teilnahme beobachtete, aber es fehlte diesen Empfindungen und Beobachtungen noch jede Frivolität, sie verletzten nicht den Respekt und hatten noch keineswegs die Züge genießerischer Vorfreude.

Bis eben Etelka Kalkofen anfing, von ihrer Schwester und deren wunderbarer Liebe zu Chopin und von dem Kater Puccini zu erzählen. Mit einem Male war alles Rührende, an höhere Regungen appellierende, verehrungswürdige, das er an der Kalkofen entdeckt hatte, wie ausgelöscht. Der Hauch auf der Linse, den die Fotografen benutzen, um ihr Modell feenhaft erscheinen zu lassen, war abgewischt, und nun war Etelka plötzlich ohne jeden Schutz einer rohen Betrachtung ausgeliefert. Nicht etwa, daß sie sich nun auf einmal in die Mieterin zurückverwandelt hätte! Das hätte der Olenschläger auf dem Hauptfriedhof und der Trumfeller im »Trutz Frankfurt« zwar so gepaßt, aber dafür war es jetzt zu spät. Sein Krokodilsgesicht offenbarte in aller Glätte die menschenfresserische Lust, die mit Macht von ihm Besitz ergriffen hatte.

Er war viel zu überrascht von dem Umschwung seiner Stimmung, um ganze Sätze zu bilden. Ein Nachtbild trat vor seine Augen. Er sah sich beim letzten Tanzfest des Tennisclubs auf die Terrasse treten, um Luft zu schöpfen, aus dem Dunkel leuchteten weiße Hemdsärmel und zinnoberrote Zigarettenpünktchen. An der Stimme des einen Mannes erkannte er den Tennistrainer, einen schmallippigen rothaarigen Athleten, der den ganzen Abend hindurch wild getanzt hatte, bis er schweißüberströmt war. Has mochte diesen Trainer nicht. Er fand es unpassend, daß der Mann, wenn er mit Dorothée spielte, keine langen Hosen trug, sondern seine feisten Schenkel zeigte. Dorothée zuckte nur mit den Achseln, wenn er so etwas bemerkte, aber Has wußte noch, daß er einen Stich gespürt hatte, als er den Tennistrainer jetzt gedämpft und zugleich eigentümlich gepreßt hatte sagen hören: »Das ist eine, die müßte mal so richtig ... die müßte ich mal ordentlich ... das ist eine, die müßte man sich mal so richtig ordentlich vorknöpfen ... das würde der wahrscheinlich guttun ...«

Es gibt Bewegungsabläufe, die beinahe nicht wiederzugeben sind, weil der Anstoß dazu kaum sichtbar wird und danach alles zu schnell geht. Etelka beugte sich während ihrer letzten Worte über den Kater Puccini nach vorn, um das Glas Eierlikör zu ergreifen. Im selben Augenblick geriet aber auch Dr. Has in Bewegung, um seine Lage in den Kissen zu ändern, die inzwischen derart zusammengedrückt waren, daß sie seinem Kreuz keinen Widerstand mehr boten. Und diese beiden zufälligen und unwillkürlichen Bewegungen führten ihre Hände, genauer gesagt nur die Handrücken, einen Atemzug lang zusammen, und obwohl die Berührung kühl und stumpf war, fühlten die Hände plötzlich, daß sie sich nicht mehr voneinander lösen konnten. Es entstand ein Handgemenge, das heißt, es mischten sich ganz wörtlich erst die beiden, dann auch die zunächst gar nicht betroffenen andern Hände unauflöslich ineinander, dann wurde, ohne daß sich die Festigkeit des Griffes auch nur einer Hand gelockert hätte, zugleich an allen Händen gezogen. Has und Etelka erhoben sich halb von ihren Sitzen. Sie sahen aus, als ob sie voreinander auf die Knie fallen wollten.

Als Has von Etelka aufblickte, um Luft zu schöpfen, sah er ein Bild, dessen Schönheit ihn bis ins Herz traf. Die Sonne ging unter und ließ einen roten feurigen Strahl in das Mansardenfenster fallen. Etelkas Nackenknoten hatte sich gelöst. Es war ihr gelungen, ohne daß er etwas merkte, die drei Nadeln, die ihn hielten, herauszuziehen, und nun floß ihr leicht gewelltes Haar frei und in überwältigender Fülle über ihre Schultern und verwandelte sich im Glühen der Abendsonne in ein teils festes, teils flüssig erscheinendes Rotgold von warmer, burgundischer Pracht. Solche Augenblicke vermögen ein bereitwilliges Gemüt zu verzaubern. Traum und Wirklichkeit rückten für ein paar Herzschläge zusammen.

Das war aber lang genug, um seiner bis dahin unbestimmten Sehnsucht nun eine bestimmte Richtung zu geben. Der Kannibale verwandelte sich wieder in den Bewunderer, und das um so dankbarer, als die Verehrung den Besitz nun nicht mehr ausschloß.

Die Zeit, die für Etelka und Dr. Has im Fluge vergangen war, dehnte sich für die Hoffmann und die Klusemann unerträglich lang. Die beiden sorgten dafür, daß die feierliche Ruhe der abendlichen Schubertstraße nicht etwa bedeutete, daß keiner wachte. Die Fräulein Labonté waren, obwohl sie keineswegs beständig hinter den Gardinen lauerten, fast gegen ihren Willen Zeugen geworden, wie es im Hause des im Strohwitwerstand lebenden Bundesbahnrats zuging, die Klusemann und die Hoffmann aber kannten keine Scheu vor der Indiskretion, sondern waren ohne jede Scham, weil ihre Mütter und Großmütter es genauso gehalten hatten und sogar eine gemeinnützige Aufgabe darin erkannten, »die Öffentlichkeit herzustellen«, wie es im Gerichtssaal heißt, und alles, was sich vor ihren Fenstern ereignete, für die Allgemeinheit im Auge zu behalten. Der rote Wagen war niemandem entgangen und wäre auch nicht zu verbergen gewesen, und darin lag ja auch gerade sein Reiz.

Die Klusemann stand an ihrem Fenster, dessen Schlußstein eine Sandsteinmaske mit Perlenkette bildete. Diese Maske überhöhte die aus dem Fenster guckende Frau. Wem das spitze gelbe Gesicht der Klusemann nicht gefiel, den konnte sie auf ihre Idealausführung zu ihren Häupten verweisen. Über der Hoffmann, die einen Stock höher hinter den Gardinen stand, schwebte indessen kein veredeltes Alter ego. Ihre verfrorene Nase und ihre blaßblauen Augen standen für sich allein. Vielleicht war es diese Einsamkeit, die sie dringlicher nach Ergänzung ausschauen ließ. Kaum daß sie unten neben dem Auto die Scharnhorst mit ihren Abzeichen, dem hochragenden Schrubber und dem Eimer, stehen sah, verließ sie ihren Logenplatz, der ihr als Unternehmerin wohl anstand, und stieg hinunter, wo sie auf dem Salve-Mosaik auch schon der Klusemann begegnete, die Schritte auf der Treppe gehört hatte. Beide vermieden es, im Haus laute Reden zu führen, zeigten statt dessen nur mit bedeutungsvollen Blicken hinauf in das Mansardengeschoß und beeilten sich, auf die Straße zu kommen, um den roten Wagen zu betrachten.

Treppenhaus und Straße bildeten ihren Salon. Beiden Frauen war nie eingefallen, so häufig sie auch miteinander sprachen, sich in ihre jeweilige Wohnung zu bitten. »Man soll mit solchen Leuten schön Abstand halten«, sagte die Hoffmann zu ihrem Mann, wenn sie von einer längeren Unterhaltung mit der Klusemann in der Nähe der Mülltonnen zurückgekehrt war. Die Scharnhorst war in solchen Äußerungen aber nicht eingeschlossen, weil sie ohnehin ganz unverhüllt als Proletarierin auftrat und von selbst peinlich auf Abgrenzung hielt, zum andern aber von den Frauen Hoffmann und Klusemann gefürchtet wurde und zugleich große Anziehungskraft auf sie ausübte. Man verübelte ihr nicht einmal, daß sie oft lange und ausführlich mit der Kalkofen sprach, denn diese Gespräche konnten Etelka nicht heilsam sein. Die Scharnhorst, das wußten die anderen Hausbewohner sehr wohl, brodelte den ganzen Tag nur vor Unruhe und Mißtrauen. Nun hielt sie mit ihrem Schrubber wie mit einer Lanze die Wacht neben dem Leviathan. Der Besuch von Dr. Has in der Schubertstraße wurde von der Zwergin aufgespießt und aktenkundig gemacht.

»Ist er oben bei ihr?« rief die Scharnhorst der Klusemann und der Hoffmann zu, die sich näherten, indem sie sich umsahen, denn sie wollten von Dr. Has nicht überrascht werden. In Gesellschaft der Scharnhorst befiel die Hoffmann immer Verlegenheit, denn die Scharnhorst sprach laut, sie bellte geradezu und verhinderte auf diese Weise, daß man die Unterhaltung mit ihr ein wenig herunterspielte, und auch die Klusemann nahm sich in acht, denn wenn die Scharnhorst in ihr hartes Schimpfen verfiel, war jedermann verloren, der es nicht wagte, ihr einfach den Eimer über den Kopf zu stülpen, wie es der aufs äußerste gereizte Bundesbahnrat tatsächlich einmal getan hatte. »Der Has, der macht sie jetzt kaputt«, sagte die Scharnhorst. »Der wird ihr jetzt mal ordentlich den Kopf waschen!« sagte die Hoffmann mit gedämpfter Stimme und behielt die weitgeöffneten Mansardenfenster im zweiten Stock nervös im Auge. »Jetzt ist Schluß mit heimlich Waschen und ruhestörendem Lärm!«

Die Wohnung der Hoffmann besaß in den Augen der Klusemann den Vorteil, daß sie genau unter Etelkas Mansarde lag und manche Schritte von oben schwach, aber deutlich zu hören waren. Die Hoffmann machte viel zuwenig Gebrauch von den Möglichkeiten, die sich aus dieser Lage ergaben. »Sie müssen klopfen! Immer klopfen! Mit dem Besen an die Decke, bis Ruhe herrscht!« riet ihr die Klusemann fast täglich, und es wurde ihr Bedauern hörbar, daß nicht sie es war, die klopfen durfte. »Erst macht er die da oben kaputt, und dann sind Sie dran!« sagte die Scharnhorst, die sich auf ihrem Wachposten nicht bewegte. »Aber wieso denn, wir sind doch sehr gute Mieter, wir haben uns doch nichts zuschulden kommen lassen!« rief die Hoffmann, immer schön leise natürlich, halb empört und halb entsetzt. »Weil das ein Lump ist«, sagte die Scharnhorst, »der frißt jeden Mieter auf. Ich sollte auch sein Mieter werden. Lebenslänglich! Da hat er versucht, mich mundtot zu machen. Aber ich bin noch nicht stumm. Hier warte ich auf ihn, und wenn er die Blonde da oben fertiggemacht hat, dann werde ich ihn an seine Pflicht erinnern, denn ...« – und nun hob sie die Stimme zu einem lauten hündischen Heulen – »es gibt eine Gerechtigkeit! Oben gibt es eine Gerechtigkeit!« Und dazu stellte sie den Eimer ab und schüttelte die Knochenfaust zum Abendhimmel.

Jetzt fühlten die beiden Frauen Gefahr. So gern sie gleich aus erster Hand erfahren hätten, wie es beim Todesstoß, den Etelka mit Sicherheit soeben erhielt, zugegangen war, so fatal wäre eine Begegnung mit Has in Anwesenheit dieses gemeingefährlichen Putzteufels ausgegangen. Der Ausruf der Scharnhorst, der in der allgemeinen Ruhe weithin deutlich zu hören war, in der Mansarde aber nur unartikuliert wahrgenommen wurde, weil man dort den Regungen der Außenwelt keine Bedeutung mehr beimaß, fegte die Frauen wie Kehricht ins Haus zurück. Und nun warteten sie und warteten, jeweils in ihre Wohnungen eingesperrt, behielten das rote Auto im Auge, sahen, wie die Sonne sank, wie feurig goldene Strahlen in die Fenster hineinspielten, in den Zimmern nach und nach ein paar Gegenstände verschönten, dann weiterwanderten und schließlich erloschen. Dann kam auf dem Fahrrad der Laternenanzünder mit der langen Stange, die wie zum Gruß geneigt dem Schrubber der Scharnhorst begegnete, und dann machte sich auch die Scharnhorst auf den Weg und ließ das rote Auto unbewacht zurück.

Nun war es dunkel, und damit senkte sich große Ratlosigkeit in die Herzen der Hoffmann und der Klusemann. »Er ist immer noch bei ihr«, sagte Frau Hoffmann schließlich zu ihrem Mann, der Radieschen aß. »Natürlich ist der noch bei ihr, ich wäre auch noch bei ihr, wenn ich er wäre«, antwortete Herr Hoffmann und biß ein Radieschen durch, was seinem Satz eine besonders zynische Wirkung gab. Der Hoffmann begann ein Licht aufzugehen. Das war kein schöner Augenblick für sie. Weil sie auf einer höheren Stufe des sozialen Gefüges stand als die Scharnhorst, konnte sie sich am Bild einer allgemeinen Verkommenheit nicht erfreuen. Sie hatte Werte zu verteidigen und glaubte deshalb an den Sieg des Guten. Und was sich aus diesem neuesten Vorkommnis ergab, mochte noch so unübersichtlich, noch so wenig eindeutig wirken, es würde im Ergebnis ein böses Ende nehmen. Diese Befürchtung bezog die Hoffmann ausschließlich auf sich selbst. Sie unterstellte Etelka allen Ernstes Rachsucht. Davon war die Blonde aber weit entfernt. Alles, was sie der Hoffmann nachzutragen hatte, wand sie sich morgens in den großen Knoten und vergaß es dann. Darüber hinaus eröffnete ihre neue Lage Horizonte, vor denen die Weiber auf der Treppe zu Randfiguren wurden, ausgenommen natürlich die Scharnhorst, die ein anderes Gewicht besaß. Sie kam Etelka sofort als die einzige ernst zu nehmende Gefährdung ihres Glückes vor. Was sie lange befürchtet hatte, würde jetzt eintreten: Jeder Fluch, der auf Dr. Has abgeschossen wurde, würde unvermindert nun auch bei ihr einschlagen.

Wie so häufig eilten die Vermutungen des Ehepaars Hoffmann den eigentlichen Geschehnissen voraus. Als Has wieder fähig war, einen Gedanken zu fassen, wachte zugleich auch seine Ängstlichkeit wieder auf. Zwar empfand er zunächst, wie er da auf dem Sofa zwischen den Kissen und der sich wundervoll lebendig anfühlenden Etelka lag, daß er ein wahres Sonntagskind sei und daß der Genuß, der ihn in dieser Mansarde erwartete, vermutlich das Maß des bisher Erlebten sprengen werde, das verbürgte allein schon dies alles überflutende Haar, das ihm wie die Verheißung vollständiger Hemmungslosigkeit erschien. Etelkas Körper war durch ein sanftes Atmen bewegt, er fühlte, daß zu ihren Eigenschaften die Schmiegsamkeit gehörte, die selbst nichts unternimmt, die aber vorausahnend auf die kleinsten Wünsche antwortet. Has ging durch den Kopf, daß er Etelka beim Tanzen selbst dann nicht auf die Füße treten würde, wenn er seine üblichen falschen Schritte machte, weil sie sich bei ihrem Liebhaber gewiß selbst auf das Unberechenbare, das Regelwidrige einstellte. Aber das bedeutete natürlich auch, daß er es war, der nun handeln mußte, und der Anfang war schließlich gemacht, da war eigentlich gar kein Hindernis mehr zu beseitigen.

Die Störung, die statt dessen eintrat, wuchs aus der menschlichen Fähigkeit, nicht nur im Augenblick, sondern zugleich auch in Luftschlössern der Vergangenheit und der Zukunft zu leben. Er erinnerte sich plötzlich, während er doch eigentlich dem Höhepunkt seines Glücks entschlossen und tätig entgegenstreben sollte, daß Etelka ihren treulosen Mann mit bewegter Stimme als »sehr leidenschaftlich« bezeichnet hatte, und diese Erinnerung raubte ihm den Schwung und ließ sogar Hoffnungslosigkeit in ihm entstehen. In einem Augenblick, in dem er keinen Konkurrenten sah, stellte sich doch der Schatten eines mächtigen Mitbewerbers ein. Er fühlte sich verglichen, und obwohl dieser Vergleich bisher doch offenbar zu seinen Gunsten ausgefallen war, machte ihm nun die legendäre Leidenschaftlichkeit Kalkofens, was die nächsten Schritte anging, zu schaffen. Nicht daß er sich mit der Heftigkeit seiner diesbezüglichen Wünsche vor anderen Männern hätte verstecken müssen. Er war nur nicht der Verführertypus, der drahtig und entschieden die Dinge in die Hand nimmt, wenn es soweit ist. Er war, wie es seiner Körperlichkeit auch zukam, ein Pascha, der vor allem Aufmerksamkeit und Dienste forderte, und dafür kannte er Etelka eben noch nicht gut genug. Und außerdem fürchtete er, sie in ihren Erwartungen zu enttäuschen, denn wer ahnte schließlich, was sich hinter dem altmodischen Wort »leidenschaftlich« ganz handgreiflich alles verbarg. Die alte Schwäche erotischer Schilderungen trat auch hier hervor. Die Lust läßt sich eben nicht unmißverständlich in Worte fassen, weil sie sich so im Allerpersönlichsten abspielt, daß Vergleichsgrößen schlechterdings nicht zur Verfügung stehen, und gerade das beunruhigte ihn aufs äußerste, denn so ließ sich das Selbstvertrauen nicht zurückgewinnen. Er schloß zwar nicht aus, daß Etelka das Wort »leidenschaftlich« als reine Phrase benutzte, denn sie neigte, wie er bemerkt hatte, zu Klischees und Redensarten. Es konnte ebensogut heißen, daß Kalkofen zu Jähzorn neigte und Teller und Chiantiflaschen zerschmetterte, wenn ihn der Ärger überfiel. Aber dann blieb noch die Möglichkeit, daß Kalkofen imstande war, wahre Liebesgewitter zu veranstalten, daß er wie ein Feuersturm daherfuhr, unter dem jeder Widerstand seufzend welkte, eine Urgewalt eben, dachte Has, der sich Kalkofen nach den Beschreibungen Etelkas mächtig und häßlich wie den hinkenden Gott vorstellte, rußbedeckt und mit blitzendem, zürnendem Blick, und ein wenig von diesen Eigenschaften besaß Etelkas flüchtiger Mann ohne Zweifel, wenn auch der schwarze Rand seines Hemdkragens und seine schmutzigen Fingernägel nicht rußig, sondern vom beizenden Staub seiner Bücherhalden überpudert waren. Has wußte von sich, daß er keinen Feuersturm zu entfachen vermochte, worunter er auch gar nicht litt, weil ihm dergleichen viel zu anstrengend gewesen wäre. Arbeit und Genuß schlossen für sein Verständnis einander aus. Wie ein köstliches Mahl in schönen Schüsseln, in aller Ruhe und Behaglichkeit, so sollte auch die Liebe an ihm vorbeiziehen und ihn sättigen und erfrischen, und nach einem solchen Mahl war ein kleiner Schlaf die eigentliche Abrundung des Genossenen. Daß er nun so stark daran dachte, wie Etelka ein Abenteuer mit ihm erleben würde, zeigte in eine Richtung, die seine Gedanken selten nahmen. Er fühlte sich bereits jetzt dunkel als der Beschenkte und empfand zugleich die Pflicht, dies Geschenk um ein Vielfaches zu erwidern.

Die Folge davon war, daß er aufbrach. Termine riefen, da war nichts zu machen. Dorothée in diesem Fall vorzuschieben, unterließ er aus Takt. Etelka mochte ruhig von Kalkofen erzählen, aber die Erwähnung einer Frau Has, von der sie gleichwohl wußte, würde sie vielleicht einschüchtern.

Am übernächsten Tag fuhren Dorothée und Lilly nach Ascona, und Has nahm herzlichen Abschied von ihnen, fast ein wenig zu eifrig, weil er seine Zerstreutheit verbergen mußte. Seine Gedanken weilten bei seinem Abendprogramm. Er plante Etelka nach Wiesbaden zu führen, dort mit ihr in der Spielbank zu Abend zu essen und anschließend mit ihr in einem Hotel zu übernachten. Wiesbaden hatte für ihn immer noch etwas von den üppigen Vergnügungen der reichen Russen, die sich in der Belle Epoque dort versammelten und von denen nur ein kleines Häuflein mittelloser Emigranten übriggeblieben war. Aber erst wenn ein Gerücht überhaupt keinen Boden mehr hat, erweist sich seine Kraft und Lebensfähigkeit. Und die Wiesbadener Legende stand an diesem Abend unter zusätzlichem Schutz, weil Has viel zu geblendet von Etelkas Erscheinung war, um irgend etwas anderes wahrzunehmen. Sie trug ein weißes Kleid mit weitem, wippendem Rock, das so gut wie ungetragen durch Kalkofens Fischzüge in ihren Besitz gelangt war. Etelkas Schmuck war bräutlich, und je länger Dr. Has ihr gegenübersaß, desto vollständiger schwanden seine Bedenken wegen Kalkofens Fähigkeiten.

Als er Etelka am nächsten Vormittag in der Schubertstraße absetzte, um danach in die »Verwaltung« zu fahren, sah die Klusemann aus dem Fenster, und zugleich öffnete sich auch die Balkontür des ersten Stocks, und die drei Ungelernten traten heraus, um ihre Frühstücksbrote im Freien zu essen. Etelkas Blick war wie immer zu Boden gerichtet, aber nicht in jener traurigen Traumverlorenheit wie sonst immer, sondern höchst wach und nur sehr wenig beschämt. Es war nicht Aschenputtel, die hier nach Hause kehrte, beflissen, ihr strahlendes Gewand vor den Blicken der Schwestern zu verstecken. An der Haustür mußte sie in ihrem winzigen goldenen Täschchen eine Weile nach den Hausschlüsseln suchen, als sie zwischen ihren nackten Schulterblättern einen eigentümlich schwachen Reiz spürte, von dem sie nicht wußte, ob er von außen kam oder ob ihn die Haut selbst erzeugte. Sie drehte sich um und sah zwischen dem glänzendgrünen Weinlaub, das rostiges, geschmiedetes Weinlaub umrankte, die schwarzen Knopfaugen der Scharnhorst auf sich gerichtet. Etelka erstarrte. Da war sie schon, die Strafe, die sie für Eduard Has in Empfang nahm.

Has gehörte nicht zu den Ehebrechern und Erotomanen, die den häufigen Wechsel ihrer Geliebten nach der Regel »variatio delectat« betreiben und denen es in Wahrheit nicht um Abwechslung, sondern um erhöhte Gleichförmigkeit geht. Sie wünschen von einer Frau nur, was jede andere ebensogut geben kann, und verlassen sie, wenn in der näheren Bekanntschaft die Persönlichkeit allzu deutlich hervorzutreten beginnt. Eduard Has hatte sich vielmehr schon frühzeitig von dem, was ihm an Etelka Kalkofen einzigartig vorkam, in Bann schlagen lassen, genaugenommen seit dem Augenblick, in dem sie ihm einige Stufen erhöht im Treppenhaus der Schubertstraße entgegengetreten war. Das Verhältnis blieb deshalb keineswegs ungetrübt. Zu viele äußere und dann auch innere Hemmnisse standen der reinen Harmonie entgegen. Er war des Herrschens allzu ungeübt, als daß er der Versuchung hätte widerstehen können, ein ihm unversehens übertragenes Regiment auszunutzen und sich für erlittene Kränkungen zu rächen. Und auch Etelka war nicht nur Demut und Hingebung und unverdientes Unglück, sondern besaß eine Begabung zur Grausamkeit, die nur geweckt werden mußte.

Has und Etelka waren schon eine Weile zusammen, als er zum

erstenmal von ihr träumte. Er vermied aber, ihr diesen Traum zu erzählen, obwohl sie ihm jeden ihrer häufigen Träume, in denen er vorkam, ausführlich darlegte. Sie träumte von schönen Reisen und Überraschungen und bestand mit Starrsinn darauf, daß diese Träume für sie Beweise seiner Liebe seien. Wenn er versucht hätte, sie darauf aufmerksam zu machen, daß nicht er, sondern sie die Träumende gewesen sei, wäre, das wußte er, die Stimmung sehr schnell umgeschlagen. Sein Traum hingegen ließ ihn nicht in Ruhe. Ihn schauderte, wenn er an die nächtlichen Bilder dachte, und er sagte sich mit ängstlicher Bitterkeit: »Sie hat wohl recht, ich muß sie wohl lieben.«

Dr. Has schlief neben Dorothée, als er träumte, er sitze mit Etelka Kalkofen in der Hölle. Die Landschaft sah düster aus, in der sie sich da befanden, weitläufig und in ein schwefliges Gewitterlicht getaucht, dessen Quelle nicht offensichtlich war, denn rußige Schwaden, die sich gelegentlich ins Violette oder Purpurne erhellten, bedeckten die unabsehbar weite Himmelsfläche. Wenn ihm nicht bewußt gewesen wäre, daß er sich hier in der Hölle befand, hätte er sich in vulkanischer Gegend geglaubt, und zwar kurz nach feurigen Konvulsionen, die die Dünne der Erdkruste deutlich sichtbar gemacht hatten. Überall war der Boden gerissen wie eine Wursthaut, und aus den Spalten schoß heißer Dampf und glühwürmchenhafter Funkenregen hervor, jeder Schritt federte unheimlich und ließ die Gespanntheit der Erdoberfläche spüren. In diesen nächtlichen, feurigen Weiten hatte gerade die Erde gebebt, die Schlünde hatten sich aufgetan und Schrecken verbreitet, und mit dem Schrecken war ein verheerender Verfall von Sitte und Moral einhergegangen. Abgebrannte, abscheulich stinkende Scheunen und Höfe standen locker in der Gegend verstreut, ein großes Haus brannte noch in einer seltsam ruhigen Weise aus, indem es die roten Flammenfahnen aus allen Fenstern hängen hatte und laut rauschte wie ein mächtiger Wasserfall. Vor dem Haus lag eine Pyramide überreifer Wassermelonen, die in der Hitze platzten und schmorten, ein Sumpf aus fauligen Äpfeln war entstanden, der fette, metallisch schillernde Fliegen anzog, an manchen Stellen bewegte sich ein richtiges lebendes Pelzchen. Eine Muttersau steckte auf einem Spieß, schwarz verkohlt, aber immer noch riesenhaft, den Koch hatte ein glimmender Balken erschlagen. In der Ferne an einem entblätterten, verkrüppelten Baum war eine Horde Zwerge dabei, einen kräftigen jungen Neger aufzuhängen, sie klammerten sich an seine Waden, die noch strampelten, und zogen den Strick straff. Verwilderte, häufig blutende Kinder rissen den Sterbenden die letzten Kleider vom Leib, eine halbnackte junge Frau warf mit aufgerissenen Augen ihren erstickten Säugling ins Feuer. Wenn man sich erst an das flackernde Licht gewöhnt hatte, erschien das ganze Land von wimmelndem Leben überschwemmt. Es gab auch unheimliche Nutznießer des Grauens, Grüppchen, die geschäftig Suppe kochten, wo ein Dach zusammengestürzt war und die Balken noch schwelten. Hunger nach Fleisch lag in der Luft, nach scharf Gebratenem und Gewürztem, dort brannten noch die Leiber, und hier wurde schon geschmaust.

Has und Etelka saßen auf einem der kleinen Hügel, der einen Blick über das ganze Land gewährte. In den Hügel waren Höhlen gegraben. Männer und Frauen, bis zur Unkenntlichkeit mit Erde und Ruß beschmiert, schleppten erbärmliche Beutestücke dort hinein, und ließen sich kaum stören, wenn polternd plötzlich eine dieser Höhlen zusammenfiel und die darin Hockenden begrub. Man hörte noch die Seufzer der Verschütteten, während die erdige Schar schon ein neues Loch mit den Fingernägeln und Glasscherben aufscharrte. Auf dem Hügel stand eine kleine Kapelle, schlank wie ein Schilderhaus, ihre Gruft im Boden war geöffnet, und eine Leiter stand bereit, um Has und Etelka den Abstieg zu ermöglichen. Zwei schwarze Marmorbüsten standen in muschelförmigen Nischen. Die eine stellte Dr. Has dar, mit einem melancholischen, sinnenden Ausdruck, die andere war Etelka und ihrem großen Knoten geweiht. Unter Has stand in bronzenen Lettern groß NIHIL und unter Etelka stand UMBRA. »Das habe ich für uns entworfen«, sagte Has und legte seine Hand auf die weiche, immer noch kühle Hand seiner Geliebten. »Ich werde Nichts sein und du wirst immerhin noch ein Schatten sein, das ist etwas mehr als ein Nichts, aber zugleich auch weniger. Es ist ein verhunztes Nichts. Ein Schatten hat es nicht zum vollen Nichts gebracht, obwohl er's im Auge hatte. Außerdem klingt UMBRA weiblicher.«

Etelka entriß ihm ihre Hand und begann ein entsetzlich hallendes Gelächter, das wie ein Eimer klang, der eine lange Steintreppe hinunterscheppert. Sie schien überhaupt keine Angst zu haben.

»Titel gibst du uns! Hier gibst du uns Titel! Das hast du dir ja wunderbar ausgedacht! Ja, meinst du denn, wenn du wirklich ein Nichts bist, daß du dann hier noch Titel vergeben kannst? Und warum dann so sparsam? Warum denn dann nicht gleich Nihilissimus?« Sie stand auf und wankte mit großen, ungesteuerten Bewegungen wie auf einem Schiffsdeck vor ihm auf und ab, stieß dann die Leiter in die Gruft, so daß es im Untergrund gewaltig rumpelte, und rief: »Wenn du in dein Bett willst, dann spring doch!«

Ein plötzlicher Szenenwechsel fand statt. Has stand nicht mehr in der höllischen Landschaft, sondern drückte sich mit Etelka im Hauseingang der Schubertstraße zwischen Rhododendren und den Mülltonnen herum, eine Tageszeit war nicht auszumachen. Etelka trug immer noch das weiße Abendkleid ihres Wiesbadener Treffens, das sie in der Folge nicht mehr tragen durfte, weil Has es plötzlich peinlich fand. Auch dieses ziellose Warten bei den Mülltonnen war peinlich, und die Peinlichkeit ließ Spannung und Unruhe entstehen. Has fühlte sich jetzt bis zum Zerreißen unwohl, während Etelkas Augen glitzerten und sie plötzlich sogar pfiff. Diesen Anblick, die pfeifende Etelka in ihrem Eisprinzessinnenkleid, erregte auf einmal seine ganze Abscheu, er hatte nicht übel Lust, etwas Verletzendes und Blamables zu tun, etwa auf Etelkas wippenden Rock zu pinkeln, um ihn triefend zusammensacken zu lassen und um ihr zu zeigen, daß sie sich in diesem Kleid und auch noch pfeifend außerhalb jener Menschen gestellt hatte, die Achtung und Schonung verlangen durften.

Etelka merkte, wie sehr er außer sich geraten war, hörte aber nicht auf zu pfeifen und machte kleine Cha-Cha-Cha-Schritte, während sie in den Hintergrund des Hofes wies, von wo ein drohendes Geräusch aufkam. Dort rasselte und rappelte es, schlug Metall aufeinander, und es war das Schwirren von Drähten zu hören. Ein hoher Aufbau näherte sich ihnen, vergleichbar einem Belagerungsturm alter Zeiten oder einem übermäßig dekorierten Festwagen, aber nicht mit Gewinden aus frischem Grün geschmückt. Das schwankende Gebäude war vielmehr aus Sprungfederrahmen aufgeschichtet, die Etagen bildeten und bei der allmählichen Annäherung des Wagens ein vielstimmiges Konzert erzeugten. In Schweiß gebadet, kroch unter diesem Berg aus Sprungfederrahmen ein heulendes Ungeheuer und stieß den Wagen mit Kopf und Rücken vorwärts, das war Kalkofen, den Has inzwischen kennengelernt hatte, und mit dem er gelegentlich telefonierte, eine Pflicht, die ihm als Etelkas Patron zugefallen war. Hoch oben in einer offenen Pergola aus zerbrochenen Bettgestellen thronte auf einem Berg geplatzter Seegrasmatratzen Frau Scharnhorst, die den Schrubber nun nicht mehr lanzenartig, sondern wie ein Zepter handhabte. Genauso wie früher eine Mutter ihr Kind seine Kniebeugen machen ließ, wenn sich an Fronleichnam der Baldachin näherte, nahm auch Etelka jetzt aufmunternd und entschieden das Handgelenk von Has und zog ihn auf den Boden. Beide erwarteten die Apotheose der Scharnhorst in andächtiger Haltung. Has wußte nie genau, was die Scharnhorst eigentlich von ihm wollte, weil ihre Briefe meist bei der Trumfeller landeten, die jeden dritten oder vierten auch beantwortete, inzwischen freilich nur noch in Form von Verweisen auf die frühere Korrespondenz (»die in unseren Schreiben vom soundsovielten dargestellte Rechtslage hat sich u. E. inzwischen nicht geändert etc.«). Von Etelka wußte Has längst, welchen Zorn die Scharnhorst gegen ihn empfand, und er fragte sich, während er vor ihr auf den Knien lag, ob sie nun wohl von ihrem hohen Sitz herab darauf zu sprechen kommen werde. Keine Rede war indessen von Souterrain und unumstößlichen, ewigen Rechten. Die Zwergin beugte sich nur nach vorn, um die demütigen Subjekte zu ihren Füßen überhaupt wahrzunehmen, und rief: »Jetzt kriegt ihr eure neuen Namen. Du«, sie zeigte auf Dr. Has, »heißt Brezel, und du«, sie wies auf Etelka, »heißt Backen.«

Hier wachte Has auf, der ganze Körper tat ihm weh. Er brauchte eine Weile, bis er sich erinnerte, wo er sich befand, denn der Traum stand noch so greifbar vor seinem inneren Auge, daß ihm war, als müsse Etelka irgendwo in der Nähe sein. Zugleich war ihm das eine sehr unerfreuliche Vorstellung. Ohne daß ihm in seinen Traumbildern übermäßig Quälendes zugestoßen wäre, hatten ihm diese Vorgänge ein Unbehagen bereitet, das an Angst grenzte. Dorothée schlummerte völlig unbewegt mit fast unhörbarem Atem, aber er empfand dankbar, daß noch jemand im Zimmer war, wenn sie auch der letzte Mensch gewesen wäre, dem er seinen Traum hätte erzählen können. »Jeder Mensch hat wohl schmutzige Ecken in seinem Leben«, pflegte Dorothée zu philosophieren, »und auch ich«, fügte sie versonnen hinzu, »werde wohl meine Unvollkommenheiten besitzen, aber das gibt mir dennoch das Recht, von den entsprechenden Seiten deiner Existenz verschont zu bleiben.« Und Has nahm diese Bemerkung mit beleidigtem Schweigen auf, hinter dem sich die heimliche Dankbarkeit verbarg, so billig davonzukommen.

Mit seinem Traum aber kam er nicht billig davon, er merkte mit Schrecken, daß es gar kein Mittel gab, sich dagegen zur Wehr zu setzen, außer dem Erwachen, das er aber nicht in der Hand hatte. Und bis dies Erwachen sich dann schließlich ereignete, steckte man in dem Traum wie ein Fisch im Aspik, er umgab die Seele von allen Seiten und hielt sie fest. So dachte Has im Dunkel des Schlafzimmers, indem er die Augen aufriß, um ja nicht wieder einzuschlafen. Über diesen Bemühungen kehrte der Schlaf unversehens zu ihm zurück und schloß ihm mit sanfter Gewalt die Augen, und Has befand sich augenblicklich wieder dort, wo er gegen Ende seines Traums den neuen Namen entgegengenommen hatte, nämlich mit Etelka in der Hölle.

Die Szene war freilich verändert, denn die Hölle hat viele Gegenden. Has und Etelka standen am Fuß einer unabsehbar hohen Treppe aus Porphyr. Eine maßlose Palastarchitektur umgab sie, Tonnengewölbe mit achteckigen Kassetten, groß wie die kleine Villa in der Schubertstraße, eine sich in der Ferne abzeichnende Kuppel, Säulenwälder. Von weitem sahen sie, wie ein Mann Messungen vornahm. Er stellte sich mit dem Rücken in die Kanneluren und reckte die Arme, aber er schien immer wieder zu vergessen, wo er seine Messungen begonnen hatte, und begann von neuem, sich umarmend und flügelschlagend an die eisigen Schäfte zu lehnen. Hin und wieder fanden sie staubige Pappschilder auf Ständern, die einen Pfeil zeigten. Als Has einen dieser Pfeile untersuchte, fiel der Ständer um, und mit einem entsetzlich flatternden Echo ratterte die Eisenstange in die Tiefe, riß den nächstunteren Ständer mit sich, den übernächsten ebenfalls, das Schmettern und Knallen wurde unerträglich. Has glaubte, daß nun etwas Schlimmes passieren werde, aber nicht einmal der inzwischen ameisengroße Ausmesser tief unter ihnen stockte in seiner unfruchtbaren Arbeit. Auch Etelka nahm den Krach nicht zur Kenntnis, sondern forderte böse, daß er sie auf die Schultern nehme, und obwohl er sie immer wieder von sich stieß, so daß sie auf den schmalen Stufen gefährlich wankte, war sie doch drauf und dran, ihm auf den Rücken zu steigen. Er hätte zehn Hände gebrauchen können, um Etelka abzuwehren, die durch seinen Widerstand, der nun in Schlagen und Treten überging, ermuntert wurde, es erst recht zu versuchen. Und obwohl sie niemals etwas Ähnliches getan hatte, ja nicht zur leisesten Gewalttätigkeit neigte und wahrscheinlich nicht einmal ein aufsässiges Kind hätte ohrfeigen können, kam es ihm jetzt auf der steilen Treppe vor, als sei sie in Wahrheit immer so gewesen, als sei sie eine Frau, die beißt und schlägt, eine Frau, gegen die sich ein Mann mit allen Mitteln zur Wehr setzen darf. Er war im Recht, wenn er sie grob behandelte, denn ihr war mit schonungsvolleren Mitteln nicht beizukommen. Außerdem war sie eine Fremde, er erkannte kaum mehr ihr Gesicht, wenn sie sich derart aufdringlich über ihn hermachte, und ihr weißblondes Haar war wohl in Wahrheit eine Perücke, die er ihr nun vom Schädel reißen würde. Als er diesen Entschluß gefaßt hatte, bemerkte er plötzlich, daß sie beide längst oben am Ende der Treppe angekommen waren. Auch Etelka sah sich jetzt um, nahm ihn dann sehr freundlich bei der Hand und führte ihn über marmorne Sterne und Monde bis unter die Mitte der gewaltigen Kuppel. Man sah, wie sich überall Galerien öffneten, die weit weg zu neuen Kuppeln führten. Dafür erkannten sie nun endlich ein bekanntes Gesicht. Unter der Kuppellaterne saß nämlich an ihrem Büroschreibtisch aus der »Verwaltung« Frau Roswitha Trumfeller und ordnete einen Berg Papier. »Wir müssen zunächst alle Ausgaben, die Sie für Frau Kalkofen gemacht haben, aufführen«, sagte die Trumfeller und sah kaum von ihren Papieren auf. »Jede Mark, die Sie für sie ausgeben, muß registriert werden, sonst kommen wir nicht voran. Schauen Sie doch schon einmal diesen Ordner hier durch«, und damit gab sie ihm einen Ordner, in dem sich eine einzige Rechnung befand.

Has erinnerte sich in einem dieser seltsamen, aber häufigen Einbrüche der Tagesrealität in den Traum an die zahlreichen Ausgaben, die ihm tatsächlich durch Etelka entstanden waren, denn ihre Verhältnisse hatten sich ja, als er sie kennenlernte, in der äußersten Unordnung befunden. Zunächst war sie nicht richtig versichert, durch Kalkofens Schuld, und die privaten Arztrechnungen wegen ihrer asthmatischen Zustände und gewisser Bauchschmerzen waren beträchtlich gewachsen; das war die erste größere Ausgabe, noch ganz samaritermäßig, die Has übernahm. Dann gewöhnte er sich aber daran, ihr einen festen Zuschuß im Monat zu überweisen, weil, so war die Façon de parler, er doch recht häufig bei ihr aß und es dann auch an nichts fehlen sollte. In Wahrheit gingen sie aber meistens aus, zunächst nicht in Frankfurt selbst, wo Has nicht gesehen werden wollte, dann aber in wachsender Ungeniertheit auch dort. Des weiteren kam natürlich manches Geschenk dazu. Wenn Has nicht wollte, daß sie das bewußte weiße Kleid trug, dann mußte er ihr eben ein anderes schenken, und das tat er auch, manchmal in seiner Ratlosigkeit sogar Sachen, die Dorothées Stil entsprachen und die Dorothée ihr herbes und knabenhaftes Aussehen verliehen, bei Etelka jedoch oft wirkten, als habe eine üppige Sopranistin in der Oper eine Hosenrolle übernommen. Deswegen war diese Garderobe trotzdem nicht billig, die neue Wohnung in einem modernen Appartementgebäude, von deren Anonymität sich Has viel versprach, würde es gleichfalls nicht sein. Es waren noch weitere Pläne aufgekommen. Etelkas wirtschaftliche Existenz sollte auf sicheren Boden gestellt werden. Ihr war nur noch nicht klar, was sie überhaupt leisten konnte, und sie fürchtete sich davor, wenn Has immer wieder vorschlug, ihr ein Blumengeschäft zu schenken.

Man sieht, hier kommt ohne große Sorgfalt bereits eine recht umfangreiche Liste zusammen, und Has sah diese Liste auch im Traum vor sich und wunderte sich, daß es der Traumfeller auf diese Beträge überhaupt nicht anzukommen schien. Sie wandte sich jetzt Etelka zu und sagte: »Und jetzt zu Ihren Kosten. Was hat Sie die erste Nacht genau gekostet?« Etelka antwortete mit folgsamer Miene, so als ob er gar nicht da wäre: »Ich bin nachmittags zum Friseur gegangen für 35 Mark, ich habe das Kleid reinigen lassen für 12 Mark, denn es waren Kakaoflecken darin, ich habe für drei Mark einen neuen Lippenstift gekauft, und ich habe vergessen, das Licht an meinem Toilettentisch auszumachen, das dann die ganze Nacht gebrannt hat, und ich habe eine Mark Garderobe vorgelegt, weil Herr Dr. Has keine Münzen hatte, sie aber nicht zurückbekommen.«

»Die Kosten der Toilettentischlampe werde ich mir vom Elektrizitätswerk auswerfen lassen«, sagte Frau Trumfeller. Has reichte ihr die Rechnung aus dem Spielkasinorestaurant zurück. »Wenn diese Ausgaben von ihnen genehmigt und geprüft worden sind, dann leisten Sie bitte hier Ihre Unterschriften.« Sie zeigte ihnen auf einer

Liste die Stellen, wo sie zu unterschreiben hatten, und stand dann auf. »Sie haben damit Ihre Urteile unterschrieben und können jetzt gleich alles an sich vollstrecken lassen«, sagte die Trumfeller in einem amtlichen und doch beiläufigen Ton. »Wo steht denn das Urteil?« fragte Has, und eine große Sorge stieg in ihm auf. »Auf der Rückseite«, sagte die Trumfeller, »es wurde gültig, weil Sie beide zugleich unterschrieben haben. Wenn sie sich geweigert hätte«, sie zeigte auf Etelka, »dann hätte man alles noch aufschieben können.« Has fragte seine Freundin: »Hast du das gewußt?«, und Etelka nickte traurig und langsam mit dem schönen Kopf und sagte: »Wir wären ohnehin nicht zu retten gewesen.«

Das Erwachen nach diesem, wie es Has schien, laut in sein Ohr gesprochenen Satz – er hielt zuerst sogar für möglich, daß Dorothée ihn ärgern wollte – war noch unangenehmer als das erste Mal. Dr. Has geriet in Wut, daß er von neuem in seinen Traum verfallen war. Denn schließlich, so sagte er sich, bin ich es ja selbst, der all diese fürchterlichen Bilder hervorbringt! Ich selbst bin es, der sich ganz ohne Not das alles ausdenkt. Ich werde zum Arzt gehen. Vielleicht hilft in Zukunft auch ein starkes Schlafmittel. Aber dann träumt man am Ende trotzdem und kann bloß nicht erwachen, sondern muß alles bis zum Schluß durchträumen! Ich habe jetzt ja schon viele Stunden der Nacht nur mit diesen selbstgeschaffenen Chimären zugebracht und träume dabei nicht einmal korrekt, denn Etelka hat nicht gesagt: Wir wären ohnehin nicht zu retten gewesen, sondern: Ich wäre ohnehin nicht zu retten gewesen.

Tatsächlich war während einer der häufigen »Generalabrechnungen«, wie Has sie nannte, bei denen alle alten und erledigten Vorwürfe dem Zerwürfnis des Tages als Resonanzboden dienten, eine solche Bemerkung Etelkas gefallen, die damit sagen wollte, daß sie mit oder ohne Has eine Verlorene sei, er sich also um ihre Hilflosigkeit ferner keine Gedanken machen möge. Ihren Freund Has hätte sie in eine solche Aussage niemals eingeschlossen, schon weil sie daran festhielt, in den Stunden der Niedergeschlagenheit tief erschüttert und trostlos vor allem über sich selbst zu sprechen. Es kam ihr doch auf eine Schilderung ihrer Einsamkeit an. Jetzt fange ich also schon an, ihr Denken zu übernehmen und ihre Worte auch auf mich zu beziehen, dachte Has.

Um sich abzulenken, stand er auf und verließ leise das Zimmer. In seinem Arbeitszimmer saß er eine Weile mit zerrauftem Haar und konnte sich nicht entschließen, etwas zu lesen. In der Küche fand er eine geöffnete Flasche Wein, der ihm aber mit verschlafenem Mund abscheulich schmeckte und der außerdem zu kalt war. Es war zwei Uhr, bemerkte er mit Schrecken. Er hatte überhaupt erst eine Stunde lang geschlafen, und die ganze mächtige Nacht stand noch unverbraucht vor ihm. Im Bett war es jedoch nach der kurzen Unterbrechung so angenehm warm, daß er seinen letzten Gedanken, nun aber gewiß nicht mehr in den alten Traum zu verfallen, nicht zu Ende dachte. Kaum aber, daß er schlief, kehrte er zu seinem inneren Leben und zu seinen Träumen zurück in die Hölle, wo Etelka ihn bereits erwartete.

»Warum bist du denn noch immer hier?« fuhr er sie an. »Warum muß ich denn mit dir hier sein?«

»Weil du meinetwegen hier bist«, antwortete Etelka so freundlich, als habe sie etwas von Dorothée gelernt. Jetzt erst sah er sich um. Die Gegend war lieblich, in der Bedeutung, wie man in Weimar das Wort benutzt hätte, vom vollen Mond kräftig beschienen, ein Wiesental mit schlängelndem Flüßchen im Grund, dessen verspielter Lauf durch eine Schnur von Weiden und niedrigem Gebüsch bezeichnet wurde. Ein mächtiges, aber harmonisches Rauschen ging von dem Flüßchen aus, ein kräftiges Wasser mußte dort schaumig über die hohlklingenden Kiesel schießen. Etelka saß zufrieden im Gras, das vor Tautropfen glänzte. »Dies ist das Tal der Tränen«, sagte sie, während Has sich noch umsah. »Dann sind wir ja noch auf der Erde?« fragte Has. Etelka lächelte sehr geduldig und antwortete: »Die Erde ist kein Tal der Tränen, wenigstens nicht immer und auch nicht für alle. Man sollte die Erde als Tal der Tränen ansehen, damit man nicht zu lustig wurde. Aber die Lustigsten sind dadurch nicht zu beeindrucken gewesen. Sie waren ja glücklich, und wenn man ihnen dann erklärte, sie seien in Wirklichkeit gar nicht glücklich, dann kam ihnen das wie Unsinn vor. Hier ist es anders. Dies ist wirklich ein Tal der Tränen. Auch du wirst das wohl noch bemerken.« – »Es ist doch sehr hübsch hier«, sagte Has, obwohl er eigentlich viel enthusiastischer sprechen wollte, denn das Tal war keineswegs hübsch, so kam es ihm vor, sondern von dem erhabensten Frieden, den er jemals hatte betrachten dürfen. Er war nun auch auf Etelka nicht mehr böse, obwohl er fand, daß sie sich allzu selbstverständlich niedergelassen hatte, wie sie da breitbeinig vor ihm saß.

Immerfort mußte sie ihre Schüchternheit kompensieren, seitdem sie in Hotels und Restaurants als seine Frau behandelt wurde. Wenn in einem Restaurant ein Hund zu sehen war, durfte Has sicher sein, daß Etelka sich um dies fremde Tier in einer Weise bemühte, als habe sie sich gerade in einem Waisenhaus zur Adoption eines kranken Kindes entschlossen. Er mußte dann auf ihre forcierte Freiheit noch einen Batzen Souveränität setzen, um das Theater zu beenden, und wenn sie schließlich weiterzogen, pflegte Etelka ihm mit lauter Stimme von ihrer Liebesgeschichte mit diesem Hund zu berichten, um allen Zeugen noch einmal zu beweisen, wie zauberhaft unbefangen sie sich an solch einem Platz zu bewegen verstand. Er war dazu übergegangen, ihr später Vorträge zu halten und ihr ein solches Benehmen zu untersagen, was stets sehr kränkend für Etelka ablief, denn es gehörte nicht viel dazu, ihr die Ungezwungenheit zu rauben.

»So kannst du hier nicht sitzen«, sagte er deshalb auch jetzt im Tränental. »Du hast wohl Angst, daß deine Mutter vorbeikommt?« antwortete Etelka. »Sie ist nämlich auch hier, und wegen dir, damit du das nur weißt.« Der Gedanke an seine Mutter brachte Has aus der Fassung, er schaute aufgeregt um sich, ob sie schon in der Nähe sei, und wollte in jedem fernen Busch, dessen Krone der Mond versilberte, das weiße Haar der Olenschläger erkennen. Tatsächlich begannen sich die Büsche leise zu bewegen, näherten sich aber nicht, sondern spielten in der Ferne ein balletthaftes Bäumchenwechsle-dich. Das Tal war belebt, ein Säuseln ging durch die Blätter, und Etelka seufzte laut. »Du brauchst dich nicht zu fürchten«, fuhr sie fort, »wenn sie kommt, wird sie nichts sagen können, denn sie beißt die Zähne zusammen. Sie weint noch lange nicht, aber mit dem Sprechen ist es auch vorbei.«

»Wieso ist es mit dem Sprechen vorbei?« fragte Has. »Wegen der Schmerzen«, antwortete Etelka. »Sie hat rasende Schmerzen. Wenn sie den Mund aufmacht, muß sie schreien. O, du wirst sie auch bekommen. Wir sind hier im Tal der Tränen.«

»Ich kann aber gar keine Schmerzen aushalten!« sagte Has, und nun klang er entrüstet, so wie er zum Zahnarzt sprach, wenn er eine Betäubungsspritze forderte. »Und deshalb wirst du ja solch unerträgliche Schmerzen bekommen. Du wirst Schmerzen bekommen, die weit heftiger sind als alles, was du bisher ertragen mußtest.«

»Größer als meine Nierenkoliken?« fragte Has mit einer Art Schlauheit, denn er hatte sich sagen lassen, daß die Nierenkoliken den stärksten Schmerz erzeugten, dessen die Nerven fähig seien. An solchen Koliken hatte er bereits gelitten. Er hatte sie in schaudernder Erinnerung behalten, aber er glaubte inzwischen, sie erneut aushalten zu können, weil der Körper für vergangenen Schmerz keinen Gedächtnisspeicher besitzt. »Nierenkoliken, das war gar nichts«, antwortete Etelka. »Und du?« fragte Has nach einer Weile, in der er in seinen Körper hineingehorcht hatte, ob sich der große Schmerz etwa bereits ankündige. »Bleibst du hier?«

»Ich bleibe bei dir, weil ich woanders hin nicht mehr gehen kann. Ich muß ja nun bei dir bleiben. Das ist mein Schicksal«, antwortete Etelka und sah nun todtraurig aus. Vielleicht muß sie tatsächlich bleiben, dachte Has, sonst wäre sie ja nicht so traurig. Und laut fuhr er fort: »Und hast du denn auch Schmerzen?« Etelka nickte, sie war bleich geworden und sah alt und häßlich aus, so wie er vermutete, daß sie in zehn Jahren aussehen werde. »Ich habe die schlimmsten Schmerzen, die man sich denken kann. In mir nagt etwas wie ein Tier, etwas reißt und beißt in meinen Organen und steigt mir aus dem Bauch immer höher, seitdem ich hier bei dir sitze. Und jetzt...«, und nun sah sie ihn mit einem tränenvollen Blick an und verstummte. Er wurde von großer Angst befallen und versuchte weit weg über die Wiesen zu laufen, aber Etelka blieb bei ihm und öffnete langsam ihren Mund. Auf ihrer Zunge saß eine Maus und hatte die Pfötchen auf ihre Lippen gelegt, wie auf eine Fensterbank. Has strampelte diesmal so stark mit den Beinen, daß Dorothée erwachte und Licht machte. Aus seinen Worten war nicht klug zu werden, und er wirkte dermaßen verstört, daß sie ihm die Hand auf die Stirn legte. Das Ergebnis war erfreulich eindeutig: Has glühte. Er erlebte die erste Fiebernacht einer stürmischen Sommergrippe.

DRITTER TEIL

DAS HAUS

Alfred war schon fast sechzehn Jahre alt und bekam es immer noch fertig, einen ganzen Nachmittag lang im Wintergarten der Tanten zu sitzen und tatenlos in den Hof zu blicken. Der Hof grenzte an den Nachbarhof, dann kamen Häuser, halb verdeckt von hohen Kastanien, und zwischen diesen Häusern öffnete sich ein schmaler Durchblick zur Corneliusstraße. Wie auf einer Streichholzschachtelbühne traten dort eilige Gestalten auf. Geräuschlos verschwanden Fahrräder und Autos, deren Geschwindigkeit sich in dem winzigen Ausschnitt noch steigerte. Die Höfe verbargen sich im grünen Schatten der üppigen Baumkronen, der Straßenausschnitt aber lag gebleicht im Sonnenlicht. Alfred saß da und zählte, wie viele Leute von rechts nach links und von links nach rechts sausten, und wenn er jemanden erkannte, wurde er von einer Freude erfüllt, die er sich selbst nicht hätte erklären können. So, so, dachte er dann, da geht also Frau Kalkofen, die er sofort erkannte, weil sie derart langsam ging, daß der charakteristische Umriß ihres gebeugten Kopfes mit dem weißblonden Knoten stets deutlich sichtbar war. Schau mal, Herr Herr, dachte Alfred schon bald danach, denn Herr Herr war ebenfalls langsam wie auf einer Schiene mit dem Fahrrad gegen die Einbahnstraßenrichtung vorbeigefahren, von seinem unbeirrbar trabenden Schäferhund begleitet. Dann fuhr ein roter Streifen, fast nicht als Körper wahrzunehmen, durch die weißen Sonnenstrahlen. War das nicht das Auto von Herrn Dr. Has? Saß Lilly möglicherweise darin?

Hatte er am Ende soeben Lilly gesehen, verhüllt und zugleich überaus wirklich? Und was war daran so aufregend? Diese Frage hätte Alfred überhaupt nicht verstanden. Er fühlte sich ja schon am Ziel. Blickte er nicht durch seinen von außen unsichtbaren Schacht durch die verschiedenen Hüllen und Schalen unmittelbar auf die gleißende Außenhaut der Welt?

Verständlich, daß Alfred seinen Erziehern Sorgen bereitete. Man vermißte bei diesem somnambulen Temperament jede jugendliche Begeisterungsfähigkeit und fand ihn seelisch womöglich gar zurückgeblieben. »Alfred, mach den Mund zu!« hatte Tante Mi früher oft mahnen müssen. Sich seiner Umwelt mitzuteilen, hatte Alfred aber immer noch nicht gelernt. Er wußte einfach nicht, wie er die Reize beschreiben sollte, die seinen Geist beschäftigten. Die Fülle der Eindrücke, die auf ihn einstürmten, und die Gedanken, die sie auslösten, ließen eben keinen Raum für eigenes Sprechen und Handeln. Da war etwa die zauberische Anziehungskraft, die er vor Messer- und Scherengeschäften verspürte! Das waren Alfreds Lustbezirke, und wie sein Auge aus dem Wintergarten in den Nachbarhof und von dort durch den Hausgang zur Corneliusstraße hindurchstach und die grünwolkige Dichte der Höfe durchschnitt, stachen und schnitten die im Schaufenster ausgestellten Messer und Scheren durch alles Zufällige, Oberflächliche hindurch bis in sein Herz und lösten dort Spannung und Wohlgefallen zugleich aus.

Er empfand es immer als besonderen Glücksfall, wenn er hin und wieder mit einem Bündel Messer zum Nachschleifen in den Laden der Firma Rötzel geschickt wurde. Der Scherenschleifer aus Dresden verkaufte längst Versicherungspolicen, und bei den Labontés war man rasiermesserscharfe Messer gewöhnt, vor allem zum Tranchieren und Vorschneiden bei Tisch. Wenn Wieland der Schmied von seinem Schwert verlangte, daß es eine Wollflocke, die der Schneide im Fluß entgegenschwimmt, nur durch den sanften Druck der Strömung zerteilte, dann hätten die Fräulein Labonté nur bestätigend nicken können. Tante Mi führte sich mit dem Tranchiermesser und dem Suppenfleisch auf wie ein Geiger, der den Bogen auf die Violine legt, das Kolophonium zart stäuben läßt und einen ersten Ton streicht, dem er nachhorcht, als ob er einem lebenden Körper entstiegen sei. Sie erklärte gern, es vergehe ihr der Appetit, wenn das Fleisch nicht schon auf die kleinste Berührung mit der Klinge nachgiebig antworte. Das Zerdrücken und Auseinanderreißen der Fasern mit einem stumpfen Messer beschrieb sie als empörenden Greuel; eindringlich stellte sie ihren Zuhörern vor Augen, wie dabei der schönste Saft verlorengehe. Die Fleischfetzen nannte sie Hundefutter. So sachlich, wie sie sich sonst gab, verfiel sie, wenn vom Fleischschneiden die Rede war, in Übertreibungen ohne jeden Wirklichkeitsgehalt. »Fräulein Emig, mit dem Messer hat wohl einer Holz kleingemacht«, sagte sie voller Anklage, wenn eben dieses prüfende Über-die-künftige-Schnittstelle-Fahren nicht schon einen kleinen Sog entwickelte, der die streichelnde Klinge geradezu ins Fleisch hineinzog. Wie Buchseiten sollten sich die Scheiben des Suppenfleisches zwischen den Bahnen aus halbierten Karotten aufblättern. Das Fleisch sollte unter der Berührung des Messers geradezu dahinwelken, seinen grob materiellen Eigensinn verlieren und sich ganz und gar aus einem Batzen in eine Speise verwandeln. Während des Schneidens sah der ganze Haushalt zu, und wenn Tante Mi schließlich sagte: »Es schneidet sich wie Butter«, dann löste sich unter der Tischgesellschaft wie aus einem Munde ein dankbarer Seufzer.

Mit den Messern war Tante Mi also eigen, und obwohl es in der Küche selbstverständlich einen kleinen Schleifstein gab und Mi zuweilen auch wie ein Taschenspieler zwei Klingen geschickt in ein kleines Gefecht gegeneinander führte, bei dem sie sich gegenseitig schliffen, achtete sie doch darauf, daß die wichtigsten Messer regelmäßig zum Spezialisten gebracht wurden. Die Firma Rötzel lag in der Töngesgasse und war ebenso alt wie »Wwe. Labonté«, nur es gab sie eben noch, und zwar im selben Haus wie vor dem Krieg, obwohl die Gegend sonst kaum wiederzuerkennen war. Diese Altstadtgebiete waren mit gleichförmigen, barackenartigen Bauten bedeckt worden, nachdem man den Schutt und manches erhaltene mittelalterliche oder barocke Haus beiseite geschafft hatte. Nur wenn Tante Tildchen die alten Straßennamen weiterhin arglos gebrauchte, war es, als bildeten sich die untergegangenen Fassaden, Höfe und Prospekte noch einmal in der flüchtigen Substanz ihres Tonfalls, der, solange sie lebte, etwas vom Wesen dieser Straßen aufbewahrte.

Weder Mi noch Tildchen ahnten allerdings, welches Sinnenfest sie Alfred bereiteten, wenn sie ihn mit Küchenmessern aller Formen, zum Schneiden, Hacken und Entbeinen, und dem langen silbernen Bratenmesser, das im Eßzimmer Verwendung fand, zu Rötzel schickten. Der Laden war groß und dämmrig. Drei Theken führten ins Dunkle. An den Wänden entlang zogen sich zahlreiche

Schublädchen mit kleinen Schildern, und von der Decke hingen in Bündeln metallisch blitzende Haken, Ketten, große Scheren und Sicheln mit den absonderlichsten Krümmungen, als müsse ein jedes Kraut mit einer eigens entworfenen Schneide geköpft werden.

Die Bedienung bestand aus drei älteren Herren, alle Fachleute, Messerschmiede und Scherenschleifer ehrwürdigster Profession, die graue Haare und graue Kittel trugen und sich mit leichtem Kopfschütteln und rekapitulierendem Murmeln der Kundenwünsche annahmen, als werde ihr ganzes Fachwissen gefordert, wenn es einen Nagel von einer gewissen Länge zu finden galt. Dies verwandte Verhalten und Aussehen trug seinen Grund darin, daß die älteren Herren Brüder waren und die Firma also »Gebr. Rötzel« hätte heißen können. Sie hieß aber nach dem Gründer des Hauses, dem Urgroßvater der grauen Herren, der noch allein seinen Geschäften vorgestanden hatte.

Wer die Gebrüder sah, der glaubte gar nicht, daß sie etwas verkauften. Es ging bei Rötzel eigentlich mehr wie bei einer schwierigen Prüfung zu. Der Kunde stellte die Aufgabe, nämlich die Frage nach einem möglichst entlegenen Gegenstand, einer Pinzette in ausgefallener Größe etwa. Der Prüfling, Bruder Rötzel, dachte nach, stöberte in allen Kammern seines erlernten Wissens, bestieg dann eine kleine Trittleiter, zog eins der unzähligen Schublädchen auf, und richtig, er hatte bestanden. Ob die Pinzette dann gekauft wurde oder zurück in das Schublädchen unter das Seidenpapier kam, war eigentlich gleichgültig. Die Brüder Rötzel bestanden die Prüfungen immer, und wenn einmal ein Schublädchen leer war oder es für das Gewünschte kein eigenes Schublädchen gab, dann bewiesen sie dem Kunden anhand von Listen, daß es das Geforderte entweder überhaupt nicht gab oder daß seine Herstellung schon vor dem Ersten Weltkrieg verboten worden war. Das kam allerdings selten vor, denn die Lagerbestände waren unerschöpflich und reichten weit in Vorkriegszeiten zurück. Bestimmte sehr feine Nagelscheren lagen sogar in einem Kartönchen aus der Kaiserzeit. Wie hatte ein solches Lager die Zerstörung der Stadt überdauern können? Allein die Vorstellung, den Rötzelschen Laden nach einer Luftdruckwelle aufzuräumen und alles wieder in das richtige Schublädchen zu packen, vermittelte einen Begriff von der Geduld und Andacht, mit der das Geschäft immer noch geführt wurde.

Auch wenn man nicht wie Alfred für die Reize eines solchen Ladens empfänglich ist, bleibt ein Messergeschäft ein zwiegesichtiger Ort. Es war ein solcher Laden für Haushaltswaren und Messer, den Charlotte Corday im Frühling des Jahres 1792 betrat, um ein Küchenmesser zu kaufen. Sie ließ sich verschiedene Modelle zeigen und untersuchte die Klingen und Griffe sehr genau, denn sie war zwar eine Dame, lebte aber in beengten Verhältnissen und wußte, was man in der Küche brauchte und wie man damit umging. Sie konnte ein Huhn schlachten und Gemüse putzen und hätte für diese Tätigkeiten niemals ein Instrument gewählt, das nicht vollkommen dafür geeignet war. Sie wog die Messer also in ihrer kräftigen, wohlgeformten Hand, legte den Daumenballen auf die Klinge, um in Fühlung mit dem Schliff zu treten, und entschied sich dann für ein handliches Messer mit schlanker Klinge von etwa zwölf Zentimetern Länge, zu schlank und zu kurz für ein Bratenmesser, für ein Gemüseputzmesser zu lang, genau das richtige zum Wurst- und Speckschneiden. Der Verkäufer steckte die Klinge in eine Scheide aus grüner Pappe. Erst im Zeugenstand gelang es ihm, sich an Charlotte Corday zu erinnern. Mit ängstlicher Miene beschwor er sein gutes Gewissen: Er habe sich nicht das mindeste bei dem Handel gedacht.

Alfred überliefen die schönsten Schauder, als er sich im Zwielicht von blinkenden Klingen umgeben sah und einer der grauen Brüder kopfschüttelnd die Fälle prüfte, die Alfred ihm, die Messertasche auseinanderrollend, vorlegte. Ein leises Schnaufen begleitete den schweigenden Augenblick. Dann vertiefte sich auf einmal das Dämmern im Laden, als sei draußen eine Wolke vor die Sonne gezogen, und eine sanfte Stimme, die gegen eine innere Müdigkeit anzukämpfen schien, sagte: »Sind Sie nicht Herr Alfred Labonté?«

Als Alfred sich der redenden dunklen Wolke zuwandte, verwandelte sie sich alsbald in eine goldene Wolke. Der Kopf, der sich vor das Licht geschoben hatte, war von einem Gekräusel aus feinstem blondem Haar umgeben, das die Reflexe der draußen scheinenden Sonne in den verschatteten Laden trug. Etelka Kalkofen sah jünger aus denn je. Im Grunde erinnerte nur ihr Haar mit dem berühmten Knoten an ihre frühere Erscheinung und ließ sie nun zugleich wie eine blonde oder blondgefärbte Südamerikanerin wirken, ihr schwerer Knoten hätte gut zu einer argentinischen Stierzüchterin gepaßt. Aber hinter der glänzenden Fassade war sie dieselbe geblieben. Wenn sie den Mund öffnete, hörte man immer noch die Königin aus Kalkofens Halle und Hof. Sie sah Eduard Has und sonst beinahe niemanden, und so fehlten ihr ganz einfach die Vergleichsmöglichkeiten, um gewisse Eigenheiten an sich zu erkennen und abzuschleifen. Die Labonté-Schwestern, die ihr die Scharnhorst als »stinkreich« beschrieben hatte, blieben für Etelka Respektspersonen. Niemals hätte sie gewagt, Alfred wie einen schlichten Schulbuben zu duzen. Und Alfred genoß es, von Etelka feierlich angesprochen zu werden, und wäre weit davon entfernt gewesen, ein Wort aus ihrem Munde unpassend oder gar komisch zu finden. In seinen Augen waren alle anderen Frauen der Schubertstraße, seine Tanten eingeschlossen, gegen Etelka nur farbloses Sperlingsgeflügel. Etelka hingegen war eine zartgraue, metallisch überpuderte Taube, deren Brust sich in vollkommenem Bogen wölbte, und manchmal auch ein Perlhuhn mit seinem zögernden, stilisierten Gang und den Seidenfederchen, die wie ein kleines Kissen aufgeblasen waren, und oft sogar ein Pfau in der byzantinischen Pracht seiner Federschleppe. Alfred schwärmte für Etelka. Wann immer er sie sah, träumte er lange der schwankenden Linie ihrer Schritte hinterher, weil er darin die geheime Wirkung ihrer Anmut entdeckt hatte.

»Ich habe so allerlei Bedarf«, sagte Etelka jetzt in vertraulichem Ton, um ihr Auftreten bei Rötzel zu erklären. Alfred mußte ihr zustimmen, daß sich nirgendwo »Bedarf« so gut würde decken lassen wie gerade hier, wo die grauen Brüder wie Schwertfeger des im Kyffhäuser brütenden Kaisers Barbarossa aus dem Dunkel ihr klirrendes Gerät vorholten, das sie mit feinen Fetten vor Rost und Verklemmen behütet hatten. Alles, was in den Schublädchen ruhte, von der Decke herabhing und weiter hinten in verwinkelten Korridoren lagerte, war ja »Bedarf«. Sehr häufig, dies wußte Alfred, erwachte der eigene Bedarf überhaupt erst, wenn man sich in einem Geschäft wie Rötzel umsah, wenn man diese Katarakte von gespreizten Scheren wahrnahm, wenn man die Halbmonde entdeckte, mit denen Kräuter kleingewiegt werden, das Tranchierbesteck, dessen Griffe aus echten Rehfüßchen gebildet waren, die Zangen, die jeden erdenklichen Dorn auszuziehen vermochten, die Büchsenöffner, deren scharfe Zungen das Blech zerschnitten, und vor allen Dingen natürlich Taschenmesser. Taschenmesser waren in beispielloser Vielfalt vertreten, in jeder Größe, vom winzigen Federmesserchen bis zum gewichtigen Mechanismus mit fünfzig verschiedenen Instrumenten, einem Renommierstück der Taschenmesserschmiedekunst. Sollte Etelka am Ende auch Bedarf in Gestalt eines Taschenmessers haben? Niemand hätte sie so gut beraten wie Alfred, der sich zutraute, über Taschenmesser umfassender unterrichten zu können als selbst die grauen Brüder.

Etelkas Verbindung mit Eduard Has war in der Schubertstraße inzwischen zu einer der feststehenden Tatsachen des Lebens geworden. Die Zeit, in der dieses Verhältnis als Sensation empfunden wurde, war längst vorbei. So wie Herr Herr abends mit seinem Schäferhund die Straße entlang auf das große gotische Fenster der Christuskirche zulief und die Scharnhorst ihn mit dem Schrubber grüßte, so wurde Etelka von Eduard Has besucht oder im Wagen abgeholt, oder verließ zu Fuß das Haus, um bis zur nächsten Straßenecke zu gehen, und stand dann dort in ganzer Pracht, bis der rote Wagen neben ihr hielt. Sogar Alfred wußte, daß die beiden miteinander zu tun hatten, wenn er sie auch nur als zwei Figuren seines großen Schachbretts, der Schubertstraße, dem Sonnenuntergang entgegenziehen sah. Am Klatsch, wie er in den Toreinfahrten gepflegt wurde, nahm selbstverständlich kein Mitglied des Hauses Labonté teil, wenn man von Fräulein Emig absah, die sich aber stets bemühte, recht würdevoll und ablehnend zu wirken, wenn ihr von der Hoffmann oder der Klusemann etwas Wichtiges zugetragen wurde. Und selbst diese beiden Frauen erlahmten schließlich vor der überwältigenden Macht der Gewohnheit, zumal nichts von dem eingetreten war, was sie als Racheakte Etelkas befürchtet hatten. Etelka grüßte im Gegenteil ebenso sanft wie bisher und nahm den nun stets beflissen gewährten Gegengruß allenfalls etwas zerstreut auf, weil sie sich in ihren Gedanken längst wieder bei wesentlicheren Dingen aufhielt. Wenn nur nicht die Scharnhorst gewesen wäre!

Die Scharnhorst war eben aus anderem Stoff geschaffen als die boshaften Kleinbürgerinnen. Die Gewohnheit erschöpfte ihre Kräfte nicht, sondern ließ sie erst recht zur Entfaltung gelangen. Die Zeit war ihr Element. Je länger Eduards Verehrung für Etelka anhielt, desto gefährlicher verdichtete sich der Haß im Körper der Zwergin. Er hätte ihr geradezu als schwarzes Männchen aus dem Mund springen können, so wie es auf alten Bildern gezeigt wird.

Für die Scharnhorst war die ganze Welt in zwei Parteien geteilt: Auf der einen Seite stand Dr. Eduard Has und die zu ihm übergelaufene Etelka Kalkofen, auf der anderen Seite stand sie selbst, und obwohl sie realistisch genug dachte, um zu wissen, daß der Kreis, der für sie Partei ergriff, klein war, so mußte sich gerade deswegen jeder hüten, durch entschiedenen Seitenwechsel das Heer des Feindes zu vergrößern. Man könnte sagen, daß Etelka alle Verwünschungen, die vorher Has gegolten hatten, nun auf sich selbst zog, so verwerflich erschien der Scharnhorst ihr Verrat. Has handelte gemein, weil er gemein geboren war. Etelka aber war immerhin »Frau Kalkofen«, ein Name, der verpflichtete, und zwar zu einer gewissen Größe und Gefährlichkeit im Handeln. Die Scharnhorst ging keineswegs soweit, Kalkofen als Muster der Moral hinzustellen, aber er besaß eben das Korsarenformat, das dem Erben und Genießer Has schon von seinem Äußeren her fehlte. Kalkofen durfte vieles tun, was Has verboten war. Hatte die Scharnhorst Etelka das nicht alles ganz genau erklärt? Die Blonde mußte wissen, daß sie ein solches Vertrauen nicht ungestraft enttäuschen durfte. Has fuhr im Wagen an der Scharnhorst vorbei, gepanzert mit rotem Blech, und lebte hoch über der die Einfahrten kehrenden Scharnhorst erhoben im VI. Stockwerk eines Hauses, dessen Souterrain er wortbrüchig der Zwergin vorenthielt. Vielleicht hatte er überhaupt vergessen, wer sie war. Diesen Gedanken wagte die Scharnhorst kaum zu denken. Er erschien ihr so lebensbedrohend wie einem Beter die Vorstellung, daß Gott ihn nicht kennen könnte. Bei Etelka war das anders. Sie jedenfalls wußte, wer die Scharnhorst war und was sie vermochte.

Die Scharnhorst hatte einen Buckel, aber sie buckelte vor niemandem. Die Ergebenheitsgesten der Klusemann und der Hoffmann vor den Reichen und Mächtigen waren ihr fremd, und die Favoritin fürchtete sie schon gar nicht. Sie hatte Etelka kennengelernt. Sie wußte, wie weich und untüchtig diese Frau war. Was vor einem Gericht aber als mildernder Umstand gegolten hätte, war für die Scharnhorst erst recht ein Grund zur Verachtung. Weich war nach ihrer Erfahrung nur jemand, der es sich leisten konnte oder darauf spekulierte, um seiner schönen Augen willen von anderen durchgeschleppt zu werden.

Etelka glaubte zunächst, daß die Nachstellungen der Scharnhorst zu dem Genuß ihrer neuen Liebe, die alle ihre Verhältnisse umstürzte, vieles beitrugen. Sie sah sich mit Glück überhäuft und fand es nur gerecht, dafür auch einen Preis zu bezahlen. Die Angst vor der Scharnhorst gab ihrer Liebe etwas Romanhaftes. Etelka fand es schön, für Eduard zu leiden. Das trug zu ihrer Sicherheit ihm gegenüber bei. Wenn sie mit hochgezogenen Schultern an der Scharnhorst vorüberhuschte, die sie durch die eisernen Stäbe des Gartenzauns mit schwarzen Mauseblicken durchbohrte, dann empfand sie es als besonderes Glück, sicher in die Lederpolster des roten Autos zu sinken. Vorher war ihre Welt abgestorben und gestaltlos, jetzt aber hauchte die Liebe sogar der Scharnhorst erst die eigentlich dämonischen Qualitäten ein. Etelka sah sich selbst als Bestandteil einer Rubens'schen Allegorie, in die sie körperlich gar nicht so schlecht hineingepaßt hätte: Die schöne Blonde, die mit den Füßen in einer Schlangengrube steht und von oben mit starker Hand ergriffen und auf ein Roß gehoben wird. Allmählich aber wurde ihr das Schweigen der Scharnhorst doch unheimlich. Wie oft hatte sie früher nach der Putzfrau Ausschau gehalten! Das war jetzt nicht mehr nötig. Die Scharnhorst war nun immer da. Gerade dann, wenn Etelka sich vor ihr sicher wähnte, schoß der große Kopf zwischen den Efeuranken oder hinter den Mülltonnen wie ein Kastenteufelchen hervor. War sie nicht früher erst gegen Mittag gekommen?

Nun hielt sie ihre bedrohliche Wacht schon am frühen Morgen, wenn Etelka etwas zum Frühstück einkaufen ging. Nach einiger Zeit war klar, daß die Scharnhorst das Haus der Etelka Kalkofen regelrecht belagerte. Die Scharnhorst war keine vulgäre Schlampe, die ihren Unmut keifend von sich gibt und damit Abscheu erregt. Alles, was sie tat, kam aus der Quelle ihrer Erdkraft, und das galt gerade auch für ihre furchtbarste Begabung, das Fluchen und Schimpfen. Wenn die Scharnhorst erst einmal ihre Stimme erhob, dann war diesem wahrhaft erschreckenden Ereignis meist ein Sprechen mit halber Stimme vorausgegangen. Die Scharnhorst verstand zu flüstern, aus dem Flüstern wurde ein Zischen, aus dem Zischen eine trocken surrende, hämmernde Rede, die klang, als werde eine Stahlseite immer schneller angeschlagen, und erst wenn der Zuhörer, bebend wie ein in Trance versetzter Hund, vor innerer Spannung aufseufzte, löste sich ein böser Schrei und versetzte das hingerissene Publikum in eine peinliche Öffentlichkeit.

Wenn Etelka vor der Haustür stand und in ihrer winzigen Handtasche die Schlüssel zu greifen versuchte, dann hörte sie manchmal in ihrem Rücken ein Wispern, als begänne das Laub zu reden. Sie wußte nie, was sie mehr fürchtete, sich umzudrehen oder sich nicht umzudrehen. Es war schrecklich, der Scharnhorst ins Gesicht zu blicken, aber es war auch unheimlich, nicht zu wissen, was sich hinter einem tat. Vielleicht stand die Scharnhorst schon gar nicht mehr hinter dem Zaun! Vielleicht war sie schon zwischen den losen Stäben hindurchgekrochen, wie Etelka es einmal beobachtet hatte. Der breite Buckel schob sich ohne Mühe durch die Lücke, der Kopf aber blieb stecken, bis die Scharnhorst ihn mit einem festen Ruck, ohne Rücksicht auf die großen Ohren, wieder befreite. In ihrer ängstlichen Verwirrung bekam Etelka den Schlüssel lange nicht zu fassen, und wenn sich die Tür dann öffnete, geschah es mehr als einmal, daß sie geradezu ins Haus fiel und einen Schuh auf der Treppe verlor. Leise wurden die Wohnungstüren der Hoffmann und der Klusemann zugedrückt, während Etelka an ihnen vorbei in ihre Mansarde flüchtete. Bis zu ihrem Bett reichten die Nervenkräfte. Dann brach sie in Tränen aus.

Eduard Has verfolgte alles, was Etelka ihm erzählte, mit dem väterlichen Entzücken, das auch die ersten Sätze der kleinen Lilly in ihm ausgelöst hatten. Aus dem Mansardenfenster ließ er sich die Scharnhorst zeigen, die unten gerade mit Schrubber und Eimer vorüberschlich, und konnte bei diesem Anblick sein gerührtes und amüsiertes Lächeln nicht verbergen. Daß seine lächelnde Geliebte in einen Krieg mit dieser kleinen Putzfrau verwickelt war, erheiterte ihn wie eine römische Groteske. Er freute sich, beitragen zu können, daß er die Scharnhorst seit langem kenne. Die drücke sich schon seit Kriegsende hier herum, Pack aus dem Osten, mit dem seine Mutter bereits zu tun gehabt habe, und Etelka, die aus Zoppot nach Frankfurt gekommen war, trank seine Worte wie süßen Trost, während noch einzelne Tränen in ihren Wimpern hingen.

Aber allmählich wurden die Mittel der Scharnhorst schmerzhafter. Sie drückte sich niemals banal aus, aber was sie nun sagte, besaß geradezu alttestamentarische Wucht. »Ich muß den Huren die Straße kehren«, rief sie, als Etelka sich blicken ließ, und Fräulein Emig, die Zeuge dieses Auftritts geworden war, erzählte bei den Labontés davon mit gespieltem Entsetzen, hinter dem die nackte

Schadenfreude lauerte. Tante Mi sah sich sofort verpflichtet, hier erzieherisch einzugreifen. »Frau Kalkofen ist keine Hure, sondern eine ausgehaltene Frau«, sagte sie, als diktiere sie Alfred in sein Vokabelheft. Es war aber wohl eigentlich gar nicht so sehr dieses böse Wort, das Etelka beunruhigte, sondern der ganze Zustand des Irregulären, der ihren eigenen Maßstäben im Grunde nicht entsprach und der vielleicht sogar Eduard Has, wenn er erst einmal darüber nachdachte, bedrücken würde. Gewiß, in seiner Sphäre galten andere Gesetze als in Zoppot unterm Kirschbaum und in den Haustoren der Schubertstraße, aber vielleicht würde es ihn dennoch erschrecken, wenn er durch Etelka plötzlich in eine Lage geriet, die ihn abstoßen mußte.

Als Etelka ihm die Scharnhorst zum erstenmal von ihrem Fenster aus gezeigt hatte, erkannte sie an seinem Lächeln, daß er für ihre Angst nicht das geringste Verständnis aufbrachte. Deshalb ertrug sie deren Bosheit jahrelang schweigend und klaglos und bat Eduard Has erst um eine neue Wohnung, als sie völlig sicher war, daß er ihr nichts mehr abschlagen würde. Für Has war die Bitte dennoch mit einem mächtigen Erschrecken verbunden. Gleitend sollte sich sein Leben voranbewegen, und hier drohte nun ein Einschnitt. Der Dachkammeridylle, dem gestohlenen Leben in der Luftblase sollte ein Ende gesetzt werden. Und das schlimmste war, daß er mit der Trumfeller würde sprechen müssen. Immerhin brachte er es fertig, bei Etelkas schmeichelnd vorgetragener Bitte nicht einmal zu seufzen, denn die Gelegenheit zu einer großzügigen Geste bildete für ihn stets eine starke Versuchung.

»Es ist so vielerlei, was man in einem neuen Haushalt braucht, Herr Alfred«, konnte Etelka also im Laden von Rötzel sagen. »Ach, das wird schön bei mir.« Eine dunkle Sehnsucht lag in ihrer Stimme, als ob sie sich an ihre neue Wohnung wie an etwas weit Zurückliegendes, in Zoppot Beheimatetes erinnere. »Ich bedauere allerdings auch, daß ich die Schubertstraße aufgebe. Ich liebte dort das Abendlicht, wenn die Sonne hinter der Christuskirche untergeht. Das lieben Sie ja auch, Herr Alfred, nicht wahr?« Sie habe ihn nämlich von oben einmal dabei beobachtet, wie er den Sonnenuntergang betrachtete. Er müsse ein gutes Auge haben. Sie schien von Bewunderung überwältigt. Die jungen Leute hätten sonst für so etwas keinen Blick, sagte sie. Aber er sei anders. Sie erkenne alle, die die

Natur liebten. Sie selbst liebe die Natur ohnehin am allermeisten. Sie sehne sich danach, in der Natur zu leben wie ein Tier. Mit diesen Worten, in denen sie Dorothée bewußt zitierte, erlaubte sie sich, versuchsweise in die Haut der Rivalin zu schlüpfen, die Has zwar häufig genug vor ihr kritisierte, die aber dennoch etwas besitzen mußte, was ihr die einzigartige Karriere, Frau Eduard Has zu werden, eröffnet hatte. Sie fühlte sich denn auch vollständig wohl und sicher, während sie sich Dorothées seltsamen Wunsch aussprechen hörte, und sie stellte zugleich fest, daß Alfred nichts Ungewöhnliches in ihren Worten zu finden schien. Der Bruder Rötzel unterließ es, die blonde Dame nach ihren Wünschen zu fragen, denn sie sprach zwar gedämpft, aber engagiert. Außerdem war der Laden leer, es gab keinen Grund zur Eile. Und auch Alfred war nicht schüchtern wie sonst meist mit Erwachsenen. Möglicherweise hörte er aus ihren Worte eine halb verhohlene, Etelka selbst vielleicht nicht bewußte Hemmungslosigkeit heraus, die der schönen Dame etwas beruhigend Kindliches gab.

Etelka lebte, wie man weiß, allein und empfing eben nur den Besuch von Herrn Dr. Has. Häufig trafen sie sich neuerdings in Falkenstein, wo die »Verwaltung« ein Hochhaus mit kleinen Wohnungen besaß. Dr. Has, der vor seinem Vetter und der Trumfeller nicht offen zugeben wollte, daß er einige Räume dort zu seiner eigenen Verfügung benötigte, zögerte die Vermietung einer möblierten Wohnung ständig hinaus und erfand schließlich einen Amerikaner, der zuverlässig sei und lediglich ein pied-à-terre suche. Aber die Trumfeller entdeckte diesen faulen Zauber, denn Dr. Has fehlte es an der notwendigen Energie, um mit Konsequenz zu lügen. Schließlich zahlte er für den ominösen Amerikaner die Miete, aber mit unguten Gefühlen und in der Absicht, daß Falkenstein nur ein Provisorium bleiben solle. Die vorläufigen Lösungen besitzen als Kinder der Selbsttäuschung jedoch oft ein langes Leben. Weder Has noch Etelka mochten die Wohnung in Falkenstein, in der sie ihre leidenschaftlichsten Stunden verbrachten. Das häßlich tapezierte Schlafzimmer war ein trauriger Hintergrund für eine aufblühende Liebesgeschichte. Aber es hielt die Hoffnungen auf eine vielleicht doch einmal mögliche Verbesserung dieses Zustands am Leben. Etelka gewöhnte sich daran, von einer neuen Umgebung zu träumen und sich vorzustellen, daß ihr eigentliches Leben mit Has erst beginnen werde, wenn man das Falkensteiner Quartier nicht mehr benötige. Dabei läßt sich keine Zeitspanne in Parenthese setzen. Jeder vertane Augenblick besitzt denselben massiven Grad an Wirklichkeit wie der vermeintlich tätig genutzte.

Die fünf Jahre, in denen Etelka Kalkofen zwischen der Schubertstraße und Falkenstein hin und her pendelte, prägten das Bild ihrer Liebe zu Dr. Has. Sie empfand, daß er sie zu einem ewigen Warten verurteilt habe und daß er ihr damit ihr Leben, nämlich ihre besten Jahre, stehle. Diesen Vorwurf erhob sie noch nicht laut, sie erprobte ihn aber manchmal für sich allein in den Stunden der Ungeduld, die zahlreicher wurden, wenn nicht gerade einmal eine schöne Reise Abwechslung brachte. Etelka hatte unter anderem ihr Capri schon dreimal besucht. Aber in den Untergrund ihrer Seele war ein bis dahin unbekanntes Wesen eingezogen, körperlos fast und doch immer gegenwärtig, so wie es heute noch auf dem Land hin und wieder Familien gibt, die den Wahnsinn als Schande empfinden und die ihren kranken Sohn, den sie nicht zu töten wagen, in einem fensterlosen Gelaß für Jahre einschließen. Inzwischen feiern sie Weihnachten, schmücken den Baum, singen Lieder, essen Gänsebraten, heiraten unter der Teilnahme des ganzen Dorfes, backen Kuchen, und der stumme Mitbewohner im dunklen Zimmer nebenan ist immer gegenwärtig, fast vergessen, denn der Teller, den ihm die Mutter täglich hineinstellt, ist längst zum Gegenstand einer Gewohnheit geworden, die keinen Gedanken mehr auslöst. Wenn der Unglückliche schließlich entdeckt wird, stellt sich heraus, wie groß er geworden ist, ein Ungeheuer an Elend und Bestialität ist im Hinterzimmerchen herangewachsen. So war es auch mit Etelkas Langweile. Sie lebte in einem niemals betretenen Kämmerchen des Bewußtseins, erhielt täglich Nahrung, wuchs heran und wurde auf eine krankhafte Weise groß und kräftig. Ein Grauen, das Etelka neuerdings manchmal befiel, wenn sie Dr. Has gegenübersaß und wußte, daß sie ihn nun vier Tage lang nicht sehen würde, hatte seinen wahren Grund in diesem unheimlichen Gast, und auch die Launen, die bei ihrer Sanftmut natürlich nicht ins Zänkische abglitten, kamen aus dem Schlüsselloch des besagten Kämmerchens herausgekrochen, während die Tür selbst noch fest verschlossen blieb.

Wie Kinder, die sich unter dem Eßtisch aus Kissen ein Haus bauen und sich dann dort in aller Form besuchen, spielte Etelka

Kalkofen bei Rötzel nun das Spiel »Eine Dame trifft einen Herrn und tritt in eine Unterhaltung mit ihm ein«. Als kostbarsten Schatz ihres Charakters besaß sie eine unzerstörbare Naivität, die ihrer opernhaften Erscheinung eine Poesie hinzufügte, die dies Spiel auch gelingen ließ. Über Etelkas Kopf hing eine große Sense mit einem Abziehbildchen der Muttergottes und den Buchstaben »Mariensense« auf dem gebogenen Blatt. Das Metall spiegelte ein bläuliches Stückchen Tageslicht wie die Mondsichel, die von der Sonne ihr Licht empfängt. Es fehlte nichts, um Alfred diesen Augenblick unvergeßlich zu machen.

»Sie haben einen sehr netten Freund«, sagte Etelka, und in ihren Augen lag das triumphierende Vergnügen, sich im Besitz einer großen Überraschung zu befinden.

»Wissen Sie, wo ich Herrn Osten mit seinen Eltern getroffen habe?« fragte sie. »In San Remo!« Sie kenne die Eltern Osten – die »Herrschaften«, wie sie sagte – nur vom Christusplatz her, wohin Herr und Frau Osten ihren Hund zu führen pflegten, aber den jungen Herrn habe sie bei den Labontés ein und aus gehen sehen. Ihren Bekannten – sie war noch unsicher, ob sie einen Namen nennen sollte und blickte Alfred statt dessen bedeutungsvoll an – habe sie in San Remo gleich auf Herrn Osten aufmerksam gemacht, aber es habe sich nichts weiter ergeben, und dabei liebe sie solche Zusammentreffen an weit entfernten Plätzen. »Ich liebe vertraute Gesichter!« rief sie begeistert, als spüre sie soeben erst richtig, was ihr seit langem gefehlt hatte. Man grüße sich in der Halle oder im Restaurant und trinke vielleicht sogar einen Apéritif zusammen und mehr nicht. Mehr wolle sie gar nicht. Sie schwelgte in der Beschreibung einer geradezu britischen Zurückhaltung, als wolle sie Menschen im Grunde nur kennenlernen, um sie von da an aus weiter Ferne zu betrachten. Etelka verschwieg allerdings, daß Dr. Has, kaum daß sie das Ostensche Dreigestirn von fern in der Halle aufleuchten sah und beglückt in seine Richtung wies, seine selbstbewußte Haremsbesitzermiene verlor und sie in den Fahrstuhl schob. Am selben Tag noch reisten sie ab. Daß sie die Ostens von weitem in San Remo gesehen hatte, blieb für Etelka dennoch ein Höhepunkt der Reise. Wenn sie das Neue und Unbekannte recht genießen wollte, mußte sie eben von dort eine Brücke in ihre vertraute Welt schlagen können, San Remo mit Frankfurt vergleichen, Frankfurt wiederum mit Zoppot. Kurzum, San Remo wurde wirklicher, als die Ostens dort auftauchten.

Für Alfred allerdings bildete die Erwähnung von Toddi Osten eine leichte Störung. Toddi flößte ihm stets aufs neue Unbehagen ein, weil er sich ihm gegenüber immer noch zurückgeblieben fühlte, und daran wollte er gerade jetzt nicht erinnert werden. Während er hier mit Etelka bei Rötzel stand, saß Toddi Osten mit Sicherheit im Kreis von mehreren Oberprimanern im Café Feuerbach und führte eine von ihm entwickelte Manier des Umgangs mit dem Teebeutel vor. Er fischte ihn aus dem Glas und schlang dann den Faden derart geschickt um den Löffel herum, daß er damit den nassen Teebeutel ausdrücken und ein paar Tropfen, dunkel wie Möbelpolitur, in das Glas fallen lassen konnte, und obwohl das ziemlich unappetitlich aussah und der Tee danach nur noch bitter schmeckte, wirkte diese Geste auf Alfred einfach niederschmetternd erfahren und eingeweiht.

»Auch ich habe einen sehr guten Freund, Herr Alfred«, sagte Etelka jetzt unvermittelt, und Alfred hatte den Eindruck, als habe sie Toddi Osten nur als Brücke benutzt, um über etwas viel Wichtigeres sprechen zu können. »Mein Leben war nicht leicht, und ohne einen guten Freund wäre ich verdorben.« Sie sagte tatsächlich »verdorben«, wie in einem Choral von Paul Gerhardt. »Sie wissen vielleicht, ich bin eine verheiratete Frau.« Und auch dieser Ausdruck hatte etwas Feierliches, so als schildere sie das Schicksal einer Verurteilten und Geschlagenen. Alfred könne aber Herrn Kalkofen nicht kennen.

Hier hielt sie es für geboten, ihm den richtigen Eindruck von Kalkofen zu vermitteln. Deshalb trat sie aus ihrer literarischen Trauer unvermittelt heraus wie aus einem kleinen Tempelportal und begann in eindrucksvollen Stichwörtern Kalkofens Bedeutung zu umreißen. Ein Organisator! Ein Unternehmer! Ein Athlet! Ein geschäftliches Genie! Ein Perfektionist! Die Scharnhorst hätte ihre Freude gehabt, aber Alfred war es unmöglich, in dieser Beschreibung den Lumpensammler wiederzuerkennen, dem er als kleiner Junge die alten Zeitungen verkauft hatte.

Etelka machte ihre Sache gut. Sie wollte Alfred für Kalkofen gewinnen, und das gelang ihr auch. Um so erschreckender wirkte dann das Ende. »Er hat mich verstoßen. Und ich mit meinem

Asthma, ohne Geld, ohne Freunde, war wehrlos«, sagte sie, und ihre belebte Miene verriet fast eine Art Stolz über das Ausmaß der Misere, die hinter ihr lag. Inzwischen sei er ein reicher Mann geworden, fuhr sie mit träumerischer Miene fort, als löse Kalkofens Wohlstand begütigende und weich stimmende Gedanken in ihr aus. »Wenn er nur nicht so heftig wäre!« Als er herausbekommen habe, daß sie jetzt Hilfe von einem guten Bekannten erhalte, sei er unangemeldet bei diesem Herrn im Büro erschienen. Kalkofen sei zwar jetzt reich, aber immer noch recht nachlässig angezogen. Er packe selbst im Lager mit an, und der Herr, von dem sie spreche, arbeite in einem hochvornehmen Büro. »Ich habe es mit eigenen Augen gesehen«, sagte sie, um Alfred zu überzeugen.

Etelka war tatsächlich an einem Sonntag im Sommer, als Fred Olenschläger gerade in Bad Reichenhall das Salz gebrauchte, die Trumfeller aber ihre Mutter in Bad Nauheim besuchte und deshalb nicht wie üblich im Büro den ganzen Sonntag über die neue Woche vorbereitete, einmal zu Has in die »Verwaltung« gekommen und hatte über die kalten schwarzen Ledersofas noch mehr gestaunt als über den Klee an der Wand. So erlesen sah natürlich nur das Zimmer von Has aus. Fred Olenschläger benutzte nach wie vor die abgestoßenen Kontormöbel der Jahrhundertwende und ließ sich das grelle Licht der Neonröhren auf die Glatze scheinen, und die Trumfeller saß umgeben von uringelbem Sperrholz, das mit grünen Gummimatten belegt war, und züchtete gefährlich spitze Metzgerpalmen. Nachdem Etelka die Räume besichtigt hatte, hätte niemand ihre Überzeugung, daß Has das wahre Haupt der »Verwaltung« sei, erschüttern können.

Erst jetzt wurde ihr der Abstand, der zwischen Has und Kalkofen gähnte, richtig bewußt. Auch nach der Trennung hatte sie Kalkofens finstere Geschäftsräume in der Baracke des Altwarenlagers häufig betreten, um sich ihr Geld abzuholen, das ihr Mann herausrückte, wenn sie verzweifelt darum gebeten hatte. Er bestellte sie stets zur Mittagszeit. Auf einem Tisch, der in der Nähe des Ofens stand, breitete er dann eine Zeitung aus und löffelte, tief nach vorn gebeugt, die von ihm selbst bereitete Bohnensuppe, biß zwischendurch in ein Bündel Schalotten, zerriß mit seinen schwarzen Händen ein unschuldig weißes Brötchen und nahm zwischendurch mit jedem Schluck eine halbe Flasche Bier zu sich. Nach dem Essen verharrte er so lange in gedrückter, schweigsamer Unruhe, bis sich die viele Luft, die er mit weit aufgerissenem Mund beim Essen geschluckt hatte, wieder aus ihm herauslöste. Wenn er dann schließlich den Schlüssel gefunden hatte, öffnete er die Kasse und blätterte mit den riesigen Fingern in den Bündeln.

Das Geld war das einzige Band zwischen ihnen, das heil geblieben war, als Kalkofen sich in schnellem Entschluß von Etelka befreite. Er erkannte ihr gegenüber stets an, daß er für sie zu sorgen habe. Aber diese Sorge schloß eben auch, wie er zu sagen pflegte, eine wirkungsvolle Aufsicht über sie ein. Etelka habe einen Hang zur Verschwendung, behauptete Kalkofen, und tatsächlich wußte er, daß sie gern Trinkgelder gab und bereit war, für eine neue Bluse wochenlang kein Fleisch zu essen. Außerdem war er neugierig. Er hatte keine Lust mehr, mit ihr in einem Bett zu schlafen, aber er wollte immer noch wissen, was sie in ihrer Verlassenheit so trieb. Es war, als ob sich die Eifersucht, die Etelka während ihres Zusammenlebens fast verrückt gemacht hatte, in abgeschwächter Form nach der Trennung auf Kalkofen übertragen habe.

So erwachte sein Mißtrauen denn auch sofort, als die Geldforderung auf einmal ausblieb, und zwar, weil Etelka sie einfach vergessen hatte. »Wie er den Namen von meinem guten Bekannten herausgefunden hat, ist mir ein Rätsel!« sagte sie zu Alfred. »Wir sind doch so diskret! Oder ob er doch mit der Frau Scharnhorst gesprochen hat?« Dieser Gedanke kam ihr zum ersten Mal. Ein befremdender Zug glitt über ihr Gesicht, sie sah auf einmal kalt aus. Aber dann überwältigte sie doch die Vorstellung, Anlaß gewesen zu sein für solch ein Treffen der Giganten. Has mußte ihr den Auftritt mit Kalkofen immer wieder erzählen, und sie spürte aus seinen Worten sehr wohl heraus, wie stolz er war, der Naturgewalt standgehalten zu haben. An diesem Tag, so fühlte sie, hatte Eduard Has sie erst wirklich erobert. Ohne sich vorzustellen, hatte Kalkofen das Büro von Has gestürmt und gerufen: »Ich bin ihr Mann! Sie können sie haben!« »Als ob ich eine Ware wäre, als ob wir bei den Türken wären!« sagte Etelka, und Alfred spürte hinter ihrer milden Entrüstung auch eine gewisse Befriedigung. »Und wissen Sie, wie es seit dieser schönen Szene läuft? Die Herren haben sich geeinigt und sind sich auch geschäftlich nähergekommen. Herr Dr. Has gibt Kalkofen sogar manchmal antiquarische Suchaufträge zur Vervollständigung seiner Expressionismus-Sammlung, Illustrationen, Kataloge, Ausgaben aus dem Kurt-Wolff-Verlag.« Das sagte Etelka nicht ohne Stolz auf ihr neuerworbenes Wissen und beendete dann das »Herr-und-Damespiel« ganz leicht, indem sie Alfred einfach zum Kaffee einlud. Bevor sie den Laden verließen, kaufte sie von dem diskreten Rötzel-Bruder ein stattliches Taschenmesser mit Hirschhorngriff und überreichte es Alfred mit großer Zartheit wie die letzte Hinterlassenschaft eines Kriegskameraden.

Wer noch kein Tierfreund war, der wurde es im »Café der Tierfreunde«, wenn er die Papageien, rot-gelb-blaue Aras mit ausgefransten, an den Käfigstangen abgestoßenen Schwanzfedern, sah die nervösen, stets die gleichen Bewegungen wiederholenden Rhesusäffchen, die unablässig mümmelnden Meerschweinchen, die stumm an einen Ast geklammerten Waschbären und die Fische, deren Farben im Licht der blauen Unterwasserlampen giftig schillerten, während sie zwischen den Fäden einer smaragdgrünen Wasserpest auf und ab schwebten. Die Luft in dem hohen Kronleuchtersaal war gleichermaßen von üppigem Buttercremeduft wie von dem verklebten Sägemehl der Menagerie erfüllt. Alfred betrat zum erstenmal das »Café der Tierfreunde«. Bis zu diesem Tag hatte er nur sehnsuchtsvoll von den Wundern dieses Hauses erzählen hören. Nun aber bemerkte er vor allem die Gemeinde älterer Damen, die sich als Stammkundinnen ganz der Ausübung der Tierfreundschaft verschworen hatten. Jede besaß einen besonderen Liebling in den Käfigen, die in die Wände eingelassen waren und die Logen voneinander trennten. In der Nähe ihres auserwähnten Freundes nahmen sie täglich Platz und vergaßen nie, ihm vom Büfett, wo man Nüsse, Mais und Körner bestellen konnte, etwas Gutes zukommen zu lassen. Das Geschrei der Papageien vermischte sich mit dem Potpourri aus der »Lustigen Witwe«, das der Pianist jeden Nachmittag mehrmals wiederholte, und an allen Tischen blühte geräuschvoll das Gespräch, denn die Liebe zu Musik, Tieren und Schwarzwälder Kirschtorte ging hier nicht mit einer Neigung zu stillem Grübeln und Lauschen einher. Es war laut im »Café der Tierfreunde«, ein guter Platz, um sich ungestört zu unterhalten, denn Krach schafft ebensoviel Diskretion wie die Waldeinsamkeit.

Alfred sah, daß hier noch viele Hüte getragen wurden, was sonst nicht mehr üblich war, und diese Hüte neigten sich einander zu, weil unter der Krempe ein Ohr einem Mund näherrücken wollte, und so bot sich im lebhaftesten Getöse, während Eiskugeln und Tortenzylinder über den Häuptern hin und her getragen wurden und die Tiere die Nüsse so gierig vor die Mäulchen hielten, als knabberten sie an den eigenen Krallen, das vielfache Bild eines Geheimnisaustausches, wie man ihn sich rückhaltloser zwischen vier Bettpfosten nicht vorstellen kann.

Wenn Alfred von der Umgebung des Messergeschäftes Rötzel bezaubert wurde, so erblühte Etelka im »Café der Tierfreunde«. Sie liebte vor allem die Papageien und gestand Alfred, daß sie plane, in der neuen Wohnung auch einen Papagei zu halten, einen hellgrauen mit zitronengelber Brust. Ihr »guter Bekannter« habe schon zugestimmt, nachdem sie ihm zuliebe auf so manches Andenken habe verzichten müssen. Damit spielte sie auf den Tag an, an dem sie herausbekam, daß Eduard Has sich über ihre Caprifächer, die kleine Gondel und die Chiantiflaschen amüsierte, eine verletzende Entdeckung, die Etelka dazu brachte, alle schmückenden Siebensachen in einen Pappkarton zu packen. Has bemerkte sofort, was fehlte, und stimmte gerührt dem Plan zu, den kahl gewordenen Haushalt nun um einen bunten Kakadu zu bereichern.

»Aber, Herr Alfred«, sagte Etelka plötzlich und legte ihm eine Hand auf den Unterarm, wo sie noch ein Weilchen mit ihrem ganzen Gewicht ruhen blieb. »Ich sollte aufhören mit dem Theater. Sie kennen doch meinen Bekannten längst! Sie kennen doch Herrn Dr. Has!« Sie sah ihn dabei nicht an. Sie erwartete keine Antwort. Es ging ihr ja nur darum, endlich einmal ungehemmt über Dr. Has und ihr Leben mit ihm sprechen zu können. »Was wir nicht aussprechen, das bedenken wir auch nicht recht«, bemerkte der italienreisende Goethe, eine Erfahrung der Einsamen damit aussprechend, denen nicht nur die Gesellschaft fehlt, sondern die darüber hinaus durch die Sprachlosigkeit auch noch um die Früchte ihres inneren Lebens betrogen werden.

Has war sehr empfindlich im Umgang mit Erinnerungen. Er hörte ungern zu, wenn Etelka von dem Abend erzählte, an dem sie sich kennengelernt hatten, und wollte auch die Capri-Fotos nicht mit ihr betrachten. Wenn sie Anstalten machte, ein Album aufzuschlagen, verdarb er ihr sofort die Laune, indem er sagte: »Vorbei ist vorbei«. In ihren Ohren hatten diese Worte einen besonders brutalen Klang, sie sah ihn dann an, als habe er soeben den Papagei gewürgt, den er ihr doch überhaupt erst schenken wollte. In Wahrheit empfand Eduard Has sein »Vorbei« nämlich als ganz und gar nicht vergangen, sondern fühlte es mit all seinen Zweifeln, Halbheiten und Lügen bis an die Gegenwart heranreichen. Die Erinnerungen aber nahmen übel, daß sie nicht hervorgeholt, verfälscht, geschönt und repariert wurden. Sie brachen wie Leinen, das zu lang in einem feuchten Schrank gelegen hat. Sie zerbröselten Etelka unter den Händen, das alte Leben wurde blaß und verlor an Körper, und ohne diesen Hintergrund blieb auch der Tag flach und flüchtig.

Jetzt aber, da jemand neben ihr saß und ihr still zuhörte, strömten alle vergessenen Bilder wieder übermächtig in ihr Bewußtsein zurück. Am liebsten hätte sie Alfred ihr ganzes Leben erzählt und von der großen Veränderung gesprochen, die Eduard Has gebracht hatte, von den neuen Hoffnungen und neuen Schmerzen, den Ungewißheiten, aber auch dem aufregenden Erlebnis, allmählich in seine fremde Welt einzudringen. Es war nicht schwierig, den Anfang zu finden. »Dr. Has hat auch einen Freund, das ist genaugenommen sein bester Freund«, begann sie also.

Eduard Has hatte stets unter dem Verdacht gelitten, nie wirklich jung gewesen zu sein. Er glaubte, daß ihm die Erfahrungen, die er bei anderen jungen Leuten vermutete, fehlten. Er hatte vor allem nie Freundschaften geschlossen, woraus in Jugendjahren doch gern ein Kult gemacht wird. Die Zeiten, in denen er unter dem Mangel an Freunden litt, waren allerdings längst vorbei. Seitdem er sich mit Frauen beschäftigte, hätte er gar nicht mehr gewußt, was er mit einem Freund eigentlich anfangen sollte. Wenn er mit einer Frau zusammen war, vermißte er gar nichts mehr. Er fand, daß eine leichte erotische Stimmung auf seinen Geist anregend wirkte und daß er klüger wurde, wenn er mit einer Frau sprach, die er erobern wollte. Has sagte sich manchmal, daß er am liebsten in einem Harem gelebt hätte – nicht aus Unersättlichkeit, denn er war leicht und schnell zufriedenzustellen, sondern weil ihm das Leben in einem solchen Harem den fesselndsten Beobachtungsstoff geliefert hätte, den er sich vorstellen konnte. Dorothée hatte es nicht gern, wenn er ihr schweigend zusah, weil sie die intime Atmosphäre, die aus solchem Zuschauen entstand, nicht gern hatte. In einem Harem hätte er sein schönstes Vergnügen gefunden: Frauen, die sich kämmen und die sich schminken, Frauen, die sich waschen oder die Strümpfe anziehen – Has war gefangen von der stillen Besessenheit, die nach seiner Erfahrung jede Frau befiel, die sich zurechtmacht.

Bei Etelka allerdings hatte er dies Erlebnis in Fülle, und wenn ihn auch manchmal, wie nach jedem maßlosen Genuß, die Verstimmung überkam, und er erschöpft und zänkisch vor sich hinmurmelte, was sie doch für eine unerhört dumme Person sei, konnte er in Wahrheit doch nie genug von ihr bekommen. Es gab Tage, in denen er in der »Verwaltung« überhaupt nicht mehr erschien. Anfangs dachte er sich noch kunstvolle Ausreden aus, aber dann ging er dazu über, der Trumfeller nur kurz telefonisch zu sagen, er sei unterwegs und nicht zu erreichen. Wenn er dann wieder einmal erschien, lag unfehlbar ein Formular auf seinem Schreibtisch, auf dem er seine Reisekosten abrechnen sollte, und wenn er das Blatt in den Papierkorb warf, fragte die Trumfeller, ob sie die vergangenen Tage als Urlaubstage eintragen solle. In diesem Büro wurde eben über jede Lebensregung Buch geführt. Has fühlte sich wie ein Gefangener. Jetzt, wo er das Glück kannte, lernte er seine Ketten erst richtig kennen. Manchmal ertrug er die Luft in der »Verwaltung« nur bis zum Mittag. Dann verließ er das Haus, in dem er seinen Mantel hängenließ, um den Anschein einer kurzen Abwesenheit zu erzeugen, kaufte in der Stadt ein Schüsselchen Krebssalat und eine Flasche Sekt und feierte mit Etelka ein Picknick im Bett am hellen Tag. Er liebte die kleine Mansarde und bewegte sich darin zufrieden und ungehemmt. Wenn er etwas umwarf, erschrak Etelka noch, und legte ängstlich die Finger auf die Lippen, aber er hätte getrost wie ein Elefant stampfen dürfen, ohne daß die Klusemann gewagt hätte, daran Anstoß zu nehmen. Manchmal, wenn es draußen besonders schön war, fuhren sie spazieren, und Etelkas Vergnügen, in dem roten Wagen zu sitzen, war unerschöpflich. Dann hielten sie auf einem Waldweg an und umarmten sich, als ob sie im Schlafzimmer wären. Has wußte auf einmal, was er eigentlich schon immer in dem roten Wagen hatte tun wollen.

Im Grunde konnte Eduard Has sich zu Dorothée gratulieren. So, wie sie beschaffen war, würde sie seinem neuen Glück wenig entgegensetzen. Sie fragte nicht, wohin er ging, was er tat, wann er wiederkam, wen er getroffen hatte. Was sie über sein Leben wußte, hatte er selbst ihr erzählt. Die Zeiten seiner Verliebtheit in Dorothée lagen noch nicht sehr lange zurück, und in dieser Zeit hatte er versucht, mit ihr genauso zu leben, wie er es jetzt mit Etelka tat. Er hatte sie »teilnehmen lassen«, wie er sich ausdrückte, und ihr bei jeder Gelegenheit nicht nur seine Gedanken zu Kunst und Philosophie mitgeteilt, wo sie erheblich weniger beschlagen war, als er befürchtet hatte, sondern überhaupt alles, was er tat und trieb und was er sich dabei dachte, und sie hatte ihm immer schweigend und manchmal zerstreut zugehört. Has mußte dennoch damit rechnen, daß Dorothée alles über ihn und seine Bewegungsmöglichkeiten wußte, unmöglich, daß er ihr noch das geringste Rätsel aufgab. Wenn er sie belog, dann niemals, was ein Ereignis betraf, sondern nur die Rolle, die er darin gespielt hatte. So fügte er zum Beispiel Antworten, die er Fred Olenschläger gern gegeben hätte, die ihm aber erst auf der Heimfahrt eingefallen waren, seinem Bericht für Dorothée hinzu. Aber er erzählte ihr eben nicht, daß er mit Fred Olenschläger gesprochen habe, wenn er in Wirklichkeit etwas anderes getan hatte. Has war wirklich entschlossen, Dorothée als Freundin und Geliebte sein ganzes Leben lang zu behalten, und sein Mitteilungsdrang diente allein diesem Ziel. Das wurde ihm nun, da die Dinge einen anderen Verlauf genommen hatten, zur Falle. Zwar hätte er, um Dorothée in großem Umfang zu belügen, keine übermäßig hohe moralische Hürde überspringen müssen, aber ihm fehlte ganz einfach das Instrumentarium, um auf lange Sicht in täglicher Gemeinschaft mit Dorothée ein Doppelleben führen zu können. Nachdem er eine Weilę alles hatte treiben lassen, sah er sich in einem Anfall von Panik plötzlich am Ende seiner Möglichkeiten. Er saß Dorothée gegenüber und wußte nicht, wie er seinen Aufbruch, der unmittelbar bevorstand, begründen sollte. Im Eßzimmer gab es eine große Uhr, deren Zifferblatt aus einer unregelmäßigen Schiefertafel bestand und überhaupt keine Ziffern hatte, ein künstlerischer Gegenstand also, mit dem Has sich bei aller Schwierigkeit, ihn zu benutzen, dennoch nicht betrügen konnte. Es war schon neun Uhr, Etelka wartete seit einer halben Stunde, und er saß immer noch da wie festgewachsen und mit versiegeltem Mund. Er hatte es von Anfang an versäumt, schweigend zu kommen und zu gehen, Dorothée wäre es recht gewesen. Nun war es zu spät.

Am nächsten Tag mußte er Sturm klingeln, bis Etelka ihm öffnete. Ihre Augen waren verschwollen. Seiner Umarmung wich sie aus. Wenn er sie verlassen wolle, solle er es sofort tun, sagte sie und brach in Tränen aus. Nur einen solchen Abend und eine solche Nacht dürfe er ihr nie wieder antun. Has kam es vor, als sei in diesem Augenblick alles von ihr abgefallen. Sie war viel weniger schön als sonst, aber sie sprach wie eine Tragödin aus der großen Zeit, einfach und zutiefst rührend. Als sie sich etwas beruhigt hatte, schilderte er ihr seine Lage, und jetzt, in der erregten Stimmung, erschien sie ihm doppelt hoffnungslos. Etelka glaubte ihm und antwortete zu seiner Überraschung mit durchaus sachlichen Überlegungen. Sie habe schon lange befürchtet, daß er übertreibe. Man müsse sich schließlich nicht täglich sehen. Und die Zeit ordne auch manches. Has war fassungslos. Er war erleichtert, daß sie ihn aus der täglichen Pflicht entließ, aber es enttäuschte ihn auch ein wenig. Doch dann berieten sie nüchtern, wie man einen Zahnarzttermin vereinbart, wie sie es in Zukunft halten wollten. »Und du hast doch sicher auch einen Freund«, sagte sie, jeder habe doch auch einen Freund, der mit Vorwänden behilflich sein könne.

Der Gedanke leuchtete ein und schuf zugleich neue Ratlosigkeit. Has zermarterte sein Gehirn, wen er als Gelegenheitsmacher und diskretes Alibi in sein Liebeskomplott einschließen könne, und mußte sich eingestehen, daß die menschliche Ernte, die er nach mehr als vierzig Lebensjahren eingefahren hatte, beschämend dürftig war. Im Grunde blieb als einigermaßen erprobte Freundschaft nur Guggisheim, mit dem er in den letzten Jahren viel zusammengekommen war. Die Sammlung war schon nicht mehr ein bloßes Wort, sondern enthielt bereits beachtliche Stücke. Dieser Erfolg verband ihn mit Guggisheim, und er empfand manchmal nicht nur Dankbarkeit, sondern auch Wärme für den Händler, der sich solchen Gefühlen allerdings stets entzog. Has hatte den Eindruck, daß Guggisheim sich nach wie vor zu Dorothée hingezogen fühlte und auch ihr Vertrauen besaß. Wenn Guggisheim anrief, wurde die schläfrige Katze immer munter. Manchmal hörte Has sie sogar am Telefon kichern, und als er einmal neugierig näher kam, schlug Dorothée ihm einfach die Tür vor der Nase zu. Nein, Guggisheim war nicht der geeignete Mann, um Dorothée hinters Licht zu führen.

Damals schien alles über Eduard Has zusammenzubrechen. Er fühlte, daß er außerstande war, auf Etelka wieder zu verzichten: Er brauche so etwas jetzt einfach, sagte er sich, als verschreibe er sich ärztlich ein Stärkungspräparat. Sie tue ihm einfach gut, er fühle sich mit ihr einfach besser. »Einfach« war aber leider überhaupt nichts. Während er jeden Augenblick, den er seinen verplanten Tagen entreißen konnte, für Etelka zusammenstahl, standen auch in der »Verwaltung« Entscheidungen an, die eben noch in Has' Augen von größter Wichtigkeit gewesen waren und deren Offenheit ihn, sowie er daran dachte, sogar in den Stunden der höchsten Glückseligkeit beunruhigte. Das Geschäftshaus auf dem Grundstück des alten Olenschlägerschen Hauses stand schon eine Weile, und Fred Olenschläger hatte immer nachdrücklicher angefragt, wann Eduard mit seiner Familie die Wohnung im Dachgeschoß zu beziehen gedenke. Eduard Has hatte sich dort oben umgesehen und empfand den Zuschnitt der Räume erbärmlich und einfallslos. Nichts von dem eisigen Glanz, der für sein Gefühl von den Entwürfen ausgegangen war, hatte sich in die gebaute Wirklichkeit übertragen. Guggisheim fand die Wohnung vor allem zu klein – »und wo hängst du deine Sammlung hin?« fragte er, ohne sich auf die ästhetischen Qualitäten der Räume erst einzulassen. Has klammerte sich nun an die im ersten Planungsstadium zugesagte Möglichkeit, die Räume umzubauen – ein »Belvederchen«, ein An- oder besser Aufbau schien ihm alles zu retten. Und mit diesem Weiterbauen durfte die »Verwaltung«, Fred Olenschläger oder einer seiner Architekten, nichts zu tun haben. Has verfluchte die Schwäche, die ihn dazu verleitet hatte, in die häßliche, unzureichende Wohnung, die er Freds Fürsorge verdankte, einzuziehen, bevor die Frage des »Belvederchens«, das Guggisheim bereits jetzt nur »die große Galerie« nannte, überhaupt richtig angegangen worden war. Dorothée, die sich nie beschwerte, wenn es um Geschmacksfragen ging, fand in der neuen Wohnung fortwährend etwas Praktisches zu bemängeln. Lilly war mit gar nichts einverstanden und klagte über Muskelverspannungen im Nacken, weil die Wohnung zugig sei, Olenschläger aber drängte, was den Umbau anging, mit Fristen, die angeblich verfielen, und Has mußte ihm glauben, denn wenn er selbst einmal versuchte, eine behördliche Baugenehmigung von vorn bis hinten zu lesen, tanzten die Buchstaben nach kurzem vor seinen Augen. Dunkel erhob sich die eigentliche Angst hinter den wahrhaft schon genügend bedrängenden Sorgen des Tages: Wie sollte eigentlich das

Leben aussehen, das er in der vollendeten Wohnung zu führen gedachte? Sollte diese Wohnung nicht eigentlich den glanzvollen äußeren Ausdruck seines einzigartig klug und ausgefallen gestalteten Zusammenlebens mit Dorothée bilden? Hatte sie nicht ein Zeugnis des Sieges über Fred Olenschläger, die Mutter auf dem Hauptfriedhof und Guggisheim in Basel, den dienstbar Gemachten, werden sollen? Ein Tempel für Lilly, die eine Kindheit zwischen Kunstwerken außerordentlichen Ranges erleben sollte? Er dachte eigentlich doch gar nicht daran, Dorothée zu verlassen und womöglich die Gefahr einzugehen, Lilly zu verlieren. Etwas Unvorgesehenes war eingetreten, der Feind aller Planung. Und Has' Lebensglück richtete sich bisher auf Ziele, die nur durch Planung zu erreichen waren. Er wollte bauen und sammeln und repräsentieren und das behütete Heranwachsen Lillys beobachten. Wo brachte er da Etelka unter? Nur daß sie untergebracht werden mußte, stand für ihn außer Zweifel.

Viele Papiere, Post, Hausmitteilungen, Aktenvermerke waren liegengeblieben in der Zeit, Has saß trüb vor fast auseinanderberstenden Mappen und schrieb mechanisch sein Zeichen, ein kleines »h«, auf verschiedene Blätter, bevor er sie in seiner Zerstreutheit in den Papierkorb warf. Mit gereizter Miene las er einen Bericht über die Ausschreibung eines größeren städtischen Bauvorhabens, als erwäge er ernsthaft, in den Wettbewerb einzutreten. Die Frankfurter Firma, der solche Aufgaben üblicherweise übertragen wurden, stand bescheiden an vierter Stelle – Has schnaubte verächtlich – und schließlich, am Ende der Liste, ein Name, der ihn stutzen ließ, das Architektur- und Planungsbüro Carl Szépregyi, Dipl.-Architekt in Wien.

Den Namen kannte er doch! Die ungewohnte Orthographie weckte die Erinnerung an Fichtennadelduft, kaltes Quellwasserrauschen, Forelle blau in ungeheiztem, weißlackiertem Eßzimmer, jagdfreudige, kernige Männlichkeit. Eine durch und durch angenehme Erinnerungsinsel stieg auf inmitten der Gewitterwolken, die seinen Geist umdüsterten. Die ungarische »Carmen«, Etelka I., schob sich dazu, landsknechtshaft lachend und naiv zankend. Was hatte er doch für eine herrliche sorgenfreie Jugend erlebt!

So wie er Carl Szépregyi in Erinnerung hatte, glaubte er jetzt, daß sie, wenn die Eifersucht auf Etelka nicht zwischen ihnen gestanden hätte, vielleicht wirkliche Freunde hätten werden können. Szépregyi war ein Mann mit Traditionen, saß als Jäger und Bauer auf der angestammten Scholle, hatte zugleich als Architekt aber auch etwas Künstlerisches und als Österreicher etwas Souveräneres als die meisten Deutschen, alles Eigenschaften, die Has sich als Ergänzung der eigenen überaus wünschenswert vorstellte. Er war so inspiriert, daß er sich die Telefonnummer des Architekturbüros Szépregyi heraussuchen ließ und, noch ganz ohne eine Absicht damit zu verfolgen, in Wien anrief.

Er hatte vergessen, daß Szépregyis Stimme so tief war. Sie klang kraftvoll und auch ein wenig ungeduldig, als er sagte: »Du warst der Bub, den das Luder mitgebracht hat.« Als Has aber von der städtischen Ausschreibung zu sprechen begann, wechselte Szépregyis Ton sofort. Das familiär Wurstig-Unbeteiligte wich geradezu unruhigem Interesse. Ob Has da etwas wisse oder gar herauskriegen könne? Jetzt war Has in seinem Element. Er befasse sich tatsächlich mit Bauangelegenheiten, sagte er selbstsicher, aber nur mit eigenen. Er verwalte seine Grundstücksinteressen. Dann schilderte er die Tätigkeit der »Verwaltung«, die er, so wörtlich, »mit einem Vetter zusammen leite«, und er ließ auch, was den Umfang der Geschäfte anging, eine derart schöne, runde und stolze Zahl fallen, daß klar wurde, daß auch Eduard Has ein ernstzunehmender Mann war.

Als nächstes kam Carl Szépregyi nach Frankfurt, wo er, wie er versicherte, ohnehin zu tun hatte, und aß bei Eduard und Dorothée zu Abend. Das Essen fand, was Has anging, ohnehin schon in gelösterer Stimmung statt. Dorothée hatte sich kürzlich einer kleinen Operation unterzogen, um ihren Schnupfen loszuwerden. Sie gehorchte dem Rat eines Spezialisten und nahm ihm auch später nichts übel, als die vom Hausarzt befürchteten Komplikationen alle eintraten. Ihr Gesicht war verschwollen, ihr Mund war ausgetrocknet, und sie mußte fast drei Wochen in der Klinik bleiben. In dieser Zeit ging Has jeden Tag in die »Verwaltung« und arbeitete lustvoll wie lange nicht mehr. Die Trumfeller geriet in beträchtliche Unruhe. Er aß mit Lilly in einem Restaurant zu Mittag, er fuhr mit schönen Blumen ins Krankenhaus und plauderte Dorothée, vielleicht eine Spur zu gut gelaunt, etwas vor, später sagte er Lilly gute Nacht, ließ sich zu seinem verliebten Entzücken von ihr ausschimpfen – »Wie selbständig sie schon war! Was sich der kleine Kopf alles dachte!« – und ging dann zu Etelka, nachdem er sich frisch rasiert hatte, wohl duftend und unternehmungslustig. Jede Nacht schlief er in ihrem Bett in der kleinen Mansarde. Weil die ganze Zeit wolkenloses Wetter herrschte, sah er jeden Morgen das schmale Rechteck des Dachfensters von reinem Rosa ausgefüllt. Dann mußte er sich schon beeilen, um vor Lillys Erwachen wieder in dem Ehebett in der Mendelssohnstraße zu liegen. Nach diesen Wochen war Eduard Has vom Glück derart gesättigt, daß er die mageren Zeiten schon beinahe willkommen hieß.

Dorothée hatte ihr Sonntagsgesicht für Gäste aufgesetzt und ließ in der Küche ein vorzügliches Essen entstehen. Zwar hatte sie vieles fertig bestellt, die Vorspeisen und das Dessert kamen von einem Traiteur, aber was sie mit Fleisch und Sauce tat, verriet Kenntnisse und viel Geschmack. Es gelang ihr sogar, zu überspielen, daß sie selbst nichts nahm. Auch Lilly zeigte sich von ihrer besten Seite, keine Launen, kein schnippisches Wort fiel, kein vorwurfsvoller Ton trübte die Stimmung. Has fühlte sich Szépregyi gegenüber wohl in seiner Haut, obwohl er dick geworden war, aber das hatte seine Gründe, wie er sich selbstzufrieden sagte.

Bei Szépregyi war das Gegenteil der Fall. Die Frische der Jugend war zwar auch bei ihm verflogen, geblieben aber war die kernige Hagerkeit. Das schmale gebräunte Gesicht war von zahlreichen trockenen Faltenlinien durchzogen, aus den Manschetten ragten knochige braune Hände. Er sah aus wie ein Indianer, trug aber einen eleganten, schmal geschnittenen blauen Anzug und nicht die schrullige Architektenfliege, sondern eine Krawatte von modeverachtender Unauffälligkeit. Dorothée und Lilly erklärten beide später, Carl Szépregyi sei ein vorzüglich aussehender Mann, und Has hörte dieses Urteil um so zufriedener, als er wußte, daß Dorothée für »gutaussehende Männer«, wie sie sich ausdrückte, nicht das geringste Interesse hegte.

Szépregyi sah sich überall in der Wohnung um, unverhohlen neugierig und ein wenig düster. Wenn er eine Tür öffnete, schwang er sie probeweise ein wenig hin und her und prüfte dabei mit gerunzelten Brauen die obere Türangel, es war klar, daß er technische Probleme erwog. Has beobachtete ihn mit wachsender Unruhe und versicherte schließlich eindringlich, es lohne sich nicht, die Räume derart kritisch durchzugehen, denn nichts werde so bleiben, ein riesenhafter Umbau, eigentlich ein Neubau sei geplant, ein weiteres Stockwerk, Platz für die Bilder. »Bilder?« fragte Szépregyi. Er war soeben achtlos an einer Serie von Nolde-Aquarellen vorübergegangen, die in dem niedrigen, engen Flur wie gerahmte Kalenderblätter aussahen. Jetzt geriet Has in Fahrt. Er hob Leinwände, die mit dem Gesicht zur Wand auf dem Boden standen, in die Höhe, riß sie Szépregyi wieder aus der Hand, kaum daß der einen Blick darauf hatte werfen können, und zählte die bedeutendsten jener Werke auf, die sich aus Raumnot im Lager einer Kunstspedition befanden. »Gekauft, dabei das einzige Mal gesehen, auf das Lager schicken lassen, und da stehen sie nun!« rief Has und trieb das Absurde dieser Lage bewußt auf die Spitze.

Weil bis zum Essen noch Zeit war, holte Has einen schweren Kunstband aus dem Regal und nötigte Szépregyi, sich neben ihn auf das Sofa zu setzen und das große Buch auf die Knie zu nehmen. Das Werk enthielt Fotografien und Grundrisse der Häuser des amerikanischen Architekten Frank Lloyd Wright. Has blätterte hastig darin herum, bis er fand, was er suchte: »Das Haus über dem Wasserfall«, eine Villa in der Wildnis, so schien es, ein japonistischer, flacher Betonkasten, der sich über mächtige Urgesteinfelsbrocken und eine sprudelnde Gebirgskaskade brückenartig hinüberschob. Daneben waren Innenaufnahmen abgebildet, kühle, niedrige Räume mit Glaswänden statt Fenstern und Kaminen aus unbehauenen Felssteinen. »So etwa stelle ich mir das vor!« sagte er und runzelte die Augenbrauen dabei genauso fachmännisch, wie Szépregyi es bei Überprüfung der Türangeln getan hatte. Vermutlich hatte ihn die Vorstellung, daß die bewußte Villa *über* etwas, in diesem Fall *über* einem Wasserfall gebaut worden war, auf den Einfall gebracht, den Wrightschen Entwurf mit seinen eigenen Plänen, nämlich *über* dem in Wirklichkeit doch reichlich durchschnittlich ausgefallenen Geschäftsgebäude ein Kunsthaus zu errichten, in Verbindung zu bringen. »Nun ja«, sagte Szépregyi, »hältst du Frank Lloyd Wright für einen guten Architekten?«

Allein die Frage war alarmierend. Has sah seinen neuen alten Freund halb entrüstet und halb unsicher an, weshalb Szépregyi sogleich die Notwendigkeit erkannte, ihm durch eine Kompromißformel einen Pfad zur Zustimmung zu bahnen. »Eine hohe Begabung«, sagte Szépregyi also, »aber ein wirklich guter Architekt?«, wobei er das Wort »wirklich« so bedeutungsgeladen aussprach, daß es alles wieder in Frage stellte. Frank Lloyd Wright war selbstverständlich ein guter Architekt, da hatte Has ohne Einschränkung recht, aber ob er ein »wirklich« guter Architekt war, das durfte Szépregyi eben doch nachdrücklich bezweifeln. »Für mich ist das kein konsequenter Bau«, fuhr Szépregyi fort und legte die große Hand, die so trocken war, das sie auf dem glänzenden Kunstdruckpapier keinen Hauch hinterließ, voll auf das Blatt. »Meine Bauten kannst du daran erkennen, daß sie konsequent von innen nach außen geplant sind.«

Bei einem anderen Architekten als Szépregyi hätte man es in einer vergleichbaren Situation als dreist empfunden, die eigenen Arbeiten, kaum daß die Rede auf einen berühmten Toten gekommen war, ernsthaft als Vergleich heranzuziehen. Szépregyi aber konnte man das nicht übelnehmen. Der wiedergefundene Freund besaß einen Egoismus von solch ausgeglühter Unschuld, daß man ihm unwillkürlich abnahm, es gebe auf der weiten Welt kein brennenderes Thema als die Grundsätze und Werke des Carl Szépregyi. Hinzu kam natürlich die schöne, ernste Stimme und die Erinnerung an den reinen Duft des Bergwaldes, die vor allem die sparsam verwendeten Dialektbrocken beschworen, und so vermittelte Szépregyi das Bild eines Mannes, der aus der Einsamkeit kommt und nun in den großen Städten von der Wahrheit Zeugnis ablegt. »Er hat etwas Authentisches«, dachte Has. Die Versuchung, Szépregyis Beispiel zu folgen, wurde übergroß. Es war zu schön, mit Szépregyi übereinzustimmen. »Du hast recht«, sagte er deshalb, »hochbegabt, aber inkonsequent, brillant, aber verspielt!«, und dabei zeigte er auf eine lange, kahle Mauer, die weit hinten im Gebüsch verlief. Beide betrachteten kopfschüttelnd das »Haus über dem Wasserfall« auf ihren Knien. Dann sagte Has: »Aber der Kamin ist gut. Den könnte man vielleicht retten!« – »Den Kamin könnte man retten«, antwortete Szépregyi und fuhr fort: »Übrigens, wer baut dir denn das Ganze?« »Das weiß ich noch nicht«, sagte Has, und sein Blick flackerte leicht, während in Szépregyis Augen das Licht allmählich erlosch. Eine Idee war geboren.

Während des Abendessens war Has entzückt von Dorothée, die zwanglos und zugleich kerzengerade auf dem Stuhl saß, als sei er nur ein Zweiglein, auf dem ein Vogel Platz genommen hat. Wenn sie sich nach rechts oder links wandte, bewegte sie stets ihre Schultern mit. Das erzeugte eine steife Anmut, die zugleich ganz mühelos wirkte. Sogar Szépregyi schien nicht ganz so selbstbewußt in ihrer Gegenwart. Has fand, daß er geradezu wie ein Schuljunge zu Dorothée aufsah, denn er hielt sich nicht halb so gerade wie sie. Gebeugt wie ein zu Tode Erschöpfter saß er am Tisch und trug eine Miene zur Schau, die tiefe Gleichgültigkeit gegenüber dem Essen ausdrückte. Immer aber, wenn Dorothée etwas zu ihm sagte, sah er sie groß an und straffte sich, so kam es Has jedenfalls vor. Nach dem Essen fragte er seinen Gast, ob es den steirischen Besitz noch gäbe. »Ja, freilich«, sagte Szépregyi, »ihr müßt's halt einmal herauskommen.« Genauso hatte Has das Haus in Erinnerung, eine altmodische, kühle Behaglichkeit, zu der man, gleichgültig, wo auf der Welt man sich befand, »herauskam«. Has pries vor Lilly und Dorothée die Schönheiten des Anwesens. Er redete sich in Fahrt, siedelte Bucolica und Georgica gleichermaßen dort an, vergilischer Zauber liege über dem Ganzen. »Glaubt's ihm kein Wort« sagte Szépregyi, »es ist einfach ein sehr angenehmes Haus.« Es gelang ihm bereits, familiär zu werden. Lilly und Dorothée lachten zerstreut, wie es ihre Art war, aber keineswegs unangenehm berührt.

Und so konnte denn auch Etelka bald sagen: »Der beste Freund von Eduard ist der Dr. Szépregyi aus Wien, wir sagen Carl zu ihm, in Österreich rufen sie ihn Cari.« Alfred kenne doch das Has'sche Haus – das habe niemand anderer als Szépregyi gebaut – ein berühmter Mann! Dem gratuliere der Bundeskanzler zum Geburtstag, der österreichische nur, aber immerhin! Und ein charmanter Mann sei das, etwa gleich alt wie Eduard, aber viel sportlicher, braungebrannt, Bergsteiger, Skiläufer, Tennisspieler. »Und Eduard kommt nie aus seinem Sessel heraus und hat nur das schnelle Autofahren gern, wo mir schlecht wird!«

Den Namen »Cari« schrie sie fast in Alfreds Ohr, so war ihre Phantasie von dem Gedanken ergriffen, den Kindernamen einer Persönlichkeit zu kennen. Daß Eduard ihr seinen Plan, Carl Szépregyi mit dem Umbau der Wohnung zu beauftragen, verraten hatte, machte den Architekten mit vollem Recht zum Meister des Ganzen. Die Gratulation des Bundeskanzlers hatte sie sich hingegen ausgedacht – worin anders sollte sich denn öffentliche Geltung auch ausdrücken? Wenn sie geahnt hätte, wie sehr Carl Szépregyi das

Glückwunschtelegramm des Bundeskanzlers tatsächlich ersehnte! Ihm kam es vor, als verstrichen seine kostbarsten Jahre im Schatten. Szépregyi wäre der erste gewesen, der das bewußte Telegramm, wenn es denn endlich eingetroffen wäre, überlegen zur Seite gelegt hätte, aber die Voraussetzung für den Bundeskanzlergruß, die allgemeine Anerkennung, wäre er nie zu verachten imstande gewesen. Wie manche Kinder, die im Internat nicht genug zu essen bekommen haben, besaß er einen lebenslangen Hunger, und die Sorge, sich am Ruhm vielleicht niemals vollkommen sattfressen zu können, verdüsterte sein Leben. Für Etelka mußte dieser dunkle Hintergrund Szépregyis jedoch unsichtbar bleiben. Er verkörperte für sie nun einmal die sonnenhaften Aspekte, vor allem ihres eigenen Lebens an der Seite von Eduard Has, und da wollte sie gegenwärtig keine Trübung dulden.

Es war nicht Eduards Einfall, Carl Szépregyi zum Mitwisser seiner Liebe zu machen. Was sich zunächst abzeichnete, das war die Möglichkeit, eine Gegenkraft zu Fred Olenschläger ins Feld zu führen. Alle große Politik war Personalpolitik, pflegte Has zu sagen. Die guten Ideen lagen auf der Straße – es kam nur darauf an, den richtigen Mann zu finden, der sie ausführte. Die Wohnung in der Mendelssohnstraße umzubauen und zu vergrößern war gewiß kein welterschütterndes Projekt, aber hier kam es nicht auf den Umfang, sondern auf die Originalität der Arbeit an. Es galt, einen Rahmen für die große Zahl der Bilder zu schaffen, die Has bei Guggisheim gekauft hatte, es ging um nichts Geringeres als ein Gesamtkunstwerk, und das würde schon seinen Widerhall finden. Has sah eine Landschaft vor sich, deren Erhebungen Sofas und Statuen bildeten, in der Brunnen plätscherten und in übergroßen Kübeln Urwaldpflanzen wuchsen – und dazwischen, auf mächtigen Mauern seine wurmstichig gerahmten Expressionisten – oder auch alles ganz anders, Szépregyi würde schon etwas einfallen. Er sah aus, als sei ihm überhaupt schon etwas eingefallen. Dieser Mann plapperte nicht, er brütete.

Has und Szépregyi telefonierten jetzt häufig. Kurz vor Dorothées und Lillys Abreise nach Venedig zur Biennale, die sie seit Jahren regelmäßig unter Guggisheims Führung zu besuchen pflegten, kam Szépregyi wieder nach Frankfurt. Diesmal erschien Has verspätet zum Essen, sichtlich außer Atem, denn Etelka hatte vorher noch ihr Recht gefordert. Szépregyi war gerade dabei, Dorothée und Lilly klarzumachen, daß es ein bodenloser Unsinn sei, jetzt zum Lido zu reisen. Ein vernünftiger Mensch fahre in einem heißen Sommer in die Steiermark, und zwar auf den Szépregyischen Besitz. Er machte auch deutlich, daß er durchaus nicht zu den Besitzern abgelegener Ferienresidenzen gehöre, die nun eifrig um Besuch werben, um die schönen Umstände vorzuführen. Er vermiete, so sagte er ganz offen. Er habe ein paar Trottel in Wien gefunden, die zu ihm heraus jagen kämen. »Und da sitze ich doch lieber mit euch da!« schloß er seine treuherzigen Ausführungen, die ja geradezu in einem Kompliment mündeten. Aber Dorothée zeigte keine Neigung, das gewohnte Ziel mit dem Bergwald zu vertauschen. »Vielleicht auf der Rückfahrt«, sagte sie tröstend, als sich Szépregyis Gesicht verfinsterte. Sie sprach wie zu einem Kind. Es war Has äußerst angenehm, daß Szépregyi ihn nach dem »Luder«, wie er die ungarische Carmen genannt hatte, nun an der Seite Dorothées erlebte.

Als Has und Szépregyi am nächsten Tag in der Stadt zu Mittag aßen, kam Szépregyi noch einmal auf seinen steirischen Hof zu sprechen und sah Has dabei geradezu bohrend an. Das Haus stehe auch ihm zur Verfügung, wenn er einmal allein kommen wolle, sagte Szépregyi und fügte hinzu, die Köchin sei auf solche Besuche eingestellt. Es sei ein diskretes Haus. Szépregyi sprach von seinem Landsitz wie von einer Institution, die ein von ihm unabhängiges Eigenleben besitze. »Man braucht manchmal so etwas«, sagte Szépregyi nun etwas deutlicher, als er bemerkte, daß seine Botschaft bei Has noch nicht angekommen war.

Erst zu Hause wurde Eduard Has wirklich klar, was Szépregyi ihm da nahegelegt hatte. Er fragte sich erschrocken, wie sein Freund nur darauf habe kommen können, daß ein verschwiegenes Quartier für ihn von Nutzen sei. War denn an seinem Verhalten irgendwie deutlich geworden, daß er eine Geliebte hatte? War Szépregyi denn nicht Zeuge in einer harmonischen, vorbildlichen Familie gewesen? Wenn er dennoch etwas bemerkt hatte, dann war am Ende auch Dorothée bereits im Bilde. Has schlich sich in das Badezimmer, wo ein Korb für gebrauchte Wäsche stand, um dort sein Hemd von gestern herauszusuchen, denn Etelka war gerade dabeigewesen, sich die Nägel zu lackieren, als er bei ihr eintraf und sie trotz ihrer kleinen Warnschreie sofort stürmisch umarmt hatte. Er sah noch ihre gespreizten, weit weggestreckten Hände vor sich, um mit dem nassen Lack nicht an die Bettwäsche zu kommen. Vielleicht hatte sie seinen Hemdkragen damit gestreift? Aber der Wäschekorb war schon leer.

Dorothée verhielt sich jedoch unverändert, ihr schien nichts aufgefallen zu sein. Allmählich beruhigte sich Eduard Has, und dann überkam ihn sogar ein Gefühl der Zufriedenheit. Szépregyi hatte ihn eben nicht für einen dieser schrecklich verheirateten Ehemänner gehalten, deren Harmlosigkeit geradezu kastratenhafte Züge trägt. Has fühlte, daß ihre Freundschaft auf Gegenseitigkeit und auch auf gleichen Bedürfnissen beruhte, und glaubte sich geradezu verpflichtet, das gastliche Angebot Szépregyis anzunehmen.

Und das schon bald, denn der günstigste Zeitpunkt war Dorothées Aufenthalt in Venedig. Sie rief niemals an von Reisen. Es gab unter ihnen kleine Rituale der Sparsamkeit. Statt dessen pflegte sich Eduard Has zu melden, und das konnte er, so sagte er sich, ebensogut auch von woanders aus tun. Etelka war außer sich vor Freude, als sie von der kleinen Reise hörte. Has hatte ihr schon von Szépregyi erzählt, und selbst wenn sie ihn nun nicht kennenlernen würde, so konnte sie sich doch wenigstens in seinem Haus ein Bild von ihm machen. So packte sie denn ihre Lieblingssachen in den Koffer, um Has Ehre zu machen, und sei es nur der Köchin gegenüber.

Szépregyis Haus lag in der Steiermark mitten im Wald, wo es außer Sägewerken und Ausflugsgasthäusern keine menschlichen Siedlungen gab. Diese Einsamkeit war es, nach der Has sich jetzt erst einmal sehnte, und Etelka folgte ihm dankbar und neugierig, obwohl sie mit der Einsamkeit, allerdings in ihrer städtischen Spielart, doch schon allzu gute Bekanntschaft geschlossen hatte. Das Landhaus, ein großer alter Forsthof, verriet nichts von Szépregyis architektonischem Ehrgeiz. Da war wohl Pietät im Spiel; für Szépregyi war der Besitz eben immer noch vor allem das Elternhaus, und vor seinem Vater hatte er stets großen Respekt gehabt. Zum anderen fehlte allerdings für große Eingriffe auch das Geld. Szépregyi freute sich, wenn er das Dach reparieren konnte.

Als sie sich in dem roten Wagen auf Feldwegen in tiefer Nacht dem Anwesen näherten, sahen sie, daß alle Fenster hell erleuchtet waren und wie ein Adventskalender in die grasduftende Dunkelheit strahlten. Has hielt erschrocken an und stieg tapfer allein aus, aber die Lösung war harmlos. Keine Einbrecher und auch kein rauschendes Fest, dafür aber der Hausherr, der nicht in Wien saß wie versprochen, sondern am Kaminfeuer seine Gäste erwartete. Szépregyi besaß eine Art, Erklärungen zu unterlassen, der Has nichts entgegenzusetzen hatte, und so lernte Etelka Kalkofen den Architekten Szépregyi denn kennen, der sie mit einer Ironie, die Has genau bemerkte, und einer Aufmerksamkeit, die ihm noch weniger paßte, begrüßte. Nachdem sie gemeinsam eine Weile schweigend am Kamin gesessen hatten, bequemte sich Szépregyi endlich, seine Anwesenheit auf dem Land zu begründen. Er hatte Gäste gehabt, sehr charmante Gäste, wie er hinzufügte, die sich überraschend, aber eigentlich doch nicht so überraschend, auf ein paar Tage bei ihm angesagt hätten und erst vor ein paar Stunden wieder abgereist seien. »Ich hatte natürlich recht, Venedig war grauenhaft, ein Backofen, der auch nachts nicht abkühlt und von einer menschlichen Ameisenherde durchkrabbelt ist.« Has fühlte, wie Schweißtropfen auf seine Oberlippe traten und fragte: »Wieso Venedig?« Ja nun, sagte Szépregyi mit einem eigentümlichen Lächeln, ob er denn nicht mehr wisse, wohin er Dorothée und Lilly geschickt habe.

»Willst du damit sagen, daß Dorothée und Lilly bis heute nachmittag hier im Haus waren?« fragte Has mit veränderter Stimme. »Keine Sorge, Guggisheim war auch dabei«, sagte Szépregyi, als befreie er Has damit von einer Sorge. Etelka sah von einem zum anderen hin und her und spürte deutlich die geballte Spannung, die in der Luft lag.

»Du machst mir schlimme Sachen«, sagte Szépregyi mit besonders tiefer, vertrauenerweckender Stimme. »Warum weihst du mich denn nicht ein? Wie soll ich dir helfen, wenn du mir alles verschweigst.« Etelka war nahe daran, in Tränen auszubrechen.

Sie hatten noch nichts zu Abend gegessen, aber Has war nun nicht mehr hungrig. Etelka bat schüchtern um ein Butterbrot, und Szépregyi stellte in dem kühlen Eßzimmer den Toaströster an. Von dem Geruch des verkohlenden Brotes wurde Has fast übel. Es war spät, zu spät, um wieder aufzubrechen. Später lagen die beiden Liebesflüchtlinge mit eisigen Füßen in den klammen Bettlaken und fanden trotz der Erschöpfung keinen Schlaf. An friedliche Ferientage war nicht mehr zu denken.

In der Dunkelheit des fremden, kalten Zimmers quälte Eduard Has tiefe Reue. Auf diese Weise hatte er Dorothée nicht betrügen wollen. Jetzt vor die Wahl gestellt, Etelka oder Dorothée zu verlassen, hätte er keinen Augenblick nachdenken müssen. Durch den Besuch Dorothées und Lillys war Szépregyis Landhaus gänzlich in die Familiensphäre gerückt – am Ende hatten Mutter und Tochter in denselben Betten geschlafen, in denen er nun mit Etelka lag. Eigentümlicherweise hatte sich sein Zorn auf Szépregyi gelegt. Er hatte wohl doch nicht wissen können, daß Has nicht allein kommen würde. Da lag ein Mißverständnis vor. Statt dessen gab er Etelka die Schuld, ihn in diese kopflose Unternehmung hineingetrieben zu haben. In diesem Augenblick erschien ihm der Preis zu hoch, den er für sein Vergnügen bezahlen mußte. Was hatte er nicht alles um seiner Untreue willen verpaßt: die herrliche Reise von Venedig aus in das Alpenland hinein, dann die Hügel des Veneto, Tizians Geburtsort Pieve di Cadore, Cortina d'Ampezzo, die rosaglühende Marmolata-Gruppe, den Tauernpaß, Kärnten und schließlich die Steiermark und einige friedliche Tage in Szépregyis Haus! Das hätte er alles auch haben können. Was hatte er eigentlich überhaupt in dieser Zeit mit Etelka getan? Er hatte nichts gelesen, nichts gesehen, nichts gearbeitet. Er hatte im Bett gelegen. Weiter nichts, so kam es ihm in dieser schrecklichen Nacht vor.

Etelka tat das Richtige, als sie jetzt schwieg und Has sich selbst überließ. Natürlich hatte sie keinen Anlaß, sich über die Entwicklung der kleinen Lustreise zu freuen. Zugleich aber war sie bei aller Schwärmerei doch zu ausgeprägt Realistin, um einem sich verflüchtigenden Vergnügen lange nachzutrauern. Im Grunde brauchte sie keine Unterhaltung und keine Ablenkung, solange sie nur sicher mit ihm zusammen war. Dennoch war es aufregend, so nah an Dorothées und Lillys Lebenskreis herangekommen zu sein. Das war ganz bestimmt die Reise wert. Alles, was an Angenehmem und Unerfreulichem geschah, bewertete sie allein danach, ob es sie Has näherbrachte. Als Kennerin des Gefühls wußte sie, daß es gar nicht so wichtig war, welcher Art die Gefühlserregung war, die einen Menschen ergriff. Es kam vielmehr auf ihre Heftigkeit an. Sie war bei Eduard Has gewesen, als er so heftig erschrak und in solch unbesiegbare Niedergeschlagenheit fiel. Das würde, wenn er aus seinem Schreck erwachte, schon irgendwie günstig zu Buche schlagen. Nach paradiesischen Tagen war eine solche Katerstimmung durchaus einmal erlaubt. Sie fühlte jedenfalls nicht die geringste Bedrohung ihres Platzes bei Eduard Has. Der nächste Morgen gab ihr recht. Has erwachte früh nach kurzem Schlaf. Unwillkürlich tastete er mit einer Hand zu Etelka hinüber und fühlte ihre vom Schlaf erhitzte weiche Schulter, den runden Rücken und das feste Hinterteil, und besser als die klügste Verteidigungsrede überzeugte ihn ihr Körper von ihrer Unschuld.

Etelka log deshalb nicht, als sie das grotesk-katastrophale Element der Lustreise in die Steiermark Alfred gegenüber jetzt einfach fortließ. Es hatte keine Bedeutung mehr, die Reise war ein Erfolg. Zwei Tage lang hatte sie neben Has im Auto gesessen. Unterwegs war zweimal ausgesucht gut gegessen worden. So etwas bereitete Has immer gewissenhaft vor, darauf konnte man sich verlassen. Szépregyis Anwesen beschrieb sie Alfred, als habe sie sich dort wochenlang aufgehalten. Traurig sei nur gewesen, Lilly nicht in der Steiermark getroffen zu haben, sagte Etelka in Alfreds Ohr, wobei sie offenließ, ob sie Lilly überhaupt schon einmal irgendwo begegnet war. Lilly sei »mit Freunden« aus Italien in die Steiermark gekommen – daß sie Dorothées Namen nicht erwähnen wollte, war verzeihlich, und aus Has' Mund war ihr die unbestimmte Redensart »mit Freunden« wohlvertraut – er verwandte sie übrigens ihr gegenüber gleichfalls meist, wenn er nicht gestehen wollte, daß an irgendeinem Ereignis Dorothée teilgenommen hatte. »Eduard war ganz durcheinander, und Cari hat sich über ihn lustig gemacht, daß er nicht weiß, was seine Tochter tut«, fuhr Etelka fort. Lilly sei schon sehr selbständig. Das klang aus Etelkas Mund, als überwache sie Lillys Entwicklung und Erziehung mit mütterlichem Blick. Dann änderte sie ihre Miene und schlug Alfred fest und scherzhaft vorwurfsvoll auf den Unterarm. »Aber Sie kennen Lilly doch überhaupt! Leugnen Sie nicht! Das würde Lilly sehr weh tun!«

Obwohl Alfred immer in unmittelbarer Nähe von Lilly gelebt hatte, stand er doch nur in flüchtiger und meist zufälliger Verbindung mit ihr. Vor seinem inneren Auge stand ein Bild von Lilly, das mit ihrem wirklichen Leben wenig zu tun hatte. Sie war nun kein kleines Mädchen mehr mit hochgewölbter Stirn und winzigem Näschen, die Proportionen ihres Gesichts hatten sich zurechtgerückt und ließen schon die Schönheit ahnen, die sie als junge Frau besitzen würde, das jedenfalls war Alfred, dem Träumer, nicht entgangen. Der Abstand zwischen ihnen konnte nicht erstaunen, denn Alfred war nur ein großer Bub, und Lilly hatte selbst mit den schlaueren Knaben seines Alters nichts im Sinn. Obwohl sie verwöhnt worden war, als ob sie ewig ein kleines Kind bleiben solle, konnte ihr Blick einen erwachsenen Ausdruck annehmen, den die Gleichaltrigen unbewußt wahrnahmen. Ein Graben tat sich auf zwischen ihr und den Mitschülern, Alfred stand nicht allein. Lilly hatte es dabei durchaus in der Hand, diesen Abgrund zu überbrükken. Wenn die Notwendigkeit es verlangte, hob sie den Kordon um ihre Person kurz entschlossen auf. Es hatte immer etwas Überraschendes, wenn Lilly sich einem ihrer Mitschüler zuwandte. Die blonde Mähne ließ an einen Löwen im Zoo denken, dessen Gedanken niemand errät, wenn er den Kopf hebt und unvermittelt einen Menschen ins Auge faßt.

Alfred atmete auf einmal wieder die Luft des heutigen Vormittags, als er sich mit Lilly verbotenerweise während der Pause im Klassenzimmer aufgehalten hatte. Sie beugten sich über dieselbe Aufgabe, es ging um das Entschlüsseln von zwanzig Hexametern. Alfreds Latein war recht flüssig, ohne daß er dafür viel hätte lernen müssen. Schon zur Zeit seiner Erstkommunion, als Volksschüler also, war es ihm vorgekommen, als entstammten die Gebete, die er da hörte, einer ihm bereits seltsam bekannten Sprache. Grammatikregeln blieben ihm zum großen Teil verschlossen. Ratlos und geistesabwesend blickte er auf das Schema der Consecutio temporum, und zugleich schmiegte sich die alte Sprache derart unbekümmert an sein Sprachempfinden, als stecke in ihm ein klerikaler Vagant des Mittelalters. Er pflegte jedenfalls einen auffällig lockeren Umgang mit der für tot erklärten Sprache. Mit etwas Übung hätte er sich eines Tages gewiß des Lateins ebenso willkürlich wie des Frankfurterischen bedient, das er im Unterschied zu seinen Tanten ablegte und annahm, wie es dem Gegenüber angemessen war. Manchmal bedauerte Alfred die Unbrauchbarkeit des Lateins im täglichen Leben, es fehlte ihm jemand, mit dem zusammen er den Zauber dieser Geheimsprache wirklich hätte genießen können.

Lilly saß nicht weit von Alfred entfernt. Beide lasen leise vor sich hin und zeichneten Akzente ein, denn in der bevorstehenden Prüfung kam es auch auf die richtige Betonung an. Draußen rauschten die Kastanien. Das graue Licht des Klassenzimmers verdunkelte sich, und bei jedem Windstoß trieb eine Wolke trockener weißer Konfetti am offenen Fenster vorbei, denn die Blüte näherte sich staubig und süßlich duftend dem Ende. Lilly mußte husten und tat das sehr beherrscht, aber sie konnte den Reiz im Hals, den der Blütenwind hervorrief, nicht unterdrücken. Während sie mit dem Husten kämpfte, wandte sie sich Alfred zu. Als er aufsprang und ihr schüchtern auf den Rücken klopfte, sagte sie: »Nicht klopfen, das ist überholt, kreisförmig fest mit der ganzen Hand streichen, bis der Anfall vorbei ist!« Natürlich kannte sie die neuesten Methoden der Medizin. Alfred gehorchte und strich seine Kreise auf dem weißen Leinenkleid, er fühlte ihre Wirbelsäule, die zarten Schulterblätter, die sich wie bei einem jungen Hund bewegen ließen, und die Wärme und Festigkeit ihres Körpers, ohne zu wagen, das alles wirklich wahrzunehmen, denn er leistete ja nur Erste Hilfe. Sie hielt den Kopf nach vorn gebeugt, so daß die Locken über die Schulbank fielen. Dann flog das Haar in die Luft, sie warf den Kopf in den Nacken und atmete mit geschlossenen Augen ein und aus. »Das hast du sehr gut gemacht«, sagte sie dabei. »Wenn mein Vater das macht, glaubt man, er wolle mir den Halswirbel brechen.« Dann sah sie ihn ernst und durchdringend an, als wolle sie in seinem Gesicht die Erklärung für eine chiropraktische Begabung finden, die sie ihm nicht zugetraut hatte. Alfreds Verlegenheit schien sie gar nicht zu beachten.

»Wenn du wüßtest, was ich für ein tödliches Wochenende hinter mir habe«, sagte Lilly, als sie sich wieder den Text vornahmen. Vergil war gerade an der Reihe, holpernd und stolpernd durch die leeren Unterrichtsvormittage gezerrt zu werden. Kaum einer in der Klasse besaß nach vielen Jahren Lateinunterricht wie Alfred die Fähigkeit, einen Dichter flüssig zu lesen, und so geriet die Beschäftigung mit der antiken Poesie zu Grammatikexerzitien und Übersetzungsversuchen an herausgehackten Stückchen. Er las die Stelle, die Lilly ihm zeigte, laut vor und gewann dabei seine Sicherheit vollständig zurück: »Dixit et avertens rosea cervice refulsit, / ambrosiaeque comae divinum vertice odorem / spiravere; pedes vestis defluxit ad imos / et vera incessu patuit dea.« Und ohne großes Nachdenken, nur mit einem gelegentlichen Zögern, als erfinde er aus dem Stegreif, fuhr er fort, indem er mit dem Finger immer auf das eben übersetzte Wort zeigte: »So sagte sie, und indem sie sich umdrehte, leuchtete ihr rosiger Nacken auf, und ambrosische Locken strömten, vom Scheitel fallend, einen göttlichen Duft aus, das Gewand floß zu den Füßen herab, und im Weggehen verriet sie, daß sie eine Göttin war – so ungefähr, wenn du es so sagst, machst du es schon richtig.«

In blanken, kühl ineinandergefügten Worten, die Alfred ohne Anstrengung zu seinen eigenen gemacht hatte, war hier beim Namen genannt, was er eben erst gesehen hatte. Ja, Lillys Nacken war rosig, cervix rosea, denn sie war hellhäutig, und die Sonne, die sie schon etwas bräunlicher hatte werden lassen, kam an den Nacken durch die vielen Haare nicht heran. Die kleinen Pausen in Alfreds Übersetzung ließen den Eindruck entstehen, als nehme er dabei unwillkürlich wahr, wie gut die Verse auf Lilly paßten. Aber er merkte gar nichts. Er war überhaupt nicht auf den Gedanken gekommen, daß Vergil mit der »cervix rosea« den Körperteil eines lebendigen Mädchens mit blonden Haaren meinen könnte. Die Göttin, die beschrieben wurde, wie sie in Menschengestalt daherging und nur an dem kaum faßbaren Glanz ihrer Erscheinung als übermenschliches Wesen zu erkennen war, weil ihre körperliche Vollkommenheit das Menschenmögliche überstieg, sah in Alfreds Vorstellung weiß aus, weiß wie Marmor oder weiß wie Gips, schön gewiß, aber schön wie ein Möbel oder ein Haus, also nicht so schön wie Lilly.

Obwohl Alfred scheinbar schlafend durchs Leben wanderte, geschah es ihm häufig, daß er plötzlich ganz genau wieder etwas vor sich sah, was er eigentlich gar nicht wahrgenommen haben konnte. »Wenn du wüßtest, was ich für ein tödliches Wochenende hinter mir habe«, hörte er Lilly mit dunkler Stimme sagen. Nein, er wußte es nicht und hatte noch heute vormittag geglaubt, daß er es nie erfahren würde. Etelkas Worte ließen in das Dunkel auf einmal einen schmalen Lichtstrahl fallen. Es kam ihm vor, als bekomme er einen Zipfel des Schleiers zu fassen, der über ihrem Leben lag, und brauche ihn nur noch wegzuziehen. Sie war wie eine Wilde herumgereist, von Italien kommend, nach Österreich zu diesem Szépregyi und gleich weiter nach Frankfurt, und alles, ohne daß ihr Vater davon etwas wußte, und auch keineswegs allein, sondern »mit Freunden«, wie Etelka sagte – »mit Freunden«, das sollte einmal die für Alfred verhaßteste Redensart Lillys werden. Gegenwärtig weckte sie nur Sehnsucht in ihm, Träume von einer Welt, in der man sich leichthin bewegte und überall, wo man hinkam, »zu Freunden« nämlich, ins gemachte Bett stieg. Die Menschen, die er selber kannte, schienen ihm mit langweiliger Zwangsläufigkeit in sein Leben geraten. Die kenne ich sowieso, dachte Alfred.

Dabei hatte auch er andere Länder kennengelernt. Die Fräulein Labonté wurden, als Alfred etwa zehn war, reiselustig, wobei sie Alfred pflichtbewußt mitnahmen und mit dem Reiseführer in der Hand dafür sorgten, daß er keine Sehenswürdigkeiten ausließ. Aber man reiste eben zum Kolosseum oder zum Eiffelturm und nicht »zu Freunden«, und damit, so kam es Alfred jetzt vor, verloren diese Reiseerfahrungen, die in Postkartensammlungen und Fotografien aufbewahrt waren, den Charakter wirklicher Erlebnisse. Es mochte zwar nützlich gewesen sein, mit den Tanten London und Paris besucht zu haben, weil man danach die Straßen kannte, die Lilly gelegentlich erwähnte, aber was sie dort trieb, hatte mit der gewissenhaften Besichtigung des Tower und des Jeu de Paume bestimmt wenig zu tun.

Und tatsächlich wußte er ja überhaupt nichts von ihr, denn Lilly sprach in der Schule nie über ihr Leben und schloß sich auch nur selten den von Toddi Osten beherrschten Runden im Café Feuerbach an, und wenn, dann nur, um dort um die Hausaufgaben zu bitten, die sie sofort am Nebentisch in ihr Heft übertrug. Bei der Kellnerin, die alle beim Namen kannte und die bei den »Studenten«, wie sie die Gymnasiasten höflicherweise nannte, sehr beliebt war, bestellte Lilly ein Glas Wasser und versank dann gleich wieder in ihre Arbeitsruhe. Trotzdem waren ihre Auftritte im Café Feuerbach beachtete Ereignisse. Man verhielt sich weniger geräuschvoll, während Lilly arbeitete, und der blasse hochaufgeschossene Junge, der nie ein Wort sagte und nicht besonders beliebt war, aber alle Mathematikarbeiten mit Eins schrieb, wurde regelmäßig ein wenig beneidet, weil Lilly nur sein Heft als Vorlage benutzte. Da war nichts zu machen. So wie Dorothée Has für ihre Leiden ausschließlich den Spezialisten aufsuchte, so schrieb Lilly grundsätzlich nur beim Einser-Kandidaten ab. »Ich verstehe nicht, was alle Welt mit dieser Frau hat«, sagte Toddi Osten einmal, als Lilly gerade gegangen war. »Man sieht doch, daß sie mit diesen Beinen durch jede

Stewardeß-Prüfung fallen würde.« Aber Alfred glaubte ihm kein Wort. Er fühlte deutlich, daß Toddi Osten nur versuchte, seine Überlegenheit zu retten.

Aber auch Etelka war, als sie sprach, nicht ganz aufrichtig gewesen. Im Grunde wußte sie ja nichts Rechtes über die Vorgänge im Has'schen Haus, obwohl sie sich nach Details verzehrte. Has empfand eine Art Scham, mit ihr über Dorothée und Lilly zu sprechen, die nach der mißglückten Reise in die Steiermark noch gewachsen war. Sein Ziel war, die beiden Welten so scharf wie möglich getrennt zu halten. Ein Mißgeschick wie bei Szépregyi durfte nie wieder vorkommen.

Gleichzeitig begann Etelka zu beklagen, wie wenig sie doch an Eduards Leben Anteil habe. »Ich weiß nichts über dein Leben«, sagte sie etwa mit einem schwermütigen Blick. Die Stunden, Nächte und Reisen, die er mit ihr verbrachte, seien nicht »sein Leben«. Sie sprach, als trete er in diesen doch recht häufigen Zeitspannen aus seinem eigentlichen Leben heraus, das inzwischen wie eine Lokomotive schnaufend anhielt und seine Fahrt dem Tod entgegen erst wieder aufnahm, wenn Dr. Has aus den Armen Etelkas zurückkehrte und in »seinem Leben« erneut Platz nahm. Die romanischen Völker behaupten, beim Essen altere man nicht. Etelka war dabei, diese Lehre auf die Liebe anzuwenden, nur daß es ihr offenbar nicht erfreulich vorkam, wenn Has in ihrer Gesellschaft dem Tod ein Schnippchen schlug. Sie wünschte vielmehr ihren Anteil an gerade jener Zeit, die dem Tode näherbringt. Sie wünschte von ihm die Schicksals- und Sorgenzeit, die den Hauptstrang des Lebens ausmacht, und zwar weniger, weil sie an seinen Kümmernissen teilnehmen wollte, obwohl sie das oft behauptete, sondern weil sie ihr Fädchen in den Hauptstrang einflechten wollte, vor allem weil er nun einmal der Hauptstrang war. Has führte einen vergeblichen Kampf gegen diese Darstellung der Verhältnisse. Etelka blieb dabei: »Hier ist nicht dein Leben.« Sie wünscht einfach die Öffentlichkeit, dachte Has. »Dein Leben« heißt für sie, als »Herr und Frau Dr. Eduard Has« ein Abendessen zu geben. Und es bekümmerte ihn, daß er Etelka diesen bescheidenen Spaß nicht bereiten konnte, denn es gehörte zu seinen Hauptvergnügungen, ihr etwas zu schenken, und Etelka hatte sich noch immer nicht daran gewöhnt und war verblüfft wie am ersten Tag, wenn sie ein hübsches Päckchen neben ihrem Teller liegen fand. Aber in dem Päckchen befand sich eben nie »das Leben«, wie sie es verstand, und auch daran gewöhnte Etelka sich nicht.

Statt dessen nahm sie eine andere Gewohnheit an: Sie tat einfach so, als seien die offiziellen Schranken zwischen ihr und Has gefallen, und nötigte ihm Unterhaltungen über alle Personen auf, deren Namen er einmal hatte anklingen lassen. Sie sprach über Dorothée in einem Ton, als ob sie sie gerade getroffen hätte. Sie plauderte über Lilly, als sei sie deren vertraute Freundin. Beim Fernsehen rief sie etwa aus: »Das muß unbedingt Lilly sehen, für sie ist das wichtig!«, und die dahingeschiedene Olenschläger nannte sie »Mama« – »Heute ist Mamas Todestag«, sagte sie zum Beispiel, wenn Has an einem 28. Mai erschien, und wies auf einen Strauß weißer Rosen: »Die sind zu Mamas Gedächtnis!« Manchmal glaubte sie bereits, sie kenne Dorothée und Lilly, und obwohl Has sich bemühte, alles recht grau darzustellen und seine Tage fern von ihr als einzige Plage erscheinen zu lassen, wuchs mit der Anschaulichkeit seines Alltags und seiner Familie für Etelka auch deren Anziehungskraft, und sie wünschte sich nun immer sehnlicher, mit all diesen schwierigen, unangenehmen, täglich Ärgernisse bereitenden Menschen bald in eine enge Verbindung zu geraten.

Etelka führte Alfred im »Café der Tierfreunde« eigentlich nur vor, was sie bei Has eingeübt hatte. Sie gewährte sich das Vergnügen, vor sich selbst und einem Zuhörer fest in den Has'schen Familienverband eingefügt zu erscheinen. Daß ihre Worte vom Quieken kleiner Affen und vom Geschrei der Papageien begleitet wurden, entsprach der inneren Wahrheit der Gespräche, denn für Etelka wie auch für Alfred war von Exotischem die Rede.

»Wenn Lilly hört, daß Sie sie verleugnet haben, dann wird sie vor allem traurig sein«, sagte Etelka also zu Alfred und trug gleich noch etwas dicker auf. Lilly spreche nämlich sehr häufig von ihm. Was sei noch gleich sein bestes Fach? – »Latein vielleicht?« fragte Alfred, der gar nicht bemerkte, daß ihm die Ohren brannten. Richtig, Latein. Was werde man denn mit Latein? – »Wie meinen Sie das?« fragte Alfred. »Nun, welcher Beruf hat mit Latein zu tun? Man muß doch bei den Begabungen auch an die Zukunft denken. Herr Dr. Has zum Beispiel liebte immer die Kunst, und heute hat er eine Sammlung, aber er war auch gut im Rechnen, und das hilft ihm in der ›Verwaltung‹« – sie übernahm ohne weiteres das im Gesellschafterkreis übliche Kürzel. »Oder Kalkofen, der war immer praktisch und mit den Händen so geschickt, und heute hat er das Lager mit Hof und Halle.« Der Faden riß plötzlich ab. Die Erinnerung an Kalkofen ließ Etelka verstummen.

Alfred aber wurde eifrig und im Eifer auch eigensinnig. Es machte keinen Spaß mehr, mit Etelka Kalkofen »Herr und Dame« zu spielen. Das hatte nur vor dem Hintergrund der Einsamkeit und des Auskostens geheimer Gedankenreize wirklichen Sinn besessen. Ein Ziel trat vor Alfreds Augen, und zugleich zog die Absicht in seinem Herzen ein, die dort bisher nicht gewohnt hatte, und es war ja gerade das Absichtslose, das Alfred sonst liebenswert erscheinen ließ. Ohne Etelkas Zerstreutheit zu beachten, kam er auf den einzigen Punkt zurück, der ihn bewegte. »Lilly spricht von mir?« fragte er in das Schweigen hinein. Etelka wirkte unsicher, sie vermied es, ihn anzusehen. »Sie hat gesagt, Sie seien sehr nett.« – »Sehr nett – ich sei also sehr nett?« wiederholte Alfred, als wolle er über den genauen Wortlaut auch nicht den leisesten Zweifel aufkommen lassen. »Ja, sehr nett!« wiederholte Etelka und bewegte den Kopf mit dem großen Nackenknoten ernsthaft auf und ab wie ein nickender Porzellanchinese.

Das Westend war kein alter Stadtteil, und doch war die Bevölkerung dort schon zweimal von Grund auf umgewälzt worden. Bereits vor dem Zweiten Weltkrieg, als die zahlreichen Juden des Westends vertrieben wurden, hatten die Bewohner der größeren Häuser gewechselt, und zwar nach der großen Inflation der Jahre 1922 und '23, die der Überanstrengung der Nation im Krieg und ihrer Ausplünderung im Frieden folgte. Viele der Erbauer besonders stattlicher Anwesen verloren ihr gesamtes Vermögen und mußten ihre Häuser zu den ungünstigsten Bedingungen verkaufen. Als Käufer traten häufig Spekulanten auf. Was kurz vor dem Krieg mit Goldstücken bezahlt und für Jahrhunderte gemauert worden war, besaß nun nur noch den Preis eines Haufens raschelnden Papiers, ohne zugleich seinen Wert verloren zu haben, was sich bei der Rückkehr zur Stabilität sofort zeigte. Gerade diese kurze Zeitspanne hatten die in Not Geratenen eben nicht abwarten können. Damals änderte sich nichts an den Fassaden, an den Vorgärten, an den Laternen, am gesamten Gesicht des Viertels, aber den Bewohnern blieb dennoch unvergessen, wie schnell sich Haus und Hof und der Erdboden, der die Häuser trug und der nach dem alten Lebensgefühl etwas Unverrückbares und Sicheres darstellte, in die luftigste Substanz aufzulösen vermochten, wie geräuschlos ein großes Haus dem Erben aus den Händen glitt, ohne daß er dafür den Gegenwert erhielt und wie verbürgter Besitz und windige Besitzlosigkeit die Plätze wechselten und die Rollen tauschten. Die schweren Buntsandsteinmonolithe, die rechts und links der Gartentore standen, bekamen etwas Unwirkliches, denn die Beständigkeit, die sie ausdrückten, gab es gar nicht mehr.

Später waren erneut behäbige Häuser für ein Spottgeld zu erwerben, weil die Eigentümer ins Ausland flohen. An ihre Stelle traten Leute, die vorher nie hätten daran denken können, sich in einer solchen Gegend anzukaufen, darunter auch Hausmeister und kleine Geschäftsleute, die mit ihrem wenigen Ersparten zur Stelle waren, wenn der Verdacht aufkam, daß in einem jüdischen Haushalt die Koffer gepackt wurden. Dieser inneren Veränderung folgte bald eine äußere durch die Bomben, denen das Haus Olenschläger wahrhaftig nicht als einziges zum Opfer fiel. Aber diese Lücken waren zu zählen. Gemessen an der Vernichtung der historischen Stadt durfte man das Westend nach dem Krieg fast unversehrt nennen. Das war die Welt, in der Alfred Roller fuhr. Sie blieb beschaulich, weil die fieberhaften Anstrengungen des Wiederaufbaus hier zunächst kein Betätigungsfeld fanden.

Eine weitere Verwandlung des Viertels entwickelte sich zunächst fast unmerklich und wurde dann mit einem Schlag sichtbar, als sei ein Pesthauch über die Straßen geweht und hätte alles Leben darin einer unheimlichen Verwesung ausgesetzt. Die Tanten Labonté hatten die Schubertstraße noch mit eigenen Augen entstehen sehen und waren in die kleine Villa mit ihren gotischen Ornamenten und der Wetterfahne, in die das Erbauungsjahr gestanzt war, noch als Neubau gezogen. Dennoch blieben sie für die Veränderung ihrer täglichen Umgebung besonders lange blind und erwachten erst, als sie bemerkten, was sich rings um sie herum bereits ereignet hatte. Und doch hätten sie sich sagen müssen, daß das Zerstörungswerk für sie nicht unvorbereitet gekommen sein konnte, da die Ursachen in ihren Köpfen ebenso sorgfältig begründet waren wie in den Plänen der Politiker und Grundstücksspekulanten.

Man weiß, wie sorgfältig Alfred erzogen wurde und daß ihm schon früh der Unterschied zwischen Eisschrank und Kühlschrank vermittelt worden war. Nicht minder genau setzte ihm Tante Mi vor ihrer gemeinsamen Reise nach Paris auseinander, wie die Bauten des 19. Jahrhunderts, die den unvoreingenommenen Blick eines Kindes womöglich am tiefsten beeindrucken würden, kunsthistorisch einzuschätzen seien. »Was du in Paris siehst, ist alles nur Nachahmung«, erklärte Tante Mi. In Paris gebe es keinen eigenen Stil. Der Triumphbogen sei den Römern nachgeahmt, weil die Franzosen keinen eigenen Stil besessen hätten. Die Madeleine sei, wie sie dastehe, einfach ein nachgebauter Tempel. Den Franzosen sei nämlich nichts mehr eingefallen. Übrigens sei das nicht nur den Franzosen so ergangen. Die Deutschen hätten aber wenigstens nicht so getan, als ob sie alles selbst erfunden hätten. Nun richtete sich Tante Mi am Eßtisch auf und hob die großgefleckte, sonst aber sehr feine Hand, um an den Fingern abzuzählen, was sie Alfred einzuprägen wünschte. »Folgende Stile gibt es«, sagte sie, »griechisch-römisch, gotisch, Barock und Biedermeier. Danach sind alle Stile zu Ende. Deshalb mußte man dann mit der Nachahmung beginnen, denn irgendwie muß man ja bauen.« Heute allerdings gebe man offen zu, daß man keinen Stil mehr habe, und lasse alles Nachgeahmte weg. Schön sei das nicht, aber eine saubere Lösung.

Was Tante Mi lehrte, war natürlich nicht die Frucht eigener Überlegungen. Erlauchte Häupter hatten ihr vorgedacht und verkündeten schon seit Anfang des Jahrhunderts, was schließlich in kleiner Münze ins geistige Portemonnaie der Tanten Labonté gelangt war. Aus dem Mund von Carl Szépregyi klangen ähnliche Beweisführungen ungleich scharfsinniger, wobei für ihn allerdings auch ein höherer Lohn zu erwarten stand, wenn er seine Ästhetik wirkungsvoll verkaufte. »Wir können das 19. und 20. Jahrhundert unter zwei Begriffe stellen«, sagte Szépregyi zur gleichen Zeit, als Tante Mi ihrem Neffen Paris schilderte und es darum ging, Has darauf vorzubereiten, daß der Plan für die neuen Räume erheblich nüchterner ausgefallen war, dafür aber das Doppelte kosten würde, »Repräsentation und Funktion. Das 19. Jahrhundert errichtete Schaukulissen, das 20. Jahrhundert plant seine Häuser von innen nach außen. Anstelle eines veräußerlichten Schmuckbedürfnisses tritt nun die ehrliche Offenlegung der funktionellen Bedingungen.«

Has machte sich solche Reden völlig zu eigen. Je mehr er über die Kunst seiner Zeit hörte und las, desto begieriger war er nach einem Führer durch dieses Labyrinth, das er, so kam es ihm vor, noch halbblind durchirrte. Dann und wann fand er zwar eine blendende Formulierung, die alles wunderbar zu erklären schien, aber wenn er versuchte, sie selbständig anzuwenden, erlebte er stets aufs neue, wie das eben noch leicht Faßliche wieder zerrann.

Tante Mi ahnte nichts von solchen Zweifeln und Kämpfen, weil sie die Doktrin des Fortschritts nicht als These und Programm einer geistigen Elite erlebte, sondern glaubte, darin die allgemeine Überzeugung eines immer klüger werdenden Publikums wiederzufinden. Bei ihr verbanden sich alte und neue Maßstäbe noch bruchlos. Sie hätte es sich entschieden verbeten, wenn Szépregyi gewagt hätte, das Wort »Funktion« vor ihr in den Mund zu nehmen. Ohne zu ahnen, daß damit ein hochprogrammatisches Stichwort gefallen war, das nur bedingt praktische Bedeutung besaß, hätte sie ihm vorgehalten, daß es in seinen Häusern aus allen Ritzen zog, daß man jeden Husten durch das ganze Haus hörte, daß seine Zimmer im Sommer zu heiß und im Winter zu kalt waren, daß man in seinen winzigen Küchen kaum eine Büchse öffnen konnte und daß man, um ein Bild aufzuhängen, einen Schlagbohrer benötigte, um den Nagel in die Betonwände zu treiben.

Dieser Gegensatz lag aber nur an der Oberfläche. Sonst stimmten die beiden ungleichen Verfechter der modernen Architektur selbst in der Sprache überein, und zwar in der häufigen Verwendung des Wortes »ehrlich«, wenn von den neueren Bauten die Rede war. Tante Mi nannte die zeitgenössische Architektur »ehrlich« und empfand es nicht als Widerspruch, sie zugleich häßlich zu nennen, und auch Szépregyi sprach allenfalls von »funktioneller Schönheit«. Er deutete damit an, daß er die Schönheit an einer kurzen Leine zu halten gedachte, sollte sie sich unversehens und unbeabsichtigt durch die Hintertür doch noch einschleichen. Was ein Haus schmückte, war unehrlich, denn es täuschte darüber hinweg, daß alles Bauen der Befriedigung von Bedürfnissen diente. Die Maske, die den Schlußstein am Fenster des Kalkofenschen Hauses zierte, war ein Schmuck, der die Verlogenheit geradezu allegorisch verkörperte: Sie mußte heruntergerissen werden.

Im übrigen geschah das hier und da bereits, bevor die eigentliche

Bauwelle das Westend überflutete. Fortschrittliche Hausbesitzer gingen daran, ihre Fassaden zu »reinigen«, wie sie es nannten, und schlugen die Reliefs mit den klassizistischen Figurengruppen im Stil eines Thorvaldsen mit Hämmern herunter, entfernten die Profile und Gesimse der Fenstereinfassungen, rissen die Balustraden der Balkons weg, ersetzten sie durch glatte Blechkästen in pastelligen Wäschefarben und ebneten jedes plastische Element an ihren Häusern ein, bis die nackten Kästen zwischen den noch unversehrten, vielgestaltig gegliederten Nachbarhäusern wie verstümmelte Sklaven standen, denen man Nase, Ohren und Lippen abgeschnitten hat. Die Tanten Labonté billigten solche Maßnahmen, wobei es sich dabei eben noch nicht um eine völlige Umgestaltung des Westends handelte, sondern um einzelne, als mutig empfundene Befreiungsakte. Die buntbemalten, ornamentierten Treppenhausfenster, die durch drahtdurchzogenes Preßglas ersetzt wurden, die eisernen Blätterranken der Gartentore und die stuckierten Köpfe der allegorischen Gestalten, die wie Bauschutt abgefahren wurden, betrachteten sie jedenfalls als etwas vollkommen Wertloses, dem es nicht eine Träne nachzuweinen galt.

Diese Fühllosigkeit einer Epoche gegenüber, die sie in ihrer Jugend noch in voller Blüte erlebt hatten, erstaunt um so mehr, als die Tanten in ihrem engeren Lebensrahmen im großen und ganzen nicht auf den ererbten Hausrat verzichteten, sondern ihn pflegten, als fühlten sie die Pflicht, ihn unvermindert der nächsten Generation, Alfred nämlich, zu übergeben. Eine gewisse Gleichgültigkeit gegenüber der täglichen Umgebung und den Gegenständen, die ihre Eltern noch liebevoll einzeln ausgesucht hatten, entsprach dabei ihrer nüchternen Denkweise. Was sie selbst benutzten, beschäftigte die Phantasie der Tanten nicht mehr. Außerdem konnten sie sich nicht vorstellen, daß eine figurenreiche Steinmetzarbeit, wie sie in ihrer Jugend zur Ausstattung fast jeden Westendhauses gehörte, jemals irgendeinen Wert besitzen könnte, und zwar einfach weil es keine Steinmetzen mehr gab, die so etwas ausführen konnten. Einer heruntergeschlagenen Stuckgirlande nachzuweinen, wäre ihnen ebenso absurd erschienen, wie um einen nadelnden Christbaum zu trauern, den man zu Dreikönig aus dem Fenster warf.

Sie fragten sich allerdings auch niemals, wie es sich mit der Schönheit der Dinge verhielt, die sie im Haus umgaben. Ein Messer oder ein Bett wurde von den Tanten nicht danach beurteilt, ob es mit Barock- oder mit Jugendstilornamenten geschmückt war, sondern ob das Stück aus der Mitgift der Mutter stammte oder aus Labontéschen Beständen. »Das hat meiner Mutter gehört, und das hat meinem Vater gehört«, sagte Tante Mi sofort, wenn man bei ihr zu Gast war und den Blick auf irgendeinem Gegenstand länger verweilen ließ. Dabei wurde deutlich, daß der ehemalige mütterliche Besitz aus der Wertschätzung der Tante Mi ausgeschieden war, angeschwemmtes Zufallsgut, das sich unter den väterlich legitimen Hausrat zu mischen versuchte. So hatte die Mutter den »Merkur« von Gianbologna mit in die Ehe gebracht, weil ihre Eltern wußten, daß sich der Schwiegersohn mit Kunstwerken umgab. Tante Mi entfernte zwar stets gewissenhaft die Staubfäden, die sich um die feingliedrige Skulptur schlangen, schien sie selbst aber nicht wahrzunehmen. Bei den Betten indessen war der Eifer der Tanten, die historische Herkunft zu betonen, erklärlich. Sie schliefen nämlich in den Ehebetten ihrer Eltern, die nun entzweit in den jeweiligen Schlafzimmern standen. Beim Umräumen war durcheinandergeraten, in welchem Bett der Vater und in welchem die Mutter geschlafen hatte, so daß Mi und Tildchen jede für sich glauben durften, im richtigen, nämlich im väterlichen Bett zu liegen. Das vorsichtige, sparsame Haus Labonté hatte nicht nur im Geschäftlichen stets unnachgiebige Ansprüche an die äußerste Qualität der Ware gestellt. Wenn schon Geld ausgegeben werden mußte, dann nur für das Allerbeste. Die Damasttischtücher mit dem Granatapfelmotiv waren schwer wie ein Schinken, die gestickten Monogramme von Blätterranken umwunden und handtellergroß. Die spitz hervorstehenden Brüstchen der kleinen Hermen an den Säulen des Eßzimmerbüfetts mündeten in Elfenbeinwärzchen. Das schwere Möbel, ein Meisterstück der Ebenholzschnitzerei, hatte der Vater Labonté in Paris gekauft. Neuerdings standen zwei Mäuse aus hellblauem und rosa Kunststoff zwischen den groteskenreichen Ornamenten. Die eine gehörte Mi, die andere Tildchen. Mi trank ihren Apfelsaft aus einem Glas, das mit Mickymäusen bedruckt war. Tildchen bevorzugte ein Glas mit Flugzeugen. Diese Gläser stammten aus dem Supermarkt und hatten eine erdnußfette Schokoladencreme enthalten, die Alfred als Kind auf dem Frühstücksbrot liebte. Niemand weiß, ob die Tanten die Benutzung solcher Ramschartikel ebenfalls mit einer Beschwörung der Ehrlichkelt gerechtfertigt hätten. Es gibt immerhin auch eine Ehrlichkeit des Offenbarungseids. Die Tanten waren bei all ihrer Wohlhabenheit in Fragen des Geschmacks nicht mehr liquide. Ihre Zurückgezogenheit hatte sie nicht daran hindern können, Kinder ihrer Zeit zu sein. Die Einsicht, daß es nicht nur eine erlogene Schönheit, sondern auch eine verlogene Häßlichkeit gibt, blieb ihnen zeit ihres Lebens verwehrt.

Erst als die Verwandlung des Westends weit fortgeschritten war, begriffen sie, daß ihre Lebensart von dem Gehäuse, in dem dies Leben zugebracht wurde, nicht ohne weiteres losgelöst werden konnte. Das Wesen dieser Häuser, die sich wie die Zellen einer Kartause mit ihren mauerumschlossenen Gärten aneinanderreihten, war eine zur Privatheit gemilderte Einsamkeit. Ihre steinerne Würde ließ die Frage nach dem Nutzen für Staat und Gesellschaft zunächst einmal verstummen. Und diese Welt, die sie hervorgebracht hatte und der sie alles verdankten, hatten die Tanten so lange achtlos behandelt, bis sie zerstört wurde.

Alfred hingegen verstand niemals richtig, was die Tanten eigentlich meinten, wenn sie von verlogener Nachahmung sprachen und dabei auf die Häuser der Schubertstraße und die Christuskirche wiesen. Er sah diese Gebäude mit der Unschuld eines Menschen, der nie etwas anderes gesehen hat, und liebte die Verschiedenheit und Fülle ihrer dekorativen Einfälle, die der Natur einen Kosmos steinerner Gestalten und Pflanzen gegenüberstellten. Es traf durchaus zu, daß man an den Häusern unaufhörlich Formen entdecken konnte, die aus anderen Epochen stammten, aber niemals genauso, wie sie früher angewandt worden wären. Weder in der Gotik, noch in der Renaissance hatte es Häuser gegeben wie die in der Schubertstraße. Jedes Haus war eine eigene Schöpfung, die alle Elemente zwar zitierte, aber in neue, bisher unbekannte Zusammenhänge stellte, so wie in einem Oratorium von Liszt Beschwörungen des gregorianischen Chorals oder primitiver Hirtenschalmeien von einer üppigen, neuartigen Symphonik umgeben sind. Diese diskreten Häuser mit ihren hohen, dunklen Fensterscheiben standen um Alfred herum wie ein Spalier feierlicher alter Menschen, die burgundische Spitze und gebuckelte Hüte tragen und beim Sinken der Sonne auf den Beginn einer düsteren Zeremonie warten.

Das Haus des sittenlosen Bundesbahnrats trug eine runde Turmspitze, deren feine Schieferschuppen wie eine Schlangenhaut im Licht glänzten. Das Haus der Tanten hatte ein steil ragendes Dach, dessen First mit eisernen Blumen und Fahnen bekrönt war, ein rostender Schmuck zu niemals veranstalteten Turnieren. Weiter vorn flankierte ein palasthafter Würfel den Ausgang der Straße. Sein Rustica-Mauerwerk wies die neugierigen Blicke ab, und die tief in die Fensternischen gestaffelten Doppelfenster sahen aus, als ob sie den Schlaf der hinter ihnen liegenden Zimmer gegen jeden Lichtstrahl verteidigen wollten. Dort hatte die Schokoladenfirma ihre Lagerräume, von der im Zusammenhang mit der Olenschlägerschen »Verwaltung« schon die Rede war, und von diesem Brückenkopf aus plante Fred Olenschläger die Schubertstraße aufzurollen. Das Haus gegenüber mit dem Schnecken- und Treppengiebel der Weserrenaissance und den schwarzen vollplastischen Häuptern, die über den Fenstern die Hälse herausreckten, gehörte ebenfalls schon zum Reich der »Verwaltung«. Und damit bestätigten diese Häuser endlich Szépregyis Urteil, sie seien bloße Kulissenarchitektur. Die Lebenskraft dieser nach außen hin immer noch stattlichen Gebäude war durch ihren Übergang in die Hände der »Verwaltung« ausgehöhlt worden. Ihre burgenhafte Festigkeit, die dem nächsten Jahrtausend entgegenblickte, nachdem die verflossenen sechzig oder siebzig Jahre ihres Daseins gerade erst vermocht hatten, ihnen Patina zu verleihen, sollte vor den Pergamentpapier-Plänen, die Fred Olenschläger schon hatte durchzeichnen lassen, zerbröseln, als ob der Schwamm sie von innen her ausgezehrt hätte.

Immer noch standen der Verwirklichung seiner Pläne zahlreiche Hindernisse im Weg. Von den behelmten, bemützten und begiebelten Häusern hatten sich bei weitem noch nicht alle dem tastenden und manchmal auch schon drängenden Begehren der Verwaltung ergeben. Das machte Fred Olenschläger aber keine Sorgen. Er blickte auf die florentinischen, französischen und nürnbergischen Dächer und Mauern und wußte, daß hinter ihren Zinnen und Zäunen niemand mehr saß, der einem Mann, der seiner Vision folgt, den Weg verlegte. Fred Olenschläger hatte sich zudem der Hilfe einflußreicher Verbündeter versichert. Die Kunsthistoriker hatten, vom Landeskonservator angeführt, die Architektur des ganzen Viertels für wertlos und abrißreif erklärt. Sie machten die Musik zu dem Feldzug, den Olenschläger vorbereitete, und bezeichneten auch unaufgefordert die Häuser und Straßenzüge, die am ehesten die Zerstörung verdienten, so wie ihre Kollegen zuvor bei der Verwüstung Warschaus die Bauwerke ausgesucht hatten, deren Sprengung das Antlitz der Stadt am tiefsten verwunden mußte. Ihr Einfluß war nicht von der Hand zu weisen, wie man am Beispiel der Tanten Labonté gesehen hat, denn wenn eine Parole die Ausdauer besaß, bis zu diesen beiden Damen durchzusickern, dann war das mit einer vollständigen Durchdringung des bürgerlichen Milieus gleichzusetzen.

Aber dieses wohlvorbereitete Feld wollte nun auch bestellt werden. Olenschläger hatte deshalb Verbindung zu den Politikern der Stadt gesucht. Er sah schließlich sogar die Notwendigkeit ein, der herrschenden Partei beizutreten. Dort wurde sein Aufnahmeantrag mit Genugtuung entgegengenommen. Zu gut war in Parteikreisen im Gedächtnis geblieben, wie der Oberbürgermeister einstmals empfangen worden war, als er sich zum siebzigsten Geburtstag der Mutter des Dr. Eduard Has und der Cousine Freds arglos zur Gratulation einfand. Kaum sah die Jubilarin, wen sie vor sich hatte, als sie den städtischen Glückwunsch auch schon mit den Worten unterbrach, man habe die Preußen überlebt, man habe die Nazis überlebt, man werde auch mit seinesgleichen fertig werden. Nun zeigte sich, daß der Ausspruch der alten Olenschläger nicht das letzte Wort ihres Hauses sein sollte. Auch die »Verwaltung« wollte leben, und das hieß nach ihrem Lebensgesetz wuchern, anschwellen, bauen und abreißen, und das war ohne Hilfe der Partei, die in der Baubehörde zu bestimmen hatte, auf die Dauer nicht möglich. Im übrigen hatte Fred Olenschläger schon allzu lange gezögert. Ständig hörte er von Unternehmern, die aufgrund von Ausnahmegenehmigungen zu riesigen Aufträgen gekommen waren, und er konnte sich ausrechnen, wieviel die »Verwaltung« seine politische Zurückhaltung bereits gekostet hatte.

Fred Olenschläger besaß weiß Gott nicht die Voraussetzungen für die Mitgliedschaft in einer wie immer gearteten Partei. Sein asketischer Vogelkopf sprach von Einsamkeit und skeptischem Abstand zur Öffentlichkeit. Seine ganze Gestalt schien in einem Prozeß unaufhörlicher Austrocknung befangen. Die kratzigen Anzüge und der weiche schwarze Kaschmirmantel, den er auch im Sommer trug, legten Schutzhüllen um das winzige Häuflein Lebensglut in seinem Inneren, dessen Wärme nicht verströmen durfte. Welchen Ausdruck seine Augen annahmen, wenn die Politiker über ihre Westend-Pläne sprachen, blieb verborgen, denn er setzte bei den Parteiversammlungen eine Sonnenbrille auf.

Die Parteireden nannten die kleinen, schattigen Westendstraßen »Bollwerke einer prunksüchtigen Bourgeoisie«, die aus ihren vielzimmrigen Fuchsbauten herausgeräuchert werden müsse. Zahlreiche Westendhäuser besaßen zwei Eingänge, einen für die Besucher des Hauses und einen für die Lieferanten und das Personal, und dieser zweite Eingang bildete in den Ausführungen der Parteiredner eine geradezu feudalistische Herausforderung. Leute, die hinter hohen Lanzengittern und quietschenden Toren lebten, deren Fenster hinter den grünen Kissen der Magnolienbäume verborgen lagen, und die sich, wenn sie auf den Balkon traten, von geschwungenen Balustraden, Karyatiden und Tympana einrahmen ließen, mußten Verdacht erregen. Hinter manchen Sandsteinportalen wurde womöglich ein Leben geführt, das sich um Übereinstimmung mit der Mehrheit nicht kümmerte. Solche still wuchernde Individualität vermochte am Ende das launische Stimmvieh zu verwirren, das auf der ebenen Wiese der Gleichheit graste und unversehens Rosenduft in die Nase bekam. Die Tanten Labonté hätten gestaunt, wenn sie gehört hätten, wie gefährlich sie waren. Fred Olenschläger sparte sich jeden Kommentar.

Er war kein Dummkopf. Seine Intelligenz wurde nur durch die Bitterkeit eingeschränkt, mit der er seine Umgebung betrachtete. Er nahm überhaupt niemanden mehr ernst. Und was sollte er erst über den eigenen Vetter und Kompagnon denken! Has war natürlich zu vornehm, um seine Unverbindlichkeit zu opfern und in die Partei einzutreten, und führte dabei, wie Olenschläger von der Trumfeller genau wußte, ein heimliches Doppelleben, das bürgerliche Ehrbegriffe, wenn man aufrichtig war, weit mehr verletzen mußte als der Beitritt zu einer Partei aus dem Chimärenreich des öffentlichen Lebens. Dabei hatte Has selbst dafür gestimmt, daß die »Verwaltung« sich politisch engagierte. Nur er selbst wollte in Frieden gelassen werden. Fred Olenschläger beugte sich den Anforderungen der Notwendigkeit hingegen ohne Bedauern, denn er wußte, daß ihn die Sümpfe der Bestechlichkeit in seinem Innersten nicht beschmutzen konnten. Und er wußte auch, woher seine moralische

Kraft kam: aus der zähen, dienenden Verfolgung eines Ideals, das seinem ausgezehrten Körper eine unverwüstliche Gesundheit verlieh.

Fred Olenschläger träumte seinen Traum schon, als erst eine kleine Avantgarde sich mit solchen Plänen beschäftigte. Als Knabe hatte er eine Kadettenanstalt besucht. Er war früh durch seine Mathematikbegabung aufgefallen. Mit sechzehn Jahren verfaßte er ein Mathematikbuch für die unteren Klassen, das gedruckt worden wäre, wenn der Ausgang des Ersten Weltkrieges den Kadettenanstalten nicht ein Ende bereitet hätte. Und schon bald danach – Olenschläger absolvierte eine Banklehre in Berlin – lernte er die Utopien der neuen Stadtplaner kennen. Die Mathematik bekam auf einmal einen Körper! Er betrachtete die Zeichnungen kubischer Türme, die zehnspurige Straßen mit unaufhörlich rollenden Autos einfaßten, die gläsernen Brücken, die hoch in den Lüften die Türme miteinander verbanden und deren Laufbänder eine nicht abreißende Menge beförderten, die Flughäfen auf den weiten Dächern, die ganze Städte noch einmal hätten aufnehmen können, und er kam von diesem inneren Bild einer unendlich kreisenden Bewegung von Menschenmassen und Maschinen nie wieder los.

Wenn er in Reichenhall im Liegestuhl lag, um seinen Körper für die Zukunft zu stärken, erstanden vor seinem geistesabwesenden Blick die kunstvollen Systeme, die das Prinzip des menschenbaggernden Paternosteraufzugs zur Grundlage des gesamten städtischen Verkehrs machten. Damit die Maschinerie niemals leerlief, mußte nur immer genügend menschliches Beförderungsmaterial zur Verfügung stehen. Olenschläger atmete fest eingepackt die Jod- und Salzluft und spürte, wie sein Körper sich in ein Modell der idealen Stadt verwandelte. Die Blutkörperchen beschleunigten ihre nun schon siebzigjährige Reise, sie stiegen auf und ab, ließen das Herz pumpen, preßten sich durch Schleusen und verkalkte Engpässe und hinterließen als äußerliches Zeichen einen purpurnen Hauch auf den ledernden Wangen des schwärmenden Greises. Irgendwo mußte es einmal von seiner Hand entstehen, das Gebäude, das allen Menschen, die in seine Korridore gerieten, für immer genügen würde, weil sie auf ihrer Reise durch seine Hallen und Röhren jedes vernünftige Bedürfnis befriedigen konnten. Sich selbst sah er dabei als den ruhenden Pol, der die brausende Bewegung nur im Kopf nachvollzog und aus einem gläsernen Würfel heraus beaufsichtigte.

Eine Weile glaubte er, in Moskau seien die Voraussetzungen für ein solches Überhaus gegeben. Dann kamen auch aus Italien Signale, die sich aber als leeres Geschwätz erwiesen. Olenschläger reiste nach Amerika und stand vor den phantastisch geschmückten Turmhäusern von Manhattan, und obwohl diese Bauwerke, was ihre Größe anging, seinen Wunschbildern nahekamen, so fehlte ihnen doch diese kühle Konsequenz, um jenes Perpetuum mobile aus Menschen- und Maschinenkraft zu werden, das er in Eis und Schnee der Reichenhaller Alpen geschaut hatte. Die Terrasse, auf der er lag, duftete in der österlichen Sonne nach erwärmtem Holz, die Eiszapfen tropften, und die gelegentlich herangewehten Schneekristalle schmolzen auf seinem eidechskalten Handrücken nur langsam.

Was im Hochgebirge geträumt wurde, veränderte in Frankfurt ganze Straßenzüge, bis in den Kohlenkeller des Hauses Labonté hinein. Jeden Morgen schaufelte Herr Herr dort Kohlen in den schwarzen Ofen. Wenn er die schweflige Asche zusammengekratzt hatte, ging er in die Küche und trank bei Fräulein Emig eine Tasse Kaffee. Er blieb neuerdings länger dort, weil er nicht mehr zwölf, sondern nur noch sieben Heizungen zu versorgen hatte. »Das kommt jetzt alles weg hier!« sagte Herr Herr zu Fräulein Emig, so wie er ihr im Frühling die Vergiftung der Blattläuse beschrieb. »Alles, was sich nicht mehr rentiert, kommt weg!« wiederholte er und goß dabei seinen Kaffee zum Abkühlen vorsichtig in die Untertasse. Fräulein Emigs ängstlichen Blick schien er nicht wahrzunehmen. So sprach er mit Hausierern, wenn er ihnen das Betreten des Grundstücks verbot und dabei gleichzeitig hingebungsvoll mit dem Wasserschlauch spritzte. Es waren unheimliche Zeiten für Fräulein Emig, wenn ein solide gebautes Haus mit meterdicken Mauern und unterirdischen Gewölben, die einer Sprengbombe standgehalten hatten, sich nun auf einmal »nicht mehr rentieren« sollte.

Neben dem Heizungskeller lag eine große Waschküche, die inzwischen zum Überwintern der Topfpflanzen und zum Umtopfen benutzt wurde. Dort herrschte ein bläulich wäßriges Zwielicht, so daß es Alfred immer vorkam, als sei die Waschküche eine von oben spärlich beleuchtete Zisterne. Neben der Waschküche lag der Weinkeller, der nur noch wenige alte Flaschen auf den Gestellen bewahrte. Die Tanten hoben hier ihre Marmeladen auf, die Tante Tildchen fein beschriftete und persönlich heraussuchte, wenn ein neues Glas gebraucht wurde. Und daneben gab es einen großen Kellerraum mit beschädigten Möbeln, eingerollten Teppichen aus dem Landhaus in Falkenstein, fleckigen Matratzen und Koffern.

Alfred hatte hier einige Kisten mit der Hinterlassenschaft seines Vaters gefunden und kramte darin herum, seitdem Tante Mi erklärt hatte, daß diese Sachen nun ihm gehörten. In den Bücherkisten fand er Schiffsromane, französische Pfadfinderromane, Erzählungen von Flugpionieren und Polarforschern. Das Papier war braun geworden und roch wie die Luft, die aus ungeöffneten alten Pappkoffern steigt. Schließlich stieß er auf eine Fotografie seines Vaters im Alter von achtzehn oder zwanzig Jahren, ein Atelierporträt. Auf dem dichten glatten Haar lag ein beabsichtigter Lichtreflex und ließ es fast blond erscheinen, obwohl Alfreds Vater eher farblos mittelbraunes Haar hatte wie sein Sohn. Das Foto verschwamm zu den Rändern hin, der Kopf tauchte wie aus einem blendenden Halo auf. Seltsam, daß in dem nüchternen Milieu der Labontés solche ätherischen Fotografenmätzchen geduldet worden waren. Alfred kannte seinen Vater bis dahin nur von Gruppenfotos, mit Klassenkameraden, inmitten von Hochzeitsgesellschaften oder zusammen mit den Angestellten von »Ww. Labonté«, die den kleinen Jungen mit weißen Häubchen, Kochmützen, riesigen Schürzen und Kellermeisterkitteln umstanden wie den Prinzen aus einem Dornröschenschloß. Das alles waren keine Bilder, die geeignet waren, väterliche Gefühle einzuflößen. Auch das neuentdeckte Bild mit dem magischen Schein um das verträumte Gesicht war nicht das Bild eines Vaters, aber es war groß genug, um es genau zu studieren. Die Augen, die der Fotografenscheinwerfer wie im Kerzenschimmer hatte erglänzen lassen, wirkten gedankenverloren, jedenfalls im Sinne jenes romantischen Geschmacks, der schöne Augen gern mit tiefen Gedanken in Verbindung bringt. Und auch das einzigartige Schicksal des Vaters schien hier wahrscheinlich: spurlos im Fluß zu versinken, wie es menschlichen Körpern, die dem Land immer zurückgegeben werden, sonst nicht möglich ist.

Alfred war noch in die Betrachtung seines knabenhaften Vaters versunken, als ihn ein Rascheln aufblicken ließ. Er fuhr zusammen, als ob er sich bei etwas Verbotenem ertappt fühle. Die schwache Birne an der Decke erzeugte tiefe Schatten. Nicht weit von ihm saß eine dicke Ratte auf einem Pappkarton und sah ihn an. Als er den Atem mit einem unfreiwilligen Seufzer einzog, wandte sich die Ratte von ihm ab und kroch langsam, geradezu humpelnd, wie es Alfred vorkam, in eine dunkle Ecke zurück.

Auf die Tanten und Fräulein Emig hatte die Nachricht von der Ratte im Keller eine nicht minder verstörende Wirkung. Es wurde nun klar, daß es nicht genügte, innerhalb der eigenen Mauern ein tadelloses Leben zu führen, wenn die angrenzenden Häuser nicht von ebensolchem Leben erfüllt waren. Statt dessen standen diese Häuser leer. Die Haustüren waren zugemauert und die Fensterscheiben eingeschlagen. Der Herbstregen fiel in die Zimmer auf das sich bereits wellende Parkett. Im linken Vorgarten lag eine Heizung, im rechten ein aus der Wand gerissenes Waschbecken. An warmen Tagen strömten die beiden Häuser einen süßlichen Geruch aus, an den die Tanten sich noch gut erinnerten, denn auch die Kriegsruinen hatten so gerochen.

Kalkofen war nachts ein paarmal vorgefahren, immer noch ein Korsar, wenn es ans »Ausschlachten« ging, wie er das nannte, obwohl er das Handanlegen eigentlich längst nicht mehr nötig hatte. Morgens fehlten den Balkons dann die Balustraden, den Fenstern die reich ornamentierten Messinggriffe, die schweren Türklinken mit den volutengeschmückten Schlüsselblättern, die marmornen Fensterbänke, die Stuckreliefs von »Tag« und »Nacht« in den Vestibüls und die hohen Spiegel, die über den falschen Kaminen in die Wand eingelassen waren. Kalkofens Nachfolger gingen weniger zielbewußt vor. Sie rissen heraus, was ihnen brauchbar vorkam, zerstörten es dabei meistens und ließen es dann liegen. In den Vorgärten verfaulte das Laub, einzelne Schiefertafeln waren vom Dach gefallen und lagen nun zerbrochen zwischen braunen Grasbüscheln und nassen Zeitungen. Ein Jahr ohne Bewohner hatte genügt, die beiden stattlichen Häuser in ihrem Bestand zu erschüttern. Ohne das Atmen der Menschen in den Zimmern, das Heizen, Lüften, Türenöffnen und -schließen, ohne die leisen Erschütterungen durch menschliche Schritte verwesten diese festgemauerten Gebäude wie organische Kadaver, die von der Seele verlassen worden sind.

An Abriß aber schien noch niemand zu denken. Im Sinne Olenschlägers war es klüger abzuwarten, bis die ganze Straßenzeile aufgekauft und geräumt war. Die halben Ruinen erfüllten außerdem einen Zweck. Sie machten das Leben in ihrer Nachbarschaft unbehaglich. Die ungeschützten Gemäuer füllten sich mit den Lebewesen, die den Verfall begleiten. Nachdem der Regen Putz und Holz aufgeschwemmt hatte, begannen sich Pilze, Schimmel und Schwamm zu bilden, und eines Tages waren auch die Ratten da, die in der Schubertstraße bereits als ausgestorben galten.

Am Beethovenplatz, der Christuskirche gegenüber, stand ein reichgegliedertes Eckhaus, das mit seinen beiden Flügeln der Kirche geradezu entgegeneilte wie die Nike von Samothrake, aber nicht kopflos, wie die Göttin, sondern in der Mittelachse mit einem Treppengiebel gekrönt, dessen Stufen Kugeln und dicke, kurze Obelisken trugen. Der Balkon unter diesem Giebel, der wegen der Ecklage des Hauses wie eine Skulptur deutlich hervortrat, ließ Alfred an Julias Balkon im sagenhaften Verona denken, wenn er in einer Sternennacht den weißen Stein in den violetten Himmel ragen sah. Dies Haus diente jetzt als Massenquartier für griechische und kroatische Arbeiter. In jedem Zimmer standen zwölf Etagenbetten, und Alfred konnte von draußen sehen, wie die im übrigen völlig unmöblierten Räume von schwarzhaarigen Männern bevölkert waren, die beim Schein einer Glühbirne auf den Betten saßen, wenn sie nicht auf dem Gras vor der Christuskirche zusammenstanden, bis es zu regnen begann und die Kälte kam. Durch die Straßen flog Papier, das Gras rund um die Christuskirche war bald heruntergetreten, es entstand eine sandige, von Zigarettenkippen besäte Halde. Diese Spuren zeugten aber eben nicht von der Unbekümmertheit eines Volksfestes oder dem Chaos eines dichtbesiedelten Elendsviertels, sondern begleiteten ein freudloses Veröden. Das Viertel lag wie unter einem Fluch. Viele Leute zogen weg. Es gab fast kein Haus, von dem man nicht behauptete, es stehe zum Verkauf oder zum Abriß bereit.

Die Tanten Labonté beteiligten sich natürlich nicht an solchem Gerede. Sie waren viel zu sehr mit der Überlegung beschäftigt, was sie zu der unerhört vorteilhaften Offerte sagen sollten, die ihnen seitens der »Verwaltung« zugekommen war. Nicht im Traum hätte ihr Vater ahnen können, welcher Preis einmal für das Grundstück geboten werden würde, als er das behagliche, für damalige Begriffe jedoch überaus maßvolle Haus baute. Darin bestand ja eben gerade die geheimnisvolle Entwicklung, die das Westend jetzt nahm: Der Verfall, seine Verlassenheit und Verwahrlosung verbanden sich mit der Bewegung von Summen, als vermute man in den aufgekauften Vorgärten vergrabene Schätze.

Die Scharnhorst, die in den verschiedenen Toreinfahrten herumkam, phantastische Zahlen aufschnappte, überall von Kündigungen hörte, den Wegzug vieler Familien und den finsteren Verfall einstmals prächtiger Häuser erlebte, gelangte deshalb zu der Überzeugung, der Verwüstung des ganzen Stadtteils liege eine Verschwörung zugrunde. Sie lebte ganz auf das Greifbare bezogen. Daß dieser geisterhaften Auszehrung, die ohne Warnung die Westendstraßen befallen hatte, ein Beschluß der Stadtregenten vorangegangen war, die den ganzen Stadtteil zur Plünderung freigaben, um ohne mühevolle Planung schnell als Urheber machtvoller Erneuerung dazustehen, hätte sie nie geglaubt, wie sie überhaupt die Winkelzüge der Parteien als Schattenspiel betrachtete, hinter dem sich ganz anderes verbarg. Sie traute nur dem, was sie sah, und sie sah jeden Tag, welche Häuser geräumt wurden. Sie erfuhr, wer angeordnet hatte, ein Haus unbrauchbar zu machen und seinen Verfall zu beschleunigen. Sie kannte Leute, die wegzogen, und Leute, die bleiben wollten und von den neuen Hausbesitzern handfest gedrängt wurden, dennoch auszuziehen. »Das sind die Juden«, sagte Frau Scharnhorst, wenn sie auf ein Wort mit Herrn Herr ihre Arbeit unterbrach. Die Juden seien es, die alles aufkauften, um die Christen kaputtzumachen. Die Christen müßten weichen, weil die Juden sich rächen wollten. Die ganze Straße von oben bis unten gehöre bereits den Juden.

»Wieso?« fragte Herr Herr, »das Haus hier gehört doch dem Herrn Dr. Has!«

»Das ist ja ein Jude!« sagte die Scharnhorst und sah ihn aus kleinen Augen an. Ihr Schrubber stand wie ein Ausrufungszeichen neben ihr; die hängenden Schultern, der vorgewölbte kleine Bauch und die krummen Knie des hochgewachsenen Herrn Herr bildeten dementsprechend ein Fragezeichen. Er prüfte seine Erinnerungsbrocken und bewegte sich tastend durch versunkenes Gelände. Gesehen habe er den Herrn Dr. Has im Krieg zwar nicht. Aber seine Mutter sei doch den ganzen Krieg über in ihrem Haus gesessen, ohne daß ihr etwas zugestoßen sei! Der Herr Dr. Has könne gar kein Jude sein!

»Eben!« sagte die Scharnhorst. »Grad deswegen muß er ja grad ein Jude sein! Wenn er kein Jude gewesen wär, da hätt' ihm ja Gott weiß was passieren können. Aber weil er ein Jude ist, haben sie ihn nicht gekriegt!«

Herr Herr versank erneut in Nachdenken. Das Geheimnis vertiefte sich.

Alfred sah den Heizer im Schlurfschritt vorbeiziehen, vom Schäferhund mit heraushängender Zunge begleitet. So einschneidend dem Hausmeister in seiner Nüchternheit die Veränderung seines lebenslangen Wirkungskreises auch erscheinen mußte, so gehörte er eigentlich aber doch zu den wenigen Bewohnern der Schubertstraße, die deren gegenwärtiger, beklagenswerter Zustand im Kern nicht verwirren konnte. Er hatte die Anlage der Straße erlebt und die Häuser wachsen sehen, und er hatte schließlich ein fast abstraktes Gefühl für ihr Wesen entwickelt, das unter den wechselnden Gestalten für ihn, ihren eigentlichen Kenner, unzerstörbar hervorschimmerte. Ob die Schubertstraße durch freies Feld führte oder ob sie von Hochhäusern gesäumt war, ließ Herrn Herr fast vollständig kalt. Er hätte aber, wie er gern behauptete, an einem unbeschreibbaren Gefühl in den Beinen gespürt, wenn er in stockdunkler Nacht und mit verbundenen Augen in die Schubertstraße geführt worden wäre. Die Römer hätten bei einer solchen Wahrnehmung vermutet, daß sich dem Hausmeister der Genius des Ortes offenbare, dem in der Schubertstraße niemand bisher Kränze geopfert hatte und der sich offenbar dennoch regte.

Die Straßen, deren Ruhe nun nicht mehr von der Diskretion bürgerlichen Privatlebens, sondern von Menschenleere zeugte, belebten sich neuerdings am späteren Abend. Den Tanten Labonté blieb das so lange verborgen, bis sich diese neue Betriebsamkeit auch tagsüber entfaltete. Die ausgebrannte Christuskirche war von wild in die Höhe geschossenem Taxus umwachsen und ragte aus dem schwarzen Grün wie ein Berg heraus, der nur bis zur Mitte mit Vegetation bedeckt ist, während der Gipfel den nackten Fels zeigt. Sie war tatsächlich von der Natur wieder heimgeholt worden. Zugleich hatten die Bomben sie derart glücklich getroffen, daß die echte Ruine geradezu wie eine der künstlichen Ruinen des 18. Jahrhunderts aussah. Das große Karree aus weiß- und rotblühenden Kastanien, das die Kirche umgab, schuf einen camposantohaften Bezirk mit etwas verwahrlosten Wiesenflächen, und daraus erhob sich diese Insel der Spitzbögen, in denen die Vögel nisteten und um die sich grüne Ranken wanden. Nachts versank das Ganze in Dunkelheit, denn die Straßenlaternen vermochten vom Rand des Platzes her die Schwärze nicht aufzulösen.

Als Alfred in einer Sommernacht lange nach dem Abendessen an der Christuskirche vorbeiging, bemerkte er, daß die Schatten sich bewegten. Aus den Gebüschen drangen Stimmen. Er sah genauer hin und bemerkte unter den Bäumen Gestalten, die langsam auf und ab wanderten. Hin und wieder zog ein Stückchen Zigarettenglut wie ein Glühwürmchen seine Kreise. Manchmal war ein Lachen zu hören, dann schwankten die Schatten wie Kerzenflammen, die ein Lufthauch zum Flackern bringt. Alfred stand auf der anderen Straßenseite im Lichtkreis einer Laterne, aber er wagte nicht, die Straße zu überqueren. So mußte die Unterwelt aussehen, die Orpheus einst betreten hatte. Er spürte, wie es ihn lockte, dort hinüberzugehen und mit den Schatten in den Tintenfluten der Nacht zu schwimmen. Die Griechen wußten, daß man an den Toren des Hades ein Rind schlachten mußte, um mit dem Blut die durstigen Toten aus dem Schacht des ewigen Vergessens herauszulocken. Aber auch an der Christuskirche wurde den Schatten eine Nahrung gespendet, die sie immer wieder ins Laternenlicht treten ließ.

Ein Auto näherte sich langsam, und im Nu tauchten in das Licht der Scheinwerfer drei junge Frauen, die sich zu dem heruntergekurbelten Fenster beugten und ihre Hände auf das Autodach legten, als seien sie Seetiere, die sich an Treibgut festsaugen. Alle drei hatten langes glattes Haar wie gebleichte Roßschweife, sie trugen Röckchen, die in ihrer Kürze wie breite Gürtel aussahen, und rote und weiße Stiefelchen. Das Auto fuhr plötzlich an, und die drei Frauen hielten verdutzt ihre Hände in der Luft, wo eben noch das Autodach gewesen war. Sie riefen dem Flüchtling zornige Worte hinterher und vereinigten sich in der Entrüstung über den feigen Kavalier. Ein Weilchen standen sie lebhaft miteinander redend im Halblicht der Laterne, das den Platz in dieser Zone noch streifte. Dann trat eine weitere Frau mit hochgetürmtem rotem Haar und einer Bierflasche auf sie zu und lockte die drei ins Dunkel zurück. Alfred verlor die Mädchen, nachdem er sie im Licht gesehen hatte, nicht mehr aus dem Auge. Er sah deutlich den matten Schein der langen hellen Haare, die Reflexe der weißen Stiefel und die nackten Arme, die sich, indem sie die Flasche kreisen ließen, ausstreckten und zurückzogen, als ob sie winkten.

Was sich abends rund um die Christuskirche tat, war nur ein Vorspiel. Bald ging es in allen Straßen zwischen der Bockenheimer Landstraße und der Senckenberganlage ähnlich zu. Die Mädchen, die in den dunklen Büschen des Christusplatzes warteten, erfüllten die Pflichten einer beweglichen Avantgarde. Sie erkundeten das Feld, auf dem später die große Schlacht von soliden Stellungen aus geschlagen werden sollte. Überall bekamen Häuser, die schon eine Weile leergestanden hatten, plötzlich wieder Fensterscheiben. Nur hineinsehen, wie bei den Massenunterkünften der kroatischen Arbeiter, konnte man nicht mehr, denn die Fenster waren Tag und Nacht mit rotem Filz verhängt. Und dann lernte man auch die Bewohnerinnen kennen. Wenn sie nicht beschäftigt waren, gingen sie auf und ab in den Toreinfahrten, die einstmals die Scharnhorst gefegt hatte, Frauen und Mädchen wie die vom Christusplatz, die im Winter auch bei eisigen Temperaturen ihre Beine zeigten und allenfalls ein weißes Pelzjäckchen trugen und im Sommer, die Blusen weit geöffnet, aus Bierflaschen tranken und den Passanten freche Worte zuwarfen. Das erste dieser Bordelle wurde in einem vornehm abweisenden Haus in der Corneliusstraße eröffnet. Das nächste folgte in einer ganz mit Weinlaub überwachsenen kleinen Villa in der Savignystraße, das bald eine Dependance in einem benachbarten pavillonartigen Haus im Stil des kleinen Trianon erhielt. In der Schumannstraße entstand eines in einem Eckturm mit schiefergedeckter Buckelhaube, und um die Ecke in der Westendstraße schloß sich ein weiteres in einem nüchternen Apartmenthaus der fünfziger Jahre an. Von da ab waren die letzten Dämme gebrochen. Es schien eine Weile, als lebten im Westend mehr Huren als kroatische und griechische Arbeiter. Die übrige Bevölkerung hielt sich verborgen.

Die Mädchen, die man nun nachts an der Christuskirche oder am Westendplatz traf oder die in den Toreinfahrten mit den Mülltonnen und den selbst im Zustand der Verwilderung noch üppig duftenden Fliederbäumen und den grünen Massen der Hortensienbüsche Zigaretten rauchten und Bier tranken, waren fast alle sehr hübsch oder doch wenigstens besonders jung. Die Bordellbesitzer versuchten, den Ruf des Westends zu nutzen, das immer noch als erstklassige Adresse galt. Es kam nicht in Frage, in den Straßen des Westends eine ältliche und kranke Hure herumlaufen zu lassen, die an anderen Plätzen der Stadt vielleicht noch ganze Arbeit leistete. Die Kunden aber, die etwa die weinlaubüberwachsene Villa, aus deren Fenstern ein rotes Lämpchen leuchtete, als ob dort eine Ikone verehrt werde, nach kurzem Zögern betraten, hatten hier eben nicht das ernüchternde Gefühl, ein Bedürfnis schnöde zu befriedigen, sondern meinten beinahe, ein kleines Abenteuer zu bestehen. Man eroberte eine verwunschene, hinter hohen Hecken verborgene Welt, die zwanzig Mädchen für einen einzigen nächtlichen Wanderer bereithielt.

Die Zeit der großen Freudenhäuser bildete nur eine Episode in der Verwandlung des Westends, trug aber am deutlichsten den Charakter des Unwirklichen. Gerade weil die Huren durch Kleidung, Schminke und Frisuren einander wie Schwestern glichen, sah es so aus, als sei der Stadtteil von den Frauen eines fremden Volkes überschwemmt worden, die ihn nun als übermütige Soldateska besetzt hielten, die Zugänge zu den Häusern spielerisch belagerten und von den Passanten Wegzoll verlangten.

Und wie ein Spuk waren sie dann plötzlich alle wieder verschwunden. In dem Eifer, das Westend von seinen Bewohnern zu säubern, waren die Behörden in ihren Lizenzen gegenüber den Frankfurter Zuhältern und den wuchertreibenden Vermietern der Massenquartiere zu weit gegangen. Eine Politik, die sich eben noch der Zustimmung aller fortschrittlich Gesinnten sicher war, bekam auf einmal den Beigeschmack des Skandalösen. Hätte man mit Aladins Wunderlampe das gewachsene Westend in einer Nacht wegputzen und in derselben Nacht in einen gläsernen Termitenbau verwandeln können, so hätte es wenige Leute gegeben, die dieser Tat nicht Beifall gespendet hätten. Es war die lange Zwischenphase mit ihren anarchisch anmutenden Ärgernissen, die das Publikum, das eben noch Bravo gerufen hatte, unsicher machte. Der politische Kampf nahm infolgedessen eine Wendung, die für Olenschläger völlig überraschend kam.

Die herrschende Partei, die mit Nervosität auf den Zeitpunkt der nächsten Wahlen blickte, warf ihre bis dahin stolz nach allen Seiten hin verkündeten Zukunftsmodelle unter den Tisch und setzte der unruhigen Öffentlichkeit ein ganz neues Szenario vor, so wie ein Zirkusdirektor mit seiner langen Stallmeisterpeitsche die Liliputaner in die Manege scheucht, wenn der Akrobat beim Drahtseilakt einen falschen Schritt getan hat und hastig nach draußen getragen wird. Auf einmal hörte man von dem Schicksal hilfloser alter Frauen, die rücksichtslos aus Wohnungen vertrieben werden sollten, in denen sie schon fünfzig Jahre lebten. Man sah in den Zeitungen ergreifende Fotos dieser Alten, die neben den Briefkästen ihrer Häuser standen. Der starre Ausdruck, mit dem sie das von weißem Haar umwehte Gesicht der Kamera aussetzten, sprach von der Verwirrung, die der Überfall durch die Journalisten hervorgerufen hatte. Auf einmal war von den Kommerzienräten in ihren anmaßenden Westendpalais überhaupt nicht mehr die Rede. Es galt von jetzt an nur noch, die »Armen« zu beschützen, die von »skrupellosen Spekulanten« ins Elend getrieben wurden. Der Kampf, den die Partei gegen die »großbürgerlichen Relikte einer untergegangenen Epoche« begonnen hatte, wurde als Kampf gegen »unmenschliche Geschäftemacher« und »für die Rechte der Wehrlosen« zu Ende geführt. Fred Olenschläger war nicht der einzige, dem der Mund vor Staunen offenstehen blieb.

Auch die Tanten Labonté wunderten sich, wenn sie die neuen Töne hörten, mit denen über ihre Straßen gesprochen wurde. Sie wußten noch, wie heruntergekommen die Altstadt Frankfurts um die Jahrhundertwende ausgesehen hatte. Ein Elendsviertel hatte sich zwischen dem Kaiserdom und dem Römer gebildet. Das Bürgertum, das in englischer Manier von Sport, Hygiene und Bakterien sprach, hielt den Aufenthalt in dem seit Urzeiten besiedelten Römerbergbezirk einfach für gesundheitsschädlich. Das Westend aber war ein Bild der neuen Zeit. In der Altstadt waren die Gäßchen eng und dunkel, hier waren die Straßen breit und hell; dort stießen die Häuser, nur von Brandmauern getrennt, aufeinander, hier wirkte manches Wohnhaus wie ein Hôtel particulier; dort berührte die Fahrstraße direkt die Schwelle des Haustors, hier war das Haustor durch Vorgarten, Zaun und Trottoir von der Fahrstraße getrennt. In alten Städten hieß es: Innerhalb der Mauern die Steine, außerhalb der Mauern das Gras, aber im Westend blühte der Kult der Blumen und Bäume. Nun aber war dieses Reformviertel, das die Tanten schätzten, weil es nicht wie die Altstadt war, plötzlich selber zu einer Art Altstadt geworden. So wie vor dem Krieg die Freunde der Altstadt um die Erhaltung eines vom Schwamm befallenen gotischen Fachwerkhäuschens im Zwölffingergäßchen gekämpft hatten, so stritten ihre Nachfolger jetzt gegen den Abriß eines Mietshauses in der Niedenau, dessen Balkons von Stucksäulen getragen wurden.

Selbst in Architektenkreisen und unter Kunsthistorikern wurde auf einmal erörtert, was man »neue Lösungen« nannte. Wie konnte man den überraschenden Widerstand gegen den massenhaften Abriß des »alten Gelerchs«, wie Fred Olenschläger sich ausdrückte, am geschicktesten umgehen? Dieselben Architekten, die vorher, wie Carl Szépregyi auch, darauf bestanden hatten, ein moderner Bau müsse »von innen nach außen« geplant werden, damit sich die »inneren Funktionen an der Fassade ablesen« ließen, erklärten jetzt, es sei mit ihrer Baugesinnung vereinbar, wenn man ein altes Haus abreiße, seine Fassade aber stehen lasse und dahinter errichte, was sie »Zweckbau« nannten, so als sei jemals ohne Zweck gebaut worden.

Aber solche Widersprüche mochte nun niemand mehr aufdekken. Die Suche nach einer Flucht aus der Patsche war zu einer Sucht geworden. Eben beschrittene Wege wurden leichtfüßig verlassen, schwungvoll beredete Projekte verschwanden, als habe man niemals darüber gesprochen. Eine unsichtbare Hand schob die Bordelle von einem auf den anderen Tag aus dem Westend heraus und bald darauf auch die Massenquartiere der griechischen und kroatischen Arbeiter. Weder das düstere Licht vereinzelter Glühbirnen noch die abgedeckten roten Ikonenlämpchen leuchteten mehr aus den hohen Fenstern, die nun wieder in Ödheit versanken. Erst der blitzartige Abzug der Besatzungstruppen, die über das ganze Quartier verteilt waren, machte den Bewohnern klar, daß sie Zuschauer einer Inszenierung geworden waren, wie sie Fürst Potemkin in allerdings umgekehrter Absicht für die Augen der Selbstherrscherin veranstaltet hatte. Nun wurden die Dekorationen und Statisten des künstlichen Slums rasch beiseite geschafft. Und gleich nach dem Auszug der Huren und Kroaten begann auch der Abriß der Häuser, in denen sie gehaust hatten, wobei jeder fühlte, wie das Verschwinden derart mißbrauchter Gebäude die Atmosphäre reinigte. Alles in allem kamen die neuen Eigentümer der nunmehr freigefegten Grundstücke sogar auf ihre Kosten, wenn sich auch die Hoffnung auf außergewöhnlichen Gewinn, den die Behörden verheißen hatten, zunächst zerschlug, weil die Öffentlichkeit der Verwüstung ganzer Straßenzeilen plötzlich nicht mehr gleichgültig gegenüberstand. Den Leuten wurde jedenfalls unaufhörlich versichert, das Ende des großen Booms sei erreicht. Bei jedem Haus, das dennoch verschwinde, handle es sich lediglich um die Abwicklung letzter Verpflichtungen aus einer üblen, aber abgeschlossenen Epoche.

Toddi Osten wußte alles über Huren, nahm das Wort aber nie in den Mund und wirkte dadurch ungezwungen und erfahren. Statt dessen sprach er von »den Mädchen«. »Die Mädchen«, sagte Toddi, »sind seelisch alle kaputt. Schwachsinnig, frigide und kaputt.« Schon das Wort »kaputt« flößte Alfred Unbehagen ein. Es war Toddis wichtigstes Mittel, um aus dem Leben einer Hure Stoff für sein menschenkundliches Gemälde zu gewinnen. Die Art, das Wort »kaputt« jedesmal fast tonlos von den Lippen fallen zu lassen, verdeutlichte, daß er nicht einfach meinte, seine »Mädchen« seien krank, verdorben und hoffnungslos, besäßen also eine Art menschliches Schicksal. Toddi wollte vielmehr wirkliche Abgründe andeuten. Dann begann er plötzlich, die Begabungen der Mädchen zu preisen. »Dieses Mädchen!« sagte er leise, während er beiläufig zu einer blonden Frau mit schwarzen Strümpfen hinübersah, die an einem Kastanienbaum lehnte, ihrerseits jedem Blickwechsel mit den beiden Buben aber sichtlich auswich. In seinem Eifer verlor Toddi jede Zurückhaltung. Er wollte Alfred mit Macht in das Reich seiner Vorstellungen hineinziehen. Diese Mädchen seien natürlich völlig schamlos. Sie seien zu allem bereit. »Das volle Programm«, sagte er geradezu beschwörend. Von der da drüben könne Alfred »alles« haben. Er kenne den Typ genau. Diese Bemerkung steigerte Alfreds Unruhe. Und als er noch dazu bemerkte, daß die Frau das Gespräch nicht nur mitgehört hatte, sondern offenbar auch überaus komisch fand, errötete er und bat Toddi, die Stimme zu senken.

Als Alfred das »Café der Tierfreunde« verließ, hatten die Gespräche des Nachmittags eine Spannung in ihm hervorgerufen, die nach der Verwirklichung des Außerordentlichen augenblicklich verlangte. Er war nun zur Tat entschlossen. Er fühlte sich von Etelka wie mit einer Rüstung umkleidet, um in den dunklen Wald zu ziehen und Gefahren zu bestehen.

Aber wo war der Wald, und was war die Gefahr? Alfred wußte schon, wie schnell eine hoffnungsvolle und beglückende Stimmung wieder zerrinnen konnte, weil es nicht gelang, sie in irgendeine Handlung hinübergleiten zu lassen. Den ganzen Nachmittag lang klopfte ihm das Herz, ohne daß er wußte, worauf er wartete. Als Toddi Osten schließlich anrief und eine abendliche Fahrradtour vorschlug, hatte Alfred sich aber längst beruhigt. Toddis Stimme bestätigte ihm, daß nichts in der Welt sich geändert hatte.

Die Fahrt durch die stillen Straßen des Westend offenbarte dann aber doch eine neue Lage. Die Bordelle waren geschlossen. Der Eingang der weinlaubüberwachsenen Villa in der Savignystraße war verrammelt, und nichts an dem dunklen Haus erinnerte daran, daß hier vor wenigen Tagen noch die Lämpchen geglüht hatten und die ganze Nacht Autos vorgefahren waren. Die Dependance lag gleichfalls in trostlosem Schweigen, das Gartentor hatte man mit einer Kette umwunden und mit einem schweren Schloß versehen. Bei dem großen Haus in der Corneliusstraße war die Haustür sogar mit Brettern zugenagelt worden, und der Christusplatz war von den Gestalten verlassen, die sich bis dahin weißgestiefelt in seinem Schatten bewegt hatten. Die Stimmung zwischen Toddi und Alfred war seltsam gemischt. Sie hatten die Route ihrer Fahrradtour nicht ausdrücklich verabredet und fuhren doch wie nach Plan denselben Weg. Kamen sie vor dem jeweiligen Ziel an, das durch die neueste Entwicklung aber gar kein Ziel mehr war, dann fuhren sie schweigend weiter, von einem dunklen Haus zum nächsten. Schließlich erreichten sie das Apartmenthaus aus den fünfziger Jahren, dessen dürftige Fassade mit den wie kleine Schubladen aus dem Haus gezogenen Balkons am wenigsten den Vorstellungen der Zuhälter von einem exquisiten Westend-Bordell entsprach, das aber von allen Häusern dank seines geizigen Grundrisses die meisten Schlafzimmer besaß. Auch hier war alles rabenschwarz. Um so beschwörender war der Eindruck, der von dem einzigen erleuchteten Fenster ausging. Alfred kam es vor, als sei seine Reise durch den Tag in Etappen verlaufen, die in geheimnisvoller Verbindung standen: die Vergilübersetzung in der Kastanienstaubwolke des Klassenzimmers, die Spannung während des Treffens mit Etelka, die sich in der plötzlich öde erscheinenden Gesellschaft Toddis langsam verlor, die Dunkelheit und Verlassenheit der angesteuerten Häuser, das rotverhängte Fenster, das wie ein Transparent in die Nacht leuchtete. Toddi, der zwar weniger knapp als Alfred gehalten wurde, aber eigentlich nicht freigebig war, händigte ihm geradezu hastig alles Geld aus, das er bei sich hatte, nämlich dreißig Mark, als wolle er sich von einer Pflicht freikaufen. Dann tat er, als müsse er sich um das Fahrrad kümmern, das Alfred achtlos an den Gartenzaun gelehnt hatte, bevor er in dem dunklen Haus verschwunden war.

Es gab kein Licht im Treppenhaus, und während Alfred sich vorantastete, ohne die geringste Furcht zu verspüren, hörte er leise Musik. Sie kam aus dem ersten Stock, wo auch das erleuchtete Fenster lag. Obwohl das Haus sein simples Innenleben auch nach außen hin erkennen ließ, meinte er, auf dem Weg über die Betontreppen und Flure, auf dem ihn in der Dunkelheit die Musik allein leitete, beständig die Richtung zu wechseln. Als er durch einen Türspalt gelbes Licht auf die Platten des Fußbodens fallen sah, glaubte er, im Inneren eines Berges angelangt zu sein. Ohne Zögern öffnete er die Tür. Er sah in ein warm erleuchtetes Zimmer, in dem eine junge Frau auf dem Sofa lag und eine Programmzeitschrift las. Ein kleines Fernsehgerät lief. Das war die Musik, die ihn empfangen hatte.

Die junge Frau sah von ihrem Heft auf und musterte Alfred ohne das mindeste Erstaunen. Sie trug einen japanisch bedruckten schwarzen Morgenrock, der nicht zugebunden war. Darunter war sie nackt bis auf einen kleinen Büstenhalter, der die weißen Brüstchen halb bedeckte. Alfred lächelte unwillkürlich. In einer Vitrine bei den Tanten gab es eine kleine nackte Frau aus Elfenbein, mit deren Hilfe eine japanische Dame dem Arzt zeigen sollte, wo es ihr weh tat. Die hochtoupierte Ponyfrisur aus lackschwarzem Haar aber war überhaupt nicht mehr japanisch, das war ägyptischer Sklavinnenstil. Und tatsächlich war die Frau so allein wie in einem verlassenen Pharaonengrab. Um sie herum lag alles im Dunkeln, die Tür stand offen, aber sie schien ein ungestörtes Behagen an ihrem Sofa zu haben, als ob sie sich an einem geschützten Ort befinde.

»Die Schweine haben das Treppenhauslicht kaputtgemacht«, sagte sie mit einer hellen rauhen Stimme, die Alfreds Stimme ähnlich klang. Ihm kam es vor, als habe sie ihn erwartet, um sich über die Schäden im Haus zu beschweren, als sei er der Hausmeister oder der Lehrling des Elektrikers, aber er hielt es nicht für nötig, diesen Irrtum aufzuklären, sondern schloß wohlerzogen die Tür hinter sich und ging auf das Sofa zu, indem er »Guten Abend!« sagte.

»Das Wasser ist abgestellt, das ist eine besondere Schweinerei«, antwortete das Mädchen und legte ihr Heft nun beiseite. »Wenn ich mich waschen will, muß ich mir das Wasser aus dem Keller holen. Das ist ja wie im Mittelalter!« Das Mittelalter hatte eben überall eine schlechte Presse. Tante Mi hatte neulich erst die Ausbreitung der Prostitution im Westend »mittelalterlich« genannt. Das Mädchen zeigte auf ein Gestell, das eine längliche, in der Mitte eingebuchtete rosa Plastikwanne hielt. Daneben stand ein türkisfarbener Eimer. Das Wasser, das durch den Kunststoff von allen Seiten Licht bekam, blitzte wie frisch aus der Quelle geschöpft. In einer Schale lag zitronengelbe Seife.

Beide schwiegen nun, aber ohne Verlegenheit. Alfred ging noch einen Schritt nach vorn und setzte sich neben sie auf das Sofa. Wie die beiden da nebeneinandersaßen, sahen sie aus, als hätten sie sich zwischen Perserteppich und poliertem Glasschrank zum Fernsehgucken verabredet.

Plötzlich rutschte das Mädchen an Alfred vorbei vom Sofa herunter, ging in großen Schritten durchs Zimmer, daß der dünne Morgenrock sich blähte und ihre Schenkel zeigte, und öffnete einen Eisschrank, der unordentlich mit einer Mahagoniimitation beklebt war. »Du gibst mir fünfzig Mark«, sagte sie, während sie allerlei Flaschen verrückte und dann zwei Pikkolos herausnahm. »Ich habe nur dreißig«, antwortete Alfred und legte das Geld auf das Sofatischchen.

Ihr Gesicht sah jetzt maskenhaft aus. Sie war wie eine Eidechse, die nach ruckartiger Bewegung in Erstarrung fällt. Es wäre unmöglich gewesen, an ihrem Gesicht abzulesen, wie die Eröffnung auf sie wirkte. Aber Alfred hatte den Eindruck, daß sie ihren Preis nicht aufs Geratewohl genannt hatte. Den fünfzig Mark lag eine Kalkulation zugrunde. Das abweichende Angebot erforderte erneutes Rechnen. Er bedauerte, daß er ihr solche Schwierigkeiten machte. Hoffentlich glaubte sie nicht, daß er zu feilschen versuche. Das wäre ihm nämlich wirklich peinlich gewesen. Die dreißig Mark, die er auf den Tisch gelegt hatte, und die ihm nicht gehörten, waren wie ein geheimnisvoller Schlüssel, der ihm in die Hände gespielt worden war, und von dem er nicht wußte, welches Schloß sich damit öffnen ließ. Die Musik im Fernsehen rauschte laut auf und vermochte doch die Stille im Zimmer nicht zu stören: hier die junge Frau, deren Beine vom Licht des Eisschranks beschienen waren, während sie die Lippen leise zu ihren Berechnungen bewegte, und dort Alfred auf dem Sofa mit aller Geduld und Höflichkeit, die seiner Schicksalsstunde angemessen waren.

Während er wartete, kam ihm auf einmal der Gedanke, daß er auf den Spuren seines Vaters wandle, seitdem er die Schwelle zu dem dunklen Haus übertreten hatte. Dieser Gedanke war um so verblüffender, als er auf keinerlei Kenntnis eines biographischen Details beruhte. Die Tanten erwiesen sich, wie man weiß, als spröde, wenn die Rede auf ihren Neffen kam. Es schien, als sei seine einzige bemerkenswerte Eigenschaft sein früher Untergang gewesen. Ihr pietistischer Wahrheitstrieb hatte zu einer eigenartigen Sprachregelung geführt. Sie erfanden immer neue Formeln, die den Eindruck, der Vater sei tot, zwar zuließen, aber keinesfalls eindeutig aussprachen. »Dein Vater ist unters Boot geraten«, sagte Tante Mi, und Tante Tildchen fügte hinzu: »Er ist von seinem Ausflug nicht wiedergekommen«, Sätze im Stil zart empfundener Nachrufe, die vermieden, vom Sterben zu reden, und statt dessen sagen: »Er ist nicht mehr aufgewacht« oder »Er sollte dies und jenes nicht mehr erleben« oder »Er mußte gehen«. Die Tanten konnten nicht verhindern, daß Alfred sie ganz wörtlich verstand. Sein Vater war verschwunden, er mußte ohne ihn leben, aber dies Verschwinden war eher rätselhaft als endgültig. Freischweifend hatte sich der Vater von ihm entfernt, in einem winzigen Boot und ohne Gepäck, und ebenso frei sandte er ihm Zeichen zu.

»Gut«, sagte auf einmal die junge Frau zu ihrem schweigenden Gast und stellte die Pikkolos in das helle kalte Loch zurück, »aber ohne Getränk!« Plötzlich war ihm klar, daß sie rheinisch sprach. Der gastronomische Fachausdruck, den sie für ihre Sektfläschchen benutzt hatte, ließ den rheinischen Singsang, der leicht etwas Gekränktes an sich hat, deutlich hervortreten. Daß er den Dialekt erkannte, bereitete ihm ein stilles Vergnügen. Er begann sich wohl zu fühlen, zumal das Mädchen ihn in keiner Weise störte, sondern ihren vorbereiteten Beschäftigungen nachging, als ob sie allein sei. Wie etwas Lästiges warf sie ihren Morgenrock ab, goß aus dem türkisen Eimer etwas Wasser in das rosa Becken und kauerte sich darüber, als ob sie auf dem Gestell reiten wolle, mit gespreizten Beinen und krummen Knien. Dann neigte sie ihren Kopf, griff nach dem zitronengelben Seifenstück und begann sich das Pelzchen zwischen ihren weißen Schenkeln zu waschen, indem sie mit den Händen wie mit Entenfüßen im Wasser paddelte, so daß große Tropfen in den Löckchen hängenblieben. Seifengeruch breitete sich aus. Als sie den Kopf wieder hob, zeigte sie auf eine rotfunkelnde Kristallschale, die statt Bonbons eine Handvoll zellophanverpackter Präservative enthielt.

Auch später blieb der Ton rauh. Der Büstenhalter fiel nicht, sondern drückte das harte Muster seiner Kunststoffspitze auf Alfreds Brust. Als er sie küssen wollte, drehte sie den Kopf zur Seite, so daß seine Lippen nur ihre Wangen trafen. Er war aber weit davon entfernt, sich von dieser Geschäftsmäßigkeit ernüchtern zu lassen. Im Gegenteil, gerade das Fehlen jeder Koketterie, gerade ihr Fauchen und ihre reflexartigen Versuche, den fremden Mann von sich abzuschütteln, berauschten ihn so sehr, daß er alle Vorsicht vergaß und erst an einem Unmutslaut neben seinem Ohr merkte, daß er ihr wehgetan hatte.

Jedes Stück im Zimmer, sogar der unentwegt weiterlaufende Fernsehapparat, prägte sich ihm unvergeßlich ein. Die beiläufige Geübtheit, mit der das Mädchen später das Präservativ zuknotete, erinnerte ihn plötzlich an Toddi Ostens Umgang mit den Teebeuteln im Café Feuerbach. So deuteten sich die Gesetze eines neuen Kontinents an, den Alfred von der Westendstraße aus unvermutet betreten hatte.

Auf dem Rückweg durch das dunkle Treppenhaus wuchs Alfreds Heiterkeit plötzlich zu wirklicher Glücksempfindung an. Er konnte sich kaum entschließen, aus dem Dunkel herauszutreten. Draußen stand Toddi Osten mit den Fahrrädern und sah ihm erwartungsvoll entgegen. Aber Alfred gab sich keine Mühe, seine Neugier zu befriedigen. »Das Licht da oben täuscht«, sagte er nur, »das ganze Haus ist leer.«

Als Alfred in seinem Bett lag, schloß er rasch die Augen, um die soeben erlebte Stimmung noch einmal zurückzurufen. Sie kam tatsächlich, wenn auch in schwächeren Farben. Er lächelte im Einschlafen, Tante Tildchen hätte gesagt »wie ein Engel«, denn er glaubte allen Ernstes, er habe mit seinem Besuch in der Westendstraße Lilly ein großes Geschenk gemacht.

VIERTER TEIL

Die Liebe

Der Krebs lebt gern für sich allein, und der Einsiedlerkrebs wählt sein Haus, die Muschel, in der er sein weiches Hinterteil birgt, sogar von vornherein mit der Absicht, daß außer ihm niemand hineinpasse. Daher war die Wohnung der Trumfeller für die Personen, mit denen sie täglich zusammenarbeitete, nämlich Fred Olenschläger und Dr. Eduard Has, verbotenes Gelände. Die beiden hätten nicht einmal gewagt, die private Telefonnummer ihrer Dienerin zu wählen, denn das Klingeln des Telefons verkörperte in den Augen der Trumfeller einen Akt in der Nähe des Hausfriedensbruchs, und mit der Behandlung solcher Delikte kannte sie sich aus, das wußten die Herren der »Verwaltung« nur allzu gut. Dabei hatte die Trumfeller nichts zu verbergen. Sie war jedenfalls der Überzeugung, daß es nicht hieß, ein Geheimnis aus Dingen zu machen, wenn man über sie nicht sprach, weil das Geschäftsleben dazu keinen Anlaß bot. Die Lizenzen, die Dr. Has sich in dieser Hinsicht gewährte, indem er unausgesetzt wahre und erlogene Details seines Familienlebens erzählte, erschienen ihr keineswegs erstrebenswert. Sie fühlte die Schwäche, die in der Absicht lag, ihr unbedingt ein bestimmtes Bild von der eigenen Person vermitteln zu wollen, und sie entrüstete sich über das Ausmaß der Dummheit, die Dr. Has sich leistete, wenn er glaubte, er könne ihr irgend etwas von dem, was er außerhalb der Bürostunden unternahm, verbergen. Und so war es dann auch keineswegs das Fieber der Neugier, das ihre Sinne schärfte, wenn sie anhand seiner Kontoauszüge blitzschnell begriff, welches Leben hinter den abweisenden Zahlenkolonnen pulsierte. Die Zahlen auf diesen Formularen waren längst für sie zu einer Chiffreschrift geworden, die sie wie die Bulletins eines Privatdetektives zu lesen verstand. Sie roch förmlich, ob sich hinter einem

Betrag von fünfhundertzwanzig Mark eine Autoreparatur oder eine Handtasche für Etelka verbarg. Sie spürte die hohen, in majestätischer Gleichförmigkeit einfließenden Rechnungen von Dorothées Schneiderin heraus, und sie erkannte das Trommelfeuer eines verliebten Geschenkregens, der auf Dorothée so heftig niemals herniedergehen würde. Ihr galten vielmehr die paukenschlagartigen, von der Reue veranlaßten Sühnekäufe, die weniger Geschenken als Opfergaben an die erzürnte Gottheit glichen.

Has ahnte manchmal, daß es wohl unvorsichtig war, der Trumfeller derartige Einblicke zu gewähren, wenn sich sein Vetter Olenschläger über die private Haushaltsführung erstaunlich genau unterrichtet zeigte. Aber er schob die Bedenken augenblicklich wieder von sich, wenn er sich vorstellte, was es bedeutete, die Bücher selbst zu führen. Die Trumfeller war ihm zwar unheimlich und unbequem, aber auch unendlich fern. Sie wird sich gar nicht für mich interessieren, sagte er sich, wenn ihn die Schutzlosigkeit, in die er sich in der »Verwaltung« begeben hatte, wieder einmal beunruhigte, und damit verschwanden auch seine Ängste. Er wußte genau, mit welchen Formeln er sein sorgenvolles Herz zum Schweigen bringen konnte, denn er war ein Lebenskünstler.

Er hatte wohl recht, wenn er so zu sich sprach, aber er ahnte nicht, auf welche Weise, denn die Akribie, mit der die Trumfeller auch noch den kleinsten Krümel seiner Lebensregungen auflas und katalogisierte, hatte tatsächlich mit Teilnahme und Hineindrängen in ein anderes Leben nichts zu tun. Sie ermittelte vielmehr gegen ihn und war dabei so gefühlskalt, wie es der Staatsanwalt eigentlich sein soll und doch so selten ist. Die Trumfeller führte die Akten, das war ihre Arbeit, zugleich aber führte sie, um es bürodeutsch auszudrükken, eine »Akte Has«. Und diese Akte umfaßte bereits zwei Leitzordner, die nach außen hin wie alle anderen Aktenordner aussahen und auch von der Trumfeller keineswegs verborgen wurden. Da sie aber Gründe besaß, Has den Einblick in diese Akte zu verweigern, hatte sie die Rücken der Ordner beschriftet. »Nicht aus dem Schrank nehmen!« stand in roten Buchstaben darauf, und die Trumfeller durfte auf Grund dieser Vorsichtsmaßregel ebenso sicher sein, daß Has niemals seine Hand nach den mit seinem Leben gefüllten Deckeln ausstrecken würde, wie wenn sie den bissigen Schäferhund des Herrn Herr davorgesetzt hätte.

Wenn sie die Weisheit und die Kraft solcher Maßnahmen, von deren Art sie täglich welche traf, recht bedachte, kehrte Windstille in ihre Seele ein, der Zeiger der inneren Waage stand in der Mitte, als sei er dort festgewachsen und als könne weder Haß noch Liebe je wieder ein über das andere hinauswachsendes Gewicht erhalten. Nur in solcher Stimmung war sie eigentlich imstande, wirklich zu essen, dem Zermalmen der Bissen die rechte Aufmerksamkeit zu schenken und den Geschmackssensationen nachzuhängen, die sich in ihrem Gaumen ereigneten. Das bedeutete nicht, daß sie sonst nichts aß – wäre die Nahrungsaufnahme der Trumfeller von ihrer Seelenruhe abhängig gewesen, dann wäre sie wohl schon in jungen Jahren verhungert –, aber es hieß, daß sie nicht wahrnahm, daß sie aß, wenn Haß oder Liebe ihren Geist hinter der unbewegten Fassade ihres Gesichts in Aufruhr versetzte. Sie verschlang dann mit einem blassen Blick, der in die Ferne ging, was vor ihr auf dem Teewagen stand, und wirkte dabei nicht anders als eine dampfende und zischende Lokomotive, die auf dem Bahnhof mit Kohlen und Wasser beladen und getankt wird und deren Kolben in Kürze wieder unaufhaltsam und kraftvoll zu schwingen beginnen werden. Wenn schließlich nur noch ein krauses Blatt Petersilie auf den Platten lag, wurde der Teewagen hinausgefahren, während die Trumfeller sein Entschwinden nicht einmal zu bemerken schien.

Wer versucht hätte, die Trumfeller anzurufen, hätte sie im Telefonbuch nicht gefunden, und das, obwohl sie nicht über den Vorzug einer Geheimnummer verfügte. Die Nummer der Trumfeller war im Verzeichnis unter dem Eintrag »Schwenk, Anni, Gesangslehrerin, Im Trutz Frankfurt« etc. zu finden, und die Trägerin dieses Namens war es, die den Teewagen auf das Erscheinen der Trumfeller vorbereitet hatte und die den abgeernteten Wagen wieder in die Küche schob. Schweigend geschah das im übrigen, obwohl die Stimmbildnerin ein weithin tragfähiges und gleichsam mahagonifarben timbriertes Organ besaß. Aber auch die Trumfeller schwieg gewöhnlich, wenn sie in den Flur trat, den Hut mit dem dicken Gamsbart an den Haken hängte, wie sich ein Anstreicher seiner Mütze entledigt, und das zusammengedrückte Haar auflockerte, bevor sie sich in das dämmrige Wohnzimmer begab, während schon das feine Engelsklingeln, das an Weihnachten gemahnte, von dem behutsam geschobenen Teewagen her zu hören war.

Der Wagen trug meist kalte Speisen, denn die Trumfeller lebte zu unregelmäßig, um sich an Essenszeiten halten zu können, und zog es vor, wie sie es ausdrückte, einen Imbiß zu nehmen. Und dieser Imbiß stand nun täglich bereit und konnte mit den erwähnten zarten Geräuschen herbeigebracht werden, wann immer es soweit war. Der überirdischen Musik entsprach der Glanz, der von den Etagen des Wagens ausging und der von den polierten und fast bläulich schimmernden Silberplatten herrührte, nicht minder aber von den Sachen, die darauf ausgebreitet waren: fette Lachsscheiben mit Zitronenachtelchen, fein aufgeschnittene schwarz-rote Gänsebrust im zerlaufenden weißen Speckrand, Salami, zart wie welkes Laub, Leberpastete mit spiegelnder Aspikhaut, in einer barock gekurvten Schüssel die Meerrettichschlagsahne, und in einer weiteren die Vanilleschlagsahne, die in mondhaftem Schimmer das schwache Licht, das nach Sonnenuntergang durch die Gardinen drang, auf sich zog und zurückwarf. Dann stand da noch die Buttercremetorte und wahlweise eine Schokoladentorte, präsentiert auf den durchbrochenen Papierdeckchen des Konditors und mit der funkelnden Kuchenschaufel versehen, die einladend schon halb unter ein Tortenstück geschoben war. In der gleichfalls silbernen Wärmekanne stand Kaffee bereit, daneben ein großes Cognacglas und die Flasche, aber auch ein Sektglas und Pikkoloflaschen; eine liebevoll zusammengestellte Zwischenmahlzeit also.

Um so betrüblicher, wenn dieser köstlichen Anordnung kaum ein Blick geschenkt wurde und nur einfach eine Scheibe Lachs nach der anderen im weitaufgesperrten Mund der Trumfeller verschwand, der aber hätte vollends ausgerenkt werden müssen, um den hohen Pompon der Meerrettichsahne unzerstört aufnehmen zu können. Stets aufs neue bekam das schwarze Wachtmeisterbärtchen über der Oberlippe der Trumfeller weiße Spitzen. Torte und Sekt, Gänsebrust und Cognac, Salami und Kaffee wurden zu einem Ragout zusammengeworfen, und es fehlte nicht viel, daß die Trumfeller die Gläser gleich auch mitverspeist hätte, wenn sie nicht, sobald sie den Teewagen abgeräumt hatte, mit zur Deckenlampe erhobenen Blicken plötzlich wie eine zu Tode Erschöpfte in den Sessel zurückgefallen wäre.

Neben dem Wohnzimmer lag das Schlafzimmer mit den Ehebetten in weißem Schleiflack, auf deren Kissen ein Teddybär das Bett

Anni Schwenks und ein haarloses Äffchen, das Joko genannt wurde, das Bett der Trumfeller bezeichnete. Und neben dieser stummen Kammer schloß sich Anni Schwenks Studio an. Mit Korkplatten bedeckte Wände dämpften die Kraft der Schreie, die nach vorbereitenden, unerbittlich in die Höhe zwingenden Koloraturen schließlich aus der Kehle der Sängerin stiegen. Von dort drang nun erstickt und unkörperlich, als handele es sich nur um eingebildete, unwillkürlich durch den Kopf schwebende Melodienbögen, die ohnehin geisterhaften »Halleluja«-Rufe der »Jungen Nonne« Schuberts, an der Anni Schwenk ein Leben lang arbeitete, weil der übergangslose Wechsel zu dem flötenhaften Wahn der Schlußphrasen nach dem dramatischen Schmettern der vorhergehenden Verse für sie alle technischen und künstlerischen Rätsel des Liedgesangs zu enthalten schien. Die »Halleluja«-Töne gehörten zu den Zwischenmahlzeiten der Trumfeller, seit sie mit Anni Schwenk zusammenlebte. Sie lag im Sessel und fühlte nur noch ihren drückenden Magen, denn im schnellen Schlingen hatte sie, wie stets, wenn sie überhungert aus der »Verwaltung« kam, die bei ihr allerdings nur noch schwachen Signale mißachtet, die ihr anzeigten, wann das Mahl ihr nicht mehr bekommen werde.

Die benommene Trumfeller sah Anni in ihrem düsteren und niedrigen Korkkäfig vor sich. Sie sah das runde, einer weißen Negerin gleichende Gesicht sich plötzlich wie in Schmerzen verzerren, die Lippen- und Wangenmuskulatur sich verhärten, die Fingerspitzen sich vorsichtig und doch offenbar unter erheblicher Kraftanstrengung aufeinanderlegen, bis die dicken Arme ein großes O bildeten, und sie hörte, wie nun allmählich dem bebenden Lippenspalt ein ferner, fremder Heulton entwich, langsam anschwellend und schließlich laut und rein, als ströme er aus einer Klarinette mit silbernem Klappenwerk und nicht aus einer fleischernen Röhre. Annis Gesang verwandelte alle Vokale in Us. Das gab ihm etwas unheimlich Urlauthaftes, dessen Wirkung auf die Säfte der Trumfeller bis zum heutigen Tag nicht nachgelassen hatte, ohne daß die Maklerin genau gewußt hätte, daß es die Us waren, die ihr guttaten. Sie übersetzte sich ohne Nachdenken Annis »Hullulujuh« zurück in das gewohnte Klangbild und verstand ohne die mindeste Schwierigkeit, wenn das Lied »Un der Quulle« vorgetragen wurde. In diesem fernen, dunklen Singen bestand das Glück ihres Privatlebens, wie sie sich gelegentlich eingestand, denn das Leben war hart, das Privatleben aber war süß, diesen Unterschied schmeckte die Trumfeller geradezu auf der Zunge. Während also in der Magengegend der seelische Druck durch die Überfüllung nur überlagert wurde, kehrte im Gefolge der unwirklichen Rufe wirklicher Frieden im Kopf der Trumfeller ein, und die Einzigartigkeit dieses Naturschauspiels hätte es im Grunde sittlich erlaubt, ihr in ihre vier Wände zu folgen, dem einzigen Ort, an dem sie sich die Schutzlosigkeit hingegebener Empfindung gestattete. Sie mußte die Gegebenheiten des Boxrings herbeiführen, um friedlich zu werden, so wie wohl auch der Champion nach einem präzis sitzenden Kinnhaken die Engel singen hört, eine Redensart, die den Zustand der im Sessel hängenden Trumfeller genau bezeichnet.

Anni Schwenk sang lange in ihrem dunklen Studio, genauso lang, wie es die Mieter dulden mußten, bis halb zehn. Die Trumfeller hatte das ausgehandelt, und sie war es auch, die dieses Recht gegen immer neue Proteste verteidigte. Die Korkplatten vermochten, vor allem zu der darüber- und darunterliegenden Wohnung hin, der Gesangsfülle Annis allenfalls die Spitze zu brechen. Soviel hatte die Trumfeller aber aus ihren Kämpfen um Annis Übungszeiten gelernt, daß sie ihrerseits am Schreibtisch der »Verwaltung« niemals Wohnungen an Musiker vermietete. Am eigenen Leibe hatte sie erfahren, welch endloser Zores aus solchen Kontrakten entstehen konnte. Während Annis »Hallelujas« aber löste sich der Knoten des Tages, der Zores schwand, der wirre Faden der Ereignisse, die ihren Zorn erregt hatten, wickelte sich auf, was ärgerlich gewesen war, blieb ärgerlich, drückte aber nicht mehr wie ein böses Gewächs auf die inneren Organe. Ihr Stolz schlief ein, der alles, was ihr zustieß, metallisch reflektierte. Die Luft schien ihr oft voll von Dolchen, nicht Degen wohlgemerkt, sondern von den Waffen der heimtückischen und ehrabschneidenden Gemeinheit.

Bei dieser Sicht der Dinge mußte ihr täglicher Gang in die »Verwaltung« ein Weg der Schmerzen sein. Es kam ihr oft kaum glaublich vor, welch abgefeimter Bosheit und Schwäche sie dort zu dienen hatte. Das Vermietergeschäft öffnete ihr den Blick in die verborgensten Verhältnisse der Mieter, und da gab es kaum jemanden, der seine Vermögensangelegenheiten, seine Ehe, seine Nachkommenschaft, sein Privatleben kurzum, auch nur in einigermaßen moralischer Gesundheit zu erhalten wußte. Die Trumfeller war aber eine unerbittliche Moralistin, der alle Anzeichen von Verfall körperlichen Widerwillen einflößten. Hier ist übrigens keineswegs von der sattsam bekannten Wirtinnenmoral die Rede; die Trumfeller bezeichnete sich als Freidenkerin und hatte von »selbstverantworteten Lebensformen«, und was dergleichen mehr sind, einen hohen Respekt. Die Freidenkerinnenmoral ist aber in vielem erheblich anspruchsvoller und empfindlicher als jene Moral, die Herrenbesuche auf dem Zimmer ab zehn Uhr verbietet. Die Trumfeller forderte, daß der erwachsene Mensch, der einen Mietvertrag unterschrieb, »zu wissen habe, was er wolle«, und diese Forderung, die so harmlos und selbstverständlich klang, enthielt fast schon das ganze Fundament ihrer moralischen Anschauung. Gegen nichts wurde nämlich derart häufig und derart schamlos verstoßen wie gegen dieses Trumfellersche Hauptgebot.

Ohne erst über jene Mieter zu reden, die von vornherein unter der Herrschaft verbrecherischer Instinkte und einer gesellschafts- und »Verwaltungs«-feindlichen Willenskraft standen, lebte offenbar überhaupt niemand, der sich auf den Markt begab, um eine Wohnung zu mieten, der zugleich gewußt hätte, was er wollte. Der Trumfeller kamen alle Parteien, mit denen sie in Berührung geriet – und jeder, der ihren Weg kreuzte, wurde zur Partei – knochenlos wie die Lemuren vor, vom Untergang gezeichnete, nicht in Wohnungen, sondern in Gräber gehörende Schatten, die, von einer höheren als der juristischen Warte aus betrachtet, eigentlich bereits der Geschäftsfähigkeit entbehrten. Wie es sich denn auch für eine solche sittlich verwerfliche Schwäche geziemte, ging diese Willenlosigkeit mit Friedlosigkeit einher. Der nie zur Ruhe kommende Zweifel an dem mit Müh und Not schließlich eingeschlagenen Weg erzeugte eine nicht abreißende Kette von Zank und Auseinandersetzungen. Mit solchem Betragen waren die Mieter bei der Trumfeller allerdings an die richtige Adresse geraten, denn auch wenn die Verkommenheit, mit der sie zu tun hatte, ihre mächtige Lebenskraft täglich bis zur Neige verzehrte, so bedurfte es doch nur weniger Stunden Ohnmacht, wie der granitene Schlaf der Trumfeller wohl genannt werden muß, um das Reservoir an Unnachgiebigkeit und Angriffsgeist wieder bis zum Rande zu füllen. Ein solcher Charakter begab sich im übrigen nicht zur Wahrung bloßer geschäftlicher

Interessen, die noch nicht einmal die eigenen waren, täglich auf den Sand der Arena, um sich dort bis zur Selbstaufgabe zu verschwenden. Im Herzen der Maklerin regte sich vielmehr ein erzieherischer Antrieb, ein aufrichtiges Bestreben, auf dem zugewiesenen Feld die Welt besser und reinlicher zu machen, die Willensschwäche in ihrer hydraköpfigen Erscheinungsform zu beuteln und die verdorbene Kreatur zum Eingeständnis ihrer Mängel und zu einer Folgsamkeit zu bewegen, die allein den bloßgelegten Makel wettzumachen imstande war.

Manchmal verwehrten es allerdings die Umstände, von vornherein erzieherisch einzugreifen, wenn etwa die Wohnungssuchenden ihre wahre Lage kunstvoll verschleiert hatten. Die Erinnerung, hereingelegt worden zu sein, schmerzte die Trumfeller immer neu, gleichgültig, wieviel Zeit seitdem vergangen war. Sie haßte sich dann selbst, weil sie ihre Gefühle nicht mißtrauisch genug beobachtet hatte, denn es war meist das Stimmungshafte, das sie in ihrem Urteil ins Schlingern geraten ließ, so seltsam das bei einer Frau wie der Trumfeller klingen mag. Es kam vor, daß sie in abendlicher Einsamkeit und nur von dem krampflösenden, unwirklich fernen und nahen Gesang begleitet, wirkliche Tränen vergoß, eine geradezu quälende Vorstellung – die Demütigung einer starken Seele, und doch ein überraschend müheloser Akt. Diese Tränen der Wut kamen leicht, es war kein Schluchzen damit verbunden, und sie versiegten rasch. Aber die Wunde, die sie hatte fließen lassen, blieb zurück und schloß sich wie eine Handtasche nur vorläufig und jederzeit bereit, bei Druck auf die Feder der Erinnerung wieder aufzuspringen.

Kalkofen war für die Trumfeller eine solche Niederlage gewesen. Er war ihrem Zugriff entzogen, und das verdoppelte ihre Pein. Aber sie haßte auch Dr. Has noch inständiger, wenn sie an Kalkofen dachte, weil er in besonders tückischer Weise zu ihrer Gefühlsverwirrung im Falle Kalkofens beigetragen hatte. Es verhielt sich leider so: Das traurigste Beispiel von Willensschwäche und Lebenslumperei, das die Trumfeller kannte, trat ihr eben nicht als Mieter auf der anderen Seite der Barrikade entgegen, von deren Höhe sie gewappnet mit ihren ausgefüllten Verträgen bis herunter zu einer strangulierenden Hausordnung die irrlichternden Wesen in ihrem kopflosen Treiben im Auge behalten konnte, sie hatte es vielmehr im eigenen Hause damit zu tun und lebte daher in der kräfteverzehrenden Notwendigkeit, eigentlich tagtäglich einen Zweifrontenkrieg zu führen.

Eduard Has hatte nach der Schulzeit etwas Wildes angenommen. Es sei ihm gleichgültig, was seine Mutter oder Fred Olenschläger über ihn dächten, hatte er ausgerufen, und ein solcher Ausruf wäre in späteren Zeiten ganz undenkbar gewesen, weil es Has eben nicht mehr gleichgültig war, was Dorothée, der Vetter Fred, Etelka oder sogar die Trumfeller von ihm dachten. Dieser Mangel an Gleichgültigkeit speiste sich aus dem Verdacht, daß die anderen vielleicht doch einen tieferen Einblick in sein Wesen und seine Motive getan hatten, als es ihm selbst auf Grund einer natürlichen Blindheit gegenüber der eigenen Person je möglich gewesen wäre. Has fühlte sich seit längerem schon von seiner Umgebung auf eine unbestimmte Weise durchschaut. Wenn er bei den Frauen seiner Familie eine kleine Trübung der Laune bemerkte, ruhte er nicht, bis er den Grund ihrer Verstimmung aus ihnen herausgezerrt hatte, und er war regelmäßig enttäuscht, wenn es sich, wie meistens, um ihm längst bekannte Vorfälle drehte. Es schien neuerdings, als habe er seine Seelenkräfte überschätzt und ihnen zu viel aufgeladen. Sein Blick flackerte leicht, wenn es etwas Schwieriges zu besprechen gab.

Es hatte jedenfalls keiner letzten Worte zwischen Herrin und Dienerin bedurft, um der Trumfeller die rechte Einschätzung ihres zukünftigen Chefs mit auf den weiteren Lebensweg zu geben. Schon vorher war man in den Räumen der »Verwaltung« einig gewesen, daß Eduard Has in seinen Handlungsmöglichkeiten zu beschränken sei. Wenn die Olenschläger sich aber in diesem Punkt von Fred und der Trumfeller verstanden sah, so mangelte es ihr doch an Phantasie, um sich vorzustellen, daß ihre Mitstreiter bei der Eingrenzung und annähernden Entmündigung ihres Sohnes keineswegs wie sie selbst von mütterlicher Liebe und Fürsorge getragen waren, sondern sich den Liebesplan der Dahingeschiedenen aus gänzlich anderen Gründen zu eigen machen würden. Inzwischen war es soweit gekommen, daß die Trumfeller sich bei allen Handlungen krasser Illoyalität gegenüber Has geradezu von jenseits des Grabes bestätigt fühlte. War es nicht der Befehl einer Mutter, dem sie gehorchte, wenn sie sich dem Erben in allen Stücken widersetzte, ihn bespitzelte, über ihn das bewußte »Material« sammelte und ihn seinem Vetter, über dessen Menschenfreundlichkeit und verwandtschaftliche Wärme sie sich keinerlei Täuschung hingeben durfte, auslieferte?

Es war aber doch nicht nur diese, von seiten der toten Olenschläger vermutete Rechtfertigung, die sie darin bestätigte, Herrn Dr. Has in jeder Lage die Zähne zu zeigen. In ihrem Freidenkertum spielten Blicke über den Grabhügel hinaus eine untergeordnete Rolle. Die Trumfeller handelte in Wahrheit immer auf eigene Rechnung. Sie erfüllte täglich dienende Pflichten und war im Herzen doch überhaupt keine Dienerin, Herrin aber auch nicht, obwohl sie »anzuschaffen« und zu »bestellen« verstand, wie sich die Olenschläger da ausgedrückt hätte, deren Sohn hinwiederum wahrscheinlich wirklich eine Herrennatur besaß, obwohl er seine Anordnungen nur selten mit der Hoffnung aussprechen durfte, daß ihnen Folge geleistet würde. Die Trumfeller war hingegen eine Monade, die sich auf dem Weg durchs Lebenslabyrinth in ein Vertragsgefüge mit mehreren Parteien nur verirrt hatte. In dieser angeborenen Ungebundenheit lag wahrscheinlich die Verachtung begründet, die der Anblick des an seinem Nasenring hin und her gezerrten Dr. Has in ihr auslöste.

Kalkofen war wahrhaftig nicht der Mann, der der Trumfeller als grundsätzlich erfreuliche, vorbildliche Erscheinung eingeleuchtet hätte. Seine bräunliche, ledrige Haut hatte während der Haushaltsauflösungen viel beizenden Staub in sich aufgenommen. Selbst ernsthaftere Reinigungsbemühungen, als Kalkofen sie anzuwenden willens war, hätten hier wenig ausgerichtet. Seine dröhnende, auch in niedrigen Büroräumen auf weite Distanzen berechnete Stimme deutete auf Unbotmäßigkeit und Aufruhr. Aber wie es nun einmal im Reich der Sinne beschaffen ist, die keine von jedem Bezug losgelösten Größen kennen, sondern jede Erscheinung nur als Gegensatz zu benachbarten Erscheinungen wahrzunehmen und zu beurteilen vermögen, so fügte es sich auch an jenem Morgen, daß die Trumfeller, nachdem sie Zeuge gewesen war, wie Dr. Has seinen Vetter Fred nahezu kriecherisch um einen Vorschuß für den Ankauf einer Schiele-Zeichnung angefleht hatte, wieder in ihr Büro zurückkehrte und dort der überragenden Gestalt Kalkofens gegenüberstand. Sein Anliegen war bescheiden, denn die Vermietung der Mansarden in der Liegenschaft Schubertstraße 23 hätte geradesogut eine Hilfskraft der »Verwaltung« bewerkstelligen können, aber die Trumfeller gehörte nicht zu den Personen, die eine Unterscheidung zwischen wichtigen und unwichtigen Angelegenheiten zulassen. Ihre Sittlichkeit forderte von ihr die Tugenden eines Reißwolfs, der nicht fragt, welches Geheimnis die Akten bergen, die man ihm vorwirft, sondern sich mit gleichmäßigem Mahlen und auch dem immer gleichen Kraftaufwand den gewichtigen und den nur aufgeblähten Papierbündeln widmet. Kalkofen hatte die Fäuste nach Art eines Menschenaffen mit durchgedrückten Ellenbogen auf den Schreibtisch der Trumfeller gestützt und sagte in einem dunklen Ton, der einen Schauer in ihr erzeugte: »Die Frau braucht Luft. Die Frau verkommt mir da unten. Sonne und Luft braucht die Frau!«

Die Trumfeller staunte bereits darüber, daß sie duldete, wie dieser Mann seine Hände neben ihre Schreibmaschine legte. Im Anhören der Schilderung von Notlagen war sie nahezu abgebrüht. Sie hatte inzwischen die Überzeugung gewonnen, daß eine besondere Art der Bosheit und Unverschämtheit sich hinter den üblichen Leidensberichten verbarg. Waren die Leute etwa nicht imstande zu verstehen, daß es nicht das eigene Geld war, das die Trumfeller verwaltete? Wollte man ihr zumuten, gegen den Vorteil ihres Dienstherrn, der geschlechts- und charakterlosen »Verwaltung«, deren Willen nicht einmal zweifelsfrei zu ergründen war, aus Gefühlsanwandlungen heraus zu verstoßen? Und wenn es denn so gewesen wäre, daß es in das Belieben der Trumfeller gestellt war, nachzulassen, zu stunden oder vorzustrecken – mit welchem Recht wagte man es, eine wildfremde Person um dergleichen Liebesdienste anzugehen? Für Hilfsbereitschaft fehlte ja in allen ihr zugemuteten Fällen jede persönliche Grundlage, und es verdroß sie stets aufs neue, daß die bittstellende Partei diesen Mangel offenbar überhaupt nicht zu erwägen für notwendig hielt. »Die Frau braucht Luft«, das hätte so schnell niemand im Büro der Trumfeller ungestraft von sich geben dürfen. Welche Frau war im übrigen gemeint?

Die Trumfeller setzte sich und fühlte sofort, daß sie damit etwas aus der Hand gab. Von ihrem Stuhl aus wirkte Kalkofen doppelt so groß. Dafür schrumpfte nun die Entfernung. Kalkofen kam mit seinem großen Kopf ganz nahe an sie heran, bis sie die Haare in seinen Ohren hätte zählen können. Es war Vormittag und der demiurgisch auf seinen ausgedehnten Lagerplätzen räumende und verschiebende Mann hatte, wie sie nun wahrnahm, schon einen Schnaps getrunken. Nun, dagegen war nichts einzuwenden. Ihr sittlicher Puritanismus besaß nichts Temperenzlerisches. Zu ihrer Forderung nach Willensgewißheit gehörte auch eine Verehrung nicht versiegender Körperkraft. Sie prüfte sich selbst immer wieder mit einer gewissen Ängstlichkeit, indem sie sich eine Weile maßlos überforderte, aß, trank und arbeitete, ohne zu schlafen, und gestattete sich, wenn sie es lang genug so ausgehalten hatte, dann gern auch einmal einen dramatisch anmutenden Zusammenbruch, der genaugenommen erst recht als Ausweis ihrer Titanengesundheit wirkte.

Demgegenüber das Jammern des Dr. Has, seine Wetterfühligkeit, sein Sodbrennen, das alle mitbekommen mußten, weil er sich dann Natron ins Zimmer kommen ließ und mit der Sekretärin den gesamten Speiseplan der letzten Woche durchging, indem er die dumme Gans, wie er sie sonst immer nannte, auf einmal wie ein Orakel der Heilkunst behandelte und von ihr erfahren wollte, was wohl die Schuld an seinem Unwohlsein trage. Has bewies der Trumfeller mit jeder seiner Lebensregungen, daß er dem Säuglingsalter wahrscheinlich bis zum Tode nicht entwachsen würde. Sie hielt seine Kunstsammelei für eine kindische Sucht nach immer neuen Spielsachen, die vom Lebensernst ablenken sollten. Sie empfand sein Luxusbedürfnis als läppisch. Es kam ihr vor, als bestehe es aus der hypochondrischen Gier nach immer weicheren, dickeren, leichteren Polstern und Decken. Seine Ansprüche hatten in ihren Augen etwas von Krücken, die seiner Schlaffheit aufhelfen sollten. Um es so kraß zu sagen, wie die Trumfeller es sah: Sie traute seiner Männlichkeit genaugenommen überhaupt nichts zu. Er habe seiner Frau mit Müh und Not gerade ein Mädchen machen können, bemerkte sie gelegentlich sogar zu Anni Schwenk, denn sie fühlte, daß sie bereit war, selbst die Ehre ihres Geschlechts zu opfern, wenn das dazu beitrug, Has zu schmähen.

Ihre Abneigung erhielt ein noch breiteres Fundament, als sie die herangewachsene Lilly ein paarmal gesehen hatte. Das Mädchen hielt es oft für klüger, gewisse Wünsche, die die Erweiterung ihrer Garderobe zum Gegenstand hatten oder auf ein paar zusätzliche Ferientage zielten, nicht im Eßzimmer hoch über der Mendelssohnstraße zu besprechen, wo sich jederzeit Dorothée einmischen konnte. In den flüchtigen Gesprächen mit den Angestellten im Vorzimmer – und die Trumfeller war in den Augen Lillys nichts als eine besonders häßliche Angestellte – teilte Lilly in gewohnter Instinktsicherheit Sonnenstrahlen aus. Ihre Bewegungen und die Sanftheit ihrer Worte versicherten glaubwürdig, daß ihr die eigene Schönheit noch ganz unbekannt sei. Den jüngeren Sekretärinnen kam sie schwesterlich, der Trumfeller aber mit jener zarten Ehrfurcht entgegen, die dem Umgang mit einer alten Erzieherin entsprochen hätte. Selbst der vom Menschenhaß unerbittlich geschärfte Blick der Maklerin wurde dann unsicher, weil alles, was bei einem anderen Mädchen dieses Alters vielleicht unecht und aufgesetzt gewirkt hätte, durch die Schönheit Lillys eine Tiefe und Wirklichkeitsfülle erhielt, die ohnehin kaum ihrer menschlichen Entwicklung entsprechen konnte und doch als Eindruck nicht zu bezweifeln war. Dr. Has wurde daraufhin in der Beschreibung der Trumfeller geradezu zum Kinderverderber. Gerade weil Lilly ihr Mißtrauen fast besiegte, erklärte die Trumfeller sie für doppelt und dreifach gefährdet, wenn sie nicht »am festen Zügel« geführt werde. Wie wahllos und blind empfand sie ein Schicksal, das ihr eben diesen festen Zügel für den Vater des Kindes, diesen wert- und würdelosen Gesellen, in die Hände gelegt hatte, nur um alsdann dies einzigartige Geschöpf ohne Führung und Halt aufwachsen zu lassen. Lilly zu prägen, ihr Wohl in beide Hände zu nehmen wäre eine Aufgabe gewesen, die die Trumfeller sinn- und reizvoll gefunden hätte, wenn man ihren eigenen Worten folgte. Wenn man jedoch den Eifer, mit dem sie sich äußerte, ansah, dann durfte man vermuten, daß da womöglich auch eine geheime und unerfüllbare Hoffnung glühte. Auch eine Roswitha Trumfeller konnte sich nur gegen diejenigen ihrer Schwächen schützen, die in ihrem Blickfeld lagen. Gegen Überrumpelung aus dem Hinterhalt ist kein noch so starker Geist gefeit.

Kalkofens aufdringliche und unreinliche Männlichkeit hätte sie eigentlich abstoßen müssen, denn wenn die Trumfeller der Kraft huldigte, hatte sie dabei Beethoven, de Gaulle oder sich selbst im Auge, aber doch keineswegs einen muskulösen Schrotthändler, der »Die Frau braucht Luft« schrie. Es war ganz einfach das Gegenbild, das sie noch frisch vor Augen hatte: im Zimmer Olenschlägers der verwöhnte und kleingehaltene Erbe, der nur an seine Vergnügungen dachte und der seine Frau mit Schmuckstücken davon abzulenken versuchte, daß er nicht der Mann war, sie zu befriedigen – so malte sich die Trumfeller den seelischen Mechanismus nämlich aus –, und hier nun vor sich den Kämpfer, den Verlorenen und Rechtlosen, der sich nicht unterkriegen ließ und dazu noch Verantwortung für eine zarte hilflose Frau übernommen hatte. Kein Zweifel, Kalkofen besaß kriegerische Züge. Seine Augen und Zähne leuchteten so weiß aus dem verstaubten Gesicht, wie man es von den Bildern der Grabenkämpfer und der Verschütteten in den Bergwerken her kennt. Kalkofen hatte Mark in den Knochen. Sein Auftreten besaß die natürliche Freiheit des Einsamen, der nichts zu verlieren hat. Er entbehrte in angenehmer Weise, wie es der Trumfeller jetzt gefallen wollte, jeder Beflissenheit. Er unternahm überhaupt nicht den Versuch, für sich einnehmen zu wollen. Kalt und klar stellte er die Lage dar. Die Trumfeller empfand Sympathie für die Rücksichtslosigkeit Kalkofens, der mit dem Recht eines Mannes auftrat, der »Luft« für seine Frau erstreitet – kein Brot und erst recht keinen Lippenstift, sondern das Leben selbst in seiner elementarsten Form.

Auch die Trumfeller zehrte von Erinnerungsbildern. Auch sie hatte, bevor sie ihre eherne Haltung annahm, Einflüssen offengestanden, die nun in ihrer Empfindung etwas Unumstößliches bildeten. Nicht immer gelingt es nachzuvollziehen, wie und wo eine fremde Seele Analogien entdeckt, die jedem anderen unsichtbar bleiben. Der Vater der Trumfeller, ein städtischer Angestellter von ängstlicher Reinlichkeit und allein schon von seinem musterhaft ausgeübten Beruf her nicht dem Typus des anarchisch Schweifenden entsprechend, stellte für sie das Urbild des Ungebrochenen und Ungebeugten dar. Es waren gewisse Gesten, an denen sie diese Eigenschaften erkannt haben wollte, vor allem aber sein unerschütterliches Schweigen, wenn er vom Dienst nach Hause kam und von dem Redeschwall seiner Frau begossen wurde. Die Trumfeller hegte die geheime Überzeugung, daß ihr Vater inmitten des gegen ihn anbrandenden, flachen und doch durchdringenden Geschwätzes auf dem fliegenden Teppich seiner Charakterfestigkeit in die Einsamkeit einer edelweißbewachsenen Almwiese entweiche, von der er nur zurückkehrte, um »Bitte Salz« oder »Bitte Bier« zu sagen. Wieso sie nun Kalkofen mit diesen väterlichen Worten und Taten zusammenwarf, hätte sie selbst schwer beschreiben können. Hilfreich kam allerdings dazu, daß Kalkofen zwar wie der »Letzte des verlorenen Haufens« aussah, um eine der Trumfeller noch geläufige Freikorpsredensart aufzugreifen, aber doch keineswegs ganz mittellos war. Er wies nach, daß er die Mansarde sehr wohl bezahlen könne, und stellte sogar wertsteigernde Umbauten der Stübchen in Aussicht. Die Trumfeller fühlte sich in eine Verschwörung gezogen, obwohl Kalkofen noch immer sprach, als habe er Sturmgeheul zu übertönen. Die Vertragsunterzeichnung geschah nur noch wie nebenbei. Die Trumfeller stand geradezu unter dem inneren Druck, sich selbst zu beweisen, daß es mit solch einem redlichen Mannsbild eben keinerlei Schwierigkeiten gab, kein Gezerre und Gezeter wie bei Dr. Eduard Has, bis ein solcher Waschlappen schließlich ausgewrungen war.

Dem ergreifenden ersten Akt ihrer Beziehung mit Kalkofen folgte, nach dem Einzug in der Schubertstraße 23, alsbald der zweite. Sie hatte sich schon gefragt, wie sich wohl der Umgang mit Kalkofen zukünftig gestalten würde, ohne daß ihr eine Antwort eingefallen wäre, denn der erfreuliche Mieter, und um den würde es sich bei Kalkofen ja handeln, zeichnete sich durch vollkommene Unsichtbarkeit im Alltag der »Verwaltung« aus.

Nun, diesem Maßstab wurde Kalkofen gerecht. Die Trumfeller sollte ihn nach der Unterzeichnung des Mietvertrages nie wiedersehen. Die Hoffmann und die Klusemann, Mietungeziefer im Urteil der Trumfeller, hatten die Genugtuung, zu beobachten, was vom Einzug Kalkofens übrigblieb. Von ihren Vorhangplätzen, die sie nur verließen, um die Möbelpacker durch zänkische Ermahnungen bei der Arbeit zu stören, sahen sie den offenen Lastwagen, der, vollgepackt mit zusammengewürfeltem, lumpigem Hausrat, vor der Hofeinfahrt parkte und die innersten Verhältnisse der »Ménage Kalkofen«, wie sich die Tanten Labonté ausdrückten, den lieblosen Blicken der neuen Nachbarn preisgab. Im Führerhaus auf dem Beifahrersitz saß schluchzend eine weißblonde Frau, die das Gesicht in einem kleinen Taschentuch verborgen hielt und nur die Pracht eines üppigen, kunstvoll gesteckten Nackenknotens zur Schau stellte. Sie weigerte sich, das Auto zu verlassen. Vom Fensterplatz der Hoffmanns war noch eine Männerhand zu erkennen, die auf dem vollen Arm der Frau lag, der Besitzer dieser Hand schien die Frau allmählich aus dem Auto herausziehen zu wollen. Während im Führerhaus parlamentiert wurde, luden drei kräftige Kerle die Ladefläche ab. Waschkörbe mit getragenen Schuhen, eine Zinkwanne mit dickem Hotelporzellan, Papierkoffer, die mit Spagat umwunden waren, Stehlampen und winzige Sesselchen, von denen die Klusemann wußte, daß sie »Cocktailsessel« genannt wurden, füllten die Einfahrt. Dazwischen tranken die Kerle Bier aus der Flasche. Die Hoffmann bemerkte zu ihrem im dunklen Hintergrund Suppe essenden Mann, daß ein Zigeunerlager ins Haus komme, ohne damit sein Interesse zu erregen, da er jede Hoffnung auf überraschende Ereignisse in seinem Leben längst aufgegeben hatte.

Es kam aber kein Zigeunerlager ins Haus. Nach dem Poltern auf der frisch gebohnerten Treppe kehrte plötzlich Ruhe ein. Die Kerle hockten sich auf die leer Ladefläche, die Tür des Führerhäuschens öffnete sich, und ein wenig unbeholfen auf ihren hohen Absätzen, stieg die weißblonde Frau mit unverändert zu Boden geneigtem Kopf aus. Sie tat ein paar Schritte auf die Toreinfahrt zu, als ein Zuruf aus dem Auto sie noch einmal zurückrief. Etwas Glitzerndes, Klingendes wurde aus dem Fenster gereicht. Mit Elsternblick erkannte die Klusemann Hausschlüssel. Dann fuhr der Lastwagen davon, und nicht nur den Zuschauern, die die zufriedenen Packer, auf der Ladefläche wie in einem Boot sitzend und winkend, entschwinden sahen, kam es vor, als habe man die blonde Frau auf einer einsamen Insel ausgesetzt.

So eindeutig und scharf Etelka auch zum Bewußtsein gebracht wurde, daß sie in Zukunft auf Kalkofens Gesellschaft verzichten mußte, die Trumfeller hatte sich bis zum vollständigen Einblick in die gewandelten Verhältnisse noch zu gedulden. Sie gewann erst allmählich die Gewißheit, daß Etelka in den Mansarden der Liegenschaft Schubertstraße 23 allein wohnte. Die Klusemann und die Hoffmann begannen mit dunklen Andeutungen: Eine »blondgefärbte« Person – das war vielleicht die gemeinste Verleumdung, die sich die Klusemann angesichts von Etelkas Haarfluten ausgedacht hatte –, die keiner regelmäßigen Beschäftigung nachging, in der Woche eine Flasche Eierlikör trank, wie die Hoffmann in pflichtgemäßer Prüfung der Mülltonnen nachweisen konnte, die ein weißes Telefon legen ließ und die offensichtlich, auf Cocktailsesselchen neben dem Apparat sitzend, auf Anrufe wartete, lieferte genügend

Material für eine Verurteilung auf Grund von Indizienbeweisen. Die Miete floß indessen regelmäßig, und die »Verwaltung« hätte keinen Grund zur Klage gehabt, wenn nicht in der Brust der Trumfeller das Gefühl einer unerhörten Schmach gewachsen wäre, das unausweichliche Eingeständnis, von den eigenen Instinkten beim Anblick Kalkofens betrogen worden zu sein.

In ihrer hochentwickelten Sittenstrenge war sie selbstverständlich als letzte bereit, sich zu vergeben. Die Fehleinschätzung Kalkofens warf sie zuallererst sich selber vor, und in diese grimmige Zerknirschung paßte gut hinein, daß die Person, die Kalkofen ihr da untergeschoben hatte, zum Verächtlichsten gehörte, was sie sich vorstellen konnte. »Eine solche Frau – ist überhaupt kein Mensch«, rief die Trumfeller aus, indem sie das augustinische Axiom von der Schwäche als herausragendstem Merkmal des Menschen bewußt zurückwies, nur die Überwindung dieser Schwäche als eigentlich menschliche Eigenschaft gelten ließ und damit den Kreis der Wesen, die sie Menschen nannte, einschränkte. Das also war die Frau, die »Luft« brauchte und die Kalkofen folgerichtig dann an die Luft gesetzt hatte! Ein Kellergesicht besaß sie allerdings, wie die Trumfeller, die der blassen Fülle Etelkas gegenüber unempfindlich blieb, höhnisch feststellte. Aber wenn diese Parasitenhaftigkeit, diese Melancholie und Untüchtigkeit wenigstens noch die Mitgift heruntergekommener bürgerlicher Verhältnisse gewesen wäre! Statt dessen handelte es sich bei Etelka, wie die Trumfeller in eisiger Klarheit sofort wahrnahm, um die Frucht eines Milieus, das bei der alten Olenschläger »Gesocks« genannt wurde, ebenso wie Kalkofen selbst ein Musterbeispiel von »Gesocks« darstellte, was sie eigentlich sofort und ebenso leicht wie bei Etelka hätte feststellen können, wenn sie nicht dem unerklärlichen und beschämenden Reiz dieser verblendenden Anziehung erlegen wäre. Als Nachweis für die gesellschaftsfeindliche Lebensform der Etelka wollten sich allerdings zunächst nur jene rätselhaften Wasserflecken an der Klusemannschen Decke einstellen, die einer Übertünchung Widerstand leisteten und allein dadurch Zeugnis für eine schon übernatürliche Bosheit ablegten. Dennoch ballte sich damals bereits im Wolkenhimmel der »Verwaltung« die Faust, um das leichtfertige Wesen zu zerschmettern, und die Trumfeller vergaß niemals das Gefühl, das sie überfiel, als sie am Zuschlagen gehindert wurde. Es gibt einen

Schrecken, der in den Gliedern sitzenbleibt, eine geistige Form der Gicht. Die Trumfeller meinte, die Welt sei nun endgültig in die Hände des Satans, an den sie nicht glaubte, geraten, als sie gewahr wurde, wessen hoher Protektion sich die verlassene und im Westend ausgesetzte Kalkhofen-Gemahlin neuerdings erfreute.

Etelka ahnte während der ganzen Zeit nicht einmal, welch durchdringender Raubvogelblick auf sie gerichtet war. Sie beschäftigte sich ohnehin, bis sie Has kennenlernte, ausschließlich mit dem Ergründen ihres Lebensunglücks. Wer die Trumfeller war, wußte sie überhaupt nicht. Die »Verwaltung«, mit der ihr die Hoffmann und die Klusemann drohten, verkörperte sich für sie allein in Dr. Has, den ihr die Scharnhorst als Teufel in Menschengestalt geschildert hatte und der sich bei näherem Kennenlernen als überaus wenig teuflisch erwies. Und nicht einmal er vermochte in der Folgezeit die Blicke seiner Geliebten in alter Frische auf die belebte Gegenwart zu lenken. Sie blieb noch lange, auch in der von beiden als unvergeßlich empfunden Anfangszeit ihrer Liebe, die mindestens drei Jahre dauerte, umflort und konnte von einem erwärmenden Gelächter unversehens in ein geistesabwesendes Schweigen versinken. Es war weniger Trauer, die sie gefangenhielt, als eine tief ins Herz gepflanzte Unsicherheit. Etelka hatte sich über das Wesen der Welt bisher nur wenig Gedanken gemacht. In dem dunklen Gefühl, damit den ihr zugewiesenen Teil der Wirklichkeit zu erblicken, hielt sie sich an die Personen, die sie unmittelbar angingen und die für sie die Welt vertraten. Zoppot, die dortige Verwandtschaft, ihre singende Schwester, die ungewissen Jahre nach Ende des Krieges, die sie in Kalkofens Arme gespielt hatten, und schließlich Kalkofen selbst füllten ihre Erinnerungen und den Raum ihrer Erfahrung bis in den letzten Winkel, und es ist nicht abzustreiten, daß bereits dieser beschränkte Kreis eine bedeutende, nur schwer zu steigernde Ausbeute an Einsichten in das menschliche Herz in sich barg.

Nach sechs Jahren Zusammenleben mit Kalkofen glaubte Etelka, ihren Mann in seinen Schatten- und Lichtseiten kennengelernt zu haben. Sie fand das Leben mit ihm nicht immer leicht, und sie verstand auch, daß ihre Bedürfnisse nach Schönheit und Sanftheit und Schmuck an seiner Seite immer ein Traum bleiben würden, aber sie konnte sich nicht vorstellen, ohne ihn auch nur einen Atemzug zu tun. Tatsächlich wunderte sie sich, als sie in der Toreinfahrt des

Schubertstraßenhauses stand und den Lastwagen hinter sich davonfahren hörte, daß ihr nicht das Herz stillstand. Bei allem, was ihr an Kalkofen rätselhaft blieb, bestand während der gesamten Zeit ihres Zusammenlebens, den Vorabend ihrer Verstoßung ins Westend eingeschlossen, doch niemals ein Zweifel an seinem Vergnügen, sie zu umarmen. Etelka hätte sich nachgerade mit der Trumfeller zusammentun können, die ja gleichfalls nicht aufhören konnte, darüber verblüfft zu sein, daß derselbe Mann, der eben noch herzergreifend um »Luft« für seine Frau gekämpft hatte, gleichzeitig schon den Plan hegte, sie zu verlassen. Etelka ahnte längst, daß es weite urwald- und wüstenhafte Gegenden in der Seelenlandschaft ihres Mannes gab, die sie niemals betreten würde, aber sie glaubte, daß er selbst diesem Fremdbleiben nur geringe Bedeutung beimaß, da er ja bei ihr blieb und kaum eine Nacht verging, in der er ihr nicht mit seinem Gewicht fast den Atem nahm.

Sie hatte keinerlei Verdacht gefaßt, als von Umzug die Rede war, denn Kalkofen war unruhig, und sie war mit ihm schon siebenmal umgezogen. Einmal hatten sie sogar Monate in einem Wohnwagen in der Nähe einer Kiesgrube zugebracht, eine Zeit, die Etelka trotz der zahlreichen Unbequemlichkeiten und der ewigen Feuchtigkeit heute noch wie die großen Ferien vorkommen wollte. Man wußte nie, was Kalkofen in der nächsten halben Stunde tun würde. Auch die Männer, die für ihn die verrosteten Bettgestelle und Heizungen aufschichteten, blieben nur deshalb bei ihm, weil der Nachschub an Bierkästen draußen am Osthafen niemals stockte, denn mit den Lohnzahlungen geriet er oft weit in Rückstand. Sie hatte selbst erlebt, wie er finster wie ein Mongolenhäuptling das Murren einer Abordnung seiner Hilfsknechte entgegennahm, wie er mächtig seine Stimme erhob, um die Geldfordernden der Treulosigkeit zu zeihen und wie im nächsten Moment der ganze bedrohliche Protest in einer allgemeinen Saufgorgie versank. Nicht anders verliefen auch die Kräche zwischen ihnen. Kalkofen konnte wie ein Waldbrand auffahren, wenn Etelka Widerworte gab oder an störrischem Schweigen ihre Verstimmung erkennen ließ oder wenn gar herauskam, daß sie, ohne zu fragen, Geld ausgegeben hatte. Aber diese Auseinandersetzungen endeten eigentlich immer auf dem Bett oder dem Fußboden in heftigen Umarmungen, so überraschend, wie es der vorangegangene Wutanfall gewesen war.

Etelka glaubte nicht daran, daß der Mensch, vor allem aber Kalkofen, ein widersprüchliches Wesen sei. Die Behauptung von den zwei Seelen in einer Brust hätte sie als lebensfremd von sich gewiesen. Sie hielt es voller Nüchternheit für möglich, daß sie zu dumm sei, um Kalkofen restlos ergründen zu können, aber sie glaubte auch, daß ihr das vorliegende Material, soweit sie es verstand, bereits ausreiche, um sich ein vollständiges Bild von ihrem Mann zu machen. Manchmal fühlte sie sich von ihm geradezu bedrängt. Es gab Augenblicke, in denen sie glaubte, er fresse sie mit Haut und Haaren. Sie klagte dann darüber, daß er ihr »nicht das kleinste Plätzchen für sie selbst« lasse, aber sie erschrak immer noch tief, wenn sie später darüber nachdachte, wie gründlich er ihre Sehnsucht nach einem eigenen Plätzchen doch gestillt hatte. Etelka war dankbar dafür, daß Has sich so oft die Zähne putzte und sich zweimal am Tag mit und gegen den Strich rasierte, aber sie verachtete ihn auch ein wenig, wenn sie bemerkte, wie lange er sich morgens und abends im Badezimmer aufhielt, und sie wunderte sich nur darüber, wie leicht es ihr gefallen war, wenn Kalkofen sich so, wie er vom Schrottplatz kam, zu ihr ins Bett legte. Es kam ihr vor, als habe sie in Wahrheit alles über Kalkofen gewußt, was von Bedeutung war: Wie schwer er war, wonach er roch, wie er sie anfaßte, wie er schlief und wie er aufwachte. Wenn dieser Mann nun dazu fähig war, plötzlich alle seine Eigenschaften in ein Leben mit einer anderen Frau zu verpflanzen, dann war nichts mehr sicher in der Welt. In einer gerechten Ordnung konnte es nicht möglich sein, daß diese höchste Form des Besitzes, in der Kalkofen sie besessen hatte, einfach in nichts zerrann. Ein tiefes Mißtrauen gegen die Festigkeit aller Erscheinungen ergriff sie. Gewiß, es gab nun Eduard Has, einen Mann von einer Respektabilität und einer Stellung, der noch lange Zeit allen bis dahin geheimen Bedürfnissen ihres Geschmacks entgegenkam, sie formte und wachsen ließ. Sie spürte bald, daß sie sich in seiner Gesellschaft zu ändern begann, entdeckte eine Sicherheit in ihren Wünschen und wußte auf einmal, daß so, wie sie sich nun anschickte zu sein, eine Rückkehr zu Kalkofen nicht mehr möglich sein werde. Sie war glücklich darüber, daß Has sie liebte, aber sie fürchtete auch die Folgen dieser Liebe: daß sie nämlich als seine Geliebte eine andere Frau werden könnte, als jene es war, die wegen Kalkofen gelitten hatte.

Aber auch in Has war eine Änderung vor sich gegangen, seitdem er zum erstenmal in Vertretung der Trumfeller zur Inspektion in die Liegenschaft Schubertstraße 23 gekommen war. Die Zimmer, die Etelka unter dem von der grauen Blechkugel gekrönten Mansardengiebel bewohnte und die er einst wie einen Tatort in übel beleumundeter Gegend betreten hatte, waren ihm nun zum Lieblingsaufenthalt geworden. Man sagt nichts Falsches, wenn man seine Empfindungen für die schiefen Räumchen mit den Gefühlen vergleicht, die Etelka mit dem Wohnwagen am Kahler See verband. Wenn Has sich bei Etelka von seinem Sesselchen erhob, um eine Flasche Sekt zu öffnen, was ihm immer leichter im Stehen glückte, stieß er fast mit dem Kopf an die Decke. Baudelaire rühmt die kleinen Schlafzimmer der Römer und Inder, der »in der Lust erfahrenen Völker«, und Has hätte nun neuerdings aus seinem eigenen Erfahrungsschatz dies Lob noch bereichern können. Es kam ihm wirklich vor, als könne die Wollust aus diesen Kabinettchen, die einmal Abstellräume waren, weniger leicht entweichen. Das Zimmerchen wurde während eines sich in den Sonnenuntergang verlängernden Nachmittags geradezu zur Batterie. Nicht einmal der Ausguß mit seinem zum Tropfen neigenden Wasserhahn stimmte ihn trübsinnig, wenn er von Etelkas Bett aus auf ihn blickte. Wohlgelaunt empfand er, daß er nicht mehr bei einer Opernsängerin gelandet war, die »Carmen« sang, sondern bei Carmen selbst, in ihrem Milieu jedenfalls, um dort Freuden zu finden, die in Wohnungen mit Salons und Kunstschätzen und Badezimmern nicht zu Hause waren.

Er lächelte stets aufs neue darüber, daß Etelka sich genierte, wenn er ihr beim Waschen zusah. Er tat deshalb, als ob er schlafe, wenn sie, während rotgoldene Strahlen ins Zimmer fielen, leise aufstand und auf Zehenspitzen zum Ausguß ging. Die Stellungen, die sie einnahm, um mit dem Waschlappen möglichst viele Körperteile zu erreichen, erinnerte ihn an die Bewegungen einer Katze, die ihr Fell leckt. Das Licht modellierte ihren üppigen Körper mit dem stutenhaften Hinterteil, der scharf eingeschnittenen Taille, den abfallenden Schultern und der prachtvoll an- und abschwellenden Form der Arme und Beine, so wie man früher in Rom die antiken Statuen in bewegtem Fackelschein betrachtete. Ihm fiel ein, daß er Guggisheim bitten müsse, ihm einen Bonnard zu besorgen. Etelka hatte ihm den Geschmack an sich in Waschschüsseln waschenden Mädchen beigebracht. Wenn Dorothée sich im gleißend ausgeleuchteten Badezimmer in der Mendelssohnstraße eiskalte Güsse über ihren Sportlerinnenleib beibrachte und danach ihre Haut mit groben Bürsten so lange mißhandelte, bis krebsrote Flecken und Striemen über ihren Körper liefen, dann hatte das eben allenfalls etwas mit einer medizinischen Anwendung, aber nichts mit den venushaften, der Liebe dienenden Vorbereitungen zu tun, die Etelka am Ausguß ihres Schlafkämmerchens traf.

Es stimmte, daß ihr Körper der letzten Frische bereits entbehrte. Sie war, freundlich gesprochen, eine reife Frau. An manchen Stellen hatte sich die Spannkraft der Haut erschöpft, gewisse Wendungen ihres Bauches erzeugten bereits eine Landschaft zahlreicher Unebenheiten, und die Innenseite ihrer Oberarme hatte eine verdächtige Weichheit angenommen. Solche Beobachtungen dämpften jedoch seine erotische Begeisterung nicht im mindesten. Er riskierte es, vor sich selbst als Frauenkenner aufzutreten, und bestätigte sich, daß das mürbe, von fremder Lust durchwalkte und ermüdete Fleisch für ihn erst den eigentlichen, verführerischen Reiz enthalte. Er lag wie ein großer weißer Frosch im Bett und mußte sich auf die Seite wälzen, wenn er Etelka beobachten wollte, weil seine Blicke sonst an der Wölbung seines Bauches abgeprallt wären. Eierlikörflaschen waren seitens der Hoffmann in letzter Zeit nur noch selten im Mülleimer gesichtet worden. In der Mansarde wurde jetzt anderes getrunken, und einmal stieg sogar Meeresgeruch aus der Tonne, und das feuchte perlmuttschimmernde Weiß von Austernschalen leuchtete der Hoffmann entgegen, die ihre Buchführung über die Gebräuche in der Wohnung unter der grauen Blechkugel längst nicht mehr im höheren Interesse der Allgemeinheit, sondern nur noch zur Unterhaltung der Klusemann und der Scharnhorst betrieb. Die Austern hatten in Etelkas Bett, wo Has sie zu öffnen versuchte, Blut fließen lassen. Er rammte sich ein kurzes Küchenkneipchen in den Handballen, die roten Tropfen vermischten sich mit dem Salzwasser und erzeugten, wie Etelka schwor, ein ganz einzigartiges Aroma. Alles schlug ihnen zum Guten aus, und wenn nicht, so gab es doch wenigstens keine Zeugen. Fremde Ohren hörten nicht, wie sich der zynische, bequeme Has und die an der Schwelle zur Unfruchtbarkeit stehende Etelka gegenseitig »Mäuschen, Schneckchen, Häschen« und »Lämmlein« nannten und gleichsam einen erotischen Kindergarten errichteten, in dem alles, was sie taten, zu der Unbedarftheit einer gespielten Unschuld gedieh. Nur manchmal und nur im geheimen zeigte sich ein Craquelé im Zuckerguß. Es kam vor, daß Etelka sich, nachdem Eduard Has sie wegen des Familienabendessens verlassen hatte, in die verworrenen Laken ihres Bettes warf und viele Stunden weinte, ohne zu wissen, warum. Die Wiederherstellung ihrer Schönheit nach solchen Tränennächten dauerte ihre Zeit. Wenn Etelka so lange geweint hatte, daß sie sich selbst im Spiegel nicht wiedererkannte, begannen die Tränen wie von allein zu versiegen, und sie ging abwesend daran, heiße und kalte Kompressen für ihre verschwollenen Augen und Wangen vorzubereiten.

Has schwankte, wenn es um die Frage ging, wo Etelka in Zukunft wohnen solle. Seine Meinung dazu beschrieb eine Schlangenlinie. Als er sie kennenlernte, fand er ihr Quartier grotesk, fühlte aber keine Veranlassung, etwas daran zu ändern. Als sich die Verbindung festigte und sich regelrechte Gewohnheiten zwischen ihnen herausbildeten, begann er die Dachkammern zu lieben. Er verglich sie mit der Gondel eines Luftschiffs, das niedrig und lautlos über die Schieferdächer des Westends glitt und die breitgelagerten Kronen der Kastanien fast streifte.

Zur gleichen Zeit vollendete sich seine Wohnung in der Mendelssohnstraße mit ihren dröhnenden Metalltreppen, die verschiedene Ebenen miteinander verbanden, mit den weiträumigen Perspektiven und pathetisch kahlen Fluchtpunkten, der Lichtüberflutung und den exotischen Pflanzen und spiegelnden Böden – dieser blank polierte, prunkende Rahmen für die grobe, unfertige Kunst, die er sammelte. Man darf nun keinesfalls glauben, daß Etelkas Wohnung seinen Geschmack umgestülpt hätte, so daß ihm das Werk Szépregyis, der bis zuletzt die Arbeiten in der Mendelssohnstraße »persönlich«, wie er sich ausdrückte, überwachte, auf einmal weniger gefallen hätte. Beinahe das Umgekehrte trat ein. Has schwelgte in seinen offenen Zimmerfluchten. Das Hängen der wichtigsten Werke nahm ihn wochenlang in Anspruch, in denen er für die »Verwaltung« nur mit Mühe telefonisch zu sprechen war. Guggisheim reiste an und konnte mit seiner berühmten Geschmeidigkeit und erprobten Autorität doch nicht verhindern, daß es zu richtigen Zusammenstößen kam. Einmal brüllte Has sogar Szépregyi an und behauptete, der Architekt habe die Räume überhaupt nicht verstanden. Aus all dem wird klar, daß er sich seine neue Wohnung und Galerie vollständig zu eigen gemacht hatte und sie wie ein Werk seiner Hände zu genießen begann. Gerade die Schöpfung eines solchen kompromißlosen Meisterwerks setzte ihn nun aber auf der anderen Seite in den Stand, Etelkas Umgebung mit Vergnügen zu betrachten. Amüsiert dachte er daran, während er in ihrem Bett zwischen den Caprifächern und Gondeln und Chiantiflaschen ausgestreckt lag, wie er noch am selben Vormittag in einem erbitterten Streitgespräch Szépregyi gezwungen hatte, einen sattgoldenen japanischen Wandschirm aus der Nachbarschaft eines blassen Cézanne-Aquarells zu entfernen. Er fühlte, wie weit die Palette seines Lebens reichte und wie er sich erst hier in Etelkas Dachkammer zum wirklichen Herrn über den Geschmack erhob, indem er dessen Regelwerk, dem er eben noch gedient hatte, in voller Souveränität einfach wieder über den Haufen warf. Sosehr er sich wünschte, Etelka zu schmücken und zu verwöhnen, und das hieß auch, ihr Leben in einen angemesseneren Rahmen zu verpflanzen, so wenig gefiel ihm nach einer Weile der Gedanke, seine Liebesstunden in einem von ihm selbst elegant möblierten Appartement verleben zu sollen. Die Fremdartigkeit der Zimmer in der Schubertstraße würde nie wieder in dieser Weise herzustellen sein, und man wußte nicht, was mit ihr verlorengehen würde.

Auch Etelka wäre wahrscheinlich von sich allein nicht auf den Gedanken gekommen, Has um eine andere Wohnung zu bitten. Zunächst einmal bat sie ihn eigentlich überhaupt nie um etwas. Sie war davon überzeugt, daß er besser wisse, was sie brauche, und tatsächlich ließ er ihr kaum Zeit, über Wünsche nachzudenken, weil er immer etwas Hübsches dabeihatte, worauf sie, so versicherte sie stets entzückt, nie und nimmer von allein gekommen wäre. Darüber hinaus fühlte sie sich aber auch wohl dort oben unter dem Dach, selbst wenn es im Sommer so heiß wurde, daß sie tagelang nur im Hemd herumlief und trotzdem aufgelöst war. Der Lippenstift schien sich dann von seinem Grund zu lösen und über das feuchte Gesicht davonzuschwimmen. Aber der Blick aus dem Fenster war unübertrefflich. Wenn sie von dem Mansardenausguck die sich nach beiden Seite dahinbreitende Schubertstraße überblickte, mit dem bunten Schaum der Vorgärten und der unwirklichen Ruine der

Christuskirche, dann fühlte sie sich in dem Bild, das sie von sich hatte, erst vollständig zu Hause. Sie war die einsam Wartende, deren süße, angenehme Schmerzen erzeugende Sehnsucht nur ihr allein bekannt war.

Neben diese tiefe innere Übereinstimmung mit den Eigenschaften ihrer Wohnung trat allerdings noch ein weiteres Hindernis, Has um eine neue Wohnung zu bitten, das erst allmählich an Bedeutung gewann, dann aber seine ganze zwingende Kraft entwickelte. Zunächst lebten die Liebenden, wie man weiß, in paradiesischer Planlosigkeit. Beide taten, als besäßen sie keine Geschichte, keine Familien, Bindungen, beide traten sich als große Einzelfiguren vor gestaltlosem Hintergrund entgegen. Wichtig waren für sie nur die Augenblicke, die sie gemeinsam verbrachten. Was sonst geschah, verdiente weder Neugier noch Aufmerksamkeit. Bei Etelka gab es ohnehin nichts, was mit Eduard Has in Konkurrenz treten konnte, schon gar nicht die Zeit, in der sie allein Radio hörte, einkaufen ging, staubsaugte und sich ihrem Haar widmete.

Bei Has sah das schon anders aus. Man konnte keineswegs sagen, daß er sich von Dorothée vollkommen entfremdet fühlte. Auch in der Zeit der ersten heftigen Leidenschaft für Etelka gelang es ihm nie, Dorothée vollständig beiseite zu schieben. Er hatte Respekt vor ihr und fürchtete sie genug, um keinen offenen Unfrieden aufkommen lassen zu wollen. Von Lilly gar nicht zu reden. Has wußte, daß nichts seine Liebe zu Lilly beeinträchtigen konnte. Lilly war, um in der Sprache der Jesuiten zu reden, die große »reservatio mentalis« bei jedem Schenkungsakt, den Eduard Has sein Herz betreffend in Erwägung zog. Bei solchen Einschränkungen war zu befürchten, daß von seiner Seite bei dem anfänglichen Liebestaumel mit Etelka schon ein Stück Schauspielerei beteiligt war. Aber auch als sich ein weniger atemloser Liebesalltag eingespielt hatte, dauerte es noch geraume Zeit, bis er von Lilly erzählte. Er hatte Angst, nicht den richtigen Ton zu treffen und Etelka vielleicht eifersüchtig zu machen. Es kam auch der gutbürgerliche Grundsatz hinzu, Kinder aus solch unordentlichen Beziehungen, wenn sie denn schon sein mußten, tunlichst herauszuhalten.

Nun war Has allerdings auch für Etelka von Anfang an kein weißes Blatt. Die Referenzen, die sie zuvor über ihn gesammelt hatte, stammten zwar aus dem Mund der Scharnhorst und konnten auf Vollständigkeit keinen Anspruch erheben, hatten in ihr jedoch überaus bildhafte Vorstellungen von seinem Leben geschaffen. Um Etelka einen Begriff von seiner Wohlhabenheit zu geben, wäre es eben sinnlos gewesen, sie wie ein Wirtschaftsprüfer Einblick in die Olenschläger-Has'sche Vermögensstruktur nehmen zu lassen. Gleichfalls hätte eine Liste der in der Has'schen Sammlung vertretenen Namen, einer Allerheiligenlitanei des Expressionismus, nicht vermocht, in Etelka auch nur eine blasse Vorstellung zu erzeugen. Wenn hingegen die Scharnhorst mit dem Schrubberstiel auf eine Villa mit Treppengiebel und Wetterfahne zeigte und dazu bemerkte, daß nun auch dieses Haus in die Has'schen Hände gelangt sei, dann erschauerte Etelka, für die der Hausbesitz die höchste und respektabelste Form des Reichtums darstellte, vor allem, wenn es sich auch noch um ein Eckhaus handelte. Allein ein Weg durch die Schubertstraße wurde für sie zu einer Wanderung im Reich des König Drosselbart. Herr Herr befand sich als Cicerone an ihrer Seite, und Etelka glaubte alle Häuser, von denen Herr Herr sagte, daß sie Dr. Has gehörten, über sich hinauswachsen zu sehen. Daß Has nicht die von der Scharnhorst beschworenen üblen Eigenschaften besaß, entsprach im Grunde ihrer Erwartung, denn sie lebte seit jeher in der Gewißheit, daß ein wirklich reicher Mann niemals vollständig verdorben sein kann. Gleich nach Eduards erstem Besuch bat sie Herrn Herr, als sie ihn in der Nähe der Mülltonnen auftauchen sah, um einen erneuten Rundgang. Herr war ein meisterlicher Amateur feierabendlichen Gedankenaustausches. Dr. Has wäre erstaunt gewesen, wie gründlich seine neue Geliebte sich bei seinem Hausmeister über die Verhältnisse im Dachgeschoß der Mendelssohnstraße zu unterrichten wußte.

Herr Herr war gerade damit beschäftigt, kräftig nach Schwefel riechende braune Asche aus der Heizung nach oben zu tragen. Die Nächte waren kühl, aber es stand fest, daß nur noch wenige Tage geheizt werden würde. Etelka hatte einen kleinen Papierkorb bei sich, der mit bunten Eiffeltürmen bedruckt war, als sie ihm entgegentrat. »Viel zu tun?« fragte sie mit jener Anteilnahme, die sie allen Arbeitsmännern schenkte und die das Beileid für die oft beklagte Überlastung schon im vorhinein spendete.

Sie hatte sich diesen Ton angewöhnt, als Kalkofen einmal den Plan verfolgte, seiner Frau das Wasserhäuschen einer alten Trinkerin zu verschaffen, und Etelka einige Wochen in diesem Kiosk hospitieren ließ. Die Geschäftsübernahme scheiterte schließlich, weil Etelka den Schnaps, den sie im Würfelspiel den in der Winterkälte zitternden Wermutbrüdern abgewann, auf die Dauer ebenso wenig vertrug wie ihre inzwischen delirierende Vorgängerin. Aber sie hatte in dieser Zeit, an die sie sich als eine heitere und anregende erinnerte, die Erfahrung erworben, wie sich die Zurückhaltung einer bestimmten Männersorte besiegen ließ. Sie sprach seitdem gern von ihrer »Menschlichkeit« und sagte etwa in bezug auf Herrn Herr: »Ich habe ihn menschlich behandelt«, eine Selbsteinschätzung, die Herr Herr bestätigte. »Menschlich gesehen«, so erklärte er, wenn von Etelkas Lebenswandel die Rede war, »ist die Frau eins A.«

Man kann im übrigen nicht sagen, daß Herr Herr farbig sprach, so flüssig er sich auch ausdrückte. Zwölf Heizungen wollten am Brennen gehalten werden, und Etelka mußte ihm im Geist in jeden dieser Keller folgen. Sie betrachtete mit ihm die langen Schlüssel, die den Weg hinab ins Dunkle eröffneten, und tauchte mit dem Erzähler von den Kohlehaufen wieder ans Tageslicht. »Sieben von diesen Häusern gehören der Olenschlägerschen Haus- und Grundstücksverwaltung«, sagte Herr Herr, »die rechne ich pauschal ab, die anderen sind privat.« – »Dann sind Sie ja ein Angestellter von Herrn Dr. Has!« entgegnete Etelka und legte einen Respekt in ihre Stimme, der ihre Neugier überdecken sollte. »Nichts da!« rief Herr, als gelange er jetzt endlich dazu, seine Trumpfkarte auszuspielen. »Das wollen die gern in der ›Verwaltung‹, aber mit mir machen sie das nicht. Wenn ich bei der ›Verwaltung‹ fest wäre, dann könnten die mich bis Fechenheim, Sossenheim, Enkheim, Ginnheim, bis zum Prüfling rauf, bis nach Niederrad und Oberrad schicken! Dann würden die sagen: Sind Sie bei der ›Verwaltung‹ oder sind Sie nicht bei der ›Verwaltung‹? Und dann?«

Vor diesen Abgrund gestellt, mußte auch Etelka passen, obwohl sie ihre innere Unruhe kaum beherrschen konnte. »Ich mache nur Objektverträge«, sagte Herr Herr mit einer Gewandtheit, die dem schönen glatten Wort entsprach. »Ich übernehme nur die Betreuung von Objekten. Und wenn ich damit fertig bin – aber nur hier in der Schubertstraße! –, dann, aber nur dann, bin ich bereit, auch beim Dr. Has mal nachzugucken. Ich habe oft Mitleid mit dem

Mann. Der kriegt und kriegt niemanden mehr zu sich in die Wohnung. Das macht heute keiner mehr. Wer geht noch zu jemandem in die Wohnung?«

Unversehens führte die Gesprächslinie wieder an das Feld heran, das Etelka zu erforschen trachtete. Man mußte eben nur Zeit haben für Herrn Herr. Soweit es an ihm lag, würde er nichts verschweigen. »Gegenwärtig hängen wir Bilder auf beim Herrn Dr. Has«, sagte er. »Das ist ein Zirkus. Immer rein in die Wände mit den dicken Haken! Und dann hängt das Bild falsch, wieder runter damit, und die ganze Wand kann neu gemacht werden. Das interessiert den Dr. Has überhaupt nicht!« – »Und die Frau?« fragte Etelka nun ganz unverhüllt. »Für mich wär die Frau zu dünn«, sagte Herr Herr mit einer gewissen Grobheit, die sich auch darin ausdrückte, daß er weibliche körperliche Eigenschaften vor Etelka erörterte. Das vertrauliche Gespräch mit ihm hatte auch seinen Preis.

»Wie er die Bilder hängt, da redet sie nicht herein. Das ist seine Sache.« Diese Redewendung wird im Frankfurterischen »Sei Sach'« ausgesprochen. Die Beiläufigkeit schlug bei »Sei Sach'« unversehens in Entschiedenheit um. Immerhin war von Gewaltenteilung die Rede. »Sonst hat er da oben nichts zu bestellen«, schloß deshalb Herr Herr, indem er von seinem Ausflug in die Welt der Dachgärten auf das blaue Basaltpflaster der Schubertstraße zurückkehrte. Etelka wollte ihn aber noch einmal zurück dort oben hinaufführen. »Und was sind das für Bilder, die Sie da aufhängen?« fragte sie, während Herr Herr seinem unruhig gewordenen Schäferhund den Hals klopfte. »Kunst halt«, antwortete Herr Herr und ließ sich von seinem Hund durch das Weinlaubtor auf die Straße ziehen.

Mit der Zeit wich aber das Spiel mit der ohnehin schon gründlich ausgehöhlten Fremdheit, und Etelka und Has begannen sich Teile ihres Lebens zu erzählen. Zoppot mit seinen weißen Sandstränden, den Sommergästen, dem ewigen Einmachen und Einkochen – von woher die Gefahr für weiße Kleider drohte, denn Kirschflecken waren schlimmer als Blut –, der musikalischen Schwester und Onkel und Tante mit dem Klavier auf dem Korridor bildete den einschläfernden Gegensatz zu dem gefährlich aufgeladenen Stoff des treulosen Kalkofen. Die Zoppot-Schilderungen hörte Has gern im Halbschlaf. Etelkas Stimme verschleierte sich und holte alle diese für Außenstehende immer schemenhaft bleibenden Details mit einem leicht erfrorenen Klageton hervor. Has war es, als ruhe er in der Nachbarschaft einer Waldquelle. Etelka allerdings war weit davon entfernt, seine Erzählungen, in denen die Welt seiner Mutter, der alten Olenschläger, die sich, wie Has voller Schadenfreude zugab, im Sarg aufgerichtet hätte, wenn sie von der Verbindung ihres Sohnes erfahren hätte, die Räume der neuen Wohnung, Dorothée und Lilly schließlich dann doch noch gestreift wurden, als bloß anheimelnde Geräuschkulisse zu behandeln. Dafür stellte sie von Anfang an zu viele Zwischenfragen. Soso, Dorothée war also eine geschiedene Frau, soso, sie war Ausländerin, an Frankfurt nicht weiter gebunden, bemerkte Etelka. Die Szene, die sich ihr darbot, erwies sich, wie die Ausforschung des Herrn Herr schon hatte ahnen lassen, als unerhört anregend. Soso, Lilly war also wunderschön – Herr Herr hatte gesagt: »Ein goldiges Mädchen« – vulgo: »Ein goldisch' Medsche«, und in dieser Form hatte das Goldige nach Etelkas Sprachgefühl noch nichts Beunruhigendes enthalten.

Etelka begann also das Feld abzustecken. Sie stellte Überlegungen an, die sie Has verbarg. Man kann sagen, daß sie ihre Unschuld verlor, weil sich in ihr Interesse an seinen Verhältnissen nun auch Gedanken mischten, die den Platz, den sie selbst in diesem festgefügten Kosmos einnehmen könne, zum Gegenstand hatten. Ihr aufgelöstes Haar, das wie ein Vlies aus Schlangenlinien auf dem Kopfkissen lag, erinnerte Has an Lillys Haar, wobei er einmal bemerkte, daß Lillys Haar kräftiger, Etelkas hingegen von einer Feinheit sei, die ihm einen Niesreiz erzeuge, wenn er sich ihm nur nähere. Wollte er damit nun Kritik äußern, oder war das seine Art, Komplimente zu machen? fragte sich Etelka. Wie immer – sie begriff, daß seine Welt nicht auf sie gewartet hatte. Er lebte auch, bildlich gesprochen, in einem reichmöblierten Milieu, in dem alles Neue augenblicklich mit dem Alten in Beziehung zu treten hatte und verglichen wurde.

»Jetzt gehst du also zurück zu ihr«, sagte sie mit tonloser Stimme eines Abends, als Has sich gerade die Krawatte band. »Wieso zu ihr?« antwortete er gereizt. »Die Mendelssohnstraße ist mein Elternhaus, auf diesem Grundstück bin ich geboren. Das heutige Haus hat Carl Szépregyi nach meinen Wünschen gebaut« – so kam es ihm inzwischen vor – »die Wohnung ist nach meinen Bedürfnissen entworfen, an den Wänden hängen meine Bilder.« Immer, wenn das Wort »mein« fiel, hob er in streitsüchtigem Ton die Stimme. »Wieso zu ihr? Was soll das heißen? Hier bin ich bei dir. Aber in der Mendelssohnstraße bin ich bei mir und niemandem sonst. Dorothée wohnt bei mir, ich wohne nicht bei ihr«, fügte er unnötigerweise noch hinzu, damit es richtig saß. Und es saß viel besser, als er vermutet hatte. Etelka hatte sich die »Mein«- und »Mir«- und »Ich«-Parade gut eingeprägt. Sie dachte nun überhaupt nicht mehr daran, aus der Schubertstraße auszuziehen. Dies war die Wohnung, in die sie das Schicksal in Gestalt von Kalkofen verbannt hatte. Hier saß sie mit innerem Recht. Jede neue Wohnung, die Has ihr einrichten mochte, wäre nichts als ein Mätressenquartier und Liebesnest. Je hübscher und annehmlicher die neue Wohnung wäre, desto nachdrücklicher würde ihre Rolle als die zweite Frau, das Kebsweib, bestätigt. Sein Lebenszentrum, das stand jetzt mit verletzender Klarheit fest, lag in der Mendelssohnstraße, von wo er zwar Ausflüge zu Inseln paradiesischer Abgeschiedenheit unternahm, wohin er aber immer in das ihm Angestammte und Eigene zurückkehren würde. Und damit war auch Etelkas Zukunftsplan gefaßt. Sie würde die Schubertstraßenmansarde nur aufgeben, wenn damit ihr Einzug in die Mendelssohnstraße verbunden war. Und was sollte in einem solchen Fall mit Dorothée geschehen? Darüber machte sich Etelka keine Gedanken. Dorothée war dann eben einfach weg.

Im übrigen lief der Mietvertrag über die Schubertstraßenmansarden nach wie vor auf Kalkofens Namen, und die Trumfeller hatte vorsorglich klargemacht, daß sie eine Umschreibung des Vertrages auf Etelka nicht zu dulden gedenke. »Nur über meine Leiche«, sagte die Trumfeller, werde sie eine solche Vertragsänderung zulassen. Es war aber offensichtlich, daß sie eine andere Leiche im Auge hatte. Etelka Kalkofen sei eine Frau ohne Einkommen und Rücklagen, fuhr die Trumfeller, von niemandem um Auskunft gebeten, fort. Sie komme als Vertragspartnerin der »Verwaltung« nicht in Frage. Inzwischen sei der Mieteingang jedenfalls regelmäßig und nicht zu beanstanden. Der »Verwaltung« könne es nebenbei gleichgültig sein, wer die Zahlungen entrichte, fügte sie mit einem langen Blick auf Dr. Has hinzu, solange man nur wisse, an wen man sich im Fall von Unregelmäßigkeiten zu halten habe, und über Kalkofens Geschäft seien zufriedenstellende Auskünfte zur Hand. Solche Infamien waren eine Spezialität der Trumfeller. Sie war immer dafür gut, während einer Konferenz der Geschäftsleitung vor dem ausdruckslos lauschenden Fred Olenschläger überhaupt nicht auf der Geschäftsordnung stehende, für Has peinliche Vorfälle zum Vortrag zu bringen.

Von Kalkofens Bonität hatte sich Eduard Has inzwischen selbst überzeugen können. Er war in die Hölle hinabgestiegen, wie er zu sich sagte, als er den weitläufigen Bunker betrat, den Kalkofen seit neuestem als Lager und Schatzhöhle für sein angesammeltes Treibgut gemietet hatte. Schon in der Umgebung des Bunkers standen ausgeschlachtete Autos im Schlamm. Eine Reihe weißer Badewannen fingen das Regenwasser auf, und dreißig blecherne Krankenhausnachttische füllten eine breite Lücke des umgesunkenen Drahtzaunes.

Der Bunker selbst war nur mit schwachen Glühbirnen beleuchtet. Es gab auf dem Weg durch die schmalen Korridore aber auch immer wieder Passagen vollkommener Dunkelheit. Has passierte Galerien von Emaillekochtöpfen, Berge von Schuhen, einen Haufen nackter Zelluloidpuppen mit verdrehten Gliedern, Matratzen, Gießkannen, Einmachgläser, Radioapparate, Küchenstühle, Kukkucksuhren, von Wintern und Sommern ausgelaugte Gartenmöbel und Fahrradgestelle ohne Räder. In der Kellerluft mischten sich die Gerüche aus alten Kleidern, ranzigen Fetten, beizendem Staub, der Schwefel aus einem Kohlenöfchen, feuchtes Leder und quellendes Seegras. Has kam es vor, als bewege er sich durch eine weithin ausgebreitete gigantische Konkursmasse. Es war, als ob erst hier, in Kalkofens Bunker, der eigentliche Schlußstrich unter den Bankrott einer Stadt gezogen werde und als ob Kalkofen die Liquidation einer ganzen, zu Fall gekommenen Lebensform in diesen lichtlosen Gängen zu leisten habe. Has mußte, während er über Bettenten, Herz-Jesu-Bilder, Feuerzangen und eingerahmte Myrtenkränze stieg, unwillkürlich daran denken, daß diesen Bergen von unbrauchbar gewordenen Gebrauchsgegenständen Berge von Toten entsprachen.

Das Blut der Olenschläger hingegen zeigte sich in der nüchternen Bewunderung, die er diesem Geschäftsgebäude und der dahintersteckenden organisatorischen Kraft entgegenbrachte. Er war wendig genug, um die ironische Herablassung, mit der er bisher an

»Etelkas Lumpensammler« gedacht hatte, augenblicklich zu vergessen und statt dessen den hier angehäuften Warenvorrat und das zu solcher Aufschichtung erforderliche Personal einzuschätzen. Schon bald begleitete den Wanderer die Stimme Kalkofens, die manchmal näher und dann wieder ferner rückte. Has vernahm ihren Hall, als spreche Kalkofen in einen großen Topf, ohne das Gefühl zu haben, sich dem Sprecher zu nähern. Plötzlich stand er dann vor ihm, in einer Kammer, deren Wände derart mit Büchern vollgestopft waren, daß es aussah, als sei nur Kalkofens Silhouette ausgespart worden. Der Herr dieses Schattenreiches telefonierte, und Has empfand eine gewisse Erleichterung, daß Kalkofen im Herzen des Baues keine Selbstgespräche führte. Der Besuch war verabredet worden, nachdem Kalkofen seinerseits einen Besuch in der »Verwaltung« gemacht hatte. Von Anfang an hatte es die Beziehung der beiden ausgezeichnet, daß sowohl Etelkas Schicksal als auch die geschäftliche Leistungsfähigkeit von Has und Kalkofen zur Sprache kamen.

Has hatte allein in der »Verwaltung« gesessen, als Kalkofen klingelte. Der Schreck war ihm ordentlich in die Glieder gefahren, als er den vertrauten Namen hörte und sah, in welchen Proportionen Kalkofen geraten war, die Ohren so groß wie Fäuste und die Fäuste so groß wie halbe Backsteine. Erst später begriff er, daß auch Kalkofen eine Mauer des Respekts zu überwinden hatte, bevor er fähig war, sich dem neuen Besitzer seiner Frau zu nähern. Has konnte nämlich auf den ersten Blick den Eindruck beträchtlicher Sicherheit vermitteln, die in der Unbekümmertheit seiner Bewegungen zum Ausdruck kam. Auch sein außerordentlich feines Fett, das die Konsistenz von Gänseschmalz besitzen mußte und einer Mastkur von ungewöhnlichem Aufwand zu verdanken war, vermochte zu beeindrucken. Die Hände Kalkofens neben denen von Has wirkten besonders verblüffend. Ihre Eigentümer schienen verschiedenen Entwicklungsstufen der Menschheit anzugehören. Beide mochten etwas Ähnliches, wenn auch gewiß nicht bei Betrachtung ihrer Hände, empfinden, aber es entwickelte sich bald der Tonfall eines gewissen Von-gleich-zu-gleich zwischen ihnen, da jeder vom anderen annahm, daß er im eigenen Kreis jeweils der Erste war. Has spürte, wie seine Abenteuerlust durch die Erscheinung Kalkofens angestachelt wurde. Sie machte ihm zum einen deutlich, welch unerhörte Wegstrecke Etelka an seiner Seite nun schon zurückgelegt hatte, und zum anderen mußte man sich Kalkofens, von einer höheren Warte aus gesehen – und Has leistete sich hin und wieder den Aufenthalt auf höheren Warten – doch auch wieder nicht schämen, denn er war eine »Persönlichkeit«, wie Has sich ausdrückte. Und noch eine Facette war den beiden so grundverschiedenen Männern neben ihrer romantischen Neigung zum Kavalierstum und zum Schönheitsdienst gemeinsam, nämlich ein Verständnis für die ökonomischen Zusammenhänge, um es politisch auszudrücken, oder das Wissen um den Standort jenes Fasses, aus dem Bartel den Most schöpft, wie es im Sprichwort heißt.

Die Schwierigkeit vieler Verhandlungen liegt vor allem in ihrer Vorbereitung. Nicht immer ist allen Teilen gleichermaßen klar, was überhaupt verhandelt werden kann. Kalkofen sorgte erst einmal dafür, daß Verwirrung in den Reihen des Feindes entstand. Nachdem er sich von Has verabschiedet hatte, war vieles heftig aufgerührt worden, ohne daß Has genau gewußt hätte, was Kalkofen eigentlich beabsichtigte. Trotzdem hatte er das Gefühl, eine Art Turniergang bestanden zu haben und Kalkofen gewachsen gewesen zu sein. Er glaubte, wenn er erst klarer sehe, was Kalkofen wolle, mit ihm ins reine kommen zu können. Die verstümmelten Rituale, mit denen eine geschäftliche Unterredung einander Unbekannter gewöhnlicherweise eingeleitet wird, die Frage: »Was kann ich für Sie tun?«, die Aufforderung: »Nehmen Sie Platz!«, die Frage nach den Zigaretten: »Darf ich rauchen?«, erschienen Has im Angesicht Kalkofens besonders lächerlich und gaben der ganzen Begegnung einen schauspielerischen Unernst, ohne ihr die Spannung zu nehmen.

Kalkofen gebärdete sich überaus feierlich und geradezu gravitätisch. Eduard Has fragte sich zu seiner eigenen nervösen Erheiterung, ob sein Gast vielleicht vorhabe, ihm eine Duellforderung zu überbringen.

»Ich habe vor, offen und ehrlich zu Ihnen zu sein«, sagte Kalkofen, als er schließlich in dem tiefen Sessel saß, der ihm etwas von seiner imposanten Erscheinung nahm, und schaute unruhig durch den Raum, streifte den bunten Klee, der hinter dem Haupt von Has eine Regenbogenaureole aufscheinen ließ, verschwendete darauf aber ebensowenig Aufmerksamkeit wie auf den Lilienstrauß, der dem Schreibtisch etwas vom puritanischen Pathos moderner Altäre verlieh, zumal das Mikrophon des Diktiergeräts sich auf der anderen Seite des Tisches in evangelischer Schlichtheit dem Mund des Sprechers entgegenhob. Wenn die Kunst einmal die Aufgabe hatte, den Beschauer zu überwältigen und zu bezaubern und ihn durch ihre Pracht zu verwirren, so besaß sie nun die Funktion, für den größeren Teil der Menschheit überhaupt vollkommen unsichtbar zu sein und dadurch einer Minderheit das Glück hermetischen Geheimwissens zu verschaffen, und auch dieses Glück durfte Has von seinem ohnehin erhöhten Sitz aus jetzt nebenbei genießen. Aber es lag doch etwas Flackerndes in diesen Genüssen, und plötzlich erwachte in Has der Zweifel, ob es klug war, Kalkofen allein zu empfangen. Es war Samstag nachmittag, und niemand würde ihn rufen hören. Er fragte sich, wie Kalkofen überhaupt ins Haus gekommen war, und wurde sich bewußt, daß das ganze Bürohaus in allen Stockwerken an diesem Nachmittag nur noch pflanzliches Leben enthielt.

»Ich weiß alles«, sagte Kalkofen und schob seinen Kopf nach vorn, sein Kinn lag nun fast auf der Schreibtischplatte. »Woher, wenn ich fragen darf?« antwortete Has, im Bemühen, den Abstand zwischen ihnen zu erhalten, und er wurde sich zugleich klar, daß seine Frage ein Fehler war. »Von ihr«, sagte Kalkofen, »meine Frau hat keine Geheimnisse vor mir.« – »Das wage ich zu bezweifeln«, sagte Has nun mit deutlichem Hochmut. Die Unverschämtheit Kalkofens gab ihm Mut zurück. Er erwog aber auch die Möglichkeit, den Schreibtisch blitzschnell nach vorn zu schieben und Kalkofen an der Wand festzukeilen. Unnötige Schlachtenlisten! Kalkofen wollte nicht die Körperkräfte mit ihm messen, sondern seine Nerven strapazieren. »Ja, so sprechen Sie, Sie können sich ausdrükken, Sie sind ein Mann von Welt«, antwortete Kalkofen vorwurfsvoll. »So haben Sie auch meine Frau herumgekriegt! Meine Frau, die ich liebe, immer geliebt habe und immer lieben werde! Alles war dabei, wieder in Ordnung zu kommen, da tauchten Sie auf, um unsere Liebe kaputtzumachen. Aber es wird Ihnen nicht gelingen! Unsere Liebe ist stärker!« Als er bemerkte, wie fassungslos Has aussah, senkte er plötzlich die Stimme zu beruhigender Kellertiefe und fügte hinzu: »Unser Kontakt ist rein telefonisch. Sie brauchen sich keine Sorgen machen. Sie schüttet mir eben manchmal ihr Herz aus, eine Angewohnheit von früher. Alles rein telefonisch. Die Frau ist treu wie Gold!« und erst bei diesem Wort kam Has das rotgoldene Leuchten des linken oberen Kalkofenschen Eckzahns zum Bewußtsein. »Sie wissen ja, wie Männer sind«, sagte Kalkofen, als erfülle ihn das männliche Unwesen mit großer Trauer. »Ich war ihr erster, das kann sie nicht vergessen. Sie ist eine schöne Frau, eine gute Frau, und nicht mehr die Jüngste, da schaut man sich um. Aber wer sie mag, der hat noch lange Freude an ihr.«

»Ich liebe Etelka«, sagte Has mit einer ihn selbst überraschenden Schlichtheit. Stille trat ein. Sogar Kalkofen schien diese Worte als Zurechtweisung zu verstehen. Has war sehr stolz auf sich, aber Kalkofen nahm ihm die Schlappe, die ihm da zugefügt worden war, übel wie einen Eingriff in höchstpersönliche Rechte. Wer Kalkofen auf diese Weise zum Schweigen brachte, hatte es meist zu bereuen. »So könnte Ihnen das passen«, sagte er, nachdem er sich lange genug geärgert hatte, »Sie haben den Spaß, und ich habe die Kosten. Ich werde Ihnen aber das Vergnügen verderben! Wer die Dame will, soll sie auch bezahlen. Ich reiche die Scheidung ein!« – »Schweigen Sie«, sagte Has mit donnernder Stimme. Er fürchtete nun nicht mehr, daß Kalkofen gewalttätig werden könnte. »Ich verbiete Ihnen, Etelka zu beleidigen! Tun Sie, was Sie für richtig halten, aber bewahren Sie doch wenigstens einen Funken Selbstachtung! Sie sind schließlich einmal mit Etelka –« hier zögerte er einen Augenblick »glücklich gewesen. Es tut mir im übrigen leid, daß ich Ihre Kreise gestört habe. Sie sollten gerechterweise aber auch den eigenen Anteil an diesen traurigen Ereignissen bedenken!« Bei diesen Worten, die wie Honig so reich und glatt von seinen Lippen liefen, erhob er sich hinter seinem Ikebana-Altar und verströmte eine männliche Würde, wie es ihm in den Räumen der »Verwaltung« vielleicht noch nie gelungen war. Jeder Mensch sollte während eines an Enttäuschungen ohnehin reichen Lebensweges von Zeit zu Zeit eine solche Aussprache halten dürfen. Kalkofen war sichtlich nur noch darauf konzentriert, sich das erwähnte Fünkchen Selbstachtung zu bewahren und den eigenen Anteil an seiner Schande zu bedenken. Die Audienz, denn dazu hatte sich das Gespräch entwikkelt, war beendet. Kalkofen stellte sich aus der Tiefe der schwarzen Polster wieder auf die Beine. Das Telefon klingelte, hörte auf und klingelte von neuem – Etelkas Zeichen. »Sie sehen ...« sagte Has und Kalkofen beugte sich augenblicklich der Herrschaft solch zerstreuter Geschäftsmäßigkeit. »Nichts für ungut«, sagte er im Hinausgehen noch zu allem Überfluß und blickte Has dabei unterwürfig an. Aus der Innentasche seiner schwarzen Nappalederjacke hatte er eine große Geschäftskarte hervorgeholt, die er auf dem Weg zur Etagentür in der Hand behielt und schließlich doch noch dem ihm nachfolgenden Has überreichte. »Wenn etwas sein sollte«, bemerkte er mit gedämpfter Stimme, als wolle er Has seiner vollkommenen Diskretion versichern.

Has blieb nachdenklich zurück. Die wiederholten Klingelsignale Etelkas vermochten ihn nicht zu bewegen, den Hörer abzunehmen. Er war verstimmt, daß sie ihn nicht vor Kalkofen gewarnt hatte, und hatte kein Lust, ihr von dem Besuch eben zu erzählen.

Wenn Has die Ausbeute dieses unverhofften Nachmittags betrachtete, so überwogen zunächst die schon erwähnten angenehmen Empfindungen, sich so souverän verhalten zu haben, in die sich allerdings der Mißton mischte, daß Etelka offenbar weit häufiger mit ihrem Mann in Verbindung stand, als das bis dahin zu vermuten war. Bei genauerer Durchforschung und Deutung dessen, was Kalkofen tatsächlich gesagt hatte, wuchs dann aber die Unruhe. Dem Liebesbekenntnis seines Besuchers maß Has kein besonderes Gewicht bei, zumal es in seltsamem Gegensatz zu der Art stand, in der Kalkofen von seiner Frau wie von einem gebrauchten Sofa sprach, das er in seinem Bunker an den Mann zu bringen dachte. Und zugleich schien Kalkofen unter seinem Theaterdonner noch einen wirklichen Groll zu hegen, und dieser Groll war – auf die eleganteste Art allerdings, wie Has sich bestätigte – heute nachmittag nur erstickt worden und mochte unter der Decke noch weiter glimmen. Er bedauerte nun den Sieg seiner kavaliersmäßigen Ader über seinen Geschäftssinn. Wenn er das Gespräch nun eingehend unter die Lupe nahm, schien jeder Satz dem nächsten zu widersprechen: Einerseits sei die Verbindung mit Etelka vom Feuer unvergänglicher Liebe genährt, andererseits erwog man die Scheidung und stellte sie sogar unmittelbar in Aussicht. Wäre der physische Eindruck, den Kalkofen hinterließ, nicht gewesen, und zwar nicht nur seine Körperkraft, sondern vor allem diese reizvolle Mischung aus Schmutz und Freiheit, dann hätte Has ihn verachtet.

Es war lange nach Mitternacht, als Has erwachte, als habe ihm jemand ein Wort ins Ohr gebrüllt. Neben ihm lag Dorothée in dem leichten, unhörbaren Schlaf eines Rehes. Das Zimmer war lückenlos verdunkelt, und kein Laut drang von der Straße in den schwarzen Käfig des Schlafzimmers. Er wagte sich nicht zu rühren, als könne sonst die Welt einstürzen oder, schlimmer noch, Dorothée erwachen. Und zugleich fühlte er, daß er eigentlich noch im selben Moment aus dem Haus stürzen müsse, um Kalkofen am Schlimmsten zu hindern.

Has neigte zur Panik, was bei dem Fett, das seine Nerven umhüllte, überraschen mag. Er konnte wegen Nichtigkeiten seine Fassung verlieren, wenn damit ein plötzlicher Sturz auf eine andere Wirklichkeitsebene, eine Enttäuschung etwa, verbunden war. So hatte er erst neulich Etelka gebeten, Knochenschinken zum Abendessen dazuhaben, und einen ganzen Tag in der Vorfreude auf diesen Schinken verbracht, auf gekochten, wohlgemerkt, was er, weil es ihm selbstverständlich erschien, nicht eigens erwähnte. Am Abend kam Etelka dann mit geräuchertem Knochenschinken und löste damit einen solchen Wutanfall aus, daß selbst ihre Tränen schon wieder getrocknet waren, als er immer noch mit der Fassung rang. Heute nacht aber ging es nicht um den Verzicht auf einen salzigsaftigen Gaumenkitzel. Nicht die Durchkreuzung eines Vergnügens, sondern eine Erkenntnis ließ ihm sein Herz klopfen. Sein Traumbewußtsein verfuhr scharfsinnig mit den Gesprächen des verflossenen Tages. Die Nacht schnitt alles Rankenwerk, das die Tagesphantasie gefesselt hatte, zielstrebig zurück, ließ die wichtigste Botschaft Kalkofens von allem atmosphärischen Zauber entkleidet erscheinen und führte den Erwachenden vor einen Abgrund, in dem, so kam es ihm vor, sein ganzes Leben verschwinden könne. Wenn Kalkofen mit seiner Ankündigung, sich von Etelka scheiden zu lassen, ernst machte – ja, was war dann? Vor seinem inneren Auge liefen die Stunden dieses Abends vorbei, als seien sie seine letzten gewesen.

Vielstimmiges Leben hatte die Dachwohnung in der Mendelssohnstraße erfüllt, als Has von seiner sonntäglichen Pflichtübung in der »Verwaltung« nach Hause kam. Schuld daran war der Hall, der in jedem von Szépregyis Zimmern die Geräusche verdoppelte. Carl Szépregyi hatte an diesem Nachmittag die Verlegung eines Linoleums in der sogenannten »Großen Galerie« überwacht, das aussah wie gefrorene schwarze Tinte. Jeder Schritt auf diesem Belag klang, als ob man eine Knallerbse zertreten habe. Der Stimmentumult kam denn auch nur aus den Mündern von Szépregyi, Dorothée und Lilly, die Herrn Herr zusahen, wie er in dem leeren Raum jene Bilder an die Wand lehnte, über deren Hängung noch nicht endgültig entschieden worden war. Unten fuhr kraftvoll die Straßenbahn vorbei und erzeugte eine Erschütterung, die selbst hier oben noch wie ein klingender Schauder spürbar wurde. Has konnte durch die Glastüren die kleine Gruppe beobachten: Dorothée, von Sonnenbädern auf der windigen Terrasse bronziert, in einem feuerroten Leinensack und mit einem ungefügen Armreif um die Knöchelchen des Handgelenks, der aus einem Skythengrab stammen mochte; Lilly, die ihren Körper ständig in Bewegung hielt, so daß sich ihre Hüften, die Schenkel und der Bauch in immer anderen Blickwinkeln unter ihrem hemdartigen dünnen Kleid abzeichneten, und die wie stets unzufrieden durch ihr Haar fuhr. Und schließlich die hagere Gestalt Szépregyis, der einen zopfgemusterten Tennispullover um die Schultern hatte und damit andeutete, daß eine bestimmte Art künstlerischer Anstrengung nur von körperlich alerten Männern geleistet werden konnte. Herr Herr lag passenderweise gerade auf den Knien und stellte den schweren Renaissancerahmen eines späten Beckmann aus der schwachen allegorischen Phase, »Europa mit dem Stier«, auf einem Schaumgummipolster ab. Eine ganze Weihnachtskrippe schien um das Kunst-Christkind versammelt. »Schön schaut's aus«, sagte Szépregyi, als Has sich behutsam näherte, als fürchte er, daß man ihm die Begegnung mit Kalkofen irgendwie ansehe. Lilly hatte seit neuerem die Gewohnheit angenommen, ihren Vater mit dem Ausdruck tragischer Unterwürfigkeit auf die Wange zu küssen, als sei sie eine Sizilianerin, die täglich von dem Mann, an den sie verkauft worden ist, eine Tracht Prügel erhält. Sie schob das frei flutende Haar zur Seite und beugte den Kopf. Auch die ungezogensten Affektiertheiten verband sie mit Gesten solcher Anmut, daß Has seine Verstimmung nie lange aufrechtzuerhalten vermochte.

Dorothées Kühle bei der Begrüßung war ihm jedoch angenehm. Sie befriedigte sein Repräsentationsbedürfnis durch ihre nachlässige Förmlichkeit, verlieh ihm, da sie ja ihm gehörte, ein gewisses Gegengewicht zur Weltläufigkeit Szépregyis und machte ihm kein schlechtes Gewissen. Szépregyi hingegen setzte, seitdem Has mit Etelka bei ihm in der Steiermark gewesen war und den Schutz seines Alibis genossen hatte, immer ein leicht anzügliches Lächeln auf, wenn er Has begrüßte, als wolle er erkennen lassen, daß er ahne, von welchem Zeitvertreib Has soeben zurückkehre. Das beeinträchtigte nun aber die Stimmung von Has nicht mehr. Er fühlte sich mit Szépregyi im Gleichgewicht. Bei aller Wiedersehensfreude hatten ihn die ersten Begegnungen mit dem Architekten doch zunächst noch mit leiser Verlegenheit erfüllt. Es lag immer eine gewisse Akquisitionsatmosphäre in der Luft, wenn Szépregyi anreiste, der Has nicht recht zu begegnen wußte. Erst der Umbau des Mendelssohnstraßenhauses und die grandiose Umgestaltung und Erweiterung der Dachwohnung samt der »Großen« und der »Kleinen Galerie« stellten dann die bis dahin nur als Forderung vorhandene Freundschaft auf einen reellen Boden. Has bewunderte Szépregyis Strenge und Absolutheit bei der Verwirklichung seiner ästhetischen Pläne und war bemüht, sich niemals von einem neuen kostspieligen Einfall überfordert zu zeigen. Er wählte bei mehreren Möglichkeiten immer die teuerste Lösung und war stolz, wenn es ihm gelang, Szépregyi zu verblüffen. Bei der Verflechtung, die sich aus dieser schon jahrelang dahinziehenden Bauerei mit der Familie Has wie von selbst ergab, war es natürlich im nachhinein höchst unklug gewesen, mit Etelka in die Steiermark gereist zu sein.

Aber an einem Abend wie diesem, über den Dächern des Westends, in der weichen Sommerluft, in der Verklärung, die die Sonnenstäubchen schufen, indem sie in den scharf umgrenzten Strahlen der rötlichen Sonne wirbelten, vergaß Has schnell wieder jeden Anlaß zur Mißstimmung und überließ sich ganz den mächtigen Reizen der Gegenwart, die sich nun vor den Besuch Kalkofens schob und die auch die vergeblich drängenden Telefonsignale Etelkas unwirklich werden ließ.

Szépregyi hatte Krebse aus der Steiermark mitgebracht, die dort in einem Weiher wieder heimisch gemacht worden waren. Der Korb stand in der Küche. Has hob die feuchte Holzwolle und die Blätter, die über die unbeweglich ihr Schicksal abwartenden, grauschwarzen Panzer gebreitet waren, mit gespreizten Fingern, als fürchte er, gebissen zu werden. Szépregyi erklärte, was in den Sud gehöre, und ließ eine Beschwerde darüber mitklingen, daß man trotz seines Anrufs heute morgen nicht daran gedacht hatte, Dill zu besorgen, aber Dorothée antwortete, mit solchen deutschen Unsitten wolle sie erst gar nicht anfangen. Dill gehöre an Gurkensalat, und den esse sie nicht. Krebse, und erst recht diese kleinen, wie er sie gebracht habe, würde der durchdringend gewöhnliche Dillgeschmack umbringen. In solchen Augenblicken staunte Has. Dorothée sagte immer in vollkommener Ungezwungenheit, was sie gerade dachte, ohne zu befürchten, daß ihr das jemand übelnehmen könne. Wer beleidigt war, der war einfach schlecht erzogen, so schien sie zu denken, und Szépregyi, der sich auf seine steirischen Spezialitäten doch viel zugute tat, steckte denn auch die Zurechtweisung mit einer Miene ein, als befinde er sich mit Dorothée in schönster Übereinstimmung.

Es wurde noch lange nicht dunkel. Vor den Glaswänden des Eßzimmers entwickelten sich prunkvoll Wolkennaumachien von selten gesehener Schönheit. Von Osten her näherten sich drei mächtige, hintereinander gestaffelte Schlachtschiffe mit galeerenartig nach oben gebogenen Kielen, deren rosafarbene Segel die Himmelskuppel streiften und deren Bug in schwerem, grauem Schaum vergraben war. Von Westen her standen wie zitternde Lanzen flache spitzschnablige Boote in der Himmelsbläue, die bereit schienen, die aufgetürmte Kriegsfront blitzschnell zu unterlaufen und sich in die geschwollenen Brüste der Angreifer zu bohren. Die Galeeren näherten sich fast unmerklich, die flachen Boote, die die Meteorologen Föhnfische nennen, standen in gefrorener Wachheit. Plötzlich brach, punktartig zuerst, am dunklen unteren Schaumrand der Schlachtschiffe mit blendender Kraft das Sonnenfeuer aus, und wenige Atemzüge später schon stand die ganze Flotte von den untersten Schiffsleibern her in Brand. Auch auf die Lanzenboote fiel von unten her Feuer, aber schon schwächer, dann sank die gefährliche Schlachtordnung in kraftloses Grau.

Dafür begann nun der Himmel noch einmal aufzuleuchten, hoch oben in üppigem Azur, über die weite Fläche in einem edelsteinhaften Hellblau und am Horizont rosig und blühend. Und in diese helle, die ferne Hügelkette der Taunusberge modellierende Zone ragte das von einem Kreis umschlossene steinerne Kreuz, das den gotischen Fensterbogen der Christuskirche bekrönte, wie ein einsames bretonisches Grabmal an einem weiten Strand, und weit davon entfernt, aber in der gleichen Höhe erhob sich winzig klein die Statue des Saturn mit Flügeln, Sense und Stundenglas über dem Giebel des Senckenbergmuseums. Auf Eduards Teller lag das gekrümmte rote Tier, eher einem Werk des Cellini ähnlich als etwas Eßbarem. Er preßte mit seinen feinen feisten Fingern die Schalen des Krebsschwanzes zusammen, bis sie leise krachten, und löste dann geschickt das feste weiße Fleisch heraus. Eduard Has war ein Genießer. Das Wort ist verschlissen, man nennt Leute so, die gern »eine gute Gabel« schwingen, wie man in den romanischen Ländern sagt. Bei Has konnte davon allein nicht die Rede sein. So häufig er sich auch als Sammler oder Planer von anderen Herren regieren ließ, besaß er doch eine, wenn man will, passive Form der Künstlerschaft, ein fotografisches Auge weniger für die Qualität eines Kunstwerkes, als für das Kunsthafte eines Augenblicks, dem er sich dann widerstandslos überließ. Zu seinem Genuß zählte sogar, daß seine Tischgenossen nicht daran teilnahmen, sondern mit ihren Bewegungen und Bemerkungen das Bild ergänzten. Eine violettfarbene Dämmerung begann sich über die Tischgesellschaft zu legen. Das Krebsessen ist keine das Gespräch belebende Mahlzeit. Die stachligen Schalen lassen sich nicht alles Fleisch so mühelos entreißen wie den Schwanz. Selbst Dorothée, die nie eine Nadel in die Hand nahm, hatte nach kurzem Fingerbeeren wie eine Näherin. Plötzlich erhob sich Szépregyi und machte Licht. Die Has'sche Wunder-Séance war zu Ende.

Dafür nahm er nun an der Unterhaltung teil, die flüssiger wurde, nachdem die Krebsreste abgetragen worden waren. Lilly führte eine ernste Klage, die von Dorothée abweisend, von Szépregyi aber um so aufmerksamer angehört wurde. »Ich kann einfach in Frankfurt nicht arbeiten«, sagte Lilly. Heute morgen hatte sie eine Lateinarbeit zurückbekommen, die mit Rotstiftnotationen übersät war. Eine Mathematikprüfung in dieser Woche hatte ein ähnliches Resultat gebracht. Die Welle persönlicher Vorwürfe, von der ihre Klassenkameraden bei solchen Gelegenheiten überspült wurden, war Lilly fremd. Am Has'schen Tisch wurden solche Ereignisse wie Trauerfälle entfernter Angehöriger besprochen, gedämpft und ein wenig verständnislos dafür, daß Personen, die man so wenig kannte, sich das Recht nahmen, zu sterben. Dorothée blieb freilich reserviert und machte manchmal recht bittere Bemerkungen, die aber etwas Schwesterliches hatten und Lillys reine Stirn nicht trübten. Szépregyi hingegen schien bereit, sich des Sorgenfalls in aller Genauigkeit anzunehmen. »Mein Arbeitszimmer ist unmöglich«, sagte Lilly, »ich bekomme dort Kopfschmerzen.« Das hänge ohne Zweifel mit dem Teppichboden zusammen, den sie von Anfang an abgelehnt habe. Er sei mit etwas festgeklebt, das Giftgas erzeuge. Außerdem sei ihr Schreibtisch zu klein. Sie könne sich eben in diesem Haus nicht richtig entfalten. »Das wäre ja noch schöner«, antwortete Dorothée, »wenn du dich anfängst zu entfalten, fliegst du raus.« – »Man sollte das Problem ruhig ernst nehmen«, sagte Szépregyi und sah dabei eindringlich zu Dorothée hinüber, die von einem Servierwagen etwas weiteres Rotes, nämlich die letzten Erdbeeren des Jahres, auf den blanken Tisch stellte und dabei »Menüfehler!« murmelte. Die Frage nach einer richtigen Architektur für wissenschaftliche Arbeit habe die Fachleute schon immer beschäftigt. Zunächst könne man wohl sagen, daß der eigentliche Raum, in dem das Denken stattfinde, der menschliche Hirnkasten nämlich, das ideale Vorbild für ins Große zu übertragene Denkgehäuse sei. Geistige Arbeit könne nur in einer zum Gehirn proportionalen Raumdimension stattfinden, das sei an den wenigen erhaltenen Klosterbibliotheken der Zisterzienser mühelos abzulesen, »obwohl keiner das tut, weil es so naheliegt vermutlich«. Solche kaustischen Bemerkungen waren Szépregyis Zuhörern wohl vertraut. Er ließ eben hin und wieder von seinen monologischen Höhenflügen Verbindungsfäden zum Publikum hinunter. »Ich war offen gestanden nicht sehr glücklich, als ich hörte, daß Lilly das hintere Ankleidezimmer als Arbeitszimmer bekommen sollte«, fuhr Szépregyi fort. »Mir war überhaupt nicht klar, daß Lilly hier in dieser Wohnung arbeiten würde.« Tatsächlich hatte einmal der Plan bestanden, Lilly auf ein Internat im Engadin zu schicken, aber Has, der von den fast unverschämten Kosten dieses Unternehmens, da sie für Lilly aufgebracht werden sollten, zunächst begeistert war, verfiel bald darauf bei der Vorstellung, daß Lilly abreisen könnte, fast in Schwermut. Lilly verhielt sich in der ganzen Angelegenheit mucksmäuschenstill. Sie legte Wert darauf, daß ihr Vater den Hauptanteil an der Entscheidung, das Internat wieder sausen zu lassen, übernahm, und sie hörte seine Entscheidung mit einem vieldeutigen Seufzen an. Ihrer Mutter hatte sie ihre Einstellung nüchterner eröffnet. »Ich bin einfach zu alt für ein Internat«, sagte sie, »in meinem Alter gewöhnt man sich nicht mehr an Hausaufgabenüberwachung und Gemeinschaftsküche.« Damals war sie dreizehn Jahre alt und hatte bis dahin den Standpunkt vertreten, daß sie sich für einen Abschied von zu Hause noch zu jung fühle.

»Ich sitze überhaupt nicht in einem Arbeitszimmer!« sagte Lilly, als falle es ihr jetzt erst wie Schuppen von den Augen. »Ich sitze in einem Ankleidezimmer! Da kann ich ja von Glück sagen, daß ich nicht auf einem Klodeckel meine Klausuren vorbereiten muß!« – »Es gab Leute, die haben in Erdhöhlen ganze Bücher geschrieben, oder in feuchten Kellern oder sogar im Gefängnis«, bemerkte Dorothée, die jetzt offenen Hohn in ihre Stimme legte, wie sie es immer tat, wenn ein gewisses Tremolo in den Worten ihrer Tochter zu hören war. Da diese Wohnung vor allem zur Aufnahme von Ölgemälden und Kinderschreibtischen bestimmt sei, nicht aber für die Bedürfnisse erwachsener Menschen, könne man ja ebensogut auch alle anderen Räume auf ihre Eignung zum Hausaufgabenmachen hin überprüfen, vorausgesetzt, Lilly entschließe sich, probeweise überhaupt einmal Hausaufgaben zu machen. Aber diese Bemerkung war unklug, denn Lilly sandte ihr nur einen nichtssagenden Blick zu, und Has sagte furchtlos: »Man soll nicht immer an dem Kind herumerziehen«, eine Äußerung, die Lilly gleichfalls überhörte.

Obendrein fand nun auch Szépregyi wieder seinen Faden. Man solle über diese Dingen keine Witze machen, bemerkte er mit einem überraschend greisenhaften Kopfwackeln, das eine chinesische Erhabenheit über allen persönlichen Zank ausdrücken sollte. »Ihr habt beide recht. Es ist richtig, daß in Gefängnissen große Werke geschrieben wurden, und es ist genauso richtig, daß es in einer schönen Wohnung wie dieser« – er sprach das Wort »schön« in betont untertreibender Manier aus – »keinen Platz geben kann, an dem wissenschaftliche Arbeit gelingt. Woran liegt das?« An etwas Unsichtbarem, der Strahlung nämlich. Wenn Lillys Arbeitszimmer schlecht bestrahlt sei, dann gehe die Arme beim Maturamachen drauf, und das klang aus Szépregyis Mund noch wie eine abwiegelnde Untertreibung. Er habe in Wien einen fabelhaften Mann, der solche Strahlungen vermesse. Danach werde man sehen. »Und bis dahin kommt die Lilly zu mir in die Steiermark, und ihr habt's eine

Ruh« –, solche dialektmäßigen Anklänge setzte Szépregyi vor allem ein, wenn er Anordnungen gab. »So wird's gemacht, und dann ist a Ruh!« hieß es etwa.

Eduard und Dorothée Has kannten inzwischen den Befehlscharakter der Szépregyischen Ruheverheißung. Dorothée zog es vor, nicht zu antworten, und nur mit weitaufgerissenen Augen, als müsse sie ihre Müdigkeit überwinden, in eine unbestimmte Ferne zu blicken, während Has, der in bezug auf Lilly leicht zu überrumpeln war, fragte: »Aber willst du denn überhaupt in die Steiermark? Du könntest doch ebensogut mit Alfred Labonté arbeiten!« – »Ich will überhaupt nichts«, sagte Lilly, die sich jetzt wie eine sterbende Therese von Lisieux ein unendlich fügsames Lächeln abrang, »ich weiß nur eins: daß sich etwas ändern muß. So wie hier in Frankfurt geht es nicht weiter.« Während sie sprach, grub sie mit der rechten Hand in ihren Locken und massierte sich dann nachdenklich das Ohrläppchen. Has sah ihr unverwandt zu, dann griff er in die Rocktasche. Lilly nahm das Etui verwundert entgegen. Dorothée und Szépregyi reckten die Hälse, um anzudeuten, daß die Reihenfolge falsch gewählt war. Der Deckel flog hoch: Auf schwarzem Samt lag ein rotgoldenes Widderköpfchen mit Rubinaugen, ein einzelner Ohrring. »Omamas Ohrring – hast du ihn wiedergefunden?« fragte Lilly. Sie war sich sicher, daß sie das Schmuckstück bei einem Fest verloren hatte, denn sie nahm beim Tanzen die Ohrringe immer ab und steckte sie irgendeinem Mann in die Rocktasche. Dorothée war sehr scharf geworden, denn sie wußte sich unschuldig, wenn sie etwas verlor, während aus Lillys Verhalten Verantwortungslosigkeit und Verwöhntheit sprachen. Has schwamm in guter Laune. Habe er sie nicht um den anderen Ohrring gebeten, um ihn der Versicherung zu zeigen? Wie weltfremd sein großes Mädchen noch immer sei! »Es gibt keine Versicherung gegen Schlamperei«, sagte er, und nicht der leiseste Tadel sprach aus seinen Worten.

»Du hast ihn nachmachen lassen?« fragte Lilly mit einer, wie Has spürte, unendlich weichen und verzauberten Stimme. Sie nahm das Widderköpfchen aus seinem Samtbett und ließ es vor ihren Augen schaukeln. »Du bist sehr lieb«, sagte sie kaum hörbar und legte ihre kühle Hand ganz leicht auf den Arm ihres Vaters. In das Schweigen hinein sagte Dorothée: »Den Kaffee im Salon« und stand auf.

Als Has in der Nacht erwachte, stand ihm zweierlei vor den Augen, die ins Dunkel blickten. Ein Familienleben, wie es ihm der soeben verstrichene Abend geboten hatte, erschien ihm als das Begehrenswerteste, was es auf Erden gab. Jeder Augenblick dieses gemeinsamen Abendessens, gerade in der Erweiterung, die der Familienkreis durch Szépregyi erfuhr, und in der Erfrischung, die ein Fremder einem solch intimen Kreis verlieh, kam ihm nun als der kostbarste Besitz vor. Seine Bewunderung für Dorothées Haltung und Geist und für Lilly, die Liebe kurzum, die das alles in ihm anschwellen ließ, ohne daß man einen Teil aus der Ordnung der anderen hätte herauslösen können, war ihm, so glaubte er, nie derart wirklich erschienen.

Auf der anderen Seite stand Etelka, die sein Leben verwandelt hatte. Er staunte manchmal darüber, daß sich in ihrer Gesellschaft sein gesamtes Selbstbewußtsein und seine gesamte romantische Eitelkeit auf die Gewißheit gründete, daß sie ihn als Mann betrachtete. Scheidung hieß das böse Wort, das nun allen Frieden zu vernichten drohte. Has sah sich auf einem Bergesgrat sitzen und auf zwei verschiedene Golfe blicken: einen, an dessen Strand eine Stadt voller Kuppeln und Türme stand, mit Menschengewimmel und den Sirenen der Schiffe, und einen perlweiß und verlassen, mit einsamen Melonengärten und einer Weinpergola über den Felsen, und er spürte die Dämonenhand des Schicksals staubig und mit schwarzgeränderten Fingernägeln, die ihn von seiner Höhe herunterzustoßen suchte, so daß er unweigerlich dem einen oder anderen Golf entgegenzurollen drohte.

Er erinnerte sich, wie fest seine Stimme geklungen hatte, als er: »Ich liebe Etelka«, gesagt hatte. Es stimmte immer noch, soviel war sicher, aber er bereute den Lärm, den er gemacht hatte. Etelka geschieden – das hieß, Etelka war frei, und es war klar, für wen sie sich befreit fühlen würde. Dann wäre sein ganzes bisheriges Leben in Gefahr, zerstört zu werden, und er fühlte, wie sehr er an diesem Leben hing und wie wenig bewußt er es bisher genossen hatte. Es stand ihm deutlich vor Augen, daß Etelka in sein Leben ein lang ersehntes Glück gebracht hatte, aber es stimmte auch, daß nicht sie allein sein Lebensglück bedeutete, sondern daß auch Dorothée und vor allem Lilly dazugehörten. Er selbst hatte auch etwas geleistet im Leben, was sich genießen ließ. Die Ehe mit Dorothée war nicht köstlich, aber auch kein vollkommener Fehlschlag. Ein gewisser Mangel war quälend aufgetreten, solange er es grosso modo mit Dorothée allein ausgehalten hatte. Diesen Mangel hatte Etelka behoben, aber das hieß nicht, daß er nicht augenblicklich wieder auftreten würde, wenn er statt dessen mit Etelka allein dasaß. Kalkofens Scheidung von Etelka würde selbst dann das Ende dieses Lebenskunstwerks bedeuten, wenn man versuchte, danach alles beim alten zu lassen, denn Etelka würde niemals verstehen – das ahnte er bereits –, daß ihrer Scheidung nicht irgendwann auch die seine folgen mußte. Has machte sich Vorwürfe, daß er Kalkofen gegenüber nicht geschäftsmäßiger und kühler aufgetreten war. Die Binsenweisheit, daß man für jedes Vergnügen bezahlen müsse, verwirklichte sich mit grausamer Geschwindigkeit. Es war ihm in diesen qualvollen nächtlichen Stunden, die er wie ein Einbalsamierter neben Dorothée verbrachte, als liege er schon in dem Mausoleum seines untergegangenen Glücks.

Aber konnte denn Etelka im Grunde etwas anderes wollen, als vorerst wenigstens Kalkofens Ehefrau zu bleiben? Der Mann, den sie auf Grund einer Scheidung endgültig an sich zu binden glaubte, würde nicht mehr derselbe sein wie vorher, das mußte sie wissen. Sein Herz würde nicht mehr aus jenen Quellen schöpfen, die es hatten wachsen und für Etelka begehrenswert erscheinen lassen. Has duldete in dieser Nacht keinen Zweifel an seiner Bereitschaft, für Etelka alles auf der Welt zu opfern und im Stich zu lassen. Er hielt sich für fähig, gemeinsam mit ihr auf den Ruinen seines Lebens eine Hütte zu errichten und dort mit ihr den Tod abzuwarten, aber er fragte sich ernsthaft, ob seiner einzigartigen Geliebten mit einer solchen Zukunft wirklich gedient war. Auch sie mußte einsehen, daß man nicht einfach um unsagbar schöner Stunden willen ein ganzes Gebäude von Pflichten und Bindungen zum Einsturz bringen durfte.

Has schritt weit aus, während er im Dunkeln Bilanz machte. Es war einfältig zu glauben, das Leben werde nun für Jahrzehnte so weitergehen, wie es sich etwa am vergangenen Abend dargestellt hatte. Ohnehin würden sich gewisse Veränderungen von selbst noch früh genug ergeben. Es war abzusehen, wann Lilly nicht mehr am elterlichen Tisch zu Abend aß. Ein Mädchen wie sie war schnell verheiratet, ein Gedanke, der ihm, obwohl er doch gerade andere

Sorgen hatte, einen heftigen Stich gab. Wenn Lilly aus dem Haus war, konnte das nicht ohne Folgen für sein Zusammenleben mit Dorothée bleiben, auch diesen Gedanken war Has bereit jetzt schon zu ertragen. Er fand, daß es zum Erwachsensein gehöre, ein gewisses Zutrauen zum eigenen Schicksal zu entfalten. Und auch Dorothée besaß nicht das ewige Leben. Bei diesem Gedanken, der ihn selbst als Floskel erschreckte, hielt Has inne, weniger aus moralischen Bedenken als aus Aberglauben. Er wollte sein Gewissen nicht einmal mit einem Gedankenmord belasten. Jedenfalls, so schloß er seine immer geordneter werdenden Überlegungen, galt es nun vor allem, das Leben, wie es sich gerade bot, zu leben und keine Verkürzung dieser Konstellation zu gestatten. Probleme werden nicht gelöst, Probleme sterben, dachte Has, indem er sich dankbar eines großen Aphoristikers erinnerte. In diesem Zusammenhang war es erlaubt, das Wort »sterben« zu benutzen. Die Vögel begannen draußen zu singen, als er endlich zur Ruhe fand. Im Einschlafen dachte er noch daran, welch schöne Morgenstimmungen und Sonnenaufgänge er in Etelkas Mansarde erlebt hatte, wo keine Verdunkelung das Werden des Tages erstickte. Er erinnerte sich, trotz einzelner Sonnenstrahlen, die das Auge trafen, immer wieder mühelos eingeschlafen zu sein.

In Kalkofens Bunker war der geschäftliche Teil schnell abgeschlossen. Has fand in Kalkofen einen Mann, der ihn in höchstes Erstaunen versetzte. Es erwies sich, daß der gewalttätige, urtümliche Herr der Unterwelt ein feinfühliger, Andeutungen gegenüber durchaus aufgeschlossener Gesprächspartner war. Has war bereit, sich auf einem Packen verschnürter Zeitschriften niederzulassen, aber Kalkofen ließ das nicht zu. Ein Gehilfe, der plötzlich um die Ecke sah, brachte einen Küchenstuhl mit Linoleumsitzfläche herbei. Mit keinem Wort ließ sich Kalkofen anmerken, daß er über den feierlichen Hinauswurf am Samstag verstimmt gewesen war. »Wir müssen uns kennenlernen«, sagte er vielmehr großzügig. »Ich habe ohnehin mit Ihrem Besuch gerechnet.« Has spürte, daß sich sein Ton gewandelt hatte. Überhaupt sah Kalkofen nicht mehr so schmutzig aus. Hier, wo er hingehörte, nahm er fast manierliche Züge an. Von seiner trüben Lampe beschienen und in seinem Gehäuse hockend, glich Kalkofen einem hl. Hieronymus von Caravaggio, oder vielmehr einem Lastträger, den Caravaggio als hl.

Hieronymus verkleidet hatte, und mit diesem Vergleich war Has seinem Gastgeber wiederum einen Schritt nähergekommen. Kalkofen bot aus einer Thermoskanne heißen Kaffee an, leider in einem Plastikbecher, an dem die eingetrockneten Tropfenspuren vielfacher Benutzung klebten. »Wir sind allein?« fragte Has, denn der Kopf, der da soeben zwischen den Bücherhaufen hervorgeguckt hatte, vermittelte ihm ein Gefühl von Unfreiheit. Es war ihm auf einmal klargeworden, daß wahrscheinlich überall in diesem Bau zwischen Tüten und Koffern verlorene Gestalten einer mistkäferartigen Arbeit nachgingen. »Vollkommen allein«, antwortete Kalkofen, Has hätte sich aber nicht gewundert, wenn diese Auskunft im östlich-despotischen Sinne zu verstehen gewesen wäre, daß nämlich allen Zeugen die Zunge abgeschnitten sei.

Mit gedämpfter Stimme begann er also eine überaus gewundene, auf Einigung ausgelegte Erklärung abzugeben. Es sei vorgestern ohne Zweifel zu kurz gekommen, daß er die Liebe, die Kalkofen für Etelka empfinde, zutiefst bewundere und auch jederzeit respektieren werde. Es sei schon richtig: derzeit herrsche ein beklagenswertes Ungleichgewicht der Belastung. »Nach Lage der Dinge bin ich es, der derzeit überwiegend mit Etelka« – hier suchte Has mitten im sicheren Redefluß nun doch kurz nach dem passenden Wort – »zusammentrifft.« Doch sei es unmöglich, die Vergangenheit einfach wegzufegen. Etelka sei »Frau Kalkofen« und werde es bleiben. Has werde sich aber glücklich schätzen, solange Kalkofens Ehemannstatus ruhe, für Frau Kalkofen zu sorgen und die Verantwortung zu übernehmen. Wichtig sei nur, daß nichts zerschlagen werde, was ebensogut noch dauern könne. »Sollten auch Sie, Herr Kalkofen, der Ansicht sein, daß es darauf ankommt, dauerhaft zu bewahren, anstatt um einer Laune willen leichtfertig aufzugeben, dann werden Sie sehen, wie leicht eine Last werden kann, wenn eine« – Has wagte nun eine scherzhafte körperliche Anspielung – »kräftige Schulter ihren Teil übernimmt.«

Kalkofen machte während des gesamten Vortrags den Eindruck, als ob er Has kondolieren wolle. »Wir Männer sind verflucht!« sagte er. »Ich behaupte, wir Männer sind zur ewigen Liebe verdammt. Sie hört nicht auf. Bei Frauen hört sie auf! Aber bei Männern nie. Nehmen Sie zum Beispiel mich. Ich liebte Etelka, immerhin mehrere Jahre! Aber dann kam der Trieb. Was wollen Sie dagegen tun? Niemand kann etwas tun, wenn der Trieb kommt. Männer nicht und Frauen nicht. Aber bei den Frauen, da geht das immer zusammen: Trieb und Liebe. Bei Männern nicht. Männer lieben die eine und folgen dem Trieb in die andere Richtung, bis es uns zerreißt.«

Has kannte nicht das Konfidenzenmachen mit anderen Männern. Die Welt, in der er sich bewegte, war rein weiblich oder, rechnet man noch Fred Olenschläger und Guggisheim dazu, zölibatär, insofern ähnelte seine Lebensform der des Kaisers von China. Das Sich-in-der-Brühe-der-gegenseitigen-Geständnisse-Suhlen war ein neuartiges Vergnügen im Leben des Eduard Has. Er verdankte Etelka auf diese Weise, wenn man so will, auch neue Einblicke in die Seele der Männer, denn es war wohl weit und breit kein gelungeneres Beispiel für deren Geschlecht zu finden als Kalkofen. Has war sehr bewegt über die Art, wie Kalkofen ihm sein Herz öffnete. »Wenn es einen Trost für mich gibt, dann den, daß ich vor der Welt als Etelkas Mann sterben werde«, flüsterte Kalkofen nun beinahe, aber nicht so sehr aus Sorge vor Mithörern, sondern weil ihm dieser Gedanke die Stimme versagen ließ. »Wenn Etelka ›Etelka Kalkofen‹ bleibt, dann ist alles gut.«

Wie soll man die Wirkung solcher Worte angemessen beschreiben? Die Gemütsbewegungen, die sie auslösten, waren von so unterschiedlicher Herkunft, daß es schwerfällt, sie in ihrer Gleichzeitigkeit gebührend zu erfassen. Zunächst einmal durchflutete Has eine unerhörte Erleichterung. Er spürte erst jetzt so recht, wie angespannt er sich dem Bunker genähert hatte. Lasten fielen von seiner Seele. Er hatte plötzlich das Gefühl, daß sein gesamtes zukünftiges Leben nicht mehr die kleinste Schwierigkeit enthalten werde. Kalkofen hatte in einer nahezu erhabenen Form jene Sorge, die er allein allerdings auch geschaffen hatte, wieder von ihm genommen. Has hatte erreicht, was er wollte, wobei es ihm fast gleichgültig war, was das kosten würde. Als Sammler war er daran gewöhnt, daß gewisse Entscheidungen eben ihren Preis hatten. In diesem Aufatmen steckte natürlich auch ein gehöriger Anteil Triumphgefühl. Auch Has war nicht frei von der allgemeinverbreiteten menschlichen Regung, denjenigen, der uns zu Willen ist, für den ein wenig Dümmeren zu halten. Zugleich befreite ihn das Kalkofensche Einlenken aber auch von der kleinlichen Überwachung des eigenen Vorteils. Es war nun erlaubt, den Blick von der Verwaltung der kommenden Lebensjahre zu heben und die besseren Neigungen, die auch in seinem Herzen in reichem Maß zu Haus waren, hervorkommen zu lassen. Vielleicht lag es an diesem großen Aufatmen, daß er Kalkofens Worte bei weitem nicht der nüchternen Kritik unterzog, mit der er etwa die leidenschaftlichen Passagen und die großen Bekenntnisse im Kino bedachte. Er spürte, wie leicht es ihm in diesem Fall, auf dem Küchenstuhl inmitten des angeschwärzten, stinkenden, alten Papiers sitzend, fiel, Kalkofens Seelenöffnung auszuhalten, und er wußte auch, daß diese Wendung des Gesprächs aus moralischem Gleichgewichtsgefühl heraus dringend geboten war. Es wurde etwas zugedeckt auf diese Weise, das dem Schönheitssinn beider Männer – in diesem Fall war Kalkofen nicht auszunehmen – empfindliche Verletzungen zugefügt hätte, wenn es nackt wie der trunkene Noah seine Schande offenbarte.

»Der Trieb zerstört das Leben des Mannes«, sagte Kalkofen. »Nehmen Sie mein Leben. Ich kam aus dem Krieg, ausgehungert und ohne Heimat. Ich brauchte eine Frau. Es gibt diese Sehnsucht nach einer Frau. Sie muß nicht schön sein, sie muß nur eine Frau sein. Im Dunkeln sind sowieso alle Frauen gleich. Gut, ich finde also eine Frau. Sie war schief, sie war häßlich, sie war fleißig, sie war ein bißchen zänkisch, wenn man sie nicht ordentlich herannahm, aber sie war eine Frau, wie jede andere auch.« Im tiefsten Grunde, so ahnte Has jetzt, war auch er selbst ein solches Triebwesen, als das Kalkofen sich soeben schilderte. Er genoß in diesem Augenblick ebenso den kulturellen Abstand, der ihn von einem Mann wie Kalkofen trennte, wie auch das ungewohnte Gefühl, gemeinsam mit Kalkofen einem ungestümen, gefräßigen Geschlecht anzugehören.

»Diese Frau«, fuhr Kalkofen fort, »diese elende Frau, die aber eben eine Frau war und deshalb absolut wie jede andere, wurde schwanger. Und da kam der Trieb und hat unser Glück vernichtet. Ich traf Etelka, als ich für die Innere Mission Militärdecken sammelte. Sie kam aus Itzehoe und aß eine warme Suppe. Herr Dr. Has, ich sehe diese Frau, und meine Frau zu Haus, schwanger mit meinem Sohn – da bin ich sicher, denn sie war so häßlich, die rührte sonst keiner an – alles vergessen, ausgelöscht. Der Trieb radiert alle Bedenken aus. Nach Wochen wache ich auf aus meinem Wahnsinn, suche meine Frau, sie ist weg. Die Baracke ist leer. Keine Spur mehr zu finden. Ich habe sie nie wieder gesehen. Der Trieb hat meine Familie zerstört, Herr Dr. Has!« – »Haben Sie wirklich alles versucht?« fragte Has in äußerster Anteilnahme. »Was wollen Sie machen?« sagte Kalkofen, dessen Stimme zuletzt gebebt hatte, als wolle er in Tränen ausbrechen, mit plötzlich wieder sehr beherrschtem Ton. »Wenn sie nicht will, muß sie sehen, wo sie bleibt. Nur den Kleinen hätte ich zu gern mal gesehen« – er hielt es für ausgemacht, daß er einen Knabe gezeugt hatte, und Has hielt es für taktlos, an diesem Mysterium zu rühren. »Mein Leben steht unter einem Wiederholungszwang, alles wiederholt sich darin«, sagte Kalkofen und legte die Hand mit gespreizten Fingern auf den Tisch. Has bemerkte erst jetzt, daß der Ringfinger fehlte. »Abgeklemmt beim Verladen von Kupferdraht«, erklärte Kalkofen beiläufig, als er den Blick von Has auffing. »Ich schwöre Ihnen, das passiert mir gewiß nicht noch einmal! Als ich die Schlampe kennengelernt habe, mit der ich jetzt herummache, eine Frau, die Etelka das Wasser nicht reichen kann, da gab es für mich nur eins – Etelka mußte sofort verschwinden, genau wie bei der ersten. Ich habe sie ins Auto gesetzt und weggebracht. Den Rest kennen Sie!«

Has schauderte bei dem Gedanken, wie zufällig das Leben ablief. Wenn Kalkofen der Schlampe, wie er sich selbstkritisch ausgedrückt hatte, nur etwas früher oder später oder gar nicht begegnet wäre! Wenn er Etelka nun nicht in die Liegenschaft Schubertstraße 23 gebracht hätte oder wenn dort eben keine Wasserflecken aufgetreten wären!

Immerhin unternahm Has einen Augenblick lang den Versuch, sich eine Welt ohne Etelka vorzustellen. Und selbst dieser Versuch scheiterte, und von der korsarenhaften Entschlossenheit Kalkofens blieb Has erst recht weit entfernt. Im übrigen ging es ihm bei seinem Besuch im Bunker ja auch gar nicht darum, sich Etelka vom Halse zu schaffen. Has dachte in die Zukunft. Er war dabei, die Erfüllung seines Liebesglücks und die Sicherheit seines Lebensgebäudes ebenso planvoll wie den Umbau seiner Wohnung zu verwirklichen. In der »Verwaltung« halfen ihm Olenschläger und die Trumfeller, bei der Sammlung trat Guggisheim hinzu, bei seinem Haus Szépregyi und bei der richtigen Einordnung seiner Geliebten in das Lebensgefüge half nun Kalkofen. Has schrieb an diesem Vormittag beim Schein einer Taschenlampe zwei Schecks aus, die er Kalkofen übergab. Des weiteren notierte er mit seiner dicken Füllfeder Kalkofens Bank und Kontonummer. Auf Schriftliches glaubten sie beide verzichten zu können, da die von Kalkofen versprochene Leistung ohnehin nicht justiziabel war. In dieser Hinsicht quälten Has im übrigen auch keinerlei Bedenken. Er fühlte, daß er sich auf Kalkofen würde verlassen können, das war ein Ehrenmann. Has war drauf und dran, brüderliche Gefühle für ihn zu entwickeln. Als er den Bunker am Osthafen verließ, war er überzeugt, die bedeutendste Herausforderung seines Lebens bestanden zu haben.

Anders, als Has glaubte, war für Etelka der gemeinsame Besuch in der Steiermark bei Carl Szépregyi keineswegs nur ein aufregendes Reiseerlebnis gewesen, sondern vielmehr der Beginn eines neuen Kapitels. Sie wußte wohl, daß Szépregyis Bedeutung im Hause Has seither unaufhörlich gewachsen war, und deshalb tat sie so, als sei in der Steiermark eine feste Freundschaft zwischen ihr und Szépregyi entstanden. Seitdem der Architekt regelmäßig nach Frankfurt kam, um die Ausführung der Bauten zu beaufsichtigen, lag sie Has in den Ohren, endlich ein zweites Treffen herbeizuführen. Sie erklärte, daß Carl Szépregyi, den sie bei solchen Anlässen stets »Cari« nannte, sich gewiß schon wundere, daß er noch nicht bei ihr eingeladen worden sei. Has seinerseits hielt es für unklug, Etelka darüber aufzuklären, daß Szépregyi durchaus nicht erstaunt war, sie noch nicht wiedergesehen zu haben. Er hielt es für herzlos, ihr zu schildern, was Szépregyi vermutlich von ihr dachte, und fand es sogar reizend, wie sie sich in ihrer Ahnungslosigkeit eine kleine Puppenwelt zurechtmachte und es allen Ernstes für wahrscheinlich hielt, daß der Tag, an dem Szépregyi bei ihr zu Abend essen würde, näherrücke. Mißtrauisch hätte ihn allerdings stimmen müssen, wie bereitwillig sie in letzter Zeit seine ausweichenden Erklärungen beim Wort nahm. Wenn er bemerkte, daß Szépregyi gegenwärtig ganz von der Arbeit an der »Kleinen Galerie« in Anspruch genommen sei, dann genügte diese Auskunft, um sie augenblicklich zum Schweigen zu bringen. Um so peinlicher war er berührt, als er unter einer Fernsehzeitschrift den Grundriß seiner Wohnung fand, den er in einer begeisterten Stunde einmal für sie aufgezeichnet hatte, und mit roten Kreuzchen die Zimmer bezeichnet sah, die nach seinen Berichten inzwischen fertig sein mußten. In solchen Augenblicken fühlte er sich verzweifelt in der Falle seiner Gefühle. Er liebte Etelka so sehr, daß er die großen Ereignisse seines Lebens, und dazu gehörte die Vollendung der Wohnung als Rahmen der bisher nur provisorisch untergebrachten Sammlung, mit ihr besprechen wollte, er war der Überzeugung, daß sie einen Anspruch darauf hatte, zu wissen, was ihn beschäftigte, aber er sah nun auch, wie die wachsende Vollständigkeit dieses Wissens ganz notwendig die Absicht hervorgebracht hatte, an all diesen bedeutenden Einrichtungen in eigener Person teilzuhaben. Tatsächlich konnte Etelka inzwischen gelegentlich nicht der Versuchung widerstehen, ihn in die Zange zu nehmen, indem sie etwa bemerkte: »Jetzt, wo der Stucco lustro im Korridor geschliffen wird und die Verlegung des Linoleums unterbrochen werden muß, könnte Cari doch gut bei uns ein Stündchen Pause machen.« Has wurde sich in solchen Augenblikken darüber klar, daß Carl Szépregyi entweder demnächst sterben müsse oder eben in Gottes Namen Etelka zu begegnen habe.

Die häufige Erwähnung des Linoleums in der neuen Wohnung mag bereits verwundert haben, entspricht aber der Bedeutung, die diesem Bodenbelag in Szépregyis Entwurf zukam. Carl Szépregyi bezeichnete sich als Schüler des Mies van der Rohe, dem er zwar niemals begegnet war, dessen Grundsätze jedoch für ihn in allen Stücken als nachahmenswert galten, und gelten nicht gerade in der Kunst die Regeln der ideellen Affiliation?

Eduard Has liebäugelte lange mit der Verwendung wertvollen Materials bei der Ausgestaltung seiner Wohnung. Er war zunächst verstimmt, daß ihm der bunte Marmor, die intarsierten Parkettböden aus vielerlei Hölzern, die Mosaiken und die dicken Teppiche allesamt verboten wurden. Szépregyi fragte ihn stirnrunzelnd, ob er allen Ernstes in solchem Muff wohnen wolle.

Dabei hatten Has durchaus neuzeitliche Lösungen vorgeschwebt. Er kannte aus den Vorkriegsjahren gewisse Taunusvillen von Peter Behrens, deren Zimmer mit Pergament bespannt und deren Plafonds blattgoldbelegt waren oder im Lapislazuliglanz schimmerten. Er dachte auch an die Kabinen des nagelneuen Dampfers, der ihn zusammen mit Vetter Fred 1936 zum erstenmal nach Amerika getragen hatte, die hartgesichtigen Nymphen, die in die Milchglaswände geschliffen waren, und die hochpolierten Schubladen, die sich an künstlerischen Griffen aus der Wandtäfelung ziehen ließen. Szépregyi wies anhand von Zeitschriften, Aufsätzen – zum

Teil sogar eigenen – und großen Kunstbänden nach, daß es tödlich für einen Sammler sei, in einem derart schmuckhaften Interieur zu leben. Nacktheit, Wahrheit, Materialgerechtigkeit hießen die Ausdrücke, in denen nach seinem Willen der gültige Geschmack zum Ausdruck kam. Has vergaß nie, wie wild Szépregyi aussah, als er auf die Frage, wie der Fußboden denn also beschaffen sein werde, dramatisch ein einziges Wort in den Raum fallen ließ: Linoleum. Inzwischen hatte aber auch Has verstanden, was für eine feine Sache das werden würde, wenn erst überall das blitzende Schwarz lag, das allerdings beständig gebohnert werden mußte, und zwar mit einer schweren, summenden Maschine, die verschiedene Bürsten kreisen ließ, häufig kaputtging und für jede Benutzung von Herrn Herr mit dem Aufzug aus dem Keller nach oben in den sechsten Stock geschafft wurde.

Selbst Lilly stand nun längst im Bann jenes »stillen Glanzes aus Innen«, der vom Linoleum in ihrem Elternhaus ausging, um es mit dem Wort des Dichters zu sagen. In der für sie charakteristischen ernsthaften Beiläufigkeit erwähnte sie die Schlichtheit der neuen Räume und sagte träumerisch zu Alfred und Toddi Osten: »Der Luxus liegt in der Proportion, nicht im Material. Das ist nur Aluminium und Linoleum.« Gegenüber Alfred waren solche Finessen verschenkt. Der Junge konnte sich unter einem Luxus der Proportion überhaupt nichts vorstellen, aber Toddi Ostens Phantasie wurde in Gang gesetzt. Er verbreitete in den Konversationsstunden des Café Feuerbach, bei den Has werde im Wohnzimmer naturgetreu eine U-Boot-Kommandozentrale kopiert. Diese Vorstellung aber führte völlig in die Irre. Sie zog die Weiträumigkeit, das Vexierspiel der Schiebetüren, Glaswände und Durchblicke nicht in Rechnung, die der Wohnung etwas Raumloses gaben. Wie nicht anders zu erwarten, beschäftigte sich auch Etelka in ihren Gedanken mit dem schwarzen Linoleum, da sie spürte, welchen Anteil Has an diesem Werkstoff nahm. »Wird es nicht etwas zu dunkel?« fragte sie schließlich in dem grüblerischen Tonfall, der das Ergebnis endlosen Abwägens bezeichnen sollte. »Was für ein Unsinn!« fuhr Has auf. »Warum soll es denn nicht dunkel sein?« – »Nun«, sagte Etelka, indem sie sich an den eigenen unsicheren Empfindungen vorantastete, »ich stelle mir vor, daß eben alles schwarz wird, und schwarz ist doch eine eher dunkle Farbe, und wenn nun wirklich *alles* schwarz ist, dann könnte es leicht ziemlich düster aussehen...« – »Mein liebes Kind, davon verstehst du nichts«, antwortete Has. »Szépregyi hat mir seine Konzeption genau erklärt, und ich muß sagen, sie hält in allen Stücken stand.« Etelkas Züge erheiterten sich augenblicklich von der Mühsal des Nachdenkens. »Ich bin sicher, daß Kari genau weiß, was er tut«, sagte sie eifrig, »und ich bin sicher, wenn er es mir erklären würde, so könnte auch ich alles sofort einsehen – wann, nebenbei, sagtest du, daß er zum Essen kommt?«

Szépregyi ahnte überhaupt nicht, wie begehrt seine Tischgesellschaft in den Mansarden der Schubertstraße 23 war. Da Has ihn nur unvollständig ins Vertrauen gezogen hatte, hielt er Etelka für ein Gesicht aus einer Serie ähnlicher Entlastungsvergnügungen und rechnete sogar damit, daß sie längst durch eine andere Frau abgelöst worden war. Er bemitleidete Has ohnehin, was die Frauen anging. An die ungarische Carmen dachte er längst nur noch mit Verachtung, für den Reiz, sie als Opernsängerin zu sehen, war er schon immer unempfindlich gewesen und die Bühnenauftritte, die Eduards Phantasie entzündet hatten, fand er heute sogar komisch. Wer schläft denn freiwillig mit einer Frau über vierzig? dachte er, wenn er sich Eduards Frauen vorstellte.

Dorothée war gewiß die Eleganteste, aber auch die Ungemütlichste. Sie beunruhigte ihn, weil er nicht wußte, ob er ihr Eindruck machte, denn obwohl sie keineswegs stumpf oder leblos wirkte, waren ihr kaum jemals unmittelbare Zeichen der Anerkennung oder des Mißfallens zu entlocken, und ihre scharfen Bemerkungen, die sich vornehmlich auf Has oder Lilly bezogen, sausten unverhofft wie Blitze nieder, wobei sie sich um die Wirkung ihrer Worte nicht zu kümmern schien. Immerhin ließ sie Szépregyi schalten und walten. Er spürte keinen Widerstand von ihrer Seite, aber auch nicht die leiseste Anerkennung.

Das war er nicht gewöhnt. Er stand wie unter einem Zwang, sich seiner Wirkung auf Frauen zu vergewissern, unabhängig, ob er sie begehrte oder abstoßend fand. Auch mit Etelka hatte er nachts in der Steiermark lange Blicke getauscht, unwillkürlich ihren Arm oder ihre Schultern berührt, um festzustellen, ob ihr Körper ihm entgegenkam oder auswich, und plötzlich den Gesprächsfaden abreißen lassen, um abzuwarten, wie lange sie das Schweigen ertrug. Dabei wußte er genau, daß er Has damit um so schwerer verstimmte, als man sich solche Beiläufigkeiten ja kaum verbitten kann, ohne sich zu blamieren. Zum anderen aber hätte er beim besten Willen nicht gewußt, was er mit Etelkas eventueller Bereitwilligkeit anfangen wollte. Ihre Schönheit, für die er nicht blind war, hatte für seinen Geschmack etwas zu Schweres. Ebensogut hätte er auf den Gedanken kommen können, eine der grünspanbedeckten Göttinnen, die auf dem Hauptbahnhof sitzen, zu umarmen. Er hatte nicht den mindesten Sinn für eine derart entwickelte, zur letzten Reife gelangten Frau. Er zweifelte vor allem daran, ob es möglich sei, soviel Fleisch bis in die Fingerspitzen hinein zu erschüttern, und stellte es sich zugleich furchterregend vor, wenn es dennoch gelingen sollte. Der gesellschaftliche Aspekt schloß ohnehin für ihn jede nähere Verbindung mit Etelka aus. In dieser Hinsicht waren seine erotischen Instinkte festgelegt. Er staunte, daß Has sich offenbar überhaupt nicht an Etelkas naiver Art störte. Für seinen Geschmack hätte einem Provinzlöwen, wie Eduard Has es in seinen Augen war, etwas mehr Ehrgeiz durchaus angestanden.

Man sieht, daß er sich in Stilfragen gern auch privat den Kopf seines Auftraggebers zerbrach, wie er es beruflich nun schon seit Jahren tat, indem er den Umbau der Dachwohnung mit ihrem Galerieteil plante und nach Überwindung mancher Hindernisse, die im wesentlichen in der Entschlußlosigkeit von Has lagen, auch überwachte. Szépregyis Glück war, daß Guggisheims Architekt, der schon Museen in Texas und Kanada gebaut hatte, »im Augenblick«, wie Has sagte, zu teuer war. Fred Olenschläger hatte nicht mit sich reden lassen. Für Szépregyi aber war der Auftrag von vielleicht lebensentscheidender Bedeutung, wie er sich selbst eingestand.

Von Frankfurt aus betrachtet, besaß seine Lebensform exotischen Glanz. Daß er viel auf dem Lande lebte und zugleich in der Großstadt an bedeutenden und kühnen Plänen für die Zukunft arbeitete, gab ihm eine Ausstrahlung von Freiheit und Großzügigkeit. Er war kein blasses Arbeitstier, kein Rädchen im Getriebe der industriellen Maschinerie. Außerdem besaß er das Kostbarste, was ein Bauherr wie Has suchte, nämlich viel Zeit, um jede Phase der Planung immer wieder von neuem zu beginnen. Szépregyi gab Has das Gefühl, daß es für ihn nichts Wichtigeres gebe als das Dachgeschoß des Mendelssohnstraßenhauses.

Er war nicht unvermögend von seinen Eltern her, aber seine Ressourcen sprudelten nicht unbegrenzt. In den Jahren, bevor er wieder Verbindung mit Eduard Has aufgenommen hatte, mußte er sich eingestehen, daß seine Architektenkarriere wohl als gescheitert anzusehen war. Der Besitz in der Steiermark war der Sommersitz seiner Eltern gewesen, wenn Wien in den Glutwinden aus der pannonischen Steppe vor sich hinkochte. Es regnete viel in dem Tal, dessen Abschluß das Anwesen bildete. Szépregyi versuchte nun, Geld aus dem Besitz zu schlagen. Er züchtete Forellen in einem eiskalten Teich, verpachtete die Jagd und lieferte im Winter Weihnachtsbäume in die nächste größere Stadt. Sooft er ein Opfer fand, vermietete er das Haus, aber es gelang ihm niemals, Dauermieter zu finden, da er nach Ablauf der Ferienwochen zu der an sich vernünftigen, vertraglich festgesetzten Miete eine Fülle von Sonderposten – Kaminholz, heiße Bäder, Telefon, Küchenbenutzung – vorzulegen pflegte, die den Mietpreis fast verdoppelten und fast immer beträchtliche Verstimmung auslösten. Daß er seelisch in der Lage war, eine solche Verstimmung ohne weiteres zu ertragen, war eine seiner Stärken, die er Eduard Has voraushatte. Er verfügte aber noch über eine Fülle anderer Tugenden und über eine gesunde Lebenskraft, und es war angesichts dieser charakteristischen Grundausstattung sogar ihm selbst ein Rätsel, wieso es ihm bisher nicht gelungen war, der Welt eine ansehnliche Karriere vorzuführen.

Ein großes Architekturbüro, in das er nach dem Krieg eingetreten war, hatte Bankrott gemacht – ohne das geringste Zutun Szépregyis, der weder zum Heil noch zum Unheil des Unternehmens beizutragen viel Gelegenheit hatte. Das nächste Büro verwickelte sich nach kurzem in einen Parteienbestechungsskandal, wurde aufgelöst und in leicht verschleierter Form neu gegründet, ohne Szépregyi allerdings. Inzwischen zeigten sich auch ein paar Glücksstrahlen. Er erhielt für seinen Entwurf einer Bahnhofshalle für Klagenfurt einen zweiten Preis. Der Entwurf wurde von der Lokalpresse mit Hohn überschüttet und gewährte dem Erfinder seinen bescheidenen Anteil an jener Märtyrergloriole, die alle ernsthaften Meister dieses Jahrhunderts zu umglänzen hat. Die kleine Kontroverse, die der Entwurf auslöste, blieb für lange Zeit sein wichtigster Erfolg. Aber es war schwer, etwas daraus zu machen. Sein Ehrgeiz war ungeheuer. Er konnte nicht irgendwo einfach eintreten und fremde

Entwürfe durchrechnen, und die eigenen Verbindungen waren entweder durch die vorangegangenen Abenteuer erschöpft oder aber für seine Zwecke, für die Begründung seines Ruhmes nämlich, nutzlos. Die reichen Leute, die er kannte, dachten nicht daran, in Häusern zu wohnen, die seinen Namen in die westliche Hemisphäre getragen hätten. Diese Leute bevorzugten Häuser, die einige Merkmale der Tradition vorzeigten, das heißt, die kleiner und schlechter als alte Häuser gebaut waren, deren unentschlossenes Äußeres aber versuchte, einen hergebrachten Repräsentationsanspruch mit dem neuen primitiven Lebensstil zu verbinden. In der Hoffnung, dafür mit dem Bau eines fortschrittlichen Verwaltungsgebäudes belohnt zu werden, hatte Szépregyi sich einmal sogar der Demütigung unterzogen, für einen Industriellen ein hölzernes Chalet an den Kitzbühler Berghängen zu planen, mit geschnitzten Holzbalkons und herzförmigen Gucklöchern in den Türen. Der Entwurf gefiel nicht, die Ausführung noch weniger und zog böse Prozesse nach sich, die Szépregyi fast die Kehle zuschnürten.

Er konnte Grund für Grund aufzählen, warum es bisher nicht richtig mit seiner Architektur geklappt hatte, obwohl es ihm weder an Geschäftstüchtigkeit noch an der Überzeugung fehlte, eine große Sendung erfüllen zu müssen. Die Nachrichten, die aus der fachkundigen Welt in Wien über ihn einzusammeln waren, klangen uneinheitlich und ließen ein Urteil nicht zu. In solchen Fällen taucht oft der Verdacht auf, der Mißerfolg sei das Ergebnis charakterlicher Mängel. In den Jahren, bevor Has wieder in sein Leben trat, hatte sogar Szépregyi selbst erhebliche Zweifel an seinen organisatorischen Gaben, wenngleich der Glaube an seine Kunst unangetastet blieb. In dieser Zeit stürzte er sich auf seinen steirischen Besitz als den einzigen handfesten Beschäftigungsspielraum, der ihm geblieben war.

Das väterliche Erbe brachte ihm Glück. Seine Erscheinung wurde drahtig und erholte sich von den ergebnislosen Jahren, die er gebeugt über dem Reißbrett zugebracht hatte. Er war neuerdings stets tief gebräunt und schien einen Vorrat an Waldluft und Holzfeuerduft mit sich herumzutragen. Der ererbte Besitz empfahl ihn in einer Weise, von der er wahrscheinlich zunächst gar nichts ahnte. Er ließ ihn nicht als den aus bescheidenen Verhältnissen stammenden und dagegen eifernden Künstler erscheinen, einen Typus, dem die meisten Künstler angehören, er wirkte vielmehr wie ein Mann, der seinen Hintergrund nicht ganz allein geschaffen hat und der auch ohne sein künstlerisches Wüten bereits etwas darstellt. Has erklärte jedermann, daß herrschaftliche Wohnräume nur jemand schaffen könne, der sie selbst zu bewohnen imstande sei. Diese Fähigkeit traute er Szépregyi nach dem ersten Besuch in der Steiermark zu, obwohl die Zimmer des alten Hauses dort mit dem, was Has plante, nichts zu tun hatten. Szépregyis Geldmangel hatte ihn, wie man weiß, bisher davon abgehalten, irgend etwas auf dem Landsitz seiner Eltern zu verändern. Es war eben alles nur erheblich abgenutzter als vor fünfzig Jahren, und man merkte auch, daß ein Junggeselle das Haus bewohnte, der auf das Aufräumen einer mürrischen Haushälterin angewiesen ist. Daher strömte das Haus jetzt sogar einen leicht klerikalen Hauch aus, der aber für Eduard Has den Eindruck, daß das Leben hier noch in Ordnung sei, nur verstärkte. Man sieht an solchen Kriterien, daß Has über einen unversehrten bürgerlichen Kern verfügte. Es wäre ihm denn auch sehr schwer gefallen, in die Ausstattung des eigenen Elternhauses wesentlich einzugreifen, und daher empfand er manchmal eine gewisse Dankbarkeit gegenüber den Brandbomben.

Leider ließ es sich nicht vermeiden, daß Szépregyi bei Vorlage der Kalkulation auch Olenschläger kennenlernte. Has hatte es bis dahin verhindert, daß sich diese beiden begegneten. Für ihn verkörperte Szépregyi sein höchst privates Laster, von dem er wußte, daß Olenschläger es verachtete, weil er eben alles Private verachtete. Er wünschte nicht, daß Olenschläger in die Entwicklung der Bauten in der Mendelssohnstraße allzu genauen Einblick erhielt und am Ende noch Verbesserungsvorschläge machte, wie er sie für alles, was Has anfing, bereithielt, ohne danach gefragt zu werden. Wenn ein Heckel in der Auktion nicht weggegangen war, wenn sich ein Zeitungsschreiber über den Niedergang der Malerei verbreitete oder wenn massenhafte Fälschungen aufgedeckt wurden, fand Has stets in der Umlaufmappe den entsprechenden, mit winziger, den Zacken eines Elektrokardiogramms ähnlicher Beschriftung versehenen Artikel, den er meist selbst schon längst kannte, in jedem Fall aber gereizt in den Papierkorb warf. Ob Olenschläger Szépregyis Entwürfe schön oder häßlich fand, wollte Has nicht wissen. Leider kam es aber immer wieder zu »Koinzidenzen«, wie sich Has dann in halber

Verzweiflung ausdrückte, die im letzten Augenblick das Klopfen an Olenschlägers Tür doch notwendig machten.

Fast immer, wenn Has seine finanzielle Lage ins Gleichgewicht gebracht hatte, meldete sich Guggisheim, als stehe er auf geheimen Wegen mit seiner Bank in laufender Verbindung. Guggisheim hatte drei Sorten von Kunstwerken auf Lager: solche, die er Has selbständig stöbernd entdecken ließ; solche, die er ihm zu erwerben verbot und die er dann nach wochenlangem Tauziehen schließlich herausrückte; und solche, die er ihm zu kaufen befahl. Wenn es ein Werk der dritten Kategorie war, das präsentiert wurde, erkannte Has inzwischen an zwei Merkmalen, was die Stunde geschlagen hatte. Guggisheim benutzte in diesen Fällen nur die erste Person Pluralis, keineswegs im majestätischen Sinn, sondern um deutlich zu machen, daß es sich um eine gemeinschaftliche Entscheidung handelte, die vom einen Teil getroffen, vom anderen Teil aber vertreten wurde. »Wir hatten bei dieser Lage keine Wahl«, hieß es etwa, und dann dauerte es ziemlich lange, bis Has das Bild selbst zu sehen bekam. Vor dem Kauf hielt Guggisheim meist nur undeutliche Fotografien bereit. Um keinen falschen Eindruck aufkommen zu lassen, sei festgestellt, daß es Guggisheim niemals darauf ankam, Ramsch bei Has abzuladen. Er arbeitete vielmehr besessen am Aufbau einer, wie er sagte, »hochwertigen Kollektion« und ließ zwar zu, daß Has sich oft fast ruinierte, sorgte aber dafür, daß er dabei kein kostbares Geld vertat. Wenn man denn überhaupt einen Moment der Unredlichkeit bei Guggisheim entdecken wollte, so hing es vielleicht mit ebendieser Sorgfalt zusammen, mit der er die Ausgaben überwachte, als handele es sich um sein eigenes Geld. Es ist einem Händler wohl moralisch nicht vorzuwerfen, wenn er keine Endgültigkeit des Besitzes kennt und für ihn die Bestimmung einer Ware vor allem darin liegt zu kreisen. So fühlte auch Guggisheim, anders als Has das ahnte, daß die Bilder, die er ihm zutrug, keineswegs am Ende ihrer Lebensreise angelangt waren. Im Gegenteil, die vorzügliche Gesellschaft, in die sie an den Has'schen Wänden gerieten, würde sie im Wert derart steigen lassen, daß es ein Jammer wäre, diesen Zuwachs nicht in sensationeller Weise zu realisieren, so in Guggisheims Ausdrucksweise sein uneingestandener Plan.

Es gab natürlich noch offene Faktoren. Has war ärgerlicherweise nicht verpflichtet, seine Sammlung wieder zu verkaufen, und es bestand auch keine Notwendigkeit, daß er, sollte er dennoch vorhaben, sich von den Bildern zu trennen, das mit Guggisheims Hilfe tun würde. Dies Risiko trug Guggisheim indessen nobel. Es war ja auch das einzige, das er einging, und was den Verdienst betraf, konnte er inzwischen nicht klagen. Aber er war doch ein strenger Herr und ließ nicht mit sich handeln, weil in der Schweiz das Händlertum aus dem Presbytertum erwachsen und von sittlichem Ernst durchdrungen ist. Wenn er erschien, dann gab es kein Ausweichen, und Has mußte, und kam es auch noch so ungelegen, bei Olenschläger um einen Vorschuß einkommen und dort dann wiederum moralischer Hochform standhalten. Wenn er nicht in der Klemme gewesen wäre, dann hätte er Olenschläger seine Umbauten bis zum letzten Augenblick verschwiegen. Statt dessen hatte aber nun das Schicksal entschieden, daß Szépregyi nicht mehr länger auf der Schattenseite sitzen sollte, und alles fügte sich für ihn nach seinen Wünschen, wie andere auch dagegen strampeln mochten. Als Has dann schließlich mit Olenschläger und Szépregyi in der »Verwaltung« zusammensaß, spürte er, daß die beiden miteinander reden konnten, obwohl es zunächst gar keine Unterhaltung gab. Als habe er vergessen, daß Has Detailausführungen haßte, begann Szépregyi ohne Einführung, alle möglichen technischen Probleme bis ins kleinste darzulegen. Has schlief fast ein und mußte, anstatt zuzuhören, seine ganze Kraft darauf verwenden, nicht zu gähnen.

Fred Olenschläger hingegen war, ob er schwieg oder sprach, immer in der Mitte der Angelegenheiten, die ihn gerade beschäftigten. Deshalb verstand er blitzartig, wie schrankenlos sich Szépregyi den Plänen seines Vetters hingegeben hatte. Zugleich fing er die lauernden Blicke auf, die der Architekt ihm immer wieder zuwarf, sobald offensichtlich war, daß Has dem Vortrag nicht mehr folgte. Vor dem Gespräch mit Olenschläger waren sich Has und Szépregyi einig gewesen, daß der Plan nunmehr abgeschlossen sei und gegen jeden Widerspruch verteidigt und durchgesetzt werden müsse. Statt dessen entnahm Olenschläger nun dem geschmeidigen Ausdruck in Szépregyis Augen, daß der Architekt keinesfalls ausgezogen war, um irgend etwas durchzusetzen. Szépregyi stellte vielmehr immer alles so dar, als ob es zwar Eduards Wünschen entspreche, im übrigen aber zur Disposition stehe. Olenschläger prüfte diese Bereitschaft, ihm zu Gefallen fast die gesamte jahrelange Planung in den Papierkorb zu werfen, durch rätselhaftes Schweigen so lange, bis er die Überzeugung gewonnen hatte, daß Szépregyi einmal ein ergebener und williger Mitarbeiter werden könne.

Soviel stand jedenfalls fest: Redewendungen wie »Ich bestehe auf meiner künstlerischen Autonomie« und »Ich bin es meinem Ruf als Künstler schuldig« waren in der gesamten langen Sitzung nicht ein einziges Mal gefallen. Has hatte sich darauf gefreut, daß Szépregyi dem unverschämten Olenschläger gegenüber den unbestechlichen Stolz seiner künstlerischen Sendung behaupten würde. In der Erwartung eines Zusammenstoßes mit beleidigendem Wortwechsel hatte die ganze Entschädigung gelegen, die Has für das unfreiwillige Treffen zu erhalten hoffte. Wie der Nachmittag verlaufen war, hätte das Treffen ebensogut mit einem der Vertragsarchitekten der »Verwaltung« stattfinden können. Und da Szépregyi nichts Geringeres werden wollte, als ein solcher vertraglich dauerhaft an die »Verwaltung« gebundener Architekt, hatte Has aus dem gemeinsamen Nachmittag bei Olenschläger durchaus den zutreffenden Schluß gezogen.

Szépregyi war in Schweiß geraten, als er die »Verwaltung« schließlich verließ. Auch das Leise-Reden kann in körperliche Anstrengung ausarten. Er war so aufgeregt, daß er Has bat, ihm seinen Eindruck von der Unterredung zu schildern. Ob wohl alles gut gelaufen war? Has tat, als verstehe er nicht. Er fand es passend, den Souveränen zu spielen und zu erklären, das Ganze sei nur eine lästige Formsache gewesen, denn Olenschläger habe ihm gar nichts zu verbieten. Aber Szépregyi schien von dieser Erklärung wenig beeindruckt, ohne jedoch zu widersprechen. Has hatte das Gefühl, ihn mit seinen Worten nicht mehr zu erreichen. Ein fernes Bild stand ihm vor Augen, in dem die Silhouette des Eduard Has nicht mehr vorkam.

Wenn Szépregyi nach Frankfurt kam, hielt er nicht nach seinem Vergnügen Ausschau, sondern versuchte, seine Zeit so lückenlos wie möglich geschäftlich zu nutzen. Die Arbeiten in den ausgedehnten oberen Stockwerken des Has'schen Hauses zogen sich dahin. Vieles wurde nicht geliefert, wie es bestellt worden war, und Szépregyi durfte immer wieder den unerhörten Tiefstand des Handwerks in Frankfurt beklagen. Szépregyi fand einen Anlaß,

Olenschläger wiederzusehen, um Daten nachzuliefern, so die offizielle Begründung. In Wahrheit ließen die beiden den Umbau im Hause Has bald hinter sich und widmeten sich kühneren Projekten. Abgesehen von Szépregyis technischen Fähigkeiten, deren Olenschläger sich schnell vergewissert hatte, und der Tatsache, daß er eine Erfindung seines Vetters war und dennoch nicht loyal zu Has stand, beeindruckte den alten Fred die Vorliebe Szépregyis zum billigen Material. Niemals bediente sich der Architekt des Arguments der Sparsamkeit, wenn er den rohen Beton, wie er aus der Verschalung gekommen war, als den Höhepunkt architektonischer Schönheit pries. Für ihn war die Wertlosigkeit des Materials ein ästhetisches Bekenntnis. Er kannte keine größeren Offenbarungen als offenliegende T-Träger, blecherne Brandtüren, die mit Mennige gestrichen waren, Aluminiumtürklinken und brausende Belüftungsschächte. Szépregyi forderte, daß solche Elemente in viel stärkerem Maße auch in Gebäuden eingesetzt werden müßten, die ein früherer Geschmack repräsentativ geschmückt hatte, ja, er vertrat sogar die Überzeugung, daß diese rohen Teile bisher gering geschätzter Nutzbauten wie Garagen, Silos und Fabrikhallen gerade auch Hotelhallen, Parlamentssäle, Kirchen und Hotels interessant machen würden. Olenschläger war sparsam bis zum offenen Zynismus und hörte doch gern, daß es dafür ganz andere Namen als den verächtlichen, den er gelegentlich zu hören bekam, gab und der ihn erstaunlicherweise schmerzte. So lange in seinem Leben hatte er geglaubt, frei von Eitelkeit zu sein, und hatte in Wahrheit doch nur heroische Eigenschaften im Ertragen des Unverstandenseins bewiesen. Szépregyi sprengte mit seinen Worten Tau auf die Seele Olenschlägers, und siehe, sofort erschien ein Blütenflor auf der verkarsteten Fläche. Olenschlägers Reptilienblick ruhte dankbar auf dem selbstvergessen sprechenden Szépregyi, den die Aufgabe, seinen Waschbeton schönzuschwätzen, in Feuer hatte geraten lassen. Fast kam es Olenschläger vor, als müsse es ein verwandtes Herz sein, was so wahr empfunden sprach. Diesen Mann durfte er nicht mehr aus den Augen verlieren.

Dennoch sah Szépregyi seine Pflichten in Frankfurt nicht ausschließlich darin, die feinen Fäden der Beziehungen zu Olenschläger zu einem festen Band zu flechten. Die schmerzhaften Ritardandi seines Lebensweges hatten ihn Vorsicht gelehrt. Nach menschlichem-

Ermessen würde sich eine Gelegenheit, wie Frankfurt sie bot, so schnell nicht mehr einstellen. Er wandte deshalb seine ganze Kraft an das Dachgeschoß in der Mendelssohnstraße. Wenn sich Hindernisse einstellten, neigte Has oft dazu, eine gewisse Lässigkeit vorzuführen und sich über die entstandenen Fehler lustig zu machen. Szépregyi verstand diese Verhaltensweise als persönliche Angriffe. Man sah seinem Gesicht dann an, was er über den Mann dachte, für den er hier täglich sein Herzblut vergoß. Die Frauen bekamen diese Verstimmungen mit. Dorothée und Lilly wechselten tadelnde Blicke. Auch sie waren daran gewöhnt, Eduards Neigung zur Albernheit in Schach halten zu müssen. Wenn man will, kann man in dieser Seelenverwandtschaft zwischen ihnen und Szépregyi einen weiblichen Zug im Charakter des Architekten entdecken, der aber die wechselseitige Anziehung nicht ausschloß.

Nach beinahe zwei Jahren häufiger Begegnungen fühlte sich Szépregyi schließlich bei Dorothée mit Wohlwollen aufgenommen, ohne daß sich diese Stimmungsänderung etwa in wachsender Herzlichkeit ausgedrückt hätte. Zuchtkatzen wie Dorothée ändern nicht ihre Umgangsform aus einem derart nebensächlichen Grund, wie ihn die Sympathie darstellt. Immerhin steigerte die Vorstellung, von Dorothée nun angenommen zu sein, Szépregyis Sicherheit in hohem Maße. Bisher hatte er die Wohnung in der Mendelssohnstraße in altmodisch patriarchalischem Sinn als Reservat des Hausherrn betrachtet. Dies Gefühl verlor sich nun zur Freude Szépregyis, weil er es schwer ertrug, sich unterzuordnen. »Herr ist, wem die Frau gehört«, hieß der atavistische Rechtssatz, auf den er sich berief, und obwohl er nicht die geringste Absicht hatte, daran irgend etwas zu ändern, so erkannte er eine Schwächung der klaren Eigentumsverhältnisse allein schon an der Art, in der Dorothée nun das Wort an ihn richtete.

Auch Lilly schien von der Erweiterung des Haushaltes angetan, denn auf eine solche lief es hinaus. Die Arbeit brachte es mit sich, daß Szépregyi manchmal wochenlang bei ihnen zu Mittag und zu Abend aß.

Für Has war Lilly das kleine Mädchen geblieben, das im Schultheater die Prinzessin spielte, eine Sammlung der schönsten Puppen besaß und das für alle Erwachsenen auf immer untergegangene Reich unbewußter Anmut bewohnte. Natürlich war sie gewachsen.

Sie war einen halben Kopf größer als Has, und ihr Körper hatte nichts Kindliches mehr, aber Has entdeckte, wenn er sie umarmte, in dem Geruch ihrer Haut, wie ihn die von den Haarfluten geschützten Partien des Nackens, des Halses und der Schultern ausströmten, immer noch eine Spur von säuglingshafter Frische. Von dem Recht, Lilly zu umarmen, machte er nach wie vor gelegentlich Gebrauch, wenngleich es ihm inzwischen schwerfiel, ihre Erstarrung während dieser väterlichen Ausschweifung zu übersehen. In sein Glück mischte sich nun auch eine leise Verlegenheit. Aber als Szépregyi einmal ins Zimmer trat, während er seine beiden Hände in Lillys Locken vergraben hatte, konnte er seinen Stolz doch nicht verbergen. Szépregyi tat etwas befremdet und schlich wieder hinaus, obwohl Lilly sich längst ärgerlich befreit hatte. Sie griff in ihr Haar, als habe ihr Vater die Frisur zerstört, und schüttelte es auf, wie man Heu wendet. Ihre Wangen glühten. Has dachte bei dieser Gelegenheit, wie angenehm es sein werde, wenn man wieder allein in der Familie sei.

Lilly hingegen hielt Szépregyis Gegenwart für etwas Dauerndes. Has fiel auf, daß sie dem Architekten manchmal Frechheiten sagte, die einen familiären Ton verrieten. Und er war auch tatsächlich mehr und mehr in die Rolle des Familienfreundes hineingewachsen. Er brachte aus der Steiermark immer etwas zu essen mit. Frische Eier, zwischen denen Strohhalme klebten, eine Blechkanne am Morgen gemolkener Milch, die am Abend in Frankfurt schon einen dicken Schmand angesetzt hatte, kleine graue Äpfel, Forellen, auf deren perlgrauer Haut ein blutiger Speichelfaden lag, Hasen mit gekreuzten Hinterläufen, Fasane, deren Federchen beim Rupfen durch die Luft wirbelten, auch einen scharf geräucherten Schinken, den Has allein aufessen durfte, weil er den anderen zu beizend war, kamen je nach der Jahreszeit aus dem Kofferraum seines Wagens hervor, der oft vom Schlamm des Feldwegs an Türen und Kotflügeln bespritzt war. Has sah dann, wie sich diese Gaben nach Art holländischer Stilleben auf dem Küchentisch ausbreiteten. Er bemerkte, wie verzaubert Lilly vom Anblick der toten Tiere war, wie sie ihre Hände in das weiße Brustfellchen des Hasen legte, als vermutete sie dort noch ein Herzklopfen, oder einem schweren Fisch in die Kiemen sah und ihm mit den Fingernägeln den mürrisch verschlossenen Mund öffnete – vielleicht blieb er ihr doch etwas schuldig, weil er sie zwang, in der Stadt zu leben. Auch dafür war man Szépregyi also zu Dank verpflichtet. Er füllte eine Lücke in Lillys Leben, die offenbar als schmerzlich empfunden worden war, ohne daß Has vorher davon etwas bemerkt hätte.

Szépregyi brauchte hingegen Zeit, um Lilly richtig zur Kenntnis zu nehmen. Sein Kopf war zu beschäftigt mit den Aufgaben der Gegenwart und der Zukunft, als daß er sich mit einem Kind hätte abgeben mögen. In seinem Groll auf die bei anderen Leuten angehäuften Glücksgüter, die ihnen die Möglichkeit gaben, sich eines Carl Szépregyi zu bedienen, war auch das Wesen eingeschlossen, das solche Leute um ihre Kinder zu machen pflegten. Kurz bevor er Lilly überhaupt kennenlernte, hatte ihm Has einen Aufsatz seiner Tochter gezeigt, in tiefer Befriedigung über den gewandten und überlegenen Ausdruck des Kindes. Szépregyi dilettierte – als Wiener vielleicht aus einer kollektiven Neigung heraus – in allerhand psychologischen Randkünsten und hatte auch versucht, sich die Klages'schen Ansichten zum Ausdruckswert der menschlichen Handschrift zu eigen zu machen. Vom Boden dieser Kenntnisse aus boten Lillys Schriftzüge einen nahezu verheerenden Anblick. Szépregyi neigte dazu, geistige Debilität bei der Schreiberin zu vermuten. Alle Rundungen lagen wie faule Äpfel auf der Linie, der gesamte Fluß sah unentschlossen und hilflos aus, so als besitze die Schreiberin keinerlei Übung und rette sich nur hin und wieder in kindliche, übergroß ausgemalte Os als dem einzigen Buchstaben, dessen Anschaulichkeit sich ihr eingeprägt hatte. »Auf der Fahrt nach Paris besuchten wir Cambrai, eine Stadt, die auf Fénelon weist«, las Szépregyi mit Mühe. »Woher sie das nur weiß!« rief Has. »Während der ganzen Reise durfte ich keine historischen Erklärungen abgeben, und dann hat sie sich heimlich doch den Guide bleu vorgenommen. Dieses Kind ist ein Rätsel, wie seine Mutter. Sie versteckt ihre Intelligenz, als wäre das etwas Häßliches. Ist es ja auch, bis zu einem gewissen Grade«, schloß er mit innerem Behagen. Szépregyi wußte nichts über Cambrai und noch weniger über Fénelon, aber er war sich dennoch sicher, daß Cambrai niemals »auf Fénelon wies«. Die Sprache dieses Kindes ergänzte das Schriftbild auf das Unvorteilhafteste. Das Unterentwickelte schien sich hier mit dem Anspruchsvollen vermählt zu haben. Es war naheliegend, daß Has eine solche Tochter hatte, und es bestätigte sein Urteil über diesen Mann, der eben nicht richtig zu leben verstand und deshalb auch keine begabte Tochter hatte zeugen können.

Die Arbeiten im Dachgeschoß des Mendelssohnstraßenhauses erstreckten sich, wie man weiß, über einen Zeitraum von fast drei Jahren, und die Entwicklung heranwachsender Kinder vermag manchmal bereits in kürzerer Zeit einen Sprung nach vorn zu tun. Szépregyi hatte schon recht, wenn er Lillys Schrift gestaltlos und häßlich fand, aber er wurde zum Opfer seiner unvollständig erworbenen Theorien, wenn er daraus weitreichende Schlüsse zog. Das erste, was man im Anblick von Lillys Handschrift hätte sehen müssen, war, daß mit den Kindern eben nicht mehr ordentlich das Schönschreiben geübt worden war. Lilly malte versonnen ihre Ostereier, Äpfel und Birnen nebeneinander in das Heft, bis ihr Haar über das Papier fiel und es verdunkelte. Es war, als ob ihre Locken einen eigenen Willen besäßen und nur für kurze Zeit am Ort bleiben könnten. Lilly benutzte keine Haarreifen, weil sie angeblich zu fest saßen und ihr Kopfschmerzen bereiteten, und ihr Vater entrüstete sich über diese Klammern, als ob sie eigens, um Lilly zu quälen, erfunden worden wären. Alfred kannte den suchenden Blick, mit dem Lilly sich umsah, wenn das Haar nicht gehorchen wollte. Sie fand schließlich in ihrem Mäppchen einen Gummiring, der, wie man sofort sah, viel zu schwach für ihre Mähne war und nach kurzem wieder aus den Locken fiel. Danach nahm sie ein rosa Papierbändchen mit gekräuselten Enden, das von einer Pralinenschachtel stammte, raffte die Haare im Nacken zusammen und schob das Bändchen darüber, bis es wie ein Stirnband saß und die gekräuselten Enden sich auf ihrer Stirn ringelten. Diese Lösung schien sie für eine Weile zu befriedigen. Sie schrieb, wie stets tief über das Blatt gebeugt, langsam mehrere Zeilen. Dann kitzelten sie die Kräuselenden auf der Stirn, und sie riß sich das Bändchen wieder aus dem Haar. Alfred meinte es knistern zu hören. »Du müßtest im Liegen schreiben«, sagte er, »mit tintengetränkten Augenwimpern« und stellte sich dabei schmetterlingshaft hingewischte Briefe vor, unlesbar und dennoch unerhört ausdrucksvoll. Dann schob er ihr sein Heft zu, damit sie leichter abschreiben konnte.

Daß »Cambrai auf Fénelon wies«, hatte sie mit dreizehn Jahren geschrieben. Mit fünfzehn wußte sie, daß sie sich sprachlich nicht ausdrücken konnte und schrieb von da ab nichts mehr. Sie sah nicht ein, daß sie solch eine Schwäche auch noch vor sich herumtragen sollte. Sie wußte, wie schön sie war, und sie kannte den Neid. Es gab eine einzige Waffe dagegen: ein undurchdringliches Schweigen. Und ihr Schweigen beherrschte sie von Tag zu Tag meisterhafter. Ihr Mund blieb stumm, selbst wenn die Lippen sich gelegentlich träumerisch bewegten, ohne sich indessen jemals voneinander zu lösen, und wenn man ihr dann in die Augen sah, so hätte man schwören können, daß es ein bedeutender Gedanke war, der da soeben fast ausgesprochen worden wäre, wenn nicht noch größere Weisheit ihn wieder hätte versinken lassen. Tatsächlich nahmen Lillys Augen ihrem Mund das Reden ab. Gegenüber den Inhabern südlich-hamsterartiger Augen, deren blanke schwarze Oberfläche nur selten den Eindruck von Geist hervorruft, zog sie Nutzen aus ihrer hellen durchscheinenden Iris, die ihrem Blick jene gedankenvolle Abwesenheit verlieh, die von Verliebten gern »unergründlich« genannt wird. Und wenn es auch verfehlt wäre, in unseren leidenschaftslosen Zeiten anzunehmen, daß jeder in der Schule in Lilly verliebt gewesen sei, so war doch auch der Zauber nicht zu leugnen, den ihr nachdenklicher Blick fast immer wie eine Schutzmauer um sie herum zu legen vermochte. Fragen glitten regelrecht an ihr ab, und das schien auch der prüfende Lehrer zu empfinden und schließlich hinzunehmen. Wenn ein Lehrer jedoch, was auch vorkam, dennoch auf seiner Frage bestand, dann setzte er sich einem solch dunkel forschenden Blick aus, daß er verwirrt den Kopf abwandte und schnell zu einem anderen Schüler überging. Vor den Zeugnissen entstand leider nur stets die Verlegenheit, daß die Pädagogen die Gedankenfülle, die sie in Lillys Augen lasen, nicht zur Beurteilung ihrer Leistungen heranziehen konnten. Für die Noten mußten sie sich schon ans Schriftliche halten. Und dennoch war sie, vor allem dank Alfreds schrankenloser Mitteilsamkeit, bisher noch nicht sitzengeblieben, obwohl es mehrfach nah daran gewesen war.

»Wir wissen, daß sie hoch begabt ist«, sagte ihr Lehrer zu Has, der in der Schule nach dem Rechten sah, »und wir vermuten auch, daß sie geistig ihrem Alter weit voraus ist, so daß ihr eigentlich nichts vorzuwerfen ist, wenn sie sich an dem manchmal noch recht unreifen Unterrichtsgespräch nicht beteiligt, aber es wäre gut, wenn sie sich ein wenig mehr einbringen könnte.« So hieß die Bereitschaft, auf Fragen zu antworten, im pädagogischen Jargon. Leider mußte gerade dieser, mit soviel bescheidener Rücksicht vorgetragene Wunsch unerfüllt bleiben. Lilly war nicht zu bewegen, »sich einzubringen«. Sie schwieg und tadelte die Aufdringlichkeit mit traurigen Blicken, so daß man sie in Ruhe die Aufgaben für die nächste Stunde aus Alfreds Heft in das ihre übertragen ließ. Lilly arbeitete dabei so konzentriert wie nie. Die Welt versank um sie herum. Das Abschreiben war ohne Zweifel die sinnvollste Übung, der sie sich in der Schule unterzog.

Szépregyi fiel zuerst auf, wie unsichtbar Lilly war und wie neugierdelos sie, wenn sie einmal ins Zimmer trat, die Umwälzungen betrachtete, die sich schließlich in ihrem eigenen Hause abspielten. Er brauchte eine Weile, um ihre schöne Erscheinung unbelastet von der Kenntnis ihrer Handschrift zu studieren. Zunächst war er verwirrt. Er wußte doch, daß Lilly ein wenig begabtes Mädchen war, aber es fiel ihm schwer, die äußeren Anzeichen für diese Eigenschaften, die sie doch besitzen mußte, zu entdecken. Mit Has entdeckte er nicht die leiseste Ähnlichkeit. Nur ein erfahrener Physiognomiker erkannte sofort das gleiche Blut, aber zu solcher Wissenschaft fehlte Szépregyi jede Begabung, denn er stand sich bei seinen Beobachtungen sozusagen selbst im Licht. Mit Dorothée schien das Mädchen erst recht nicht verwandt zu sein. Mutter und Tochter waren tatsächlich Gegensätze wie Süden und Norden. Ob Has überhaupt der Vater war? Dorothée erfuhr zum Glück niemals etwas von dieser Verdächtigung ihrer Ehre. Sie war so treu wie eine Katze, die weniger einem Herrn als ihrem eigenen Herrschaftsbereich verschworen ist. Die Treue war in ihren Augen nicht so sehr eine moralische Leistung als eine Voraussetzung ihrer Sicherheit, und die Sicherheit hinwiederum war die wichtigste Voraussetzung für sie, um überhaupt atmen zu können. Szépregyis eifrige Ahnenforschung verkannte Dorothées Charakter, wie es denn nur wenige Wissenschaftler gibt, die auch jene Voraussetzungen berücksichtigen, die außerhalb ihres Forschungsgebietes liegen.

An einem sommerlichen Vormittag während der Ferien saß Szépregyi über großen, halb aufgerollten Reinzeichnungen im Eßzimmer. Es war die Zeit, in der der Bau der »großen Galerie« begonnen wurde, die sich über der Wohnung erheben sollte. Für alle Beteiligten stellte es sich damals so dar, als werde die Bauerei nie ein Ende haben. Dorothée war in drohendes Schweigen versunken, und selbst Has geriet in Verzweiflung, wenn bei jedem Schritt in der Wohnung Sand und Mörtelstaub laut knirschten. Szépregyi besaß überempfindliche Nervententakeln für alles, was sich auf ihn bezog. Er fühlte sich ständig angegriffen. An diesem Samstag hoffte er nun, an Ort und Stelle in Ruhe einige Korrekturen vornehmen und dann für drei Wochen Frankfurt hinter sich lassen zu können. Die Familie war zu einer Hochzeit im Taunus aufgebrochen und wollte erst gegen Abend zurücksein. So war er denn glücklich allein und raschelte mit seinen Papieren, spitzte die Bleistifte und aß das Schinkenbrot, das auf dem Teewagen für ihn bereitstand. Plötzlich hörte er hallende Schritte in großer Entfernung, Schritte einer Frau, die einen schärferen Ton mit den Absätzen hervorbrachten als Männerschuhe. Szépregyi war nicht beunruhigt, da im Haus durch das wechselnde Hauspersonal ein beständiges Kommen und Gehen herrschte. Aber dies war keine Putzfrau, der Schritt besaß nicht den rhythmisch schlappenden Takt, der die Fortbewegung in Richtung Küche oder Besenkammer verriet. Er reckte den Hals, um durch die Glastür zu sehen, und erblickte in der Nähe der Aufzugstür die Umrisse einer Frau, die ein enges Kostüm trug und deren Haar in einer venezianisch anmutenden Frisur fest um den Kopf herumgesteckt war. Die Frau hatte großzügige, schöne Bewegungen. Sie suchte offenbar etwas, bückte sich auch einmal mit zusammengedrückten Knien, stand dann mühelos wieder auf und ging ein paar Schritte in eine andere Richtung. Sie fühlte sich offenbar vollkommen unbeobachtet. Die Frau war schlank und hatte die richtige Größe. Szépregyi, der immer sofort alle Eigenschaften einer Frau in Beziehung zu seiner Person setzte, schätzte Frauen, die einen halben Kopf kleiner waren als er. Sie kam langsam näher, den Kopf leicht geneigt und hin und her wendend, aber sie sah nicht, was sie suchte. Er blickte ins Gegenlicht, die Frau wurde immer dunkler. Erst als sie vor ihm stand, erkannte er Lilly.

Nach einem Augenblick wechselseitigen Erschreckens sagte Szépregyi: »Ich beobachte dich schon seit fünf Minuten, aber ich habe dich mit deiner Frisur nicht erkannt.« – »Und warum hast du nicht gerufen?« fragte Lilly. »Erwartest du hier etwa eine Frau?« Sie hielt ihre Augen fest auf ihn gerichtet. Er fühlte sich unwillkürlich unter Anklage gestellt, was ihn verlegen und zugleich ärgerlich machte. Er öffnete den Mund, aber es kamen keine Worte heraus. Es kam ihm vor, als sehe er Lilly jetzt zum erstenmal. Kannte er diese vollen blassen Lippen, die violette Müdigkeit um die Augen, die kleinen Ohren und die Perlen auf den Ohrläppchen, die aussahen, als seien sie in diesen Muscheln gefunden worden? Lilly trug betont mädchenhafte Farben. Ihr Kostüm war aus türkisfarbenem Piquet, die Bluse aus rosa Seide und die Schuhe aus gelbem Lackleder. »Ich sehe absurd aus«, sagte Lilly, die sich über das Ausbleiben einer Antwort von Szépregyi nicht wunderte. Sie setzte sich halb auf den Tisch und betrachtete ihr Bild in einem Spiegel. Vielleicht fiel auch ihr jetzt auf, wie sehr sie sich verändert hatte. Sie sah sich ernst aus verschiedenen Winkeln an, ließ diese Prüfung dann aber in eine Kasperei übergehen und rollte die Augen wie ein Stummfilmstar. »Hierzu gehörte noch ein Hut«, sagte sie dann, als entgleite ihr in Trance ein uraltes Geheimnis. Szépregyi glaubte, daß sie seine Gegenwart vergessen habe, auf der Schreibtischkante wie auf einem Fels am Meeresstrand sitze und sich im Spiel der leise schwappenden Wellen verliere. »Wenn ich diesen Hut aufhabe«, sagte sie schließlich aus ihrem Traum heraus, »sehe ich aus wie Frau Trumfeller.« Dann fragte sie Szépregyi mit einem kaum sichtbaren Lächeln, während sie ihm einen Bleistift aus der Hand nahm und sich damit am Kopf kratzte: »Kennst du Frau Trumfeller?«

Es war heiß im Zimmer. Bereits jetzt wurde deutlich, daß die Räume die Qualität von Treibhäusern besitzen würden. Von der Dachterrasse blies ein sanfter Wind herein, der dennoch genügend Kraft besaß, die losen Pergamentrollen geräuschvoll übereinanderzutürmen. Szépregyi hielt das Papier mit seiner braunen Hand zusammen, die knochig aus seiner weichen Manschette herausragte. Er war dankbar für die kleine Ablenkung, die ihm die Natur gewährte.

Szépregyi war nicht der Herr der Lage. Sein Herz schlug schnell, aber es belebte ihn nicht. Er fühlte sich schwach und alt. Und dabei konnte er noch die Anzüge tragen, die er als Dreißigjähriger getragen hatte. Sein Haar hatte einen fast unnatürlich kräftigen Nußton, der sich an den Schläfen mit einigen frischen weißen Strähnen mischte. Er sprang wie früher die Stufen in den sechsten Stock unter Mißachtung des Aufzugs, ohne innezuhalten, hinauf, und mußte sich nur kurze Zeit an die Wand lehnen, um das daraufhin einsetzende Herzrasen zu besänftigen. Seine Abstinenz von Alkohol und

Zigaretten bestärkten ihn gleichfalls in dem Lebensgefühl, ein junger trainierter Sportler zu sein. Bezeichnenderweise lag ihm weniger an der biologischen Wirkung der Enthaltsamkeit als an der Enthaltsamkeit selbst. Die Askese erregte seine erotische Phantasie. In seinem Taschenkalender pflegte er unter den Vermerken seiner geschäftlichen Termine mit einem roten Punkt zu notieren, wann er den Höhepunkt der physischen Lust erreicht hatte, und wenngleich bei seinem Junggesellen- und Reiseleben auch immer wieder mehrere weiße Seiten aufeinanderfolgten, so gab es doch auch ganze Passagen, in denen die roten Punkte wie die Pilze in einer feuchten Waldlichtung leuchteten.

Obwohl Eduard Has drei Jahre jünger war als er, hätte niemand auf den ersten Blick geglaubt, daß die beiden derselben Generation angehörten. Bei Has sorgte das Fett dafür, daß keine Falte die weiche Glätte seines Gesichts zerteilte, während Szépregyis Stirn eine Vielzahl trockener Furchen aufwies. Der Unterschied bezog sich auch nicht eigentlich auf den körperlichen Erhaltungszustand – wer genauer hinsah, hätte schon erkannt, daß sie gleichaltrig waren –, sondern auf die Zugehörigkeit zu verschiedenen historischen Epochen. Szépregyi war modern, während Has zur Vorkriegszeit gehörte und in seinem repräsentationsfreudigen Auftreten den Anspruch einer Würde an den Tag legen konnte, den die verstörte Bourgeoisie eigentlich lange vor dem Krieg schon verloren hatte. Aber dieser Vorsprung vor Has, den Szépregyi sonst mit besonderem Vergnügen empfand, war nun in nichts zerronnen. Vor ihm bewegte sich und sprach ein blinkendes Wesen, das ihn einschüchterte. Er glaubte plötzlich, in Lilly das reine Geschöpf zu erblicken, als das die Menschen ursprünglich gedacht waren, und er spürte einen unendlichen Abstand zwischen ihr und sich selbst. Es kostete ihn große Anstrengung, den Mund zu öffnen, aber er glaubte nicht weiter schweigen zu dürfen, obwohl Lilly daran keinen Anstoß nahm. Sie war ohnehin im Schweigen mehr als im Reden zu Hause.

»Was machst du hier eigentlich?« fragte er also schließlich, indem er versuchte, seiner Stimme etwas väterliche Autorität mitzugeben. »Wir haben das Geschenk vergessen«, sagte Lilly. »Es hat eine Riesenschleife wie ein Osterhase. Wir schenken zu Hochzeiten immer etwas Graviertes, nur das Gewicht wechselt. Diesmal ist es, glaube ich, ziemlich leicht.« Und dann fügte sie unendlich sanft hinzu: »Am liebsten würde ich gar nicht mehr zurück nach Kronberg fahren. Am liebsten bliebe ich hier bei dir!« Szépregyi wagte nicht, sich zu bewegen, aber er konnte nicht verhindern, unfreiwillig schnell zu antworten: »Dann bleib doch einfach hier!«

Lilly stand sofort auf. Sie war immer noch sanft, aber Szépregyi war sich nicht sicher, ob nicht auch ein Unterton von Herablassung in ihren Worten lag. »Unten wartet das Taxi«, sagte sie, während sie wieder in die Ferne blickte, eine Verbannte, die einem harten Urteil folgt. Szépregyi rührte sich nicht, als ihre Lippen sich seiner Wange näherten und sie trocken und leicht wie ein Vogelflügel streiften. Dabei waren solche familiären Küsse nicht unüblich zwischen ihnen. Er hatte schon Dutzende von Lilly bekommen, ohne sich bisher daran erinnern zu können.

Alfred hatte schon einiges von Szépregyi gehört, bevor er ihn kennenlernte, denn während des Umbaus, als gelegentlich der zur Verfügung stehende Wohnraum auf wenige Zimmer beschränkt war, hatte er das Mendelssohnstraßenhaus nicht mehr betreten. Die Gründe, die Lilly davon abhielten, mit ihm zusammenzusein oder mit ihm zu lernen, waren gewöhnlich von einer ihn stets aufs neue verstimmenden Anonymität gewesen. Er haßte die »Freunde«, von deren unbestimmtem Plural immer die Rede war, soweit man etwas hassen kann, was man nicht kennt. Alfred, der gern bereit war, Lilly einen unvergleichlich größeren Lebensrahmen als seinen eigenen zuzugestehen, hielt es dennoch für unwahrscheinlich, daß sie sehr viele Menschen besser als ihn selbst kennen sollte, dazu reichte bei aller Betriebsamkeit einfach die Zeit nicht aus. Ihn hingegen kannte sie oder hätte jedenfalls Gelegenheit dazu gehabt, ihn gründlich kennenzulernen, nicht nur in langen Stunden zu zweit, in denen sie erfuhr, wie schön und einfach er ihr alles erklärte. Sie erlebte ihn ja auch ständig mit anderen. Sie konnte ihn zum Beispiel mit Toddi Osten vergleichen und schien ganz gut zu wissen, worin sich die beiden unterschieden. Aber waren sie deshalb auch Freunde geworden? Hier wäre sich Alfred nicht sicher gewesen. Er wußte nicht, ob er mit Lilly befreundet war so wie mit Toddi Osten, mit dem er jeden Morgen in die Schule ging, um sie dann mit ihm bald wieder zu verlassen und den Rest des Vormittags gemeinsam im Café Feuerbach zu verbringen. Er wußte auch nicht, ob Lilly ihn als Freund betrachtete. Er ahnte aber, daß er jedenfalls nicht in die

Sparte jener gehörte, von denen sie als »Freunde« sprach, Menschen, deren immer erneute Gastlichkeit sie fortwährend in verschiedenen Regionen Europas in Anspruch nahm. Genaugenommen legte er auch gar keinen Wert darauf, in diesem Sinne einer aus der Schar von »Freunden« zu werden. So liebenswert und sanft er sich Lilly gegenüber betrug, er hegte doch eigentlich keine freundschaftlichen Gefühle für sie. In seinen Traumstunden hielt er ihr häufig strenge Strafpredigten. Im Gegensatz zu ihr hatte er die Gelegenheit der Nähe genutzt. Er hatte ihr Wesen bis auf den Grund ausgeschöpft. Er wußte, was sie nicht wußte: wie flach, wie albern, wie arm sie war, wie verkümmert ihre menschlichen Möglichkeiten, wie bedürfnislos ihr Geschmack, der nur verbrauchte, aber nie wählte, wie empfindungslos sie lebte. Erstaunlicherweise hörte sie sich in seiner Vorstellung diese Worte in überraschender Demut an. Er bemerkte, daß er sie getroffen hatte; ihre Augen füllten sich schließlich mit Tränen. Wenn er soweit gelangt war, begann sich ihm die Gestalt Lillys wieder zu entziehen.

Alfreds Besuch in dem dunklen, verlassenen Haus, vor dem Toddi Osten mit den Fahrrädern wartete, hatte im übrigen die Beziehung zu Lilly nicht vereinfacht. Es war angenehm, an die junge Frau mit der ägyptischen Sklavinnenfrisur zu denken, aber es schien ihm ausgeschlossen, dies Erlebnis mit Lilly mir nichts, dir nichts zu wiederholen. Die zauberische Mühelosigkeit, mit der dieser Genuß verbunden war, machte die Mauern, die sich solchem Vorgehen im alltäglichen Leben in den Weg stellten, für Alfred jetzt erst wirklich sichtbar. Er wagte kaum, sich auszumalen, was alles geschehen mußte, bis Lilly bereit war, sich wie die weißhäutige Ägypterin zu betragen. Jetzt erst wurde ihm klar, welch ein Geschenk er von der fremden Frau erhalten hatte, ungeachtet der kleinen Summe, die sie von ihm haben wollte. Sie hatte ihm gezeigt, was womöglich bei Lilly auf ihn wartete. Sie hatte ihm durch eine vorauseilende Gewährung einen Eindruck dessen verschafft, was sonst vielleicht in der andauernden Entbehrung aus seinem Gesichtskreis geraten wäre. Er versuchte die Frau wiederzufinden, aber das Haus im Westend war nun endgültig leer. Alfred war froh, daß er Toddi Osten nicht eingeweiht hatte. Toddi hätte gewiß der Verlockung nicht widerstanden, im Kreis des Café Feuerbach die Geschichte ausführlich vorzutragen, und Alfred wagte nicht, sich vorzustellen, was Lilly dazu sagen würde. Er fürchtete ihre sittliche Entrüstung, mehr noch ihren Abscheu und vielleicht sogar ihre Eifersucht. Überhaupt hielt er es für klüger, wenn sie ihn für ebenso unerfahren hielt, wie sie selbst es war, denn dann würde sie sich weniger vor ihm in acht nehmen. Was im übrigen geschehen sollte, wenn Lilly eines Tages erkannte, daß er der für sie bestimmte Mann war, wußte er nicht. Er vermied es sogar, allzu schön von ihr zu träumen, denn er fürchtete, damit verbotenerweise etwas vorwegzunehmen.

Lilly sah gern das große Gemälde an, das bei den Tanten Labonté im Treppenhaus hing und den »Ritter von Cronberg bei seinem Aufbruch ins Heilige Land« zeigte, und Alfred erblickte in dieser Sympathie eine Vorausahnung künftiger Gemeinsamkeit, da er das Bild noch immer liebte. Der Ritter von Cronberg war von mehreren jungen Männern umgeben, die Säcke auf die Packpferde luden und schöne Waffen in den Händen hielten, alles war fast bereit, und der Abschied von den Zurückbleibenden hatte wohl schon stattgefunden, denn der Ritter saß bereits auf seinem Pferd und hatte den hellen Mantel mit dem großen schwalbengeschwänzten Kreuz umgelegt, aber sein Blick ging in Richtung auf die junge Frau mit ihren offenen blonden Haaren, ihrem rostfarbenen Mieder mit den gekreuzten schwarzen Bändern, die die weiten Ärmel zusammenrafften, und auch sie, die an einem mageren Bäumchen lehnte, blickte zu ihm hinüber, ein wenig erschöpft, wie es schien, aber ruhig. Beide sahen aus, so kam es Alfred nun vor, als könne die Trennung ihnen nichts anhaben, weil sie sich in einer Weise nahe waren, die es gleichgültig erscheinen ließ, ob sie zusammenblieben oder sich nie mehr wiedersahen. Eine pflanzenhafte Kühle strömte aus dem Rahmen, der Duft feuchter Wiesenkräuter und eine vorherbstliche zarte Bräunlichkeit nährte die Vorstellung, daß jede Sehnsucht hier mit bitteren Essenzen beruhigt werde. So etwa sah noch am ehesten das Bild aus, daß Alfred sich von seiner Vereinigung mit Lilly machte: ein ewig dauernder Abschied. Ein schwierig zu fassendes Programm also, genaugenommen eine bloße Stimmung, die Alfred in sich zu erzeugen wußte und der er, anstatt etwas Vernünftiges zu lesen, bis zum Überdruß nachhing. Jedenfalls stellte er sich niemals vor, daß er mit Lilly im Auto herumfahren, in Restaurants mit ihr zu Abend essen und in einem Hotel mit ihr übernachten würde. Mit solcher Nahrung gab sich seine Phantasie nicht ab, das war Alltagskost für anspruchslose Mägen.

Immerhin stellte sich gelegentlich die Frage, wie es sich mit Lillys Ansprüchen verhielt. Die Gesichtslosigkeit ihrer »Freunde« ließ letzte Gewißheiten nicht zu, obwohl Alfred fühlte, daß er Anlaß zu den traurigsten Annahmen hatte. Seine Lage veränderte sich, als Szépregyi auf den Plan trat. Lillys Freunde, die Verhinderer ihrer Begegnungen, hatten nun einen faßbaren Abgesandten in Frankfurt etabliert. Der Name tauchte erst allmählich auf. Eine Weile firmierte Szépregyi in Lillys Worten noch als »der Freund meiner Eltern«, von Alfred wenig beachtet, weil immer noch zu unbestimmt. Die Elternsphäre lag ohnehin in weitentrücktem Land. Zum erstenmal nahm der Namenlose Gestalt an, als die Zukunft der Christuskirche in die tödliche Nähe der Stadtplaner geriet. Die Politiker hatten den Einfall geboren, die Kirchenruine abreißen zu lassen und statt dessen eine Suppenküche für Studenten zu errichten, und die Bewohner der umliegenden Straßen vereinigten sich in schüchternen Protesten. Kinder mit Unterschriftslisten für eine Petition liefen von Haus zu Haus, und auch Alfred wurde von Tante Mi dazu angehalten, nicht weil sie der Ruine eine besondere Bedeutung beimaß, sondern weil sie die Gerüche der Großküche fürchtete.

Lilly belehrte Alfred damals, sein Eifer habe etwas Rückständiges. Der bedeutende Wiener Architekt Carl Szépregyi, derselbe, dessentwegen sie die Lateinarbeit am Samstagnachmittag nicht werde vorbereiten können, habe erklärt, das Westend brauche als Zeichen eines Aufbruchs unbedingt einen mutigen Bau. Die Christuskirche sei ein besonders ärgerliches Beispiel – wofür, hatte Lilly vergessen, Szépregyi meinte vermutlich den Eklektizismus.

Alfred fehlte die Bildung, um einer solchen Behauptung zu begegnen. Seine Parteinahme für die ausgebrannten Mauern bestand in einem Bekenntnis zu der Welt, die sich in seine frühesten Erinnerungen eingegraben hatte, und war deshalb ohne jeden politischen Wert. Tatsächlich konnte er sich nicht vorstellen, daß die Schubertstraße einmal nicht mehr auf das große Himmelsfenster des gotischen Bogens zuliefe. Er wußte nicht, wie die Welt aussehen würde, wenn die stillen und doch auch spannungsvoll sich verengenden Perspektiven nicht mehr in diesen Ausblick in das jenseitige Land mündeten. Tatsächlich hatte er sich früher oft vorgestellt, daß jenseits des gotischen Bogens etwas anderes beginne oder doch beginnen müsse, und er behielt die Straßen hinter der Kirchenfront wie ein graues und lebloses Bühnenhaus, das sich hinter den strahlenden Kulissen ausdehnt, in seinem Gedächtnis.

Immerhin besaß er genügend Wirklichkeitssinn, um Lillys von Wien aus bekräftigten Ansichten nicht mit solchen Stimmungsbildern zu widersprechen. Er hatte nicht einmal das Modell der Suppenküche weiter zur Kenntnis genommen, das in den bürgerlichen Zeitungen, die im übrigen der Architektur der Christuskirche auch nicht viel Schonung angedeihen ließen, anklagend veröffentlicht worden war. Aber Szépregyis Meinung, soweit sie ihn als Zitat erreichte, erregte von Anfang an seinen Ärger. Es reizte ihn, daß Lilly, die wie er im Schatten des gotischen Bogens aufgewachsen war, aufgrund auswärtiger Autoritäten ohne weiteres davon Abschied nahm, als habe sie die Sonne niemals in dem zum Himmel steigenden leeren Fenster untergehen sehen. Der Aufbruch, den Szépregyi forderte, klang gewaltsam wie ein Erdstoß, der ganze Straßenzüge zum Einsturz brachte. Vor allem aber enthielt er für Alfred einen drohenden Vorgeschmack von Lillys Aufbruch, der sich hier vorzubereiten schien.

Zunächst aber sollte das Bild von Szépregyi deutlicher werden. »Ich muß heute nachmittag mit Carl Szépregyi arbeiten«, erklärte Lilly, um Alfred abzusagen, der den Lernstunden mit ihr als den Höhepunkten der Woche entgegensah. In diesem Fall wagte er die Rückfrage, was sie denn mit Herrn Szépregyi zu arbeiten gedenke. Ein böser Verdacht ließ ihn befürchten, daß Szépregyi am Ende mit ihr Cicero lesen werde. Aber davon war keine Rede, sondern von etwas viel Wichtigerem: Szépregyi wollte mit Lilly ihr Arbeitszimmer besprechen, und das war, so erklärte sie, ein ernsthaftes Geschäft. Ein solch wichtiger Architekt – das Wort »wichtig« tauchte nun häufiger auf – arbeite eben unerhört gründlich. Bevor er ein Zimmer plane, beschäftige er sich bis ins kleinste mit der Persönlichkeit dessen, der es bewohnen werde. Es sei erstaunlich, wieviel psychologische Kenntnis dann in die Planung eines Zimmers einfließe. »Was willst du wissen?« habe sie gefragt – Alfred beachtete das Du –, und Carl Szépregyi habe geantwortet: »Alles.«

Was sei denn das – Alles? fragte Alfred mit einem Unterton, der

Lilly mißfiel. Wie reich ihre Seele in Wahrheit orchestriert war, erfuhr sie – solchen kindlichen Spöttereien zum Trotz – gerade von Szépregyi. Er öffnete ihr die Augen für das, was sie immer geahnt hatte, und bewies ihr zugleich, wie bedeutungsvoll solche Einsichten waren, denn von ihnen hing ab, ob der Wandschrank rechts oder links und der Schreibtisch in der Mitte standen oder der Vorhang blau oder grün sein würde.

Über diesen »Arbeitsgesprächen«, wie Szépregyi sie nannte und wie er sie auch schon mit Has und Dorothée abgehalten hatte, lag ein wirkliches Geheimnis. So tief, wie Szépregyi in die Träume und die verborgenen Gedanken eindrang, mußte man glauben, daß er feenhafte, dramatische und lyrische Gemächer von beinahe absurder Privatheit zu schaffen gedenke. Immerhin hatte er aus Has herausgeholt, daß ihm in der Gegenwart des Schäferhundes von Herrn Herr unbehaglich zumute sei. Dorothée hatte ihm zu ihrer eigenen Verblüffung gestanden, daß sie unter dem Zwang stehe, aus allen Zahlen die Quersumme zu errechnen, und viel Zeit damit verbringe, die Bedeutung des Ergebnisses zu ergründen, und Lilly erzählte ihm ihre Träume: Manchmal glaubte sie zu fliegen, ein andermal fürchtete sie sich, in ein tiefes Loch zu stürzen, und hin und wieder kam es vor, daß sie sich völlig nackt unter lauter angezogenen Leuten bewegte, und Szépregyi verfiel in ein tiefes Nachdenken angesichts derart seltener Traumerlebnisse.

Wer aus solchen Untersuchungen aber schloß, daß Has fortan auf einem Sessel, dessen Füße die Tatzen einer dänischen Dogge bildeten, zu sitzen habe, oder daß Dorothées Schlafzimmer in einer kabbalistischen Pyramide liegen werde, oder daß Lilly sich künftig in einem Kabinett aus Zerrspiegeln an- und ausziehen müsse, hatte vom Wesen der Szépregyischen Architektur nichts verstanden. Abgesehen davon, daß alle seine Räume in ihrer Konstruktion den gleichen Prinzipien folgten – nämlich wenigstens eine Wand zu haben, die von oben bis unten aus Glas bestand –, daß sich auf allen Böden das bereits vertraute schwarze Linoleum ausbreitete und alle Wände weiß getüncht waren, bestanden die Schwierigkeiten, die Szépregyi zu lösen auf sich nahm, im wesentlichen in den Fragen der Proportion. Angesichts des durch die eigenen Grundsätze stark eingeschränkten Bewegungsspielraums stieg Szépregyis Detailarbeit wahrhaft in den Rang subtilsten mathematisch-philosophischen Exerzitiums auf. Es ging um Millimeter in seiner Arbeit. Er war kein Scharlatan. Er rückte die Küchentür um fünfeinhalb Zentimeter so oft hin und her, bis er jegliches Gefühl für diese Tür verlor und Angst hatte zu erblinden. Eduard Has zeigte daraufhin angeborenes Talent zum Künstlervater, indem er, wie er sich ausdrückte, ein Machtwort sprach und Szépregyi für Wochen jede weitere Beschäftigung mit dem endgültigen Sitz der Küchentür verbot. Has liebte solche Augenblicke, obwohl sie einen ungeahnten Zeitverlust nach sich zogen, denn Szépregyi geriet häufig in derartige Krisen. Has sah einmal, daß er zitterte, als er nach dem Bleistift griff, um ihn unnötigerweise noch spitzer zu spitzen. Er fürchtete, daß Szépregyi plötzlich in Tränen ausbrechen könne, und das war ein Anblick, den er nicht erleben wollte. Er war bereit, lieber viel Geld zu zahlen, und er wendete das Schreckensereignis auch ab, indem er alle Handwerker sofort nach Hause schickte und mit Szépregyi und Dorothée nach Burgund fuhr, wo sich die Augen des Architekten am Anblick frühromanischer Plastik erholten. »Wie modern!« rief Has, vor der »mystischen Mühle« oder dem »Keltertreter«, und Szépregyi, der wieder Lebensmut zu fassen begann, gab ihm recht, während Dorothée leichtfüßig in den Sandsteinhallen spazierenging, ohne die Sonnenbrille abzunehmen.

Es ist verständlich, wenn diese Art der Entstehung von Zimmern, die später täglich benutzt werden sollten, nicht ohne Eindruck auf Lilly blieb. Mit diesen Räumen entstand ein ganzer Lebensstil, denn die Familie hatte sich unter Szépregyis Anleitung über alle ihre Gewohnheiten, Vorlieben und Abneigungen selbstquälerische Gedanken gemacht. »Wohnen ist ein Gesamtkunstwerk«, pflegte Szépregyi zu bemerken, »ich kann nur die Voraussetzungen dazu schaffen. Das Kunstwerk Wohnung wird durch den Bewohner vollendet, der die Wohnung wohnend rezipiert.« Es würde also nie mehr ein Ende haben mit der Kunst in ihrem täglichen Leben. Lilly vor allem begriff, daß um sie herum Bedingungen entstanden, die sie auf immer von allen anderen Menschen schieden. Das Leben mit Szépregyi überführte die träge Bewußtseinsmasse aus dem Halbschlaf in die Entschlossenheit beständigen Wachseins. Von dieser hohen Warte aus begannen sich im übrigen alle jene Personen und Verhältnisse, in denen kein solch moralisch-ästhetisches Reinigungswerk betrieben wurde, einander anzugleichen. Elegante

Leute, die sich mit ihren Antiquitäten und Blumenbildern wer weiß wie kultiviert vorkamen, galten nun als genauso lächerlich wie die Fräulein Labonté mit ihrem Väterhausrat, ja, die Fräulein Labonté schnitten sogar im Vergleich eher noch besser ab, da ihnen keine Ambitionen in bezug auf ihre Umgebung nachgesagt werden konnten, außer der einen, nämlich alles unbeschadet zu bewahren, wie es ihnen übergeben worden war. Lilly nahm Alfred also aus, wenn sie von den »Edelspießern« sprach, was sie in seiner Gegenwart allerdings ohnehin selten tat, da er zu uneingeweiht war, um den kritischen Mut zu begreifen, mit dem sie Toddi Osten zum Beispiel in das Reich der Edelspießer verwies.

Es ist aber fraglich, ob Alfred Carl Szépregyi als Urheber dieses Avancements dankbar gewesen wäre. Alles sprach vielmehr in wachsendem Maß dafür, daß er nicht die bescheidenste Versuchung mehr spürte, nach guten und verdienstvollen Seiten Szépregyis zu forschen. »Am Wochenende kann ich nicht«, sagte Lilly nun mit Sicherheit, »am Wochenende zeigt der Cari uns Asolo.« Alfred fragte sich unterdessen, wie alt Szépregyi wohl sein mochte. Eduard Has kam ihm uralt vor, aber so wie Lilly von Szépregyi sprach, mußte er noch diesseits des Generationsgrabens stehen, denn es klang etwas Vertrauliches in dem Respekt mit, den sie als Grundton beibehielt, wenn sie Szépregyi erwähnte. Alfred hatte das Gefühl, daß dieser Respekt aber eben nicht dem Alter galt, sondern dem Mann, der sich und seine Gaben derart wirkungsvoll dem Hause Has einzufügen verstanden hatte. Tatsächlich war dann auch einmal von Szépregyis souveränem Tennisspiel die Rede, als der Architekt in Lillys Club im Palmengarten den Trainer nach einem anstrengenden Tag geschlagen hatte. Es war glutheiß gewesen; Has lag japsend in Unterhosen in seinem verdunkelten Schlafzimmer und fürchtete eine Herzschwäche. Nach solchen Nachrichten mochte Szépregyi dreißig sein, zugleich war er aber von Lilly als Studienfreund ihres Vaters eingeführt worden. Hinzu kam, daß Lilly von ihm neuerdings immer nur mit Vornamen sprach und noch dazu in der Wiener Verkleinerungsform. In Alfreds Welt hingegen wurde niemand geduzt. Die Tanten redeten Frauen, die sie seit fünfzig Jahren kannten, mit Sie an und hätten es als aufdringlich empfunden, etwas anderes zu tun. Nun wußte Alfred natürlich, daß in Lillys Welt andere Gesetze galten, aber es blieb doch ein Gefühl der Verwirrung. Szépregyi, der Meister, der Künstler, der Jäger, der Seelenforscher, der Krebsfänger, der Tennisspieler, der Cari, der Burgundkenner geriet ihm in seiner Vorstellung nicht zu einer faßbaren Gestalt. Er blieb für Alfred ein Schatten, aber ein böser Schatten, der sich über Lillys weiße Stirn gelegt hatte und sie verdunkelte.

Manchmal versuchte Alfred, gegen diese Szépregyi-Chimäre einen anderen Geist aufzubieten, der aus der eigenen Sphäre stammte, seinen Vater. An sicheren Eigenschaften war ihm zwar nur nachzusagen, daß er gern, allzu gern, auf dem Main in seinem Kanu fuhr, aber das war in seinen jungen Jahren gewesen, in denen Szépregyi, was immer er damals getrieben haben mochte, gewiß auch noch kein großes Licht gewesen war. Was sich danach bei seinem Vater hätte entfalten können, hätte Szépregyi mit Sicherheit in den Schatten gestellt. Alfred war sich allerdings nicht klar, mit welcher Eigenschaft sein Vater Szépregyi überflügeln könnte. Er glaubte jedoch, daß es nicht die Architektur war, weil er vermutete, daß sein Vater sich für Architektur überhaupt nicht interessierte. Er hielt es vielmehr für wahrscheinlich, daß sein Vater während der Präsentation eines anspruchsvollen Modells durch Carl Szépregyi ein derartiges Desinteresse ausströmte, daß Szépregyi ins Stottern geriete und schließlich verlegen fragen würde, ob er mit seinen Erklärungen fortfahren solle. »Wie es Ihnen beliebt«, hörte er seinen Vater kühl antworten.

Alfred sah niemals das Gesicht seines Vaters, sondern nur den Rücken, aber welch einen Rücken! Die Schultern waren so breit, daß es dunkel im Zimmer wurde, wenn er vor dem Fenster stand. Seine Hände hatte er auf dem Rücken zusammengelegt, ein Daumen klopfte auf den anderen und verriet beträchtliche Ungeduld. Szépregyi erschien ihm gegenüber ungewöhnlich mager, eine Art buckliges Schneiderlein, ein bräunlicher, winziger Floh, der unaufhörlich ängstlich vor seinem Vater zurückwich. Die Langsamkeit, die wie bei einem großen Schiff aber zugleich auch etwas Unaufhaltsames hatte, bildete einen kraftvollen Gegensatz zu der zappeligen Flucht, die sie auslöste. »Hören Sie, Herr Szépregyi«, sagte Alfreds Vater mit einer Stimme, die an weitentfernten Donner erinnerte, »hören Sie, Herr Szépregyi!«, und Szépregyi, der versuchte, sich hinter einem Sessel zu verbergen, reckte gehorsam den dünnen Hals in dem offensichtlichen Bestreben, Alfreds Vater nicht zu reizen.

Aber Alfreds Vater fuhr nicht fort. Alfred fiel nicht ein, was sein Vater sagen könnte. Er wagte nicht, sich festzulegen, in der Angst, das Wesen seines Vaters nicht vollständig zu treffen. Es gab dennoch Augenblicke, in denen Alfred glaubte, die Erscheinung des Carl Szépregyi sei bereits gebannt. Meist aber fühlte er tief seine Einsamkeit, in der ihn sein Vater durch den Sturz in den Main gelassen hatte.

Alfred wurde Carl Szépregyi am Tag nach dem Cocktail vorgestellt, den Eduard und Dorothée Has aus Anlaß der Einweihung ihrer Wohnung gaben. Die große und die kleine Galerie hatten eigentlich am selben Abend zum erstenmal gezeigt werden sollen, aber die Arbeiten waren nicht abgeschlossen, was niemand Szépregyi zum Vorwurf machte, ohne damit seine Laune aufhellen zu können. Er lehnte es ab, sich trösten zu lassen. Has hatte dennoch eine Reihe von Kunstwerken aus den Depots herausgesucht. Neuerdings gab es sogar im Keller einen Raum mit gleichmäßig gehaltener Luftfeuchtigkeit, wo die Bilder wie Weinflaschen lagerten.

Schon die provisorische Hängung hatte viel Ärger ausgelöst, denn Has wünschte durch eine gewisse Fülle von den Unvollkommenheiten der Zimmer abzulenken, wohingegen Szépregyi den Plan verfolgte, nur ein einziges Bild, einen Mondrian, für alle anderen stehen zu lassen und damit zuerst einmal der Architektur die Ehre zu geben. »Siehst du denn nicht, daß dein Mondrian etwas vom Grundriß deiner Wohnung hat?« fragte Szépregyi, und man hätte ihm wohl recht gegeben, wenn Herr Herr nicht den Inhalt von zwei Magazinen bereits in den sechsten Stock geschafft hätte. Wie so oft verdrängten plumpe Fakten das bessere Argument.

Am Abend kamen so viele Leute, daß auch das wirkungsvollste Arrangement unsichtbar geblieben wäre. Zugleich erwies es sich als vorteilhaft, daß die Handwerker noch im Hause waren, weil nach dem Empfang eine Reihe von Schäden von dem Benehmen zeugten, mit dem zusammengequetschte Menschen sich Erleichterung zu verschaffen pflegen. Es gab Zigarettenbrandlöcher und einen großen Sprung in einer der Glastüren. Gegenwärtig wurden solche Mängel im Bild durch eine Flut von Blumen verdeckt. Auf den Tischen, dem Flügel und dem Fußboden stießen die Sträuße aneinander, lauter von Szépregyi verbotene Farben, rosafarbene kompakte Bomben wie große Kaffeewärmer, gelbfleischige Trichter wie von einer Gummibademütze, falsche Wiesenblumen, die durch Überdüngung ein gefährliches Ausmaß erreicht hatten, Kopfschmerzen erzeugende schwere Lilien, deren wächserne Blütenblätter mit dem eigenen Blütenstaub wie mit Schnupftabak bekleckert waren, und das alles in einem Zimmer, in dem Szépregyi außer der Riesenpflanze mit ihren grünen Lederfingern und den unangenehm lebendig wirkenden Luftwurzeln allenfalls noch ein oder zwei schwimmende Seerosen auf dem kniehohen Sofatisch gestattet hätte.

Alfred aber war von dem heiteren Chaos überwältigt, als Lilly ihn durch die Flucht der Zimmer führte, um ihn zu ihren Eltern auf die Dachterasse zu bringen. In einem geschützten Winkel lagen Eduard Has, Dorothée und Szépregyi in Liegestühlen und aßen von dem blaß gewordenen Lachs und der sich am Rand einrollenden Salami.

»Eingeladen wirst du erst, wenn du das Abitur hast«, sagte Has in der etwas provozierenden Art, die Alfred immer peinlich fand. Vermutlich sollte damit eine gewisse Familiarität erzeugt werden. »Das ist unser Freund Alfred«, sagte er dann zu Szépregyi, »ein großer Verehrer von Lilly!« Offensichtlich wandelte ihn angesichts der sichtbaren Verlegenheit, die Alfred bei dieser Bemerkung befiel, eine Regung von Ritterlichkeit an, denn er fuhr fort: »Das ist keine Schande! Das sind wir schließlich alle hier!« und sah sich nach Beifall um. Statt dessen sagte Lilly kühl: »Was für ein Unsinn. Alfred ist nicht mein Verehrer, sondern mein Freund.« Alfred empfand eine unendliche Erleichterung, als sich daraufhin das Gespräch anderen Gegenständen zuwandte. Er fühlte aber, daß die Augen Szépregyis auf ihn gerichtet waren, nicht unfreundlich übrigens, sondern in einer Art von verhaltener Neugier.

Szépregyi, das erfuhr Alfred nun durch den Augenschein, war keineswegs ein zirpeliges Männchen, wie sich das innere Bild im Verein mit dem Namensklang geformt hatte, aber wenn er aus dem tiefen Liegestuhl hervorkam, würde er Alfred kaum wesentlich überragen, und da der Junge die eigene Person zum Maßstab der Durchschnittlichkeit erklärt hatte, so konnte auch Szépregyi kaum weiter auffallen. Es war aber nicht nur die Statur, sondern das ganze Aussehen, das Alfred enttäuschte. Wenn er Szépregyi ansah, entdeckte er keinen Zug, der sich ihm eingeprägt hätte. Er sah einen für seine Begriffe alten, mageren Mann mit brauner Haut, die seine

Augen müde erscheinen ließ, einem ebenmäßigen Gesicht, für das die Formel aus den Reisepässen »Besondere Merkmale: keine«, geschaffen zu sein schien, und großen Händen, die die Lehne des Liegestuhls umfaßten, als wollten sie sie zerbrechen. Szépregyi kam ihm bei all seiner offensichtlichen Gesundheit wie grau überpudert vor, obwohl Alfred doch von den geknickten Hoffnungen, den Fehlschlägen und dem brennenden Ehrgeiz Szépregyis nichts wußte. In vollem Ausmaß war die Laufbahn Szépregyis ja nicht einmal der Familie Has bekannt. Nur Olenschläger hatte den Fall mit einem Blick erfaßt und sich das Detailmaterial, was den Eindruck wie gewohnt bestätigte, von der Trumfeller beschaffen lassen.

Das einzige, was Alfred an ihm bemerkenswert fand, war die Stimme. Szépregyi machte von Wiener Anklängen keinen übertriebenen Gebrauch, aber ein gewisser östlicher Singsang prägte auch die hochdeutschen Perioden, und außerdem hob er häufig die Stimme am Ende eines Satzes, was selbst seinen Bekräftigungen eine schwebende und fragende Stimmung gab. Das Organ war dunkel und baritonal, aber der Akzent durchzog es mit zahlreichen Nasallauten, die weniger satt als das Frankfurter Nasalieren der Tanten Labonté klangen und dafür mehr vom Schwirren einer Metallsaite an sich hatten. Der reine Laut gewann durch solche Einfärbungen an Charakter. Kein Wunder, daß der Tagträumer Alfred solche Vorzüge bemerkte; dafür entging ihm allerdings häufig der Inhalt der Sätze.

Die Szene, deren Bestandteil er nun geworden war, atmete für Alfred beinahe Salzluft. Die Vorstellung, sich auf dem Sonnendeck einer Yacht zu befinden, gelang in manchen Augenblicken vollständig. Die Familie Has strömte an diesem Vormittag die überfütterte Ruhe von Seereisenden aus, die unter den Anstrengungen unausgesetzter Vergnügungen leiden. Dorothée hatte die Augen geschlossen, schwieg und hielt ihr cremeglänzendes Gesicht mit dem Ausdruck disziplinierter Pflichterfüllung den Sonnenstrahlen entgegen. Die Männer trugen keine Krawatten. Die Unterhaltung lief schleppend, denn gegen Szépregyis Verstimmungen war schwer anzukämpfen.

Nach einer Weile fragte Szépregyi Alfred sehr leise, aber mit einer gewissen Schärfe: »Warst du schon einmal hier oben?« und hielt dabei den Beobachterblick weiterhin fest auf ihn gerichtet. Alles, was Alfred antworten konnte, würde auf diese Frage, die klang, als solle er einer ihm unbekannten Tat überführt werden, wie eine Lüge wirken. Lilly übernahm schnell die Antwort. Sie hatte sich in dem Liegestuhl zwischen Alfred und Szépregyi ausgestreckt und übte offenbar ein Wächteramt aus. »Natürlich war er schon oft bei uns, wir kennen ihn doch viel länger als dich«, sagte sie. »Alfred kennt alles hier genau seit vielen Jahren, nur was du gemacht hast, eben noch nicht«, fügte sie leichthin hinzu, als wolle sie Szépregyi ganz nebenbei bedeuten, daß die Geschichte des Hauses Has nicht mit dem Auftauchen seiner Person begann. Alfred staunte, wie sehr sie seine Rolle übertrieb. Er fühlte sich keineswegs derart fest in diesem Familienkreis verankert, wie es Szépregyi nun erscheinen mußte. Seine Beziehung zu Lilly war, wie man weiß, von tausend Unsicherheiten geprägt. Wenn er über sie nachdachte, kam es ihm – im Gegensatz zu ihren Worten jetzt im Liegestuhl – eher vor, als ob er genaugenommen nichts wirklich Stichhaltiges von ihr wisse. Sie erlebte ihre Bekanntschaft offenbar vollkommen anders. Trotzdem glaubte er, in ihrer Stimme eine verborgene Strenge zu entdecken, die sich gewiß nicht gegen ihn richtete. Konnte es sein, daß sie die Beschwörung einer ihm selbst unsichtbar gebliebenen Vertrautheit in maßregelnder Absicht einsetzte? Aber wer sollte denn von den hier Versammelten in seine Grenzen verwiesen werden? Der Gedanke, daß Lilly den verehrten Herrn Szépregyi tadeln wollte, kam ihm sehr seltsam vor.

Lilly trug an diesem Vormittag ein weißes weites Hemd ohne Kragen, das noch aus den Beständen ihres Großvaters stammte. Die Olenschläger hatte in ihrer Vorsorge während der Bombenangriffe, als sehe sie den später tatsächlich eingetretenen Qualitätsverfall voraus, viel Wäsche gerettet, obwohl Has in die Sachen seines damals bereits verstorbenen Vaters nicht paßte und überhaupt ablehnte, dessen Garderobe aufzutragen. Bei Lilly wirkte das Hemd wie ein Kleid. Sie hielt es mit einem Gürtel zusammen, aber die hohen Schlitze an den Seiten, die die Vorder- und Rückenteile des Hemdes wie Schürzen wirken ließen, zeigten vor allem, wenn sie im Liegestuhl lag, ihre langen, sanft geschwungenen Schenkel, die in der Sonne der vergangenen Wochen den Anflug eines Goldtons bekommen hatten. Alfred kannte Lillys großväterliche Hemden und fand, daß sie ihr sehr gut standen, aber er empfand deutliches Unbehagen, wenn er sie in diesem Hemd neben Szépregyi sah. Alfred sagte sich, daß Szépregyi solche Einblicke überhaupt nicht zukamen. Er glaubte, daß Lilly in ihrer Arglosigkeit eines vertrauenswürdigen Schutzes bedurfte, und stellte sich vor, was ein Bruder in solcher Lage zu raten habe.

Alfreds Besorgnis zum Trotz schien Szépregyi Lilly die ganze Zeit überhaupt nicht wahrzunehmen. Er blickte mehrfach zu Alfred hinüber, in teilnahmsloser Schläfrigkeit, aber diese Blicke führten an Lilly vorbei, und er bewegte den Kopf nicht im mindesten, so daß Lillys schön ruhender Körper immer im toten Winkel seines Blickfeldes blieb. Manchmal sah es geradezu so aus, als meide Szépregyi sie mit voller Absicht. Als Lilly sich nämlich erhob, um weitere Tabletts mit kleinen Broten aus der Küche zu holen, beugte er sich höchst umständlich nach vorn, um ihr Platz zu machen, fast als wolle er seinen Kopf in Dorothées Schoß verstecken.

Zugleich lag ein Schleier von schlechter Laune über ihm. In der abgerissenen Monologform, die die Unterhaltung in den Liegestühlen ganz allgemein bestimmte, trug er seinen Ärger über den Verlauf des gestrigen Abends vor und ließ sich von Has, der immer wieder »Fabelhafter Abend! Phantastische Stimmung!« vor sich hinmurmelte, keineswegs beirren. Eine Weile liefen die beiden Stimmen wie ein Duett nebeneinander her, ohne daß einer des anderen Worte aufgriff. »Ein scheußliches Publikum, erbärmliche Leute habt ihr hier in Frankfurt«, sagte Szépregyi. »Die Frauen plump und häßlich, die Männer von einer arroganten Banalität, der Abend war ein Alptraum.« – »Fabelhafter Abend! Phantastische Stimmung!« wiederholte Eduard traumverloren. »Diese Bankiers waren doch wohl alle Sparkassenfilialdirektoren«, sagte Szépregyi, »der Museumsdirektor sah aus wie ein Taschendieb, seine Frau wie eine nikotinsüchtige Telefonistin, und wer war denn das fette Ohrfeigengesicht mit den Brillengläsern in Fernsehform?« – »Der Oberbürgermeister«, antwortete Dorothée mit tötender Sachlichkeit und ohne die Sonnenbefruchtung einen Moment zu unterbrechen. »Und diese absolute Abwesenheit von Geist, diese Blindheit, die sich ja schon in diesen widerwärtigen Blumen ausdrückt, man hätte die Leute ebensogut in einem Hotelsalon empfangen können.« Dorothée schnitt ihrem Mann, der den Mund öffnete, um seinen Refrain zu sprechen, das Wort ab und sagte: »Cari ist wütend, daß man nicht gesehen hat, was er gemacht hat.« Da Dorothée niemals seelenkundlich in Erscheinung trat, bewirkte ihre Bemerkung eine wirkliche Überraschung, auf die sie es in ihrer Gleichgültigkeit allerdings nicht angelegt hatte. Ein Schweigen trat ein.

Sie hat recht, dachte Szépregyi und ahnte im selben Augenblick, daß es kein schlichter Ärger war, der ihn zu seinen nörgelnden Beschreibungen des gestrigen Cocktails verführte, sondern eine ungleich stärkere Kraft, die er Haß zu nennen sich noch fürchtete. Und doch war es wohl der Haß, der jetzt endlich die Herrschaft über ihn gewann: Haß auf die Arbeit in diesem Haus, Haß auf Olenschläger und seinen durchdringenden Blick, Haß auf die Kunst überhaupt und Eduards Kunstsammlung im besonderen, die mit unappetitlichem Hunger zusammengekauft worden waren, während er sich, um diesen Wahn wirkungsvoll zu präsentieren, mit seiner Millimeterarbeit fast das Hirn zerstört hatte. Es war ihm plötzlich unklar, was ihn eigentlich nach Frankfurt geführt hatte. Er fühlte sich von Has betrogen und ausgenutzt. Es wuchs in ihm die Lust, in einem zügellosen Auftritt seinem Herzen Luft zu machen und die Spannung zu zerbrechen, die ihm wie eine Klammer um die Brust lag.

»Was willst du«, sagte Has in einer Leichtigkeit, die von Szépregyis innerlichen Revolten nichts ahnte, »die Leute sind halt so. Sie sind primitiv, schon wahr, aber doch wenigstens nicht halbgebildet. Die Köpfe sind leer, und auf das Geschwätz kommt's mir nicht an. Mir kommt's auf die Stimmung an, und die Stimmung war doch erfreulich.« – »Ich frage mich«, sagte Szépregyi mit gepreßter Stimme, die einem genauen Beobachter den Kampf um seine Selbstbeherrschung verraten hätte, »wie du es in dieser Stadt überhaupt aushältst.« – »Ja, wo sollen wir denn sonst wohnen?« fragte Has noch in der gewohnten Leidenschaftslosigkeit, aber dann begann ihn der Gedankengang zu fesseln. »Kannst du mir sagen, wo sonst außer in Frankfurt?« wiederholte er also in erhobenem Tonfall. »Sollen wir etwa die johlende Vulgarität in Köln aushalten oder die angemaßte Weltläufigkeit von Düsseldorf? Willst du, daß wir in Hamburg sitzen, unter gehemmten Kaufleuten, die Buddenbrooks spielen? Sollen wir nach Stuttgart zu den geizigen Sektenmitgliedern ziehen? Oder nach München, diesem kolonialen Krebsgeschwür mitten unter den Dorfdeppen? Oder nach Berlin, dieser Proletensiedlung in der Sandwüste? Oder etwa...« und hier richtete er sich, von seiner rhetorischen Leistung in den Zustand breitester Zufriedenheit versetzt, im Liegestuhl auf und fand seine Pointe: »in dein verwestes, verfaulendes Wien?«

»Anwesende immer ausgeschlossen«, sagte Dorothée in weiterhin unveränderter Stimmlage. »Ich würde am liebsten in einer breiten Baumkrone leben, unter großen Vögeln«, fuhr sie fort, »oder in einer Höhle zusammen mit einem jungen Löwen, dem ich Milch aus der Babyflasche gebe. Die Menschen sind so unreinlich«, und tatsächlich sahen die beiden Männer, deren Haar auf dem Hinterkopf durch den Liegestuhl verdrückt worden war und abstand und deren Gesichter sich in der Hitze befeuchtet hatten, auf einmal unfrisch und verbraucht aus. Szépregyi schwieg, denn Dorothées spielerisches Eingreifen hatte ihm das Stichwort für ein Aufbrausen entzogen. »Ich will nach New York«, sagte Lilly. »Unsinn, du gehst nach Wien, das ist das richtige für dich«, antwortete Szépregyi, als sei er mit Lilly vollkommen allein.

Alfred hörte die Unterhaltung mit Staunen an. Ihm war es noch niemals eingefallen, sich einen anderen Ort als Lebensumfeld vorzustellen als die Straßen, in denen er aufgewachsen war. Es kam ihm oft vor, als sei seine Umgebung zu reich und zu gesättigt mit Leben, als daß er ihr mit seinen bescheiden entwickelten Sinnen hätte gerecht werden können. Er fühlte das Bedürfnis, tiefer in diese Straßen einzudringen und den Schleier zu zerreißen, der ihn von der vollen Wahrnehmung ihrer eigentümlichen Häßlichkeit und Fremdartigkeit abhielt. Tatsächlich hatte das ununterbrochene Leben in dem übersichtlichen Straßenstern, der auf die Christuskirche zuführte, keineswegs das Gefühl gedankenloser Vertrautheit in ihm entstehen lassen. Jedes Haus wahrte sein Geheimnis, und schon das eigene war unter dem Gesetz, das die Tanten Labonté dort aufgestellt hatten, ein Reich der verschlossenen Türen und nie betretenen Zimmer. Wenn er sich sagte, daß sein Vater als Kind durch die Schubertstraße gegangen sei und daß sein Blick auf den perspektivisch sich zur Mitte hin verjüngenden Häuserzeilen geruht habe, vertiefte sich die Empfindung des Befremdens. Was sein Vater gesehen hatte, hatte er mit in den Main genommen.

Alfred ließ seine Augen schweifen und versuchte, das Dach seines

Hauses in der gefächerten Landschaft der Schieferdächer zu entdekken. Die Wetterfahne mit der eingestanzten Jahreszahl 1897 war nicht deutlich auszumachen. Es gab mehrere Fahnen, die in Frage kamen. »Was machst du?« fragte Szépregyi, der ihn beobachtete. »Ich suche die Wetterfahne vom Haus meiner Tanten, aber von hier oben sieht alles anders aus«, sagte Alfred. »Daneben liegt das Haus von Frau Kalkofen, mit einer grauen Kugel auf dem Dach, aber die kann ich auch nicht finden.« – »Die kann man nur im Winter sehen, im Sommer sind die Kastanien davor«, sagte Has schnell und mit einer Schärfe, die Dorothée veranlaßte, die bisher streng geschlossenen Augen aufzuschlagen und zu ihm hinüberzusehen.

In seiner Neigung zu philosophischen Betrachtungen bemerkte Has, daß es dem Menschen – und damit meinte er in einer dem Philosophen wohl gestatteten Verallgemeinerung sich selbst – niemals beschieden sei, sein Glück ganz ungemischt zu genießen. Diese Einsicht vermittelte ihm seine gegenwärtige Lage, die ihm in mancher Hinsicht als Höhepunkt seines Lebens erschien. Er konnte sich nicht erinnern, mit Dorothée in derart friedlichem Einvernehmen gelebt zu haben. Was sie an Unangenehmem nach wie vor zu bemerken pflegte, war nicht mehr von dem Willen, damit etwas durchsetzen zu wollen, begleitet, sondern geschah, wie der Vogel singt, zur höheren Ehre Gottes. Durch Guggisheims Rastlosigkeit waren ihm in der letzten Zeit ein paar Erwerbungen geglückt, die in der Fachwelt ein beträchtliches Aufsehen erregten. Eine Schweizer Privatsammlung mit mehreren Kirchners, darunter einem chef-d'œuvre, einem Jawlensky und zwei frühen Beckmanns, war fast geschlossen in seine Hände gefallen, und Guggisheim hatte den Anstand besessen, die günstigen Bedingungen des Erwerbs teilweise an Has weiterzugeben. Szépregyis Wirken empfand Has im ganzen als große Bereicherung seines Lebens. Der neue Rahmen, dessen Vollendung sich näherte, gab der Sammlung den Charakter eines wirklich eigenständigen Werks, einer bedeutenden Leistung, die den Namen Has in die Zukunft tragen würde, selbst wenn Lilly, wie es leider zu befürchten war, längst schon einem anderen Namen zu Glanz verhalf. Lilly war die Krönung seines gegenwärtigen Glücks. Has dachte voll Rührung wieder an ihre Puppen und bemerkte doch auch schon den Ton einer zärtlichen Verständigkeit, die das Reifen ihres Herzens ankündigte.

Außerdem war er der glückliche Besitzer einer Geliebten, die alle seine Bedürfnisse und Wünsche in der verführerischsten Weise erfüllte. Etelka war es allerdings auch vorbehalten, zur Trübung dieses Lebensglücks beizutragen. Gerade seine Freude an der Verwirklichung seiner Galeriepläne löste eine schwere Verdüsterung in ihr aus, die, von ihm anfangs nicht richtig gedeutet, sich in dem Maße vertiefte, in dem er ihr von dem Voranschreiten des großen Werkes freudig berichtete. Es traf zu, daß ihn der Gedanke an die entstehenden Räume häufig völlig in Besitz nahm. Er wirkte dann zerstreut, wenn er neben Etelka lag, und es kam vor, daß er sich, während sie ihn umarmte, plötzlich von ihr abwandte, um einen Einfall schnell zu notieren.

Diese vielleicht befremdenden Augenblicke wurden stets von genauen Erklärungen abgelöst, die Etelka auch mit Teilnahme aufzunehmen schien. Neuerdings häuften sich aber ihre bitteren Bemerkungen, nach ihrer Art natürlich nicht böse, sondern in Klage um das eigene Los versunken. »Wunderschön wirst du es haben«, sagte sie etwa versonnen, »umgeben von deinen Bildern, die ich nicht kenne.« – »Ich habe dir doch die Kataloge mitgebracht«, unterbrach sie Has, der schon ahnte, was kam, »und wir sind doch auch in Berlin in der Ausstellung gewesen, und in Karlsruhe und in Eindhoven!« – »Ja, gewiß, aber das waren ja gar nicht deine Lieblingsbilder, hast du gesagt. Und außerdem werde ich auch niemals sehen, wie sie in Zukunft endgültig hängen werden, und das ist ja gerade das Wichtigste. Und ich werde inzwischen in meiner Dienstmädchenkammer hocken und muß noch froh sein, daß ich lebend hier oben angekommen bin, nach dem Spießrutenlaufen vom Auto durch die Toreinfahrt durch das Treppenhaus, an meinen Feinden vorbei!«

Was Etelka da sagte, war ihm neu bei ihr und verwirrte ihn deshalb besonders. Sie hatte ihn noch niemals vorher solchen Wechselbädern aus Ablehnung und Zustimmung ausgesetzt, mit denen eine Frau ihren Mann um den letzten Funken Lebensfreude zu bringen vermag. Nachdem jahrelang festgestanden hatte, daß sie in ihrer Wohnung in der Schubertstraße in voller Zufriedenheit lebte, nachdem sie in aller Deutlichkeit seine Angebote, sie in eine großzügigere Wohnung zu verpflanzen, zurückgewiesen hatte, indem sie von »ihrem kleinen Vogelnest« sprach, das ihr zur »zweiten

Haut« geworden sei, zwang sie nun ihren Geliebten, täglich ein anderes Appartement mit ihr zu besichtigen, obwohl sie wußte, daß er sich ohnehin schon zwischen der »Verwaltung« und der Baustelle in der Mendelssohnstraße zerrieb. Has schien es, als erahne Etelka inzwischen geradezu die Tage, an denen Guggisheim sich angesagt hatte, Olenschläger eine Besprechung forderte, Szépregyi schwerwiegende Entscheidungen treffen wollte, Dorothée Gäste hatte oder Lilly von einem Fest abgeholt werden mußte, um ausgerechnet dann seine Anwesenheit zu verlangen. Wenn er dann nach atemberaubenden Organisationsleistungen bei ihr ankam und erschöpft und grau vor ihr saß, beklagte sie ihre schwindenden Reize, die die Aufmerksamkeit eines leidenschaftlichen Mannes eben nicht mehr zu fesseln vermochten.

Allein die Kündigung der Schubertstraßenwohnung versetzte beide in wochenlange Spannung. Kalkofen, der der »Verwaltung« gegenüber die Kündigung aussprechen mußte, war nicht zu finden, denn er hatte das Feld, in dem er seinen Trödel zusammentrug, beträchtlich erweitert und fuhr weit mit seinem Lastwagen über Land. Natürlich war Has auch erschüttert, als Etelka ihm die Hexenzettel der Scharnhorst zeigte. Er bedauerte aufrichtig, daß die Frau, die er liebte, Opfer eines neidischen Mobs geworden war. Die Beleidigungen, die Etelka erfuhr, betrafen ihn unmittelbar, weil er nicht in der Lage war, Etelka in der gehörigen Weise Respekt zu verschaffen, solange er sich nach außen hin nicht zu ihr bekannte. Wenn er dies bedachte, verdoppelte er seinen Eifer, ihre Wünsche zu erfüllen. Er schätzte sich dann glücklich, daß sie so nahe wohnte und daß es möglich war, Herrn Herr in das Gemäldedepot im Keller zu bestellen, ihn mit sinnlosem Umräumen zu beschäftigen und selbst schnell um die Ecke zu Etelka zu laufen und dort eine halbe Stunde zu sitzen. Auch Szépregyi wurde wieder ins Vertrauen gezogen und beauftragt, Dorothée mit Ausreden zu beruhigen. Ein leichtes Geschäft im übrigen, da sie es verschmähte, Mißtrauen zu äußern, und niemals Fragen stellte.

Seit längerem, so kam es ihr vor, spielten erotische Ablenkungen ohnehin eine geringere Rolle im Leben ihres Mannes. Seine Geliebte, so fühlte sie, war die Sammlung geworden. Das Blut hatte sich beruhigt, dafür war der Ehrgeiz gewachsen. Sie empfand diese Entwicklung passend für einen Mann dieses Alters und schätzte es, daß er sich passend verhielt. Wenn Szépregyi ihn entschuldigte und dabei vermied, sie anzusehen, so war es in erster Linie Szépregyi, dem sie das übelnahm. Sie hatte, ganz gegen ihre Gewohnheit, drei Stichproben gemacht und dabei festgestellt, daß er zufällig genau das tat, was er Szépregyi hatte ankündigen lassen. Danach verlor sie an seinen Abwesenheiten jedes Interesse.

Trotzdem zehrte der Wurm der Erschöpfung an Eduard Has. Als Alfred in aller Arglosigkeit den Namen Kalkofen fallenließ, blieb ihm fast das Herz stehen. Das Blumenmeer, das ihn umgab, schien zu seiner eigenen Beerdigung geliefert worden zu sein. Er blickte auf seine Leistungen, sein Glück, seinen Lebenstriumph wie jener legendäre Läufer von Marathon, der, von Lorbeer bedeckt, sein Leben aushauchte. Heute vormittag, als ihn die Trumfeller während des Frühstücks mit Dorothée am Telefon gefragt hatte, was denn nun mit der Kalkofen-Wohnung zu geschehen habe, war er ihren geschickten Manövern, mit denen sie ihn zwingen wollte, den Namen Kalkofen in Dorothées Gegenwart auszusprechen, mit einer Geistesgegenwart ausgewichen, die ihren Schwung aus der guten Laune des letzten Abends bezog. Auf einmal spürte er, daß er einem solchen Druck jetzt nicht mehr gewachsen wäre. In einem Anfall von Furcht und Schwäche glaubte er, vielleicht überhaupt nie mehr die Kraft zu besitzen, solche Prüfungen zu bestehen. Der Blick über die Brüstung der Dachterrasse zeigte tief unten winzige Autos und Menschen. Nur Lillys Gegenwart, so dachte Eduard Has, vermochte zu verhindern, diese Tiefe jemals als Versuchung zu empfinden.

Eine große Wolke, die sich unversehens blau-grün färbte, als trage sie einen sommerlichen Schauer in ihrem Leib, schob sich vor die Sonne und ließ die Gesellschaft auf der Dachterrasse in anderem Licht erscheinen. Dorothée schlug, als der kühlere Hauch ihre Wangen berührte, verwundert die Augen auf. Szépregyi streckte sich wie nach langem Schlaf, als ob diese Bewegung seine innere Spannung für einen Augenblick ausgleiche. Sofort nach der angenehmen Entlastung aber kehrte seine Beklommenheit zurück. Er spürte deutlich, wie sich seine schlechte Laune, die während des Vormittags allmählich angewachsenen Vernichtungsphantasien und Haßausbrüche, die er die ganze Zeit hinter unbeteiligter Schläfrigkeit verbarg, in einen körperlichen Zustand verwandelten. Er fühlte das Bedürfnis, aufzuspringen und die Gesellschaft wortlos zu verlassen, aber zugleich wußte er, daß ihm die Beine den Dienst versagen würden, wenn er diesem Trieb folgte. Er blieb im Liegestuhl gefangen, und von außen wurde seine innere Bewegung nur in einem festeren Zugriff der Hände um die Seitenlehnen sichtbar, der nach kurzem wieder erschlaffte.

Die ganze Zeit blieb sein Blick auf Alfred gerichtet. Es war, als wolle sich Szépregyi durch das genaue Studium dieser jugendlichen Erscheinung von dem Aufstand in seiner Brust ablenken. Er betrachtete das dichte, schwer fallende Haar, auf dem schöne Lichter lagen, und stellte verwundert fest, daß die Haut des Jungen durch seine Reifung nicht verdorben war. Er sah die Augen, die trotz ihrer Größe wenig wahrzunehmen schienen, und die vollen Lippen, die gerade heute kräftig gerötet waren, vielleicht weil Alfred sie, in einer Mischung aus Verlegenheit und einer Flucht in fernere Gedanken, gelegentlich zusammenpreßte. Dieser Junge hat vollendet schöne Farben, dachte Szépregyi, aber es kam kein Wohlgefallen bei diesem Gedanken auf.

Die Unruhe vertiefte sich. Seit Jahren lebte er nun oft für Wochen in dem Haus, und niemals war ihm dieser schweigsame Familienfreund vorgeführt worden, um den sich Lilly mit soviel Zartheit bemühte. Er versuchte, sich Alfreds Körper vorzustellen, und kam zu dem Ergebnis, daß er wahrscheinlich noch nicht vollständig entwickelt sei. Er schloß aus der Größe des Kopfes, daß Alfred wahrscheinlich später breiter werde. Auf diese Weise pflegte er sonst Frauen zu betrachten, von denen er nicht wußte, ob es sich lohne, sie zu umwerben. Er ließ sich von der Absicht leiten, keine Feindseligkeit in seine zergliedernden Beobachtungen zu legen, um dem Rätsel wirklich auf die Spur zu kommen. Was findet Lilly an diesem Jungen? hieß die Frage, die Szépregyi sich stellte, und er besaß Übung in dem Versuch, die Beweggründe eines fremden Kopfes zu durchdringen. Nicht nur sein Leben als erotischer Jäger, sondern auch die schlingernden Bewegungen seiner Karriere hatten ihn in den Künsten der einkreisenden Vermutungen, der vorauseilenden Intrige und der Einfühlung in Körper und Geist des Gegners unterwiesen. Er stellte sich vor, wie Lilly Alfred umarmte und ihre Lippen auf die seinen legte, denn daß sie das tat, stand für ihn außer Zweifel. Er versuchte in ihre Haut zu schlüpfen und malte sich sogar aus, ihre Brüste zu besitzen, um das Gefühl zu ergründen, das sie empfand, wenn sie den mageren Alfred mit ihnen berührte.

Plötzlich wurde ihm klar, daß er in der Gefahr schwebte, jede Beherrschung zu verlieren. Neben ihm saß Lilly in dem Oberhemd ihres Großvaters. Er wußte, daß er den Kopf nur ein wenig wenden mußte, um ihre Schenkel zu sehen, und er merkte plötzlich, daß er schon seit einer ganzen Weile unbewegt geradeaus blickte, als ob er sich den Nacken verkühlt habe. Er sah nun deutlich, daß Lilly und Alfred ein Paar waren, und hatte gerade heute nicht unrecht damit, denn Alfred besaß in dem wechselnden Licht fast eine Art Ähnlichkeit mit Lilly, die sich weniger in den Gesichtszügen als in einer gewissen unschuldigen Anmut der Bewegungen äußerte. Man hätte denken können, daß sie Geschwister seien.

Szépregyi haßte Paare, nicht so sehr wegen der seelischen Verkümmerungen, die das Paarleben seinen Parteien angedeihen läßt, sondern weil er sich dann in verstärktem Maße ausgestoßen fühlte. Ohnehin hatte er den Eindruck, ein Opfer beständiger Zurückweisung und Absonderung zu sein. Er sah Alfred an, daß er wahrscheinlich warme Hände hatte, der ganze Knabenkörper war mit Gewißheit von einem warmen roten Blut erfüllt.

Szépregyis Hände waren kalt. Die Knochen traten unter den bräunlichen Lederfalten hervor und gaben ihnen etwas Holzgeschnitztes. Nur die grauen, unruhigen Augen sahen aus dem verfallenden, von haarfeinen Runzeln überzogenen Sportsmannskopf noch mit der jugendlichen Anmaßung und dem Ehrgeiz seiner Studentenzeit hervor. Szépregyi sah aus, als habe ein Dämon seine hungrige junge Seele in einen alternden Körper eingeschlossen. Er wirkte wie vom Alter betrogen. In seinem Liegestuhl vor sich hinblickend, begann er Furcht zu empfinden, Lilly könnte sich vor seinem Atem ekeln. Ihm war fast zum Weinen zumute.

Manchmal überlagern sich widersprechende Gefühle und Gedanken eines Menschen und bilden ein vielstimmiges Madrigal, selbst wenn man nur A-capella-Gesang zu hören glaubt. So hatte sich bei Szépregyi aus seiner Verstimmung über den Cocktail, die alle offenen Rechnungen mit Has in Erinnerung rief, eine Überempfindlichkeit entwickelt, die panische Züge gewann und mit zerstörerischen Grübeleien einherging. Darunter aber lief die ganze Zeit mit eintöniger, bedrohlicher Kraft das Grundmotiv dieser

Stimmungshäufung, das er selbst erst nach einer Weile mit Verblüffung entdeckte. Er begriff, daß alle seine Gedanken an diesem Vormittag in einem einzigen mächtigen Verlangen wurzelten. Es wurde ihm nun klar, daß er von Anfang an nur einen einzigen Wunsch in sich trug: nämlich mit beiden Händen nach Lilly zu greifen, sie überall zu berühren und ganz in Besitz zu nehmen. Die Hände waren es, von denen dieser Anstoß ausging, und er verstand nun, warum sie sich so lange schon an den Armlehnen festklammerten, als könnten sie ohne Halt außer Kontrolle geraten und durch die Luft auf ihr begehrtes Ziel stürzen. Szépregyi fragte sich auf einmal, was Lilly unter ihrem Hemd wohl anhabe, und geriet daraufhin in solche Verwirrung, daß er die Stirn in tiefe, verdrossene Falten legte. »Dem Cari bekommt der Sekt nicht«, sagte Dorothée zu Has, »du mußt aufhören, ihn zu etwas zu zwingen, das er nicht mag.«

Has war gleichfalls in einen Zustand nervöser Spannung geraten, seitdem ihn ein Blick auf die Uhr belehrt hatte, daß Etelka ihn bereits seit einer halben Stunde erwartete. Schon als er diese Verabredung getroffen hatte, wußte er, daß er sie nicht würde einhalten können, und er hatte auch einen matten Versuch unternommen, Etelka zu schildern, wie der Vormittag nach einem großen Fest bei ihnen auszusehen pflegte. »Du willst sagen, daß du um ein Uhr noch frühstückst?« sagte Etelka mit einer Stimme, die eine hohe Traurigkeit verriet. »Ich kann versuchen, zu kommen«, sagte Has, dem dieser Trauerton immer in die Glieder fuhr. »Und dann sitze ich und warte und warte«, antwortete Etelka, als weile sie schon nicht mehr ganz auf der Welt, sondern mache sich davon, einem Nirwana entgegenzufliegen. »Ich werde pünktlich sein!« sagte Has, und etwas Flehendes mischte sich in sein Versprechen. Etelka kehrte aus den abgestorbenen Weiten zurück, sah ihn mit großen Augen an und sagte mit einem ganz leicht beleidigten Unterton: »Du mußt nicht kommen, wenn du keine Zeit hast!«

Ach, hätte sie nur gemeint, was sie sagte, dachte Has voll Wehmut. Aber das wichtigste war doch, daß erst einmal Ruhe hergestellt war. Das Weitere würde sich fügen. Vielleicht bekam Dorothée Kopfschmerzen, oder Szépregyi traf sich mit Olenschläger, oder Lilly wollte zu Freunden gefahren werden. Vielleicht starb Etelka bis zum Sonntag, so etwas kam vor, dann nahm sie die schöne

Aussicht auf eine Verabredung mit ins Grab. Mit der abgepreßten Verabredung hatte er ihr Frieden und Ruhe bis mindestens eine Stunde nach der vereinbarten Zeit geschenkt. Ihre Enttäuschung hatte noch nicht begonnen. Noch wiegte sie sich in Hoffnung.

Leider war alles genauso eingetroffen, wie er es vorausgesehen hatte. An einen Aufbruch war jetzt überhaupt nicht zu denken. Die Terrasse glich einem Löwenfelsen im Zoo, auf dem die prächtigen Tiere zeitlos lagern. Szépregyi lag wie ein gefällter Baum regungslos in seinem Liegestuhl, Dorothée hatte sich mit Sonnenöl eingerieben und würde die Liegekur bis zum letzten Sonnenstrahl ausnutzen. Auch Lilly schien das Ruhen im Familienkreis als die einzige Beschäftigung der nächsten Stunden anzusehen. Sie hatte Alfred schon an der Tür in zerstreutem Ton mitgeteilt, daß aus dem Lernen heute wohl nicht viel würde. Ihre Überlegenheit lag in ebendiesem gleichgültigen Umgang mit den Schulpflichten. Wenn andere die Schule schwänzten oder faulenzten, war immer ein kindliches Vergnügen über den gelungenen Streich spürbar, das Lilly nicht kannte. Sie arbeitete nicht, weil sie Wichtigeres zu tun hatte. Ihre Pflichten lagen stets in aufreibendem Verdrängungskampf miteinander. Zum erstenmal nahm Alfred nun an einem dieser ominösen Ereignisse teil, die Lilly die Zeit für die Schularbeiten nahmen. Er spürte den Sog, der von dem Zeittotschlagen auf der Terrasse ausging, und wenn ihn auch die Gespräche enttäuschten, so enthielten sie doch auch die Hoffnung auf eine unvorhergesehene Wendung, die eher dem Traum einer Unterhaltung über den Dächern der Stadt entsprochen hätte.

Lilly brachte neue Silberplatten. Sie nahm das einzige Kaviarbrot, bevor sie den Teller weiterreichte, als entferne sie hausfraulich einen störenden Fremdkörper. Die Wolke war weitergewandert, mit einem Schlag lag die Terrasse wieder in heißes helles Licht getaucht. Auch Alfred begriff, daß es unmöglich war, hier oben die Stunden zu zählen.

Noch niemals hatte er sich Lilly so nah gefühlt. Nachdem seine Befangenheit und die Eifersucht gewichen waren, begann er die Zeichen der Vertraulichkeit, die sie ihm höchst offensichtlich vor allen gewährte, in vollen Zügen zu genießen. Es kam ihm vor, als sei seine Sehnsucht nun vollkommen gestillt, als sei ein zärtlich geschwisterlicher Umgang das einzige, was er stets erträumt habe. Das

Öffentliche ihrer Freundschaft erfüllte ihn mit Glück. Er staunte, wie selbstverständlich Lilly sich vor ihren Eltern und dem hochgelobten Szépregyi zu ihm bekannte und wunderte sich über die Selbstverständlichkeit, mit der ihre Sympathiebeweise aufgenommen wurden. Alfred erschien es geradezu, als seien Eduard und Dorothée Has mit der Richtung, die die Neigung ihrer Tochter genommen hatte, außerordentlich einverstanden. Auch Szépregyi hatte wohl eingesehen, welche Wahl Lilly getroffen hatte. Alfred spürte, so harmlos er war, das Taxierende an Szépregyis Blicken und setzte dieses rücksichtslose Forschen ohne weiteres mit Lillys Verhalten in Verbindung. Wie einfach das Leben plötzlich geworden war! Die Zeit, in der Lilly unerreichbar weit über ihm schwebte, versank in graue Gestaltlosigkeit. Er war nun vollkommen sicher, daß die sich an diesem Tag auf der Terrasse hoch über dem Westend offenbarende Nähe nie wieder ganz entschwinden könne. Daß Dr. Has, der von Lilly beständig im Munde geführte »Papi«, sichtlich gar nichts anderes wünschte, als daß Alfred und Lilly zusammenkamen, barg eine Garantie für die Zukunft. Alfred übertrug das Erleben der rings die Lagernden satt umströmenden Zeit auf sein Verhältnis zu Lilly überhaupt. Nun, da diese Insel erreicht war, schien er für jeden Fortschritt eine uferlose Zeit zu haben. Auf dieser Höhe drängte nichts mehr. Er war entschlossen, diese milde und liebevolle Familiarität erst einmal auszuschöpfen.

»Jetzt hilf mir mal, Alfred«, sagte Has aus der Tiefe seines Liegestuhls, »deine Tanten sind die Töchter deines Großvaters.« – »Nein«, antwortete Alfred, »meine Tanten sind die Töchter meines Urgroßvaters.« – »Dann sind das also deine Großtanten«, sagte Has mit dem Nachdruck eines Vernehmungsrichters. »Aber wen habe ich denn eigentlich gekannt?« fuhr er fort. »Ich kann doch nicht deinen Urgroßvater gekannt haben! Wer war denn der Mann mit dem weißen Schnurrbart und der Halbglatze und dem Kittel? Ich sehe ihn noch haargenau vor mir!« – »Mein Großvater kann das nicht gewesen sein«, sagte Alfred. »Der hatte schwarze Haare und ist schon ziemlich früh gestorben. Ich kenne ihn nur von Bildern.« – »Halt«, rief Has, als habe er den alles entscheidenden Punkt entdeckt, »wie hieß dein Großvater?« – »Wilhelm Labonté«, antwortete Alfred, »er hat den Weineinkauf gemacht.«

Alfred hörte sich mit Verwunderung diese Tatsachen angeben. Er hatte noch niemals in seinem Leben über seinen Großvater gesprochen und sagte nun weiter, was gelegentlich von den Tanten zu hören war, die ihre gesamte Erinnerungskraft schließlich auf die Lebenszeugnisse ihres Vaters verwandten. Der Bruder Wilhelm, so kam es Alfred vor, stand auch ihnen kaum mehr vor Augen, und die Antwort, die Alfred gerade gegeben hatte, war die genaue Wiedergabe des einzigen Satzes, den er über seinen Großvater je hatte sprechen hören. »Der Wilhelm hat den Weineinkauf gemacht«, sagte Tante Mi, wenn ihr Blick auf die brüderliche Fotografie fiel. Es lag eine Anerkennung dieser Leistung in ihrer Stimme, aber auch das Bestreben, das Verdienst des toten Wilhelm scharf einzugrenzen und ihm den Platz anzuweisen, der ihm gebührte.

»Wilhelm?« sagte Has mit hochgezogenen Augenbrauen, eben jener etwas forcierten Mimik, die er im Gespräch über Frankfurter Besonderheiten gern annahm. Er beabsichtigte damit zu zeigen, daß aus seinem Altfrankfurtertum eine leidenschaftliche Teilnahme an Fragen erwuchs, deren Bedeutung ein Auswärtiger nicht einmal zu ahnen vermochte und die auch tatsächlich nur die einzige Aufgabe besaß, sich nämlich der Herkunft aus Frankfurt mit immer neuer Freude bewußt zu werden. »Wilhelm? Den Namen habe ich ja noch nie gehört!« rief Has, als habe er vergessen, daß sein Vater Wilhelm hieß und er selbst auf die Namen Philipp Wilhelm Eduard getauft war. »Einen Wilhelm gab es meines Wissens überhaupt nicht! Der alte Labonté hieß Friedrich! Das Kind kennt seine eigene Familie nicht!« – »Friedrich ist mein Urgroßvater«, sagte Alfred. Er lächelte, als habe er die vergnügenspendende Kraft solcher lokalgenealogischer Unterhaltungen nun selbst erfahren. Vor allem war er froh, daß seine Antworten so vollauf genügten, um Has in Betroffenheit zu versetzen. »Ach!« rief Has nämlich mit einer Verwunderung aus, die aus seinem tiefsten Herzen stammte, »Friedrich ist dein Urgroßvater! Also jetzt verstehe ich überhaupt nichts mehr!« In Wahrheit trat das Gegenteil ein. Alfreds Stammbaum entfaltete sich nach dieser dem Urknall verwandten Einsicht in müheloser Geschwindigkeit vor seinem inneren Auge. Wie ein Seher lag Has, den Blick zum Himmel gerichtet, und betete die Geschlechterfolge her, deren Geheimnis sich nun nicht mehr verbarg: »Friedrich, dann Wilhelm, dann Alfred der Erste, dann Alfred der Zweite.« Das Informationsbedürfnis von Has war gesättigt. Er versank in Grübeln, ob Etelka inzwischen wohl verstanden habe, daß er nicht mehr kommen werde. Auf ein gedämpftes Wort ihrer Mutter war Lilly während der Unterhaltung aufgestanden und hatte die leeren Teller fortgetragen. Szépregyi folgte ihr, ohne die Füße zu heben, wie ein Greis und nahm die fettigen Silberplatten mit. Er schien fast im Schlaf zu wandeln, jeder Schritt kostete ihn offenbar eine Willensanstrengung. In seiner stundenlangen Unbeweglichkeit waren ihm die Beine eingeschlafen.

Lilly sah sich nicht um, als er hinter ihr die Küche betrat. Sie stand an der Spülmaschine und stellte die Teller in das Gestell, indem sie sich nach vorn beugte, um auch das hinterste Fach zu erreichen. Szépregyi sah ihre bräunlichen Beine mit den winzigen weißblonden Härchen. Ihr Kopf war von seinem Standpunkt aus in der Tiefe der Spülmaschine wie in einem Backofen verschwunden. Während seine Hände sich hoben, traten ihm Schweißtropfen auf die Stirn. In sekundenkurzen Bildern trat ihm vor Augen, was geschehen würde, wenn Lilly ihn verriet. Er sah sich in Schande aus dem Haus gejagt, aller weiterer Verbindung zur »Verwaltung« beraubt. Szépregyi war sich klar, daß er mit seinem Verhalten in den nächsten Augenblicken über seine gesamte Zukunft entschied. Ihn befiel ein Zittern. Er verachtete sich und wußte doch, daß keine Macht der Welt ihn noch von seinem Vorhaben abbringen konnte. Zugleich aber fühlte er die Gewißheit einer nahen Erlösung. In unmittelbarer Greifbarkeit lag der Augenblick, der ihm den Frieden schenken würde. Es war ihm jetzt zutiefst gleichgültig, was danach geschah. Lilly hatte wohl gespürt, daß er dicht hinter ihr war, aber sie sah sich nicht um und versuchte immer wieder, den letzten Teller in ein bereits gefülltes Fach zu schieben, was nicht gelingen konnte. Szépregyi nahm mit einem Blick zur Zimmerdecke Abschied von seinem bisherigen Leben, legte beide Hände auf Lillys Hüften und drückte sie dann mit aller Kraft an sich. Dabei entfuhr ihm ein Seufzer. Lilly sagte kein Wort. Sie hatte sich aufgerichtet und stand ganz still. Sie wehrte sich nicht und überließ sich Szépregyis Händen mit einer Art folgsamer Verwunderung. Plötzlich spürte Szépregyi, daß ein zartes Beben ihren Körper durchlief, wie es ein Stromstoß erzeugen kann. Er dachte an seinen Hund, der bei gewissen Nackengriffen steif und willenlos wurde. Dann näherten sich Stimmen auf dem Korridor. Szépregyi wandte sich blitzschnell von

Lilly ab und ging mit einem großen Schritt in die andere Zimmerecke. Auch jetzt noch vermieden beide, sich anzusehen.

Bei Eduard Has wechselten häufig Zustände der Lähmung mit der Fähigkeit zu überraschenden Entschlüssen. Mitten in seinen ziellosen Gedanken hatte er den Einfall geboren, sich von Alfred als kleinem Merkur aus den Sümpfen des Nachmittags zu Etelka führen zu lassen. Er erklärte plötzlich, Alfred mit dem Wagen nach Hause bringen zu müssen, und erstickte den verblüfften Einwand des Jungen mit munterer Entschlossenheit. Dorothées Gesicht ließ ihre Stimmung nicht erkennen. Nur sein vom schlechten Gewissen überempfindlicher Blick meinte den Übergang von entspanntem zu beredtem Schweigen zu bemerken.

Nachdem Alfred sich verabschiedet hatte, setzte sich Lilly wieder zu ihrer Mutter. Szépregyi folgte ihr. Er hatte schon im Vorzimmer die Abschiedsszene aus einem gewissen Abstand heraus überwacht, der deutlich machte, daß ihn das Kommen und Gehen von Lillys kleinen Schulfreunden nicht weiter bewegte, und nur eine leichte Zerstreutheit merken lassen, als Lillys Fragen, warum Alfred denn nicht noch bleibe, gar kein Ende nehmen wollten. Has unterbrach dann die Bekundungen leidenschaftlicher Schwesterlichkeit, weil er den Schwung seines Entschlusses nicht schwächen wollte. Szépregyi beobachtete mit einiger Unruhe, wie selbstverständlich Lilly Alfred auf die Wangen küßte. Seine innere Stimme riet ihm, sie nicht aus den Augen zu lassen und jede Unterhaltung unter vier Augen möglichst zu verhindern. Lilly sah durch ihn hindurch, als sei er nicht anwesend. Er glaubte fast, sie habe Glasaugen. Szépregyi entdeckte, daß sie ihm gefährlich geworden war, aber er kannte ihre Pläne nicht.

Dorothée saß mit offenen Augen im Liegestuhl, als Lilly und Szépregyi aus dem Vorzimmer zurückkehrten. Ein nie gesehener Ausdruck von Versonnenheit, eine für sie völlig ungewöhnliche Melancholie lag über ihrem Gesicht. Sie legte Szépregyi leicht, eigentlich nur mit den kühlen Fingerspitzen, die Hand auf den Arm und sagte: »Wie gut, daß du hierbleibst.« Szépregyi sah zu Lilly hinüber. Er war gewärtig, daß sie jeden Augenblick etwas Fürchterliches sagte. Sie schwieg aber, obwohl ihr die Worte Dorothées sichtlich sonderbar vorkamen.

Has hatte ein Konzert des Schweigens hinter sich gelassen. Der üppige, verschlafene Morgen nach dem erfolgreichen Fest mündete in eine stumme Befangenheit. Bei Etelka erwartete ihn hingegen das genaue Gegenteil: ein strömender ungehemmter Ausdruck jener Gefühle, die sich in den Stunden des Wartens angesammelt und sie förmlich durchweicht hatten. Bei keinem Menschen, den Has kannte, traf die antike Säftelehre von den Temperamenten derart anschaulich zu wie bei Etelka. Alle ihre Gefühlsregungen besaßen etwas Flüssiges. Wenn sie von Traurigkeit ergriffen wurde, stieg der Wasserspiegel geradezu von außen sichtbar in ihrem Körper an, bis er die Augen und die Nasenlöcher erreichte und dort überlief. Die Freudensäfte flossen in die feinen Blutgefäße der Wangen. Der ganze Kopf wurde rot, was nicht schön aussah. Der ritterliche Has strengte sich aber stets erfolgreich an, den unvorteilhaften Eindruck wieder zu vergessen. An Etelkas Schönheit würde er sich klammern, solange noch der letzte Rest davon zu sehen war.

Etelka hatte einen Fehler begangen, oder besser, sie hatte gegen den feierlichen Vorsatz verstoßen, am Abend des bewußten Has'schen Empfangs allein in ihrem Zimmer zu bleiben und die Schönheiten des Sonnenuntergangs zu genießen. Has hatte, wie man sich vorstellen kann, die Bedeutung dieses Cocktails ihr gegenüber heruntergespielt. Folgte man seinen Bemerkungen, so handelte es sich um den formlos und flüchtig verabredeten Besuch einzelner lästiger, von fern bekannter Leute. Ob Szépregyi teilnehmen werde, sei gar nicht ausgemacht, eher sogar unwahrscheinlich, da dem Architekten an solchen überaus quälenden Veranstaltungen überhaupt nichts liege. Etelka hörte diese Worte, aber sie bemerkte auch den Eifer, mit dem er wünschte, sie möge sie glauben, und sie dachte sich »ihren Teil«, wie man sagt, nämlich das Gegenteil von dem, was Has ihr einzuträufeln versuchte. Es war nicht üblich zwischen ihnen, daß sie ihn offenkundiger Lügen überführte, und sie fühlte sich eine Weile wirklich wohl in ihrer liebevollen Überlegenheit, mit der sie Has durchschaute und ihm dennoch keine Szene machte. Freilich besaß sie keine übermenschlichen Kräfte. Sie fühlte, daß sie ein Anrecht auf die zärtliche Hilfe ihres Geliebten hatte, und forderte deshalb, daß er nicht nur sofort nach dem Fest den ganzen Tag mit ihr verbrachte, sondern daß er bereits in der Nacht davor bei ihr blieb. Als er ihr diese Bedingung, wie ihr Wunsch wohl besser zu deuten ist, abschlug, und zwar indem er erst am Abend anrief und flüsternd erklärte, nicht kommen, aber auch nichts erklären zu können, war es um ihren guten Willen geschehen, obwohl sie sich hätte daran erinnern können, daß er immer, wenn sie ihn zu etwas zwingen wollte, was ihm nicht paßte, nach kurzem in alles einwilligte, um dann in letzter Minute, wenn Diskussionen kein Ergebnis mehr erbrachten, doch noch abzusagen.

Gegen sechs Uhr, als der Cocktail, wie sie wußte, beginnen sollte, zog sie sich besonders sorgfältig an und malte ihre Lippen rot, weil ihr eingefallen war, daß es schön wäre, ein paar Rosen zu haben. Ganz in der Nähe, genaugenommen gegenüber dem Has'schen Haus in der Mendelssohnstraße, lag ein Blumengeschäft, aus dem ihr Has mit wachsender Unbedenklichkeit häufig Sträuße schicken ließ. Nur heute abend stand sie, bezeichnenderweise, wie sie fand, ohne Blumen da. Aus dem Schaufenster zwischen den zum Wochenende nur noch spärlich gefüllten Vasen sah sie auf den Eingang seines Hauses hinüber, wo die Tür nicht stillstand. Am laufenden Band trafen Gäste ein, zum Teil mit großen Blumenbuketts in den Händen. Die Straße war rechts und links mit parkenden Autos vollgestellt. An einem Freitagabend lag sie sonst fast leer da. Paarweise, als strebten sie der Arche Noah zu, näherten sich von allen Seiten Leute, denen man auf den ersten Blick ansah, welches Ziel sie hatten. Hoch oben hinter der Brüstung des Dachgartens bewegten sich Haarschöpfe in Menge. Die ganze Terrasse mußte bereits voller Menschen sein, und immer noch hielt der Einzug der Gäste ungebrochen an.

Etelka verfolgte diese Vorgänge mit brennenden Augen, aber sie fürchtete sich vor dem Augenblick, in dem sie als einzige eine andere Richtung als der Menschenstrom einschlagen würde. Sie fürchtete, erkannt zu werden, und bereute, ein schönes Kleid angezogen zu haben und die Blicke damit auf sich zu ziehen. Ihr Genius kam ihr zu Hilfe. Die Blumenhändlerin hatte die Ladentür bereits abgeschlossen und führte sie durch den Hintereingang hinaus, der auf eine andere Straße führte. Nach langem Umweg erreichte Etelka mit ihren drei Rosen wieder die Schubertstraße. Das Dachzimmer unter der grauen Blechkugel erschien ihr wie ihr einziger und letzter Rettungshafen. Eine Welle von Einsamkeitsempfindungen überflutete sie. Sie fühlte sich ganz und gar, vielleicht sogar endgültig, auf sich allein zurückgeworfen. Niemals, so schwor sie sich, werde sie die Mansarde in der Schubertstraße verlassen. Alle Demütigungen, die sie in der letzten Zeit erlebt hatte, kamen ihr nun erträglich vor. In ihrer vielfachen Verstoßenheit erschienen ihr ihre Feinde vertrauenerweckender als ihre Freunde. In dieser Stimmung, die sich am nächsten Tag durch das Warten noch vertieft hatte, fand sie Has.

Er erhielt Gelegenheit, jede Minute, die er fern von ihr verbracht hatte, zu bereuen. Sie wußte, welch starken Einflüssen er in der Zwischenzeit ausgesetzt war, sie kannte seine Eitelkeit und war sich gewiß, daß diesem Laster reiche Befriedigung zuteil geworden war. Ihre Pflicht sah sie nun darin, diesen Einflüssen etwas gleich Starkes entgegenzusetzen. Die ganze Kraft ihrer Schwermut gedachte sie in die Waage zu werfen. Sie verfuhr damit übrigens erstaunlich zügig. Ihr Instinkt sagte ihr, daß die Lage zu ernst sei, um durch bloßes Schweigen oder undurchdringliche Trauer seine Sicherheit zu erschüttern. Als er eintraf, empfing sie ihn also freundlich, aber sichtlich zerstreut. Seine Entschuldigung unterbrach sie und dankte ihm vielmehr, daß er gekommen sei, als seien sie überhaupt nicht verabredet gewesen. »Ich brauche so dringend deine Hilfe«, sagte sie. »Ich schreibe nämlich gerade einen Brief an die ›Verwaltung‹, und mir fällt das Briefeschreiben doch so schwer.« – »Einen Brief an die Verwaltung?« fragte er verblüfft. »Wegen meines Umzuges«, antwortete sie leichthin, »ich will alles absagen. Ich bleibe hier in der Schubertstraße.« Nun sah sie ihn an, und die Fassade heiterer Fassung sank dahin, und die Temperamentsäfte stiegen in Tränenform empor, bis der klare Blick hinter dicken Tropfen verschwamm. Sein großes Taschentuch wurde naß, und sie ließ es wie eine Verblutende zu, daß er des reichlichen Stroms Herr zu werden versuchte. Nein, nein, nein, niemals könne sie diese vier Wände verlassen, die ihr Unglück gesehen hätten und dadurch erst wirklich ihr Zuhause geworden seien, sagte sie leise, als die Tränen dünner flossen. »Was mache ich denn ganz allein, wenn ich diese Wohnung hier nicht mehr habe. Kein Mensch kennt mich in Sachsenhausen. Ich kenne in ganz Frankfurt nur ein paar Menschen hier aus der Schubertstraße. Ich grüße Frau Rosendall und die Fräulein Labonté und den kleinen Alfred. Hier habe ich wenigstens noch Frau Klusemann und Frau Hoffmann. Neulich hat mir Frau Hoffmann mit Salz ausgeholfen. Ich kenne hier Herrn Herr. Ich spreche wenigstens mit Fräulein Emig manchmal ein Wort. Aber wenn du mich nach Sachsenhausen setzt, dann werde ich wahnsinnig. Ich werde verrückt, wenn ich weiter so allein bin.« Allmählich war ihre Stimme fester geworden, das Zittern hatte etwas von den Schwingungen einer Stahlrute angenommen. Die beachtliche Modulationsfähigkeit ihres Sprachorgans ließ neue Ausdruckslagen hören. Zum Schluß hatte sich Etelka in eine Wut hineingesteigert, die die Prognose, die sie ihrer geistigen Gesundheit gab, wahrscheinlich klingen ließ.

Mit einem solchen Auftritt hatte Has ganz und gar nicht gerechnet. Er war fassungslos. Wer ihn daran erinnert hätte, daß er der Mann war, der einst die ungarische Carmen beinahe geohrfeigt hatte, hätte blanken Unglauben geerntet. Da saß er vor seiner Geliebten, deren Gesicht verquollen und grob wie eine Gorgonenmaske aussah, er, der Herr einer berühmten Kunstsammlung auf der Höhe seines Glückes, und verfügte nun nicht einmal über die Kraft, dieser Frau, mit der er seine Freuden teilte, die Herrlichkeiten seiner Lebensumstände auch nur zu zeigen, geschweige denn, sie in würdiger Form daran teilnehmen zu lassen.

»Kalkofen wollte auch, daß ich umziehe«, fuhr Etelka verbittert fort. »Er hat mich von sich gestoßen, er hat mich in die Schubertstraße hineingestoßen und mich dann allein sitzenlassen. Das soll mir nie wieder jemand antun! Auch du nicht!« Has begann sich schüchtern in den Redefluß einzuflechten. Es sei doch nicht sein Einfall gewesen, daß sie ausziehe. Sie selbst habe doch diese Umgebung nicht mehr ertragen können. Die üble Nachrede der Scharnhorst sei es doch schließlich, die sie vertreibe. »Und wegen der Scharnhorst kann ich schon überhaupt nicht weg von hier!« unterbrach ihn Etelka. »Wenn ich vor der Scharnhorst eine neue Wohnung von dir bekomme, dann wird sie mich töten! Diese Frau wird mich in jedem Versteck aufstöbern, wenn sie erfährt, daß du mich in eine neue Wohnung gesetzt hast! Ich werde es dann sein, die für alles, was man der Scharnhorst angetan hat, bezahlen muß!« – »Ich flehe dich an«, sagte Has, ohne Hoffnung, die sich zusammenballende Schicksalsgewalt mit solchen Redensarten beruhigen zu können, aber es fiel ihm eben nichts Wirkungsvolleres ein, er fühlte, wie er vor Etelka seinen Bankrott erklärte. »Woher soll die Scharnhorst denn wissen, wohin du gehst und mit wem und wer die Miete bezahlt! Und wie soll sie dich denn töten können? Und welches

Unrecht ist ihr denn überhaupt angetan worden? Du redest ja wie die arme Frau selbst! Und schließlich« – das Folgende klang leider besonders kläglich – »beschütze ich dich doch!« – »Du?« rief Etelka, und nun bekam ihr großes Haupt einen wirklich bedrohlichen Ausdruck. Das hatte es noch niemals zwischen ihnen gegeben. Ein schrecklicher Unterton schwang in ihrer Stimme, als sie sagte, daß von einem Schutz durch seine Person gegenüber der Macht der Scharnhorst gar keine Rede sein könne. Diese Frau sei aus anderem Holz geschnitzt, wisse alles, finde alles und vermöge auch alles. »Du mußt nicht aushalten, was ich aushalten muß!« sagte Etelka.

Niemals zuvor hatte Has sich derart vernichtet gefühlt. Es wurde ihm deutlich, daß es ihm nicht gelungen war, seine Hand über Etelka zu halten, um sie vor Unbill zu bewahren. Mit dieser ausgestreckten Hand hatte er gerade nur ihr Unglück von sich selbst abgewehrt. Es kam ihm nun vor, als habe er sie im Grunde noch schlimmer verraten als Kalkofen. »Was sage ich nur der Trumfeller«, murmelte er, aber Etelka hörte ihn trotzdem und sagte entrüstet: »Für dich sind das doch keine Schwierigkeiten! Für dich ist doch alles nur eine Unterschrift auf einem Stück Papier!« Auch darin gab er Etelka recht. Tatsächlich lief vieles in seinem Leben auf derartige Unterschriften auf Papierbögen hinaus. Was diesen Unterschriften jedoch vorausging, das verschwieg er lieber.

Tränen pflegten zwischen Etelka und Has zärtliche Tröstungen auszulösen, aber an diesem Abend dauerte es lange, bis sie schließlich in seinen Armen lag, und auch dann spürte er, selbst im höchsten Genießen, eine Art Widerstand, so kam es ihm jedenfalls vor, und auch später, in friedlicher Schläfrigkeit, war über ihren Entschluß, alle Umzugsvorbereitungen umzustoßen, nicht mehr zu verhandeln.

Has kam tief in der Nacht nach Hause und doch zu früh, um nicht zu stören. Wenn er lange nach Mitternacht heimkehrte, schlief er nicht bei Dorothée, sondern legte sich in ein Gästezimmer. Da Dorothée äußerst regelmäßig lebte, gelang es ihm auf diese Weise meist, den Zeitpunkt seiner Rückkehr etwas zu verwischen. Dorothée schlief längst ihren leichten reinlichen Schlaf, während er auf Socken über das blanke Linoleum glitt und fast kein Geräusch machte, bis er in dem Zimmer angelangt war, das neben dem Schlafzimmer Szépregyis lag. Von dort hörten Lilly und Szépregyi ihn husten, polternd das große, nur schwierig zu bewegende Fenster öffnen und aufatmend auf das schmale Lager fallen. »Jetzt hast du es«, flüsterte Szépregyi, und obwohl er seine Stimme fast auf die bloße Lippenbewegung dämpfte, war es, als ob er schreie. »Es ist ein Wahnsinn, hierherzukommen, ich habe es dir sofort gesagt. Jetzt haben wir die Katastrophe!« Er verlor offenbar vollkommen die Fassung. Lilly antwortete sehr sanft, als ob sie mit einem ängstlichen Kind spreche. Sie wandte sich zu ihm um und legte ihren Kopf an seine Brust. Dabei krachten die Bettfedern, und Szépregyi stieß sie erschrocken von sich. – »Sei wieder lieb«, flüsterte sie in sein Ohr, so daß ihr Atem, ihre Lippen und die Locken tausend kleine Nerven reizten. Im Halbdunkel der Nachttischlampe leuchtete ihr Körper wie bleiches Wachs. Daneben lag Szépregyi wie eine dunkle ägyptische Jünglingsmumie. »Sobald dein Vater eingeschlafen ist, verschwindest du!« sagte er, ohne zu erklären, wie er das feststellen wollte. Sie sah ihn kindlich und mit einem furchtsamen Werben in ihren Augen an, während sie ihr Hemd vom Boden aufhob und gehorsam ein paar Knöpfe schloß. »Nicht so böse sein! Wieder lieb sein!« flüsterte sie und schmiegte sich weich und fest zugleich an seine knochige Brust. »Morgen wieder«, sagte er und gab ihr einen lockeren Klaps auf das Hinterteil. Als sie sich behutsam aus der Tür in den schwarzen Korridor geschoben hatte, kehrte auch Szépregyis Seelenfrieden zurück. Er suchte in seiner Jacke, die über dem Stuhl hing, nach einem roten Stift, denn er hielt sein Journal in Ordnung und wollte vor dem Einschlafen noch seine Punkte machen.

Auf gewittrige Nächte können klare Morgen folgen. Has erfuhr diese Gnade, als er der Trumfeller in der »Verwaltung« mitteilte, daß Etelka in der Schubertstraße 23, deren Neuvermietung so gut wie abgeschlossen war, wohnen bleiben werde. Er sagte ihr diese Nachricht offen ins Gesicht, mit dem ganzen Mut, den die verzweifelte Nacht mit Etelka in ihm erzeugt hatte. Die Trumfeller war offenbar gesonnen, diese Haltung zu belohnen. Sie sagte kein Wort und verließ den Raum. Has war erleichtert, und mit der Erleichterung kehrte seine Selbstachtung zurück. Auch die Trumfeller schien während des Arbeitstages in ausgeglichener Verfassung zu sein. Ihre Haltung hielt stand bis zum Büroschluß. Zu Hause brach die Fassade zusammen. Mit rotem Kopf lag sie in ihrem Sessel und glaubte, vor Ärger zu ersticken.

FÜNFTER TEIL

DIE NACHT

Was in der Schenke waren heute
am frühesten Morgen für Tumulte!
Der Wirt und Mädchen! Fackeln,
Leute!
Was gab's für Händel, für Insulte!

»Ploogs Bierstuben« waren im strengen Sinne keine Stuben. Mit diesem Begriff verbindet man eher die Vorstellung von eng umschlossenen, bäuerlich geschnitzten und gefügten Kästchen. An die Stube schließt sich die Kammer an, die erst recht etwas vom Inneren eines Schrankes hat. »Ploogs Bierstuben« waren nun zwar dunkle und keineswegs weitläufige Räumlichkeiten, besaßen aber nichts Gezimmertes. Man hatte im Gegenteil alles getan, um die architektonischen Gegebenheiten zu verschleiern. Roter Samt fiel von der Decke herab und verwischte die Grenzen des Luftigen und des Festen, denn an manchen Stellen stand hinter den fließenden Falten die nackte Mauer, an anderen tat sich ein in gelber Ölfarbe gestrichener Korridor auf, der nach kaltem Zigarettenrauch und Reinigungsmitteln roch, oder ein Fenster oder ein finsterer Raum oder ein enges Séparée. Kurzum, die Verhältnisse waren unübersichtlich, dabei verheißungsvoll und festlich, denn die Tische waren weiß gedeckt und stachen blendend aus den rotschwarzen Schatten hervor, als seien sie für eine Gespenster-Séance hergerichtet. Das Publikum war gemischt.

Obwohl »Ploog« in der Nähe des Bahnhofs lag, kamen nur vereinzelt Huren herein, und das auch keinesfalls, um Kunden zu suchen. Das wollte sich Herr Ploog ausgebeten haben. Er hatte aber nichts dagegen, »wenn eine Dame nach der Arbeit ein Bier trinkt«, wie er sich ausdrückte. Es ging bürgerlich zu in »Ploogs Bierstuben«, und wenn die weißblond gefärbte Frau Ploog, die stets auf der Gästeseite der Bar saß, beim Bestellen von Pikkolos auf Kosten eines einsamen Heizungsmonteurs auch manchmal etwas lästig werden konnte, so herrschte doch in der Regel kein Nepp, und die einzige Ungenauigkeit des Herrn Ploog bestand darin, nicht das namhafte Bier zu zapfen, dessen Signet auf den Biergläsern leuchtete.

»Ploogs Bierstuben« füllten sich erst um ein Uhr, wenn anderswo geschlossen wurde. Die späten Gäste hatten alle schon etwas hinter sich und traten mit lauernden Blicken ein, die schnell abzuschätzen versuchten, ob die Nacht hier ihrem Höhepunkt entgegengehen werde oder ob nur noch ein geduldiges Saufen bis zur Morgendämmerung zu erwarten stand. Diejenigen, die bereits an der Bar saßen, wandten hinwiederum den Neuankömmlingen die Köpfe zu, soweit sie nicht bereits in ausufernde Gespräche verwickelt waren, und so kam es, daß »Ploogs Bierstuben« über weite Stunden der Nacht mit einer Stimmung der Erwartung erfüllt waren, die erst endete, wenn der Zapfhahn abgeschraubt wurde und der bis dahin beflissene Herr Ploog in ein zänkisches Jammern verfiel, weil einer der Gäste noch ein allerletztes Glas erbat.

Aber kurz davor war Herr Ploog eben noch kein Jammerer, sondern trotz seiner Jahre und seiner Glatze, die einen fußballrunden Kopf freigelegt hatte, ein geschmeidiger und doch bestimmter Dirigent seines gemischten Gästeorchesters. Mit dem gleitenden Schritt des Eintänzers auf einem alten Ozeandampfer, der mit federnden Knien die Wellen unter der Tanzfläche abfängt, und mit unbewegten Schultern schob er sich beim Eintreffen neuer Gäste zwischen die aufeinanderprallenden Blicke und sorgte dafür, daß alles seine Ordnung erhielt. Rotes Licht und Ordnung standen in »Ploogs Bierstuben« nicht in Widerspruch. Mit der Ordnung ist hier nicht die bürgerliche, sondern die gutbürgerliche Ordnung gemeint: reelle Preise, wie man sich gutbürgerlich ausdrückt, kein Krakeel und kein Aufsehen. Zur Belohnung fanden sich bei Ploog hin und wieder auch Gäste ein, die normalerweise das rote Licht mieden. So konnte es eben durchaus vorkommen, daß Dr. Has in Begleitung bei Ploog erschien, um dort Bier zu trinken.

Sehr selten fand in den traulichen Stuben statt, was im alten Österreich Mulatschag genannt wurde, Gelage, umglitzert und umknirscht von zersplitterten Champagnerflaschen. Ploog duldete aber solchen Überschwang, wenn überhaupt, erst, nachdem sich die Eisenrolläden hinter der Laufkundschaft, die schwankend im ersten Vogelzwitschern stand, herabgesenkt hatten. Herr und Frau Ploog überwachten das Treiben dann wie ägyptische Götzen vom hohen

Hocker aus. Jetzt erst sah man ihnen an, wie alt sie waren und wie viel sie gearbeitet hatten an diesem Abend. Auch wirkten sie jetzt erst recht eigentlich verheiratet, da sie für das Geschäft beide darauf verzichteten, endlich die Beine hochzulegen, wonach es sie seit Stunden glühend verlangte, vom Schlaf gar nicht zu reden. Aber obwohl dieses Ausharren stets reiche Früchte trug, stiegen doch die Teilnehmer solcher frühmorgendlicher Feste nicht in der Achtung des Herrn Ploog, der es sich leistete, etwa Herrn Dr. Has, den seltenen und mäßigen Gast, mit diskreten Zeichen der Ehrfurcht zu empfangen, gegen die das ironische Lächeln, das den Saufkumpanen galt, fast verächtlich wirkte. Man bemerkt an solchen Unterschieden, daß es bergab gegangen war mit »Ploogs Bierstuben«, die ursprünglich ein Publikum anziehen sollten, wie es jetzt noch durch Dr. Has verkörpert wurde. Herr und Frau Ploog waren sich stets treu geblieben, die Grundsätze, nach denen sie ihre Bierstuben leiteten, änderten sich nie. Statt dessen hatte die Zeit sich geändert. Das Publikum, für das alles durchdacht, vorbereitet und zugeschnitten war, so daß es sich nur noch in die Sesselchen mit den gespreizten Beinen setzen mußte, um vor dem wandernden Fotografen stillzuhalten, war nach und nach ferngeblieben. In den Sesseln saß nun ein ganz anderer Menschenschlag, worüber Herr Ploog sogar noch froh sein mußte. Er nahm es eben hin, daß die nachrükkenden Gäste die alte Stammkundschaft in die Flucht schlugen, und schließlich konnte man sicher sein, daß die einzigen Herren, die im Smoking eintrafen, Nachtkellner aus anderen, früher schließenden Lokalen waren. Dafür waren an Freitagen die »Bierstuben« nun sogar überfüllt. Ständig ging die Türglocke, und Herr Ploog mußte sich jedesmal nach vorn winden, um zu öffnen und zu empfangen. Vom Schritt des Eintänzers war im Gedränge nichts mehr zu sehen, und Frau Ploog sah aus, als habe jemand seine Großmutter mitgebracht. Der Erfolg bei der großen Masse kostet seinen Preis. Von den Vorzügen der Person bleibt nicht viel übrig, wenn sie in kleinen Häppchen an die Menge ausgegeben werden müssen.

Für Alfred blieb jedoch genug. Er war ein Streuner geworden, wie Tante Tildchen sich ausgedrückt hätte, um den Umstand festzuhalten, daß Alfred mittlerweile nicht nur seine Gedanken frei schweifen ließ, sondern auch seine Beine, und das vor allem in den Stunden nach dem familiären Abendessen und bis tief in die Nacht hinein. Die Tanten merkten lange nichts davon, da sie sich, wie man weiß, früh zurückzogen und aus ihren Zimmern dann nicht mehr auftauchten. Sie hatten einander niemals verlassen und niemals allein gelebt und verfügten dennoch über ein ausgedehntes Privatleben, das den Blicken der anderen Hausbewohner entzogen war, und dieses Leben bestand eben in dem abendlichen Alleinsein hinter verschlossenen Türen. Weder Mi noch Tildchen kam es in den Sinn, daß man abends etwas Herrlicheres unternehmen könne, und sie vermuteten, daß Alfred genauso dachte. Aber plötzlich fiel ihnen auf, daß er blaß aussah und unter seinen Augen dunkle Ringe lagen. Fräulein Emig riet, den Kaffee zu streichen und Alfred zum Milchtrinken zu veranlassen. »Ich hab' halt in letzter Zeit wenig geschlafen«, sagte Alfred wahrheitsgemäß und lehnte die Milch ab. Die Tanten hätten auch in Zukunft nichts von den nächtlichen Ausflügen gemerkt, wenn Alfred nicht einmal im hallenden Treppenhaus mit großem Getöse hingefallen wäre. Als sie fast gleichzeitig die Türen ihrer Schlafzimmer aufrissen, war er schon fest eingeschlafen. Sie deckten ihn auf den Stufen zu, und die sanfte Tildchen schob noch ein Kissen unter seinen benommenen Kopf. »Er wird wie sein Vater«, sagte Mi, die daneben stand, und Tildchen wurde von großer Furcht erfüllt, als werde es Alfreds wachsende Ähnlichkeit mit dem Verschwundenen eines Tages verbieten, ihn weiterhin zu lieben.

In der Erscheinung waren sich Vater und Sohn längst immer ähnlicher geworden, was durch den Umstand begünstigt wurde, daß der Vater nur noch als Fotografie anwesend war und sich nicht verändern konnte. Alfred besaß, wie man weiß, ein Bild, das den Vater als Achtzehnjährigen zeigte, noch bevor er sich entschlossen hatte, das Haus Labonté zu erschrecken, indem er in den Main fiel und in einem anderen Land wieder aufwachte, ähnlich den Mädchen, die durch den Sturz in den Brunnen ins Reich der Frau Holle gelangen. Die Haare waren kürzer auf dem Bild, als Alfred sie trug, und der Ausdruck des Gesichts zeigte, daß der Fotografierte einer anderen Zeit mit anderen Stimmungen, Idealen und Hoffnungen angehörte, denn die Mode kommt nicht nur in Äußerlichkeiten zum Ausdruck, sie ergreift vielmehr den ganzen Körper selbst derjenigen, die auf den Geschmack ihrer Zeit keinen Gedanken verschwenden. In der Kleidung glichen sich Vater und Sohn neuerdings dafür um so mehr, weil Alfred begonnen hatte, zurückgelassene Sachen seines Vaters, von Fräulein Emig stets neu mit Mottengift getränkt und daher einigermaßen erhalten, aus den Kartons im Keller herauszusuchen und zu tragen; englische Wolljacken vor allem, die ihm anfangs etwas zu groß waren, Hemden mit sehr schmalen spitzen Kragen und dünne Krawatten, die sich dort, wo der Knoten saß, bereits auflösten.

Den Tanten war nicht wohl dabei. Mi glaubte zunächst, Alfred wolle sich maskieren, konnte aber aus ihrer häuslichen Einstellung heraus, die sie schließlich veranlaßt hatte, die Sachen sorgfältig zu konservieren, nicht dagegen sein, daß Alfred sie nun auftrug. Tildchen, die Blumenfreundin, glaubte fast, Gespenster zu sehen, als Alfred mit naß gekämmtem Haar und der Tweedjacke seines Vaters in den dämmrigen Wintergarten trat. Erst jetzt fiel ihr auf, wie sehr er gewachsen war. Meist freut man sich, wenn die Söhne dem Vater ähnlich sehen, aber es gibt auch Ausnahmen. Ein träumerischer, sanfter Blick, eine kindliche Stirn und ein weicher, zum Sprechen halb geöffneter Mund, der sich aber meist, ohne etwas gesagt zu haben, wieder schloß, mußten kein beunruhigender Anblick sein, solange sich jene Neigung zu plötzlichen Entschlüssen, die einstmals hinter einer gleichfalls unschuldsvollen Fassade gereift war, noch nicht offenbart hatte. Tante Mi und Tante Tildchen hatten damals nicht verstanden, daß mit harmloser Miene Unheilvolles ins Werk gesetzt werden konnte und vermochten später dieses Unheil nicht einmal aus vollem Herzen zu beklagen, denn es hatte ihnen Alfred geschenkt. Der Junge bekam denn auch nie ein böses Wort über seinen Vater zu hören, über dem Ertrunkenen waltete ein zwangloses Schweigen. Er spielte keine Rolle, keine gute, keine schlechte. Er war ein blasses Foto, er wurde in den kindlichen Nachtgebeten neben einer Reihe anderer Personen erwähnt. Er besaß nicht den mindesten Einfluß auf die Erziehung seines Sohnes. Er wurde aufgrund allzu flüchtiger körperlicher Substanz auch nicht betrauert. Und nun stand Alfred in der großen ausgebeulten Jacke im Wintergarten und glich ihm aufs Haar.

Toddi lehnte die alten, neuen Kleider ab und nannte sie »ostzonal«. Obwohl er nicht sportlich war, strebte er ein sportliches Aussehen an, und seine Eltern unterstützten ihn darin, indem sie seinen dicklichen Körper in Wildlederjacken und schnallenbesetzte

Trenchcoats hüllten. Lilly aber, die Alfred im väterlichen Kostüm zunächst nicht wahrzunehmen schien, wandte sich ihm plötzlich zu und legte eine Hand auf seine Brust, wobei ein Finger in das Hemd geriet und leicht die Haut kratzte. Dann zog sie die schmale hellgelbe Krawatte heraus und betrachtete sie mit abwesendem Ernst, um sie, wie an einer Schaufensterpuppe, wieder an ihren Platz zu tun.

»Sehr gut«, sagte sie in dem Ton verhaltener Kennerschaft, die keine großen Worte mehr macht. Die Art ihres Kommentars setzte eine Gemeinsamkeit mit Alfred voraus, den gleichen seltenen Geschmack, an dem die Eingeweihten sich erkennen, und obwohl Alfred nicht im mindesten ahnte, welche inneren Bilder Lilly an sich vorbeigleiten ließ, während sie das kleine Muster der väterlichen Krawatte überprüfte, genoß er diese Gemeinsamkeit ebenso stark wie noch vor kurzem den Aufenthalt in einem Messergeschäft. Toddi staunte, wie unbeeindruckt Alfred fortfuhr, die Anzüge aus dem Keller zu tragen, und sagte schließlich: »Ich weiß natürlich genau, was du mit deinen Bollerhosen bezweckst, aber du bist einfach noch zu jung dafür!« Alfred hörte ihm gar nicht zu, denn Lillys flüchtiges Lob glich einem feinen Duft, der dem Erinnerungsvermögen abhanden zu kommen droht, wenn man nicht alle Aufmerksamkeit auf ihn versammelt.

In anderer Hinsicht allerdings blieb Toddi noch Lehrmeister. Ohne ihn hätten Alfreds nächtliche Ausflüge anders ausgesehen, kontemplativ nämlich, wenn man so will. Alfred ging einfach drauf los, wenn er das Haus verlassen hatte, und legte auf diese Weise nachts oft große Strecken zurück. Er bewegte sich durch die Stadt wie durch einen Irrgarten, der in seiner Mitte eine Überraschung verbirgt. Er ging etwa immer links, dann eine Weile immer rechts, gelangte in Gegenden, die er nie zuvor gesehen hatte und von wo er nur mühsam wieder nach Hause fand. Er fühlte sich in den nächtlichen Straßen vollkommen einsam, sie glichen sich im Schein der Laternen wie ein Waldweg dem anderen. Manchmal näherte sich von fern eine einzelne schwarze Gestalt, schon von weitem in der Stille hörbar. Er mußte dann eine kleine Angst bekämpfen, achtete darauf, nicht langsamer zu gehen und starrte scharf ins Dunkle, um den Näherkommenden so früh wie möglich einschätzen zu können. Wenn sie schließlich aneinander vorbeigingen, scheinbar ohne sich zu bemerken, atmete er auf und spürte doch ein leichtes Bedauern. Vielleicht wäre der Fremde, vor dem er sich gefürchtet hatte, eine reizvolle Bekanntschaft gewesen. Es liefen ja nicht alle so wie er durch die Nacht, nämlich ohne einen wirklichen Grund zu haben, warum sie um drei Uhr noch nicht im Bett lagen. Kein Zweifel, Alfred suchte die Einsamkeit und zugleich die Gesellschaft, wenn er, statt zu schlafen, spazierenging. In einem feuchten Wiesental der Wetterau, in vollständiger Verlassenheit, hatte er neben seinem Fahrrad, auf einem Stein sitzend, einmal ein Aufrauschen wie von tausend Fächern vernommen, ein Geräusch von stiller, aber vielfältiger Kraft. Es war, als ob alle Büsche um ihn herum tief aufgeseufzt hätten. Er sah sich um und entdeckte ein scheunenartiges, fensterloses Gebäude, das in eine Geländefalte hineingesetzt worden war, eine Hühnerfarm, und er vergaß nie, wie sonderbar ihm zumute war, als er begriff, daß er, anstatt allein zu sein, in der verborgenen Gegenwart Tausender Kreaturen ausruhte. Die schlafende Stadt bereitete ihm ähnliche Empfindungen. Der nächtliche Wanderer war von unheimlich ruhendem Leben umgeben, das in der Dunkelheit die Fähigkeit zu zauberischer Verwandlung zurückerhalten hatte, die es bei Tageslicht zu verraten pflegte.

Toddi hatte andere Ziele im Auge. Der Reiz eines nächtlichen Wohnquartiers ging ihm nicht auf. Er führte Alfred ins Bahnhofsviertel, wo es hell war und fremdartig aussehende Leute herumliefen, Mädchen auf der Straße standen und die Aufreißer versuchten, jeden Passanten in die dunklen Löcher zu ziehen, die nach großen Vorbildern »Maxim« und »Imperial« hießen. Alfred fühlte sich nicht wohl, wenn er mit Toddi den Schaukasten des »Eldorado« betrachtete. Die Fotos hatten falsche Farben und ließen die riesigen Brüste der weißhäutigen Mädchen bläulich und fahl erscheinen. Außerdem fürchtete er, die erwachsenen Nachtschwärmer könnten sich über die beiden Schulbuben amüsieren. Darum versuchte er, jeden Ausdruck aus seinem Gesicht zu entfernen und ging mit Grabesmiene zwischen den blinkenden Birnchen umher, damit niemand auf den Einfall käme, er schenke den Attraktionen der Kaiserstraße auch nur die geringste Beachtung. Überhaupt hatte er neuerdings sehr strenge Vorstellungen von der Selbstverständlichkeit als einer Eigenschaft, die alle Handlungen begleiten müsse. Sie war die Generaltugend: Mit ihr war alles, ohne sie aber war nichts erlaubt. Er war bereit, auf die begehrenswertesten Dinge zu verzichten, solange nicht sicher war, daß er sich dabei in dem erforderlichen Maße selbstverständlich verhalten würde. Wie die Selbstverständlichkeit genau beschaffen war, die zum angemessenen Betrachten der Auslagen des »Eldorado« erforderlich wäre, wußte er nicht. Ob es erlaubt war, auf selbstverständliche Weise Neugier zu zeigen, oder ob man mit selbstverständlichem Desinteresse die bläulichen Brüste zu betrachten hatte, vermochte er nicht zu entscheiden. Toddi jedenfalls verhielt sich keineswegs selbstverständlich, so laut er auch redete und auf die Hüften zeigte, von denen glitzernde Perlenschnüre herunterhingen. In seiner Stimme lag, so kam es Alfred vor, ein peinlicher Eifer. Er schien ganz vergessen zu haben, daß Alfred es war, der die Tür des Westendstraßenhauses geöffnet hatte, während er draußen nach den Fahrrädern sah.

Dankbarkeit erntete Toddi hingegen, als er Alfred in »Ploogs Bierstuben« einführte. Er kannte Herrn Ploog und stellte Alfred in aller Form vor. »Der Herr ist auch Student?« fragte Frau Ploog zerstreut. Mit erfahrenem Blick hatte sie sofort erkannt, daß von ihm keine Pikkolospenden zu erwarten waren. Alfred sah sich um. Eine junge Frau mit tschechischem Akzent sprach ihn an, sie war etwas betrunken. Er hatte das Gefühl, daß er sich auf nahezu selbstverständliche Weise mit ihr unterhielt. Toddi wollte plötzlich gehen, und Alfred hielt ihn nicht zurück, aber als sie sich verabschiedet hatten, war die Tschechin längst in andere Gespräche verstrickt. Später entdeckte er an der Bar den Bundesbahnrat, der in der Schubertstraße gegenüber wohnte. Trotz unverdrossener Anknüpfungsversuche hatte er an diesem Abend keine Gesellschaft gefunden, er zechte allein. Der Bundesbahnrat nahm ihn im Taxi mit, als Herr Ploog unversehens in den greinenden Tonfall verfiel, der die Schließung des Lokals ankündigte. Es war kurz vor Sonnenaufgang, und Alfred schlief in dem zufriedenen Gedanken ein, für seine nächtlichen Spaziergänge nun ein Ziel gefunden zu haben.

Alfred kannte den Bundesbahnrat, solange er denken konnte. Seine Erscheinung mit dem grüßend geschwenkten schwarzen Homburg gehörte zum Schubertstraßenbild wie der Flieder, die Hortensien und die Mülltonnen jenseits der rostenden, reich geschmiedeten Gittertore, und dennoch war die Begegnung in »Ploogs Bierstuben« eine bedeutende Erweiterung von Alfreds

Weltbild. Bisher war der Bundesbahnrat, der inzwischen längst Direktor geworden war, nicht mehr als ein Statist der Straßenszene gewesen. Man fragte nicht einmal nach seinem Namen, und das, was man sein Privatleben nannte, wurde zwar hinter den Gardinen beobachtet, im Haus der Tanten Labonté jedoch mit Schweigen belegt. »Die arme Frau!« sagte Tante Tildchen nur gelegentlich, wenn der schwarze Homburg auf der anderen Seite der Straße zum Gruß wie der Federhut der Musketiere durch die Luft rauschte. Aber Alfred empfand immer, daß etwas Werbendes in dieser Geste lag, und es war ihm nicht recht, daß der Gegengruß stets nur knapp ausfiel. Er erinnerte sich genau, wie sehr es ihn immer gerührt hatte, wenn dann der von den Tanten kühl stehengelassene Bundesbahnrat nach seinen Schlüsseln suchte. Er schien nicht mit ihnen zurechtzukommen, behindert noch dazu durch den Zigarrenrauch, den er sich in die Augen blies. Alfred war dieser Augenblick wie der Inbegriff der Verlassenheit vorgekommen.

Der Bundesbahnrat sah solche Begegnungen übrigens mit ganz anderen Augen an. Er war meist geistesabwesend, wenn er nach Hause kam, gewahrte »die beiden Krähen«, wie er die Tanten nannte, im letzten Augenblick und hielt es dann für notwendig, die Hastigkeit seines Grußes durch besonderen Aplomb zu überspielen. Er war längst mit seinen Gedanken zu Hause, und wenn er umständlich und hilflos, wie Alfred meinte, seine Schlüssel sortierte, dann handelte es sich bei dieser Unbeholfenheit in Wahrheit um ein Ritual, das den Augenblick, in dem er schließlich doch aufschließen mußte, so weit wie möglich hinausschieben sollte. Wenn der Bundesbahnrat Alfred besonders verlassen vorkam, wäre der Mann im Gegenteil gern noch ein wenig alleingeblieben, denn er wußte, wer hinter der Wohnungstür im verhängten Zimmer auf ihn lauerte. Das war die Frau des Bundesbahnrats, der Tante Tildchen, obwohl sie ihr fast nie begegnete, ein Mitleid entgegenbrachte, das mit der Dankbarkeit, selbst niemals ein solch entwürdigendes Eheverhältnis eingegangen zu sein, innig verschwistert war. Dem Bundesbahnrat aber kam es vor, als betrete er eine dunkle Höhle, in deren Innerem ein Raubtier haust. Wenn er die Schlafzimmerluft einatmete, die schwer nach Medikamenten, Federbetten und kosmetischen Mittelchen roch, mußte er stehenbleiben, bis seine Augen sich an das Dunkel gewöhnt hatten. In dieser Nacht schien matt ein weißer Mond, die schwach reflektierende Gesichtsmaske seiner Frau, aus deren Augenlöchern es ihm entgegenblitzte.

Als der Bundesbahnrat seinen Führerschein eine Weile abgeben mußte, weil er, aus »Ploogs Bierstuben« kommend, in seinem Opel angetroffen worden war, und er seitdem das Haus morgens früher verließ, um seinen Schreibtisch in der Bundesbahndirektion rechtzeitig zu Fuß zu erreichen, bemerkte seine Frau, er habe diese Änderung im Tageslauf absichtlich herbeigeführt, weil er schneller von ihr wegkommen wolle. Vielleicht hatte sie nicht ganz unrecht damit. Vielleicht hegte der Bundesbahnrat immer noch den heimlichen Wunsch, sie zu verlassen, aber eben nicht mehr als realen Plan, sondern als Träumerei ohne jede Brücke auf das Schiffsdeck der Wirklichkeit hinüber. Auf diesem Schiff saß die Frau, und er hatte jede Hoffnung verloren, daß sie von dort verschwinden könne. Wovon er wirklich träumte, und zwar sehr lustvoll, und indem er den Traum im halbwachen Zustand zu schmücken und zu verlängern wußte, das war, sie von einer hohen Klippe mit einem knapp gezielten Stoß ins tosende Meer zu stürzen. Er sah ihr verblüfftes Gesicht, ihren Versuch, das Gleichgewicht zu halten, indem sie mit ihrer Handtasche durch die Luft fuhr, und schließlich ihren Sturz, bei dem sich ihr weiter Rock nach oben stülpte und sich blütengleich um ihren schreienden Mund herum schloß. Er sah nie, wie sie unten aufschlug, seine tönende Mohnblume, aber er fühlte, daß ein Leben ihn durchpulste und ein Schwall von Verjüngung und Glück in ihn strömte, und er staunte immer wieder, daß ein so müheloser und sauberer Akt wie jener kleine, feste Stoß an der richtigen Stelle imstande war, einen neuen Menschen aus ihm zu machen. Und deshalb ließ er die Bilder seiner beglückenden Tat gleich noch einmal vor dem inneren Auge ablaufen: den Spaziergang auf der Klippe, auf dem kaum ein böses Wort fiel, weil seine Frau auf den Weg achten mußte, das Heben der Hände, der Stoß gerade zwischen die Schulterblätter, Schwanken, Stürzen und das Schließen der Blüte. »Warum lächelst du?« fragte ihn dann seine Frau, die nur schlief, wenn er das Haus verlassen hatte. »Ich träume von dir«, antwortete der Bundesbahnrat, »unsere Verlobung auf Capri. Du trugst einen New-Look-Rock, feuerrot.« – »Nein, wie Mohn«, sagte seine Frau. Er hat auch etwas von einem großen dummen Hund, dachte sie dann und ließ ihn ein Weilchen in Ruhe.

Alfred erhielt nach und nach Einblick in diese Verhältnisse, denn seine neuen Gewohnheiten brachten es mit sich, daß er den Bundesbahnrat nun häufiger sah, der ihn übrigens von Anfang an wie einen alten Bekannten behandelte und mit der aufgeräumten Herablassung des Angeheiterten kein Respektsbetragen aufkommen ließ. Die überraschende Nachricht war für Alfred, daß der Bundesbahnrat Rosendall hieß. Er kannte ihn nun schon so lange namenlos, daß der Name mit der Person gar keine rechte Verbindung mehr eingehen konnte. Er hatte geradezu Schwierigkeiten, ihn sich zu merken. Dem Bundesbahnrat hingegen ging der »Herr Labonté« mühelos von den Lippen. Er besaß eine Begabung für das Gesellige und stellte schnell ein hohes Maß an Vertraulichkeit zwischen Wildfremden her. Vielleicht hatte er deswegen auch eine Tätigkeit bei der Eisenbahn gesucht, die ihren Passagieren ja seit jeher die Lippen öffnete.

Bei »Ploog« war Alfred natürlich nicht der einzige Bekannte des Herrn Rosendall, aber er war meist derjenige, der am längsten ausharrte, weil er ja auch am spätesten gekommen war. Schließlich wurde er sogar Zeuge, wie Herr Rosendall die Tschechin, die Alfred von seinem ersten Besuch bei »Ploog« her kannte, einlud, sich der Heimfahrt in die Schubertstraße anzuschließen, wobei schon klar war, daß Frau Rosendall wieder eine ihrer Kuren angetreten hatte. Alfred kannte den Ruf des Bundesbahnrats, aber der Augenschein brachte dennoch Neues.

Neues vor allem über die Schubertstraße, ihr geheimes Wesen, das Alfreds eigentlichen Lebenshintergrund bildete, und von dem er doch so wenig wußte. Als er sieben Jahre alt war, trat Tante Mi zu ihm ins Zimmer und sagte mit besorgter Stimme: »Die Schubertstraße soll Einbahnstraße werden!« und Alfred erinnerte sich noch heute an den Schrecken, den dieses Urteil in ihm erregte. Fast unnötig zu sagen, daß er vom Wesen einer Einbahnstraße nicht die blasseste Vorstellung hatte. Es war der Ton der Tante Mi, der ihn ängstigte, eine Beunruhigung, die in keinem Verhältnis zum Anlaß stand, wobei uns Massenmenschen allerdings die Empfindlichkeit gegenüber jeder Einschränkung der Freiheit längst gründlich abhanden gekommen ist. Im 18. Jahrhundert verließ ein Basler Bürger entsetzt die Stadt Wien, weil man dort begann, die Häuser zu numerieren und das Logis in einem numerierten Haus eines freien Städters unwürdig sei. Von solch altertümlichem Bürgertrotz konnte bei Tante Mi im übrigen nicht die Rede sein. Sie stand auf seiten des Staates und schätzte ein fühlbares Regiment, das bewies, daß es den Staat noch gab und er sich nicht inzwischen, wie vieles andere auch, verflüchtigt hatte. Aber für Alfred wankten einen Augenblick die Festen der bewohnten Erde.

Nicht ohne Absicht ist so häufig von den Sonnenuntergängen der Schubertstraße die Rede. Sie brachten das Licht hervor, das in Alfreds Phantasie eigentlich immer in seiner Straße herrschte. Wenn er in späteren Tagen an seine Kinderzeit dachte, dann sah er sich stets auf dem Roller der roten Sonne entgegenfliegen, die in der Mitte des hohen gotischen Bogens stand und der kleinen Straße einen Abschluß gab, wie der feuerspeiende Vesuv den Soffitten einer Marionettenbühne. Die Menschen auf der Straße standen im Dienst dieser Stimmung. Ihr Schritt hatte etwas Zielbewußtes, als hätten sie wie Küster vor Beginn der heiligen Handlung noch Vorbereitungen im weiten Kirchenschiff zu treffen. Etelkas suchender Gang strebte ihrem Fensterplatz zu, der Laternenanzünder setzte winzige Lichtpunkte, Herr Herr prüfte in doppelter Gestalt – denn ein Schäferhund ist nichts anderes als ein in einen Hund verwandelter Hausmeister – die Gartentore und folgte den Verjüngungen der Perspektive in Richtung auf die Christuskirche mit erfahrenem Blick. Die Wächtergestalt der Scharnhorst hemmte mit erhobenem Besenstiel einen Augenblick seinen Lauf für einen sparsamen Wortwechsel, einen Austausch der Parolen. Die Gardinen bewegten sich, aber die Zimmer dahinter lagen in Dunkelheit. Jetzt stand die Sonnenscheibe in der Mitte ihrer spitzbogigen Monstranz, dann begann das schwarze Mauerwerk, Scheiben von ihr abzuschneiden. Zum Schluß überflutete ein grenzenloses aprikosenfarbenes Leuchten den sonnenlosen Himmel. Dann kam die Nacht.

Jedem ist klar, daß solche Abende in Wahrheit eher selten waren. Es gab sie, in heißen Sommern und in frostigen Wintern, aber sie wurden von jedermann als außergewöhnlich empfunden. Alfreds Vision war ein Lichtzauber, ein Schwelgen in einer sich immerfort verdichtenden Geräuschlosigkeit. So sah er das Land, als dessen Bürger er sich fühlte, und deshalb flossen seine Tränen so heftig bei der Aussicht, die Schubertstraße könne Einbahnstraße werden, und nicht länger Schubertstraße bleiben. Er fürchtete jede Veränderung, als solle es ihm damit ans Leben gehen.

Später stießen der Schubertstraße erheblich schlimmere Dinge zu als die Einbahnstraße, die ihre Eigenart, wie Alfred sich fast enttäuscht eingestand, gar nicht berührt hatte. Fred Olenschläger machte zwar seinen großen Plan nicht wahr, aber die kleinen Planer in der Stadt sorgten statt dessen dafür, daß ihre Handschrift in der stillen Straße wüste Spuren hinterließ. Die gußeisernen Gaslaternen wurden herausgerissen und durch Peitschenlampen ersetzt, die, ihrem Namen gerecht werdend, tatsächlich Peitschenschläge gegen die niedrigen Villen austeilten. Beim Aufbau der Ruine verstümmelte man den gotischen Bogen der Christuskirche und gab ihm einen Rahmen aus Waschbeton, was erlaubt war, da es sich, wie man längst sattsam wußte, nur um einen neugotischen Bogen handelte. Das hohe Fenster aber mauerte man mit Glasbausteinen zu. Alfred nahm diese Eingriffe kaum mehr wahr. Es war die nächste Generation, die hier bestohlen wurde. Er hatte die Straße ganz und gar besessen und konnte sie nicht mehr verlieren.

Lange war der Charakter der Schubertstraße für Alfred abendlich gewesen. Durch seine Bekanntschaft mit dem Bundesbahndirektor Rosendall lernte er nun auch ihre morgendliche Seite kennen. Zu dem Sonnenuntergang im Spitzbogen gesellte sich der Sonnenaufgang aus der Richtung des Opernplatzes, und obwohl es sich dabei um vergleichbare Lichtsensationen handelte, erzeugten sie doch denkbar unterschiedliche Stimmungen. Die Morgenkühle ließ das Gefühl der Überreife, das einen spätsommerlichen Sonnenuntergang begleitet, nicht entstehen. Die Nacht hatte die Gegenstände gleichsam gewaschen und gestrafft. Im Gegensatz dazu trugen Alfred und erst recht Herr Rosendall noch den gestrigen Tag mit sich herum, denn die Nacht verlangt Hingabe für ihr Erfrischungswerk und rächt sich, wenn man sie zum Tage macht. Als das Taxi vorfuhr und Rosendall, der die Tschechin Jitka im Arm hielt, Alfred aufforderte, noch mit zu ihm hereinzukommen, lehnte er ab, obwohl Jitka heftig widersprach. Zum Glück schliefen die Tanten nach hinten heraus. Das Wagentürklappen, der Dieselmotor und das Parlamentieren trugen in der Stille tumulthafte Züge.

Alfred fühlte sich als Gentleman, weil er sich so musterhaft zurückgezogen hatte, aber die nächste Einladung nahm er an; die beiden mußten schließlich wissen, was sie wollten. Was Rosendall an Jitka fand, war ihm nicht klar. Sie war vielleicht fünfundzwanzig und Rosendall kannte sie schon aus anderen Lokalen, wo sie serviert hatte. Auch bei »Ploog« durfte sie manchmal aushelfen. Sie wandelte dann wie im Halbschlaf in einem verdrückten, hochgeschlitzten schwarzen Abendkleid mit den golden leuchtenden Pilsgläsern umher und sah aus, als lege sie sich zwischendurch ins Bett. Ploog schätzte sie nicht, war aber längst daran gewöhnt, daß die Mädchen, die ihm paßten, nie bei ihm arbeiten wollten. Er verdiente sein Glück nicht, denn Jitka hatte nichts Lautes oder Dreistes an sich. Sie war eine Gutmütige und besaß zudem die sympathische, immer ein wenig drollig wirkende Verwirrtheit der Kurzsichtigen, die ohne Brille herumlaufen. Das war auch der Grund, warum sie Alfred angesprochen hatte. Sie sah unter dem hellen Oval eines offensichtlich männlichen Gesichtes den dunklen Schatten der väterlichen Krawatte und hielt ihn daraufhin mindestens für gleichaltrig. Erst Alfreds Stimme, die immer noch sehr jünglingshaft klingen konnte und in den Diskant stieg, wenn er sich aufregte – in Wahrheit war er aber ein Bariton –, öffnete ihr die Augen, wie man in diesem Fall wohl sagen darf. Der junge Herr schrumpfte wieder zum Schulbuben, und Jitka, obschon älter, war noch nicht alt genug, um Sinn für den Reiz dieses Schulbuben zu haben. Aber immerhin war sie so nett, ihn nicht gleich stehen zu lassen, um sich auf angemesseneres Wild zu stürzen, und wenn sie ihn später oft nicht wiedergrüßte, dann hatte das nur mit ihrer Kurzsichtigkeit zu tun.

Aber auch Alfred fehlten noch die Jahre, um Jitka anziehend zu finden. Man ahnt, mit wem die arme Jitka ohne ihre Brille verglichen wurde und wie gerupft sie aus solchem Vergleich hervorgehen mußte. Es war nicht nur die Löwenmähne, die da fehlte. Jitka hatte dickes schwarzes Haar, das nicht gut fiel. Ihr Haaransatz war tief und ragte in die Mitte der Stirn in Form eines Teufelspitzchens. Das Haar saß auf dem Kopf wie eine dicke Mütze, während Lillys Locken wie eine Sonne strahlten. Jitkas Körper hatte keine klaren Einschnitte. Sie besaß keine Taille wie Lilly, nicht ihre Linien der Hüften und den synkopischen Schwung der Schenkel, sondern steckte in ihrem Kleid wie die Wurst in der Pelle, und der Schlitz vollführte kein verführerisches Spiel des Sich-Öffnens und Sich-wieder-Schließens, sondern war beständig auseinandergezerrt, um den Blick auf säulenhafte Beine freizugeben. Dorthin blickte Herr Rosendall. Er konnte die Augen nicht von den jungen fetten Kniekehlen mit ihren Grübchen und Fältchen und ihrem milchartig duftenden Schweiß abwenden und legte seine behaarten Finger mit dem dicken Ring in diese Höhle, wann immer Jitka das möglich machte. Das Kleid, das diesen frischen und weichen Körper umspannte, wünschte Herr Rosendall mitten in »Ploogs Bierstuben« von oben nach unten aufzuschlitzen, und er bat zu diesem Zweck um Alfreds Taschenmesser, mit dem der Junge die letzte, ins Taxi mitgenommene Bierflasche zu öffnen pflegte. Alfred waren die Reize, von denen Rosendall da so sichtbar überflutet wurde, ein Rätsel. Frische und wohlriechende Haut, ein festes und gesundes Fleisch waren für ihn noch Selbstverständlichkeiten ohne besonderen Wert. Die Jugend als solche hatte für ihn etwas Ödes, nichts war so langweilig wie junge Leute, wobei er sich sogar, mit einem gewissen Recht, einzuschließen geneigt war. Rosendall hingegen hatte alles literarische Drumherum, das den Beziehungen zwischen den Geschlechtern in bürgerlichen Kreisen erst ihre eigentliche Würze verleiht, hinweggefegt und war, jedenfalls in seinen Wünschen, auf den ungeschminkten Konsum gekommen, und das umso heftiger, als seine Wohnung über lange Strecken des Jahres einem Sanatorium glich, in dem die Ausschweifungen nur in der Phantasie erlaubt sind. Herr Ploog verhinderte übrigens mit sehr harschen Worten die Aufschlitzung des Kleides, nachdem Herr Rosendall ohnehin am Ausschnitt eine Weile festhing, wo eine feste Silberlitze durchgesägt werden mußte. Das Kleid gehörte Herrn Ploog. Jitka wurde in die Küche geschickt und kam in Bluejeans zurück. Das Gezeter über das Kleid ging nun unmittelbar in das Kneipenschließungsgezeter über, ohne von den reichlich angetrunkenen Gästen als ungehörig empfunden zu werden. Es war, als ob das viele Bier das Bedürfnis erzeugte, sich ordentlich ausschimpfen zu lassen.

Die Vögel sangen, und der Himmel färbte sich im Osten mit feinem rauchigem Rosa, als Alfred zum ersten Mal am Fenster der Rosendallschen Wohnung stand und seinen Blick über die vertraute Straße und hinüber zum Haus der Tanten schweifen ließ. Da lag seine eigene Wohnung mit herabgelassenen Rolläden und sah mit ihrem Erker, dem balustradengeschmückten Balkon und Mansardendach, unter dessen gotischer Wetterfahne sich Alfreds Zimmer befand, wie die anderen braven Häuschen aus, mit denen es eine Reihe bildete. Von hier aus hatte Alfred einst die Schubertstraße und die Welt betrachtet. Nun wurde der Aussichtspunkt selbst der Betrachtung unterzogen. Die Zeitungsfrau erschien mit hochbeladenem Wagen. Kurz danach kam der Milchmann mit surrendem elektrischem Wägelchen und stellte die dicken Flaschen mit dem zarten Aluminiumdeckel vor die Türen. In drei Stunden, so erinnerte sich Alfred, sollte eine Lateinarbeit geschrieben werden. Wenn Lilly ihn fragen sollte, was er denn, so wie er aussehe, in der letzten Nacht unternommen habe, würde er ihr antworten, er sei »bei Freunden« gewesen.

Hinter ihm mischten sich die Stimmen der Jitka und des Herrn Rosendall. Auf dem rocaillengeschmückten Sofatisch standen Wodkaflaschen, die mit einer milchigen Eisschicht umgeben waren, und warmer Sekt, denn Rosendall war, als er sich unsicher zum Kühlschrank heruntergebeugt hatte, die mit tausend Eisblumen bedeckte Sektflasche aus den Händen geglitten. Jitka lag barfüßig auf dem schweren roten Samtsofa, dessen Polster durch zahlreiche Knöpfchen den Eindruck üppiger Schwellungen hervorrief. Sie empfand die in einem Phantasiestil geschwungenen Möbelbeine, die Lampenschirmchen mit ihren Bommeln, den blaugetönten Kristallspiegel, die glutrote Muranovase und die maschinengewebten Teppiche, die sich an persische Motive anlehnten, als Inbegriff des Luxus und genoß es, sich auf diesem Sofa auszustrecken.

Im Grunde lag in ihrem Verhalten ein Kompliment an die abwesende Frau Rosendall, die dies Zimmer in einer unruhevollen Sehnsucht nach Schönheit und Eleganz eingerichtet hatte, ohne ihren Träumen dabei vollständig genüge getan zu haben. Sie zweifelte, wenn sie ihr Wohnzimmer betrachtete, ob sie lange genug gesucht, ob sie geduldig genug ausgewählt hatte und ob die Farben, von denen sie jede als einzelne liebte, zusammen wirklich einen guten Klang ergaben. An den Wänden hingen Kunstdrucke der Degasschen Ballettmädchen in gepreßten Goldrahmen. Das war ihr Ideal, und sie konnte sich von dem quälenden Verdacht nie ganz befreien, sich diesem Vorbild nicht vollständig genug angenähert zu haben. Es war gemütlich bei ihr, wenn sie abends, von wenigen Lämpchen rosa und golden beschienen, auf dem roten Samt ihres Sofas lag, wie es jetzt Jitka tat. Frau Rosendall trug dann ein in vielen Falten fließendes Negligé aus Nylon-Chiffon, denn sie war ja meistens krank und hätte dem Beispiel der Ballettmädchen, die sich da unter

Überdehnung ihrer Sehnen und Bänder die Tanzschuhe anzogen, physisch unter keinen Umständen folgen können. Auch hier versuchte sie jedoch, ihre Pflicht zu tun. Wenn schon ihr Körper, wie sie sagte, zu überhaupt gar nichts mehr imstande sei, so sorgte sie sich doch wenigstens um die Alterslosigkeit ihres Gesichts, und zwar mit solch bedingungsloser Hingabe, daß Rosendall sich nur mit Mühe erinnerte, wann er seine Frau zum letztenmal ohne dicke, die Epidermis mit Nahrung überschwemmende Cremeschicht gesehen hatte. Frau Rosendall lebte in der Überzeugung, daß ihre Haut ohne die schützende Crememaske wie unter einem Gluthauch augenblicklich verdorren müsse. »In meinem Alter muß man darauf achten, daß man nicht wie eine ledergegerbte Zigeunerin aussieht«, sagte sie, wenn ihr Mann sie bat, doch wenigstens abends, wenn er nach Hause kam, die glänzenden Schichten abzuwischen. Wenn er sie so vor sich sehe, erklärte er, keinen Bissen herunterzubekommen. Er aß dann eine Weile in der Küche, während sich im Inneren der Höhle Frau Rosendall mit rosa Frotteeturban auf dem Maskenhaupt die Nägel richtete. An Weihnachten oder zum Besuch des Arztes verschwand die nährende und feuchtigkeitsspendende Maske. Darunter kamen rosige Züge von porzellanener Makellosigkeit zum Vorschein. Frau Rosendall war eine Filmschönheit, wenn man nur ihren Kopf und ihre ovalen Hände ansah. Der Rest war walroßschwer: eine Fülle, die wie bei einem japanischen Ringer gezüchtet und wie bei einer Straßburger Gans vor fettverzehrender Bewegung geschützt wurde.

Die golden samtene Spiegelhöhle wurde von dem kühlen Grau des aufkommenden Tages entzaubert. Die Teile fielen auseinander und standen in grausamer Vereinzelung herum, jedem Blick mitleidlos ausgesetzt. Die Lebensspuren der abwesenden Herrin dieses Zimmers wurden sichtbar. Hier war der Teppich abgetreten, wo sie vom Sofa aufzustehen pflegte, dieser Sessel war in der Polsterung ausgeleiert, dort stand das Fernsehgerät mit dem abgeschabten Knopf des ersten Programms, darauf die Fernsehbrille und Papiertaschentücher, um die Gläser von den Spuren der Gesichtsmaske zu befreien. In den Hintergrund dieser Details konnte Alfreds Blick nicht eindringen. Er spürte nur, daß der Raum das Gehäuse eines Lebens bildete, das durch dies frühmorgendliche Treffen verletzt wurde, und er gab sich in seinem berauschten Kopf der Vorstellung hin, Frau Rosendall liege zur Stunde nicht in Bad Nauheim in ihrem Sanatoriumsbett, sondern lausche nebenan hellwach und aufs äußerste gepeinigt den verwirrten Stimmen.

Herr Rosendall war in russische Laune verfallen. Er trank mit Jitka aus kleinen bunten Gläsern Wodka um die Wette und warf beinahe die glutrote Muranovase um. Es lagen schon Glassplitter in den flauschigen Teppichhaaren verborgen. Der Sohn der Scharnhorst würde an diesem Teppich im Hof etwas zu klopfen haben. Rosendall geriet ganz außer sich. »Meine Herren, jetzt wird durchgemacht!« rief er mit blitzenden Augen. »Fräulein Krause muß morgen ohne mich zurechtkommen! Jitka, du rufst Fräulein Krause an!« – »Laß mich in Ruhe!« sagte Jitka. Alfred hatte schon festgestellt, daß Jitka immer »nein« sagte, was später auch geschehen mochte. Das war ihr Mittel, eine Unterhaltung in Gang zu halten, denn Betrunkene erhält nichts so aufrecht wie ein Widerspruch. Hinzu kam die Erfahrung, daß niemand sich wirklich und bedingungslos für sie interessierte, und manchmal packte sie der Ehrgeiz zu zeigen, daß sie das wußte, indem sie den Leuten, die ohnehin mit ihr machten, was sie wollten, wenigstens die Illusion der Harmonie verweigerte. »Ich schmeiß das Telefon in die Mülltonne!« rief sie, einem Gesetz der Steigerung gehorchend, als Rosendall nicht aufhörte, sie wegen des Anrufs in seinem Büro zu bedrängen. »Nimm deine frechen Hände weg!« fuhr sie fort, als bemerke sie jetzt erst die beiden pelzigen Pratzen, die in kreisförmigen, mechanischen Bewegungen schon die ganze Zeit über ihren Körper fuhren.

Alfred fühlte, daß ihm der Wodka nicht bekam. Er saß auf einem drehenden Karussell und erhaschte von seinem Pferdchen gelegentlich einen Blick auf das Sofa-Paar. Herr Rosendall fiel plötzlich auf den Boden, das Zimmer zitterte. Alfred dachte daran, ins Bett zu gehen. Eine Alkoholwolke lag im Raum, man hätte sie anzünden können. Die drei Menschen verloren sich für eine Weile aus den Augen. Jitka schimpfte vor sich hin: »Ich denke gar nicht dran!« und »Ich bin doch nicht blöd!«. Rosendall, zu ihren Füßen hockend, lutschte an seinem Finger, weil er sich an einem zu Bruch gegangenen Glas geschnitten hatte, und versuchte, mit der anderen Hand die warme Sektflasche zu öffnen, und Alfred verlor sich in Träumereien, während es draußen heller wurde und das Morgenrot schon wieder verblaßte. Er stellte sich vor, daß Lilly da sei. »Siehst du, hier wohne ich«, wollte er sagen und über die Straße zeigen, »ich bin so froh, daß du heute hier bist, denn ich sehe mein Haus zum erstenmal«. Daß er heute sein eigenes Haus zum erstenmal sah, mußte einen unerhörten Eindruck auf sie machen. Er sah, wie ihr Haar sich bewegte, und spürte, wie sich ihr schöner Kopf ihm zuwandte, wie er das Morgenrot verdunkelte und sich ihm entgegenneigte.

In diesem Augenblick zischte es, als sei eine Rakete im Zimmer abgeschossen worden. Ein weißer schäumender Strahl stieg zur Decke, verbeugte sich vor dem kleinen Kronleuchter und fiel klatschend auf den Boden zurück. Jitka kreischte. Sie war patschnaß geworden, und auch auf Herrn Rosendalls Halbglatze, die mittlerweile von den langen schwarzen Haarsträhnen, die sonst über sie gebreitet waren, nicht mehr bedeckt wurde, perlte der Sekt in schaumigen Tropfen. Die Flasche war fast leer, Rosendall hob sie an die Lippen und trank den Rest. Es sah so aus, als ob er die Explosion überhaupt nicht wahrgenommen habe. »Du bist besoffen«, sagte Jitka, zog mit den Fingerspitzen an dem triefenden Stoff, der an ihren Brüsten klebte, und trat Rosendall mit der nackten Ferse in den Rücken. Er flog ein wenig nach vorn und rührte sich nicht mehr. Dann hörte man ein urwelthaftes Grunzen. Herr Rosendall war eingeschlafen.

Das Zischen der Sektrakete zerteilte Alfreds Benommenheit wie das Signal des Zapfenstreichs. Er erwachte aus seinen angenehm ungenauen Vorstellungen und war wieder nüchtern. Die Lateinarbeit kehrte in sein Bewußtsein zurück und damit der Wunsch, vorher ein frisches Hemd anzuziehen. Auch Jitka hatte offenbar das Bedürfnis nach Reinlichkeit und Frische. Sie lag auf ihrem Sofa wie in einem Boot, das nach einem Schiffsuntergang auf der mit Trümmern übersäten See treibt. In diesem Boot lag sie allein, und nichts hinderte sie, darin nach ihrem Belieben zu verfahren. Die sektgetränkte Bluse klebte und juckte, und deshalb zog Jitka sie nach kurzem Zupfen einfach aus.

So wie bei aufgehendem Vorhang im Theater eine Welle von Gerüchen aus Farbe, Schminke, Staub und süßem Sägemehl in den Zuschauerraum schwappt, so verbreitete sich auch der Duft von Jitkas Körper wie eine schnell anschwellende Wolke im ganzen Zimmer. Alfred kam es vor, als sei das Mädchen jetzt überhaupt erst richtig anwesend. Jitkas Büstenhalter war, anders als man vielleicht hätte erwarten können, ein eher nüchterner Gegenstand, stabil und derb, dazu bestimmt, mit knirschendem Gestänge seine Last zu tragen, und nicht eine jener durchbrochenen Winzigkeiten, wie sie Alfred aus den Schaukästen des »Eldorado« vertraut waren. Aber unter dem harten Kunststoff sah Jitkas nackter Körper hervor, und so schäbig das Morgenlicht Frau Rosendalls Balletteusen-Salon erscheinen ließ, Jitka konnte es nichts anhaben. Das Licht war allerdings inzwischen etwas wärmer geworden. Sonnenflecken fielen auf den mißhandelten Teppich und bildeten leuchtende Muster. Und mit diesen goldenen Lichtpunkten, angekündigt durch eine strahlende Sektfontäne, hatte sich die Gegenwart des Mädchens im Zimmer ausgebreitet und herrschte nun geradezu darin, so daß Alfred, der eben noch aufbrechen wollte, in seiner nach vorn strebenden Bewegung stockte und genießerisch einatmete. Plötzlich drehte Jitka sich um und sah ihn an. »Du bist ja auch noch da!« sagte sie leise, aber keineswegs unangenehm überrascht. »Aber ich verschwinde sofort!« antwortete Alfred eilfertig, setzte beflügelt wie der kleine Merkur aus den Tagen des Rollerfahrens einen Fuß vor den anderen und stand im Nu am Sofa. Ein Tropfen Sekt leuchtete wie eine Perle in der kleinen Grube zwischen Jitkas Brüsten. Sie lag sanft ausgestreckt und hampelte zum erstenmal nicht herum, aber sie hob auch keine Hand, um Alfred zu verabschieden. »Auf Wiedersehen!« sagte Alfred, von den leichten Schnarchtönen des Herrn Rosendall begleitet, aber er machte keine Anstalten zu gehen, sondern blieb, leicht über sie gebeugt, stehen und sah sie an, als müsse er ihr die Antwort von den Lippen ablesen. Jitka war gutmütig und wohl auch zu träge, um jemanden zappeln zu lassen. Sie betrachtete sich Alfred zum erstenmal richtig, denn nun war er nah genug für ihre schwachen Augen, und dann machte sie die Augen halb zu und hob ihr Kinn zu einer winzigen auffordernden Geste. Alfred legte sehr vorsichtig seine Lippen auf die ihren. Sie waren feucht, und nun öffneten sie sich, und er mußte, wenn die Lippen aufeinanderbleiben sollten, seinen Mund auch etwas öffnen, und dann spürte er ihre Zunge an seinen Lippen, was ihn zunächst sehr verwirrte und verblüffte, und zugleich fiel er über sie, und ihre reglosen Arme waren auf einmal da, und er fühlte ihre Hand in seinem Nacken. Während dieser überwältigenden, lang erwarteten und dennoch überraschenden Ereignisse blieb Alfred deutlich im Bewußtsein, daß dies sein erster Kuß war, und dieser Kuß hörte nicht auf, so schien es, als wolle er ihn dafür entschädigen, daß er so spät gekommen war. Jetzt erst, da Alfreds und Jitkas Münder wie weiche Muschelkörper aneinanderhingen, hatte der Besuch in dem abbruchreifen Westendstraßenhaus seinen eigentlichen Abschluß gefunden. Dem Torso waren Arme und ein Kopf gewachsen.

Alfred erlebte zeitlose Augenblicke, aber auch die haben ein Ende. Plötzlich fühlte er sich von hinten gepackt und in die Höhe gerissen. Herr Rosendall war unversehens wieder erwacht und bekam einen Wutanfall, als er in Alfreds und Jitkas gerötete und abwesende Gesichter blickte. »Der Schnorrer«, schnaubte Herr Rosendall. »In meinem Haus! Für mein Geld! Mit meinem Schnaps!« Ein blamabler Ausgang. Wie verhielt man sich in einer solchen Situation und tat dabei der Selbstverständlichkeit genüge? Das fragte sich Alfred, als er schon auf der Straße stand und seine Krawatte nach oben schob, als lege er eine Rüstung an. Wenn Rosendall sich jetzt an Jitka rächte, dann war es doch an ihm, den Tobenden die Treppe hinunterzuwerfen. Er zögerte nach Hause zu gehen, aber dann sah er, daß er sich unnötig gesorgt hatte. Jitka erschien weiß am Fenster, sie lachte. Neben ihr tauchte Rosendall auf, schon im Unterhemd, und dann rasselte der Rolladen herunter.

Das Haus Rosendall und das Haus Has hatten gemeinsam, daß sie beide Opfer der rachsüchtigen Beobachtung durch die Scharnhorst waren, die auch an jenem frühen Morgen, an dem Alfred so eilig das Rosendallsche Haus hatte verlassen müssen, als stumme Zeugin den Vorgängen von der Straße aus gefolgt war. Das Rasseln des Rolladens erfüllte sie mit derselben bösen Befriedigung, wie wenn dort oben im ersten Stock das Fallbeil heruntergesaust wäre. Wenn aber der Spionagewahn der Scharnhorst bei den Rosendalls dazu geführt hatte, daß zwar nicht sie selbst, aber ihr Putzeimer im hohen Bogen die Treppe herunterflog, weil der nach allen Seiten hin fraternisierende Bundesbahnrat vor allem im Zustand des Katers zu cholerischer Gewalttätigkeit auflaufen konnte, so sahen ihre Beziehungen zu den Has' inzwischen ganz anders aus. Etelka war durch die Verfolgungen der Scharnhorst schließlich in einen Zustand geraten, in dem es ihr längst nicht mehr genügte, der Zwergin aus dem Weg zu gehen. Sie fühlte, daß sie sich mit der Scharnhorst versöhnen mußte, wenn sie wieder eine ruhige Nacht erleben wollte. Die Scharnhorst hatte es geschafft. Etelka wurde fast verrückt vor Angst, wenn sie nur den Namen der Feindin hörte, und das, obwohl die Scharnhorst, so wie die Dinge lagen, ihr gar nichts mehr antun konnte, weil die Besuche von Dr. Has längst für niemanden mehr einen Gegenstand der Neugier bildeten. Aber das beruhigte Etelka nicht. In ihrer Phantasie wuchsen die Kräfte der Scharnhorst in demselben Maße, wie deren sachliche Möglichkeiten, Schaden zuzufügen, abnahmen. Etelka litt seit einiger Zeit unter Kopfschmerzen, nicht jenen wohlvertrauten, die von der Last ihrer Haare herkamen, und bestimmt nicht jenen, die Dorothée oft geplagt hatten, wenn Has in Hochzeitsstimmung geriet. Es war ein Nakkenkopfschmerz, der von den Schultern aufstieg, um wie mit einem Fäustchen von unten das Gehirn zusammenzupressen. Ob die Scharnhorst womöglich während dieser Anfälle in ihrer Kellerwohnung hockte, die riesige hellblonde Puppe auf ihrem Schoß, und mit einer heißen Stricknadel in die Schläfe des Gummikopfes stach? Etelka wußte von dieser Puppe aus den Zeiten des Friedens mit der Scharnhorst. Die breitbeinig auf dem Schrank sitzende Puppe im weitgefächerten weißen Petticoat hatte sie an ihr eigenes weißes Kleid erinnert, und sie hatte das in ihrer Arglosigkeit ausgesprochen. Gerade das war bezeichnend für den Umgang mit Hexen: Man lieferte ihnen selbst den Stoff, aus dem sie die magische Kette überhaupt erst schmieden konnten.

Was der Scharnhorst mit keinem Mittel, weder mit ihrem gestempelten und gesiegelten Zettel, noch mit ihren Drohbriefen gelungen war, nämlich die ihr vermeintlich zustehende Wohnung in der Mendelssohnstraße im Has'schen Wohnhaus zu erobern, dem war sie nun, ohne daß sie selbst schon etwas davon ahnte, bedeutend nähergerückt. Has erwog tatsächlich, um Etelka endlich zur Ruhe zu bringen, die Scharnhorst und ihren Sohn in die Wohnung neben dem Heizungskeller einziehen zu lassen. Er hatte die Trumfeller bereits gebeten, sich die betreffenden Akten herauszusuchen und den Preis festzustellen. Ihm war allerdings nicht wohl dabei, das durch die Bomben glücklich herausgeworfene Gesocks in den Keller zurückzuholen. Er sah Zores voraus und hatte der Trumfeller die Sache vor allem deshalb übergeben, damit er sich, wenn es ihm paßte, hinter ihr verstecken konnte.

Bei Rosendall war die Scharnhorst herausgeflogen, als sie mit Frau Rosendall über deren Mann zu sprechen begann, bei Dr. Has war sie dabei, hereinzufliegen, nachdem sie Etelka lang genug geärgert hatte. Die Verhältnisse in den Häusern Has und Rosendall berührten sich zwar bisweilen, aber sie ähnelten sich eben nicht. Herr Rosendall gehörte zu den Gästen, die in »Ploogs Bierstuben« nachlässiger behandelt wurden, wenn Dr. Has hereinkam, obwohl der Bundesbahnrat zu den ökonomischen Säulen des Lokals gehörte, während Has mit Etelka doch höchstens ein spätes Bier trank, bevor er wieder zu Dorothée in die Mendelssohnstraße zurückkehrte. Has hatte sich nämlich angewöhnt, mit Etelka den Abend bei »Ploog« zu beschließen, wenn er nicht bei ihr übernachtete. Die späten »Ploog«-Besuche standen für Etelka also immer im Zeichen der bevorstehenden Trennung und der Erinnerung, daß sie Has nicht so ausschließlich besaß, wie sie sich das erträumte. Sie war betrübt, wenn sie bei »Ploog« über die Schwelle schritt, und diese Melancholie äußerte sich in gemessenen Bewegungen, leisem Sprechen und einem gefühlvollen Blick, was ihr eine gewisse Würde verlieh. Die beiden glichen einem der rätselhaft schweigenden Paare auf einem Bild des Vermeer, während die halbherzig abwehrende Jitka auf dem Schoß des Bundesbahnrates von Jan Steen hätte gemalt sein können.

Natürlich durften weder Etelka noch Jitka in die Nähe der Ehefrauen von Has und Rosendall geraten, oder besser, beide Herren taten alles, um ein solches Zusammentreffen zu vermeiden. Aber Frau Rosendall würde wahrscheinlich von Jitka ohnehin nichts erfahren, oder nur Ungenaues über ein weiteres Mädchen in einer seit Jahren nicht abreißenden Kette. Jitka als Feindin war in ihren Augen ein kollektives Wesen ohne Namen und Gesicht, ein Genußmittel wie Zigaretten oder die Schnäpse Rosendalls, die er sich gleichfalls nicht aus numerierten Flaschen einschenkte, wohingegen Etelka bei Dorothée Has mit der Zeit eben doch einen anderen Platz einnahm, obwohl sie in die gleiche Schublade gesteckt worden war, in der nach bürgerlicher Überzeugung auch Jitka saß. »Die blonde Friseuse« hieß die Sparte, unter der Etelka zunächst von Dorothée geführt wurde, und unter einer »blonden Friseuse« verstand Dorothée keinesfalls ein Wesen, das Anspruch auf Individualität besaß. Die »blonde Friseuse« unterschied sich von den geradezu käuflich genannten Mädchen sogar besonders unvorteilhaft. Sie war verdorben, aber auch kitschig, sie war hübsch, aber nicht vorzeigbar, sie war sentimental, aber zugleich auch lächerlich, und die Lächerlichkeit, die so vieles tötet, löscht nun einmal zu allererst die erotische Verzauberung aus. Dorothée war davon überzeugt, daß diese Empfindung, die der Begriff der »blonden Friseuse« in ihr weckte, auch ihrem Mann nicht fremd sei. Auch Eduard mußte doch von der Erscheinung seiner Geliebten peinlich berührt sein, und damit war, so hoffte Dorothée, das Ende schon mitten ins Herz dieser Verbindung hineingepflanzt.

Seit wann wußte Dorothée eigentlich, daß die Freundin ihres Mannes blond war? Damals stand längst fest für sie, daß Has sie betrog. Er hatte sogar selbst einmal zugegeben, daß sein Tagesablauf Stunden enthalte, über die er keine Auskunft zu geben gedenke, und Dorothée beeilte sich zu versichern, daß sie eine solche Auskunft auch nicht im mindesten von ihm fordere, daß sie sich vielmehr Geständnisse geradezu verbitte. Sie kenne diese Ehen, in denen die Indiskretion das verlorene Vertrauen ersetze. Das genau sei der eheliche Mief, der am schrecklichsten stinke. Dorothée vertrat voller Würde das Ideal eisigen Taktgefühls. Sie bitte nur, ihr offenkundige Lügen zu ersparen. Has solle lieber schweigen, dann wisse sie Bescheid. Ein Gespräch kurzum, das beiden Teilen nicht das Gefühl gab, irgend etwas zum Guten geklärt zu haben.

Dorothée sah zu dieser Zeit noch magerer aus, als in den ersten Jahren ihrer Ehe. Ihre Haut war dunkler geworden, und das Gesicht neigte ein wenig zu Spitznasigkeit und Schärfe. Sie verlor, wenn man so will, an Weiblichkeit, aber keineswegs an Eleganz und änderte ihren Stil vom Knabenhaften zum Kostbaren. Es war für Has ein aufwendiges Unternehmen geworden, ihr Schmuck zu schenken, denn während er früher einfach einen ordentlichen Ring mit dickem Stein gekauft hatte, erklärte Dorothée nun, nur noch alten Schmuck tragen zu wollen und sammelte in den verschiedenen Banktresoren chinesische Jadearmreifen, römische Gemmen, aztekische Adler und altertümliche Ohrgehänge, die einstmals für die Frauen der Fugger gearbeitet worden waren. Ihre dunklen Augen waren auf der Straße nicht mehr zu sehen, denn sie trug neuerdings riesige Sonnenbrillen, als wolle sie nicht erkannt werden. Obwohl sie etwas älter war als Has, wirkte er neben ihr schwerfällig und onkelhaft, und man fragte sich, wenn man das Paar sah, wie dieser Mann jemals eine solche Frau hatte für sich einnehmen können. Kein Zweifel, das eigentliche Paar waren Mutter und Tochter, Süden und Norden in vollendeter Entsprechung. Has sah daneben manchmal wie ein Postbeamter aus und bildete jedenfalls eine drollige Ergänzung, wenn sie zusammen auftraten. Dorothée befremdete die Erscheinung ihres Mannes übrigens nicht im mindesten. Sie war Schweizerin und wußte, daß in ihrem Vaterland alle wirklich wohlhabenden Männer etwas Postbeamtenhaftes hatten. Auch Guggisheim war kein Beau, wenngleich etwas vorteilhafter angezogen als Has, aber auch etwas weniger wohlhabend. Dorothée wußte sehr wohl, was andere Frauen meinten, wenn sie von einem »schönen Mann« oder vorsichtiger, von einem »gutaussehenden Mann« sprachen, aber sie schenkte solchen Männern die gleiche Aufmerksamkeit wie schönen Tieren, oder eher noch weniger, denn die Tiere liebte sie wie verwandte Seelen. Ein Mann mußte ihrer Klasse angehören, damit sie ihn wirklich wahrnahm. Ihre erotischen Empfindungen unterlagen sozialer Kontrolle. Die Umarmungen des sprichwörtlichen Capri-Fischers wären ihr kaum wünschenswert vorgekommen. Der Mensch begann für sie erst auf einer gewissen Bildungs- und Vermögensstufe.

Ihr eigenes Beispiel bewies ihr, daß sie mit dieser Einstellung auch recht hatte. Sie war sich sicher, Eduard Has nicht zu lieben, aber sie wußte, daß sie kein Opfer brachte, indem sie bei ihm blieb. Die Gleichheit der Voraussetzungen machte das Ausharren an seiner Seite möglich und sogar erträglich. Sie billigte die Nachlässigkeit, mit der er seinen Geschäften nachging. Sie hätte auf Bayreuth gut verzichten können, aber sie fand es gerechtfertigt und erlaubt, nach Bayreuth zu fahren. Sie tadelte auch das Sammeln nicht, obwohl sie für die Gegenstände seiner Sammelwut blind blieb. Aber dies Anhäufen von bunten Leinwänden verriet Respektabilität, und es bereitete ihr ein stilles Vergnügen, wenn sie in Ausstellungskatalogen unter der Liste der Museen, Galerien und Privatsammler, denen für ihre Leihgaben gedankt wurde, noch von den »Ungenannt bleiben wollenden Leihgebern« las, die in den Dank eingeschlossen waren. Die »Ungenannt bleiben wollenden« waren häufig Eduard und Dorothée Has. Das war die Art von Repräsentation, die Dorothée zusagte, denn bei den Eröffnungen wußten die entscheidenden

Leute sowieso, wohin die Exponate im einzelnen gehörten, und bei den anschließenden Diners, wenn sich die Türen hinter den wahren Kennern und Mäzenen der Kunstwelt schlossen, wenn man aus dem heißen und überhellen Gedränge plötzlich in Ruhe unter dreißig Personen saß, die in Frieden zu Abend aßen, dann wurde die große Welt klein und überschaubar, denn jeder der Gäste repräsentierte irgend etwas, und auch Has repräsentierte, und sie vermochte das zu schätzen.

Dorothées Überzeugung, einer höheren menschlichen Gattung anzugehören, hatte nämlich etwas Kindliches. Zu ihrem Wohlbefinden gehörte es, die Bevorzugungen, auf die sie Anspruch erhob, aus den Händen eines väterlichen Mannes wie ein Geschenk zu erhalten. Die Vorstellung eigener finanzieller Unabhängigkeit hätte für sie überhaupt keinen Zauber besessen, und gerade deshalb befand sie sich, seit Has sie mit Etelka betrog, in einem quälenden, halb verwirrten, halb enttäuschten Zustand. Nicht etwa, als ob Etelka ihr den Platz streitig gemacht hätte, indem sie ihre Vorrechte verkürzte. Dorothée genoß ebensoviel Aufmerksamkeit wie vorher, in mancher Hinsicht sogar mehr. Und dennoch verlor sie alle Sicherheit bei dem Gedanken, daß ihr Mann bei der Wahl seiner Mätresse etwas unternommen hatte, was ihr selbst unmöglich war. Er hatte seine Klasse gewechselt und damit den Boden des Überschaubaren und Berechenbaren verlassen. Durch seine Hinwendung zu Etelka war alles, was vorher auf festen Fundamenten stand, reine Willkür geworden. Was Dorothée aus seinen Händen vorher mit gutem Recht erhielt, war nun das Geschenk einer Laune.

»Er muß sehr unglücklich sein«, dachte Dorothée manchmal, wie man es gern tut, wenn der andere sich nicht so verhält, wie es den eigenen Wünschen entspricht. Aber dann stieg der Verdacht in ihr auf, daß Has im Gegenteil womöglich glücklich sein könne, und der Boden begann unter ihr zu schwanken. Worin bestand denn eigentlich die Katastrophe, wenn Has Bedürfnisse entwickelte, die in seiner Welt nicht zu stillen waren? Schon die Frage ergab die Antwort. Eine Welt, die dem Anspruch nicht genügte, auf alle Wünsche eine Antwort zu haben, war eben keine Welt. Dorothée glaubte neuerdings manchmal, nur noch auf einer Planke zu sitzen. Die Planke war bequem und geräumig, aber sie war einer Strömung ausgesetzt, von der man nicht wußte, wohin sie sich bewegte.

Has war nach Köln gefahren zu einer Tagung des Haus- und Grundbesitzervereins, an dem er seit einiger Zeit Anteil nahm und in dessen Vorstand er ein Ehrenamt anstrebte, das in Zukunft häufigere Reisen mit sich bringen würde. Dorothée hörte seinen Erklärungen mit gewohnter Abwesenheit zu. Sie erwartete keine Aufschlüsse aus den Worten der Menschen, die sie umgaben. Sie unterrichtete sich auf andere Weise, nach dem Stand des Mondes, dem Luftdruck und dem Flug der Schwalben um ihre Dachterrasse. Eine Frau wie die Trumfeller, die wie ein Aktenreißwolf Tatsachen in sich hineinfraß, war ihr das Allerfremdeste, und deshalb spürte sie auch die Verachtung nicht, die ihr diese Säule der Verwaltung entgegenbrachte. Im übrigen sahen sich die beiden nur zur Weihnachtsfeier in den Büroräumen, wenn auf den Schreibtischen kleine Kerzengestecke standen und Dorothée an die Anwesenden Geschenke verteilte. Die Trumfeller bekam immer eine Flasche Eierlikör und einen Scheck, denn sie mochte nicht, daß man für sie etwas aussuchte. Bei Has zu Hause rief sie nie an, und wäre noch so Wichtiges zu besprechen gewesen. Entweder sie entschied allein und wehe, wenn man nachher versuchte, sie auch nur zu der Sache zu befragen, oder sie wandte sich an Fred Olenschläger, auch wenn er gerade in Reichenhall gurgelte. Die Trumfeller war der wesentliche Grund, warum Has sich überhaupt zwang, regelmäßig in die »Verwaltung« zu kommen. Er spürte zwar, daß er störte, aber er wußte auch, daß er sonst bald gar nichts mehr erfahren würde.

Es ist also nicht erstaunlich, daß Dorothée zunächst stutzte, als ihr die Stimme der Trumfeller aus dem Telefonhörer entgegentönte. Die Trumfeller antwortete auf dies Zögern verstimmt und ließ Dorothée spüren, daß sie keine Zeit zu verlieren habe. »Olenschlägersche Haus- und Grundstücksverwaltung, Trumfeller«, wiederholte sie mit geschäftsmäßiger Hochgeschwindigkeit ihr Silbengeratter und machte damit klar, daß es niemandem gelingen werde, sie an Härte, Schnelligkeit und Schärfe zu übertreffen.

»Mein Mann ist nicht da, er ist in Köln und kommt erst morgen«, sagte Dorothée, als ihr die Trumfeller dazu die Möglichkeit bot. In diesem Augenblick dachte Dorothée noch an gar nichts, sie gähnte auch ein bißchen, denn sie hatte einen Mittagsschlaf gehalten. Aber mit dieser Sorglosigkeit räumte die Trumfeller rasch auf. »Das kann nicht sein«, sagte sie grob wie ein Staatsanwalt. »Der Wagen steht ja in der Schubertstraße. Herr Dr. Has muß sich entweder in Liegenschaft Nr. 23 oder 48 oder 43 aufhalten«. – »Ja, wenn Sie das wissen, warum stören Sie mich dann?« antwortete Dorothée, die nunmehr erwacht war. »Sie sagten doch, daß Herr Dr. Has in Köln sei?« sagte die Trumfeller daraufhin viel sanfter, aber nicht ohne Tücke, und Dorothée verlor durch diesen Unterton, für den sie einen Nerv besaß, augenblicklich die Fassung und sagte scharf: »Ich bin nicht die Sekretärin meines Mannes, die Beantwortung solcher Fragen fällt in Ihren Aufgabenbereich«, und ließ den Hörer auf die Gabel fallen, ohne die Antwort der Trumfeller abzuwarten. Es liegt immer eine gelinde Komik in den Wutausbrüchen moderner und städtisch geprägter Menschen, die alle verletzende Absicht nur noch in den Ton legen dürfen, sich aber auch in höchster Erregung Redewendungen verkneifen müssen, die justiziabel sein könnten. Statt »Hinaus, du Lump!« heißt es »fordere ich Sie hiermit auf, von dem Betreten des Grundstücks in Zukunft Abstand zu nehmen«.

Auch Dorothée hatte in Worten maßgehalten, als sie sich die Inquisition der Trumfeller verbat. Um so mehr bereute sie jetzt die Schärfe ihres Tons, denn je länger sie über den Anruf nachdachte, desto rätselhafter kam er ihr vor. Eduard war nicht im Büro. Er war entweder in Köln oder in der Schubertstraße. War er in Köln, mußte die Trumfeller das eigentlich wissen. War er nicht in Köln, sondern in der Schubertstraße, war es für sie ein leichtes, seiner dort habhaft zu werden, denn sie hatte ja angeblich den roten Wagen dort stehen sehen. In keinem Fall aber konnte er zu Hause sein. An welchen Fäden riß und knotete die Trumfeller eigentlich?

Lange kreisten Dorothées Gedanken um die unersetzliche alte Frau, bis ihr plötzlich einfiel, doch selbst einmal in der Schubertstraße nachzusehen, ob der Chevrolet tatsächlich dort geparkt war. Es kam ihr auf einmal vor, als werde sie Entscheidendes erfahren, wenn sie den roten Wagen tatsächlich in der Schubertstraße fand oder eben gerade nicht. Ein solches Nachforschungsbedürfnis war ihr sonst ganz fremd. Mit der größten Herzenskälte sah sie zu, wie die Leute sich in Widersprüche verwickelten und ging wortlos darüber hinweg. In diesem Alles-auf-sich-beruhen-Lassen zeigte sich eine verborgene Anlage zu philosophischer Weltbetrachtung, wie man das früher genannt hätte. So vermochte sonst nur ein Skeptiker zu denken, der die Welt in schmerzhaften Jahren als ein

Geflecht aus Mißverständnissen, Halbheiten, Täuschungen und Wahnvorstellungen erkannt hat, das erst zerfällt, wenn es abstirbt. Dorothée war insofern ein philosophisches Naturtalent. Sie hatte ihre Gleichgültigkeit ganz ohne Schmerz erworben und ohne deshalb das Vergnügen am Licht eines großen Smaragden, am Griff einer alten silbernen Gabel oder am Sitz eines federleichten Mantels verloren zu haben.

Und dennoch – jetzt auf einmal wollte sie das rote Auto sehen, ohne sich zu fragen, was sein Anblick eigentlich beweisen werde. »Die alte Frau hat mich verhext«, dachte sie und suchte ihre Sonnenbrille heraus, obwohl der Tag leicht verhangen war. Sie fühlte das Bedürfnis, sich auszurüsten, wenn sie sich auf Spionagepfade begab. Noch hielt sie sich auf sicherem Boden, noch ahnte sie nicht, was Has ihr verbarg. Im Grunde genommen kreisten ihre Gedanken ausschließlich um die Trumfeller. Sie hatte in Dorothée etwas angestoßen, das nun ins Rollen gekommen war und lawinengleich wuchs, indem es sich aus dem, was es zerstörte, ernährte. Es war fast so, als unternehme Dorothée den Gang in die Schubertstraße, um Eduard Has zu schützen, und zwar gegen die Nachstellungen des bösen Dämons aus dem Trutz Frankfurt. Sie war in einen Zustand der Überwachheit geraten, in dem alles, was sie wahrnahm, einen unauslöschlichen Eindruck in ihr hinterlassen mußte.

Die Schubertstraße bot den Anblick tiefsten Friedens, als Dorothée sie von Osten kommend betrat. Die schwarze Christuskirche sammelte die Linien der auf sie zustrebenden Perspektive und bot ihnen einen harmonischen Fluchtpunkt. Es gab noch nicht so viele Autos wie heute, die den Blick verstellten. Sie konnte die breite, kurze Straße mühelos überblicken. Ohnehin wäre der Wagen des Dr. Has nicht zu übersehen gewesen. Die rote Bombe sprengte überall die Verhältnisse.

Der Wagen stand nicht da, und doch ließ die Unruhe, die Dorothée seit dem Telefongespräch erfüllte, nicht nach. Sie blieb alarmiert, verhielt sich aber vorsichtig und zwang sich zu langsamen Schritten. Sie folgte der Straße, indem sie darauf achtete, daß sie auf der Seite der geraden Hausnummern ging, und richtete die Augen hinter den schwarzen Gläsern in äußerster Spannung auf den Straßenrand. Auf der Mitte der Straße, dort, wo die Christuskirche sich schon breiter zu lagern begann, trat plötzlich Herr Herr auf sie zu, den rasselnden Schlüsselbund in der Hand, mit dem er soeben einen Heizungskeller abgeschlossen hatte. Dorothée empfand eine Erleichterung bei seinem Erscheinen, die ihr sonst verrückt vorgekommen wäre. Das Gespräch, in das sie Herrn Herr jetzt verwikkelte, war vollkommen sinnlos, denn alles, was sie sagte, hatte sie am Morgen schon mit ihm über das Haustelefon besprochen. Es gab für heute keinen weiteren Gesprächsstoff, denn Dorothée pflegte nun einmal nicht mit dem Hausmeister zu plaudern, wie Eduard Has das hin und wieder tat. Für Herrn Herr bildete dies Gespräch denn auch eine erfreuliche Überraschung. Er besaß das Talent, immer dasselbe zu sagen, und die sachlichen Anweisungen über das Haustelefon waren für sein Wohlbefinden ohnehin zu knapp gefaßt. Er liebte das Breittreten, den nicht abreißenden Strom von Rede und Gegenrede, ohne eine schwere Gedankenfracht, die von dem körperlichen Behagen des inhaltslosen Sprechens ablenkte. Er war Artist im Jonglieren mit wenigen Bällen, ein Meister der Genügsamkeit und ein Erzähler mit langem Atem. Dorothée ruhte sicher im Schutz seiner Konversation und hätte, wenn sie das wollte, bis zum nächsten Morgen zusammen mit Herrn Herr eine unauffällige Gruppe bilden können.

»Sie legen den Schlüssel dann also zurück«, sagte Dorothée zum dritten Mal und fühlte, wie Herrn Herrs rituelle Antworten sie trugen und ein Abgleiten in das Schweigen verhinderten. »Wie Sie wollen, Frau Doktor«, sagte Herr Herr, als habe Dorothée ihn gerade mit einer neuen Wendung überrascht. »Ich kann den Schlüssel mitnehmen, ich kann ihn auch stecken lassen. Aber wenn Sie wollen, daß ich ihn zurücklege, dann leg' ich ihn zurück. Dabei bleibt's dann. Ich hätt' ihn sonst nämlich mitgenommen.« – »Nein«, sagte Dorothée, »mir ist es lieber, Sie legen ihn zurück. Dann ist er nämlich da.« – »Da haben Sie wieder recht, Frau Doktor«, sagte Herr Herr. »Machen kann man alles. Ich kann den Schlüssel mitnehmen, ich kann ihn auch steckenlassen. Ich muß es nur vorher wissen! Nicht, daß ich ihn mitnehm', und Sie denken, ich hätt' den Schlüssel zurückgelegt.« – »Eben«, sagte Dorothée, und sie spürte, wie souverän sie sich mittlerweile im Gesprächsmuster des Herrn Herr bewegte, »deshalb hätte ich gern, wenn Sie den Schlüssel wieder zurücklegten.«

Die Antwort hörte sie nicht, denn ihr Blick hatte unversehens das

Haus auf der anderen Straßenseite gestreift. Es war die Nr. 23, von der die Trumfeller gesprochen hatte. Das Haus war nicht größer als die benachbarten Häuser, schwoll aber nun an und kam ihr beinahe wie das einzige Haus der Straße vor. Zur Toreinfahrt hin lag die architektonisch betonte Achse dieses Hauses, im Parterre ein Fenster, über dem eine steinerne Maske lächelte, darüber ein kleiner Balkon mit Flaschenbalustrade und darüber ein steiles schiefergedecktes Mansardentürmchen mit großem Fenster, auf dem Dach eine Spitze mit einer hellgrauen Blechkugel. Das Haus verriet von dem Leben, das in ihm ablief, ebensowenig wie die anderen Häuser, aber seine Verschlossenheit hatte für Dorothée auf einmal etwas Absichtsvolles, als wollten die dunklen Fenster gerade ihre Blicke zurückweisen. Sie war in einen Zustand geraten, in dem das Unbelebte sich zu regen beginnt und der verfolgte und geängstigte Geist alles nur noch auf sich bezogen erlebt. Man muß bei solchen Gemütszuständen nicht gleich von pathologischen Phänomenen reden. Dorothée war ein Instinktwesen, das teilnahmslos herumschnurrte, wenn alles in Ordnung war, dem aber unsichtbare Fühler wuchsen, wenn ein winziges Knistern die äußeren Schalen der Stumpfheit durchdrang und in die tiefe Zone ewiger Hochspannung geriet. Der Wind wendet ein welkes Blatt, weit entfernt pfeift eine Maus und augenblicklich ziehen sich unter dem Fell der dösenden Katze die Muskeln zusammen.

Und Dorothée befand sich bereits im Zustand angespannter, wenn auch unbestimmter Erwartung, als ein kurzes Quietschen sie aufhorchen ließ. Auch Herr Herr hatte das Quietschen gehört, es zugleich aber nicht wirklich wahrgenommen, denn er wußte, woher es stammte, von der Haustür der Nr. 23 nämlich, die zu ölen ihn die Klusemann und die Hoffmann seit langem weinerlich und ohne Erfolg gebeten hatten. Schließlich tat er in Häusern der »Verwaltung« nichts ohne ausdrückliche Anweisung der Trumfeller, und deshalb hatte er der Kittelschürzen-Klusemann recht grob erklärt, sie habe den Dienstweg einzuhalten, ein Ausdruck, der für die Frau an die Drohung mit dem Feldschütz heranreichte. Auf Dorothée hingegen wirkte das Quietschen als Signal.

Ein Schatten zeigte sich hinter der Milchglaswand, die die Haustür der Nr. 23 beschirmte. Eine große Gestalt ging behutsam die wenigen Stufen hinunter. Dann kam eine Frau heraus in weißem

Sommerkleid und mit hochhackigen Sandalen, die ihren Gang unsicher machten, bewegte sich auf die blühenden Hortensien zu und schien auf dem Pflaster etwas zu suchen. »Wer ist das?« fragte Dorothée leise, indem sie den nachlässig plätschernden Redefluß des Herrn Herr unterbrach.

Herr Herr schaute sie betroffen an. Er wußte, was die Scharnhorst, die Klusemann und die Hoffmann wußten, was die Damen Labonté wußten, was selbst der Frau des Bundesbahnrates nicht verborgen geblieben sein konnte, wenn sie zwischen den Spalten ihrer Verdunkelung beständig das rote Auto leuchten sah. Wie konnte Frau Has denn da noch fragen? Was in aller Welt sollte er ihr antworten? Er war entrüstet, daß eine gebildete Dame mit großem Vermögen einen Untergebenen derart in die Enge trieb, aber er war auch nicht aufs Maul gefallen, wie man weiß, und so nahm er denn schließlich die pfiffige Miene gespielter Ahnungslosigkeit an und sagte: »Ei, das ist doch die Frau Kalkofen! Kennen Sie den Namen nicht? Haushaltsauflösungen und Entrümpelungen! Der Mann hat jetzt ein großes Lager am Osthafen!« Herr Herr geriet dennoch beinahe aus dem Takt. Der Wechsel von echter zu falscher Harmlosigkeit kostete ihn seine ganze Nervenkraft.

Dorothée war von der Erscheinung im Torweg gegenüber vollständig in Bann geschlagen. Etelka bewegte sich so langsam, daß sie zum deutlichen Bild werden konnte. Ihr Zögern und Schwanken ließ sie wie eine Seerose erscheinen, die sich von ihrem Felsen gelöst hat und nun mit schwachen Blütenarmen den Weg, den ihr die Strömung vorschreibt, zu beeinflussen versucht. Für Dorothée stand später fest, daß dieser Nachmittag ihr die Geliebte ihres Mannes offenbart hatte. Ihre Erinnerung sammelte sich in diesem einen Augenblick, da Etelka aus dem Haus gekommen war und der rote Wagen eben nicht davorgestanden hatte. Wie sie bei solch lückenhaftem Indizienstand glauben konnte, ihrem Mann auf die Spur gekommen zu sein, hätte sie selbst nicht sagen können.

Wenn Dorothée eine feste Überzeugung gewonnen hatte, mußte es aber nicht unbedingt nach den Gesetzen der Logik zugegangen sein. Die eigenen Empfindungen besaßen für sie den gleichen Beweiswert wie die Wahrnehmung der Außenwelt. Wie an einem Faden hatte sie sich von der Trumfeller zur Liegenschaft Nr. 23 leiten lassen. Schon während sie mit Herrn Herr sprach, fragte sie sich unablässig, was ihr die böse Frau hier wohl zeigen wolle. Im übrigen ließ sich Dorothée von ihrer Erinnerung betrügen. Wahr ist nur, daß sie Etelka sah, und daß sich ihr die Erscheinung der blonden Frau wie die Auflösung aller Rätsel, die zugleich ein eigenes Rätsel bildete, tief einprägte. Die eigentliche Aufklärung des Ehebruchs zog sich hingegen über einen längeren Zeitraum hin. Erst häuften sich die Anzeichen, dann gab es quälende Gespräche, auch über die angebliche Reise nach Köln, die Has allerdings tatsächlich unternommen hatte, er war nur früher zurückgekommen. Scheinbar alltägliche Vorkommnisse, darunter Rechnungen des »Antiquariates Kalkofen« über einen größeren Posten ziemlich teurer Bücher, fügten sich für Dorothée plötzlich wie Mosaiksteinchen in ein größeres Ganzes, und schließlich kam es auch zum Geständnis, an einem Abend, der insgesamt entspannt und freundlich verlief.

Aber wenn Dorothée zurückblickte, verwischten sich die Phasen dieses Prozesses, und übrig blieb nur Etelkas Epiphanie zwischen Mülltonnen und Hortensien, wie eine Karmelitin durch ein geschmiedetes Gitter von der Außenwelt geschieden. Etelka strömte die Schönheit ihres vollen weiblichen Körpers aus, während sie sich behutsam auf den Pflastersteinen bewegte. Es sah aus, als verlasse sie selten das Haus und als warteten im Verborgenen die Eunuchen, um sie vor zudringlichen Augen zu behüten. Dorothée fühlte den Reichtum dieser Frau mit heftigem Neid. Ihr gesellschaftlich geübter Blick mußte sofort nach Merkmalen suchen, die Etelkas Herkunft verrieten. Die »blonde Friseuse« wurde in diesem Moment geboren, aber mit ihr zugleich auch ein Gefühl des eigenen Mangels, das Dorothée in ihrem Leben bisher fremd gewesen war. Sie hatte stets mit Vergnügen die intellektuellen Frauen verhöhnt, die trostlosen Blaustrümpfe, die gelehrten Mannweiber mit ihrer Karrieresucht. Sie war stolz auf ihren Instinkt und liebte sich in ihrer Fähigkeit zu vollständiger innerlicher Unabhängigkeit. Nun aber kam ihr zum erstenmal der Verdacht, daß nicht sie allein eine wirkliche Frau war. Es gab offenbar noch andere, ebenso anziehend wirkende Formen der Weiblichkeit. Es mag beglückend sein und kann doch auch erschrecken, wenn man erfährt, daß man nicht allein auf der Welt ist. Auch Robinson Crusoes Empfindungen beim Anblick einer Fußspur im feuchten Sand waren gemischt.

Dorothée verlor schließlich in allem, was Etelka betraf, ihre berühmte Sicherheit. Sie hatte die Feindin früh erkannt, aber nun fürchtete sie, daß dies ihr letzter Triumph über die Blonde sein könnte. In ihrer Not ging sie zu einem Hilfsmittel über, das ihr früher völlig fremd gewesen war. Sie nahm sich vor, andere Leute um Rat zu fragen, wie sie sich am geschicktesten verhielte. Es ist immer unheimlich, wenn ein Mensch in höchster Not gezwungen wird, die Grenzen, die ihm sein Charakter setzt, zu überschreiten. Da stellte sich zunächst die Frage, wen sie überhaupt ins Vertrauen ziehen könne. Man spricht so leicht von »anderen Leuten«, aber die gab es ja eigentlich für sie gar nicht. Dorothée hielt sich ja jeden vom Leibe. Und schließlich war sie kein Rosendall und konnte nicht mit Wildfremden in die Vertrauensseligkeit des Eisenbahnabteils geraten. Es blieb Guggisheim, mit dem sie auch nach ihrer Scheidung vieles besprochen hatte. Aber diesmal schien er ihr die Ernsthaftigkeit ihrer Sorgen nicht zu glauben und war ständig drauf und dran, alles ins Alberne zu ziehen. Daß Has auf Freiersfüßen wandle, versetzte ihn in uferlose Heiterkeit. Has mit Rosensträußen, Has mit falschen Eintragungen im Hotel, Has verliebt flüsternd am Telefon, Has als aufgeblähter Gockel – das waren Bilder, die ihn viel eher zu entzücken als zu empören schienen. Dorothée schlug zunächst den gleichen Ton an und stellte dann fest, wie weh ihr Guggisheim mit dem Ausmalen dieser Details tat. Sie wußte auch nicht, weshalb Has im Bett der Etelka komischer wirken sollte als im Ehebett. Hier taten sich die Schranken ihrer Beziehung zu Guggisheim auf. Er war ihr Freund geblieben, aber sie war nun einmal mit ihm verheiratet gewesen, und so spurlos, wie die beiden getan hatten, konnte diese Ehe wohl doch nicht untergehen. Dorothée kam es nun auf einmal vor, als bringe ihr Guggisheim sein zuverlässiges Vertrauen im Grunde nur entgegen, um sich an Has zu rächen. Ihre Unterhaltungen über Has enthielten ein Gift, das Guggisheim ihrer Ehe injizierte, nachdem er es damals in einer Mischung aus Verständnis und Gefühlskälte unterlassen hatte, den Nebenbuhler totzuschießen. Dorothée betrachtete ihren früheren Ehemann neuerdings manchmal fast voll Haß. Sein Spott war daran schuld, daß sie sich Has gegenüber in der Sicherheit des Überlegenseins gewiegt hatte. Guggisheim merkte schnell, daß Dorothée nun weniger dazu neigte, offenherzig zu sein. Er hatte solange gestichelt, bis sie ihn zu belügen begann. Übrigens tat sie ihm ein wenig unrecht. Gewiß genoß er es, Has lächerlich zu machen, aber er verfolgte keine weitreichenden Pläne damit. Das Aussprechen als solches stellte ihn vollkommen zufrieden. Er liebte Dorothée immer noch, jedenfalls glaubte er das hin und wieder, und wünschte ihr, daß sie glücklich sei, mit wem auch immer, aber die durchaus berechtigte Vermutung, daß es dazu schon nicht kommen werde, enthielt doch ein Tröpfchen Trost für ihn.

So stand es mit den »anderen Leuten«, denen Dorothée hätte beichten können, wenn nicht in der Zeit, in der Guggisheims Stern verblaßte, unmerklich ein neuer Seelenfreund nachgewachsen wäre. Dieser neue Mann kannte wie niemand sonst die Verbindung von Etelka und Has, denn Has hatte ihn von Anfang an ins Vertrauen gezogen. Es war Carl Szépregyi, dem Dorothée sich jetzt öffnete, übrigens nicht ohne daß er ihr dabei geschickte Hilfe leistete. Der ungarische Wiener schien dazu geboren, den Mitgliedern der Familie Has Trost zu spenden, und zwar ohne dem einen Teil das Gefühl zu geben, daß er den anderen verriete. Has war glücklich, daß sich sein alter Freund nun um Dorothée kümmerte, denn er kannte aus eigener Erfahrung die beruhigende Wirkung, die von der Art, wie Szépregyi sich heiklen Fragen widmete, ausging. Und wenn Szépregyi früher durch die räumliche Trennung für Has als Alibi und Zufluchtsstätte dienen konnte, so war es jetzt seine häufige Nähe, sein Arbeitsaufenthalt in Frankfurt, der Gelegenheit bot, Dorothée abzulenken. Szépregyi war ein Mann, der das private und das geschäftliche Leben »grundsätzlich«, wie er erklärte, niemals voneinander trennte: Das sei der Weg in die Schizophrenie. Has nahm es neuerdings auch einfach hin, daß die Anrufe Szépregyis in der »Verwaltung« vornehmlich Olenschläger galten. Szépregyi plante das Parkhaus, das die »Verwaltung« in der Innenstadt baute, und war bei einer Reihe anderer großer Objekte hinzugezogen worden. Er kam nun oft nach Frankfurt und wohnte bei Has, hatte aber auch ein Hotelzimmer, um unangemeldet kommen und gehen zu können.

Dorothée lauschte ihm, wie sie niemals Has gelauscht hätte, wenn die neuen Bauvorhaben erörtert wurden. Szépregyi saß dann bei einem Glas Milch und bewegte seine nervigen, immer leicht gebräunten Hände in der Luft. Er sprach packend, darf man wohl sagen, denn diese Hände unterstützten seine Worte mit greifenden, knetenden und betastenden Gebärden. Das war kein aufgeregtes Mit-den-Händen-Reden, sondern ein magisches Worte-aus-ihren-Fluchtwinkeln-Herausziehen. Was Szépregyi tatsächlich sagte, klingt in der protokollarischen Niederschrift eher schlicht. Man fragt sich, wie der Sprecher solcher Sätze den erwähnten unerhörten Eindruck erzielen konnte. Versucht man dennoch, sich Szépregyis Sprechen zu nähern, so hat man sich dazu noch seine Schweigekunst zu vergegenwärtigen. Er war ein Meister des Atmosphärischen und redete nicht einfach darauf los, sondern wartete, bis die ganze Stimmung im Zimmer seinen Worten das gehörige Gewicht verlieh.

Wenn Szépregyi etwa mit dem Ehepaar Has am spiegelblanken Operationstisch zu Abend gegessen hatte, war die ganze Zeit womöglich noch gar kein Wort von seiner Seite gefallen. Nach dem Essen brachte ihm Dorothée seine Milch in den Salon vor die offene Feuerstelle, die man sich scheut, Kamin zu nennen, weil damit ihrem gläsernen Gehäuse zu wenig Ehre angetan wäre. Das Feuer knackte, Funken regneten, Has sagte etwas und erhielt von niemandem eine Antwort. Das Schweigen schien endgültige Natur anzunehmen. Dann beugte Szépregyi sich vor, als sitze in der Flamme ein Salamander, hielt ein lautloses Zwiegespräch mit der weißen Glut, schüttelte schwer den Kopf und bewegte die Lippen. Und nun begannen sich seine Hände zu bewegen, schwerfällig zunächst, sie suchten die Fäden, die ins Feuer führten, sie griffen schließlich zu, sie zogen daran, und als ob Eduard Has und Dorothée an diesen Fäden hingen, richteten sich die beiden auf und blickten den stummen Gast an, der nun die Hände öffnete, als wolle er eine junge Fichte umfassen und dann tatsächlich aussprach: »Nein, ich finde, wir sollten einen *guten* Bau planen.« Dabei betonte er das Wort »gut« so vielsagend, daß Has und Dorothée jedenfalls verstanden, daß »gut« hier nicht einfach das Gegenteil von »schlecht« oder »häßlich« bedeutete, sondern etwas ganz anderes. Seinen Zuhörern war klar, daß soeben etwas Entscheidendes definiert worden war.

Szépregyi gegenüber sprach Dorothée niemals von der »blonden Friseuse«. Er schien die Geliebte seines Freundes ernst zu nehmen, so wie er jede in ein erotisches Kuddelmuddel verwickelte Person ernst nahm. Für Szépregyi waren Liebesaffären Staatsaffären. Wenn er das Wort »sexuell« aussprach, sah man, wie sich an langem Seil ein funkelndes Lot ins Erdinnere hinabsenkte und tief unten langsam hin und her baumelte. Dorothée spürte, daß er jeden Versuch, Etelka gesellschaftlich beizukommen, ablehnen würde, und hielt sich deshalb zurück. Inzwischen belog Has sie über sein Kommen und Gehen nur noch selten. Er sagte morgens oder mittags, ob er am Abend zu Hause sein werde, und Dorothée nahm seine Ankündigung ohne Nachfrage zur Kenntnis. Vor allem, wenn Szépregyi kam, blieb Has nun häufig aus, vor allem seitdem sicher war, daß Lilly ihre Jungmädchenschwärmerei für den österreichischen Gast völlig verloren hatte. In diesem Punkt blieb Has empfindlich. Wer Lilly zu tief beeindruckte, konnte sich seiner Mißgunst gewiß sein. Das galt natürlich nicht für Schulbuben oder Skilehrer, aber eben gerade für Männer wie Szépregyi, die ihm die väterliche Autorität streitig machen konnten, von der, wie Has in selbstkritischen Augenblicken zugab, ohnehin nicht viel übriggeblieben war. Jetzt war Lilly sogar regelrecht unhöflich zu Szépregyi, antwortete ihm nicht, ging oft aus dem Zimmer, wenn er hereinkam, und schaute gelangweilt, als er sie für den Winter in die Steiermark einlud, ein Vorschlag, der sie vor kurzem noch entzückt hätte. Has tadelte ihr Betragen nur mit halbem Herzen. Im Grunde war er zufrieden, und außerdem schien Szépregyi sich nicht daran zu stören.

Szépregyi verbrachte an Stelle des Hausherrn viele Abende im Familienkreis. Die leisen Unterhaltungen mit Dorothée, das wachsende Vertrauen, seine Milch – alles atmete häuslichen Frieden, da mochte Lilly ruhig ein bißchen trotzig sein. »Mir tut Etelka Kalkofen vor allem leid«, sagte Dorothée einmal, nachdem Lilly sie endlich verlassen hatte – Has und Dorothée waren stolz darauf, daß Lilly so wenig von den elterlichen Auseinandersetzungen mitbekam und daher eine unschuldige Jugend erlebte –, »sie tut mir leid, denn Eduard wird sie niemals heiraten, und sie ist nicht mehr die Jüngste und wird, so wie sie aussieht, nach Eduard wohl niemanden mehr finden.« Das alles sagte sie mit dem Ausdruck echten Mitleids und nicht einmal die Bemerkung über den körperlichen Verfall Etelkas hatte auch nur den leisesten bösartigen Beigeschmack. »Es ist vollkommen klar«, antwortete ihr Szépregyi mit seiner vertrauenerweckend baritonalen Stimme, »Etelka ist der Typus der verlorenen Frau. Sie ist tragisch, darin besteht ihre Anziehungskraft, und darin wird ihr Ende bestehen. Has glaubt, ihr sexuell hörig zu sein, aber in Wirklichkeit ist er ihrer Todesaura verfallen. Das Ende wird schrecklich sein.« – »Hoffentlich haben sie dafür noch ein paar schöne Tage«, flüsterte Dorothée. »Meinst du, daß ich ihr irgendwie helfen kann?« – »Helfen?« fragte Szépregyi nach einer Weile. »Es gibt nur einen Weg, Etelka zu helfen, und das ist, sie zu lieben.« – »O Gott!« rief Dorothée, »die Arme, dann ist sie wirklich verloren.« Man sieht, die Gespräche waren in gutem Fluß.

Ein solcher Fluß kann weite Entfernungen zurücklegen, wenn die Nacht lang ist. Lillys Unausgegorenheit wurde besprochen, und Szépregyi riet, das »sexuell noch nicht geweckte« Mädchen, so seine Worte, hinter der Dornenhecke schlafen zu lassen. Dorothées Kopfschmerzen kamen zur Sprache, und Szépregyi betastete ihre bräunliche Halswirbelpartie mit zur Decke erhobenem Blick und legte seine ganze Seele in die kräftigen Fingerspitzen. Dorothée schrie plötzlich vor Schmerz, und Szépregyi, der kein Wort des Bedauerns verlor, riet ihr zu einer Migränediät aus Apfelschalen, meinte vor allem aber, sie müsse sich eben ganz einfach fallen lassen, wie er wörtlich sagte. Dorothée fühlte seine Kompetenz in diesen Dingen. Überhaupt gab es offenbar kein Problem, in dem Szépregyi nicht zu Hause war. Er hatte die Wüsten und Hochgebirge des menschlichen Herzens durchquert und war gelassen und nüchtern zurückgekommen.

Vor allem war Dorothée ihm dankbar, daß auch nicht die Andeutung einer Werbung während ihrer nächtlichen Zusammenkünfte in der Luft lag. Szépregyi war über eine Flirterei längst hinaus, und er war zu sehr Freund geworden, um die Einsamkeit einer hilfsbedürftigen Frau auszunützen. Wenn er sie zum Abschied auf die Wangen küßte, gab es keine Sekunde des Zweifels, wie das gemeint war, aber Dorothée glaubte, es doch einmal aussprechen zu müssen, und so sagte sie eines Abends, als er schon in der Tür stand: »Ich habe mich immer nach einem Bruder gesehnt. Ich glaube, ich habe ihn gefunden.« Szépregyis Gesicht nahm einen vieldeutigen Ausdruck an. Ihr war, als ob sein Blick plötzlich kalt würde und ein sarkastischer Zug seinen Mund verzerrte. Sie erinnerte sich, daß aus dem Mund einer Frau die Bemerkung, jemand sei für sie wie ein Bruder, ein fragwürdiges Kompliment enthalten könne und bereute, was sie gesagt hatte. Am nächsten Tag war die kleine Trübung indessen vergessen, und Dorothée verdoppelte ihre Behutsamkeit.

Man gehorcht der Autorität, weil man ihr glaubt, und man glaubt ihr, nicht weil sie immer recht hat, sondern weil sie die Autorität ist. Szépregyis Autorität wurde bei Dorothée nicht dadurch untergraben, daß sie ihm nicht immer recht geben konnte. Sie tat einfach, was er ihr geraten hatte, und steckte den Verdacht, er könne sich geirrt haben, in ein entferntes geheimes Schubfach ihrer Seele, dorthin, wo die niemals benutzten letzten Gewißheiten aufbewahrt werden. Und das kam gar nicht einmal so selten vor. Szépregyi betätigte sich gern als Traumdeuter, und es fiel ihr oft schwer, sich in seinen Entschlüsselungen wiederzuerkennen.

Auf die Spitze getrieben wurde diese Empfindung, als sie Szépregyi einmal gegen Mitternacht eines ihrer inneren Bilder beschrieb, dessen Grausamkeit und Schönheit sie nicht vergessen könne. »Ich saß in einer dunklen Laube an einem See. Die Sonne war untergegangen, und Luft und Wasser leuchteten wie ein Opal in Grau und Rosa. Vor meiner Laube standen drei alte Männer: Einer trug ein rosa Hemd, einer ein zitronengelbes und einer ein türkisfarbenes. Ein junger Mann kam plötzlich in einem blauen Overall mit einem großen und kräftigen Fisch, der sprang auf dem Sand mit großer Kraft. Der junge Mann hatte ein Holzscheit in der Hand und schlug dem Fisch damit immer wieder auf den Kopf, während die drei Alten zusahen.«

Dorothée sprach verwirrt, als ob sie etwas Urpersönliches preisgegeben habe, und tatsächlich konnte man nie wissen, was ein erfahrener Traumdeuter aus solchen Geschichten herausholte. Darin bestand eigentlich auch der Reiz der Traumdeuterei. Man griff in das Eimerchen der Lotterie und öffnete ein Los, aber es waren niemals Nieten dabei, denn jede kleine Mitteilung über die eigene Natur löste im Hörer eine Kette von befriedigenden Erkenntnissen aus. Und der Blick in den Spiegel wird nie langweilig, vor allem, wenn ein anderer den Spiegel hält. Das ist das Geheimnis Figaros und seiner unbestraften Dreistigkeit.

Auch Szépregyi war sofort mit dem Spiegel zur Stelle: Der Traum bereitete ihm nicht die mindeste Schwierigkeit. »Ein phallischer Traum«, murmelte er, wie die Pythia den Zerfall der Holzscheite in der Glut beobachtend. »Interessant nur, daß der Phallus von einem jungen Mann zerschlagen wird, aber wahrscheinlich handelt es sich auch gar nicht um einen Mann, sondern um eine Frau mit kurzgeschnittenem Haar. Der Overall deutet darauf hin, ein Kleidungsstück, das nicht geschlechtsspezifisch ist und »über alles« gezogen wird – du verstehst mich? Seltsam, daß du die drei Kastrierten diese Szene betrachten läßt, ein erbarmungsloser Zug deiner Phantasie.«

Dorothée folgte diesen Ausführungen widerspruchslos, aber nicht ohne Schwierigkeit. Sie war gern bereit, Szépregyis Reden wörtlich zu nehmen, aber sie spürte in sich nicht die schwächste Resonanz. Die zarte Stimme, die sich erhebt, wenn im Innersten eine Saite bewegt wird, blieb stumm. »Du haßt Eduard als Mann«, fuhr Szépregyi fort. »Du stößt ihn fort, du verletzt ihn im Kern seiner Persönlichkeit.« Aber Dorothées innere Stimme schwieg immer noch, und wenn sie gesprochen hätte, dann wäre von Szépregyis Deutungen nicht viel übrig geblieben. Statt dessen empfand sie auf einmal ganz deutlich, daß nicht nur Szépregyi in die Irre ging, sondern daß vor allem mit ihrem Traum etwas nicht stimmte, und dann wurde ihr plötzlich klar, wo der fatale Punkt lag, von dem aus das Gespräch fehlgelaufen war, und mit tapferer Offenheit sprach sie ihre Erkenntnis auch sofort aus.

»Ich merke jetzt, daß das überhaupt kein Traum war«, sagte Dorothée. Szépregyi war verstimmt. Ihre Erklärungen schienen ihn nun nicht mehr zu interessieren, denn er blieb während ihrer Worte zerstreut und betrachtete statt dessen seine Milch mit der Genauigkeit eines mißtrauischen Lebensmittelchemikers.

Dorothée lebte in Bildern. Was sie im Gedächtnis behielt, waren oft nur Bildfetzen, deren Zusammenhang sie erst mühsam wiederherstellen mußte. Sie hatte niemals zuhören können, aber hin und wieder geschah es eben, daß sich hinter den Pupillen ihrer grünbeigen Augen die Blende öffnete, ein Stückchen Wirklichkeit in ihr Gehirn drang und dort aufbewahrt wurde. Jeder hat schon einmal geglaubt, erlebt zu haben, was er in Wahrheit nur geträumt hat, aber Dorothée konnte es auch unterlaufen, eine wirkliche Erinnerung für einen Traum zu halten. Sie saß mit Eduard Has unter einer umbrischen Pergola. In den Jahren, als Lilly noch klein war, unternahmen sie einige Kunstreisen kreuz und quer durch die Toskana und Umbrien. Zusammengesunkene Kirchlein im schmalen Schatten einiger Zypressen waren ihr Ziel. Je weniger übriggeblieben war von der einstigen Ausstattung, desto näher fühlte sich Has seinem Ideal. Dorothée erinnerte sich immer nur an die Tiere, die sie in der

Nähe dieser ländlichen Kostbarkeiten gesehen hatte. Während Has sich den Konchen widmete, sprach sie mit einer weißen Kuh, einem schüchternen Köter oder mit der Amsel in dem schmutzigen kleinen Käfig neben der Tür der Küsterwohnung. Auf diesen Reisen trug Dorothée immer schwarze Kleider. Wenn sie mit Has vor den Kustoden der Kapellen stand, glaubte man stets, sie stamme aus Florenz und führe den wohlhabenden Ausländer zu verborgenen Plätzen, und da sie schwieg, blieb auch ihre bloß kursorische Kenntnis des Italienischen verborgen. Am Abend eines solchen Tages hatten sie sich schließlich in einem kleinen Restaurant unter jener Pergola niedergelassen. Sie hatten zuletzt in den Dom von Orvieto hineingesehen, aber Dorothée behielt bloß das Türkis, das Rosa und Zitronengelb der drei Greise am Seeufer im Gedächtnis und außerdem ihre Empörung, daß man den Fisch, den Has bestellt hatte, vor ihren Augen tötete. Vielleicht wäre sie eine gute Fotografin geworden.

Es kennzeichnet Szépregyis Einfluß, daß seine Traumdeutung am ungeeigneten Objekt Dorothée später dennoch beeindruckte, obwohl sie selbst doch gestanden hatte, die geschilderte Szene nicht geträumt zu haben. Sie stieß also Eduard Has zurück, sie verachtete ihn als Mann – das waren neuartige, erregende Gedanken, an die sie sich nur schwer gewöhnen konnte, aber sie gab sich Mühe und schreckte vor der Anstrengung nicht zurück. Und diese Anstrengung wurde belohnt, denn sie enthüllte wunderbare Tröstungen. Sie selbst war es also, die Has zu Etelka getrieben hatte! In der Schubertstraße unter der grauen Blechkugel hausten keine unwiderstehlichen Kräfte, dort befand sich vielmehr der stallwarme Zufluchtsort eines in seinem Selbstbewußtsein tief verletzten Mannes. Die Mansarde war im Grunde ein Asyl.

Ich habe ihn auf dem Gewissen, dachte Dorothée, und dieser Schluß erfüllte sie mit den kindlichsten Reuegedanken, hinter denen sich jedoch Erleichterung und Freude verbargen. Szépregyi war der Freudenspender. Er hatte ihrer Lage, ohne im Äußeren das geringste zu verändern, ein vollkommen neues Gesicht gegeben. Sie stand plötzlich als die Starke, die Ungekränkte da, ohne Has deshalb verachten zu müssen. War das nicht Zauberei? Dorothée schwoll vor Tatkraft. Sie wußte noch nicht, was sie unternehmen wollte, aber sie fühlte sich als Herrin der Lage. Der Anflug des Welkenden verließ sie, ihre Herbheit verband sich wieder stärker mit dem Eindruck von etwas Gespanntem.

Als Has eines Abends unentschlossen auf seinem Sessel sitzen blieb, obwohl er um diese Zeit das Haus meist schon verlassen hatte, fragte ihn Dorothée so herzlich, ob es Etelka nicht gutgehe, daß Has sein Mißtrauen überwand, alle Zurückhaltung aufgab und ratlos davon berichtete, wie ihm Etelkas Stimmungsschwankungen zusetzten. Dorothée zeigte viel Verständnis, gab Has recht, verteidigte aber auch Etelka und vermied dabei jedes herablassende Wort. Sie tat beinahe, als müsse sie Etelka beschützen. Vor seinem inneren Auge glättete sich das Meer. Die schwappenden Wellen vereinigten sich zum Spiegel und fingen reglos die kühlen Strahlen des Vollmondes auf. Wie schön war es, wenn niemand mehr gegen den Nächsten die Hand erhob! Has wußte nicht, daß geisterhafte Meeresstille oft großen Erschütterungen vorangeht, wenn auch nicht im Norden, sondern dort, wo noch Vulkane rumpeln.

Seit langen Jahren hatten sie keine gemeinsame Reise mehr unternommen, wenn man von den kurzen Festspielaufenthalten einmal absieht. Schon vor Etelkas Zeit hatte sich eingebürgert, daß Dorothée mit Lilly im Sommer viele Wochen in der Schweiz verbrachte und Has allenfalls zu einem kurzen Besuch ins Engadin kam, wo er sich fast wie ein Ruhestörer empfangen sah. Inzwischen war an eine gemeinsame Reise schon gar nicht mehr zu denken, und zwar nicht, weil sich ihr Verhältnis zueinander so sehr verändert hätte, sondern weil Has nun einfach keine Zeit mehr hatte. Er hätte Etelka eine Reise mit Dorothée nicht abringen können. Etelka sah ihre Lage so: Ihr Leben in Einsamkeit und Überdruß werde nur durch einige wenige goldene Reisewochen mit Has überhaupt erträglich gemacht. Daß Has sie ständig besuchte und auch häufiger bei ihr übernachtete, war in dieser Rechnung ein wertloser Posten, denn er kehrte ja immer wieder in die Mendelssohnstraße zurück. Sein eigentliches Leben führe Has mit Dorothée, hatte Etelka schon früher erklärt. Wenn ihr nun schon eine solch schmähliche Rolle zugewiesen sei, dann müsse auch eine gewisse Ordnung eingehalten werden, so Etelka, und zwar mit der Garantie, daß sie sich wenigstens während einiger Ferientage mit Eduard Has allein fühlen dürfe, während Dorothée immerhin den ganzen Alltag mit ihm habe. Has war zwar nie davor zurückgeschreckt, Etelka zu belügen, und fühlte sich dazu auch berechtigt, denn das war die Strafe für Erpressung in noch so liebevoller Absicht, aber es war schwieriger geworden, sie hinters Licht zu führen, weil sie seine Gewohnheiten inzwischen kannte und leicht feststellen konnte, ob er bei einer Reise, die er allein zu unternehmen angekündigt hatte, nicht doch mit Dorothée zusammen gewesen war.

Dorothée ahnte diese Verstrickung und war deshalb milde und vorsichtig, als sie ihrem Mann, vor allem wegen Lilly, wie sie sagte, eine Reise der ganzen Familie vorschlug, und ihre Zurückhaltung hatte den Erfolg, daß Has überraschend ausrief, daß er sich nach einer solchen Unternehmung geradezu sehne. Wenn es nur Etelka nicht gäbe! Etelka werde ihm solche Ferien niemals verzeihen! Er schämte sich nicht, seine ganze Misere auszubreiten. Dorothée schien tief gerührt. Sie wurde nun vollends zu Etelkas Verteidigerin und bewies ihm, daß die arme Person zwar unrecht haben möge, daß man eine solche Frau, wie sie nun einmal beschaffen sei, aber auch verstehen müsse und nicht verletzen dürfe. In vollständigem Frieden und nur durch eine beiderseitige Wehmut gedämpft, legten sie das Reisethema zur Seite und trübten diese stille Feier der Entspannung nicht durch ein zermürbendes Abwägen. Sie sahen sich an, als seien sie zufrieden in der Hoffnung, daß ihnen noch viel Zeit miteinander vergönnt sein werde.

Alfred kannte von Lillys Familienleben nur die Ausschnitte, die sie ihm zeigte, und er empfand deshalb auch nicht die innerfamiliäre Sensation, als er von Lilly kurz vor Beginn der Sommerferien hörte, sie werde diesmal den ganzen Sommer mit ihren Eltern in der Steiermark verbringen müssen. Schon die Art, wie sie ihm das mitteilte, tat ihm weh. Sie fragte nicht einmal, was denn er in dieser Zeit unternehmen werde. Sie hatten tatsächlich überlegt, im Sommer zusammen nach England zu fahren, oder vielmehr hatte Alfred das vorgeschlagen, und Lilly hatte ihm nicht widersprochen. »Ja, England, das wäre schön!« seufzte sie, und Alfred hatte vor allem die pure Vernunft für diesen Plan auf seiner Seite, denn Lilly war inzwischen endgültig der alten Sprachen überdrüssig geworden, wollte die Schule wechseln und erfuhr, daß sie im Englischen weit zurückgeblieben war. Aber davon war nun keine Rede mehr, und Alfred hätte mittlerweile wissen müssen, welch geringes Gewicht ein Schulargument bei ihr besaß, wenn etwas Wichtiges dazwischen kam. Und es kam ja eigentlich immer etwas Wichtiges dazwischen aus jenem Fundus von Ablenkungen, den er nicht überblicken konnte und von dem er nur wußte, daß er unerschöpflich war.

Alfred war nie gelassen, wenn Lilly ihn bei den Tanten besuchte. Er glaubte dann, es sei seine Aufgabe, die Welten zu vereinigen, die sich in Lilly und den Tanten begegneten, und sah zwischen ihnen nur Trennendes und Unvereinbares. Wenn Lillys Locken im Dunkel des Treppenhauses schimmerten und dann die Tanten aus ihren Winkeln langsam auf den seltenen Gast zustrebten, um ihr gepflegtes Frankfurterisch hören zu lassen und sie womöglich in den Salon zu nötigen, fühlte Alfred, wie ihn jeder Schwung verließ, dessen er gerade jetzt so dringend bedurfte. Er war überflüssig und konnte eigentlich spazierengehen. Zugleich begann er nun auch wie unter einer Verhexung, die Umgebung, in der er lebte, mit fremden Augen zu mustern, so wie Lilly sich unter ihrer höflichen Maske mit Gewißheit bei ihm umsah. Er wußte ja, aus welch gereinigten Zonen sie zu ihm vorgestoßen war. Er kannte die immensen Glasscheiben, die gleißenden Flächen und die fortschrittliche Kahlheit der Raumfolge, die ihren Lebensrahmen bildeten. Ihre Schritte führten über einen ständig frisch polierten Spiegel, den kleinen Ballettpuppen vergleichbar, die ein Magnet kreiseln läßt, und lebte in Zimmern, deren herausfordernde Sauberkeit zum künstlerischen Stilmittel erhöht worden war.

Nicht etwa, daß es bei den Tanten weniger sauber gewesen wäre, der Gedanke allein ist abwegig bei Töchtern von Friedrich Labonté. Vielmehr wurde wohl des Abstaubens und Wischens und Silberputzens in der Schubertstraße eher zuviel getan. Das Staubkorn, das Tante Mi ohne Lesebrille übersehen hatte, wurde gewiß vom Lappen des Fräulein Emig ergriffen. Aber diese Sauberkeit war eben nicht konstituierendes Raumelement geworden, wie Szépregyi das vielleicht ausgedrückt hätte; die Zimmer erhielten ihren Charakter nicht durch den Umstand, daß sie wie frisch desinfiziert wirkten. Und das Altern der geschnitzten Figürchen, die die schwarzen Eßzimmermöbel stützten, der distelbedruckten Tapeten, der vielfältig gebrochenen Lederbezüge war auch durch die nachdrücklichste Putzerei nicht aufzuhalten, sondern nur noch zu beschleunigen. Der eigentümliche Stolz der Tanten, das Heiratsgut ihres Vaters ungeschmälert zwei Weltkriege hindurch bewahrt zu haben, machte sie blind für den Zustand ihres Hausrats. So bleibt oft auch das Altern der Menschen, mit denen man täglich umgeht, lange verborgen. Wenn man Eßzimmer und Salon im Abendlicht liegen sah und sich von der Sonne ein wenig blenden ließ, machten die schweren Massen der Sessel, des Flügels, des hohen Büffetts, der Täfelungen und breiten Goldrahmen noch immer einen stattlichen Eindruck, wie ja auch das Abendmahl des Leonardo da Vinci von weitem gesehen aus tausend grauen Bröckchen wieder zu einem heilen Bild zusammenschwimmt. Wenn dann aber die Deckenlampe eingeschaltet wurde und alles im Zimmer mit ihrem kalten Licht übergoß, dann traten die zahlreichen Lebensspuren der Tanten in den väterlichen Räumen hervor, die Wachstuchdeckchen, die aufgeplatzte Stellen der Polsterung verdeckten, die durchgesessenen Ecken, die Reparaturen unter Verwendung chaotisch bedruckter Stoffe, die sich nun neben den altnürnbergischen Schnecken und Voluten breitmachten, Zeichen der inzwischen verflossenen Zeit, die nichts Schönes hatte hinzufügen können, sondern alles nur etwas ungemütlicher gemacht hatte.

Auch die Tanten sahen in diesen Zimmern auf einmal älter aus, und die schönen Bilder waren hinter einer gelbschwärzlichen Schmutzschicht bloß noch geheimnisvolle Ruinen. Einzig »Der Auszug des Ritters von Cronberg ins Hl. Land« von Viktor Müller, Alfreds jugendlicher Zufluchtsort, war in seinen herben kühlen Grüntönen sichtbar geblieben, und er freute sich, als Lilly es mit großen Augen betrachtete und dann fragte, ob das ein italienisches Bild sei. Tatsächlich wirkten die Vortaunushügel und die bräunliche Burg wie in die Terra ferma des Giorgione hineinversetzt. Die Tanten beeilten sich, den Zauberschleier zu zerreißen und zählten die Provenienz-Stationen des Bildes bis zu seinem Auftraggeber, Kommerzienrat Schmitt aus Kronberg, in verteilten Rollen auf, indem sie glaubten, dem Bild nun erst seinen Glanz zu verleihen. Trotzdem blieb der Augenblick vor dem »Ritter von Cronberg« für Alfred unvergessen. Er hatte Lilly genau betrachtet, während sie sich in das Gemälde vertiefte und der Gedanke in ihr entstanden war, es könne sich um etwas Italienisches handeln. Ihre Versuche, sich zu konzentrieren, rührten ihn. Er nannte ihren Ausdruck dann »das fromme Gesicht«, weil er sich vorstellte, daß sie so aussah, wenn sie allein war und betete. Leider ging noch viel von der kostbar bemessenen Zeit verloren, bis Alfred und Lilly endlich oben in dem Mansardenzimmer saßen, über dessen Fenster sich die Wetterfahne im Sommerwind bewegte.

Das also war die wochenlang erwartete Stunde, der häufig verschobene und schließlich nicht mehr für möglich gehaltene Abschied vor den Ferien. Daß Lilly doch noch gekommen war, machte Alfred zunächst sprachlos vor Glück und zugleich schossen ihm eine Fülle von Fragen durch den Kopf, die ihn seit Wochen beschäftigt hatten, und Wünsche, die jetzt hätten ausgesprochen werden müssen. Aber dazu fehlte die rechte Atmosphäre. Lilly erschien wie ein Komet, gefolgt vom Sternenschweif ihres Haares, und Alfred, um im astronomischen Bild zu bleiben, hatte alle Hände voll zu tun, um sie für die knappe Zeit ihres Vorüberziehens ins Perspektiv zu bekommen. An eine friedliche Stimmung, an einen Austausch von Bekenntnissen, so etwas schwebte ihm nämlich undeutlich vor, war gar nicht zu denken. Er hätte in dieser Lage die Fähigkeit besitzen müssen, sich vom unvorhergesehenen Augenblick einfach tragen zu lassen und neugierig zu beobachten, in welche Richtung er ihn beförderte. Mit einem solchen Blick auf die Ereignisse hätte er Lilly gefallen, weil sie jede Verbindlichkeit eines Planes, jedes für die Zukunft bereits festgelegte Programm, als bedrohlichen Eingriff in die eigentliche Freude des Lebens, nämlich die Möglichkeit, sich allen Überraschungen ohne Überlegung hinzugeben, fürchtete. Gerade über diesen Wesenszug hätte er ihr am liebsten eine Strafpredigt gehalten, und außerdem wollte er ihr noch zeigen, wie sehr er sich freute, daß sie gekommen war. Die Stunde war von Anfang an überfrachtet. Alfred fühlte hilflos, wie sich die einander widersprechenden Vorhaben in seiner Brust stauten und ihm den Atem nahmen. Bei genauer Überlegung wäre es ihm in diesem Augenblick vielleicht sogar lieber gewesen, wenn Lilly nicht mehr gekommen wäre. Dann hätte er ihr einen langen Brief geschrieben: wie nachlässig sie mit seiner Freundschaft umgehe, wie sehr ihn ihre Kälte enttäusche, wie gemein es sei, immer neue Hoffnungen in ihm aufblühen zu lassen, wie sehr er an ihr hänge. Alfred kam sich töricht vor, wie er da neben ihr stand, ein Holzkasper, mit dem nichts anzufangen war.

Lilly bewegte sich indessen geräuschlos auf Strümpfen durch sein Zimmer, faßte alles an und betrachtete es in gedankenloser Unbefangenheit, zog an dem brüchigen Kelim, der über Alfreds Bett lag, sagte wie im Selbstgespräch: »Ein schönes Rot«, ergriff die Fotografie von Alfreds Vater, warf sich auf das Bett und begann, das Bild zu studieren. »Das bist aber nicht du«, sagte sie dann und runzelte die Stirn, als habe er ihr das Bild unterschieben wollen.

Eine Stunde ist zu kurz, um sich zu sagen, wie sehr man sich liebt, aber sie bietet Zeit genug, um sich zu streiten. Die Gesetze von der Aufladung und Entladung der Elektrizität könnten auch auf die Entstehung und die gewittrige Lösung der seelischen Spannungen angewandt werden. Alfred hatte besonders liebenswert erscheinen wollen und fühlte statt dessen auf einmal einen Riesenzorn in sich wachsen. Seine Gereiztheit wuchs, als es plötzlich klopfte und Fräulein Emig mit einem Teetablett und Sandkuchen auf der Schwelle stand. Das hatte es noch niemals gegeben. Aufs Zimmer bekam Alfred sein Essen nur gebracht, wenn er krank war. Keine Rede davon, daß Fräulein Emig dann gleich wieder gegangen wäre. Auch Kommentare unterließ sie nicht, die treue Botin der Tanten, und lobte die auf dem Bett liegende Lilly dafür, daß sie es sich gemütlich gemacht habe. Sogar die Schuhe mußte sie noch aufheben und säuberlich wie zwei Pantoffel unterm Bett aufbauen. Alfred sah düster hinter ihr her, während Lilly ernsthaft den Kuchen aufaß.

»Das einzig wirklich Lustige in der Steiermark wird sein, daß wir bei Carl Szépregyi wohnen«, sagte Lilly dann träumerisch. Sie sah mit den Kuchenkrümeln um die Grübchen ihres Mundes sehr kindlich aus, und ihr Blick schien das Szépregyische Landhaus zu suchen, als folge er einem nach Süden fliegenden Luftballon. Alfred hatte Szépregyi ausführlich kennenlernen dürfen und war dem von allen bewunderten Mann mit der sanften Höflichkeit begegnet, die ihm jedem Erwachsenen gegenüber selbstverständlich war. Diese Umgangsformen wurden nicht von allen in gleicher Weise honoriert. Lillys Eltern waren von Alfreds Betragen zwar stets sehr angenehm berührt, aber es gab auch Leute, die ihn deshalb für allzu harmlos und blaß hielten. Dazu gehörte auch Szépregyi, der sich nicht gerade abfällig über Alfred geäußert hatte, aber doch recht herablassend von ihm sprach. »Kein origineller Charakter, fürchte ich«, resümierte er fachmännisch und schloß noch eine Bemerkung über Alfreds Tischmanieren an, die er unfrei nannte, weil Alfred, wie er das bei den Tanten gelernt hatte, den Kopf zur Seite wandte, als er sich die Nase putzte. Lilly hatte die Gleichgültigkeit besessen, Alfred dies Urteil mitzuteilen, der bis dahin bemüht war, die Verehrung, die Szépregyi bei den Has genoß, nachzuvollziehen, und nun errötete. Szépregyi hatte eine empfindliche Stelle berührt.

»Euer Herr Szépregyi ist mir richtig widerwärtig«, sagte Alfred und staunte, als er den scharfen Ton seiner Stimme hörte, über den Mut, mit Lilly so zu reden. Es herrschte die Blaue Stunde, die an diesem Tag ihren Namen zu Recht trug. Bläulich waren die Strahlen, die ins Zimmer fielen und die Schatten violett färbten. Dies Licht war zu etwas anderem geschaffen, als sich lang aufbewahrte Bosheiten ins Gesicht zu schleudern. Dr. Has und Etelka hätten von dem Zauber dieser Stunden in ihrer turmartig die Straße überschauenden Mansarde berichten können. Aber die Beleuchtung allein vermag wenig, wenn die Gemüter sich ihr nicht hingeben wollen.

»Herr Szépregyi ist ein Angeber. Er tut bloß, als wüßte er, wie man sich benimmt. Mir wird schlecht, wenn ich ihn essen sehe. Ich habe mich umgehört. Es stimmt gar nicht, was er sagt. Außerdem ist alles erlaubt, was nicht affektiert ist!« Wem verdankte Alfred wohl diese Erkenntnis? Es sieht fast so aus, als sei sie die Frucht eigenen Nachdenkens. Er hatte offensichtlich lange nachgedacht, seitdem Szépregyi sein Sitten-Verdikt gesprochen hatte. Leider war nicht der rechte Augenblick gewählt worden, um über Lebensregeln zu debattieren, wie Alfred nun sehen sollte. Lilly hatte sich den Angriff auf Szépregyi nämlich ganz ruhig angehört, als erlaube sie Alfred, über Szépregyi zu denken, was er wolle. Als sie aber zu verstehen glaubte, daß er sich nachtragend auf eine persönliche Empfindlichkeit bezog, beraubte er sich, so sah es aus, mit einem Schlag seiner gesamten Berechtigung, Szépregyi ans Leder zu gehen. »Du bist bloß beleidigt«, sagte sie, und ihr Blick dabei war schwer zu ertragen. »Du bist ein schlechter Verlierer. Du bist eifersüchtig. Ich habe keine Lust zu bleiben.«

Da hatte Alfred seinen Krach. So schlimm das war, ganz unzufrieden fühlte er sich danach nicht. Er war zum erstenmal heftig geworden. Er hatte sich getraut, ihren Liebling Szépregyi anzugreifen. Sie hatte ihn eifersüchtig genannt. Gerade das kam ihm, wer weiß warum, im nachhinein besonders wichtig vor. Das ganze Treffen war jedenfalls nicht in bürgerlicher Kaffee- und Kuchen-Höflichkeit untergegangen. Auch der eigentliche Abschied vermittelte noch Aufschlüsse. Er begleitete Lilly schweigend die Treppe hinunter. Vor dem Haustor wartete bereits der rote Wagen. Sie war also gar nicht aufgebrochen, weil sie wütend war. Sie wußte, daß sie zu diesem Zeitpunkt abgeholt würde. Sie war eine Schauspielerin. Alfred beschloß, nicht mehr zu beachten, was sie sagte, sondern was sie tat.

Trotz seiner Fähigkeit, fatale Erlebnisse in angenehme Träume umzumünzen, hätte Alfred aber nun doch nicht behauptet, daß sein Abschied von Lilly harmonisch ausgefallen sei. Noch weniger vergnüglich empfand Dr. Has den Abschied von Etelka vor der Steiermarkreise. Er zog sich über Wochen hin und enthielt das gesamte Repertoire des Widerstandes, das Etelka gegen den familiären Reiseplan zur Verfügung stand. Es wäre ein leichtes, die einzelnen Stufen ihrer Kriegsführung zu beschreiben: den demonstrativen Unglauben, mit dem sie die erste Andeutung aufnahm, die reichlichen Tränen, die ihr Gesicht badeten, als sich die Reise zur Gewißheit verdichtete, später dann die Drohungen, die sich bei ihr selbstverständlich in erster Linie gegen die eigene Person richteten, und schließlich die Verzweiflung, der benommene Blick und die tonlose Stimme, die den endgültigen Aufbruch begleiteten. Solche Mittel sind indessen üblich und allgemein bekannt. Überraschend bleibt aber, daß Has, der normalerweise am Nasenring schon mit leichten Drehungen lenkbar war, so hartnäckig widerstand. Die naheliegendste Lösung ist in diesem Fall die abwegigste. Nein, es war nicht so, daß Has Etelka nun mit größerer Kälte betrachtete oder sich gar von ihr zu trennen versucht hätte. Im Gegenteil, er fühlte, wie sich die Fäden, die ihn an Etelka banden, dichter um ihn schlangen und fester gezurrt wurden. Ihn befiel eine Ahnung von Schicksalhaftigkeit, wenn er an Etelka dachte. Er sah sie wie eine Parze in ihrer Höhle sitzen und warten, und dieses Warten kam ihm wie eine machtvolle Tat vor, der er nichts entgegenzusetzen hatte.

»Der wichtigste Grund, warum ich dir überhaupt nicht böse bin«, sagte Dorothée in diesen Tagen neuer Freundschaft, »ist, daß du nichts dafür kannst. Du bist schon längst nicht mehr dein eigener Herr.« Das klang natürlich nicht eben schmeichelhaft, aber Has sah keinen Angriff darin. Er fühlte sich nur beschämt, daß Dorothée nun durch ihn in eine mittelbare Abhängigkeit qeraten war. Eine Art Haß kam in ihm auf. Er sah die Jahre vor Etelka jetzt nicht mehr als die große Trockenzeit, sondern in verklärtem Glanz. Damals war er ein stattlicher Familienvater mit allerhand Optionen auf private Vergnügungen gewesen. Etelka hatte ihn aus dieser Vorzugsposition in ihr Hinterzimmer befördert, und wenn er auch Atembeklemmungen bekam, sobald er die Luft dieses Hinterzimmers nur für einige Tage entbehren mußte, so empfand er doch eine solche Abhängigkeit wie eine geheime Schande. Die Liebe hatte ihn verarmen lassen, und deshalb fühlte er sich berechtigt, sich durch gelegentliche Racheakte Erleichterung zu verschaffen, da ohnehin feststand, daß man zusammenbleiben würde.

»Von mir aus bist du vollkommen frei«, versicherte ihm Dorothée. »Wenn du glaubst, daß du Etelka diese Wochen in der Steiermark nicht zumuten kannst, dann sagst du Szépregyi einfach ab. Er ist dein Freund und eingeweiht und der erste, der das versteht. Und ich werde nur ein bißchen traurig sein, einfach weil der Plan so schön war. Aber von mir aus bist du dein eigener Herr!«

Im Bewußtsein dieser Worte ging Has zu Etelka, und sie ahnte sofort Unheil, als sie sein Gesicht sah. Im letzten Augenblick versuchte er, den Schlag, auf den sie wartete, abzumildern und schob alles auf Lilly: Lilly entfremde sich ihm, Lilly ziehe sich zurück, Lilly sei verstört und brauche den Vater.

Wenn sie sich zurückziehe, sei das doch eher ein Zeichen, daß sie den Vater nicht brauche, antwortete Etelka. Im Gegenteil, sie wolle ihn strafen, sagte Has. Dann solle er mit ihr aber nicht zu Szépregyi fahren, bei dem sei er Lilly nur im Wege, das Kind schwärme dann doch nur den eleganten Cari an. Has wurde gereizt und verbat sich solche Bemerkungen. Etelka erkannte, daß sie nicht vom Fleck kam und spürte, daß sie diesmal überhaupt nicht ans Ziel gelangen werde. Aber sie stellte zugleich mit Erstaunen fest, daß ihr verletztes Gefühl sich mit ganz neuen Empfindungen mischte. Sie fühlte sich plötzlich fähig, Böses über Has zu denken und ihm zu schaden. Has war das nicht klar, als er aufbrach. Er war nur froh, daß die Tür hinter ihm zufiel. Dorothées, Szépregyis, Etelkas und Lillys Augen waren auf ihn gerichtet. Wenn er sich das vorstellte, brach ihm der Schweiß aus. Es war ihm jetzt bereits klar, daß solche Experimente über seine Kräfte gingen.

Bournemouth hat gewiß stärkere Naturen auf dem Gewissen, als den empfindsamen Alfred. Aber Alfred bemerkte die Schrecken dieser Sommerfrischler- und Rentnerstadt kaum. Bournemouth war öd und leer, weil ihm selber öd und leer zumute war. Er blieb lange im Bett und lief auch nachts selten in der Stadt herum, weil sich unabsehbare Landstriche mit gleichförmigen Häuschen wie ein undurchdringlicher Wall um das Vergnügungszentrum legten, wo auf den Piers die Spielautomaten standen und kalte Bratkartoffeln verkauft wurden. Alfred empfand eine überwältigende Traurigkeit. Seine Augen hatten den matten, blicklosen Glanz, der auch auf den fotografierten Augen seines Vaters lag. Wenn er an Lilly dachte, war er vor allem heilfroh, daß sie nicht mit ihm hierhergereist war.

Tante Mi und Tante Tildchen fanden ihn denn auch sehr blaß, als er zurückkam, behaupteten aber, daß er gewachsen sei und stellten beim Begrüßungskuß auf seinen Wangen eine kleine Rauhheit fest. Das Westend stand noch in hochsommerlicher Pracht. Die Stadt schien geradezu entvölkert und durch die Hitze in einen Ausnahmezustand versetzt. Nachts, wenn die feuchte Wärme erträglich wurde und die Kastanienmeere träge rauschten, sah man in den Hinterhöfen die gelb leuchtenden Vierecke der Balkontüren und hörte Stimmen und Radiomusik. Im Palmengarten fanden Tanzfeste mit großen Orchestern statt. Auf Lillys Dachterrasse waren die Saxophone noch deutlich herauszuhören. Die Schubertstraße sah jetzt aus wie in Alfreds früher Kindheit. Die Bürgersteige waren leer und die schläfrige Ruhe, die Alfreds Erlebniswelt von früh auf umgeben hatte, kehrte zurück.

»Ploogs Bierstuben« waren kein hochsommerlicher Aufenthalt. Die roten Samtvorhänge sahen warm aus, und der Kerzenschein verbreitete adventliches Behagen, der nächtliche Gast aber sehnte sich in der Sommernacht nach frisch vorbeistreifender Luft und dem Erlebnis, die Temperaturen allmählich sinken zu fühlen. Herr Ploog versuchte, Konzessionen zu machen. Er ließ die sonst stets abgeschlossene Eingangstür offen stehen, schob den dicken roten Filz zur Seite und öffnete sogar die hinter den Samtfalten versteckten Fenster. Schöner sah sein Lokal dadurch nicht aus, denn nun drang das weiße Licht der Peitschenlampen in die arrangierte Düsternis und offenbarte eine Verbrauchtheit, die sonst unsichtbar blieb. Die Gäste waren für das Fallen der Schranken aber dankbar und begriffen es als festlichen Ausnahmezustand. Frau Ploog trug ein weißes Chiffonkleid, dessen Falten sie vielfach umspielten, und

Herr Ploog trat in einem weißen gestärkten Hemd auf, ebenfalls höchst ausnahmsweise ohne Jacke, und setzte seine altherrenhaften Tanzschrittchen wie immer aus der Hüfte heraus, ohne dabei übermäßig in Schweiß zu geraten. Gerade die mangelnde Eignung der »Bierstuben« für eine hochsommerliche Nacht schuf die Voraussetzung zu solchen Improvisationen. Die Stammgäste kamen, um Zeuge zu sein, wie »Ploog« vor dem Sommer kapitulierte.

Alfred tauchte in die lauwarme Nacht des Westends ein wie ein Goldfisch, der vom Teppich aufgehoben und ins Aquarium zurückgeworfen wird. Ein kurzer Schauer hatte mit wenigen großen Tropfen das ganze Bukett großstädtisch sommerlicher Düfte freigesetzt, frisch geschnittenes Gras mit zartem Benzinaroma, feuchten Staub der Straße, heißen Teer und einen Wind aus den Wäldern des Feldbergs, als liege das freie Land gar nicht so weit entfernt. In den oberen Stockwerken der Häuser waren die dunklen Fenster geöffnet, um in den schlafenden Wohnungen für Zugluft zu sorgen. Kein Blick folgte Alfreds mäanderndem Weg durch die Straßen seines heimatlichen Viertels. Obwohl er beständig die Richtung änderte, blieb sein Schritt gleichmäßig. Er schlenderte nicht, er kannte sein Ziel.

»Ploogs Bierstuben« lagen heute wie ein hell erleuchtetes Schiff im Kanal der dunklen Straße. Schon von weitem war das Gemurmel der Gäste zu hören. Das sonst so diskrete Lokal bot dem nächtlichen Flaneur Einblick in die letzte rote Falte. Bevor Alfred noch irgend jemanden erkannt hatte, erblickte Herr Rosendall ihn schon und winkte ihn herbei. Neben ihm saß Etelka in frisch gebügeltem weißem Leinen und mit selbst zu dieser Stunde noch makellosem weißblondem Knoten. Und dann saß noch ein anderes Paar am Tisch, mit dem Rosendall und Etelka gerade gesprochen hatten. Der Mann trug einen schwarzen Mongolenschnurrbart, lange Koteletten und eine sorgfältig fixierte Stirntolle, die seinen Kopf wie angespitzt erscheinen ließ, weil ihr kein genügend ausladender Hinterkopf entsprach. Aus dem geöffneten Hemd leuchtete eine dicke Goldkette, die von mehreren Anhängern straff gezogen wurde. Die Frau hatte eine hochtoupierte Ponyfrisur nach Art einer ägyptischen Sklavin, sie war eine Rothaarige mit milchfarbener Haut und hatte die Augen mit schwarzen Strichen eingerahmt. »Das sind Rolf und Marion«, sagte Herr Rosendall, er war bereits in weltumarmender Stimmung. »Und das ist Herr Labonté von ›Wwe. Labonté‹ persönlich!« Rolf und Marion waren keine Frankfurter und sahen Alfred nur leer und höflich an, aber Herr Ploog, der gerade neue Biere brachte, sagte mit der Miene des Beileidspendenden: »Ach, das ist ja ein wunderbares Geschäft gewesen! Ein Jammer ist das! Sowas gibt's heut gar nicht mehr!«

Etelka schwieg. Über ihr Gesicht lief ein rosa Schatten, der selbst im Zwielicht auffiel. Man sah, daß sie es für zu gefährlich hielt, einfach den Mund zu öffnen und auf die Wirkung der Selbstverständlichkeit zu vertrauen. Alfreds Arglosigkeit grenzte indessen ans Unbegabte. In seiner langen englischen Einsamkeit war sein bißchen Geistesgegenwart vollends eingeschlafen. Die überraschende Gesellschaft verwirrte ihn zu sehr, als daß er sich über Etelkas Anwesenheit schon Gedanken gemacht hätte. Außerdem kam ihm die rothaarige Frau bekannt vor, aber ohne daß ihm eingefallen wäre, wo sie ihm wohl schon einmal begegnet war.

Rosendall trug die ganze Last der Konversation, war aber in bestem Zuge. Die Hitze, die sein Hemd aufweichte, spornte offenbar seinen Geist an, denn er tat alles, damit Rolf und Marion, die schweigend ihr Bier tranken, weiter zuhörten. »Sie wundern sich vielleicht, mich hier zu sehen, Herr Alfred?« sagte Etelka schließlich mit gedämpfter Stimme. »Das ist die Einsamkeit, die große Einsamkeit. Als Frau allein ist man ja verloren. Sie wissen doch, daß ich alleinstehend bin?« Diese Frage klang, als spiele Etelka auf eine allerneueste Entwicklung an. »Erst Herr Kalkofen, dann ...« Diesen Satz vollendete sie nicht. Sie schien ihn sogar zu bereuen. »Sehen Sie, Herr Alfred, wenn ich damals umgezogen wäre – Sie wissen doch noch, was für eine schöne Wohnung ich bekommen sollte, mit zwei Bädern –, dann wäre ich heute vollkommen verlassen. So hat man doch wenigstens vertraute Nachbarschaft. Herr Rosendall ist ein seriöser Mann, bei der Bundesbahn in höchster Position und sehr ritterlich. Ich erwarte von einem Mann keine großen Geschenke, nur ein kleines persönliches Opfer. Es gibt Männer, Herr Alfred, die schenken einer Frau lieber einen wertvollen Ring, als daß sie mit ihr eine Woche auf Urlaub fahren, ist das nicht gemein? Eine Frau ist doch keine Hure!« Und dabei schlug sie sich mit ihrer schönen Hand mit den mondhaft polierten Fingernägeln und dem großen Rubin heftig auf den Mund. »Wer ist eine Hure?« fragte

Marion und zog die Augenbrauen zusammen. Wieder hatte Alfred das Gefühl, sie zu kennen. Ihr Tonfall klang rheinisch, aber sie gab ihm keine weitere Kostprobe, sondern wandte sich, nachdem sie erfahren hatte, daß niemand die Hure sei, enttäuscht wieder Rosendall zu.

»Sie kennen doch Herrn Szépregyi?« fragte Etelka und senkte ihre Stimme fast zum Flüstern. »Herr Szépregyi ist ein guter Freund von mir. Ich war bei ihm zu Gast in der Steiermark, und er wollte auch einmal zu mir in die Schubertstraße kommen, wo es jetzt sehr nett ist. Und da finde ich es einfach herzlos, daß er mit ihr zu meinem Freund fährt – wie stehe ich denn jetzt da?« Wer »Er« und »Sie« waren, setzte Etelka als bekannt voraus, und Alfred stellte keine Fragen. Er sonderte sich gern mit Etelka ein wenig ab, zumal er mit Herrn Rosendall seit dem Krach um Jitka nicht wieder gesprochen hatte. Aber der Bundesbahnrat nahm die beiden dennoch scharf unter die Lupe. Er unterbrach sie, als müsse er sich unbedingt um Etelka kümmern. »Schatzi, noch ein Pikkolo?« fragte er und sprach dabei zu laut, um ungezwungen zu wirken. Etelka wünschte aber etwas zu essen, eine Krabbenmayonnaise. »Das war mit Kalkofen mein Hochzeitsessen, er hatte ja Zugang zu den Amerikanern!« sagte sie zu Alfred und ließ sich von Rosendall, der Sekt nachschenkte, nicht stören. »Ich habe manches Opfer gebracht!« fuhr sie fort. »Es waren Opfergänge« – dies Wort bezeichnete in Alfreds Vorstellung sofort zutreffend Etelkas Fortbewegungsart –, »ich habe mich für ihn mit Schmutz bewerfen lassen und habe nie meine Hand erhoben. Da war seine Großzügigkeit – gewiß. Aber mein Herz sagt mir doch, daß ich die Gebende war!«

Es war gewiß nicht schön, was Etelka da aussprach, aber es traf womöglich zu. Traurig war allerdings, daß sie sich nun darüber beschwerte, denn es wird den Menschen selten genug das Geschenk verliehen, einem anderen etwas zu geben, ihn zu trösten, zu heilen und zu stärken. Wenn Has sie in den ersten Jahren verließ, wandelte er wie auf Wolken. Es war, als habe sie seinem Leben alles Schiefe und Halbe genommen. Nie wäre ihm der Einfall gekommen, seine Geschenke an Schmuck und Kleidern als Bezahlung ihrer ganz besonderen natürlichen Gaben anzusehen. Nachdem Etelka sich als »die Gebende« zu bezeichnen begann, blieb sie es eigentümlicher Weise sogar jetzt noch, wenn auch in erheblich verringertem Maße.

Nach einer Nacht mit Etelka fühlte sich Has immer noch wie ein junger Mann, wenngleich nicht mehr als guter Mensch, wie in den Anfangstagen. Aber das Bewußtsein des Gebens hatte bei ihr einen Begriff von dem Wert der Gabe reifen lassen, und damit wuchs auch die Vorsicht gegenüber einer nun als verschwenderisch empfundenen Großzügigkeit. Je weniger sie nun »gab«, desto verarmter und ausgenutzter kam sie sich vor. Manchmal stellte sie Has sogar bereits mit Kalkofen, der sie von sich gestoßen hatte, auf die gleiche Stufe.

»Außerdem bin ich eine freie Frau, Herr Alfred!« sagte Etelka und fügte das Argument hinzu, das Has stets am heftigsten verdroß. »Ich bin Etelka Kalkofen und nicht Etelka Has. Ich kenne die Pflichten eines Ehemannes! Eduard hat Pflichten, ich habe keine!« Sie sprach nun lauter, einmal weil Rosendall so schrie, zum anderen aber, weil sie tatsächlich ihr Wesen zu wechseln begann, als übten ihre Worte eine noch berauschendere Wirkung auf sie aus als die Pikkolos, die sie schon getrunken hatte. »Schatzi, was machst du denn die ganze Zeit mit dem Herrn Labonté?« knurrte Herr Rosendall, der unablässig zu ihr hinübersah. »Der Herr Labonté kriegt ja rote Ohren!« Das war eine für Herrn Rosendall bezeichnende Bemerkung, denn seine Jovialität schlug schnell in Bosheit um. Wer leicht verletzlich ist, verletzt oft auch gern, und in diesem Kreis, in dem außer Alfred niemand das Geheimnis der zu Hause auf ihn wartenden weißen Maske kannte, fühlte Rosendall sich vor Gegenwehr sicher.

Vor allem aber waren Etelkas Wangen nun erhitzt, und auf ihrer Stirn erschien ein feuchter Glanz unter dem rosigen Puder. Has waren solche Verwandlungen vertraut, aber er schätzte sie nicht und achtete stets darauf, daß sie nach einigen Gläsern Alkohol nur noch Wasser trank. Rosendall hingegen ging es wohl gerade um diesen Stimmungsumschwung. Ein neuer Pikkolo wurde gebracht. Das Salatblatt, das üppig aus der Krabbenmayonnaise herauswuchs, stand vor ihr wie die grüne Standarte schrankenloser Freizügigkeit. Rosendall sorgte aber nun dafür, daß keine Partikularunterhaltung mehr zustande kam. Er legte den Arm um ihre leicht widerstrebenden Schultern und fuhr in seinen Betrachtungen fort.

»Es gibt ja viel mehr Perversionen als man glaubt«, sagte er und griff damit offenbar ein eben angeschnittenes Thema wieder auf. Rolf und Marion nickten schwer. Sie kannten die Leute, und sie kannten die Perversionen, so schienen sie zu sagen, und sie glaubten nicht das Falsche, sondern sie wußten das Richtige. »Fangen wir bei den ganz einfachen Sachen an!« sagte Herr Rosendall. »Für den normalen Mann ist Frau gleich Frau. Die eine ist ein bißchen dicker und die andere ein bißchen dünner, und die eine ist ein bißchen jünger und die andere ist ein bißchen älter«. – »Laß mich los!« sagte Etelka, »da sieht man, wie du denkst! Kaum ist man nicht mehr achtzehn ...« – »Wieso?« fragte Rosendall, aber man hörte, daß er ein Kompliment machen wollte. »Du bist doch noch jung!« – »Wie alt bist du denn?« fragte Marion so schnell, daß Etelka keine bessere Antwort als die Wahrheit einfiel. »Siebenundvierzig«, sagte sie leise und sah dabei aus, als gebe sie ein Geheimnis preis. »Das sieht man nicht«, sagte Marion, aber Rolf wiegte bedenklich den Kopf: »Ach, es könnt' doch sein!«

Alfred hatte immer deutlicher das Gefühl, Marion zu kennen. Ihr Tonfall, ihre Bewegungen waren in seinem Gedächtnis aufgehoben, nur ihr Bild nicht, das doch schwer zu verwechseln gewesen wäre, aber das verwirrte ihn nun nicht mehr, denn er wußte schon, daß er seinen Augen nicht immer trauen durfte. Er fühlte ganz einfach, daß er Marion womöglich noch nicht gesehen hatte, aber daß er ihr schon einmal sehr nahe gewesen war.

Alfred war schon entschlossen, an Marion, die ihn mehrfach ungeniert wie einen Fremden gemustert hatte, das Wort zu richten, als Rosendall wieder zu sprechen begann: »Im Grunde ist es doch komisch, wenn Männer bei den Frauen nach einer bestimmten Haarfarbe gehen. Im Grund ist an den Haarfarben doch gar nichts dran. Blond wirkt wahrscheinlich jungfräulich und schwarz ist rassig, braun zuverlässig und rot leidenschaftlich. Alles Einbildung! Und doch gehen viele Männer danach!«

Marion schüttelte den roten Ägypterpony und sagte: »Siehst du, Rolf, da hast du es. Der Mann weiß Bescheid.« Ihre Stimme war rauh wie bei einem Jungen im Stimmbruch. Alfred war seiner Sache nun sicher, und er staunte, daß eine andere Haarfarbe den Menschen derart zu verändern vermochte. Bei Marion kam allerdings hinzu, daß das Rot ihrer Haut- und Augenfarbe besser entsprach als die schwarze Lackperücke. Das Kupferrot der heutigen Nacht trat wie eine Komplementärfarbe zum Weiß der Haut und beruhigte die gesamte Erscheinung.

Alfred beugte sich vor und sagte leise: »Eben erkenne ich Sie erst. Die Haare haben mich ganz unsicher gemacht.« Marion sagte: »Na endlich«, und Alfred lächelte etwas verlegen und zugleich glücklich, daß er sie wiedergefunden hatte. Sie kam ihm wie eine heimliche Freundin vor. Daß er sie bezahlt hatte, war nichts als ein märchenhaftes Ritual. Auch Marion schien nicht unangenehm berührt, ihn wiederzusehen, obwohl sie kein Freudenzeichen von sich gab. Aber sie hielt seinen Blick lange aus, was nur deshalb unbemerkt blieb, weil Etelka begonnen hatte, sich heftig über die Männer zu beklagen und Rosendall und Rolf mit Behagen zuhörten. Sie sprach jetzt so laut, daß Herr Ploog beim Öffnen eines Pikkolos vernehmlich: »Immer mit der Ruhe, gnädige Frau!« sagte; in Gesellschaft Rosendalls mußte sie so etwas eben hinnehmen. Aber das berührte Alfred und Marion nicht, für die der Radau einen Augenblick lang ein schützendes Haus baute.

»Bei der Arbeit trage ich immer schwarz«, sagte Marion schließlich, und Alfred schien es, als koste sie das Sprechen Mühe. »Schwarz war schön«, antwortete er, »aber das Rot ist noch hübscher.« Ja, das waren bedeutende Worte, die da am frühen Morgen ausgetauscht wurden, doch die Blicke waren beredter und fügten dem bescheidenen Dialog hinzu, was bei den Stummfilmen einst ein großes Orchester mit rauschenden, auf- und abschwellenden Melodien leistete. Alfred empfand nur Wärme und Nähe, und das erfüllte ihn mit solcher Heiterkeit, daß Marion ihn verwundert ansah und aus ihrem Bierglas trank, obwohl es leer war, nur um irgend etwas mit den Händen unternehmen zu können.

Die beiden hatten ihre Umgebung völlig vergessen, als Rolf plötzlich aufmerksam wurde. Ein einziges scharfes Wort kam aus seinem Mund. Es war, als habe er seinem Schäferhund einen Befehl gegeben. Alfred spürte, daß Rosendall ängstlich wurde und nach Herrn Ploog Ausschau hielt. Etelka sagte etwas Beschwichtigendes, und sofort antwortete Rolf: »Halts Maul.«

Alfred saß wie im Traum. Er rührte sich nicht, aber sein Herz schlug in ängstlicher Erwartung. Da war es wieder, das Gefühl, augenblicklich und entschlossen etwas tun zu müssen. Zugleich sah er, daß er nichts kannte und nichts wußte – verstand er überhaupt, was gerade geschah? Das gespannte Schweigen am Tisch schien kein Ende zu nehmen.

Und dann ein kleiner Knall – Rolf hatte mit der flachen Hand Marion ins Gesicht geschlagen. Gäste waren von ihren Stühlen gesprungen, und Herr Ploog stand schimpfend auf der kleinen Tanzfläche und forderte den Schläger auf, sofort die »Bierstuben« zu verlassen. »Ein Gesocks«, rief Herr Ploog, als Rolf und Marion schon gegangen waren, ohne sich auch nur umzusehen. »Wenn's nicht so heiß gewesen wäre und die Tür wär' nicht offengestanden, wär' das Gesocks gar nicht hier hereingekommen!«

Alfred konnte lange nicht einschlafen in dieser Nacht. Er stand am Fenster und ließ sein Gesicht von der warmen Luft berühren, die draußen wie ein Block in den Straßen lag. Unten stand Etelka in ihrem leuchtenden weißen Kleid und sprach mit dem schwankenden Rosendall, der sie überreden wollte, zu ihm hinaufzukommen. Ihre Stimmen schienen einen langsamen Tanz zu begleiten: »Komm doch ... ich kann nicht ... ach, komm doch ... ich kann wirklich nicht ... komm doch ...« Der Vollmond ließ den Asphalt wie Wasser glänzen. Alfred, der Leuchtturmwächter, sah wach und angespannt aufs Häusermeer. Später versanken Etelka und Rosendall im Schatten. Die Sonne ging auf, ein Taubenpaar gurrte in der Regenrinne. Alfred ging ins Bett, müde wie nach großen Taten.

Sechster Teil

DAS GELD

Die Gärten und Hinterhöfe der Schubertstraße waren meist durch hohe Mauern voneinander getrennt. Die Nachbarn konnten deshalb allenfalls von den oberen Stockwerken einen Teil des Gartens jenseits der Mauer einsehen. Dafür war es leichter, das Leben in den gegenüberliegenden Wintergärten zu beobachten. Sie gehörten zu Häusern, deren Vorderseite die Parallelstraße säumten, die also mit den Bewohnern der Schubertstraße keinerlei nachbarschaftliche Beziehungen unterhielten. Wenn Alfred in dem reich bepflanzten Wintergarten seiner Tanten saß und seine Hausaufgaben machte, hatte er in ziemlicher Nähe den ebenso geräumigen Glaskasten des gegenüberliegenden Hauses vor Augen, in dem allerdings kein Philodendron und auch kein Gummibaum großblättrig den wenigen Sonnenstrahlen dieses Gartenbezirks entgegenstrebte, der vielmehr kahl nur mit zwei schräggestellten Korbsesselchen möbliert war, die rechts und links von einem Korbtischchen mit großem Aschenbecher standen. Alfred kam dieser Wintergarten, in dem er mit bloßem Auge die Fliegen hätte zählen können – alle körperlichen Sinne dieses Träumers waren schon immer bis zur Überflüssigkeit gut entwickelt –, wie eine karg ausgestattete Bühne vor, auf der in bester Theatermanier ein Dialog ins Publikum hineingesprochen werden kann. Aber es nahm niemals jemand auf den gastlich aufgestellten Sesselchen Platz, um den Komfort des Aschenbechers zu nutzen. Statt dessen kam einmal in der Woche eine schwerfällige Frau in weißer Kittelschürze, eine Hausangestellte also wie Fräulein Emig und nicht eine freie, keinem Befehl unterworfene Hausfrau wie die Klusemann, die zum Zeichen ihrer Unabhängigkeit wirre bunte Muster auf der Kittelschürze trug, und hängte dort Wäsche auf: riesige Männerunterhosen in zweiter

Reihe, die sie, nachdem sie aus dicken Brillengläsern einen übelwollenden Blick durch die winterliche Kälte auf den im Glasgehäuse geschützten Dschungel der Tanten Labonté geworfen hatte, mit einem großen Bettlaken, das sie auf der ersten Reihe der Wäscheleinen festklammerte, den neugierigen Blicken der Nachbarschaft wieder entzog. Und schon waren das einzige, was sich in dem Wintergarten nun noch bewegte, die Wassertropfen, die, für Alfred unhörbar, aber nicht unsichtbar, auf den Terrazzoboden klatschten.

Der Has'sche Dachgarten behauptete gegenüber solch indiskreter Nähe eine Position glanzvoller Überlegenheit. Von der Straße aus bemerkte man von ihm ohnehin nur jene Zypressen und Douglas-Fichten, die so nah an der Brüstung standen, daß sie aus dem Haus herauszuwachsen schienen, als ob das neue stolze Gebäude eigentlich schon wieder halb in Trümmern liege und, wie in den Ruinen der Christuskirche, die Flugsamen in den Mauerritzen mit den Jahren regelrechte Bäume hervorgebracht hätten. Von oben aber lag das von Mauern gezogene Zopfmuster der Höfe und Gärten ungeschützt vor dem forschenden Blick. Wenn der kalte Wind, der auch im Hochsommer dort blies, den Aufenthalt auf der Hasschen Dachterrasse nicht meist kräftig abgekürzt hätte, wäre einem gelassenen Beobachter während eines im Liegestuhl verbrachten geruhsamen Sommertages viel von dem geheimen Leben dieser stillen Straßenzüge offenbart worden. Dorothée fühlte sich aber auch ohne Nachhilfe der von Szépregyi außer acht gelassenen Windstöße nicht bemüßigt, von höherer Warte ethnologische Studien zu treiben, wie sie als Schweizerin wohl hätte sagen dürfen. Ein flüchtiger Blick auf die Stiefmütterchenrondels, die Fahrräder und Kinderwagen, die halbeingestürzten, zu keiner Nachmittagsjause mehr einladenden Gartenhäuschen, auf vereinzelt schon zu Parkplätzen umgewandelte Höfe, in denen die Autos im Mai von den Kastanienblüten wie von Neuschnee bedeckt dastanden, gab ihr das Gefühl, mit ihrer hochmütig isolierten Dachterrasse ganz einfach im falschen Viertel gelandet zu sein, als sei sie auf dem mit Zwergzypressen umgebenen Betonteller vom Himmel herabgeschwebt.

Dorothée versuchte überhaupt, ihre Umgebung zu ignorieren. Ihr war es schon peinlich, wenn sie von oben zufällig Herrn Herr in einem der angrenzenden Gärten entdeckte, was kaum ausblieb, denn die Keller und Gärten der ganzen Schubertstraße und vieler benachbarter Grundstücke waren sein Revier. Sie hatte trotzdem das Gefühl, als habe sie einen Blick in das Privatleben des Hausmeisters getan. Ihr sträubten sich dann die feinen Härchen, die fast unsichtbar in kleinen Wirbeln entlang ihrer Wirbelsäule wuchsen. Das Inselhafte ihres Hauses widerstrebte ihrem Geschmack. Sie schätzte zwar alle Einrichtungen, die Szépregyi für die Familie getroffen hatte, hätte es aber vorgezogen, in einem Viertel zu leben, in dem es ausschließlich Szépregyi-Häuser gab, in dem also das Bewohnen eines solchen Hauses nicht ohne weiteres auf ein bestimmtes ästhetisches Bekenntnis der Bewohner schließen ließ. Sie fühlte sich inmitten der mäßigen und maßvollen kleinen Villen, die beinahe hinter dem Flieder verschwanden, zu der Rolle einer Jungfrau von Orléans des Bauhauses verurteilt und erlebte den Mißklang des Hauses zu seiner Umgebung noch zehn Jahre nach dem Richtfest frisch wie am ersten Tage, während die übrigen Bewohner der Gegend, sogar die Alten, für die vertretungsweise nur Herr Herr genannt sei, nach kurzem nicht mehr hätten angeben können, was vorher an der Stelle des abweisenden Glashauses gestanden hatte. Aber obwohl der Neubau, der »gute Bau«, um mit Szépregyis Worten zu reden, sich auch noch über das Nachbargrundstück stülpte, das bis dahin eine spiegelbildliche, von den Bomben unzerstörte Replik des alten Olenschlägerhauses getragen hatte, wirkte er immer noch wie eingezwängt. Er schnappte gleichsam nach Luft und wuchs aus schierer Atemnot über die blauen Walmdächer der Nachbarhäuser hinaus, so wie ein Mann, dessen Kragen zu eng ist, den Hals reckt, um ihn dünner zu machen. Nun, Dorothée war ohnehin nicht leicht zufriedenzustellen. Warum ihr etwas recht war oder nicht recht war, wäre von einer Katze leichter zu erfahren gewesen. Von Willkür in ihren Geschmacksurteilen war sie dennoch weit entfernt. Instinktwesen fällt es eben schwer, ihre sicher gefällten Entscheidungen nachträglich mit einem Stammbaum logisch aufeinanderfolgender Argumente auszustatten.

Im Gegensatz zu Dorothée wurde die Scharnhorst von der Welt der Hinterhöfe und der Gärten geradezu angezogen, zunächst natürlich aus beruflichen Gründen, denn es war ihr gelungen, das Recht, in der Schubertstraße die Torwege zu kehren, zu einem echten Privileg auszubauen, das sie den verschiedenen Putzfrauen und Hausangestellten, ja selbst dem das Hoheitszeichen des Schlüsselbundes tragenden Herrn Herr immer erfolgreich entgegenhielt. Die Bewohner der Schubertstraße waren sich nach wie vor einig, daß man die Scharnhorst nicht ins Haus lassen dürfe. Den Eimer mit heißem Wasser empfing sie, auf den Schrubber gestützt wie ein zynischer Philosoph, der die milde Hand verhöhnt, die ihm Almosen gibt, stets an der Haustür, wo diese Hand, kaum stand der Eimer auf dem »Salve«-Mosaik, rasch zurückgezogen wurde, als sei die Scharnhorst bissig. Das war sie ja auch, wenngleich nicht mit ihren wenigen Zähnen. Ihr Grimm war unbesiegbar. Er nährte sich genießerisch aus der Scheu, mit der ihr der Eimer mit heißem Wasser hingestellt wurde, hätte sich aber auch durch Freundlichkeit nicht beruhigen lassen, denn die Scharnhorst sah jedes höfliche Wort als Eingeständnis geheimer Schuld an. Man mußte ihr zugesehen haben, wie sie mit geschicktem Griff jedes Gartentor auch ohne Schlüssel öffnete, indem sie mit ihrem verbogenen Daumen geradezu in das Schloß hineinzufahren schien, um es zu knacken. Im Hof gab es dann stets einen Verschlag oder eine Kellertür, hinter der Putzsachen aufbewahrt wurden. Diese kleinen Räumlichkeiten bildeten Enklaven der Scharnhorst inmitten des Feindeslands und verschafften ihr das Recht, jedes dieser Grundstücke zu betreten, wann immer sie es wünschte. Niemand hätte wagen dürfen, »Was suchen Sie hier?« zur Scharnhorst zu sagen. Als Antwort hätte die Zwergin nur stumm den langen Arm ausgestreckt und mit unbarmherziger Deutlichkeit auf den Hinterhof gewiesen. Sie lebte im Chaos und hörte doch niemals auf, die Position des Rechtes zu behaupten. Das Recht war der Leuchtturm in ihrem von Nebeln überlagerten Leben. Dies ferne Licht verlor sie niemals aus den Augen. Und war der lebenslange Kampf nicht mit einem Triumph belohnt worden?

Sie saß nun, wo sie immer hatte sitzen wollen, während die Jahre ohne Hoffnung dahingegangen waren, in denen sie unverdrossen fortfuhr, ihren gestempelten und gesiegelten Rechtsanspruch auf dem Leibe zu tragen wie ein polnischer Bauer das Skapulier. Etelka Kalkofen war Zeugin, als der Kartoffelkarren, mit dem der Sohn der Scharnhorst nach seinem Hinauswurf bei der Post herumzog, um mit seiner titanischen Stimme Kartoffeln auszurufen, langsam durch die Schubertstraße geschoben wurde, bis obenhin mit Bettstellen, Pappkartons und einem hellblauen Küchenbüfett beladen, so daß Etelka einen Augenblick lang glaubte, es handele sich um einen Abgesandten Kalkofens, der von einer Haushaltsauflösung in das Lager am Osthafen heimkehrte. Im übrigen wußte sie Bescheid. Has hatte ihr die Versicherung, daß Mutter und Sohn Scharnhorst nun endlich in das Souterrain des Has'schen Hauses einziehen würden, als freudige Überraschung präsentiert. Es war schließlich das erste Mal, daß Etelka für andere etwas erbeten hatte, und Has hoffte, daß es ihr wohltat, auch einmal Protegés vorweisen zu können. Ihre Empfindungen blieben jedoch gespalten. Der Blick, mit dem sie ihm dankte, war seelenvoll und die Hand, die sie ihm auf den Unterarm legte, drückte ihn auf ihre besondere Weise fest und weich zugleich. Sie besaß eben, wie Has sich noch nach vielen Jahren eingestehen mußte, einen einzigartigen Sinn dafür, ihn richtig anzufassen. Im geheimen jedoch stieg in ihr die Ahnung neuen und nunmehr womöglich unabwendbaren Unheils auf. Sie fühlte sich wie jene Herrscher, die bei wankender Macht die Verhältnisse durch eine entscheidende Konzession zu beruhigen hoffen und dabei sehr wohl wissen, daß ihnen danach kein Pfeil mehr im Köcher bleibt. Daß die Scharnhorst nunmehr im Has'schen Haus wohnte, legte um den Mittelpunkt ihrer Phantasien, den sie immer noch nicht betreten hatte, eine weitere Barriere. Die neue Bewohnerin nahm ihr die letzte Lust, an dem Has'schen Haus auch nur vorbeizugehen, obwohl der mächtigen Glaswand nirgendwo der Einzug der Scharnhorst anzusehen war. Die Fenster der Souterrainwohnung gingen nämlich zum Hof hinaus.

Nach fortschrittlichen Gesichtspunkten hatte es die Scharnhorst nun so gut getroffen wie in ihrem ganzen Leben noch nicht. Der Rasen, der sich in Höhe ihrer Nase vor dem Fenster ausdehnte, war smaragdgrün und wurde von Herrn Herr fast täglich gemäht. Dabei entstanden die einzigen Benzinwolken, denen die Scharnhorst in ihren Mußestunden noch ausgesetzt war, und wenn sie auch wenig von der Aussicht sah, weil auf dem Fensterbrett die große Puppe mit der weißblonden Frisur und dem pfauenradartig abstehenden Petticoat das Zimmer verdunkelte, so mußte ihr doch allein die Ruhe und der Geruch des chemischen Düngers, den Herr Herr regelmäßig ausstreute, ein Gefühl von Landleben vermitteln. Auch ihr Sohn hatte ja nun, literarisch gesprochen, zur Erde gefunden.

Der Kartoffelhandel ließ ihn endlich aus seiner auffallendsten Gabe, der Stimme nämlich, Nutzen ziehen. Im Hause Has blieb diese Stimme denn auch nicht unbemerkt. Wenn der Sohn der Mutter abends seine Erlebnisse schilderte, drang über das Röhrensystem der Heizung, vielleicht aber auch durch den Aufzugsschacht bis hinauf in das spiegelnde Eßzimmer ein tiefes, vulkanisches Rumpeln, das nur dann überhaupt als menschliche Stimme erschien, wenn der junge Scharnhorst plötzlich »Nee!« sagte, ein Ausruf, der trotz der Verdunkelung, die den E-Laut hier dämpfte, ganz deutlich aus dem wortlosen Urgeräusch hervorstach.

Dorothée fuhr zusammen, als sie diese Stimme zum ersten Mal vernahm, übrigens nicht auf dem syrakusisch-labyrinthischen Geheimweg der Heizungsrohre, sondern im Treppenhaus. Kurt Scharnhorst stand mit einem Sack im Parterre auf den schwarzen Fliesen und stieß einen ungeformten Nilpferdruf nach seiner Mutter aus. Der Schall brach sich an zwölf Treppenabsätzen, zerteilte sich in quälend flatternde Echos und stürzte aus mehreren Richtungen zugleich auf Dorothées Trommelfelle ein, die im sechsten Stock noch die Erde beben zu fühlen meinte. Da sie die Gleichgültigkeit ihres Mannes gegen alle ins einzelne gehende Arbeit kannte, glaubte sie, es handele sich bei der neuen Vermietung des Souterrains um einen gedankenlosen Akt der »Verwaltung«. Gewiß war da vom Schreibtisch her entschieden worden, ohne sorgfältige Überprüfung der Personen, die schließlich ins Haus eines Teilhabers ziehen sollten.

Da Dorothée mit der Trumfeller nicht sprach, erfuhr sie auch nicht, wie sehr sie sich irrte. Die Trumfeller hatte, wie nicht anders vorauszusehen, in einer kurzen Aktennotiz von einem Vertrag mit diesem »übel beleumundeten Gesocks«, so ihr Ausdruck, mit dem sie die Schule der Olenschläger hochhielt, abgeraten. Dr. Has litt zwar, weil er nun Farbe bekennen mußte, aber er ermannte sich, fegte die Aktennotiz der alten Aufpasserin beiseite und verfügte, daß der Scharnhorst ein Mietvertrag zugestellt werden solle. Die Trumfeller ließ aber auch jetzt noch keine Stufe der Demütigung aus. Wer denn für pünktlichen Mieteingang bei dieser, gelinde gesagt, unsicheren Partei bürge, fragte sie, wiederum schriftlich, und ließ Has den Zettel ins Büro hineinreichen. Die Miete werde »mit Reinigungsarbeiten der Scharnhorst (Toreinfahrt) und ihres

Sohnes (Teppiche) verrechnet«, sprach Has auf sein Diktaphon, indem er Dankbarkeit dabei verspürte, daß von seiner Gereiztheit wenigstens über die Stimme noch etwas zu hören war. Das bedeute also, daß am besten Has selbst die Wohnung miete und dann später mit der Scharnhorst abrechne, denn die Reinigungsarbeiten der Partei würden wohl in erster Linie für Dr. Has privat und nicht für die »Verwaltung« vorgenommen. Dieser Schlag der Trumfeller brachte den schönen Plan, die Scharnhorst zu befrieden, fast zum Einsturz, denn Has verlor beim Lesen dieser Aktennotiz die Selbstbeherrschung; und auch später noch, als er Etelka die freudige Nachricht eben doch überbrachte, erfüllte ihn ein geheimes Bedauern darüber, daß seine Geliebte nicht einmal ahnte, was ihn der kleine Liebesdienst gekostet hatte. Wer sich in seinem Reich durchsetzt, wird gehaßt, aber wer es nicht tut, gibt sich der Lächerlichkeit preis. Has wußte das, und er ließ Etelka deshalb in einem einzigen Punkte die gleiche Behandlung angedeihen wie Dorothée: Er verschwieg ihr seine beruflichen Malaisen.

Die Scharnhorst bezog die niedrige Kellerwohnung, als ob sie in altes, angestammtes Eigentum wieder einrücke. Noch mehr als die übrigen Bewohner der Gegend hatte sie vergessen, daß die Wohnung, die ihr für ihren Heldenmut während des Bombardements zugestanden worden war, in einem ganz anderen Haus gelegen hatte und mit den Resten dieses Hauses auf eine der großen Schutthalden am Stadtrand gefahren worden war. Man hätte sagen können, daß die Scharnhorst blind war, aber so einfach lag der Fall nicht. Etelka schauderte ja vor allem bei dem Gedanken an die unbestechliche Sehkraft der Zwergin. Was aber das Has'sche Grundstück und seine wechselnden Schicksale anging, so war die notariell beurkundete Zusicherung, die noch von Has' Mutter, der widerstrebenden Olenschläger, abgegeben worden war, für die Rosinenaugen der Scharnhorst jahrelang an die Stelle des zerstörten Hauses getreten. Selbst als das Grundstück von Planierraupen vollständig eingeebnet und bis zum Baubeginn als Parkplatz genutzt worden war, ragte für sie auf der sandigen Ebene ein stolzer Bau empor, in dem sie die ihr zustehende Wohnung mit dem Besenstiel hätte bezeichnen können.

Als sie die Kellerräume betrat, die für die Bedürfnisse eines Hausmeisters vorgesehen waren, ohne allerdings die Körpergröße des Herrn Herr in Rechnung zu ziehen, galt ihr unruhiger Blick nicht etwa den Bequemlichkeiten der neuen Wohnung, sondern nur dem besten Platz für ihr hellblaues Küchenbüfett, denn daß sie einziehen würde, wie immer auch die Zimmer im einzelnen beschaffen waren, stand für sie schon vor der Besichtigung fest. Für Herrn Herr mochte die Wohnung gern zu niedrig sein. Gewiß, er war ein klapperdürrer Mann, der seinen Spitzbauch wie ein umgeschnalltes, gar nicht zum Körper gehörendes Kissen vor sich hertrug, und mußte, weil er fast doppelt so lang wie die Scharnhorst war, unter den Türen des Hauses den Kopf einziehen. Das galt auch für Kurt Scharnhorst, der ebenso hochgewachsen wie Herr Herr, dazu aber mit bedeutenden Mengen weißen Fleisches bepackt war. Vielleicht paßte auch er nicht in die Wohnung seiner Mutter, aber das schmälerte nicht die Wahrheit, daß die Kellerräume des Hasschen Hauses den lang verheißenen, nie aus den Augen verlorenen, zäh erkämpften Besitz der Scharnhorst darstellten.

Im übrigen war die Zwergin an den Umgang im wörtlichen Sinne, also an das Umgehen, das Hin- und Herschieben und Verstauen raumverdrängender Gegenstände gewöhnt, man denke nur an die große Puppe und das nicht minder sperrige Küchenbüfett, das sie in ihrer letzten Wohnung ohne weiteres wie eine Theke frei ins Zimmer ragen ließ, weil es keinen Platz an der Wand gegeben hatte. Der Sohn mußte eben zurechtkommen, und er kam auch zurecht. Wenn er das Zimmer betrat, sah er zu, daß er sich schnell zum nächsten Stuhl durchzwängte, ohne etwas umzuwerfen. Dann saß er und rührte sich nicht mehr von der Stelle. So ließ es sich aushalten.

Und nun geschah etwas Unerwartetes. Die Scharnhorst hatte geglaubt, durch die Berührung mit dem ihr bestimmten Erdenfleck erst eigentlich in den Vollbesitz der eigenen Kräfte zu geraten, und erlebte, kaum daß sie eingezogen war, statt dessen eine gefährliche Verwirrung und Trübung ihres Lebensgefühls. Die Stätten ihres Wirkens, die Schubertstraße, die Mendelssohnstraße und die Corneliusstraße verwirklichten in beispielhafter Weise ihr Weltbild. Nach vorn ragten die Sandsteinfassaden mit Erkern, Balkons, Türmchen und hohen Toren. Die Fenster führten in schwarze nichtssagende Tiefen oder waren mit weißem Mull verschleiert, und in den Vorgärten entfaltete der Frühling eine Blütenpracht und Düfte, die von dem gehobenen Lebensanspruch hinter diesen Büschen und Mauern ein beredtes Zeugnis ablegten. So erschien es dem Außenstehenden, der arglos durch die Straßen des Westends schweifte. Zum oberflächlichen Völkchen der Flaneure zählte nun aber die Scharnhorst gerade nicht. Ihr krummer Daumen knackte die Schlösser der Gartentore und eröffnete damit die Welt hinter den Kulissen. In den Höfen bekam die undurchdringliche Diskretion der Vorderfassaden nämlich Risse. Die Glaskästen der Wintergärten schlugen in unverständlicher Sorglosigkeit riesige Breschen in die sonst festungsartig verwahrten Häuser. Dabei hätte man gerade nach den Höfen zu Schranken gegen die Allgegenwart der Neugier errichten müssen, denn der flüchtig vorbeieilende Passant vermochte ohnehin nicht, die verborgenen Zeichen zu lesen, die einem geduldigen täglichen Beobachter im Hinterhof Nahrung für ganze Dossiers boten.

Die Scharnhorst wußte zum Beispiel »alles«, wie sie sich ausdrückte, über die schwerfällige Haushälterin, der Alfred einmal in der Woche beim Wäscheaufhängen zusah, ohne jemals ihren Namen zu erfahren. Ein solches »Alles« konnte nur Furchtbares bedeuten und hätte die Dicke ans Messer geliefert, wenn die Scharnhorst aus Mißtrauen gegen den Staat nicht immer auf eine polizeiliche Denunziation verzichtet hätte. Sie wußte sich aber mit einem höheren Richter im Bunde, der, so hoffte sie, niemals Pardon gab. Wenn es nun stimmte, daß die dicke Frau gemeinsam mit ihrem Dienstherrn, einem pensionierten Versicherungsagenten, dessen Ehefrau getötet hatte, weil die Scharnhorst von dem Verschlag mit den Gartengeräten aus beobachten konnte, wie sie lange Zeit täglich ihre dicken Brillengläser an ein braunes Fläschchen hielt und abgezählte Tropfen auf ein Zuckerstückchen träufelte, und daß sie nach geglücktem Mord den Versicherungsagenten, dessen Unterhosen sie so betulich verbarg, dennoch nicht hatte zur Ehe zwingen können, und als Haushälterin schließlich bei ihm ausharren mußte, weil das Verbrechen sie aneinandergeschmiedet hatte, so war der Scharnhorst tatsächlich eine unerhörte Macht über diese und andere Menschen gegeben, denen sie noch weit Übleres nachsagte. Sie war die Kennerin des »Lebens hinter den Kulissen«, ein Ausdruck, der den Schlüssel zu ihrer Lebensphilosophie bildete, obwohl sie nie ins Theater gegangen war und »die Kulisse« wahrscheinlich für eine bedrohliche Vorform der »schwedischen Gardine« hielt, ein weiterer Lieblingsausdruck von ihr, den sie hinwiederum gebrauchte, wenn sie zugleich mit der Handkante einen Strich über ihren Hals zog und eigentlich wohl »Kopf ab« sagen wollte.

Das überwältigend Neue in ihrer Lage nach dem Umzug bestand nun in der Erfahrung, daß sie plötzlich selbst »hinter den Kulissen« lebte, in Richtung auf die rückwärtigen Gärten und Höfe nämlich, und nicht mehr über jenen Vorteil der unvermutet Eindringenden verfügte, der auch dem Kalifen Harun Al Raschid die Gabe der Unsichtbarkeit verliehen hatte. Darüberhinaus erkannte die Scharnhorst aber sehr bald auch das moralische Handicap der neuen Adresse. Sie saß ja nun mitten in diesem brodelnden Topf aus Verschwörung und Unzucht, der für den Ahnungslosen hinter Wogen grünen Kastanienlaubes verschwand. Für die Scharnhorst war es völlig klar, daß das Verbrechen von der Gegend selbst hervorgebracht wurde. Altheidnische Vorstellungen von einem Ortsgenius wären ihr genau wie Herrn Herr durchaus plausibel zu machen gewesen, von einem wohlgenährten Vorgartendämon im Fall der Schubertstraße, der wie eine blasse Kröte zwischen den Hortensien saß. Weil sie keines der Häuser, die sie so lange schon kannte, jemals betreten hatte, wußte sie nicht, daß die Hausgottheit dieser Straßenzüge bis nach dem Krieg noch der Merkur von Giambologna gewesen war. Ganz plötzlich verschwand er dann aus allen Häusern und verweilte nur noch bei den Tanten Labonté, wo er aus einem großgerippten Philodendronblatt, das ihn ganz umwachsen hatte, anmutig seinen Zeigefinger herausstreckte.

Aber ob es nun der zierliche Bronzejüngling oder ein fetter, pumpender Inkubus war, der Geist dieses Viertels hatte die Scharnhorst nun in seiner Gewalt. Diese Frau, die bisher jedes Joch abgeworfen hatte und keine Herrschaft über sich anerkannte, ächzte nun unter einem unsichtbaren Druck. Jeden Tag, den sie in ihrem Kinderbett erwachte, fühlte sie sich ein wenig schuldiger. Sie hätte das nicht in Worte fassen können, aber es zehrte an ihrer Kraft. Ihr berühmter Haß verlor sein stahlfedernes Korsett. Ihr Kopf versank beinahe im Buckel. Sie bekam auf einmal etwas Kindisches. Die Anklagen, die sie nach wie vor gegen jedermann erhob, stachen nun nicht mehr wie Spieße nach ihrem Opfer, sondern klangen nach jammernden Rechtfertigungen.In der smaragdenen Dämmerung, die über den fein geschnittenen Rasen in das niedrige Zimmer drang, wanderte die Scharnhorst zielbewußt wie eine Ameise auf gewundenen Wegen um ihren gewaltigen, sitzenden Sohn herum, um ihm eine Bierflasche zu bringen, und murmelte dabei, indem sie über Herrn Herr sprach: »Der ist bezahlt, bestochen, der steckt mit allen unter einer Decke«, aber es war etwas Halbes, etwas Unentschlossenes in ihrer Stimme, das ihren Sohn aufhorchen ließ. Eine Wolke wanderte über sein weites Gesicht. Es war, als verfinstere sich die Steppe. Später sprach auch er ein paar Worte, die von tiefer Beunruhigung geprägt waren, und die, obwohl sie mit halber Stimme gesprochen wurden, im Eßzimmer der Familie Has grollten wie eine fern niedergehende Lawine. Dorothée gab gerade ein Abendessen, sie hatte Szépregyi zu Tisch, und sie waren dabei, ein schneeweißes Fischsoufflé von fast nach nichts schmeckender Zartheit zu versuchen, als plötzlich ganz deutlich das Wort »Nee!« nach oben drang. Dorothée verzog keine Miene. Sie hatte sich entschieden, die Geräusche aus dem Souterrain nicht mehr wahrzunehmen.

Was wußte sie auch von Kurt Scharnhorst! Sie hatte seine Stimme gehört, aber sie hätte ihn nicht einmal beschreiben können. Das war auch nicht weiter erstaunlich und gewiß kein Beweis für menschenverachtende Herzenskälte, denn Kurt Scharnhorst war in seiner ganzen Riesenhaftigkeit tatsächlich leicht zu übersehen. Er war ein Turm und jeder Schritt, den er im Haus tat, ließ die Zimmer erzittern, aber sein Gesicht strahlte eine solche Geistesverlassenheit aus, daß man geradezu glaubte, durch den von Ohren, Kinn und farblosem Haaransatz gebildeten Rahmen wie bei einer Null hindurchgucken zu können. Dabei war es nicht so, daß er kein eigenes Gehirn besaß. Sein Kopf empfing aber die sinnlichen Impulse, die den Menschen zu willentlicher oder reflexhafter Bewegung veranlassen, zunächst nicht von den eigenen Augen oder gar Ohren, die bei ihm zu Buddhaformat ausgebildet waren wie bei der Scharnhorst, hochentwickelte Tiefseeschnecken, die sich an dem ungeschlachten Erdkörper wie an einem Felsen festgesaugt hatten. Kurt Scharnhorst sah vielmehr mit den Augen seiner Mutter, er hörte mit ihren Ohren, empfand Schmerz erst wirklich, wenn sie ihm sagte, daß er sich an dem kochenden Kaffeewasser verbrüht habe, schmeckte die Suppe erst, wenn sie ihm erklärt hatte, was darin war, spürte den Alkohol erst, wenn sie ihm die siebte Bierflasche wegnahm, weil er betrunken sei, ließ sie entscheiden, ob er schwitzte oder fror, und schloß die Augen nur, wenn sie ihm gesagt hatte, daß er nun müde sei. Kurt Scharnhorst lebte auch außerhalb des zwergenhaften Leibes seiner Mutter, als sei das blutgefüllte Band, das Mutter und Kind zu einem Fleisch macht, nicht wirklich zerrissen worden. Trotzdem kamen die Signale, die von den mütterlichen Augen, den Ohren und dem stets beweglichen Mund ausgingen, nun oft langsamer in Kurt Scharnhorsts Körper an als damals im Mutterleib. Man sah ihn angestrengt nach innen horchen, mit der verwirrten Miene eines Menschen, dem auf der Zunge liegt, was er sagen will, und der das richtige Wort doch nicht zu fassen bekommt. Seine Langsamkeit war ein Stutzen. War die mütterliche Botschaft erst in ihn eingedrungen, so wurde sein Handeln unaufhaltsam wie eine allmählich in Schwung gekommene Lokomotive.

Nur seine Stimme war keiner Steuerung unterworfen. Sie gehörte den Elementen an wie der Sturm, wie zu Tal stürzende Felsen und das Hallen des Echos an unbewaldeten Bergwänden. Um diesen Eindruck zu erleben, mußte man sich übrigens in einer gewissen Entfernung von Kurt Scharnhorst befinden. Die Stimme des Sohnes Scharnhorst wuchs an Gewalt, je mehr Hindernisse sich zwischen Sprecher und Hörer schoben. Je näher man dem dröhnenden Erdschlund trat, desto menschlicher wurde das Organ. Kurt Scharnhorsts Stimme besaß Charakterzüge der Fata Morgana, ihrer Gewalt haftete etwas Unkörperliches an.

Das Abendessen, das von seiner Stimme untermalt worden war, fand kurz nach der Rückkehr der ganzen Familie aus der Steiermark statt. Der Herbst hatte noch nicht wirklich begonnen. Es gab sogar noch einige heiße Tage im Altweibersommer, an denen Dorothée, von fliegenden Spinnenfäden umweht, auf der Dachterrasse lag, auf der es weniger zog als sonst. Die Tage auf dem Besitz Szépregyis waren regenreich und kühl, aber nicht unerholsam gewesen. Das Rauschen bei Tag und Nacht, die schwere Nässe an den Pflanzen und die reinlichen Temperaturen verhinderten eifriges Plänemachen ebenso wie entnervende Erschöpfungszustände. Dorothée ließ sich auch an feuchten Tagen nicht davon abhalten, in Szépregyis großem, von feinem Schlamm getrübten Fischteich zu baden. Sie hoffte, daß die Lößpartikel, die ihre Schwimmbewegungen aufwirbelten, ihrer Haut guttäten, und tatsächlich wirkte sie verjüngt, als sie aus dem grünen Waldtal in die Stadt zurückkehrte, wo die Hitze die Luft über den Autodächern flimmern ließ und der Asphalt unter den Schritten nachgab.

Dorothées Haut hatte die beginnende Neigung, sich in ein zartes Leder zu verwandeln, verloren. Auch Has staunte über die Fähigkeit seiner Frau, diesen wohl unaufhaltsamen Prozeß noch einmal zu vertagen. Im übrigen war Dorothée am Ende ihrer Kraft. Sie hatte erhalten, was sie im Geheimen ersehnt hatte, und mußte sich jetzt eingestehen, daß sie unter der Erfüllung ihrer Wünsche beinahe begraben worden war. Im Grunde hätte sie mit sich zufrieden sein müssen: Has saß mit ihr in der Steiermark. Seit Jahren wich er einem Alleinsein mit ihr für viele Wochen nicht aus, denn obwohl Szépregyi anwesend war und auch Lilly schließlich mitreisen mußte, gab es doch täglich Stunden, in denen Szépregyi mit seinem Förster zur Jagd verschwand und dann mit der wortkargen Wichtigtuerei des Sonntagsjägers den ganzen Abend unansprechbar blieb, oder Tage, an denen er nach Wien fuhr, wobei er Lilly manchmal mitnahm, um, wie er andeutete, seinem Freund Has die Sorge zu nehmen, Lilly könne sich auf dem Lande langweilen und Abreisepläne entwickeln. Dann saßen Eduard und Dorothée zusammen und warteten darauf, daß es Abend wurde, denn der Abend kam mit Gewißheit, während der Regen offenbar die biblischen vierzig Tage voll machen sollte. Für ein verliebtes Paar kann ein verregneter Sommer auf dem Land voll köstlicher Augenblicke sein, und schließlich sang die Nachtigall abends, wenn der Regen nachließ und der Himmel rosa wurde, auch vor dem Fenster von Eduard und Dorothée Has, vor eben diesem Fenster stieg der Regenbogen auf und mit ihm kamen die Düfte von Gras, Kräutern und Wald.

Die Natur ist gleichgültig, ob sie Beifall erhält oder nicht, und spielt ihre große verführerische Symphonie in voller Besetzung auch vor zerstreutem Publikum. Has saß nun da, er wohnte im Haus eines geschätzten und bewunderten Freundes, seine vergötterte Tochter hielt sich, ohne deutliche Anstalten zur Flucht zu unternehmen, seit Wochen in Reichweite seiner weichen runden Patschhände auf und wehrte sich nicht, wenn er ihr in die Ringellocken griff – konnte er da nicht auch ein Restchen an Zuwendung für Dorothée aufbringen? Nun, das konnte er offenbar nicht. Er schwieg tagelang. Die Redseligkeit, mit der er sich in den Wochen vor der Abreise über Etelka beklagt hatte, diese Bereitwilligkeit zu offenen Gesprächen, die für Dorothée ein derart vertrauenswürdiges Fundament neuer Gemeinsamkeit zu bilden schien, daß sie es wagte, darauf den schwankenden Turm einer Familienreise zu errichten, war vom wechselnden Mond davongetragen.

Dorothée war weiß Gott nicht um zu turteln in die Steiermark gereist. Im Grunde entsprach dies mäßig temperierte Nebeneinanderherleben ihrem Geschmack. Hätte sie sich über ihre Hoffnungen Rechenschaft abgelegt, so wäre sie auf den Gedanken gekommen, daß es unvernünftig und gefährlich war, mehr als die Rückkehr zur jahrzehntelangen Gewohnheit, die sie selbst schließlich in dieser Form durchaus mitgeprägt hatte, von ihrem Mann zu erwarten. Sie hatte nun viel Zeit, darüber nachzudenken, was sie eigentlich beabsichtigte, als sie Eduard an fester und dann auch wieder gelockerter Leine in die Steiermark führte. Szépregyi stand überraschenderweise zum gemeinsamen Philosophieren nicht zur Verfügung. Er ging in der Verwaltung seines Fischteiches und der Sägemühle auf, unterhielt sich im steirischen Dialekt mit wettergegerbten Männern, die den ganzen Tag an die Tür klopften und Geschäfte besprechen wollten, und saß mit dem Förster oder Lilly auf dem Hochsitz. Dorothée fand, daß Szépregyi ihr auswich. Sie warf ihm heimlich vor, daß er sie im Stich gelassen habe. Ohne seine seelische Unterstützung hätte sie, so dachte sie jetzt, den Plan einer neuen Annäherung an Eduard Has nie gefaßt.Dann aber klagte sie sich an, ungerecht zu sein. Von Anfang an war klar, daß die Gespräche, die sie zu Hause mit Szépregyi geführt hatte, zu dritt nicht fortgesetzt werden konnten. Sie begann Mitgefühl für ihn zu empfinden, der er sich die peinliche Rolle des dritten Rades am Ehekarren aufgebürdet hatte. Schließlich mußten sie irgendwann allein zurechtkommen. Wenn Szépregyi mit der erwähnten verschlossenen Miene von der Jagd zurückkam und seine blutbefleckten Hände mit der Nagelbürste reinigte, schien er ihr andeuten zu wollen, daß sein Leben nur zum Teil aus liebevollem Zuhören und Verständnis bestehe. Den wesentlichen Teil durfte sie nun kennenlernen. Er unterzog sich diesen düsteren Pflichten mit jener schweigsamen Männlichkeit, die sich von der verwöhnten Haltungsschwäche ihres Mannes so wohltuend absetzte. Dorothée fühlte sich dann geradezu schuldig, daß sie diesen läppischen, verwaschenen Fall, ihre Ehemisere, vor den

Richterstuhl eines dem ernsthaften Leben zugewandten Mannes gezerrt hatte.

Ein andermal drängte die innere Unruhe ihre Selbstanklagen wieder zurück. Sie war sonst die erste, die in allen Lebenslagen für die Segnungen der Diskretion plädierte. In diesem steirischen Sommer aber hatte sie gelegentlich den Eindruck, man könne der Diskretion auch zu viel tun. Sie entdeckte auf einmal, daß das Schweigen eine unheimliche, zauberische Macht besaß. Nicht jedes Schweigen selbstverständlich: Es gab ein stumpfes und zerstreutes Einfach-das Maul-nicht-Aufmachen, dem der Rang des eigentlichen Schweigens nicht zukam. Bei den unergiebigen, teils flachen und teils erzwungenen Unterhaltungen der vier Menschen, die diesen Sommer gemeinsam verbrachten, blieb jedoch ein einziger Gegenstand von allen mit unerbittlicher Wachsamkeit unbesprochen. Niemand, weder Has, noch Szépregyi oder Dorothée und schon gar nicht die sorgsam vor solch trüben Verhältnissen geschützte Lilly, sagte in diesen Wochen ein einziges Wort über Etelka Kalkofen. Dorothée hatte eigentlich auch gar nicht vorgehabt, dies Thema, das die Gespräche mit Has vor der Abreise regiert hatte, an den stillen Abenden in der Steiermark wieder hervorzuholen. Sie fühlte, daß es klug war, nicht in der Wunde zu stochern und ahnte auch, daß ein guter Teil ihrer neuen Anziehung auf Has in der Gewißheit eines ruhigen und schonungsvollen Schutzes liegen werde. Er sollte sicher sein, daß ihn bei ihr nicht allabendlich quälende Debatten über die eigentliche Natur ihrer Beziehung erwarteten. Mit dieser Rücksichtnahme verband sie allerdings die Hoffnung, daß ein Aussparen Etelkas einen Vorgang befördern werde, den die Leute als »Totschweigen« bezeichneten. Etelka würde, sollte die Lehre vom Totschweigen denn irgendwelche Realität besitzen, durch ausdauerndes Nichterwähnen in der Vorstellung aller Beteiligten allmählich verblassen. Dorothée sah sich in ihren Hoffnungen bestätigt, als sie bemerkte, daß beide Männer die gleiche Absicht verfolgten und das Aussprechen des Namens Etelka beständig vermieden. Nach einigen Wochen kam ihr indessen der Verdacht, daß nicht nur das Totschweigen Methode habe, sondern daß es auch ein sehr wirkungsvolles Lebendigschweigen gebe. Es kam ihr vor, als erzeugten die geschlossenen Münder und die abweisenden Mienen ein elektrisches Kraftfeld, das kurz davor stand,

Funken zu sprühen. Ein großes Haupt erhob sich vor ihrem inneren Augen aus dem Dunkel und öffnete ein leeres Augenpaar. Etelka hatte sich für sie in ein Wesen von den Ausmaßen der Juno Ludovisi verwandelt. Dorothée war dabei, ihre Feindin zu vergrößern, ohne Zweifel ein Fortschritt gegenüber der Zeit, in der sie Etelka einfach verachtet hatte, aber nicht die beste Voraussetzung, um mit der Blonden in einen chancenreichen Kampf zu treten.

Die Anstrengung der langen Theaterspielerei und der scheinbar gelassenen Nichtbeachtung entlud sich nun in einen panischen Zustand, der ihre verwirrten Instinkte verstummen ließ. Nachdem sie in großer Ruhe das Kunststück vollbracht hatte, Eduard in die Steiermark zu entführen, ließen ihre Nerven sie im Stich. Sie sah nur noch Etelka und verzweifelte im Verborgenen, weil sie glaubte, aus der Ferne noch weniger Einfluß auf sie zu haben als in Frankfurt.

In ihrer Befangenheit bemerkte sie nicht, daß Etelka während des gesamten Aufenthalts auf Szépregyis Besitz Has fast völlig aus dem Kopf geraten war. Die Art, mit der er sich in Frankfurt von ihr losgerissen hatte, war nicht frei von Gewaltsamkeit gewesen. Als Etelka sich schließlich in ihren Klagen keinerlei Hemmungen mehr auferlegte und in ein Lamentieren ohne Ende ausbrach, das ihre gemeinsamen Stunden vergiftete, verloren diese Vorhaltungen zugleich an Kraft. Sie glichen nun nicht mehr dem Wildwasserstrahl, der durch die Turbinen gejagt wird, sondern einem breiten, flachen, langsam fließenden Strom ohne Uferbefestigung, um ein wässriges Bild zu wählen, denn Wasser floß reichlich in der Zeit vor der Abreise in die Steiermark, und Has weigerte sich mehr als einmal, das Taschentuch aus seiner Brusttasche, mit dem er Etelka ausgeholfen hatte, wieder zurückzuempfangen, so durchweicht war es. Etelka unternahm zum erstenmal ernsthaft den Versuch, etwas durchzusetzen, und merkte nun, daß sie die falschen Mittel gewählt hatte. Sein Verhalten ihr gegenüber war eher von übler Laune als von Wut oder Haß geprägt, denn ihre Hemmungslosigkeit brachte zunächst einmal mit sich, daß auch er die Haltung verlor und sich gehen ließ. Er staunte, wie leicht ihm die Abreise gefallen war und fühlte noch, wie ihm beim Abschiedsbesuch in der Schubertstraße bei jedem Schritt die Treppe hinunter eine Zentnerlast von der Seele sank. In dieser Befreiung lag ja keinen Augenblick lang die Absicht, Etelka nun ein für allemal zu verlassen, ganz im Gegenteil. Er konnte sich ein Leben ohne sie auf die Dauer gar nicht vorstellen. Das »Verhältnis«, wie es in bürgerlichen Kreisen hieß, blühte. Eben gerade darum war er jetzt auch so zufrieden. In der ganzen Zeit mit Etelka war es noch zu keiner einzigen ernsthaften Kraftprobe gekommen. Und nun war der Kampf da, er war fest geblieben und sie hatte verhältnismäßig früh die Waffen strecken müssen.

Man darf nicht erwarten, daß eine solche Niederlage beim Sieger besondere Großmut hervorrief. Sein Blick schweifte vielmehr bereits, während er die gebohnerten Treppenstufen in Etelkas Haus hinunterstieg, ins Weite. Er sah ein ganz neues Panorama seines künftigen Daseins vor sich und faßte schon auf dem »Salve«-Mosaik des Entrées den Entschluß, sich bald eine weitere Geliebte anzuschaffen, eine jüngere versteht sich, und sie für seine Bedürfnisse zu erziehen. Einige Jahre älter als Lilly sollte diese Geliebte dann aber doch sein, denn Lilly war mit ihren achtzehn Jahren, er dachte es voll Rührung und wurde bei dem Gedanken auch gleich ein wenig weniger wölfisch, zwar schon ein sehr weibliches Wesen, auf der anderen Seite aber doch noch voller Unschuld und Verspieltheit, ohne Anstalten zu machen, diese Züge abzulegen. Lilly spielte tatsächlich noch mit Puppen! Die Puppe, an die Has da dachte, war eigentlich eine reichlich teure Antiquität mit raffaelitischem Porzellankopf, dickem, echtem, aschblondem Haar und einem Kleid, das wie ein fürstliches Taufgewand üppig mit vergilbter Spitze bedeckt war, ein Prunkstück aus den Kindertagen der Olenschläger und auch damals schon geerbt und in strengerem Sinne nie ein Spielzeug. Aber Lilly hatte neulich allen Ernstes darauf bestanden, daß Has sich bei der Puppe entschuldigte, als er sie wie einen störenden Gegenstand aus seinem Sessel gehoben hatte, weil er sich setzen wollte. Anfangs versuchte er, ihren Befehl als Spaß zu behandeln, aber die Handhabung der Ironie lag ihm nicht gegenüber den Frauen seiner Familie, es kam immer eine zu schrille Note in die Bemerkungen, und dann war sehr schnell ein großer Krach da. Lilly bekam einen gefährlichen Wutanfall. Sie zitterte am ganzen Körper. Das Weinen machte sie niemals häßlich. Ihre Tränen flossen wie frische kleine Quellen. Umso erbärmlicher kam sich Has vor, der die Schuld an solchem Kummer trug. Die Puppe erhielt ihren Versöhnungstribut in Gestalt einer großen Bonbonniere aus der Innenstadt, die mit weißen Seidenschleifen wie ein Kindersarg geschmückt war. Er hatte sie eigentlich für Etelka gekauft, und so enthielt sie denn hauptsächlich Ingwerstangen, weil Etelka das Pikante liebte. Lilly betrachtete die Satisfaktionsleistung mit der finsteren Miene des Sekundanten, der dem Beleidiger nicht eine einzige Bedingung der zugesicherten Demütigungen zu ersparen gedenkt, und Has war beim Anblick ihres geröteten, zornigen Gesichts derart entzückt, daß er seufzen mußte. So erzog er seine Tochter, und er war mit dem Ergebnis offenbar zufrieden, wenn er nun daran dachte, diese Erziehungskunst an einer jungen Mätresse zu versuchen.

Sein hartnäckiges Schweigen bezog sich also nur zu einem geringen Teil auf Dorothée. Sie hatte ihre alte Rolle, die einstmals ganz organisch aus ihrer Natur hervorgegangen war, allzu vollendet durchgehalten, als daß er noch hätte glauben können, ihr sei an seiner Unterhaltung viel gelegen. Wer sie von früher her kannte, hätte in der Tat keine Veränderung ihres Verhaltens feststellen können. Sie bewegte sich lautlos und mit jener Selbstzufriedenheit, mit der die Katzen die Funktionen ihrer erstaunlichen Körper genießen, und wenn sie nun auch seltener das ihr eigentümliche Lächeln, diesen Ausdruck eines grundsätzlichen Vorbehalts gegen alles und jeden, sehen ließ, so hatte die leichte Geistesabwesenheit, die an seine Stelle getreten war, doch nichts Beunruhigendes, eine Neigung zur Tagträumerei, die sie wie ihre Moorbäder im Nieselregen eher verjüngte. Has empfand, wenn er sie betrachtete, tiefen Seelenfrieden. Er mußte zugeben, daß ihn die letzten Jahre mit Etelka und Dorothée belastet hatten, weil allzu viel offen geblieben war. Nun hatte er sich als würdiges Haupt seines Harems bewiesen. Dorothée blieb ein für allemal seine Frau, mit allen Rechten einer Ehefrau, und Etelka hatte diese Lage zu akzeptieren und sich mit dem zweiten Platz zufrieden zu geben, wo es ihr, wie er sich guten Gewissens sagen konnte, weiß Gott an nichts fehlte. Er wollte ihr sogar in diesem Sinne schreiben, aber er schob den Brief immer wieder hinaus, denn er war für ein paar Seiten nie lang genug allein, und er erklärte vor sich selbst, es sei unwürdig, Dorothée zu verheimlichen, daß er an Etelka schreibe. Has entwickelte auf einmal viel Delikatesse.

Es gab aber auch Augenblicke, in denen er sich um Etelka Sorgen machte. Er erinnerte sich, daß es während der langen Heulereien

Augenblicke gegeben hatte, an die er nur sehr ungern zurückdachte. Sie hatte manchmal ausgesehen, als wachse ein wirklicher Haß in ihr. Er hielt es plötzlich für möglich, daß sein Einfluß auf sie schon längst im Schwinden begriffen war. Etelka schien verdutzt über diese Regungen, die ihr wohl gleichfalls neu vorkamen, denn sie hielt dann eine Weile im Schluchzen inne und starrte vor sich hin, als erwäge sie schaudernd die Abgründe, die sich da unvermutet auftaten. Zum Glück war er ein Meister im Wegschieben des Unerfreulichen. In den Rumpelkammern seines Gedächtnisses dämmerten weit wichtigere Dinge vor sich hin als die schwebenden Zweifel, die Etelkas Pausen zwischen zwei Schluchzern in ihm geweckt hatten.

Dorothée hatte in den Gesprächen vor der Abreise ein goldenes Wort gefunden, das Has augenblicklich tief einleuchtete: Etelka sei mit ihm ziemlich sicher am Ende der Reihe ihrer Liebhaber angelangt, sie werde nach ihm keinen mehr finden, ein Gedankengang, der ihn über die Sicherheit seines Schatzes nachhaltig tröstete. Wie schön, etwas zu besitzen, das außer ihm niemand besitzen wollte! So hätte er sich natürlich nicht ausgedrückt. Ihm kam es überhaupt nicht darauf an, jeden Gedanken bis zum Ende aller Konsequenzen durchzuspielen. Er wollte nur, daß keine Dinge geschahen, die seinen Absichten zuwiderliefen. Und gegenwärtig sah es so aus, als habe er die Entwicklung fest in der Hand. Dorothée langweilte ihn ein bißchen, aber sie benahm sich vorbildlich. Etelka hatte hinwiederum jetzt einmal sechs Wochen Zeit, darüber nachzudenken, was er ihr hatte zeigen wollen – eine Harke nämlich, dachte Has, ich habe ihr gezeigt, was eine Harke ist. Zu gärtnerischen Vergleichen griff er also, wenn er an seine ferne Geliebte dachte. Sie war sein Garten, sein Westend-Schubertstraßen-Hinterhof-Garten. Dorothée war dementsprechend der Vorgarten mit altem kostbarem Magnolien- und Fliedergehölz, schön anzusehen, gewiß, aber hinten wurde gepflanzt und gejätet, beschnitten und gestutzt, geerntet und eingemacht. Eine friedliche Welt, beschaulich und sinnvoll. Has hielt sich gern in solchen Gedanken auf und genoß es, daß ihn in der Steiermark niemand daran hinderte, viele Stunden der köstlichen Ordnung nachzusinnen, die er seinem Leben verliehen hatte.

Nur eine Trübung erfuhr dieses Glück, allerdings eine empfindliche. Wenn Has seine neue Freiheit so recht deutlich vor sich sah, dann erschien sie ihm wie ein leerer Saal, der danach verlangte, nun auch irgendwie bevölkert zu werden. Bis zum Eintreffen der geplanten weiteren Mätresse wollte er nicht einsam bleiben, und Einsamkeit eben hieß die Empfindung, die ihn nun gelegentlich anwandelte.

Es ist nicht ungewöhnlich, sich in Gesellschaft, auch unter nahen Freunden, manchmal einsam zu fühlen. Der einzige Spiegel, in dem man sich betrachten möchte, weil man nur in ihm sich wiedererkennt, ist nicht immer zur Stelle. Die Quellen rauschen, aber man fürchtet zu verdursten. Die Seele ist anspruchsvoll geworden. Sie will nicht nur genährt werden, es soll auch schmecken. Niemand kann wissen, welche Hoffnungen Eduard Has an die Vorstellung knüpfte, sechs Wochen in Gegenwart seiner Tochter Lilly zu verbringen, aber daß er sich in ihnen getäuscht sehen mußte, war offensichtlich. In Frankfurt bestanden eine Reihe von Ritualen, die den Vater mit der Tochter verbanden, ein spannungsvoller Rhythmus von Abstoßung und Anziehung. Hörte man Lilly vor Dritten, etwa vor Alfred, über ihren Vater reden, so mußte man den Eindruck gewinnen, daß sie ihn für den bedeutendsten Geschäftsmann, den gebildetsten Sammler und die größte Autorität in moralischen und ästhetischen Fragen hielt. Lucrezia Borgia hätte über den Heiligen Vater nicht achtungsvoller sprechen können. Alfred fühlte stets eine Flut von Ablehnung gegen Dr. Has in sich aufsteigen, wenn Lilly von »Papi«, stets unter Fortlassung des Artikels, erzählte. Bei Tante Mi und Tante Tildchen war immer von »dem Alfred, der Tante Mi und der Tante Tildchen« und sogar von »deinem lieben Vater, der in den Main gefallen ist«, die Rede. Und obwohl die beiden Tanten längst nicht mehr den verbindlichen Maßstab für Anstand und Sitte darstellten, war Alfred doch klar, daß dies Artikelweglassen in der Umgangssprache eine unerträgliche Ziererei enthielt. Allein aus diesem weggelassenen Artikel entnahm er, daß etwas in dem Verhältnis von Lilly zu ihrem Vater nicht in Ordnung sein konnte. Und sein Verdacht lag nicht so fern von der Wirklichkeit. Es war schon seltsam, wie Lilly mit ihrem Vater umging. In seiner Abwesenheit hielt sie ihn wie ein teures Kunstwerk hoch, er selbst aber konnte ihr nur unter äußerstem Aufwand ein liebenswürdiges Wort abhandeln. Alles war Tauschgeschäft zwischen ihnen. Küsse kosteten Pralinen, Auf-dem-Schoß-Sitzen erwirkte eine weitere Stunde vor dem Fernseher, und Auf-dem-Rücken-Kraulen war mit dem Versprechen verbunden, sich dafür drei Tag lang jeder Zärtlichkeit zu enthalten.

Man ahnt, wie Dorothée über solche Verhandlungen, wenn sie zufällig Zeuge wurde, dachte, und sie versuchte, ihren Widerwillen durch Schweigen zu ersticken. Has litt, wenn er ihre betonte Gleichgültigkeit bemerkte. Er senkte dann die Stimme und bemühte sich, schnell das Thema zu wechseln. Und so kratzbürstig Lilly auch vorher gewesen sein mochte, sie ging fast immer auf seine Tarn- und Ablenkungsmanöver ein und warnte ihn sogar, wenn sie den Schatten ihrer Mutter durch die Glastür der Bibliothek fallen sah. Auch darauf konnte er sich zwar bei ihr nicht verlassen, aber auch wenn Lilly sich einmal taub stellte und diesem Zusammenspiel verweigerte, war er überzeugt, gerade in einer solchen Abweichung von der Gewohnheit die Bestätigung eines geheimen Paktes zu erblicken.

Was Lillys Freizügigkeit anging, ihre Möglichkeit, sich wann und sooft sie es wollte, von zu Hause zu entfernen, so wurde dieses Abkommen mit »Papi«, wie Has als vertragsschließende Partei hier wohl zu bezeichnen ist, vollends als eine Ordnung des Gebens und Nehmens sichtbar. Die Paragraphen dieser Vereinbarung lauteten erstens, daß sie unternehmen könne, was sie wolle, ohne darüber Erklärungen abzugeben, und zweitens, daß er sie mit dem Auto zu ihren Verabredungen hinbringen und abholen dürfe, wann immer er dazu Lust verspürte. Lilly fuhr also irgendwo mit dem großen roten Auto vor, küßte ihren Vater vor den Augen ihrer Freunde mit der Folgsamkeit der jeune fille de bonne famille, die der Zärtlichkeit eine sanft religiöse Note mitzugeben weiß, und wurde tief in der Nacht auch wieder abgeholt, ein Aufwand, der ihr den Ruf altmodischer Behütetheit eintrug, ohne ihren Bewegungsdrang im mindesten zu dämpfen. Has opferte viel, um Lilly zu ihren Verabredungen zu bringen. Er ließ Etelka warten oder unterbrach sogar ein nächtliches Zusammensein, und die Bewunderung, die ein derart besorgter Vater fordern durfte, verhinderte, daß Etelka ihm Vorwürfe machte. »Ich wünschte, ich wäre auch so beschützt gewesen«, sagte sie allenfalls mit dunkler Stimme, als spreche sie aus dem schwarzen Faß der Vergangenheit heraus. Auch Dorothée legte seiner patriarchalischen Fürsorge keinen Stein in den Weg, wenngleich sie gelegentlich, wenn Has hastig einen Bissen herunterschlang, während Lilly bereits im Mantel wartete, die Frage stellte, ob diese Hetze denn wirklich sein müsse. »Hältst du es etwa für eine Lösung, daß das Kind allein ausgeht?« fragte Has mit etwas übertriebenem Erziehungsidealismus in der Stimme, worauf Dorothée ruhig die Antwort gab: »Die Lösung ist, daß Lilly überhaupt nicht ausgeht.« Dann staunte Has stets aufs neue. Lilly schien ihrer Mutter solche Vorschläge überhaupt nicht übelzunehmen, sie verzog nicht einmal ihr Gesicht zu einem stummen Protest. Was er sich zu erkämpfen versuchte, besaß Dorothée ohne Anstrengung – das absichtslose, natürliche Einssein mit Lilly.

Wie jede wirkliche Verfallenheit wuchs die Liebe des Vaters zu seiner Tochter von Tag zu Tag. Wenn er in seiner Eifersucht glaubte, sie sei ihm nun für immer entglitten, dann wandte sie sich ihm immer unverhofft wieder zu. Trotzdem empfand Has diese gemeinsame Zeit in der Steiermark als Quälerei. Im Beisein von Dorothée und Szépregyi betrug sich Lilly wie sonst in der Öffentlichkeit als wohlerzogene Tochter von der Art einer Romanheldin der Comtesse de Ségur. Lilly handhabte diesen Stil auf eine leichte und unangestrengte Weise, die jeden Vater hätte entzücken müssen, wenn Has sich nicht darüber klar geworden wäre, daß nicht ihm diese angenehmen Formen galten, sondern daß Lilly sich selbst so besser gefiel. Im übrigen war sie ja meistens fort, Lilly saß so gut wie nie im Haus. Szépregyi war jetzt plötzlich wieder der Gott, so drückte sich Has in seiner Bitterkeit aus. Das Üble war, daß er sich bei seinem Gastgeber für die Zeit, die der Mann mit Lilly verbrachte, auch noch bedanken mußte, denn es war keineswegs so, daß Szépregyi um Lillys Gesellschaft gebeten hätte. Er schien sie im Gegenteil als Last zu empfinden, denn er versicherte immer wieder, daß sein Aufenthalt in der Steiermark keine Erholung für ihn sei, sondern harte Arbeit, und man ahnt, wie vorwurfsvoll sich der Ausdruck »harte Arbeit« in seinem Munde ausnahm.

In Wien wartete das Architekturbüro, dessen Interessen Szépregyi auch im Wald niemals aus dem Auge verlor. Er bemerkte gelegentlich, daß ihm auf dem Hochsitz die besten Einfälle kämen, und obwohl dieser Satz von jedem schreibenden Jäger schon einmal zu Papier gebracht worden ist, klang er aus seinem Mund so überzeugend, daß Has drauf und dran war, Lilly zu bitten, die Büchsenlichtmeditationen des Freundes Cari durch ihre Anwesenheit keinesfalls zu stören. Etwas Ruheloses ging von Szépregyi aus, jetzt, da man sich endlich einmal in seinem ureigenen Bezirk befand. Die verströmende Zuwendung, die Cari Szépregyi beim Kaminfeuer in der Mendelssohnstraße seinen Hörern schenkte, war verschwunden. In der Steiermark war er ganz Tatmensch. Wenn er von der Sägemühle oder dem Forellenteich zurückkam, wirkte er erschöpft. Das Glas Milch, das ihm seine Köchin dann wortlos reichte, hatte etwas von einem herzstärkenden Arkanum und stand nicht mehr für Nüchternheit und Weltweisheit. Es leuchtete Has mehr und mehr ein, daß es eigentlich ein Unding war, auf Szépregyis Besitz und in seiner Anwesenheit Ferien zu machen. Er begann, sich fehl am Platze zu fühlen.

Anders erging es Lilly. Wenn er geglaubt hatte, auf einem steirischen Waldgut, das nur auf Feldwegen zu erreichen war, sei ihrem Unternehmungsdrang eine natürliche Grenze gesetzt, dann hatte er sich getäuscht. Sie entdeckte die Jagd, und Has wurde fast übel bei dem Gedanken an einen dünnbeinigen, schwankenden Hochsitz genau am Rand einer tiefen Schlucht, den sie unvermeidlich besteigen mußte, und wohin er ihr auf keinen Fall folgen konnte, denn er war nicht schwindelfrei und vermied es selbst in Frankfurt, sich von der Dachterrasse herunterzubeugen und Herrn Herr unten im Hof zuzuwinken. Sein Schwindelgefühl nährte sich in nahezu mystischer Weise schon allein aus der Vorstellung. Im tiefen Ledersessel befiel ihn das wohlvertraute Angstgefühl, wenn der Wind ums Haus pfiff und er sich ausmalte, wie der Hochsitz mit Lilly nun wackelte, und er hörte Szépregyi gar nicht gern erwähnen, Lilly sei zur Jagd hochbegabt, er empfehle, sie die Jägerprüfung ablegen zu lassen.

Besonders empfindlich traf ihn das stille Einverständnis zwischen Lilly und Szépregyi. Lilly spielte auf einmal nicht mehr das verwöhnte, launische Geschöpf, sie wirkte nun natürlich, eher etwas herb und sie schminkte sich auch nicht, selbst wenn sie Szépregyi nach Wien begleitete. Selbstquälerisch mußte Has sich eingestehen, daß sein Freund Szépregyi für sehr junge Mädchen die anziehendere Leitfigur war als er, der gedankenschwere, im Sessel sitzende Bürgersproß, während Szépregyi, so erkannte er jetzt mit überraschender Hellsicht, doch etwas für sein Alter eher peinlich Pfadfinderhaftes besaß. Szépregyi war ein Bastler, dachte Has und stellte sich die mageren, gebräunten Hände des Architekten vor, die, wie er fand, für einen Herrn allzu geschickt mit allem möglichen Handwerkszeug zu hantieren verstanden. Junge Leute müssen allerdings ihre Irrwege gehen, bis sie die Maßstäbe der Menschen, die sie voller Liebe zu leiten versuchen, schließlich als die richtigen erkennen. War Has am Ende durch das Nachdenken über die eigene Vergangenheit zu dieser Einsicht gelangt? Seine hartnäckigen, oft bösartigen Kämpfe mit der alten Olenschläger hatte er doch eigentlich vollständig vergessen. Der Klang der mütterlichen Stimme war zusammen mit den Ermahnungen, die sie ständig bereit hielt, in den Orkus hinabgefahren. Aber er sah sich noch mit trockenen Augen an dem von einem Chrysanthemenhügel bedeckten Grab auf dem Hauptfriedhof stehen und fühlte die Erleichterung und die unbehagliche Ratlosigkeit, die diesen Abschied begleitet hatten, Empfindungen, die, wenn es nur eine Gerechtigkeit auf Erden gab, in krassem Gegensatz zu jenen Tränen standen, die Lilly an seinem Grabe einst würde aufzubringen haben. Er war ein nüchterner Mann, aber er hatte viel Kunst in seinem Leben gesehen, und die zerwühlte blonde Haarpracht der Maria Magdalena unter dem Kreuz hatte sich ihm als Motiv gut eingeprägt. Er fand, daß auch vernünftige und nüchterne Menschen, wenn sie vom Schmerz völlig überwältigt wurden, durchaus entsprechende äußere Zeichen ihrer inneren Trostlosigkeit setzen durften. Lillys heftige Launen bargen also auch ein geheimes Versprechen.

Doch von diesen ergreifenden Augenblicken war man noch weit entfernt. Gegenwärtig war es sicher nicht Lilly, die litt. Sie wurde vielmehr von einem bewunderten väterlichen Freund in die Geheimnisse der Weltstadt Wien eingeweiht. Has hatte es gleich nach ihrer Ankunft nicht unterlassen, ein historisches Kolleg zu extemporieren, das sich mit der allgemeinen Überschätztheit Wiens befaßte. Er schilderte aber vielleicht doch ein wenig zu absichtsvoll, wie heruntergekommen die einstige Kaiserstadt sich heute präsentiere, welch muffige Provinzialität sich hinter den lächerlich monströsen Fassaden rege, wie peinlich bereits vor dem Ersten Weltkrieg der sogenannte Wienmythos gewesen sei, ein Dienstmädchentraum schon zu Glanzzeiten, balkanisch süß und balkanisch korrupt, ein Schmelztiegel der Balkanisierung Europas, und auch heute noch, denn die schwarzen Touristen aus den amerikanischen Südstaaten setzten sich, kaum in Wien angekommen, die gleichen Tirolerhütchen wie die einheimische Bevölkerung auf. Dorothée fürchtete in dieser Bemerkung eine Spitze gegen Cari und sagte ablenkend: »Ich finde, der Cari sieht sehr hübsch mit seinem Tirolerhut aus«, und Szépregyi antwortete sachlich: »Meiner ist kein Tirolerhut, meiner ist ein steirischer Jagdhut«, und dann folgte ein eiliger Aufbruch. Has begriff plötzlich, daß die höfliche Ungeduld, die sein Freund und Lilly während der Ausführungen über Wien kaum verbargen, nichts mit seinen Worten zu tun hatte, sondern allein der verstreichenden Zeit galt. Szépregyi wollte längst unterwegs sein.

Kaum waren sie aus dem Haus, setzte wieder ein sanfter Regen ein, dessen gleichmäßiger Fall die Kraft verriet, den ganzen Tag über anzudauern. Dorothée verließ den Salon, um sich ins Bett zu legen. Ihre Sorgfalt, im Dienste der Schönheit einen genauen Rhythmus verschiedener Arten des Ausruhens einzuhalten, verschaffte ihr täglich immer noch Inseln des Behagens. Has verfing sich indessen in Gedanken an die spielerische, leichtfertige Zeit, die er in Wien erlebt hatte, als er der ungarischen Carmen nachgereist war. Selbst das Ohrfeigengewitter, der Höhepunkt und Schlußpunkt der Affäre, hatte etwas von einem knallenden Feuerwerk im Prater gehabt. Er spürte auf einmal, daß Szépregyi in väterliche Reservate einbrach, wenn er Lilly nun durch Wien führte, obwohl das angekündigte Programm besonders trocken formuliert war. Szépregyi hatte den ganzen Tag eine Verabredung nach der anderen, hieß es, er mache sich höchstens für ein Mittagessen mit Lilly frei. Die übrige Zeit müsse sie sich allein umsehen, womöglich begleitet von seinen Nichten, etwa gleichaltrigen Mädchen, deren Fotografien in seinem Schreibzimmer standen, rehartige, italienisch aussehende Wesen mit schwerem dunklem Haar. Has, der kein junges Mädchen ansehen konnte, ohne es mit Lilly zu vergleichen, fand die Nichten hübsch, aber kühl und belanglos. Lilly würde gewiß glänzend mit ihnen zurechtkommen. Er beruhigte seine Eifersucht gern mit einem Blick auf die Schwächen der Menschen, die er liebte. Aber während ihn Etelkas schwindende Anziehungskraft auf andere Männer eher in einen friedvollen Seelenzustand versetzte, besaß die Gewißheit, daß Lilly belanglose Mädchen angenehm fand, nichts Tröstliches für ihn. Hätte er nicht eigentlich einfach kurz entschlossen mitfahren können? Nein, das hätte er nicht. Seine Aufgabe war es ja, sich mit Dorothée zu vertragen. Nur deswegen hatte Szépregyi die krisengeschüttelte Familie unter seinem Dach aufgenommen. Has mußte fürchten, sich eine schlichte Abfuhr zu holen, wenn er darum gebeten hätte, Dorothée einmal einen Tag sich selbst überlassen zu dürfen. Jetzt rächte sich, was jahrelang so bequem gewesen war. Szépregyi war als Tröster und Vermittler, als Unterhalter und Stellvertreter eine solche Autorität zugewachsen, daß Has seine Vater- und Gattenrechte nun nur noch ausgehöhlt vorfand und sich dafür auch noch bedanken mußte. Der Plan dieser Ferien enthielt kein Vergnügungsprogramm für ihn, das sah er nach kurzem ein. Er fügte sich widerspruchslos, wie er es meistens tat, aber in seinem Herzen wuchs der Groll, und auch das entsprach einem alten Muster seines Lebens.

Der Tag verging im Warten auf Lillys Rückkehr. Eine Zeitlang unterhielt sich Has damit, in den Bücherregalen seines Gastgebers zu stöbern und die unvorstellbare Beliebigkeit und Dürftigkeit dieser Bibliothek zu bestaunen. Es mochte ja sein, daß die eigentliche Büchersammlung in Wien aufbewahrt wurde, aber dies hier war doch wohl eher der Ort, um gelegentlich ein Buch aufzuschlagen, als das Jungesellenprovisorium, das sich an die Räume des Architekturbüros in Wien anschloß. Am ehrwürdigsten wirkte noch eine lederne Gesamtausgabe der Werke von Henry James, vierundzwanzig Wälzer mit Goldschnitt, wie sie amerikanische Innenarchitekten herstellen lassen, um ihre neugeorgianischen Bibliothekseinbauten aufzufüllen. Aber hatte Szépregyi wirklich jemals Sir Max Beerbohm's Erinnerungen gelesen? Oder etwa jenes zerfledderte Werk, das im Untertitel als »Heiterer Roman für Pferdefreunde« bezeichnet wurde? Selbst der Bildband über das Werk von Adolf Loos bekam im Zusammenhang mit den übrigen Büchern etwas Aufgepumptes, obwohl er doch in irgendeiner Beziehung zu Szépregyis Arbeit stehen mochte.

Während Has den beschämenden Bestand aufnahm,verfloß die Zeit und der Kaffee wurde kalt. Szépregyis Bibliothek war für ihn wie ein Pompeji. Dem Ausgräber eröffnete sich mit jedem Buch ein neuer Charakterzug seines Besitzers, und als das Mosaik frei lag, ergab sich trotz der Zufälligkeiten, die er gerechterweise einräumen wollte, ein Bild, das er nicht ohne Herablassung betrachten konnte.

Aber auch dieses Spiel fesselte Has nur bis zum Abendessen. Er spürte, wie seine Teilnahme an der Person Szépregyis deutlich nachließ. Ihn bewegte jetzt nur noch, wann Lilly zurückkam und darüber war den Büchern des abwesenden Hausherrn nichts zu entnehmen. Dorothée erschien, dem Moorsee entstiegen und matt glänzend wie eine Perle. Sie vertrug fast nichts, was die steirische Köchin von sich aus kochte, und hatte deshalb ein Diätprogramm mit ihr besprochen, das ihr tatsächlich bekam. Es war lange her, daß Dorothée sich ihrem Mann so einfach dargestellt hatte. »Jetzt fahren sie sicher gerade in Wien ab«, sagte er, während sie sich an den Tisch setzten. »Das wäre aber schade«, antwortete Dorothée arglos. Sie hoffe, Lilly könne mit den beiden Mädchen auch noch den Abend verbringen, sie habe in Frankfurt so wenig entsprechenden Umgang. Has fuhr aufgeregt in die Höhe. »Wo denkst du hin!« rief er. »Die Fahrt dauert mindestens anderthalb Stunden, Cari wird doch mit Lilly nicht etwa mitten in der Nacht hier ankommen.« Nein, dieser Tag sei jetzt erst einmal genug! Es müsse nun ein Ende mit den Ausflügen haben! Das Kind komme gewiß ohnehin völlig übermüdet nach Haus.

Er glaubte in seiner Verblendung, die Beschlüsse der beiden im fernen Wien tatsächlich beeinflussen zu können. Has vergaß ganz, daß sie seine Willensaufwallung überhaupt nicht vernommen hatten. Der Eifer mit dem er Dorothées matten Widerspruch so entschlossen niederwalzte, wurde unterbrochen, als die Köchin einen Kaiserschmarren ins Zimmer brachte. »Manchmal kommt der Herr Ingenieur früh, wenn er nach Wien gefahren ist, und manchmal kommt er spät«, sagte sie. »Es ist immer nur die Frage, wann der Herr Ingenieur abfährt. Fährt er früh ab, dann kommt er auch früh hier heraußen an. Fährt er spät ab, dann kommt er auch hier heraußen spät an. Es kommt immer drauf an, das ist meine Erfahrung.« – »Bitte, da hast du es ja«, sagte Has streng, aber deutlich leiser zu Dorothée, deren neuartige Sanftheit immerhin die Bemerkung zuließ, daß auch sie sich dem Zwang dieser Logik nicht verschließen könne.Der vertraute, lange nicht mehr gehörte Ton lenkte ihn ein Weilchen ab. Dann kehrte die Unruhe zurück.

Has hatte das Gefühl, fest geschlafen zu haben, als er unten im Haus plötzlich Schritte, Türenklappen und leise Stimmen hörte. Es war sehr dunkel, eine Neumondnacht, und ihm taten die Knochen weh, denn er hatte, seitdem Dorothée ins Bett gegangen war, auf dem hochlehnigen Holzstuhl in Lillys Zimmer auf ihre Rückkehr gewartet.

Die Nacht hatte die sorgenvollen Mißempfindungen des Tages in eine unwirkliche, den Träumen verwandte Ferne gerückt. Aber Lilly ließ ihm gründlich Zeit, wach zu werden. Die Geräusche von unten verrieten, daß sie in die Küche gegangen war, um sich vor dem Einschlafen eine Schokolade zu kochen, was sie auch in Frankfurt gern tat, nur daß er dann daneben saß und sich jene Version des Abends erzählen ließ, die Lilly für seine Bedürfnisse passend fand. Er hätte ihr natürlich auch dieses Mal einfach in die Küche folgen können, aber das tat er nicht, denn er wollte Szépregyi auf keinen Fall begegnen, zunächst weil er sich schämte, wie eine Glucke mit den Flügeln schlagend um sein Küken besorgt zu sein, dann aber auch, weil er fürchtete, kein freundliches Wort zu ihm über die Lippen zu bringen.

Has stand niemals vollständig loyal zu seinen Gefühlsregungen. Er fürchtete beständig, sich der Lächerlichkeit auszusetzen, und diese Furcht war die einzige seiner Empfindungen, die er niemals zweifelnder Überprüfung unterzog. Man hätte den protestantischen, bürgerlich aufgeweichten und genußsüchtigen Eduard Has in dieser Beziehung für einen Spanier des Goldenen Jahrhunderts halten können. Es war aber nicht nur ein gereiztes Ehrgefühl, sondern auch Intelligenz bei dieser Sorge im Spiel. Has wußte, daß Lächerlichkeit stets mit Machteinbußen verbunden ist. Schon um sich Kämpfe zu ersparen, war es wichtig, auf die Unversehrtheit der Würde zu achten.

Plötzlich stand Lilly in der Tür und tastete nach dem Lichtschalter. Vielleicht hatte sie seinen Schatten vor dem Fenster gesehen, denn keine Nacht ist so dunkel, daß es in ihr nicht einen noch dunkleren Schatten geben könnte, sie bekam jedenfalls einen furchtbaren Schreck und schrie mit einer Stimme, der die Angst die halbe Kraft nahm, unwillkürlich auf. Dann hatte sie den Lichtschalter ertastet und kaltes helles Licht übergoß den blinzelnden Vater. Als hätten ihre Knie jede Kraft verloren, sank sie auf einen Stuhl neben der Tür. Sie atmete heftig und schüttelte den Kopf. »Mach so etwas bitte nicht noch einmal!« sagte sie leise zu Has, der von seinem Stuhl aufgesprungen war und mit nicht sehr erleuchtet wirkender Miene vor ihr stand. In diesem Augenblick kam nun auch noch Szépregyi dazu. Er war bereits mit einer weißen Pyjamajacke bekleidet. In seiner steirischen Stimmlage, der er gern eine beruhigende Wirkung auf nervöse Pferde und verrückt gewordene Hofhunde zuschrieb, stellte er gelassen die Frage, ob er helfen dürfe. »Wieso helfen?« sagte Lilly und Has glaubte zu hören, daß ihre Stimme etwas ungnädig klang. »Papi sagt mir gute Nacht wie immer.« Dann küßte sie ihren Vater lächelnd auf die Wange, während ihn eine Locke wie der Flügel eines Nachtfalters streifte. »Es war sehr lieb von dir, daß du hier auf mich gewartet hast«, sagte sie mit derart schlichter Vertraulichkeit, daß Szépregyi die beiden diskret wieder verließ in dem Gefühl, solch intimem Familienweben als Dritter nichts hinzufügen zu dürfen.

Lilly hätte womöglich auch Böses über ihren Vater und ihr wechselseitiges Verhältnis zu sagen gehabt, wenn die anderen Schüler unter der Führung von Toddi Osten im Café Feuerbach über das Leben philosophierten und über das unbarmherzige Geschick nachdachten, das ihnen auf dem schweren Weg in eine ungewisse Zukunft auch noch Eltern aufgeladen hatte. Lilly schwieg aber, wenn sie sich nicht eben gerade besonders vorteilhaft äußerte. Dabei darf man nicht glauben, daß sie etwa mit ihrem Vater prahlte. Von der Kunstsammlung fiel kein Wort, obwohl sie Namen enthielt, die auch die ahnungslosen Heranwachsenden bereits beeindruckt hätten. Es genügte einfach, daß sie in Andeutungen zu verstehen gab, mit ihrem Vater in ungestörtem Einverständnis zu leben, um ihr im Kreis von Toddi Osten eine noch rätselhaftere Ausstrahlung zu verleihen, als sie ihr ohnehin durch ihre Erscheinung gegeben war. Die meisten wußten, welche Freiheiten sie sich nehmen konnte, vermieden es aber, den richtigen Schluß daraus zu ziehen. Es war, als dürfe man den Verdacht nicht aussprechen, daß Lilly ganz einfach erwachsen war. Sogar Toddi Osten verlor unter diesem Eindruck die Sicherheit und verabschiedete sich von ihr mit zu lauter Stimme, wenn sie aufstand, weil der rote Wagen vorgefahren war.

Lilly hatte einen weltläufigen Vater. Toddi Osten hatte einen berühmten Vater. Alfred hatte überhaupt keinen richtigen Vater. Er betrachtete neuerdings die Fotografie des knabenhaften Menschen, der sein Vater sein sollte, mit forschender Unruhe. Es handelte sich natürlich um ein Schwarzweiß-Bild, das nicht einmal über die Farben dieses Mannes irgendeinen Aufschluß gab. Der Fotograf hatte überdies mit der Atelierlampe Glanzlichter auf das Haar gesetzt, die es blond leuchten, an den Schattenstellen hingegen fast schwarz erscheinen ließen. Auch die Tanten wußten nicht mehr, welche Haarfarbe der im Main verschwundene Neffe gehabt hatte und verstrickten sich in Widersprüche. Eine Zeitlang schien nur festzustehen, daß er nicht rothaarig gewesen war – »wenigstens nicht rothaarig«, wie Tante Tildchen sich ausdrückte, bei der sich als drollige Antiquität die Überzeugung erhalten hatte, daß Judas an seinem roten Haar zu erkennen gewesen sei. Obwohl sie in der Bibliothek ihres Vaters ein Werk gefunden hatte, in dem Judas als braver Mann geschildert wurde, der nur das Beste im Sinne gehabt habe, blieb doch ein übler Nachgeschmack zurück. Später kam Tante Tildchen dann, als sie Hortensien beschrieb, die ihre Farbe von blau zu rot wechselten, auf eine Naturerscheinung zu sprechen, die sie die »Kryptorothaarigkeit« nannte: Menschen mit auf den ersten Blick braunem, blondem oder schwarzem Haar, deren milchweiße Haut aber die wahre Anlage verrate, samt der Neigung zu Sommersprossen, Sonnenbrand und dem, einem scharfen Beobachter dann doch ins Auge fallenden kastanienfarbenen Schimmer des Haares. Der Bart offenbare häufig die wahren Verhältnisse, weswegen solchen Menschen, sie formulierte es voller Rücksicht, abzuraten sei, einen Schnurrbart zu tragen. »Auch dein Vater«, sagte Tante Tildchen, indem sie den Suppenlöffel sinken ließ und diese letzten Worte dem Bogen ihrer Ausführungen sorgfältig wie einen Schlußstein einsetzte, »war nebenbei kryptorothaarig. Er kam unrasiert aus dem Lager bei Bad Kreuznach zurück, wo man die Schüler gefangenhielt, die zuletzt noch eingezogen worden waren, und sein Bart war kupferrot!« Als Tante Mi, deren Gewohnheit es war, ihre Schwester vor der Versuchung der Übertreibung zu bewahren, abwiegelnde Zweifel hören ließ, geriet Tildchen regelrecht in Eifer. »Rot wie ein Pfennig!« rief sie aus. »Du hast es nicht gesehen, denn du warst damals in Falkenstein!«

Man kann nicht sagen, daß Alfred, dem neuerdings immer dringlicher daran gelegen war, Einzelheiten aus dem Leben seines Vaters zu erfahren, der Ton dieser Unterhaltung besonders angenehm gewesen wäre. Es war überhaupt eine Seltenheit, daß die Tanten sich auf Erzählungen über den Vater einließen, und es war vollends ungewöhnlich, daß sie von selbst auf ihren Neffen zu sprechen kamen. Die Heftigkeit, die nun aus Tante Tildchens Worten wetterleuchtete, warf einen beunruhigenden Schein auf eine Stimmung verhaltener Ablehnung, die Alfred bisher noch nicht gespürt hatte. In den Worten der Tanten klang nun auf einmal der Eifer des Entlarvens mit. Er wurde mißtrauisch, aber er unterdrückte die Frage, gegen wen sich dies Mißtrauen wohl richtete.

Sein Wiedersehen mit Lilly nach den Ferien kam unverhofft und mühelos zustande. Alfred saß allein im Café Feuerbach, wo er mit Toddi Osten verabredet war. Daß Toddi nicht kommen würde, wie ihm die Serviererin, die auch die Telefonate für die Gäste entgegennahm, gleich beim Eintreten ausrichtete, beschäftigte ihn nicht weiter. Nie fühlte er sich so vielfältig unterhalten, wie wenn er allein war. Toddi hätte ihm allenfalls die sattsam bekannte Teebeutelzeremonie der schuleschwänzenden Eingeweihten vorgeführt. War er eigentlich jemals in diesen Kreis ganz aufgenommen worden? Oder glich er nicht eher Lilly, die darin hospitierte, ohne ihm anzugehören? Ob sie diese Verwandtschaft wohl bemerkt hatte?

Und dann stand sie auf einmal selber vor ihm und sagte, während man ihr die Freude, ihm zu begegnen, deutlich ansehen konnte, statt jeder Begrüßung nur obenhin: »Und wo sind die anderen?«, damit es nur ja nicht aussah, als sei sie auch mit seiner Gesellschaft allein zufrieden. Alfred erkannte deutlich, daß ihr gerade das Zufällige dieser Begegnung gefiel, und er wußte auch, daß ihm das früher schon große Schmerzen bereitet hatte. Glück und Leiden waren nur zwei Seiten ein und derselben Medaille. Aber jetzt, am späten Vormittag im Café Feuerbach,fühlte er sich bereit, Lilly, so wie sie war, für alle Zukunft zu ertragen, wie ein Mönch bei der Feier seiner ewigen Gelübde auch in die trockenen Zeiten seiner künftigen Askese freudigen Herzens einwilligen zu können glaubt. Der Spätsommer trieb die Pflanzen in diesem Jahr zu immer üppigerer Entfaltung. Die Kastanien schienen sich in der heißen Luft aufzublähen. Im Vorgarten der Tanten Labonté trug ein bäumchenartiger Rosenstock Blüten von einer Größe und Schwere, daß die Stengel sie kaum zu halten vermochten. Alfred dachte daran, eine für Lilly abzubrechen, und bewegte sich mit diesem Gedanken auf verbrecherischem Boden, denn Tante Tildchen hatte zu jeder dieser Blüten ein persönliches Verhältnis begründet und sprach davon, ihre Blätter im Lexikon zu pressen.

Lilly hatte unterdessen Petits fours bestellt, die es im Café Feuerbach nicht immer gab und die von der Kellnerin eigens empfohlen wurden. Sie brachte ein rosa, ein hellgelbes und ein türkises Hütchen mit glasigem Zuckerguß, als wolle sie die Puppe Olympia des Gespenster-Hoffmann füttern. Lilly zerstörte die künstlichen Gebilde mit ihren schönen Zähnen, und Alfred folgte aufmerksam jeder ihrer Bewegungen, als versuche er ein für allemal zu begreifen, wie man diese Art Törtchen eigentlich esse. Kein Zweifel, daß einen solchen Anblick selbst der Ritter von Cronberg mit Staunen in seinen Annalen über die Fahrt ins Heilige Land vermerkt hätte. Die Frauen von Akkon und Alexandria waren ja die Meisterinnen, sogar die Erfinderinnen der bunten Petits fours. Der Ritter, der so schweren Herzens von der Silhouette des grün-grauen Cronberg Abschied nahm, wußte noch nicht, wie gefährlich es war, die Farben der Heimat zu verlassen. Nie wieder würde er seine bräunlichen Türme und Holunderhecken mit der gleichen unschuldigen Liebe betrachten. Alfred fiel wieder ein, daß Lilly das Bild des Ritters von Cronberg wertvoll genannt hatte. Ihm war bis dahin nicht bewußt gewesen, daß Gestalten, die unauflöslich in den Traum seiner Kindheit verwoben waren, einen Marktwert besaßen. Der Ritter von Cronberg, der ins Heilige Land zieht, nahm Abschied. Hatte Lilly ihn sich deshalb so genau angesehen? Ihr fielen Abschiede doch leicht, sie stand gewiß nicht unentschlossen und schwermütig am Tor. Sie konnte alles verlassen, ohne sich umzudrehen.

Lilly aß hastig, als habe sie eigentlich gar keine Zeit dafür. Das letzte Stück des türkisen Törtchens, das einen petroleumartigen Beigeschmack hatte und eigentlich ungenießbar war, steckte sie Alfred in den Mund. Sie erwähnte nicht, daß sie die Minuten zählte, weil sie gewohnheitsmäßig alles, auch das Nächstliegende und Offensichtliche, im Dunkeln ließ. Jeden Augenblick mußte der rote Wagen vor der Tür halten, weil ihr Vater, der um diese Stunde in der »Verwaltung« aufbrach, um zum Mittagessen nach Hause zu fahren, versprochen hatte, sie im Café Feuerbach abzuholen. Dorothée gegenüber gebrauchte er die Ausrede, den Schulweg des Kindes verkürzen zu müssen, denn im Wachstum sei das Pflastertreten schädlich. Er fürchtete natürlich, seine Frau könne ihm vorwerfen,

Lilly zu ihren überflüssigen Besuchen im Café Feuerbach durch die Abholerei noch zu ermutigen. Wie wenig Dorothée ihre Tochter kannte! Lilly bedurfte für die Ausführung ihrer Pläne schon längst nicht mehr väterliche Nachhilfe. Sie fand, daß sie »Papi« eine Gunst gewährte, wenn sie ihm gestattete, ein paar Minuten mit ihr allein zu sein, und konnte sich deshalb auf seine Pünktlichkeit verlassen. Umso ratloser war sie, als er nicht erschien.

Aber Has war währenddessen in ein Gespräch verwickelt, und wie er auch murrte und die Uhrzeiger betrachtete, sein Gegenüber nahm keine Rücksicht und redete schleppend und ohne eine Pause, die man zur Flucht hätte nutzen können. Er hatte sich in der regenreichen Steiermark, ohne es zu merken, vorzüglich erholt. Seine Gesichtszüge hatten das Hefeteighafte verloren und wirkten durch eine ganz leichte Sonnentönung, wie sie auf dem Land auch bei schlechtem Wetter zustande kommt, erheblich verjüngt. Wenn man sich Fettpolster, dicke Backen und Doppelkinn wegdachte, konnte man sich auf einmal vorstellen, wie er mit zwanzig Jahren ausgesehen hatte. Das Verblüffendste jedoch war die Familienähnlichkeit mit Lilly, die plötzlich schwach, aber durchaus erkennbar durchschien. Er war ihr Vater, daran bestand kein Zweifel mehr. Diese vorteilhafte Veränderung, die in anderer Gesellschaft gewiß ihren Eindruck nicht verfehlt hätte, ließ den ungebetenen Gast in seinem Arbeitszimmer jedoch völlig kalt. Fred Olenschläger war zur gleichen Zeit wie Has nach Frankfurt zurückgekehrt. Er hatte die Liegekur in Bad Reichenhall bei jedem Wetter durchgehalten und war mit seinem Bergstock, der klingend bei jedem Schritt an das Gestein schlug, auf beachtliche Höhen geklommen. In seinem Alter mache ihm solche Disziplin so leicht keiner nach, hatte der geschmeidige Pensionswirt bemerkt. Olenschläger, der sonst gegen Lob und Tadel unempfindlich blieb, erhob dieses Kompliment zu seiner Devise und sprach sie mehrmals am Tag vor sich hin, wenn er die Meterzahlen repetierte, die er während seines Aufenthalts schon wieder unter sich gelassen hatte. Dieses zähe Gipfelbezwingen erhielt seinen Lohn. Er verwandelte sich während der Reichenhaller Wochen in ein Standbild von solcher Kernigkeit, daß jeder träge Stadt- und Büromensch bei seinem Anblick hätte erbleichen müssen, wäre er dazu nicht bereits zu blaß gewesen. Womit soll man Olenschlägers Kopf vergleichen? Mit einer patinierten Bronze von

Ghiberti, etwa dem ausdrucksvollen Kahlkopf an der Porta del Paradiso in Florenz? Oder mit einer mahagonipolierten Roßkastanie, die feucht glänzend aus der hellgrünen Stachelhülle platzt? Beides enthält noch nicht das Fürchterliche dieser greisenhaften Unzerstörbarkeit, nämlich den Triumph eines dunkelbraun gebeizten Totengerippes, das mit dem Kiefer klappernd Stundenglas und Sense schwingt, um zu einer endlosen Gavotte von Telemann den Totentanz anzuführen. Die Sonne hatte Olenschläger zu etwas völlig Leblosem gegerbt, und wenn er beim Sprechen die regelmäßigen, künstlichen Zahnreihen sehen ließ, wirkten sie ähnlich erschreckend, wie es die echten Haare und die Glasaugen der Wachsbüsten spanischer Heiliger tun.

Has kannte seinen Vetter zu lange, um durch den Anblick solcher Wesenssteigerung aus der Fassung zu geraten. Er wußte, welche Willenskraft hier die Verwesung durch den Sport bezwungen hatte. Jedem richtigen Olenschläger kam eine natürliche Autorität zu, deren Wirkung Has von Geburt an kannte und die er nach dem Tod seiner Mutter nur noch bei seinem Vetter Fred so deutlich herausspürte. Als die Trumfeller eintrat und erklärte, Herr Olenschläger wolle mit Herrn Dr. Has die bevorstehende Gesellschafterversammlung besprechen, wußte Has, daß die sommerliche Schonzeit nun ein Ende hatte. Die Jagd begann.

Olenschläger sprach, wie einst seine Tante, Frankfurterisch, aber nicht in der breiten, auch in der Großstadt noch bäurisch wirkenden Spielart etwa des Herrn Herr, sondern bürgerlich verfeinert und oft gar nicht als Dialekt im strengen Sinne zu erkennen, eher als zarte Eintrübung gewisser Vokale, die auch mit der Anatomie des Rachen- und Nasenraums zusammenhängen konnte. Wichtigstes Merkmal dieses Akzentes war die Art, mit der die Silben in ein nasalierendes Schwingen versetzt wurden. Das hätte der Satzmelodie etwas Französisches verliehen, wenn nicht die Endsilben zu völliger Tonlosigkeit abgefallen wären. Olenschlägers Sprechen glich einem milden Surren wie von einer nur leicht angezupften Kontrabaßsaite, das sich wie ein Kokon um die Wörter herumlegte. Has erinnerte sich an lange Unterredungen mit dem Vetter Fred, von denen Has kein Wort wiedergeben konnte, weil er von dem Summen der Stimme betäubt und eingelullt worden war. In seinem Nacken entwickelte sich dann ein angenehmes Kitzeln, das sich über die Schultern verbreitete und erst aufhörte, wenn Olenschläger plötzlich einen vorbereiteten Text aus seinem flachen Portefeuille zog und eine Unterschrift verlangte.

Diese einschläfernde Kraft, die Olenschlägers Stimme mit anderen Naturerscheinungen, dem Meeresrauschen, dem Bächleinrieseln und dem Regen teilte, wurde noch verstärkt durch die nationalfrankfurterische Eigenschaft der Beiläufigkeit, mit der Olenschläger alles, was er sagte, rechts und links aus dem kaum geöffneten Mund herausfallen ließ. Die Laute sickerten, nasal eingetönt, nach unten weg. Has bekam Zwangsvorstellungen, wenn er Fred Olenschläger zuhören mußte und nicht wagen durfte, neben dem summenden Bienenkorb unter weißen Imkerschleiern ein Schläfchen zu halten. Die Augen konnte man zusammenkneifen, um besser zu sehen, aber was machte man mit den Ohren? Und unablässig floß der Redestrom und ließ kein Ende absehen.

Im übrigen kannte Fred Olenschläger kein müßiges Geplauder. Er verschwätzte seine Zeit nicht. Der Gegenstand war nun einmal in kurzen Worten nicht darzustellen, und daß er sich überhaupt herabließ, »tauben Ohren zu predigen«, wie Has wohl hätte sagen dürfen, mußte einen Grund haben. Olenschläger stellte zum ersten Mal eine längere Entwicklung dar, die Has selbst zu beobachten leider versäumt hatte.

Man weiß, daß Olenschlägers großes, lappiges Ohr auf dem Boden lag und weit entferntes Rossegetrabe vernahm. Seine politischen Verbindungen gewährten ihm Einblick in Verhältnisse, die dem Zeitungsleser erst Monate später als Neuheit aufgetischt wurden. Ein böser alter Verdacht schien sich zu bestätigen. Olenschläger war mit seinen Plänen einer vollständigen Umgestaltung des Westends, vor allem aber der Schubertstraße und der angrenzenden Regionen, zu spät gekommen. Als er begriffen hatte, wohin nach dem Krieg die Baupolitik in Frankfurt steuerte, war für ein schnelles Geldverdienen und für glänzende Spekulationsgewinne ein weites und fruchtbares Feld eröffnet, aber eben nicht mehr für die wahrhaft metropolitanen Neugründungen, die Olenschläger im Sinne trug. Geld bewegte Olenschläger aber erst in zweiter Linie. Geld war nur wichtig, um seine Visionen auch zu äußerer Wirklichkeit gelangen zu lassen. Für sich selbst benötigte er fast gar nichts. Er lebte wie ein pensionierter Studienrat. In seinem Eisschrank lagen ein Päckchen Margarine und eine mit dem Frühstücksmesser übel zugerichtete Mettwurst. Die Reisen nach Reichenhall erfüllten auch die Aufgabe, ihn wieder ein Weilchen ausreichend zu ernähren. Da die Pension, in der er seit Jahren wohnte, nur Vollpensionsgäste aufnahm, entdeckte sein Magen bei jedem neuen Aufenthalt verwundert, daß er regelmäßigen reichlichen Mahlzeiten der bürgerlichen Küche ohne Schwierigkeiten gewachsen war und daß ein voller Bauch das Plänemachen auf dem Balkon eher begünstigte.

Was er im Liegestuhl vor seinem inneren Auge sah, war die Stadt, für die sich zu leben lohnte, der Diamant mit tausend Fenstern und Türen, die gereinigte Welt, die wie er selbst alles überflüssige Fett und Fleisch von sich entfernt hatte und nur noch aus reinen Notwendigkeiten bestand. Deswegen hatte er in unablässigem Kampf gegen seinen Vetter Has jeden Pfennig, den die »Verwaltung« erwirtschaftete, in den Erwerb dieser lächerlichen Häuschen gesteckt, die auf Grund einer Entartung des Begriffs »Villen« genannt wurden. Was hatte das Haus der Tanten Labonté, oder das unselige Haus, dessen Mansarden die Kalkofen bewohnte, etwa mit der Villa d'Este gemeinsam! Die Häuser in der Schubertstraße, um die neuerdings so viel Wind gemacht wurde, waren einfach häßlich. Ihr Abriß war im Grunde nur noch eine Formalität, denn ihre ästhetische Nicht-Existenz bewiesen sie jeden Tag.

Olenschläger hatte durchaus mitbekommen, daß der Handel mit diesen Häusern zuletzt fieberhafte Formen angenommen hatte. Manche wechselten in zwei Jahren vier- oder fünfmal den Besitzer, zunächst immer teurer werdend, phantastische Summen erreichend, dann aber, vereinzelt jedenfalls, für bereits leicht zurückgehende Beträge zu haben, und plötzlich, als höre ein Herz auf zu schlagen, war der Markt tot und regte sich nicht mehr. In Spekulantenaugen wurde das ganze Westend ein einziger Friedhof, und die »Objekte«, wie die Häuser nicht nur in der Sprache der »Verwaltung« hießen, waren unverkäuflich. An diesem Tag wußte Fred Olenschläger, daß er in der Verfolgung seiner Pläne einen schweren Rückschlag erlitten hatte. Ihm war schon klar, daß er sich, durchaus noch rechtzeitig und mit gutem Gewinn sogar, von seinen angesammelten Immobilienschätzen hätte trennen können, aber sein kühler Blick verließ ihn, wenn er unbeirrbar dem Traum von seinem großen Ziel nachhing. Kurz bevor sich auf dem Markt gar nichts mehr tat und kostbarste Grundstücke keine Interessenten fanden, kaufte er für die »Verwaltung« noch das Haus, in dem der Bundesbahnrat Rosendall wohnte, übrigens nicht mehr von der Zahnarztwitwe, die es ursprünglich besessen hatte, sondern von einem bereits in Auflösung befindlichen Immobilienkonsortium. Fred Olenschläger wußte, weshalb die Preise derart rapide verfallen waren. Die Partei ließ ihn nicht ohne Information. Es sah eben ziemlich sicher danach aus, als wolle sich die Verwaltung der Stadt den Verpflichtungen, die sie eingegangen war, als sie allgemein zum Grundstücksgeschäft ermuntert hatte, überraschend wieder entziehen. Der umsturzartige Wandel schuf eine Unruhe in der Öffentlichkeit, die den Politikern Angst einjagte. Hier zeigte sich bei dem trockenen Phantasten und kaufmännischen Idealisten Fred Olenschläger eine Anlage zum Glücksspiel. Genau in der kurzen Zeitspanne, die zwischen dem Erliegen des Marktes und einem endgültigen politischen Kurswechsel lag, wollte er den Grundstein der neuen Schubertstraße legen, die eben keine Straße mehr, sondern ein gläserner Organismus ganz neuer Art sein würde. Dann kam die Gewißheit, daß »die Mühle zu« war, wie sich Olenschläger ausdrückte, der in der Pension in Reichenhall gelegentlich als wahrhaft unschlagbarer Brettspieler auftrat.

Olenschläger nahm das Scheitern seines jahrelang vorbereiteten Planes nach außen hin genauso unbewegt hin, wie der General des Jesuitenordens den päpstlichen Befehl, der den Orden aufhob. Als er die Nachricht von Parteifreunden im Bauamt erhielt, das große Schubertstraßenprojekt müsse bis auf weiteres zu den Akten gelegt werden, reiste er schon am nächsten Tag nach Reichenhall, obwohl es dazu eigentlich noch nicht an der Zeit war. Als er zurückkam, war der Fall vergessen, oder besser, durchgekaut, heruntergeschluckt, verdaut und ausgeschieden. Seine Gesundheit, so hätte er wie ein anderer gescheiterter Feldherr sagen dürfen, war nie besser.

Auch wenn die zertrümmerte Pyramide vornehmlich aus Ideen bestanden hatte, hinterließ sie ein Ruinenfeld, das mit großen Brokken übersät war. Fred Olenschläger begab sich ans Aufräumen. Die Verwaltung der Stadt war ihm Hilfe schuldig und wußte das auch. Zu lange hatte er dem Gemeinwohl durch Spenden in die große Kasse aufgeholfen und dabei auch das Wohlergehen des einzelnen kleinen Beamten, des Zahnrads im Getriebe, nicht vergessen. Und so sah er sich in allem Unglück doch von vielfältigem Verständnis getragen. Die Politiker fühlten sich beim Umschwung der Verhältnisse nicht wohl in ihrer Haut, wenn sie an ihre bindenden Zusagen dachten, die den Aufkäufern überteuerter Wohnhäuser Mut gemacht hatten. Nun sollte den Leuten auf einmal das Einreißen dieser Häuser und das Auftürmen neuer Gebäudekomplexe verboten werden. Die ersten Prozesse gegen die Stadt begannen. Der Schaden, der den zum Spekulieren angespornten Investoren entstanden war, würde womöglich hoch beziffert werden. In solche Akte juristischer Feindseligkeiten mußte sich Olenschläger, dank seiner jahrelangen Vorarbeit, gottlob nicht verstricken. Die Verlegenheit, die seine Parteifreunde ihm gegenüber an den Tag legten, besaß fast rührende Züge. Es gab wirklich noch Menschen, die unter dem Bruch einer Zusage litten. Man kann nun die einzelnen Stationen im Ringen um den Ausgleich des großen Verlustes getrost außer acht lassen. Olenschläger führte die Verhandlungen, indem er vor allem die großen Linien im Auge behielt. Man solle unter Freunden nicht immer von Schaden sprechen, das sei eine rückwärts gerichtete Denkweise. Wichtig sei es, zusammen nach vorn zu blicken. Dieses Argument überzeugte die Stadtväter. Man erkannte, daß man der »Verwaltung« verpflichtet war, und sah auch für die Zukunft eine Chance in der Möglichkeit, sich wie bisher gegenseitig von Nutzen zu sein. Und so erhielt denn die »Verwaltung« ein neues Fundament, indem man dem erprobten Freund und seiner Gesellschaft die Teilnahme an städtischen Projekten zusagte, die weit weg vom Westend lagen, und geeignet schienen, den Geschäften der »Verwaltung« eine völlig neue Größenordnung zu verleihen. Der im Westend zusammengekaufte Hausbesitz, der nun nur noch eine administrative Last darstellte, würde gemessen an dem künftigen Tätigkeitsbereich der »Verwaltung« fast überhaupt keine Rolle mehr spielen, wahrscheinlich sogar aus der »Verwaltung« ausgegliedert und von einer neu zu gründenden Tochtergesellschaft übernommen werden, bis eine Veränderung der planungspolitischen Lage in unabsehbarer Zukunft die stille Reserve erneut zu schöpferischem Leben erweckte.

»Ich war immer dagegen, daß wir sinnlos eins nach dem anderen von diesen heruntergewohnten kleinen Häusern kauften«, sagte Has, als Olenschläger an dieser Stelle seines Vortrages angelangt war und von dem Wasser trank, das ihm die Trumfeller, die durch die geschlossene Tür hindurch hörte, wann Olenschlägers Gaumen trocken wurde, hereingebracht hatte. Has bereute seinen Einwand schon während er sprach, denn Olenschläger wandte sich sofort der Trumfeller zu, nannte eine Reihe von Aktenzeichen und sogenannten »Vorgängen« und schwieg, ohne im mindesten gereizt zu wirken, bis der Aktenstoß vor ihm lag. Has kannte die Prozedur ganz genau, die nun ablief. Olenschläger würde nicht Ruhe geben, bis er anhand sämtlicher Besprechungsprotokolle, Aktenvermerke und notariell beurkundeter Verträge den Nachweis geführt hatte, daß nicht ein einziges Haus in der fraglichen Zeitspanne ohne die Einwilligung des Vetters Eduard erworben worden war, bis Has sich gezwungen sah, seine Worte in aller Form zu widerrufen.

Eduard Has erkannte heute zum erstenmal deutlich, wie es um die »Verwaltung« wirklich stand. Das Vermögen steckte nach fünf Jahren der Teilnahme am Spekulationsboom ausschließlich in Häusern, die zum Teil hoch belastet waren und binnen kurzem wohl unter Denkmalschutz geraten würden, mit Sicherheit aber nicht in dem Ausmaß genutzt werden konnten, das ihren Kaufpreis gerechtfertigt hätte. Diesen Immobilienbesitz im Augenblick wieder flüssig zu machen, mußte, das sah Has ebenfalls ein, ebenso töricht erscheinen, wie ihn überhaupt erworben zu haben. Die »Verwaltung« saß nun auf einem Haufen lebloser und unbeweglicher Vermögensmasse mit lächerlicher Rendite, vergleichbar einem Unglücklichen, der mitten in der Wüste durstig bei einem großen Klumpen Gold ausharrt. Die trostreichen, jedenfalls ablenkenden Zukunftspläne, die Olenschlägers Ausblick eröffnete, und die auf eine tätige Bauunternehmerrolle hinausliefen – Fred sprach höchst beiläufig von drei Parkhochhäusern, einem Einkaufszentrum und der Teilnahme am Ausbau des Flughafens, als handele es sich um bloße Hundehütten –, diese Vorhaben eben umspannten ein derart weites Feld, daß auch die Decke, mit der es geschützt und umhüllt zu sein hatte, aus reißfestem, dichtem Gewebe bestehen mußte. Von der finanziellen Decke ist die Rede, denn die Sprache der Geldleute besitzt oft ursprüngliche Bildhaftigkeit. Und wer eine solche finanzielle Decke bei dem gegenwärtigen Geschäftsstand der »Verwaltung« weben sollte, mußte ein Zauberkünstler sein oder ein Weber aus der Geschichte von »Des Kaisers neuen Kleidern«. Has sah deutlich – und mit der Neigung zur Panik, die sein Temperament kennzeichnete, sogar überdeutlich – ‚wie bewegungsunfähig die »Verwaltung« durch Olenschlägers Geschäftsgebaren geworden war. Voll Bitterkeit betrachtete er den asketischen Verwandten, und es kam ihm der Gedanke, daß ein in den Tag hinein lebender Freund »alles Schönen«, wie er sich selbst im stillen bezeichnete, niemals die Kraft besäße, um ein solches Zerstörungswerk anzurichten.

Has, dem es in diesem düsteren Augenblick gar nicht in erster Linie um sein eigenes ökonomisches Wohlergehen ging, seufzte schwer. Die zahlreichen Demütigungen der Vergangenheit stiegen vor ihm auf, auch die letzte Maßnahme der Mutter, ihren einzigen Sohn einem besessenen Salatfresser vollständig auszuliefern, weil sie ihm weder genug Disziplin noch Verstand zugetraut hatte, die eigenen Geschäfte zu führen. Er wünschte, daß die geborene Olenschläger, gestorbene Has, die schwarze Marmor- und Efeugruft an der Westmauer des Hauptfriedhofs für einen Augenblick verließe, um das Desaster, das durch ihren Günstling angerichtet worden war, gründlich wie zu Lebzeiten zur Kenntnis zu nehmen. Er glaubte, alle Gefahren, die seinem Vermögen drohten, leichter ertragen zu können, wenn die Mutter wenigstens im Nachhinein einsah, daß ihm durch den Gesellschaftervertrag der »Verwaltung« Unrecht widerfahren war.

Olenschläger bemerkte die trübe Miene seines Kompagnons und faßte den Entschluß, den Rest der unangenehmen Eröffnung nicht mehr tropfenweise abzuzählen, sondern in Form des Schwedentrunks im ganzen auszukippen. Daß kein Geld da war, hatte Has offenbar mittlerweile verstanden. Ebenso deutlich mußte er begriffen haben, daß es der »Verwaltung« entweder gelang, den Spekulationsverlust aufzuholen, oder daß die Einkünfte, die Vetter Has zur Führung seines unordentlichen Lebenswandels verbrauchte, spürbar dahinschmelzen würden. »Und dann haben wir ja noch die Sammlung«, sagte Olenschläger und suchte mit seinen kleinen braunen Augen den weichen, schwimmenden Blick seines Vetters. »Welche Sammlung?« fragte Has noch ohne Argwohn, weil sein Bilderschatz für ihn unvorstellbar fern von Olenschlägers Welt lag. »Deine Sammlung, wenn du so willst«, antwortete Olenschläger leichthin. »Meine Sammlung? Wir haben meine Sammlung?« sagte Has, indem er jedes Wort betonte, als müsse er sich die Grammatik des Satzes, den Olenschläger gerade ausgesprochen hatte, überdeutlich ins Bewußtsein graben.

Die Sammlung, über die der Vetter Fred da gerade derart herablassend verfügte, stellte inzwischen wirklich einen beachtlichen Wert dar. Unter Guggisheims strategischer Überwachung war sie zu einer Bedeutung angewachsen, die sogar Museumsdirektoren anzog, weil ein Teil der Bilder und Zeichnungen ständig auf Ausstellungen herumwanderte. Die Popularität, deren sich die expressionistischen Maler der Zwanziger Jahre in der Nachkriegszeit erfreuten, ließ das Interesse des Publikums an der »Sammlung Eduard und Dorothée Has« nicht einschlafen. Szépregyi hatte die »Dachwohnung für einen Sammler«, unter welchem Titel die Räume auf Hochglanzpapier in Fachzeitschriften abgebildet worden waren, ursprünglich nach japanischen Prinzipien geplant. Er lobte damals das Vorbild traditioneller japanischer Sammler, die ihre Rollbilder in Wandschränken aufbewahrten und nur zum Zweck gebetsähnlicher Betrachtung einzeln hervorholten, in einem völlig leeren Zimmer entrollten und sich dann davor auf ihren Fersen niederließen. Die Sammlung Has bestand aber nicht aus Rollbildern, die man bequem verstauen kann, sondern eben aus großen sperrigen Leinwänden, die dazu noch in aufwendigen Renaissancerahmen saßen, und Szépregyis Brandrede gegen diese Rahmen fruchtete nichts, weil in diesem Punkt Guggisheim nicht mit sich reden ließ. Der Händler wachte darüber, daß die Bilder nach westlichem Standard präsentiert wurden. Für kurze Zeit hing an der vierzehn Meter breiten Wand des großen Salons tatsächlich nur ein einziges Bild, nämlich der Frauenakt von Kirchner mit der rasierten Vulva und dem schwarzen Wagenradhut. Unter diesem Bild trank die außerordentlich bürgerliche, gänzlich unexpressionistische Familie Has bei brennendem Adventskranz Tee und niemand, der den Salon betrat, fand diesen Anblick ungewöhnlich. Allein der Wert des Werkes hätte denn auch die letzten Bedenken zerstreut.

Szépregyis reiner Japonismus war von Anfang an bedroht. Die Wandschränke, in denen jener Teil der Kunstwerke im Dunkeln schlummern sollte, der gerade nicht gezeigt wurde, quollen über. Es kam der Tag, an dem sie ohne Schaden für die Bilder nicht mehr zu schließen waren. Endlich hatte sich Guggisheim durchgesetzt, der erklärte, alle Bilder müßten hängen, wenn sie durch das ständige Hin und Her nicht beschädigt werden sollten. Ein besonders pastenhafter, stumpf eingetrockneter van Gogh – »Blauer Krug mit Apfel« – bekomme schon gefährliche Risse. Eine Flutwelle schwappte daraufhin in die kahlen Hallen und die »Dame mit schwarzem Hut« ging nun zwischen Krügen, Äpfeln, holzpuppenartig verdrehten Harlekinen und scharlachfarbenen Kähnen auf violetten Flüssen nahezu unter. Die japanische Methode hätte dem Einzelstück natürlich größere Gerechtigkeit widerfahren lassen, aber die Kunsthändler-Methode ließ die Wesensart der Gattung deutlicher hervortreten. Die Wand des großen Salons glich jetzt einem gleichmäßig bunt gesprenkelten, zweidimensionalen Malkasten. Ein graues, in kraftlos verdünnten Tinten gemaltes Landschaftsbild – »Blick auf den Mont St. Victoire« – sah in dem farbenfrohen Zusammenhang geradezu edel aus.

Wenn Guggisheim sich kritisch äußerte – selbstverständlich immer, indem er die Kräfte auf neue Taten lenkte, dann nahm er vor der großen Wand Aufstellung und sagte etwa nach unruhigem Umherblicken: »Du hast zu viele Schmidt-Rottluffs! Schmidt-Rottluff ist bei dir überrepräsentiert. Es wird Zeit, daß wir die Sammlung umbauen. Ich nehme am besten gleich heute schon mal den da mit -« – und dabei zeigte er auf »Segelboote in südlichem Hafen« – »denn da läßt sich im Augenblick vielleicht etwas machen.« – »Was ist mit dem Manet-Aquarell, das du mir versprochen hast?« fragte Has, der mit Guggisheims Vorgehen grundsätzlich einverstanden war. Er liebte die Vorstellung, daß »die Sammlung umgestaltet« werden müsse, und war zugleich dankbar, daß Guggisheim ihm die Arbeit abnahm. Wie die gnostische oberste Gottheit saß er auf dem in sieben Farben schimmernden Regenbogen und sah dem titanischen Wirken des tief unter ihm schnaufenden Demiurgen zu. »Das Manet-Blatt ist im Augenblick viel zu teuer für dich«, antwortete Guggisheim, der schon damit beschäftigt war, »Segelboote in südlichem Hafen« von der Wand zu nehmen. »Du kriegst jetzt erst mal die drei Nolde-Aquarelle, und zwar, wenn wir die Rottluffs hier eingetauscht haben.« Er betrachtete bekümmert die Wände des Salons und die der angrenzenden Zimmer, soweit die Flügeltüren den Blick darauf eröffneten. Guggisheim wirkte wie ein Gärtner, der eine Blattlausvölkerschaft auf seinen Rosen entdeckt.

In gleicher Weise schien die »Sammlung Eduard und Dorothée Has« vom Rottluff befallen. Dann stellte er das schwere Bild auf den Boden, wischte sich rituell die Hände ab, denn die Räume waren selbstverständlich staubfrei, und fuhr in tadelndem Ton fort: »Es ist eben schrecklich mit dir. Du kannst den Hals nicht vollkriegen!« Als Sammler der Unmäßigkeit gescholten zu werden, war Has' größtes Glück. Obwohl er ungern Widerspruch duldete, empfand er Guggisheims Zurechtweisungen immer wieder als eine Art Erfrischung.

Schon deshalb stellte die Sammlung für Eduard Has eine Quelle der Kraft dar, den Kunstgenuß dabei noch gar nicht mitgerechnet. Niemals aber, keine Minute in seinem ganzen Leben, hatte er seine Sammlung in irgendeinem Zusammenhang mit der »Verwaltung« gesehen. Das hieß nicht, daß er den gehorteten Kunstschatz nicht auch als wirtschaftlichen Wert betrachtet hätte. Er verfolgte in den Auktionskatalogen die Entwicklung des Marktes genau und sah oft, den Blick vom Katalog hebend, unverwandt zu seiner Matisse-Skizze hinüber, die genau wie immer in der Nähe des riesenhaften Philodendron hing, jetzt in der Morgensonne etwas blasser wirkte und doch schon wieder zwanzigtausend Dollar wertvoller geworden war. Um solchen Phänomenen philosophisch gerecht zu werden, bedurfte es scholastischer Kategorien, die zwischen den zufälligen und den wesenhaften Eigenschaften eines Dinges zu unterscheiden wußten. Es wäre ihm übrigens auch schwer gefallen, den wirtschaftlichen Aspekt seines Sammeltriebes völlig zu vergessen, denn er mußte dafür ja ständig schweres Geld aufbringen, nicht immer ganz mühelos. Has wußte schon, daß er sein Geld nicht zum Fenster hinauswarf. Aber natürlich war ihm auch klar, daß man nach einer erfreulichen Nachricht im Auktionskatalog nicht einfach das Werk eines im Aufwind befindlichen Meisters unter den Arm klemmen und für den notierten Preis auf dem Markt feilbieten konnte. Das Geheimnis des Wertzuwachses bestand darin, daß er zum größten Teil imaginär war, dann jedenfalls, wenn man tatsächlich von einem Käufer den neuen Preis verlangt hätte. Die Sammlung als Ganzes aber war schon jetzt eine Größe, die bei Händlern, Auktionären und Museumsleuten genau beobachtet wurde. Deswegen hatte Guggisheim auch jeden Gedanken, Glanzstücke der Sammlung bei gelegentlichen Durststrecken zu Geld zu machen, stets unerbittlich abgelehnt. Daß es nun ausgerechnet Olenschläger war, der es wagte, die Sammlung als Geldquelle in Betracht zu ziehen, empfand Has als besonders unverfroren.

Niemals hatte Olenschläger auch nur das mindeste Interesse für die Bilder aufbringen können. Er hatte sogar häufig durchblicken lassen, daß er Eduard für einen Müßiggänger hielt, was eine doppelte Unverschämtheit war, denn zum einen war es ja gerade der von Olenschläger gemeinsam mit seiner Tante geschaffene Gesellschaftsvertrag, der das Wirkungsfeld von Has in der »Verwaltung« derart eingeengt hatte, und zum anderen war mit dem Aufbau der Sammlung ein durchaus vorzeigbares Stück Arbeit verbunden gewesen. Jetzt schien der Vetter Fred offenbar anders über die Früchte des Müßigganges zu denken, nachdem er die »Verwaltung« in die schwerste Krise ihres Bestehens gestürzt hatte. Dabei hatte er sich jeglicher Ansicht über die Sammlung zu enthalten.

Has sagte sich, daß er im Grunde mehrere Leben zur gleichen Zeit führte: das Leben mit Dorothée und Lilly, das Leben mit Etelka, das Leben in der »Verwaltung« und das Leben mit und für die Sammlung. So wie die Zellen einer Pflanze den Auftrag enthalten, den gemeinsam gebildeten Stamm in verschiedene Äste auslaufen zu lassen, hatte sich eben auch sein Leben in verschiedene Lebensäste verzweigt, die sich nun selbständig voneinander ausbildeten. Um die freie Ausbildung dieser Lebensäste nicht zu gefährden, hatte er schon manches Opfer auf sich genommen. Das Ansinnen Fred Olenschlägers war der dreiste Versuch, hier einzugreifen. Has sollte für Fehler bezahlen, die er nicht begangen hatte, ja, die er nicht einmal das Recht hatte zu begehen. Das war die Roßtäuscherseite des Olenschlägerschen Vorgehens – kurzsichtige und planlose Bereicherung zum Ausgleich skandalöser Mißwirtschaft. Die andere Seite wog viel schwerer. War nicht in der Zumutung, Has habe mit seiner Sammlung der »Verwaltung« aufzuhelfen, ein Angriff auf seine gesamte Lebensart enthalten? Und dazu besaß er nun die Gewißheit, daß der Vetter Olenschläger wahnsinnig geworden war. Die Machtgier dieses Mannes hatte offenbar nur das Ziel, alles in den Abgrund vielstelliger Zahlen stürzen zu lassen. Verunglückte, die den Tod unmittelbar vor Augen gesehen haben, berichten von dem Film, der in unvorstellbarer Geschwindigkeit vor ihrem inneren Auge ablief. Ähnlich erging es Has, als ihm klar wurde, daß

Olenschläger an diesem heißen spätsommerlichen Vormittag in sein Büro gekommen war, um ihm in beiläufiger Weise sein ganzes Leben abzuverlangen.

Has schwieg. Er fühlte mit einer abwesenden Nüchternheit, daß mehrere Antworten wie Werkzeuge vor ihm lagen. Ein cholerischer Wutanfall war darunter, ein höhnisches Gelächter, ein juristischer Vortrag mit hochgezogenen Augenbrauen. Als er den Mund dann schließlich öffnete, verfiel er aber unwillkürlich in den nasalen Tonfall des Vetters. »An die Sammlung denk ich eigentlich weniger«, sagte er und preßte danach die Lippen aufeinander, als werde er den Mund nun für die nächste Zeit geschlossen halten. Olenschläger stand auf und sagte ungerührt: »Das überlegst du dir nochmal. Von nichts kommt nichts. Zaubern kann ich nicht.« Von der Geräuschentfaltung her lief das Gespräch nahezu in einer Antiklimax aus. Die letzten Worte waren fast unhörbar. Draußen stand die Trumfeller schon mit dem Hut auf dem Kopf. Sie hatte den leiser werdenden Stimmen entnommen, daß die Besprechung sich dem Ende näherte und wollte nun zu der nächstgelegenen Metzgerei aufbrechen, um sich ein Stück heiße Fleischwurst zu kaufen.

Alfred war unterdessen dabei, seine Chance im Café Feuerbach zu nutzen. Daß er so unversehens in Lillys Gesellschaft saß, gab ihm einen Schwung, der ihn selbst überraschte. Und Lilly, die sich zu ihrer Verwirrung hier festgehalten fand, saß still in ihrem Sesselchen und hörte zu. Alfred versuchte, der Trostlosigkeit seines England-Aufenthaltes etwas Komisches abzugewinnen. »Eines der Geheimnisse Englands besteht darin, den Kreis der eßbaren Dinge erweitert zu haben«, sagte er, indem er an die pastellfarbenen Törtchen anknüpfte, die Lilly soeben aufgegessen hatte. »Man ißt dort Torten aus Gips, Würstchen aus Sägespänen und Nierentalg, Pasteten aus Pappe und Hundefutter. Es gibt eine Schmiere, die man zum Schuheputzen und für das Frühstücksbrötchen verwenden kann. Das Brot ist eine Art aufgeweichter Filz, die Saucen werden aus Sacharin, Zahnpasta und Senf gerührt, der Senf hinwiederum besteht aus Maschinenöl und Schokolade, das nennt man ›spicy‹. Die Butter ist bitter und ein Butterbrot besteht aus einem nassen Salatblatt, das mit einem Klecks weißer, nach Vitriol schmeckender Mayonnaise verziert ist.« Lilly sah ihn mit großen Augen an. Sie war unschlüssig, ob Alfred übertrieb, oder ob er die Wahrheit sprach.

»Papi war oft in England«, sagte sie schließlich, als wolle sie auf sicheren Boden gelangen, und sofort fühlte Alfred, wie sie ihrem Beisammensein damit wieder etwas Unverbindliches gab, das es vorher nicht besessen hatte. Lilly wollte sich nicht von ihm einnehmen lassen, dachte er. Sie rief Eduard Has, den Papi, wie einen der vierzehn Nothelfer an, wenn die Lage für sie unübersichtlich wurde. Sein eigener Vater, der in den Main gefallen war und dessen langgestrecktes Grab der Fluß bildete, schwieg dazu. Alfred kamen Zweifel an, ob er überhaupt einen Vater besaß. Er dachte an den jungen Mann zu Hause auf dem Foto und fühlte, daß dessen träumerischer Blick auch ein Zeichen der Unzuverlässigkeit sein mochte. Lilly, die seinem Gesicht sehr nah war, da sie sich wie Kinder über den Tisch gebeugt hatten, bemerkte, wie seine Augen dunkler wurden. Zum ersten Mal empfand sie wirklich Neugier. Auch Alfred spürte das Kraftfeld zwischen ihnen und zugleich kam ihm ein unerhörter Einfall. Mit niedergeschlagenen Augen sagte er schließlich: »Mein Vater ist niemals in England gewesen.« – »Warum?« fragte Lilly, »warum ist dein Vater niemals in England gewesen?« Jetzt mußte es also heraus. Lilly hatte sich von ihm unterhalten lassen und forderte nun eine Steigerung. Die sollte sie haben. Mit belegter Stimme antwortete er: »Mein Vater hat sich vorher umgebracht.«

Das Café Feuerbach in seiner harmlosen Kaffee-und-Kuchen-Gemütlichkeit schien mit den Mächten des Nichts im Bunde. Immerhin ehrte die Feuerbachstraße das Gedächtnis des materialistischen Philosophen. Auch die Gesprächsrunde um Toddi Osten verbreitete sich gern und ausführlich über die Frage, ob man »es« tun würde, und dies ominöse Es stand für die Auslöschung der eigenen Person, mit der die Gymnasiasten, ohne selbst schon eine nennenswerte Persönlichkeit zu besitzen, gern spekulierten. Alfred hatte sich an diesen Unterhaltungen nie beteiligt, und doch hatte er heute den finsteren Gesprächskreis um Toddi Osten mit einem Satz in den Schatten gestellt. Lilly hatte die Fotografie von Alfreds Vater in der Hand gehalten, die wie viele Schwarzweiß-Fotografien auch etwas Bedrohliches ausstrahlte. Schwarzweiß fotografierte Häuser wirken oft, als seien sie inzwischen abgebrannt, schwarzweiß fotografierte Menschen wecken die Ahnung, sie hätten Schlimmes erlebt.

Alfred besaß in Lillys Augen plötzlich ein Schicksal. Das allzu harmlose Leben der Tanten Labonté, das nach dem Geschmack von Gymnasiasten kein besonders phantasieanregendes Milieu abgab, trat in den Hintergrund. Es kam ihm so vor, als sei Lillys Kopf ein Glas Wasser, in das man eine dieser japanischen Muscheln geworfen hat. Nach einer Weile öffnen sie sich langsam und entlassen zarte bunte Papierblumen aus ihrem Innern, die an Fäden der Wasseroberfläche entgegenschweben. Die Stille solcher Entfaltung wagte Alfred nicht zu stören, als sei er mit diesen Naturprozessen im Bunde, die für ihn ihre Arbeit verrichteten. Schließlich hatte sich der Gedanke in der schönen Hülle fertig ausgebildet, Lillys Blick verfestigte sich und ihre Lippen öffneten sich zu einer Frage: »Wie alt war er, dein Vater?« Und indem sie sich der kryptischen Redeweise des Toddi-Osten-Kreises bediente, fragte sie weiter: »Wie alt war er, als er 'es' getan hat?« Und Alfred antwortete, fast unabsichtlich, weil sich nun alles von selbst ergab: »So alt wie ich.«

Lilly sah ihn prüfend an: »So alt wie du? Aber dann muß er ja...«, und sie stockte, als wage sie die Folgen nicht zu Ende zu denken. »Wieso nicht?« fragte Alfred und Lilly fand, daß ein befremdlicher Hochmut auf einmal auf seinem Gesicht lag. »Er starb kurz nach meiner Geburt.« – »Mit achtzehn«, sagte Lilly und hörte nicht auf, Alfred zu betrachten. Hinter dem Staunen in ihren Augen zeichnete sich zugleich die Erkenntnis ab, daß sie Alfred offenbar vollkommen falsch eingeschätzt hatte.

Lilly und Eduard Has verspäteten sich an diesem Tag zum Mittagessen. Dorothée aß schließlich allein. Die Kehrseite der Disziplin, die es ihr ermöglichte, sich auch bei kühlem Regenwetter in den Moorsee zu tauchen, war eine Abhängigkeit von den festgelegten Zeiten, wenn es ums Essen ging. Jede geringfügige Verschiebung einer Mahlzeit verdarb ihr schon den Appetit. Sie nahm ja ohnehin fast nichts zu sich, und Has aß ohne rechte Freude, wenn er sah, wie wenig sie sich auf den Teller genommen hatte. Daß ihm hier etwas fehlte, war ihm niemals richtig aufgefallen, obwohl er immer hochzufrieden war, wenn er Etelka schmausen sah. Er hatte mit Dorothée niemals das Vergnügen gekannt, lustvoll gemeinsam zu essen. Das meiste, was in den Schüsseln lag, war stets nur für ihn bestimmt.

Es kam übrigens immer wieder vor, daß er später eintraf. Dorothée aß mit Sorgfalt ihre ausgestochene Grapefruit, trank dann eine Tasse Bouillon mit viel Petersilie, schnitt ein Stück von einer dünnen Scheibe Kalbsbraten ab, nahm eine kleine Kartoffel und etwas Erbsen- und Möhrengemüse, und war schon bei der Quarkspeise, als Has wortkarg am Eßtisch Platz nahm. In der Erregung, in der er sich befand, hatte er vergessen, Lilly im Café Feuerbach abzuholen. Als sie schließlich mit einem sanften Vorwurf in den Augen erschien, waren die Silberschüsseln aus der Kaiserzeit, die einen Mißton in Szépregyis Interieur brachten, schon wieder in der Küche.

Bei den Tanten Labonté war es indessen ein größerer Unfall, zu spät zum Essen zu kommen. Am Tisch ihres Vaters, neben dem stets die zweispitzige Tranchiergabel und lange Messer lagen, um wie die rutenumschürten Beile der römischen Konsuln die väterliche Gewalt zu bezeichnen, hatte sich niemals irgend jemand verspätet. Trotz dieser strengen Tradition erfüllten jedoch weder Zorn noch der Gedanke an Strafe die mütterlichen Herzen der Tanten, als Alfred nicht eintraf, sondern nur mühevoll zurückgehaltene Unglücksahnungen. »Was machen wir nur, was machen wir nur?« rief Fräulein Emig, ohne damit ernsthaft einen Weg aus der Ratlosigkeit zu suchen. »Der Brei muß heiß gegessen werden, so wie er vom Feuer kommt, sonst stockt er«, fügte sie sachlich hinzu, als ob sie sich selbst belehren wolle. Sie hatte nämlich Kartoffelpüree bereitet, das wohl schon fest geworden war. Das war zum Glück die einzige Katastrophe, die dem Mittagessen drohte, denn im übrigen gab es Sauerbraten, dem ein wenig Warten bei mäßiger Wärme nicht schadete, und eine karamelfarbene Sahnesauce mit dicken Rosinen und danach Armen Ritter aus eingemachten Kirschen, den sie ohnehin erst während des Hauptgangs in den Ofen schob, damit er nicht zu trocken wurde. Saftigkeit verkörperte an erster Stelle das, was Tante Mi unter guter Küche verstand. Mindestens zweimal in der Woche bemerkte sie mißmutig: »Man hätte die Kartoffeln noch etwas schmälzen können.« Fräulein Emig nahm sich solche Bemerkungen sehr zu Herzen, das milde Tildchen mußte dann vermitteln. Alfreds Ausbleiben aber war durch keine wohlwollende Deutung zu beschönigen. Die drei alten Frauen saßen im dunklen Eßzimmer, das selbst an diesem strahlenden Tag nur ein paar vereinzelte Sonnenflecken auffing, um den akkurat mit werktäglicher Fayence gedeckten Tisch, dessen weißer Damast aus den Zeiten des Vaters von der überaus praktischen, durchsichtigen Plastikdecke gedämpft wurde. Diese Verspätung erschien den Tanten auf einmal bedenklicher als selbst die nächtlichen Ausflüge. Tante Mi fragte sich sogar, wann der Ablauf des Tages schon einmal derart gestört worden sei, seit Alfreds Vater das Haus verlassen hatte.

Wenn die Scharnhorst wissen wollte, was in den Häusern, deren Torwege sie fegte, gegessen wurde, mußte sie in die Abfalltonnen schauen. Bei der Familie Has fand sie Grapefruitschalen und Erbsenkonservendosen, bei den Labontés hingegen eine nahezu lästerliche Menge Eierschalen. Inzwischen gehörte sie aber selbst zu den Westendköchinnen und teilte an diesem Tag mit Fräulein Emig und Dorothée sogar das Schicksal, mit dem Essen warten zu müssen. Kurt blieb aus, dem sonst, wie Dorothée, der Magen knurrte, daß man die Uhr danach stellen konnte, der aber anders als Dorothée, dann auch wirklich aß. Was die Scharnhorst für ihn zubereitete, blieb im Hause Has kein Geheimnis, obwohl niemand in der Mülltonne nachsah. Um die Mittagszeit kroch über das schwarzglänzende Linoleum des Treppenhauses ein beizender Geruch bis in die Dachetage. Die Scharnhorst wußte seit eh und je, daß Kohlgerichte am besten gerieten, wenn sie viele Stunden bei geringer Hitze vor sich hinköchelten. Dann hing tagelang der Dunst im Treppenhaus und ließ sich durch kein Lüften vertreiben. Das Duftfurioso, das entstand, wenn sie in dichten Qualmwolken prasselnd und spritzend grüne Heringe briet, war dem gegenüber zwar zunächst atemverschlagend, flog aber schneller vorüber. Natürlich hätte man sich unangemessen ausgedrückt, wenn man behauptet hätte, die Scharnhorst »koche gern«, so als sei sie eine Bürgerdame, die sich den Luxus von Vorlieben leistete. Sie kochte, wie sie alles tat, nämlich mit ganzem Herzen, und führte den Pfannenstiel so kraftvoll wie den Schrubber. Seit dem Umzug in das Souterrain aber war etwas Mechanisches in ihre Bewegungen geraten. Was sie auch kochte, den höllisch brodelnden Eintopf oder die fettgetränkten Bratkartoffeln, sie war nicht mehr mit ganzen Herzen dabei. Die Scharnhorst war in einem Lebensnerv getroffen, seit sie sich ihre Wohnung erstritten hatte.

Zunächst schob sie die Dämpfung ihres Lebensgefühls, die sie durchaus selbst feststellte, auf die neue Sorge um ihren Sohn. Mit einem Seufzer der Erschöpfung hatte sie begriffen, daß sie die

Hände so lange nicht würde in den Schoß legen können, bis Kurt Scharnhorst richtig untergebracht war. Sie wußte, daß es leichter sein würde, ihren Sohn selbst zu ernähren, als für ihn eine Stellung zu finden, der eine gewisse Dauer beschieden war. Man mußte Sinn haben für Kurt Scharnhorst, um mit ihm auszukommen, man mußte ihn zu nehmen wissen und durfte nichts tun, was sein empfindliches Ehrgefühl reizte. Bei dem Kartoffelgroßhändler, der ihm immerhin einen eigenen Drückkarren anvertraut hatte, mit Waage und Gewichten, abschließbarer Geldkassette und einem Berg Kartoffeln aus der Wetterau, hatte es, kaum daß mit dem Drückkarren der Umzug bewerkstelligt worden war, schon wieder Krach gegeben. In der Großmarkthalle herrschte ein Ton, den Neulinge leicht mißverstanden. Andererseits war man auch bereit, mehr einzustekken als anderswo. Wüste Beschimpfungen nahm man kaum zur Kenntnis. Nur Kurts beständige Weinerlichkeit und sein Einklagen von Entschuldigungen stießen in der Großmarkthalle auf wachsende Gereiztheit. Da warf Kurt den hochrädrigen, vollbeladenen Karren seinem Chef zum Abschied buchstäblich vor die Füße, eine staunenswerte körperliche Leistung, die dem schwammigen Burschen niemand zugetraut hätte. Es war sechs Uhr morgens, als er wieder vor seiner Mutter stand, die radiohörend Milchkaffee trank und schon ahnte, daß es mit der eben erst geschaffenen Regelmäßigkeit in seinem Leben schon wieder vorbei war. Sie klagte ihn nicht an, denn sie wußte, daß er unschuldig war. Das war das einzige Licht im Unglück: die absolute Schuldlosigkeit ihres Sohnes und damit auch ihre eigene Unschuld als seine verantwortliche Erzieherin. Diese Gewißheit stärkte das Rückgrat der Scharnhorst, so verbogen es war, und gab ihm die Kraft, die frühmorgendliche Heimkehr ihres Sohnes vom Großmarkt zu tragen.

Der Schuldbegriff der Scharnhorst war eben weniger im Juristischen als im Philosophisch-Religiösen verankert. Wenn sie sich mit Blick auf ihren Sohn als makellose Mutter betrachten konnte, so ging es ihr anders in der Beziehung zu Dr. Eduard Has, ihrem neuen Hausherrn, der ihr Todfeind gewesen war, als er sich weigerte, sie in sein Haus zu lassen, und der nun bedingungslose Ergebenheit fordern durfte. Es war ihr klar, daß eine Bindung entstanden war, als Has ihr den Schlüssel zum Souterrain übergeben hatte. Jetzt war sie am Zuge, sich des Vertrauens wert zu erweisen, um nicht selbst auf einmal schuldig zu werden und zum ersten Mal in ihrem Leben nicht mehr rein wie ein frisch gewaschenes Stück Porzellan dazustehen. Dabei dachte sie an ihr neues weißes Waschbecken, das sie wie alle anderen neuen Sachen unerbittlich an ihre Pflicht erinnerte. Kurt klopfte in diesen Tagen seiner wiedergewonnenen Freiheit die Teppiche in den Höfen der Umgegend. Nur an die Teppiche des Hauses Has durfte er nicht Hand anlegen, da Dorothée fürchtete, er werde die alten Seidenstücke mit ein paar Schlägen des Rohrklopfers zerfetzen. Die Scharnhorst erwartete Kurt mit Angst im Herzen. Seit einer vollen Woche war Dr. Has mit seiner Familie zurückgekehrt, und sie hatte immer noch nicht ihre Pflicht getan! Was würde sie sagen, wenn man vor sie hintrat und sie fragte, was ihres Amtes gewesen wäre! Draußen fuhr ein Auto vor, die Tür fiel matt ins Schloß. Sie drehte die Gasflammen aus und war gefaßt, Herrn Dr. Has in jedem Augenblick eintreten zu sehen.

Es klopfte aber niemand. Has eilte statt dessen dem Aufzug entgegen. In Gedanken verweilte er immer noch bei der Unterredung mit Olenschläger. Er fand, daß er sich per saldo vielleicht nicht eben glanzvoll, aber doch recht geschickt verhalten habe, was ihm keineswegs immer gelang. Diese Zufriedenheit überdeckte die Besorgnisse, die Olenschlägers Eröffnungen hätten einflößen können. Gewiß gab es da ein paar Schwierigkeiten, Engpässe, eine durch Olenschläger verschuldete Unübersichtlichkeit der Lage. Da sollte der Vetter nun getrost auch allein wieder herausfinden. In diesen Überlegungen verriet sich die Hochachtung, die Has im geheimen seinem Kompagnon entgegenbrachte. Es gab nichts, dessen er Fred nicht für fähig hielt. Deshalb lobte er seine Voraussicht, für künftige Kämpfe noch Geschütze zurückbehalten zu haben. Im Durchdenken des Gesprächs war er in Eifer geraten, er ließ sich ganz von der Erregung, die sein vormittägliches Erlebnis auslöste, ergreifen und empfand sogar eine gewisse Dankbarkeit, daß es nun wieder einmal etwas gab, das ihn mit Haut und Haaren gepackt hielt.

Als ob es sonst nichts zu denken gegeben hätte! Has hatte seit seiner Abfahrt in die Steiermark die Beziehung zu Etelka schleifen lassen, und damit inzwischen wirklich eine offene Lage geschaffen. Zunächst hatte er ihr nicht geschrieben, um sie für ihr Gezeter zu bestrafen. Danach hatte er nicht geschrieben, weil er nicht wußte, wie er nun wieder anknüpfen sollte. Daraufhin hatte er nicht geschrieben, weil er keinen unbeobachteten Augenblick dafür gefunden hatte. Dann hatte er nicht geschrieben, weil Szépregyi ihn in taktvoller Weise fragte, ob er denn Etelka nicht geschrieben habe, es sei noch keine Post für ihn da. Auf diese Frage hin war ihm jede Lust vergangen. Im übrigen schrieb Etelka nie, aus Vergnügen nicht, und in der Not schon gar nicht. In beiden Gemütslagen war sie die Duldende. Einmal hatte er sie nach einem Streit eine ganze Woche ohne Nachricht gelassen. Als er schließlich anrief, erfuhr er, daß sie hohes Fieber und Schmerzen habe, und auf seinen Vorwurf, warum sie denn dann nicht von sich hören lasse, antwortete sie leidend: »Du mußt doch spüren, wenn es mir schlecht geht.« Das schien sie wirklich zu glauben, was Has in tiefe Ratlosigkeit stürzte. Sie selbst hingegen liebte es, Post zu bekommen, und zitierte aus weit zurückliegenden Briefen jene Stellen auswendig, die Has in augenblicklicher Begeisterung unbedacht aus der Feder geflossen waren. Er bereute im übrigen diese Briefe auch im nachhinein nicht, sondern litt nur darunter, daß Etelka Geständnisse, die unter einem einzigartigen, unwiederholbaren Eindruck abgegeben worden waren, als ewig gültigen Schwur auffassen wollte. Has ahnte, daß ein einziges kurzes Briefchen von ihr, aus drei Worten bestehend, ja, vielleicht nur aus ihrem Namen, sein Schweigen in der Steiermark augenblicklich gebrochen hätte. Er vermochte manchmal, allerdings nur sehr selten, ihre und seine Handlungsweise von außen zu betrachten. Er bemerkte dann voller Befremden, wie gesetzmäßig ihrer beider Verhalten war – er schrieb nicht, weil er wütend war und wartete, daß sie sich entschuldigte, und sie schrieb nicht, weil sie nie schrieb und sich außerdem im Recht fühlte. Und so blieben denn nur zwei Möglichkeiten für die Zukunft offen: Entweder man beließ es bei dem Schweigen und verlängerte es in die endgültige Trennung hinein, oder man tat eines Tages, als sei gar nichts geschehen, und nahm das gemeinsame Leben, ohne den Vorfall zu erwähnen, wieder auf.

Has mußte sich nun eingestehen, daß er nach sechswöchiger Enthaltsamkeit Sehnsucht nach Etelka empfand. Tagelang grübelte er darüber nach, wie er am besten wieder mit ihr ins Gespräch komme. Viel sprach dafür, einfach vor der Tür zu stehen, aber dazu fehlte ihm auf einmal der Mut, obwohl er doch damit rechnen durfte, immer gelegen zu kommen. Als die Trumfeller den Vetter

Olenschläger bei ihm meldete, war er gerade dabei, den Entschluß zu fassen, Etelka einen großen Blumenstrauß zu schicken. Er schickte ihr immer sehr hübsche Blumensträuße. Nun war der Vorsatz erst einmal aufgeschoben, denn Has mußte den Telefonhörer wieder hinlegen. Aber mit dem Aufschieben ist es eine bedenkliche Sache. Wer meint, etwas aufschieben zu können, tut so, als sei die Zukunft eine feste große Fläche, tragfähig und in ihrer Ausdehnung genau einzuschätzen, obwohl man doch weiß, daß das Unvorhergesehene und das Unvorhersehbare die eigentlichen Domänen der Zukunft sind. Im Fall der aufgeschobenen Blumenbestellung erwies sich die Zukunftsplatte, auf der geschoben werden konnte, denn auch als überraschend kurz. Der Blumenstrauß erreichte im Nu ihr Ende und stürzte von dort in das bodenlose Massengrab der preisgegebenen Möglichkeiten.

Und damit Has die Macht der unversehens eintretenden Katastrophe auch wirklich zu spüren bekam, erhob sich ein Hindernis, als er nach dem Mittagessen und einer kurzen Siesta das Haus wieder verlassen wollte, um in die »Verwaltung« zurückzukehren und auf dem Weg den Strauß zu bestellen. Er war immer noch in Gedanken, als er aus dem Aufzug stieg, und erwachte erst, als ein Schrubberstiel seinen Weg hemmte. Has war kein Riese, überragte die Scharnhorst aber um einen ganzen Kopf und hätte sie übersehen, wenn nicht der aufragende Schrubber gewesen wäre. Er wollte sich schon abwenden, als ihm einfiel, auch hier endlich einmal Ordnung zu schaffen, denn es sollte nach seiner Rückkehr aus der Steiermark nun einmal nichts bleiben, wie es war. Has hatte ohnehin ein Auge auf die Scharnhorst geworfen, seitdem er wußte, wie sehr Etelka sie fürchtete. Die Zwergin amüsierte ihn, wenn er sich vorstellte, daß seine Geliebte vor ihr zitterte. Heute war ihm jedoch nach Streit zumute. »Die Düfte aus ihrer Küche«, begann er also, und wies die Scharnhorst darauf hin, daß der gepflegte Charakter des Hauses leide, wenn sich die Speisegewohnheiten der Bewohner derart durchdringend offenbarten. Zu seiner Enttäuschung fand er bei der Scharnhorst ein offenes Ohr, denn er war darauf vorbereitet, sie werde auf das Recht pochen, in ihrer Wohnung zu kochen, was sie wolle. »Überhaupt können Sie sich vollständig auf mich verlassen«, fügte die Scharnhorst ihrer unterwürfigen Beteuerung, den Übelstand zu beseitigen, hinzu. Ihre Augen funkelten, sie schien von einer großen Last bedrückt, so daß Has verwundert stehen blieb. »In jeder Hinsicht bin ich zuverlässig«, sagte die Scharnhorst und senkte ihre Stimme zum Verschwörerton. »Wer hier hereinkommt und wer hier herausgeht – ich sehe jeden! Ich höre jedes Geräusch im ganzen Haus!« Das mußte Has leider für wahrscheinlich halten, es ging ihm gleichfalls so. »Ich habe hier die genaue Übersicht! Und deshalb«, und nun winkte sie ihm, daß sie ihm ins Ohr flüstern wolle, und Has neigte sich gehorsam lächelnd zu ihr hinunter, weil die herrische Manier dieser Frau einfach keinen Widerspruch duldete, »und deshalb finde ich auch ganz recht, daß Sie da nicht mehr hingehen! Ich würde da an Ihrer Stelle auch nicht mehr hingehen!« – »Wohin?« fragte Has und strengte sich an, neugierig auszusehen. Die Unterhaltung war nach seinem Geschmack. Er liebte es, wenn kleine Leute sich wichtig machten und hegte einen reichen Anekdotenschatz absurder Dialoge, falsch verstandener Fremdwörter und grotesker Situationen, den er unverdrossen stets aufs Neue ausbreitete. Die Scharnhorst war, so sagte ihm seine Erfahrung, drauf und dran, diesen Schatz zu ergänzen. Sehr bald schon war ihm aber nicht mehr zum Lachen zumute.

Die Scharnhorst nahm für ihre Eröffnung nicht ungeschickt die Haltung an, als bespreche sie Vorfälle mit Has, die ihm selbst schon bekannt seien. Das Theaterspiel fand jedoch schnell ein Ende, denn sobald Has verstanden hatte, was sie ihm nahelegte, verlor er jede Zurückhaltung und ließ seine Wißbegier unbedenklich erkennen. Die Halle, die dieser Bezeichnung durch ihren flatternden und knallenden Hall, der jedes Geräusch durch das ganze Haus trug, mehr als gerecht wurde, war jedoch nicht der rechte Ort für den Austausch von Nachrichten solcher Tragweite. Und so begaben sich Herr und Botin, um sich im Sinn der antiken Tragödie auszudrücken, durch die blendenden Lichtreflexe der weiten Glas- und Linoleumflächen ins Souterrain, wo Has sich auf den Stuhl setzte, auf dem Kurt Scharnhorst gewöhnlich seine Mahlzeiten einnahm. Hier vertauschten sich die Rollen. Während vorher die Scharnhorst die treibende Kraft gewesen war, übernahm Has nun die Führung des Gesprächs.

Seine Fragen waren knapp und genau. Die Scharnhorst geriet ins Schwitzen, aber da sie Kraft besaß, zeigte sie sich auch der neuen Rolle durchaus gewachsen. »Wir fangen noch einmal von vorn an«, sagte Has und unterdrückte seine Unruhe. Die Scharnhorst stand vor ihm und barg ein reiches und schlimmes Wissen in ihrer verwachsenen Brust, das sie ihm nun eröffnen wollte. An ihm war es, die Seiten dieses entsiegelten Buches zu wenden und zu lesen. »Wann haben Sie die beiden zum ersten Mal zusammen gesehen?« fragte er also. »Schon früh, Herr Doktor, Sie waren kaum fort, ich hab mich schon gewundert«, antwortete die Scharnhorst. »Wann genau?« fragte Has. »Ja, wann sind Sie weggefahren – am Freitag, und dann am Samstag...« – »Am unmittelbar darauf folgenden Samstag?« – »Nein, es war wohl die Woche später.« – »Dann sagen Sie das doch auch bitte!« sagte Has streng. Die Scharnhorst straffte sich. Sie barst vor Pflichtbewußtsein.

Der Gang des Verhörs verlief in Rösselsprüngen. Mißverständnisse, Berichtigungen, Rückfragen und weit ausholende Erklärungen bezeichneten das Bemühen, den reinen Hergang der Ereignisse herauszuarbeiten. Beide waren von einer Art Wahrheitsrausch ergriffen. Es fehlte nur, daß über das Ergebnis des Verhörs ein Protokoll geführt wurde, aber auch ohne solch ein schriftliches Zeugnis schufen die Worte der Scharnhorst in Has ein unauslöschliches Bild des Verrates. Der Scharnhorst zufolge waren die Wochen der steirischen Sommerfrische in Frankfurt ereignisreich verlaufen.

In den Jahren seit dem Einzug von Etelka Kalkofen in die Dachwohnung der Schubertstraße Nr. 23 war zwar keine einzige Berührung zwischen der Betreffenden und dem schräg gegenüber wohnhaften Bundesbahnrat Rosendall festzustellen gewesen, wenn man davon absah, daß der erwähnte Rosendall Frau Kalkofen in seine auffällige Art der Begrüßung, das auch Dr. Has bekannte Schwenken des schwarzen Homburgs, einbezog. Es ist aber denkbar, daß diese Begrüßungen von Frau Kalkofen kaum einmal bemerkt wurden, da sie beim Gehen den Kopf stets gesenkt hielt, als suche sie etwas auf der Straße. An dem bewußten Freitag im Juli brach dann Herr Dr. Has mit seiner Familie in die Steiermark auf, nachdem er sich am vorhergehenden Abend von achtzehn bis dreiundzwanzig Uhr dreißig bei Frau Kalkofen aufgehalten hatte, um sich zu verabschieden – dies Detail stammte von Dr. Has, da die Zeugin den Zweck des abendlichen Besuches von ihrer Beobachtungsposition aus nicht einschätzen konnte. Dr. Has war von der Genauigkeit der Scharnhorstschen Einblicke verblüfft und für einen Augenblick nicht eben angenehm berührt. Am darauffolgenden Dienstag vormittag wurde Frau Rosendall von einem Fahrzeug des Deutschen Roten Kreuzes abgeholt, um in ein Sanatorium – der Name blieb der Zeugin unbekannt – in Bad Nauheim gebracht zu werden. Frau Rosendall wurde von zwei Pflegern gestützt, als sie die Treppe herunterkam, während Herr Rosendall sich nur kurz am Erkerfenster zeigte und sich sofort zurückzog, als er sah, daß der Wagen noch nicht abgefahren war. In den nächsten Tagen passierte überhaupt nichts. Die Zeugin gab allerdings an, daß sie seitdem in Erwartung lebte, da Rosendall die Abwesenheiten seiner Frau regelmäßig zu nutzen pflegte, indem er Zufallsbekanntschaften – weibliche, wie die Zeugin auf Befragung hinzufügte – bei sich beherbergte, aber auch mit Zechkumpanen die frühmorgendliche Ruhe störte – die Zeugin machte den jungen Alfred Labonté, Nachbarn von Frau Kalkofen, namhaft. Eine Woche nach der Abreise von Herrn Dr. Has in die Steiermark war es dann zu ersten deutlichen Annäherungen zwischen dem Bundesbahnrat Rosendall und Frau Kalkofen gekommen. Die Kalkofen kam an diesem Samstag gegen zwei Uhr vom Einkaufen zurück. Sie trug zwei schwere Tüten und ging langsam mit zum Boden geneigten Kopf.

Has wurde von dem Bild, das diese Beschreibung heraufbeschwor, tief getroffen. Wie oft hatte er Etelka in den letzten Jahren sich mit schweren Tüten dahinschleppen sehen! Wie oft hatte er sie beschworen, ihre Einkäufe aus einem kleinen Laden schicken zu lassen, was sie immer aufs Neue müde ablehnte, weil die Verkäuferin in diesem kleinen Laden »etwas gegen sie« habe. Has verfiel bei diesen Erinnerungen in Schwermut – kein Mißstand auf Erden schien vom guten Willen auch nur um Haaresbreite wegbewegt werden zu können.

Auch Herr Rosendall hatte zu diesem Zeitpunkt Besorgungen gemacht und kam gleichfalls schwer beladen, wobei es aus seiner Tüte klirrte, aus der anderen Richtung. Er beließ es diesmal nicht bei dem bekannten Schwenken des Homburgs. Has bereute, daß er sich jemals über den altmodischen Hut des Bundesbahnrates lustig gemacht hatte. Selbst die Materie besaß mitunter die Kraft, sich für Geringschätzung und Spott zu rächen. Mußte er außerdem Etelka mit albernen Sprüchen wie »Die Melone ist des Mannes Krone« auf den Träger des schwarzen Hutes aufmerksam machen?

Die Zeugin bemerkte aus sicherer Entfernung ein geräuschvolles Parlamentieren, von dem sie wörtlich trotz ihrer großen Ohren aber nur ein wiederholtes: »Ich bitte Sie, gnä' Frau!« auffangen konnte. Die Parteien traten in eine Art Handgemenge ein, es sah aus, als wolle der Bundesbahnrat Rosendall der Kalkofen die mühsam fast bis nach Hause geschleppten Tüten entreißen, dabei stießen seine Tüten gegen die ihren und klirrten noch heftiger. Die Kalkofen gab sich schließlich geschlagen. Nun fielen sogar Scherzworte, denn die Zeugin erinnerte sich an ein Geräusch, das wie ein tiefes Aufschluchzen klang, und das sie im nachhinein als unterdrücktes Gelächter deutete.

Ein Engel vom Himmel hätte mit seiner Botschaft keinen größeren Glauben finden können als die Scharnhorst mit ihrem Bericht, der für Has geradezu Wahrheit atmete. Zum Greifen deutlich sah er Etelkas Ziererei vor sich, die sie für gutes Benehmen gehalten hatte, als er sie kennenlernte, ihre alptraumhaften Redensarten: »Treten Sie näher«, »Halten Sie Platz«, »Greifen Sie zu«, deren Schrecken für ihn vor allem in der Vorstellung bestand, Dorothée könne Etelka einmal so reden hören. Es leuchtete ihm sofort ein, daß diese Sprache und die damit verbundene Haltung sofort wieder zurückkehrten, wenn er nicht mehr über Etelka wachte, aber er haßte in diesem Augenblick nicht sie, sondern die fatale Ritterlichkeit Rosendalls, die jene inzwischen verdrängten Eigenschaften mit sicherem Griff wieder hervorgezogen hatte. Rosendall verdarb sie bereits, als er ihre Tüten trug.

Die Zeugin gab an, daß der Bundesbahnrat nun ins Haus gebeten wurde. Nach etwa zwanzig Minuten verließ er es wieder, nicht ohne noch einmal zum Mansardenfenster emporzublicken. Has erinnerte sich, daß er in den ersten Monaten ihrer Liebe gleichfalls immer zum Mansardenfenster hinaufgesehen hatte, wenn er gegangen war. So weit die Zeugin ihren Augen trauen durfte, war am Mansardenfenster unter der grauen Blechkugel aber niemand zu sehen gewesen. Has empfand diesen Punkt der Aussage wie eine Insel, auf die er sich flüchten wollte. Er staunte, wie es mitten im Unreinen Nischen gab, in denen die Unschuld lebte wie Genoveva einstmals im hohlen Baum. Das Protokoll schwieg nun über die nächsten drei Tage, an denen, soweit es auf die Wahrnehmung der Scharnhorst ankam, gar nichts geschah. Allerdings gab sie zu bedenken, daß

Kurt Scharnhorst nicht mehr Hilfsbriefträger war. Was einen möglichen Briefwechsel anging, wollte sie sich daher nicht festlegen. Das Telefon spielte in der Phantasie der Scharnhorst aber überhaupt keine Rolle. Da sie niemals Einblick in die häuslichen Verhältnisse anderer Leute erhielt, hatte sie sich daran gewöhnt, denjenigen Teil des nachbarlichen Lebens, der ihrer Beobachtung preisgegeben war, nämlich den Aufenthalt auf der Straße beim Kommen und Gehen, für den maßgeblichen zu halten, und verfuhr damit nicht anders als die meisten Naturwissenschaftler bei der Bewertung neuer Phänomene.

Für den Dienstag abend konnte die Zeugin wieder Ergebnisse vorweisen. Gegen acht Uhr klingelte Herr Rosendall. Gleich darauf erschien Etelka mit rotbemalten Lippen und großen Ohrklips. Has ahnte, welche es waren. Er hatte ihr kurz vor der Abreise noch zwei rotgoldene Sonnen geschenkt, die wie Modeschmuck aussahen, aber echt waren. Sie stammten aus Rom. Dorothée nannte sie typisch für den italienischen Zirkusdirektorengeschmack, aber an Etelkas klassisch geformtem Kopf sahen sie aus wie der Schmuck der Phädra, so jedenfalls hatte Has sich ausgedrückt. Ein Taxi kam heran. Mehr, als daß beide nach freundlicher Begrüßung mit dem Taxi dann davongefahren waren, wußte die Zeugin für Dienstag abend nicht zu sagen. Über die Rückkehr konnte sie keine Angaben machen, denn da hatte sie wohl schon geschlafen. Auf Hasens enttäuschte Frage wies die Zeugin mit einer gewissen Schärfe darauf hin, daß sie um fünf Uhr früh aufstehe. Andere Beobachtungen wurden gerade durch dies Frühaufstehen ermöglicht. Am folgenden Freitag nämlich hielt im Morgengrauen um halb sechs ein Taxi in der Schubertstraße, dem Rosendall und die Kalkofen entstiegen. Sie vermochten sich zunächst nicht zu einigen, ob der Umtrunk, von dem sie offenbar zurückkehrten, wie sich aus der Lautstärke der Stimmen ergab, noch fortgesetzt werden sollte. Frau Kalkofen sei schließlich, nicht ohne Mühe, dem Rosendall in dessen Wohnung gefolgt.

Has fühlte sich auch hier wieder vom stechenden Wind der Wahrscheinlichkeit angeweht. Die mangelnde Trinkfestigkeit Etelkas war ihm nur allzu vertraut. Nach zwei Gläsern Sekt verwandelte sich ihr vertrautes Gesicht zur Maske, hinter dem ein völlig anderes Wesen hervorblickte. Has überfiel das Fürchten, wenn er diese

Verwandlung bemerkte. Gewisse Theorien über das Wesen der Besessenheit kamen ihm plötzlich in den Sinn. Selbst in den verliebten Stunden, die vom Wein beflügelt zu werden pflegen, versuchte er, ein ausuferndes Besäufnis, wie es gelegentlich nach seinem Geschmack gewesen wäre, bald zu vermeiden. Statt dessen brachte er nun zu solchen Gelegenheiten eine im Eisschrank der »Verwaltung« schon gekühlte halbe Flasche Champagner mit. Rosendall brauchte solche Bedenken nicht zu hegen. Das einzige Ziel eines solchen Mannes mußte es sein, sie möglichst schnell betrunken zu machen. Has war angewidert, als er sich die Szene im Morgengrauen vorstellte, aber der Jammer, der ihn ergriff, als er Etelkas schwankende Schritte vor sich sah, war noch größer. Je zerbrechlicher die Wesen sind, desto leichter sind sie zu zerstören. Diese Einsicht lenkte seinen Blick von dem, was Rosendall in Etelka angerichtet hatte, auf die Voraussetzung dieses Zusammenbruchs, nämlich Etelkas Zartheit und Schwäche. Und von nun an wurde es immer schwerer für Eduard Has, das unbeteiligte Gesicht des Untersuchungsrichters zu wahren.

Konnte die Scharnhorst aus ihrem Beobachtungswinkel heraus zu letzten Gewißheiten gelangen? Has hielt das jedenfalls nicht mehr für erforderlich, nachdem er die geschilderten Bilder an sich hatte vorüberziehen lassen. Ein reger Verkehr zwischen beiden Häusern, die sich gerade so schräg gegenüberlagen, daß man sich nicht mehr in die Fenster sehen konnte, war bewiesen. Rosendall hatte mehrfach mit Blumensträußen, immer aber mit Flaschen an der Tür der Schubertstraße 23 geklingelt und war stets eingelassen worden, um für Stunden im Haus zu verschwinden. Etelka hatte aber auch Gegenbesuche abgestattet, immer schöngemacht und festlich geschmückt, und einmal hatte die Scharnhorst sie sogar am Rosendallschen Erkerfenster mit einem Lappen oder Staubtuch auftauchen sehen. Sie legte offenbar ordnende Hand an das verwahrloste Heim des Strohwitwers.

»So ist das also«, sagte Has mit belegter Stimme, als er die unsichtbaren Akten schloß. Ihm war, als tauche er aus einem Wirbel kreiselnder Details auf. Vor ihm lag groß und übersichtlich das fertige Bild. Die Scharnhorst stand immer noch da und zeigte in ihrem Gesicht einen Eifer, als sei sie bereit, die ganze Verhörprozedur zu wiederholen. Seit Wochen hatte sie sich nicht so wohl in ihrer Haut gefühlt. Ihrer Beobachtungsgabe konnte allerdings nicht entgehen, daß sie dem Mann am Tisch keine Freude bereitet hatte. Has war blaß unter der steirischen Regenluftbronze. Seine Züge bekamen etwas leicht Quellendes, als bekomme er keine Luft. Und Atemnot überfiel ihn jetzt tatsächlich, denn als die Scharnhorst verstummt war, und die bedrängende Szenenfolge, die ihre Worte heraufbeschworen hatten, wieder zurücktrat, stürzte auf ihn die Welt ein, die ihn in seinem eigenen Souterrain umgab und die hinter den alarmierenden Neuigkeiten des Verhörs unsichtbar geblieben war.

Er sah die riesige weißblonde Puppe, die ihre Beine naiv gespreizt hielt und von dem Pfauenrad ihres weißen Abendkleides weithin umstanden war, und das hellblaue Küchenbüfett, das wie eine Panzersperre im Raum lag, seitdem ihm unter Kurt Scharnhorsts heftigem Rücken und Schieben die Beine abgebrochen waren. Er roch Kurt Scharnhorsts Mittagessen, und er sah den Eifer im Gesicht der Zwergin, die treuherzige Ergebenheit eines Metzgerhundes, der nur auf das Zeichen seines Herrn wartet, um den Postboten in Stücke zu reißen. Die Scharnhorst war durch ihre bereitwilligen Eröffnungen in seinen Augen nicht etwa zu einem liebenswerteren und angenehmeren Menschen geworden. Er sah sie im Gegenteil nun auf einmal mit solchem Widerwillen an, daß er keinen Augenblick länger in ihrer Gegenwart verbringen wollte, sprang vom Stuhl auf und wandte sich wortlos von ihr ab, als besitze sie soviel Leben wie ihr Schrubberstiel.

In diesem Augenblick verdunkelte sich der Keller, und Has fuhr zurück, als er die Tür fast vollständig von einem fleischernen Turm ausgefüllt sah. Erst in den niedrigen Souterrainräumen bekam der Sohn der Zwergin sein wahres Format. Es war aussichtslos, sich an Kurt Scharnhorst vorbeizuzwängen. Seine Hand umfing die von Has wie ein großer nasser Schwamm, während die Mutter, die über den Ablauf wachte, rief: »Mach deinen Diener!« Kurt Scharnhorst befand sich gleichfalls im Zustand beträchtlicher Erregung, natürlich aus anderen Gründen als Has, und warf seinen dicken Kopf fast wie einen Fußball nach vorn. Die Brille flog Has von der Nase und glitt hinter das hellblaue Küchenbüfett. Alle Köpfe fuhren nach unten, sahen aber im Dunkel des mit Möbelbeinen vollgestellten Bodens nichts. Während Has, den das Verlieren der Brille jedesmal in große Not versetzte, auf dem Boden wie ein Blinder herumtastete, sagte die Scharnhorst, die erst: »Dummer Bub, dummer Bub« geschrien hatte, mit plötzlichem Wechsel des Tonfalls, als habe der zwischen den Möbeln umherkriechende Has bereits das Zimmer verlassen: »Wo warst du nur? Das Essen war doch schon heiß!« Kurt Scharnhorst, den das Malheur mit der Brille durcheinandergebracht hatte, antwortete etwas gedämpfter als sonst und doch wie der Donner grummelnd: »Ich war bei der Frau Kalkofen zum Teppichklopfen und Gardinenaufhängen. Da war auch ein Mann zu Besuch, der uns scheint's kannte.« – »Da gehst du mir nicht mehr hin!« rief die Scharnhorst überlaut, indem sie hoffte, daß der zwischen den Stühlen und Kartons tastende Has ihre Dienstwilligkeit und Loyalität wohl heraushören würde. »Aber warum denn nicht?« fragte der Sohn in dumpfer Entrüstung, »der Mann will mich haben! Da hab ich Aufstiegschancen! Das ist ein großes Unternehmen.« – »Nein, mit den Leuten wollen wir nichts mehr zu tun haben. Die sollen ihren Dreck jetzt selber wegmachen«, sagte die Scharnhorst in unvermindertem Bestreben, das Ohr da unten auf dem Boden mit ihren Worten zu erreichen. »Entrümpelung, Haushaltsauflösungen, Transporte –, das wär wie gemacht für mich, meint der Mann«, sagte Kurt grüblerisch und zugleich von der unversehens eröffneten Möglichkeit zu tief beeindruckt, als daß ein mütterliches Verbot schon beim ersten Mal genügt hätte, den großen leeren Kopf von der in ihn eingedrungenen Idee zu reinigen. Has hatte seine Brille nun gefunden. Er war mit zwei Schritten aus der Tür und setzte die Gläser erst draußen wieder auf, zu spät, um noch den Ausdruck der Scharnhorst zu sehen, die ihren Sohn mit allen Zeichen aufsteigender böser Ahnungen, ja, des Entsetzens betrachtete.

Was tat Eduard Has nach diesem Aufenthalt im Souterrain seines Hauses? Er tat nichts, aber dies Nichtstun unterschied sich wesentlich von dem Nichtstun, das die Woche seit seiner Rückkehr aus der Steiermark ausgefüllt hatte. Das war ein Nichtstun der Ratlosigkeit, ein Zaudern, ein Leben in Parenthese gewesen. Das neue Nichtstun hingegen war tätiges Handeln, beredtes Schweigen, willentlicher Verzicht auf Gewohnheiten, die vorher den ganzen Tag beherrscht hatten und nun ohne Ersatz abgebrochen worden waren. Has stieg im Aufzug aus dem Souterrain wie aus einem feuchten, klebrigen

Sumpf empor. Der Schmerz, der ihn nach den ersten Worten der Scharnhorst wie eine Verbrühung mit kochendem Wasser überlaufen hatte, brannte immer noch, aber sonderbarerweise, als sei er eine rein körperliche Empfindung, die die Frische und die Freiheit der Seele ganz unberührt ließ.

Er stellte zu seinem Erstaunen fest, daß er an Etelkas Zukunft, die nun ohne ihn verlaufen würde, denken konnte, ohne dabei jene Erschütterung zu erleben, die ihn während des Verhörs der Scharnhorst um seine Fassung hatte fürchten lassen. Wie würde Etelka nun leben? Wer würde die Hand über sie halten? Die flüchtigen Bilder des grüßenden Rosendall, kaum aus den Augenwinkeln wahrgenommen, verdichteten sich zu einer geschlossenen Charakterstudie. Rosendall war ein Schmierenkomödiant, ein Pantoffelheld in Ehebanden, der sich durch Bordellbesuche Erleichterung verschaffte. Sowie die Frau zurückkam, war es aus mit dem Schubertstraßennachbarschaftsidyll. Dann würde Etelka darauf zu warten haben, wann Frau Rosendall die nächste Kur im Eisenbahnererholungsheim antrat. Ob Rosendall, was Etelkas Apanage betraf, in jene Verabredung von Gentlemen eintrat, die in flackerndem Lampenschein einstmals ausgehandelt worden war und die lange Zeit das Fundament seines patriarchalischen Doppellebens gebildet hatte, konnte Has nicht beurteilen. Er war zwar stolz darauf, mit einem Mann wie Kalkofen zurechtzukommen, und zog aus den Unterhaltungen mit dem Großaltwarenhändler, der mittlerweile bereits den zweiten und dritten Bunker mit seinem längst Antiquitäten genannten Gerümpel füllte, nachträglich viel Amüsement in der Art seiner Altfrankfurter Anekdoten, aber er durfte deshalb nicht für ausgeschlossen halten, daß ein Mann, der so verbindlich und öffentlich wie Rosendall zu grüßen verstand, auch Kalkofen zum Freund gewinnen konnte. Has wanderte durch seine stille Wohnung. Seine Bilder hingen Spalier wie eine schützende Leibwache. Durch die weit geöffneten Glastüren des Salons wehte der Sommerwind. Er atmete in seinem Haus, das er mit der jetzt mittagsschlafenden Dorothée und der gleichfalls ruhenden Lilly teilte – nichts war ihm genommen, bis auf ein verstohlenes Privatvergnügen in einer Mansarde, an dessen Stelle bald irgendein anderes treten würde.

»Es war im Grunde schon vorbei«, sagte Has, »es war eigentlich schon seit Jahren vorbei.« Er betrachtete den groben Sprung, den seine Beziehung zu Etelka eben gerade erhalten hatte, wie ein Restaurator, der eine beschädigte Vase untersucht und mit dem breiten Restauratorenfingernagel von der offensichtlichen Bruchstelle gleichsam stromaufwärts wandert, dorthin, wo ein mit bloßem Auge kaum mehr sichtbarer Haarriß beginnt, der dennoch die ganze Ursache des Unheils in sich trägt. Wann war der falsche Ton aufgekommen, den er nun in der Erinnerung ganz genau heraushörte, und der ihm vorher nur als ein Begleitumstand des Streites erschienen war, der nach dem Friedensschluß wieder verschwand? Bei Szépregyis Arbeit in Frankfurt? Oder schon, als er mit ihr bei Szépregyi in der Steiermark war? Vielleicht schon ganz zu Anfang, ununterscheidbar dicht verwoben mit den süßen Tönen der Zärtlichkeit, die ihm früher, in einer Zeit, die einem anderen Lebensabschnitt anzugehören schien, das Herz so heftig hatte schlagen lassen?

Sogar die Natur tat ihr Teil, um Etelka Kalkofen hinter einem Vorhang zu verbergen. Die Kastanien waren gewachsen und ihre Triebe bildeten einen undurchdringlichen Schirm, der von der Terrasse aus eine deutliche Handbreit über der Höhe lag, den er besessen hatte, als die »Verwaltung« die Liegenschaft Schubertstraße 23 kaufte. Von der Schubertstraße war inzwischen nichts mehr zu ahnen, und die graue Blechkugel über Etelkas Mansardenfenster blieb hinter grasgrünen Wogen verborgen.

Auch Dorothée schwieg, aber bei ihr war das Schweigen Ausdruck des Wartens. Von der Begegnung mit der Scharnhorst wußte sie natürlich nichts, aber sie hatte währenddessen geschlafen, und im Schlaf, der alle Willensregungen abfallen ließ, sank sie ganz und gar in ihre Instinktwachheit hinab. Sie geriet schlafend in eine naturhafte Harmonie mit den sie umgebenden beseelten und unbeseelten Wesen. Wenn sie dann erwachte, hatte sie oft über eine ungelöste Frage die zweifelsfreie Gewißheit gefunden. Sie mochte also zumindest etwas von den Veränderungen fühlen, zumal Eduard Has nach seiner Rückkehr aus der Steiermark nicht zu seinen Gewohnheiten zurückkehrte und ebenso kommentarlos, wie er sie bisher gegen Abend verlassen hatte, nun zu Hause blieb und sich mit seinen Auktionskatalogen beschäftigte. Dorothées Hoffnungen, die vor der Abreise in die Steiermark hellgrün aufgeschossen waren, hatten die eisige Stimmung in Szépregyis Haus nicht überlebt. Nun erwachte statt dessen ein sanftes, ungläubiges Erstaunen. Sie war fest davon überzeugt gewesen, daß Eduard Has sich, sobald er in Frankfurt angekommen war, in Etelkas Arme stürzen und für Wochen unsichtbar bleiben werde. Außer ihren Ahnungen besaß Dorothée, wie man weiß, durchaus auch Verstand. Sie maß ihm nur nicht besonders viel Wert bei, und dieser Verstand begann deshalb seine Berechnungen, auch ohne vom Herzen dazu beauftragt zu sein.

Bisher hatte Dorothée allen Grund, die unzugängliche Miene ihres Mannes in der Steiermark einzig auf sich zu beziehen. Sie kannte ihn hinreichend, um zu wissen, daß er zwar ausgeprägte Vorstellungen von dem besaß, was er machen wollte und was er für richtig hielt, es ihm aber an der erforderlichen Sturheit und Kälte fehlte, diese Vorstellungen gegenüber wirklichem Widerspruch auch durchzusetzen. Eduard Has fiel dann um, doch er ärgerte sich maßlos über seine Schwäche und begann, während ihn seine Gegner längst für überzeugt hielten, erst eigentlich mit dem Aufbau der eigenen Position. Er fühlte sich niemals treulos oder wortbrüchig, wenn er abgepreßte Zusagen nicht einhielt. Voll Eifer sagte er zu sich selbst, daß es Personen, die anderen ihren Willen aufdrängten und nicht genügend Takt besäßen, unsichtbare Grenzen der Einflußnahme wahrzunehmen, recht geschehe, wenn sie im Stich gelassen würden. Has hatte, das wußte Dorothée, eine Doktrin der Behutsamkeit und Rücksichtnahme entwickelt, die den wahrhaft gebildeten Menschen auszeichne, sehr bedenkenswerte Grundsätze, die von einem edlen Menschenbild ausgingen und von den angeborenen Rechten des einzelnen sprachen, die im ganzen aber in eben jener Schwäche wurzelten, die er kannte und die er nun vom gesamten Aufgebot der abendländischen Kultur geschützt wissen wollte. Dorothée befürchtete, daß sie in der Vorbereitung der Reise in die Steiermark zu weit gegangen sei, indem sie seiner Nachgiebigkeit allzu sehr vertraute. Auf dem Besitz Szépregyis war ihr dann allerdings vorgeführt worden, was sie davon hatte, wenn er nach ihren Wünschen verfuhr.

Nach der Rückkehr aus der Steiermark glaubte sich Dorothée aber erst recht nicht mehr auszukennen. Has blieb schweigend an ihrer Seite, obwohl doch nun die alte Ordnung der beiden Haushalte mühelos hätte wiederhergestellt werden können. Zunächst glaubte sie, daß Etelka nicht in Frankfurt sei. Anderntags sah sie auf der Straße die Blonde mit dem großen Nackenknoten in einem strengen weißen Sommerkleid, den Kopf zu Boden geneigt, mit ihrem zögernden Schritt, der Dorothée immer an das Rucken der Hühner erinnerte.

Dorothée ahnte nicht, daß sie ihrem Mann voraus war, der noch keine Verbindung mit Etelka aufgenommen hatte. Er konnte sich zwar nicht vorstellen, daß sie allein irgendwohin reiste, und sie hatte sich auch oft darüber beklagt, »als Frau«, wie sie nie verfehlte zu bemerken, dazu verurteilt zu sein, gleichsam in Hausarrest zu leben, aber sie hatte auf der anderen Seite während der Auseinandersetzungen, die der Abreise in die Steiermark vorausgingen, mehrfach gedroht, dann gleichfalls wegzufahren, mit unbekanntem Ziel, wie sie mit geheuchelter Gleichgültigkeit hinzufügte. Wenn sie also verreist war, dann mußte sie jedenfalls inzwischen zurückgekehrt sein. Dorothée erwartete, schon als der Tee gebracht wurde, was regelmäßig gegen halb fünf geschah, daß Has sich in der zerstreuten Weise verabschieden werde, die er annahm, wenn er zu Etelka ging, so, als stehe ihm nichts besonders Angenehmes bevor. Er rührte sich aber nicht. Die zerstreute Miene bewahrte er sich für sein Toastbrot auf, eine Reform Dorothées übrigens, denn bei der Olenschläger hatte es Kuchen gegeben.

Als sie Stunden später den spiegelnden Eßtisch für das Abendessen deckte, zögerte sie ihn zu fragen, ob er daran teilnehmen werde. Sie vermied jedes Klirren mit Tellern und Gabeln, als fürchte sie die Folgen des kleinsten Geräuschs, und sie traute ihren Augen nicht, als Has sich friedlich und ohne die Ankündigung, später noch auszugehen, an den Tisch setzte und von den Radieschen nahm. Nach einer Woche, die in gleicher Weise verlief, hatte die Neugier Dorothée mit solcher Macht ergriffen, daß ihre erloschenen Lebensgeister sich daran stärkten und zu neuer Kraft erwachten.

So sah sich denn das Ehepaar nach seinem Aufenthalt in der Steiermark, wenngleich nicht durch ihn, im Besitz jugendlich neuer Kräfte, denn auch auf Eduard Has wirkte die Nachricht von Etelkas Treuebruch nicht etwa nur niederschmetternd, sondern bei allem Schmerz, der für sich schon ein Zeichen wiedererwachter Lebendigkeit war, befreiend und reinigend. Has zog mit kühlem Kopf

Bilanz, während in seiner Brust freilich noch ein beständiges angstvolles Ziehen herrschte. Er stellte fest, daß der Schlag, den Etelka seiner Ehre und seiner Liebe versetzt hatte, nicht imstande gewesen war, ihn zu töten, und er staunte, daß dies schlimmste aller Ereignisse, bei aller Qual, die es bereitete, doch durchaus zu ertragen war. Diese Erträglichkeit legte er Etelka zum Nachteil aus. Der Zauber, den sie besaß, war offenbar zu matt. Die lebenslängliche Verfallenheit war ein Bluff. Er hatte plötzlich das Bedürfnis, sein eisernes Schweigen gegenüber Etelka der Welt irgendwie sichtbar zu machen. Freilich gab es kein Mittel, über dies Schweigen hinauszugehen. Es enthielt bereits den Gipfel aller möglichen Abwendung, die Versagung aller durch langjährige liebevolle Gemeinsamkeit erworbenen Rechte. Er wünschte dennoch, Zeichen zu setzen. Er mißtraute der tiefen, zu keiner Versöhnung mehr fähigen Verletzung seines Herzens zwar nicht, aber er wollte doch, auch als Ausdruck seiner Gesinnung, die nichts für wirklich hielt, was nicht in aller Form nach außen hin verkündet worden war, die letzten Brücken hinter sich abbrechen, und eine dieser Brücken war seine Scham vor Dorothée. Seine Bekenntnisse vor der Steiermark-Reise hatten nämlich seiner eigenen Ehrauffassung immer noch geschmeichelt. Has hatte sich damals als Opfer unbeherrschter Verliebtheit beschreiben dürfen. Nun mußte er einen gewissen Zaun überspringen: die aufdringliche Geliebte war auf einmal gar nicht mehr verliebt. Der eben noch scheinbar heiß Begehrte war heute schon der Betrogene. Er fürchtete Dorothées kühlen Blick und erwartete, sie werde ironisch auf das Ende dieser großen Passion herabblicken, eine Behandlung der Affäre, der er sich noch nicht gewachsen fühlte.

Eduard Has war deshalb von sich selbst überrascht, als er an einem der spätsommerlichen warmen Abende, nachdem Lilly sich verabschiedet hatte, noch während der Nachspeise ganz nachlässig und in gleichgültigem Ton von Etelkas Verhalten während seines Aufenthalts in der Steiermark zu erzählen begann. Er spürte, daß der Trieb sich mitzuteilen ihn weit davontrug, so sehr eine innere Stimme auch warnen mochte. Has gab sich Mühe, seine Erzählung auf eigene Kosten unterhaltsam zu gestalten, und wandte, als versuche er einem boshaften Kommentar zuvorzukommen, sogar das Mittel der Übertreibung an, um seine eigene Blamage recht deutlich zu machen. Es gehöre zur Peinlichkeit dieser Posse, sagte er, daß seine Niederlage so viele Zeugen unter dem »Gesocks« gefunden habe, womit die Scharnhorst, die Klusemann, die Hoffmann und Herr Herr etwa gemeint waren. Auch in der »Verwaltung« sei man informiert, worüber er jedoch rasch hinwegglitt. Lächerlicherweise wisse sogar der kleine Alfred Labonté Bescheid, der als Zechkumpan des Siegers im Streit um Etelka gewiß von Anfang an eingeweiht gewesen sei.

Dorothée hörte die Konfession mit unbewegtem Gesicht an. Zum erstenmal in ihrem Leben war sie sich bewußt, willentlich ihren Ausdruck zu beherrschen und sich nicht so zu geben, wie sie sich fühlte. Sie hatte das Gefühl, als würden köstliche, lebensspendende Essenzen in ihre Adern gegossen. Die untergehende Sonne war die Freundin dieses empfindlichen Naturkindes. Dorothée saß mit dem Rücken zum roten Sonnenball, dessen Strahlen tief ins Eßzimmer hineinreichten, und wirkte wie ein Schattenriß. Has sah ihr Gesicht nicht, obwohl sie neben ihm saß. Er blinzelte und wollte die Jalousie herunterlassen, aber sie legte die Hand sanft auf seinen Arm und bat ihn fortzufahren. Dem Ton, in dem sie mit ihm sprach, entnahm er, daß sie nicht plante, sich über ihn lustig zu machen, und er fühlte sich für sein Bekenntnis belohnt. Etelkas Untreue rückte in die Ferne. Er meinte nun, die eigentliche Wirklichkeit in seinem Leben sei stets dieses ruhige, alles verstehende Vertrauen gewesen, das Dorothée ihm in diesem Augenblick bewies.

Keine Saat ohne Ernte. Dorothée erkannte, daß sie die folgenden Stunden nicht so gut bewältigt hätte, wenn sie nicht von Carl Szépregyi derart umfassend im eheberatenden Gespräch ausgebildet worden wäre. Sie war gewiß nicht auf den Kopf gefallen, aber sie besaß von Natur aus nicht die Gabe, verwundete Seelen zu heilen oder wenigstens zu trösten. Ihr Instinkt sagte ihr, daß die meisten Leute zu recht litten. Wer gegen Naturgesetze aufbegehrte, der biß sich die Zähne aus, das war ein Gesetz, das durch sanftmütiges Zureden um nichts freundlicher wurde. Sie hatte mit Abscheu zugesehen, wenn Lilly, nach irgendeinem kleinen Sturz leicht verschrammt, auf den Knien ihres Vaters zu Rotz und Wasser zerfloß und in einem Tonfall Trost erhielt, als habe Has soeben Einblick in das ganze Leid der Welt getan. Dorothée tröstete nie. Bemerkenswerterweise versuchte Lilly aber auch gar nicht, von ihr Trost zu fordern, sondern heulte in ihrer Gegenwart eher mit dem Unterton der Wut als dem der Verzweiflung, und auch diese Tränen versiegten schnell, und das gab Dorothée, die von Has als unmütterlich empfunden wurde, in den eigenen Augen recht. Erst Szépregyi hatte sie mit den eigentümlichen Ritualen der Einfühlung in andererleuts Seelen bekanntgemacht, und obwohl sie Szépregyis Eindringen in diese Sphäre zunächst als hygienisch nicht ganz einwandfrei empfand, so lernte sie doch in ihrer Ratlosigkeit den Reiz des neuen Zeitvertreibs bald schätzen.

Wie gut sie ihre Lektion verstanden hatte, bewies sie, als sie gleich zu Beginn ihres Gesprächs mit Has Verrat an ihrem Lehrmeister übte. Jede Zweisamkeit gedeiht, die sich am Blut eines geopferten Dritten laben kann. »Das wichtigste scheint mir zunächst, daß wir über die ganze Sache nicht auch noch mit Cari sprechen«, sagte sie, als Has auf die Mitwisserschaft so vieler zu sprechen kam. »Die übrigen Leutchen, die du da aufführst, kenne ich alle gar nicht mit Namen«, fuhr sie fort. Sie finde es richtig rührend, daß er solche Mücken überhaupt wahrnehme. Er habe eben immer ein zu großes Herz gehabt und sogar eine solche Kalkofen, die gewiß ihre Qualitäten hatte, aber nun einmal nicht sein Genre war, derart ernstgenommen, daß sie darüber verrückt geworden sei. In seiner Gutherzigkeit stecke nämlich eine gute Portion Grausamkeit. Er müsse sich klar machen, daß er diese Frau auf dem Gewissen habe. »Diese Frau ist verloren«, sagte sie und entfaltete eine geradezu missionarische Nachdrücklichkeit. »Du hast sie in den Wahnsinn getrieben. Die Anlage dazu ist natürlich vorher dagewesen, aber das auslösende Ereignis warst du.«

Has horchte auf. Mit ihrer Warnung, Szépregyi ins Vertrauen zu ziehen, hatte sie eine Furcht in ihm berührt, die er sich noch gar nicht eingestanden hatte. Nach dem Aufenthalt in der Steiermark hatte sich bei Has das Gefühl des Vorbehalts gegen Szépregyi verfestigt. Aus Bequemlichkeit und um sich sein Zusammensein mit Etelka zu erleichtern, hatte er diesen Mann tief in sein Familienleben vorrücken lassen. Er gestand sich nun ein, daß ohne Etelka für Szépregyi im Grunde keine Funktion im Gefüge seiner Welt bestand. Man sieht, daß Has durch den Verlust Etelkas in die Stimmung eines allgemeinen und grundsätzlichen Aufräumens geraten war, so wie er das ausgebrannte, in der Fassade aber noch nicht völlig zerstörte Haus seiner Eltern ja auch nicht rekonstruiert, sondern bis auf die Grundmauern hatte einreißen lassen, um einen neuen Bau aufzuführen.

Als Etelka sich auf so verletzende Weise selbst aus seinem Leben extrahiert hatte, war eine Wunde in seinem Herzen zurückgeblieben, die sich gewiß schließen würde, die aber auch dazu aufforderte, die Vergangenheit ganz allgemein einer strengen Prüfung zu unterziehen. Und da gelangte man eben zu dem Ergebnis, daß die nunmehr ruinierte Lebensordnung, wie sie zwischen Has, Dorothée, Lilly, Carl Szépregyi und Etelka bestanden hatte, eigentlich schon lange nicht mehr nach seinem Geschmack gewesen war. Has begriff, daß es nun an der Zeit war, die allzu intim gewordene Familienfreundschaft mit Szépregyi zu lockern. Zweimal hatte er in den letzten Jahren Szépregyi in der Steiermark besucht, und beide Besuche standen im Zeichen Etelkas, auch wenn sie beim zweiten Mal zu Hause geblieben war. Ohne Etelka fehlte diesen steirischen Landaufenthalten offenbar jeder Sinn. Er staunte, daß ihm dieser simple Zusammenhang jetzt erst aufging.

Aber auch was Dorothée sonst alles sagte, enthielt für Has einen mild duftenden Balsam wie aus den kleinen schweren Töpfchen auf ihrem Toilettentisch. Das Rezept war einfach, aber seine Anwendung erforderte Kunstfertigkeit. Mehreres galt es bei diesem Drahtseilakt über den reizlosen Ebenen der Realität zu beachten. Zunächst mußte Dorothée der Versuchung widerstehen, die treulose Mätresse so rücksichtslos herabzusetzen, wie es nahe gelegen hätte. Ein solcher Triumph wäre nur ein flüchtiger gewesen, selbst wenn Has zunächst in die Schmähungen mit eingestimmt hätte, denn es war nicht eben ruhmvoll, viele Jahre lang mit einem niveaulosen Weibsstück gelebt zu haben, die einem darüberhinaus noch auf der Nase herumgetanzt und schließlich selbst den Schlußpunkt gesetzt hatte.

Sodann mußte sie vermeiden, Freude über die Wendung der Dinge zu zeigen. Sie mußte vielmehr den Anschein erwecken, als spiele es für sie nicht die mindeste Rolle, ob Has mit oder ohne Etelka, mit oder ohne eine andere Frau lebte. Er durfte unter keinen Umständen den Eindruck bekommen, als verspreche sie sich von der Zukunft ein anderes Leben.

Es galt fernerhin die Legende zu verhindern, Has sei von der

Entwicklung überrascht worden. Dorothée hatte den Nachweis zu führen, daß er von jeher die Fäden fest in der Hand gehalten hatte, und daß er es war, der in einem behutsamen Prozeß Etelka allmählich vorbereitet hatte, jenen letzten Schritt zu tun, den er ritterlich in ihren Handlungsspielraum hinein verlegte. Has staunte, wie gewandt Dorothée dieses Programm vortrug, dessen Argumente ihn überraschten, ihm aber auch völlig plausibel erschienen. Und wenn er auch nicht alles glaubte, was sie sagte, so war es ihm doch angenehm, daß sie offenbar so dachte, und er sah keinen Anlaß, sie zu widerlegen.

Es war längst dunkel geworden, und aus der großen Glastür zur Terrasse zog plötzlich ein kühler Wind, als das Gebäude, das Dorothée methodisch errichtet hatte, endlich stand. Es sah sehr schön aus, und Has, der einen Hang zum Architektonischen hatte, zeigte alle Neigung, dort einzuziehen.

Es hatte sich, um eine Redewendung der Gebrüder Grimm zu gebrauchen, zwischen Etelka Kalkofen und Eduard Has aber dergestalt zugetragen: In Frankfurt lebte ein Mann, der kunstliebende, kunstsammelnde Eduard Has, ein Mann in den besten Jahren. Dessen Blick fiel auf ein äußerlich überaus gelungenes Lebewesen von bescheidener Herkunft, das bei entsprechender Erziehung aber Erstaunliches versprach. Has, dem von seiten seiner Frau völlig freie Hand gelassen wurde, stürzte sich mit Feuereifer auf die Arbeit und siehe da, ein Schwan schien sich zu entwickeln. Zugleich aber begann das Unglück. Das strahlend herangebildete Geschöpf wurde vom eigenen Glanz, den es doch ausschließlich Has zu verdanken hatte, geblendet. Etelka begriff nicht, daß für die Kultur des Zusammenlebens, die Has ihr erschließen wollte, ein ernsthafter Verzicht auf alles Besitzenwollen geleistet werden mußte. Has, der von der Seite seiner Frau nichts anderes als diese diskrete und selbstverständliche Freizügigkeit kannte, wünschte nichts geringeres, als daß aus seinem Geschöpf eines Tages eine souveräne Frau wurde. Das Objekt seiner Wahl war aber letztlich zu einer derart befreienden Entwicklung nicht geeignet. Behutsam zog Has sich deshalb zurück. Unmerklich ermutigte er sie, die in seiner Schule erworbenen Eigenschaften auch vor anderem Publikum sehen zu lassen. Und er verschwand, sowie er spürte, daß sie die ersten eigenen Schritte unternahm, vollständig von der Bildfläche. Eduard

Has, der an ihr wie an einem eigenen Kind Anteil genommen hatte, blieb für eine Weile noch tief bewegt, denn nun zeigten sich erst die seelischen Anstrengungen, mit denen seine Arbeit an ihr verbunden war. Trotzdem hatte das Märchen im ganzen kein tragisches Ende, denn Eduards künstlerische Spielernatur hatte schließlich das Leben selbst, den würdigsten Gegner, in die Schranken gefordert und war in Ehren unterlegen.

Das Erstaunlichste an dieser Geschichte war, sie aus dem Munde Dorothées zu vernehmen. Szépregyis Künste waren hier auf einen Boden gefallen, der die tollsten Pflanzen hervortrieb. Beinahe hätte sie vor Vergnügen laut gelacht, und zwar nicht, weil sie ihre Erfindung komisch fand, sondern weil sie die Sicherheit, mit der sie die von ihr durchschauten Regeln anwandte, genoß. Und zugleich spürte sie auch, wie gut ihre Geschichte ankam, wie glänzend sie über die Rampe ging, um einen Ausdruck aus der Bühnensprache zu verwenden, der bei Dorothées erstem schauspielerischen Auftritt wohl am Platze ist. Wohlgemerkt, es ging ihr nicht darum, Eduard zu belügen. Sie wollte ganz einfach eine Wirkung hervorrufen. Sie fühlte, daß seine Seele erschüttert war und sich einem starken Eindruck nicht würde entziehen können. Dorothée begab sich in der Dämmerung am Eßtisch mutig in die Netze der Gegenseitigkeit. Bei jedem Schritt fühlte sie, wie dies Netz sich spannte. Eduards Überraschung und Dankbarkeit waren fast gleich groß. Er überließ sich Dorothées Schöpfung, dieser Neuschöpfung der letzten sieben Jahre, wie einer Massage, die jedem kleinen Muskel den rechten Platz zuweist.

Nachts lag Dorothée lange wach. Die ungewohnte Leistung hielt sie in der Welt des Bewußtseins zurück. Eine unerhörte Spannung war gewichen. Der Alptraum des steirischen Aufenthaltes verblaßte. Sie betrachtete nun von höherer Warte aus die Entwicklung ihres Gefühlslebens in den letzten Jahren. Was sie sah, war geeignet, sie in Staunen zu versetzen. Ihr Bild von sich selbst wankte und zerfiel. Sie wußte schließlich nicht mehr zu sagen, wer sie war. Ich bin eine vollkommen andere Frau geworden, dachte sie. Bei welcher Gelegenheit war ihre Katzenseele ausgerissen, von welchem Mondstrahl verführt? Als Dorothée Guggisheim verließ, um Has zu heiraten und in Frankfurt zu leben, hätte sie niemandem angeben können, warum sie das tat. Das hieß aber nicht, daß es keine Gründe gab, im Gegenteil, sie hätte nie dem Zufall die Richtung ihrer Fahrt überlassen. Sie wechselte damals das Revier, wie ein Tier das tut, dem die Geräusche des Windes, des Wassers, der Geschmack der Blätter, der Flug der Vögel mit tausend Stimmen zuflüstern, daß dies ein guter Platz sei, oder daß man besser noch weitersuche. Jetzt nachträglich und unter dem Einfluß der neuerworbenen psychologischen Deutungskünste, hätte sie wohl den tieferen Grund für ihren Umzug nach Frankfurt in dem Paradox gesehen, daß Has ihr fremder war als Guggisheim, möglicherweise das fremdartigste Wesen, das ihr bisher begegnet war. Guggisheim konnte sie verstehen, und das war manchmal unangenehm und verwickelte sie unwillkürlich in seine Person. Die Fremdheit von Has ließ sie ungeschoren und ermöglichte ein Nebeneinanderleben, dem für sie nichts Langweiliges anhaftete, sondern das Ausdruck ihrer Vorstellung von Natürlichkeit war.

Die Frage, ob sie Has liebte, stellte sich nicht. Hingegen war es nicht unwichtig, daß Has ihr in seiner täppischen Weise Liebesbeweise gab. Sie wollte willkommen sein, wo sie ihren Koffer ausgepackt hatte. Dauer, Beständigkeit, Freundlichkeit und Lautlosigkeit waren die Werte, die ihr etwas bedeuteten. Sie fand, daß sie Has, was seine Gewohnheiten anging, sehr weit entgegenkam. Sie fuhr mit ihm nach Bayreuth, suchte mit ihm gemeinsam einen Platz für ein neues Bild aus, sorgte dafür, daß Lilly in der Schule nicht sitzen blieb und empfing manchmal seine Gäste. Sie tat ihre Pflicht. Das klang etwas trocken, aber es war, über viele Jahre hin betrachtet, nicht wenig. Has hätte auch nicht gewußt, worüber er sich beklagen sollte. Dorothée war die vollkommene Ehefrau. Ein einziger Punkt, den er sich selbst kaum eingestehen mochte, störte gelegentlich die geordnete Ruhe ihres Lebens. Er besaß, wie man weiß, eine romantische Ader, die ihn manchmal zu Gefühlsäußerungen trieb, und damit vermochte Dorothée überhaupt nichts anzufangen. Sie wurde dann sarkastisch, so daß sich Has, der sehr empfindlich war, schämte. Seine romantische Ader wurde dadurch, um sich medizinisch auszudrücken, aber nicht verödet, sondern nur gestaut. Der Druck nahm mit den Jahren zu. Dorothée führte ein Leben in Übereinstimmung mit ihrer Natur, Eduard Has hingegen nicht. Die Krise, die sich aus dieser Ordnung der Dinge notwendig vorbereitete, blieb Dorothée jedoch so lange unsichtbar, bis sie sich längst voll entfaltet hatte. Auch dann verstand sie noch lange nicht, was genau in all den Jahren mit Eduard und ihr vorgegangen war.

Die große Veränderung in ihrem Leben, so stellte sie nun bei ihrem nächtlichen Rundblick über die Vergangenheit fest, war gekommen, als sie die innere Unruhe kennengelernt hatte. So wie die Vögel der Wandertrieb ergreift, so erwachte sie eines Morgens mit dieser körperlichen Unruhe, die ihr die Fähigkeit nahm, still zu sitzen, friedlich ihren Gewohnheiten zu leben und abends mit dem Gefühl, von einem Recht Gebrauch zu machen, ins Bett zu gehen. Es folgte die Entdeckung, daß Has sich in Etelka Kalkofen verliebt hatte. Dorothée glaubte, durch die Unruhe auf diese Entdeckung ahnungsweise vorbereitet worden zu sein, aber sie mußte die Erfahrung machen, daß ihre innere Spannung nicht nachließ.

Zunächst war sie daraufhin der Überzeugung, daß ihr Zustand mit dem befremdlichen Betragen ihres Mannes nichts zu tun haben konnte. Später kam die Zeit der Gespräche mit Carl Szépregyi. Er belehrte sie, daß die innere Unruhe sehr wohl mit dessen auswärtigen Verpflichtungen zusammenhänge. Es kam zu einer Art Dammbruch, daran erinnerte sie sich genau, als sie sich entschloß, Szépregyi rechtzugeben. Augenblicklich stieg die innere Flut an und überschwemmte sie, als ob die Unruhe nur darauf gewartet hätte, beim rechten Namen genannt zu werden. Sie machte dann die Beobachtung, daß diese quälende Unruhe nachließ, wenn sie sprach. Damit geschah ein weiterer Schritt der Umstülpung und Neufassung ihres Charakters. Sie begann sich nun ganz gezielt die frisch entdeckte Linderung zu verschaffen. Sie sprach viel, ließ sich vom Sprechen verführen und stellte fest, daß die Wörter die Fähigkeit besaßen, immerfort neue Wörter zu gebären, die sich wiederum fruchtbar verhielten. Wenn man lang genug sprach, geriet man schließlich ohne Mühe in Regionen, die auszudrücken vorher selbst im Traum nicht gelungen war. In dem Maße, wie sie die Erleichterung vom inneren Druck während des Sprechens genoß, fiel ihr bei Seitenblikken auf den Zuhörer aber auch auf, daß sie mit ihrer Hemmungslosigkeit Eindruck machte, vielleicht auch, weil sie so lange geschwiegen hatte. Szépregyi staunte, und Has nicht minder. In der Steiermark dann schien das Mittel zu versagen, oder besser, Dorothée hatte keine Lust mehr, es weiterhin zu gebrauchen. Die Unruhe war jetzt zu einem Schmerz geworden, den sie ängstlich hütete. Er ging über ihre Kraft, je länger er andauerte, aber sie hätte ihn nicht missen mögen. Die neuesten Ereignisse hatten ihrer inneren Entwicklung schließlich abermals eine überraschende Wendung gegeben.

Dorothée war nicht daran gewöhnt, systematisch zu denken. Sie sammelte keine Tatsachen, um sie dann zu bewerten und irgendeinen Schluß aus ihnen zu ziehen. Es waren aber auch geheime Bedenken, die sie davon abhielten, die Erlebnisse und Empfindungen der letzten sieben Jahre zusammenzufassen und zu deuten. Eine Furcht stieg in ihr auf, während sie mit geöffneten Augen im Bett lag und auf Has blickte, dessen Kopf im Mondschein leicht glänzte, als ob seine Stirn feucht sei. Sein Haar lag verworren um seinen Kopf herum, wie bei einer Wasserleiche, die man soeben zwischen die Sumpfdotterblumen gebettet hat. Seine Augen schienen gewaltsam zugedrückt, die Mundwinkel waren mürrisch heruntergezogen, er hatte den eigensinnigen, verdrossenen Ausdruck der Totenmaske Beethovens angenommen. Sie schauderte, während sie diesen Kopf betrachtete. Mit ihrer ganzen Kraft kämpfte sie gegen die Frage, die sich ihr bei diesem Anblick stellte, und sie vermochte tatsächlich ihr Herz zum Schweigen zu bringen. Sie schlief ein, und die schreckliche Frage kehrte wieder in jenen Bereich der Seele zurück, der nie schläft. Ahnt man, was Dorothée bekümmerte? Es war der Verdacht, ihren Mann nach achtzehn Ehejahren tatsächlich zu lieben. Dorothée war zu nüchtern, um sich nach allem, was in ihr geschehen war, dieser Einsicht, sollte sie zutreffen, lange zu widersetzen. Die alte Unverbindlichkeit war plötzlich von ihr abgefallen. Zurück blieb eine ratlose und leidenschaftliche Frau.

Das Bett, in dem diese schweren Gedankengeburten stattfanden, hatte eine eigentümliche Form, die, wie viele Stücke des Mobiliars in der Dachwohnung, von Szépregyi entworfen worden war. Seine Fläche bildete ein großes Quadrat, was zunächst, auch unter Berücksichtigung der Szépregyischen Formensprache, nicht überrascht. Ungewöhnlich war allerdings die Art, wie man das Bett benutzte. Das hing mit seiner Aufstellung zusammen. Dies Quadrat stand nämlich weder frei im Raum, noch mit einer seiner Seiten an der Wand, es war vielmehr als Spielkarten-Karo aufgefaßt und berührte die Wand nur mit einer Spitze. Die darin Liegenden bildeten die Diagonale des Bettenquadrats, rechts und links von ihnen ragten weißbezogene Dreiecke in den Raum, und zu Füßen der Schläfer schob sich das Bett ebenso wie am Kopfende gleichfalls zum Dreieck zusammen. Der streng in Funktionen denkende Szépregyi hatte hier einmal den Zwang des ästhetischen Gesetzes, dem er sich unterworfen hatte, abgeschüttelt und völlig nutzlose Flächen zugelassen, die er als »Befreiendes Spiel mit der Geometrie« bezeichnete. Der Absolutheitsanspruch des Quadrates werde durch die diagonale Lage der Schläfer in Frage gestellt. Das Bett trage der mathematischen Erfahrung Rechnung, daß man auf Grund völlig verschiedener Geometrien zu den gleichen Ergebnissen gelangen könne, womit er möglicherweise den Schlaf meinte. Dorothée stellte keine Fragen, als ihr das Möbel vorgeführt wurde, empfand aber eine Anwandlung von Schwindelgefühl, als sie sich vorstellte, es werde sich womöglich drehen, wenn man sich darauf ausstreckte.

Tatsächlich fühlte sie sich in der ersten Zeit nicht wohl in ihrem neuen Bett. Sie kam sich unbehaust vor, als solle wie wie eine Landstreicherin auf der Straße schlafen. Verblüfft entdeckte sie ihre Anhänglichkeit an das mit violettem Samt bespannte Schlafkabinett bei Guggisheim, das immer in leichtem Dämmern lag und sich vorzüglich auch für den Mittagsschlaf eignete, während hier die langgestreckte Glaswand eine Flut von Tageslicht über dem wie auf einem Tablett ungeschützt und ausgestellt liegenden Schläfer ausgoß. Im übrigen war es ihr gleichgültig, wie ihr Schlafzimmer aussah. Den Enthusiasmus von Has für Szépregyis Erfindung fand sie etwas unangemessen, zugleich aber auch beruhigend. Er hatte offenbar bekommen, was er wollte. Man war also wohl gut bedient. Bald kehrte auch der leichte Schlaf zurück, denn beim Schlaf ist alles Gewohnheitssache.

Alfred staunte, als er dieses Schlafzimmer zum ersten Mal betrat. Es war kurz nach dem Gespräch mit Lilly im Café Feuerbach. Eduard und Dorothée waren über das Wochenende nach Basel gefahren, in Kunstangelegenheiten, die sie seit langem wieder gemeinsam beschäftigten. Guggisheim hatte neuerdings erklärt, die Sammlung müsse sich öffnen, damit die großen Linien sichtbar würden. In diesem Zusammenhang hatte er für Has die Hand auf einen Pollock gelegt, der allein vom Format her den Platz von sechs deutschen Expressionisten verschlang. Lillys Anruf kam überaus plötzlich. Sie erwähnte mit keinem Wort, daß sie allein zu Hause sei, sondern sprach nur von einer Lateinarbeit am Montag, die sie vorbereiten müsse. Sie drückte sich geschäftsmäßig aus und bat nicht etwa, ob Alfred ihr bei dieser Vorbereitung helfen könne, sondern setzte einfach voraus, daß er beim ersten Signal sofort zu ihren Fahnen eilte. Lilly vermutete zu Recht, daß er nicht erst lange in Terminkalendern blättern werde, um festzustellen, ob er Zeit habe. Er dachte überhaupt nicht nach, ob der Samstagnachmittag vergeben war und sagte augenblicklich zu, als ob er Angst habe, Lilly könne es sich anders überlegen.

Am Samstagnachmittag sollte Tante Tildchens Geburtstag gefeiert werden, kein runder zwar, aber auch keiner, der ausgelassen werden durfte. Es war in ihrem Leben noch niemals ein Geburtstag ausgelassen worden. Nicht einmal das Programm hatte sich seit Kinderzeiten geändert. Morgens zogen Tante Mi, die ihrerseits keinen Wert auf Geburtstagsfeiern legte, weil, wie sie sagte, kein Verdienst im Älterwerden liege, Alfred und Fräulein Emig mit der kerzengeschmückten Torte, einem »Frankfurter Kranz«, am »Ritter von Cronberg« vorbei in das dunkle Eßzimmer, wo Tante Tildchen anscheinend völlig überrascht die Kaffeetasse sinken ließ, denn sie spielte gern die Ahnungslose und hatte sich bereits an den Frühstückstisch gesetzt. Dann sang man »Hoch soll sie leben«, und Tildchen erbebte in innerem Aufruhr, der sich sprachlich aber nur in der Mahnung ausdrückte, all der Aufwand um ihre Person sei doch wirklich nicht nötig gewesen. Nachmittags folgte ein dreistündiges, schwermütiges Kuchenessen. In der Mitte des Eßtisches ragte die Kuchenpyramide, dick beschneit mit Puderzucker, und die Kuchenschaufel hob kleine, wankende Turmgebäude aus dem architektonischen Ganzen heraus, während Fräulein Emig darauf achtete, daß in der Küche stets kochendes Wasser bereit stand, um neue Kannen Kaffee aufzugießen. Alfred fiel erst ein, was am Samstag gefeiert wurde, als er aufgelegt hatte, aber es stand fest, daß er Lilly auch versprochen hätte zu kommen, wenn ihm Tante Tildchens Geburtstag von Anfang an bewußt gewesen wäre.

Es war nicht nur Hingabe in dieser gefährlichen Bereitwilligkeit enthalten, sondern auch ein wenig berechnende Hoffnung. Lilly hielt niemals eine Verabredung ein. Er war sich sicher, daß sie kurz vor vier anrufen würde, um ihm wegen wichtigster Ereignisse rund um »Papi« wieder abzusagen. Es kam ihm vor, als ob er mit diesen

Absagen gleichsam Punkte sammelte, die ihr Schuldkonto zu seinen Gunsten belasteten. Über eine Ausrede bei den Tanten machte er sich deshalb zunächst gar keine Gedanken. Sie wäre ohnehin schwer zu finden gewesen. Es gab nichts, was wichtiger war als Tildchens Geburtstag, Tildchens Tod vielleicht ausgenommen. Seine Unruhe wuchs ab drei, als aus dem Eßzimmer schon die Geräusche des Festtafeldeckens für die Zelebration des Kuchenturms drangen. Das Nymphenburger Service, das aus diesem Anlaß benutzt wurde, klapperte nämlich gedämpfter als das Alltagsgeschirr, weil zwischen den Tellern des Stapels blaue schützende Mulltücher lagen. Um Viertel vor vier rief Alfred mit gedämpfter Stimme bei Lilly an, ob es bei der Verabredung bleibe. »Ja, natürlich, ich warte!« sagte Lilly in jenem sanften Maulen, das Alfred stets aufs Neue entzückte, so daß er nicht nur die Unverschämtheit, »natürlich« zu sagen, entschuldigt fand, sondern zugleich alle Bedenken vergaß. Er ging einfach aus dem Haus, ohne ein Wort zu sagen. Unterwegs kam ihm der Gedanke, daß es klüger sei, einen großen Schmerz, den man anderen zufügen müsse, ohne viel vorbereitende Reden schnell und plötzlich eintreten zu lassen; nachher könne man sich dann Zeit zum Trösten nehmen. Er wählte, so könnte man sagen, die florentinische Methode zur Vermeidung von Tortenschlachten.

Die hellen Salons hatten etwas Unbewohntes, als Alfred und Lilly der Zimmerflucht folgten. Die großen Blumensträuße, die überall standen, sahen aus, als seien sie eben erst gebracht worden, um fotografiert zu werden. Die überall verteilten künstlerischen Aschenbecher waren vielleicht noch nie benutzt worden. Es war heiß, weil die Sonne mit voller Macht auf die Glaswände prallte. Die bunten Bilder in den kostbaren alten Rahmen wirkten kraftlos, als sei ihnen die Farbe ausgelaufen. Alfred fiel auf, wie fremd Lilly sich in der Wohnung ihrer Eltern zu fühlen schien, fast sah es aus, als sei sie soeben erst mit ihm hier eingedrungen. Auch er fand sich nicht gleich zurecht. Die üppige Unordnung des Einweihungsfestes war musealer Erstarrung gewichen.

Auf der Dachterrasse suchte Alfred wieder die Schubertstraße, ohne sie in den grünen Blättermassen zu finden. Lilly sagte schläfrig: »Das hat alles hier der liebe Cari Szépregyi gemacht. Meinem Vater wäre es am liebsten gewesen, wenn er auch noch die Klosettbürste entworfen hätte. Der liebe Cari ist nämlich so begabt!«

Alfred horchte auf. Ein neuer Ton kam da aus Lillys Mund. War es möglich, daß sie ihre Bemerkungen ironisch gemeint hatte? Sollte Carl Szépregyi, den Alfred, je weiter er von ihm wegrückte, desto inniger haßte, inzwischen in Ungnade gefallen sein?

Sie setzten sich nicht hin, sondern schweiften durch die schweigenden Räume, schlenderten über die weitläufige Terrasse, lehnten sich an das Geländer oder an einen Türpfosten und bewegten sich nach kurzem weiter. »Ja, der Cari«, sagte sie, ohne Anstrengung oder Anteilnahme in ihre Stimme zu legen. »Das Komischste ist, wenn er mit seinem Förster oder dem Mann aus dem Sägewerk oder dem Fischpächter versucht, steirisch zu sprechen. Das kann er nämlich überhaupt nicht.« Lilly war als Schauspielerin vollständig unbegabt, sie konnte nicht einmal Frankfurterisch sprechen, ein Kunststück bei Eduard Has als Vater. Jetzt ließ sie die Augen hervortreten, schob die Unterlippe nach vorn und gab kehlig bellende Laute von sich. Das hatte mit Szépregyi oder dem Alpenland nicht das mindeste zu tun, wirkte aber drollig wie die Grimassen eines zierlichen Äffchens. Unvermittelt brach sie ihre Vorführung ab und fuhr in kühlem Ton fort: »Die Leute antworten ihm übrigens fast immer hochdeutsch. Sie verstehen die gute Absicht nicht. Er wollte mir als Stadtkind zeigen, wie tief er dort im Wald verwurzelt ist.« Sie lachte leise und ohne Alfred besonders zu beachten. Lilly schien in Erinnerungen voller Lächerlichkeit versunken. Ihr Sprechen war wie ein Taubengurren, das die langsam an ihnen vorbeigleitenden Bilder, die Bibliothekswände mit den in weißes Schweinsleder gebundenen Bücherreihen, den großen Mappenwerken, den Katalogen, den hochgetürmten Büchertisch mit den Neuerwerbungen, die darauf warteten, gebunden und eingeordnet zu werden, musikalisch untermalte. Alfred hatte plötzlich das Gefühl, in Venedig zu sein. Die sanfte Fülle der Eindrücke ließ ihn vergessen, daß er seine Beine gebrauchte, und schuf eine Stimmung der Geräuschlosigkeit und der mühelosen Bewegung, die, so glaubte er, sonst Gondelfahrten begleitete.

»Der liebe Cari ist ja derart großzügig«, sagte Lilly und spielte versonnen mit einer blonden Locke, die wie aus Gold geschmiedet gegen den Himmel stand, »ich habe ihn bisher nur als Gast meiner Eltern erlebt. Du mußt wissen, daß er mehr oder weniger von den Aufträgen der Verwaltung lebt. In Wien scheint nicht so viel los zu sein. Aber ein Wiener Architekt ist etwas Besseres als ein Frankfurter Architekt, glaubt er wohl. Stimmt wahrscheinlich auch. Jedenfalls hat sich der Wiener Architekt nicht geniert, meinen Eltern einen richtigen Pensionspreis für die Zeit in der Steiermark zu berechnen. Papi fand das normal, wegen der Köchin. Na ja.« Die Sätze entschwebten, sie ließ sie gleichsam den letzten Schwalben nachfliegen. Ihre Worte hatten nichts Boshaftes, wenn man der reinen Sprachmelodie lauschte, und das tat Alfred, der in lauter Sommermilde schwamm und den Duft einatmete, der von Lilly ausging. Wenn sie sich bewegte, drang die Luft, die sich zwischen dem Stoff des weißen Hemds und ihrer Haut erwärmt hatte, aus dem Halsausschnitt heraus.

Auf ihrer Wanderung waren sie auch in das Schlafzimmer der Eltern gelangt, das wie die anderen Zimmer keine Spuren der Benutzung zeigte, es hätte ein Hotelzimmer sein können. Über dem staunenerregenden Bett hing ein »Letztes Abendmahl« von Emil Nolde, das wegen des religiösen Inhalts in einen Raum gehängt worden war, der normalerweise von Besuchern des Hauses nicht betreten wurde. Vorher hatten dort große pastellfarbene Kreise von E.W. Nay gehangen, eines der wenigen Bilder, mit denen Dorothée etwas anfangen konnte, weil es sie an Stoffmuster für ein Sommerkleid erinnerte. Guggisheim hatte den Nay neuerdings ausgejätet, statt dessen zankten sich jetzt also die Apostel mit quittegelben Kasperleköpfen über dem ehelichen Lager. Alfred blieb auf der Schwelle stehen, als sei soeben Blaubarts zwölftes Zimmer geöffnet worden, aber Lilly ergriff arglos seine Hand wie die eines Kindes und zog ihn hinter sich her. »Szépregyi!« sagte sie und zeigte auf das Bett. »Szépregyi weiß gar nichts: wie man ißt, wie man schläft, wie man liebt. Er ist ein Mann, der überhaupt nicht lieben kann, er ist kalt wie eine Leiche.« Sie wandte ihm den Kopf zu. Ihre Worte klangen nun ernst. Hinter ihr stand die Sonne und umgab sie wie ein byzantinischer Heiligenschein. Sein Gesicht näherte sich der dunklen Fläche, wo ihr Mund sein mußte. Sie küßten sich sehr sanft, sein Mund wanderte über ihren Hals, er legte den Kopf auf ihre Schulter, von ihren Haaren übergossen, und wagte kaum zu atmen. Sie hob ihre Hand und streichelte seinen Rücken. Er zitterte leicht, während sie ihn zart, aber doch genau betastete. Plötzlich sagte sie, tief erstaunt, als stelle sie eine körperliche Abnormität fest: »Du hast ja

Knöpfe.« Tatsächlich trug Alfred eine von den weiten Hosen seines Vaters, aus etwas abgewetztem weißem Wollstoff und noch ohne Reißverschluß. Ihr Gesicht verdüsterte sich, sie zog ihre Hand nicht weg, aber sie schob ihre Zunge zwischen die Lippen, wie sie es tat, wenn sie in großer Konzentration die lateinischen Aufgaben von Alfred abschrieb. Alfred sah sie verwirrt an und stellte fest, daß sie in einer ganz anderen Welt weilte. Sie nahm seinen Kopf in ihre Hände und küßte ihn noch einmal leicht, aber nun schon nur noch freundlich. Dann ging sie schnell aus dem Zimmer und rief ihm über die Schulter zu: »Kommst du Teetrinken?«

Soviel war sicher: Das Has'sche Schlafzimmer hatte keine günstige Ausstrahlung. Auch Dorothées Masseuse behauptete neuerdings, daß es über einer Wasserader liegen müsse.

SIEBTER TEIL

DER TOD

Die grünen Dämmerungen an den feuchten Abenden der warmen Jahreszeit – so hätte Alfred seine Jugend beschreiben können, denn er fand nicht, daß sein Leben genug Stoff für ganze Sätze enthielt, aber er bewahrte eine Art frommer Dankbarkeit für die Stimmungen, die ihn von seinen ersten Jahren an umhüllt und getragen hatten. Die Zeit war an Nachmittagen und Abenden ohne Geräusch verstrichen, als lebe er unter der Wasseroberfläche eines großen Flusses. Wenn sich etwas veränderte, dann geschah es unmerklich. Die Ereignisse traten niemals als geschlossene, von fern zu erkennende Körper in sein Leben ein, sondern als sich allmählich verfestigende Tönungen oder Trübungen der Atmosphäre. Alles war bisher gewesen wie dieser Nachmittag mit Lilly, lyrisch und unbestimmt im kühlen oder warmen Zwielicht der wechselnden Jahreszeiten. Er stand unentschlossen vor der Haustür und hielt den Schlüssel in der Hand, ohne ihn ins Schloß zu stecken. Es war Abend geworden, aber auch in seinem Kopf herrschte Dunkel. Ihm kam nicht der Funke eines Einfalls für eine Ausrede. Dann hörte er von innen ein metallisches Klingen. Die Haustür öffnete sich, und an ihm vorbei trugen zwei Krankenpfleger Tante Tildchen auf einer Bahre aus dem Haus.

Sie war noch nicht tot, aber die Bilder vom geburtstäglich gedeckten Kaffeetisch, die hochgetürmte, in blauer Kristallschüssel wie eine Kumuluswolke lagernde Schlagsahne und die im Nachmittagslicht blaß schwebenden Kerzenflammen, sollten die letzten sein, die sie aufnahm, wenn jetzt nicht ganz andere Bilder aus den unergründlichen Vorräten der schlafenden Seele an ihrem inneren Auge vorbeizogen. Mit einiger Verwunderung hatte Tildchen, gerade als Fräulein Emig an den Kaffeetisch rief, wahrgenommen, daß Alfred mit naß gekämmtem Haar aus dem Haus gelaufen war, als habe er noch schnell etwas vor dem Beginn der Feier zu besorgen. Tildchen vermutete, daß er einen Blumenstrauß abhole, denn auf dem Gabentisch hatte zwar eine Schachtel Maja-Seife mit dem Bild der Flamencotänzerin gelegen, es fehlten aber die sonst üblichen Blumen, und zwar Papageientulpen, die mit ihren ausgefransten gestreiften Blütenblättern die Rüschen des Flamencokostüms in die Formensprache der Pflanzen übertrugen. Alfred hatte diese Blumen erst gar nicht gekauft, weil er bis zum letzten Augenblick nicht wußte, wie er sich von der Geburtstagsfeier würde lösen können. Am Montag würde er einen doppelt so großen Strauß überreichen. Wie er die Tanten kannte, war es ohnehin besser, das Menschliche in den Mittelpunkt zu stellen, und die Geschenke für Gegenstände zweiter Ordnung zu erklären.

Tante Tildchen saß also im Salon vor ihrem Gabentisch, von Gianbolognas Merkur listig aus den Philodendronblättern beobachtet, und ging nicht zum Kaffeetisch in das Eßzimmer hinüber, da Alfred noch fehlte. Für Tante Tildchen hatte ihr Fest, obwohl es im Spätsommer lag, etwas Weihnachtliches. Das Tortengebirge ersetzte den Weihnachtsbaum, und im Gegensatz zu Weihnachten besaß dieser warme, duftende Samstag noch dazu den Vorzug, daß das Geburtstagskind nicht bloß ein Püppchen in der Krippe war, sondern in Fleisch und Blut mitten unter den Feiernden Platz nahm. Nur eine Tasse Kaffee hatte sie sich schon eingegossen, aber das war nicht ungewöhnlich, denn im Haus Labonté wurde viel Kaffee getrunken, vornehmlich Maragogype aus Guatemala, »eine reich orchestrierte Bohne, arm an Bitterstoffen«, wie man sich bei weiland »Wwe. Labonté« ausgedrückt hätte. In dem Augenblick, als der Schlaganfall sie traf und in dem abgeschabten Gobelinsessel zusammensinken ließ, hatte sie noch die Kraft gefunden, die volle Tasse abzustellen. Tante Tildchen verursachte durch ihren Zusammenbruch keine Kaffeeflecken, sondern fiel still zurück, ließ den Unterkiefer hängen und bedeckte die grauen Augen zur Hälfte mit ihren starken Augenlidern. Man konnte denken, sie habe zu viel Wein getrunken und dämmere nun im Halbschlaf dahin. Nur die Tasse hatte leise geklirrt, als Tante Tildchen den nun unerforschlichen Entschluß gefaßt hatte, sie nicht an die Lippen zu setzen, sondern sie vorher noch einmal abzustellen. Es dauerte denn auch eine Weile, bis Fräulein Emig aufmerksam wurde, die ein paarmal aus der Küche heraufkam und wieder hinunterging, ohne daß ihr an Tante Tildchen, die sie vom dunklen Eßzimmer aus im hellen Salon nur im Gegenlicht wahrnahm, etwas Beunruhigendes auffiel. Tatsächlich saß die Tante in guter Haltung vor der grünen Kulisse des Philodendron. Man spricht davon, daß eine alte Mauer aus Bruchsteinen, zwischen denen der Mörtel herausgebröckelt ist, »sich setzt«. Während aber die alte Mauer durch dies Zusammensinken, das immer auch zu einem Verkeilen der Steine führt, womöglich an Festigkeit noch gewinnt, war bei Tante Tildchen etwas Luftigeres als der Mörtel und doch für die Festigkeit ihres ganzen Gefüges unendlich Wichtigeres entwichen. Es war noch nicht die Seele, für die der stumme und blinde Körper nun wahrhaft zum Gefängnis wurde, aber doch schon die Lebenskraft, die eben noch mit einer Tasse Kaffee hätte aufgemuntert werden können und einen Atemzug später nicht durch die gefährlichsten Mittel in den schweigenden Leib zurückzulocken war. Tante Mi, die um fünf Uhr herunterkam, überblickte die Lage schneller als die Köchin, die eben noch wie immer »Der Kaffee ist fertig« in das Treppenhaus gerufen hatte, dann aber, als Mi vor ihr stand, doch hinzufügte, »Die Fräulein Tildchen guckt so komisch«.

Tante Mi war es auch, die Alfred ins Bild setzte. Sie war sehr gefaßt und streifte nur kurz seine Abwesenheit, denn ihre Gedanken waren zu sehr vom Kummer gefangen genommen, als daß sie das Bedürfnis empfunden hätte, ein Strafgericht abzuhalten. Im Eßzimmer, wo die Kaffeetafel inzwischen abgeräumt worden war und nur noch ein Wickenstrauß an Tante Tildchens Liebe zu schwachstieligen pastellfarbenen Blumen erinnerte, setzte Fräulein Emig ihm ein mächtiges Stück aus dem Frankfurter Kranz vor, während die Standuhr das ganze Haus mit dem Hallen ihrer Schläge erfüllte. Fräulein Emig war bemüht, sich das erschreckende Ereignis immer neu vor Augen zu stellen, als ob sich bei genauer Betrachtung des Geschehens ein Fädchen finden lassen müsse, von dem geleitet man zu der verborgenen Ursache des Vorfalls gelange. »Ich deck' hier den Tisch ...«, sagte sie mit gedämpfter Stimme zu Alfred, weil sie das Zimmer, in dem Tante Tildchen Abschied von den Erscheinungen, wenn auch noch nicht von der Welt genommen hatte, nicht entweihen wollte. »Ich deck' den Tisch, und da sitzt die

Fräulein Tildchen und trinkt ihren Kaffee. Ich denk' mir, sie nimmt vielleicht noch eine Tasse und frag' ganz normal: Fräulein Tildchen, nehmen Sie noch eine Tasse? Sie sagt nichts. No, denk ich, vielleicht hat sie nicht gehört und frag' noch einmal: Fräulein Tildchen, nehmen Sie noch eine Tasse? Und da hat sie wieder nichts gesagt und sitzt nur still da. Da sag' ich: Fräulein Tildchen? und komm' näher, und da guckt sie mich derart komisch an, und dann seh' ich die Tasse –, und die ganze Tasse war noch voll und noch nicht einmal umgerührt! Da hab' ich's mit der Angst gekriegt!« Aber wie gewissenhaft sie auch vorging, wie häufig sie auch das langsame Anwachsen ihrer Erkenntnis nachvollzog, das Rätsel löste sich dadurch nicht und wurde durch die Erinnerung an das stumme Gesicht der Tante Tildchen nur immer grausiger. Es lag, wenn man der Schilderung Fräulein Emigs folgte, eine Art dämonischer Tücke in dem hartnäckigen Schweigen der vom Schlag getroffenen Tildchen, als ob der Tod selbst als Kobold Fräulein Emig zum Narren halten wollte.

Alfred aß den Frankfurter Kranz. Sein Nachmittag mit Lilly war längst in einem Meer von Reue und Trauer versunken. Tante Tildchen lebte noch eine Woche, und Alfred hatte Gelegenheit, ihren geöffneten Mund, die geschlossenen Augen und das wirr um den Kopf ausgebreitete stahlgraue Haar zu betrachten, wenn er sie mit Tante Mi in den Universitätskliniken besuchte. Die Augen schienen versiegelt, während alle verbliebenen Körperkräfte ausschließlich mit der Arbeit des Atmens beschäftigt waren. Ein selbstsüchtiger Zug lag auf ihrem schlafenden und doch zugleich von schwerer Anstrengung zeugenden Gesicht, eine gewisse Verdrossenheit, die Sinne allzu lang mit Menschen, Mahlzeiten, Blumen und dem Lesen der Zeitung unterhalten zu haben und nun allein vor einer schier unüberwindlichen Mühsal zu stehen. Es war nicht das Sterben, das ihr Gesicht zeichnete, denn sie sah, was die Beschaffenheit der Haut und die Durchblutung anging, sogar jünger aus als sonst. Alfred hatte Tante Tildchen nie mit offenem Haar gesehen, sondern immer nur mit dem gezwirbelten Knoten und der mit Haarkämmen und einem feinen Haarnetz fest am Kopf gehaltenen Frisur. Nun ringelten sich die Schlangen um den Kopf, und obwohl ihre Farben häßlich waren, zeigten sie doch auch ihre Kraft und vermittelten zusammen mit den ärgerlichen Falten um den Mund den Eindruck, als könne sich dieser Kopf ohne weiteres noch einmal aus den Kissen erheben, um etwas Ungeduldiges zu sagen. Zugleich aber stand fest, daß Tante Tildchen nichts dergleichen tun würde, weil sie die Lust dazu einfach verloren hatte. So jedenfalls faßte Alfred ihren Ausdruck auf, während er sie ansah, um von ihr Abschied zu nehmen, und dabei das klare Gefühl hatte, daß es dazu zu spät war. Tante Tildchen hatte, während ihr Herz noch schlug und die Lungen sich noch mit Luft füllten, bereits ihren Abschied von allem, was außer ihr war, genommen.

Für keinen Zuruf vom Strand der Lebenden war sie mehr erreichbar, nicht weil sie gestorben war, sondern weil sie nichts mehr hören wollte. »Sie liegt so friedlich da«, sagte Tante Mi, »sie leidet nicht.« Das mochte zutreffen, aber was den Frieden anging, konnte Alfred der Tante nicht folgen. Nichts im Gesicht der Tante Tildchen erlaubte ihm, an einen sanften Schlaf zu denken.

Die Tote durfte Alfred nicht mehr sehen. Tildchen starb in der Nacht und lag, als er aus der Schule kam, schon im Sarg. So blieb in ihm die Empfindung zurück, die liebevolle und sanfte Tante sei plötzlich aus ihrer Menschenfreundlichkeit erwacht und habe ihren Verwandten schroff den Rücken gekehrt. Voller Schmerz sah er ihren Tod im unheimlichen Licht eines Zornes, der Tante Tildchen unversehens befallen hatte. Ihr Sterben erschien ihm wie eine Geste, die sich auf ihn bezog.

Von Tante Mi und Fräulein Emig wurde beständig wiederholt, daß Tante Tildchen ein »gnädiges Ende« gefunden habe. Tante Mi ließ in die Trauerzirkulare setzen, ihre Schwester sei »friedlich eingeschlafen«. Alfred vermochte sich mit dieser Formel nicht zu beruhigen. Der plötzliche Schlag gegen das Leben der Tante kam ihm weder friedlich noch gnädig vor. Er sah sie vor sich, wie sie in Gedanken an Geburtstagsblumensträuße, Geburtstagsgeschenke, Geburtstagskaffee und -kuchen und die weiße Schlagsahne versunken dasaß und vom Tod hinterrücks angesprungen worden war, und wie sie im selben Augenblick ihre Gedanken nur noch auf Vorgänge lenken konnte, auf die sie vorher keine einzige Überlegung verschwendet hatte: auf das Heben und Senken des Brustkorbs, auf die Absorption des Sauerstoffs durch das Blut, auf den schwächer werdenden Herzschlag. Während das Blut noch warm durch die Adern lief, mußte sie sich schon von allem, was ihres freundlichen Schutzes bedurfte, abwenden. Jede Maßnahme, die sie gewiß vor ihrem Ende noch hätte treffen wollen, wurde nun unbarmherzig unterdrückt. Tante Tildchen war vom Tod überfallen worden. Sie hatte nicht die Gelegenheit erhalten, in ihn einzuwilligen. Wer einen solch überraschenden Tod gnädig nannte, legte an das Sterben einen Maßstab, der sonst nur für das Zähneziehen galt. Die unvermeidliche Lebensextraktion sollte unter Narkose vollzogen werden. Alfred sagte sich, daß aus Fräulein Emigs Worten die tierliebe Köchin spreche, die dem Hahn, dem sie den Hals abschnitt, unnötige Qualen ersparte, wobei natürlich im Haus Labonté ungeachtet des großen Hackklotzes in der Souterrain-Küche noch niemals ein Tier geschlachtet worden war. Für Tante Mi entdeckte er keine berufsmäßige Seelenverformung, die die Rede vom gnädigen Tod in seinen Augen hätte entschuldigen können, denn Tante Mi war in ihrem Leben ausschließlich den Berufen der Tochter, der Schwester und der Tante nachgegangen und hatte es verstanden, dem Tod weitgehend auszuweichen, und so schätzte sie ihre Schwester glücklich, die sogar, als der Tod schließlich anklopfte, gleichsam »nicht zu Hause« gewesen war. Alfred aber fühlte das Grauen vor dem plötzlichen und unvorbereiteten Tod, das in der von ihm längst vergessenen Litaneibitte: A subitanea et improvisa morte – libera nos, Domine! zum Ausdruck kommt, wenn er auch nicht zu sagen gewußt hätte, worauf genau man sich beim Sterben eigentlich vorbereiten sollte. Auf jeden Fall hätte er selbst den Tod der Tante Tildchen schon vor seinem Eintreten gern ruhiger und gründlicher ins Auge gefaßt. Die heilsame Kraft solchen Miterlebens blieb ihm versagt, denn was sonst im Sterben der Tante sein natürliches Ziel gefunden hätte, würde nun, da ihr Tod seinen Empfindungen vorangegangen war, durch seine Gedanken strömen, solange er lebte.

Schon in den Tagen, als Tante Tildchen noch schwer atmend in den Universitätskliniken lag, erst recht aber dann nach ihrer Beerdigung, merkte Alfred, daß er ein Bild berichtigen mußte, das nicht er allein, sondern vielmehr alle Leute der näheren Umgebung von den Tanten Labonté gewonnen hatten. Die Tanten Labonté erschienen ihnen nicht als zwei Frauen, die der Ähnlichkeit nach Verwandte sein mußten, sondern als ein einziges Wesen, das, je nachdem welche von beiden gerade den Mund auftat, beständig von dem einen Körper in den anderen und wieder zurück sprang. Der Gleichklang alles dessen, was sie sagten, verblüffte den Hörer keineswegs nur dann, wenn sie die gleiche Meinung äußerten, er bestand vielmehr in voller Deutlichkeit fort, wenn die Tanten einander widersprachen. Rede und Gegenrede wirkten aus ihren Mündern wie die Selbstgespräche eines einzigen, mit sich zerfallenen Geistes. Ein Charakter stellte sich dar, der zögernd und selbstkritisch keinem der eigenen Argumente traut und dennoch nach der Aufhebung des inneren Gegensatzes strebt.

Aber auch die Erscheinung der Schwestern schmolz in den Augen der Betrachter, die von »den Fräulein Labonté« zu reden gewohnt waren, zu einer einzigen zusammen. Es handelte sich da um eine eigentümliche Sinnestäuschung, denn obwohl sich die Tanten in familiärer Weise ähnlich sahen, vertrat doch genaugenommen jede von ihnen einen recht markanten und eigentlich unverwechselbaren Typus. Die Schwestern waren weit von der Gewohnheit gewisser Zwillingspaare entfernt, die ihre körperliche Ähnlichkeit noch durch ein bis ins Detail gleiches Kostüm zu betonen versuchen. Das wäre ihnen im Gegenteil höchst unnatürlich vorgekommen, denn beide hatten ausgeprägte Vorstellungen von der Verschiedenheit ihres Stils. Sie hätten lange Listen abfassen können, worin genau sich ihr Äußeres unterschied, und man hätte ihnen recht geben müssen und sich dabei nur gewundert, wieso diese zahlreichen Unterschiede so gar nicht ins Gewicht fielen, wenn sie zusammen ein Zimmer betraten und aussahen wie ein Fabeltier mit zwei Köpfen. Das fest den kräftigen Körper der Tante Mi umschließende Herrenstoffkostüm und das frei fallende grauseidene Kinderkleid mit weißem eingeknöpften Piquetkragen der Tante Tildchen hinterließen in der Erinnerung des Beobachters ein einheitlich bewegtes Grau, und man vergaß, daß Tante Mis Haar kurzgeschnitten war und der sehr kleine, harte Knoten aus einem einzigen Haarstrang bestand, während für den Knoten der Tante Tildchen reichliches Haar zur Verfügung stand, das zu einem festen Strick zusammengezwirbelt worden war. Vielleicht hatten die Schwestern noch am ehesten eine bestimmte Kopfbewegung gemeinsam. Wenn sie zusammen sprachen oder zuhörten, konnte es geschehen, daß beide die Köpfe in einem feinen Zucken nach vorn fahren ließen und sie ebenso reflexhaft nickend wieder zurückzogen, Perlhühnern nicht unähnlich, die sich, als seien sie kurzsichtig, mit den Schnäbeln dem Boden nähern, um dann doch darauf zu verzichten, das Körnchen zu picken. Allein aus dieser Bewegung formte sich für Alfred auch später noch das Bild des schwesterlichen Tantenpaares.

Tante Tildchens Tod schließlich verdrängte den Eindruck dieser persönlichkeitsverzehrenden Ähnlichkeit. Nun, da die lebenslange Verbindung der beiden Schwestern zerstört war, kam ihre eigentliche Natur erst zum Vorschein, die wohl nur den Schwestern selbst nicht verborgen geblieben war. Wie zwei Chemikalien hatten sie sich verbunden, so daß etwas Drittes Neues entstanden war. Alfred nahm nach und nach die Veränderung wahr, die in Tante Mi nach dem Tod ihrer Schwester vor sich ging.

Noch Wochen nach Tildchens Tod konnte er in Tränen ausbrechen, wenn er unwillkürlich an sie dachte. In den Tagen nach dem Schlaganfall aber und unmittelbar nach dem Empfang der Todesnachricht schien er vollends untröstlich. »Du mußt dich jetzt beruhigen!« sagte Tante Mi schließlich in einem Tonfall, der erkennen ließ, wie peinlich der ungehemmte Schmerzensausbruch sie berührte. Alfred war so verblüfft, daß er tatsächlich zu schluchzen aufhörte. Dabei betrauerte sie ihre Schwester gewiß um nichts weniger. Aber es war doch aufschlußreich, wie streng sie ihren Kummer als ihre Privatangelegenheit ansah, die hinter die geschlossenen Türen ihres Schlafzimmers gehörte und bereits Alfred nicht mehr anzugehen hatte. Sie behandelte ihn, als dränge er sich mit seinen Tränen in ihren Schmerz hinein und als beziehe sie den Hinweis »Beileidsbesuche verbeten«, den sie wieder auf die Trauerzirkulare hatte setzen lassen, in besonderer Weise gerade auf ihn.

Die Tanten hatten in ihrer lebenslangen engen Gemeinschaft immer den größten Wert auf die Heiligkeit und Unantastbarkeit der geschlossenen Schlafzimmertür gelegt. Tante Mi hatte Tildchens Schlafzimmer tatsächlich seit zehn Jahren zum erstenmal wieder betreten, als sie Wäsche für das Krankenhaus heraussuchte. Aber diese Beachtung der eigenen Sphäre beeinträchtigte nicht im mindesten die beständige Besorgtheit um das Wohlergehen aller Hausgenossen und die unablässige Zuwendung, die für Außenstehende Züge des Komischen besaß, die in Alfreds Augen aber so lange ein Zeichen reiner Liebe blieb, bis Lilly ihn gelegentlich besuchte und er die Tante am liebsten in Luft verwandelt hätte. Dieser Liebesstrom, von dem Alfred sich getragen fühlte, wenn er das Haus der Tanten betrat, war mit Tante Tildchens Tod plötzlich versiegt. Alfred brauchte ein Weilchen, bis er erkannte, daß Tante Mi ihn seit dem Tod ihrer Schwester kaum mehr beachtete. Er glaubte zunächst, sie sei zu tief getroffen, um die Gegenwart anderer ertragen zu können. Bei allem Kümmern und aller Zutunlichkeit herrschte im Hause Labonté doch eine gewisse Prüderie gegenüber den Bekundungen allzu unbekümmerter Herzlichkeit, die dafür sorgte, daß Alfred sich schon selbst hütete, Tante Mi in ihrer Trauerzeit zu nahe zu treten. Es lag jenseits seines Vorstellungsvermögens, daß die Liebe, die ihm, solange er denken konnte, immer beide Tanten gleichermaßen entgegengebracht hatten, mit dem Tod von Tildchen nun auch in Tante Mi erloschen sein sollte.

Sein wortloses Fernbleiben vom Geburtstagskaffeetisch hatte allerdings schreckliche Wunden in ihm hinterlassen. Die Unmöglichkeit, daß Tante Tildchen ihm noch einmal verzieh, hielt diese Wunden offen und schuf ein nie ganz erlöschendes Gefühl großer Schuld. Alfred verbrachte Stunden, in denen er darüber nachgrübelte, in welchem Maße die Aufregung über seine Abwesenheit den tödlichen Schlaganfall verursacht haben mochte. Er hielt es nicht für ausgeschlossen, daß Tante Mi an Ähnliches dachte, denn die Tanten machten ihm niemals wortreiche Vorwürfe, wenn sie etwas an ihm auszusetzen hatten, sondern schwiegen lieber eine Weile, aber nicht eigentlich in kalter und verletzender Absicht, sondern eher in einer Art Verlegenheit, weil sie sich unfähig fühlten, ihn richtig zu bestrafen, zugleich aber als seine Erzieherinnen die Pflicht empfanden, Einfluß auf ihn zu nehmen. Alfred gewann dann aber die Überzeugung, daß Tante Mi in ihrer Abwendung von ihm offenbar keine moralischen Absichten verfolgte, und er war sich auch nicht sicher, daß es allein die Trauer war, die sie mit sich herumtrug, denn sie begann nun einige Dinge zu tun, die sich aus der Trauer allein nicht erklären ließen.

Als erstes hob Tante Mi die Regel der gemeinsamen Mahlzeiten auf. Sie aß nun nicht mehr am Eßtisch, der nur noch Alfred und Fräulein Emig vorbehalten blieb, sondern hielt ihre Mahlzeiten zu völlig neuen, immer wechselnden Stunden im Salon ab. Es kam vor, daß sie um fünf Uhr nachmittags zum erstenmal etwas zu sich nahm und am nächsten Tag noch um zwölf Uhr mittags beim Frühstück saß. Kurz nach Tante Tildchens Tod wurde ein großes Fernsehgerät ins Haus gebracht, das in Tante Mis Schlafzimmer aufgestellt wurde. Schon am Nachmittag drangen nun gedämpfte Stimmen, quietschende Bremsen, die dissonanten Fanfaren der Filmmusik und das Zufallen der Autotüren aus dem ersten Stock in das früher in gepflegtem Schlaf dämmernde Treppenhaus. Manche Tage verbrachte Tante Mi neuerdings im Morgenrock. Als sie so das erste Mal am späten Vormittag in der Küche erschien, fragte Fräulein Emig, ob sie krank sei. Fräulein Emig wurde jedoch keiner Erklärung angesichts dieser unvorstellbaren Umwälzung der Gewohnheiten gewürdigt, obwohl sie doch nachweislich an Tildchens Tod keinen Anteil hatte. Tante Mi antwortete nur: »Wieso?« und trug ihr Glas Milch aus dem Raum.

Alfred sah diesen Wandel mit Verwunderung. Obwohl seine Tanten – immer noch gebrauchte er den Plural –, seit er sie kannte, nur einer einzigen Pflicht unterworfen waren, nämlich sich um ihn zu kümmern, hatte eine lückenlose Disziplin ihren Tagen ein gleichmäßiges Gesicht verliehen. Verstöße dagegen bedeuteten ein wirkliches Unglück. Das genaue Einhalten der Mahlzeiten und Ruhestunden, das Briefschreiben, die Planung der Einkäufe, das Nähen und Flicken, das Zeitunglesen und Rätsellösen bildeten auf der einen Seite eine harmonische Abfolge von lebensnotwendigen und unterhaltenden Tätigkeiten, auf der anderen Seite aber die Bestandteile eines geheimen Dienstes, die peinlicher beachtet wurden als die Rubriken des Meßbuches von einem gewissenhaften Priester. Das Unvorhergesehene störte deshalb nicht nur die wohlerprobte Ordnung des Hauses, es haftete ihm darüber hinaus etwas im schlimmsten Sinne Unfrommes an. Man sieht, daß Alfred die Gewissenslast seines Nachmittags mit Lilly nicht einfach abwerfen konnte, aber man versteht auch seine Verblüffung, als er bemerkte, daß Tante Mi nicht nur sein Ausbleiben bereits vergessen zu haben schien, sondern ihrerseits, gemessen an ihrem früheren Leben, geradezu in Chaos verfiel. Sie stellte im übrigen keine der Fragen mehr, mit der die Tanten sonst ihre Teilnahme an seinem Leben verrieten. Weder ob er gut geschlafen, noch ob er genug gegessen habe, wollte sie noch wissen, und sogar die Schule hatte keinerlei Interesse mehr für sie. Sein Anblick schien ihr beinahe unangenehm. Er glaubte festzustellen, daß sie ihm aus dem Weg ging. Als er sie nach seinem

Taschengeld fragte, sagte sie, indem sie schon wieder aus dem Zimmer strebte: »Du hast doch dein eigenes Geld.«

Es stellte sich heraus, daß die Tanten seit der Übertragung des Schubertstraßenhauses auf Alfred ganz korrekt eine nach Durchschnittswerten errechnete Miete auf ein Konto gezahlt hatten, das auf seinen Namen lief. Er wäre nie auf den Gedanken gekommen, daß die Eigentumsübertragung mit irgendeiner Realität verbunden sein könnte. Er hielt den gesamten Rechtsakt nur für eine List gegenüber der Steuerbehörde, ohne die geringste Auswirkung auf die eigene Person. Die Eröffnung, daß er über ein ordentlich angewachsenes Guthaben frei verfügen könne, traf ihn ganz unvorbereitet. Er wußte nicht, ob er sich darüber freuen sollte. Das lag an Tante Mis Ausdruck, als sie ihm die Auszüge übergab. So hatte sie in früheren Unterhaltungen über die finanziellen Angelegenheiten der weiteren Familie Labonté das Wort »Abfindung« ausgesprochen. Im »Abfinden« war eben das »Sich-vom-Halse-Schaffen« deutlich enthalten. Der Abgefundene besaß kein Recht mehr, sich blicken zu lassen. Alfred glaubte plötzlich zu bemerken, daß durch Tildchens Tod das Band zerrissen war, das sie alle so innig zusammengehalten hatte. Ein fremdes Gesicht trat an die Stelle der Frau, die für ihn bisher die liebevolle Tante Mi gewesen war.

Würde es ihm noch gelingen, das Gesicht von Tante Tildchen aus dem Dunkel des Grabes zurückzurufen? Er zweifelte daran. Es fiel ihm unerhört schwer, ihre Erscheinung aus dem Doppelwesen, in dem sie aufgegangen war, bis sie ihren höchstpersönlichen Tod gefunden hatte, herauszulösen.

Die Unterschiede waren kaum greifbar. Was er schließlich in Händen hielt, kam ihm lächerlich vor. Tante Tildchens Geburtstag war immer wichtiger als der von Tante Mi. Tante Tildchen schien bekümmerter, wenn sie schwieg, und brach das strafende Schweigen um einen Augenblick früher als Tante Mi. Tante Mi las die Fragen aus den Rätselheften vor, und Tante Tildchen gab die Antworten, aber diese Rollenverteilung kam ihm immer austauschbar vor, obwohl sie nie ausgetauscht wurde. Tante Mi wirkte stämmiger in ihren Kostümen und Tante Tildchen hatte in den wehenden Kinderkleidern etwas Rundliches und doch Körperloses, aber noch kurz vor ihrem Tod hatte sie, angeregt von einem Gesundheitsartikel in der Zeitung, die aus ihrem Mund geradezu indezent wirkende

Äußerung getan, sie wiege genauso viel wie Tante Mi. Sie liebte Blumen. Alfred hätte eine solche Feststellung sonst wahrscheinlich für banal gehalten, aber nun klammerte er sich daran, daß es Tildchen war, die die Alpenveilchen und Azaleen begossen hatte und die in sanfter Ergriffenheit auf die ersten Krokusse hinwies. Wenn sie einen Strauß in Empfang genommen hatte und ihn in die Küche trug, sprach sie stets davon, daß sie nun erst einmal »die Blumen versorgen« müsse, und das klang, als solle das Bukett im Souterrain gepudert und gewickelt werden. Es gab eine Fotografie, die in Lugano aufgenommen worden war: Tante Mi beherrschte das Bild, leicht sonnengebräunt in beigem Kostüm, das sie wie einen Brustpanzer trug, und Tante Tildchen sah mit einem seltsam listigen Ausdruck hinter der Schwester hervor, als habe sie sich hinter einer Statue verborgen. Alfred zerschnitt das Bild und stellte die Teile an der rechten und linken Ecke seines Schreibtischs auf. Er versuchte nachzuahmen, was der Tod getan hatte. Das Ergebnis war höchst befremdend. Alfred fragte sich, ob er Tante Tildchen wiedererkennen würde, wenn ihre Bildhälfte plötzlich auf einem polizeilichen Steckbrief erschiene. Das Huschende und Geduckte auf diesem Foto stimmte mit seiner Erinnerung nicht überein. Tante Tildchen hatte sich stets würdevoll und sehr langsam bewegt, wenn man von dem Perlhuhn-Nicken absah. Alfred stand vor der nun für immer verschlossenen Gruft und drehte und wendete die Rätselfrage: War es Tante Tildchen allein gewesen, die ihn geliebt hatte? War nur sie es, die ihm das Aufwachsen in einer Familie ermöglicht hatte, indem sie ihn in der Schubertstraße aufnahm?

Die Kastanien in den hinteren Gärten hingen schon voller Stachelkugeln. Ein leichter Wind ließ hin und wieder einige Früchte herunterfallen. Alfred kam es vor, als sei der Boden hohl und als deckten die Häuser und Straßen des Westend ungeheure Kavernen. Er lauschte dem Klopfen, das immer in Form eines kleinen Trommelwirbels geschah, wenn sich wieder fünf oder sechs Kastanien von den grünen Stengeln gelöst hatten und ahmte es nach, indem er, wie ein Pianist eine Phrase übt, auf dem Schreibtisch eine kleine Folge von klopfenden Geräuschen erzeugte. Er blieb lange wach in den Nächten nach Tante Tildchens Tod und lauschte in das Dunkel hinein. Eine Trockenheit wehte aus den schwarzen Blättermassen herüber, die verriet, daß sie sich bald verfärben würden.

Das Labontésche Familiengrab lag auf dem Hauptfriedhof, nicht weit vom Olenschlägerschen Mausoleum. Es war, als ob sich in verkleinertem Maßstab die räumlichen Verhältnisse des Westends hier wiederholten. Wie die Stadt besaß auch der Hauptfriedhof einen alten und einen neuen Teil. Auf seinem Gelände spiegelten sich eben nicht nur die Labontéschen und Olenschlägerschen Beziehungen, sondern die gesamte Entwicklung Frankfurts. Das alte Haupttor bestand aus einer Art Propyläenanlage mit elefantenhaften dorischen Säulen, die, von der Seite betrachtet, ohne Zwischenraum direkt aneinander anschließend das Nadelöhr darzustellen schienen, durch das der Reiche sich zu quetschen hatte, um zu seinem Kaufgrab zu gelangen. Und tatsächlich lagen hinter diesem Tor die Gräber, die schon seit Generationen im Besitz ein und derselben Familie waren, in einem dunklen Park mit verschlungenen Wegen, altem wuchernden Taxus und riesenhaften Blutbuchen und Trauerweiden. Die Anlage entsprach dem Lebensstil der Bewohner, wie man die Toten angesichts der häuslichen Verhältnisse, die hier für sie geschaffen waren, wohl nennen darf. Ein hoher Grad von Individualismus kam in diesem Teil des Friedhofs zum Ausdruck, wie er in früheren Jahrhunderten nur den Souveränen vorbehalten war, denn auch die Mitglieder des Patriziats landeten einstmals, nachdem ihr Fleisch auf dem Kirchhof zerfallen war, wie alle anderen in den Beinhäusern, wo die eintreffenden Skelette getrennt nach Schädeln, Becken, Schulterblättern und Wadenbeinen aufgeschichtet wurden. Das 19. Jahrhundert, das für eine Bürgerstadt wie Frankfurt das eigentliche Ende des Mittelalters brachte, legte die Wälle nieder, und nun gab es auf einmal Platz, um sich auch im Tode auszubreiten. Zwei Institute waren mit den Stadtmauern dahingesunken: der Glaube, daß der Tod alles Fleisch gleichmache, das Leben der Seele jedoch nicht zu erreichen vermöge, und außerdem die Stände, die den Standesgenossen die Sorge abnahm, ihren Rang in der Welt höchstpersönlich zum Ausdruck bringen zu müssen. Von nun an begann man sich – nicht nur in Frankfurt – Gedanken zu machen, wo und wie man begraben werden wolle. Eröffnungen über diesen Gegenstand zählten nun zu den kostbaren Vertrauensbeweisen zwischen Menschen, die eine geistige Verwandtschaft untereinander vermuteten.

Das passende Grab bekam eine ähnliche Bedeutung wie der Ort

im Allgäu oder am Ammersee, den man aussucht, um dort den Lebensabend zu verbringen. Dorothée Has erklärte etwa, am liebsten auf einer Almwiese im Engadin beerdigt zu werden, mit einem mächtigen Findling als einzigem Denkmal. Szépregyi wollte an der Mauer eines Dorffriedhofs in der Steiermark inmitten von windschiefen gußeisernen Kreuzen liegen. Tante Mi sprach nach einem Aufenthalt in der Nähe von Lüneburg als höchstes Lob für die Schönheit der Gegend den Wunsch aus, in einem »Heidegrab«, so ihr Ausdruck, begraben zu sein, vom flüchtigen Geläut entfernt grasender Schafherden umwoben, ohne im übrigen in Betracht zu ziehen, das Labontésche Erbbegräbnis aufzugeben. Der häufig gedämpften, in Traurigkeit befangenen Stimmung Etelkas entsprach der Wunsch, sich verbrennen und die Asche über dem Ozean verstreuen zu lassen, eine Phantasie, in der die Sehnsucht nach Selbstzerstörung in eigentümlichem Widerspruch zu dem Bild maßloser atlantischer Weiten stand. Has sah stets sehr bedrückt aus, wenn sie sich in dieser Richtung äußerte. Natürlich hörte er aus einer solchen Bemerkung vor allem heraus, daß sie ihn von der lästigen Pflicht befreien wollte, ein Moosgesteck zu Totensonntag auf ihr Grab legen zu lassen.

Tante Tildchens Anordnung, verbrannt werden zu wollen, war hingegen keineswegs eine Feindseligkeit gegen die eigene Person, sondern der Treue zur väterlichen Weltanschauung entsprungen. Der Vater der Tanten gehörte zu den Gründungsmitgliedern des »Frankfurter Vereins für Feuerbestattung«, und die Schwestern übernahmen diese Mitgliedschaft ebenso selbstverständlich wie die im »Museumsverein« und im »Freien Deutschen Hochstift«. Eine Art Tempel aus schwärzlich angelaufenem Muschelkalk im Stil des ravennatischen Mausoleums Theoderichs des Großen bildete das gleichsam religiöse Zentrum der Vereinsmitglieder, denn auch die Gläubigen aufgeklärt-materialistischer Bekenntnisse mochten zur Zeit der Anlage des Hauptfriedhofs auf ein rituelles Element nicht verzichten, und Oscar Wilde traf den Geschmack seiner Zeitgenossen gut, als er für Agnostiker eine eigene Messe ohne Brot und mit leerem Kelch forderte.

Der »Urnenhain«, wie jener Teil des Friedhofs hieß, in dem die Verbrannten beerdigt wurden, entsprach denn auch einer Naturphilosophie, die eine erhabene Wiedervereinigung des ausgeglühten

Aschenhäufchens mit dem ewig rauschenden Kosmos in Aussicht stellte. Um den Rundtempel wogten die Bäume in feierlichem Abstand. Der Rasen strotzte smaragdgrün, und die Stille legte nahe, daß in jedem Augenblick Sarastro mit langem Bart aus der hohen Pforte treten werde.

Aber auch die übrigen Gräber zeigten, daß die Natur oder das, was man auf den Gravüren der Rousseau-Zeit dafür ausgab – eine einsame griechische Vase, ein abgebrochener Säulenstumpf am Rand eines Teiches und im Schatten von Blütenbüschen – den Charakter der Grabinszenierungen bestimmte. Jedes Grab wollte den Eindruck hervorrufen, daß es im Grunde das einzige sei, das in dieser abwechslungsreichen Baum- und Buschlandschaft lag. Aber jeder Schritt zerstörte diese Illusion, denn er führte zu immer neuen Gräbern in immer neuen Gestalten.

Schwere schmiedeeiserne Ketten, die zwischen gedrungenen kniehohen Obelisken herabhingen und auf dem Boden schleiften, beschützten eine mit weißem Kies bestreute Grabfläche, hinter der sich schwarzpoliert wie ein Konzertflügel die pilaster- und gebälkgeschmückte Grabtafel erhob. »Hier ruht in Frieden Fam. Doerffel« stand in großen goldenen Buchstaben geschrieben. Daneben hatte der Efeu einen Grabhügel hoch überwuchert, aus dem sich die Statue eines weinenden Putto erhob. Seine marmorne Fackel schleifte er hinter sich her, als ob deren Flammen Seidenpapierzipfel seien, wie sie die Öffnung einer Fastnachtstrompete umgeben. Die Inschrift war vom Efeu zugedeckt. Das nächste Grab war von großen Laternen aus rotem Granit flankiert, als gelte es, eine Auffahrt zu schmücken. Aber die mächtige Front eines monolithisch wirkenden Blocks lag unmittelbar dahinter. Ein zornig blickender Löwe lagerte darauf und machte Anstalten, einen halb herunterfallenden Lorbeerkranz, dessen Blätter mit leuchtendem Grünspan überzogen waren, zu zerfleddern. Das war die Grabstätte der Familien Gebert-Zahn und lag schon neben dem Olenschlägerschen Grab, in dem auch der Vater von Dr. Has Gastfreundschaft genoß, und das trotz der zahlreichen eingetragenen Namen zumindest noch Platz für Eduard, Dorothée und Lilly bot, denn Fred Olenschläger hatte auf seinen Platz verzichtet und beteiligte sich auch nicht an den jährlichen Kosten. Er hatte sich vorsorglich in Bad Reichenhall angekauft.

Has' Großvater hatte eine regelrechte Grabkapelle ausführen lassen mit bunten, jetzt zerbrochenen Scheiben und einer gotischen Giebelfront, schmal wie ein Schilderhaus, mit Bronzetüren, deren Kassetten von knieenden Engeln mit geneigten Köpfen im Relief ausgefüllt wurden, und einem zerfallenen Goldmosaik, das die Devise: »Schlafet im Lichte der ewigen Weisheit!« bildete. Rechts und links von der Kapellentür, die so eng war, daß Has weder tot noch lebendig hätte passieren können, erstreckten sich die Tafeln mit den Namen der rund um die Kapelle Begrabenen, denn das kleine Bauwerk diente zur Aufnahme einer Gießkanne und einiger im Regenwasser verblichenen Kranzschleifen und gab nur den Eindruck von einem Mausoleum, ohne eines zu sein.

Immerhin war für eine Verbindung des Lebens mit dem Tode gesorgt. Dieselbe Firma, die das Goldmosaik des Kapellengiebels hergestellt hatte, sollte dann auch das »Salve«-Mosaik in der Mendelssohnstraße ausführen, das als eines der wenigen Teile des Hauses den Krieg überstanden hatte und erst dem Szépregyischen Plan weichen mußte. Für Has war die gesamte Grabanlage natürlich ein Gegenstand des Spottes, aber er dachte doch nicht daran, sie aufzugeben, wie das von seiten der Friedhofsverwaltung gern gesehen worden wäre. Diese Gruft war alles in allem noch ein Stück länger als sein rotes Auto, und das reizte ihn in seinem Stolz, riesenhafte unbrauchbare Dinge zu besitzen.

Hierin unterschied sich Has von der Familie Labonté, bei der es zwar gleichfalls üblich war, sich über das Familiengrab spöttisch zu äußern, aber doch in ganz anderem Sinn. Durch schwarze Taxusäste, die einen muffigen Geruch ausströmten, wurde der Blick auf das Labontésche Grab vom Olenschlägerschen aus verdeckt. Es lag aber, bog man um die Ecke, unübersehbar am Ende einer kleinen Allee, die auf den Weg des Olenschläger-Grabes in der gleichen Weise zuführte, wie die Schubertstraße auf die Mendelssohnstraße im Westend. Zu Häupten des Labontéschen Grabes saß eine lebensgroße Frau mit starren, idealisierten Zügen, die den Ellenbogen auf eine umgestürzte Vase stützte, den Kopf in die Hand gelegt, und mit weißen Augenbällen dem Blick des Betrachters auswich. Diese Figur, die der Vater der Schwestern Labonté für die Grabstätte seiner Eltern gekauft hatte, hieß vom ersten Tag an »das Mariechen, das die Kanne verbogen hat«, in Erinnerung an ein ungeschicktes

Dienstmädchen dieses Namens, aus Schlüchtern gebürtig, dessen »Dappigkeit«, wie man sich im Hause Labonté ausdrückte, sprichwörtlich war. Solche Familienscherzchen bedeuteten aber keinesfalls, daß sich der alte Labonté über das Grab seiner Eltern lustig machte. Es äußerte sich darin vielleicht überhaupt nichts Individuelles, sondern vor allem die Zugehörigkeit zum Milieu wohlhabender Frankfurter Gewerbetreibender, die zur Kunst wenig Beziehungen unterhielten und den brotlosen Künstlern keine Achtung entgegenbrachten, aber genügend Weltkenntnis besaßen, um zu wissen, daß zu ständischer Repräsentation auch allerlei Statuen gehören. Im übrigen konnte das Labontésche »Mariechen« sehr schön aussehen, wenn welke Kastanienblätter auf die feuchten Marmorglieder fielen und das Goldgelb des Laubes und das steinerne Weiß sich gegenseitig zu leuchtender Pracht steigerten.

Es gab Leute, die gern in diesem Teil des Friedhofs spazierengingen. Die ganze Anlage hatte etwas von einem Grottengarten, wo zwischen den Bosketten immer neue skurrile und anmutige Figurenerfindungen auftauchten. An Allerseelen, wenn es früh dunkel wurde und überall rote Ampeln auf den Gräbern glühten, konnte man sich in dem gestaltenreichen Dämmer leicht verirren. Der neue Teil, der um ein Vielfaches größer war, schilderte den Lebensstil der meisten Bewohner des modernen Frankfurt nicht weniger getreu. In weiten Gräberfeldern lagen die Toten in gleichmäßigem Abstand und in sauber gezogenen Reihen, wie sie auch zu Lebzeiten ihre Autos auf den Fabrikparkplätzen geparkt und in ihren Ferien am Meeresstrand sich an dem von Gummibooten wimmelnden Wasser gesonnt hatten. Auf jedem dieser Gräber war ein Gärtchen angelegt. Wenigstens hier versuchten die Hinterbliebenen etwas von dem nur ihnen eigentümlichen Geschmack zum Ausdruck zu bringen. Im Gegensatz zu den linearen und rechtwinkligen Mustern des gesamten Grabfeldes herrschte auf dem einzelnen Grab deshalb die Asymmetrie. Der japanische Garten stand bewußt oder unbewußt den pietätvollen Gärtnern vor Augen, und so verzichtete man denn auch nur selten auf einige kunstvoll plazierte Feldsteine, die aussahen, als habe die Natur selbst sie statt auf einer Bergwiese über die Gräberreihen ausgestreut. Auf diesem Teil des Friedhofs ging niemand spazieren. Dafür sah man Frauen bei der Gartenarbeit, die mit Harken und kleinen Schaufeln die Miniaturlandschaften über den

Särgen ihrer Toten pflegten und aus den in Abständen angelegten Brunnen mit friedhofseigenen Zinkkannen Wasser schöpften. Wahrscheinlich würden auch Alfred und Lilly, sollten sie in Frankfurt sterben, hier begraben werden, es sei denn, der Platzmangel hätte längst wieder zur Einrichtung von Beinhäusern geführt. Die urkundlich ausgewiesene Ewigkeit der Familiengrabstätten dauerte jedenfalls nur noch ein paar Jahrzehnte. Im Stadtrat wurde bereits über eine völlige Umgestaltung des alten Friedhofs beraten.

Die Trauerfeiern fanden in einem überkuppelten, düsteren Saal statt, dessen Wände von farblosen byzantinischen Palmzweigen und Rankenwerk bedeckt waren, wobei man, dem säkularisierten Charakter der Stadt gehorchend, peinlich vermieden hatte, auch nur ein einziges religiöses Symbol, das die allgemeine Toleranz hätte stören können, mit einfließen zu lassen. Alfred kam es vor, als ob die Wände dieser Halle ganze Schichten grauen Staubs in ihre groben Poren gesammelt hätten, als er vor Tante Tildchens Sarg stand. Die Trostlosigkeit einer Schulaula, eines alten Wartesaals, des Landgerichts, aller Plätze, in denen kostbare Lebensstunden verwartet werden, strömte auf ihn ein. Er glaubte, der ganze Saal sei aus aschigem Bimsstein aufgehäuft worden. Die kleine Trauergemeinde bestand nur aus Tante Mi, die ein schwarzes Samtbarett im Stil eines Nürnberger Kaufherrn der Dürerzeit trug, aus Fräulein Emig und aus drei alten Frauen, die Tante Mi nicht erkannte und die sich dann als Mitglieder der »Jugendbewegung« vorstellten. Tatsächlich hatte Tildchen sich in den zwanziger Jahren für kurze Zeit einer freikirchlichen Jugendgruppe angeschlossen, die an Sonntagen im Taunus Wanderungen veranstaltete. Die älteste der Frauen, Fräulein Klock, näherte sich zögernd und als ob sie mit den Tränen kämpfe, um Tante Mi zu kondolieren. Dadurch ermutigt, traten auch die anderen hinzu und bestätigten, weniger ergriffen, »ihre tiefempfundene Anteilnahme«, wie sie beide zugleich murmelten. Tante Mi nahm diese Bekundungen mit Herablassung auf, so kam es Alfred vor, der zugleich darüber nachdenken mußte, wie man sich herablassen konnte, wenn man so klein wie Tante Mi gewachsen war. In ihren langen, dunklen Mänteln und mit ihren Hüten, dem Barett der Tante Mi und der schwarzen Baskenmütze von Fräulein Klock, sah die Gruppe wie eine Abordnung bartloser Zwerge aus. Der Sarg von Tante Tildchen war freilich nicht aus Glas. Alfred sah seine

Bronzebeschläge von fern durch den Türspalt der Trauerhalle, die noch nicht betreten werden durfte, denn drinnen wurde wie auf dem Theater eilig umgebaut. Die Trauergäste der vorangegangenen Feier hatten soeben hinter dem langsam rollenden Sarg durch ein anderes Tor die Halle verlassen, eine große Beerdigung mit Bergen von Kränzen und Blumen, zahlreichen Lorbeerbäumen und Kerzenständern zu Seiten des Sarges. Da Tante Mi erklärt hatte, es sei nicht im Sinne ihrer Schwester Tildchen, mit Aufwand zu Grabe getragen zu werden, zumal die Familie im Grunde nicht mehr bestehe, war mit der Friedhofsverwaltung ein erheblich bescheideneres Arrangement vereinbart worden, und die Beamten in den grauen Anzügen der Stadtverwaltung, wie sie auch die Stromableser trugen, hoben geschickt die meisten Lorbeerbäume auf einen niedrigen Wagen und ließen nur vier stehen. Dorthin, wo eben noch der andere Sarg gewesen war, wurde Tildchens Sarg geschoben und stand nun ebenso feierlich im Mittelpunkt der freilich verringerten Trauerpracht, als gelte der ehrfurchtsvolle Abschied aller Lebenden nun ganz allein Tildchen. Zugleich öffneten die Beamten, die sich eben noch wieselflink bewegt hatten, die hohen Türflügel und traten gemessen zur Seite. Tante Mi nahm Alfreds Arm. Die anderen Frauen folgten als eine kurze Prozession. Bevor sie noch die Halle betraten, eilte ein kahlköpfiger Mann in einem hellblauen Anzug und grauen Sandalen an ihnen vorbei und verschwand hinter einer kleinen Tür.

Alfred bemerkte diese Details mit einer Überwachheit seiner Sinne, die ihn hilflos machte. Es gelang ihm kaum mehr, seine Eindrücke zu ordnen. Nicht er war es, der Tante Mi führte. Er fühlte sich wie ein Kind von ihr gezogen und traute keinem seiner Schritte. Seine Verwirrung steigerte sich, als der Pfarrer in langem Talar mit den stiftsdamenhaften Beffchen sich in feierlichem Schreiten dem Sarg näherte und sich tief verneigte. Dabei hob sich der Talar, und Alfred, der nun sah, daß der Pfarrer graue Sandalen trug, wurde von innerer Unruhe befallen, weil er nicht mehr wußte, wo er diese grauen Sandalen schon einmal gesehen hatte.

Wer war überhaupt der Pfarrer? Weder Tante Mi noch Alfred kannten ihn. Die Tanten waren, wie man weiß, niemals in die Kirche gegangen, obwohl sie es nicht weit hatten. Von der Schubertstraße führten wenige Schritte zu dem behelfsmäßigen Betsaal in den Mauern der ausgebrannten Christuskirche, wenn man nicht überhaupt die ganze Schubertstraße als einfassende Flügelarchitektur der Christuskirche bezeichnen will, in der die kleinen Villen in ihrem grotesken Eigensinn eine ähnliche Funktion übernahmen wie die Kolonnaden vor St. Peter. Tante Mi pflegte in einen ärgerlichen Ton zu verfallen, wenn von Pfarrern und Kirchgang die Rede war. »So etwas muß man mit seinem Herrgott allein abmachen«, sagte sie dann in dem gleichen Tonfall, als spreche sie mit Fräulein Emig über den Schlüssel zum Heizungskeller: »Das müssen Sie schon mit dem Herrn Herr allein abmachen!« Tante Tildchen drückte sich weniger schroff aus zu ihren Lebzeiten, aber sie pflegte bei solchen Anlässen doch hinzuzufügen: »Jede Blume ist solch ein Wunder, da brauche ich mich nicht in eine kalte Kirche zu setzen.« Alfred fragte sich, was es wohl war, was Tante Mi mit ihrem Herrgott abzumachen hatte, und was das Wunder, das sich in den Blumen ausdrücken mochte, eigentlich besagte. Auch hier war ein Ring des Geheimnisses um das Leben der Tanten gelegt, vor dem das mindere Rätsel, wo der Pfarrer hergekommen war, verblaßte.

Die Überraschung bestand zunächst darin, daß der fremde Geistliche Tante Tildchen gut gekannt zu haben schien. Ungeachtet des kleinen Häufleins sprach er mit erhobener, weithin tragender Stimme. »Wer war Matilde Labonté?« rief er der Kuppel zu, die in der Pause, die dieser Frage folgte, den Nachhall seiner Stimme aufbewahrte. »Sie wurde am sechsten September 1905 geboren, zu Frankfurt am Main, als Tochter des Einzelhandelskaufmanns Friedrich Labonté und seiner Gattin Emilie, geborene Pfundt. Das Elternhaus war harmonisch, kunstliebend und heimatverbunden. Die Verstorbene bewahrte ihrer Jugend immer ein gutes Gedenken und zeigte ihre Liebe zu Frankfurt und seinen Bürgern durch großzügige Unterstützung des Zoologischen Gartens und des Clementine-Kinderkrankenhauses, wie denn ihr ganzes Herz den Kindern gehörte, obwohl sie ledig blieb.«

Was für Außenstehende formelhaft klingen mußte, war für Alfred mit dem bedrängendsten Leben erfüllt. Bei den ersten Worten schon geriet er in eine außerordentliche Spannung, die ihr Ziel aber noch nicht kannte. Als jedoch von der Kinderliebe der Tante Tildchen die Rede war, saß Alfred wie von einem Feuerstrahl durchbohrt. Er fühlte, daß seine Fassung bald dahin sein werde.

»Matilde Labonté hat in ihrem Leben manches Schwere tragen müssen«, fuhr der Pfarrer fort, der die Hände um ein Gebetbuch gelegt hatte, als halte er der Gemeinde sein in schwarzes Kalbsleder gebundenes, soeben aus der Brust geholtes Herz als Beweis für seinen bedingungslosen Kampf um die Wahrheit vor Augen.

»Sie wurde nach dem Ersten Weltkrieg Zeugin des Niedergangs ihres Vaterlandes, und sie erlebte im Zweiten Weltkrieg die Zerstörung ihrer Vaterstadt. Matilde Labonté hat darunter gelitten« – der Pfarrer gab dem Hall wieder Gelegenheit, sich in der Kuppel zu entfalten – , »aber sie hat immer auch gewußt, daß es Schlimmeres gibt, als all das Leid, das sie mitansehen mußte.«

An dieser Stelle war Alfred felsenfest überzeugt, die Rede werde sich nun auf ihn lenken, den undankbaren Empfänger so vieler Geschenke der Liebe. Er sah zu Tante Mi hinüber, die zufrieden wirkte. Sie folgte der Predigt ohne Ergriffenheit, aber mit zustimmender Kennerschaft, wie Alfred es gelegentlich im Theater erlebt hatte, wo sie sich niemals von Begeisterung hinreißen ließ, statt dessen aber über den richtigen Ablauf der Vorstellung auf geheimnisvolle Weise unterrichtet zu sein schien und zum Schluß, ohne die Hände zum Klatschen zu rühren, meist feststellte: »Ja, es war gut gespielt.« Damals wurden in Frankfurt meist Stücke von Bertolt Brecht gegeben, die die Tanten sich recht gern ansahen. Tante Tildchen sagte üblicherweise danach: »Es ist viel Wahres darin, man darf es nur nicht so absolut nehmen«, und dieser oft gehörte Ausspruch schoß Alfred nun wieder durch den Kopf. War auch darin ein verborgener Hinweis der Tante zu sehen, den er achtlos überhört hatte?

»Matilde Labonté trug ihr Herz nicht auf der Zunge«, sagte der Pfarrer, und in seiner Stimme klang eine leise Bitterkeit über die vielen mit, die ihr Herz auf der Zunge tragen, »sie war eine verschlossene Frau. Wenige durften sie kennenlernen. Die Mitglieder der Jugendbewegung erinnern sich an Matilde Labonté als einen frohen, für alles Gute aufgeschlossenen Menschen.« Hier wandte Tante Mi ihren Kopf nach rechts, wo zusammengerückt die Frauen um Fräulein Klock saßen und mit den Köpfen nickten. Tante Mi kniff die Augen zusammen. Sie war nicht erbaut und empfand die Mitteilung, daß Tildchen »froh und aufgeschlossen« gewesen sei, offenbar als eine Einmischung in die inneren Verhältnisse eines ehrbaren Hauses. Alfred hingegen wurde von Freudenwellen durchflutet, die seine Augen nun endgültig mit Tränen füllten. Der Pfarrer hatte recht, wenn er Tildchen freundlich und gut nannte, denn das war sie gewesen, vor allem zu ihm, und das wollte er niemals vergessen.

»Matilde Labonté hat sich dies tiefe Wissen um das Gute bewahrt. Sie ließ sich die Einsicht nicht nehmen, daß der Mensch gut ist, was auch geredet wurde. Und sie wußte auch, daß das Gute auf die Dauer stärker ist als das Schlechte, weil das Gute eben im Kern der menschlichen Natur liegt, die das Gesetz des Kosmos ist.« Nicht jedes der Worte des Pfarrers war genau zu verstehen, weil er die Vokale trübte, um ihnen einen bedeutenden Klang zu verleihen, aber das tat der Wirkung auf Alfred keinen Abbruch. Von der grauen Kuppel fielen die mächtigen Worte Herz, Mensch, gut, Natur auf ihn herab. Er wußte, wovon der Pfarrer sprach. Er war es, an den Tildchen den Glauben nicht verloren hatte, auch wenn er Böses tat. Tildchen wollte ihn nicht anders als gut sehen. Alfred fragte sich mit bangem Herzen, ob dieser Glaube wohl bis zu jenem Augenblick des Geburtstagsnachmittags angehalten hatte, in dem Tante Tildchen vom Schlag getroffen wurde, oder ob der Schlag nicht vielmehr der Ausdruck der Einsicht war, daß es sich bei Alfred um einen verlorenen Menschen handelte.

»Matilde Labonté erkannte aber nicht nur das Gute als das innerste Gesetz des Kosmos«, sagte der Pfarrer, »die Freude, die ihre Kameradinnen aus der Jugendbewegung uns verbürgen, sie kam aus dem Erlebnis der Schönheit des Kosmos. Matilde Labonté liebte Blumen«, dies kam in furchtbarem Ernst und mit verletzt wirkendem Nachdruck. Der Pfarrer wandte seine grünlichen Brillengläser zum erstenmal Alfred zu und hielt den erschüttert Lauschenden im Visier, indem er an Alfreds aufgewühlter Miene die Wirkung seiner Worte ablas. »Die Schönheit des Kosmos offenbarte sich ihr in der Blume, dem Schönsten, was es auf Erden gibt, und zugleich auch dem Bescheidensten, denn was ist eine blühende Rose gegen die gewaltigen Werke von Menschenhand? Matilde Labonté aber wußte, daß nichts, was der menschliche Geist ersinnen kann, Bestand hat, wenn er nicht lernt von der Vollkommenheit der Blume. Ich meine das ganz ernst« – diese Worte klangen wie eine Drohung –, »Matilde Labonté liebte die Blumen, weil sie sich in ihrem

Herzen für die Freude und die Schönheit und die Güte entschieden hatte. Das Licht, das sie sah, wenn sie eine aufgeblühte Rose betrachtete...« – »Wicken«, sagte Tante Mi mit unerschüttert pflichtbewußter Miene wie eine Souffleuse beim Gerichtshof des Jüngsten Tages, und sie kam auf diesen Punkt zurück, als der Pfarrer ihr mit beiden Händen lang und kräftig die Hand schüttelte, eine Geste, bei der er den Dank der Hinterbliebenen für seine »einfühlsamen Worte« entgegennehmen wollte und zu seiner Verblüffung nur hörte: »Es waren Wicken, Herr Pfarrer! Keine Rosen! Wicken!« Darin kam keine Rechthaberei zum Ausdruck, sondern ein niemals ruhendes Verantwortungsgefühl für die Wahrheit. Eine Arbeit wie etwa diese Predigt war einfach noch nicht abgeschlossen und damit auch noch nicht lob- und tadelnswürdig, solange der Vollständigkeit der Wahrheit nicht genüge getan war.

Im übrigen verstand der Pfarrer weder während der Predigt noch danach, was sie meinte und hatte auch gar keine Zeit, Fragen zum Verständnis zu stellen. Tante Mis Zuruf hatte ihn aber verwirrt. Mit leicht erhobener Stimme fuhr er fort: »...eine aufgeblühte Rose betrachtete, dieses Licht kam in Wahrheit aus ihrem Inneren. Sie leuchtete, und deshalb suchte sie das Licht. Zugleich akzeptierte sie aber auch das Gesetz der Blüte: Sie muß welken und Frucht tragen und im ewigen Kreislauf der Dinge vergehen. Die Blüte von Matilde Labonté – die Frauen und Kameradinnen aus der Jugendbewegung haben sie kennengelernt, Frau Labonté, die hier unter uns ist, und ihr Neffe Albrecht Labonté...« – »Alfred«, sagte Tante Mi, wiederum ohne Gehör zu finden, aber Alfred selbst war nicht mehr in der Verfassung, die Verwechslung seines Namens überhaupt zu bemerken. Als er die Aufforderung vernahm, als Neffe darüber nachzudenken, welche Frucht Tante Tildchen getragen hatte, war es um seine Selbstbeherrschung geschehen. Er schluchzte laut auf und erschrak dabei über den körperlichen Ausbruch seines Unglücks. Zwei Alfreds standen sich gegenüber: Der eine war vom Sturm des Schmerzes hilflos geschüttelt, der andere war ein kleines bekümmertes Vernunftwesen, das nicht zuviel Aufsehen erregen wollte. Er fühlte, wie sehr er Tante Mi mißfiel, aber er spürte auch die Augen des Pfarrers auf sich ruhen und hatte der Gewalt der Rede keine Waffe entgegenzusetzen.

»Und nun ist Matilde Labonté selbst eingetreten in den Kreislauf des Werdens und Vergehens, der das Schöne hervorbringt und der es wieder wegnimmt und der der Ausdruck des großen Gesetzes des Guten ist. In diesem Kreislauf aufgehoben zu sein, ist der Frieden, den Matilde Labonté schließlich erlangt hat. Ein großer deutscher Philosoph hat einmal vom Prinzip Hoffnung gesprochen, das stärker ist als das Wissen um das menschliche Leid und das Vergehenmüssen. Dies Prinzip Hoffnung leuchtet aus der Gewißheit, daß unser Vergehen im Einklang steht mit der Weltordnung und daß diese Weltordnung auf dem Gesetz des Guten beruht. Matilde Labonté hat das gewußt. Sie ist uns vorausgegangen, wie es einer Wissenden geziemt: schmerzlos, schnell, aus dem warmen Leben heraus, mit einem Lächeln auf den Lippen. Matilde Labonté soll uns ein Beispiel sein.«

Nachdem dieses letzte Wort verklungen war, wie man bei den erwähnten akustischen Verhältnissen wohl sagen darf, trat der Pfarrer auf Tante Mi zu. Alfred traute seinen verweinten Augen nicht. Der Sarg fing nämlich an, sich zu bewegen. Er sank langsam dem Boden zu, ja, der Boden bildete keine sichere Grenze dieses erschreckenden Vorgangs, er öffnete sich, und der Sarg fuhr in den Keller, so wie Don Giovanni in die Hölle fährt. Keiner schien bei diesem Vorgang etwas Besonderes zu empfinden. Der Pfarrer und Tante Mi drehten sich nicht einmal um. Nur Fräulein Emig trat schließlich an das Loch im Boden und warf ein Bukett hinein, das aus drei roten und drei weißen Nelken bestand. Bis zu diesem Augenblick hatte sie den langen, dünnen Strauß wie einen Regenschirm gehalten, und Alfred kam es vor, als habe sie entschlossen die erste Gelegenheit ergriffen, sich des lästigen Gegenstands zu entledigen, so wie sie auch den Müllmännern, wenn sie in der Küche das Ächzen des Müllabfuhrwagens hörte, auf die Straße nachlief, um ihnen noch schnell eine Tüte mit Abfällen mitzugeben.

Überhaupt war nach dem Stillsitzen mit einem Ruck, als nämlich der Sarg zu sinken begann, die ganze Gesellschaft lebendig geworden. Die drei Mitglieder der Jugendbewegung näherten sich dem Pfarrer und Tante Mi, aber als ob zwischen ihnen und dem Pfarrer eine magnetische Abstoßung bestünde, ließ der Pfarrer augenblicklich Tante Mis Hand fahren, machte eine flüchtige Andeutung, daß er sich leider zurückziehen müsse, und strebte mit großen Schritten der kleinen Tür zu, aus der er zu Beginn der Zeremonie so würdevoll herausgetreten war. Und kaum hatte sich die Tür hinter ihm geschlossen, da öffnete sie sich auch wieder, und der Mann mit dem hellblauen Anzug und den grauen Sandalen, der alles, was er mit dem gravitätischen Pfarrer gemeinsam haben mochte, an den Nagel der Garderobe gehängt hatte, eilte wie ein völlig Fremder davon. Alfred glaubte ein leises, geschäftiges, wie zu sich selbst gesprochenes »Lassen Sie sich bitte nicht stören« zu vernehmen.

Inzwischen hatten die drei Frauen von der Jugendbewegung einen festen Kreis um Tante Mi gezogen, der sich dem Ausgang zubewegte, weil draußen schon die nächste Trauergesellschaft stand. Es näherte sich auch der flache, mit wankenden Lorbeerbäumen beladene Wagen. »Eine würdige Feier!« sagte Fräulein Klock, »zum Glück habe ich Herrn Doktor Sesemann noch Aufschlüsse über unsere Tilde geben können, er kannte sie ja nicht.« – »Sie haben mit dem Pfarrer gesprochen?« fragte Tante Mi ziemlich scharf und indem sie eine schnellere Gangart einlegte. Sie vermied es, Fräulein Klock anzusehen. »Ja, natürlich!« sagte Fräulein Klock, »wir wissen doch, was wir einer Kameradin schuldig sind. Sie konnte zwar nie mehr an unseren Treffen teilnehmen, weil sie häuslich so belastet war, aber sie hat ja dreißig Jahre lang unseren Rundbrief, den ›Springborn‹, bezogen und auf diese Weise geistig teilgenommen, deshalb haben wir ja rechtzeitig von ihrem Tod erfahren und konnten alles vorbereiten.«

Tatsächlich hatte Tante Mi, kaum daß sie von den Ärzten der Universitätskliniken die Sicherheit empfangen hatte, daß Tante Tildchen nicht mehr zu Bewußtsein gelangen werde, mit der Vorbereitung der Arbeiten begonnen, die nach dem Tod auf sie zukommen würden. Unter anderem hatte sie alle Mitgliedschaften und Abonnements herausgesucht und die Briefe mit den Kündigungen »todeshalber«, wie sie schrieb, formuliert. Tante Tildchen war erst vierundzwanzig Stunden tot, als man in den Büros des »Freien Deutschen Hochstifts«, der »Museumsgesellschaft«, der »Zoologischen Gesellschaft«, der »Stiftung des Clementine-Kinderkrankenhauses« und eben auch des »Springborn« wußte, daß von ihrer Seite finanzielle Zuwendungen nicht mehr zu gewärtigen waren. Fräulein Klock, die Redakteurin des »Springborn«, hatte daraus ihre Konsequenzen gezogen. Und so unpassend Tante Mi dieses tätige Eingreifen auch vorkam, ihre Verwirrung war größer. Sie dachte daran, wie viele Jahre sie jeden Atemzug mit ihrer Schwester geteilt hatte, ohne zu wissen, daß Tildchen die ganze Zeit Verbindungen zu diesen Damen aufrecht hielt, die sich nun wie alte Freundinnen betrugen. Mi bedauerte, daß Tildchen nicht noch einmal kurz aus der mechanischen Versenkung auftauchen konnte, um Fräulein Klock zu identifizieren. Sie hatte gehört, daß ganze Hochstaplerkarrieren auf den gemeinen Trick gegründet waren, sich bei der Beerdigung den Trauernden als enge Freunde des Toten vorzustellen, und sie war froh, als sie den schwarzen Mietwagen erreichte, den sie für diesen Tag genommen hatte. Kaum saß sie auf dem Rücksitz, da schlug sie den Abgesandtinnen des »Springborn« die Tür vor der Nase zu.

Alfred hatte während der Tage nach Tildchens Tod kein einziges Mal an Lilly gedacht, wenn er nicht gerade dabei war, seine Schuld am Tod der Tante zu erforschen, denn das stand fest: Sollte eine solche bestehen, dann war sie unauflöslich mit Lillys Namen verbunden. Als er neben Tante Mi im Auto saß, fiel plötzlich der Bann von ihm ab. Seine Tränen trockneten. Er sah aus dem Fenster und beobachtete Passanten in hellen, alltäglichen Kleidern, die an dem traurigen Ereignis im Hause Labonté keinerlei Anteil nahmen. Eine Weile hatte er die Vorstellung, als sei es ganz ausgeschlossen, daß Tante Tildchen in dem Sarg mit den Bronzegriffen gelegen habe und darin in den Keller gefahren sei. Wie anders hätten sich unzweifelhaft alle Anwesenden betragen, wenn wirklich ein toter Mensch unter ihnen gewesen wäre. Die ganze Feier, wenn man denn den kurzen Aufenthalt in der Trauerhalle so nennen sollte, kam ihm auf einmal federleicht, traumartig und konturlos vor. War es möglich, daß Tante Tildchen sie nun wieder zu Hause erwartete? War es möglich, daß die eigentliche Feier überhaupt erst noch bevorstand, wenn Tante Tildchen verbrannt und ihre Asche in den gehämmerten Kupfertopf, der einer Kaffeedose ähnlich sah, und den Tante Mi aus dem Katalog des Beerdigungsinstituts ausgewählt hatte, gefüllt worden war? Wurde der Sarg mit ihr verbrannt, oder war er nur ein Schaustück, aus dem Tildchen im Keller der Trauerhalle wieder herausgehoben wurde, damit der nächste Tote für die Minuten des eigentümlichen Aktes zwischen den Kerzen und den Lorbeerbäumchen darin ruhen konnte? Es fiel ihm jetzt auch schwer zu begreifen, was genau ihn an den Worten des Pfarrers derart außer Fassung gebracht hatte. Er bekam nicht einen Satz dieser Ansprache mehr zusammen. Ein Unwille stieg in ihm auf. Er hatte plötzlich das Gefühl, als ob die Feier nicht der guten Ordnung entsprochen habe, obwohl er unmöglich hätte sagen können, worin die gute Ordnung eigentlich bestand. Er war enttäuscht und fürchtete, daß Tante Tildchen mit dieser Feier eine Schmach angetan worden war.

Tante Mi schien zwar im ganzen zufrieden zu sein, aber er hielt es auf einmal für möglich, daß sie das überhaupt nicht beurteilen konnte. Der schwarze Anzug, den er zum erstenmal trug, ließ ihn erheblich älter erscheinen. Vielleicht wohnten auch sonst noch erleuchtende Kräfte in seinem Gewebe. Er stellte sich vor, wie die Trauerfeier abgelaufen wäre, wenn er Gelegenheit gehabt hätte, darüber nachzudenken und alles vorzubereiten. Es war schändlich, wie wenige Trauergäste gekommen waren, auch wenn man bedachte, daß die Tanten mit niemandem Umgang pflegten. Dann wurde ihm klar, daß es durchaus angemessen gewesen wäre, wenn Lilly an der Trauerfeier teilgenommen hätte. Alfred wußte nicht einmal, ob die Familie Has überhaupt vom Tod Tildchens benachrichtigt worden war. Aber er war sich nun bewußt, wie sehr Lilly gefehlt hatte. In dem Schmerz um Tante Tildchen, der ihn noch ganz ausfüllte, mischte sich der erheblich kleinere, aber deutlich herauszuspürende Schmerz über Lillys Abwesenheit.

Alfred wäre vielleicht etwas getröstet gewesen, wenn er gewußt hätte, daß zwar nicht Lilly, die tatsächlich von niemandem unterrichtet worden war, aber doch ihr Vater einen Augenblick lang ernsthaft erwogen hatte, sich der Trauerfeier anzuschließen. Tante Mi war in ihrer Kargheit so weit gegangen, eine sehr kleine Anzeige in die Zeitungen setzen zu lassen. Has erfuhr allerdings nicht auf Grund dieser Anzeige vom Tode Tildchens, denn er blätterte die Lokalausgabe nur flüchtig durch, sondern durch das Studium der einzigen Spalte, die ihn wirklich interessierte, nämlich die amtliche Bekanntgabe der Beerdigungen des jeweiligen Tages. Has las weniger die Namen, als die Angaben des Alters, aus denen er sich eine unsystematische Privatstatistik über die durchschnittliche Lebenserwartung der Frankfurter Bürger zurechtmachte. Sah er zum Beispiel an einem Tag besonders viele tote Neunzigjährige, dann erfüllte ihn eine zarte Vergnügtheit, die melancholische Züge erhielt, wenn sich die Siebzigjährigen und Sechzigjährigen häuften. Vereinzelte Fünfzigjährige gaben ihm trübe Gedanken ein und ließen ihn besorgt in sein Inneres horchen, während die Vierzig- und Dreißigjährigen ihn ganz kalt ließen, denn deren Sorgen waren nicht mehr die seinen. Als er Tante Tildchen entdeckte, war er überrascht und entrüstet zugleich. Sie war ihm, solange er sich an sie erinnerte, als uralte Frau vorgekommen, und nun mußte er feststellen, daß sie kaum zwölf Jahre älter als er selber war. Er rechnete die Fräulein Labonté der Generation seiner Mutter zu. Sie hatten also entweder längst tot zu sein oder sie besaßen die Pflicht, ewig zu leben. Has durchblätterte die Zeitung mit der Gereiztheit eines Mannes, der ahnt, daß ihm nichts mehr Trost spenden wird, und der sich deshalb jeder Nichtigkeit mit der Bereitschaft nähert, sich in sie zu verbeißen, um sich wenigstens Ablenkung zu verschaffen.

Seit seiner Rückkehr aus der Steiermark lebte er im Zustand ruheloser Langeweile. Das Essen schmeckte ihm nicht, er blieb nachts lange schlaflos und hielt dafür entnervende, narkotische Mittagsschläfchen. Er besaß nicht die Sammlung, um irgendeine Seite zu lesen, seine Augen irrten ab und eigene, mit Trivialitäten befaßte Gedanken mischten sich in den Text. Er hatte das Gefühl, wenn er den Blick in die Zukunft richtete, daß eine grenzenlose Wüste sich vor ihm auftat, die Tag für Tag von demselben unerbittlichen Licht bestrahlt wurde. Mit dem Abschied von Etelka, den er für unumstößlich hielt und der ihm auch kein Kopfzerbrechen bereitete, weil er ihn als notwendige Folge ihres Verrats ansah, war ihm jede Hoffnung auf irgendein überraschendes, erfrischendes Element in seinem Leben verlorengegangen. Er ging nicht so weit, sein früheres Leben mit Etelka zu durchforschen und zu zerlegen, obwohl er noch wußte, daß auch die letzten Jahre mit ihr quälende Züge hatten. Und doch fühlte er sich ohne sie endgültiger Langeweile ausgeliefert, und diese Einsicht war neu, denn sie war ihm auch in den trockensten Phasen seiner Auseinandersetzungen mit ihr nicht in den Sinn gekommen.

Unter dem Wort Abschied hat man hier im übrigen einen rein geistigen Akt zu verstehen, denn zu einer Aussprache, die in einem gegenseitigen Abschiednehmen bestanden hätte, war es nie gekommen. Has hatte Etelka vor seinem Aufbruch in die Steiermark noch einmal besucht und diesen düsteren, aber auch ergreifenden Moment bewahrte er als letztes Bild von ihr in der Erinnerung. Starr und schweigend saß sie vor ihm mit Augen, deren Weiß eine immer dunklere Tönung annahm, bis sich der feine Glanz der üblichen Feuchtigkeit verdoppelte und schwere Tränen sich ihren Weg durch die langen Wimpern bahnten. Er stellte sich bei solchen Gelegenheiten immer vor, daß im Inneren Etelkas ein Wasserhahn geöffnet worden sei, dessen Fluten langsam nach oben stiegen, um in Höhe der Augenöffnungen schließlich überzulaufen. An dieser Vorstellung war nichts Komisches. Sie enthielt nur Grauen über die Zwangsläufigkeit des erschütternden Vorgangs, den kein gutes Wort mehr zu beeinflussen vermochte. Etelkas Tränen hatten ebensoviel Abstoßendes wie Erregendes für ihn. In diesem drohenden Zustand der Auflösung blieb sie in seiner Erinnerung. Kein frischeres Bild erhielt die Gelegenheit, sich davorzuschieben, denn er rührte sich nicht und machte keinen Versuch, sie wiederzusehen, nachdem er von der Scharnhorst in die Vorgänge während seiner Abwesenheit eingeweiht worden war. Eine Weile wartete er darauf, daß Etelka sich meldete, aber eine Stimme sagte ihm, daß sie nichts dergleichen vorhabe, ja, daß ein solcher Vorstoß ganz außerhalb ihrer Möglichkeiten liege.

Trotz dieser inneren Gewißheit nannte er Dorothée gegenüber dieses Schweigen eine Unverschämtheit. Dorothée gab ihm recht, riet ihm aber, es unbedingt dabei zu belassen. Etelka sei im Grunde wohl davon überzeugt, daß es eben nichts mehr zu besprechen gebe, und wenn sie das glaube, dann verhalte es sich auch so. Von solchen letzten Unterredungen bleibe immer ein schaler Geschmack auf der Zunge zurück. Im geheimen zitterte sie bei der Vorstellung, daß Has und Etelka einander noch einmal begegnen könnten. Er hatte ihr gestanden, daß er Etelka durch regelmäßige Zahlungen unterstütze, weil sie »kein ausreichendes Einkommen besitze«. Was sollte aus dieser Pension nun werden, fragte sich Dorothée, ohne dabei ökonomische Bedenken oder gar Neidgefühle zu hegen, sondern indem sie den Gegenstand rein danach betrachtete, wie künftige Berührungspunkte zwischen Has und Etelka vermieden werden könnten. Wurden die Zahlungen einfach gestrichen, so bestand eben die Möglichkeit, daß die Schweigerin unter dem Druck wirtschaftlicher Sorgen den Mund doch noch auftrat und Verhandlungen begann. Dies schien Dorothée so wahrscheinlich, daß sie es für das Beste hielt, den Fortbestand der Apanage zunächst überhaupt nicht zu berühren. Auf der anderen Seite war sie hellsichtig genug, die Folgen stillen und selbstverständlichen Weiterzahlens abzuschätzen. Ein festes Band wurde auf diese Weise geschmiedet, haltbarer am Ende als Fäden, die Sympathie oder Leidenschaft zu spinnen vermochten. Sie wagte deshalb nicht, ihrem Mann Ratschläge zu geben, wälzte die Frage aber beständig hin und her, wobei sie einmal sogar versuchte, in Etelkas Haut zu schlüpfen. Das verwirrte sie endgültig, denn von Etelkas Standpunkt aus gesehen kam ihr plötzlich jedes denkbare Verhalten logisch und wahrscheinlich vor.

Unterdessen hatte Has, eigentlich mehr um seine Nervosität zu bekämpfen und indem er einem Spieltrieb gehorchte, ohne Dorothée davon zu erzählen, den Dauerauftrag, den er seiner Bank zugunsten Etelkas erteilt hatte, gelöscht. Er hatte gerade eine Reihe von Unterschriften zu leisten und erledigte die Tilgung dieses Dauerauftrags fast nebenbei, allerdings nicht ohne ein Lächeln, das eine unschuldige Neugier auf das Ergebnis dieses kleinen Geschäftsakts offenbarte.

Es geschah jedoch überhaupt nichts daraufhin. Dorothée hätte aufatmen können, während Has ins Grübeln darüber versank, ob es geschickt gewesen war, die letzte Verbindung zu Etelka einer Laune zu opfern. Er ließ sich von der Trumfeller die Kontoauszüge vorlegen. Etelkas Miete war pünktlich wie immer überwiesen. Der bloßen Zahl, wie sie da im einfältigen Glanz ihrer Richtigkeit auf dem Papier stand, haftete nicht der geringste Hinweis auf die Quelle an, aus der das Geld gesprudelt war, nachdem Has gerade das Hauptloch, wie er glaubte, zugestopft hatte. Etelka gab ihm immer noch Rätsel auf, und er bemühte sich immer noch um deren Lösung, wenngleich er sicher war, daß seine Anteilnahme nur noch auf allgemeinem psychologischen Erkenntnisdrang beruhte.

Wenn er mit kühlem Herzen, wie er glaubte, die ganze Affäre und ihren Ausgang betrachtete, stellte sich ihm vor allem die Frage, ob Etelka ihn schon damals, als sie um jeden Preis seine Abreise in die Steiermark verhindern wollte, betrogen hatte, ob also die schrecklichen Tränenausbrüche eine schauspielerische Darbietung gewesen waren, oder ob sie damals wirklich so unglücklich war und womöglich sogar vorausgesehen hatte, daß diese Trennung das Ende ihrer Liebe bedeuten werde. Has erwog beide Möglichkeiten immer von neuem, kam schließlich aber zu dem Ergebnis, daß sie wahrscheinlich nicht gelogen hatte. Dazu sei sie zu dumm. Dieser Schluß erregte in ihm Wellen des Mitleids. Den eigentlichen Treuebruch mit Rosendall nahm er ihr inzwischen, wenn er ehrlich war, im Grunde nicht mehr wirklich übel, denn wie von ihrer Intelligenz dachte er auch von ihrer Willenskraft. Natürlich war es gefährlich, sich auf derart schwankende Rohre verlassen zu wollen, das sah er jetzt deutlich. Eine Frau, die sich in der ersten Verzweiflung sofort dem Nächstbesten in die Arme warf, konnte einen Ehrenmann um seine Selbstachtung und den Respekt seiner Umgebung bringen. Hier würde Dorothées Einfluß in Zukunft hilfreich sein. Er wollte niemals wieder in eine Lage geraten, die ihn in den Augen Dorothées verächtlich machte.

Aber die Nächte! Die Nächte waren ein Graus. Nichts hinderte die Gedanken aufzutauchen, sich auszubreiten und jeden Atemzug mit Scham und Bitterkeit zu vergiften. Neben ihm schlief Dorothée mit leichten, fast unhörbaren Atemzügen, die ihn nach einer Stunde des Wachliegens ebenso belästigten, als wenn sie laut geschnarcht hätte. Oft überkam ihn die Lust, sie zu wecken, um dieser selbstgefälligen Schlafharmonie ein Ende zu bereiten, aber er fürchtete, sich dann in eine Unterhaltung mit ihr einlassen zu müssen. Dorothée war nie böse, wenn sie nachts geweckt wurde. Sie schien gar nicht richtig aufzuwachen und nahm eine milde Stimme an, die aus Traumwelten zu dringen schien. Gerade diese mustergültige Zurückhaltung konnte Has seit einer Weile schon überhaupt nicht mehr ertragen. Er sehnte sich geradezu nach ihren sarkastischen Bemerkungen, die ihn verletzten, ihm aber auch das Recht gaben, zurückzuschlagen. Dabei muß man sich immer ins Gedächtnis rufen, daß er, wenn er wollte, eine ziemlich dicke Haut hatte, die Nadelstiche ebensogut ertrug wie unwillkommene Zärtlichkeiten. Er war nur inzwischen, und ohne daß er den Zeitpunkt genau hätte angeben können, zu der Erkenntnis gelangt, daß Dorothée ihn in einem Maß langweilte, daß selbst ihre Zurückhaltung zu einem beständigen Ärgernis wurde. Er hatte das Gefühl, sie in- und auswendig zu kennen, und obwohl wenige der Eigenschaften, die er da zu kennen glaubte, wirklich abstoßend, viele aber angenehm und sogar vorbildlich waren, wurden sie allein dadurch, daß sie ihm so überaus gut bekannt waren, zur unerträglichen Belästigung. Dorothées Diskretion, ihr Schweigen, besaß für ihn nicht das kleinste Geheimnis mehr, sondern war einfach nur noch ein öder Manierismus. Die Tage waren längst vergangen, in denen er Bewunderung für ihre rücksichtsvolle Lebensklugheit empfand, als es darum ging, die Fäden des zerrissenen Netzes, das ihn und Etelka umhüllt hatte, behutsam von seinem Körper zu entfernen. Heute waren ihm die Einblicke, die er Dorothée gewährt hatte, bereits peinlich geworden. Er lag in demselben Bett wie Dorothée, aber der Gedanke, sie könne ihn nackt sehen, war ihm entsetzlich. Zuviele Menschen, befand er, hatten ihn nackt gesehen. Es war endlich Zeit zu sterben, wenn sich der Tod nur entschloß, ohne große Ankündigung und vor allem jetzt in diesem Augenblick zu kommen. Wenn er noch bis zum anderen Morgen warten mußte, dann war es zu spät, denn dann hatte sich die Last aus schlimmen Erinnerungen, Überdruß, Schlaflosigkeit und Reue schon wieder verflüchtigt. Und tatsächlich verflüchtigte sie sich, als es hell wurde, und mit ihr auch jene Klugheit, die doch wohl die einzige Urheberin seines Todeswunsches war.

Als Eduard Has in den Spalten der »Öffentlichen Ankündigung« den Beerdigungstermin von Tildchen Labonté fand, und nachdem seine entrüstete Überraschung über diesen Todesfall abgeklungen war, öffnete sich ihm das Tor in eine Vergangenheit, die fast ebensoviel entspanntes Verweilen versprach wie das Grab. Mit Tildchen rückte auch die alte Olenschläger, seine Mutter, wieder in die Gegenwart und mit der Olenschläger die ganze Welt, in der er lebte, während sie noch allein die Geschäfte der »Verwaltung« in den Händen hielt. Wieviel Schmutz hatte er seitdem durchwatet. Wieviel Gefühlsdreck, den die Olenschläger nicht einmal in Andeutungen geduldet hätte, klebte nun an ihm. Wie unsolide war sein Leben seither geworden. Es kamen ihm, wie man sieht, Wörter in den Mund, die ganz aus dem Hintergrund der Olenschläger hervorwuchsen. Has brauchte sich übrigens gar nicht seine Mutter dabei vorzustellen, er mußte nur an sich selbst als jungen Mann denken, wie wenig hätte sein heutiges Leben den eigenen Anschauungen von damals standgehalten. Auch Olenschläger hatte sich damals noch maßvoll verhalten. Woran lag es nur, daß nicht alles einfach wie damals geblieben war? Das fragte er sich, während er die Notiz über Tildchens Beerdigung las. Der Duft, der in den Geschäftsräumen von »Wwe. Labonté« herrschte, die kenntnisreiche Auswahl der wirklich allerbesten Dinge, die würdevolle Ausstrahlung, die der gewissenhaften Ergänzung des Rotweinkellers und des Zigarrenvorrats anhaftete – daraus bildete sich die Luft, die er zu seinen Jugendzeiten atmete. Nun wandte sich alles gegen ihn. Die Sorglosigkeit, auf die er doch stets ein Anrecht besessen hatte, verwandelte sich in seinem Familienleben in Überdruß, im Geschäftlichen aber sollte sie ihn offenbar in die völlige Entmündigung führen.

Das letzte Gespräch mit Fred Olenschläger empörte ihn durch dessen offene Respektlosigkeit und lähmte ihn zugleich, weil er es nicht wagte, den Wald von Lanzen, die auf seinem eigenen Territorium auf ihn gerichtet waren, genauer ins Auge zu fassen. Has hoffte immer noch, die Drohungen, die ihn umzingelt hielten, könnten sich, während er den Blick abwandte, unbemerkt wieder verflüchtigen. Er glaubte nicht vollständig an sie, obwohl er sie auch fürchtete. Im übrigen war er von seinen Kindertagen her an Duldsamkeit gegenüber ruppigen alten Köchinnen und empfindlichen Haushälterinnen gewöhnt und schwankte deshalb noch, ob sein neuestes Erlebnis nicht vielleicht unter die Kategorie herrschsüchtiger Vasallentreue fiel oder doch schon als unverhülltes Attentat anzusehen war.

Has wußte, daß Olenschläger sich, was die Einbeziehung der Sammlung in die großen Finanzierungsvorhaben der »Verwaltung« anging, nicht so schnell geschlagen geben würde. Im geheimsten Winkel seiner Seele, wohin niemals die Täuschung dringt, war ihm sogar klar, daß Olenschläger sich überhaupt niemals geschlagen geben würde, weil das auch in der Vergangenheit noch nicht ein einziges Mal vorgekommen war.

Nachdem er den Anschlag Olenschlägers auf seine Sammlung derart souverän zurückgewiesen hatte, mischte sich in seinen Stolz, dem tückischen Greis standgehalten zu haben, allmählich ein ungutes Gefühl, weil er sich auch bei heftigem Herumspüren in der Vergangenheit nicht vorstellen konnte, was Olenschläger nun als Nächstes vorbringen würde. Diese Ungewißheit brachte ihn aus dem Gleichgewicht. Er sagte zwar immer wieder aufmunternd vor sich hin: »Finger weg von der Sammlung, Fred! Die Sammlung kriegst du nicht!« Aber er fühlte doch auch deutlich, daß es in der zweiten Phase der Auseinandersetzung womöglich gar nicht mehr um die Sammlung gehen werde. In den schlaflosen Nachtstunden fürchtete er zuweilen, daß die Sammlung am Ende vielleicht noch der billigste Preis sei, den Olenschläger fordern konnte. Vielleicht war es ein Fehler, Olenschlägers Ansinnen in Bausch und Bogen zurückzuweisen, vielleicht hätte er verhandeln müssen, um wenigstens zu erfahren, welches Geschoß noch in Olenschlägers Köcher saß. Has besaß ein Gewissen, und wenn es sich auch selten in Selbstanklagen äußerte, so vermochte es ihn doch recht häufig durch dunkle Ängste darüber zu belehren, daß sich in festgemauerten Wänden plötzlich Tapetentüren öffnen konnten, und der Boden unter ihm Falltüren besaß.

Nach einer Weile wuchs in ihm die Bereitschaft, sich mit allen Bedingungen einverstanden zu erklären. Dann aber sagte er sich wieder, daß er mit der Sammlung seine einzige persönliche Sicherheit aufgebe, die er bis ganz zuletzt zurückhalten müsse. Das Auffälligste an diesem Gedanken bemerkte er nicht, daß sich nämlich seit der Unterredung mit Olenschläger sein Verhältnis zu der geliebten Sammlung bereits geändert hatte. Damals hatte er noch den festen Willen ausgedrückt, seine Sammlung niemals in die Geschäfte der »Verwaltung« verwickeln zu lassen, und nun schien es ihm nur noch darauf anzukommen, den Zeitpunkt der Auslieferung so weit wie möglich hinauszuschieben.

Die Gesellschafterversammlung fand üblicherweise in seinem Büro statt. Has behielt immer seinen Platz in dem wippenden Ledersessel vor der leeren polierten Schreibtischfläche. Hinter ihm hing in altflämischem Ebenholzrahmen das Aquarell von Paul Klee: »Männlein angelt blaue Traumfische«, das dem ahnungslosen Besucher den Raum wie das Sprechzimmer eines fortschrittlichen Kinderarztes erscheinen ließ. Olenschläger und die Trumfeller saßen jenseits der mächtigen Palisanderbarriere. Die Trumfeller hielt einen Aktenstapel auf den Knien, und Olenschläger hatte sich auf einem lederbezogenen Hocker niedergelassen. Im ganzen wirkte die kleine Gesellschaft, als seien Olenschläger und die Trumfeller zum Vortrag bei Has erschienen. Wenn man den Gesprächen jedoch eine Weile folgte, wurde klar, daß Has hinter der Schreibtischschranke in Wahrheit in jenem hölzernen Kasten saß, in dem bei Gericht die angeklagten Kapitalverbrecher sitzen. Sein Mondgesicht blickte wehrlos auf die beiden kernigen Erdgestalten. Die

Trumfeller vor allem erregte seinen Widerwillen, obwohl sie doch nur tat, was Olenschläger ihr befahl.

In einem Punkt hatte ihn sein Vorgefühl nicht getrogen. Der Coup, den Olenschläger vorbereitete oder den er, genauer gesagt, schon seit vielen Jahren vorbereitet hatte, kam aus einer völlig überraschenden Richtung und hatte mit der Sammlung überhaupt nichts zu tun. Auf einmal war von einer Erhöhung des Gesellschaftskapitals, Schwierigkeiten bei der Finanzierung neuer Großprojekte, Erschöpfung der flüssigen Mittel durch Fehlinvestitionen und dergleichen nicht mehr die Rede. Die Banken seien zufriedenzustellen, sagte Olenschläger, wenn die Gesellschaft ihre Außenstände eintreibe, über die sie glücklicherweise in bedeutender Höhe verfüge. Auf sein Handzeichen begann die Trumfeller einige Posten zu verlesen, die insgesamt einen recht unbedeutenden Betrag ergaben. Has hörte mit wachsendem Mißtrauen zu und war von der zuletzt genannten Zahl verblüfft. Olenschläger mied seinen Blick und schwankte leise auf seinem Hocker, als ob er sich nach dem Takt einer inneren Musik bewege. Die Trumfeller packte mit ihren roten, aber zarthäutigen Händen die bisher verlesenen Akten zusammen, so daß die Maria-Theresien-Taler, Golddollars, Guineen und Krügerrands ihres Münzenarmbands klingend auseinanderstießen. »Und dafür die Aufregung«, sagte Has, indem er sofort seinen vorwurfsvollen Ton bereute. Ohne zu wissen, was jetzt kam, fühlte er doch, daß es klüger gewesen wäre, dies Kommende nicht auch noch herauszufordern. Weder die Trumfeller noch Olenschläger waren freilich durch derartige Mückenstiche zu beirren. Olenschläger sah aus dem Fenster, während die Trumfeller den untersten Aktenordner hervorholte. Dessen Rückseite war deutlich mit großen roten Buchstaben beschriftet: »Nicht herausholen!«, für Has ein vertrauter Anblick, ohne daß er sich je gefragt hätte, was dieser Ordner wohl enthalten mochte.

Wenn Has sich später an diesen Nachmittag im Büro erinnerte, verglich er ihn mit den Pferderennen, die er vor seiner Ehe mit Dorothée – »als ich noch Freunde hatte«, wie er bitter bemerkte – in Niederrad gelegentlich besuchte. Er machte sich eigentlich nichts aus Pferden, ließ sich in den langen Pausen zwischen den Rennen aber gern über das bevölkerte Gelände treiben. Er begrüßte Bekannte, aß ein Eis, wettete am Schalter auf den Sieg des Pferdes mit dem absurdesten Namen, ließ sich in den Führring bitten, sah die hochtrainierten Tiere, die wie auf Zehenspitzen behutsam ihre Hinterbacken rollen ließen, und zog aus seiner maßvollen Langeweile das überlegene Vergnügen, nicht zu den Pferdenarren zu gehören. Dann strömten die Menschen plötzlich wieder zu den Tribünen. Ein leiser Schuß, wie mit dem Korken aus der Sektflasche, ein rasendes Getrappel, und in zwei Minuten war alles vorbei. Genauso langsam, zerfahren und ein wenig ermüdend entwickelte sich auch die Gesellschafterversammlung der »Verwaltung«. Dann aber klopfte die Trumfeller auf den Aktendeckel, auf dessen Rücken »Nicht herausholen!« stand, und mit wenigen Worten erfuhr Has, warum die »Verwaltung« auf einmal die »Sammlung Eduard und Dorothée Has« aus ihren Überlegungen hatte streichen können.

Ein Haupt- und Kapitalschuldner sollte statt dessen nun endlich in Anspruch genommen werden: Dr. Eduard Has. Has versuchte, aus seinem wippenden Sessel in die Höhe zu fahren. Was das heißen solle! Das solle ganz einfach heißen, daß er über die Jahre hindurch eine Fülle von Leistungen der »Verwaltung« in Anspruch genommen habe, die über den ihm zustehenden Anteil weit hinausgegangen seien und nun zurückgeführt werden mußten. So habe er etwa, erklärte Olenschläger, sein Haus auf einem Grundstück der »Verwaltung« mit Mitteln der »Verwaltung« errichtet, um einen größeren Brocken zu nennen. Has zitterte vor Zorn. Seine Worte überstürzten sich. Das alles sei doch in voller Übereinstimmung mit der »Verwaltung« geschehen und auf ausdrücklichem Wunsch von Olenschläger, und zwar aus steuerlichen Gründen! »Reg dich nicht auf, wir haben es doch alles schwarz auf weiß«, sagte Olenschläger und wandte seinen spiegelnden braunen Kopf endlich vom Fenster ab. Die Trumfeller hielt die Papiere bereit.

Die Konstruktion, auf die sich die Ansprüche der »Verwaltung« stützte und die Olenschläger seinem Vetter nun darlegte, war, von den komplizierten Details abgesehen, eigentlich recht einfach. Im großen und ganzen ging es tatsächlich um gewisse Vorteile, die die »Verwaltung« den Gesellschaftern gewährt hatte, aus den von Has mit Eifer erwähnten steuerlichen Gründen. Es stimmte schon, daß für sein Wohnhaus die »Verwaltung« als Bauherr aufgetreten war und auch den noch fehlenden Grund und Boden erworben hatte. Olenschläger erklärte damals, gleichfalls bauen zu wollen. Has brauche sich keine Gedanken zu machen und solle sein Geld zunächst einmal behalten, er selbst werde einfach in gleicher Höhe die Dienste der »Verwaltung« in Anspruch nehmen. Has war nicht gewohnt, großzügigen Vorschlägen seines Vetters zu widersprechen. Er gehorchte ja auch im Unbequemen. Anstatt sein Haus zu bezahlen, konnte er Bilder kaufen. Damals wurde der eigentliche Grundstock der Sammlung gelegt. Damit schien die Angelegenheit abgeschlossen.

Geraume Zeit später schrieb Fred Olenschläger der »Verwaltung« einen Brief, in dem er auf die ihm zustehenden außerordentlichen Leistungen verzichtete. Er machte die »Verwaltung« bei dieser Gelegenheit darauf aufmerksam, daß ihr auf Grund seines Verzichts nun ein Entschädigungsanspruch gegen den überreichlich versorgten Has erwachsen sei, der laut Gesellschaftsvertrag nicht so bald verjähre. Die Trumfeller nahm den Brief zu den Akten, ohne daß Has ihn zu Gesicht bekam. Er hielt sich damals mit Dorothée in Bayreuth auf. Als er in die »Verwaltung« zurückkehrte, war niemandem dort etwas von der Änderung der Lage anzusehen. Das war das Geisterhafte an dieser Gesellschaft, wie Has es oft empfand: Die »Verwaltung« bestand doch zur Hälfte aus ihm, einem lebendigen Menschen, dessen Herz schlug und der, etwa während des geschilderten Gesprächs, beträchtliche Mengen Schweiß hervorbrachte. Und dennoch hatte sie auch wieder gar nichts mit ihm zu tun und konnte sich sogar, wie Peter Schlemihls Schatten, gegen ihn stellen und ihn bedrohen und demütigen. Has wußte zwar genug über das Wesen der juristischen Person, um es Lilly erschöpfend erklären zu können, aber er verlor dennoch nicht das Gefühl einer unheimlichen Verselbständigung dieses Wesens, das sich von seinem Blut nährte.

Fred Olenschläger hatte nach dem geschilderten Muster noch weitere Ansprüche gegenüber seinem Vetter geschaffen, zum Beispiel sollten auf einmal die Kosten für die Autos, die Has in den letzten zwanzig Jahren »zu ungunsten der ›Verwaltung‹« besessen hatte, abgerechnet und ausgeglichen werden. Diesen Posten zog er übrigens – »vorläufig«, wie er bemerkte – zurück, als er sah, daß Has sich gefährlich verfärbte. Der weiße Mond war rot angelaufen. Olenschläger und die Trumfeller wechselten Blicke. Beide hatten von vornherein nicht mit einem ungestörten Ablauf der Unterredung gerechnet. Die Trumfeller war ein Arbeitstier. Sie hatte den ganzen Vortrag in einem achtzehnseitigen Aide-mémoire mit umfassendem Anhang von Kopien der Vertragsdokumente zusammengefaßt. Dieses Schriftstück legte sie nun auf die polierte Palisanderplatte. Olenschläger empfahl mit freundlichen Worten die Lektüre. »Wir sind keine Unmenschen, aber wir müssen ja weiterkommen!« sagte er, indem er sich verabschiedete. Die Trumfeller schien hingegen auf die Verwahrung gegen das Unmenschentum keinen Wert zu legen. Aus ihren Augen sah Eiseskälte. Sie schob die Unterlippe genug weit vor, um sie notfalls an der Oberlippe festknöpfen zu können. Das war sie, so schoß es Has durch den Kopf, die fleischgewordene »Verwaltung«. Er war allein. Die Abendsonne fiel auf seinen Schreibtisch. Von draußen drang die Triole einer Amsel herein. Es ist kaum zu glauben, dachte er, während sein Herz immer noch zu schnell schlug, was für Dinge auf der Welt nebeneinander möglich sind.

Während er nun beim Studium des Papiers die hohen Positionen nur überflog, verfing er sich in den Niederungen der Abrechnung. Fassungslos sah er, welche Rolle er seit Jahren in der »Verwaltung« gespielt hatte. Er war behandelt worden wie ein Feind. Jede seiner Lebensregungen hatte man festgehalten, um sie gegen ihn verwenden zu können. Offensichtlich hatte die Trumfeller jedes Telefongespräch, das er in den letzten zehn Jahren geführt hatte, abgehört, im Dienste der »Verwaltung« natürlich, denn er fand eine Position »Privatgespräche vom Firmenapparat aus« im Anhang des Schriftsatzes. Er mußte sich nur an seine Gespräche mit Etelka erinnern, um ihr abzusagen, die nach einer Stunde damit endeten, daß er sofort zu ihr eilte, um sich klarzumachen, in welcher Weise er sich vor der Trumfeller entblößt hatte. Etelka schien überhaupt die Schlinge zu sein, um Has die Luft abzuschnüren. Er fand alle Phasen ihrer Wohnungspläne aus der Sicht der Trumfeller wieder, die ihren Zeitaufwand als »Leistungen der ›Verwaltung‹ in Erfüllung privater Interessen« aufgeführt hatte. Daß Etelkas Miete nicht angehoben worden war, obgleich die »Verwaltung« ein Badezimmer eingebaut und die Wände versetzt hatte, ging gleichfalls zu seinen Lasten, obwohl er sich deutlich erinnerte, den Fall besprochen zu haben. Aber es lagen eben wieder einmal keine entsprechenden Aktennotizen, Gesprächsprotokolle und Verträge vor, die der Gegenseite, wie Has seinen Vetter und Kompagnon nun wohl nennen mußte, hätten vorgehalten werden können. Nun endlich begriff Has die Bedeutung mehrerer Änderungen des Gesellschaftsvertrags, die den Ausgleich der Gesellschafter untereinander und gegenüber der Gesellschaft zum Gegenstand hatten, und die ihm als l'art pour l'art gesellschaftsrechtlichen Raffinements erschienen waren. Er hielt lange Zeit die Neigung Olenschlägers, mit ständig wechselnden Steuerberatern und Anwälten den Gesellschaftsvertrag der »Verwaltung« immer vollkommener zu gestalten, für den Wahn eines alten Mannes und war zugleich überzeugt, daß sich die kunstvollen Absicherungen allein gegen den äußeren Feind, gegen Gläubiger und Fiskus richteten. Er war außerstande, das Flechtwerk zu erfassen, wenn Fred Olenschläger darüber sprach. Jetzt erhielt er Gelegenheit zu erfahren, worum es Fred Olenschläger von Anfang an gegangen war.

Neben der Demütigung, von der Trumfeller überwacht worden zu sein, enthielt der Bericht aber auch die Offenbarung eines wirklichen Verrates. Er bezog sich auf Szépregyi, den verehrten Architekten seines Hauses, den Schutzengel der Familie, den väterlichen Freund Lillys und Beichtvater Dorothées.

In den letzten Jahren war immer deutlicher geworden, welch erstaunliche Gaben Szépregyi besaß. Dorothée vor allem hatte einen Eindruck von seiner Welt- und Menschenkenntnis empfangen. Lilly wiederum schätzte seine jugendliche Sportlichkeit, sein »savoir vivre«, mit dem er ja nicht hinterm steirischen Berge hielt, wenngleich ihre Begeisterung allmählich zu erkalten schien, wie Has erleichtert zu bemerken glaubte. Dann kamen die schöpferischen Gaben des Architekten hinzu, die sogar Fred Olenschläger gewonnen hatten und Has längst zu einem bloßen Mittelsmann zwischen Szépregyi und der »Verwaltung« hatten hinabsinken lassen. »Es gibt kein Mittel gegen große Vorzüge eines anderen als die Liebe«, bemerkt Goethe, und diese Liebe, oder doch jedenfalls freundschaftliche Zuneigung hatte sich Szépregyi offenbar im Herzen von Eduard Has dauerhaft nicht zu erhalten vermocht. Die großen Vorzüge verkehrten sich geradezu in ein Ärgernis. Has wurde Szépregyis genaue Kenntnis seines Familienlebens lästig. Er wollte vergessen, und zwar am liebsten gleich die ganze Zeit mit Etelka, in der Szépregyi seine Rolle gespielt hatte, als habe Has diese letzten acht Jahre im Gefängnis verbracht, in einer Zelle eingeschlossen, ohne die Jahreszeiten oder auch nur den Wechsel von Sonne und Mond wahrzunehmen, in solch grabesartiger Einförmigkeit des Lebens also, daß sich die Jahre später zu einem einzigen langen Tag zusammenschoben.

In dieser Stimmung mußten die Ausführungen im Schriftstück der Trumfeller, die Szépregyi betrafen, seinen besonderen Zorn erregen. Die Trumfeller hatte eine Vereinbarung beigelegt, die Has vor sieben Jahren tatsächlich unterzeichnet hatte. Es ging darin um seinen Wunsch, Szépregyi für die Bautätigkeit der »Verwaltung« zu gewinnen. Obwohl Olenschläger den Architekten bereits kennengelernt und sich anhand der Pläne für das »Belvederchen« auch schon über dessen Fähigkeiten unterrichtet hatte, zeigte er sich taub, wann immer ihm Has mit Szépregyi in den Ohren lag. Der Vetter war aber in seiner Ablehnung nicht recht zu fassen und ließ Has meist mit sarkastischen Witzchen stehen. Auf der anderen Seite war Has bereits im Wort. Obwohl er den eigenen Stand in der »Verwaltung« nur allzu gut kannte, hatte er großzügig versprochen, dafür zu sorgen, daß Szépregyi den nächsten großen Auftrag, den die »Verwaltung« zu vergeben habe, erhalten werde. Danach war aber gar nichts geschehen, denn Olenschläger ließ nicht mit sich reden, obwohl das Parkhaus, das die »Verwaltung« in der Innenstadt errichten wollte, schon in den Zeitungen angekündigt wurde. Has blieb es ein Rätsel, wie Szépregyi in Wien an die betreffenden Lokalausgaben gekommen war, ihm blieb, wie Kaiser Franz Joseph sich in mißlicher Lage gern ausdrückte, »nichts erspart«. Szépregyi rief an und verlas mit quälender Umständlichkeit die Artikel, die Has längst kannte. Danach verfiel er in Schweigen.

Unter dem Eindruck dieses Telefongesprächs sah Has sich zu einer außerordentlichen Anstrengung gezwungen. Er drängte Olenschläger, der wie immer eigentlich keine Zeit hatte, ihm zuzuhören, und seiner Dringlichkeit war auch ein gewisser Erfolg beschieden. Olenschläger erklärte ihm zwar zunächst, daß er seine Aufgabe als Geschäftsführer in der Mehrung des Nutzens der »Verwaltung« sehe, und fügte ähnliche Bemerkungen wirtschaftsethischen Charakters hinzu, die in Has sofort das Gefühl erzeugten, er stehe vor seinem alten Schuldirektor und müsse sich wegen Zuspätkommens rechtfertigen. Dann aber war Olenschläger auf einmal bereit, »sich den Herrn noch einmal anzusehen«, wie er sich ausdrückte. Szépregyi solle einen Plan vorlegen, den man bei der Baubehörde einreichen werde. Wenn der Plan überzeuge, dann könne man weitersehen, wenn nicht, dürfe der »Verwaltung« aber daraus kein Schaden entstehen. Has war so erleichtert, daß ihm Vetter Freds Angebot trotz der Einschränkungen wie ein Triumph vorkam. Drei Tage später legte ihm die Trumfeller ein Papier zur Unterzeichnung vor, worin er alle Planungskosten Szépregyis persönlich übernahm, wenn die Bauten, auf die sich die Entwürfe bezogen, nicht zur Ausführung gelangten. Has hatte aber keinen Anlaß, sein freundschaftliches Einspringen zu bereuen. Olenschläger und Szépregyi verstanden sich, wie man sich erinnert, sofort vorzüglich, und Has konnte sich verabschieden, wenn die beiden zusammentrafen. Szépregyi baute viel in den folgenden Jahren. Man kann sagen, daß er in Frankfurt ins Geschäft kam. Has aber dachte über das Papier keine Minute mehr nach. Sein Zweck war erfüllt.

Sein Wiedersehen mit jener Absprache durfte Has jetzt bei Lektüre des Schriftstücks der Trumfeller feiern. Ihm stockte für einen Augenblick der Atem, als er den Zusammenhang begriff, in den man die längst vergessene Hilfeleistung für Szépregyi neuerdings gerückt hatte. Has wußte nichts von den geheimen Plänen Fred Olenschlägers, jenen babylonischen Phantasien, in denen er zu schwelgen gewohnt war. Lange hatte er sich allein an diesen Luftschlössern ergötzt, die aber immer dazu bestimmt blieben, sich in Beton und Glas zu verfestigen. Wenn Fred Olenschläger ein Phantast war, dann einer der tätigen Sorte. Mit zäher Kraftentfaltung versuchte er, sein Wolkenkuckucksheim in die Stadt Frankfurt herunterzuholen. Wenn ihnen die Stunde günstig ist, vollbringen solche Träumer Taten, die den Zeitgenossen wie Wunder erscheinen. Gescheiterte Plänemacher landen dafür häufig im Gefängnis oder im Irrenhaus. Olenschläger hingegen bestellte seinen eigenen trockenen Verstand zum Gefängniswärter über den schwärmerischen, maßlosen Teil seines Geistes und kehrte, als seine Hoffnungen zerstört wurden, ohne daß es weiter aufgefallen wäre, zu dem alltäglichen Gewinnstreben eines nüchternen Kaufmannes zurück.

Dabei stieß er nun allerdings zunächst auf die Notwendigkeit, aufzuräumen. Vor seinem inneren Auge sah er die Bausteine, die ein

Imperium stützen sollten, wüst und ohne Verwendung herumliegen. Das galt im Großen für die »Grundstückspolitik«, wie er als geheimer Staatsmann das Aufkaufen ganzer Straßenzüge auf Rechnung der »Verwaltung« wohl nennen durfte. Es gab jedoch auch kleinere Posten, die im Vergleich zu den entstandenen Schwierigkeiten weniger ins Gewicht fielen, für sich aber durchaus stattliche Proportionen besaßen. Dazu gehörte die Rechnung Carl Szépregyis, der eine fünfjährige Planungstätigkeit für das Projekt »Bürostadt Schubertstraße«, wie es an Olenschlägers Vision gemessen äußerst farblos hieß, nun honoriert sehen wollte. Der einstmals aufgedrängte, beinahe bankrotte Baukünstler war über die Jahre hinweg zu Olenschlägers engstem Vertrauten geworden. Olenschläger hatte lange genug nachgedacht, um ganz genau zu wissen, was er wollte. Er war ein schwieriger Kunde. Szépregyi mußte immer wieder von vorn anfangen, war aber unermüdlich. Er besaß wie Olenschläger die Fähigkeit, die Fläche der Schubertstraße vollkommen abgeräumt vor sich zu sehen. Seine Blicke sanken durch das vielgiebelige Häuserallerlei wie durch Schnee. Der Boden der Schubertstraße wurde wieder jungfräulich. Bei den ausgeprägt männlichen Instinkten Szépregyis ahnt man, was das hieß. Er plante kurzum, als besitze das Westend und Frankfurt im ganzen überhaupt nur den Wirklichkeitsgrad einer geographischen Bezeichnung, und als sei er es, der diese leeren Begriffe mit Vorstellung zu füllen habe. Durch Olenschläger ermutigt, machte Carl Szépregyi sich frei von allen Bedenken, die die gegenwärtige Gestalt des Viertels eingeben mochte. Er begriff, daß es Olenschläger hier um etwas anderes ging als bei den Parkhäusern der Innenstadt, und fühlte den Ehrgeiz des Gründers. Im übrigen wußte er, als er sich an die Konzeption dieser Stadt in der Stadt begab, daß er trotz des ungewöhnlichen Umfangs der Planung kein ernsthaftes Risiko auf sich nahm, denn er kannte die Solvenz der »Verwaltung« und durfte darauf vertrauen, daß seine Arbeit auch dann bezahlt werden würde, wenn Olenschlägers Pläne an ihrer Maßlosigkeit scheiterten. Außerdem wußte er, daß allein die Mitwirkung an dem Riesenprojekt für ihn von Vorteil war, ob nun gebaut wurde oder nicht. Der Ruhm der meisten großen Architekten gründet sich auf Entwürfe, die niemals ausgeführt worden sind.

Natürlich kam er mit einem Werk von dieser Größenordnung

nicht allein zu Rande. Von Olenschläger ermutigt, stellte er vier junge Architekten ein, die über zwei Jahre ausschließlich und in den folgenden Jahren einen großen Teil ihrer Zeit der »Bürostadt Schubertstraße« widmeten. Auf der in Pastelltönen aquarellierten Wirkungsskizze sah die Christuskirche wie ein Modellhäuschen für die Spielzeugeisenbahn aus, ihr Turm reichte gerade über den Sockel des Glasgebirges, das durch einen Canyon geteilt war. Diese Schlucht, auf deren Boden geysirartige Wasserspiele brodelten und japanischer Bergahorn auf den monumentalen Spiegelflächen das Bild des Fudschijama zu beschwören schien, war die alte Schubertstraße, in der kein Archäologe auch nur die Fundamente des Labontéschen oder des Kalkofenschen oder des Rosendallschen Hauses hätte mehr freilegen können, weil das Turmkonglomerat Szépregyis sich unterirdisch fast um ein Drittel der äußeren Höhe fortsetzte. Davon und überhaupt von dem Innenleben des Baus war von außen nichts zu ahnen. Die funkelnde Außenhaut ließ nicht einmal erkennen, wo die Fenster saßen. Sie stülpte sich über die tragenden Elemente, sie kaschierte das Geflecht der Rolltreppen und der Aufzugsschächte und verschluckte die haushohen Hallen des Erdgeschosses mit ihren Ladenstraßen und die unabsehbaren Korridore mit den Hunderten von gleichförmigen Türen. Folgte Szépregyis Plan damit dem Vorbild der Entwerfer von kleinen Geräten für den Haushalt, die ihre elektrischen Maschinen in blanken Kunststoffzylindern verbargen und auf diese Weise einer Kaffeemühle, einer Apfelsinenpresse, einem Radio und einem Rasierapparat die gleiche äußere Form gaben? Oder wollte er die Natur nachahmen, die unerhörte Gesteinsmassen aufschichtete, um Erzadern, Kohle und Edelsteine darunter zu begraben? Olenschläger gewann ein geradezu körperliches Verhältnis zu den Plänen. Ihr Rascheln klang in seinen Ohren wie die Bewegung in den Kronen eines Eichenwaldes, und er liebte es, sie mit seinen braunen Händen fest und trocken zu betasten, als pulsiere unter ihrer milchigen Oberfläche der Lebenssaft eines kräftigen, seinem Herrn gehorsamen Wesens. Und als die Stunde des Abschieds gekommen war und Olenschläger erkannte, daß es nun darauf ankam, sich mit einem scharfen Ruck von Szépregyis Plänen loszureißen, da merkte er, obwohl ihm kein Laut dabei entfuhr, daß dieser Traum mit Widerhaken in seinem Herzen verankert gewesen war.

Kaum aus der Schmerzensnacht erwacht, ging er wieder daran, den Nutzen der »Verwaltung« zu mehren und Schaden von ihr zu wenden. Der Verlust, den die Gesellschaft erlitten hätte, wenn sie die Kosten der Szépregyischen Planungstätigkeit tragen müßte, wäre beträchtlich gewesen. Mit demselben Recht, mit dem die Staatslenker in den Stunden des nationalen Bankrotts schonungslos neue Quellen erschließen, Kirchengut enteignen, Banken verstaatlichen, neue Steuern ersinnen und sich dabei durch das mißtönende Geschrei der kleingeistigen Opfer den Schlaf nicht stören lassen, wappnete sich auch Olenschläger und erklärte es für unsinnig, daß die Gesellschaft notleide, solange sich ein Gesellschafter noch auf gehorteten, ungenutzten Schätzen ausruhe. Was aber das innere Recht für sich hatte, das mußte auch formal zu rechtfertigen sein. Im Weltbild Olenschlägers bildete dies Innen und Außen ein unzertrennliches Geschwisterpaar. Er hätte sich niemals vorstellen können, daß sich das Gebot der Notwendigkeit einmal nicht ohne weiteres in einem juristisch begründeten Anspruch spiegelte. Zum Glück wurde in der »Verwaltung« nichts weggeworfen. Die Trumfeller, die Olenschlägers Nöte kannte, sagte kein Wort, als sie ihm Has' alte Bürgschaft für Szépregyi auf den Schreibtisch legte. Has aber sah sich nun der unerbittlichen Forderung ausgesetzt, ganz allein alle Kosten zu übernehmen, die Fred Olenschlägers städtegründende Träume verursacht hatten.

Wer das alte Schriftstück unbefangen las, konnte sich der Einsicht nicht verschließen, daß die damals eingegangenen Verpflichtungen mit den neuerdings entstandenen Tatsachen geradezu nahtlos zusammenpaßten. Szépregyi hatte nun einmal im Auftrag der »Verwaltung« gearbeitet – auch wenn Has das jetzt erst erfuhr –, und außerdem stand inzwischen fest, daß sein Plan nicht ausgeführt werden würde. Und selbst Has, dem die Hände flogen, als er den alten Vertrag aus dem Schriftsatz heraussuchte, mußte bei erneuter Lektüre zugeben, daß dem Wortlaut nicht zweifelsfrei zu entnehmen war, daß er nur für einen einzigen, und zwar den ersten Entwurf Szépregyis geradestehen wollte, sofern die »Verwaltung« keine Verwendung für ihn gefunden hätte. Alles zusammengerechnet forderten Olenschläger und die Trumfeller knapp über sieben Millionen Mark von Has, die er, wie der Vetter Fred wohl wußte, in barem Geld natürlich nicht besaß.

Has blätterte ziellos in dem Schriftsatz der Trumfeller. Er war nur noch verstört, wie aus Fieberträumen erwacht. Mehr als die Drohung einer wirtschaftlichen Katastrophe, war es dieser Umsturz aller persönlichen Verhältnisse, der ihn in tiefe Unsicherheit gleiten ließ. Fred Olenschläger und die alte Trumfeller hatten gewiß niemals zu seinen Freunden gehört. Er empfand immer nur Langeweile und Grauen, wenn er die beiden sah, aber er rechnete sie doch stets der Welt seiner Mutter zu.

Fred Olenschläger und die Trumfeller bildeten für ihn – jedenfalls bis er diesen Schriftsatz las – den über das Grab hinaus verlängerten Arm der alten Olenschläger. Daß sie den beiden das Recht dazu eingeräumt hatte, war eine Erziehungsmaßnahme gewesen, und deshalb natürlich lästig und nicht besonders taktvoll gedacht, aber doch immerhin ein Zeugnis mütterlicher Liebe. Nie hätte Has seinen Vetter Olenschläger eines Anschlags auf sein Leben für fähig gehalten, als den er diesen Schriftsatz jetzt empfand.

Er spürte bereits, wie ihn die Kraft verließ, denn er wurde schwächer und schwächer. Für Szépregyi blieb, gemessen an seiner Treulosigkeit, wenig Entrüstung übrig. Er begriff nun allerdings, warum Szépregyi ständig in Frankfurt war und Zeit hatte, mit Dorothée zu Abend zu essen, in Stunden, die sorgfältig in Rechnung gestellt wurden, und er hörte Szépregyi sagen: »Ich bin der Ansicht, daß man alles Private vom Geschäftlichen streng getrennt halten soll!« Alle, die ihn umgaben, hielten ihn offenbar für einen Hanswurst. Er fragte sich, ob auch Lilly dieser Überzeugung war, verwarf die Frage aber sofort wieder. Lilly war wild und trotzig und häufig unzugänglich, aber er durfte ihrer sicher sein. Worauf sich diese Sicherheit stützte, war schwer zu sagen. Beweise für ihre Zuneigung wären Has kaum eingefallen. Statt dessen hielt sie in häuslichen Auseinandersetzungen fast immer zu seinen Gegnern, aber gerade dieser ihm sehr vertraute Zug kam Has als besonderer Ausdruck ihrer Nähe vor. Lilly mußte immer kämpfen, und das gab ihr etwas Rührendes. Sie war wie er, befand Has, für diese vulgäre Welt im Grunde nicht geschaffen und doch bereit, sich ihr entgegenzustellen. Leider war es nicht üblich, innerhalb der Familie von Geschäften zu sprechen. Has fragte sich manchmal, welche Vorstellungen Lilly wohl von den wirtschaftlichen Grundlagen ihres Lebens besaß, denn von ihm hatte sie bisher nichts Handfestes darüber gehört. In seinem Unglück empfand er das Bedürfnis, sie ausgerechnet jetzt, da die Schleier gefallen waren, ins Vertrauen zu ziehen. Sie war zwar noch ein halbes Kind, aber es würde ihr vielleicht guttun, ihren Angriffsgeist, den sie bisher nur spielerisch betätigt hatte, angemessenen Gegnern zuzuwenden. Bei diesen Betrachtungen war aber mehr Wehmut im Spiel als Verteidigungswillen. »Ein Kind ist alles, was mir geblieben ist«, dachte Has, und er konnte nicht umhin, seine Einsamkeit als Schande zu begreifen.

Es war ein überraschender Anblick, Has plötzlich verloren und verlassen wie einen König Lear über die zerzauste Heide irren zu sehen. Er fühlte sich so allein, daß er, als er den Beerdigungstermin von Tildchen Labonté las, wirklich erwog, ihr durch seinen Besuch »die letzte Ehre zu erweisen«, eine Formel, die eine besondere Bedeutung bekam, wenn man die Stimme des alten Labonté noch im Ohr hatte, der bei guten Kunden »Es war uns eine Ehre« sagte, während er die Ladentür aufhielt. Has erinnerte sich, daß das Labontésche dem Olenschlägerschen Familiengrab benachbart lag. Er hatte noch nie das Grab seiner Mutter besucht und mied in uneingestandenem Aberglauben den Hauptfriedhof überhaupt. Geschlagen wie er war, zog es ihn also zu den Toten.

Nun stand der Ausgang der Olenschlägerschen Intrige noch keinesfalls fest. Wenn sich sein Rechtsanwalt an die Arbeit machte, war vermutlich noch allerhand herauszuholen. Schon beim ersten Lesen zeigte sich, wieviel Frecheit bei der Rechenweise des Schriftstücks im Spiel gewesen war. Aber auch wenn der schreckliche Betrag noch ordentlich schrumpfte, änderte das wenig daran, daß sein ganzes privates Vermögen in den Bildern steckte und er auch für eine erheblich reduzierte Forderung nicht flüssig war. Er durfte sich in jedem Fall sagen, daß er das Opfer einer tückischen Verschwörung geworden war und mindestens ebensoviel Mitleid verdiente wie die Toten, die ja gleichfalls der boshaften Laune des Lebens, plötzlich aufzuhören, schuldlos aufgesessen waren.

Ganz im Bann der unvermuteten Enthüllung fühlte Has das Bedürfnis, sich zu verbergen und an irgendeiner menschlichen Brust auszusprechen, und er erkannte nun klar, daß es eine Fluchtburg und eine menschliche Brust, die ihn erwartete und die ihn tröstete, ohne einen Preis dafür zu verlangen, eben nicht gab. Feuchte Friedhofsluft schien ihm aus den Bekanntmachungen des

Lokalanzeigers entgegenzusteigen. Er stellte sich einen Augenblick vor, er liege im offenen Grab und werde von Bergen von Blumen und Kränzen erstickt, so wie ihn die Sorgen erdrückten, die ihn immer dichter umgaben und von denen er immer noch nicht wußte, wie sie in sein unschuldig genießendes Leben hatten eindringen können. Er beneidete Tante Tildchen, die in Ehren gestorben war und ein geordnetes Haus hinterlassen hatte, und wenn er dem Anstoß, zu ihrer Beerdigung zu gehen, dann doch nicht folgte, so grübelte er doch ein Weilchen über die Glücklichen nach, die sich niemals in die Fäden des Lebens hatten verwickeln lassen und schmerzlos starben, weil es nichts gab, wovon sie sich lösen mußten.

Das geordnete Haus, das Has nur aus Beschreibungen Lillys kannte, war nun jedoch dabei, auseinanderzufallen. Von Tante Mi hatten Alfred und Fräulein Emig in der Zeit seit Tante Tildchens Tod Erstaunliches erlebt. Das überraschendste aber stand ihnen noch bevor. Als sich der heftigste Schmerz bei Fräulein Emig gelegt hatte, begann die alte Köchin die Veränderung in der Lebensführung der Tante Mi aufmerksamer und mit wachsendem Unmut zu betrachten. Der Ton im Hause Labonté zeichnete sich, wie man weiß, durch äußerste Sanftheit aus. Scharf formulierte Proteste waren nicht vorgesehen. Im übrigen erfüllte Fräulein Emig ein solches Bestreben nach Harmonie, daß sie während vieler Jahre überhaupt völlig unsichtbar blieb, damals nämlich, als die Vatersonne noch schien und, wie im Süden, jede Farbe vor ihrem Strahl verblaßte. Als der Vater starb, traten die Persönlichkeiten der übrigen Hausbewohner in ihren Umrissen hervor und vertieften ihre Farbigkeit: diejenige der Tanten in satten Grautönen wie auf leicht geplusterten Vogelbrüsten, Fräulein Emig hingegen verfestigte sich zu einem kühlen Zitronenton, und das tat, wie man sich vorstellen kann, dem Zusammenklang der Charaktere keinen Abbruch. Vom Vater Labonté war die äußerste Pünktlichkeit der Mahlzeiten übernommen worden. Die Maschine lief nun einmal, nachdem sie lange zu höchster Leistungsfähigkeit angehalten worden war, in den vorgegebenen Gleisen. Es ist nicht gesagt, daß Fräulein Emig sich nicht auch zu einem schweifenderen Rhythmus hätte verstehen können, aber es war eben niemals ausprobiert worden in den vierzig Jahren, die sie in der Familie zugebracht hatte. Es wurde nicht improvisiert und nicht experimentiert. Zwar hatte keine der Schwestern den Brauch des Vaters übernommen, am Sonntagabend den Speisezettel für die folgende Woche auf einem kleinen Block zu entwerfen, es wurde vielmehr mit Fräulein Emig gemeinsam beraten, die dank vorzüglicher Ausbildung auch erheblich mehr Erfahrung besaß, aber die Gewohnheit sorgfältiger Planung und langfristiger Vorbereitung kam doch nicht aus der Übung.

Fräulein Emig arbeitete den ganzen Tag und bewältigte ein mitunter kompliziertes Programm, aber sie stand nie unter Druck. Ihr Geheimnis bestand darin, früh anzufangen und in der einmal angeschlagenen gemächlichen Geschwindigkeit nie zu erlahmen. Ohne daß sie auf die Uhr gucken mußte, war dann um halb zwei das Mittagessen fertig, aber dazu gehörte eben, daß man sie ihrem Rhythmus überließ und nicht mit plötzlichen Programmänderungen störte. Für Fräulein Emig stellte sich die Welt als ein Pflichtengebäude dar, das um die Mahlzeiten herum errichtet worden war. Ihr kam es zu, zu kochen und dabei die Regeln der Kunst zu beachten, den anderen Mitgliedern des Haushalts aber oblag es, pünktlich zur Stelle zu sein und die in der richtigen Reihenfolge aufgetragenen Speisen vollständig aufzuessen. Fräulein Emig kamen Verstöße gegen diese Pflicht ebenso verwerflich vor, wie wenn sie selbst etwas versäumt hätte, denn sie fühlte sich nicht als eine Angestellte, die zur Bequemlichkeit einer Familie beizutragen hatte, sondern sie stand im Dienst einer höheren Ordnung, der die Personen, die für ihr Gehalt aufkamen, in gleicher Weise verpflichtet waren. Diese Auffassung entsprach, unausgesprochen natürlich, auch den Anschauungen der Tanten Labonté, denen es immer anzusehen war, daß sie einer bedeutenden Aufgabe entgegengingen, wenn sie sich um die vorgeschriebene Uhrzeit auf das Eßzimmer zubewegten. Fräulein Emig erklärte übrigens, daß sie niemandem den »Kopf abreiße«, wenn es dennoch vorkam, daß Alfred zu spät zum Essen kam. Selten hat dieser gewalttätige Ausdruck weniger redensartlich geklungen als aus dem Munde der im Grunde doch friedfertigen Frau, die sich in besinnlicher Stimmung sogar zu Aussprüchen hinreißen ließ, die sie selber nicht glauben konnte, nämlich, daß das Essen »der höchsten Güter« nicht sei, und daß es wichtige Gründe geben könne, deretwegen selbst eine Suppe ungestraft erkalten dürfe. Zu diesen Gründen zählten an erster Stelle überraschende Todesfälle, die Alfred aber bisher noch niemals hatte zu seinen Gunsten anführen können.

Fräulein Emig, die selbst aufrichtig erschüttert war, billigte dem Haushalt in den Tagen des Sterbens von Tante Tildchen und auch noch kurz nach ihrem Tode eine Frist der Unordnung zu, in der die verwundeten Herzen sich ihrem Schmerz überlassen konnten, ohne auf die Uhrzeit zu achten. Indem sie frühzeitig schon, nämlich als Tante Tildchen noch im Krankenhaus lag, eine solche küchenfeindliche Trauerzeit in Betracht zog, plante sie zunächst einmal einfache, auch melancholischer Appetitlosigkeit zusagende Gerichte, die nicht frisch vom Feuer gegessen werden mußten, sondern auch aufgewärmt auf den Tisch kommen durften. Das samstags und sonntags übliche kalte Abendessen dehnte sie vorläufig über die ganze Woche aus. So kam es, daß Tante Mis veränderte Eßgewohnheiten in der ersten Zeit elastisch von Fräulein Emigs Katastrophenprogramm aufgefangen wurden. Es spielte zunächst keine wirkliche Rolle, wo und wann Tante Mi ihre Platte mit Aufschnitt und Emmentaler aß, so sonderbar ihre Wünsche auch berühren mußten. Fräulein Emig nahm die große Plastiktischdecke vom Eßtisch herunter und legte eine kleinere auf, die nur noch den Teil des Tischtuchs schützte, auf dem Alfred und sie aßen. Fräulein Emig wollte sogar gelten lassen, daß Tante Mi selbst in der Küche nachsah, wenn sie hungrig war, was sonst ein ausdrückliches Gesetz noch aus den Tagen des Vaters Labonté verletzte, der zu Recht darauf hingewiesen hatte, daß das damals noch jugendliche Fräulein Emig niemals zu disponieren lerne, wenn ständig hinter ihrem Rücken »aus der Speisekammer gemaust« werde.

Nun kam es vor, daß Alfred und Fräulein Emig beim Abendessen die Schritte von Tante Mi auf der Treppe hörten, die sie beide den ganzen Tag nicht gesehen hatte, und die nun nicht etwa erschien, sondern unmittelbar weiter ins Souterrain ging, um sich ein Tablett für ihr Schlafzimmer fertigzumachen. Die Grenzen der Duldsamkeit des Fräulein Emig wurden aber schon an der Sturheit sichtbar, mit der sie, wenn sie die tappenden Pantoffelgeräusche hörte, am Tisch sitzen blieb und weiteraß. Bei der allgemeinen Fürsorglichkeit und dem Ersinnen von Unfallgefahren, wie sie im Haus Labonté üblich waren, wäre Fräulein Emig sonst sogleich aufgesprungen und herausgelaufen, um Licht zu machen und die Tür aufzuhalten, denn es war ihre Doktrin, daß Menschen mit Tabletts auf der Treppe unweigerlich zum Stürzen verurteilt seien. »Es ist sicher schon Licht an«, sagte sie statt dessen zu Alfred, »denn wenn kein Licht wäre, dann würde uns die Fräulein Mi ja rufen.« Fräulein Emig wünschte also neuerdings gerufen zu werden, und zwar keineswegs nur dann, wenn Tante Mi sich nachts noch ein Schinkenbrot vor den Fernseher holen wollte, sondern in viel weiterem Sinne. Sie fand es nach einer Weile an der Zeit, daß man ihr erklärte, wie der Haushalt weiterhin zu führen sei, besonders aber, ob die sonderbaren Moden ihre Macht nur in einer Zeit des Übergangs entfalten durften oder ob sich in ihnen etwa der neue Stil des Hauses ausdrückte. Eine wachsende Unruhe erfüllte sie. Der Umsturz in der Lebensform beeindruckte sie weit tiefer als der Umstand, daß Tante Tildchen nun nicht mehr an den Mahlzeiten teilnahm.

Undenkbare Gedanken formten sich allmählich in Fräulein Emigs Kopf. Befehle, Forderungen, Drohungen, Bestehen auf Rechten – das waren Fremdwörter gewesen, nur geschaffen, um unzivilisierte Verhältnisse zu beschreiben. Nach der Regel des Hauses bestimmte die Übereinkunft aller Beteiligter das Zusammenleben, die hinwiederum nicht nach dem persönlichen Vorteil einer Partei angestrebt werden durfte, sondern im Geist der Rücksichtnahme sowie der sachlichen Notwendigkeit gefunden werden mußte. Das Haus Labonté war insoweit der reinste Völkerbund, nur mit dem angenehmen Unterschied, daß die genannten Prinzipien nicht fortwährend in Reden beschworen wurden, sondern, wenn man so will, »ohne weiteres« Anwendung fanden. Glücklicherweise bestand eben auch niemals der geringste Zweifel bei den drei Frauen, was als vernünftig, sinnvoll, sachlich geboten und dem gemeinsamen Wohl nützlich angesehen zu werden hatte. Die Überzeugung, daß Friedrich Labonté im Wissen um diese Güter den Stein der Weisen gefunden hatte, war seinen Töchtern tief ins Herz gegraben. Und auch Fräulein Emig hatte, wenn man es genau nimmt, weniger eine Ausbildung, als eine wirkliche Erziehung von seiten des Vaters Labonté erfahren und stand in dieser Hinsicht seinen Töchtern gleich, denn sie war mit siebzehn Jahren ins Haus gekommen und hatte an den eigenen Vater weit blassere Erinnerungen als an den überlegenen letzten Geschäftsführer von »Wwe.

Labonté«. Wenn sie nun zu murren begann, so glaubte sie das weniger eigenen Rechten, als eben seinem Andenken schuldig zu sein. Das kleine Staatswesen war in eine Krise geraten, aber Fräulein Emig war es nicht, die die heilige Übereinkunft gebrochen hatte, und wenn sie nun aufstand, dann geschah das, um an das Grundgesetz des Zusammenlebens zu erinnern und nicht um eigener Interessen willen.

Man ahnt schon, wie sanft sich im Hause Labonté selbst der Unmut äußern würde, nicht mehr als eine Kräuselung der blassen Stirnen bereitete sich vor, als ob ein Lüftchen über den Entenweiher des Palmengartens ging und den Wasserspiegel nur eben berührte. Und darüber hinaus kam es auch gar nicht zu der eigentlichen Empörung, die Fräulein Emig plante, um das Gemeinwesen zu retten. Ihr sollte nur vergönnt sein, den Mund zu öffnen und tief Atem zu holen. Wer weiß aber, ob dieses Vorhaben, von einer höheren Warte aus betrachtet, nicht doch mit den nun folgenden Ereignissen in innerer Verbindung stand. Unter den Hausgöttern der Schubertstraße war gerade etwas in Bewegung geraten. Mächtige äußere Turbulenzen streiften nun auch das Reservat geheiligten Stillstands, und wenn manche Historiker glauben, daß ein erfolgreicher Umsturz das Werk aller Volksschichten sei, eingeschlossen derer, gegen die er sich richtet, dann hatte auf wortlose Weise die nur erst im Herzen wohnende Rebellion des Fräulein Emig Anteil an den großen vernichtenden Entscheidungen der Tante Mi.

Es gibt Häuser, deren Mauern nur noch durch ein wenig Farbe zusammengehalten zu werden scheinen. Sie brechen zusammen, wenn man es unternimmt, sie behutsam abzustützen. Daß es sich bei dem Hause Labonté in der Schubertstraße um ein solches Gebäude handelte, war nicht nur Fräulein Emig unwahrscheinlich vorgekommen. Wer die Botschaft der unbelebten Dinge zu vernehmen verstand, mußte beim Anblick der Zimmer und ihrer Gegenstände glauben, daß Schränke und Teppiche, Gemälde und Sofas hier zu einer ewigen Ordnung gefunden hatten. Das Wort Möbel, soweit es die Beweglichkeit einer Sache bezeichnen sollte, war in den Zimmern der Tanten Labonté fehl am Platze. Die Füße der Sessel, Schreibtische und Büfetts, die Löwentatzen, Bockshufe und die wie Käseleiber plattgedrückten Schrankfüße waren tief in den Teppichflor eingesunken und hatten unauslöschliche Prägungen in das Knüpfwerk gestempelt. Nur weil die Gewohnheit des Hausputzes noch fester in den Frauen des Hauses verwurzelt war als die Beachtung solch endgültigen Standrechts, wurden das unverrückbare Büfett aus Ebenholz und die große Standuhr in jeder Karwoche von Herrn Herr und dem jungen Scharnhorst von der Stelle gerückt, damit Fräulein Emig das Staubsaugerrohr bis an die Wand schieben konnte. Aber die Uhr rächte sich stets für die in ihrem Wesen nicht vorgesehene Bewegung und blieb stehen, bis ein Uhrmacher aus der Innenstadt sie in kunstvoller Arbeit, die der eines Klavierstimmers nicht unähnlich war, so weit in Ordnung hatte, daß das große Pendel nach leisem Anstoß wieder auf- und abschwang und das Uhrwerk schnurrte, als sei ihm das Leben zurückgegeben worden.

Im übrigen jedoch respektierten die Tanten das Eigenleben der Dinge, die sie umgaben. Sie betrachteten sich nicht wirklich als deren Eigentümer, sondern verehrten in ihnen das Gedächtnis ihres Vaters und fühlten sich lediglich als Hüterinnen eines Erbes, das unangetastet zusammengehalten werden mußte. Und so sicher und selbstverständlich sie sich auch zwischen dem Hausrat bewegten, den Friedrich Labonté in seiner Liebe zu Kunst und Solidität zusammengetragen hatte, so machten doch kleine Gesten und Gewohnheiten deutlich, daß sie sich innerlich von der väterlichen Komposition entfernten und zum Teil ganz andere Dinge benutzten als diejenigen, die ihr Vater zur Benutzung vorgesehen hatte, daß aber gerade dadurch die Unantastbarkeit der Welt des Friedrich Labonté erst eigentlich begründet wurde. Als Tante Mi zum Beispiel in einem Katalog von buntbedruckten Bettüchern mit einem Gummiband, das das Beziehen des Bettes erleichterte, überzeugt worden war, erhielt der makellos gehaltene Wäscheschrank mit ihrer Aussteuer im ersten Stock erst seine eigentliche Würde. Dem Gebrauch endgültig enthoben, verwandelte er sich samt seinem Inhalt, den von Lochstickerei umgebenen riesigen Laken aus irischem Leinen, in ein Denkmal für die zahlreichen Hände, die sich im Dienst der Vorstellung, Mi Labonté werde einmal heiraten, tausendfach mit Nadel und Faden geregt hatten. Tatsächlich legten Mi und Tildchen anscheinend Wert darauf, daß ihre neuen Anschaffungen nicht in ästhetische Konkurrenz mit der Grundausstattung des Hauses traten. Wie gebannt sahen die Tanten auf alle Produkte, die nach ihrem Gebrauch einfach weggeworfen wurden. Es war Tante Tildchen, die den Brauch einführte, an den freien Tagen von Fräulein Emig von Papptellern und Plastikgabeln zu essen, die ihr das Vergnügen verschafften, sie eigenhändig in der Mülltonne verschwinden zu lassen. Tildchen achtete nur darauf, daß die Teller mit einem Blumenmotiv bedruckt waren, und war stolz darauf, als sie einmal welche fand, die das Meißner Zwiebelmuster, mit dessen Originalfassung die Wandschränke des Souterrains angefüllt waren, erkennbar wiedergaben.

Bei solcher Schonung des überkommenen Gutes blieben natürlich viele Sachen heil, die sonst vom Gebrauch allmählich aufgezehrt werden. Die Gläserdutzend standen fast vollständig im Dunkel der Schränke, die Spitzenränder der Kopfkissen waren nicht zerrissen, und die zeltbahngroßen schweren Tischtücher hatten allenfalls ein paar bräunliche Stockflecken, die Fräulein Emig durch ständige Überwachung des Bestandes aber weitgehend zu vermeiden wußte. Überhaupt hatte man im Hause Labonté noch gar nicht damit begonnen, die Aussteuer der Tanten anzubrechen. In Benutzung waren überwiegend die Wäschestücke der väterlichen Generation oder eben die Ausverkaufsware der Zeil-Kaufhäuser. So wie die Tanten in ihrem Leben die Phase der Ehe übersprungen hatten, so blieb auch das Material, das durch eine Verheiratung aufgezehrt werden sollte, in der ununterbrochenen Ruhe des Wartestandes. Aus der späteren Neigung Tildchens zum »Springborn« und den männlichen Zügen Mis erklärt sich, daß die kunstvollen Monogramme, die auf Servietten, Kopfkissen und Handtücher gesetzt worden waren und die in ihrem Ausmaß kaum von den beiden kleinen Händen Tildchens bedeckt werden konnten, nicht von den Tanten, sondern von den anonymen Stickerinnen des Wäschegeschäfts angefertigt worden waren, das auf der Kaiserstraße dem Lokal von »Wwe. Labonté« benachbart lag. Die Schwestern hatten nur geringere Handarbeiten ausführen müssen, vor allem die mit buntem Kreuzstich bedeckten Bänder, auf denen man lesen konnte, wie viele Taschentücher, Gläsertücher und Messertücher sie umschlangen, nämlich immer zwölf. Die Zipfel mit den etwas zerdehnten Buchstaben hingen wie Zungen aus den Regalen und sollten der Hausfrau gestatten, mit einem Blick ihren gesamten Bestand zu erfassen. Im Hause Labonté waren diese Bänder nun aber zu Siegeln geworden, die die Wäsche, die sie umgaben, vor jedem Gebrauch sicherten. Sie gaben der Aussteuer der Tanten erst recht den Charakter pharaonischer Grabbeigaben, die ja gleichfalls, in stattlichen Listen geführt, einen ganzen Haushalt bildeten, der zum Schlaf unter dem Wüstensand bestimmt war. Welcher Zweck aber kam den Gegenständen zu, die in Schubladen und Kommoden geborgen die Tanten Labonté umgaben? Sie wurden bewahrt, das Silber wurde geputzt, die Gläser wurden mit feinen Tüchern ausgewischt, alles stand bereit, weitgehend vollzählig übergeben zu werden – es fragte sich nur, an wen.

Lange Zeit sah es so aus, als stelle sich diese Frage überhaupt nicht, denn es gab ja Alfred, einen Labonté, dessen Name auch in der obskursten Ehe nicht untergehen würde, der am Ende sogar weitere Labontés zeugte –, man wußte nicht, ob es nicht plötzlich wieder viele Köpfe gab, die auf den mit großen L's gezeichneten Kopfkissen schlafen wollten. Es wurde zwar nie ausgesprochen, daß alle Habe der Tanten im Grunde nur zu Gunsten Alfreds aufgespart wurde, und vor allem Alfred selbst verschwendete natürlich niemals einen Gedanken in diese Richtung, aber eben gerade diese Sorglosigkeit aller Teile legte nahe, daß mit der Hinterlassenschaft der Tanten auf die nächstliegende Weise verfahren werden würde, indem sie nämlich dem einzigen natürlichen Erben, ihrem Großneffen Alfred, der bei ihnen aufgewachsen war und sie als sein Elternpaar verehrte, zugute kam.

Was eben noch selbstverständlich war im Haushalt der Labontés, mochte nun auf einmal völlig offen sein. Alfred spürte die Verwandlung der Stimmung tief. Sie verstärkte die Trauer, mit der er an Tante Tildchen dachte. Fräulein Emig hielt sich eher an die äußeren Sonderbarkeiten, war aber gleichfalls beunruhigt. Als sie schließlich den Mund öffnete, um sich zu beschweren, gab sie das Zeichen zur Entladung der angesammelten Hochspannung. Ohne sie zu Wort kommen zu lassen, bedeutete ihr Tante Mi, die im Morgenrock am Abendessenstisch erschienen war, mit einer entschiedenen Handbewegung, den Mund wieder zu schließen und begann selbst zu sprechen. Es war, als ob sie nur auf ein Zeichen des Unwillens gewartet habe, um eine längst vorbereitete Erklärung abzugeben.

Die Gedankenwelt der Tante Mi war selten sichtbar geworden. Wer sie in ihrem gleichförmigen Dasein die Jahre hindurch beobachtete, hätte an ihren Äußerungen, die manchmal bei aller Milde nicht einer gewissen Bitterkeit entbehrten, doch niemals den Verdacht geknüpft, die würdige Dame führe ein Leben, das sich von ihren Gedanken unterschied. Beide Tanten wirkten vielmehr, als befänden sie sich in einem Höchstmaß von Übereinstimmung zwischen ihren Maßstäben und Empfindungen und ihren Taten, wenn man denn ihre friedliche Lebensführung mit diesem heroischen Ausdruck bedenken will. Es sah zu keinem Zeitpunkt ihres Lebens so aus, als habe sich zwischen der Welt, wie sie nach ihrer Überzeugung sein sollte, und der Welt, wie sie war, eine Schere geöffnet. Man kann sogar sagen, daß Tante Tildchens Tod in nahezu krönender Weise ein Ausdruck dessen war, was sie vom Leben und seinem Ende erwartete: das sonnendurchflutete Zimmer, das noch nicht geheizt zu werden brauchte, der matte Blumenduft, der Samstagnachmittag, der noch mehr als der Sonntag den Inbegriff der Westendruhe darstellte, die linde Erregung durch den »Hohen Tag«, wie in der Sprache der Mitbewohner Tante Tildchens Geburtstag genannt wurde, die Erschöpfung durch ein gutes Mittagessen, der unmittelbar bevorstehende viele Kuchen und das durch den Tod verhinderte Eintreten der Enttäuschung, die Alfreds Fehlen an der Kaffeetafel ausgelöst haben würde. Diese Folge epikuräischer Genüsse, die sie boten, und der schläfrigen Beruhigung, die keine Fragen und keine Grübeleien kannte, nahmen in ihrer Augenblicksbetontheit den Tod auf die angenehmste Weise geradezu vorweg, so daß er, als er eintrat, nicht viel mehr als das Hinzutreten einer Konsequenz bedeutete, deren Voraussetzungen längst zu Bestandteilen des Lebensgenusses geworden waren.

Tante Mi jedenfalls schien das so zu empfinden, denn sie beharrte mit eigentümlichem Eifer darauf, daß Tildchen im Augenblick ihres Schlaganfalls »klinisch tot« gewesen sei, ohne im übrigen zu wissen, was diese wissenschaftlich klingende, in Wahrheit zu einem recht ungenauen Jargon gehörende Formel eigentlich besagen sollte. Für sie war nur wichtig, daß Tildchens letztes Bild eben tatsächlich die vergoldeten Sonnenstäubchen über den vielen dicken Teppichen gewesen waren und nicht – das war die grausige Möglichkeit, die sie mit der Fliegenklatsche des gelehrten Ausdrucks zu betäuben suchte – eine Folge unbeherrschbarer Träume, denen die Sterbende immerhin noch eine Woche lang ausgesetzt gewesen sein konnte und die die kaffeeduftende, schlagsahneschwere Friedensfestung in der Schubertstraße noch vor dem Tod in ihrem Bewußtsein zu zerstören vermochten. Wenn in der Entschiedenheit, mit der sich Tante Mi jeden Widerspruch verbat, indem sie behauptete, die Zeit der Bewußtlosigkeit, die ihre Schwester vor dem Tode zugebracht hatte, sei nur noch ein bloß animalischer stumpfer Fortsatz des bereits unwiderruflich erloschenen seelischen Lebens gewesen, nun aber doch einmal die Sorge zum Ausdruck kam, daß sich die Welt, so wie sie sein sollte, mit der Welt, so wie sie war, am Ende nicht in restloser Deckung befand, so geschah Tante Mi damit nur Gerechtigkeit. Ihr Leben hinter den Mauern und den Blütenbüschen der Schubertstraße, verteidigt von Lanzengittern und mündelsicheren Rechtsansprüchen, genährt von vorzüglichen Speisen, gewärmt von den üppigsten Polstern, verleitet dazu, sie als bloße Repräsentantin einer aussterbenden Schicht rentenverzehrender Erben anzusehen, die auf einen höchstpersönlichen Charakter keinen Anspruch erheben darf. Und doch hatte schon der allabendliche Rückzug der Tanten in ihre verschlossenen Schlafzimmer, jenes Geheimnis ihrer wohlverwahrten Einsamkeit, die schwarz-weiße Zeichnung getönt und einen dunklen Schleier darüber gezogen. Jahrzehntelang als atheistische Beginen allein die Stille der sich herabsenkenden Dämmerung auszuhalten, mußte ihre Herzen zu einem Stahl geschmiedet haben, der von der Banalität ihrer Ansichten nur wie von filigranen Dekorationen umrankt war.

Jedenfalls blieb Tante Mi für Überraschungen gut, obwohl sie von dieser Anlage in ihrem Leben bisher keinen Gebrauch gemacht hatte. Das Gesicht von Fräulein Emig in seiner verhohlenen Aufsässigkeit brachte in ihr etwas zum Platzen, und obwohl die eigentlichen Entscheidungen schon längst gefällt waren, verlor Tante Mi nun die letzte Lust, die bevorstehenden Veränderungen mit diplomatischer Schonung vorzubringen, wie es sonst üblich gewesen wäre. Fräulein Emig sah so aus, als besitze sie bei Tante Mi ein Recht auf irgend etwas, und das schien in Tante Mi die Laune zu wecken, etwas Erschreckendes zu tun, damit einmal klar wurde, daß es niemanden auf der ganzen Welt gab, der Rechtsansprüche gegen sie geltend machen durfte, und zwar weder der sanftäugige, unzuverlässige Großneffe Alfred, noch die Köchin Fräulein Emig, die ihr ganzes Leben den Labontés gewidmet hatte.

Tante Mi stellte also das Tablett mit den Erdnüssen und der Milch, der von ihr neuerdings am meisten geschätzten Fernsehspeise, auf den Tisch und sagte in das verdutzte Gesicht des Fräulein Emig: »Morgen kommt der Herr Kalkofen wegen dem Gelerch.«

Gelerch heißt in Frankfurt der Trödel, das Gerümpel, wobei die Bedeutung nicht zu eng zu fassen ist. Je überlegener der Sprecher, desto wertvoller sind die Sachen, die als »Gelerch« der Verachtung ausgeliefert werden. Tante Mi meinte, wie sich sogleich herausstellte, die große Batterie kupferner Töpfe und Kasserollen, die auf dem Elektroherd nicht benutzt werden konnten und die zum Teil auch innen vom Kesselflicker hätten neu beschichtet werden müssen, deren Anblick aber vom kleinsten Saucentöpfchen bis zu wahrhaft rabelaisischen Fischtöpfen und waschkesselgroßen Bottichen zum Marmeladekochen den Eindruck eines nahezu majestätischen Wohllebens bot. Was sollte aber Herr Kalkofen mit dieser ehrwürdigen Topfsammlung anfangen, diesem »Kupferspiel«, wie man im biedermeierlichen Frankfurt angesichts der Stattlichkeit der Varietäten gesagt hätte? Er solle sich das Gelerch angucken, sagte Tante Mi, und sagen, was er davon brauchen könne und das, was er brauchen könne, auch sofort mitnehmen, denn aus dem Haus müsse es sowieso.

Sowieso? Ein harmloses und doch auf einmal gefährlich klingendes Wort. In der Luft, die man bis zum Tod der Tante Tildchen im Hause geatmet hatte, hätte man ein Sowieso in gerade umgekehrtem Sinn gebrauchen müssen: Sowieso kam überhaupt nichts aus dem Haus, sowieso blieb alles, was Friedrich Labonté, der Enkel der Witwe Labonté, in dieses Haus hatte hereinschaffen lassen, darin. Es gab einen eigenen Wandschrank im Souterrain für zerbrochenes Porzellan. Wenn eine Teetasse entzwei ging, wurden die Teile keineswegs weggeworfen, sondern belegten noch in zertrümmertem Zustand die einstige Vollständigkeit des Services. Das Wort »Sowieso« besagte bisher im Hause Labonté, daß Entscheidungen über eine Veränderung des Lebensstils eben »sowieso« nicht zur Debatte standen, weil alles ein für allemal und »sowieso« schon entschieden war. Das »Sowieso« bildete das große »Von vornherein«, dem sich die kurzatmige Neuerungssucht des täglichen Lebens unterzuordnen hatte. Man konnte es als Erweis der Sympathie für dies schicksalhafte Wort ansehen, wenn es von Tante Mi häufig auch dort benutzt wurde, wo es gar nicht paßte. So antwortete sie gern mit »sowieso«, wenn Tante Tildchen sie fragte, ob sie noch etwas Stachelbeerkonfitüre nehmen wolle. Im Kern blieb die Gewalt des »Sowieso«, diese Selbstbindung des Gesetzgebers zum Schutz gegen spätere Launen, jedoch unangetastet, die Verschleifungen am Frühstückstisch minderten seine Kraft nicht herab. Um so alarmierender wirkten Mis Bemerkungen, die einen neuen Zusammenhang begründeten.

Es müsse ein Anfang gefunden werden, führte Tante Mi daraufhin aus. Der Zustand des Souterrains, in welches sie früher fast nie ihre Schritte gelenkt hatte, allenfalls Tildchen war dort zuweilen mit ihren Blumenvasen beschäftigt gewesen, habe sie schon lange belastet. Sie habe das Gefühl, die unteren Räume erstickten schier an unnötigem Zeug. Wenn man Mi hörte, fühlte man geradezu, wie sich der Boden des Eßzimmers nach oben wölbte, weil die Gegenstände im Souterrain Junge heckten und die Wände der Abstellkammern und Schränke zu sprengen drohten. Das Gegenteil war der Fall. Obwohl tatsächlich eine fast unvorstellbare Fülle von Hausrat im Souterrain aufbewahrt wurde, herrschte eine Ordnung wie auf einem Schiff. Alles war vorschriftsmäßig, möchte man sagen, verstaut. Die Küche, der »Office« genannte große Vorraum, in dem zu den Zeiten des »Mariechens, das die Milch verschüttet hat«, das Personal aß, und die verschiedenen Nebenräume mit den eingebauten Schrankwänden wirkten leer und vollständig nichtssagend. Einzig die Kupfertöpfe, die jetzt auf keinen Fall im Hause bleiben sollten, hatten das matte Weiß der Kacheln ein wenig belebt. Tante Mi vertrat nun aber ein anderes Bild dieser unteren Welt.

Sie habe lange darüber nachgedacht, was mit dem Souterrain zu geschehen habe, sagte sie. Sie sei sich klargeworden, daß halbe Lösungen für das unerträglich angewachsene Problem nicht mehr in Frage kämen. Allein die Vorstellung, daß Fräulein Emig in einer Küche arbeite, die ein Hotel versorgen könne, um die Mahlzeiten für ein Kind und eine alte Frau zuzubereiten, habe etwas Absurdes. Eine solche Küche verführe darüber hinaus zu einer ganz ungesunden Lebensführung. Man koche zuviel, wenn eine solche Küche zur Verfügung stehe. Immerfort werde gekocht. Dabei sei nachgewiesen, daß kleine Mahlzeiten aus rohen Salaten, über den Tag verteilt, viel gesünder seien. Sie sei sicher, daß Tildchen noch lebte, wenn sie nicht ständig schwere gekochte Abendessen zu sich genommen hätte. Diese Behauptung, die den Rückschluß erlaubte, Fräulein Emig habe Tante Tildchen ermordet, ließ die Köchin erzittern, aber noch ehe sie etwas Gesalzenes erwidern konnte, hatte Tante Mi die möglichen Einwände schon vorausgesehen, streckte wieder die gebieterische Hand aus und sagte »geschenkt«, ein Ausdruck, mit dem sie auch sonst klarmachte, daß sie nicht in eine gemeinsame Abwägung der Argumente einzutreten gedachte, sondern ohne weiteres bei ihrer Meinung bleiben werde. Ihr Geist war ohnehin schon weitergeschweift.

Die ungewöhnliche Anordnung der Gruppe, daß nämlich Fräulein Emig und Alfred am Eßtisch saßen, Tante Mi aber in ihrem bodenlangen Morgenrock aus flammend orangem Frottee vor ihnen stand wie eine Solistin vor einem Opernchor, tat ein übriges, um das Schweigen des Fräulein Emig zu sichern. Es war unmöglich, die Gewalt von Mis Rede zu brechen, die nicht einmal unmittelbar an die beiden Sitzenden gerichtet zu sein schien, sondern etwas von einem Monolog an sich hatte, der ihre Gedanken in der Art einer rhetorischen Meditation enthüllte. Man sah förmlich, wie ihre Augen durch die verlassenen Souterrainräume streiften, in denen eine sehr schwache Birne eine düstere Notbeleuchtung erzeugte. Wer weiß, ob nicht ein Teil ihres Wesens dort unten im Morgenrock umherirrte und die Schränke öffnete. Es gebe mehr als hundert Sektgläser im Schrankzimmer des Souterrains, sagte Tante Mi, es gebe solche aus böhmischem Kristall, es gebe mundgeblasene, es gebe kleine, spitze, französische Flöten und die großen Glaspokale mit eingeschliffenen Freimaurersymbolen, aus denen der Vater mit seinen Logenbrüdern Kullerpfirsich getrunken habe. Es gebe einen eimergroßen Bowlentopf mit einem silbernen verendenden Hirsch auf dem Deckel und mit scharfem, silbernem Weinlaub, an dem sie sich als Kind beim Putzen immer die Fingernägel aufgerissen habe. Es gebe Likörkaraffen in allen Größen: von der Medizinflasche bis zur großen Portweinkaraffe, von allen aber mehrere. Ob Fräulein Emig sich erinnere, wann in diesem Haus zum letzten Mal Sekt getrunken worden sei? Fräulein Emig erinnerte sich auf der Stelle, bei der Hochzeit von Alfreds Eltern. »Und das war höchst unnötig«, sagte Tante Mi, indem sie offenließ, ob sie nur das Sekttrinken oder auch die betreffende Heirat meinte. Man erkannte an der schnellen Reaktion des Fräulein Emig, daß sie ihre eigenen Anliegen zunächst zurückgestellt hatte und nur noch gebannt lauschte. Ihre Antwort bezweckte in ihrer Beflissenheit, Tante Mis Redefluß nicht aufzuhalten, denn sie spürte, daß weit ernstere Mitteilungen auf die Zuhörer warteten. Tante Mi wies indessen auf den Wintergarten mit seinem nächtlich undurchdringlichen Dschungel: Hier hätte man, als es noch an der Zeit gewesen sei, eine praktische kleine Küche einrichten können, so etwas nenne man Kitchenette – zwei Kochplatten, ein kleines Spülbecken –, mehr brauche der Mensch nicht zum Leben. Sie selbst sei schuld. Sie habe sich nicht rechtzeitig »informiert«.

Auch der Gebrauch dieses Wortes wies auf einen Umschwung im Denken Tante Mis hin, deren Anschauungen über die Geschäftswelt, wie man weiß, durch die Usancen bei »Wwe. Labonté« geprägt waren. Die Kunden dieses Geschäfts waren durchweg Kenner, die präzise Fragen vorlegten, die Qualität der Zigarren am Geruch feststellten und sehr genau wußten, was sie von einem wirklich erstklassigen Bordeaux erwarten durften. Der neue Kundentypus, dem Tante Mi sich jetzt anschließen wollte, wußte gar nichts, sondern lauschte ergeben den auf Verkaufsakademien entwickelten Verkäufervorträgen, er »informierte« sich eben und trug die Ware wie einen Preis für das Bestehen eines Lehrgangs nach Hause.

»Ich ersticke«, sagte Tante Mi und ließ ihren Blick über die von Teppichen bedeckten Diwans, die Gips- und Bronzebüsten, die schweren Ebenholzbüfetts und die dunklen Gemälde gleiten. Eine solche Anhäufung alter Textilien sei ungesund. Im alten Roßhaar nisteten vermutlich schon ganze Volksstämme winziger Tiere. Die Teppiche seien überhaupt nicht mehr richtig zu reinigen. Auf allem lagere eine Schicht von nicht mehr abzutragenden Substanzen. Sie sei im Grunde nach modernen Maßstäben gemessen noch nicht alt. Sie sei gesund und habe nachweislich eine hohe Lebenserwartung. Der frühe Tod von Tildchen widerspreche dem nicht. Sie seien schließlich keine Zwillinge gewesen. Tildchen habe immer etwas Kränkliches gehabt, obwohl sie nie kränkelnd gewesen sei, schon diese Liebe zu Blumen habe etwas Lebensschwaches in sich getragen. Kein vollkommen gesunder Mensch habe diese Affenliebe zu Blumen. Die Schädlichkeit des Blütenstaubs nicht zu vergessen!

Das ständige Riechen an Blumen müsse zu einer chronischen Gereiztheit, wenn nicht zu allergischen Dauerreizungen der inneren Schleimhäute geführt haben. Bei ihr, Mi, gebe es, gottlob, nichts, was den Gesamtzustand derart heimtückisch untergrabe, wenn sie nur rechtzeitig dafür sorge, daß das muffige, zerfallende Gewebe nun aus dem Haus geschafft werde.

»Ich will atmen!« rief Tante Mi und führte gleich auch vor, was sie meinte. Sie schloß die Augen und schöpfte tief Luft, als gehorche sie den Anweisungen eines Arztes, der sie abhören wolle. In Zukunft werde sie ohne Teppiche leben. Die Fußbodenkälte sei etwas Gesundes, »Kalte Füße – klarer Kopf«, habe man seit je gesagt. Außerdem sei es zu dunkel im Haus. Die moderne Technik ermögliche endlich, die Zimmer vollkommen auszuleuchten. Man sehe ja bei diesem Licht kaum die Löcher im Schweizer Käse. Sie habe sich immer geärgert, wenn Fräulein Emig nicht gesehen habe, was auf dem Teller lag, und die Messerklinge über das blanke Porzellan gezogen habe. Ein unerträgliches Geräusch sei das gewesen! Und diese riesenhaften Kronleuchter, die wie aufgepumpte Krinolinen an der Zimmerdecke baumelten, befänden sich in einem lächerlichen Mißverhältnis zu ihrer Leistung: Zwölf kleine Funzeln steckten auf diesen Glasgerippen. Ein faustgroßer Scheinwerfer hingegen sei imstande, Tageslicht zu erzeugen. Sie werde in Zukunft im Tageslicht leben, nicht in einem zugehängten, dunklen Loch. Allein, daß sie in ihrem Alter zwei Treppen überwinden müsse, um an ein Glas Milch zu kommen, sei ein Skandal. »Ich lebe auf der Treppe!« rief Tante Mi. Es sei ein Wunder, daß sie sich nicht längst in dem zerschlissenen Velours verfangen habe und nach unten gestürzt sei.

Daß sie sich als zu alt zum Treppensteigen bezeichnete und eben noch ihre Jugendlichkeit betont hatte, war kein Widerspruch in ihren Augen. Es ging ihr vor allem darum, die eigene Person in schärfsten Gegensatz zu ihren Lebensumständen zu setzen, und so wurde sie auch verstanden. Fräulein Emig wurde rot vor Widerspruchsgeist, hielt sich aber immer noch, klug, wie sie meinte, zurück, während Alfred in einen Zustand entrückter Spannung geraten war. Seine sanften Augen erkannten Tante Mi beinahe nicht mehr, so abwesend war sein Warten. Er wußte, daß er auf seiner Lebensreise auf dünnstes Eis geraten war. Von dort, wo er stand, schossen schon die Zickzacksprünge knisternd in alle Richtungen. Was erwartete ihn, wenn der Boden unter ihm nachgab – tödliches schwarzes Wasser oder ein tiefer Sturz auf jene smaragdgrüne Wiese, auf der die verstoßenen Kinder im Märchen ein neues herrliches Leben beginnen? Ihm kam es vor, als spreche Tante Mi nur für ihn, obwohl alles, was sie sagte, für ihn nicht die geringste Bedeutung besaß, denn er dachte gar nicht daran, seine Wohltäterin auf eine bestimmte Lebensform zu verpflichten, und glaubte, das Leben, so wie er es von Kindesbeinen an in der Schubertstraße vorgefunden hatte, entspreche dem freien Willen der Tanten. Er war darüber hinaus davon überzeugt, daß Tante Mi ihre Entscheidungen traf, ohne jemandem Rechenschaft abzulegen. Sie mußte etwas ganz anderes im Schilde führen, während sie ihre einzigartige Rede hielt. Bei dem Gedanken überlief ihn ein Schauder.

»Mich schaudert vor dem Tag, an dem die Bilder abgehängt werden«, rief Tante Mi. Gleichwohl müsse es eines Tages geschehen. Dann werde sich offenbaren, in welchem Dreck sie gehaust habe. Ob sich Fräulein Emig erinnere, welche Farbe die Ranken der Wohnzimmertapete gehabt hatten, als sie neu waren? »Hellblau«, antwortete Fräulein Emig abermals ohne Zögern und abermals ohne die Gelegenheit, daran anzuknüpfen und auszusprechen, was nun allmählich auf der Zunge brannte. »Hellblau«, wiederholte Mi voller Hohn, »und heute?« Ein bräunliches Gelb, so als sei in dem Salon nach dem Tode ihres Vaters, der seine Sonntagszigarre dort genossen hatte, unaufhörlich geraucht worden. »Der Auszug des Ritters von Cronberg« gehe an das Städelsche Kunstinstitut, aber vorher erfolge ihr eigener Auszug, denn sie verspüre keine Sehnsucht danach, das jungfräuliche Hellblau, das sich zweifellos hinter dem Gemälde verberge, noch einmal wiederzusehen. Die Wissenschaft habe exakt errechnet, wie viel Lebensraum der Mensch brauche, zwanzig Quadratmeter seien genug. Der Mensch brauche ein Bett, einen Tisch, einen Stuhl, einen Schrank und kein Eßzimmer, in dem keine Mahlzeiten eingenommen würden, einen Salon voller unrettbar schmutziger Stoffansammlungen, ein Herrenzimmer ohne Herren und einen Wintergarten ohne Winter, denn es werde ja nicht einmal mehr richtig kalt.

Diese Begründung brach den rauschenden Strom ihrer Aufzählung. Sie hielt inne, als suche sie die Bilder kindlicher Schlittschuhpartien auf dem zugefrorenen Weiher des Palmengartens wieder auf, wo sie und Tildchen mit kleinen Pelzkrägen und Mäntelchen aus schottisch kariertem Stoff, die in der Taille eng saßen und dann sehr weit aufsprangen, im Kreis gelaufen waren, indem sie sich gemäß der »Holländer« genannten Figur überkreuz an den Händen hielten. Auf demselben Weiher hatte Generationen später Alfreds Vater seine Achten gezogen, die er sogar rückwärts zustande brachte, indem er sich völlig selbstvergessen mit seinem ganzen Bewußtsein nur noch in seinen Füßen aufzuhalten schien, während ihn mehrere Mädchen, wie ihm sehr wohl klar war, höchst aufmerksam aus den Augenwinkeln beobachteten. Alfred benutzte die Schlittschuhe seines Vaters später mit etwas geringerem Erfolg. Die merkurische Grazie des Rollerfahrers stellte sich auf dem Eis nicht ein. Aber er liebte den zugefrorenen Palmengartenweiher trotzdem, suchte nach Goldfischen unter der grünlichen Eisdecke und sah teilnahmsvoll zu, wenn die Arbeiter des Parks einen Schwan befreiten, der nachts vom Frost überrascht worden war und mit seinen großen Füßen nun im Eis steckte. Alfred besaß eine kleine Fotografie, auf der, wie ihm die Tanten sagten, sein Vater zu sehen war. Er erkannte im Hintergrund deutlich das Bootshaus des Palmengartens, aber er rätselte vergeblich, welcher der Jungen, die dunkle Wollmützen über die Ohren gezogen hatten und auf der weißen Fläche zusammenstanden, wohl sein Vater war. In der winterlichen Vermummung sahen alle blassen Gesichter gleich aus. Alfred fragte sich oft, was geschehen wäre, wenn er seinen Vater damals kennengelernt hätte. Er hoffte inständig, daß sie Freunde geworden wären, aber er war sich nicht sicher, denn wenn soviele andere Jungen dabei waren, befiel ihn meist seine Schüchternheit. Er bereute jetzt, daß er niemals die Gelegenheit ergriffen hatte, mit Tante Tildchen wirklich einmal über seinen Vater zu sprechen, aber er wußte auch, warum er das niemals getan hatte, wenn dazu Zeit gewesen wäre. Er glaubte zu fühlen, daß Tante Tildchen solche Fragen nicht angenehm waren. Sie trauerte wohl immer noch um ihn. Tante Mi hingegen war nicht die Frau, mit der man Erinnerungen nachhing, wenn nicht von ihrem eigenen Vater die Rede war.

Seltsam genug war es, daß Alfreds Gedanken um die schemenhafte Gestalt seines Vaters kreisten, während Mi sprach, und noch inniger bei ihm verweilten, als sie ins Stocken geraten war. Jede

Eigenschaft des Vaters war eine bloße Vermutung. Es gab Augenblicke in Alfreds Leben, in denen seine Liebe zu dem Verschwundenen ebenso stark war wie die Zweifel, ob es ihn überhaupt jemals gegeben hatte. Ein Gefühl, gemischt aus Sehnsucht und Furcht befiel ihn dann. Man darf nicht vergessen, daß ein Wort wie »Vaterhaus« in seinen Ohren einen anderen Klang hatte, als in denen der meisten anderen Leute. Das Labontésche Haus in der Schubertstraße war jedenfalls nicht sein »Vaterhaus«, und obwohl es ihm jetzt sogar, auf dem Papier jedenfalls, gehörte, so meinte er doch keinerlei Recht zu besitzen, es zu bewohnen. Er wurde schon seit längerem von Ahnungen heimgesucht, die ihm zuflüsterten, daß sein Vater, wenn er noch lebte, wahrscheinlich überhaupt kein Haus besäße, das er seinem Sohn übergeben könnte. Für Alfred war sein Vater in solchen Augenblicken ein Schutzloser, der einer Angriffslust, wie sie jetzt eben Tante Mi überraschend entfaltete, ausgeliefert gewesen wäre. Bezeichnenderweise faßte Alfred Tante Mis Rede als Strafpredigt auf, die sich zwar bisher noch in undeutlicher Weise mit den Zuständen im Haus befaßte, die bald aber Schuldige nennen würde. Warum nur drohte ihm gerade in dieser Lage das väterliche Bild immer wieder zu entwischen? Er glaubte manchmal, daß seine Vorstellung von seinem Vater sich allzu sehr mit dem Gefühl deckte, das er von sich selbst hatte, und da er sich unter der eigenen Person beim besten Willen nichts vorstellen konnte, bot sie auch keinen Stoff, um die Silhouette des unbekannten Erzeugers versuchsweise mit einem Körper anzufüllen.

Nicht alle im abendlichen Eßzimmer wollten ihren Gedanken nachhängen. Fräulein Emig traute dem unversehens hereingebrochenen Schweigen zunächst nicht und ließ einige Lidschläge vorsichtig verstreichen. Als dann Tante Mi aber immer noch nichts sagte und statt dessen mit ihren grauen Augen die Gegend suchte, wo der Lichtkegel der Lampe aufhörte und das Dämmern begann, hob sich Fräulein Emig halb von ihrem Stuhl, indem sie sich mit ihren großen roten Händen aufstützte, öffnete den Mund nunmehr ungestört und ließ ihm einen tiefen Schluchzer entfahren, wobei ihr Unterkinn nachzitterte. »Dann bin ich ja wohl in Zukunft hier überflüssig«, sagte sie mit keineswegs fester Stimme, ließ sich in den Stuhl zurückfallen und begann fast geräuschlos zu weinen. Das war abermals höchst ungewöhnlich. Wenn man Fräulein Emig unbefangen betrachtete, konnte man schon für möglich halten, daß sie echte Köchinnentränen hervorbringen konnte, Beweise einer Empfindlichkeit, mit denen eine solche Frau einen stattlichen Haushalt in Schrecken versetzen kann. Im Hause Labonté gab es aber so etwas nun einmal nicht, ebensowenig wie Tante Mi, die ein Außenstehender leicht für herrisch hätte halten können, sich diktatorische Gesten gegenüber den Hausgenossen gestattet hatte, oder wie Tante Tildchen, die im »Springborn« dafür bekannt war, schnell beleidigt zu sein, sich jemals zu ihren Lebzeiten in der Schubertstraße in dieser Hinsicht hatte gehen lassen. In der Schubertstraße herrschte die Vernunft, so hieß die Devise des Vaters Labonté. Sie legte dem Wohlleben und den Herzensregungen Zügel an und schuf eine gleichmäßige, bekömmliche Atmosphäre. Wenn man so will, hatte der Vater Labonté seinem Reich eine englische Verfassung gegeben. Deren Verschwiegenheit hinsichtlich moralischer Fragen verdankte Alfred die Überzeugung, man dürfe tun, was man wolle, solange man rücksichtsvoll und liebenswürdig bleibe. Es lag keine Heuchelei in dieser Anschauung, da er sich nicht vorstellen konnte, daß es irgendwen geben könnte, der sich für seine Handlungen interessiere. Die Tanten sahen das anders. Nachdem sie zunächst die Früchte ihrer Erziehung zufrieden genossen hatten, glaubten sie bei den ersten Zeichen eines Privatlebens ihres Neffen in einen Abgrund zu blicken, der sich unvermutet hinter der palladianisch ebenmäßigen Fassade auftat.

Und nun schien also der Punkt gekommen, an dem die jahrzehntelange Übung über Bord geworfen wurde und jeder sich so betrug, wie es ihm in den Sinn kam, Tante Mi unbeherrschten Träumereien nachging und Fräulein Emig heulte. Alfred bekam vor Verlegenheit heiße Wangen, aber das war nichts Ungewöhnliches, er jedenfalls fiel nicht aus der Rolle. Wie Tante Tildchen sich wohl an diesem Abend verhalten hätte, die nun schon seit Wochen dort lag, wo sie von der Witwe Labonté und deren seligem Mann erwartet worden war?

Alles sprach dafür, daß der Auftritt im abendlichen Eßzimmer überhaupt erst durch das Verschwinden Tildchens möglich geworden war. Aufs Neue bezeichnete es den Charakter der Verstorbenen, daß er in seinen Umrissen erst sichtbar wurde, nachdem er sich aus dem festen Gefüge des Hauses in der Schubertstraße gelöst hatte. Tante Mi hatte durch ihre lange und ausschweifende Rede Kräfte in sich geweckt, die sie nun bis in die letzte Zelle erfüllten. Ihr Schweigen war kein Ermatten, sondern ein beinahe eleganter Wechsel des Mediums, denn da sie ohnehin mehr für sich selbst gesprochen zu haben schien, war dieses stumme Schweifen in zügellosen Gedanken, zu der ihr das Sprechen Mut gemacht hatte, eine Steigerung ihrer reflektierenden Mitteilsamkeit. Tante Mi betrat völlig neue Regionen, jedenfalls in der Öffentlichkeit, da man nicht wissen konnte, ob sie dergleichen nicht hinter der abgeschlossenen Schlafzimmertür schon längst gewohnt war. Die Erhitzung, die die sich aneinander reibenden Gedanken erzeugten, ließ sie leicht werden. Tante Mi, die gedrungene, schwere kleine Frau geriet in einen Zustand, der ihr das Erlebnis der Schwerelosigkeit plausibel machte.

In dieser Stimmung mußte das Geräusch des Schluchzens, die gepreßte Stimme, der Anblick tränenschwimmender Augen eine völlig unberechenbare Wirkung entfalten. Fräulein Emig besaß zwar die Fähigkeit, wie eine Köchin zu heulen, obschon sie niemals Gelegenheit hatte, diese Kunst auszuüben, aber sie war sich eben auf Grund dieses Mangels an Übung nicht im Klaren, wie solche Tränen richtig zu plazieren waren. Irgendwie schien sie darauf zu vertrauen, daß in bürgerlichen Häusern alles getan werde, um den erschreckenden Anblick des freien Tränenflusses zu beenden, in Anlehnung an die schattenhaft noch herumgeisternde Forderung, »die Tränen der Betrübten zu trocknen«. Bei Tante Mi, die durch die Worte des Fräulein Emig von ihrem freien und starken Gedankenflug in das abendliche Eßzimmer zurückgezwungen worden war, weckten die Tropfen, die sich nun den Weg über den Lidrand die Wangen hinunter gebahnt hatten, jedoch keineswegs die üblicherweise auch bei ihr schlummernden Regungen konventionellen Mitgefühls, noch auch die immerhin naheliegende Teilnahme einer alten Hausgenossin gegenüber. Mi verfiel statt dessen, indem sie nun wieder laut sprach, den Geist ihres stummen Monologes jedoch nicht verriet, in den Ton triumphierenden Spottes und rief: »Überflüssig? Aber überflüssig sind Sie doch schon immer gewesen. Sie sind die personifizierte Überflüssigkeit, und das schon seit eh und je! Außerdem sind Sie eine reiche Frau! Sie können tun, was Sie wollen! Sie können selbst entscheiden, ob Sie hier weiter überflüssig sein wollen oder woanders! Die Welt ist rund! Man kann seinen Kartoffelsalat auch in Bad Kohlgrub essen, es muß ja nicht immer Frankfurt sein!«

Alfred war während dieser Worte, deren schreckliche Wirkung er vor sich sah, geräuschlos aufgestanden. Er versuchte, in das Dunkel des Treppenhauses zu entkommen. Gleichzeitig sprang auch Fräulein Emig von ihrem Stuhl. Sie bebte in vorerst wortlosem Zorn, den im letzten wohl die Erwähnung Kohlgrubs ausgelöst hatte, wo ihre Schwester, mit der sie seit Jahren nicht mehr gut stand, Diätköchin war. Noch bevor sie den Mund zu der ersten wirklich bösartigen Entgegnung ihres Lebens, die seit ihrem Eintritt in das Haus Labonté tief in ihrer Brust geschlafen hatte, öffnete, und bevor Alfred das schwarze Rechteck der Tür erreichte, wandte sich ihm Tante Mi mit knapper Kopfbewegung zu und sagte in verändertem, eigentümlich leidenschaftslosem Ton: »Oben liegt ein Brief von Tante Tildchen für dich.« Ins Treppenhaus folgten ihm die immer lauter werdenden Stimmen der beiden Frauen. Alfred meinte Fremde zu hören.

Die Einsamkeit umgab ihn mit einem weiten Mantel, aus dessen Falten es flüsterte. In Alfreds Leben besaßen die Toten eine schwerelose Gegenwart. Daß sie keinen Körper mehr hatten, machte ihnen ihr lautloses Kommen und Gehen nur leichter. Die Mutter war das flüchtigste Wesen. Ihre Erscheinung war nur aus den blassen Linien zusammengesetzt, die sich vor Alfreds innerem Auge bildeten, wenn er dem Klang der Silben des »Mutter«-Wortes lauschte, denn es gab keine Fotografie des unwillkommenen jungen Mädchens im Hause Labonté. Überhaupt schienen die Fotografien das eigentliche Fleisch der Toten zu sein. Auf dem türkischen Rauchtischchen im Salon, wo sich die schräggestellten bräunlichen Bilder in silbernen Rahmen ineinanderschoben, aber auch auf der ungerahmten, matt lackierten Fotografie von Alfreds Vater als jungem Mann hatten sie greifbare Spuren hinterlassen. Die Bilder bezeugten wie ein Fingerabdruck, ein eingedrücktes Kopfkissen, ein alter Schuh oder ein Rand von Lippenrot auf einer Kaffeetasse, daß es Menschen gegeben haben mußte, die diese schwarzweißen Schatten auf den belichteten Film geworfen hatten. In Ägypten häufte man Pyramidenberge über die Toten, um die Erinnerung an sie wachzuhalten. Die Christen bauten, um die Gräber der Heiligen zu bezeichnen, Kuppeln und Säulenhallen, die den Namen der Toten trugen. Der Totenkult in Alfreds Gegenwart stützte sich nun ganz auf die Fotografie, das vergänglichste Mittel gemessen an den Steinen, den Erzbüsten und Gemälden der Vergangenheit. Die Bilder verblaßten schon, wenn das Papier noch nicht zerfallen war. Und fast nie gab es Fotografien, die dem Auge wirklichen Aufschluß über die Beschaffenheit eines Kopfes gewährten. Immer blieben die eigentlichen Proportionen, die Art der Haut und der Ausdruck der Augen im Unklaren. Im Fall von Alfreds Vater wurde dies Versagen der Fotografie selbst dem Sohn offensichtlich, der das Bild dabei gar nicht wie ein Zeichner untersucht hatte. Er kannte zum Glück nicht viele Bilder von jungen Männern aus der Zeit des Kriegsendes, sonst wäre er wohl völlig verzweifelt, denn er hätte kaum mehr einen Unterschied zwischen seinem Vater und dessen gleichaltrigen Zeitgenossen feststellen können.

Dennoch darf man die Kraft des Bildes nicht unterschätzen. Das Flämmchen, das sie speiste, brannte zwar nur bläulich und schwach und flackerte beim geringsten Lufthauch, aber Alfred, der die Nacht liebte, nahm es im Dunkeln dennoch wahr und hielt seine Augen fest darauf gerichtet. Die Gewißheit, überhaupt einen Vater zu haben und nicht vom Himmel gefallen zu sein, floß ihm aus dieser Fotografie zu. Er hatte verstanden, daß sich ihm sein Vater nur zeigte, wenn er nicht versuchte, allzu genau hinzusehen. Ein Luftzug, der den Vorhang seines Mansardenfensters bewegte, so daß ein Strahl der Laterne ins Zimmer fiel, sagte ihm, wenn er die Fotografie in der Hand hielt, mehr über das Wesen des Verschwundenen, als wenn er mit einer großen Lupe den vollen Mund betrachtet hätte, dessen Linien sich in der Vergrößerung auflösten. Die ganze Schubertstraße, dieser sich in Richtung auf die ausgebrannte Christuskirche hin verjüngende Prospekt, wurde dann zum Hintergrund der dunklen Gestalt, wie sie Alfred so oft bei seinen mitternächtlichen Spaziergängen entgegengekommen war und die, wenn sie in den weißen Kreis des Laternenlichts trat, ein immer neues, stets unbekanntes Gesicht besessen hatte. Alfred kam es vor, als seien alle Häuser der Schubertstraße mit ihren schmiedeeisernen Pflanzen- und Lanzengittern und ihren phantastischen Türmchen und Giebeln kleine Schreine für Fotografien, die ebenso vielen Toten ein anfälliges Nachleben verliehen. Raschelte es nicht zwischen den welkenden Hortensien, wohin sich die Katzen schlichen und von wo in den Nachtstunden kindliche Schreie zu hören waren?

Nun war auch Tante Tildchen zu dieser stummen Schar gestoßen, und obwohl die Erinnerung an sie noch frisch war, begann sich bereits ihre Fotografie, die Alfred in seiner Mansarde aufgestellt hatte, vor das eben noch blutvolle Bild seines inneren Auges zu schieben. Tildchen rückte schon in die Ferne, und auch über die Erinnerung an sie legte sich nun der feine Hauch, mit dem der Fotograf die Linse bedeckt hatte, um die Verblühtheit der damals Fünfzigjährigen wegzuwischen. Das rundliche Gesicht mit den müden Augen lag wie unter einer dicken Puderschicht, und obwohl das Bild eine Schwarzweiß-Aufnahme war, übersetzte sich der Betrachter das weiche Taubenfedergrau ihrer Wangen unwillkürlich ins Rosige. Zugleich ließ ein Lichtpünktchen ihre Lippen feucht erscheinen und täuschte eine warmdurchblutete Belebtheit vor, die in Widerspruch zu der perückenhaften Starre der kleinen Löckchen stand.

Dem Anspruch von Tildchens Fotografie, ein Abbild der Wirklichkeit zu sein, würde selbst Alfred, der nun fast achtzehn Jahre mit seiner Tante gelebt hatte, in kurzer Zeit nicht mehr als ein unsicheres Gefühl entgegenzustellen haben. Gegenwärtig war sie noch da. Alfred hörte noch ihre zögernden Schritte in den rosa Pantoffeln, die sich deutlich von der entschlossenen Gangart der Tante Mi unterschieden. Der graue große Kopf saß immer etwas verwirrt auf den fließenden Seidenkleidern in den hellen bunten Farben, so als habe man den alten Goethe mit einem geblümten Frisiermantel bekleidet. So lange sich Alfred erinnern konnte, war ihm Tildchen, die jüngere der Schwestern, als die ältere vorgekommen, vielleicht weil sie als die zartere und hilflosere erschien. Die Fürsorge, die ihr Mi seit Kindertagen zukommen ließ, hatte sie unmittelbar vom Zustand der Puppe ins Greisenalter befördert. Aber ihre Stimme blieb mädchenhaft, mit einer Neigung, sich in ein unwillkürliches Kichern zu verlieren, einem Nachtigallentriller nicht unähnlich. Tante Mi schaute bei solchen Entgleisungen beiseite, denn für alle Peinlichkeiten galt im Hause Labonté die Regel, so zu tun, als ob man nichts bemerkt habe. Tränen füllten Alfreds Augen, wenn er an dies schwebende kleine Gelächter dachte. Nie war die Grausamkeit des Todes so fühlbar wie bei der Erinnerung an Tante Tildchens Lachkadenzen. Er sah die Hand vor sich, die diese singende Kehle zudrückte.

Was Tante Mi als Brief Tildchens an Alfred bezeichnet hatte, war in Wirklichkeit ein Brief an sie selbst, abgefaßt gut ein Jahr vor Tildchens Tod, aus aktuellem Anlaß, wie man dem kleinen Manuskript entnehmen konnte. Alfred, der gerade das flüchtigste Merkmal Tildchens, ihre Stimme nämlich, noch Wochen nach ihrem ewigen Verstummen deutlich im Ohr hatte, fühlte sich wie vom Donner gerührt, als er zu lesen begann, obwohl es nicht der Donner war, sondern der feine Silberfaden von Tildchens Stimme, die ihn wie ein Spinnennetz im Altweibersommer plötzlich anwehte. Alfred stand unter dem Bann einer ungewöhnlichen akustischen Sensation. Während gedämpft aus der Halle immer noch Fräulein Emigs bittere Klagen und Tante Mis harte Antworten hinauf bis in seine Mansarde stiegen, umgab ihn raunend und überdeutlich Tante Tildchens Stimme, die von jenseits des Grabes sprach, und die er nicht mit den Ohren, sondern, so kam es ihm vor, mit dem ganzen Körper, hauptsächlich aber dem Brustkorb, in sich aufnahm.

»Meine liebe Mi!«, begann Tildchen, als schreibe sie einen Brief und nichts weiter. In Wahrheit aber hatte sie niemals in ihrem Leben zuvor einen solchen Brief geschrieben. Wer ihre Klagen und mit Floskeln gespickten Briefe kannte, mußte fast Zweifel an der Autorschaft Tildchens empfinden. »Heute an Deinem hohen Tag denke ich recht herzlich an Dich«, oder »Ich hoffe, es geht Dir und den Deinen nach Wunsch«, oder »empfehle ich mich mit dem Ausdruck meines aufrichtigen Beileides«, das waren charakteristische Beispiele für Tildchens Briefstil, und davon war in dem an Mi gerichteten Brief kaum genug zu finden, um die Schreiberin wiederzuerkennen.

»Meine liebe Mi« – schon dieser Anfang besaß für die Gewohnheiten des Hauses Labonté etwas Erhitztes, denn üblicherweise vermied man dort in Adressen das Possessivpronomen. Aber jetzt wollte Tildchen sich offenbar an etwas festhalten, das zweifelsfrei zu ihr gehörte, und Mi war nun einmal ihre Schwester, der einzige Mensch, mit dem sie besprechen konnte, was als Last auf ihr oder vielmehr auf ihnen beiden lag, auch wenn Mi nur mit den Schultern zuckte und hochmütig schwieg. Tildchen vermochte nicht zu schweigen, sie erklärte, zu schwach und zu beunruhigt und zu verletzt zu sein, um einfach überhaupt nichts zu sagen. Im Täglichen hielt sie zwar den Mund, weil sie im Täglichen immer den Mund gehalten hatte. Mi mochte es nicht, wenn man ihr Geständnisse machte oder Geschehenes noch einmal Revue passieren ließ oder gar – eine Todsünde in den Augen der älteren Schwester! – Unabänderliches beklagte. Tildchen fügte sich und trug ihren Teil dazu bei, aus dem Haus Labonté einen Tempel der Diskretion zu machen, aber sie seufzte unter dem Opfer und kannte auch die Grenze ihrer Willfährigkeit: den Tod.

Das schreckliche Wort schrieb sie in Großbuchstaben und machte drei Ausrufezeichen dahinter. Tildchen sprach von ihrem eigenen Tod, als wolle sie Mi beruhigen. Nur wenn Tildchen starb, vor Mi starb, sollte die Ältere gezwungen sein, sich mit dem Brief zu beschäftigen, den Tildchen allerdings jetzt schon, bei bester Gesundheit, schrieb, um ihr Herz von dem Unerträglichen zu erleichtern. Die Hand der Tante, so glaubte Alfred erkennen zu können, mußte über das Papier geflogen sein, manche Wörter waren schwer zu lesen, viele Sätze brachen ab, endeten in Bindestrichen, Ausrufezeichen und Pünktchen, und aus den kleinen hellblauen Seiten sprach immer noch eine solche Erregung, daß der Leser trotz der Mühen des Entzifferns und obwohl ihm unverständlich blieb, was Tildchen eigentlich ausdrücken wollte, gebannt und mit wachsender Furcht weiterlas.

Alfred hatte bereits vergessen, daß Tildchen ihre Schwester angeredet hatte. Er empfand nun, wie Tante Mi, daß sich der Brief an ihn richtete und daß Tante Tildchen, nur um sich zu schonen, den Weg gewählt hatte, scheinbar zu einem Dritten zu sprechen. Und sie bedurfte der Schonung, sie war berechtigt, alle Kräfte der Eigenliebe aufzurufen, um ihr verzweifeltes Herz mit Dämmen zu umgeben, damit es nicht von den Bildern der Phantasie überflutet wurde. »Du hast das nicht nötig!« rief sie ihrer Schwester zu, »Du hast einen männlichen Verstand! Du bist wie unser Vater!« Aber der habe gewiß nicht hartherzig geschwiegen, wenn seine Frauen die Welt nicht mehr verstanden. Sie habe sich verhärtet, um wie der Vater zu werden. Sie, Tildchen, sei weich, ihr Herz sei äußeren Einflüssen zugänglich wie Blumenerde der Gießkanne, sie sauge das Gute und das Schlechte in sich auf und sei dann voll davon. Und ob es denn Anstellerei sei, sich um Alfred zu grämen! Nun, da das Entsetzliche, das Alfred sich und anderen angetan habe, offen zu Tage liege! Wo es keinen Trost gebe! Keine Zuflucht! Wenn Tildchen sich in Gedanken an den Vater wende, dann schrecke sie sofort wieder zurück, denn in Alfred habe schließlich dasselbe Blut gekreist. Die Familie könne keinen Schutz gewähren, wo das Unheil aus ihr selbst hervorgegangen sei. »Unser Blut!« schrieb Tildchen, wie sie den Tod geschrieben hatte, und vergaß auch nicht die Ausrufezeichen. Wäre der Junge doch damals wirklich ertrunken, wäre er doch im Main geblieben, anstatt in seiner Krankhaftigkeit und Zerstörungslust immer weiter zu wachsen und sich zu immer Schlimmerem zu entwickeln.

Erst hier schöpfte Alfred Atem, der gemischt war aus Erleichterung und neuer bedrohlicher Ahnung. Daß Tante Tildchens Ausbruch auf die Nennung seines Namen zulief, hatte er von Anfang an befürchtet. Sein Schuldbewußtsein war in den Wochen nach dem Tod der Tante nicht geringer geworden, wenngleich er sich nicht mehr in Grübeln und Zergliedern der Vergangenheit erschöpfte. Alfred machte die Feststellung, daß ihm warm ums Herz wurde, wenn er sich Tante Tildchen gegenüber schuldig fühlte, als sei dies eine andere, neuartige Form der Liebeszuwendung, wie sie Toten zukomme. Alfred fühlte nicht mehr die Notwendigkeit, von dieser Schuld losgesprochen zu werden, er wünschte vielmehr, daß sie ihn sanft und zärtlich für immer begleite. Tante Tildchens Stimme, wie sie ihm nun aus den hellblauen Blättern entgegenstieg, vernichtete dies mystische Idyll. Da war sie wieder, die vor Wochen Begrabene, und bewies mit ihrer auf den vielen engbeschriebenen Seiten konservierten Qual, daß Alfred sich aufs neue vor ihr und vor ihr allein zu rechtfertigen habe. Er hätte nun von Tildchen noch viel bösere Worte ohne Gegenwehr entgegengenommen, obwohl er nicht verstand, was sie ihm vorwarf. Erst als vom Ertrinken und In-den-Main-Fallen die Rede war, tauchte er aus seinem Reuetaumel auf. Vom In-den-Main-Fallen war immer in ganz anderem Zusammenhang die Rede gewesen, lange vor Lilly, vor Tildchens Geburtstag, den nächtlichen Ausflügen und was die liebevolle Tante sonst noch verstört haben mochte. Es dauerte aber noch einige Augenblicke, bis er begriff, von wem die Rede war.

Der rechtlose Mensch hatte offenbar alles getan, um jede Form der Sympathie mit seinem Schicksal auszulöschen. Seine List im Krieg gegen den Alltag, den Sturz in den Main zu überleben, hatte sich als folgenreicher Fehler erwiesen. Jetzt war er schließlich tot, aber wie er gestorben war, erfuhr Alfred aus Tildchens Brief mit keinem Wort. Sie fühle, las er, wie ihre Kräfte versagten, wenn sie das Schreckliche niederschreibe, und fürchte, Gespenster herbeizurufen. Ein Meer lag zwischen ihr und dem Grab des großen Alfred –, »aber die Welt ist ja so klein geworden!« Tante Tildchen griff in ihrer Not zu den vertrauten Phrasen.

War es wirklich unmöglich, über das elende Ende des Alfred Labonté zu sprechen? Was mochte er getan haben, was ihn außerhalb jeder Ordnung stellte, wie Tildchen das sah? Das für den Nahestehenden atemberaubend Schreckliche ist für alle anderen meist nur eine kleine Meldung in den »Vermischten Nachrichten«. Und soweit der große Alfred den Zeitungen Stoff geboten hatte, war jedenfalls nichts davon mehr nach Frankfurt gedrungen. Hier war der Fall in den Main das letzte, was man von dem unglücklichen Menschen wußte. Und war es nicht das Wichtigste, was man über ihn sagen konnte? Damals hatte Alfreds Vater für seine Welt sterben wollen, dann hatte er als Toter weitergelebt, ohne daß es ihm, was er auch tat, gelang, noch unglücklicher zu werden, als er schon war. Immerhin hätte er die Genugtuung gehabt, wenn nicht sein Sohn, sondern er selbst jetzt Tildchens Brief gelesen hätte, zu erleben, daß er Tildchen verschafft hatte, was ihm für sich selbst versagt geblieben war: sprachloses Entsetzen, Grauen vor seiner Person, der Sturz aus der Ruhe in den Unfrieden.

»Du hast entschieden, daß wir niemals darüber sprechen, und wir sprechen, wie Du sieht, auch nicht darüber«, fuhr Tildchen fort. Sie hatte sich gefangen, das sah man der Schrift an. Sie schien zwischen den einzelnen Sätzen nachgedacht zu haben, denn die Tinte wechselte gelegentlich die Tönung. »Man muß Entscheidungen treffen«, schrieb sie und richtete sich vielleicht an dieser Redewendung etwas auf. Trotzdem erwies sich der Stoff, den sie im Auge hatte, als zu heiß, um ihn mit Gelassenheit in die Hand zu nehmen. Alfred las aber derart hingegeben, daß er Tildchen auch dort verstand, wo ein anderer gestutzt hätte. Als er wieder auf den unseligen Namen stieß – so empfand er den eigenen und den seines Vaters jetzt –, wußte er sofort, daß diesmal wieder von ihm selbst die Rede war.

»Alfred war unser Experiment«, schrieb Tante Tildchen. Mi habe ihr Alfred geschenkt. Sie danke der Schwester jetzt noch für diesen Versuch, sie über den Verlust ihres eigenen Kindes zu trösten. Andererseits stelle sich die Frage, ob solch ein Eingreifen in den Lauf der Natur, die der einen Frau Kinder schenke, der anderen nicht, ohne Ansehen der Fähigkeit, ein Kind großzuziehen, überhaupt statthaft und möglich sei. Gewiß, sie liebe Alfred – dieser Satz stand zwischen den übrigen Eröffnungen wie eine kleine freundliche Insel, hätte es kein Aber gegeben –, aber das Blut! Wenn sie sich erinnere, wer Alfreds Vater war, dann atme sie geradezu auf, daß sie nicht seine Mutter sei! Tante Tildchen hatte offenbar wieder die Fassung verloren. Ihre Gedanken kämpften miteinander, sie war nahe daran, Unsinn zu schreiben. In einem als »Nachschrift« bezeichneten Abschlußblatt unternahm sie dann noch einmal einen letzten Versuch, zu hinterlassen, was ihr wichtig war.

Das Schicksal habe sein Wort gesprochen, schrieb Tildchen, und sie wolle Alfred nichts von dem nehmen, was ihm nun einmal zugefallen sei. Nur auf eines lege sie wert. Ob Mi eigentlich wisse, daß sie, Tildchen, in dem Bett schlafe, in dem sie beide geboren worden seien? Sie habe Mi zeitlebens darüber im Unklaren gelassen. Was immer Mi nun auch entscheide, dies Bett bitte sie dem Nachlaß auf geeignete Weise zu entziehen. »Ich möchte nicht, daß es in fremde Hände fällt«, da sei es schon besser, wenn Herr Herr es auf dem Hof mit der Axt kleinmache. Dann kam ihr ein noch besserer Einfall. Mi solle das Bett versteigern lassen. Sie müßten an den Vater denken. Der Vater habe immer gesagt: eine Auktion macht alles wieder gut – selbst Diebstahl!

Alfred saß lange, ohne sich zu rühren, an seinem Schreibtisch und sah das Papier an, ohne die Schriftzüge zu unterscheiden. Vor seinem inneren Auge erhob sich der luftige, zierliche Turm seines Lebens, aus blanken Spielkarten, die Bilder von Königinnen trugen, in vielen Stockwerken auf grünem Filz gebaut. Ein Klicken war zu hören, und eine große Kugel begann zu rollen. Sie stieß wieder und wieder an die Bande und zog ein großes Dreieck um den Turm herum, bis sie plötzlich die Richtung änderte, die unsichtbaren Grenzen, die das leichte Gebäude bisher geschützt hatten, durchbrach, in unaufhaltsamem Lauf darauf zurollte, es schließlich an einer Ecke berührte und Alfreds Lebensturm zum Einsturz brachte.

Dr. Eduard Has erlebte eine große Enttäuschung, als er am Tag der Auktion zum erstenmal in seinem Leben das Haus Labonté betrat, denn »Der Auszug des Ritters von Cronberg in das Heilige Land« war schon von einer Speditionsfirma abgeholt worden und stand nun mit dem Gesicht zur Wand in den Magazinen des Städelschen Kunstinstituts, wo er für die nächsten Jahrzehnte auch bleiben sollte. Has war nicht der einzige, der das Fehlen des Bildes, von dem Lilly ihm so oft erzählt hatte, mit Betrübnis bemerkte. Vor allem der Auktionator war verstimmt, als er erfuhr, daß er das Bild nicht übernehmen durfte, das nach seiner Überzeugung die Perle des Angebots war. Das Auktionshaus Lüpertz, eine alte Frankfurter Firma, die einen gewissen Niedergang erlebt hatte, was Tante Mi allerdings entgangen war, da sie keine Auktionen besuchte, nahm ihren Auftrag voller Eifer entgegen und kündigte die Versteigerung in einer großen Anzeige an, in der es hieß: »Seltenheit! Vollständiges, reizvolles Interieur der Jahrhundertwende aus renommiertem bürgerlichem Besitz, wegen Todesfall und Haushaltsauflösung! Nur unlimitierte Lose! Gemälde, Orientteppiche, erlesenes Mobiliar, Silber, Porzellan (darunter Alt Meißen, Nymphenburg etc.), Asiatica, Varia etc.«

Mit Herrn Kalkofen war es deshalb zu einem unerfreulichen Auftritt gekommen, denn Tante Mi hatte den zum Haifisch der Trödelmärkte aufgestiegenen einstigen »Krempel-Schorsch«, der er in ihren Augen stets geblieben war, zur Übernahme des »Gelerchs« ermuntert, der Haushaltsgegenstände also, denen sie keinen Wert beimaß, und Kalkofen, der sich mit mächtiger Stimme im Souterrain bewegt hatte, alles anfaßte, mit Fräulein Emig Kaffee trank und sich von ihr alle Schränke öffnen ließ, mit blitzschnellen Blicken alles musterte und dabei wie ein Zauberkünstler, der durch sein unterhaltendes Geschwätz das Publikum von den Operationen ablenkt, die seine langen Finger unterdessen vornehmen, unaufhörlich weitersprach, mit seinen schwarzen Fingernägeln in die akkuraten Stapel gestärkter Wäsche hineinfuhr und im Kopf bereits kalkulierte, ob er dem gleichgültigen Fräulein Labonté eine winzige Summe anbieten solle, oder ob es gescheiter war, als Lumpensammler aufzutreten und statt dessen von dem Fräulein Labonté eine Gebühr für seine Mühe zu erheben. Kalkofen also glaubte sich schon im sicheren Besitz seiner Beute.

Dr. Lüpertz, der Juniorchef der Versteigerungsfirma erhob dagegen sofort Protest. Seine dünne Goldbrille, die leicht magenkranke Aura des Kunsthistorikers und auch seine Argumente hätten jedem Denkmalpfleger Ehre gemacht. Es handele sich bei dem Haushalt Labonté um »ein geschlossenes Ensemble«, erklärte er mit erhobener Stimme, das keinesfalls auseinandergerissen werden dürfe. Für sein Haus liege der Reiz ausschließlich darin, dem Publikum das Bild eines unversehrten großbürgerlichen Haushalts aus dem ausgehenden 19. Jahrhundert zu präsentieren. Wer ihn hörte, mußte glauben, es gehe dem idealistischen Dr. Lüpertz tatsächlich um die Errichtung einer Art von kunstgewerblichem Museum, das die untergegangene »Wohnkultur«, ein Wort, das gleichfalls fiel, im Frankfurter Westend dokumentieren solle. Nicht einen Kochtopf wollte er Kalkofen überlassen. Als er die Gefahr erkannte, in der die schlichteren Gebrauchsgegenstände schwebten, hätte er am liebsten augenblicklich das ganze Haus versiegelt. Ihm mißfiel sogar, daß Alfred noch oben in seiner Mansarde wohnte, während Tante Mi unter Mitnahme nur der persönlichsten Gegenstände des täglichen Gebrauchs, die überdies alles Neuanschaffungen waren, schon längst in ihr komfortables Altersheim in Kronberg gezogen war und die Vorbereitung der Auktion in keiner Weise behinderte.

Sie hatte ganz offensichtlich jedes Interesse an ihrer einstigen Umgebung verloren und sah in der gesamten Auflösung ihres ererbten Haushalts nichts anderes als die Auflösung eines Aktienpakets, die man vom Telefon aus verfolgen kann, nachdem man der Bank den entsprechenden Auftrag erteilt hat. Bevor sie Frankfurt verließ, bestellte sie in einem Geschäft, das sich auf modernes dänisches Mobiliar spezialisiert hatte, mehrere Sessel, Tischchen und Schränkchen aus exotischen Hölzern, deren Formen sich die inneren menschlichen Organe zum Vorbild genommen hatten. In dieser Bestellung bestand Tante Mis letzte Handlung auf Frankfurter Boden, bevor sie ihre drei Koffer einladen ließ und mit dem Taxi nach Kronberg fuhr, und sie sollte auch später ihre Vaterstadt nie wieder betreten, obwohl sie häufig reiste und mehrfach im Jahr vom Flughafen aus zu weit entfernten Zielen aufbrach.

Fräulein Emig bewies eine innigere Anhänglichkeit an die Gegenstände, die sie ein halbes Jahrhundert hindurch zum Teil täglich in ihren Händen gehalten hatte. Schon bei der Zusammenstellung des

Verzeichnisses und der Lose erwies sie sich für die Firma Lüpertz als unschätzbare Hilfe, und als sie hörte, daß die Versteigerung nicht in den Geschäftslokalen der Firma, sondern in der Schubertstraße selbst vor sich gehen solle, erbat sie sich von Herrn Dr. Lüpertz die Erlaubnis, das Versteigerungsgut aufbauen zu helfen, und auch während der beiden Tage, die für die Auktion angesetzt waren, sowie in den Stunden der Vorbereitung im Haus anwesend sein zu dürfen. Auch ihre Koffer waren im übrigen längst gepackt, aber sie brachte es nicht über sich, den Ort ihres lebenslangen Wirkens vor seiner endgültigen Vernichtung hinter sich zu lassen. Sie hätte das Gefühl gehabt, das Leben gehe seinen gewohnten Gang in der Schubertstraße weiter, man habe nur ihr Verschwinden abwarten wollen, wenn sie die Haustür hinter sich zugezogen hätte, während innen noch alles an dem Platz stand, den der Vater Labonté angewiesen hatte. Sie wollte sich den Traum einer möglichen Rückkehr im Keim ersticken, »die Greuel, die an heiliger Stätte herrschen«, wie der Prophet sagt, mit eigenen Augen gesehen haben. Im übrigen schob Fräulein Emig in Anbetracht der ohnehin gespannten Beziehungen zu ihrer Schwester den endgültigen Aufenthalt in dem auch mit ihren Mitteln erworbenen Häuschen in Bad Kohlgrub gern solange wie möglich hinaus.

Inzwischen regierte sie in dem verlassenen Haus wie die Tanten und der Vater Labonté es zusammen nicht fertiggebracht hätten. Es gab einen einzigartigen Augenblick in ihrem Leben, als nämlich draußen die Tür des Taxis zugeschlagen wurde und Fräulein Emig wie eine Antwort darauf die Haustür zuschlug. Sie winkte nicht, der Abschied war kühl, aber ohne Feindseligkeit. Fräulein Emigs zerstreuter Blick nahm Tante Mi ohnehin schon kaum mehr zur Kenntnis. Die schwere Haustür fiel ins Schloß, und Fräulein Emig war allein. Das gelbliche Licht des Treppenhauses umfloß sie, die feinen Gerüche aus bestem Bohnerwachs und frischem Kaffee umwehten sie, alle Bilder, alle Portieren, die mächtigen Sessel, die wuchernden Pflanzen des Wintergartens und die Teppiche, auf denen die Pfade sich eingezeichnet hatten, die sie täglich auf ihnen gegangen war, standen nunmehr allein zu ihrem Dienst bereit. Alfreds Anwesenheit war zu schattenhaft, um sie in ihrer Herrschaft zu beirren, der es gleichfalls keinen Abbruch tat, daß ihr nur wenige Tage bestimmt waren, denn die Geschichte zählt auch die

Winterkönige und gibt ihnen eine eigene Ordinalzahl. Der magere junge Mann, den das Auktionshaus schickte, um die erforderlichen Vorbereitungen zu treffen, lernte es schnell, sich der Gewalt im Haus zu beugen. Er trug immer noch den Traum in seinem Herzen, einstmals über Andrea del Sarto zu promovieren, obwohl er nur noch wenige Haare besaß, aber er fügte sich dem Befehlston in Fräulein Emigs Stimme, nachdem er am Anfang kurz und hysterisch den Fachmann hatte herauskehren wollen, und schleppte willig den gesamten Inhalt der Wandschränke im Souterrain in das Parterre, ohne mehr Gläser zu zerbrechen, als zu seiner endgültigen Demütigung erforderlich war.

Fräulein Emig rüstete das Haus wie zu einem Fest. Tellerstapel wurden nun in das Tageslicht gehoben, als solle eine große Gesellschaft bewirtet werden, was zu Zeiten der Tanten Labonté, wie man weiß, niemals geschehen war. Wenn zu den Festtagen des Jahres, an denen die Tanten zunächst der eigenen Genien gedachten, an denen sie aber auch gewohnheitsmäßig die religiösen Feste mitvollzogen, ein gewisser Aufwand entfaltet wurde, indem man ein kostbareres Porzellan benutzte, erschien nur ein Bruchteil des gehorteten Bestandes auf dem Tisch. Die meisten Silbersachen und Gläser hatten nach dem Tode des Vaters nie wieder das Licht des Eßzimmerkronleuchters erblickt. Viele Gegenstände, die im täglichen Leben durchaus Verwendung hätten finden können, blieben schon deshalb unangetastet, weil sie allzu sorgfältig in Moltonlappen verpackt und in hohen Regalen verstaut worden waren. Statt dessen kauften die Tanten billigen Ersatz in den Kaufhäusern. Sie stülpten eine Plastikglocke über die scharfen Handkäse, weil sie die Kristallglocke angeblich nicht mehr fanden, und füllten ihre Marmeladen in plumpe Töpfchen mit Palisanderdeckeln, weil die Porzellandosen, auf deren Deckeln kleine aufgeplatzte Granatäpfel und Zitronen lagen, zu schwer zu spülen waren.

Nun aber war selbst für diese Dosen, deren zierliche Obstdekoration in der Nacht der Wandschränke in unverwundeter Frische geschlafen hatte, die Sonne aufgegangen. Der von Andrea del Sarto und, wie man sich in Heiratsanzeigen auszudrücken pflegt, allem Schönen begeisterte Jüngling drehte sie wie rohe Eier hin und her und hätte sie gewiß lange betrachtet, wenn Fräulein Emig sie ihm nicht ziemlich grob aus den Händen gewunden hätte, indem sie ihn ungehalten auf seine Pflicht hinwies, vorsichtig mit den Stücken umzugehen. Der Eßzimmertisch war ausgezogen worden, und an ihn hatten Alfred, der feinsinnige, bei körperlicher Arbeit leicht in Schweiß geratende Jüngling und zwei kräftige Packer des Hauses Lüpertz noch eine ganze Reihe kleinerer Tische herangerückt, so daß sich vom Eßzimmer den ganzen Salon hindurch bis in das Philodendronwäldchen des Wintergartens hinein eine Art getreppter Laufsteg zog, denn Fräulein Emig hatte darauf geachtet, daß die Tische einander in der Höhe folgten. Der niedrigste langte dieser Anordnung entsprechend zu den zierlichen Füßen des Merkurs von Gianbologna an.

Dort unten sollten sich alle Skulpturen des Haushalts versammeln, die sonst über die einzelnen Zimmer verteilt standen: die größeren Stücke, zwei Gipsabgüsse nach Frauenbüsten von Laurana von spitznäsiger Feinheit und dem nach innen gewendeten Blick der weißen Augenbälle, die Königin Nofretete mit schwarz geschminkten Lidrändern und pflanzenhaft dünnem und wendigem Hals, grünlich glasierte Schleiertänzerinnen aus Tanagra, Massenware gleich ihren uralten Vorbildern, vom Vater Labonté aber als Originale aus der Sammlung eines bankrotten Zuckerfabrikanten, der Forschungsreisen in Kleinasien unternommen hatte, erworben; fernerhin Beethovens Totenmaske, ein weißliches Mondgesicht mit wie von zwei Bildhauerdaumen zugekneteten Augen, und eine stark verkleinerte Version der Bethmannschen »Ariadne«, die auf ihrem Panthersofa balancierte und das griechische Profil in die Luft reckte, ohne die Anatomie ihrer Halswirbel zu beachten. Auf diesem Panther war Ariadne von Stuttgart aus dem Atelier Danneckers nach Frankfurt in das am Anlagenring eigens für sie errichtete »Ariadneum« gelangt und hatte von da aus die Welt erobert. Das Original war von den Bomben in zahlreiche Brocken zerschlagen worden, aber die Alabasterversion der Tanten Labonté stand in den Trödelgeschäften von Paris, Madrid und Prag und erinnerte an die Menschen, die behaglich auf teppichbedeckten Divans von der Reinlichkeit klassischer Linien zu plaudern liebten. Daneben lagen zwei afrikanische Holzmasken in steinzeitlichem Schwarz, die dem Herrenzimmer Friedrich Labontés etwas von der meerbeherrschenden Weltläufigkeit verliehen hatten, die ursprünglich einmal dem Wort »Kolonialwaren« angehaftet haben muß.

Den großen Skulpturen folgten die kleinen, eine Versammlung von Porzellanpüppchen sehr unterschiedlicher Qualität, die im Glanz ihrer Glasur eigentümlich lebendig aussahen, ein Zwergenvolk, das sich wimmelnd zwischen Kolossalstatuen bewegte. Zierliche Balletteusen beugten sich über ihre durchgedrückten Knie, um die Bänder der Tanzschuhe festzuschnüren, ihre Tutus sahen aus wie aus echtem Stoff, der nur einen Zuckerguß aus Porzellan erhalten hat, ein Effekt, den selbst Degas bei seinen Plastiken nicht verschmähte, und der Alfred in seiner Kinderzeit darüber rätseln ließ, wie etwas derart Feines wohl hergestellt werden konnte. Die Tänzerinnen waren von Vögeln umgeben, die auf zur Hälfte vergoldeten Ästchen saßen: Blaumeisen, Rotkehlchen und Wellensittiche in natürlicher Größe und mit einer Bemalung, der es um die Wiedergabe der feinsten Flaumfederchen zu tun war. Der Anblick dieses zahlreichen Geflügels verblüffte selbst Fräulein Emig. Sie hatte nie geahnt, wieviel davon im Haus verteilt war, wenn man nun endlich einmal auch hinter den Blättern des Philodendron und in den Schlafzimmern der Tanten nachsuchte.

Dr. Has, der sehr frühzeitig bei der Vorbesichtigung erschien, als erst ein paar kleine Händler, die genau wußten, was sie suchten, sich über die Tische beugten und mit zusammengekniffenen Augen auf Leuchtern und Dosen nach den winzigen Prägestempeln forschten, ließ sich von Fräulein Emig eine regelrecht historische Führung angedeihen und verharrte bei den gebrannten und bemalten Vogelschwärmen mit besonderem Staunen. Fräulein Emig trug wie stets eine große weiße Schürze über ihrem feingemusterten Wollkleid und gab dadurch schon dem Tag der Vorbesichtigung das Gepräge einer privaten Festlichkeit. Die lange Tafel schien mit Weihnachtsgeschenken beladen. Im übrigen steckte ein organisatorisches Kunststück in diesem Schürzentragen, denn Fräulein Emigs weiße Schürze gehörte zum Wäschebestand des Hauses, der im Ganzen unter den Hammer kam, insbesondere eben auch ein Los mit sechsunddreißig großen Leinenschürzen, dem Fräulein Emig ihr Exemplar nach einiger Überlegung entnommen hatte. Sie wollte aber darauf achten, das Los am Ende der Aktion wieder vollständig zu machen, worin sie schon deshalb keine Schwierigkeit sah, weil sie am anderen Tag Frankfurt verlassen und in Zukunft auf den Schürzenbestand ihrer Schwester in Bad Kohlgrub zurückgreifen würde.

Sie erkannte in Dr. Has einen Mann, von dem im Hause Labonté stets mit Hochachtung gesprochen worden war, und empfing ihn als Dienerin und Herrin zugleich. Die lebenslange Gemeinschaft mit den Fräulein Labonté hatte sie deren Sicherheit übernehmen lassen. Has fühlte sich wie zu Gast bei den verschwundenen Fräulein, die er vor Auflösung des Haushalts niemals weiter beachtet hatte. Fräulein Emig bot ihm sogar eine Tasse Kaffee an, mit gedämpfter Stimme und raschem Seitenblick auf die erfahren und mit verhaltener Gier die Auktionswaren betastenden Händler, die in die Einladung nicht eingeschlossen waren. Es war ihr eigener Kaffee, über den sie da verfügte, und sie verwandte ihn, wie es ihr beliebte, nämlich reichlicher, als die um ihren Schlaf besorgten Tanten es geschätzt hätten. Has schmeckte mit dem ersten Schluck, den er in der fast ausgeräumten Souterrainküche nahm, daß es sich hier um einen Kaffee ernsthaftester Qualität handelte, mehr ein Tonikum als ein Getränk. Er glaubte in der Küche seines Elternhauses zu stehen, das der Krieg zerstört hatte.

Eine Weile überlegte er, ob er versuchen sollte, Fräulein Emig aus der Auflösung ihres bisherigen Lebenskreises hinüber in die Mendelssohnstraße zu ziehen. Wie er sie vor sich stehen sah, fühlte er schon die Suppe und Braten auf der Zunge, die eine solche Frau noch zu bereiten verstand. Mit Fräulein Emig, so glaubte er, hätte die Dachwohnung in der Mendelssohnstraße noch einmal zu einem wirklichen Heim für seine wunde Seele werden können. Er, der doch niemals asketisch gelebt hatte, war zum erstenmal in der seelischen Verfassung, die tröstende Kraft vorzüglicher und regelmäßiger Mahlzeiten zu erahnen. Es war ihm klar, daß seine Zukunft nicht den schwächsten Freudenstrahl mehr enthalten würde. Die ihm zum Leben verbleibende Zeit dehnte sich in lust- und glückloser Kälte vor ihm aus. Er dachte zwar nicht daran, sich zu töten, weil sein Unglück nicht das Feuer echter Verzweiflung besaß. Ihn hatte eher die Furcht vor einer nicht endenden Langeweile ergriffen und eine ungnädige Verdrossenheit dem eigenen Schicksal gegenüber. Es war aber bezeichnend für ihn, daß er in der Gewißheit einer grauen Zukunft, deren Vorboten ihn ringsum bereits umgaben, dennoch schon wieder nach letzten Inseln des Genusses Ausschau hielt und sie auch fand, denn während er Fräulein Emig beobachtete, die mit ihrem kleinen kräftigen Körper vor ihm stand und den

Kaffee eingoß und die ihn im Auge behielt, als er den ersten Schluck tat, um die Wirkung der Gabe, wie sie sich unwillkürlich auf dem Gesicht malte, abzupassen, da erkannte er in ihr die Wächterin der Geheimnisse, an denen sich die wahrhaft Trostlosen behutsam, aber regelmäßig berauschen. Die Fräulein Labonté hatten, so wurde ihm jetzt klar, den Stein der Weisen für die Herstellung der auf Erden möglichen Glückseligkeit besessen.

Ohne daß er Zeuge des Lebens in der Schubertstraße gewesen war, sah er die täglichen Speise- und Trankopfer, die die Tanten zu Ehren der Laren ihres Hauses dargebracht hatten. Das auf den Tischen aufgehäufte silberne Tafelgerät, das zahlreiche Geschirr und der Wald aus Gläsern aller Farben und Formen sprachen von einer Ordnung und einem Umfang dieses Opferdienstes, der einem regelrechten Tempelbetrieb zukam. Welche Weisheit steckte doch in solchen Einrichtungen! Has ahnte, welche Linderung sie jenen enttäuschten Herzen bereiten mußten, die sich in der abgeschlossenen Dunkelheit um den weißgedeckten Altar des Eßtisches versammelten und den Wunden, die das Leben geschlagen hatte, schwere Mayonnaisen auflegten, brennende Stellen mit geschmolzener Butter ablöschten, Pflaster aus Gänsebrust und Hasenpastete auf ihren von Hoffnungslosigkeit ausgetrockneten Seelen anbrachten und die mißtrauische Wachsamkeit des Geistes mit altem Rotwein erleuchteten und dann einschläferten. Er fühlte plötzlich einen verborgenen Weg, dem Verzichten eine gewisse Schönheit zu verleihen, und fragte, nachdem er den Kaffee hinreichend gelobt hatte, ob Fräulein Emig schon weitere Pläne habe. Die Schilderung ihrer zukünftigen Heimat in Bad Kohlgrub ließ einen im Labontéschen Souterrain kurz aufgeflammten Lebensrettungsplan wieder in sich zusammensinken. Er vermutete, daß Fräulein Emig nicht zu den Personen gehörte, die sich auf den Markt begaben, wenn sie ihre Lebensstellung verloren. Auch er selbst hielt ja nicht unentwegt Ausschau nach einer neuen Geliebten, seitdem Etelka ihn betrogen hatte. Ihm war vielmehr jede Lust auf eine Geliebte gründlich vergangen, und er brachte Fräulein Emigs Entschluß, Frankfurt nach der Auflösung des Hauses Labonté zu verlassen, wehmütige Sympathie entgegen.

Daß der »Auszug des Ritters von Cronberg ins Heilige Land« nicht mehr im Hause war, enttäuschte Has über die Maßen. Die ganze Auktion hatte etwas Obskures und entsprach damit dem

Traum eines Sammlers, der ein Meisterwerk unter einem Haufen Trödel hervorziehen möchte. Has war sich zwar sicher gewesen, daß Guggisheim ihm schwerlich gestattet hätte, das Bild zu hängen, aber er hatte sich schon ausgedacht, wie er diesen Victor Müller dem Städelschen Kunstinstitut stiften würde, dem ohnehin inzwischen eine gewichtige Donation zukam, und er hätte sogar erreicht, daß seine Schenkung einen Platz in der Galerie erhielt, während Mi Labonté natürlich keinen erpresserischen Einfluß auf die Direktion besaß. Für den kleinen »Wiesenblumenstrauß« von Hans Thoma, ein lockeres, mit Unkraut gemischtes Gebinde aus winzigen gelben und blauen Blüten, vermochte Has sich hingegen nicht zu erwärmen, auch nicht für die Burgerschen Taunuslandschaften und »Blick auf Kronberg«, üppige, an Watteau sehr gekonnt orientierte Genrebilder, von deren Art es im Hause Olenschläger gleichfalls Prachtexemplare gegeben hatte. Has bereute heute, wie rückhaltlos er sich von der elterlichen Sammlung nach dem Tod seiner Mutter getrennt hatte, und zwar schon aus finanziellen Gründen, aber er fühlte sich auch nicht in der Stimmung, diesen Schritt rückgängig zu machen.

Hoefflers »Bucht von Sorrent« und »Amalfi« und Bochmanns »Alter Mann mit Hühnern« in schwergoldenen Museumsrahmen lösten eine ungekannte Verwirrung in ihm aus. Es waren genaugenommen gerade diese Art Bilder, die seinen Geschmack für Malerei gebildet hatten, Bilder, zu deren Betrachtung eine gewisse Kennerschaft vonnöten war, weil sie selbst die Frucht einer Fülle exakter Kenntnisse darstellten. Die Maler dieser Werke hatten die Gesetze der Tonmalerei erforscht, sie kannte sich im Wechselspiel warmer und kalter Töne aus und bauten ihre Sujets aus Vorzeichnung, Untermalung, pastosem Pinselstrich und zarten Lasuren wie Skulpturen auf, die nach dem Guß ziseliert werden. Eduard Has war geübt genug im Betrachten von Bildern, um zu wissen, daß die Themen dieser Malerei, die die Zimmer seines Elternhauses geschmückt hatten, und die mit ihren italienischen Reisezielen und bäuerlichen Idyllen zum Spott der Nachgeborenen herausforderten, für ihn nur vordergründig ein Hindernis bildeten, sie zu lieben. Er wußte inzwischen sogar, daß er bis auf den heutigen Tag, wenn er etwa ein Nolde-Aquarell ein »gutes Bild« nannte, von Maßstäben zehrte, die ihm aus diesen verachteten Bildern der Kronberger

Malerschule zugewachsen waren. In der letzten Zeit verkehrte sich ihm jede Einsicht, die er gewann, ins Dunkle. Ein Gefühl der Enteignung, des tiefen Betrogenseins beschlich ihn, während er die malerische Hinterlassenschaft des Hauses Labonté betrachtete, die nicht mehr an den Stellen hing, an denen sie einstmals gehangen hatten, sondern auf Tischen und Staffeleien halbhoch vor den Wänden lehnten und tatsächlich das von Fräulein Emig vorausgesagte Hellblau der Tapetenblumen wieder sichtbar machte.

Fräulein Emigs Züge nahmen plötzlich den Ausdruck ablehnender Kälte an. Sie hielt die Flügeltür des Salons im Auge, während Has, der seine Brille abgenommen hatte, fast mit der Nase über die Oberfläche der Gemälde fuhr und widerstrebend die gute Malerei seiner Jugend wiedererkannte. Er stellte deshalb erst fest, wer eingetreten war, als sich eine schwere Hand vertrauensvoll auf seine Schulter legte und er, nachdem er hastig die Brille wieder aufsetzte und sich umblickte, Kalkofen gegenüberstand. Zu anderen Zeiten hätte Has eine Begegnung mit Kalkofen in der Öffentlichkeit gefürchtet, aber inzwischen war das Unglück in sein Leben getreten und hatte ihn auch mit guten Gaben beschenkt. Es war ihm gleichgültig geworden, wer ihn in welcher Gesellschaft sah. Die Unabhängigkeit, die er seit jeher für sich beansprucht hatte, war nun sein wirklicher Besitz geworden. Gegenwärtig nahm nur Fräulein Emig Anstoß an der herzlichen Begrüßung, die Kalkofen nun zuteil wurde, und das betrübte Has, aber es beeinflußte ihn nicht. Er war nicht im Krieg gewesen und hatte deshalb niemals Kriegskameraden gehabt. Kalkofen füllte diesen leergebliebenen Platz nun aus. Das Leben mit Etelka, ihre Eroberung, ihr Verrat und dann die Besiegelung der Feindschaft zwischen ihm und ihr durch die Aufkündigung der Subsidien erschien ihm nun als die Geschichte eines kräfteverzehrenden Feldzuges. Kalkofen hatte in diesem Feldzug eine wichtige Rolle gespielt. Sie hatten ein seltsames Freund-Feind-Stillhalte-Bündnis geschlossen, wie es allenfalls in der unentwirrbaren Geschichte des Dreißigjährigen Krieges vorweggenommen worden war. Solche Bündnisse vermögen die Parteien enger aneinander zu schmieden als von vornherein friedliche Freundschaftspakte. Für Has war Kalkofen so dicht in die Fäden seines Lebens geflochten, daß er ihm geradezu brüderliche Empfindungen entgegenbrachte. Ein liebevoller Ausdruck trat in seine Augen, nachdem er seine Überraschung überwunden hatte, und Kalkofen, der ungeachtet seines polternden Auftretens feine Fühler für die seelische Verfassung seines Gegenübers besaß, begriff augenblicklich, daß Has diese unverhoffte Begegnung wie ein Geschenk, ja vielleicht sogar wie einen zugeworfenen Anker ergriff. Kalkofen konnte sehr höflich sein, wenngleich stets auf eine etwas theatralische Weise. Es war die Galanterie des Räuberhauptmanns, der der entführten Gräfin aus dem Wagen hilft. Has hätte früher immer versucht, solche Auftritte zu dämpfen. Er sprach dann so leise, daß der dröhnende Riese kein Wort verstand und alle Kräfte nur noch aufs Zuhören wenden mußte. Aber heute, im Salon der Fräulein Labonté, der sich inzwischen mit Publikum füllte, darunter viele Neugierige aus den umliegenden Straßen, tat er nichts dergleichen. Er ließ Kalkofen reden und nahm kaum wahr, wie viele Blicke sich auf ihn richteten.

»Meine Leidenschaft ist das Buch«, sagte Kalkofen und sah mit seinen hellen Adleraugen unter den staubig buschigen Brauen um sich wie ein Pfadfinder, der einen Platz sucht, wo er sein Lagerfeuer entzünden kann. »Die Bücher hier sind schon abgegrast. Ich habe einen ganz bösen Verdacht!« rief er plötzlich unter der Aufmerksamkeit aller Anwesenden, inzwischen über dreißig Personen, wobei es laufend klingelte und neue Besucher eintraten. »Hier hat eine schlaue Kralle vorsortiert! Ich löse seit zwanzig Jahren Haushalte auf! Ich habe eine unheimliche Erfahrung in Haushalten!« Das war durchaus doppelsinnig zu verstehen, und auch Kalkofen hätte gern gelten lassen, daß seine Erfahrungen in die Welt des Übersinnlichen hineinreichten. »Ein Haushalt wie dieser hier hat immer eine Heine-Ausgabe von 1890, hat immer Haeckels »Welträtsel«, Heyses »Novellen«, Brehms »Tierleben«, »Briefe, die ihn nicht erreichten« und das Herrnhuter Gesangbuch. Wenn eines davon fehlt, denke ich mir nichts. Wenn zwei davon fehlen, rufe ich ›Obacht!‹, wenn alle fehlen, ist was faul. Hier ist was faul. Hier fehlen nämlich alle.« Den letzten Satz begleitete er mit einem Fausthieb auf den Tisch, der die grünlichen Römer mit dem eingeschliffenen Weinlaub klingen ließ und Fräulein Emig herbeirief, die sich zwischen Kalkofen und den Weihnachtstisch zwängte und begann, durch ein Umherrücken der Gläser vorwurfsvoll Ordnung zu machen. Was für ein prachtvoller Mensch, dachte Has, was für ein feiner Beobachter! Dieser Mann übertrumpft die ganze Soziologie!

Im übrigen hatte Kalkofen nicht unrecht. In einer letzten Aufwallung pädagogischen Verantwortungsgefühls hatte Tante Mi entschieden, die gesamte Bibliothek ihres Vaters, die in Kisten im Keller stand, Alfred zu überlassen, als eine Art geistigen Rüstzeugs für den zukünftigen Lebensweg, bei dem er der treusorgenden Überwachung durch seine Erzieherinnen würde entraten müssen. Manche der Werke, deren Fehlen Kalkofen nun vor Has lautstark einklagte, hätte er in diesen Kisten gefunden. Oben lagen nur die Bücher herum, die Mi und Tildchen in den letzten dreißig Jahren geschenkt bekommen hatten und von denen Mi sich ohne Bedauern trennte. Sie war entschlossen, in Zukunft nur noch Zeitschriften zu lesen und hatte sechs neue Abonnements erworben. Hätte Kalkofen davon erfahren, wäre er vielleicht versöhnt gewesen, denn das Herz des Altpapierhändlers hatte in seiner Brust nicht aufgehört zu schlagen.

Inzwischen gab er dem Gespräch eine neue Wendung, indem er Has nahe an sich heranzog und ihm zuflüsterte, so daß man es bis ins Eßzimmer hören konnte: »Ich verstehe gar nicht, was Sie hier suchen, Herr Doktor! Alles Gelerch! Alter Lumpenkram! Die beiden Alten sind mir mit dem Bettel nachgerannt. Ich habe gesagt: nichts für mich! Ich bin doch kein Altwarenhändler! Für Sie ist hier nichts dabei! Alles von mir bereits für Sie vorgeprüft!« – »Sie überschätzen mich, lieber Freund!« antwortete Has in freiester Laune, »in genau diesem Kram bin ich aufgewachsen. Meine Eltern hatten keine Kopie der Murillo-Madonna, sondern eine der Sixtinischen, doppelt so groß, im Krieg verbrannt, sonst hätten wir sie auch versteigern müssen. Was die guten Lutheraner nur alle mit diesen Madonnen wollten?« Mit dieser Frage war Kalkofen freilich überfordert. Weil er aber ein Meister des Gesprächs war, nutzte er die Sackgasse zu einem vieldeutigen Ausruf. »Madonnen haben schöne Augen!« rief er in vollem Ernst und richtete einen frommen Blick zur Zimmerdecke, um in jenem bereits bekannten, weithin vernehmlichen Flüstern hinzuzufügen: »Bei schönen Augen fällt mir ein, daß ich dringend mit Ihnen sprechen muß, Herr Doktor. Sie wissen schon ...«, dabei faßte er ihn streng ins Visier und deutete mit beiden Händen einen voluminösen Busen an. Die Umstehenden lachten leise und Fräulein Emig, die schon die Schmähung der Auktionsware mit finsterem Blick begleitet hatte und die sich noch gut an seine Schimpfkanonade erinnerte, als er erfuhr, daß der Haushalt im Ganzen der Firma Lüpertz übergeben werde, wandte sich mit unverhohlener Entrüstung an Has als Respektsperson, der dem Treiben nun ein Ende setzen sollte, anstatt es auch noch zu ermutigen. Der Sinn für Pietät, der in Fräulein Emig während der Trauerfeier auf dem Hauptfriedhof fest geschlafen hatte, war nun erwacht. Er forderte, daß die Zerstörung der Bande, die alle Gegenstände im Hause Labonté einst umschlungen hatten, in Würde und Ruhe vor sich ging.

Has war von der Ernsthaftigkeit ihrer kleinen Erscheinung aufs Äußerste gerührt. Er bedauerte, daß zwischen den beiden einzigen bewunderungswürdigen Menschen, die ihm hier begegneten, zwischen Kalkofen und Fräulein Emig nämlich, keine Brücke zu spannen war. Er selbst mit seinem weiten, schwer geprüften Herzen vermochte sie beide zu schätzen. Er entschloß sich, als Friedensfürst einzuschreiten und führte Kalkofen sehr lässig zum Ausgang. Has gab sich sicherer, als er war, denn er fürchtete den Augenblick, in dem er mit Kalkofen allein sein würde. Die groteske Pantomime des mächtigen Lumpensammlers hatte er wohl verstanden und sich nicht dagegen verwehrt, obwohl Etelka in ihrer Gebrochenheit, in ihrem erotischen Zauber damit zu einer »Venus von Willendorf« geworden war, die man allein an ihren Geschlechtsorganen erkannte. Has fühlte sich reif zu einem Gespräch über Etelka und sehnte es sogar herbei. Zugleich wußte er eigentlich nicht mehr genau, wie er inzwischen zu Etelka stand, und hielt einen Dammbruch seines aufgestauten Gefühls für nicht unwahrscheinlich. Er konnte sich, während er wehmütig lächelnd vor Kalkofen herging, vorstellen, daß er unversehens in Tränen ausbrechen werde.

Geraume Zeit war verflossen seit jener unglückseligen Reise in die Steiermark, wo er viele Tage mit Szépregyi die steirische Küche erprobt und leider versäumt hatte, wie er heute fand, eine sichere Dosis Strychnin in die Prager Schusterbuben, Szépregyis bevorzugte Mehlspeise, zu mischen. Aber die frische Empörung und der Wundschmerz waren inzwischen abgeklungen. Statt dessen stand Has seine Zeit bei Etelka nun wie ein weites Wandgemälde in einer pompejanischen Villa vor Augen, dessen Ränder zerstört sind, das aber auch als Fragment noch ein Leben von verführerischem Zauber wiedererstehen läßt, zum Greifen nah und für immer versunken.

Als Has in die Toreinfahrt des Hauses Labonté trat, hatte er sich dem Kreis genähert, der ihn so lange gefangen gehalten hatte, denn dieses Tor grenzte unmittelbar an das der Liegenschaft Schubertstraße 23. Er kam sich wie in eine verkehrte Welt versetzt vor, als er aus dem Auto stieg und geradewegs nicht auf das Tor der Nr. 23, sondern jenes der Nr. 21 zugesteuert war, als habe er nicht seit vielen Jahren immer nur das Eisengitter der Nr. 23 in den Angeln bewegt und dem der Nr. 21 nicht die Spur eines Gedankens geschenkt. Und nun war es umgekehrt, und nichts in der Welt hätte ihn dazu bewegt, die Hand auszustrecken, die noch die Erinnerung an die Form der Türklinke bewahrte, um die Tür der Nr. 23 zu öffnen. So sehr ihn die Gedanken an diese Seltsamkeit auch festhielten und so unverwandt er über die von Weinlaub überwölbte Gartenmauer hinüber auf den Torweg blickte, von dem er jede Unebenheit und jede lose Bodenplatte kannte, scheute er sich doch, dort länger mit Kalkofen zu verweilen. Hier erst verlor er seine Überlegenheit, die ihn Kalkofens Lautstärke im Labontéschen Salon lächelnd hatte ertragen lassen.

Es waren aber nicht die beständig ins Haus strömenden Leute, die Has genierten. Er nahm das Publikum, das sich da an ihm vorbeidrängte, nur gerade wahr, wenn ihn ein Gruß erreichte. Aber seine Phantasie erwachte bei dem Gedanken, daß Kalkofens und seine Stimmen hinauf in das Mansardenfenster unter der Blechkugel steigen könnten. Er sah schon vor sich, wie sich Etelkas Gestalt hinter der Milchglasscheibe, die den Eingang abschirmte, abzeichnete und plötzlich auf der anderen Seite der Mauer ihr Kopf aus den Weinlaubpolstern aufstieg. In Kalkofen erwachte offenbar auf einmal ein Verständnis für diese unausgesprochene Angst. Sobald sie draußen standen, verlor seine Stimme ihre durchdringende Gewalt und sank zu einem manierlichen Plauderton zusammen, und ohne gebeten zu werden, lenkte er seine Schritte an dem gefährlichen Haus vorbei auf den Christusplatz zu, wo zwischen den roten Kastanien Bänke standen.

Has hatte noch niemals in seinem Leben auf einer dieser Bänke gesessen, weil niemand, der in den Straßen um den Christusplatz wohnte, jemals auf den Einfall kam, sich auf diese Bänke zu setzen. Das war vorbeistreifendem, ziellosem Volk vorbehalten, das sich aber auch erst seit einigen Jahren hier sehen ließ. Als Has nun mit

Kalkofen Platz nahm, und zwar neben einer leeren Bierflasche, eröffnete sich ihm ein neuer Blick in die Schubertstraße, die sich von hier aus gesehen trichterförmig verengte, während das Haus, das sie abschloß, nicht einen Blickpunkt bildete wie die Christuskirche, sondern das enge Loch einfach zumauerte.

»Kennen Sie das?« fragte Kalkofen, nachdem sie einige Atemzüge lang schweigend nebeneinander gesessen hatten, und holte aus der Brusttasche seiner Lederjacke ein glitzerndes Armband hervor: kleine Brillanten, die um dicke Saphirtropfen scharfzackige Kränzchen bildeten. Trüb und brütend betrachtete Has das Schmuckstück, das in Kalkofens schwieliger schwärzlicher Hand noch kostbarer funkelte als in einer Samtschatulle. Es war der erste aufwendigere Schmuck, den er Etelka geschenkt hatte, verborgen in einem Sahnebaiser, immerhin erst ein halbes Jahr, nachdem sie seine Geliebte geworden war. Er hatte Bedenken gehabt, bevor er ihr das Armband überreichte, denn er liebte Etelka, und er wußte von seiner Mutter, daß die Annahme von Schmuck aus fremden Händen eine Dame kompromittierte. Eine Dame nehme Schmuck nur von ihrem Vater und ihrem Ehemann entgegen, hieß es. Etelka schien diese Regel nicht zu kennen. Nicht der Anflug von Bedenken überschattete ihre freudige Überraschung, als die Gabel, die sich durch das Baiser grub, auf etwas Hartes stieß, und dann Stück für Stück das kostbare Geschenk ans Tageslicht trat, von Sahnepünktchen besetzt wie von frisch gefallenem Schnee. Als er merkte, daß sie glücklich war, steigerte er sich bald in seinen mineralischen Gaben. Es waren vornehmlich Saphire, auch Aquamarine, rund oder in zahlreichen Facetten geschliffen, weil er immer an ihre Augen dachte, wenn er Steine für sie aussuchte.

Has liebte es, wenn Etelka nackt war und Schmuck trug, obwohl man sich an den scharfen Kanten und Krällchen verletzen konnte. Nie wirkten Edelsteine so unergründlich, wie wenn Schweißtropfen dazwischen blitzten, aus deren leichtem Salz sich gleichfalls Kristalle bilden mochten. Er hatte ganz genau ein weit zurückliegendes Bild vor Augen: Etelka, die sich mit gebeugtem Kopf das Haar zu einem vorläufigen Knoten zurechtsteckte, um sich zu waschen. Vor ihren weißen, ein wenig schwimmenden Brüsten mit den Brustspitzen, die wie gekochte Erdbeeren gefärbt waren, leuchteten das harte Blau und Weiß des Armbands wie feine Messer. Es fehlten nur noch ein paar frische Blutstropfen, um den Dreiklang zu vollenden. Solche Augenblick gehörten zu seinen geheimsten Erlebnissen, von denen er selbst lange Zeit nichts wußte. Nur manchmal öffnete sich ein Kabinettschrank seiner Erinnerung und ließ in raumlosem Halbdunkel solch einen Schatz sehen.

Das Nachmittagslicht vieler verliebter Zusammenkünfte war in die Steine des blau-weißen Armbandes gedrungen. Vielleicht stimmte es, daß die Edelsteine ein längst erloschenes Licht zu bündeln und aufzubewahren verstanden, ein Restchen von jenem Stoff, der ihn umflossen hatte, als er glücklich war. Er war auf einmal befremdet, daß Kalkofen dieses Zeugnis seines innersten Lebens besaß. Er fühlte sich bedrängt und meinte, Kalkofen im Grunde niemals einen solchen Zugriff gestattet zu haben. Aber es kam nun keine Empörung über dieses Mißverständnis in ihm auf, nur ein stärker werdendes Gefühl der Einsamkeit. Er fand es lediglich erbärmlich, mit Kalkofen zusammen auf dieser Bank vor der Kirchenruine zu sitzen, wo sonst die biertrinkenden Tunichtgute saßen, aber er glaubte auch, das Recht verloren zu haben, sich darüber zu beklagen. So wie das Publikum an den aus den Schränken hervorgeholten Besitztümern der Fräulein Labonté abschätzend vorbeizog, so sollte es auch ihn auf der Bank neben Kalkofen betrachten. Der Lumpensammler, der Haushaltsauflöser war nun die richtige Gesellschaft für ihn. Die Tanten Labonté hatten Kalkofens Hilfe verschmäht. Ihre Hinterlassenschaft trug Silberstempel und Signaturen, die über jeden Zweifel erhaben waren. Eduard Has hingegen zweifelte am Wert der Trümmer seines Glücks. Gewiß, ein Juwelier mochte irgendeinen ordentlichen Betrag für dies Armband zahlen, nachdem er es mit der Lupe betrachtet hatte. Has aber hätte sich nicht gewundert, wenn das Licht der Steine plötzlich erloschen wäre und graue, opake, gesprungene Bröckchen zurückgelassen hätte.

»Sie dürfen ihr nicht böse sein«, sagte Kalkofen, nachdem er solchen grüblerischen Zerfall eine Weile beobachtet hatte. »Sie hat sich nur schweren Herzens von dem Stück getrennt. Sie muß schließlich leben. Die Frau steht auf der Straße.« Has nahm das Armband und ließ es versonnen in der Luft schaukeln. Kalkofen nahm eine besorgte Miene an: »Sie dürfen sich das alles nicht so zu Herzen nehmen«, sagte er. »In ihrer Not ist sie eben zu mir gekommen, zu wem denn schließlich sonst.« – »Warum geht sie nicht zu dem Kerl?« fragte Has mit sehr gedämpfter Stimme. Er hatte lange gewartet, was geschehen würde, wenn er für Etelka kein Geld mehr überwies. Daß überhaupt nichts geschah, gab seinem Leben etwas Unwirkliches. Ihm war, als ob er einen Stein habe zu Boden fallen lassen, der in halber Höhe über dem Pflaster schweben blieb.

Has spürte die schwarze Ruine der Christuskirche hinter seinem Rücken. Es kam ihm vor, als sei er auf seiner Lebensbahn nun ganz unten angelangt, dort, wo ein ausgedörrtes Ruinenfeld ihn erwartete. Niemals war ihm die Häßlichkeit seiner täglichen Umgebung derart ins Auge gefallen. Die Straßen, deren geheimer König er zu sein glaubte, erwiesen sich als ein trauriges Reich. Er fühlte, daß er alt war und um ihn herum nur Scherben lagen, so wie er auf dieser Bank tatsächlich von einem losen Kranz brauner Glasscherben umgeben war. Has fand, daß seine Lage zu erbärmlich war, um noch schöngelogen zu werden. Er fühlte einen ständig anwachsenden Druck, aber er war nicht bedrückt. Was in ihm wuchs, wollte heraus, um die ganze verwahrloste Grasfläche mit seiner Anklage zu überschwemmen. Und nun zeigte er nach einer Weile stummen Brütens auf einmal alle Zeichen wirklicher Wut. Kalkofens stallwarme Nachbarschaft trug gewiß dazu bei, die Pforten für einen Gefühlsausbruch weniger fest verwahrt zu halten. Diese in Haushaltsauflösungen und Entrümpelungen bewährte Natur schien Has auch hinsichtlich seelischer Entladungen Mut zu machen. Hier offenbarte sich Kalkofens zweites Gesicht, das jene überraschen mochte, die seine rohe Kraft für die einzige Seite seines Wesens hielten, und die verkannten, daß damit sehr wohl auch Einfühlsamkeit und vertrauenerweckende Herzlichkeit einhergehen konnten. Für ihn war die Tiefe, in der er sich neben Has niedergelassen hatte, die dunkle Höhle des Schützengrabens, in der die wahrhafte Gleichheit herrschte, nachdem Titel und Klassen im Geschützlärm des Lebens zersprungen waren.

Kalkofen zeigte jetzt eine nahezu weibliche Weichheit. Man konnte sich auf einmal vorstellen, wie es wäre, wenn eine Träne eine reinliche Spur durch seine schwärzlichen Wangen graben würde. Solche Stimmungsverdichtungen teilen sich nicht in Worten mit, die Worte werden vielmehr erst von ihnen hervorgetrieben. Has wußte, während er neben Kalkofen auf dem Armsünderbänkchen des Lebens saß, daß ihm nun alles, was er vorbrachte, widerspruchslos abgenommen werden würde, so stark und vernichtend es auch sein mochte, und er war entschlossen, die ganze Last der letzten Jahre auf Kalkofen abzuladen. Er wollte, wie viele intelligente Tiefbetrübte, seinem Tröster gegenüber den Nachweis führen, daß jeder Trost unmöglich sei. Zugleich bildete sich möglicherweise, und auf jeden Fall beiden unbewußt, eine Art unernstes Einverständnis heraus, denn wenn feststeht, daß dem maßlosen Vorwurf ein bodenloses Verständnis begegnen wird, findet der Kampf mit stumpfem Säbel statt, die Hiebe krachen, aber schneiden nicht. Und vielleicht wuchs aus diesem Einverständnis jenes vernichtende Gefühl der Sinnlosigkeit, das Has schließlich schwächte. Kein Blutstrom erfrischte ihn, während er um sich schlug, denn Kalkofens Verständnis hatte den Raum um ihn herum mit Watte gepolstert.

»Ich hasse Etelka«, sagte Has, indem er das Armband auf den Boden zu den Splittern der Bierflasche fallen ließ. »Ich hasse ihre Geschmacklosigkeit, ich hasse ihre Dummheit, ich hasse ihre Gier. Ich hasse auch, wie alt sie geworden ist und finde es abstoßend, daß sie sich immer noch für verführerisch hält.« Er sprach, als ob es nie eine andere Frau als Etelka in seinem Leben gegeben und als ob er vergessen habe, daß es nur sieben Jahre waren, die sie zusammen zugebracht hatten.

Vor seinem geistigen Auge lagen seine Jahre mit Etelka wie eine Landschaft, in der er herumspazieren konnte, als sei er ein Reisender, der in seine alte Heimat verschlagen worden ist. Aber obwohl er in dieser Landschaft jeden Grasbüschel und jeden Ausblick bis zum Überdruß kannte, fehlte ihm nun auf einmal der Sinn für das, was er sah. Er meinte, das Licht, in dessen Sonnenuntergangswärme bis dahin alles gelegen hatte, sei plötzlich kälter geworden. Er blickte zurück auf eine Zeit, von der er nicht wußte, wie er sie hatte ertragen können.

In seiner Selbstvergessenheit kamen ihm nicht die leisesten Bedenken, sich gegenüber Kalkofen zurückzuhalten. Es kümmerte ihn auch nicht, ob sein Zuhörer die Vorwürfe gegen Etelka überhaupt verstand oder ob er sich gar selbst durch sie verletzt fühlen könnte. »Diese Sucht nach weißen Kleidern, diese Liebe zu jeder Art von Kitsch«, sagte Has. Immer wieder hatte er ihr vorgehalten, daß weiße Kleider alternde Blondinen geradezu entstellten. Nie sah

Etelka so ältlich aus, wie wenn sie ihrem inneren Gesetz gehorchend Weiß trug. Etelka hatte sich, so fand Has jetzt mit erbarmungsloser Klarsicht, als vollständig lernunfähig erwiesen. Alles, was er ihr unablässig erklärt und vorgelebt hatte, war an ihrer Dummheit abgeglitten. Er wäre aber durchaus einverstanden gewesen, wenn Dummheit und Geschmacklosigkeit durch etwas anderes ersetzt worden wären. »Durch die Liebe, zum Beispiel!« rief er voller Hohn und erläuterte Kalkofen, daß er von Etelka ja niemals verlangt habe zu begreifen, was er sie lehrte, das wäre auch unsinnig gewesen, denn wo nichts sei, da habe der Kaiser sein Recht verloren, und der Jude gebe nichts dafür. Es war bezeichnend für Has, daß er, wenn er sich der Zügellosigkeit seines Redestroms ergab, altreichstädtische Redensarten darin treiben ließ wie Trümmer der hölzernen Brücken, die der Main einstmals bei Überflutungen mit sich riß. Etelka verstand natürlich den Reiz solcher Antiquitäten nicht annähernd einzuschätzen. Der einzige Name, der ihr bei Erwähnung des Kaisers einfiel, war der der unglücklichen Soraya, und was den Juden anging, so hatte sie sich zu ihrer Erleichterung davon überzeugen können, daß Eduard Has trotz der Bezichtigung der Scharnhorst keiner war. Ihr Kopf war eben leer.

Has führte das höchst anschaulich und mit selbstquälerischer Genauigkeit vor. »Wenn man Etelkas Kopf aufschneidet, dann findet man darin eine Puppe mit einem weißen Kleid«, sagte er, als habe er diesen Kopf, der durch sein Haar stets größer erschien als er war, nicht vor Wochen noch zu seinem höchsten Vergnügen in den Händen gehalten und mit Küssen bedeckt. »Im Grunde ist Etelka nur ein kopfloser Torso. Solange man sich mit ihr befaßt, wartet sie teilnahmslos ab, tritt aber im Nachschub nur eine geringe Stockung ein, neigt sie sich trauerweidenartig sofort über eine andere Quelle. Etelka ist empfindungslos!« Kalkofen setzte eine Miene landsknechthafter Pfiffigkeit auf. Seine offensichtliche Illoyalität Etelka gegenüber tat Has so wohl wie eine durchblutungsfördernde Salbe. Schwungvoll erklärte er Kalkofen, was unter wahrhaft menschlicher Empfindung zu verstehen sei, die einer höheren Natur entspringe als die rein körperliche Sinnlichkeit. »Eine Frau von echter Empfindung fühlt sich liebevoll ein in den Charakter des Menschen, mit dem sie lebt, selbst wenn sie vieles davon nicht versteht. Ja, ich möchte behaupten, daß ein feines Gespür das eigentliche Merkmal jeder wirklichen Frau ist. Insofern ist bei Etelka vermutlich sogar eine Unterentwicklung des spezifisch Weiblichen nachzuweisen!« Has wurde wissenschaftlich, wenigstens in seiner Sprache, und ließ sich von seinen Einsichten für Augenblicke über die Niederungen seines Elends hinwegtragen, ein kurzer Flug freilich, denn er war nicht mehr wirklich bereit, sich durch die eigenen Worte Trost zu spenden.

Auch Dorothées geschicktes Auslegen seiner Lage und die Schonung, die sie seiner männlichen Ehre erwies, hatte sich für ihn längst in einen faulen Zauber verwandelt. Es konnte in seinen Augen kein Segen mehr in solchen Anstrengungen liegen. Alles, was sie tat und sagte, wollte etwas bezwecken, immerfort sollte etwas bewirkt werden mit den Wörtern und den einfühlsamen Gedanken. Es hatte keinen Sinn, Kalkofen diese quälenden Einsichten mitzuteilen, weil er Dorothée nicht kannte und Has hatte auch keine Lust, darüber zu sprechen, dies Thema war ausgeleert, bevor es noch richtig zerfleddert worden war. Es gibt eben Gerichte, die wieder abgetragen werden, bevor man sie versucht hat, aber er hatte für diese Art von Verbrämung des Daseins aus seinem Blickwinkel tief unten aus der Gruft keinen Geschmack mehr. Er hätte nicht aufbegehrt, wenn die Gruft nun endlich mit einem schweren Deckel geschlossen worden wäre. »Ich habe mein ganzes Leben an eine öde Friseurpuppe hingegeben«, sagte er und hielt die Hände geöffnet vor sich hin, als sei ihnen soeben eine Suppenschüssel entfallen, und auch sein Blick hatte das Verdutzte, das solche häuslichen Katastrophen begleitet. Has erschien es, als ob er den bösen Satz in die sich nach hinten verjüngende Schubertstraße wie in eine abendliche Schlucht hineingerufen habe. Er hielt es nicht für ausgeschlossen, daß Etelka ihn auf ihrem hochgelegenen Ansitz vernommen hatte, und wußte, daß sie eine nie verheilende Wunde davontragen würde, wenn sie ihn hörte, und das ließ eine flüchtige Sorge in ihm aufsteigen, die aus einem längst versunkenen Land aufgestiegen war und eine zarte Bangigkeit erzeugte.

»Ja, ja, schlimm, schlimm«, sagte Kalkofen mit eigentümlich glockenhafter Stimme, als wolle er eine Andeutung von Grabgeläut schaffen. »Schlimm, schlimm, schlimm«, wiederholte er zwischen zwei Atemzügen und zerteilte damit die Stille, indem er ihr das Lastende nahm. Has vermied es, ihn anzusehen, denn er fühlte, daß die Erschöpfung nach seinem Ausbruch nun eine endgültige geworden war. Kalkofen mußte entscheiden, was weiterhin zu geschehen hatte. Wenn der Großlumpensammler, der Sprungfedernhephaistos und Stier des Osthafens aufgestanden wäre und mit seinem seemannsartig wiegenden Gang davongezogen wäre, hätte man womöglich das sonderbare Bild gesehen, daß Dr. Eduard Has, dem, so weit das Auge vom Christuskirchturm reichte, fast jedes zweite Haus gehörte und Eigentümer einer der bedeutendsten Expressionismussammlungen in privater Hand, dem wilden Mann wie ein braves Kind gefolgt wäre.

Aber Kalkofen stand nicht auf, sondern er ergriff die Führung, die Has ihm in seiner Sprachlosigkeit antrug, überlegen und in nahezu künstlerischer Weise. Er besaß ein sicheres Gefühl, daß mit einer an die Wurzel des Lebens hinabreichenden Verzweiflung nicht zu streiten und zu rechten war, und sprach deshalb zunächst einmal von etwas anderem. Und tatsächlich war Has höchst verblüfft, als Kalkofen aus seiner »Schlimm-schlimm«-Serie allmählich einen Gesprächsgegenstand entwickelte, der mit dem großen Leid nicht das mindeste zu tun hatte. Er brauchte eine ganze Weile, bis er verstand, wovon Kalkofen sprach. Der Riese glaubte offenbar, daß Has alle Bemerkungen, die er ihm gegenüber irgendwann einmal gemacht hatte, getreu in seinem Gedächtnis bewahrte. Has fühlte aber ein gewisses Unbehagen, wenn ihm Kalkofen zu nahe kam, was seinem Respekt für ihn keineswegs widersprach. Seine Scheu, dessen Lebensäußerungen ganz genau zur Kenntnis zu nehmen, war der Scham verwandt, die ihn ohne Zweifel befallen hätte, wenn er gezwungen worden wäre, Kalkofen nackt zu betrachten.

Nun aber drang alles, was Kalkofen sagte, ungefiltert durch seine übliche absichtsvolle Zerstreutheit auf ein bloßliegendes Nervensystem ein. »Man muß das alles wieder in Ordnung bringen«, sagte Kalkofen. »Man kann einen Menschen nicht in dieser Ungewißheit leben lassen. Es ist allerdings nicht meine Schuld gewesen.« – »Nein, gewiß nicht«, antwortete Has mit tonloser Stimme, der immer noch glaubte, Kalkofen spreche über Etelka. »Sie hatte die Schuld,« sagte Kalkofen dunkel und rauh. Man mußte sich Sorgen machen um diejenige, die da schuldig gesprochen worden war, aber Has war nicht danach zumute, irgendwen zu verteidigen.

»Nun habe ich ihn endlich wiedergefunden. Er ist ein stattlicher

Bursche geworden. Ich habe ihn eine Weile beobachtet, beim Teppichklopfen und wie er mit dem Drückkarren umgeht. Mein Blut, keine Frage!« schloß er die Rede, die für Has um so unverständlicher klang, als er sich in ihren ersten Anfängen irrtümlich zu Hause gefühlt hatte. »Wen haben Sie, bitte, beim Teppichklopfen beobachtet?« fragte er und richtete sich auf. Die Frage löste bei Kalkofen polternde Entrüstung aus, freilich nach wie vor mit einer treuherzigen Note, die jedes Übelnehmen ausschloß. »Aber ich habe es Ihnen doch alles genau erzählt, mein großes Geheimnis! Sie kamen damals zu mir, Sie waren verzweifelt, weil Sie fürchteten, daß ich mich von Etelka jemals scheiden lassen könnte und das war ja auch völlig in Ordnung. Sie hatten ihre Gründe«, fügte er blitzschnell hinzu, damit Has aus dieser letzten Erinnerung keinen Vorwurf herauslese.

Has hatte seinen Besuch in Kalkofens Hölle in den hintersten Winkel seines Bewußtseins geschoben. Er besaß ein geradezu architektonisches Geschick im unauffälligen Einbau zweifelhaften Lebensgutes in den verwinkelten Bau seiner inneren Geschichte, da brauchte er keinen Szépregyi. Und auch jetzt, als von außen gewaltsam an dieser Konstruktion gezerrt wurde und ihm der Besuch in dem vollgestopften Bunker wieder vor Augen trat, glaubte er, vor allem den Qualm der Petroleumlampen wieder zu riechen und ihr flackerndes Licht zu sehen – eine Detailgewißheit der Erinnerung, die ihn mit Vergnügen erfüllte. Sofort stand die Szene wieder vor ihm, eine um so erstaunlichere Vergegenwärtigung, als Kalkofen in seinem Bunker von jeher Glühbirnen verwandt hatte, weil Petroleum von der Feuerpolizei inmitten dieses Scheiterhaufens niemals zugelassen worden wäre.

»Und wissen Sie, wo ich ihn wiedergefunden habe? In Ihrem Haus! Er wohnt im Souterrain!« rief Kalkofen und entfaltete sein mächtiges Organ zwar nicht zu voller Kraft, deutete aber seinen Umfang an, so wie man einen Regenschirm probeweise öffnet und schließt. »Wer?« fragte Has, dem nun endgültig klar wurde, daß er die ganze Zeit nichts verstanden hatte. »Mein Sohn!« sagte Kalkofen und richtete seine Augen drohend auf ihn.

Kurt Scharnhorst also war der Sohn Kalkofens! Aber das hieß ja, daß die Scharnhorst die Frau war, die Kalkofen einstmals für Etelka verlassen hatte! Ein Gedanke, der sich in seiner Unabsehbarkeit wie ein neuer Kontinent vor seiner Phantasie ausstreckte. Er blickte Kalkofen an, wie man Menschen betrachtet, denen etwas zugestoßen ist, was sie für immer von aller Zivilisation trennt, solche, die aus Not Menschenfleisch gegessen haben, lebendig Begrabene oder Lustmörder. Grauen und Respekt halten sich in diesem Blick die Waage, denn es gibt Erlebnisse, die überstanden zu haben den Überlebenden bereits als Verdienst angerechnet wird. Kalkofen bezog den Ausdruck, mit dem Has ihn ansah, übrigens einzig und allein auf sein Vaterglück. Daß Has von der Vorstellung einer Liebesaffäre mit der Scharnhorst beunruhigt sein könnte, kam Kalkofen nicht in den Sinn. Die Scharnhorst und Etelka hatten schließlich gemeinsam, daß sie Frauen waren. Alles weitere, die Schönheit Etelkas und die hexenhafte Verwachsenheit der Scharnhorst, fiel angesichts dieser Erzgemeinschaft nur noch am Rande ins Gewicht. Er hätte sich beim besten Willen nicht mehr erinnern können, was ihn bei der Scharnhorst angezogen hatte, ebensowenig wie er noch genau wußte, weshalb ihm Etelka eines Tages nicht mehr gefiel. Es war kalt gewesen in jenem Nachkriegswinter, in dem er zu der Scharnhorst stieß, die ein warmes kleines Zimmer hatte, übrigens mit Has'scher Kohle geheizt, wie auch die Butterbrote, die sie ihm anbot, aus der Has'schen Küche stammten. Kalkofen wußte von sich nur, daß ihm der Zustand unerträglich war, ohne die Wärme einer Frau im Bett einschlafen zu müssen. Has verstand allmählich, daß Kalkofen zwischen der Scharnhorst und Etelka überhaupt keinen Unterschied machte. Beide waren seine Geliebten gewesen und beider war er überdrüssig geworden, das war alles, was er über sie zu sagen wußte. Allenfalls hatte ihn nicht unberührt gelassen, daß sich ihm die Scharnhorst so erfolgreich und rückhaltlos entzog, während Etelka ihn immer noch um Unterstützung anging. Das nahm ihn für die Scharnhorst ein, obwohl es seinen Vorsatz nicht minderte, ihr den Sohn, um dessentwillen sie sich so lange verborgen gehalten hatte, ohne Rücksicht abzunehmen.

»Der Junge gehört zu mir«, sagte Kalkofen, »auf den Jungen wartet ein großes Geschäft. Bei mir gibt's was zu erben. Ich habe Werte geschaffen!« rief er, und Has war Kaufmann genug, ihm hierin recht zu geben. Es fiel ihm aber auf, daß er selbst Lilly gegenüber nie so empfunden hatte. Er hatte Lilly niemals als seine Erbin betrachtet, sondern als sein Eigentum. Die bange Frage, die er sich stellte, hieß stets, wer der Mann sein würde, dem er Lilly eines Tages vererben müßte, eine Frage, die, gottlob noch in weite Zukunft zielte und doch schon schlaflose Nächte zu vergiften vermochte.

In den Wochen seit seiner Rückkehr aus der Steiermark hatte Has zum erstenmal beobachtet, daß das Zauberwort, der bloße Klang des Namens Lilly in seiner Kraft erlahmt war und ihm nicht mehr die Heiterkeit, wie in allen vorhergehenden Jahren, schenkte. Er fühlte, daß Etelka ihm mehr genommen hatte als ihre eigene Person. Sie hatte durch ihre Treulosigkeit seine ganze Lebenslust betäubt. Zum erstenmal mußte er sich zwingen, an Lilly zu denken. Das lag nicht mehr so nahe wie früher, als sich jeder Gedanke und jede Handlung mühelos mit ihr in Verbindung bringen ließ. Von ihr aus verbanden ihn tausend Fäden mit der Welt. Kalkofens Inbrunst, sich nun einen Erben zu schaffen, erschien ihm plötzlich sonderbar. Er verstand nicht mehr, wie sehr ihn selbst einst das Grübeln über Lilly belebt hatte. Es traf zu, daß Kalkofen ihn abgelenkt hatte. Er hatte sein Erstaunen geweckt und ihn wie einen Fisch aus dem erstickenden Tümpel seiner Überlegungen gehoben. Und doch war jede Ablenkung nur dazu gut, ihm seine Verlassenheit von einem neuen Blickwinkel aus zu zeigen, und wenn Kalkofen von der Scharnhorst, der Mutter seines Sohnes sprach, dann weckte er in ihm nur wieder das Bild von Etelkas vollen Lippen, weil er sich vorstellen mußte, wie die Scharnhorst mit ihrem völlig lippenlosen Mund wohl küßte.

Has empfand nun ein tiefes Befremden gegenüber Kalkofen. Er kam ihm vor wie ein Hund, der alles bespringt, was vier Beine hat. Es wurde ihm nun auch klar, daß es nicht die Scharnhorst war, die ihn als Geliebte Kalkofens entsetzte, sondern die Vorstellung, überhaupt eine andere Frau in körperlicher Nähe ertragen zu können, nachdem man Etelka besessen hatte. Has sagte sich, daß er als Maler oder als Bildhauer hätte geboren sein müssen, um jede Einzelheit von Etelkas Körper gebührend zu feiern, und mußte sich doch eingestehen, daß er bis jetzt überhaupt noch nicht das wirkliche Geheimnis ihrer Kniekehlen, ihrer runden Oberarme oder ihres mondartig gewölbten Hinterteils erfaßt hatte. Drei Monate hatte er Etelka nicht gesehen, und schon waren die Kostbarkeiten ihrer Haut und ihres feinen, schweren Körpers dabei, zu verblassen.

Ohne die Gnade des von der Angst ablenkenden Schmerzes erlebte er die Schrecken des Todes, das unaufhaltsame Entgleiten eines geliebten Wesens. Und während Etelka vor ihm versank, wurde ihm auch die Welt, die sie zurückließ, fremd. Der Takt Dorothées, die Schurkerei des Vetters Fred, der Verrat Szépregyis, die Kälte Lillys, das Entgleiten der Sammlung bekamen etwas ähnlich Unwirkliches wie Kalkofens unvorstellbarer Zeugungsakt mit der Scharnhorst.

»Und nur Ihnen habe ich zu verdanken, daß mir der Junge vor die Füße gelaufen ist«, sagte Kalkofen, und nun glänzten seine Augen, als unterdrücke er nur mühsam die Folgen der Rührung. »Ohne Sie wäre ich doch gar nicht mehr in diese Gegend gekommen.« Tatsächlich lag der Osthafen denkbar weit vom Westend entfernt, und die Zeiten, in denen Kalkofen »Lumpen, Alteisen, Papier« rufend allwöchentlich mit seinem Bollerwagen durch die Schubertstraße gezogen war, lagen lange zurück. Die Scharnhorst hatte sich im Westend vor seinem wachsamen Blick sicher fühlen dürfen, nachdem sie den Schrecken überwunden hatte, den ihr der Einzug Etelkas eine Nacht lang bereitete. Aber bald begriff sie, daß Etelkas Gegenwart sie sogar davor schützte, unversehens Kalkofen gegenüberzustehen, der von nun an um das ganze Viertel einen weiten Bogen machte. Erst Etelkas Untreue, mit der auch der heimliche Pakt gebrochen war, den er mit Has im finsteren Trödelbunker geschlossen hatte, vermochte Kalkofen in die Schubertstraße zurückzurufen. Er kam als Friedensbringer, und seine ritterliche Mission wurde damit belohnt, daß er bei ihr Kurt Scharnhorst begegnete, der schweigsam mit zwei großen Perserteppichrollen über der Schulter die steile Treppe hinaufkam. Kalkofen betrachtet unverwandt den jugendlichen Berg aus weißem Fleisch. Kurt öffnete im Gespräch tatsächlich den ausdruckslosen Mund, um mehrfach hintereinander »Wie?« zu sagen.

Der Verdacht war augenblicklich entstanden, die Gewißheit hatte sich allmählich eingestellt. Etelka beobachtete die wachsende Teilnahme ihres Mannes an Kurt Scharnhorst ohne Arg und erfüllte den Auftrag, den Jungen regelmäßig zu sich zu bestellen, um den Keller aufzuräumen, Wintersachen und Pelze herumzutragen und die Teppiche ein weiteres Mal auszuklopfen, und zwar gerade dann, wenn auch Kalkofen da war und das Zupacken des jungen

Scharnhorst begutachten konnte. Etelka kannte von früher die Gewohnheit ihres Mannes, wie ein großer Kondottiere immerfort Anwerbekampagnen abzuhalten. Der Landsknechtshaufen seiner Mannschaft, die in den Gebirgen und Höhlen aus altem Eisen eine nur Kalkofen überschaubare Ordnung hielt, litt dauernd unter Ausfällen, denn stets kam jemand ins Gefängnis, war betrunken oder lief ohne Gründe mitten aus der Arbeit weg.

Überhaupt erlebte Etelka mit Kalkofen viel Vertrautes, Altgewohntes, nachdem sie sich erst einmal entschlossen hatte, ihn um Hilfe anzugehen. Es lag etwas Selbstverständliches darin, sich an ihn zu wenden, als die Brücken zu Eduard Has unter der Last der beiderseitigen Eifersucht zusammengebrochen waren. Sehr schnell bewährten sich die schwer beim Namen zu nennenden Kräfte, die Kalkofen und Etelka einstmals zusammengeführt hatten, und die bei aller Feindseligkeit und Rohheit eine Familiärität zwischen ihnen begründeten, die es mit Has in solcher Mühelosigkeit niemals gegeben hatte. Man könnte sagen, daß Kalkofen Etelka näherstand, wenn er ihr eine Ohrfeige gab, als Has, wenn er ihr ein paar Smaragdohrclips anlegte.

Kalkofen empfing sie nicht grob, aber mißtrauisch und besuchte sie daraufhin häufiger in der Schubertstraßenmansarde, die er kaum wiedererkannte, denn von den Gegenständen, die er einstmals in ihre Wohnung geschleppt hatte, war kein einziger mehr zu finden. Statt dessen nahm er nun auf rosenfarbenen englischen Chintzsesselchen Platz, und kein tropfender Wasserhahn gab in seinem Rükken den Rhythmus des Gesprächs vor, denn das Waschbecken war verschwunden. Mit dem Einfallsreichtum eines Schiffskonstrukteurs war der beengte Raum bis in den letzten Zentimeter hinein umgeplant worden, nachdem Etelka sich entschieden hatte, die Schubertstraße doch nicht zu verlassen. Axel Munthes »San Michele« stand nun in einem Mahagonibücherregal, aus dem ein Eßtisch mit einer Handbewegung herausgefahren werden konnte. Hinter einem Aquarell von Dufy verbarg sich ein Wandschrank, ein weiterer tarnte sich hinter einer meterlangen Vedute von Venedig. Aus den angrenzenden Abstellkammern waren ein geräumiges Badezimmer voller Spiegel und ein begehbarer Kleiderschrank geworden. Der kleine Salon lag im ungewissen Licht der indirekten Beleuchtung, die gleichfalls auf Kosten der »Verwaltung« eingebaut worden war. Etelka mußte für vier Wochen ins Hotel ziehen, bis alle erforderlichen Verschönerungen abgeschlossen waren. Man hätte sich aber auch keine bessere Hüterin solcher Schätze vorstellen können. Als Kalkofen zum erstenmal seit seiner treulosen Flucht bei ihr eintrat, umblitzte ihn das Messing der Stehlampen, die Lichter auf den violetten Satinkissen und die Spiegelung des polierten Holzes, als sei alles eben gerade neu angeschafft worden. Trotz ihres Kummers mußte sie unwillkürlich lächeln, als sie seine Verblüffung sah. Er nickte stumm und ernsthaft, als erweise er einem seiner Gesellen Respekt für einen glanzvollen Beutezug. Der begehbare Kleiderschrank war nebenbei keinesfalls leer, er ließ sich im Gegenteil nur mit Mühe schließen, nachdem Etelka ihn für Kalkofen geöffnet hatte, und war schon lange nicht mehr begehbar. Sie mußte sich vielmehr wie durch einen Dschungel kämpfen, wenn sie ein bestimmtes Kleid oder ein besonderes Paar Strümpfe suchte. Kalkofens Schweigen war niemals stumpf. Er rechnete, wenn er schwieg, und betastete jeden Gegenstand im Zimmer mit seinen erfahrenen Blicken, als prüfe er, ob es sich lohne, ihn auf seinen Lastwagen zu laden.

Etelkas Beichte lief verblüffend lakonisch ab, auch darin spiegelte sich alte Vertrautheit. »Er hat mich zu lange allein gelassen. Man darf mich nicht allein lassen«, sagte sie in trotzigem Jammer. »Wenn du mich nicht allein gelassen hättest, hätte ich auch nie mit Eduard angefangen.« – »Na, alleinlassen kann man das ja wohl nicht nennen«, sagte Kalkofen. »Wie denn?« fragte sie beleidigt. Statt zu antworten, lächelte er und sagte: »Na, Duschka?«, so hatte er sie in den zärtlichsten Augenblicken genannt, und so nannte er alle Frauen in ähnlicher Stimmung, die nach ihr kamen, vielleicht war sogar die Scharnhorst schon in den Genuß diese Anrede geraten. Etelka wich seinem Blick aus und betrachtete ihre Schmucksachen, die erwähnten Smaragdohrclips, große überwältigend grüne Steine, wie gefrorener Minzlikör, das gleichfalls erwähnte Saphirarmband mit dem hohen Ladenpreis und seinem unermeßlichen Erinnerungswert, eine schwere Kette unzüchtig geformter Orientperlen, von denen jede das Gewicht einer Kirsche besaß und die vielen kleinen Dinge, Broschen und Armbänder. »Von dem da drüben kriegst du so etwas nicht«, sagte Kalkofen vorwurfsvoll und wies mit dem langen Fingernagel in Richtung der gegenüberliegenden

Rosendallschen Wohnung. »Ein ganz Schlechter, ein ganz Kleiner ist das!« antwortete Etelka böse. »Das ist kein seriöser Herr, der hat eine kranke Frau!« Kalkofen, der sonst gegen Etelkas Reize zuverlässig gepanzert war, unterdrückte diesmal das Lächeln. »Eine kranke Frau? Das Schwein!« rief er und schien in seiner Empörung kaum zu beschwichtigen.

Was den Schmuck anging, so machte er Etelka ohne Schwierigkeit klar, daß ihr niemand den vollen Wert der Stücke ersetzen werde. Ein Notverkauf sei stets ein schlechtes Geschäft. Er suchte ein paar leicht verkäufliche Steine zusammen, nahm auch das Saphirarmband und zählte ihr aus dem dicken Geldscheinbündel, das er als echter Altwarenhändler stets bei sich in der schwarzen Nappalederjacke trug, ein paar Scheine ab, wobei er darauf achtete, daß der Betrag etwas niedriger lag, als der, den Etelka sofort benötigte. Das glaubte er seinen kaufmännischen Grundsätzen schuldig zu sein. Etelka wehrte sich nicht, denn sie wußte, daß es bei aller seelischen Gemütlichkeit, die sie in Kalkofens Nähe empfand, aussichtslos war, auch nur einen Pfennig mehr aus ihm herauszuholen, und außerdem war ihre Tatkraft nach seinem Besuch erschöpft. Sie fühlte nur noch das Bedürfnis, leise weinend in der Badewanne zu liegen und dann mit einem Pikkolo in ihr aprikosenfarbenes Bett zu gehen. Zu allem Überfluß kam nun schon wieder Kurt Scharnhorst die Treppe hinauf, um einen Eimer Kartoffeln abzugeben, den sie am Vormittag bei ihm bestellt hatte. Sein Ruf »Kartoffeln, Frau Kalkofen!« den er wie einen Hirschbrunftschrei ausstieß, ließ Kalkofen aufhorchen. »Seine Mutter ist schuld an meinem Unglück«, sagte Etelka betrübt und rätselhaft, während sie wie eine Königin zur Wohnungstür schritt, durch die schon die schnaufende und polternde Annäherung Kurt Scharnhorsts zu vernehmen war. Kalkofen stutzte, als er den Namen der Scharnhorst hörte. Kurz danach sah er in das Mondgesicht des Mannes, den er für sein eigenes Fleisch und Blut halten mußte. Seit diesem Augenblick war Kalkofen ganz in der Gewalt eines neuen Gedankens.

Kalkofen sprach von sich selbst gern als von einem »Ideenfabrikanten«, womit er eigentlich sagen wollte, daß er beständig etwas Neues anfing, aber auch sonst hinkte der Ausdruck, denn er brachte seine Einfälle gar nicht selber hervor, wie es der »Fabrikant« nahelegte, sondern er sammelte sie in seinem Sack, wie er sie rechts und links auf seinen verschlungenen Wegen herumliegen fand. Kalkofen gehörte zum Volk der Jäger und Sammler, die eben nicht, wie die Anthropologen behaupteten, einer überwundenen Kulturstufe angehörten, sondern selbst in der verwirrenden Welt der industriellen Hervorbringung aller einstmals zu sammelnden Güter weiterbestanden. Was produziert wird, wird eines Tages auch wieder weggeworfen, wird herrenloses Gut und erscheint dem schweifenden, luchsäugigen Sammler genauso als Gabe der Natur wie einstmals Pilze und Beeren. Autoreifen und Blechkanister traten an die Stelle des Fallobstes und wurden in kunstvollen Schichtungen gelagert, auf dem Lagerplatz Kalkofens nämlich, den er wie in alten Zeiten als seinen »Hof« bezeichnete. Und genauso hatte Kalkofen, als die Ereignisse ihm unvermittelt die Möglichkeit eines bereits ausgewachsenen Leibeserben an den Wegrand legten, diesen Fund in das Gehege seiner monadenhaften Kinderlosigkeit aufgenommen und versuchsweise schon in eine neue Ordnung eingegliedert. Von der berauschenden Vorstellung, daß das zusammengesammelte Königreich am Osthafen nach seinem Tod nicht wieder in Sammelgut zerflog, einmal abgesehen, gab es auch praktische Erwägungen, die ihm die Nützlichkeit eines kräftigen Sohnes bewiesen. Blut stiftete eben einen unkündbaren Pakt, und obwohl das für Arbeitsverträge nur noch in Grenzen galt, war doch damit zu rechnen, daß der Alleinerbe des kostbaren Rostes in ganz anderem Maß für das Wohl des Unternehmens schaffen würde als das Gesindel, das üblicherweise die Anwerbelisten Kalkofens füllte. Ein Sohn als Vollstrecker und Nutznießer des väterlichen Willens würde keine erpresserischen Lohnverhandlungen und keine begrenzte Arbeitszeit kennen.

Nachdem sich diese Vorstellung eines Kreislaufs der Energie erst einmal in Kalkofens Hirn verfestigt hatte, gab es nichts mehr, was ihn von einer restlosen Vereinnahmung Kurt Scharnhorsts hätte abhalten können. Der Gedanke, mit einem starken Sohn in Zukunft das Geschäft am Osthafen zu betreiben, erschien ihm nun so zwingend, daß er auch ohne Kurt nicht mehr gezögert hätte, einen Sohn in seiner Vergangenheit ausfindig zu machen, und er hätte womöglich sogar einen weiteren gefunden. Aber solches Forschen verbot sich nun von selbst, da es Kurt Scharnhorst ja nun einmal gab.

Kalkofen schien kaum zu bemerken, in welchen Katzenjammer

er Has mit seiner Eröffnung versetzte. Has sah das Planen, das Aufwärtsstreben, das aus Kalkofens Worten sprach, mit Neid, aber er verbot sich den skeptischen Gedanken, Kurt Scharnhorst werde auch als Erbe kaum eine nennenswerte Zukunft haben. Was schert mich anderer Leute Zukunft, dachte er, der ich selbst keine habe, sondern im Grau meiner Gegenwart ersaufe. Es fehlte nicht viel und er hätte Kalkofen ungeachtet ihrer Gleichaltrigkeit ebenfalls um Annahme an Kindes Statt und Aufnahme in das Geschäft gebeten, soviel gesunder Schwung, solch piratenhafte Lebensfreude gingen von den familiär-ökonomischen Visionen Kalkofens aus.

Dabei war es aber nicht so, daß Kalkofen seinen Faden verlor, obwohl er gerade von Dingen sprach, die ihn in höchstem Maß beschäftigten. Fast hätte man glauben können, daß es ihm wie Has erging, der der Erzählung über die Auffindung des Kurt Scharnhorst nicht folgen konnte, ohne dabei unablässig an Etelka zu denken. »Alles muß jetzt in Ordnung gebracht werden«, wiederholte er wie am Anfang seiner überraschenden Abschweifung. »Ich hole den Jungen auf den Hof, und Sie vertragen sich wieder mit Etelka.« Aber obwohl Has schon die ganze Zeit in seine Erinnerungen an Etelka vergraben war, traf ihn diese Wendung der Kalkofenschen Rede doch allzu unvorbereitet. Er schnappte nach Luft, als habe er einen Kaltwasserguß über den Rücken bekommen.

Was Kalkofen da als Lösung anbot, nachdem er über das ganze Ausmaß der Tragödie unterrichtet worden war, mißbrauchte einfach das in reichem Maß geschenkte Vertrauen. Nein, so einfach war das nicht. Seine Bereitschaft, sich von Kalkofen führen zu lassen, wurde auf eine unerwartete Probe gestellt und geriet sogleich in eine Krise.

»Ich soll zurück zu Etelka? Zurück zu dieser Frau? Nach allem, was sie mir angetan hat?« sagte er, wobei man im Grunde sagen müßte »heulte er auf«, soviel Empörung und frischer Schmerz lagen in seiner Stimme.

»Diese Frau«, wiederholte er. Es war, als seien diese beiden Worte eine Zauberformel, die die ganze Gestalt im abendlichen Zwielicht erstehen ließ. Er verlor alle Scheu, die er womöglich noch besessen haben mochte. »Diese Frau hat mir noch vor zwei Jahren geschworen, daß ich der erste Mann sei, der sie vollständig glücklich gemacht habe. Diese Frau hat gesagt, eine Frau könne so etwas niemals in ihrem Leben vergessen. Damals wollte sie mich zwingen, sie zu heiraten! Sie sei nun süchtig nach mir, sagte sie, wie eine Kranke! Eine Frau sei dazu verurteilt, bis ans Ende ihrer Tage nur noch dem Mann zu gehören – so hat sie sich ausgedrückt –, der sie als erster vollständig glücklich gemacht hat. Wenn ich Etelka richtig verstanden habe, wollte sie mir damit sagen, daß sie bis zu meinem Auftauchen genaugenommen Jungfrau war.«

Kalkofen sah ihn mit hochgezogenen Augenbrauen an, als habe er nicht recht verstanden. Da war wohl einem Mißverständnis vorzubeugen. »Halt, das kann nicht stimmen«, sagte er würdevoll, »Jungfrau ist sie schon bei mir nicht mehr gewesen. Sie sagte immer, sie sei schon als junges Mädchen verführt worden, mit vierzehn Jahren, von einem Kunstmaler, bei ihr da oben in Zoppot.« – »Das weiß ich doch alles«, antwortete Has gereizt. Er wollte in seinem Zorn nun vor allem Kalkofen verletzen. »Diese Jungfräulichkeit war natürlich nicht physisch gemeint. Bei dem Kunstmaler und bei Ihnen hat es ihr keinen Spaß gemacht, das wollte sie, glaube ich, damit sagen.«

Kalkofen hatte für einen Augenblick die Grenzen der Selbstbeherrschung erreicht. Er hatte Mühe, die tiefbetroffene Miene eines Beerdigungsunternehmers aufrechtzuerhalten. Has sah das mit einem Blick. Er fühlte sich immer gründlicher an der Nase herumgeführt. Aber es machte ihm nichts aus, vor Kalkofen vollständig schutzlos dazustehen.

»Das ist alles schön und gut«, sagte Kalkofen daraufhin mit einer Strenge, die Has aufhorchen ließ, »Sie haben in allem vollständig recht« – er fuhr mit seinen schwarzen Händen durch die Luft, als wolle er seine rebellischen Lagerarbeiter zum Schweigen zwingen – »aber zu ihr dürfen Sie von all diesen Sachen kein Wort mehr sagen. Kein Wort über das Vergangene, das ist die Bedingung!«

»Bedingung?« wiederholte Has. Er hatte das Gefühl zu träumen, und dieser Eindruck blieb ihm auch späterhin erhalten, wenn er den Versuch unternahm, sich an den genauen Ablauf des Gesprächs mit Kalkofen zu erinnern. War es nicht so, daß die ganze Zeit mit keinem einzigen Wort von einer Versöhnung mit Etelka gesprochen worden war? Aber wie hatte Kalkofen dann auf einmal diese unerhörte Wendung zustande gebracht? Er zermarterte sein Gehirn nach dem Bindeglied zwischen den scharf getrennten Gesprächsblöcken, so wie man beim Nachdenken über den Traum der vergangenen Nacht oft vergeblich die Folgerichtigkeit seines Ablaufs zu ergründen versucht. Dann kam es ihm wieder so vor, als habe die Unterhaltung auf der Bank von Anfang an unter dem Zeichen der Aussöhnung gestanden, und als habe er sich die ganze Zeit über bemüht, Kalkofen auszuforschen, unter welchen Bedingungen Etelka bereit sei, ihn wieder aufzunehmen. Daß es dabei Etelka war, die Bedingungen nannte, erschien ihm dann keineswegs mehr erstaunlich, denn er wußte nun, daß es ihm selbst von vornherein nur um die Rückkehr zu ihr gegangen war.

Später glaubte er, das Ergebnis seiner Verhandlung mit Kalkofen sei weitgehend sein eigenes Werk. Er hatte sein Ziel im Auge gehabt und sich in taktischen Rösselsprüngen darauf zubewegt, bis er das Ergebnis vor sich liegen sah. Oder war nicht überhaupt etwas Gnadenhaftes, Übernatürliches im Spiel gewesen? Das Verdienst an der Aussöhnung mit Etelka wurde herrenloses Gut, und Has ergriff dieses Gut und machte es sich in Kalkofenscher Weise zu eigen. Er war wieder zum Herrn seines Schicksals geworden.

Tatsächlich ließ Kalkofen, nachdem er seiner Unterhaltung mit Has erst einmal die bewußte Wendung gegeben hatte, nicht mehr die geringste Debatte zu. »Ich traue mir zu, Etelka zu beeinflussen«, sagte er kühl. »Ich stelle mir vor, daß ich ihr unter gewissen Bedingungen verkaufen könnte, das Vergangene zu vergessen: keine Vorwürfe, keine Erwähnung des Namens Rosendall, keine Klagen! Sind Sie ein Mann?« fragte Kalkofen fast beleidigend. »Stellen Sie sich das Schlimmste vor! Könnten Sie schweigen?« – »Ist sie etwa schwanger?« fragte Has mit ausgetrocknetem Mund.

»Ich sehe schon, daß Etelka doch recht hatte«, sagte Kalkofen, »sie meinte, daß sie viel unter Ihnen zu leiden hätte. Sie gingen nicht auf sie ein, Sie wären rechthaberisch und nachtragend.« – »Das hat sie gesagt?« sagte Has, aber er mußte sich zu seiner Empörung zwingen, so sehr stand er unter dem Eindruck dieser Worte. Er hätte eine lange Liste solcher Vorwürfe ertragen, einfach weil es ihre Worte waren. »Ja, aber sie hat nie vergessen, daß sie mit Ihnen trotzdem glücklich gewesen sei. Ich wollte nie tauschen! sagte sie wörtlich, denn ich liebe ihn!« – »Das hat sie gesagt?« fragte Has. »Ich weiß nicht«, antwortete Kalkofen, »ob Ihnen aufgefallen ist, daß Etelka sich oft wiederholt, wenn sie etwas wichtig nimmt.« –

»Doch, das ist mir aufgefallen«, sagte Has voll Freude. Er hätte sich in diesem Augenblick keine liebenswertere Eigenschaft an ihr denken können. Mit diesen Worten begann eine Passage des Dialoges, die musikalisch vielleicht als »Fugato« zu bezeichnen wäre, ein beständig neues Einsetzen der gleichen Bemerkungen, ein Verweilen in ihnen, das Bilden eines Geflechtes aus weniger als vier Sätzen. »Sie liebt mich«, sagte Has. »Genau so hat sie es gesagt«, fügte Kalkofen augenblicklich hinzu. »Genau so?« fragte Has. »Genau so«, sagte Kalkofen. »Was genau?« fragte Has. »Daß sie Sie liebt«, sagte Kalkofen. »Sie liebt mich?« fragte Has. »Das hat sie gesagt, und zwar nicht einmal, sondern viele Male«, antwortete Kalkofen ohne das leiseste Zeichen von Ungeduld.

Ein Händler darf nie ungeduldig sein, das war einer seiner Wahlsprüche. Er übereilte nichts. Jeder einzelne Schritt wollte in Ruhe getan sein, keiner durfte ausgelassen werden. Die Leidenschaft war geweckt, nun mußte die Ratlosigkeit folgen. Ein Ziel stand vor Hasens Augen, aber er durfte nicht erkennen, wie dorthin zu gelangen war. Zugleich mußte vermieden werden, daß Has ins Grübeln geriet, denn das Denken neigt dazu, sich zu verselbständigen. Schließlich legte Kalkofen sein Angebot vor: Er würde zu Etelka gehen und Has' Bereitschaft zur Kapitulation in den günstigsten Worten darstellen.

Während er sprach, waren in der Schubertstraße vereinzelt die Lichter angegangen. Das Labontésche Haus blieb zwar dunkel, weil die meisten Lampen und Kronleuchter im Lauf des Tages herausgetragen worden waren, aber genau daneben, in der Liegenschaft Schubertstraße 23, leuchteten die Fenster wie in einem Adventskalender. Vor allem das turmzimmergekrönte Mansardenfenster mit seiner Wetterfahne und der grauen Blechkugel strahlte in warmen Goldtönen. Has blickte dorthin, wie er als Kind den Mond angesehen hatte, um die Umrisse des Mannes im Mond zu entdecken, und wie in seinen Kindertagen glaubte er, kaum sichtbare Spuren eines Gesichtes ausmachen zu können. »Ich glaube, da oben bewegt sich was«, sagte er und wies Kalkofen in die Richtung seiner ängstlichen Erwartung. »Sie ist zu Hause.« – »Natürlich ist sie zu Hause, wo soll sie sonst sein?« sagte Kalkofen. »Sie ist immer zu Hause.« Dann stand er auf und fuhr fort: »Ich gehe jetzt hinauf zu ihr und sage ihr, daß Sie unten warten.« Has wagte kaum, ihm zuzustimmen. Er fürchtete, daß seine Stimme den Lauf des Schicksals zu stören vermöge.

Als Has wieder die Augen öffnete, die er zum Zeichen der Ergebung in den Ablauf wie ein Opfertier geschlossen hatte, sah er Kalkofens Gestalt schon in Streichholzgröße am Gittertor des Etelkaschen Hauses. Alles geschah ohne sein Zutun. Das Gefühl des Unheimlichen wandelte ihn an, ohne den Wunsch des Entkommens wachwerden zu lassen. Er fühlte, daß er nun neue Räume betrat, oder besser, in sie geschoben wurde, und meinte, in seinem Rücken eine Tür zufallen zu hören.

Das Gespräch, das Kalkofen oben im Turmzimmer führte, brauchte Zeit. Has hatte sich längst von seiner Bank erhoben und bewegte sich langsam auf Etelkas Haus zu. Die Spannung ließ ihn vergessen, daß er auf seinen Beinen lief, ihm war, als gleite er seinem Ziel auf einer Schiene entgegen. Nach einer unermeßlich langen, durch nichts geteilten Wartezeit, nach etwa zehn Minuten also, sah er die Silhouetten Kalkofens und Etelkas an das Fenster treten, das Fenster wurde geöffnet, und er hörte Etelkas Stimme fragen: »Aber wo ist er denn?« und glaubte etwas Unwilliges in ihrem Tonfall zu vernehmen. »Er sitzt wahrscheinlich noch da hinten auf der Bank«, antwortete Kalkofen mit seiner Kellerstimme. Dann fuhr Etelka zurück und schloß das Fenster, als wolle sie verhüten, daß Mücken ins Zimmer kämen. Hatte sie Eduard Has plötzlich unten auf der Straße entdeckt? War das ein Laut des Gelächters, des Ärgers oder der Überraschung, der halb erstickt Hasens Ohren erreicht hatte? Has rätselte noch daran herum, als Kalkofen schon wieder vor ihm stand.

»Sie ist einverstanden«, sagte Kalkofen und machte ein spöttisches Gesicht, als ob er auf Hasens unmittelbar bevorstehende Vergnügungen anspielen wolle. »Was gab es denn so lang zu reden?« fragte Has, ohne auf Kalkofens freches Mienenspiel einzugehen. »Ach, leicht war das nicht«, sagte Kalkofen und kehrte den bescheidenen Stolz des Biedermannes hervor. »Außerdem hat sie sich gerade die Haare gewaschen.« – »Ich danke Ihnen«, sagte Has und wollte ihn stehenlassen, als Kalkofen ihn am Ärmel festhielt. »Wollen Sie denn mit leeren Händen da oben erscheinen?« fragte er vorwurfsvoll und zog wieder das Saphirarmband aus der Tasche. Has sah es und lächelte zum erstenmal. »Das ist eine gute Idee«, sagte er, »was haben Sie ihr dafür gegeben?« – »Dem Wert entsprechend«, sagte Kalkofen. Was man halt für sowas gibt, hätte er mit dem Gesicht sagen können. »Holen Sie sich das Geld morgen bei mir im Büro«, sagte Has und wollte wieder der Eingangstür zustreben.

Kalkofen hielt ihn noch einmal fest. Ein geheimer Kummer sprach aus seinen Augen, die diesmal wirklich der Spiegel seiner Gedanken waren. Die Nacht ist lang, wer weiß, ob er morgen sofort ins Büro geht, und wer weiß, was alles im Bett zur Sprache kommen wird, dachte Kalkofen und sagte: »Gleich wär mir lieber. Das Schicksal hatte eben vor, Has richtig mürbe zu klopfen. Eben glaubte er schon Etelkas Klingelknopf zu drücken, und statt dessen mußte er noch einen Scheck ausstellen. Kalkofen machte dazu bereitwillig den Rücken krumm. Er beherrschte seine Neugier leichter, wenn er die Zahl, die Has schrieb, gleichsam auf der Haut spürte. Ein gewisses Risiko war immer dabei, wenn man den Herrn spielte und den Preis nicht genau ausmachte, aber er sollte sich nicht zu beklagen haben. Has wußte bei diesem Erinnerungsstück noch den Ladenpreis und schrieb brav, was er dafür bezahlt hatte. »Korrekt«, sagte Kalkofen, als er beim Laternenschein die Summe las. Jetzt kam es auch zu einem nachdrücklichen, feierlichen Handschlag, denn ein gutes Geschäft will besiegelt sein. Ein Taxi näherte sich und hielt vor der Nr. 23. Der umsichtige Mann hatte über seinen schwierigen Aufgaben nicht die darauf folgende nähere Zukunft vergessen. »Jetzt wollen wir unsere Damen aber nicht mehr warten lassen«, sagte Kalkofen und stieg in den Wagen. Man könnte bei ihm das Leben lernen, dachte Has und betrat die dunkle Toreinfahrt.

Dorothées Sinne befanden sich seit der Rückkehr aus der Steiermark in höchster Alarmbereitschaft. Sie empfand aber eine unendliche Dankbarkeit gegenüber jeder geretteten Lebensstunde. Ihr früher so gleichgültiges Verhältnis zur Zeit hatte einer angstvollen und zugleich oft glücklichen Wachheit Platz gemacht. Die Liebe zu Eduard Has, die sie unter solch großen Schmerzen entdeckt hatte, war zur Hauptaufgabe ihres Lebens geworden. Man kann sagen, daß sie viele Stunden des Tages damit zubrachte, Eduard Has zu lieben. Wie liebt man denn aber eigentlich, worin besteht denn genau diese vielsagende und vielverschweigende Beschäftigung, mochte man fragen, wenn man Dorothée unter ihrer dünnen, warmen Kaschmirdecke grübelnd auf dem Sofa liegen sah. Die landläufige Vermutung, daß sich der Liebende, wenn er allein ist, mit sehnsuchtsvollen Gedanken beschäftigt und seine Liebe eben dann in der Sehnsucht besteht, traf in ihrem Fall bereits nicht zu, denn sie empfand keine ausgesprochene Sehnsucht nach Eduard Has, wenn sie den Tag allein verbrachte. Er störte sie sogar ein wenig im Ergründen der Liebe, die sie für ihn fühlte, wenngleich sie inzwischen das Bedürfnis, ihm geradezu aus dem Weg zu gehen, wie es früher kennzeichnend für sie war, verloren hatte. Sie opferte ihm vielmehr gern und mit freundlicher Wehmut die Liebesgenüsse der Einsamkeit, wenn er unvermutet in ihre Gesellschaft kam. Auch sie hätte sich schwergetan, dies Geschäft, das sie ganz in Anspruch nahm, zu beschreiben. Aber Dorothée war, wie sie spürte, nicht nur ihrem Mann gegenüber zum Schweigen verurteilt, sondern besaß auch sonst keinen Menschen, dem sie ihre Empfindung hätte mitteilen können, um sie dadurch vielleicht selbst besser zu verstehen. Es war weniger Mißtrauen oder Scham, was sie davon abhielt, wie in der Vergangenheit verständnisvolle Zuhörer zu suchen, aber ein tiefer Ernst, der sie erfüllte, seitdem ihr Has die Treulosigkeit Etelkas gestanden hatte. Seitdem war sie von dem Gedanken ihrer »Aufgabe«, wie sie es bei sich nannte, gefangen. Denkend, abschweifend, träumend, rekapitulierend machte sie sich immer aufs neue daran, diese »Aufgabe« in ihrer Bedeutung für ihr ganzes Leben zu umkreisen und deutlicher werden zu lassen. Die wortlosen Gebilde, die vor ihrem inneren Auge vorbeizogen, gaben ihr oft das Erlebnis staunender Gewißheit, ohne daß sich diese Schau erhalten ließ, wenn sie sich vom Sofa erhob, um das Fenster zu schließen.

Dorothée hatte nun die Gewohnheit angenommen, gut zugedeckt die Herbstluft einzuatmen. Ihr bräunliches Gesicht bewahrte dadurch die Weichheit, die ihr die Moorseebäder in der Steiermark mitgegeben hatten, aber dieser Weichheit entsprach auch eine Wandlung ihres Wesens. Die Schüchternheit, die sie bei Betrachtung ihres bisherigen Lebens anwandelte, hatte ihren Äußerungen ganz allgemein die überlegene Schärfe genommen. Dorothée empfand nicht mehr wie früher die Notwendigkeit, andere in die Schranken zu weisen, seit sie nicht mehr wußte, wo genau sie ihre eigenen Schranken zu vermuten hatte. Sie nahm sich jeden Tag etwas Außerordentliches vor, bei dem es keine Schande war, wenn es ihre Kräfte überstieg. Sie versuchte, Eduard Has nicht nur von ihrem Standpunkt als seine Ehefrau aus zu sehen, sie wollte ihm vielmehr in möglichst objektiver Weise gerecht werden. Dazu unternahm sie seelische Bergwanderungen, um den Aussichtspunkt zu finden, von dem aus sie tief unten sein und auch ihr eigenes Leben liegen sah. Sie war sich darüber klar, daß seine langjährige Leidenschaft für Etelka sich von dort oben betrachtet tragischer und reiner ausnahm. Sie wollte den Versuch unternehmen, seine Liebe zu Etelka, die inzwischen als abgeschlossenes Kapitel betrachtet werden durfte, nicht als eine Abwendung von ihr, seiner Ehefrau, zu begreifen, sondern wie die Zeit einer Kriegsgefangenschaft, die gleichfalls mit äußerer Trennung verbunden gewesen wäre. Etelka war für Has, so sagte sich Dorothée, wie eine schwere Krankheit, die alle geistigen Kräfte aufzehrt und sie von den geliebten Menschen abzieht, die aber, wenn sie vollständig überwunden ist, den Menschen reifer und weiser macht, weil ihm Einblicke ermöglicht wurden, die die Sorglosigkeit des Gesunden nicht zugelassen hatte. Dorothée vermutete, daß es ihr wahrscheinlich verwehrt geblieben wäre, Eduard Has wirklich zu lieben, wenn nicht diese furchtbare Erfahrung in sein Dasein getreten wäre, und zwar keineswegs in dem vordergründigen Sinn, daß Etelka eben Dorothées Eifersucht geweckt hatte. O nein, Dorothée hatte nur Eduard im Auge: Er war in Gefahr gewesen, zu versteinern, und sie hatte ihm aus dieser Bedrohung nicht helfen können, weil sie selbst noch kein fertiger Mensch gewesen war. Da kam Etelka, wie Krieg und Pest, und weckte sie beide – darauf bestand sie stets – aus dem unheilvollen Dämmerschlaf.

Has hatte unaussprechliche Leiden kennengelernt, da war sich Dorothée sicher, und sie hatte Jahre der Bitterkeit und Angst hinter sich, die sie sich niemals hätte träumen lassen, und die sie nun als wertvoll und heilsam ansehen wollte. Jetzt, da Has seine Leidenschaft ein für allemal begraben hatte, glaubte sie sich stark genug, am Grab dieser Leidenschaft zu stehen und ihr liebevoll Blumen zu streuen. War Etelka nicht eine Liebe ihres Geliebten gewesen, dachte Dorothée nun und fühlte sich als Liebende verpflichtet, alles, was sein Herz einmal bewegt hatte, wie eine Reliquie zu hüten. Das

Schicksal hatte sie auf eine grausame Probe gestellt, erkannte Dorothée jetzt, nicht ohne dabei in freudiger Beklemmung zu seufzen. Jahrelang hatte sie neben Eduard Has hergelebt, sie hatte ihn gern gehabt und die Sicherheit geliebt, die er ihr schenkte. Aber in dieser Zeit, so erinnerte sie sich reuevoll, indem sie sich seine Gefühle vorzustellen suchte, hatte sie ihn wahrscheinlich ohne verletzende Absicht, aber auch ohne liebevolle Gedanken unablässig zurückgestoßen. Seine Begeisterung hatte sie regelmäßig abgelöscht, wie die Köche sagen, wenn sie, damit es nicht allzu wild brutzelt, Wein oder Wasser an den Braten gießen. Dann zischt es, und eine freundliche allgemeine Wärme ohne rechten Biß entsteht, und das mag in der Küche von Nutzen sein, aber für ein junges Paar, bei dem sich jedenfalls ein Teil noch in der ersten Leidenschaft befand, war es kein gutes Rezept.

Im übrigen mußte Dorothée nicht lange ihre Phantasie bemühen, um festzustellen, wie Eduard wohl zumute gewesen war, sie brauchte nur ihren eigenen gegenwärtigen Zustand zu betrachten. Aber sie litt nicht nur einfach und wurde dadurch blaß und übellaunig, sondern sie vermochte nun aus diesem traurigen Zustand Gewinn zu ziehen. Dieser Gewinn bestand in der Einsicht in die rätselhafte Ungleichzeitigkeit in ihrem Verhältnis zu Eduard Has. Während er sie liebte, war ihr diese Liebe eine Last, und während sie ihn nun liebte, vermochte er ihre Gefühle nicht zu erwidern, weil er von seiner Besessenheit noch nicht geheilt war. Dorothée bereitete sich darauf vor, eine Art Trauer- und Friedhofsdienst für seine gestorbene Liebe einzurichten, an dem auch er in irgendeiner Form würde teilnehmen können, wenn der Schmerz abgeklungen war. Man hatte schon Todfeinde sich über Gräbern die Hände reichen sehen, jedenfalls im Theater, und Dorothée war sich sicher, daß Has sie nicht haßte, sondern zu schätzen wußte, wie zartfühlend sie auf seine Unfähigkeit, sich ihr zuzuwenden, einging.

Etwas in der Natur Dorothées vollkommen Unvorhergesehenes entfaltete sich. Sie nahm, wenn schon nicht Lilly, so doch Eduard gegenüber mütterliche Züge an. Seine Verstörtheit und sein Schweigen beim Abendessen behandelte sie mit einer Schonung, als seien solche Verhaltensweisen die reinsten Liebeserklärungen. Dorothée vertrat jetzt sich selbst gegenüber die Überzeugung, daß Eduard Has ein Opfer seines großen und leidenschaftlichen Herzens sei. Er mußte beschützt werden und hatte nun endlich in ihr eine Beschützerin gefunden, eine Frau, die nichts mehr von ihm empfangen wollte wie früher, als sie das reichlich Empfangene nicht zu würdigen verstand. Dorothée war es schließlich gelungen, ihre Gedanken und Gefühlsfluten in die Kanäle einer regelrechten Privatphilosophie zu leiten. Sie trug sich die selbstgefundenen Lehrsätze täglich von neuem vor und hielt daran als etwas Sicherem fest.

Jeder Mensch erhält zu Beginn seines Lebens für jede Alters- und Entwicklungsstufe eine bestimme Anzahl von Aufgaben, die in der vorgeschriebenen Zeit zu bewältigen sind, dozierte sie vor sich hin, und jede Aufgabe bleibt unerledigt, solange sie nicht gelöst worden ist. Wer seine Aufgaben nicht rechtzeitig erkennt, der sammelt, während er älter wird, lauter unerledigte Probleme, die dann später, wenn sie schon gar nicht mehr in das neue Lebenskapitel passen, um so schmerzlicher und mühevoller zu klären sind. Das hilft dann aber nichts, sagte sie zu sich und wurde kühl und sachlich, als ob sie Herrn Herr Anweisungen erteile, was gestern nicht getan wurde, muß heute nachgeholt werden. Wenn man stirbt, muß jedenfalls das Ergebnis plus minus Null sein, aller Lebensstoff verbraucht und abgearbeitet, wollte sie sagen, griff aber lieber zu der mathematischen Formel, die ihr noch unangreifbarer erschien.

Obwohl sie so viel Kopfarbeit leistete und sich mit Definitionen abmühte, die ihr die Ergebnisse ihres Lebens verständlich machen sollten, war sie deshalb keineswegs in einen ausgeglicheneren Gemütszustand geraten. Nach außen hin erschien sie gleichmäßig, ja gleichgültig, wie eh und je, außer im Umgang mit Eduard Has, demgegenüber sie eine gewisse schmerzliche Demut nicht ganz unterdrücken konnte. In Wahrheit verbarg sie jedoch mit rücksichtsloser Disziplin eine beständig anwachsende Erregung. Sie erwachte jeden Morgen mit dem Gefühl der Spannung in ihrer Brust, aber sie wagte nicht, diesen Zustand mit Medikamenten niederzuhalten, weil sie ihr Ahnungsvermögen nicht beeinträchtigen wollte. Die Empfindung der Spannung entsteht nur dort, sagte sie sich, wo eine Entscheidung zum Guten oder Bösen lauert. Sicherer als der Kopf erkennt das Unbewußte den Ernst der Lage, und so lange sie, wie es wirklich zuweilen geschah, wenn sie sich allein wußte, vor Angst und Unruhe ihre Hände auf die Brust pressen mußte, bestand auch Anlaß zu solch innerem Druck.

Dorothée lebte also auf zwei Ebenen. Auf der einen entwarf sie die Regie für ihr zukünftiges Zusammenleben mit Has, auf der anderen aber erwartete sie einen neuen Schlag. Nur selten vermochte sie diese Furcht mit nüchternen Überlegungen zum Schweigen zu bringen. Sie führte dann die Gründe an, die Has eine Rückkehr zu Etelka unmöglich machten und von denen es tatsächlich gewichtige gab. Zunächst ließ bereits die Vorgeschichte des Zerwürfnisses ahnen, daß das Verhältnis schon damals zerrüttet gewesen war. Man mußte sich nur an die Auseinandersetzungen erinnern, die der Abreise in die Steiermark vorausgegangen waren. Für Dorothée war klar, daß Etelkas Verhalten nur vordergründig als Racheakt verstanden werden durfte. Gewiß war zunächst auch Zorn im Spiel, der sich austoben wollte, in Wahrheit aber doch wohl das Wissen, daß ihr Spiel zu Ende war und daß sie aus Gründen der Selbstachtung gut daran tat, selbst einen Grund für die völlige Zerstörung der Beziehung zu schaffen und nicht darauf zu warten, schließlich abgeschoben zu werden. Die Affäre mit Rosendall, soweit Dorothée von Has darüber unterrichtet war, ließ den Schluß zu, daß Etelka nicht mit einer Versöhnung rechnete. Sie hatte mit diesem Schritt gründlich Vorsorge getroffen, um sich Has für immer vom Halse zu schaffen, gründlicher vielleicht, als sie ahnte, dachte Dorothée, die das empfindliche Ehrgefühl ihres Mannes kannte. Die ganze Schubertstraße hatte sozusagen von den Logenplätzen der Parterre- und Beletage-Fenster aus an seiner Demütigung teilgenommen. In den Tagen und Wochen, nachdem Has von der Untreue seiner Geliebten erfahren hatte, überließ er sich ganz seiner Erschöpfung und Apathie. Er würde keinen Versuch mehr unternehmen, um Etelka zu kämpfen, da war sich Dorothée sicher. Es bestand kein Zweifel – Has wurde alt. Seine jugendliche Unruhe war an der Liebe zu Etelka zerbrochen, vielleicht nicht einmal durch sie, sondern einfach an der Grenzmarke, die ihm sein Vorrat an Lebenskraft gesetzt hatte.

Has war dicker geworden, seine Blässe bekam wieder etwas Ungesundes. Dorothée stellte fest, daß er oft schweißgebadet erwachte. Er lehnte neuerdings auch Kaffee und Cognac nach dem Essen ab. Was für eine brave Ehefrau Alarmzeichen gewesen wären, erschien Dorothée als Hoffnungszweig. Wie ein Ritter auf Freiersfüßen sah Has jedenfalls nicht aus. Zudem war auch für Etelka die

Zeit nicht stehengeblieben, damit rechnete Dorothée, obwohl sie sie seit jenem ersten Mal in der Schubertstraße immer nur von weitem wiedergesehen hatte. Die Vorzüge, die ihrem Herzen damals unvergeßliche Stiche versetzt hatten, waren eben wie alles andere auf der Welt den unerbittlichen Angriffen der Zeit ausgesetzt. Es fehlte in diesem Alter nicht viel, und das Schwere wurde fett, das Reife gelb und runzlig, das Wollüstige bekam Hautgout, das Goldblonde wurde fahl und das Weiche mürb. Dorothée wußte wohl, daß die Augen eines Verliebten für solche Veränderungen blind blieben, weil täglicher Umgang und eine liebevolle Nähe von den Zeichen des Verfalls ablenkten. Aber diese Vertrautheit war ja nun unterbrochen. Selbst wenn Has, was die namenlosen Götter, zu denen Dorothée flehte, verhüten mochten, Etelka wiederbegegnen sollte, würde sie ihm wie eine Fremde gegenüberstehen, ohne den Schutz, den das intime Vertrauen erst eigentlich verschafft. Dorothée rechnete damit, daß eine gewisse Gewöhnlichkeit sich nun bei Etelka offenbaren mußte. Sie glaubte, daß Frauen immer über kurz oder lang nach ihrer Mutter gerieten, und obwohl sie von Etelkas Mutter noch weniger wußte als von Etelka, war sie sich sicher, daß die Blonde nicht verführerischer sein würde, wenn sie schließlich ihrer Mutter glich.

Das Alter, der Verfall, der Überdruß, der Stolz, die Blamage, der Skandal, die Häßlichkeit, das waren die Namen ihrer Verbündeten, mit denen sie ihren Kampf um Eduard Has gewann. Diese Gehilfen lösten jedoch keine Scham in ihr aus. Hier erwies sich ihre Härte, auch unrühmliche Vorteile zu nutzen, wenn sie gewinnen wollte. Has hätte, das fühlte sie wohl, mit solchen Wahrheiten nicht leben können. Für ihn hielt sie Schleier und Binden bereit, um alles, was kränkte und schmerzte, zuzudecken und zu verpacken. Das würde ihr Dienst als Krankenschwester sein. Die Dachwohnung mit ihren Bilderwänden würde ein Privatlazarett für Lebenswunden werden, in dem sie sich mit Has einschließen wollte. Und eines Tages mußte der Augenblick kommen, in dem Has erkannte, was sie für ihn getan hatte. Das wäre der Anfang eines neuen Bündnisses zwischen ihnen, und es würde halten bis zum Tod.

Als Has nach der Unterredung mit Kalkofen nicht nach Hause kam und auch nicht anrief, machte sich Dorothée zunächst überhaupt keine Gedanken, so sicher hatte sie sich in dem Bau ihrer

Überlegungen und Spekulationen eingerichtet. Sie vertraute auf ihn, weil sie auf die Haltbarkeit seiner Ketten vertraute, und ging nach stillen Stunden, die sie beim abgedunkelten Schein einer Lampe auf dem Sofa verbracht hatte, vollkommen sorglos kurz nach Mitternacht ins Bett. Wie man weiß, hatte sie einen leichten Schlaf, und der war ihr auch unter den gewandelten Umständen erhalten geblieben, wenngleich sich seine Natur geändert hatte. Während sie früher überhaupt vermieden hatte, in körperliche Extremzustände zu geraten und daher der traumschweren Ohnmacht, aber auch der gespannten Aufmerksamkeit aller Sinne gleichermaßen auswich, nachts nicht vollständig schlief und tags nicht ganz wach war, sondern sich in einem animalischen Zwischenreich aufhielt, so lag ihr Schlaf jetzt nur wie eine dünne Decke über ihrem Bewußtsein, die jederzeit zerreißen konnte. Wenn Dorothée schlief, konnte sie sich nicht mehr mit dem neu erworbenen Spielzeug des Denkens ablenken. Ihre sonst oft verborgene Erregung entfaltete sich dann rein. Daher brauchte sie sich, als sie am anderen Morgen erwachte, nicht einmal umzudrehen oder gar ins Gästezimmer hinüberzugehen, um zu wissen, daß Eduard Has inzwischen nicht nach Hause gekommen war. Er war also nicht da. Aber das Erschreckende, das in dieser Feststellung liegen mochte, verschwand alsbald hinter wohl organisierten Überlegungen. Es war im Grunde normal, wenn ein Geschäftsmann wie Eduard Has unvorhergesehen einmal nicht nach Hause kam, dachte Dorothée. Er hatte womöglich im Büro übernachtet, weil es bis spät abends noch Besprechungen gab, oder er hatte blitzartig verreisen müssen, oder Guggisheim hatte auf der sofortigen Besichtigung eines Bildes bestanden, oder Eduard hatte sich eben einmal entschlossen, eine Nacht im Hotel zu verbringen. Daran war nichts Ungewöhnliches, sagte sich Dorothée und erinnerte sich daran, daß ihre Großeltern oft ins Hotel gezogen waren, wenn es beim Hauspersonal Vakanzen gab. Jedenfalls war Dorothée fest entschlossen, sich nicht mit der Trumfeller in Verbindung zu setzen, die ihr in widerwärtiger Erinnerung geblieben war und die auf keinen Fall in ihre Eheangelegenheiten Einblick erhalten durfte. Sie war bereit, auch das Nichtauszudenkende allein zu ertragen, schon damit Eduard nicht ärgerlich wurde. Mit diesem Gedanken setzte sie sich an den Frühstückstisch und zerteilte mit großer Hingabe ein Brötchen.

Manchmal gelang es ihr, aus dem Ertragen und dem Warten etwas Tätiges zu machen. Auch jetzt nahm sie sich vor, in diesem Sinne tätig zu werden, worunter keineswegs zu verstehen war, daß sie sich während des Wartens ablenkte. Sie versuchte, die Zeit ohne Hilfsmittel totzuschlagen. So wartete sie denn.

Am frühen Nachmittag, Dorothée hatte gerade ein leichtes Mittagessen eingenommen und sagte sich, wie sinnvoll es doch für ein altes Ehepaar sei, sich recht viel allein zu lassen, klingelte das Telefon. Fred Olenschläger war am Apparat und meldete sich mit seiner beiläufigen, unaufgeregten Stimme, die Dorothée eine grundsätzliche Sympathie einflößte, obwohl sie wußte, daß er ihrem Mann das Leben oft schwermachte. »Wir sehen uns ja bald«, sagte er, »ich muß mir endlich mal die Bilder angucken kommen.« Dorothée war verwundert, denn Olenschläger hatte noch nie ihre Wohnung betreten und war auch zu der Einweihung nicht erschienen.

Wann er mit ihrem Mann verabredet sei? »Überhaupt nicht«, sagte Olenschläger mit großer Gemütsruhe. Tatsächlich hatte Has seit dem Tag des großen Überfalls nichts mehr von sich hören lassen. Er war schon seit einer Woche nicht mehr im Büro erschienen. Olenschläger hatte ihm einen Termin von wenigen Tagen gesetzt, aber Has hatte das Datum verstreichen lassen, ohne auch nur um eine Verlängerung der Frist zu bitten. Olenschläger hingegen war es mit der Entscheidung eilig. In wenigen Tagen mußte er erklären, ob die »Verwaltung« bei den geplanten Bauvorhaben am Flughafen mitwirken werde. Im übrigen entsprach diese Eile, mit der die Plünderung des Vetters vollzogen werden sollte, auch Olenschlägers Plan, die Transaktion unter Druck abzuwickeln, um Widerstand erst gar nicht aufkommen zu lassen. Er hatte schon Vorbereitungen getroffen. Bei den Banken der »Verwaltung« lag bereits der Vorschlag, die Has'sche Sammlung belebend in den Kreislauf der zu bewegenden Summen einzuführen. Man wollte dort allerdings Genaueres über den vor sich hin schlummernden Schatz wissen. Ein Sachverständigengutachten war nun gefragt, das nicht nur einen kunstwissenschaftlichen Überblick über die gehorteten Bilder verschaffen, sondern auch »Strategien zur Verwertung der Sammlung« entwickeln sollte, wie sich die Direktoren ausgedrückt hatten, da sie, wie sie mündlich scherzend hinzufügten, im Kunsthandel wenig Erfahrung besäßen. Olenschläger verhandelte, als liege das ganze Paket bereits liquidationsbereit auf dem Tisch. Warum hätte er auch auf das Einverständnis seines Vetters warten sollen? Er hatte ihn noch nie um seine Zustimmung gebeten. In der »Verwaltung« war es Olenschläger, der gefragt wurde.

Dorothée witterte keine Gefahr in dem zwanglosen Ton des Alten. Olenschläger war ihr von der ganzen Frankfurter Sippschaft von Anfang an immer der liebste gewesen, weil es nie zu gemütlich mit ihm wurde. Er wich, wie man weiß, allen Anschlägen familiärer Geselligkeit aus. Und wie gut Dorothée ihn darin verstand! Sie wäre, glaubte man ihren Worten, zu ihren eigenen Abendeinladungen am liebsten gleichfalls nicht erschienen.

»Eduard ist nicht da?« fragte Olenschläger, als habe er mit dieser Frage nur einem zufälligen kleinen Einfall nachgegeben. »Aber du bist ja da. Ich komme also ins Haus, und den Eduard, den brauchen wir dabei am allerwenigsten!« Das klang so lustig und auf eine federleichte Weise frech, daß Dorothée in Gelächter ausbrach. Sie spürte, wie gut es ihr tat, Eduard Has nicht so ernst genommen zu sehen. Die Trauerweiden sahen für einen Moment nur noch komisch aus. Dann sank die alte Ungebundenheit wieder ins Dunkel.

Er ist also nicht im Büro, dachte Dorothée nach einer Weile. Das Gespräch mit Olenschläger ließ sich auf einmal auf diese einzige Aussage beschränken. Angesichts dieser Gewißheit sah sich Dorothée von einem Meer von Ungewißheiten umgeben. Sie wußte nun, daß sie gar nichts wußte, aber aus diesem Wissen erwuchs ihr nicht der seelenstärkende Trost, von dem die Philosophen sprechen. Statt dessen meldete sich nun wieder ihre schlimmste Feindin, die sie so lange mit aller Kraft zu unterdrücken versucht hatte: die Unruhe. Sie ertappte sich dabei, daß sie zwanghafte Bewegungen mit dem Ringfinger und dem kleinen Finger ihrer rechten Hand machte. Sie malte damit Bögen in die Luft, als wolle sie den gotischen Ruinenbogen der Christuskirche nachzeichnen. Als sie dieses Zucken unterbinden wollte und die Hand mit den feinen bläulichen Nägeln ruhig ausgestreckt betrachtete, glaubte sie, den verbotenen Impuls auf ihr Herz hinüberspringen zu fühlen.

Und dann brachen die sparsamen Reste ihrer Fassung zusammen. Ihr Körper gewann nun die Oberhand. In seinem Inneren bildete sich ein allmählich anwachsender, die Kehle wie die Lungen belastender Druck. Zugleich entstand im Magen ein flaues Gefühl wie bei einer leichten Vergiftung. Sie lief in die Küche und trank stehend ein Glas kalter Milch, woraufhin ihr noch übler wurde, aber das Laufen hatte ihr gutgetan, und deshalb lief sie weiter, sie rannte beinahe durch den langen, hallenden Korridor, durch die Bibliothek, den großen Salon, das Speisezimmer, sie berauschte sich an dem Aufschlagen ihrer Absätze, das einen seltsam hohlen Ton hervorrief, als werde der Boden wie eine menschliche Brust abgeklopft. Auf der Terrasse ging sie tief ein- und ausatmend auf und ab, wie ein Sportler, der seine Wettkampfspannung langsam abklingen lassen will, und sah über das graue Faltengefüge der Schieferdächer auf die in weiter Ferne sich abzeichnende Taunussilhouette mit dem Fernmeldeturm auf dem Großen Feldberg, der wie eine Schachfigur aussah. Alles war klein von hier oben aus betrachtet, der Sensenmann auf dem Senckenbergmuseum wurde ein Püppchen, das Kreuz auf der Christuskirche bekam das Format der Kreuzchen, die den Kindern zur Erstkommunion umgehängt werden.

Die Kastanien begannen ihr Laub zu verlieren, und ihre schütteren Kronen eröffneten neue Ausblicke von der luftigen Terrasse. Umgeben von goldenen Blättern und trotz der Stecknadelkopfgröße zum Greifen nahe, ragte der graue Blechapfel auf Etelkas Haus in die kühle Luft. Ein leichter Wind wehte und trieb ein paar Blätter vor den grauen Apfel, die dann wieder zurücksanken und den Blick aufs neue freigaben. Alles Böse dieser Welt schien in dieser kleinen Kugel zusammengepreßt zu sein. Was in diesem Apfel reifte, würde die verwitterte Hülse eines Tages zum Platzen bringen, und dann sah Dorothée einen wahren Unrat hervorquellen, der in klebrigen Flocken über die Häuser schneite und alle Hoffnung und Ehre vergiftete. Lange konnte sie sich von dem Anblick nicht losreißen. Sie begriff jetzt, daß von dieser harmlosen kleinen Kugel schon von jeher der verderblichste Einfluß auf alle Lebensregungen ihres Umkreises ausgegangen waren.

Dorothée war, wie man weiß, nicht unbeeindruckt von Széppregyis Strahlungstheorien geblieben. Der Boden für die Wahrnehmung unsichtbarer Einflüsse war vorbereitet. Eine Teufelsfratze hätte nun keinen größeren Schrecken in ihr auslösen können, als dieser dekorative kleine Blechapfel auf dem Dach. Genaugenommen bedurfte sie jetzt keiner Bestätigungen mehr für ihre Ahnung, wo Has sich in diesem Augenblick befand, und wo er sich, wie sie sich selbst bewiesen hatte, nach den Gesetzen des gesunden Menschenverstandes eigentlich niemals mehr hätte befinden dürfen. Eduard Has war verhext. Die gelbhaarige fette Hexe hatte ihn verzaubert.

Nachdem sie sich von dem magischen Anblick losgerissen hatte, verließ sie, so wie sie war, das Haus und lief, zum Befremden entgegenkommender Passanten vernehmlich vor sich hinsprechend, die Mendelssohnstraße entlang. Was sie plante, wußte sie selber nicht, obwohl sie die Hände zu kleinen Fäusten geschlossen hatte.

Ein Taxi kam näher und hielt in der Mitte der Straße. Dorothée war noch mehrere Häuser von der Nummer 23 entfernt, als sich dort das Gittertor öffnete und Etelka und Has heraustraten. Sie bemerkten sie nicht, denn sie stand sofort still wie eine Pflanze und lehnte sich hinter den Pfosten einer Toreinfahrt. Dorothée wurde von einem tiefen Grauen befallen, als sie das Paar erblickte. Etelka bewegte sich eigentümlich unsicher. Sie knickte auf ihren hohen Schuhen um und stützte sich mit dem ganzen Körper auf Eduard Has. Er stützte und führte sie zugleich und hatte den Arm vorsichtig um sie gelegt, und diese Geste hatte etwas derart Wärmendes und Behütendes an sich, daß Dorothée nur mit Mühe ihren Anblick aushielt. Von dem Paar ging eine Intimität aus, für die keine Regeln und Gesetze mehr galten. Sie waren im Gehen so eng aneinander geschmiegt, daß sie gegenseitig ihre Schritte behinderten. Nein, sie stürzten nicht, sie erreichten die Wagentür. Nie in ihrem Leben hatte Dorothée etwas gesehen, was sie derart verletzte.

Sie dachte mit Schaudern daran, daß sie viele Jahre neben Has im selben Bett gelegen hatte, ohne sich vorstellen zu können, zu welcher Art von Zärtlichkeit er fähig war.

Als das Taxi an ihr vorüberfuhr, sah Has, der sich zu Etelka neigte, als wolle er in sie hineinkriechen, seiner Frau Dorothée einen Lidschlag lang voll ins Gesicht. Seine Augen blickten sie blaß und kalt an. Es schien ihm nicht einmal peinlich zu sein, sie hier zu sehen. Und auch Dorothée war erleichtert, daß er nicht halten ließ, sondern mit der Blonden davonbrauste.

Hätte sie auch nur die entfernteste Möglichkeit gesehen, daß Eduard Has noch nicht endgültig für sie verloren sei, dann hätte sie wahrscheinlich noch an diesem Nachmittag versucht, sich zu töten.

Aber die Überzeugung, daß er sich wahrscheinlich nicht einmal für die Dauer ihrer Beerdigung aus seiner Verschmelzung mit Etelka lösen würde, ließ diesen Gedanken wieder verstummen. Dennoch befand sie sich in einer bedrohlichen Lage. Niemals vorher hatte sie sich derart verlassen gefühlt. Die weitläufigen Fluchten ihrer Dachwohnung kamen ihr wie ein böse spiegelnder Irrgarten vor. Keins der Bilder und Möbelstücke stand in Berührung mit ihrem Leben, alles glänzte in selbstgefälliger Fremdheit. Dem in hilfloser Verworrenheit gefaßten Entschluß, am Leben zu bleiben, mangelte der erforderliche Schwung, der bereits für das Sterben gefehlt hatte. Dorothée erlebte sich buchstäblich in der Luft hängend, der Unerträglichkeit des Daseins ausgeliefert, zu Hoffnung und Verzweiflung gleichermaßen unfähig, wach und ohne Vergangenheit und Zukunft und nur dem Wüten des Schmerzes hingegeben. So stellt man sich die Hölle vor, aber Dorothée vermochte sich nicht einmal die Erleichterung zu verschaffen, die in einem solchen, wenngleich schrecklichen Vergleich hätte liegen können.

Und dann klingelte wiederum das Telefon. Diesmal war es Guggisheim. Dorothée kam es später vor, als sei sie durch diesen, ihr ganzes Leben verändernden Tag durch sich geisterhaft aneinanderreihende Telefonate geführt worden. Es schien ihr geradezu, als sei eine Lenkung in dieser Abfolge gewesen, womit sie nicht einmal unrecht hatte, nur daß der Aufwand dieser Regie nicht ihr galt. Sie war aber nicht mehr im mindesten neugierig, als sie den Hörer abnahm, denn sie wußte, daß sie weder Gutes noch Böses zu erwarten hatte. In diesem Gedanken lag eine gewisse Erleichterung. Sie fühlte, daß sie nach dem, was ihr zugestoßen war, nicht mehr verwundet werden konnte.

Guggisheims Anruf nahm sie zunächst stellvertretend für alle Anrufe, die sie in Zukunft bekommen mochte, entgegen. Niemand würde mehr etwas sagen können, was sie anging. Hätte Guggisheim sofort nach Has gefragt, dann hätte sie, das war ihr klar, kalt und offen zugegeben, daß Eduard sie verlassen habe. Das Bedürfnis, ihr Leben in günstigen Schattierungen darzustellen, war nun von ihr abgefallen. Sie merkte jetzt erst, wie anstrengend das tägliche Schönfärben für sie geworden war, die sie niemals in ihrem Leben die geringste Rücksicht auf die Wirkung ihrer Worte genommen hatte.

Guggisheim aber fragte nach gar nichts, sondern ließ nur seine leise, bedächtige Stimme hören. Der Schweizer Akzent hatte bei ihm nicht das bäurisch Rohe, sondern etwas Feinhölzernes wie die Mechanik einer Kuckucksuhr. Üblicherweise war Guggisheim sarkastisch gestimmt, ein Zug, der Dorothée nicht immer angenehm gewesen war. Aber heute klang er sanft und nachdenklich. »Ich weiß nichts mehr von dir, du erzählst mir nichts mehr, du hast mich verlassen«, das war der Tenor seiner Worte, denen, geschmackvoll wie er war, natürlich jeder ernsthafte Vorwurf fehlte. Er sei übermorgen in Frankfurt, ob sie zu Hause sei?

»Komm doch morgen schon«, antwortete Dorothée. Die Bemerkung floß ihr zu ihrem eigenen Erstaunen so beiläufig zu, wie sich das gehörte. Nachher dachte sie lange über dies Versehen nach. Sie vermochte es nicht zu bedauern, denn sie fühlte, daß sie sich bereits an Guggisheims Besuch zu klammern begann. Plötzlich wußte sie, daß sie mit diesem Ziel vor Augen die Nacht überstehen würde.

Wenn Guggisheim bei ihr saß, brauchte sie nicht zu befürchten, daß er ihr ihren Schmerz stehlen würde, so drückte sie sich in ihren Gedanken wörtlich aus. Damit meinte sie wahrscheinlich, daß er sie niemals mit dummem Trost behelligte oder ihr gar Ratschläge geben würde, denn danach war ihr am wenigsten zumute. Sie hatte ja eingesehen, daß ihr nicht mehr zu helfen war. Guggisheim ist der einzige, der verstehen kann, was es heißt, sich bei bester Gesundheit vom Leben und jeder Hoffnung zu verabschieden, dachte Dorothée, denn sie vermutete, daß er diesen Abschied selbst längst genommen hatte, und zwar nicht erst, als sie ihm davongelaufen war. Sie glaubte jetzt, daß man darin wahrscheinlich sogar den Grund ihrer Flucht vor ihm suchen müsse. Was ihr damals aber unerträglich erschienen war, kam ihr nun als das einzig Erträgliche vor. Guggisheim war rein von jedem geschlechtlichen Qualm. Jede Heiterkeit, jede höhere Schönheit konnte nur in Sphären gedeihen, in denen die Menschen nicht gierig übereinander herfielen. Wie erlösend würde es sein, Guggisheims sanfte Verachtung erleben zu dürfen. Seitdem sie seine Stimme gehört hatte, war eine Veränderung in ihr vorgegangen. Die Landschaft, die sie überblickte, lag nun in anderem Licht vor ihr. Ihre Qual war zwar keineswegs vermindert, aber weniger demütigend. Dorothée erlebte ihre Liebe zu Eduard Has auf einmal nicht mehr als eine Anziehung zwischen zwei festen Körpern, die dem Körper, von dem sie ausgeht, Angst und Unbehagen bereitet, wenn der Körper, auf den sie sich richtet, die Strahlen nicht in sich aufnimmt. Sie erlebte diese Liebe jetzt vielmehr wie einen dicken Klumpen, der ihr auf den Rücken gebunden oder vielleicht sogar daraus hervorgewachsen war. Ihre Liebe zu Has war zu einem Buckel geworden, der sie beugte, der schmerzte und sie hinderte, sich behaglich im Bett auszustrecken, der aber, und das war neu für sie, mit Has selbst nicht mehr in Verbindung stand und von ihm also weder angenommen noch zurückgestoßen werden konnte.

Kein anderes der Bilder, die die unfaßbaren Vorgänge im Reich der Gefühle auszudrücken suchen, beschreibt derart genau Dorothées seelischen Zustand wie das Wort vom »gebrochenen Herzen«. Die Entwicklung der letzten Monate hatte sie weit über das hinausgeführt, was sie nach dem Eindruck, den sie von sich selbst besaß, leisten konnte. Sie hatte neue Empfindungsweisen in sich entdeckt und die Kraftanstrengung nicht gescheut, dazu passende Verhaltensweisen zu entwickeln. Sie war bereit gewesen, ihre Natur umzustülpen. Sie hatte ihre Kräfte aber überschätzt. Has glich in ihren Augen plötzlich einem beleibten wohlmeinenden Europäer, der sich in Indien von einem mageren Knaben in einer Rikscha ziehen läßt und der sofort aussteigt, wenn er ahnt, daß der Kuli am Rand seiner Kräfte ist. Das gerade versuchte der Kuli Dorothée um jeden Preis zu verhindern. Trotz ihrer Hoffnung, die unbekannte Kraftvorräte aufschloß, hatte sie nun aber ein Stadium erreicht, in dem sich ihr irgendeine Hand entgegenstrecken mußte. Statt dessen machte sie die grauenhafte Entdeckung, während sie sich in vollem Laufschritt nach der Rikscha umdrehte, daß der Wagen, den sie zog, längst leer war. Dieser Blick zurück klärte sie mit einem Schlag über die Sinnlosigkeit ihrer Anstrengung auf. Die Kraft, die sich nur noch aus der Hoffnung gespeist hatte, richtete sich jetzt gegen sie selbst. Als sie wieder zu sich kam, war sie eine andere geworden. Was immer da in ihr zerbrochen war – das Herz, die Liebe, das Zutrauen zur Welt –, es war zugleich auch der Weg zurück in die Vergangenheit verlorengegangen.

Dorothée ahnte, daß Guggisheim nicht zufällig angerufen hatte. Ihrem Gespräch war eine erste Unterhaltung mit Olenschläger vorausgegangen. Man hat Olenschläger als versteinerten oder zur

Reichenhaller Salzsäule erstarrten und zugleich planenden und tätigen Menschen kennengelernt. So weit er in die Ferne blicken konnte und über wieviel visionären Mut er auch verfügte, er verlor doch niemals den Sinn für das, was in Reichweite seiner Hände lag. Das ergriff er und nutzte es zu seinem Vorteil, während die Gedanken ungestört in den Regionen des ewigen Schnees weilten. Das Vergnügen, Guggisheims Bekanntschaft zu machen, habe er bisher nicht gehabt, erklärte er dem Kunsthändler, nachdem er sich von der Trumfeller hatte verbinden lassen. Die langjährige Verbindung mit dem Vetter Eduard Has sei ihm aber bekannt, und auch die Früchte, die dieser Verbindung zu verdanken seien. Wenn er, Olenschläger, der engste Verwandte und Kompagnon von Has, sich jetzt an ihn wende, so möge er darin keinen Akt der Illoyalität vermuten, er könne ihm voll vertrauen. Dieser Bemerkung entnahm Guggisheim, daß im Gegenteil eine gesalzene Illoyalität in diesem Anruf lag und auch von ihm vermutlich illoyales Verhalten gefordert werde. Guggisheim bekannte sich zu Geschäftsprinzipien von einiger Sachlichkeit, denen es nicht entsprochen hätte, ein Angebot abzulehnen, das man noch nicht kannte, nur weil gefühlsmäßige Bindungen den Abbruch der Gespräche verlangten. Und darum gab er seinem Anrufer Gelegenheit, sich verständlich zu machen.

Olenschläger erörterte die Lage der »Verwaltung« nicht bis ins Detail, sondern nur soweit, wie es für das allgemeine Verständnis erforderlich war. Er führte den Kapitalbedarf auf, schilderte die Ansprüche der »Verwaltung« gegenüber Has und wies auf die Sammlung hin, die dieser Schuldner der »Verwaltung«, der seinen Verpflichtungen nicht nachkommen zu können vorgab, in seinen dafür auf Kosten der »Verwaltung« geschaffenen Räumen aufbewahrte.

Ob man mit Has gesprochen habe, fragte Guggisheim unnötigerweise. »Natürlich«, antwortete Olenschläger, »er sieht nur noch nicht ein, was tatsächlich und schnell geschehen muß.« Am wichtigsten sei jetzt zunächst das Gutachten eines Fachmanns über den Wert der Sammlung und wie man sie am günstigsten zu Geld machen könne. Und da habe er an ihn gedacht, der die Sammlung ja geschaffen habe, der sich auf dem Markt auskenne, über die genauen Provenienzen der Werke verfüge und auf dem Gebiet überhaupt den Ruf einer Autorität besitze.

Olenschläger ahnte nicht, welches Risiko er mit seiner Anfrage eingegangen war. Hier rächte sich die hochmütige Unkenntnis von Guggisheims Metier. Er konnte sich einfach nicht vorstellen, was die Has'sche Sammlung für Guggisheim bedeutete. Der Händler hatte auf ihren Aufbau fast zwei Jahrzehnte seines Lebens verwandt. Sie war für ihn zu einer Art Dom gewachsen, in dem er sich bewegte und dessen Echo er studierte. Hätte Olenschläger sich ihm offenbart, bevor die Gewölbe dieses Doms geschlossen worden wären, dann hätte Guggisheim alles getan, um seine Absicht zu durchkreuzen.

So jedoch erwies sich wieder einmal, daß Fred Olenschläger nach all den Niederlagen, die er hinnehmen mußte, auf sein ererbtes Glück vertrauen durfte. Es war kaum anderthalb Jahre her, daß es Guggisheim gelungen war, die Sammlung einer alten Dame in Bern, die als Witwe eines Textilfabrikanten gestorben war, überaus günstig der Nachlaßversteigerung zu entreißen, die die zerstrittenen Erben sich gegenseitig angedroht hatten. Die alte Dame hatte vor dem Krieg, beraten durch eine Berliner Kunsthandlung, eine schwindsüchtige Hure mit karottenrotem Haar von Otto Dix, ein Triptychon von Beckmann, eine Jazz-Combo darstellend, einen Zyklus von Schiele-Zeichnungen – Mädchen mit gelber Haut, riesigen Beckenknochen, sehnigen Schenkeln und vorwurfsvollen Augen – und einen verstümmelten und vernarbten Kriegskrüppel von George Grosz zum Schmuck ihres soliden, geordneten Haushalts erworben, um nur die größeren Objekte zu nennen. Hinzu kamen Ölskizzen von Picasso und Matisse, ein umfangreiches Korpus von Grafik und eine Bronze von Ivan Mestrovic, »Skythischer Bogenschütze«, die umgeben von gestutztem Buchsbaum im Garten der Berner Villa gestanden hatte. Diese kleine Sammlung, die gemessen an dem Has'schen Fundus inzwischen kaum mehr ins Gewicht fiel, war indessen bestimmt, den Schlußstein des Frankfurter Expressionismus-Doms zu bilden. Guggisheim sah sie wirklich vor sich, wie sie sich in die Ordnung, die er geschaffen hatte, herabsenkte und sie vollendete.

Nach Guggisheims Urteil war die Has'sche Sammlung jetzt reif. Fütterte man sie immer weiter, dann wurde sie unbeweglich und am Ende ein Politikum. In welche Richtung aber sollte sich die »Sammlung Eduard und Dorothée Has« denn eigentlich nach dem Plan

Guggisheims noch bewegen, was waren ihre Aufgaben außer derjenigen, ihren Herrn zu erfreuen, wenn er die vollgehängten Wände seiner Galerie entlangschritt?

Man ahnt, daß Guggisheim zu diesen Fragen die Schultern gezuckt hätte. Er wußte aber nicht, was er tun sollte, um Has zu bewegen, ihm die Sammlung wieder zum Verkauf zu übergeben. Versuchsweise hatte er Has gegenüber sogar schon einmal bemerkt: »Jetzt bist du komplett. Wenn du gescheit bist, verkaufst du den ganzen Batzen und suchst dir ein neues anständiges Sammelgebiet – Handschriften oder mittelalterliche Elfenbeinplastik oder etruskische Grabkunst.« Aber Has war ihm sofort in die Parade gefahren. Er sei kein Spekulant, er liebe seine Bilder, sie seien seine Kinder!

Guggisheim hatte seine heimlichen und liebsten Pläne eingefroren, und er fühlte daher sofort die Wärme, die von Fred Olenschlägers Vorschlägen ausging. Er hatte längst fünfzig Kombinationen im Kopf, was mit der Sammlung nun anzustellen sei, denn eine erzwungene Untätigkeit ist ein guter Nährboden für Pläne und Projekte. Davon erzählte er Olenschläger aber nichts, sondern ließ lediglich einige grundsolide Brummlaute hören. »Es ist natürlich schwierig, was Sie da vorhaben«, sagte er dann, »ein heikles Unternehmen. Die Sammlung ist international bekannt, die verkauft man nicht wie Effekten. Eine Sache, deren Erfolg von strengster Diskretion und großer Erfahrung abhängt. Und auch dem erfahrenen Mann kann eine solche Sache aus den Händen gleiten.« Diese Warnung sprach er in vollkommener Leidenschaftslosigkeit aus. Nichts schien ihm gleichgültiger als die Has'sche Sammlung, aber in seinen Worten schwang außerdem genügend Sachkenntnis mit, daß klarwurde, nur er sei in der Lage, das Flaggschiff der Sammlung aus dem sicheren Hafen wieder auf das offene Meer zu lotsen. Ein wirklicher Fachmann erkennt die Schwierigkeiten und verkleinert sie nicht, auch wenn er der einzige ist, der sie meistern kann. Olenschläger erinnerte sich, als er Guggisheim zuhörte, wohl auch des alpinen Akzents wegen, an bestimmte Bergführer in Bad Reichenhall, die Eiger und Jungfrau schon viele Male bei Schneesturm bestiegen hatten und dennoch die Nase nach Indianerart prüfend in den Wind steckten, wenn man an einem strahlenden Hochdrucktag im Sommer mit ihnen eine Tour verabreden wollte. Diese Art Bedenken zeigten Olenschläger, daß er an den richtigen Mann geraten war.

Er wolle den Eindruck vermeiden, irgend etwas hinter dem Rükken seines Vetters zu arrangieren, sagte Olenschläger, aber es verhalte sich nun einmal so, daß der sich gerade jetzt, da Entscheidungen von größter Reichweite vorzubereiten seien, den Luxus leiste, nicht verfügbar zu sein. Has sei beim besten Willen nicht aufzutreiben. Da er seinem Vetter, fügte Olenschläger hinzu, keine böswillige Taktik unterstellen wolle, müsse er dessen lautloses Verschwinden nach alter geschäftlicher Übung als Beweis rückhaltloser Zustimmung zu allen Entscheidungen der Geschäftsleitung deuten, die ohne ihn unverdrossen auf der Schiffsbrücke ihre Pflicht versehe.

»Er ist also nicht im Büro und auch nicht zu Hause?« fragte Guggisheim, indem er eisern wie ein Untersuchungsrichter die Olenschlägerschen Betrachtungen zu Moral und Gesellschaftsrecht unterbrach. »Nicht im Büro und nicht zu Hause«, sagte Olenschläger und sah dabei die Trumfeller an, die wie ein Götzenbild unbeweglich vor ihm stand und bei diesen Worten unvermutet mit dem Kopf nickte. Sie mußte es schließlich am besten wissen, denn einer jener Zufälle, die eigentlich keine Zufälle sind, sondern durch ein asketisches Leben verdiente Geschenke, war ihr zu Hilfe gekommen. Ein solcher glücklicher Zufall pflegte bei der Trumfeller genau das schmale Loch auszufüllen, das mit Selbstverleugnung, Härte und Dienst allein nicht zu schließen war. Eduard Has hätte es gewiß trotz seines liberalen Agnostizismus nicht gewundert, wenn die Trumfeller dieses Geschenk vom Teufel bekommen hätte.

Es war aber nicht der Teufel, mit dem sie telefonierte, sondern der Filialleiter der Bank, mit dem eine Reihe von Zahlungen zu verabreden waren. Während des Gesprächs mit der Trumfeller nahte sich dem Direktor eine hilflose Bankbeamtin, wie sie glaubte im richtigen Augenblick, denn Dr. Has hatte am Vormittag telefonisch um schnellste Übersendung von zwanzig Schecks nach Paris gebeten, und die Unglückliche fand den Zettel mit der Adresse des Hotels nicht mehr. Nein, auch die Trumfeller wußte keinen Rat, äußerte aber tröstend ihre Überzeugung, daß sich Has bei Ausbleiben der Formulare schon wieder melden werde. Niemals verhielt sich die Trumfeller so milde gegenüber Pflichtversäumnissen wie in diesem Moment. Selbst dem Filialleiter, der bei seinen Untergebenen zu Zornausbrüchen neigte, fielen angesichts solcher Sanftheit keine strengen Bemerkungen ein, nachdem er aufgelegt hatte.

Aber auch Olenschläger begegnete manchmal einem Meister, denn als Guggisheim nach einigen Augenblicken stummen Überlegens plötzlich sagte: »Ich rufe Sie in einer halben Stunde zurück« und dann auflegte, wußte er beim besten Willen nicht, woran er nun war. Inzwischen führte Guggisheim sein Gespräch mit Dorothée und meldete sich dann wieder in der »Verwaltung«. »Ich erwarte Sie übermorgen um elf Uhr vormittags in den Räumen des Hauses Has in der Mendelssohnstraße«, sagte Guggisheim. Olenschläger ließ den Hörer sinken und legte sinnend die Hand auf die Gabel. Man darf vermuten, daß er sich leichten, heiteren Gedanken hingab, bevor er eine neue Nummer wählte, denn bei einem Geschäftsmann wie ihm gab es niemals einen anderen Schluß als den Börsen- und Büroschluß, und jedes Telefonat war dazu bestimmt, ein neues Telefonat zu erzeugen.

Guggisheim hätte nicht zu sagen vermocht, warum die Has'sche Wohnung, die er wie seine eigene kannte, einen derart verlassenen Eindruck machte, als er sie am Nachmittag des nächsten Tages betrat. Dorothée empfing ihn oben an der Aufzugstür. Sie war ungeschminkt, ihr Haar ein wenig verdrückt, sie trug einen schwarzen weiten Pullover und wirkte übernächtigt. Daß keine Haushälterin in der Nähe war, hatte nichts zu bedeuten, denn im Haus Has herrschte, wie man weiß, beim Personal ein Kommen und Gehen. Kaum präsentierte sich der Haushalt einmal vollständig, so geriet auch schon wieder alles in Bewegung. Das Befremdende ging wohl von Dorothée selbst aus, die sich, so dachte Guggisheim, eben nicht wie die Herrin dieses Hauses bewegte, sondern wie ein zufälliger Gast, der vielleicht sogar versehentlich eingeschlossen wurde und auf den Portier wartet, der ihn befreit. Obwohl man deutlich bemerkte, wie sehr sie in den letzten Jahren gealtert war, glich sie eher einem Knaben, der etwas Entsetzliches gesehen hat und vor Schreck Jahrzehnte älter geworden ist. Guggisheim fielen zum ersten Mal die silbernen Fäden in ihrem dicken Haar auf. Am jugendlichsten erschienen ihm noch die dunklen Augen, die ihn mit einer solchen Not ansahen, wie er es bei seiner früheren Frau noch niemals erlebt hatte.

Die weiten Räume, die sie durchwanderten, glänzten in musealer Verlassenheit. Nur die Blumenpracht war auf den ersten Blick unvermindert. Has und Dorothée legten Wert darauf, daß in den

Bilderzimmern großzügige Blumenarrangements standen. Gleich im ersten Salon mit Kirchner-, Mueller- und Heckel-Gemälden breitete sich ein alter mächtiger Azaleenbusch aus, der in einem schweren chinesischen Topf blühte. Im Eßzimmer mit den Nolde-Aquarellen trumpfte ein Bukett aus Sonnenblumen, Rittersporn und orangen Papageienschnäbeln gegen das bemalte Papier auf und reichte Dorothée, obwohl es auf dem Boden stand, fast bis zum Kinn. Im großen Salon regierte im wesentlichen die Grünpflanze mit meterlangen Luftwurzeln und fingerförmig ausgeschnittenen ledrigen Blätterlappen, und doch war auch hier für wechselnden Schmuck gesorgt. Der bronzene Lehmbruck-Jüngling wurde in den Linien seiner Hüftpartie von einem langen Ast, der in einer Glasvase lehnte und über und über mit weichen orangen Beeren besetzt war, zerteilt, und vor der Kirchner-»Dame mit schwarzem Hut« stand ein Strauß aus japanischen violetten Kohlblättern, exotischen Rispen, getrockneten Morcheln und kinderkopfgroßen Chrysanthemen. Eduard Has hatte damit eine Floristin aus der Innenstadt beauftragt und führte sie auch gelegentlich durch die Sammlung, damit sie Anregungen für ihre Gebinde erhielt. Das Bestimmen der Farben und der Blumen für den jeweiligen Raum hatte Has am Anfang mit dem gleichen ausschweifenden Zeitaufwand betrieben wie das Hängen der Bilder. Er verlor dann aber die Lust an der Sache und ließ nur noch gelegentlich Sträuße zurückgehen, um zu beweisen, daß seine Aufmerksamkeit inzwischen nicht erlahmt sei.

Vor manchen Bildern hatte das heftige, gesunde Blühen eine sonderbare Wirkung, die weder von Has noch von Dorothée beabsichtigt war. Die dicken Farbpasten waren manchmal verkrustet und eingetrocknet und boten trotz ihrer Buntheit einen matten und glanzlosen Anblick. Wer diese Bilder von Reproduktionen mit lackierter Oberfläche her kannte, fand im Anblick der Originale nur mit Mühe die Gebärde der Kraft wieder, an die man sich erinnerte. Die in ihrer Saftigkeit geradezu gefräßig wirkenden überreichen Buketts aus der Innenstadt verwandelten manche dieser Gemälde in pergamentene Mumien, staubig, verklebt, gesprungen, eine schauerlich greisenhafte Avantgarde, einer achtzigjährigen Ballerina vergleichbar, die noch herausfordernd die Beine schwingt. Diese sonderbare optische Sensation ergänzte für die Ohren das knallende Geräusch, das jeder Schritt auf dem schwarzen Linoleum erzeugte und das sogar Has allmählich lästig geworden war. Eine Untersuchung ergab, daß Szépregyi versäumt hatte, für einen »schwimmenden Estrich« zu sorgen, ein Ausdruck, der auch dem architektonischen Laien schon den Eindruck organischer Beweglichkeit vermittelt. Das Linoleum klebte auf gegossenem Beton und hatte deshalb die Wirkung einer gespannten Trommelhaut. Für Guggisheim war dies Absatzknallen derart mit der Has'schen Wohnung verbunden, daß er immer, wenn er ein ähnliches Geräusch hörte, an Dorothée denken mußte.

Wenn er sie jetzt, während sie ihm voranging, von hinten betrachtete, schien sie ihm so jung wie damals, als sie ihn verlassen hatte. Sogar die Art des Schmerzes, den er empfunden hatte, fiel ihm wieder ein, er war ein halbes Jahr lang schlaf- und appetitlos gewesen. Als Dorothée ihn danach wiedersah, wirkte er zartgliedrig und nachdenklich, und sie war sehr nett zu ihm, wie sie sich Has gegenüber ausdrückte. Von diesem Zeitpunkt an verstummte Guggisheims Schmerz. Die Talsohle seiner Beziehung zu Dorothée war bereits durchschritten.

Als Guggisheim genauer hinsah, trat deutlicher hervor, daß sich im Haus inzwischen irgend etwas abgespielt haben mußte. Das Blütenmeer der Azalee war zusammengesunken und erschien müde wie Salatblätter, die zu lange in der Sauce gelegen haben. Wann war der Azaleenbusch wohl zuletzt gegossen worden? Auch bei den Sträußen fielen ihm welke Blumen auf, und in einem durch die Sonnenhitze erwärmten, glaskastenartigen Kabinett, das vor dem großen Salon lag, hing sogar süß und faulig der Geruch von altem Blumenwasser. Dorothée schien sich hingegen ungemütlich kalt zu fühlen, denn sie rieb sich die Oberarme. In dem großen Wohnzimmer hatte sie, wie er nun bemerkte, unter einer Wolldecke gelegen. Das Sofa glich dem improvisierten Lager eines Nachtwächters. Auf dem Boden standen eine Thermoskanne und eine Büchse mit Kondensmilch. Eine Tischlampe brannte am hellichten Tag und erzählte von Dorothées Nachtwache und erschöpftem Einschlafen am frühen Morgen. Guggisheim erkannte den Geist der Verwahrlosung in diesem bis zur gläsernen Glätte versiegelten Haus und bezog seine Beobachtung in das Geflecht seiner Überlegungen ein.

»Es ist niemand mehr hier«, sagte Dorothée, ohne sich zu setzen, »ich weiß gar nicht, ob ein Frühstück für dich da ist. Ich fürchte, wir müssen ausgehen. Ich werde ohnehin ins Hotel ziehen, denn es lohnt sich nicht, für eine Person den Haushalt hier aufrechtzuerhalten.« – »Und wo ist Lilly?« fragte Guggisheim. »Lilly ist überhaupt nicht mehr hier, wenn sie es vermeiden kann. Sie macht jetzt ein Praktikum in Caris Büro in Wien, denn sie will nicht weiter in die Schule gehen. In Wirklichkeit steht natürlich etwas anderes dahinter. Carl Szépregyi ist für Lilly ein zweiter Vater geworden, ihr Wahlvater«, und dies letzte Wort sprach sie mit ironischer Betonung aus, als wolle sie die Bedeutung, die einer solchen Schwärmerei zukomme, ins rechte Licht rücken. Auf der anderen Seite verstehe sie Lilly. Ein Kind sei wie ein Hund, es spüre die Spannungen seiner Erzieher, auch ohne sie zu begreifen. Szépregyi sei ein faszinierender Mann. Das sagte sie, wie Guggisheim aufmerksam zur Kenntnis nahm, in vollkommener Gleichgültigkeit, nur ein flüchtiger Hauch von Bitterkeit trat dabei in ihre braunen Augen. »Sie flüchtet zu einem Vorbild, nehme ich an«, fuhr sie fort. »Eduard hat sie daran gewöhnt, sich an einem Vater zu orientieren, er hat sie, genaugenommen, sogar auf den Vater dressiert. Für sie muß sein Verhalten die schlimmste Enttäuschung gewesen sein.« Guggisheim vermutete allerdings, daß Dorothée sich selbst meinte, als sie von Lillys Enttäuschung sprach.

Er gehörte zu den wenigen Menschen, die Lillys Zauber nicht erlegen waren. Daß sie sich offenbar bereits von der Familie gelöst hatte, hörte er gern. Er haßte alles Familiäre. Vor einigen Jahren hatte er Dorothée gestanden, daß sie schon deshalb berechtigt gewesen sei, ihn zu verlassen, weil er sie gegen seine Lebensüberzeugung geheiratet habe. Er beschrieb das Ideal verborgener, nach außen hin flüchtig erscheinender Freundschaften, die dennoch so viel geistige Nähe enthielten, und als ob er sie nach diesem Geständnis beruhigen müsse, fügte er sogleich hinzu, daß eine solche Freundschaft keine Pflichten kenne, rein aus dem Spirituellen lebe und sich nur zufällig, niemals unter Zwang offenbare. Damals ging es Dorothée sehr gut, und sie sagte, nachdem sie ihm eine Weile unbewegt zugehört hatte, daß sie vom Spirituellen nichts verstehe. War ihr Has häufig zu großspurig und aufgeräumt, so befiel sie bei Guggisheim manchmal ein Unbehagen angesichts einer heimlichen Sentimentalität, die hinter der säuberlichen Fassade etwas Klebriges an sich hatte. Hinzu kam, daß er eine Art Pomade in seinen Haaren verteilte, die ebenfalls klebrig an den Fingern haftete, wenn sie es auch nur flüchtig berührte.

Als sie ihn nun in seiner vertrauten Zuverlässigkeit mit dem weichen Gesicht, den kühlen Augen und dem klebrigen Haar wieder vor sich stehen sah, fragte sie sich, ob ihm überhaupt jemals daran gelegen war, daß ihm jemand das Haar streichelte, und sie stellte fest, daß sich eine gewisse Erleichterung mit dieser Überlegung verband. Im übrigen bewunderte sie seine Feinfühligkeit, die sich gerade jetzt bewährte. Er verstand ihre Worte eben richtig. Es gab nicht diese männlichen Mißverständnisse wie bei Has, wenn er ihr klarmachte, daß sie sich falsch ausgedrückt habe und ihre Gedanken nicht folgerichtig aneinanderzureihen vermöge. Daß sie erklärt hatte, es gebe nichts im Haus, um Guggisheim zu bewirten, hieß, und das hörte Guggisheim eben sofort heraus, daß sie keine Lust mehr hatte, hier die Hausfrau zu spielen, die Küche zu betreten, in der Eduards Mahlzeiten bereitet wurden, in seinem Bett zu schlafen, in dem er sich von der anstrengenden Liebe mit Etelka erholt hatte und sein Badezimmer zu benutzen, wo er sich Etelkas Küsse abgewaschen hatte, bevor er es wagte, sie zu begrüßen. Sie war nicht mehr zu Hause in der Dachwohnung der Mendelssohnstraße. Sie empfand es als demütigend, die altgewohnten Möbel und Bettücher noch einmal zu benutzen, um sie dann, noch warm von der Berührung ihrer Hände, ihrer Nachfolgerin zu überlassen. Sie spürte das Bedürfnis, die Verantwortung für die in ihrer Obhut gelassene Wohnung mit allen Gegenständen und Schätzen schon jetzt hinter sich zu lassen. Die Nachfolgerin mochte sich das herrenlose Gut dann wieder zusammensuchen.

Guggisheim las ihre Gedanken, ohne etwas sagen zu müssen. Er legte die Hände leicht auf ihre Schultern, drückte sie sehr sanft in einen Sessel und erklärte, er sorge schon für sich selbst. Als er den Salon verließ, nahm er die Thermoskanne und die scheußliche Kondensmilchkonserve gleich mit hinaus. Dorothée hörte geschäftige Schritte und rauschendes Wasser. Guggisheims Charakter entsprach ein ökonomischer Umgang mit der Zeit. Er nutzte das Warten auf das Kaffeewasser, um die Azalee zu gießen und den stinkenden Blumenstrauß im Mülleimer zu versenken. Er ist derart bewandert in diesen Haushaltsdingen, dachte sie, viel routinierter als eine Frau. Sie war sich darüber klar, daß sie auf diese Art

Häuslichkeit bei Männern immer herabgesehen hatte, und daß sie auch heute noch einen tiefen Widerwillen empfand, wenn sie Männer eine Plastiktüte tragen oder riesige Windelpakete aus dem Autokofferraum räumen sah.

Sie lag schon wieder auf dem Sofa, als er den Kaffee brachte, ordentlich auf einem silbernen Tablett, und mit einem Teller voll englischer Butterkuchen, die er in der Küche gefunden hatte. Der Duft frischen Kaffees erweckt bei vielen Menschen den Eindruck von Ordnung und Reinlichkeit. Dorothée kam es vor, als löse sich ein Gipskorsett von ihrer Brust. Als sie sich aufrichtete, um die Tasse entgegenzunehmen, sah sie Guggisheim mit eigenartig glänzenden Augen an. Die Gabe der Tränen war ihr nicht verliehen und wurde auch nicht ausnahmsweise gewährt, aber sie fühlte doch, wie etwas in ihr schmolz und wagte nun auch, mitteilsam zu sein.

Nun erwies sich, daß der geschäftlichen Zwangslage, in der Has steckte, eine persönliche und familiäre Katastrophe entsprach. Guggisheim war trotz seiner hervorragenden Begabungen und sonderbaren Eigenschaften »ein Mensch wie alle anderen auch«, wie er zu sagen pflegte, wenn er ein Geschäft wahrnahm, das ein wenig moralische Überwindung kostete. So entdeckte er denn in dem Desaster, das auf Has zukam, zunächst einmal vor allem die ganz unerwartete Möglichkeit, die Sammlung wieder in die Hände zu bekommen. Andererseits hatte man schon manchen bankrotten Kaufmann im letzten Augenblick den Hals aus der Schlinge ziehen sehen. Alles, was Olenschläger ihm erzählt hatte, roch nach einem listenreichen Arrangement, das am Ende von einem noch listigeren Advokaten wieder zerhauen werden konnte. Er hielt es durchaus für wahrscheinlich, daß Has sich in langwierigen Prozessen vor dem Zugriff seines Vetters in Sicherheit zu bringen vermochte. Olenschläger war gewiß ein sorgfältiger Arbeiter, vertraute aber womöglich zu sehr rein theoretischen Konstruktionen und ihren vermeintlich zwingenden Konsequenzen. Guggisheim sah da nüchterner auf die uneinheitliche Praxis der Justiz, die nicht immer durch logisch hieb- und stichfeste Positionen zu beeinflussen war. Dennoch sprach er Olenschlägers Intrige keineswegs jede Chance ab und nahm bei aller sachlichen Betrachungsweise mit klopfendem Herzen zur Kenntnis, daß man dabei war, das Fundament der »Sammlung Eduard und Dorothée Has« zu unterhöhlen.

Was er nun hörte, durfte ihn dagegen vollends heiter stimmen. Hier eröffnete sich nämlich der Ausblick auf eine schlichte, überschaubare, von keiner gesellschaftsrechtlichen Bewertung abhängige Ehescheidung als unmittelbar bevorstehendes Ereignis. So wie ihm Dorothée das Geschehen der letzten Jahre vortrug, stand wohl fest, daß sie den Versuch, ihr Zusammenleben mit Eduard Has zu retten, als endgültig gescheitert ansah. Ihr Bekenntnis wirkte um so eindrucksvoller, als sie zwar noch sehr zornig über Has sprach, aber keinen Zweifel daran ließ, daß sie ihn auf eine schmerzhafte und hoffnungslose Weise liebte. Guggisheim gewann den Eindruck, daß Dorothée glaubte, was sie sagte, und das verwunderte ihn zunächst, denn er hatte sagen hören, daß wirkliche Liebe niemals aufhöre zu hoffen. Hier galt es aber wohl eine Ausnahme zu würdigen: leidenschaftliche Liebe, die die Hoffnung verloren hatte. So wie Guggisheim die Lage sah, stand für Dorothée die Scheidung fest. Daraus ergab sich folgerichtig, daß diese Trennung nicht nur die gewohnten Lebensverhältnisse betreffen würde, sondern auch jene unsichtbaren Substruktionen, die diese Verhältnisse getragen hatten. Bei der Klemme, in die Has, wie man durch Olenschläger wußte, hinsichtlich seiner baren Mittel geraten war, konnte das nur bedeuten, daß das in der Sammlung stagnierende Geld wieder verflüssigt werden mußte.

Aber auch seinem verborgenen Gefühlsleben taten Dorothées Eröffnungen gut. Guggisheim hatte es für richtig gehalten, den Eindruck, er habe Dorothée einst Eduard Has zugeführt, sorgfältig zu verwischen. Dennoch hatte er zu jedem früheren Zeitpunkt gern zugegeben, daß er sich mit Eduard Has wegen Dorothée im reinen befinde. Guggisheim erklärte offen, daß er keinen Grund sehe, einem Mann zu grollen, der »ihm in keiner Weise verpflichtet« gewesen sei. Wenn er selbst Dorothée, die immerhin seine Ehefrau war, ohne innere Anstrengung zu verzeihen vermochte, so war nicht einzusehen, weshalb er dem »fremden« Has etwas nachtragen solle. Mit dieser angenehm friedlichen Logik war es nun vorbei. Er begann Has in seinem Pech mit einer gewissen Genugtuung zu betrachten.

Guggisheim vermutete, daß Dorothée bei ihm einen Mangel an Männlichkeit beanstandet hatte, und er war sicher, daß sie von Has in dieser Ansicht unterstützt worden war. Das war keine angenehme Empfindung für ihn, denn so bereit er gewesen wäre, Dorothée in der verschlossenen Kammer seines Herzens recht zu geben, so ungern wußte er sie und erst recht Has im Besitz dieses Geheimnisses. Er fühlte sich, übrigens nicht als Dorothée ihn verließ, sondern erst später nach und nach, von Has als Mann nicht ernstgenommen, und er nahm an, daß Dorothée daran nicht unschuldig war. Nun war also die Zeit gekommen, in der sie erfahren durfte, was sie von ihrem männlichen Mann zu erwarten hatte. Guggisheim war ein melancholisch getöntes Temperament. Er neigte zwar selten zu regelrechten Anfällen von Niedergeschlagenheit, kultivierte dafür aber ständig einen ironischen Pessimismus. Von daher glaubte er nicht, daß die böse Lektion, die Dorothée gerade durchzustehen hatte, wirklich nachhaltige Folgen für sie haben werde. Aber er fühlte auch, daß seinem Gerechtigkeitsgefühl oder besser, seiner Vorliebe für die Symmetrie durch die beklagenswerten Ereignisse in erfreulichem Umfang Genüge getan war.

Angesichts des Gleichmuts und der konventionellen Höflichkeit, mit der Guggisheim Dorothée stets behandelt hatte, fällt es vielleicht schwer zu glauben, daß er Dorothée liebte. Die landläufige Vorstellung von der Liebe läßt in seinem Verhalten vermutlich den Drang vermissen, Dorothée ganz und gar zu besitzen oder sich doch wenigstens nach ihr zu sehnen. Das tat Guggisheim alles nicht und hatte es nie in nennenswertem Ausmaß getan. Er galt allgemein als kalt. Eduard Has hatte er bei ihrem ersten Kennenlernen an einen zarten Frosch erinnert. Übrigens sah Guggisheim nach wie vor außerordentlich jung aus, so als halte ein kühl temperiertes Gefühlsleben das Fleisch wie ein Eisschrank länger frisch. Dorothée war jünger als er und wirkte nun älter, das blieb ihm nicht verborgen. Ihr Hals bekam, während sie ihn im Liegen vorreckte, um sich der Kaffeetasse zu nähern, kleine Runzeln und die Partien unter den Augen hatten die Oberfläche fein knittrigen Seidenpapiers angenommen. Andere Hautpartien, vor allem auf der Nase und der Stirn, die stets besonders unbarmherzig der Sonne ausgesetzt gewesen waren, hatten sich vergröbert, und um die Mundwinkel hatten sich heruntergezogene Linien gebildet, die ihrem Gesichtsausdruck etwas Grämliches gaben. Guggisheim sah die geschwollenen Adern, die sich auf den schmalen Händen wanden und die krallenartige Verformung einiger Fingernägel, die durch die schwarzrote

Lackschicht noch hervorgehoben wurde. Das war also die Frau, die eine Ehe mit Eduard Has hinter sich hatte, und die nun mit kleiner, kläglicher Stimme um seine Gegenwart bat.

Guggisheim studierte, während er schweigend zuhörte, jede Einzelheit ihres Körpers, soweit er unter der leichten Decke sichtbar wurde. Seine Augen wanderten auf ihrem Gesicht auf und ab wie zwei Fliegen, und seine langen Augenwimpern hatten in der Tat etwas von Fliegenbeinen. Ein außenstehender Beobachter hätte diese Musterung mit Grauen betrachtet. Auch Dorothée bemerkte, wie genau er sie prüfte, während sie sprach, ohne daß sie sich daran gestört hätte. Vielleicht ahnte sie, daß dieser zergliedernde Blick kein Ausdruck von Feindseligkeit war. Sie wußte, daß Guggisheim sich immer alles genau ansah, und fürchtete sich nicht vor seinen Entdeckungen. Sie vertraute dabei nicht auf eine das Alter und das Elend besiegende Liebe, wie sie Voltaire seinen Schützling Candide beim Anblick seiner gerupften Braut empfinden läßt, sondern auf eine Vertrautheit, die frei von Begierden ist und nicht enden kann, bloß weil die körperliche Schönheit verfallen ist. Im übrigen fühlte sich Dorothée in keiner Weise als alternde Frau. Aber Guggisheim gegenüber wäre ihr sogar dies Unbegreifliche gleichgültig gewesen, so wie es nur wenige Frauen gibt, die das Urteil ihrer Brüder ernst nehmen.

Dorothée hätte sich gewundert, wenn sie in Guggisheims Gedanken gelesen hätte. Seine Liebe erfrischte und belebte sich, je länger er sie ansah. Man kann sagen, daß jedes Fältchen auf ihrem braunen Knabengesicht für ihn nun zu einem besonderen Anlaß wurde, sie erst recht und auf eine neue Weise immer mehr zu lieben. Worauf es ihm ankam, war Sicherheit und Dauer. Er befand sich in einer Stimmung, wie sie ihn befiel, wenn er sich entschied, ein enorm teures Kunstwerk zu kaufen und einen großen Teil seiner Mittel dadurch für lange Zeit zu binden. In einer solchen Entscheidungslage war zu prüfen, ob das Werk von einwandfreier Provenienz und unbelastet von Rechten Dritter zu erwerben war, welche Perspektiven sich für den Weiterverkauf ergaben und ob die Bewegungsunfähigkeit, die der Preis mit sich brachte, nicht zu kostspielig werden könnte.

Vom Wert Dorothées hatte er sich in langen Jahren gründlich überzeugt. Auch ihre Provenienz betrachtete er als einwandfrei, man durfte sogar sagen, daß Dorothée durch ihren achtzehnjährigen Ausflug in das Haus Has gewonnen hatte, und zwar sowohl in gesellschaftlicher Hinsicht, denn sie war jetzt kein launisches Mädchen mehr, als auch durch die erzieherische Kraft langjährigen Unglücks. Außerdem hatte er durch seine frühere Ehe mit ihr gleichsam eine Option auf sie für die fernere Zukunft abgegeben. Die Perspektiven für den Weiterverkauf waren im vorliegenden Fall jedoch genau umgekehrt zu werten. Hier hatte man zu prüfen, ob ein späterer Verlust der Neuerwerbung auszuschließen war. Die Bindung der Mittel bereitete ihm jedoch keinerlei Sorgen. Er kannte den Preis, den er zu zahlen gedachte. In seinen Junggesellenjahren hatte er die Kunst der Einsamkeit auf die Spitze getrieben. Er fühlte sich nun wie ein Pharao, der sich, wenn er eine ebenbürtige Braut suchte, nur unter seinen Schwestern umsehen durfte. Dorothée war eine solche Schwester. Solange sie nicht zu haben war, betrachtete Guggisheim die Einsamkeit als einen natürlichen Zustand. Jetzt, da sie nur noch ihrem Unglück gehörte, empfand er das Alleinsein als Last.

Nachdem Dorothée stundenlang gesprochen hatte und keine ihrer Kränkungen unerwähnt geblieben war, schwiegen beide eine Weile. Dann sagte Guggisheim, er habe in den letzten Jahren viel Erfolg gehabt, sei aber jetzt an eine Grenze gestoßen. Wenn er das Geschäft erweitern wolle, müsse er die Kapitaldecke beträchtlich vergrößern. Die Angebote, Kompagnons hereinzunehmen, habe er bisher immer ausgeschlagen. Er wolle frei bleiben. Es bahne sich jetzt allerdings ein sehr großes Geschäft an, das ihm die Möglichkeit gäbe, einen großen Sprung zu wagen. Er werde dann nach New York gehen und von dort aus arbeiten.

»Du gehst weg von hier?« fragte Dorothée und sah ihn mit unverhüllter Ängstlichkeit an. »Ich werde natürlich ständig nach Europa kommen müssen . . .«, antwortete Guggisheim, indem er seinen Satz unbestimmt ausklingen ließ. Dorothée wurde plötzlich ein flehendes Kind. »Ich kann keine Nacht mehr allein in dieser Wohnung verbringen!«, sagte sie verzweifelt, »du darfst mich nie wieder allein lassen! Du mußt mich mitnehmen, egal, wohin du gehst, von mir aus nach New York!« Guggisheim sah sie lächelnd an, und in seine kühlen Augen trat ein undurchschaubarer Ausdruck. Dann nahm er sanft ihre Hand. Im stillen stattete er seinen

Dank ab, wie er es immer tat, wenn er etwas, was er heiß zu besitzen begehrte, förmlich nachgetragen bekam. »Merkur«, hieß die Instanz, an die er sich in solchen Fällen wandte, nicht der Planet oder gar der olympische Bote, sondern eine Renaissance-Bronzestatuette, deren harten, glatten Körper Guggisheim, wenn er telefonierte, mit den Händen blankzureiben pflegte. Er sah aber während seines Gebets so freundlich aus, daß Dorothée sich erhört fühlte. Entspannt ließ sie sich wieder in die Kissen sinken.

Als Olenschläger am nächsten Vormittag um elf Uhr pünktlich eintraf, war es Guggisheim, der ihm öffnete. Dorothée blieb unsichtbar. Er hatte ihr zuvor ein stattliches Frühstückstablett vorbereitet, als stehe alle Zeit der Welt dafür zur Verfügung. In Wirklichkeit war er jedoch von einer starken Spannung erfüllt. Was sollte man tun, wenn Eduard Has so plötzlich, wie er verschwunden war, wieder in der Wohnung stand? Ein anderer hätte in dieser Lage vielleicht auf ausführliche Frühstücksvorbereitungen verzichtet, aber Guggisheim hielt es für einen wichtigen Bestandteil seines Pakts mit dem Glück, in bedrohlichen Augenblicken keinesfalls den gewohnten Lebensrhythmus zu ändern.

Olenschläger stellte einen Begleiter vor, den er nicht angekündigt hatte. Guggisheim reichte dem Mann nur flüchtig die Hand, denn sein Instinkt sagte ihm, daß es sich um einen subalternen Bankangestellten handelte, der Direktorentitel täuschte ihn da nicht. Obwohl er Olenschläger nur vom Telefon her kannte, behandelte er ihn wie einen alten Bekannten. Die knappe Frage: »Sind wir allein?« beantwortete er mit einem nachlässigen Kopfnicken. Während sie sich durch die geöffneten Flügeltüren und durch die Flucht der Räume langsam dem großen Salon näherten, blieb der Bankdirektor gelegentlich zurück und versuchte, die Signatur eines Gemäldes zu entziffern. »Wir müssen ihm gleich ein bißchen den Kram erklären«, sagte Olenschläger leise zu Guggisheim. »Im wesentlichen ist zwar nur der schriftliche Bericht von Bedeutung, aber ich habe einfach mal einen von den Kerlen mitgeschleppt, damit man dort wenigstens weiß, daß die Sachen auch da sind.« – »Kommen Sie, Herr Dr. Regensburg«, sagte Guggisheim darauf leutselig, »ich werde Ihnen später die Sammlung zeigen.« – »Mein Name ist Regensberg«, sagte der Bankmann, auf dessen Gesicht sich ein Lächeln bildete, als werde es mit Eisenklammern auseinandergezogen.

Obwohl er gedrungen und sogar ein wenig plump aussah, besaß er doch eine idealistische Seele. Eine schwungvolle blonde Tolle erzählte noch von den prägenden Jahren, in denen Regensberg unter dem meist regenschweren Fähnlein einer protestantischen Jugendgruppe durchs Land gezogen war. Wie viele große Deutsche war er in einem Pfarrhaus in Thüringen zur Welt gekommen. Über seinem Bett dort hatte eine Fotografie des schwebenden Christus von Barlach aus dem Dom zu Güstrow gehangen. Dessen riesige geschlossene Augen, die sich wie bei soeben geschlüpften Spatzen unter den Lidern hervorwölbten, hatten ihn gelehrt, daß die Kunst nicht betrachtet, sondern innerlich erschaut werden müsse. Er erklärte deshalb gern seiner Frau, man dürfe in den Ausstellungen nicht zu genau hinsehen, es komme auf die Ahnung aus der Ferne an. Seine Neugier war beträchtlich, als Olenschläger ihn zu der morgendlichen Besichtigung aufforderte, denn mit Sammlungen hatte er noch nichts zu tun gehabt. Aber als er, hinter den beiden anderen Herren zurückbleibend, unter einem massigen Porträt eines Mannes im Smoking die Signatur »Beckmann« entzifferte, geriet er in Unruhe. Es hatte etwas Schockierendes für ihn, daß die Bilder, deren Maler ihm als weltberühmte Größen bekannt waren, nun ohne weiteres auf den weißen Kalkwänden des Hauses Has hingen, aber er hätte schwer zu sagen gewußt, was ihm genau an ihrer Erscheinungsform fehlte. Der Glorienschein, das Geheimnis, das Hinüberstrahlen eines solchen Namens in eine Welt, die mit Kunst sonst nichts zu tun hatte, wurden nicht sichtbar, wenn man die italienisch gerahmten Rechtecke derart privat vor sich sah. Die Bedeutung, die diese Bilder doch gewiß hatten, verblaßte zu einer bloßen Behauptung. Die Signaturen, die er entdeckte, kamen ihm überraschend plump vor. Er fand das, was er sah, zu einfach, ohne sagen zu können, worin dieser Mangel genau lag.

Daß Herr Dr. Regensberg in seinen Wirtschaftsblättern den Kunstmarkt verfolgte und die Mechanismen dieses Marktes in einem Referat einleuchtend hätte darstellen können, hatte seine Naivität nicht beeinträchtigt. Als er sich den Kunstobjekten, die er wohlgemerkt ausschließlich unter wirtschaftlichen Gesichtspunkten zu begutachten hatte, nun mit widerstreitenden Gefühlen näherte, dachte er auf einmal, daß die Lehre des blinden Christus von Barlach in Wahrheit eine Warnung gewesen sei. Im großen Salon hatte Guggisheim eine Flasche Mineralwasser und drei Gläser aufgestellt, um eine gewisse Gastlichkeit anzudeuten. Dann bat er »Herrn Dr. Regensberger«, wie er sagte, während seines Aufenthalts im Hause nicht zu rauchen. Der zum zweiten Mal falsch Angesprochene versicherte, daß er diese Vorsichtsmaßnahme angesichts solcher Schätze verstehe. Sein Versuch, den Namensirrtum zu verbessern, war hingegen ungünstig plaziert und fiel unter den Tisch. Solche Namensverwechslungen waren für Guggisheim höchst untypisch. Als Schweizer war er gegenüber den »Schwaben«, wie man in Basel die Deutschen nannte, zwar empfindlicher Abwehrrituale fähig, griff aber doch kaum zu dem Mittel, sein Gegenüber durch nachlässige Namensverdrehung geradezu zur Unperson zu stempeln. In der Folge verwandte er den Namen einmal richtig, dann wieder falsch in den Variationen »Regensdorf« und »Regensberger« und schließlich streckte er die Hand aus und sagte: »Herr – nein, bitte sagen Sie nichts, ich will es selber lernen! Herr – Re ...«, und Herr Dr. Regensberg, der die Muskulatur um die Augen in einer Weise verkrampft hielt, als versuche er sie trotz starker Blendung geöffnet zu halten, ergänzte: »Regensberg«. – »Re-gens-berg«, wiederholte Guggisheim, als habe er sich einen vielsilbigen ungarischen Namen einzuprägen. Er lächelte danach freundlich, weil ihm der Gedanke durch den Kopf schoß, Herr Dr. Regensberg sei nun soweit gebracht, seinen Namen hundertmal zu wiederholen und dann die Fassung zu verlieren.

Olenschläger betrachtete Guggisheims Vorgehen mit maskenhaftem Gesicht. Auch er war in diese Kunst, Menschen zu behandeln, eingeweiht und hatte doch immer einen leisen Widerwillen dabei empfunden. Aber in diesem Fall war ihm überhaupt nicht klar, warum Guggisheim sich so betrug. Es gehörte zu seinen Überzeugungen, daß es kein absichtsloses Betragen gab. Schon am Telefon war ihm in der Stimme des Kunsthändlers eine eigentümliche Mischung von Weichheit und Härte aufgefallen, ein Eindruck, der sich nun noch verstärkte. Das Weiche lag in seinem dicken Körper, in der feinen farblichen Abstimmung des Anzugs, die ihm etwas Geputztes gab, in den kraftlos erscheinenden Bewegungen der Hände und dem unwillkürlichen Innehalten, wenn er in einer Glastür plötzlich sein Spiegelbild entdeckte und sich von diesem Anblick nicht losreißen konnte. Die Härte drückte sich in Guggisheims vorzüglicher Haltung aus, die seiner Erscheinung etwas Gespanntes gab, und vor allem in seinen Augen. Olenschläger hielt eine Neigung zur Grausamkeit nicht für ausgeschlossen. Hier tat sich ein Graben zwischen ihm und Guggisheim auf. Olenschläger verhielt sich als Schüler Machiavellis nur grausam, wenn es die Notwendigkeit der Sache erforderte. Guggisheim folgte wohl zuweilen dem Sadeschen Vorbild.

»Ich weiß offengestanden nicht, was die Herren sich eigentlich gedacht haben«, begann Guggisheim, der sich auf einen trommelartigen afrikanischen Hocker gesetzt hatte und gleichsam sprungbereit über den tief unter ihm in weichen schwarzen Lederpolstern liegenden Besuchern schwebte. Sein Bekenntnis zur Offenheit steckte Olenschläger sogleich an. Er ließ ein knappes Räuspern hören und sagte: »Geld!« Jetzt lachten alle kennerhaft. »Spaß beiseite«, sagte Guggisheim und bewies mit dieser Redensart, daß er sich in dem Milieu reichsdeutscher Geschäftsleute gut auskannte. »Geld wollen wir alle, brauchen wir alle, haben wir nie genug. Die Frage ist im vorliegenden Fall doch nur, wieviel. Aber um Ihnen einen Einblick in den Spielraum zu geben, der sich hier eröffnet, darf ich Sie mit folgender Schätzung vertraut machen: Wenn man die Sammlung, so wie sie ist, heute auf den Markt wirft, dann wird man dafür zwischen vier und sechs Millionen erzielen.« – »Das langt ja«, sagte Olenschläger gemütlich zu Dr. Regensberg. »Aber das wäre eben eine unerhörte Vergeudung«, fuhr Guggisheim mit leicht erhobener Stimme fort. »Dieselbe Sammlung, richtig plaziert, wohl vorbereitet und vor allem mindestens noch fünf Jahre zurückgehalten, in dieser Zeit aber ausgestellt, publiziert, mit einem ordentlichen Ruf versehen, wird mit Gewißheit wenigstens das Dreifache erzielen. Ein solches Objekt ist eben keine Immobilie.« – »Ach, da gibt's auch Schwankungen, was, Dr. Regensberg?« sagte Olenschläger und stieß dem Bankmann die dürren Finger in die Seite. Regensberg zuckte, als sei sein Musikantenknochen berührt worden, denn seine bequeme Lage in dem schwarzen Ledersofa täuschte über den geringen Grad von Gelassenheit, dessen er fähig war, hinweg.

»Ich meine kurzum«, sagte Guggisheim nun sehr würdevoll, »daß niemandem von uns an der leichtfertigen Vergeudung bedeutender Vermögenswerte gelegen sein kann. Ich möchte betonen, daß ich nur bereit bin, an einer Verwertung der ›Sammlung Eduard und Dorothée Has‹ mitzuwirken, die meinem professionellen Ethos entspricht.« – »Sie vertreten Herrn Dr. Has?« sagte Regensberg, indem es ihm gelang, unter Anspannung der Bauchmuskulatur seinen Oberkörper dem über ihm thronenden Guggisheim entgegenzuheben. »Ich vertrete zunächst einmal mich selbst, darüber hinaus berate ich Herrn Dr. Has«, sagte Guggisheim, »der heute nicht zugegen ist, und ich vertrete die Interessen von Frau Dorothée Has.«

Olenschläger, der bis dahin jovial geblickt hatte, setzte wieder seine Maske auf. Daß Guggisheim Dorothée vertrat oder, genauer gesagt, sich inzwischen die Vertretung Dorothées gesichert hatte, war eine Nachricht, die sein Mißtrauen erregte. »Ich verstehe nicht ganz«, sagte Regensberg, der im steten Kampf um eine vorteilhaftere Position auf dem Sofa in ein regelrechtes Zappeln geraten war, »das war doch wohl gar nicht unser Ausgangspunkt, nicht wahr?« Dabei suchte er Olenschlägers Augen, er suchte Zustimmung, erhielt aber nur einen blauen Firnenblick, der nichts besagte. Unsicher fuhr er fort: »Es ging uns doch bisher lediglich um die Sicherung eines Kredites in Höhe von etwa zehn Millionen Mark? Von einem Verkauf der Sammlung war dabei doch nur für den Fall die Rede, daß eine Sicherheitsleistung anders nicht zu erbringen ist? Und wie ich höre, gestaltet sich das doch hier sehr erfreulich, ich meine die Zahlen? Im Grunde braucht Herr Dr. Has nur einige Stücke aus der Sammlung herauszulösen, und wir sind zufrieden? Und er doch wohl auch?« Kurzum, jeder seiner Sätze war eine Frage. Aber auch als Behauptungen hätten sie Guggisheim nicht weniger verärgert. Er richtete sich auf seinem Häuptlingssitz auf und nahm wieder eine tieftraurige Miene an.

»Ja, so stellt man sich das gerne vor, ein paar Bilder aus der Sammlung herauslösen, wie man ein paar Aktien verkauft oder Goldbarren abgibt und dadurch den Wert der verbleibenden Goldbarren nicht schmälert. Aber mit einer Sammlung ist das eben anders!« Und nun begann er ein Bild der »Sammlung Eduard und Dorothée Has« zu entwerfen, das Olenschläger daran zweifeln ließ, ob es überhaupt klug gewesen war, Guggisheim hinzuzuziehen. Mit Has wäre er womöglich leichter zu Rande gekommen.

Man müsse alles, was man von sogenannten Sammlungen gehört

habe, vergessen, wenn man die Has'sche Sammlung betrachte, forderte Guggisheim. Er schilderte das wahllose Sammelsurium, das die meisten Sammlungen auszeichne, in denen der Sammler, einem fast geisteskranken Trieb folgend, seinen Plunder zusammengetragen habe. »Gotische Madonnen, ein Patinir, eine angezweifelte Watteau-Zeichnung, zwölf Daumiers, Sisley und Dunoyer de Segonzac und fünf griechische Vasen!« rief er und offenbarte mit dieser Aufzählung einen überraschend satirischen Schwung. Seine Augen blitzten, aber sein Publikum vermochte den Geist, der aus seinen Worten sprach, natürlich nicht annähernd zu würdigen. Guggisheim kannte allerdings nur wenige Leute, die seine Späße verstanden. Es genügte ihm daher meistens, sie einzuschüchtern.

»Die Sammlung Has ist im Grunde bereits jetzt eine eigenständige Museumssammlung. Sie ist derart genau gebaut, daß zu ihrem Wert im ganzen eigentlich jedes einzelne Stück entscheidend beiträgt. Die Sammlung besteht aus ungewöhnlich wertvollen Teilen, aber sie ist in ihrer Gesamtheit wertvoller als die Summe dieser Teile. Das macht das Arbeiten mit ihr geschäftlich schwierig, aber auch reizvoll – mein Gott, wie soll ich mich verständlich machen! Vielleicht doch mit einem Beispiel aus der Immobilienwelt.«

Olenschläger war unter seiner Bräune blaß geworden. Bei Gemütserregungen pflegte sein Kreislauf zu versagen. Olenschläger wurde steinkalt und bekam ein flaues Gefühl im Magen. Die kalten Güsse, die er sich in Bad Reichenhall über den sehnigen Nacken verabreichen ließ, vermochten diese Konstitution nicht zu beeinflussen. Die einzige Rettung wäre, wenn Guggisheim auf einmal mit offenem Fischmaul von dem Afrika-Hocker sinken würde, dachte Olenschläger in seiner Übelkeit, denn er hatte sich die Gabe zu trockener Beobachtung auch während seelischer und körperlicher Revolutionen bewahrt.

»Wenn Sie eine kleine Forderung gegen einen insolventen Schuldner haben, der ein Haus besitzt«, lehrte Guggisheim vom hohen Stuhl herab, »dann lassen Sie ihn doch auch nicht das Dach abdecken, um sich an den Ziegeln schadlos zu halten, sondern nutzen die günstige Gelegenheit, strengen sich ein wenig an und nehmen dem Mann das ganze Haus ab!«

Olenschläger war fest entschlossen, die Wohnung zu verlassen. Er ordnete geradezu pedantisch seine Knochen, schloß die Knie, beugte sich mit dem ganzen Oberkörper nach vorn und stieg aus dem schwarzen Schlund des Sofas, als falte sich ein zusammengeklapptes Gerüst auseinander. Ohne ein Wort der Entschuldigung bewegte er sich mit behutsamen Storchenschritten aus dem Zimmer. Nebenan, in dem Glaskabinett, lehnte er die Stirn an die warme Fensterscheibe, sah hinunter auf die Straße und lauschte Guggisheims Ausführungen, die aus der Ferne fast nur noch als alemannische Sprachmelodie zu ihm drangen.

Deutscher Expressionismus werde gegenwärtig in London und Paris noch zu bescheiden honoriert, ziehe in den Vereinigten Staaten aber an und locke neuerdings auch japanische Kreise. Es sei sein persönliches Verdienst, mit der Sammlung Has den deutschen Expressionismus in Beziehung zur internationalen Kunstentwicklung gesetzt zu haben. Seine Sammlung zeige das Woher und das Wohin und bestimme den Stellenwert! Hier könne man eben die Wurzeln des deutschen Expressionismus bei Cézanne und dem späten Manet, den Fauves und dem Kubismus Picassos studieren und ebensogut seine Weiterentwicklung durch den amerikanischen abstrakten Expressionismus verfolgen – im Augenblick müsse er da übrigens enttäuschen, denn diese Abteilung sei gegenwärtig in Stockholm. Kurzum, die von ihm geschaffene Sammlung Has habe alles Erdenkliche dazu beigetragen, um die eigene Valuation vorteilhaft zu gestalten. »Ich habe die Brücke gebaut, über die diese Sammlung in eine neue Welt wandern wird«, sagte Guggisheim. »Man wird meines Erachtens das Augenmerk zuerst auf Japan richten müssen. Dennoch erlaube ich mir noch einmal auf die generelle Voraussetzung hinzuweisen: Zeit, Zeit, Zeit! Im übrigen weiß ich nicht« – und hier senkte Guggisheim die Stimme, so daß Fred Olenschläger fast nichts verstand –, »ob Sie in die familiären Implikationen bereits eingeweiht sind.« Herr Dr. Eduard Has werde in näherer Zukunft beträchtlich an Bewegungsfreiheit einbüßen. Es sei der ideale Zeitpunkt, gemeinsam ein Konzept für die nächsten Jahre zu entwikkeln. Wenn Herr Dr. Regensberg es aber für geraten halte, könne man zu substantielleren Erörterungen jederzeit auch an anderem Ort zusammenkommen.

Olenschläger hatte sich inzwischen soweit gefaßt, daß er glaubte, genug Kraft zu besitzen, um die Gesprächsrunde wieder zu erweitern. Er pflegte sich im Stehen zu erholen wie ein Pferd, sonst besaß er aber eher noch geringere Bedürfnisse. Kein Stallknecht mußte ihm die Flanken abreiben, und die Bademeisterin von Bad Reichenhall wurde nur in den Ferienwochen tätig. Nun war auch seine Kaltblütigkeit zurückgekehrt. Ein neuer Schlachtplan zeichnete sich ab. Könnte man Eduard nicht begreiflich machen, daß ihm vor Guggisheim nur die »Verwaltung« Rettung und Schutz bot? Fred Olenschläger pflegte nicht zu diskutieren. Wenn ihm die Leute lange genug ihre Überzeugungen vorgeschwatzt hatten, drehte er sich schweigend um, begab sich ins Büro und diktierte seine Entscheidung auf das Tonband. Die Trumfeller übertrug dann die ächzenden, halb verschluckten Sätze, die dem Selbstgespräch eines in einer Felsspalte lebenden Einsiedlers abgelauscht zu sein schienen, in ihre ungemütliche Prosa.

Er hatte schon die ersten Schritte in Richtung des Salons getan, da stand Dorothée plötzlich neben ihm, die überrascht ein wenig zurückfuhr, ihn dann aber mit einem flüchtigen Kuß auf die Wange begrüßte. Sie sah ernst aus und hatte sich, was ihre Erscheinung anging, mit Hilfe starker Farben wieder zurechtgemacht. Aus ihrem bräunlichen Gesicht leuchtete ein roter Lippenstift, in den Ohren trug sie goldene, zigeunerinnenartige alte Ohrringe. In der Hand hielt sie einen Brief, auf den sie »Lilly« geschrieben hatte. Sie schien einen Platz zu suchen, wo er am ehesten ins Auge fiel. »Es tut mir leid, Onkel Fred, daß ich mich nicht um dich kümmern kann«, sagte sie gedämpft mit einem Seitenblick auf die Herren im Salon, »aber wir sind im Aufbruch, und es gibt noch allerhand vorzubereiten.« Sie hatte Olenschläger immer Onkel genannt, weil er ihr wie eine Gestalt von jenseits des Grabes erschien, angenehm alt also für ihren Geschmack, und Fred Olenschläger hörte sich gern Onkel nennen, das amüsierte ihn. »Wer sind denn wir?« fragte er und sah sie scharf an.

Dorothée war keineswegs verlegen, aber sie zögerte mit der Antwort, als überlege sie, ob Olenschläger schon alles wissen dürfe. Dann zeigte sie durch die Glasscheibe auf den breitbeinig auf dem Hocker thronenden Guggisheim, zu dem Dr. Regensberg aufblickte. »Du hast wohl meinen früheren Mann kennengelernt«, sagte sie. »Und mit dem machst du dich weg?« fragte Olenschläger, indem er in sein Frankfurterisch verfiel. Die rohe Frage erschütterte ihre Fassung, aber sie schämte sich nicht vor ihm. »Ich kann keinen

Tag länger hier bleiben«, sagte sie leise, aber nicht verzweifelt, sondern sehr hart. »Das Leben mit Has war der furchtbarste Irrtum meines Lebens, und beinahe wäre ich daran zugrunde gegangen«, und als Olenschläger sie fragend ansah, fügte sie hinzu: »Nun, vielleicht nicht gerade zugrunde gegangen, dazu reichen Eduards Fähigkeiten denn doch nicht aus.«

Obwohl sie Olenschläger vertraute, fühlte sie plötzlich die Unmöglichkeit, in seiner Gegenwart von Etelka zu sprechen. Sie glaubte, seinen Blick nicht ertragen zu können, wenn sie sich als Opfer dieser tristen Affäre beschrieb. War das Scham? Oder Stolz? Oder war es am Ende die Angst, Fred werde ihr nicht abnehmen, daß Has sie verletzen konnte, indem er sie mit Etelka betrog? So, wie sie Fred Olenschläger jetzt gegenüberstand, schien es Etelka auf einmal überhaupt nicht mehr zu geben. Keine Stunde hatte sie wegen Etelka gelitten. Aber was war es dann, weswegen sie Has nun verlassen wollte? Es hatte doch Gründe gegeben.

Es sei einfach Fremdheit, die sie empfinde, sagte Dorothée schließlich, übrigens nicht allein im Zusammensein mit Has, sondern mit allem, was ihn umgebe. Alles hier im Haus sei von seinem Wesen durchdrungen, sie fände nirgends einen Platz, um dem zu entkommen. Auch ihre Tochter, um beim Nächstliegenden anzufangen, sei eben in erster Linie eine Has, und ihr Vater habe sie darin ein Leben lang auch noch handgreiflich bestärkt. »Ich ertrage diese hemmungslose Intimität zwischen Vater und Tochter nicht mehr«, sagte sie. Im übrigen mache das Mädchen ohnehin, was es wolle. Immerhin fühle sie sich nicht als Rabenmutter, wenn sie den zermürbenden Kampf um den Einfluß auf Lilly nun aufgebe. »Lilly ist mir jederzeit willkommen«, sagte sie und wies auf den Brief. »Das habe ich ihr ausdrücklich geschrieben. Aber jetzt werde ich erst einmal an mich selber denken. Schon morgen wache ich in einem anderen Bett auf.« Und mit einem halben Lächeln fügte sie hinzu: »Man lernt, den schlimmsten Dingen doch noch eine gute Seite abzugewinnen.«

Olenschläger sprach so sanft und leise, daß sich seine Bemerkung gleichsam unter den Hindernissen hindurchschob, die Dorothée gegenüber allem, was sie von ihrem Entschluß hätte abbringen können, errichtet hatte. »Mach keine Dummheiten«, sagte er und sah sie dabei an, als wolle er sie zwingen, auch auf das zu hören, was er nicht aussprach. Langsam hob er die kalten Hände und umfaßte damit ihre nackten Unterarme fest wie ein Schraubstock. Dorothée schauderte. Sie sah durch das Glas zu Guggisheim hinüber, als ob sie in ein Aquarium blicke, in dem sich zwei dicke Schildkröten paddelnd bewegten. Die Szépregyische Architektur vereinzelte und verband die Menschen in den verschiedenen Räumen wie in einem Alptraum, in dem sich die Wirklichkeit der Farben und Geräusche unmerklich und schließlich bedrohlich verändert.

»Der Mann da drüben ist genauso ein Drecksack wie Has«, sagte Olenschläger immer noch sanft. In diesem Augenblick wurde die tiefe Einigkeit zwischen ihm und Dorothée sichtbar, denn Dorothée verstand das Schimpfwort sofort, wie Olenschläger es gemeint hatte, nämlich nicht als Beleidigung, sondern als leidenschaftslose Beschreibung einer Einsicht. Sie schwankte, welche Folgen aus seinen Worten zu ziehen seien. »Es ist alles schon vorbereitet«, sagte sie mit gesenktem Kopf, »es ist, fürchte ich, nichts mehr zu ändern.« – »Was ist vorbereitet?« fragte Olenschläger. »Nichts für mich, ich nehme nichts mit! Höchstens eine kleine Tasche. Mein Schmuck ist bereits im Banksafe«, antwortete Dorothée mit einem Eifer, der von Bedenken schon überschattet war. »Der große Umstand sind die Bilder. Das Haus ist ja praktisch unbewohnt, und deshalb haben wir uns« – sie vermied den Namen Guggisheim auszusprechen – »entschlossen, die Bilder zu seiner Spedition aufs Lager zu geben. Heute nachmittag wird hier alles leergeräumt. Ich will Eduard durch meine Abreise keinen Schaden zufügen, muß aber auch die Verantwortung für die Sammlung etwas verteilen. Ich war ganz ratlos, weil ich durch die Bilder hier derart festgebunden bin, bis wir dann auf die gute Idee kamen.«

In diesem Augenblick näherte sich ihnen Guggisheim mit Dr. Regensberg an seiner Seite, und Olenschläger ließ Dorothées Arme los. In seiner Brust mischten sich widerstrebende Gefühle, die Bewunderung für Guggisheim und das aufrichtige Bedauern, das er stets empfand, wenn sein Vetter von anderen Leuten Prügel bezog. Als Guggisheim ihn zum Aufzug begleitete, überlegte Olenschläger angestrengt, ob er durch eine sarkastische Bemerkung zeigen solle, daß er das Spiel des Kunsthändlers durchschaut habe. Aber obwohl es hell war hier oben unterm Dach, kam ihm keine rechte Erleuchtung. »Ich gratuliere Ihnen« und »Wir werden sehen, wieweit Sie kommen« – das waren die einzigen Floskeln, die ihm einfielen, lahme Bemerkungen ohne Biß und echte Drohung. Unter diesen Umständen beschloß er, seinen Mund zu halten und auf das wechselnde Glück einer nächsten Begegnung zu bauen. Als er sich am Aufzug noch einmal umdrehte, sah er in weiter Ferne Dorothée. Sie hatte die Hände in einer für sie ungewöhnlichen Weise zusammengelegt. War das ein Beten oder ein Händeringen? Dann sank der Aufzug hinab, und zugleich verschwand dies schüchterne Bild einer unheilbaren Zerrissenheit.

Zwei Tage später lagen die weitläufigen Fluchten der Has'schen Dachwohnung da, wie Szépregyi sie erschaffen hatte: frei von den zahllosen Störungen, die durch das Hängen der Sammlung den reinen Linien der nach dem Goldenen Schnitt geplanten Räume zugefügt worden waren. Nur schwarze Ränder zeigten noch die Stellen an, wo Eduards Bilder gehangen hatten, und darüber ringelten sich die von den Deckenleisten herabhängenden Drähte, die, von ihrer Last befreit, wie Luftschlangen leise im Luftzug wehten, denn die Terrassentür war offen geblieben. Dort standen die Bierflaschen, die von den Packern geleert worden waren. Szépregyi kam schon bald in den Genuß, sein Werk wieder im Original zu erblikken, denn er traf kurz nach Dorothées Abreise in Frankfurt ein und begab sich sofort in das verlassene Haus.

Es war Toddi Osten, der seine Ankunft beobachtete und seine Eindrücke von diesem Ereignis nun im Kreis des Café Feuerbach ausbreitete. Die letzten beiden Schulstunden waren dem Sportunterricht gewidmet. Hier galt das Schwänzen vom Standpunkt des Feuerbachkreises aus als nahezu obligatorisch, während es für Religion immerhin noch als fakultativ betrachtet wurde. Toddi Osten redete mit dem blassen dünnen Mathematiker, der Lilly immer seine Hefte mit den Schulaufgaben abzutreten hatte, und zwei Jungen aus der Parallelklasse. Alfred kam erst dazu, als Toddi seine Teezeremonie begann. Das Café war um diese Stunde fast leer. Toddis Stimme füllte mühelos den weiten Raum, aber die Kellnerinnen bewunderten ihn, lachten über seine Späße und hielten große Stücke auf seine Pfiffigkeit. Herr Osten habe das Zeug zu einem künftigen Bundeskanzler, sagte die Serviererin häufig zu der Büffetdame, wenn sie sein kleines Teetablett mit dem sorgfältig ausgepreßten Beutel in das Fenster der Küchentür stellte.

»Lilly sehen wir nicht so bald wieder«, sagte Toddi, als Alfred sich setzte. »Hinter den Kulissen laufen die tollsten Dinger!« Die beiden aus der Parallelklasse hatten schon etwas von der Welt gesehen. Der eine war der Sohn eines ursprünglich Leipziger Pelzhändlers, der Vater des anderen besaß ein Hotel im Bahnhofsviertel. Toddi Osten wußte, daß er den beiden nicht mit harmlosen Schülergeschichten kommen konnte.

»Lilly ist der typische Fall der bildhübschen kleinen Hure«, sagte Toddi also, als habe er Legionen bildhübscher Huren an sich vorbeiziehen sehen. »Es war mir klar, daß das Ereignis irgendwann eintreten mußte«, fuhr er fort, ohne Alfred dabei anzusehen. »Ein Mädchen in diesem Alter ist reif. Es ist nur eine Frage der Zeit, wann sie fällt«, sagte er. Der Sohn des Hotelbesitzers nickte wissend mit dem Kopf, aber der Sohn des Pelzhändlers sah kalt an Toddi vorbei und reckte seine Nase in die Luft, als wittere er woanders einen saftigeren Braten. »Reif wozu?« fragte der Mathematiker. Ein trokkenes Gelächter antwortete ihm. »Ich meine, einen Busen hat sie doch schon lange«, sagte er verwirrt. »Das hat mit dem Busen wenig zu tun«, sagte Toddi und befand sich nun auch mit dem Sohn des Pelzhändlers im Einverständnis. »Was willst du damit sagen, wenn du Lilly eine kleine Hure nennst?« fragte Alfred plötzlich mit eigentümlich leidenschaftsloser Stimme. Eine kleine Befangenheit legte sich über die Gesellschaft. Der Hotelbesitzerssohn und der Pelzhändlerssohn besaßen genug Erfahrung, um es albern zu finden, Personen als Huren zu bezeichnen, die es dann doch nicht waren. In ihren Kreisen lächelte man herablassend über die ahnungslosen Schuljungen und ihre tollen Gerüchte. Toddi ahnte das. Er wußte, daß die beiden »jungen Herren«, wie der Hotelbesitzerssohn und der Pelzhändlerssohn von der Büffetdame des Café Feuerbach genannt wurden, sich erbarmungslos von ihm abwenden würden, wenn sich erweisen sollte, daß er nichts zu bieten hatte. Jetzt erst faßte er wirklich den Entschluß, seine Beobachtung preiszugeben. Was er nun erzählen würde, hatte er schließlich selbst gesehen. Er brach damit kein Vertrauen, denn man hatte ihm auch keins entgegengebracht.

»Ich will damit sagen, was man allgemein darunter versteht«, antwortete er deshalb dreist. »Wenn ein Mädchen in diesem Alter plötzlich die Schule aufgibt und unter rätselhaften Vorwänden die

Stadt verläßt, dann ist sie wahrscheinlich schwanger. Dieser Rückschluß muß jedem normal denkenden Menschen einleuchten. Was mich betrifft, so habe ich sie nur anzusehen brauchen, um alles zu wissen.« – »Was zu wissen?« fragte Alfred in gespannter Entrücktheit.

»Du bist ein Kindskopf«, antwortete Toddi und schüttelte den Kopf. »Gerade du müßtest doch am besten wissen, mit wem sie es treibt. Gestern nachmittag habe ich die beiden im Auto ankommen sehen. Ich konnte gerade noch hinter einem Busch verschwinden. Sie heulte, und er machte eine Bewegung, als ob er ihr eine runterhauen wollte, und sie hob den Arm, als ob sie gewohnt wäre, manchmal eine gewischt zu kriegen. Das braucht sie, das will sie so haben! Und daß er so steinalt ist, finde ich auch ganz logisch. Diese Art Mädchen fliegt auf Großväter, obwohl der Mann ja ein ganz Sportlicher zu sein scheint, eine Mischung aus Windhund und Luis Trenker. Schließlich haben sie sich versöhnt. Sie durfte ihn küssen, obwohl es ihm lästig war.« Was er verschwieg, war, daß auch Lilly ihn schließlich entdeckt hatte, als sie mit Szépregyi ins Haus ging. Sehr ehrenvoll sah Toddi Osten hinter dem Rhododendronbusch nicht gerade aus. Lilly würdigte ihn keines weiteren Blickes. Auch Szépregyi, ganz in düstere Gedanken versunken, beachtete ihn nicht. »Wie arrogant und dumm von ihnen!« dachte Toddi Osten, als die beiden im Aufzug nach oben geschwebt waren, »sie hätten sich gut mit mir stellen sollen.«

Der Kaffeehausrunde legte er indessen dar, wie seine Beobachtung zu werten sei. »Der Fall ist klar«, sagte er in jenem nachdenklichen Tonfall, der ankündigte, er werde seine für reife Menschen im Grunde unerhebliche Entdeckung nun in einen höheren Zusammenhang rücken. Lilly Has besitze eine oberflächliche, puppenhafte Hübschheit. Die dümmliche Bewunderung der Leute habe sie verwöhnt und zugleich überfordert. Ihre geistigen Kräfte seien bescheiden. »Sie ist eben nur eine Eisprinzessin, da haben wir alle etwas falsch gemacht!« sagte Toddi und schüttelte schwer den Kopf. Lilly habe im Grunde nur nach Führung verlangt. Bei Szépregyi – den Namen sprach er übrigens vollkommen verdreht aus, weil er ihn nie richtig mitbekommen hatte, er sagte Schepergi und betonte das Wort auf der zweiten Silbe, Alfred hätte trotz seiner Benommenheit beinahe aufgelacht – bei Szépregyi also sei sie an den

Richtigen geraten. Von ihm werde sie jetzt gebrochen, »fertiggemacht«, sagte er wörtlich. »In zehn Jahren«, so schloß Toddi sein düsteres Szenario, »ist Lilly ein Wrack. Was hast du denn?« fragte er, indem er Alfred plötzlich herausfordernd ansah, »dir zittern ja die Hände?«

Alfred war tatsächlich aus seinem stummen Brüten erwacht. Er hatte so wenig Erfahrung mit den Gefühlen der Feindschaft, daß sie ihn beinahe entwaffneten. Der Haß auf Toddi Osten machte ihn ratlos. Er wandte seinen Blick ab und stellte fest, daß seine Hände wirklich zitterten. Plötzlich aber erwachte eine Selbständigkeit in diesen sonst gehorsamen Organen, der Alfred unbeteiligt zusah, wie man die Bewegungen eines Tieres beobachtet. Die rechte Hand schoß vor, krümmte sich leicht und schnickte mit den Fingernägeln gegen den Rand von Toddis Teeglas. Man sah es kaum umfallen, so federnd war die Bewegung gesetzt. Und zugleich stieß Toddi einen Schrei aus und stand mit krummen Knien und teetriefendem Hosenlatz vor dem wackelnden Kaffeehaustischchen. Hilflos putzte er mit der Papierserviette an sich herum. »Du mußt mir die Hose bezahlen!« rief er, »die Teeflecken gehen nie mehr raus!« – »Sag mir lieber, wie du so nach Hause gehen willst«, fragte der Hoteliersohn. »Du siehst ja aus, als hättest du dir in die Hosen gepinkelt.«

Das Haus in der Schubertstraße war geräumig geworden, es schien gewachsen zu sein. Bei der Versteigerung war der größte Teil des Inventars unter die Leute gebracht worden. Der Rest sah schäbig aus, besaß aber immer noch genügend Anziehungskraft für die Firma Kalkofen, deren Oberhaupt die Kränkung vergaß, um die größte Beute geprellt zu sein und in gewohnter Tüchtigkeit für den Abtransport auch noch des letzten haarlosen Besens sorgte. Immerhin hielt Kalkofen mit einem Seitenblick auf den zufällig vorübergehenden Alfred seine beiden eifrigen Gesellen davon ab, auch noch die Messing- und Ebenholztürklinken abzuschrauben. Alfred hätte ihn, wie man ahnt, allerdings gewiß nicht daran gehindert, selbst die Türen aus dem Haus zu tragen. Wenn er abends durch die leeren Zimmer ging, schien der Mond tief durch die vorhanglosen Fenster über die Parkettböden, die überall von dem schweren Mobiliar Druckstellen und Unebenheiten bekommen hatten, und gab ihnen neue Teppiche aus silbernen Lichtflächen und den schwarzen Schatten der Fensterkreuze. Salon, Wintergarten und Eßzimmer, die noch vor kurzem so angefüllt waren, daß man kaum zwei Schritte in dieselbe Richtung tun konnte, lagen jetzt wie ein einziger langgestreckter Saal da. Die Riemen des Parketts knirschten, wenn ein Fuß sie berührte, und dies Geräusch vervielfachte sich in dem leeren Raum und pflanzte sich über den ganzen Boden fort. Zunächst hatten die Zimmer auf einmal erbärmlich und verkommen ausgesehen. Uralter Schmutz trat zutage, als die Möbel von der Stelle gerückt wurden. Die zahlreichen Bilder in ihren schweren Goldrahmen hinterließen auf der gebleichten Tapete ein grausames Fleckenmuster. Als Kalkofen aber den letzten Karton aus dem Haus getragen hatte, begann Fräulein Emig noch ein seltsames Werk. »Ich verlasse das Haus besenrein«, erklärte sie und fegte mit einem von Frau Scharnhorst entliehenen Besen jedes Zimmer sorgfältig aus. Und obwohl der Kehricht nur aus Staub bestand, hatten die Zimmer danach eine gewisse kahle Würde angenommen. Der Ruß um die Heizungen, der vergilbte Lack der Türen, die mürben Tapeten, das ausgetrocknete Holz der Fensterrahmen, all diese Schäden fügten dem Haus nach Fräulein Emigs Auskehren auf einmal etwas von der Schönheit eines von den Spuren der Zeit schwer getroffenen alten Freskos hinzu. Die vielen Türen des Hauses, die eben noch jede für sich eine kleine abgeschiedene Welt verborgen hatten, hüteten jetzt ein Geheimnis, das sie unverändert gemeinsam besaßen, den gleichmäßig luftgefüllten, zweckentleerten Raum.

Alfred ließ jetzt manchmal die Türen knallen, wenn er nach Hause kam. Er lief im Korridor des ersten Stocks an sechs halboffenen Türen hintereinander vorbei und schlug sie zu, daß es wie eine Schußsalve durch das Haus dröhnte. Die Stille, die sich dem kaum verschwebten Echo anschloß, war dann doppelt aufgeladen. Im Mansardenstockwerk, wo Alfreds Schlaf- und Studierzimmer lag, hatte sich noch am wenigsten verändert. Tante Mi veranlaßte sogar, daß der abgetretene Teppich, der im Vorraum lag, durch einen etwas besser erhaltenen ersetzt wurde. Es hingen auch noch zwei Bilder draußen, Altfrankfurter Ansichten vom Kaiser Karl auf der Alten Brücke und vom Gartenhäuschen der Marianne von Willemer, aber das war ein Versehen, denn diese Blätter gehörten zu einer Mappe von insgesamt zwölf Stück, die als unvollständig und deshalb im Wert stark gedrückt versteigert worden war. Sonst hatte es aber kaum ein Versehen gegeben, denn Tante Mi hatte an alles gedacht. »Mein Mietvertrag mit dir läuft bis zu deinem achtzehnten Geburtstag«, sagte Tante Mi, bevor sie auszog. Nur jeden Samstag bitte sie um seinen Besuch in Kronberg, damit sie wisse, daß er nicht nach Indien abgereist sei.

Als Alfred sie am folgenden Samstag in ihrem Altersheim gehorsam zum Mittagessen besuchte, war der Kosmos der Schwestern Labonté in der Schubertstraße bereits zerschlagen. Alfreds kleine Zimmer aber waren genauso erhalten geblieben, wie er sie bewohnte, seit er zehn Jahre alt war und ins Gymnasium kam. Wenn er die Tür hinter sich schloß, dann betrat er vertrauten Boden und wußte doch, daß diese Zimmer nun in keinem größeren Zusammenhang mehr standen, sondern wie die Kabine eines Zeppelins über der Schubertstraße in der freien Luft schwebten. Was ihn bis jetzt getragen hatte, war verschwunden. Ihm gehörte nur noch, was mit seiner eigenen Person unlösbar verschmolzen war. Aber gab es das überhaupt noch? Die inneren Bilder, jener Besitz, der vor Enteignungen besonders geschützt ist, waren in Gefahr geraten. Wenn Alfred an die Tanten dachte, die so sorgfältig jedes Zeichen, das an ihre Existenz erinnerte, aus dem Haus Nr. 23 entfernt hatten, wußte er oft nicht, ob er sie noch als Teil seines Lebens betrachten durfte oder ob er ihnen damit Gewalt antat. Die Verblüffung über diesen Zweifel überwog lange Zeit den Schmerz. Wenn er auf seine innere Stimme lauschte, entstand eine eigentümlich hallende Leere, sobald er an Mi und Tildchen dachte. Das Leben mit ihnen, die unzähligen gemeinsamen Mahlzeiten, die feierlich begangenen Feste, die beständigen Vergewisserungen, ob man gut geschlafen, ob es geschmeckt habe und ob es bekommen sei, die Herzlichkeit, mit der die Hoffnung auf eine »Gesegnete Mahlzeit« und, im Krankheitsfall, »eine gute Besserung!« ausgesprochen wurde, der sich jährlich wiederholende Wunsch, »ein frohes Fest« und »fröhliche Ostern!« verleben zu wollen, eine ganze Folge vertrauter Laute und Lebensabläufe hatten etwas Unwirkliches bekommen. Alfred gewann die Überzeugung, siebzehn Jahre lang in Kulissen gelebt zu haben, die etwas anderes, ruhelose Gedanken und eine von bösen Träumen bevölkerte Schwärze vor seinen Blicken verborgen hatten.

Vor ihm stand die Fotografie seines Vaters, des jungen Mannes, der ihm so ähnlich sah und der nach den Eröffnungen in Tante

Tildchens nachgelassenem Schreiben gleichfalls zum Fremden geworden war. Alfred hatte sich immer zurechtgelegt, daß dies Bild seinen Vater kurz vor dem Tode zeige. Der gesunde junge Mann war ihm stets als ein Todgeweihter erschienen, und das gab dem Zustand, den diese Fotografie festhielt, etwas Endgültiges. So sah der Körper des Mannes aus, der in den Main gefallen war, mußte Alfred denken. Der Tod hatte dies Gesicht mit seinem Siegel versehen. Die beständige Entwicklung der Züge, das Fließen, das jeder Phase des Lebens etwas Vorläufiges gibt, hatte ein Ende gefunden, weil der Tod das verbindliche letzte Bild geschaffen hatte und damit sein Wesen nun wie eine Bronzestatue festgelegt war. Ohne Zweifel zeigte die Fotografie einen unfertigen Menschen, aber diese Unfertigkeit war zu einem Charakterzug geworden, der dem Auge der Ewigkeit standhielt. Alfred liebte es, sich in den Zügen seines Vaters wiederzuerkennen. Er fragte sich niemals, wie er das Bild betrachten würde, wenn er älter geworden sei, als sein Vater damals war, und ein Wiedererkennen und Sichwiederfinden nicht mehr möglich wäre. Wie würde ein Leben aussehen, das diese Lichter von den Haaren und den Lippen nahm, den Glanz der Augen trübte und die pfirsichhafte Frische der Haut für grobe Poren und eine ledrige Schwarte opferte? Es war übrigens nicht die körperliche Schönheit, der Alfred beim Betrachten der Fotografie Bedeutung beimaß, sondern vor allem die Vorstellung der Vollendung, die geheime Überzeugung, daß ihm sein Vater, sollte er ihm durch ein Wunder nach den langen Jahren seines Todes erscheinen, genauso entgegentreten würde, wie Alfred ihn von der Fotografie her kannte. Das Bild seines knabenhaften Vaters vermittelte ihm eine Vorstellung von der Ewigkeit, wie sie die alten Heiden sahen: eine Ewigkeit der Heiterkeit und des Genießens. Ohne daß Alfred solche Gedanken präzis ausgesprochen hätte, machten sie es ihm leicht, den Main zu betrachten, den er als das mächtige, weite Regionen umspannende Grab seines Vaters ansah.

Daß sein Vater »in den Main gefallen« sei, hatte sich tief in sein Bewußtsein eingeprägt. Jede Altersstufe hatte neue Bilder entdeckt, um die oft gehörte Formel mit Leben zu erfüllen. Zu den frühesten Erinnerungen Alfreds zählten die Dampferfahrten mit den Tanten, um, wenn die Zwetschgen reif waren, in der Gerbermühle Zwetschgenkuchen zu essen. Und wie die Bienen den safttriefenden Hefekuchen umschwärmten, so waren vorher die Möwen dem Kielwasser des Dampfers gefolgt, und Alfred hatte ihnen aus einer Tüte Krümel zugeworfen, die sie im Flug auffingen. Auf dem braunen Wasser begegneten dem Schiff immer wieder Kanufahrer, die dem kleinen Jungen zuwinkten. Alfred kam es vor, als seien diese jungen Männer allesamt dabei, seinem Vater zu folgen: in den Main zu fallen und dann umgeben von schweren, trüben Fluten ein neues Leben zu beginnen.

Später konnte er keinen Mann, der im Schwimmbad vom hohen Sprungbrett kopfüber durch die Luft ins Wasser tauchte, ohne Gedanken an seinen Vater beobachten. Das »In-den-Main-Fallen« erschien ihm nun als mutiger Entschluß, der mit Kraft und Können ausgeführt worden war. Sein Vater war, das fühlte Alfred, freiwillig und abenteuerlustig in die Welt unter Wasser hineingeschossen, ohne einen Blick zurückzuwerfen, und ohne Bedauern für diejenigen zu empfinden, die er zurückließ. In anderen Augenblicken war es der ganze Fluß, der an die Stelle des Vaters trat. Der in den Wogen treibende Mann war Alfred dann selbst und das breite, träge fließende Wasser bildete einen titanischen Körper, der schwer und schweigend und unergründlich in seinem Bett lag. Dann fühlte Alfred sich anderen Kindern wie Lilly oder Toddi grenzenlos überlegen, denn Herr Osten und Herr Dr. Has besaßen nichts, was es mit seiner eigenen Abstammung aufnehmen konnte.

Aber auch wenn niemand die Abwesenheit seines Vaters ersetzte, so blieb der Blick auf den Main tröstlich. Das war der Fluß, in den der Vater gefallen und in dem er verschwunden war. Zu ihm bestand eine wirkliche Verbindung, und Alfred ahnte oft, daß es trotz der liebevollen Tanten nicht viel auf der Welt gab, das er als seinen sicheren Besitz betrachten konnte. Er liebte den Fluß deshalb wie einen Menschen und war von einer glücklichen Erregung erfüllt, wenn der Main über die Ufer trat und die Parkbänke auf den Quais überspülte und fast doppelt so breit wurde, nur noch von den hohen Quaimauern begrenzt, und er sah teilnahmsvoll wie auf einen Kranken, wenn der Fluß in heißen Sommern in sich zusammenfiel und an den Rändern der Kies aus dem Wasser stieg, auf dem Treibgut lag. Der Main schien dann zu schwach, um auch nur einen alten Schuh mit sich fortzutragen. Immer aber glaubte Alfred, an dem satten Strömen unmittelbar teilnehmen zu dürfen.

Die Erschütterung, die Tante Tildchens Brief auslöste, mußte deshalb weit über den augenblicklichen Schrecken hinausgehen. Die Fotografie war also nicht das Bild eines Todgeweihten. Nichts als eine peinliche Episode blieb von dem tragisch-geheimnisvollen Untergang eines blühenden jungen Menschen zurück. Die Tanten hatten sich in Tod und Leben gleichermaßen von ihm abgewandt. Ihre Nähe schien ein bloßer Irrtum gewesen zu sein. Der auf der Fotografie immer vertrauter gewordene Vater, mit dem Alfred beinahe die Persönlichkeit glaubte tauschen zu können, war zu einem fremden Mann geworden, in dessen Leben für einen Sohn kein Platz gewesen war. Der Main beförderte seine Wassermassen, abschwellend und anschwellend mit den Jahreszeiten, ohne durch Alfred in dieser machtvollen Arbeit beeinflußt zu sein. Alle Menschen und Dinge hatten ihren Platz in der Welt und bewegten sich in unergründlichen, nur ihnen eigenen Bahnen. Es war ein Mißverständnis zu vermuten, daß die sichtbaren Wesen dazu bestimmt waren, einander zu tragen und zu schützen. Alles, was sich rührte, bewegte sich für sich allein. Wenn Wege sich kreuzten oder für eine Weile miteinander verflochten, lag darin nur das wahllose Drängeln der Kreaturen auf der engen Erde.

So saß Alfred in seinem leeren Haus und durfte zu Recht an seiner Existenz zweifeln. Es gab Stunden in der Stille, in denen er sich geradezu abhanden kam. Es war dann, als sei das Bündel aus Willen und Leiden, aus Furcht und Liebe, das er sich angewöhnt hatte, »Alfred« zu nennen, nur eine vorübergehende Ballung körperloser Energien in der Luft gewesen, die sich unmerklich wieder voneinander gelöst hatten. Es gab aber auch andere Stunden, in denen das Gefühl der Wirklichkeit durch den Schmerz, den es erregte, alle Zweifel beiseite schob. Das waren die Nächte, in denen die Empfindung seiner Verlassenheit übermächtig wurde. So heftig er dann aber litt, so kräftig spürte er zugleich auch den harten Kern oder besser, die metallene Spindel in seinem Innern, die heißlief, während seine Ängste sich wie Fäden um sie wickelten, und die ganz unbestreitbar »Ich« genannt werden mußte. Er erkannte dann, daß er, obwohl er in seinem Zimmerchen saß wie eh und je, grausam vertrieben worden war. Er verstand, daß es nichts, was in seinem Leben bisher etwas bedeutet hatte, in diesem Leben noch einmal geben würde. Er empfand die Unheimlichkeit einer Enthüllung, die nichts entschleiert hatte, was nicht vor aller Augen schon seit langem offenlag, und er fragte sich, ob Lilly, als er ihr von seinem Vater erzählt hatte, nicht längst besser unterrichtet gewesen war. Seine Furcht wuchs, daß er durch das elende Leben und Sterben des Vaters für immer von Lilly getrennt werden könnte. Er hatte nicht versucht, sie wiederzusehen.

Daß Toddi log, weil seine Geltungssucht ihn zu einem gewohnheitsmäßigen Lügner gemacht hatte, hielt Alfred zunächst für ausgemacht. Toddis Unkenntnis von den Verhältnissen der Familie Has gab seinem Eifer, beständig über Lilly zu reden, etwas Wahnhaftes. Er hatte, so wußte Alfred, noch nicht ein einziges Mal ihre Wohnung betreten. Seine Kaffeehausbrüder mochte er mit diesem exotischen »Schepérgi«-Hokuspokus beeindrucken, aber Alfred konnte er nichts vormachen. Die Ausgangssituation freilich stand ihm zum Greifen nah vor Augen. Toddi Osten führte, die Hundeleine um den Nacken gelegt, tatsächlich jeden Nachmittag den elterlichen Boxer spazieren und tauchte überall und zu jeder Zeit unvermutet auf, im Nieselregen wie bei untergehender Sonne. Alfred hatte Toddi oft im Schatten der Christuskirche im Gespräch mit anderen Hundebesitzern angetroffen. In weitem Abstand voneinander entfernt standen die Hundehalter, hielten ihre knurrenden Tiere an straffgespannten Leinen und unterhielten sich durch Zurufe miteinander, die über dem feindseligen Zerren auf dem Erdboden hin und her flogen. Herrn Herrs Schäferhund schien sich geschworen zu haben, Toddis Boxer eines Tages zu zerreißen, hatte die Gespräche zwischen Herrn Herr und Toddi jedoch niemals beeinträchtigen können. Alfred sah Toddi durch die Straßen schlendern, den Hund an die Leine nehmen, ihn dann wieder frei laufen lassen, beständig etwas befehlen, kurzum, der Umgebung das Schauspiel liefern, wie man mit einem Hund umging, und er sah ihn in den Büschen verschwinden, die Szépregyi um die Aluminiumtür des Hauses Has herum hatte pflanzen lassen. Dieses Aus-dem-Rhododendron-heraus-Lauern kam Alfred besonders bezeichnend für ihn vor, und er dachte, daß Toddi wohl nie die Szene im Rhododendron vor Lillys Haus erfunden hätte, wenn es nicht wirklich so gewesen wäre. Er sah ihn vor sich, als ob er selbst ihn im Gebüsch entdeckt hätte. Jeder Zweifel an diesem Teil der Erzählung war nun vollständig ausgelöscht.

Und auf einmal erschienen ihm auch Lillys herablassende Worte über Szépregyi in neuem Licht. In Wirklichkeit sprach eine ungewöhnliche Nähe und Vertrautheit aus ihnen. Lilly mußte einen großen Fundus an Erfahrungen besitzen, die sie mit Szépregyi verbanden. In dem Maße, in dem er die Gelassenheit bei seinen Überlegungen verlor, gewann eine innere Stimme an Deutlichkeit und Lautstärke, die schließlich jede Abwägung übertönte. Diese Stimme rief: Toddi Osten hat nicht gelogen. Lilly Has hat ein Verhältnis mit Carl Szépregyi.

Die Entwicklung der Gedanken, die Alfred nach seiner Rückkehr aus dem Café Feuerbach in das leere Haus nach und nach heimsuchten, glich den Stationen einer Bergwanderung, die von Hütte zu Hütte führt und an jedem Rastplatz neue Blicke auf die allmählich in der Tiefe versinkende Landschaft eröffnet.

Vor Lillys Geheimnis schrumpften nun die alten Ängste. Es war verblüffend zu sehen, welch geringe Rolle nun noch die Sorge spielte, als Sohn eines verlorenen Vaters in Lillys Augen gleichfalls an Achtung verloren zu haben. Überhaupt jede Überlegung, die sich mit dem fatalen Weg seines Vaters befaßt hatte, trat nun in den Schatten, und die Tanten Labonté, die auf dem Hauptfriedhof und die im Taunus, wurden zu unwirklichen Gestalten. Liebe und Schmerz, den sie zu wecken gewußt hatten, rückten in eine unbestimmte, jedenfalls abgeschlossene Vergangenheit. Lillys Erscheinung aber trat überdeutlich und lebensgroß vor ihn wie nie zuvor. Alfred, der sich an Lilly niemals hatte sattsehen können, hatte doch immer zugleich auch einen Schleier vor sie gezogen. Immer lag Goldstaub auf Lillys Zügen, und immer blieb sie, selbst wenn sie neben ihm saß, in eine zauberische Entfernung gerückt. Jetzt aber zerfiel das Bild, das Liebe und Phantasie von Lilly geschaffen hatte und das wie Schminke auf ihrem Gesicht lag, wenn Alfred sie ansah. Lilly aber verschwand nicht. Ihre Gestalt hob sich nicht mehr vor dem blendenden Goldgrund einer verklärten Gegenwart, sondern vor der Dunkelheit einer fragwürdigen Vergangenheit ab. Alfred glaubte, daß sie womöglich noch schöner aussah.

Zu seiner Verwirrung bemerkte er, daß es ihm unmöglich geworden war, über Szépregyi zu Gericht zu sitzen. Szépregyi löste sich einfach auf. Alfred geriet nach den Kämpfen der letzten Stunden unversehens in einen Zustand wehrloser Schau. Die Zeit stand still, und sein Auge nahm die sinkende Dämmerung nicht wahr. In unwirklichem Licht sah er sich selbst und Lilly nebeneinanderstehen. Sie sahen sich freundlich an und hielten sich an den Händen. Alfred glaubte, daß er gewachsen sei. Er war kräftig geworden und füllte seine alte Tweedjacke ganz aus, und Lilly hatte, so schien es ihm, etwas von jenem überwältigenden Strahlen verloren, sie wirkte still und einfach, und ihre Augen blickten nicht mehr vieldeutig und dunkel, sondern ernsthaft und nachdenklich. Es gab keinen Abstand mehr zwischen ihnen, das war deutlich zu erkennen. Und von dieser Vorstellung ging ein strömendes ruhiges Glück aus, das Alfred, während er es von außen betrachtete, zugleich auch selbst empfand. Die Beschädigungen, die sie erfahren hatten, nahmen sich auf einmal wie Vorbereitungen aus, die erforderlich waren, damit sie zueinander finden konnten. Ihre Schicksale bekleideten sie wie die weißen Gewänder, die die Täuflinge tragen. Sie hatten sich gefunden, weil die Zeit reif geworden war. Mußte man den Vater nicht segnen, daß er in den Main gefallen und im Elend gestorben war, und mußte man Szépregyi nicht danken, daß er seine alten Hände nach Lilly ausgestreckt hatte? Eine unsichtbare Gewalt hatte sie ergriffen, hatte sie geformt und zugerichtet, hatte sie in dem Glauben gelassen, ihren Leidenschaften zu folgen und hatte dabei immer einzig und allein Alfreds und Lillys Verbindung im Auge gehabt. Lilly gehörte ihm jetzt, so fühlte Alfred, auch wenn sie es noch nicht wußte. Diese Überzeugung ließ ihn in solchem Maße vergessen, wo er sich befand, daß er glaubte, sich vom Erdboden zu lösen. So verharrte er bis in die tiefe Dunkelheit hinein.

Die feuchte herbstliche Nachtkälte führte ihn später auf den Boden zurück, aber nicht einmal das Licht der Schreibtischlampe, die er nun anmachte, vermochte seine Hochstimmung zu dämpfen. Für das, was er erlebt hatte, kannte er keine Worte, und doch war er überzeugt, daß er ein neues Kapitel seines Daseins geöffnet hatte und nun selbst gleichfalls ein neuer Mensch sein mußte. Was auf ihn wartete, war ihm unbekannt und vielleicht schwer. Ohne Furcht fühlte er dennoch das Bedürfnis, sich zu wappnen und den Punkt, von dem aus er sich ins Fremde begab, zu kennzeichnen. Alfred spürte das Verlangen nach einer Art Sakrament, das ihn mit einer rituellen Rüstung umgab. Priester kannte er nicht, er hätte wohl auch kaum gewußt, wie er seinen Wunsch in Worte fassen sollte.

Mit einem Lächeln über sich selbst erinnerte er sich an seine alten Kinderzaubereien. Er nahm ein Blatt Papier und setzte die Feder an. Lange Zeit blieb er ratlos. Jeder Wunsch schien ihm für die Feier dieses Augenblicks zu klein. Schließlich schrieb er: »Ich lebe. Im Namen des Vaters und des Sohnes und des Heiligen Geistes.« Dann ging er zum Fenster und hielt sein Feuerzeug an das Blatt. Als die Flamme seine Fingerspitzen berührte, ließ er den brennenden Rest in die Regenrinne fallen und wartete ab, bis die roten Glutpünktchen im Dunkel erloschen. Dann ging er ins Bett. Die Bettdecke kam ihm wie eine Welle entgegen, die Dunkelheit deckte ihn zu. Nachtgesichter traten aus dem Schatten. Alfred hatte in wachem Zustand seine Welt abgeschritten und kam auch im Schlaf nicht zur Ruhe.

Der Fluß seiner Vaterstadt durchfloß seinen Traum. Ihm kam es vor, als stehe er mitten darin. Die Fluten des Mains wichen zurück, als er die Augen geschlossen hatte, und legten das Flußbett bloß wie einst für die Kinder Israels den Boden des Roten Meeres.

Schuhe in den sonderbarsten Formen ragten mit den hohen Absätzen aus dem Schlamm. Waffen lagen daneben, schwarze kleine Revolver, angenehm schwer in der Hand, Brechstangen und Taschenmesser, deren Klingen sich wie die Gliedmaßen eines Tänzers spreizten. Alfred fand Kleider, phantastische Lumpen, durchlöchert von Schüssen und Stichen, lederne Wämser, die sich mit Wasser vollgesogen hatten, und Seidenkleider, die aussahen, als habe eine Hand sie vom Ausschnitt her mit einem Ruck zerfetzt. In einem vom Spiel des Wassers zusammengetriebenen Nest aus feinen Nylonstrümpfen zappelten dicke Goldfische mit weißen Schuppen zwischen den roten, was aussah als wären sie kahl. Der Sauerstoff stürzte so mächtig auf ihre Kiemen ein, daß ihre Verzweiflung dem Rausch verwandt zu sein schien, aber Alfred fürchtete nicht um die Fische, er hörte sich sagen, daß alles, was einmal unter Wasser geraten war, das Schlimmste schon hinter sich hatte.

Er ging um das Nest herum und fühlte dabei jeden seiner Schritte schwerer werden. Das Licht trübte sich und bekam eine grünliche Beimischung. Ringsum stiegen große Luftblasen aus dem Schlamm und strebten, ohne sich mit dem sie umgebenden Stoff zu vermischen, nach oben, wo sie in einer schillernden Fläche aufgingen. Alfred verstand, daß das Wasser zurückgekehrt war wie ein Wetterwechsel, der die eben noch sonnige Landschaft unversehens in ein fahles Licht taucht. Er fühlte, daß das Wasser seine Lungen nun bis in die letzten Spitzen füllte, und er sah den Strom der Luftbläschen, die aus seinen Nasenlöchern quollen und der Wasseroberfläche entgegenstiegen, aber er empfand keine Schmerzen, und es war nicht der Mangel an Luft, der ihn lähmte, obwohl sich eine Hemmung auf seine Bewegungen legte. War in freier Luft ein Schritt nur ein kleiner Ausschnitt aus einer Fülle von Schritten, die zusammengenommen den Vorgang des Gehens ergaben, so wurde er jetzt zu einer geformten tänzerischen Geste, die für sich allein stehen konnte. Alfred bemerkte erst spät, daß es Seelen gab, die sein Tun beobachteten, obwohl er es um sich herum huschen sah, was er jedoch den am Himmel treibenden Wolken zuschrieb, deren Schatten bis auf den Flußgrund fielen. Es waren aber keine Wolken, die ihn begleiteten, während er sich wie eine römische Bronze bewegte, es waren eben jene Goldfische, die in ihrem Nylonnest so sehr gelitten hatten, und die ihn nun pfeilschnell umkreisten, so daß er, hätten sie Fäden hinter sich hergezogen, längst um und um von ihnen eingesponnen gewesen wäre. Zugleich bemerkte Alfred, daß die Goldfische in einer Unterhaltung begriffen waren, die aber nicht von außen auf sein Trommelfell drang, sondern als ein Dröhnen in seinem Kopf ertönte, so daß er zugleich ihre Stimmen vernahm und doch das Wasser ringsum in ungebrochenem Schweigen erlebte. »Die Vorlesung« hieß das am häufigsten von ihnen gebrauchte Wort. »Die Anatomievorlesung« vernahm Alfred nun, als sich das Dröhnen zu neuen Begriffen verdichtete. Die Goldfische waren besorgt, wie ihm schien. »Spät«, dachten sie laut und eindringlich, »spät, spät! Vorlesung, Anatomievorlesung – früh – wir spät«.

Schon von weitem erkannte er den Ort der akademischen Versammlung: einen Brückenpfeiler aus rotem Sandstein von keilartiger Form, der die Strömung zerteilte. Dort schmiegte sich ein toter Säugling in seinen Windeln aus Zeitungspapier an den Pfeiler. Die Fluten drückten ihn fest an den Stein und gaben seinen Armen und Beinen, die rechts und links dem Strom frei hingegeben waren, sanfte Schlangenbewegungen, die Leben vortäuschten. Ein großer Kreis von Goldfischen jeder Größe hatte sich schon eingefunden. Indem sie ihre dünnen Flossen nachdenklich wie Fächer hin- und herbewegten, widerstanden sie der Strömung und verharrten still auf der Stelle. Ein karpfengroßer, weißer Goldfisch, auf dessen Rücken nur wenige rote Schuppen, vereinzelten Sommersprossen gleich, entlangliefen, machte Front zu der versammelten Schar. Er wurde mit dem höchsten Respekt bedacht und machte seinerseits gewisse Zeichen der Verehrung gegenüber der angeschwemmten Kinderleiche, so deutete Alfred jedenfalls eine tupfende Annäherung des Fischmauls an die im Fluß schlingernde Hand und ein darauffolgendes Zurückweichen. »Seht, welches Wunder!« hörte Alfred ihn in seinem Kopf sagen, »Füße – Füße – Beine – Beine« predigte in traumverlorener Langsamkeit der weißschuppige Anatom. Schon aus der Entfernung traf diese Mitteilung Alfreds schwimmende Begleiter wie ein schwacher Stromschlag. Das Gewirr der nun entstehenden Schallwellen gab dem Wasser eine andere Färbung. Zu dem hellen Flaschengrün traten zitronengelbe und purpurne Tönungen, farbliche Entsprechungen der Ausrufe, die in den Köpfen aller versammelten Fische geboren wurden: »Beine – Beine – Füße – Füße!« – ein betäubendes Konzert, den brausenden Akkorden des Brummkreisels in seinem machtvollen Auf- und Abschwellen verwandt. »Beine – schön! Füße – schön!« fuhr der alte Lehrer fort und betupfte mit seinem stumpfen Maul liebevoll die im Strom treibenden Glieder des Kindes. »Wundervoll«, murmelte ihm zur Antwort der Chor seiner Zuhörer, indem er den dunklen Vokalen bis zur Auflösung der Wortbedeutung nachhing. »Was – mehr – wundervoll – als Bein und Fuß?« Alle antworteten, nachdem sie den Nachhall seines Ausrufs abgewartet hatten: »Nichts – gar nichts – so wundervoll – wie Bein und Fuß!«

Woher bezog Alfred den Mut, in einer solchen Versammlung zu sprechen? Hatten die unsichtbaren Fäden der Goldfische ihn derart in ihre Gemeinschaft gezogen, daß er sich berechtigt fühlte, dem Alter Widerspruch zu leisten? Nicht ohne Mühe öffnete er jedenfalls seinen Mund, aus dem die Luftbläschen schwirrten, und sagte, ohne zu bedenken, wie unerträglich laut seine Sprechweise in den Häuptern der versammelten Gesellschaft klingen mußte: »Wundervoller – als Bein und Fuß – ist Flügel! Flügel! Wundervoll!«

Wie ein wütender Schwarm Kolibris schossen die Fische nun um ihn her. Sein Kopf drohte unter dem entrüsteten Schall aus tausend Fischhäuptern irre zu werden. Er verstand nichts und wußte nicht, wie er die Gesellschaft beruhigen konnte. Aus dem chaotischen

Wirbel formte sich eine tornadoartige Wolke, die Alfred umkreiste, indem ihr Schwung immer schwerfälliger wurde, dafür aber immer deutlicher das Wort hören ließ, welches das Entsetzen auslöste. »Möwen?« schrien die Fische, daß Alfred der Kopf schmerzte, und er antwortete mit aller verzweifelter Gewalt, um sich Gehör zu verschaffen: »Nein! Nicht Möwen! Engel – Engel!« Wie auf einen Paukenschlag verschwanden alle Fische auf einmal. Im Nu spritzten die letzten glitzernden Körper ins Dunkel, denn das Wasser hatte sich getrübt, und über der Wasseroberfläche war Abend geworden. Alfred stand dem toten Kind gegenüber und griff an sein Herz. Mit großer Angst sah er, daß er allein mit ihm war. Schuhe, Strümpfe und Waffen waren den Fischen gefolgt. Dann faßte eine stärkere Flutwelle das Kind und trug seinen weißen Körper in die Nacht des Wassers, und auch Alfred fühlte, wie er an Körperlichkeit verlor, bis er sich ganz dem Fluß verbunden hatte.

An eine Nacht, die sich in weite Räume von Gedanken und Bildern hinein ausgebreitet hatte, schloß sich ein Morgen, der die Ereignisse in schneller Folge reihte. Alfred erwachte sehr früh durch das Läuten des Telefons und lief barfuß durch das Treppenhaus bis ins Parterre, wo der Apparat auf dem Boden stand, seitdem Kalkofen das geschnitzte Tischchen mit der kleinen Brokatdecke davongetragen hatte. Er war nicht im mindesten erstaunt, Lillys Stimme zu hören. »Ich hatte Angst, du seist schon in die Schule«, sagte sie, was nicht stimmen konnte, denn es war noch kaum hell geworden. Sie sprach nicht laut. »Wo bist du denn?« fragte er, und sie antwortete: »In Frankfurt, aber nicht mehr lange. Meine Eltern haben sich getrennt. Ich kann hier, glaube ich, nicht bleiben. Ich wollte dir nur Auf Wiedersehen sagen!« – »Wie lieb von dir«, sagte Alfred in großer Ruhe, und dann schwieg er in der Einfallslosigkeit seines Glücks. »Alles war immer so kompliziert«, sagte Lilly schließlich. Ihre Stimme klang zaghaft, und Alfred bestaunte das Wunder, daß sie es war, die das Schweigen brach. »Ich habe manchmal geglaubt, du wärst in mich verliebt.« Diese Worte lösten eine übermütige Heiterkeit in ihm aus. Wenn er sich die letzten zehn Jahre vorstellte, gewann Lillys Verdacht für ihn eine unwiderstehliche Komik. »Du lachst?« fragte sie so leise, daß er es kaum verstand, »aber ich habe nichts zu lachen. Jetzt ist alles noch viel schwieriger.« – »Wann können wir uns sehen?« fragte Alfred. »Gar nicht«, sagte

Lilly, »ich fahre in einer halben Stunde ab.« – »Dann bin ich in fünf Minuten da«, antwortete Alfred und legte den Hörer auf. Während er sich in die Kleider stürzte, klingelte das Telefon unaufhörlich. Der Hall im Treppenhaus war so laut, als sollten die Nachbarn geweckt werden. Er lief in großen Sätzen die Treppe hinunter, an dem klingelnden Apparat vorbei, und betrat die leere, in morgendlichem Rosa daliegende Straße. Als er den Klingelknopf drückte, stellte er sich vor, daß Lilly immer noch bei ihm in der Schubertstraße das Telefon läuten ließ.

Mit einem elektrischen Knacken gab die Glastür seinem Druck plötzlich nach. Tumulthafte Geräusche aus dem Souterrain ließen ihn aufhorchen. Er hatte den Fuß schon auf die Stufen gesetzt und blickte unwillkürlich zurück nach unten, wo das Poltern umstürzender Möbel und die Schreie der Scharnhorst durch die Tür drangen. »Du gehst nicht zu ihm! Ich verbiete es dir!« hörte Alfred die Zwergin in äußerstem Zorn rufen, dann ein mächtiges Grollen: »Ich will vorbei«, und dann sprang die Tür auf, die Scharnhorst wurde herausgestoßen und fiel auf den krummen Rücken. Sie blutete aus einem flachen Schnitt am Unterarm. Kurt wollte gerade über sie hinwegtreten, als seine Augen auf Alfred fielen. Augenblicklich rappelte die Scharnhorst sich auf. Kurt trat in das gelbe Licht der Küche zurück, die Scharnhorst lief ihm hinterher und schlug von innen die Tür zu. Aus dem obersten Stockwerk schimpfte laut eine Männerstimme. Alfred stockte das Blut. Das war Carl Szépregyi! Dann ging er mit festem Schritt die Treppe hinauf.

Markus Werner im dtv

»Eines der eigenwilligsten Erzähltalente der deutschsprachigen Gegenwartsliteratur.«
Der Spiegel

Zündels Abgang
Roman
ISBN 978-3-423-10917-8

Das Ehepaar Zündel hat getrennt Urlaub gemacht. Als Konrad heimkehrt, bereitet ihm Magda einen sehr reservierten Empfang. Zündel plant seinen Abgang.

Froschnacht
Roman
ISBN 978-3-423-11250-5

Franz Thalmann ist Pfarrer, Ehemann und Familienvater, bis eines Tages sein Reißverschluß klemmt ... »Ein heimlicher Zeitroman, der Dinge und Geschehnisse benennt, die nur scheinbar weit weg von uns sind ... Den Schuß ins Herz spürt man erst später.« (Frankfurter Rundschau)

Die kalte Schulter
Roman
ISBN 978-3-423-11672-5

Moritz, Kunstmaler, lebt von Gelegenheitsarbeiten. Sein einziger Halt ist Judith, die einen sicheren Beruf und einen gesunden Menschenverstand hat.

Bis bald
Roman
ISBN 978-3-423-12112-5

Lorenz Hatt, Denkmalpfleger, lebt mehr oder weniger unbekümmert vor sich hin – bis sein Herz schlappmacht ... »Erneutes Staunen, Spannung, Vergnügen an Werners Lakonik und Komik.« (SZ)

Festland
Roman
ISBN 978-3-423-12529-1

Sie leben beide in Zürich, doch sie kennen sich kaum. Eines Tages aber kommen der Vater und seine nichteheliche Tochter ins Gespräch. »Was mich berührt hat: der wunderbare Ton dieses Buches.« (Marcel Reich-Ranicki)

Der ägyptische Heinrich
Roman
ISBN 978-3-423-12901-5

Eine faszinierende Spurensuche: Familiensaga, Reisebericht, historischer Roman und viel mehr. »Spannend, intelligent, witzig.« (Thomas Widmer in ›Facts‹)

Gert Hofmann im dtv

»Er ist ein Humorist des Schreckens und unermüdlicher Erfinder stets neuer, stets verblüffender und verblüffend einleuchtender Erzählperspektiven.«
Frankfurter Allgemeine Zeitung

Die kleine Stechardin
Roman
ISBN 978-3-423-08480-2
Georg Christoph Lichtenberg und seine Liebe zu einem Blumenmädchen.

Der Kinoerzähler
Roman
ISBN 978-3-423-11626-8
»Mein Großvater war der Kinoerzähler von Limbach.« Bis der Tonfilm Karl Hofmann arbeitslos macht.

Auf dem Turm
Roman
ISBN 978-3-423-11763-0
In einem kleinen sizilianischen Dorf wird die Ehe eines deutschen Urlauberpaares auf eine harte Probe gestellt.

Gespräch über Balzacs Pferd
Vier Novellen
ISBN 978-3-423-11925-2
Unerhörte Begebenheiten aus dem Leben von vier außergewöhnlichen Dichtern: Jakob Michael Reinhold Lenz, Giacomo Casanova, Honoré de Balzac und Robert Walser.

Der Blindensturz
Roman
ISBN 978-3-423-11992-4
Pieter Bruegels Gemälde ›Das Gleichnis von den Blinden‹: Sechs ausgemergelte, stumme und blinde Gestalten. In diesem Buch beginnen sie zu reden.

Das Glück
Roman
ISBN 978-3-423-12050-0
Wenn Eltern sich trennen … »Ein schöner, durch seine Sprache einnehmender Roman.« (Frankfurter Allgemeine Zeitung)

Vor der Regenzeit
Roman
ISBN 978-3-423-12085-2
Ein Deutscher in Südamerika, das »bizarre Psychogramm eines ehemaligen Wehrmachtsobersten«. (Die Zeit)

Günter Grass im dtv

»Seit Thomas Mann hat kein deutscher Schriftsteller eine so große Wirkung auf die Weltliteratur gehabt.«
Nadine Gordimer

Die Blechtrommel
Roman
ISBN 978-3-423-11821-7

Katz und Maus
Eine Novelle
ISBN 978-3-423-11822-4
und
ISBN 978-3-423-19115-9

Hundejahre
Roman
ISBN 978-3-423-11823-1

Der Butt
Roman
ISBN 978-3-423-11824-8

Ein Schnäppchen namens DDR
ISBN 978-3-423-11825-5

Unkenrufe
ISBN 978-3-423-11846-0

Angestiftet, Partei zu ergreifen
ISBN 978-3-423-11938-2

Das Treffen in Telgte
ISBN 978-3-423-11988-7

Die Deutschen und ihre Dichter
ISBN 978-3-423-12027-2

örtlich betäubt
Roman
ISBN 978-3-423-12069-2

Der Schriftsteller als Zeitgenosse
ISBN 978-3-423-12296-2

Der Autor als fragwürdiger Zeuge
ISBN 978-3-423-12446-1

Ein weites Feld
Roman
ISBN 978-3-423-12447-8

Die Rättin
ISBN 978-3-423-12528-4

Aus dem Tagebuch einer Schnecke
ISBN 978-3-423-12593-2

Kopfgeburten
ISBN 978-3-423-12594-9

Günter Grass im dtv

»Ich bin der Meinung, dass jeder Schriftsteller, der Günter Grass wirklich gelesen hat, in seiner Schuld steht. Von mir jedenfalls weiß ich das mit Sicherheit.«
John Irving über ›Beim Häuten der Zwiebel‹

Zunge zeigen
ISBN 978-3-423-12686-1

Gedichte und Kurzprosa
ISBN 978-3-423-12687-8

Mit Sophie in die Pilze gegangen
ISBN 978-3-423-12688-5

Mein Jahrhundert
ISBN 978-3-423-12880-3

Letzte Tänze
ISBN 978-3-423-13606-8

Sämtliche Gedichte
ISBN 978-3-423-13607-5

Im Krebsgang
Eine Novelle
ISBN 978-3-423-13176-6

Deutscher Lastenausgleich
Rede und Gespräche
ISBN 978-3-423-61921-9

Schreiben nach Auschwitz
ISBN 978-3-423-61925-7

Heinrich Böll im dtv

»Man kann eine Grenze nur erkennen, wenn man sie zu überschreiten versucht.«
Heinrich Böll

Irisches Tagebuch
ISBN 978-3-423-00001-7

Zum Tee bei Dr. Borsig
Hörspiele
ISBN 978-3-423-00200-4

Ansichten eines Clowns
Roman
ISBN 978-3-423-00400-8 und
ISBN 978-3-423-19116-6

Wanderer, kommst du nach Spa...
Erzählungen
ISBN 978-3-423-00437-4

Ende einer Dienstfahrt
Erzählung
ISBN 978-3-423-00566-1

Der Zug war pünktlich
Erzählung
ISBN 978-3-423-00818-1

Wo warst du, Adam?
Roman
ISBN 978-3-423-00856-3

Gruppenbild mit Dame
Roman
ISBN 978-3-423-00959-1

Billard um halb zehn
Roman
ISBN 978-3-423-00991-1 und
ISBN 978-3-423-08612-7

Die verlorene Ehre der Katharina Blum
Erzählung
ISBN 978-3-423-01150-1

Das Brot der frühen Jahre
Erzählung
ISBN 978-3-423-01374-1

Ein Tag wie sonst
Hörspiele
ISBN 978-3-423-01536-3

Haus ohne Hüter
Roman
ISBN 978-3-423-01631-5

Du fährst zu oft nach Heidelberg und andere Erzählungen
ISBN 978-3-423-01725-1

Fürsorgliche Belagerung
Roman
ISBN 978-3-423-10001-4

Was soll aus dem Jungen bloß werden? Oder: Irgendwas mit Büchern
ISBN 978-3-423-10169-1

Die Verwundung und andere frühe Erzählungen
ISBN 978-3-423-10472-2

Heinrich Böll im dtv

Schriften und Reden 1952–1985
in 9 Bänden (dtv 10601–10609)

Frauen vor Flußlandschaft
Roman
ISBN 978-3-423-11196-6

Eine deutsche Erinnerung
Interview mit René Wintzen
ISBN 978-3-423-11385-4

Nicht nur zur Weihnachtszeit
Erzählungen
ISBN 978-3-423-11591-9

Unberechenbare Gäste
Erzählungen
ISBN 978-3-423-11592-6

Die Hoffnung ist wie ein wildes Tier
Briefwechsel mit Ernst-Adolf Kunz 1945–1953
ISBN 978-3-423-12300-6

Der blasse Hund
Erzählungen
ISBN 978-3-423-12367-9

Der Engel schwieg
Roman
ISBN 978-3-423-12450-8

Und sagte kein einziges Wort
Roman
ISBN 978-3-423-12531-4

Das Vermächtnis
Erzählung
ISBN 978-3-423-13017-2

Briefe aus dem Krieg 1939–1945
2 Bände
ISBN 978-3-423-13126-1

Rom auf den ersten Blick
Landschaften · Städte · Reisen
ISBN 978-3-423-13204-6

H. Böll/H. Vormweg
Weil die Stadt so fremd geworden ist …
ISBN 978-3-423-10754-9

NiemandsLand
Kindheitserinnerungen an die Jahre 1945 bis 1949
Hg. v. Heinrich Böll
ISBN 978-3-423-10787-7

Kreuz ohne Liebe
Roman
ISBN 978-3-423-13497-2

Peter Härtling im dtv

Nachgetragene Liebe
ISBN 978-3-423-11827-9

Hölderlin
Ein Roman
ISBN 978-3-423-11828-6

Ein Abend, eine Nacht, ein Morgen
ISBN 978-3-423-11837-8

Herzwand
Mein Roman
ISBN 978-3-423-12090-6

Das Windrad
Roman
ISBN 978-3-423-12267-2

Božena
Eine Novelle
ISBN 978-3-423-12291-7

Hubert oder Die Rückkehr nach Casablanca · Roman
ISBN 978-3-423-12439-3

Waiblingers Augen
Roman
ISBN 978-3-423-12440-9

Die dreifache Maria
Eine Geschichte
ISBN 978-3-423-12527-7

Schumanns Schatten
Roman
ISBN 978-3-423-12581-9

Große, kleine Schwester
Roman
ISBN 978-3-423-12770-7

Eine Frau
Roman
ISBN 978-3-423-12921-3

Schubert
Roman
ISBN 978-3-423-13137-7

Leben lernen
Erinnerungen
ISBN 978-3-423-13288-6

Hoffmann oder Die vielfältige Liebe
Eine Romanze
ISBN 978-3-423-13433-0

Die Lebenslinie
Eine Erfahrung
ISBN 978-3-423-13535-1

Zwettl
Nachprüfung einer Erinnerung
ISBN 978-3-423-19121-0

Der Wanderer
dtv großdruck
ISBN 978-3-423-25197-6

Janek
Porträt einer Erinnerung
ISBN 978-3-423-61696-6

»Wer vorausschreibt, hat zurückgedacht«
Essays
ISBN 978-3-423-61848-9

Uwe Timm im dtv

»Als Stilist und Erzähler sucht Uwe Timm in Deutschland seinesgleichen.«
Christian Kracht in ›Tempo‹

Heißer Sommer
Roman
ISBN 978-3-423-12547-5

Johannisnacht
Roman
ISBN 978-3-423-12592-5
»Ein witzig-liebevoller Roman über das Chaos nach dem Fall der Mauer.« (Wolfgang Seibel)

Der Schlangenbaum
Roman
ISBN 978-3-423-12643-4

Morenga
Roman
ISBN 978-3-423-12725-7

Kerbels Flucht
Roman
ISBN 978-3-423-12765-3

Römische Aufzeichnungen
ISBN 978-3-423-12766-0

Die Entdeckung der Currywurst · Novelle
ISBN 978-3-423-12839-1
und dtv großdruck
ISBN 978-3-423-25227-0
»Eine ebenso groteske wie rührende Liebesgeschichte ...« (Detlef Grumbach)

Nicht morgen, nicht gestern
Erzählungen
ISBN 978-3-423-12891-9

Kopfjäger
Roman
ISBN 978-3-423-12937-4

Der Mann auf dem Hochrad
Roman
ISBN 978-3-423-12965-7

Rot
Roman
ISBN 978-3-423-13125-4

Am Beispiel meines Bruders
ISBN 978-3-423-13316-6
Eine typische deutsche Familiengeschichte.

Uwe Timm Lesebuch
Die Stimme beim Schreiben
Hg. v. Martin Hielscher
ISBN 978-3-423-13317-3

Der Freund und der Fremde
ISBN 978-3-423-13557-3

Martin Hielscher
Uwe Timm
dtv portrait
ISBN 978-3-423-31081-9

Siegfried Lenz im dtv

»Siegfried Lenz gehört nicht nur zu den ohnehin raren großen Erzählern in deutscher Sprache, sondern darüber hinaus auch noch zu den ganz wenigen, die Humor haben.«
Rudolf Walter Leonhardt

Der Mann im Strom
Roman
ISBN 978-3-423-00102-1
Zu alt für den Job? Ein Mann sucht nach Auswegen.

Jäger des Spotts
Geschichten aus dieser Zeit
ISBN 978-3-423-00276-9

Das Feuerschiff
Erzählungen
ISBN 978-3-423-00336-0
»In sich schlüssige kleine Kunstwerke.« (Marcel Reich-Ranicki)

Es waren Habichte in der Luft
Roman
ISBN 978-3-423-00542-5

Der Spielverderber
Erzählungen
ISBN 978-3-423-00600-2

Beziehungen
Ansichten und Bekenntnisse zur Literatur
ISBN 978-3-423-00800-6

Einstein überquert die Elbe bei Hamburg
Erzählungen
ISBN 978-3-423-01381-9

Der Geist der Mirabelle
Geschichten aus Bollerup
ISBN 978-3-423-01445-8
und dtv großdruck
ISBN 978-3-423-25245-4

Der Verlust
Roman
ISBN 978-3-423-10364-0

Die Erzählungen 1949–1984
3 Bände in Kassette
ISBN 978-3-423-10527-9

Exerzierplatz
Roman
ISBN 978-3-423-10994-9

Ein Kriegsende
Erzählung
ISBN 978-3-423-11175-1

Das serbische Mädchen
Erzählungen
ISBN 978-3-423-11290-1
und dtv großdruck
ISBN 978-3-423-25124-2

Leute von Hamburg
Meine Straße
ISBN 978-3-423-11538-4

Die Klangprobe
Roman
ISBN 978-3-423-11588-9

Siegfried Lenz im dtv

Über das Gedächtnis
Reden und Aufsätze
ISBN 978-3-423-12147-7

Ludmilla
Erzählungen
ISBN 978-3-423-12443-0

Duell mit dem Schatten
Roman
ISBN 978-3-423-12744-8

Über den Schmerz
ISBN 978-3-423-12768-4

Arnes Nachlaß
Roman
ISBN 978-3-423-12915-2

Mutmaßungen über die Zukunft der Literatur
Drei Essays
ISBN 978-3-423-13057-8

Die Auflehnung
Roman
ISBN 978-3-423-13281-7

Brot und Spiele
Roman
ISBN 978-3-423-13329-6

Fundbüro
Roman
ISBN 978-3-423-13336-4

Deutschstunde
Roman
ISBN 978-3-423-13411-8
Siggi Jepsen hat einen Deutschaufsatz über ›Die Freuden der Pflicht‹ zu schreiben. Ein Thema, das ihn zwangsläufig an seinen Vater denken läßt.

Das Vorbild
Roman
ISBN 978-3-423-13412-5

Heimatmuseum
Roman
ISBN 978-3-423-13413-2
Erinnerungen an Masuren.

Zaungast
ISBN 978-3-423-13436-1

Lehmanns Erzählungen oder So schön war mein Markt
Aus den Bekenntnissen eines Schwarzhändlers
dtv großdruck
ISBN 978-3-423-25141-9